隆盛庄

乔奕斐 著

上

华龄出版社
HUALING PRESS

有态度的阅读

小马过河（天津）文化传播有限公司

目录

第一章　绥东重镇隆盛庄 / 001
第二章　瑞元巧识达林太 / 013
第三章　丧天良王岱伏诛 / 028
第四章　马占元仗义相助 / 040
第五章　三元共创上三元 / 052
第六章　杜恒远自取其辱 / 065
第七章　李财旺通奸杀人 / 077
第八章　杜杉变态起淫心 / 088
第九章　邓宝柱大彻大悟 / 100
第十章　朱奉祺好心好报 / 111
第十一章　翠芬受辱寻短见 / 123
第十二章　张禄暗恋肖玉凤 / 134
第十三章　张瑞元半路遇劫 / 147
第十四章　张禄迎娶官家女 / 158
第十五章　真假德胜炉风波 / 170
第十六章　马占元擒拿郭良 / 182
第十七章　违父命梁龙逃婚 / 194
第十八章　闹义和李炎还乡 / 206
第十九章　李炎雨夜杀李维 / 218
第二十章　求功名张祯中举 / 230

第二十一章　李炎夜袭隆盛庄 / 244

第二十二章　董舒兰庙会求子 / 254

第二十三章　张占魁抗税杀官 / 265

第二十四章　康廷儒街头遇刺 / 275

第二十五章　梁龙携妻儿归乡 / 287

第二十六章　张祯绝境遇奇兵 / 300

第二十七章　枉为父杜杉淫媳 / 312

第二十八章　张占魁隆庄起兵 / 323

第二十九章　李元翎智取丰镇 / 335

第 三 十 章　章同知棺材逃生 / 346

第三十一章　得胜口虎臣遇难 / 358

第三十二章　怀春院李炎被擒 / 368

第三十三章　聂志贤枯井填人 / 379

第三十四章　梁龙大同府遇险 / 391

第三十五章　梁念祖神枪除恶 / 402

第三十六章　秀珍许配张占魁 / 412

第一章

绥东重镇隆盛庄

一支由二百余峰骆驼组成的驼队，驮着沉重的货物，蹒跚地行走在无际的苍茫草原，由北向南缓缓而来。

这是一支孤独的驼队，除了枯瘦的骆驼和疲惫的脚夫，以及偶尔盘旋在头顶的金雕，再没有什么生命与他们相伴而行了。

六月的天空，天蓝得像刚刚用清水洗刷过，没有一朵云彩，更没有一点儿下雨的迹象。从库伦出来时，牧草刚刚泛绿，花蕾还没有萌芽，而接近阴山山脉时，已经是牧草茂盛、山花绽放，遍野的姹紫嫣红了。

塞外草原，很少见到高耸陡峭的山峰。山多是光秃秃的没有峰顶，或孤单，或高矮不齐地比邻而居，沉睡在暖暖的春风里。只有这道阴山，无数大大小小的山丘连接在一起，罕见地形成一道绵延千里的雄壮山脉。

驼队的把头是两个饱经风霜的年轻人，年龄相差不多。大的叫梁宝元，身材高大，脸膛黝黑；小的叫张瑞元，身材高挑，容貌清瘦。他们都是包头窦金魁皮货行的伙计。虽然阳光温暖，微风习习，两人的心情却不十分愉悦，因为他们这趟从库伦回来，目的地不再是熟悉而且繁华的包头城，而是绥东一个叫隆盛庄的集市。一个小得连镇都算不上的集市。

过了阴山山脉，便是脍炙人口的敕勒川了。虽然依旧是广袤的草原，感觉却大不相同。这里的牧草并不茂盛，没有阴山以北的草原那般水肥草美，而是呈现出一派广袤无垠的荒凉。山丘相连，沟壑纵横，村庄逐渐多起来，却多是三五户人家的小村子，大的也不过十几户人家，且房屋破烂，勉强能遮风挡雨而已。

也许是很久没有下雨的缘故，饥渴的草原像是缺乏营养的孩童，面色枯黄，萎靡不振，孱弱的身躯在微风中抖索着。它们无法遮掩脚下贫瘠的沙土，也无法让“风吹草低见牛羊”的敕勒川更加生机盎然。倒是一片片经过开垦的农田，秧苗青翠，长势良好，在微风中呢喃悄语，轻轻摇曳。

终于，疲惫的驼队看到了希望：一个很大的村庄，模糊地燃烧在夕阳最后的辉煌中。

梁宝元长长地吁一口气，对张瑞元说道：“瑞元，看见了吗？前面应该就是隆盛庄了。或许，咱们要在那里住上好几年的。”

梁宝元没有说对，因为他和张瑞元的命运将要一辈子同隆盛庄连在一起了。

张瑞元本名张晋炎，乳名瑞元，山西忻州人氏。晋炎的名字是邻村一个私塾先生起的。张瑞元出生的第三年，山西大旱，他大爷对他爹说：“兄弟呀，快给娃娃把名字改了哇。咱山西本就多旱，犹如点了把火，你还给娃娃起了个晋炎的大号，想两把火把咱山西烧个寸草不生吗？”张瑞元的爹觉得他哥说得有理，便说道：“哥，我也觉得瑞元那大名起得不好，改就改了吧。可是，换个啥名呢？要么哥给想个名字。”他哥说：“换啥呀，瑞元这名字就挺好，我看大号就叫张瑞元吧。”

张瑞元虽然改了名，老天爷却依然我行我素，不顾众生。咸丰五年，山西发生前所未见之大旱，忻州的旱情更是严重。饥饿的灾民就像闹蝗灾，扒了榆树皮，捋了杨树叶，吃了观音土。只要能咽进肚子的东西，一样都不肯放过。正在走投无路之际，有人传言口外风调雨顺，连年丰收。于是，人们就像看见了一根救命稻草，年轻人纷纷相约结伴，有越过雁门关，经杀虎口到归化、包头的；有经大同、丰镇到后草地、库伦的，都想到口外谋一条生路。

那年，张瑞元刚满十三虚岁。快入秋的时候，叔伯哥哥张天壁来向他爹辞行，说口里活不下去了，他和同村的几个后生商量了一番，要相约走西口到包头城去，特来向叔叔辞行。张瑞元在旁边听得心动，对他爹说他也想随天壁哥走西口。张天壁嫌张瑞元人小累赘，怕万一有个闪失，没法儿向叔叔交代。搪塞说等自己在包头落下脚，给张瑞元捎信儿后他再去。张瑞元的爹却苦着眉头说道：“天壁呀！你就带着瑞元走吧。你看看地里，甭说庄稼了，蒿子也没长成几棵。他留在村里，一准儿是个饿死，出去了，或许还能寻条活路。”张天壁犹豫不决，张瑞元的爹补充说：“人的命，天注定。天壁，你放心，就算瑞元有个好歹，也是他命中注定的。叔绝不怪怨你。”张天壁见叔叔开口相求，无法推托，只有应允。

于是，张瑞元带着全家凑的几十个制钱当盘缠，随张天壁和同村的几个年轻人开始了走西口的旅程。一行人踏着漫漫黄沙，餐风宿雨，抱着绝地求生的希望，跌跌撞撞地一路走去。眼看就要到杀虎口了，不想半路杀出一彪土匪，将众人身上几个可怜的盘缠劫了个精光。好在那彪土匪还算有些人性，没有伤及他们的性命，还给他们扔下几个玉米面饼子。众人就靠着这几个玉米面饼子，过了杀虎口，到了包头城。

包头是塞外名城，字号、店铺众多，极为繁荣。张天壁在一家名叫窦金魁的皮货行找了营生，俗称“住地方”。他恳求东家把张瑞元也收留下。东家姓窦，名字就叫窦金魁。窦金魁见张瑞元年龄虽小，但一双乌黑的眸子透着精明和灵气，十分讨人喜欢，便说留下可以，按照规矩，学徒三年，管饭没工钱。不等张天壁说话，张瑞元先应下了，说管饭他便知足了。

窦金魁也是山西人，早年与姨弟卢儒林一道走西口出来，先在绥东的隆盛庄落了脚，赚了钱后，留下卢儒林继续经营隆盛庄老号，自己则到包头城开了窦金魁总号。窦东家性情温和，颇通人情世故，对张瑞元也不苛刻。张瑞元每天的营生是给东家提茶壶、倒夜壶、点水烟、撩门帘；平时挑水扫地，打扫柜台，搬运、辨识皮毛和粮食，晚上还要学打算盘、识字。一天从早到晚，很少有歇息的时候。

张天壁在窦金魁做了一年，被一家大字号的东家相中，入赘做了上门女婿。

张瑞元有个师兄，名叫梁宝元，山西代州阳明堡人，比张瑞元大三岁，早张瑞元两年出来的。忻州与代州不远，两人脾气相投，能说在一起。张天壁走后，梁宝元更是对张瑞元处处照应。只是没过两年，梁宝元学徒期满，东家见他为人豪爽，胆子大、敢担当，便让他在驼队当了小把头，走库伦拉骆驼了。

如此过了三年，张瑞元也学徒期满。梁宝元悄悄对他说：“瑞元，我多次听东家夸你，说你为人忠厚，吃苦能干，眼活手勤。听东家的意思，是想把你留在字号里。”张瑞元听得心里美滋滋的，感慨地说：“师兄，咱东家和掌柜们都是好人，这三年我没白伺候他们。”梁宝元问他出徒后有什么打算，张瑞元让梁宝元指点他。梁宝元沉思了一会儿说：“瑞元，你学徒期满，东家就该给你发工钱了。你现在有两条路，一是继续留在字号当伙计，一是跟我拉骆驼走库伦。”张瑞元眼睛闪着光芒问道：“师兄，这两样哪样工钱多？”梁宝元说：“你已经出徒，到了驼队就是小把头，工钱当然要高些。只是拉骆驼是苦力，既辛苦又受罪，比不得留在字号舒坦。”张瑞元不假思索道：“师兄，我想跟你拉骆驼去。”梁宝元遗憾地说：“瑞元，东家那么看中你，说不准过些年会让你当个小掌柜呢！你跟着我拉骆驼，实在是可惜了。”张瑞元却说：“师兄，眼下当紧呀！年初我天壁哥带嫂子回忻州老家，回来说我娘在我出来的那年就饿死了。我爹给人打长工摔断了腿，不能做苦力营生了。我得赶紧挣些钱给家里捎回去。”梁宝元听张瑞元如此想法，便给他出主意说：“你想的倒是也对。瑞元，这样吧，如果东家问起你，你就把家里的境况如实对东家说了，然后就说你想和我一道拉骆驼走库伦。”

过了半月，窦东家果然把张瑞元叫了过去，说他学徒期满，想让他留在字号当伙计。张瑞元把自己的家境和想法对窦东家说了，窦东家也不勉强，让他跟着字号的驼队走了库伦。

窦金魁说大不大，说小也不小，在包头的皮货行中算是中等规模，有一支自己的驼队。窦金魁比不得归化城的大盛魁，大盛魁有七八千峰骆驼，驼队分工明确，皮毛师傅就是皮毛师傅，把头就是把头，脚夫就是脚夫。窦金魁的驼队只有二百多峰骆驼，把头就是皮毛师傅。驼队到了库伦，用生活用品和蒙古人交换皮毛时，是由把头根据行情作价的。

拉骆驼说来轻巧，听着也就是拉着骆驼走路的事，可走过一趟，便知道有多受罪了。春天，字号里备足了粮食、茶叶、布匹、烟酒、盐，以及蒙古人需要的生活用品，几个人便带着驼队出发了。每一次跋涉都是九死一生的磨难，要走山头，绕圪梁，翻山越岭；要走沙漠，走草地，深一脚，浅一脚，伴月而行。到库伦两千多里地的路程，往往要走上几个月，脚底的血泡好了一茬又磨起一茬，疼痛入心。如果仅仅走路，时间久了也还能习惯，最受罪的是老天爷变脸。夏天走沙漠，白天太阳能把人烤熟，晚上夜风能把人冻死。遇上雨天，道路泥泞，就更不好走了。冬天比夏天更遭罪，漫天大雪就像白毛糊糊，呼啸着滚滚而来，寒风刮在脸上，针扎一般疼痛。所幸驼队无论把头还是脚夫，穿的都是清一色的蒙古式大襟皮长袍，脚蹬蒙古人称为毡乌拉的毡靴，头戴俗称草原帽的蒙古三角帽，不然怕是走不了一半行程，人就要被冻死了。这且不说，路上还得照看好每一峰骆驼，生怕哪一峰骆驼的绳链开了，骆驼走失，那是要给掌柜赔钱的。更要命的是路上不能生病，荒无人烟的大漠，一旦生了病，便只有埋骨黄沙了。到了库伦，用驮来的物品和蒙古人换了皮毛、牲畜，再一路餐风宿雨，带着驼队往回返。又是两千多里地的路程，又是瞬息万变的恶劣天气，回到包头，疲惫得能倒头睡个三天三夜。张瑞元拉了几年骆驼，虽然受了数不清的罪，却也长了无数见识，磨出了一双铁脚板，练就了一身好筋骨，学会了一口流利的蒙古话。最重要的是他第二年便当了把头，每年都可以往老家给他爹捎些钱回去。

说话间进入同治年，那年，驼队又要出发了。这时，梁宝元已经升任驼队大把头，张瑞元也当了二把头。窦东家告诉他二人，说绥东的隆盛庄老号这几年生意不错，只是缺乏人手，让驼队从库伦返回来时，直接把货物运到隆盛庄。以后，他们就常驻隆盛庄了。

于是，梁宝元和张瑞元第一次到了隆盛庄。

隆盛庄的繁荣景象让梁宝元和张瑞元眼前一亮。他们没有想到，一个不算很大的集镇，居然生意兴隆，商贾云集，仅挂有牌匾的字号、店铺就有百余家，还有各种手工作坊。简直就是个小包头！

窦金魁老号的掌柜是窦金魁的姨弟，名叫卢儒林。卢儒林每年年底都要到包头和总号对一次账，所以与梁宝元、张瑞元都认识。他穿一袭灰布长衫，头戴黑缎瓜皮小帽，一张脸颇为白净。他只要说话便露出笑，给人亲切儒雅之感，应了那句和气生财的老话。

窦金魁是隆盛庄最大的皮货行，迎街的门脸房一溜五间，旁边方大门，无门槛，里面两进院，有二十多间房。梁宝元与张瑞元向卢掌柜交了货，大睡了一夜。第二天吃过早饭，两人和卢掌柜打招呼，说初到隆盛庄想上街逛逛。卢掌柜把打杂的王顺叫来，说王顺是本地人，隆盛庄的每一条街每一道巷都熟悉，让王顺带他们去逛。又叮嘱隆盛庄南来北往的客商多，其中不乏藏龙卧虎之人；当地人又见多识广，民风剽悍，让他们切不可招惹是非。张瑞元笑嘻嘻地让卢掌柜放心，他和师兄走库伦多年，遇到是非躲着走是谨记在心的。卢掌柜说那就好，让他们晌午在伙房随便垫补点儿，晚上字号要给两位把头和驼队的脚夫接风。

王顺年近四十，生得善眉善眼，说话不紧不慢，一看就是性情温和的好脾气。他带着梁宝元和张瑞元从东到西、从南到北把隆盛庄走了一遭。这一走，梁宝元与张瑞元更是惊讶。隆盛庄一个小小的集镇，竟然有马桥街、大东街、大北街、大南街、小南街五条大街，另有几十条巷子。五条大街都是商业街，大街两侧是前后错落的字号、店铺。叫店的有粮店、马店、旅店；叫铺的有钱铺、当铺、药铺、米面铺、杂货铺、干货铺、绸缎铺、木匠铺、棺材铺、铁匠铺、铜匠铺、银匠铺；叫庄的有饭庄、布庄等。不少字号前为铺面，后为作坊。街上行人客商车水马龙、川流不息，牛板车一辆接一辆，蔚为壮观。

张瑞元拉骆驼出身，因此对骆驼格外关注。走了几条街，他见街上牛板车极多，骆驼却少见，便奇怪地问王顺，隆盛庄的字号难道不走库伦？王顺说走呀！梁宝元也注意到了，问既然走库伦，怎么满街看不见几峰骆驼？王顺解释说，隆盛庄的字号没有驼队，无论走蒙古的库伦还是走俄罗斯的恰克图，用的都是牛板车。张瑞元在路上见过旅蒙商人的牛板车队，一牛一车，每车拉一千到一千五百斤的货物，比驼队方便且运输量大。只是遇上沙漠或不好行走的山路时，牛板车便不如骆驼好使了。

三个人走到马桥街时已是晌午，都觉得肚子饿了。王顺问要不要先回字号吃饭。梁宝元走草地年头长了，沾染了蒙古人的豪爽与嗜好，在一家饭馆门前停住脚，问张瑞元："瑞元，要么咱请王老哥到馆子里吃一顿吧？点两个菜，要壶酒喝。"张瑞元精细，舍不得花钱，拽拽梁宝元的袖子悄声道："师兄，才攒了几个钱就烧得不行了？卢掌柜不是说晚上要给驼队接风吗？咱还是攒着肚子晚上吃吧。"王顺听见了，赞成道："是呀！咱伺候人的，一年能挣几个钱，哪下得起馆子？还是回字号喝稀粥吧。"梁宝元肚子里酒虫痒痒，不甘心地说："喝啥稀粥呀？今后在隆盛庄住下，稀粥天天有得喝。"张瑞元和梁宝元相处得久，知道梁宝元是馋酒了。他眼珠一转，指着前面的一家铺面说："师兄，那不是家卖干货的铺子吗？咱进去看看有啥便宜的，凑合着垫补垫补算了。"梁宝元知道张瑞元节俭，也不坚持，笑笑说："好吧，由你。"

三个人进了干货铺，见点心、麻花、芙蓉糕、绿豆糕、糖枣等应有尽有，张瑞元看着哪一样都流口水。梁宝元正要让伙计取几根麻花，张瑞元拽住他的胳膊把他拉出来。梁宝元皱起眉头，不解地问："瑞元，你这是咋了？不是你要吃干货的吗？"张瑞元挤眉弄眼地说："师兄，你看那些干货做得多精细，价钱肯定不便宜。我看咱还是买几个馒头吃算了。"梁宝元无奈地摇着头说："瑞元呀！你的钱在肋条上串着呢吧？走草地多少年了，还改不了口里人抠屁眼、吮指头的穷毛病？"张瑞元吃吃地笑着说："师兄，省下不就是挣下了吗？"又不好意思地转头对跟出来的王顺说，"王老哥别笑话，我们口里人穷惯了，就算身上有几个钱，也不敢胡吃海花。"王顺微笑道："笑话啥呀！我和两位把头一样，老家也是口里的。"张瑞元连忙问："哦，遇上老乡了！王老哥老家啥地方的？"王顺略带自卑道："穷地方，浑源的。其实，这隆盛庄大半是咱山西口里人，不少是乾隆年间垦荒过来的，先种地，赚了钱才开的字号。"张瑞元得意地朝梁宝元说道："师兄，听见了吗？王老哥也是咱口里人，口里人还能笑话口里人？"又咂巴着嘴说，"不过，那些干货真的挺馋人。以后我要是有了钱，就在隆盛庄开它一家干货铺，早起吃一样，晌午吃一样，晚上吃一样，除了干货，啥都不吃。"梁宝元轻蔑地哼哼鼻子："你们忻州人的抠门在口里是出了名的，就算你真开了干货铺，我料你也舍不得往饱了吃。"

王顺带二人找了一家卖馒头的铺子，张瑞元这回挺大方，抢先掏出钱，半斤大的馒头买了六个。铺子门口有方桌，桌上有茶壶，壶里是砖茶，泡过许多回，茶水已经没颜色了。王顺与伙计认识，让伙计往壶里加一撮茶叶，切半盘咸菜。三个人馒头就咸菜，喝着茶水聊起来。张瑞元问王顺："隆盛庄的地面也不算大，南来北往的客商怎么如此之多？"王顺说："话说起来有些长，十句八句说不完。反正两位把头往后就在隆盛庄住下了，哪天闲着没事，我和你们慢慢拉呱。"梁宝元说："王老哥，咱今天出来就是逛，时间有的是，你这会儿就给我们说说吧。"王顺见梁宝元性子急，呵呵一笑，喝口茶道："既然梁把头想听，那我就长话短说，给你们说道说道。"说罢，慢言慢语，将隆盛庄的来历介绍起来。

隆盛庄位于绥东南部，蒙汉接壤之地，属乌兰察布境内，归山西口外七厅之丰镇厅管辖。

早在汉代，隆盛庄就有汉族军队驻防。元明时期，隆盛庄一带为北部边陲草地，是蒙古人的牧场。明洪武年间，朝廷在隆盛庄修筑了土长城，设了关隘，派兵驻守。清康熙年间，这里成为察哈尔右翼正红旗、正黄旗的驻牧地，牧场豢养的军马专供清军征伐调用。到了乾隆年间，清朝开始招民垦种，口里的大批汉人应招而来，在此定居，开垦土地，进行农耕。据说，隆盛庄便取自"乾隆盛世"的"隆盛"二字。再往后，山西灾年不断，走投无路的口里人纷纷背井离乡，走后草地另谋生路。有腿脚懒惰的，走到隆盛庄不想继续往北走了，便在此留下。由于隆盛庄地处蒙汉交界，是山西、直隶、北京、张家口通往蒙古库伦和俄罗斯恰克图必经的通商要道和关口，又是蒙古喇嘛前往五台山朝拜进香的歇脚之处，同时又有朝廷设置的驿站，这里便逐渐成为牲畜、皮毛、粮食的交易集散地，也是客商和路人添置生活物品、落脚歇息、产品交易的理想之地。于是，隆盛庄便逐渐发展为绥东第一大镇。

张瑞元听得感慨连连，说这隆盛庄虽小，却有些来历。王顺啧啧道："两位把头，隆盛庄虽然不甚起眼，却是个生财聚宝之地。蒙古每年有近万喇嘛去五台山朝拜进香，都要经过隆盛庄。来的时候赶着羊，撵着牛，除了准备捐给寺庙的，大部分留在隆盛庄周边的村庄放养。从五台山返回来的时候，牛羊的膘养起来了，就地作价卖了，从隆盛庄买生活用品带回去。中间的钱让谁赚了？隆盛庄的商人呀！还有，那四子王旗、达茂旗、陶林、二道河子、七台的粮食要往丰镇和大同运，隆盛庄也是必经之地，吃饭住店的钱谁赚？还是隆盛庄人。在隆盛庄做买卖，想不赚钱都难呀！"

梁宝元听王顺说得玄乎，挑起嘴角，笑着暗讽道："王老哥，你到隆盛庄也有些年头了吧？咋就没开个字号？"王顺没听出梁宝元话里的含义，叹着气说："开过，咋能不开呢？只是开了没几年，让人给坑了。"张瑞元好奇地问王顺开的是什么字号，让什么人坑了。王顺顿时神情沮丧，说道："车马店，隆冬时节让人放了把火，烧了个干干净净。"张瑞元惊异地问王顺是不是结下了仇家，王顺苦笑着说："一个小小的车马店，能结下啥样的仇家？是我那车马店没开对地方，被人踅摸上了。"梁宝元着急地问到底是怎么回事，车马店开在什么地方了。王顺朝马桥街南指指说："就是那地方，算是隆盛庄最红火的地方了。生意好呀！每年一到夏天，客人住得满满的。可有那么一天半夜，突然就着火了。亏了是冬天，没几个客人，又都跑得快，不然，就要出人命了。"张瑞元插嘴问道："王老哥，你怀疑有人故意放的火？"王顺说："当时我也没往那上面想，心说指不定哪个客人遗漏了火种。可是，过了没半个月，有人找上门来，说是想盘下我那烧得只剩下半截墙头的车马店。我说车马店不往出盘，明年开春我还要重新翻盖呢。那人冷笑着说：'王顺呀！火烧十年旺，我恭喜你了，你就等着发财吧！'说罢便走了。到了半夜，我正睡得迷迷糊糊，突然听见有件东西打破窗纸飞进来，点着灯一看，是张包着土坷垃的麻纸。麻纸上写着一行字：你盖一次，我烧一次，看是你盖得快，还是我烧得快。我这才明白过来，那把火是人家故意放的。"梁宝元愤然道："当然是故意放的，麻纸上不是已经写得清清楚楚了吗？王老哥，你认识那人不？他买你那烧得只剩下半截墙头的车马店做甚？"王顺抬起手，指着一家叫顺风园的二层楼饭庄正要说话，看见饭庄里走出一个人，眼睛往街面上一扫，目光恰巧落在了他身上。王顺连忙把话止住，拿起筷子夹了一口咸菜送进嘴里。梁宝元和张瑞元从王顺突然变化的神情中看出了什么，都把目光向那人望去。

那是个五短身材的胖子，身体健壮，一条油亮的大辫子拖在后脑勺上，脑门泛着亮晶晶的油光。他双手大咧咧地背抄着，脸上带着轻蔑的笑容，迈着八字步，不紧不慢地走向他们。张瑞元看出不妙，给梁宝元使个眼色，两人便起身对王顺说："王老哥，走吧，咱边走边吃。"王顺也慌不迭地站起来，面色惶恐道："好吧，我带两位把头到别处转转。"不承想，那五短身材的胖子见王顺三人要走，紧走几步赶过来，挡在王顺面前冷笑着说道："王顺，又在这儿编排你那车马店着火的故事呢吧？真是偷人的不丧良心，丢东西的丧良心。你家的车马店失火和爷有啥干系？爷买你那过了火的车马店是一个愿买，一个愿卖。钱你都快花完了，闲着没事儿还惦记着爷呀？是不是不把爷的名声搞臭了，你难受得睡不着觉？"

梁宝元和张瑞元明白了，此人便是放火烧了王顺车马店的那人。他图的不是王顺的车马店，图的是那块在隆盛庄算得上黄金地段的地皮，因为他在那块地皮上盖起了现在的顺风园饭庄。

王顺像是十分惧怕那矮胖子，面对矮胖子的数落，他将手里一个大馒头攥成了硬邦邦的面疙瘩，低着脑袋，一句反驳的话也不敢说。张瑞元本想帮王顺说句话，见那矮胖子一脸横肉，气势汹汹，料想此人绝非善类。他记着卢掌柜的叮嘱，朝那矮胖子赔个笑脸，拉拉王顺的袖子说："王老哥，走吧，咱到别处逛逛。"不想，矮胖子双手一拦，上下打量起梁宝元与张瑞元："看二位挺面生的，是王顺的亲戚还是窦金魁新来的伙计？"不待张瑞元说话，梁宝元挑战一般将双手抱在胸前，不卑不亢道："你是做甚的？打听我们的来历做甚？"王顺怕梁宝元惹事，连忙介绍说："梁把头，这位是咱隆盛庄顺风园饭庄的王掌柜。"又给那矮胖子介绍道，"王掌柜，这二位是我们包头窦金魁总号新调过来的把头，昨天才到的，卢掌柜吩咐我带他们出来逛逛。"

王掌柜像是挺敬重窦金魁，脸色好转了些，朝梁宝元与张瑞元抱拳道："哦，是窦金魁新来的把头呀。失敬！失敬！"又指着王顺说，"二位把头，这王顺脑子受过刺激，说话不着调，你二位千万别听他胡说八道。"王顺终于忍不住了，嘟囔着说："我啥时候胡说八道了？王掌柜，就咱俩人的时候，你数落我几句我也认了，可当着二位新来的把头，你就给我王顺留上米粒大的一点儿面子吧。我也是个男人呀！"王掌柜听王顺如此说，脸色骤变，手指几乎要点到王顺的鼻子了："王顺，你他妈的还知道要面子？你啥时候给爷留过面子？只要遇上人，你就把你那车马店失火的故事编排一次。你若不把手指着爷的顺风园，二位把头往爷那儿看啥？你当爷的脑袋被门挤了？"王顺脸色赤红，想说什么又不敢往出说。梁宝元看不下去了，抬手将王掌柜的手拨开，冷笑一声道："王掌柜，有话说话，你手指着人家王老哥的鼻子做甚？"王掌柜眼睛一瞪，撸一把袖子说："咦，要打抱不平呀？你也不打听打听我王岱是啥来历？隆盛庄虽小，还轮不到你这外乡人撒野。"梁宝元也撸一把袖子，怒目圆睁道："外乡人咋了？天下处处讲公理，你别欺人太甚。"那王掌柜果然是个硬茬儿，抬手一把揪住梁宝元的领口，口气嚣张道："欺人太甚？欺就欺你了，你还敢和爷动手不成？"

梁宝元走南闯北，见多识广，也不是轻与之人。他虽然知道出门在外，该少惹是非，但遇上事也是不怕的。只见他手如闪电，鹰爪一般抓住了王掌柜的领口，另一只手则握成拳头举起来，准备随时向王掌柜脸上捶去："动手？矮胖子，你先动一下试试？看爷一皮锤不砸你个满堂红。”张瑞元懂得强龙压不过地头蛇的理儿，正要相劝，听得一个大嗓门喝道：“住手！什么人想在隆盛庄闹事呀？”梁宝元和张瑞元一怔，见旁边过来一个穿官服的魁梧汉子，腰间悬一口腰刀，操直隶口音说道：“撸袖子露胳膊的，怎么回事呀？”

张瑞元知道，自古以来，官府都是向着有钱人的。一个顺风园的掌柜便已经咄咄逼人，若是官府的人再掺和进来，今天怕是要捅娄子了。正待解释，梁宝元先松了手，向那穿官服的汉子抱拳道：“官爷，这位掌柜做人过于霸道，平白无故，手指点着我们王老哥的鼻子骂个没完。我看不下去，这才与他争辩了几句。”王掌柜没占到便宜，眼睛瞪得像铜铃似的，仍然不肯松手：“争辩？你这架势是争辩吗？瞎了狗眼，隆盛庄岂容得你这外乡人撒野？若不是看卢掌柜的面子，今天非让你见识见识隆盛庄人的厉害。”张瑞元连忙向穿官服的汉子解释说：“官爷，这事儿真怪不得我师兄，这位王掌柜实在是欺人太甚了。”

这时，有不少人围观过来，低声嘀嘀咕咕地议论着，却没有一个肯替王掌柜出头说话。那穿官服的汉子认识王掌柜和王顺，见王掌柜仍旧揪着梁宝元的领口不松手，皱起眉头道：“王掌柜，人家已经松手了，你还揪着人家的领口干什么？”王掌柜听穿官服的汉子如此说他，又见围观的同乡没一个替他出头，只好悻悻地松开了手。那穿官服的也不理睬梁宝元和张瑞元，瞅王顺一眼，依旧皱着眉头对王掌柜道：“王掌柜，不是我康廷儒不护你们本地人，你说你这人到底是怎么了？王顺挺老实个人，他那块地也卖给你了，你也在那块地上盖起了你的顺风园，你怎么就没完没了，见人家王顺一次便要找人家一次茬儿？”

梁宝元与张瑞元见穿官服的汉子竟然替王顺说话，都松了口气。岂知，王掌柜见了官府的人，虽然不似刚才那般盛气凌人了，却也不算恭敬。他争辩道：“康把总，你这话说得不公道，啥叫我见王顺一次找他一次茬儿？是我每次看见他，他都在和别人编排我的坏话。”那康把总蹙起眉头，不耐烦地说道：“算了，算了！叫我说呀，你们两个都不是省油的灯。你王掌柜是啥人自己不知道？王顺那块地你咋买过来的自己心里不清楚？你在隆盛庄横行霸道也是出了名的呀！还有你王顺，一个大老爷们儿，成天没完没了地叨叨那些旧事，自己不觉得烦呀？有那工夫，重新踅摸个行道，东山再起给他王掌柜看看。”梁宝元与张瑞元在旁边听了，觉得康把总两头不偏，算个公道人。王掌柜不服气，还想争辩。康把总挥挥手说：“好了，好了，散了吧！两个大老爷们儿，心眼儿还不如个女人呢！”

王掌柜狠狠地瞪了梁宝元一眼，悻悻地走了。康把总问过梁宝元与张瑞元的来历，点了下头，背抄着手往别处溜达去了。

围观的人见没了热闹，说话间散了个一干二净。张瑞元问王顺，那王掌柜是什么背景，怎的如此横行霸道？那康把总又是什么官？王顺说王掌柜名叫王岱，因他妻舅在丰镇厅署衙门当同知，便倚仗权势，在隆盛庄横行霸道，强买了他开车马店的那块地皮后，盖了隆盛庄唯一一家二层楼的顺风园饭庄。康把总名叫康廷儒，因为是直隶人，人们都叫他“康侉子”。丰镇许多地方设有朝廷的兵营，康廷儒便是四美庄兵营的把总，管辖着隆盛庄周边八个铺。由于四美庄离隆盛庄近，他便时常到隆盛庄街上转转。张瑞元不解，问王顺四美庄在什么地方，四美庄的把总为何能管得了隆盛庄的事。王顺说隆盛庄归丰镇厅管辖，丰镇地名里虽然有个“镇”字，却是口外七厅之首，绥东第一大县，归大同府管辖。四美庄在隆盛庄东五里处，还真管着隆盛庄。梁宝元更为不解，问四美庄大还是隆盛庄大。王顺说隆盛庄大，不过是先有的四美庄，后有的隆盛庄。因为朝廷的兵营设在四美庄，隆盛庄便归四美庄管辖了。梁宝元恍然大悟。

梁宝元与张瑞元年轻，饭量大，两个半斤大的馒头轻松地吃了。王顺剩下大半个，刚才受了惊吓，攮成个硬面疙瘩了。三个人吃饱了肚子，喝足了茶水，王顺被王岱气了一通，心不在焉，问两人逛够了没有，若是累了就回字号歇息吧。梁宝元与张瑞元拉骆驼一走就是几个月，这点儿路简直就是玩耍，便说刚才逛了街道，这回进店铺逛逛吧。逛了几家店铺，梁宝元和张瑞元都高兴了——隆盛庄的店铺果然多是山西口里人开的。细一攀谈，两人得知，那些人的祖辈多是开垦草地时来到隆盛庄的，不少人也走过库伦和恰克图，其中还有几个忻州人。有一家叫茂盛店的大粮店，掌柜的姓彭，老家竟和张瑞元邻村。彭掌柜有个儿子叫彭德生，和张瑞元同岁。老乡见老乡，两眼泪汪汪，张瑞元的脚挪不动了，和彭德生拉呱个没完没了，临走时还约定改天再来拜会。

从茂盛店出来，太阳快要落山了。三个人走了大半天，脸上汗津津，脚也黏糊糊的。张瑞元问梁宝元说：“师兄，咱回字号吧，弄盆水洗把脸，洗洗脚。”梁宝元之前替王顺出了头，王顺心情颇好，兴致勃勃道：“离吃饭还有一会儿工夫，要不我带二位把头到西河湾走走？那河水凉飕飕的，洗把脸可清爽了。”梁宝元高兴地问：“隆盛庄还有河呀？远不远？”王顺说不远，出了马桥街的西巷口便是。

三个人出了西巷口，到了西河湾。

西河湾的河叫南碧河，源于四美庄以东的东沟数股泉眼。泉水喷涌，长年不断，经隆盛庄西，汇入察哈尔右翼正黄旗的一片海子。到了雨季，沿途山洪倾泻，汇集于南碧河，河水暴涨，气势骇人。因为南碧河流经隆盛庄时，要在西面绕个弯儿，所以隆盛庄人便把这里称为西河湾了。

西河湾地势平坦宽阔，一条小河在晚霞的映照下，波光粼粼，缓缓流淌。河床两岸，庄稼茂盛，古树沧桑。三个人在河边蹲下，捧着河水洗了脸，又赤脚下到河里。河水清澈而清凉，梁宝元一边戏耍河水，一边高兴地说：“瑞元，这隆盛庄真是个好地方，不但商贸繁荣，还有这么好的一条河。”张瑞元却低头凝视着河水不说话。梁宝元问道：“瑞元，想啥呢？我和你说话，你没听见？”张瑞元依旧低头凝视着河水，皱着眉自言自语，连声说奇怪。梁宝元也低下头去看，问张瑞元河里是不是有鱼。张瑞元指着河水说：“师兄，咱之前见过的河，河水不是向东便是向南，可这条河的河水却是向北的。你说奇不奇怪？”梁宝元注意一看，惊奇道：“真的呀！这条河还真有点儿邪门，河水竟是向北流的。”王顺接过话介绍说：“可不，隆盛庄的河和别处不同，河水向北流。有懂阴阳的人说，隆盛庄是倒流水，风水硬，民风剽悍，易出土匪和强盗。”

张瑞元记起卢掌柜说过当地民风剽悍，想来大概就是因为隆盛庄是倒流水，一方水土养一方人吧。

晚上，卢掌柜果然备下酒宴给驼队接风。所谓酒宴，其实就是让伙房开个小灶，炒几个菜，上几壶酒，掌柜的亲自陪着吃顿饭罢了。驼队的脚夫常年走草地，和蒙古人打交道，都练出了好酒量，二斤酒下去，个个面不改色。卢掌柜知道拉骆驼的辛苦，连忙喊添酒，让大家喝个尽兴。众人听卢掌柜放了话，齐声谢过，端起酒碗轮着给卢掌柜敬酒。卢掌柜才喝了两口，便摆手说：“我酒量不及你们，你们轮着来，我怕是说话间便要醉倒了。”梁宝元也怕卢掌柜喝多了，连忙打圆场说：“好了，好了，大家不要勉强，让掌柜的量力而行吧。”

第二章

瑞元巧识达林太

清朝时期的山西，行政区划为四道九府。四道为口里三道，口外一道。口里有冀宁道，道台衙门设太原府；雁平道，道台衙门设代州城；河东道，道台衙门设运城。口外有归绥一道，道台衙门设归化城。九府为太原府、汾州府、潞安府、泽州府、平阳府、蒲州府、大同府、朔平府、宁武府。隆盛庄归大同府丰镇厅辖制。

丰镇地处塞外，因毗邻大同城，故归大同府辖制。大同有明长城，自居庸关以西，分南北两线至山西偏关会合。所以，人们称长城以南为口里，长城以北为口外。

隆盛庄属口外，说大不大，说小不小。说它不大，是因为它属于丰镇厅东北乡的一个自然村。塞外人烟稀少，许多村庄大的不过十几户人家，小的不过三五户人家。隆盛庄是个大村庄，朝廷便设它为铺了。铺里不设官员，只有一个铺长。铺长是各家字号推选出来的，没有俸禄，没有办事人员，所担职责不过是调解铺里发生的大小矛盾、抽派徭役、协助丰镇的税官收取苛捐杂税。说它不小，是因为隆盛庄地处蒙汉交界之处，是旅蒙商人通往库伦和恰克图的交通要道，蒙古喇嘛到五台山朝拜进香的必经之路，所以当地人口聚集，商贸兴隆，无论名气还是繁华，都远比南面的丰镇、北面的集宁更盛。

驼队在隆盛庄休息三五天后，便回包头了。梁宝元和张瑞元歇息了月余，待卢掌柜办好货物，便要走草地去库伦。这回，他们带着牛板车队走。

隆盛庄的字号没有牛板车，牛板车由车行经营。隆盛庄有数家车行，每家车行都有上百辆牛板车。一辆牛板车拉一千多斤货物，一百辆就是十余万斤。车行对雇主非常负责，货物损坏丢失都会按合约进行赔偿。所以，窦金魁这次只走梁宝元与张瑞元两个人，其职责是在库伦接货和来回押货，至于路上出现什么意外，或者货物损坏丢失，一概不用他们担当。这是梁宝元和张瑞元走库伦以来最为舒服的一次行程，车行掌柜特意给他们备了一辆能遮风挡雨的轿车。虽然路途遥远，一路颠簸，但比起拉骆驼，简直是舒服到家了。车队到了库伦，和蒙古人交换完各自需要的货物后便往回返。回到隆盛庄时，已是隆冬时节。按照惯例，梁宝元和张瑞元可以歇息到明年开春。这期间，除了在字号帮个忙，打个杂，余下的时间他们便闲着了。

隆盛庄既然地处塞外，周边自然多有野物。常见的有狼、狐狸、狍子、黄羊、獾子，等等。其中尤以野兔为多。窦金魁有一支火铳，是用来护院的。梁宝元与张瑞元年轻好动，冬天的时候，隔些日子便拿着火铳到野外打野兔。两人枪法都不错，每次出去总能打几只回来，用伙房的大锅炖了请伙计们吃。

冬至的那天晚上，天降了雪，第二天，梁宝元和张瑞元又出去打兔子。因为雪地留有野物的踪迹，不过两个时辰，二人便打了七八只野兔。正要往回走时，远处突然小跑过来一匹黑骏马。那马通体墨黑，皮毛油亮，脖子粗壮，前胸肌肉宽阔发达；长鬃波浪一般，一绺鬃毛从双耳间散落额头，略带弯曲，像是女人额前的刘海；长尾蓬松流畅，显得粗犷野性。马背上鞍鞯齐备，却没有骑手。黑骏马像是刻意来找张瑞元的一般，站在张瑞元面前，歪头看着他不动。

张瑞元经常走草地，略识马。见那黑骏马鼻孔粗大，前腿距离宽阔，后腿距离狭窄，是那种“前腿放只斗，后腿钻条狗”的好马，便高兴地对梁宝元说：“师兄，你看多好的一匹马呀！我把它抓住跑一奔子吧？”梁宝元说：“抓它做甚，你看它鞍鞯齐备，有主儿呢。你抓了它，一会儿它主人寻来，小心把你当了偷马贼。”张瑞元想想也是，便不再理会那匹马。可是，那匹马不知是认错了主人还是其他缘故，竟然跟在张瑞元身后，一边前蹄刨地，一边不停地打着响鼻。张瑞元觉得奇怪，伸手去抓缰绳，那马却不躲闪，不但乖乖地让张瑞元抓了，还把头往张瑞元身上蹭。张瑞元大喜，对梁宝元说：“师兄，这马像是把我当成它的主人了。”梁宝元也奇怪道：“是呀！这马有点儿意思，像是和你很熟的样子。”张瑞元心痒难耐，说道：“师兄，管它有主儿没主儿，这么好的马，我骑上它过过瘾。”梁宝元说：“这马看上去不善，你不怕它把你尥下来？”张瑞元呵呵笑道：“师兄忘记咱是啥出身的了？拉骆驼的呀！它能把我尥下来？我试试，说不准，它还能带我找到它的主人呢！”说罢，也不管梁宝元同不同意，张瑞元扶扶背上的火铳，便踏马镫跨上马背。没承想，他屁股还没有坐稳，那黑骏马就马头一转，朝着来路飞奔而去。张瑞元吓了一跳，想勒缰让黑骏马停下来，可那黑骏马疯了一般，不但不听他的指挥，还一声长嘶，撒开四蹄向北疾驰而去。急得梁宝元在后面喊道："瑞元，小心，小心呀！”

张瑞元拉骆驼走草地，经常骑马，但从未骑过这样的好马。他见黑骏马不听指挥，心说好烈的一匹马，索性让它放了劲儿，它累趴了的时候，自然会听指挥。可是，那黑骏马放开四蹄，疾驰了不过二三里地，便放慢了速度。张瑞元以为黑骏马累了，觉得它不过是样子货，腿脚也算不得好。不想那黑骏马猛地停住，前蹄抬起，引颈一声长嘶。张瑞元觉得奇怪，向前一望，见前面不远处有一棵孤零零的老榆树，高高的树杈上隐约蹲着一个人，而那老榆树下，两只个头硕大的灰狼正龇牙咧嘴地守着。张瑞元猜想，躲在树上那人或许便是黑骏马的主人，黑骏马通人性，找他是要他来救它主人的。他不敢怠慢，摘下肩上的火铳，瞄准一只灰狼开了枪。火铳里装的是用来打野兔的细铁砂，对狼的杀伤力不大。灰狼腿上中了枪，在地上打个滚儿爬起来，嚎叫了一声，一瘸一瘸地跑了。另一只灰狼见状，也跟在那只受伤的灰狼后面逃去。

张瑞元催马来到老榆树前，见树上那人五十岁上下，身穿蒙古袍，头戴蒙古三角皮帽，便用在库伦学的蒙语朝那人打招呼："大叔，这是您的马吧？”那蒙古人脸色灰白地从老榆树上出溜下来，朝张瑞元抱拳谢道："后生，今天多亏你救了我，不然，我怕是要被那两只大灰狼吃了。”不待张瑞元说话，黑骏马已经走到那蒙古人面前，一边打着响鼻，一边往那蒙古人怀里拱。张瑞元明白了，那蒙古人果然是黑骏马的主人。他连忙下马，感慨道："大叔，您这匹马好通人性呀！若不是它，我咋知道您被大灰狼给困住了？”

那蒙古人看样子喝多了酒，满嘴酒气，虽然会说汉话，但舌头打卷儿，语音含混不清。张瑞元得知他叫达林太，家住隆盛庄北十几里远的乌拉哈。他听说过乌拉哈，那里是蒙古人的营子。达林太说他是去四美庄看望康把总，与康把总喝多了，回来走到这里时要呕吐，便下了马。呕吐了一番后，他坐在老榆树下，想抽袋烟歇歇再走，不想竟靠着树干睡着了。蒙眬中听得坐骑嘶鸣，睁眼一看，见两只个头硕大的灰狼正围着黑骏马打转，黑骏马不时尥起后蹄进行防御。达林太酒醒了一半，跳起来一声大喝，想把大灰狼吓走。没承想，两只大灰狼竟然放弃了黑骏马，瞪着凶恶的眼睛，龇牙咧嘴地朝他逼来。达林太赤手空拳，不敢招惹大灰狼，惊慌中不知哪来的力气，麻利地爬上了那棵老榆树。两只大灰狼往老榆树上扑，尽管竭尽全力，总是离达林太一尺有余。黑骏马见状，在远处嘶鸣几声，往南跑去。达林太以为黑骏马被大灰狼吓跑了，没承想它却是搬救兵去了……

张瑞元救了达林太，达林太再三感谢。张瑞元说这算不得什么，问达林太还能不能骑马，用不用送他回乌拉哈。达林太说能骑马，也不用张瑞元亲自送他。张瑞元扶达林太上了马，让达林太赶快回家。达林太问过张瑞元的姓名，说改天一定亲自去隆盛庄拜访感谢，然后打马而去。

梁宝元和张瑞元在窦金魁干了两年，卢掌柜怕他们人大心大，字号里留不住，每年都要给二人加些工钱。渐渐地，梁宝元与张瑞元也有些积蓄了。张瑞元闲来无事，经常到茂盛店找彭德生下象棋。去着去着，腿儿便勤了，隔个三五天不去，心里就像缺了点儿什么。其实，张瑞元喜欢下象棋是一个原因，还有一个原因是彭德生有个姑舅妹妹经常到他家串门，张瑞元对那闺女颇为动心。那闺女姓邓名香如，是彭掌柜妻哥的大闺女。邓香如身材婀娜，眉清目秀，笑起来脸上两个小酒窝。彭德生前年娶了媳妇，媳妇是集宁人，名叫丽萍，邓香如经常过来看望表嫂。彭掌柜家境好，邓香如每次来，回去的时候丽萍总要给她带些米面杂粮，邓香如也就来得更勤了。张瑞元喜欢邓香如长得好看，说话声音柔和，心说自己若能娶邓香如这样的女子为妻，这辈子也不白活了。只是顾忌邓香如的爹大小也是个掌柜，自己却只是个伙计，她爹妈未必会同意。所以，也不敢妄想，只是期盼每次去茂盛店时邓香如都在，就算娶不上她，饱饱眼福也是一种享受。

彭掌柜也喜欢下象棋，张瑞元和彭德生下棋时，他经常站在旁边看，遇上僵局或死局，往往指点一两句。有时候时间晚了，便留张瑞元在家吃饭。三个人经常聊起忻州老家的旧事，有次讲起相互认识的人，发现彭掌柜竟和张瑞元的一个表婶沾点儿远亲，按辈分排下来，张瑞元该叫彭掌柜叔。

一日，张瑞元又去找彭德生下棋，下了两盘，见邓香如没来，便告辞要走。彭掌柜拦住他说："瑞元，今天是叔的生日，恰巧有个贵客来了，你就留下陪我们喝几杯酒吧。"张瑞元说行，他有事先出去一趟，马上回来。张瑞元其实没有事情，他是听说彭掌柜过生日，出去买东西了。他打了二斤酒，切了二斤酱牛肉。彭掌柜见张瑞元买了酒肉，说他太多心。张瑞元说叔过生日，自己这个晚辈总得有个心意吧。

彭掌柜的客人是个蒙古人，五十岁上下，身材魁梧，衣着华贵，面带倨傲之气。张瑞元看他有些面熟，颇像那年从大灰狼嘴边救下的达林太。那蒙古人见了张瑞元，也觉得惊异，眼睛盯着张瑞元，蹙起眉头像是在思索着什么。彭掌柜给张瑞元介绍，说他的客人名叫达林太，是隆盛庄东北十几里外的小孤山脚下乌拉哈的章盖，又介绍说章盖是蒙古人的官职，达林太不但是朝廷设在乌拉哈的地方官，也是乌拉哈最有钱的蒙古人。他家的草场大得无边无际，土地多得数不清，是他最敬重也是认识人中身份最显赫的蒙古朋友。

张瑞元见那蒙古人果然是达林太，便面带笑意地用蒙语问道："达林太大叔，您还认识我吗？"达林太愣怔了一下，猛地一拍脑门说："我说咋这么面熟呢！想起来了，想起来了，你便是那年救过我的那个后生。"他一把抓住张瑞元的手说，"后生，恕我，恕我呀！我那天酒喝多了，回去忘了你的名字。后来到隆盛庄打听了多次，还托彭掌柜打听过，却一直没有打听到你。没想到，今天在彭掌柜家遇上了。真是缘分，缘分呀！"彭掌柜也多次听达林太提起那年冬天他被大灰狼困住，被隆盛庄的一个后生救了，后来让自己帮忙找那后生表示感谢，可达林太忘了张瑞元的名字，偌大一个隆盛庄，如何打听？现在见张瑞元便是达林太的救命恩人，也高兴不已，说这真是缘分。

达林太与张瑞元叙了会儿旧，兴奋不已，亲切地称呼张瑞元为瑞元小兄弟，催彭掌柜赶快上酒，他要和救命恩人喝个一醉方休。彭掌柜和彭德生都没酒量，知道张瑞元经常走草地，和蒙古人打交道多，能喝酒，所以才让他留下陪达林太。四个人刚喝下一斤酒，彭掌柜和彭德生便面红耳赤，连说他父子喝不了了，让张瑞元陪达林太章盖多喝些。达林太本就对张瑞元心存感激，见张瑞元一杯不差地陪着，内心更是多了几分好感，他竖起拇指说："瑞元小兄弟，你和我们蒙古人一样性情豪爽，是我们真正的朋友。"彭掌柜和达林太相交多年，说话不避讳，开玩笑说："达林太章盖，瑞元虽然救过你，可咱们相交多年，不能有了新朋友，就忘了老朋友吧？"达林太哈哈笑道："哪能忘了你呢，若不是你，我还找不到瑞元小兄弟呢。"又对张瑞元说，"瑞元，大叔今天遇见你非常高兴，改天大叔请你到乌拉哈喝酒。"彭掌柜笑道："瑞元，看来你和达林太章盖还真是脾气相投。我和他交往多年，他从没说过请我到乌拉哈喝顿酒。"达林太嘴一撇，对满脸通红正要下地的彭德生道："德生，这小酒杯不过瘾，让你媳妇换两个茶碗来。今天我要和瑞元小兄弟好好地喝上几碗。"又对彭掌柜说："你彭掌柜买卖公平，是个好生意人，但算不上好朋友。所以，我不能请你到我家喝酒。"彭掌柜笑着说："达林太章盖，我好酒好肉款待你，你却说我不够好朋友？那你说说，咋样才算是好朋友呢？"达林太拿起酒壶晃了晃，认真地说："哪次你和我一道醉了，就算好朋友了。"彭掌柜嘻嘻笑道："我才不上你的当呢。你今天醉了，明天照样喝。我若是醉了，三天爬不起炕，耽搁了买卖你赔呀？"达林太遗憾地摇头说："你们汉人真是既精明又奸猾，"又自豪地对张瑞元说，"瑞元，大叔可没有说你，你实在，像我们蒙古人的朋友。唉！当年铁木真大汗征服天下的时候，我们蒙古人的土地是何等的辽阔。可惜呀，今非昔比了。大叔对你说，你到隆盛庄不久，对隆盛庄还不甚了解。隆盛庄属察哈尔右翼四旗的正红旗管辖，我们蒙古人叫它隆兴浩特。这隆盛庄以内是你们汉人的，隆盛庄以外却是我们蒙古人的。没有开垦的草场是我们蒙古人的，开垦的农田也是我们蒙古人的。我们把一部分农田卖给了你们汉人，但大部分是租给了你们汉人里的有钱人，再由他们把地转租给佃户耕种。所以，我们才是这片土地真正的主人。"

张瑞元接触过许多蒙古人，知道蒙古人与汉人虽然同为清朝臣民，但因为成吉思汗的那段辉煌历史，蒙古人在汉人面前有一种骨子里的高傲。

彭掌柜听得连连点头，奉承地说达林太说得千真万确。达林太却又说："但我们蒙古人还是不喜欢你们汉人。这里本来是我们的草场，是你们汉人把我们的草场开垦成了农田，今天这里一大片，明天那里一大片，还编了号，什么头号地、二号地、三号地，都编到几十号地了。这样四处开垦，导致干旱少雨，草场沙化。再这样下去，我们的草场就会被逐渐吞食，我们的牛羊将没有地方牧养，我们就得往库伦那边迁徙了……"彭掌柜插嘴反驳道："达林太章盖，你这话就前后矛盾了。先说不是我们汉人要来开垦你们的草场，是朝廷下令让我们来开垦的；再说你们的草场虽然变成了农田，但还是你们的财产呀！你卖给我们汉人的农田，我们都给了你钱，你租给我们汉人的地，我们每年都要给你交租子。不然，章盖能有那么多的粮食卖给我？"达林太自知理亏，不说话了，喊彭德生道："德生，哪去了？叫你媳妇取两个酒碗这么慢，怕我喝你家的酒呀？"达林太话音未落，彭德生的媳妇丽萍腆着个大肚子把碗拿上来了，说道："大叔，您别喊德生了，德生喝多了，抱着脑袋在窗台下打盹呢。"彭掌柜亲自将酒碗斟满，说道："达林太章盖，看看，把我儿子喝多了吧！今天亏了瑞元，不然，你喝了我的酒，还要骂我小家子气。你放开肚子喝吧，我家的酒通着缸房呢。"

那天晚上，张瑞元和达林太都喝了个大醉，彭掌柜没让张瑞元回窦金魁，安排他和达林太一道在东耳房睡了。睡到半夜，张瑞元酒醒过来，见达林太吐了一炕，连忙起来将秽物打扫了。第二天一早，不等达林太睡醒，他就向彭掌柜打了个招呼，先回了窦金魁。

隔了个年，快到春天的时候，有一天吃过午饭，茂盛店的小伙计到窦金魁来找张瑞元，说彭掌柜请他过去一趟。

茂盛店门口拴着两匹高大的骏马，一匹枣红色，一匹黑色。那匹黑马皮毛油亮，精神抖擞，正是达林太的坐骑黑骏马。张瑞元高兴地问彭掌柜是不是达林太大叔来了。彭掌柜笑眯眯地说，达林太打发他儿子哈森来了，让哈森接张瑞元去乌拉哈，要请张瑞元喝酒。

张瑞元当时便吓软了腿，退后两步摆着手说："叔，我可不敢去。那天陪达林太大叔喝酒也是硬着头皮，这要是去了他家，怕是得爬着回来。"彭德生在一旁怂恿道："不会吧！瑞元，那天你喝了那么多酒，一点儿事儿都没有，半夜还把达林太大叔呕吐的东西给打扫了。你的酒量一点儿不比达林太大叔差，你就放心地去，也给咱汉人长长脸。"张瑞元将彭德生的军说："说得轻巧，你知道第二天我有多难受吗？要去咱俩一道儿去，光我一个人，我怕竖着去了，横着回来。"彭掌柜说："就德生那点儿酒量，还不如只猫呢。瑞元，咱别说笑了，你也知道，蒙古人重感情，何况你还救过达林太章盖的命。既然他把你当朋友，那便是真心的，你若不去，他肯定会生气。再说了，哈森把马都给你带来了。你懂得蒙古人的风俗，你看那马选的，鞍子配的，他是把你当贵客迎接的呀！"张瑞元听说门口的马是达林太专门为他准备的，心中颇受感动，咬咬牙说："既然达林太大叔看得起我，那我就走一趟吧。就算喝趴下了，我也不能给叔丢脸。"彭掌柜听张瑞元答应了，高兴地竖起拇指说："好！瑞元，你真是个好后生。哈森在后院喝茶呢，我带你去见他。"

哈森比张瑞元小两岁，不善言谈。他让张瑞元骑了那匹黑骏马，说是他阿爸吩咐的。

黑骏马好像还认识张瑞元，也不躲闪，朝着张瑞元打了两声响鼻。它依然如张瑞元上次见到时一样，通体油亮，像是亮晶晶的黑缎子，只是背上的鞍韂换成了一副雕花镶银、精美华贵的景泰蓝鞍韂。有道是"衣为人装，鞍为马装"。人穿了华贵的衣服，身份便显得高贵了；马备了华贵的鞍韂，同样显得矫健英武了。张瑞元知道蒙古人有"女人有钱戴在头上，男人有钱花在马上"的习俗，猜想这副鞍韂一定是达林太大叔的心爱之物。路上，他心痒难耐，忍不住问哈森说："哈森，能不能放开马跑一会儿？"哈森点头说："能！"张瑞元又问："我在前面？"哈森还是一个字："行！"于是，张瑞元抖抖缰绳，脚后跟轻磕马肚。黑骏马明白了他的意思，一声长嘶，放开四蹄飞驰起来。

黑骏马的确是匹追风好马，它的头微微昂起，长长的鬃毛随着身体的起伏在风中潇洒地飘逸；矫健的四蹄带着风声，节奏欢快地敲打着初春干燥的大地；长长的马尾被气流扬起，几乎与身体平行成一条直线；肌肉凸凹分明，身躯优雅健美，像一道睥傲万物、势不可当的黑色闪电。张瑞元难得享受一次如此的刺激，一边催马疾驰，一边高兴地喊叫起来，直到黑骏马鼻孔扩张，浑身汗津津了，怕哈森不高兴，方才让黑骏马慢下来。

乌拉哈位于小孤山下，往北不远有一处海子，因那海子在察哈尔右翼正黄旗境内，所以便叫黄旗海了。隆盛庄的南碧河经西河湾向北流，最终归于黄旗海。

蒙古人只有倒草场放牧的时候才住蒙古包。乌拉哈是蒙古人的营子，所以，乌拉哈的蒙古人和汉人一样住房子。

达林太家的院子是乌拉哈最大最好的。正门门口竖有两根拴马石，侧门进去是马厩、牛棚和羊圈。达林太已经杀好了羊，备好了酒。他妻子名叫宝梅，目光温和，看上去十分慈祥，正和女儿乌云其木格灌血肠、肉肠。达林太张开双臂，迎上前和张瑞元拥抱了一下，轻轻拍着张瑞元的肩说："瑞元小兄弟，欢迎你到大叔家做客。"张瑞元也按照蒙古族的礼节问候了达林太。达林太把张瑞元介绍给宝梅和乌云其木格，母女二人听说张瑞元便是救了达林太性命的恩人，目光都充满了感激。

寒暄过后，哈森卸了马鞍过来，三人上炕入座。炕上摆了各种奶食，金边的镶花细瓷碗倒了香气四溢的奶茶。达林太从炕头拿过放旱烟的小笸箩说："瑞元，尝尝大叔的旱烟吧，这可是大叔托人从关东捎回来的，好像叫啥亚布力烟，比咱的小兰花有劲呀！"张瑞元见笸箩里的烟叶色泽金黄，没有一点儿枝梗，都不好意思装自己的旱烟了。

山西人抽烟，分水烟和旱烟两种。水烟价格贵，且不方便，因此以旱烟为主。旱烟是一种叫小兰花的烟叶。

隆盛庄也有种小兰花、卖烟叶的。小兰花的籽儿比米粒还要小，因为适合旱地种植，人们便称其为旱烟。小兰花破土出苗后，长势极快，烟叶长而翠绿，饱满肥厚，开淡黄色的花蕾，蜂不叮，虫不咬，鸡不啄。秋天成熟时，烟叶会变得枯黄。收割后，将叶柄用绳子串起来，吊在背阴通风处晾干，然后平铺于热炕头上，焙干水分，烟叶便变得色泽金黄了。烟农出售烟叶时，往往将烟叶分成三种卖。一种是十几张烟叶叠在一起，成板卖的。家境好，又怕商家在烟叶里掺杂拌假的，多买此类烟叶。买回去后，去除枝梗，打去烟籽，将烟叶放在碾子上碾，用麻箩子筛，再将烟籽捣碎，直至出油，与筛好的烟叶碎末拌在一起，便是上等旱烟了。还有一种是清一色的纯烟叶，是烟农加工好的，买回来便可以抽，很是方便。最差的一种是卖给穷人的，是将揉完烟叶的枝梗及烟杆剁成小截，在锅里慢火焙干，上碾子碾碎后，用麻箩子筛出。这种烟味道辛辣，带苦味儿，燃吸时容易爆火星，抽多了会上火。因为价格便宜，是贫寒人家男人的“干粮”。张瑞元与梁宝元生活节俭，一直抽这种枝梗碾碎的劣质小兰花。

张瑞元装了一袋亚布力烟。这烟入口的确有劲，他忍不住咳嗽了几声，对达林太道：“大叔，您这烟真的好抽，就是硬了些，呛得我直咳嗽。”达林太笑眯眯道：“硬是硬些，但的确好抽。抽多了就习惯了。”说罢，把自己的烟袋递过来问：“瑞元小兄弟，你看大叔这根烟袋如何？”张瑞元接过达林太的烟袋，也不细看，先奉承道：“大叔的烟袋，肯定是好货！”达林太得意地炫耀说：“瑞元，大叔这根烟袋可是用一头牛、二十只羊从你们汉人手里换的。”张瑞元听达林太说他的烟袋值钱，这才重新端详一番。那根烟袋一尺多长，银烟锅头，檀木烟杆，碧玉烟嘴儿。银烟锅头做工精细，上面镂着漂亮的花纹；檀木烟杆儿沉甸甸的，像铁铸的一般；烟嘴儿碧绿，一看就是上等的好玉。张瑞元惊叹道：“大叔，您的这根烟袋，是我见过的最好的烟袋。我在包头窦金魁总店时，我们窦东家也有根好烟袋，只是那根烟袋的烟杆比大叔的短些，烟嘴儿的玉也不如大叔的翠绿。”达林太对张瑞元的奉承十分惬意：“真的？瑞元呀！大叔这辈子有三件心爱之物，一是今天让哈森带去接你的那匹黑骏马，一是给黑骏马配的那副雕花镶银的马鞍，还有就是这根烟袋了。”

说话之间，乌云其木格将手把肉、血肠、肉肠端上来。她相貌不算漂亮，但一脸温和，淡淡的微笑中洋溢着一种蒙古族姑娘特有的纯朴善良。

蒙古族的手把肉极有讲究。选两岁对子牙羯羊，从其胸部切一小口，手伸进腹腔扯断动脉，将羊血留在腹腔内。扒皮开腹后，将小肠捧出，切羊肺一块入肠头，顶出粪便；灌一碗凉水，再放一块羊肺，对小肠进行二次清洗，然后在肠内灌入切好的肉块，或将留在腹腔内的羊血和荞面搅拌而成的糊状灌入，制作肉肠和血肠。煮肉时，锅里不放调料，羊肉大块清水入锅，汤沸后改为小火。最重要的是掌握火候，时间短了肉不熟，时间太久肉便不嫩了，以刀割开后，肉中不见血丝为上。

张瑞元见乌云其木格端上来的是羊背子，是蒙古族接待贵客的最高礼节，心想：自己一个窦金魁的小把头，达林太大叔竟然用蒙古族款待贵宾的礼节接待自己，实在有些受宠若惊。达林太将银碗斟满酒，按照蒙古族的礼仪，戴上帽子，双手过头给张瑞元敬了酒，再次谢过张瑞元的救命之恩。张瑞元也戴上帽子，回敬了达林太。哈森亦是如此，张瑞元依旧还了礼。礼仪完毕，三个人才摘下帽子，开始喝酒吃肉。

张瑞元应邀而来，本已做好大醉一场的准备。可是，与那日在彭掌柜家喝酒相比，达林太判若两人。他既不强劝，也不干杯，而是边喝酒吃肉边用蒙语和张瑞元聊天，要张瑞元把经历过的事情细细地讲给他听。

酒虽然喝得慢，却也会上头的。张瑞元喝了酒，话比平日多了，感情也丰富了，开始讲起当年忻州老家大旱，走投无路时，随叔伯哥哥张天壁走西口到了包头城，在窦金魁皮货行当学徒，起五更，睡半夜，给东家提茶壶，倒夜壶，一年四季没有安心地坐下来吃过一顿饭。后来学徒期满，又跟着师兄梁宝元拉骆驼走库伦，路上遇到过土匪，险些丢了性命；遇到过暴风雪，险些被冻死；遇到过狼群，险些被吃掉；还生过一场大病，差点儿把性命留在草地上。讲他原本想在口外再待几年，攒些钱回忻州老家娶房媳妇，守在他爹跟前为他爹养老送终。可去年从库伦回来，收到家里捎来的信儿，说他爹生了一场大病，因为舍不得花钱医治，早在三个月前就病故了。

说到伤心处，张瑞元禁不住声音哽咽，满眼泪花，也不用达林太劝酒了，主动端起银碗和达林太、哈森喝。待把自己的故事讲完，已经有了五分醉意。达林太神情凝重地望着哈森说："哈森，你听到了吧？过去我们一直认为汉人太奸猾，开垦我们的草场，做生意蒙骗我们，赚我们的钱，用便宜东西换我们的牛羊。可那样的奸商毕竟是少数，像彭掌柜那样买卖公平的商人，像你瑞元哥这样经历了无数苦难，依然吃苦耐劳、坚忍不拔地为生活奋斗的人还是多数。阿爸今天请你瑞元哥来，就是想让你听听他的故事。你要学习这些走口外的山西人的精神，不要成天泡在酒里，好吃懒做，如果那样，我们怕是连剩下的这点儿草场也保不住了。"

张瑞元明白达林太为什么要请他到乌拉哈做客了，不好意思地摆手说："大叔，有肉不吃菜，有稠不喝稀，我们那是没办法呀！哈森兄弟有您这样的好阿爸，有您这样富裕的家业，您就让他像我们汉人财主家的少爷一样享福吧。"达林太拿起心爱的烟袋装了一锅烟，摇着头说："那可不行。我原来也是这么想的，是隆盛庄人给了我启发。做人要勤快，要能吃苦耐劳，只知道喝酒吃肉，迟早会坐吃山空。我有三个儿子，按照蒙古人的规矩，大儿子必须当兵，二儿子必须做喇嘛。所以，我大儿子巴特尔当了旗兵，后来立了功，调防四子王旗担任王爷府的卫队长，前年娶了个蒙古贵族的女儿。二儿子乌力吉做了喇嘛，离开后就再没有回过家。哈森是我的小儿子，从小娇生惯养，我担心他将来不成器……"

张瑞元怕哈森不高兴，打断达林太的话说："大叔，您太多心了，我看哈森挺好的。"达林太说："我的儿子，好不好我心里明白。我不是说哈森不好，只是觉得他经历的磨难太少，想让他趁着年轻多加磨砺。瑞元呀！从那天在彭掌柜家见到你，我就觉得咱俩挺投缘。一是你会说蒙语，懂得我们蒙古族的风俗礼仪，也算半个蒙古人了。而我也算得上半个汉人，无论蒙语还是汉话，咱们都能说在一起。二是你这后生诚实，不奸不滑，我从那天在彭掌柜家喝酒便看出来了。三是你经历的事情多，见过世面，又在包头的大字号干过，有做生意的头脑……”张瑞元不明白达林太究竟想说什么，忍不住问道：“大叔，您夸得我都不好意思了。您是不是有啥话想对我说？”达林太笑了：“瑞元呀！你脑子真够聪明的。不瞒你说，大叔想和你做笔生意，不知道你有没有兴趣。”

张瑞元做梦都想着做生意发财呢！拉了多年骆驼，走了多趟库伦，尽管他正值年轻力壮，却也觉得疲惫了。自从来到隆盛庄，看到了隆盛庄的繁荣景象，看到了隆盛庄遍地黄金的机遇，他和师兄多次商量过，像他们这样下去，这辈子也摆脱不了伺候人的命运。他们也想开一家字号，也想当几天掌柜，只是两人这些年的积蓄不多，就算开一家字号，也只能勉强开个杂货铺之类的小字号。他们跑惯了大生意，小字号又看不起，现在听达林太说想和他做生意，又知道达林太不但是乌拉哈的章盖，也是乌拉哈最有钱的蒙古人，禁不住怦然心动，问达林太说：“大叔，做生意我当然有兴趣，只是没有多少本钱，不知道大叔的生意……”达林太神色凝重地说：“瑞元呀！大叔这生意不用你出本钱。大叔是这样想的，大叔想自己办一批货，让哈森走趟库伦历练历练。可他没走过库伦，那边又没有熟人，大叔放心不下，想请你带他走一趟。这一趟赚不赚钱无所谓，别赔多了就行。至于你，大叔给你双倍的工钱，不知道你愿不愿意。”

张瑞元的心立刻凉了半截，心说达林太不愧经常和汉人打交道，头脑比后草地的蒙古人精明多了。他这哪是想历练哈森，分明是见走库伦赚钱，自己也想走。他想了想，为难地说道：“大叔，按说陪哈森走趟库伦算不了多大的事，只是我现在是窦金魁的人，您说这吃里爬外的事我能干吗？”张瑞元说完便后悔了，觉得自己说话太直接，会惹达林太生气。

果然，达林太拉下脸来，端起银碗自己喝了一口酒，而后不紧不慢地说：“你们汉人有句话，叫作‘人若不为利，谁肯五更起’。瑞元，你一年不过走两趟库伦，你走一趟库伦，大叔给你双倍的价钱，这好处你满隆盛庄地找，有像大叔这样慷慨的吗？”张瑞元有些鄙夷达林太了，这要是在隆盛庄，他必定站起来拂袖而去。可这是在乌拉哈，是达林太的地盘，自己又吃着人家的肉，喝着人家的酒，该如何说呢？他想了想，拿定主意说：“大叔，这件事实在是难为我了。我的性情您不了解，我不是那种见利忘义的小人。您若非要我陪哈森走一趟库伦也可以，我回去向卢掌柜把话说清楚，辞了窦金魁的营生。不过，我也不要您双倍的工钱，我只陪哈森走一趟，算是报答您今天的这番盛情了。”

张瑞元想，达林太要么会同意他的做法，要么会勃然大怒，把他撵出家门。达林太却哈哈大笑起来：“瑞元，大叔没有看错你。你说得对，我们蒙古人最憎恨的就是那种吃里爬外、背信弃义的小人。大叔实话对你说吧，大叔刚才那般对你讲，其实是在试探你。”张瑞元吁一口气说：“大叔，您真把我吓了一跳。我就说嘛，蒙古人最讲究做人诚实，大叔怎么会叫我做那种下三烂的龌龊事呢？”达林太严肃地说：“瑞元，大叔虽然是试探你，但让你陪哈森走库伦是真的。”张瑞元疑惑不解：“大叔，您一会儿这样，一会儿那样，到底是咋回事呀？”达林太缓缓说道：“其实，这主意是你们卢掌柜给大叔出的。卢掌柜大概还没有对你讲，去年秋天，你们包头总号倾其所有，在库伦做了笔大生意，换的都是珍贵的虎皮、豹皮、熊皮、狼皮和狐狸皮，可不知道怎么走漏了风声，驼队回来时被土匪劫了道。窦金魁元气大伤，窦东家急火攻心得了偏瘫，把生意交给了儿子。他儿子手里没钱，便决定把隆盛庄分号撤回包头城。”

听到这里，张瑞元忽地记起来，按照以往的惯例，卢掌柜这时候已经开始筹备运往库伦的货物了，可今年字号好像没什么大动静。他奇怪地问达林太是如何知道这件事的。达林太说前天卢掌柜到乌拉哈来找他，亲口告诉他的。张瑞元惊异达林太认识卢掌柜，达林太自豪地说：“瑞元呀！不是大叔吹牛，这隆盛庄各大字号的掌柜，几乎没有不认识大叔、不给大叔面子的。啥四美庄、隆盛庄，过去都是我们蒙古人的草地，都是大叔先人管辖的地方。就连你们包头窦金魁总号的窦东家，当年在隆盛庄起家时，也曾和大叔是朋友呢。”张瑞元恍然大悟，难怪达林太大叔家有钱有势，原来达林太大叔的先人便是蒙古贵族。

听到窦金魁分号要撤回包头的消息，张瑞元惊得酒醒了一半，连忙问达林太，卢掌柜到乌拉哈找他说了什么。达林太说，卢掌柜的意思是想把窦金魁盘给他，所以来问问他有没有经营皮货的意思。张瑞元急忙问他答应了卢掌柜没有。达林太说：“大叔这把年纪了，肉够吃，酒够喝，钱够花，觉够睡，本不想操那份闲心了，可哈森还年轻，不能成天游手好闲没个事做，所以大叔便动了心。现在只是顾虑哈森是门外汉，不懂经营，所以大叔便想到了你。如果你和你师兄能帮哈森一把，大叔就盘下窦金魁。如果你们不愿意，大叔只好作罢了。”直到这时，张瑞元才明白了达林太请他到乌拉哈做客的真正用意。他犹豫着说：“大叔，我倒是愿意帮哈森一把，可我和师兄在窦金魁干了多年，现在窦金魁遇到了困难，我们在这个时候背弃窦金魁，良心上说不过去呀！”达林太微微一笑说：“这点你不要顾虑，其实，把你们推荐给大叔的正是卢掌柜。”张瑞元吃惊地问：“卢掌柜不准备带我们回包头了？”达林太点头说：“卢掌柜说了，窦金魁这次元气大伤，没个三年五载怕是缓不过来。你和你师兄伺候窦金魁多年，工钱比普通伙计高得多，窦金魁怕是负担不起了。所以，卢掌柜向我推荐了你们……”

后面的话张瑞元不用听了，事情明摆着：窦金魁伤了元气，需要休养生息，不肯再雇用他和师兄了。好在卢掌柜是仁义之人，把他们推荐给了达林太。张瑞元喝了一口奶茶，抹抹嘴唇说：“大叔，我倒是愿意帮哈森兄弟一把，只是不知道我师兄有啥想法。这样吧，我回去和师兄商量商量，三天之内给大叔回个话。您看如何？”达林太痛快地说：“这也算是大事，不急，你和你师兄商量好了再说。”又对哈森说：“哈森，这半天只顾说话，肉都凉了，让乌云其木格再换一盘热的。咱们说完了正事，该和瑞元喝个痛快了。”

那天，张瑞元与达林太和哈森从下午一直喝到晚上，究竟喝了多少酒，他自己也记不清楚了，只记得喝到兴奋时，一直少言寡语的哈森唱起祝酒歌给他敬酒，达林太还喊妻子宝梅和女儿乌云其木格进来，唱歌给他敬酒，最后达林太也唱了起来。张瑞元情不自禁，跟着大家一道唱起来。晚上，张瑞元和哈森在一条炕上睡了。第二天早晨起来，乌云其木格已经熬好了奶茶，端上了手把肉、炒米和整套的奶食。达林太又上了酒，张瑞元说自己现在还难受着呢，不敢再喝了。达林太劝他说这是回笼酒，再喝点儿就好了。张瑞元推辞不过，只好再次端起银碗。喝过两碗后，肚子果然舒服了许多。

喝完茶，张瑞元告辞要回隆盛庄，达林太也不挽留。张瑞元还骑了那匹黑骏马，还是哈森送他回去的。回到窦金魁，迎面遇上卢掌柜，卢掌柜笑眯眯地望着他问：“瑞元，昨天在乌拉哈没少喝吧？”张瑞元知道卢掌柜的笑容里包含着什么，向卢掌柜抱拳道：“谢掌柜的关照了。”卢掌柜知道达林太已经对张瑞元把窦金魁的事说了，悄声叮嘱他道：“瑞元，包头总号的事暂不可声张，不然，字号就人心涣散了。”张瑞元点头道：“掌柜的放心。”

到了后院，梁宝元正一个人坐在石阶上，边抽烟边晒太阳。见张瑞元回来了，磕磕烟袋，站起来埋怨说：“瑞元，你出去怎么也不和我打个招呼？昨天吃过晚饭不见你回来，我去茂盛店找德生问，才知道你去乌拉哈喝酒了。你胆子也真够大的，敢单枪匹马赴蒙古人的宴？咋样，喝多了吧？”张瑞元说还好，拽住梁宝元的袖子悄声道："师兄，你进屋来，我有话和你商量。"梁宝元随张瑞元进了屋，张瑞元把昨天到乌拉哈的经过和达林太的话讲了。梁宝元惊叹包头总号居然遇到如此大难，真是不幸。随后听说卢掌柜要把隆盛庄分号盘给达林太，达林太想留下张瑞元和他帮哈森，不由得蹙起眉头说："瑞元，这可是件大事，马虎不得，你容我想想，咱下午找个僻静地方好好商量一下再说。"张瑞元身体虽然不那么难受了，可还是十分疲软，便说道："师兄先琢磨着，我一点儿精神都没有，得上炕躺一会儿。"

张瑞元躺下便睡着了，到了晌午，梁宝元喊他起来吃饭。吃完饭，两人出了窦金魁，到西河湾找了个僻静地方坐下，边抽烟边商谈起来。梁宝元先问张瑞元是如何想的，张瑞元已经吃了达林太的肉，喝了达林太的酒，便说蒙古人心胸开阔，性情豪爽，他觉得伺候达林太父子倒也不错。

梁宝元毕竟大张瑞元两岁，有些主心骨，摇头说："瑞元，咱不能只看眼前。窦金魁是啥样的字号？窦东家又是何等的精明？包头城都赫赫有名呀！可是，一个不小心，说栽就栽了。他哈森比咱俩岁数都小，又没做过生意，就算他阿爸把窦金魁盘下了，他经营得了吗？"张瑞元想了想，觉得梁宝元的话也有道理，便说："师兄既然觉得哈森靠不住，那我找个借口，回绝了达林太大叔吧？"梁宝元沉思着说："回绝倒是不必。现在窦金魁要往出盘，卢掌柜也不准备把咱们往包头带了，咱们不能总是寄人篱下，得另找一条出路吧。"张瑞元苦笑着说："出路？除了伺候人，还能有啥出路？莫非师兄想当掌柜的？"梁宝元嘴一撇："掌柜的咋了？咱当不了大掌柜，还当不了个小掌柜？"张瑞元噘着嘴说："咦，师兄想的不赖呀！现在连饭碗都要丢了，还想当掌柜的？"梁宝元淡淡一笑："咋？不行吗？瑞元，咱在窦金魁混了十多年，走了无数趟库伦，把生意都吃透了。眼下就是缺本钱，如果有本钱，咱另开一家字号，我觉得做下来不会比卢掌柜差！"张瑞元叹气道："唉！这不是没本钱嘛！你这话和没说一个样。"梁宝元说："你还没听我把话说完，叹的啥气？你看这样行不？这些年咱也攒了不少积蓄，你去和达林太大叔商量商量，就说他要用咱俩也可以，但咱不做伙计……"张瑞元脑子灵光，一下子便猜到了梁宝元的心思："师兄是说咱俩要入股？"梁宝元笑了，拍拍张瑞元的肩说："瑞元呀！你脑子就是聪明，我一说你就猜出来了！我正是这样想的。咱们入了股，有了大事哈森就得和咱商量。咱揣摩皮毛揣摩了十几年，给他出个主意不在话下。"张瑞元早就梦寐以求想做掌柜了，当即表示同意："行，师兄这主意好，我去和达林太大叔说。"梁宝元说："瑞元，我知道你这人花钱虽然手紧，但为朋友没说的。你要是磨不开脸，就对达林太大叔说这是我的主意。"

张瑞元本以为达林太会对他和梁宝元的要求犹豫一番，没想到达林太非常痛快，高兴地说：“好啊！这主意好！你和你师兄入了股，大家就成了拴在一条线上的蚂蚱，荣辱与共了。这样吧，你和你师兄有多少出多少，剩下的全部由大叔出。你们这一行做了十几年，经验丰富，哈森却是第一次做生意，别说你们对他不信任，大叔对他也不放心。你回去和你师兄说，就说大叔不但同意你们入股，还想把字号交给你们二人经营，除非遇上大事，哈森就做个甩手掌柜了。”

张瑞元回去把达林太的意思对梁宝元说了，梁宝元喜出望外，连忙与张瑞元各自清点积蓄，雄心勃勃地准备做掌柜了。

过了数日，张瑞元、梁宝元与达林太父子碰了面，商量了如何接手窦金魁的具体事宜，然后和卢掌柜立了字据，双方一手钱一手货，窦金魁便换了东家。梁宝元和张瑞元倾尽所有，不过占了两成股份，其余的都由达林太出了。张瑞元找人给字号取了个新名字“永盛源”，择了个黄道吉日，摘下窦金魁的牌匾，换上永盛源的牌匾，放了一通鞭炮，在聚贤庄摆了几桌，请了四美庄的康把总、铺长杜茂远、隆盛庄有头脸的各界名流以及几家同行的掌柜，宣布永盛源皮货行成立，东家达林太，大掌柜哈森，二掌柜梁宝元，三掌柜张瑞元，字号由梁宝元和张瑞元具体经营。之后便给各位来宾敬酒，请大家日后多多关照。众人虽然对梁宝元和张瑞元不甚了解，但都知道达林太是乌拉哈的章盖，有钱有势，得罪不得，而张瑞元又救过达林太的命，所以个个笑脸应诺。

永盛源成立不久，梁宝元便筹备货物，雇了牛板车队，由张瑞元带着哈森走库伦了。

第三章

丧天良王岱伏诛

经过十几年的磨炼，梁宝元和张瑞元都已是皮货行家。做皮货不但要精通皮毛，还要精通牲畜和粮食，因为粮食是和蒙古人交换牲畜、皮毛的主要商品。所以，他们只要用手抓一把牛后腿腋下的膘、摸摸羊的脊梁，便知道这头牛或羊大概能宰杀多少肉；提一把羊皮，便知道是六月皮、八月皮还是冬天的季节皮；瞅一眼羊毛，便知道是春天的套子毛还是秋天的秋毛；攥一把粮食，便知道粮食是否饱满和水分多少。另外，哈森对他二人颇为敬重，日常经营从不插手干涉。所以，永盛源经营了一年，生意兴隆，比卢掌柜当家时毫不逊色。

乌云其木格经常到隆盛庄给哈森送手把肉，有时候上街逛完天晚了，便住在永盛源的客房。她和哈森同样不善言谈，但性情温和，举止大方，只是在张瑞元面前常常做出些娇羞之态。张瑞元初做掌柜，心思全放在了生意上，并未在意。梁宝元注意到了，悄悄对他说："瑞元，我看乌云其木格对你有点儿意思，要不要我向达林太大叔给你提个亲？"张瑞元的心思在邓香如身上，红着脸说："师兄别耍笑我了，人家达林太大叔是啥出身，咱是啥出身？门不当，户不对，我可不敢高攀。"梁宝元眉毛一竖，半开玩笑半当真地说："你咋了？你是咱永盛源的三掌柜呀！何况，你生得白净，一表人才，比我这黑炭头招女人喜欢。"张瑞元嘿嘿一笑："我三掌柜？你还是二掌柜呢！师兄，别鸡毛上秤不压分量了，就咱那点儿股金，三掌柜也就是个虚名。"又说："师兄，你别光替我操心，还是先惦记你自己吧。"梁宝元鼻子哼一声，轻蔑道："我？我不急。我爹一个卖凉粉的都没打光棍，我好歹是个二掌柜，能打光棍吗？等我手里有了钱，给你娶个漂亮嫂子看看。”

自从梁宝元说觉得乌云其木格对自己有点儿意思，张瑞元便注意起了乌云其木格。乌云其木格二十岁了，相貌普通，说不上漂亮与丑，一张圆盘大脸，一双大眼睛，眉毛重重的，颧骨高高的，皮肤也不白皙细腻，就算换了汉人的装束，也一眼能认出她是蒙古人。当然，蒙古女人与汉族女人最大的区别是脚。汉族女人从小缠脚，脚缠得越小，越显得婀娜多姿；蒙古女人却是不缠脚的，天生一副大脚板，走路虎虎生风，上马下马，犹如男子一般。张瑞元虽然算是蒙古通，可还是觉得蒙古女人太粗犷憨厚，不如汉族女人娇柔聪慧、善解人意。何况，乌云其木格相貌平平，是那种极为普通的女人。

张瑞元没想到，达林太竟然主动找上门来，提出要把乌云其木格嫁给他。

达林太之所以要把乌云其木格嫁给张瑞元，还要从茂盛店的彭掌柜说起。

彭掌柜的爷爷是乾隆年间应招到隆盛庄垦荒的。初时，朝廷担心汉人和蒙古人走得太近，会联合起来造反，便不允许垦民在垦区定居。垦民每年春天播种时来，秋天收割后须得回老家去。后来，朝廷改变策略，允许垦民定居了，目的是让蒙汉两族互相监督，互相戒备。到了彭掌柜的爹手里，垦荒赚了些钱，就向蒙古人买了几十亩地，举家搬迁过来，在隆盛庄一带定居了。到了彭掌柜手里，他嫌种地又苦又累，还被人看不起，便卖了地，在隆盛庄开了一家经营粮食的字号，取名茂盛店。彭掌柜会做生意，也懂得怎么巴结达林太，让他每年都把收的租子卖给他，所以很快便将茂盛店发展为隆盛庄最大的粮店。张瑞元和彭德生攀了老乡后，常到茂盛店玩耍，时间久了，彭掌柜对张瑞元有了好感。

彭掌柜的妻哥名叫邓和。邓和木匠出身，在隆盛庄开了一家棺材铺。因为老年人都喜欢提前给自己做一副寿材放在厢房，邓和的棺材铺便取了个长寿店的名字。长寿店的生意兴隆和冷清与经营无关，做寿材的人多，死的人多，长寿店便生意兴隆；做寿材的人少，死的人少，长寿店便生意冷清。所以，邓和的家境说不上好坏，只是温饱而已。

邓和有两个闺女，大闺女邓香如，长得不敢说沉鱼落雁，却也水灵灵的有几分姿色。彭掌柜见张瑞元老实憨厚，吃苦耐劳，不但性格好，模样也英俊，而且他经常到茂盛店来，但只要遇上邓香如，便有些心不在焉，而邓香如对张瑞元也颇有好感，只要两人遇上，脸便要露出些羞涩。彭掌柜有心做个媒人，把邓香如许配给张瑞元，可张瑞元不过是窦金魁一个走草地的把头，他怕邓香如受了委屈，几次欲言又止。达林太盘下窦金魁后，张瑞元入股做了三掌柜，和梁宝元一道把个永盛源经营得红红火火，彭掌柜这才下了决心。他知道达林太很看中张瑞元，又是永盛源的东家，便请达林太做媒。

达林太当时支支吾吾地答应了，可第二天又反悔了，来隆盛庄找彭掌柜，弯儿都不拐地说这媒人他不能做。彭掌柜问为什么？达林太不好意思地说："彭掌柜呀！我达林太对不住朋友了。本来我也想做这个媒，可我的乌云其木格喜欢上了张瑞元，非要嫁给他。"彭掌柜一听便来了气，心说这媒人找的，引狼入室呀！碍着达林太是乌拉哈的章盖，又与自己有多年的生意往来，才没黑了脸，只是不高兴地说："达林太章盖呀！你说你一个蒙古人，找个汉人女婿做甚？"达林太却说："咱蒙汉两族在隆盛庄水乳交融多年，还分啥蒙人汉人？再说了，瑞元曾经救过我，我也非常喜欢他。"彭掌柜该说什么呢？他装了一袋烟，冷着脸说："原来还说你们蒙古人讲信用呢，可从今天的事情看，你们也有出尔反尔的时候。"

这回，轮到达林太不高兴了。他拉下了脸，口气生硬地说道："啥叫出尔反尔？我们蒙古人心里有话便直说，不像你们汉人，肚子里全是花花肠子。"彭掌柜点着火，吧嗒着烟袋，不满地说："我们汉人不好，那你还要找个汉人做女婿？算了，天下也不是就瑞元一个好后生。你是蒙古人的章盖，有钱有势，既然你家乌云其木格相中了他，我还有啥话可说？让给你吧，我给香如找个更好的。"达林太听彭掌柜话里有指责他仗势欺人的意思，觉得不好意思了，抱歉地说："彭掌柜，你也不要生气。我倒是有个两全其美的主意，不知道你想不想听。"彭掌柜面无表情地哼了一声："得了便宜还卖乖，你能有啥好主意？"达林太取出烟袋，也装了一袋烟，吐着烟雾慢腾腾地说："彭掌柜呀！你别因为这么点儿小事心里不痛快。这媒人我还想当，你看把你侄女嫁给梁宝元如何？张瑞元才是个三掌柜，梁宝元可是永盛源的二掌柜呀！"彭掌柜心动了些，说道："宝元那后生倒也不赖，只是他相貌不如瑞元，岁数要比香如大一轮呢。"达林太说："男人嘛，不在乎长相。你们汉人喜欢娶小媳妇，梁宝元才比你侄女大一轮，不算太大呀！"

达林太这一劝，彭掌柜还真的听了。

达林太不敢怠慢，从茂盛店出来便径直去了永盛源。王顺开过车马店，识字，会打算盘，会记账，达林太盘下窦金魁后，梁宝元和张瑞元举荐他当了账房先生。王顺正在柜台上，见东家来了，忙把达林太带到后面的库房。梁宝元和张瑞元正在库房验皮子，见他过来，忙放下手里的营生，喊学徒赶快给东家沏茶。达林太让张瑞元继续忙，说他找梁宝元有话要说。

梁宝元随达林太到了客厅，达林太在太师椅上坐下，装好一袋烟，学徒马上点着火递过去。达林太抽了两口烟，呷了一口茶，然后让学徒先出去，把自己的来意对梁宝元讲了。梁宝元见东家是来给他说媒的，又听那闺女是彭掌柜妻哥邓和的大闺女，年方二八，岁数比自己小一轮，当即便高兴地答应了。达林太三五句话把梁宝元的事情定了，又让梁宝元去叫张瑞元。梁宝元笑眯眯地和达林太开玩笑说："东家，您莫不是也要给瑞元说一门亲？"达林太惊异道："你咋知道的？"梁宝元满脸带笑地说道："我只是和东家开个玩笑，没想到竟是真的。东家真是热心肠，看来我和瑞元留在永盛源是留对了。"说罢，高兴地去喊张瑞元。

自从入股永盛源，张瑞元就改口叫达林太东家了。他对达林太亲自为乌云其木格提亲既不十分惊讶，也没有十分的惊喜。这其中的原因，一是他心里已经有了邓香如，二是乌云其木格相貌平平。可是，达林太后面的话让他兴奋不已，因为达林太说他已经把乌云其木格的嫁妆准备好了：五百亩上好的滩地，五百亩草场。张瑞元在忻州时，家里只有一亩半地，就是村里的地主也只有三五十亩地而已。他这辈子都没敢想过，自己一文不花便能娶上媳妇，媳妇还能带来一千亩地的陪嫁。他当时便恍如梦中了。

达林太是个痛快人，和彭掌柜一商量，决定择个良辰吉日，将梁宝元和张瑞元的喜事同一天办了。

梁宝元与张瑞元在离永盛源不远的地方找了处院子，各租了两间房，然后在同一天娶了媳妇。邓香如生得容貌清秀，身材婀娜，一双小脚缠成三寸金莲，走起路来犹如风摆杨柳，把个梁宝元看得心里美滋滋的。乌云其木格虽然相貌平平，一双大脚，还因为经常骑马，腿稍有罗圈，但达林太给女儿陪嫁了五百亩滩地、五百亩草场，所以，张瑞元心里更是美滋滋的。只是外人看了有些遗憾，说如果梁宝元娶了乌云其木格，张瑞元娶了邓香如，两对夫妻应该更为般配。

乌云其木格比邓香如大四岁，但梁宝元是张瑞元的师兄，所以她也跟着叫邓香如嫂嫂。两家人住在同一处院子里，走动十分勤快。梁宝元和张瑞元白天在字号，邓香如没事便往乌云其木格那屋跑。起初，乌云其木格喊邓香如嫂嫂时还有些不得劲儿，邓香如听着也脸红。后来习惯了，喊的人喊顺口了，听的人也听顺耳了。张瑞元有了岳父的陪嫁，日子比梁宝元家宽松许多。乌云其木格生性大方，达林太又常常给她送些牛羊肉过来，院子里便经常听到乌云其木格僵硬的汉话："嫂嫂，快过来剁羊肉馅包饺子了。"

如此过了半年多，邓香如和乌云其木格先后挺起了肚子。十月怀胎，邓香如先生了儿子，起名梁龙，乳名龙龙。而后，乌云其木格也生了，同样是儿子，起名张禄，乳名玉奎。梁龙与张禄从小在一起玩耍，他虽然比张禄大一个月，身体却不如张禄强壮。两个孩子打架，梁龙总是落败。乌云其木格心地善良，便时常惩戒张禄，要他让着哥哥。待到两个孩子四岁时，梁宝元先提出来说："瑞元，咱俩是师兄弟，两个娃娃咋办呀？要不叫他们结拜了吧？"张瑞元当然同意，便让梁龙和张禄结拜了异姓兄弟。

永盛源的生意越做越红火，几年下来，梁宝元与张瑞元都赚了不少钱。两人有心计，赚了钱便往字号里投，不但为了钱生钱，还为了各自的股份能多占些。达林太知道两人的心思，也不点破，只是点头同意。

张瑞元的地是租给佃户种的，草场则由哈森替他牧养了牛羊。口外虽然地广人稀，土壤却浅薄，远不及口里土地肥沃。加上无霜期短，只能种些小麦、莜麦、糜子、山药、荞麦及豌豆等成熟期短的耐寒作物，一亩地的收成只有口里的三四成。张瑞元的五百亩滩地，普通年景的租子有一百多石，遇到年景好，租子会更多些。他是达林太章盖的女婿，手里又有钱，在隆盛庄很受尊敬。铺里遇到大事，铺长杜茂远都会请他过去商量。

杜茂远是回春堂药铺的掌柜，铺长是兼职。他是祖传中医，会把脉，救治过许多病人，很受人敬重，隆盛庄人便推举他当了铺长。说来这铺长也没有太大的好处，不过是每年帮着丰镇的税官收完税后，税官会留下十几块银圆作为犒赏。他家的药铺旁有两间闲房，房子不大，也破旧，不适合做生意，便腾出来做了议事的地方。时间久了，隆盛庄人便把这里称作铺里。

那年秋天，杜茂远突然打发回春堂的伙计过来，说是有急事，要梁宝元和张瑞元赶快到铺里去一趟。梁宝元和张瑞元到铺里时，隆盛庄有头有脸的各家掌柜都已经聚在屋里门外了。杜茂远说，隆盛庄外突然来了数百的西部回民要进庄，四美庄把总康廷儒已经派兵把回民挡在了外面，要大家拿个主意，看怎么处理。

隆盛庄北六里的五福屯有东部回民开的驿站，专门接待从草地贩运牛羊的回民。那些回民人数不多，但很团结，且性情暴烈，惹恼了一个，其余的都会出手相助。现在来的这些西部回民，如果只是路过，倒也无妨，添置些生活用品就走了。可他们若是在隆盛庄定居下来，东西两股回民合在一起，隆盛庄往后的日子怕是不得安宁了。杜茂远说他已经打听了，这股西部来的回民不是路过，是想在隆盛庄定居的。众人一听更慌了，一致认为绝不能让这股回民住进隆盛庄，要杜茂远赶快到丰镇向厅署衙门禀告，请厅署衙门务必出告示将这股回民挡在庄外。杜茂远见各家掌柜意见一致，不敢怠慢，急忙往丰镇去了。

这股回民是由甘肃和陕西迁徙而来的。

同治元年，甘肃回族首领马化龙大阿訇回应云南、陕西回族反清起义，率灵州一带五百堡寨回族起事，发动了历时十二年的“陕甘回变”。同治七年，朝廷任命湘军干将左宗棠为统帅，集全国之军力镇压西北回族起义。两军恶战数年，马化龙战败。马化龙被朝廷镇压后，回族上层官员大部降清留用，士卒每人发银五十两，迁往包头和归化。一个名叫马占元的首领带着数百士卒与家眷到了隆盛庄。

杜茂远快马前往丰镇，当天下午便回来了。说丰镇厅署衙门为了保持隆盛庄安定繁荣的局面，已经发了告示，不允许回民进隆盛庄定居。众掌柜听了，方才放心。告示贴在路口，马占元害怕清军赶尽杀绝，不敢违抗，只好带着一干回民在隆盛庄以西的西夭子一带定居下来。他们虽然不可以进隆盛庄定居，却可以到街上采买生活用品。所以，隆盛庄街上经常可以见到西部的回民。那些回民也算安分，从不在街上寻衅闹事。隆盛庄一如既往，安定繁荣。

可是，人祸可免，天灾难避。马占元带着数百回民在西夭子一带住下没几年，绥东突然大旱，灾民扶老携幼，像没头的苍蝇一般四处寻找活路。那境况，不敢说饿殍千里，路上的死尸也是随处可见。灾荒一起，土地便不值钱了。张瑞元看到了机会，接连出手，低价在隆盛庄西买下五百亩地，想着灾荒过了，把地租出去，每年又能多收不少租子。但是，灾荒一起便是两年。隆盛庄虽然开有数家粮店，但粮食都被丰镇、大同的客商高价买走了。四乡农民食不果腹，本地的、外地的，聚集在隆盛庄的灾民有近万人，个个面黄肌瘦，骨瘦如柴。马桥街的牲畜市场变成了人市，卖儿子的脖子后面插一根枯草，卖女儿、卖老婆的一概坐在牛板车上，蒙着头，只露出一双小脚供买主挑选。撕心裂肺的哭声此起彼伏，听着让人心碎。

大灾之年，各家字号生意冷清，许多店铺或无人购买，或无货可卖，干脆上了门板，关了铺面。倒是当铺的生意格外红火，尤其一家名叫恒远当的，因为家里有些存粮，便乘机发起难民财。一个金镏子换两碗米，一身半新的衣服只换半碗米。

张瑞元心中愧疚，觉得自己买那五百亩地发的也是难民财。这回，不等杜茂远派人来，他主动去找杜茂远了，不但自己拿出些钱，还要铺里出头，号召隆盛庄各字号的掌柜捐款筹集粮食，救济灾民。此时，各粮店剩余的粮食已经被抢购得寥寥无几，大家只好清仓扫底，筹集了二百余石掺有老鼠屎的杂粮集中起来，统一交由铺里设棚施粥、赈济灾民。

顺风园掌柜王岱贪婪奸猾，看出这是个发财的机会，便去丰镇找做同知的妻舅，央求妻舅给杜茂远写个纸条，将设棚施粥、赈济灾民的事宜交由顺风园操办。杜茂远虽然知道王岱见利忘义，心术不正，但忌惮他妻舅是丰镇同知，还是勉强答应了。王岱的老婆也不是善类，见王岱将二百石杂粮拉回来，骂道："王岱呀！你是不是吃错药了？这差事除了没有利，还得贴上熬粥的炭，你啥时候变成善人了？"

别看王岱在外面欺行霸市，在家却是惧内。他笑嘻嘻地问老婆："你没看出设粥棚的利？"他老婆说没看出来。王岱摇着头说："要不咋说你们女人没见识呢！其实呀，这设粥棚的利大着呢。"王岱的老婆不解，让王岱说说看。王岱得意地奸笑道："这二百石杂粮，我拿出三成熬粥，剩下七成是谁的？是咱的。若是放在平常年景，一百四十石杂粮也值不了几个钱，可眼下是灾年呀！恒远当两碗米便能换一个金镏子，半碗米就能换一身衣裳，这杂粮可就金贵了。我纵然卖它十倍的价钱，灾民也得喊我活菩萨呢！你算算账，十倍的价钱，这一百四十石杂粮就变成一千四百石了。你知道永盛源的张瑞元吧，达林太陪嫁了乌云其木格五百亩地，张瑞元每年能收近二百石租子。我把这设粥棚的事揽过来，几天就是他近十年的租子呀！"王岱的老婆听他这么一算，立刻眉开眼笑了："你呀！难怪隆盛庄没人和你打交道呢！啥便宜都能瞅，啥伤天害理的事都敢做，你就不怕老天爷让你下辈子转个灾民？"王岱鼻子哼一声："我活的是这辈子，管它下辈子转啥？就算转猪转狗，我也认了。"王岱的老婆想想又说："可是，你把粮食都私吞了，那粥不就稀了吗？"王岱不屑道："稀就稀点儿呗！都快饿死了，有口稀的就不赖了。"

王岱在顺风园门前搭起席棚，架起数口大锅，点着火开始熬粥了。等着施粥的灾民端着破碗，排出足有一里地远。铺长杜茂远也来了，拿起大勺在大锅里搅搅，蹙着眉头问道："王掌柜，你这叫粥吗？"王岱嘻嘻地笑着说："咋不叫粥？稀粥嘛！杜铺长，你不看灾民有多少？就你那二百石杂粮，经得住他们吃？我这是细水长流！"杜茂远把大勺一扔，黑着脸说道："王掌柜，反正铺里是倾尽所有了，这粥熬得稠还是稀，你心里有数吧？"王岱见杜茂远不高兴了，也拉下了脸，一副死猪不怕开水烫的模样。杜茂远瞥王岱一眼，提醒他说："王掌柜，你也知道这设粥棚赈灾的差事是如何落在你头上的，你可不要让我这个铺长太难堪了呀！"王岱虽然有恃无恐，但杜茂远在隆盛庄是有威望的人，何况还兼着铺长的名，他也不好太得罪，于是尴尬地笑笑说："铺长放心，今天不过是第一天，明天我让伙计多加些米，粥一定会比今天的稠。"

回到家里，王岱愁眉不展。老婆问他怎么了，王岱把杜茂远嫌赈灾的粥太稀的事说了。他老婆想了半天，突然出去找了些生石灰回来。王岱不解，老婆说她听人讲过，往粥锅里撒些生石灰，不但粥可以变稠，还省火呢。两口子在自家锅里试了，果然如此。王岱高兴地说："这法子真好，明天就按你的法子熬粥。"

第二天，王岱依法炮制，粥果然比原来稠了许多。然而，粥喝进灾民的肚子，却是火烧火燎的发胀。如此过了两天，便有灾民陆续死亡。王岱疑惑地问他老婆，灾民无故死亡，是不是粥锅里撒了生石灰的缘故。他老婆说哪会呢，又说人的命天注定，不该死的，饿上十天半月也死不了；该死的，就算不喝撒了生石灰的粥也会死。何况，灾民死得多了，来喝粥的便少了，还能省下些粮食卖高价呢。

张瑞元听说灾民陆续死亡，心生疑窦，第一个想到的便是王岱。王岱一向心术不正，莫非他在粥里搞了什么名堂？第二天，他早早起来，悄悄地躲在粥棚附近看，见锅底刚点着火，不等水冒气，王岱便往锅里下了米，然后又往锅里扔进些白色的东西，锅里忽地冒起一股白气，接着立刻便沸腾了。张瑞元恍然大悟，果然是王岱搞的鬼。

张瑞元不敢怠慢，急忙赶到杜茂远家。杜茂远刚起来，正在洗漱，见张瑞元大清早地来了，且神色慌张，便问他出什么事了。张瑞元愤怒地将自己见到的事情对杜茂远讲了，杜茂远对王岱也没有好感，震惊地说："好个心狠手毒的王岱，这种昧良心钱也敢赚？"张瑞元不客气地说："是呀！王岱能揽上开设粥棚、赈济灾民的差事，是您杜铺长点的头。我也知道杜铺长的难处，王岱的妻舅是丰镇厅署衙门的同知。他自恃靠山强硬，知道您杜铺长不敢把他如何。"杜茂远想想也是，搓着手说："哎呀，那该咋办呢？人命关天，照现在这死法，怕是用不了十天半月，近万灾民就要死个精光了。"张瑞元闷头抽了两袋烟，拍一把大腿道："杜铺长，我看咱们往四美庄走一趟吧。"杜茂远愣怔了一下，咧嘴笑了："对，咱们找康侉子去。康侉子疾恶如仇，这事儿只有他能管，也只有他敢管。"

康侉子便是朝廷设在四美庄兵营的把总康廷儒。康廷儒是直隶人，从小习武，练得一身好功夫。

康廷儒的父亲是开饭馆的。康廷儒十九岁那年，县里一个恶少带着两个狐朋狗友到饭馆吃饭，酒喝多了时，嫌饭馆的伙计怠慢，大打出手，将一个小伙计拳打脚踢个没完没了。他父亲上前劝阻，被那恶少三拳两脚打得鼻口流血。这时，康廷儒回来了，见状勃然大怒，与那恶少动起手来。恶少的两个朋友都知道康廷儒这号人，顿时作鸟兽散。唯有那恶少醉得厉害，想凭自己也练过几天拳脚逞个英雄，结果被康廷儒一顿暴打，倒在地上不出气了。康廷儒见出了人命，又知道那恶少有亲戚在朝里为官，便连夜出逃，走口外到了丰镇。当时，口外很少有会武艺的，丰镇的官军便请康廷儒做了武术教官。康廷儒生性豪爽，为人仗义，颇受官军喜欢。做了几年武术教官，他便被提拔到四美庄当了把总。

张瑞元初到隆盛庄时，便听王顺向他介绍过四美庄。他本以为四美庄是因为出过四个美人而得名，问王顺，王顺说不是，说四美庄之所以叫四美庄，是因为四美庄最初的四户人家，每个人的名字里都有一个“美”字。

张瑞元和杜茂远赶到四美庄时，康廷儒正在校场操练士兵。两人在一旁边看边等，直到操练完毕，才去见康廷儒。

康廷儒经常到隆盛庄巡视，有时候还会溜达到杜茂远的回春堂打个招呼，询问一番。杜茂远知道康廷儒喜欢喝酒，遇到快晌午了时，便会留康廷儒到饭馆吃顿饭。康廷儒好酒，而张瑞元是隆盛庄唯一能陪康廷儒喝到最后的掌柜。所以，每次吃饭，康廷儒都要让杜茂远喊上张瑞元。张瑞元一直信奉山西人“请人不得不大气，过日子不得不仔细”的老话，娶了乌云其木格后，家境虽然宽裕了，过日子依然节俭，只是为朋友不像过去那样抠门了。每次陪康廷儒喝酒，他都抢着把账结了。好在康廷儒虽然好酒，却不挑剔，随便找个小饭馆，要两个家常菜、一碟花生米、一碟五香大豆即可，也花不了几个钱。只是康廷儒性情中人，要么不喝，要喝便要喝醉为好。他一直厌恶王岱，王岱几次请他到顺风园吃饭，他都拒绝了。

康廷儒对杜茂远和张瑞元的到来很是惊讶，因为他二人除非有事，是不会到四美庄来的。他问道：“咦？杜铺长和张掌柜都是大忙人，今天怎么屈驾到我这四美庄来了？唉！这两年闹饥荒，不然，我就给你们杀猪宰羊了。这样吧，我让士兵买只鸡回来，委屈两位贵客将就将就。好在酒有的是，今天和张掌柜喝个一醉方休。”说罢，命士兵赶快沏茶。杜茂远心里着急，连忙止住说：“茶就别沏了。康把总，隆盛庄出大事了。”康廷儒忽地站起来：“出啥大事了？是回民造反了还是灾民造反了？”张瑞元接过话说：“不是造反，是灾民死人了。”康廷儒吁口气，坐下说：“吓了我一跳。如此重的灾年，死几个灾民也不算奇怪。”杜茂远心情沉重地说：“康把总，不是死几个灾民的事，是灾民接二连三地死，就这么几天，已经死了有近百号人。”康廷儒觉得奇怪，说道：“不会吧，你们不是已经开设粥棚赈灾了吗？怎么还会死那么多人？”杜茂远苦着脸，朝张瑞元努努嘴说：“康把总，你让张掌柜细细地讲吧。”

张瑞元把他在顺风园门口见到的情形对康廷儒讲了，康廷儒听得勃然大怒，骂道：“好个王岱，这种伤天害理的事也做得出来？上百条人命呀！”张瑞元说：“可不是，所以我们才来找康把总，看如何是好。”康廷儒问杜茂远说：“杜铺长，你是一铺之长，怎么不把王岱抓起来呢？”杜茂远苦笑道：“康把总，你也不是不知道我这个铺长有多大的能耐。说白了，这是众人抬举，才让我当这个铺长的。且不说王岱的靠山有多硬，就说你让我抓他，我拿啥抓？我有兵吗？自己拿根绳子去捆他呀？我可没那个胆儿，也没那个本事。”康廷儒在地上来回走了几步，蹙着眉头说：“按职责，我只管造反闹事的，不管这些地方事务。可如今出了这么些人命，我也顾不得许多了。走，我随你们到隆盛庄走一趟，如果你们说的是真的，我就宰了那黑心的王岱。”

康廷儒带了两个士兵，随杜茂远和张瑞元到了隆盛庄。

顺风园门口的粥棚前依然排着等待施粥的灾民，王岱见康廷儒带着兵来了，心里“咯噔”了一下，连忙赔着笑脸打招呼说：“康把总来了呀？快进屋歇歇，喝口茶，晌午就在我这儿吃吧。我新雇了个厨子，有几道拿手好菜呢。”康廷儒不理王岱，夺过盛粥的大勺在锅底搅搅，问道：“王掌柜，你这粥熬得挺稠嘛！”王岱点头哈腰地说：“那是，粥不稠，灾民哪能填饱肚子？”康廷儒舀一勺粥放在鼻子前闻闻，一股刺鼻的味道直钻脑门，立刻知道张瑞元说的是真的了。他黑着脸问王岱说：“王掌柜，你这粥锅里放了什么东西，味道怎的如此呛人？”王岱头上沁出一层冷汗，结结巴巴地说：“是吗？哦，这些粮食都是仓底陈粮，有耗子屎，还有不少发霉了，所以，味道就不好了。不过，味道不好也是粮食，灾年嘛，只能将就了。”康廷儒冷笑一声：“不对吧！就算粮食发了霉，也不会是这样的味道。”说罢，把粥勺往王岱面前一送：“王掌柜，你给我把这勺粥喝了。你若喝下去，这粥里便没有掺别的东西；你若不喝，我就要公事公办了。”王岱哪里敢喝？他双手推开粥勺说：“康把总，你这是做甚？有话咱好好说嘛！”嘴贴近康廷儒的耳朵悄声道，“康把总，这里面的好处，我给您留着呢。”

康廷儒天性耿直，不买王岱的账。他一把揪住王岱的领口，眼睛瞪得像铜铃一般，喝道：“王岱，我康廷儒不是贪官，不吃你这一套。你如实招来，粥锅里到底放了什么东西？”王岱支支吾吾，还要狡辩。康廷儒扬起手掌便是两个大嘴巴子，喝道：“王岱，你说还是不说？”康廷儒是练武之人，两个大嘴巴子的分量与常人不同，王岱被打得眼冒金星，脱口说道：“生石灰，是生石灰！”康廷儒听王岱在粥锅里放了生石灰，气得脸都变了颜色。他把王岱往士兵面前一推，喝道：“给我绑了，押到杜铺长那里治罪。”

杜茂远已经在铺里等着了，见康廷儒把王岱绑来，猜到王岱已经招供。不待他问，康廷儒怒气冲冲地把王岱在粥锅里放生石灰的事说了，问他该如何处置。杜茂远不敢大意行事，说让康廷儒做主。康廷儒让士兵把王岱先关押进里间，准备和杜茂远细细商量。事情的真相在灾民中传开，数千灾民从四面八方聚集到门口，要求杀了王岱，为冤死的灾民偿命。王岱的老婆听了信儿，披头散发地赶来，一屁股坐在地上，连哭带闹，放泼地喊着，说粥锅里放生石灰是她的主意，和王岱毫不相干，要杜茂远把王岱放了；又提醒康廷儒和杜茂远，说她舅舅是丰镇厅署衙门的同知，康廷儒的把总和杜茂远的铺长都要归她舅舅管辖。杜茂远自然忌惮，可为人正直、性情暴躁的康廷儒却不吃这套，说道："既然主意是你出的，那就连你一并绑了。"

康廷儒喝令士兵将王岱的老婆绑了，王岱的老婆又抓又挠，哭叫着喊道："绑了老娘又如何？案子到了老娘舅舅手里，老娘汗毛都伤不了一根。"康廷儒大怒，上前便是一记耳光，说道："同知也得讲公理，你身上负的是近百条人命，你信不信老子现在就砍了你的脑袋？"王岱的老婆被康廷儒的气势唬住了，一边号啕，一边任由士兵将她绑了。

把王岱夫妇关押起来后，杜茂远为难了，问康廷儒该如何处置。康廷儒余怒未消，说道："近百条人命，不砍了两个畜生的脑袋，民愤难平呀！"杜茂远听康廷儒要杀王岱夫妇，连忙摆手说："康把总不可莽撞，就算他们犯了天大的罪，隆盛庄也没有杀人的权力。这样吧，咱把他们押到丰镇，交由厅署衙门处置，如何？"康廷儒指着门外上千愤怒的灾民说："杜铺长，你昏头了吧？你看看外面，只要把王岱夫妇押出去，怕是出不了隆盛庄，两个畜生便要被灾民生吞活剥了。"杜茂远想想也是，便说："那只有我跑一趟丰镇了，要死的让衙门派刽子手来，要活的也让衙门派衙役来押。康把总，你看如何？"康廷儒同意道："也只有这样了，杜铺长快去快回。"

杜茂远快马去了丰镇，丰镇同知听说外甥女和外甥女婿为了一己私利害了近百条人命，心知这罪不轻，还是把他们先押到丰镇厅署衙门，再想办法保全性命吧！便派了四个衙役，随杜茂远一同前往隆盛庄押解王岱夫妇。岂知，杜茂远刚进隆盛庄，便听人说康廷儒怕众怒难犯，已经将王岱夫妇绑到西河湾准备砍头了。

杜茂远与四名衙役急忙打马赶往西河湾，远远地就看见河滩上黑压压地聚着一片人。杜茂远一边打马开道，一边高声喊道："刀下留人！刀下留人！"却不想，杜茂远不喊还没事，他这一喊，只见中间的一片空地上忽地闪了两道寒光。待他打马到了跟前，王岱夫妇已经身首分离。杜茂远抱怨说："康把总，你没听见我喊刀下留人吗？"康廷儒撇撇嘴，踢了一脚地上的人头说："留啥留？我听见杜铺长的声音时，两个畜生的脑袋已经被砍下来了。”杜茂远叹息一声道：“唉！康把总，咱不是说好的吗？你咋不等我回来，便先把人砍了？”康廷儒微微一笑，悄声道：“杜铺长，我就是怕同知大人要保全这两个畜生的性命，才先斩后奏的。不过你放心，厅署衙门不会追究，近百条人命，任他是谁都担当不起。”

第四章

马占元仗义相助

康廷儒杀了王岱夫妇，平息了众怒，隆盛庄本该安定些了。可是，谁也没有料到，一场更大的灾难正铺天盖地地向隆盛庄席卷而来。

由于被王岱夫妇害死的灾民尸体处理不当，隆盛庄发生了瘟疫。起初只是有人发烧、打摆子，没过几天，便陆续死人了。先是老弱病残，后来连青壮年也不能幸免。杜茂远虽然开着药铺，也精通中医，但对瘟疫束手无策，试着配了几服药都不见效。一天早晨，茂盛店的彭掌柜起来，见院门口躺着两个死去的灾民，急忙喊儿子彭德生出来一道把死人挪走。不承想，父子二人被传染了，三天后就死在了家中。更让人没想到的是，彭掌柜父子死后没几天，他家老少七口都被传染了，尸体摆了半院。隆盛庄便传出谣言，说这是老天爷派瘟神到人间收人，谁接触死人谁便要死。于是，街头巷尾，死尸随处可见。人们关门闭户，没事不敢出门，即便有事上街，也都远远地避开死尸。

彭掌柜一家，除了彭德生的媳妇丽萍抱着娃娃回集宁住娘家不在，其余的死了个精光。左邻右舍无人敢掩埋尸体，连他妻哥邓和也躲着不敢登门。邓香如听说了，哭得泪眼涟涟，说姑姑、姑父在世时，对她很是疼爱，现在一家人暴病身亡，爹妈及远近亲戚都害怕染上瘟疫，不肯冒险收殓。尸体摆在院子里，岂不是要让猫狗耗子吃了？梁宝元起先还犹豫不决，见邓香如哭得伤心，狠了狠心，拿起铁锹便往外走："香如，别哭了，我豁出一条性命，也去把你姑姑一家收殓了。"邓香如拽住梁宝元的胳膊说："我哭是哭，你却去不得。你若是染了瘟疫，我倒是不怕死，可娃娃们尚未成人，不能为此把一家性命都丢了吧？”梁宝元坚持说：“香如，我不光是为了你。想我梁宝元，在这隆盛庄举目无亲，你姑姑、姑父把你嫁给了我，便也是我的姑姑、姑父了。我不能让他们的尸体摆在那儿没人管，臭了，让狗叼了。”

夫妻俩一个要走，一个要拦，揪揪扯扯到了院子里。张瑞元从窗户里看见，出来问是怎么回事。他听了缘由，对邓香如说：“嫂子，师兄说得对。我也叫彭掌柜叔，和德生也算兄弟，我也去，帮着师兄把我叔一家收殓了。”梁宝元怕牵连张瑞元，阻拦说：“瑞元，这事儿和你没有相干，你就不要去了。何况你要去，乌云其木格也不会同意。”乌云其木格从屋里出来，好像并不十分恐惧，她说道：“你们两个师兄弟，有难是要互相帮助的。我听阿爸说过，酒可以避邪。不如这样，我给你们找两条毛巾，你们在毛巾上洒些酒，捂在嘴和鼻子上。办完事回来，先在柴房住上两天，若是没事再进屋。”

三个人见乌云其木格平日少言寡语，关键时刻既大度又有主意，都十分敬佩。

梁宝元与张瑞元拿着铁锹，出了院子，往茂盛店方向而去。路上遇见广义和布庄掌柜徐翔，正用牛板车拉着包袱和家人从外面往回走。张瑞元问徐翔这是干什么去，徐翔说本想举家逃往丰镇躲避瘟疫，可驻守四美庄的康把总接到丰镇厅署衙门的文书，说为了防止瘟疫蔓延，要官军守住各个路口，不得让任何人出入。他们便被挡了回来。徐翔问梁宝元和张瑞元急匆匆地要去哪里，梁宝元说彭掌柜一家死绝了，他们要去收殓尸体。徐翔说，官军说了，尸体也不准往出运，让他们就地挖个坑把彭掌柜一家埋了。

梁宝元与张瑞元到了茂盛店，只见店门虚掩，院子里恶臭熏天。亏了乌云其木格让他们捂着洒上酒的毛巾，不然，那股恶臭能把人的脑子熏出来。两人找了半天，没有找到可以掩埋尸体的地方，又不敢多待，商量了一下，决定找几张保存粮食用的苇席，将尸体尽数卷了，先扔进茅厕的大坑掩埋，待瘟疫过去，再让邓香如她爹做几副棺材，重新入殓下葬。

两人草草掩埋了尸体，不敢久留，匆匆往回赶。回到院里，乌云其木格和邓香如已经在柴房门口放了一坛子酒，远远地喊他二人将衣服换掉，用酒擦洗身子，住在柴房不要出来。梁宝元和张瑞元照办了。柴房已经拾掇好一块地方，放了两块门板，门板上放着被褥和浆洗过的衣服。梁宝元苦笑着对张瑞元说：“瑞元，自古以来，门板都是停死人用的。这两个女人，莫不是咒咱们快死呢吧？”张瑞元笑呵呵地说：“管它呢，人总有一死，能知道咱是死在了门板上而不是被野狗撕了，也算善终。”两人说笑着住了进去。乌云其木格和邓香如每天把酒饭送到柴房门口，师兄弟不知道明天是死是活，便碗碰碗地喝，喝醉了倒头便睡。如此过了两天，两人见身体没有异样，才从柴房出来。

乌云其木格和邓香如见梁宝元和张瑞元死里逃生，高兴得不得了。尤其邓香如，感激梁宝元和张瑞元不惜生死，帮她收殓了姑姑、姑父一家，只差给二人跪了。乌云其木格说她和邓香如商量过，如果梁宝元和张瑞元没事，两家人不妨投奔乌拉哈她阿爸家避避灾。张瑞元说晚了，把官军封了进出隆盛庄的各个路口，无论活人死人都不得出入的消息讲了。乌云其木格和邓香如都唉声叹气，说瘟疫如果继续蔓延下去，隆盛庄人怕是要一个不剩地死绝了。

张瑞元见掩埋了彭掌柜一家没有染上瘟疫，便和梁宝元商量说：“师兄，现在逃是逃不出去了。满街死尸却无人敢收殓、安葬，如此下去，隆盛庄怕是真的要死个鸡犬不留了。依我看，要想活命，还得自己救自己。”梁宝元问怎么个自救法儿，张瑞元说：“看来，酒这东西能逼住瘟疫。咱们不妨如法炮制，把街上的尸体都掩埋了，说不定瘟疫便不会蔓延了。”梁宝元叹着气说：“瑞元呀！各字号连店铺的门板都不敢摘了，伙计也都打发回家了，就算咱俩豁出性命，也埋不了那么多的死人呀！”张瑞元试探着问：“师兄，哈森大掌柜不在，要不，咱俩擅自做主，召集咱永盛源的伙计帮着埋死人吧？”梁宝元当即反对说：“这更行不通，生死关头，哪个伙计肯听你的？不信你试试，他们若听说你要让他们去埋死人，怕是一窝蜂全要辞工了。”邓香如在旁边提醒说：“瑞元呀！你们帮我收殓了姑姑、姑父一家，大难不死已是万幸，切不可再为众人出头了。你们没听说吗？这是瘟神收人，谁碰过死人谁死。就算你们两个不怕死，可咱两家人家呢，咱千万不能走我姑姑、姑父家的那条路呀！”张瑞元想想也是，自己死也就死了，万一把瘟疫传染给老婆、娃娃怎么办？他愁眉苦脸地说：“嫂子，这我知道。可满街的死人不埋，瘟疫迟早会传遍隆盛庄。到时候，咱还是免不了一死。”梁宝元想想说：“是呀！这事儿难办，管不行，不管也不行。瑞元，要不咱到杜铺长家看看，他是一铺之长，好歹也该拿个主意吧？”张瑞元应道：“好，咱这就去。”

乌云其木格和邓香如见二人要去找杜茂远，不好阻拦，便取出酒，依照原来的法子做了，嘱咐他们遇见死人千万躲得远远的。

街上除了幽灵般的饿狗和野猫，空荡荡的看不见几个人。各店铺和字号的门板都不摘了，生意也不做了。街头巷尾，狰狞可怖的死尸横七竖八，随处可见，有的已经腐烂，恶臭熏天。往日车水马龙、繁华热闹的隆盛庄，突然间变成了一座人间地狱。

梁宝元与张瑞元捂着口鼻，拣没有死尸的地方疾步而行。到了杜茂远家门前，用力敲了半天门，方才听得里面一个女人问道："谁呀？"张瑞元答应说："我们是永盛源的梁宝元和张瑞元，杜铺长在家吗？我们找他有事。"院里的女人"哦"一声说："是永盛源的二掌柜和三掌柜呀？你们来的时候没碰过死人吧？"张瑞元听出那女人是杜茂远的老婆，说道："是铺长夫人吧？你放心，我们是绕着死人过来的。"

杜茂远本来也想逃往丰镇避灾，可走到路口时，被康廷儒挡住了。杜茂远哀求说："康把总，我好歹是个铺长，咱们又相交多年，你就不能高抬贵手放我一条生路吗？"没想到康廷儒铁面无私，不顾平日的交情，朝杜茂远抱拳道："杜铺长，实在对不住了，军令难违，我只能秉公执法。"杜茂远再哀求时，康廷儒正色说道："杜铺长，不是我不给您面子。杜铺长想想，您和家人万一染上瘟疫，我放您出去，岂不是要害了丰镇的一城百姓？再说了，您是铺长，您就忍心丢下隆盛庄近万百姓的性命独自逃生？"杜茂远被康廷儒说得面红耳赤，仰天长叹一声："罢了，罢了，我杜茂远生是隆盛庄的人，死是隆盛庄的鬼，听天由命吧！"

杜茂远逃不出隆盛庄，只有关门闭户，在家等死。梁宝元和张瑞元见杜茂远一脸愁眉不展，劝他说："杜铺长，愁没有用，官军封了路口，咱们逃生是无望了，现在只有自救。"杜茂远苦笑着问怎么个自救法儿，张瑞元把他和梁宝元掩埋彭掌柜一家没有染上瘟疫的经过说了，说道："恐怕还得铺长您亲自出头，召集些青壮年把街上的死尸埋了。埋了死尸，瘟疫或许就不会流传了。"杜茂远心情不好，哼着鼻子说："你们的法子若是不管用呢？再说了，你当隆盛庄现在还拿我当铺长呀？谁碰过死人谁死，这生死攸关的大事，我就算挨着门一家一户地去请，有几个肯听我的？依我看，还是等着吧，瘟疫若是走了，咱们算拣了条命；瘟疫若是不走，天塌下来大家一道死。"梁宝元与张瑞元见杜茂远不采纳他们的建议，而他们又想不出更好的主意，都默默不语了。

这时，外面又有人敲门，杜茂远烦躁地说："又是谁呀？这铺长当的，不把瘟疫带进我家，难道活不得吗？"梁宝元听出杜茂远话里有话，拽了张瑞元的衣袖一把，说："瑞元，杜铺长心情不好，咱还是走吧。"两人正要告辞，杜茂远的妻子带着一个人进来了，对杜茂远说："当家的，我本不想放他进来，可他说他能救咱隆盛庄。"

三个人像绝望中见到一根救命稻草，眼睛齐刷刷地向那人望去。

来人年近四十，头戴一顶白色小花帽，留着长须，双目炯炯有神。张瑞元第一个问道：“你是回民？”那人微微一笑，右手放在胸前给三人鞠躬行礼道：“鄙人马占元，正是住在西天子的回民。”杜茂远听说过马占元的名字，连忙抱拳回礼道：“我知道你，你是回民的首领，对吧？”马占元依然微笑道：“算是吧。”梁宝元性子急，问道：“马首领，你能救我们隆盛庄？”马占元还是微笑道：“是的，能！”杜茂远立刻露出笑意：“马首领请坐。”又朝妻子喊道：“快给马首领上茶！”

马占元也不客气，在椅子上坐下，轻轻叹口气说：“唉！本该早些来找杜铺长的，可官军不让我进隆盛庄，所以耽搁了。”张瑞元觉得奇怪，问马占元今天是如何进到隆盛庄的，马占元无奈地苦笑了一下说：“求官军放我进来的。唉！我们西天子也有几个娃娃染上了瘟疫……”不等马占元说完，杜茂远已经面带失望了：“西天子也有瘟疫了？那马首领还说能救我们隆盛庄？”马占元肯定地说：“杜铺长放心，我们西天子的瘟疫已经驱除了。”张瑞元抢着问道：“马首领是如何驱除瘟疫的？”马占元用手轻轻抹了下眼角：“我们把几个染了瘟疫的娃娃都埋了。”梁宝元惊得差点儿跳起来，叫道：“埋了？活埋了？”马占元点头沉痛道：“是的！其中就有我的儿子。”

原来，隆盛庄刚发生瘟疫时，西天子的一个回民带着两个孩子到隆盛庄采买日用品，回去后，两个孩子又和另外几个孩子玩耍了一阵儿，其中就有马占元的大儿子马青。到了晚上，这几个孩子发起高烧，互相询问，病症都一样，大家立刻联想到隆盛庄的瘟疫，知道这几个孩子是被传染了。喊来懂医术的回民看，配了些药，但并未见好转，去过隆盛庄的两个孩子还先后死了。懂医术的回民对马占元说，其余几个孩子怕是也没救了，得赶快想办法，不然，瘟疫一旦在西天子传染，这一支回族可就大祸临头了。马占元拿得起，放得下，当然不会因为几个孩子断送一族人的性命。他问懂医术的回民该如何处置，懂医术的回民说，唯一的办法是趁瘟疫还没有在西天子传开，尽快把染了瘟疫的孩子处理掉。几个孩子的父母都把眼睛望着马占元，马占元不顾妻子的苦苦哀求，抱起昏迷中的马青便走。其余几个孩子的父亲见首领带头大义灭亲，都不敢心存侥幸，各自抱了自家染病的孩子，跟在马占元的后面，到了回族的义坟。回族的义坟位于隆盛庄北三里多的东营子村旁，是回族的墓地，因为回族有“人死在何地即葬于该地”的风俗，所以，隆盛庄一带的回族不分地域、教派，死后都会埋葬于此，同时也会将在旅途中亡故的回族商人收葬在此，故称义坟。马占元和几个男人含着眼泪挖了坑，按照回族的埋葬方式，将几个处在昏迷之中，但尚未断气的孩子活埋了……

张瑞元等三人听得心惊肉跳，暗想这回民真够心狠手辣。虎毒不食子，若是汉人，无论如何也不会把尚未断气的亲生儿女活埋的。

这时，杜茂远的妻子端上茶来。马占元讲究，不沾汉人的碗筷。他把茶碗往一旁推推，接着说道："这几天不断传出隆盛庄死人的消息，我想，虽然官府不让我们回族进隆盛庄居住，但能让我们在西夭子落脚，也是隆盛庄人对我们的恩赐了。我不能眼睁睁地看着一场瘟疫要了隆盛庄近万人口的性命，所以便亲自过来打探疫情。可在路口把守的官军不让我进来，我只好找到康把总。康把总听说我进隆盛庄是为了救人，二话没说便放我进来了，还让我进来后找杜铺长。"杜茂远关心瘟疫，急着问马占元道："马首领，听你的意思，你真有把握驱除这场瘟疫？"马占元点头说："我说过了，能！"杜茂远觉得奇怪，问道："马首领有啥法术吗？"马占元说："没有。不过，杜铺长别急，听我慢慢说。这样的瘟疫我们老家也发生过，你们汉人迷信，说这是老天爷派瘟神下来收人。其实不是这样的。这不过是一场传染病，只要把死尸全部掩埋了，在街上和院里撒上生石灰，瘟疫便自然驱除了。"

杜茂远与张瑞元、梁宝元听马占元如此说，顿时面露喜色："马首领说的是真的？"马占元面色凝重道："人命关天，马某岂敢信口雌黄？"杜茂远又蹙起眉头，忧心忡忡道："驱除瘟疫的办法是有了，可隆盛庄人都相信谁碰死人谁死的传言，我们到哪找埋死人的人呢？"马占元接过话说："杜铺长不必发愁，这件事交给我们回族办吧。"张瑞元惊异道："你们回族不怕碰死人？"马占元微笑着说："不怕，我们回族不信佛神。"杜茂远听说回族肯出力相助，顿时喜出望外，高兴地抱拳向马占元谢道："那就感谢马首领，感谢你们回族了。"

杜茂远等三人带着马占元去找康廷儒，旁边一个军官听说马占元要带回民进隆盛庄掩埋死尸，提醒康廷儒说，丰镇厅署衙门的命令是不准任何人进出隆盛庄，如果回民驱除不了瘟疫，他们就得留在隆盛庄，不能出来了。康廷儒想都没想，说道："扯他娘个蛋，近万条性命，老子不能见死不救，大不了免了老子把总的官职。立刻下令，放回民进隆盛庄救人。"

有了康廷儒这句话，马占元立刻回西夭子召集人手。杜茂远和张瑞元、梁宝元则到车行找了几辆牛板车，备了许多生石灰。马占元行事利落，很快便召集了百余回民进入隆盛庄清街。他们用洒了烈酒的布巾捂住口鼻，将尸体抬上牛板车运出隆盛庄，埋入隆盛庄东不远处的一个大水坑，又将隆盛庄的大街小巷清扫干净，撒上生石灰。果然，隆盛庄的瘟疫从此消除。

隆盛庄的瘟疫驱除了，百姓又有了笑脸。尽管马占元当初并未提出任何要求，隆盛庄各字号的掌柜还是写了联名信，称是西夭子的回族在危难之际出手援助，消弭了隆盛庄的一场灾难，为了表示感谢，隆盛庄上万百姓恳请官府同意回族进入隆盛庄定居。杜茂远亲自将联名信送至丰镇。此时，王岱的妻舅因王岱一案已被撤职查办，新来的同知被回族的义举感动，奏请朝廷发龙票一张，准许回族进隆盛庄定居。隆盛庄特意拨出小北街一带的土地供回族建房居住。从此，隆盛庄在五条大街之外，又加了一条小北街。回族在隆盛庄落地生根，两族和睦相处，互敬互助，为隆盛庄回汉两族的文化交流做出了许多贡献。

两个灾年加上一场瘟疫，让隆盛庄的商业贸易遭到前所未有的重创。原来的一百多家字号，有的破产关门，有的换了掌柜，只剩下六七十家苟延残喘，勉强经营。有道是“大旱之后，必是丰年；大难之后，必有大福”。或许是隆盛庄西河湾的那股子倒流水，或者是隆盛庄人有着一股百折不挠的精神，经过数年的休养生息，隆盛庄渐渐恢复了元气，重现昔日繁荣。

隆盛庄除了南来北往的客商、一家接一家的店铺字号，再没有什么格外美丽的景色了。所有的绿，远的是山，近的是院子里墙角下的两小畦菜地；所有的红，除了闺女们的红衣服，便是窗台上花盆里的红花了。然而，隆盛庄之美，不在绿，也不在红，恰恰是南来北往的客商和一家接一家的店铺字号。这是隆盛庄人的生活，比所有的绿和红更富有色彩。

永盛源在梁宝元和张瑞元的经营下又创新意。过去，永盛源的生意只是把从库伦换回来的皮毛卖出去。梁宝元和张瑞元觉得钱都被别人赚了，和达林太、哈森商量后，买下了后院周边几户人家的院子，改为作坊，又雇了数十个皮毛匠和毡匠，以及几十个伙计、短工，置了数百口大缸熟皮子。皮毛作坊分白作坊、黑作坊和毡坊。白作坊分大行、小行。大行以羊皮为主，把熟好的皮子做成老羊皮皮袄、老羊皮皮裤、山羊皮被子、山羊皮褥子等；小行以狐狸皮、狗皮、猫皮、獾子皮、黄狼皮等细杂皮为主，制作狐狸皮大氅、狐狸皮帽子、猫皮帽子、狗皮帽子、狗皮褥子等；黑坊则以牛、马、骡皮为主要原料，制作皮鞋面皮、皮鞋鞋底、皮绳线、皮马鞍、皮条、皮裤带等；毡房则以羊毛、牛毛为主要原料，擀毡子、毡帽、毡靴、毛鞋、毡袜子，编织毛毯、毛口袋等。由于永盛源的皮毛制品选料上乘，做工精细，数十个匠人终年制作，一冬即可全部售出。永盛源原本就是隆盛庄最大的皮货行，现在，梁宝元与张瑞元在短短几年内又将其扩大了数倍，每日生意兴隆，财源滚滚，把达林太高兴得笑眼眯眯，索性让哈森只管走库伦，字号的事全由梁宝元与张瑞元做主。于是，梁宝元升了大掌柜，张瑞元升了二掌柜。

大旱之后，连着几个好年景，张瑞元的一千亩地每年能收不少租子，五百亩草场也收入颇丰。他不甘心只做皮毛、皮货，便想开一家属于自己的粮店。

彭德生的媳妇丽萍是集宁人，隆盛庄闹瘟疫的时候，丽萍正巧抱着孩子住娘家，侥幸躲过一场灭顶之灾。瘟疫过后，邓和做了几副薄皮棺材，与梁宝元和张瑞元一道挖出彭掌柜一家埋在茅厕的尸体，草草打发了。丽萍孤儿寡母，无力继续经营茂盛店，便想把店面盘出去。张瑞元正好想开粮店，也没有和丽萍讨价还价，出现钱把茂盛店盘了下来。粮店用了他自己名字的一个“瑞”字，用了茂盛店老号的一个“盛”字，起名瑞盛店。此时，乌云其木格已经为张瑞元生了三个儿子，长子张禄，乳名玉奎；次子张福，乳名福奎；小儿子张祯，乳名宝奎。张瑞元有了钱，又生了三个儿子，嫌租住的两间房狭窄，便在外面买了块地，盖了处院子搬了出去。

张瑞元的院子和隆盛庄有钱人家的院子大同小异。二虎头院门，门楼青砖砌就，高九尺；院墙为干打垒，高七尺；门洞高六尺，两步石条台阶，下面石条门槛。两扇朱红色的院门宽三尺，各钉三排大铁钉，镶有关门用的铁拉环。两个铁拉环用锁子连在一起，门便从外面锁住了。进了院子，迎面是一道福字照壁，里面是三间砖木结构的正房，满面门窗。西面一间为屋门，进门迎面一副六扇雕花隔扇，隔扇里供着财神爷、灶神爷，二神面前的供器包括中央一座大香炉，两旁各一只烛台和一对锡香筒。每逢八月十五，还要供一尊月光爷。月光爷的两旁是一对小烛台和两只小香炉。因月光爷吃素，故特为月光爷供一盏狮头胡麻油灯。里屋两间，无隔墙，地中央是一张八仙桌和两把太师椅，后墙一对五尺大红柜。靠窗户东西一盘横炕，东有灶火，西边后炕放一只雕花铺柜，铺柜上放着被褥枕头。足以睡下十几个人的炕上铺着数条平滑柔软的白色羊毛大毡。张瑞元睡炕头，身下铺一条黑色狗皮褥子，然后依次是乌云其木格和三个儿子。两旁各一间土木结构的耳房，西为上，准备将来给大儿子张禄娶媳妇用；东为下，是为二儿子张福娶媳妇准备的。东西各三间厢房，均为土木结构。东面三间，进门为柴房和炭房，另两间可住人；西面三间为伙房、米面房和杂物房；西南角为茅厕。

邓香如见张瑞元盖新房搬出去了，禁不住眼热，和梁宝元叨叨，啥时候她也能像乌云其木格一样住上自己的房子。梁宝元的日子远不如张瑞元宽裕，其中乌云其木格出嫁时，达林太陪嫁的五百亩滩地、五百亩草场给张瑞元打下坚实基础是一个重要原因，还有就是梁宝元喜欢吃喝，没有张瑞元节俭。张瑞元虽然酒量大，但只有应酬时才喝，可梁宝元每顿饭都要喝二两。有酒就得有菜，所以，梁宝元能攒下点儿钱，全凭邓香如会过日子。

梁宝元嘴上不说，心里也羡慕张瑞元家的院子。怕邓香如看不起他，便说道："不就一处院子吗？咱一年的分红不往字号里投，也盖一处和瑞元家一样的院子。"邓香如立刻说："那可不行，往字号里投钱是钱生钱，盖院子却是要花钱的。你不看人家瑞元又开了瑞盛店，成了名副其实的东家。咱把钱盖了房，永盛源的股份就没有瑞元多了。有道是一步差，步步差，你啥时候才能追上瑞元？"梁宝元叹着气说："追？就像你刚才说的，一步差，步步差。我这辈子怕是追不上瑞元了。"邓香如曾听姑父讲起过，说当年本是想把她嫁给张瑞元的，可达林太相中了张瑞元，非要把乌云其木格嫁给他，姑父这才给她说了梁宝元。有了这段阴错阳差的姻缘，邓香如每和梁宝元生气斗嘴，都要噘起嘴说："唉！我这人命不好，当初若是嫁了你师弟，日子肯定过得比现在强。"

梁宝元在外面性子急，回家却一点儿脾气都没有。他笑眯眯地端详着邓香如说："瑞元哪有福气娶你？咱悄悄在家说，乌云其木格除了人高马大力气足，没一点儿能比上你的。尤其那双大脚，哎哟！"邓香如哼着鼻子说："哎哟个啥？我没和乌云其木格比，我是拿你和瑞元比呢！你看人家瑞元，人长得清秀不说，脑子也比你灵光。再看看你，头黑得和车轴的油一样，还喜欢喝两口。也亏了我没多给你生儿子，不然，将来拿啥给娃娃们娶媳妇？"梁宝元嘻嘻笑道："放心，就算你给我生十个儿子，他们也打不了光棍。我爹给我留下啥了？一个大子儿没有，我不是照样娶了你这么个如花似玉的老婆？"见邓香如不说话，又开玩笑提醒她，"香如呀！你可不能看我师弟长得好就起了外心，要是乌云其木格打上门来，就她那块头和一双大脚，你可打不过人家。"邓香如撇一下嘴说："我打不过还有你呢吧？我天天好酒好肉地供着你，把你养得膘肥体壮，你不替我出头做主？"梁宝元哈哈笑道："你在外面被人欺负了，我能替你出头做主。你在外面偷汉子，我也替你出头做主？你咋啥好事都想着呢？"

邓香如听梁宝元也说这辈子怕是追不上张瑞元了，遗憾道："唉！人这命，真的是没法儿比。当年你们师兄弟一块儿到的隆盛庄，一天娶的媳妇，这走着走着就落下了。"梁宝元听邓香如的言外之意还是觉得自己比不上张瑞元，心里不服气，瞟邓香如一眼说："那没法子，人家达林太大叔给乌云其木格陪嫁了五百亩滩地、五百亩草场，所以瑞元才有今天的。你爹若给你也陪嫁上这些地，我梁宝元一样盖新房、开粮店、当掌柜。"

梁宝元说到了邓香如的痛处，邓香如狠狠地回了梁宝元一眼："你咋啥好事都想着呢？我爹要是能给我陪嫁五百亩滩地、五百亩草场，我会嫁给你个黑不溜秋的黑炭头？”梁宝元被噎回去，只好赔着笑脸哄邓香如道：“好了，你也别眼热我师弟了，咱俩一样的命。靠小姨子养娃娃终究叫不了爹，还是靠自己吧。等再攒几个钱，我踅摸个行当，咱也另开一家字号，自己当东家。”邓香如这才笑了，补一句说：“小姨子养的娃娃咋就不能叫爹了？德信永段掌柜的小姨子的娃娃叫段掌柜啥？不就叫爹吗？”梁宝元笑嘻嘻道：“你呀！真能想起来。人家段掌柜娶的是姐妹花，要不和你爹说说，把你妹子香草给我做小吧，到时候小姨子养的娃娃也叫我爹了。”邓香如揪住梁宝元的耳朵，使劲扭了一把，骂道：“你咋啥恶心话都能说出来？你拿啥和人家段掌柜比？人家段掌柜是秀才，见了县太爷都不用下跪。你算哪根儿蒿子？还想我们姐妹共事一夫？梦也做得太美了吧？”梁宝元被扭疼了，连忙讨饶说：“不敢了，不敢了！我也就是顺口说说，哪敢有那个奢望！”

四美庄兵营的把总康廷儒也成家了，不但成了家，还帮着岳父富锦把庆春楼的生意做得红红火火。

自从王岱夫妇在西河湾被砍了头，王岱的爹妈出来进去遭人白眼，脸上无光，觉得隆盛庄住不下去了，便把顺风园盘了出去，带着小儿子和两个孙子迁往集宁投靠亲友。康廷儒砍了王岱夫妇的脑袋，又擅作主张放马占元带回民进隆盛庄驱除瘟疫，一下子成了隆盛庄人心目中顶天立地的英雄豪杰。许多人见他尚未婚娶，纷纷前往四美庄说媒提亲。按照风俗，未婚男女是不能见面的。康廷儒怕娶回个丑八怪，便从熟人里选，选中了富锦家的三闺女俊梅。

富锦原来在四美庄开一家名叫庆春园的饭馆，后来王岱的顺风园要往出盘，富锦见顺风园地理位置好，又想把生意做大些，便把四美庄的庆春园盘出去，挪借了些钱，买下了王岱的顺风园，把顺风园的牌匾换成了自家的庆春楼。康廷儒在四美庄时见过富锦的三闺女，隐约记得那闺女眉眼清秀，容貌姣好，当然愿意。那富锦也是老实人，见康廷儒愿意娶俊梅，便实话实说，说他家俊梅相貌没啥挑剔的，唯一的缺陷是小时候脚没缠好，同伴们都叫她大脚俊梅。康廷儒习武出身，对脚的大小并不在意，大大咧咧地说没关系，俊梅的脚再大，还大得过张瑞元的蒙古媳妇乌云其木格的脚？

于是，康廷儒便成了庆春楼饭庄富掌柜家的女婿。说来也巧，康廷儒的父亲在直隶便是开饭馆的，康廷儒也学过几道直隶风味的菜肴，便示范给厨子，结果竟然深得食客喜欢。庆春楼名声大振，成了隆盛庄最火的馆子。

回族聚集的陕甘宁与山西同属苦寒之地。苦寒之地的人，唯有精明与算计，生活方可过得好些。因此，回族的精明算计与山西人可以说在伯仲之间。两地人的区别是，回族善做小生意，而山西人只要有机会，总想把生意做大些，甚至有人信奉“富贵险中求”，在生意场上很敢于冒险。

马占元等一干回族很感激隆盛庄人，因为如果隆盛庄人不同意，他们无论如何也无法在隆盛庄定居。隆盛庄人更感激回族，毕竟如果不是马占元挺身而出，带领回民清街驱除瘟疫，今天的隆盛庄怕是已经看不见一个活人了。

回族人善于小本经营，在小北街落脚没几年，大大小小的店铺便陆续开张，生意甚为兴隆。马占元开了一家清真干货铺，铺子开张的时候，铺长杜茂远和隆盛庄各字号的掌柜都去恭贺，梁宝元和张瑞元也去了。只是回族限制饮酒，吃饭更是讲究，大家没有太深的交往。

那天上午，瑞盛店不忙，张瑞元溜达到永盛源，和梁宝元坐在大门的台阶上边抽烟边聊。两人聊着聊着，不知怎么就聊到了女人身上。梁宝元问张瑞元说：“瑞元，听说蒙古女人和汉人女人不一样，是真的吗？”张瑞元没听懂梁宝元的意思，说道：“当然不一样，别说蒙古女人和汉人女人了，蒙古男人和汉人男人也不一样。”梁宝元神秘地笑着说：“瑞元，你没听懂我的意思，我是说人们传言蒙古女人和汉人女人的那东西里面不一样，一个发热，一个发凉。”张瑞元脸红了一下，瞥梁宝元一眼说：“师兄这话问的，我娶的是蒙古女人，又没和汉人女人睡过，咋能知道有啥不一样的地方？师兄是啥意思？莫非想让乌云其木格和嫂子换着睡睡？”梁宝元杵张瑞元一拳道：“你想得倒美，就你那乌云其木格，长得又粗又壮，一双大脚板子，腿还带点儿罗圈儿，比你嫂子七分都不如。你就算倒贴我一千两银子，我都不干。”

张瑞元一直喜欢邓香如。邓香如人长得俊，身段也好，腰肢只有乌云其木格的一半粗细不说，两个奶子也比乌云其木格的挺拔。尤其是她说话柔声细语，很是撩人。如若邓香如不是他嫂子，他倒真想和邓香如睡一睡。他也回杵了梁宝元一拳，说道：“师兄，我知道你这人啥都想试试，可别的能试，唯独这件事试不得。你要真想试，除非嫂子同意你娶个小。那样，我让乌云其木格从乌拉哈给你说个大脚板子的蒙古闺女。”梁宝元朝张瑞元挤挤眼说：“算了吧，我才有几个钱？你家大业大，倒是你该再娶个汉人女人做小。到时候，蒙古女人的滋味儿知道了，汉人女人的滋味儿也知道了。”见张瑞元没说话，他又说：“瑞元，从那场瘟疫后，隆盛庄周边的四村八乡又多了不少年轻俊俏的小寡妇，只要乌云其木格同意，我给你踅摸一个回来。放心，花不了几个钱。”张瑞元嘿嘿一笑说：“师兄，你就别拿我说笑了。人都说饱暖思淫欲，我看你是家里有几个钱了，烧得不行。骑完了毛驴，想骑个骡子试试；骑完了大马，想骑个马驹试试；骑完了黑猪，还想骑个白猪试试呢！不过，我可不敢往那上面想，乌云其木格虽然长得粗笨，但我能有今天，都是她阿爸的帮衬。我不是那种忘恩负义的人。”梁宝元皱一下眉，说道：“和你开个玩笑，你从哪扯到哪了？我要想睡个女人，没啥难的，下次到丰镇办货，我到窑子里住上一晚，那里面啥样的女人都有，肥的、瘦的、高的、矮的，当然了，还真有个蒙古女人呢！”张瑞元哈哈大笑道：“师兄，说漏嘴了吧？我说每次到丰镇办货你都抢着去，原来是去逛窑子了？好，看我告诉嫂子咋拾掇你。”梁宝元虽然知道张瑞元是玩笑话，却也不敢大意，连忙叮咛道：“瑞元，你可不能在香如面前瞎说。不然，她面朝下睡上一个月，你师兄可就惨了。”

两人正说笑着，突听得耳旁有人说道：“瞧二位掌柜高兴的，莫不是又做成了啥大生意？”梁宝元与张瑞元吓了一跳，抬头一看，是马占元。马占元腋下夹着一块白布，手里拿着一块砖茶。

经过那场瘟疫，梁宝元和张瑞元对马占元十分敬佩，连忙站起来说：“哦，马掌柜呀！你这是做甚去？”马占元说：“我上街扯块布做件夹袄，顺便买了块砖茶。”张瑞元一直想和马占元坐坐，记起早晨哈森刚给他送来一条羊腿，便邀马占元说：“马掌柜若是不嫌弃，晌午到我家吃顿饭吧？你们回民可以吃羊肉，恰巧我岳父早晨刚让哈森给我送来一条羊腿。”马占元摆手道：“谢张掌柜了，我们回族有规矩，不是阿訇宰的牲畜不能吃。”梁宝元问：“蒙古人的羊肉也不能吃？”马占元摇头说不能。张瑞元遗憾地说：“唉！和马掌柜认识几年了，只因为你是回民，咱们一直未能在一起吃顿饭，真是挺遗憾的。”

马占元对张瑞元也颇有好感，毕竟当年就是梁宝元和张瑞元带头写联名状，恳请官府允许回族在隆盛庄定居的。他心念一动，说道：“是呀！咱们也真该在一起吃顿饭。要么这样吧，我不方便吃你们汉人的饭，你们却可以吃我们回族的饭，二位掌柜若不嫌弃，晌午请你们到我新开的馆子吃顿饭如何？”张瑞元客气地推辞说：“不了，我师兄好喝两口，无酒不下饭，你们回民有不喝酒的规矩，就不好意思叨扰了！”马占元诚心诚意地说：“张掌柜别客气，我虽然不能喝酒，却可以给二位掌柜破个例。也请二位掌柜顺便到我的饭馆认个门儿。”张瑞元内心真想和马占元坐坐，便不推辞了，和梁宝元商量了一下，说：“好吧，那我们就到马掌柜的饭馆串个门去。”马占元高兴地说：“好，我先回去等着二位掌柜了。”

第五章

三元共创上三元

梁宝元与张瑞元不好意思空手去马占元那里，商量着给马占元带件礼物。两人到自家的柜台上看了看，选了一顶狗皮帽子。

隆盛庄地处蒙汉交界，许多生活用品及物具都融合了蒙古文化的元素。比如，为走草地的客商准备的皮衣，与蒙古袍相似，衣长过膝，前面为大襟；牛毛毡靴仿制于蒙古人的毡乌拉，上面带有卍字图案；皮帽子为三角形，天气寒冷时可以护住后脖颈，合起来可以当坐垫，晚上睡觉可以当枕头。人们把这种样式的帽子称为草原帽。普通人戴的多为白茬羊皮帽，有钱人则把帽子罩了布面。

小伙计听说掌柜的拿皮帽子送礼，提醒说他听王账房讲过，古人有送礼不送帽子的讲究。张瑞元问为什么，小伙计说送帽子会结仇。王顺过来了，说戴过的帽子送人才会结仇，新帽子没有关系。两人便让小伙计把帽子装了帽盒，前往回族居住的小北街。

小北街原本冷清，没有几户人家，自从回族搬迁过来，一下子热闹起来。街道两旁，店铺一家挨一家，有卖日常用品的杂货铺，有卖干货的，有卖熏鸡、酱牛肉的，有开饭馆的、卖拉面的，还有牛羊肉铺等。除了店铺，还有推小车卖瓜果、卖凉粉、凉糕、枣糕、卖羊杂碎的摊贩，另外还有挎篮子沿街叫卖红枣、核桃、花生、果丹皮和煮五香大豆的。

隆盛庄的回族多姓马，马占元的干货铺开张时，梁宝元和张瑞元都去恭贺过。他们不知道马占元新开的饭馆在什么位置，向回民打听，回民指着不远处一家门前悬挂笼圈蓝布穗幌子的饭馆说那便是。到了马占元的饭馆前，梁宝元和张瑞元都笑了。原来，马占元的饭馆和他的干货铺紧挨着，是前面店铺后面住宅的格局。

马占元虽为回族首领，房子却不比其他回民的好多少。他见梁宝元与张瑞元来了，忙请二人入座，说："吃一顿家常便饭，还带什么礼物？"桌上已经摆了凉粉、炸花生米、熏鸡和酱牛肉。马占元的妻子就是饭馆的掌勺，她先将右手放在胸前给客人鞠躬问候，然后笑眯眯地沏上茶来。梁宝元见饭馆门口放着一只木箱，木箱上面开着一道口子，来来往往的回民不时往里面塞几枚制钱，以为马占元身为首领，回民都要给他进贡，便奇怪地问："马掌柜收贡钱也不设个账簿？不怕他们少给了？"马占元不解地眨巴着眼睛问："贡钱，啥贡钱？"梁宝元朝那木箱努努嘴说："马掌柜身为回族首领，属下都得给你进点儿贡吧？"马占元恍然大悟，解释说："这哪里是进贡，这是盖房子用的。"梁宝元又误会了，说道："马掌柜确实也该盖处像样的院子住。"马占元的妻子烫好酒端上来，接过话说："哪里是我家盖房子，这是盖清真寺用的。"

张瑞元知道，回族到隆盛庄定居后不久，便在小北街盖起一座清真寺，于是奇怪地问："已经有清真寺了，还要再盖一座？"马占元解释说他们的清真寺太小，尤其沐浴室不足，准备扩建一下。梁宝元奉承马占元果然家大业大，马占元笑着摇头说："凭我一己之力，别说一座清真寺，就算一处像样的四合院也盖不起来。盖清真寺是我们回族的大事，所以，大家都要出钱。"梁宝元问是不是每家每户都要摊派，马占元指着木箱说不摊派，都是各家各户自愿捐，想捐多少捐多少。张瑞元觉得不可思议，说那要是大家都不肯多捐呢？马占元依然微笑道："不会的，我们有自己的信仰，只要真主一声召唤，即便舍了性命，也要奋勇向前，又怎会吝啬钱财这种身外之物？"梁宝元与张瑞元对视一眼，道："难怪回族团结呢。"

马占元不沾酒，梁宝元与张瑞元知道回族风俗特别，怕酒后失言冒犯了回族的忌讳，也不敢多喝。两人聊了一会儿有关隆盛庄的事，吃了一碗马占元妻子做的羊汤面便要告辞。马占元说来而不往非礼也，非要给他们带些自家的干货。回族擅长制作以白面为原料的干货，所以小北街的干货铺不少，而马占元的干货铺又比别人家大些，品种多些，铺子里摆满了油香、馕、馓子、麻叶、焙子等。马占元给二人每样都带了些，然后右手放在胸前鞠躬送行。

从小北街往回走，张瑞元对梁宝元说："师兄，我觉得回民的干货和汉人的干货有所不同，咱汉人的干货讲究的是好看、好吃、品种多样，而回民的干货却讲究保存的时间长。"梁宝元说："瑞元呀，说你心细你还真心细，人家给你带上，你回去吃就行了，琢磨这些做甚？”张瑞元若有所思道：“师兄，我还真得琢磨琢磨。路过咱隆盛庄的旅蒙客商大都长途跋涉，有时候错过了打尖的地方，只能吃随身携带的干粮。咱们带干粮，大不了烙几张饼，揣几个馒头，带几束挂面。烙饼和馒头多不过五六天就要发霉，挂面寡淡无味，没有卤汤，几天就吃腻了。可回民的油香和馕，据说放个把月都坏不了。这不正是长途跋涉、走库伦和恰克图的好干粮吗？”梁宝元呵呵笑道：“瑞元，你成天都瞎琢磨啥呢？现在也不用咱亲自走库伦了，操这份闲心做甚？”张瑞元心中若有所动，说道：“这哪是闲心？师兄，你忘记咱初到隆盛庄时我说的话了吗？其实，这些年我一直想开家干货铺。”梁宝元哼着鼻子说：“快算了吧。当年你是个拉骆驼的，吃干货那是奢侈。如今你家财万贯，别说吃干货，就算天天吃肉也吃得起，还开那干货铺做甚？”张瑞元却说：“师兄，你咋就记住吃了？你也不想想，成天南来北往，路过隆盛庄的商客有多少，得带多少干粮？咱要是开一家干货铺，肯定不少赚钱。”

梁宝元听张瑞元还想开字号，觉得他真是人心不足蛇吞象：“瑞元呀，你是不是开字号上瘾了？你已经有了永盛源和瑞盛店，不够忙的吗？”张瑞元笑嘻嘻地说：“师兄，我不像你，只有龙龙一个儿子，我三个儿子呀！我弄两家字号，等哪天死了，三个儿子咋个分法？”梁宝元无奈了，说道：“照你的说法，你要生上十个儿子，就得开十家字号了？反正你也说过，你若开了干货铺，一天到晚，除了干货啥都不吃，我倒要看你说话算数不。”张瑞元却问：“咋，师兄不入股？”梁宝元抬抬手里的干货说：“我有马掌柜送的干货就够吃了，入股做甚？”

晚上吃饭，梁宝元照例烫一壶酒，就着咸菜和五香大豆浅斟慢饮。梁龙和两个妹妹见了马占元送的干货，忙不迭地抢着吃。花子喜欢吃麻叶，叶子看哪样都眼馋，这个上面咬一口，那个上面咬一口。邓香如边拉风匣蒸莜面边叨叨：“你们三个馋猫，一会儿莜面蒸熟了还吃饭不？”叶子高兴地说：“妈，干货比莜面好吃，我就吃干货呀。”邓香如埋怨梁宝元道：“你也是的，咋不先藏起来，等明天早起再往出拿，好好的东西，就这样零掰了。”梁宝元笑呵呵地说：“早吃晚吃都是吃，吃了干货省了莜面。别说娃娃嘴馋，就连大人也嘴馋。瑞元还说他要开家干货铺，一天到晚，除了干货啥都不吃。还想拉我入股哩！”邓香如往灶里加了一铲子煤，问道：“咋，瑞元要开干货铺？”梁宝元不以为然道：“谁知道他是真的还是随便说说，反正他那人不折腾睡不着觉。”

吃完饭，邓香如洗锅的时候说：“我说瑞元有脑子你还不服，我看呀，开家干货铺还真能赚钱。”梁宝元哼哼鼻子说：“你当钱是那么好赚的？隆盛庄好几家干货铺，我没见哪家的掌柜成了大老财。”邓香如叹息一声道：“宝元呀！我说你一句，你可千万别恼。你走路眼望蓝天，瑞元走路眼瞅地皮，论算计，你永远都算计不过瑞元。”梁宝元又哼一声鼻子：“你这是啥说道，我眼望蓝天不比他眼瞅地皮看得远？”邓香如道：“你没听老人们说过？‘抬头老婆低头汉’，男人凡是低着头走路的，都是心里琢磨事呢！”

夫妻俩正在抬杠，突然听得院子里狗吠。梁龙出去开门，来的竟是张瑞元。邓香如边沏茶边说：“说曹操，曹操到。瑞元，我和你师兄正因为你抬杠呢。”张瑞元开玩笑问：“因为我？咋了？我不欠师兄的钱吧？”邓香如看见张瑞元话就多，笑眯眯道：“你不欠你师兄的钱，却欠你师兄的情。嫂子问你，你开干货铺，咋不把你师兄拉拽上？怕你师兄沾了你的光呀！”张瑞元行事谨慎，从不敢当着梁宝元的面和邓香如开玩笑。他一本正经地说道：“嫂子可是冤枉人了。你问问师兄，我拉他入股了，是他看不起做干货这一行当。”邓香如见张瑞元说得认真，忙说：“瑞元，嫂子和你开玩笑呢！嫂子问你，你是不是当真要开干货铺？”张瑞元端起茶碗呷一口说：“我就是来和师兄、嫂子商量这件事的。”然后不紧不慢地把人们喜欢吃干货的程度、干货的市场需求以及可取的利润一一道来。

梁宝元和邓香如听得目瞪口呆。邓香如啧啧道：“宝元，你别不服气。一同去人家马回民家吃饭，一同出来，你只知道回民的干货好吃，瑞元却在这半天的工夫，把干货琢磨出这么些道道来。”梁宝元不好意思地挠挠头说：“我没说不服气呀！师弟做生意的头脑，隆盛庄人尽皆知，不然能白手起家置下今天的万贯家业吗？”张瑞元怕邓香如看不起师兄，连忙自嘲道：“哪里，我不过是机遇比师兄好些罢了。若不是娶了乌云其木格，怕是也没有今天。”邓香如朝梁宝元撇着嘴说：“啥呀！不一样就是不一样，就算你没娶乌云其木格，也比你师兄有出息。你闲着没事琢磨着咋挣钱，你师兄闲着没事儿琢磨着炒个啥菜喝两壶，结果能一样吗？”梁宝元被邓香如戳到痛处，脸上有些挂不住了，沉声说道：“我不好行了吧？人比人比死了，鸡比鸭子淹死了。你嫁的是我梁宝元这号没本事的男人，你要认命，就别嫌我；你要不认命，我现在就给你写一纸休书。”

邓香如见梁宝元要翻脸，朝张瑞元吐一下舌头，不敢作声了。张瑞元给梁宝元使个眼色，佯作替邓香如说话道：“师兄，你咋说话呢？脸翻得比脱裤子还快。这也就是嫂子，要搁在乌云其木格身上，立马就真逼着你写休书了。”邓香如见张瑞元替自己打抱不平，忍不住嘟囔道：“看看人家瑞元的脾性，说话总是既圆滑又和气，哪像你，动不动睁眼霸王似的……”梁宝元又瞪起了眼睛：“我咋睁眼霸王了？”张瑞元朝梁宝元瞥一眼说：“好了，好了，因为点儿啥呀？两口子说话，非得争个你高我低吗？”又朝邓香如招招手说，“嫂子，你过来坐下，我才说了一半，这干货铺到底开还是不开，还要嫂子和师兄拿主意呢！”梁宝元的脸色缓和过来：“瑞元，我倒是能帮你出出主意，可不敢拿主意。”张瑞元说：“师兄，咱一道做生意，你不拿主意算哪回事？”梁宝元往起直直腰问：“你还是要我入股？”邓香如按捺不住，插嘴说道：“听瑞元讲的道理，开干货铺肯定赚钱，只是嫂子家怕是拿不出几个钱。”张瑞元爽快地说：“干货不像皮货，现做现卖，周转得快，入股也用不了几个钱。嫂子有几个算几个，不够的我给垫上。”

梁宝元夫妇听张瑞元愿意借钱给他们入股，心里当然高兴，都认真关注起开干货铺的事。

张瑞元说：“师兄，我觉得光咱俩开干货铺还不成，我想把马掌柜也拉进来。咱隆盛庄的干货品种本来就挺多，如长寿糕、喇嘛糕、芙蓉糕、绿豆糕、槽子糕、蛋糕，还有提浆月饼、翻毛饼、上红饼、包馅月饼、酥焙子、大麻花、小麻花、糖麻叶、油麻叶、蜜麻叶、千层麻叶、糖枣、糖腰子、蜜柿、蜜酥、干兰儿、斜尖子，要是再学会做回民的油香、馕、白皮焙子等，品种就更全了。尤其回民的油香和馕，听说放几个月都不发霉，正是走库伦和恰克图最好的干粮。只要咱们的名气传出去，来往客商肯定都会买。到时候，咱再在大同、丰镇、集宁各开一家分号，生意肯定赖不了。”梁宝元和邓香如听得眼睛都直了。他们没想到，只一个下午，张瑞元竟然快成做干货的饼匠了。

既然张瑞元把做干货卖干货的底儿都摸透了，梁宝元自然没意见。两人当即拍板，开干货铺的事就这么定了。第二天，两人到小北街找马占元谈，马占元开始有些犹豫，听了张瑞元的设想，觉得张瑞元真是个做生意的天才，这桩生意肯定稳赚不赔，自然也就同意了。三个人商量着给干货铺取名字，取了几个都不如意，张瑞元最后说，四美庄是因为最早的四户人家，名字里都有一个“美”字，所以才叫四美庄的，而他们三个人的名字里都有一个“元”字，并且想把生意做大，字号叫“上三元”如何？马占元和梁宝元都觉得这名字起得好。根据每个人股份的多少，由张瑞元当大掌柜，马占元当二掌柜，梁宝元当三掌柜。接着花大价钱雇了几个有名的饼匠，择了个好日子，上三元便开张了。

由于上三元的干货品种齐全，货真价实，工艺讲究，味道鲜美，上三元的名气很快便传遍方圆百里，尤其那些走库伦和恰克图的，每次都几牛板车地买油香和馕。上三元不失时机地在丰镇和集宁各开了一家分号，生意甚为兴隆。之后，张瑞元又和饼匠们探索研究，琢磨出一种十斤白面配三斤油、三斤红糖的混糖月饼。这种月饼不但好吃，而且保质期更长，可以保存大半年不霉变。

经过数年的休养生息，隆盛庄繁荣再现，店铺字号急剧发展到近二百家，比绥东大旱之前几乎多出一倍。

事情有好的一面，必然也有坏的一面。商业繁荣的背后，也到处充斥着无良商人的卑劣行径。许多字号受利益驱使，偷偷摸摸地干起以次充好、以假充真、掺杂拌假、缺斤短两的奸商行为。买一斤十六两秤的盐，回家一称，只有十五两。扯一丈白布，回家一量，只有九尺九寸。酱没有原来咸了，醋没有原来酸了，豆腐没有原来瓷实了。开铁匠炉的，镰刀没有原来的锋利了，割不了二亩地就得磨一次。卖羊毛的，把羊油揉进沙土中，用箩子箩了，将细油沙土掺进羊毛里；开饭馆的，尺盘装八寸盘的菜，并且菜多肉少。开粮店的，往出借的时候是大抹，一斗能少给半升，而且粮食潮湿，水分极大；往回收的时候是小抹，一斗能多出半升，并且还要扣除水分。就连开棺材铺的，棺材板也比以往薄了许多。

眼见得隆盛庄多年的商业信誉即将毁于一旦，一直信誉良好的大字号掌柜都急了。张瑞元第一个站出来，把隆盛庄数家粮店的掌柜约在一起，商量成立一个行社，以使各字号严格自律，互相监督，杜绝投机行为。张瑞元的提议得到各家掌柜的赞同。有人提议说行社光有粮店太显单薄，说话也没有分量，不如把钱铺也拉进来。因为隆盛庄粮食交易量大，尤其秋天收新粮的时候，各粮店都要向钱铺借贷资金，所以钱铺可以说是粮店的后盾。没有钱铺，粮店便无法经营，钱铺掌柜说了话，粮店掌柜都要给面子的。

张瑞元想想，觉得很有道理，便又到各家钱铺游说。钱铺掌柜也没有反对的，一致同意成立一个包括钱铺和粮店在内的行社，并提议由张瑞元担任会首。张瑞元怕众掌柜误会自己跑前跑后，就是为了当会首，所以再三推辞。众掌柜说，成立行社是张瑞元提出来的，何况，张瑞元除了是瑞盛店的东家，还兼着永盛源和上三元的掌柜，家里有地、有草场，家大业大，实力雄厚，行社会首非他莫属。张瑞元仍旧拒绝，说会首身担重任，自己才疏学浅，又不是隆盛庄的老人，怕难以服众，提出请铺长杜茂远担任会首。众掌柜都知道杜茂远是老好人，做不得这种既要圆滑又铁面无私的公道事，纷纷摇头说杜茂远开的是药铺，药铺和粮店、钱铺没有一根毛的关系，让他担任会首不合适。

张瑞元想了半天，忽地想起一个人，于是对众掌柜说，如果此人能担任会首，应该再合适不过了。众掌柜让张瑞元把名字说出来听听，张瑞元说："掌柜们觉得德信永钱铺的少掌柜段祖贤如何？”众掌柜眼睛一亮，齐声道：“对呀！咱们咋没想起段掌柜呢！”

段祖贤的名字可能不是人尽皆知，但说起段秀才和德信永，隆盛庄可以说无人不知，无人不晓。

隆盛庄的大字号有一个共同之处，那便是东家均有土地，少的几十亩，多的上千亩。地便是钱，字号一旦遇到资金周转困难，把地契抵押出去，便能到钱铺换回现钱。和外人做生意，只要你家有地，外人也不怕你亏了、倒闭了。因为你的店铺和字号倒闭了，还有土地可以用来赔偿。

段祖贤是丰镇人，父亲段永在丰镇经营几十年，也算有名的老财了。段永有个表侄儿是隆盛庄人，虽然是表侄儿，年龄却比段永还要大几岁。因为在家里排行老二，人们都叫他二老汉。前些年，二老汉到丰镇表叔家走亲戚，段永向他问起隆盛庄，二老汉便说隆盛庄新开垦的土地多，且比丰镇的土地便宜，又商贾云集，是个做生意的好地方。段永也是那种视土地为本的财主，他亲自到隆盛庄住了几天，见果然如此，便下了下狠心，举家搬迁到隆盛庄，后来他不但买下了千余亩土地，还开了一家名叫德信永的钱铺。

段祖贤是段永三十多岁才得的独子。段祖贤小时候便家境优越，在丰镇时，别人家都是十几个孩子一起到书院读私塾，唯独他爹是把先生请到家里教他一个人的。段祖贤五岁读私塾，十一岁读县学，十四岁参加科考，第一次没有考中，潜心读了三年再考，通过县试、府试、院试，轻松地考取了功名，成为丰镇为数不多的几个秀才之一。秀才虽然是功名里等级最低的，却也十分了得，不但受人尊敬，还享有许多特权。比如，普通百姓见了县太爷要下跪磕头，喊青天大老爷，而秀才见了县太爷，只需拱手叫老师即可。秀才不但自己不做徭役，还可以免除家中两个人的徭役；即便犯了罪，也不受体罚，不挨板子；平时求见县太爷，只需递个拜帖进去。最有趣且最让人羡慕的特权，则是秀才可以骂大街。按照清朝的律法，普通人骂人和回骂，如果告了官，双方的屁股都要被打十大板子，而秀才骂人是不用挨板子的，所以大家都说天下有三张嘴最为厉害：一是秀才的嘴，可以骂遍四方；二是和尚的嘴，可以吃遍四方；三是媒婆的嘴，可以传遍四方。

段永见儿子穿上了秀才标志的蓝布衫，高兴得嘴都要笑歪了。有人和他攀比时，他总要说：“和我比？你拿啥和我比？我儿子是秀才，你儿子呢？我儿子见了县太爷可以不跪，你儿子敢吗？”

段祖贤有了功名，媒人便络绎不绝了，说的都是丰镇门当户对的有钱人家的小姐。段永不稀罕钱，给儿子选中一户中等人家的闺女。那闺女名叫玉莲，相貌出众，是丰镇出了名的美人。段祖贤与玉莲成亲后，仍不忘继续考取功名，两耳不闻窗外事，一心只读圣贤书。他想考个举人、进士什么的，那样，便可以入朝为官了。

玉莲虽然相貌出众，却不能生养，嫁到段家三年，仍怀不上娃娃。有道是“不孝有三，无后为大”，段永怕段家断了香火，便要段祖贤再娶一房。玉莲不能生养，不敢拦着，可又不想段祖贤娶小，怕将来小老婆生了儿子，自己失宠，被小看、被欺负，也怕段家的家业让小老婆的儿子得了。她和她妈商量，不如把妹妹玉兰嫁给段祖贤，姐妹共事一夫，将来玉兰生了儿子，便可以继承段家的家业了。她妈也不想女婿的偌大家业落入外人之手，便同意了。

玉兰年方十八，相貌比姐姐玉莲更为俊俏，平时便喜欢到姐姐家住，对秀才姐夫十分仰慕。她听爹妈要把自己嫁给姐夫做小，不但不觉得委屈，反而十分高兴。段祖贤本就对玉兰格外喜欢，现在能娶玉兰做小，更是欣喜若狂。玉兰过门后，按照规矩，小老婆该住西耳房。玉莲疼妹妹，怕玉兰住西耳房觉得委屈，便要玉兰住正房，她住西耳房。玉兰说姐姐为大，她为小，鞋大鞋小不能走了样儿。段祖贤见姐妹俩为住哪间房谦让不休，开玩笑说要么姐妹俩都和他睡一条炕吧。没想到，玉兰竟然一口答应了。于是，段祖贤每晚左拥右抱，两个如花似玉的姐妹一个前炕、一个后炕，将他伺候得如同做了神仙。这事儿被家里的丫头传出来后，丰镇的男人都羡慕得直咂巴嘴，口水都流出来了。

玉莲姐妹共事一夫，彼此体贴照顾，互相没有一丝醋意、妒忌。那玉兰也争气，第二年便给段祖贤生了儿子，取名段童，乳名童童。玉莲将童童视如己出，疼爱得不得了，一家人和和睦睦，美满幸福。

段祖贤享尽齐人之福，又有了传宗接代的儿子，还是没有忘记读书。遗憾的是，他只有秀才的命，没有做官的福，每次科考都未能考中。后来，一家人随他爹迁到隆盛庄，他也年近三十了。段永劝他说：“祖贤呀！你能有秀才的功名，爹已经知足了。爹看你还是别考了，静下心给爹打个下手，帮着爹打理打理钱铺，等你熟悉了，就把这份家业接过去吧。”段祖贤心有不甘，说道：“爹，莫非我这辈子只能做个落第秀才了？”段永已经满足了，说道：“落第秀才咋了？放眼隆盛庄，能不跪县太爷的，只有我儿子你一个人。在街上看见不平事，可以破口骂大街的，也只有我儿子你一个人。爹置下的家业，够你儿孙三代花了，那官不做也罢。”段祖贤想给自己最后一次机会，恳求道：“爹，明年又该开科了，我再考最后一次，考住了算，如若考不住，我就听您的，从此再不读书，一心跟着您学做生意。”可是，心强抵不过命强，来年开科，段祖贤依然名落孙山。他说话算数，果然扔下书本，埋头帮他爹打理起钱铺。他脑子好，肯琢磨事儿，不到一年就把德信永的经营摸了个心里亮堂。

去年夏天，半月无雨，天气闷热。有一天晚上睡觉前，段永嫌天热，没关窗户，结果半夜中了风，早晨起来眼斜嘴歪，半身麻木，说话含混不清，口水流个不停，便把家业悉数交给段祖贤经营。

段祖贤为人低调，很少抛头露面，所以众字号的掌柜一时没想起他。前些天，张瑞元因为成立行社的事，到德信永找过段祖贤。段祖贤十分爽快，说隆盛庄的钱铺和粮店的确应该成立个行社规范一下，只是这些天他爹病重，不能和众掌柜一道商讨成立行社的事，请张瑞元多费些心。

张瑞元提出请段祖贤做行社会首，钱铺和粮店的各家掌柜都表示同意。一是因为段家家大业大，二是出于对秀才的敬仰，不过大家担心段祖贤为人低调，不肯出山，便请张瑞元去探口风。

张瑞元去了段祖贤住的巷子，巷子里只有段永和段祖贤父子两户人家。巷口设有巷门，巷门旁盖有门房，门房有专人住守。看门的正是段祖贤的表哥二老汉。二老汉认识张瑞元，听张掌柜来找段祖贤，便说段祖贤到表叔那屋去看他爹了，让张瑞元直接到表叔的院子里。张瑞元是第一次到段家，见段祖贤父子盖的都是四合院，院墙高大，房子也气派，心中羡慕不已，暗想自己将来也要盖一处这样的院子才好。

到了段永家，段祖贤正给他爹喂汤药。见张瑞元来了，段祖贤一边和张瑞元打招呼，一边把药碗递给旁边一个容貌出众、颇显富态的女人。张瑞元客气地问候段永一番，段祖贤向另一个容貌艳丽但更年轻些的女人道：“玉兰，我洗把手，你先带张掌柜回咱家去。”

张瑞元早听说过段祖贤有两房太太，是姊妹俩，都是丰镇出了名的美人。看这两个女人面貌相似，想必便是段祖贤的两位太太了。他随那名叫玉兰的到了段祖贤家，玉兰沏上茶，声音轻柔道：“张掌柜请用茶。”张瑞元接过茶碗，说声谢了，顺便端详了玉兰一眼。那玉兰长的瓜子脸，柳眉杏眼，人面桃花，浅笑时脸上露出两个小酒窝，犹如天人一般；一双小脚轻盈如燕，腰肢如风摆杨柳，真是风姿绰约，迷人眼目。张瑞元心说嫂子邓香如年轻时算是美人了，可和这玉兰比起来，还是相差甚远。

没一会儿工夫，段祖贤和那位容貌出众、颇显富态的女人一道回来。段祖贤介绍说这是他的两位太太，大的叫玉莲，小的叫玉兰，又把张瑞元给玉莲、玉兰介绍了，玉莲和玉兰齐齐地给张瑞元道了万福。张瑞元见玉莲虽然不及玉兰容貌艳丽，却也是女人中少有的出众，尤其穿戴合体，举止优雅大方，颇有大户人家太太的气质。他向段祖贤恭维道："早听闻段掌柜的两房太太貌若天仙，言谈举止不凡，今日一见，果然如此。"段祖贤微笑道："张掌柜过奖了，见笑！见笑！"

寒暄几句，不等张瑞元说出来意，段祖贤先问张瑞元行社的事筹办得如何了，张瑞元说各钱铺、粮店的掌柜已经同意成立行社。段祖贤高兴道："张掌柜这件事做得好，隆盛庄的其他行业也该像钱铺和粮店一样成立自己的行社。不然，各字号天马行空，我行我素，让一些人投了机，败坏了隆盛庄商家的声誉。"张瑞元将来意讲了，说："是的，咱先带个头吧，如果有效，其他行业肯定会效仿。"段祖贤听张瑞元要自己担任行社会首，连忙摆手说："这可不行，段某才疏学浅，又刚刚入道，担当不起如此重任。"张瑞元劝道："段掌柜谦谨了，你是咱隆盛庄唯一的秀才，段家的家业又是隆盛庄数一数二的，你不当这个会首，那该谁当？"段祖贤还是推却说："不行，我人年轻，诸位掌柜多是我的前辈，我若是说错了啥话，做错了啥事，岂不是要得罪诸位了？"张瑞元仍旧劝道："段掌柜多虑了，行社会首是要把钱铺和粮店拢在一起，公道办事，不是按岁数论资排辈。何况段掌柜是秀才，在隆盛庄德高望重，就算遇到啥大事，到丰镇见同知大人也不难。为了隆盛庄，我看段掌柜就应了吧。"段祖贤固执道："张掌柜还是莫要劝了，成立行社是张掌柜先提出来的，我也早听人说起过张掌柜，张掌柜是包头的大字号出身，阅历丰富，做生意经验老到。这行社会首由张掌柜担任，应该是再合适不过了。"张瑞元还想再劝，段祖贤呵呵笑道："如果张掌柜肯担任会首，我倒是愿意当个副会首，助张掌柜一臂之力。如果张掌柜不愿意担任会首，就算张掌柜磨破了嘴皮，我也不会答应的。"

张瑞元见段祖贤说得斩钉截铁，只好告辞，说他回去和众掌柜再议议看。

张瑞元对众掌柜把段祖贤的意思讲了，众掌柜觉得由张瑞元当会首，段祖贤当副会首更合适。张瑞元推辞不过，只好答应。隔了几天，张瑞元在富锦的庆春楼摆了两桌酒，邀请了隆盛庄各钱铺、粮店的掌柜，邀铺长杜茂远做证，正式成立隆盛庄钱铺、粮店行社，请众掌柜给行社想个名字。众掌柜都说段祖贤是隆盛庄唯一的秀才，又是行社副会首，行社的名字得由他起。段祖贤这回没有客气，想了想，说朝廷市面上除了金子外，主要流通三种钱币，一种是银锭，一种是银圆，还有便是铜制钱了。三种钱币的字面上多有元宝、通宝等带“宝”的字样，先取一个“宝”字；而粮店经营粮食，多用米、谷、粟、豆通称，再取其中的一个“粟”字。让众掌柜看行社取名宝粟社如何？众掌柜都觉得这个名字起得好，便确定行社就叫宝粟社了。

光绪四年，张瑞元三十六岁了。这一年，张禄十岁，张福七岁，张祯五岁。前年，乌云其木格生了个闺女，起名金花。现在，她的肚子又大了。

邓香如见张禄长得端正，人也机灵，加之张瑞元家境越来越好，便和梁宝元商量，想早早地把花子许配给张禄，两家再结个娃娃亲。梁宝元心里愿意，嘴上却说这事儿以后再说吧。邓香如问他为什么，梁宝元顾虑道：“瑞元家的光景越过越好，现在快和隆盛庄的几家大老财平起平坐了。咱主动给花子提亲，他两口子会不会以为咱是想攀他家的富贵？”邓香如也不绕弯子，坦白说道：“这种事谁也别瞒谁，富贵肯定是要攀的，我总不能把闺女嫁个讨吃货吧？不过，我也不光因为瑞元家境好。且不说你们本就是师兄弟，就玉奎那娃娃，无论相貌和聪明伶俐，我都相中了。”梁宝元摇头说：“你相中了你去提，这话我张不开嘴。”邓香如笑道：“你呀！看上去又黑又粗，脸皮却薄得像个女人。既然你磨不开脸，哪天我和乌云其木格说说。”

邓香如还没来得及向乌云其木格提亲，张禄却先和梁龙打了一架。

张瑞元在隆盛庄最敬仰的人是段祖贤，因为段祖贤是隆盛庄有史以来唯一的一个秀才。所以，张瑞元让张禄和张福都念了私塾，希望将来有一个儿子能像段祖贤一样考取功名，当个见了县太爷不用下跪的秀才。如果运气好，说不准还能出个举人或者进士，在朝廷做个大官，高头大马，衣锦还乡。那时候，不但他脸上有光彩，张家在隆盛庄也会人人敬仰，风光无限。

梁宝元性格倔强，见师弟家光景越过越好，不知道是自卑还是怕人说他攀师弟的富贵，很少主动与张瑞元来往了。梁龙读私塾他本不同意，张瑞元劝了几次，说万般皆下品，唯有读书高。钱赚得多，只能让人羡慕，有了功名，才会受人敬重。梁宝元好像故意和张瑞元赌气似的，说道：“我梁家祖祖辈辈就是受苦人，自己能扒拉一口吃一口，扒拉不上也不去偷、不去抢。冻死迎风站，饿死不说没吃饭，要人敬重做甚？”张瑞元拿梁宝元没办法，气呼呼地说：“师兄，你这是咋了？我没得罪你呀！你这是和我治气呢还是和龙龙治气？行了，我也不和你个不通人情的倔巴头说了，龙龙我带走，私塾先生的钱我付。”梁龙这才和张禄、张福一道读了私塾。

那天早晨下了一场雨，西河湾的水涨起来。下午，梁龙和张禄念完私塾出来，带了花子、张福及几个一道念私塾的小伙伴到西河湾戏水。六七个男孩子脱得赤条条的跳进河里，花子坐在岸边看。河水不深不浅，刚到张禄的大腿根儿。梁龙和张禄都会几下狗刨刨，玩得挺欢，张福不会，也想学，却灌了两口水，哇哇地哭起来。张禄把张福送到岸边，喊花子给张福穿衣服，自己又重新下了水。几个小伙伴玩了一会儿，梁龙突然惊奇地指着张禄的小鸡鸡叫起来："你们快看，玉奎的鸡鸡咋比咱们的都大？"小孩子童心重，都围过来和张禄比较。果然，张禄的小鸡鸡的确比其他孩子要大许多。张禄被小伙伴看得不好意思，连忙把小鸡鸡捂住说："看啥呀？我岁数比你们大，鸡鸡当然也要大。"梁龙认真地说："玉奎，论岁数，我比你还要大一个月，我的鸡鸡咋没你的大？"张禄答不上来，红着脸说："那我咋知道？"梁龙戏谑说："玉奎，我看你鸡鸡就像条小长虫，要不以后就叫你小长虫吧。"几个孩子都跟着起哄起来："小长虫！小长虫！"张禄听梁龙给他起外号，脸涨红了，猛地扑上去，和梁龙厮打起来，嘴里骂道："让你给我起外号，让你给我起外号。"

梁龙没有张禄高大，力气也不及张禄，被张禄按进河水里，背上挨了几拳，肚子里灌了几口河水，哇哇地哭起来："玉奎，你敢打我，看我告你妈去。"张禄不依不饶，一边继续打，一边问道："龙龙，以后还敢不敢给我起外号了？"梁龙讨饶说不敢了。张禄又问还敢不敢叫他小长虫了，梁龙哭着说不敢了。张禄这才将梁龙放了。

张禄打了梁龙，梁龙也不戏水了，抹着眼泪上了岸。花子在岸上看见哥哥被张禄打了，手里抓一块石头，怒冲冲地在岸边等着。问哥哥缘由，梁龙说了。花子泼辣，朝张禄喊道："玉奎，你个小长虫，给姑奶奶过来。"张福怕哥哥吃亏，连忙提醒道："哥，你别上岸，花子手里攥着石头呢，小心开了你的瓢！"张禄也知道花子泼辣，躲在河里不敢上岸。花子无奈，将手里的石头向河里扔过去，见没打中张禄，恨恨地说："玉奎，我告你妈去，你妈要是不打你，我就讹在你家不走。天天煮挂面、卧鸡蛋，喝糖水澄泥，吃馒头剥皮，让你妈像伺候姑奶奶一样伺候着。"

花子跑到张瑞元家告诉乌云其木格，乌云其木格问了缘由，哭笑不得，哄花子说："花子别生气，等玉奎回来，婶儿打他一顿给你出气。"花子回家得意地对她妈说，邓香如也是哭笑不得。一会儿，梁龙回来了，邓香如朝着梁龙的屁股给了两巴掌，拽着他要他去给张禄赔礼道歉。梁龙觉得委屈，花子也指责她妈心不公，偏向外人，明明是张禄打了哥哥，为何还要哥哥去给张禄赔礼道歉？邓香如说："玉奎是外人吗？你们两个结拜了兄弟，那就是一家人了。再说了，你给玉奎起外号，是你有错在先。若是我，我也打你。”梁龙嘟囔说：“他的鸡鸡就是比我们的大嘛！”邓香如又在梁龙的屁股上给一巴掌，呵斥道：“以后不许再提玉奎鸡鸡大小的事。”

邓香如拉着梁龙正要出门，乌云其木格带着张禄来给梁龙赔礼道歉了。小孩子不记仇，两句话便和好如初，又一道出去玩耍了。邓香如对乌云其木格提起想把花子许配给张禄的想法，乌云其木格心里愿意，却不敢擅自做主，说她回去和张瑞元商量商量。邓香如心说师兄弟结个亲家还有啥商量的，莫不是乌云其木格嫌自己家境不如她？可乌云其木格不是那种嫌贫爱富的人呀！心里稍有些不高兴。乌云其木格看出来了，拉着她的手说：“嫂子，你别往旁处想，你也知道，我们家大事都是瑞元做主，我也就是和他打个招呼。他们师兄弟像亲兄弟一样，这亲上加亲的事，他还能不答应？”

乌云其木格回家对张瑞元说了，没想到，张瑞元还真的不同意。

张瑞元把三个儿子琢磨了一遍又一遍，觉得最有希望的还是大儿子张禄。张禄脑子聪明，一点就通，将来考取功名，比张福和张祯希望都大。他也有些私心，张禄既然有希望考取功名，那就不能早早地给他定媳妇，因为张禄一旦考取了功名，将来就有可能入朝为官。张禄相貌英俊，保不准会被哪个大官相中，把家里的千金小姐许配了他，而花子再好，也不过是普通百姓的闺女。

乌云其木格听了张瑞元的想法，觉得张瑞元考虑得的确长远。但邓香如已经提出想把花子许配给张禄了，就这么回绝了，师兄弟的情分肯定没有了。梁宝元爱脸面，说不定就因为这件事，多年的师兄弟会闹个反目成仇。张瑞元说无妨，张福比花子大两岁，给张福和花子定个娃娃亲更合适。夫妇二人商量好，第二天，乌云其木格去找邓香如，推说张禄心眼多，不如张福实诚，不妨把花子许配给张福吧。梁宝元夫妇只是想和师弟结个亲家，没有张瑞元想得长远，也没有他有谋略，便爽快地同意了。

第六章

杜恒远自取其辱

乍一看，梁宝元也是两家字号的掌柜了，但日子过得比张瑞元差远了。

张瑞元在上三元是大股东，在永盛源是三股东，在瑞盛店却是东家。何况，他这些年有了钱便置地，家里的土地和草场加起来有近两千亩了。梁宝元在永盛源的股份和张瑞元一样多，在上三元却是最少的。当然，这也不是梁宝元难以发家的主要原因，而是他二人起步不同的缘故。张瑞元的岳父家境好，达林太又是豪爽之人，除了当年给乌云其木格陪嫁了五百亩滩地、五百亩草场外，还会时不时补贴乌云其木格些。梁宝元则不同。邓香如的父母重男轻女，总想从女儿家讨些好处贴补儿子。那年，张瑞元盖了新房，梁宝元眼热，第二年也买了块房基地，可房子直到去年才盖起来。原因就是邓香如她妈成天哭穷，向闺女要这要那，每次到家都不空着手走。尤其邓香如的二弟弟邓宝柱娶媳妇，邓和说长寿店赚的钱都给大儿子邓国柱娶媳妇用了，邓宝柱娶媳妇得姐姐出大头。邓香如和梁宝元心里虽然不愿意，但想到隆盛庄开棺材铺的有三家，因为邓香如的两个弟弟不喜欢棺材行当，他爹没个好帮手，数她爹的长寿店生意最不好，这几年的确也没挣下几个钱，便乖乖地掏了。

生意行里，棺材铺一行和皮毛匠一行极是有趣。两行虽然风马牛不相及，却要在每年冬至这一天争个高低。所以，两行之人非常在意冬至这天的天气。冬至天暖，皮毛匠会沮丧地说：唉！完了，今年输给做棺材的了；冬至天冷，做棺材的也会沮丧地说：唉！完了，今年输给毛毛匠了。原因很简单，按照规律，冬至这天天冷，这个冬天便冷，穿皮货的人便多，皮毛匠的生意便好；冬至这天天暖和，这个冬天便暖和，身体孱弱的人便抵抗力弱，死的人便多，棺材铺的生意便好。

邓国柱从小跟着他爹学木匠，也做过几年棺材。做棺材用不着太好的手艺，不过是"三长两短"而已。"三长"指的是棺材两边的帮子和棺材盖。这三块材料是大面处，用料讲究，最好的当数金丝楠木，只是楠木太金贵，隆盛庄的木匠很少有人见过。平常人做棺材，上等的当数柏木。"两短"指的是棺材前后的两个堵头，用料和"三长"是一样的。棺材底儿没人看，用料没有太多的讲究。因为棺材的用料和手艺就在三长两短五块木料上，所以人们形容一个人遇到什么不测的时候，忌讳提"死"字，只用"三长两短"替代。比如说"你一旦有个三长两短了"，就是说"你一旦进棺材了"。

邓国柱嫌做棺材既单调无聊，又赚不了几个钱，便转行去车行当了木匠。车行的牛板车走草地，一走就是几个月，拉车的牛半路得病或死了，得有替换的牛；牛板车的车轴、车轱辘坏了，得有木匠换车轴、修车轱辘。牛板车的轱辘与轿车的轱辘不同，轿车的轱辘是用九块榆木拼成轮子，外裹铁瓦圈，再钉上铁车钉，名曰花轱辘轿车。牛板车的轱辘则是用六块榆木拼接而成的，简单、结实。邓国柱做车轱辘在隆盛庄很有名，所以经常随牛板车队走库伦。他手艺好，人勤快，车行掌柜待他也不错。

邓宝柱没跟他爹学木匠。他脑子笨，人也蔫，二十多岁还娶不上媳妇，后来经媒人撮合，和长溢泉掌柜杨茂家换了亲。

长溢泉是酿造酱醋的，属小本生意，所以，杨茂的家境与邓和的家境不相上下。杨茂家也有个尚未成亲的儿子，两家为了省钱，便把儿女换了亲，即邓和把小闺女邓香草嫁给杨茂的儿子杨承业，杨茂把闺女杨飞燕嫁给邓宝柱。邓和娶媳妇不用花彩礼了，但总得给儿子盖两间房吧。他见大女婿梁宝元在两家字号当了掌柜，家境越来越好，还买了地准备盖新房，便让老婆到闺女家哭穷，逼着梁宝元出钱给邓宝柱盖了两间房。

有道是人各有命。邓宝柱相貌不起眼，杨飞燕却是隆盛庄的一朵花。杨飞燕人长得俊，一双小脚如三寸金莲，穿衣打扮也俏索[1]。邓宝柱没有正经营生，靠给人打短工为生，家里接济不上时，杨飞燕便拿些东西到隔壁的恒远当临时挪借一下。

恒远当掌柜名叫杜恒远，是铺长杜茂远的叔伯兄弟。恒远当原本是家小当铺，

1 俏索：干净利落的意思。

那年绥东大旱，因为家里有些存粮发了难民财，一跃成为隆盛庄三家当铺里最大的一家。当铺属暴利行业，靠典当一半价和利息获利。比如，一件价值两块银圆的物品，拿到当铺，掌柜的作价后按一半价钱支付。如此，两块银圆的物品只能当出一块银圆。往出赎的时候另计利息，一般为月息百分之三。半年不来赎当，当铺便可拍卖处理。别的行业盼的是风调雨顺，五谷丰登，家家富裕，那样，花钱的人多了，生意自然好；当铺一行恰恰相反，年景越是不好，当铺的生意越是兴隆。因为人们没钱花，便要拿着物品到当铺典当救急了。所以，遇到大灾之年，像恒远当这样的当铺，年入万两银子极为轻松。

杜恒远天性好色，杨飞燕每次到当铺来，他都要眯着色眼调戏一番。杨飞燕倒也大方，不但不怒不恼，还会和杜恒远搭讪几句。杜恒远原本只想过几句嘴瘾，见杨飞燕不反感他，胆子便大了。一天，杨飞燕到恒远当赎当，杜恒远壮着胆子说："飞燕呀！我看你咋越看越喜欢，要不，咱二人做个相好吧？"杨飞燕撇一下嘴，咯咯笑道："杜掌柜，你这岁数都能给我当爹了，还想老牛吃嫩草呀？"杜恒远见杨飞燕没有翻脸，胆子愈发大了，嘻嘻笑道："就因为牛老了，才想着吃口嫩草的嘛！"杨飞燕瞅着杜恒远端详端详，问道："杜掌柜，你的牙口行吗？"杜恒远按捺不住了，心咚咚地跳着，说："干草吃过，嫩草没尝过，要么咱试试？"杨飞燕朝当铺门口看看，吃吃地笑着说："就这会儿试呀？杜掌柜不怕有人来当东西？"杜恒远觉得有门儿，色眯眯地说道："飞燕，你若想试我的牙口，我现在就把门关了。"杨飞燕竟然说："行，那咱就试试，杜掌柜关门去吧。"杜恒远没想到好事来得如此容易，忙不迭地把当铺的门关了，反身抱住杨飞燕便要亲嘴。杨飞燕却用手挡住，抛个媚眼说："杜掌柜，就算试牙口，也得找个好地儿吧？"杜恒远连声说道："那是！那是！"

杜恒远魂摇魄荡，牵着杨飞燕春笋般的小手，将她带到后屋。两人宽衣解带，迫不及待地做起了好事儿。事毕，杜恒远搂着水灵灵的杨飞燕问道："飞燕，我这头老牛牙口如何呀？"杨飞燕含笑道："杜掌柜真的好牙口，比我家宝柱强多了。"杜恒远不相信："不会吧？你家宝柱正值壮年，难道还不如我这个半大老头子？"杨飞燕摇头长叹一声道："他呀，别提了。他若有你杜掌柜一半的本事，我还能让你杜掌柜瞅这便宜？"杜恒远明白了，原来邓宝柱房事不济，杨飞燕寂寞难耐，这才让他瞅了便宜，轻易得手的。

杨飞燕尝到了甜头，便隔三岔五地到当铺来。杜恒远的钱来得容易，给杨飞燕花钱便不吝啬。有时候看见邓宝柱出去了，也偷偷摸摸地到邓宝柱家去找杨飞燕。

有一次，杜恒远到邓宝柱家与杨飞燕偷欢，邓宝柱突然回来了。杜恒远吓了个灵魂出窍，与杨飞燕一边手忙脚乱地穿衣服，一边惊恐地望着邓宝柱。邓宝柱却没什么表情，站在地上瞅着两人看了一会儿，什么也没说，转身走了。杜恒远以为邓宝柱不是出去找凶器便是喊人，急慌慌地提着裤子逃回当铺，像热锅上的蚂蚁一般等着发生什么事情。可是，一直等到天黑，邓宝柱也没有来。

第二天，杨飞燕来了，杜恒远见杨飞燕还是一如往常，不像挨过打的样子，问杨飞燕，杨飞燕嗤之以鼻道："那个蔫货，我原以为蔫人胆儿大，生怕他半夜把我的脖子抹了，吓得一晚没敢往踏实睡。没想到，他就像啥事儿都没发生过一样。"杜恒远听杨飞燕如此说，方才把心往肚子里放了放。之后，两人有月余没敢往一起凑，直到看邓宝柱不会再有什么举动了。经过这一次，杜恒远和杨飞燕都知道邓宝柱是个蔫种，便对他不再忌惮。杜恒远想杨飞燕了，便去她家，如果邓宝柱恰巧在家，杜恒远便往炕上扔一大把制钱。邓宝柱总是二话不说，拿起制钱便给他们腾地方。时间久了，左邻右舍都知道了杜恒远与杨飞燕的关系。杜恒远做人不地道，见邓宝柱好欺负，得寸进尺，还想在众人面前羞辱邓宝柱一番。

一天，杜恒远在当铺门口遇见邓宝柱，心念一动，喊住邓宝柱说："宝柱呀！叔想和你打个赌，不知道你敢不敢应承。"邓宝柱问打什么赌，杜恒远嘿嘿地笑着说："今天晌午，咱俩一块儿到马桥街，我喊你三声'邓龟头'，你若答应了，你要啥我便给你啥。"邓宝柱没有细想，问道："杜掌柜说话算数？"杜恒远料想，就算邓宝柱窝囊，也不会在马桥街那人山人海的地方受此羞辱，说道："宝柱呀！叔一言既出，驷马难追。"邓宝柱面无表情地说："好，我晌午在马桥街等着杜掌柜。"

到了晌午，杜恒远溜达到马桥街，见邓宝柱果然在等了。他犹豫了一会儿，大着嗓门喊道："谁是隆盛庄的邓龟头？"没想到，杜恒远话音才落，邓宝柱已经接上了茬儿："我！"并且比他的声音还大。杜恒远愣怔了一下。他没料到邓宝柱还真做得出来。他索性一不做，二不休，放开嗓子又喊一声："谁是隆盛庄的邓龟头？"这回，邓宝柱的声音比刚才还要亮："我！"此时，正是马桥街人多的时候，人们都愣住了，眼睛齐刷刷地望着杜恒远和邓宝柱。杜恒远脑子轰地一下晕了，猛然醒悟过来，他这是在羞辱邓宝柱吗？这是在羞辱自己呀！邓宝柱是龟头，人家已经认了，自己呢？这不是当着隆盛庄人的面，承认自己是嫖头吗？可是，现在由不得他杜恒远了，邓宝柱已经高声催促道："还有一句呢，杜掌柜可不要反悔呀！"挑战者先服输了，杜恒远有气无力地喊了一声："谁是隆盛庄的邓龟头？"邓宝柱理直气壮地答道："我！"

杜恒远垂头丧气地回到当铺时，邓宝柱跟在屁股后面也来了，面部没有一丝表情，眼睛望着他不说话。杜恒远觉得邓宝柱一下子变得高大起来，自己都没有勇气正视他了。他声音软绵绵地问道："愿赌服输，宝柱，要啥你说吧。"邓宝柱狮子大开口，微微一笑道："一处三间正房的院子，二十亩地。杜掌柜，我要的不多吧？"杜恒远脸色苍白地点了下头："不多，不多，明天我就给你办。"

晚上，邓和与邓国柱以及梁宝元夫妇都到邓宝柱家了，左一句、右一句，把邓宝柱数落个没完没了。邓宝柱也不反驳，只低头听着。杨飞燕羞得不敢见人，又没个躲的地方，只有把头蒙在被子里，大气都不敢出一声。待众人数落够了，舌头骂干了，邓宝柱才慢悠悠地说道："你们骂了我半天，不就是嫌我给邓家丢人了吗？你们咋不想想，是我丢的人大，还是人家杜掌柜丢的人大？再说了，我吃亏了吗？女人嘛！生来就是让人睡的，和谁睡不是睡？哪家的女人能和野汉子睡出三间房的院子和二十亩地？"梁宝元哭笑不得，站起来边走边说："哎呀，没见过你们这户人家，亲亲的妹子一家死了，没一个敢去收殓尸体；儿子做了如此丢人现眼的事，反倒觉得占了便宜。"邓国柱气得脸都白了，也站起来朝他爹说："爹，听见我姐夫咋看咱家了吧？唉！这辈子咋就转在邓家当儿孙了？丢人呀！"说罢，他叹息一声，也走了。

邓宝柱只答应了三个"我"字，杜恒远便损失了一处院子和二十亩地。这件事被许多人当作茶余饭后的笑料，邓宝柱脸皮子厚，像什么事都没有发生过一样，该干什么还干什么，随便他人在背后指点，两家的亲戚却受不了。邓宝柱这边，他爹、他姐姐、他哥和他妹妹羞得不敢往人多处去，看见人们背后指点便脸红。杜恒远那边，老婆古氏气得大半年不和他说话，儿子杜杉见了他像见了陌生人，理都不带理的。杜茂远只要提起叔伯弟兄，便唉声叹气地直摇头。反倒是杜恒远和杨飞燕死猪不怕开水烫，索性明来明往了。

这件事本和梁宝元没什么关系，可梁宝元重脸面。他不指责杨飞燕偷汉子，也不指责邓宝柱窝囊，却回家数落邓香如。他黑着脸，用烟锅不停地磕打着炕沿，叨叨邓家没德行，不是正道人家。邓香如本就因为弟弟丢人现眼心中烦躁，见梁宝元数落她个没完没了，好像偷人的不是杨飞燕，而是她邓香如似的，便忍不住和梁宝元吵闹起来。梁宝元嫌邓香如烦，推了她一把，不承想用力大了，竟然把邓香如推倒在地。隆盛庄本就风水硬，男人多是剽悍的汉子，女人也不是能忍气吞声的善茬儿。邓香如跳起来，嘴里骂着扑上去，梁宝元一个没防住，脸上被挠了几道指甲印子。

成亲以来，梁宝元夫妻还是第一次打架。梁宝元挥了挥烟袋，花子抱住他的胳膊哭叫道：“爹，甭打我妈，甭打我妈。”叶子则抱住他的腿哇哇地哭个不停。梁宝元听得心软了，咬了咬牙放下了烟袋。

正在这时，张瑞元来了。张瑞元见师兄夫妻虎视眈眈地对峙着，师兄脸上的血迹已经浸出来，蹙起眉头朝梁宝元道：“师兄，你这是做甚哩！嫂子这么好的脾气，你咋惹着她了？”邓香如委屈地抽泣道：“咋惹着我了？不是他惹着我，是我惹着他了。是我那窝囊弟兄让他丢了脸面，他便把气向我们姓邓的撒过来，说我们一家子没德行，不地道，还想拿烟锅头敲我。瑞元，你给评个理，我兄弟窝囊与我有啥干系？他这不是喝上二两猫尿，故意找碴儿呢吗？”梁宝元正要争辩，张瑞元拦住说：“师兄，宝柱的事我也听说了，一怪他人窝囊，二怪杜恒远欺人太甚。不过，杜恒远出了一处院子和二十亩地，宝柱也不亏了。”梁宝元又朝张瑞元竖起了眉毛：“啥叫不亏了？人活脸，树活皮，他……”不待梁宝元说完，张瑞元止住他道：“师兄，咱先不说宝柱那事了。你知道不？口里的旱灾这些天又重了。”

梁宝元对张瑞元的话并不惊讶，去年山西大旱，老天爷半年没下一滴雨，庄稼颗粒无收，隆盛庄又来了不少走口外的饥民。他把烟锅在烟袋里搅着说：“咱口里这是咋了，隔个一两年就要大旱一场，老天爷成心不让人活了？咋，今年到现在又是滴雨未下？”张瑞元叹着气说：“何止滴雨未下，现在已经快要人吃人了。”

梁宝元不是那种关心国家大事、社稷安危之人，这些年一门心思想的是如何做好生意，赚钱养家。现在听说口里旱情严重，到了快要人吃人的地步，不禁想起咸丰五年的那场大旱，又想起同治年间绥东的两个灾年和那场瘟疫，心惊肉跳道：“瑞元，你是咋知道的？”张瑞元心情沉重地说：“我忻州老家有一表哥，今天带着一家人到隆盛庄投奔我来了，是他们说的。师兄是没见他们的模样，瘦得皮包骨头，几乎不成人形了。如果不是和我攀亲，我根本认不出他们。刚才又有人从大同那边过来，说这次旱灾十分严重，尤其山西，旱荒空前，比咸丰五年的那场大旱更甚。山西巡抚曾国荃向朝廷奏报：‘晋省迭遭荒旱……赤地千有余里，饥民至五六百万之众，大奇灾，古所未见。’有老年人说，这次旱灾前所未见，为二百余年来最为严重的一次。饥民为了活命，吃光了树皮草根，甚至有人将小石子磨成粉，和成面状吞下，结果，泥性发胀，第二天腹破肠裂而亡。当再也找不到能吃的东西时，便发生了人吃人的惨剧。有个叫李什么的英国传教士亲眼看见，一个县城的城门旁堆着一大堆被剥光了衣裳的男尸，尸体一个叠着一个，就像屠宰场堆放的死猪一样；另一边同样堆着一大堆女尸，衣裳也全被剥光送到当铺换粮食了。我表哥也说，从老家往北一路走来，路上的树没有一棵是带皮的，凡是人能够着的地方，树皮全被扒光吃了。”

邓香如听张瑞元说口里的旱灾已经严重到了人吃人的地步，不敢继续吵闹了，把花子、叶子搂在怀里，眼神惊恐地望着梁宝元与张瑞元不敢作声。

梁宝元听说老家遭了如此严重的旱灾，着急地问张瑞元道：“瑞元，你们现在有行社，宝粟社没商量该咋办？”张瑞元说：“当然是赈灾了。我和段掌柜商量了，亲不亲，故乡人。隆盛庄大半是山西口里人，咱不能让口里老乡饿死在隆盛庄。我和乌云其木格也商量了，瑞盛店先捐五十石粮。现在和师兄商量，咱永盛源和上三元是不是也捐点儿钱，买粮赈灾？”梁宝元想都没想便说：“捐，咋能不捐呢？瑞元，师兄这边没说的，只是你老岳父和马掌柜那边，怕是得你去和他们说。”张瑞元高兴地说：“师兄同意就好，他们那边我去说。”梁宝元又问：“瑞元，师兄再多一句嘴，这次赈灾咋个赈法儿？你可别忘了王岱夫妇因为啥被康把总砍了脑袋的。”张瑞元收起笑，严肃地说道：“师兄放心，这次赈济灾民，不是谁说了咋办就咋办。这次由我们宝粟社出大头统一安排，具体咋个做法，我还要和段掌柜再细细商量一番。”

旱灾一起，很少有人再去谈杜恒远和邓宝柱的那出笑话了。杜恒远被杨飞燕迷得神魂颠倒，觉得偷偷摸摸不过瘾，想与杨飞燕做个长久夫妻，索性一不做二不休，以再给邓宝柱三十亩地为条件，劝说邓宝柱把杨飞燕休了，他娶杨飞燕做了小。

杜恒远本想让杨飞燕住回自家的院子，可他老婆古氏和大儿子杜杉死活不同意。杨飞燕也怕自己势孤力单，被杜恒远的老婆和一堆儿女欺辱，便让杜恒远在外面给自己买了处小院单独居住。那邓宝柱蔫人有蔫福，先是在马桥街喊了三个“我”字，赚了杜恒远一处院子和二十亩地；休了杨飞燕，又得了杜恒远三十亩地。光棍没打几天，口里的饥民过来了，邓宝柱用一口袋莜麦换了一个饥民的闺女做老婆。那饥民的闺女姓梅，单名一个雪字，比杨飞燕小五岁，模样不比杨飞燕差，更比杨飞燕会过日子。街坊邻居都羡慕说邓宝柱真是好妻命。

光绪三年起，旱灾连续三年，波及山西、山东、河南等北方多地。粮价陡涨十倍以上，各种人间惨剧不断上演。或父弃子，或兄弃弟，或夫弃妻，或举家悄毙，人吃人不为罕见。有些饥民奄奄一息，连割人肉的力气都没有了，倒地之后气息尚存，便被饿犬、野狼撕咬活食。这场被称为“丁戊奇荒”的大灾，仅山西一省一千六百万人口，便饿死五百余万。

大灾之年，部分饥民铤而走险，沦为匪盗，更多的饥民则选择了一条前人曾经走过的路：山西人走口外，山东人闯关东。

自从张瑞元带头成立了宝粟社，隆盛庄的钱铺和粮店便有了规范和约束，生意井然有序，信誉极好。这次赈济路过隆盛庄的饥民，除了张瑞元和段祖贤各主动捐出五十石粮食外，其余的都是由宝粟社摊派给行社各字号的。其他字号也都纷纷响应，捐钱捐粮，交由宝粟社统一安排。宝粟社俨然成了隆盛庄各商家的领导者。

往北而来的灾民络绎不绝，张瑞元和段祖贤亲自监督，在各粮店门前搭起粥棚，架起大锅，并要求火要烧得旺，米要放得足，以粥里能竖起筷子为准。有当年见过王岱施粥的人感叹说："瞧人家宝粟社这粥施的，这才叫施粥。隆盛庄的字号都应该向宝粟社学习，也成立自己的行社。"除了施粥，宝粟社还给继续北去的饥民每人发二斤米面，作为路上的干粮；张瑞元也拿出五百亩地，让走不动的饥民临时耕种，并承诺旱灾一日不去，土地便不收一粒租子。那些饥民得知隆盛庄人祖籍多为山西口里时，都感动得热泪盈眶，说不愧为山西老乡，危难之际，还是山西人救了山西人。

山西三年大旱，走口外路经隆盛庄的饥民没有一个饿死的。不少饥民索性留在了隆盛庄，种地，做长工、打短工，放羊、养马，做奶妈，就连瞎子也有到鼓房当了乐手的。隆盛庄的人口一下子又增添了不少。

旱灾之后，又是丰年，隆盛庄比之前更为繁荣。每年前往五台山朝拜进香，路经隆盛庄的蒙古喇嘛达数万人，路经隆盛庄的牛板车有万余辆次，这些人车都要在隆盛庄落脚歇息，添置物品。隆盛庄开车行的、开旅店的、开饭馆的、开干货铺的、卖百货用品的、酿酒的、换车轴的，各行各业的店铺、字号都生意兴隆，财源茂盛。牲畜贩子每年要从草地贩回几十万头牛羊，除了宰杀部分供应北京的饭店，其余的就在隆盛庄一带放养。待养到体壮膘肥之后，就赶到马桥街的牲畜市场，出售给来自北京、天津、直隶、河南等地的客商。于是，隆盛庄周边帐篷相连，牛羊成群，马桥街的牙纪忙得连晌午饭都顾不上吃。各家皮货行收皮子、卖皮子，制作林林总总的皮货，可谓日进斗金，笑逐颜开。

钱铺和粮店自从成立了宝粟社，就像一匹没有笼头的野马被套上了缰绳，大家互相监督，行为有人约束，纠纷有人调解，遇到困难也有人帮助了。口里大旱，上万灾民涌入隆盛庄的时候，宝粟社筹集钱粮，设棚施粥，一切井然有序，没有饿死一个饥民，更没有发生瘟疫，充分展示了行社的作用。

此时，张瑞元已经成为隆盛庄商界最有影响力的人物。梁宝元和他商量，皮货行是不是也成立一个自己的行社？张瑞元当然赞成。梁宝元说他想推举张瑞元担任皮货行行社会首，张瑞元说他已经担任宝粟社会首了，再担任皮货行会首不合适；又说行社会首应该由本行各字号掌柜推选德高望重之人担任，放眼隆盛庄的皮货行，能担此重任的，应该非梁宝元莫属。梁宝元这回很谦虚，不好意思地说他脾气不好，没有张瑞元的人缘。张瑞元说做会首只要办事公道，问心无愧就够了，人缘太好，反倒磨不开脸面，不能一碗水端平。因为张瑞元是永盛源的二掌柜，而永盛源又是隆盛庄最大的皮货行，所以他也参与了皮货行成立行社的筹备与推选会首诸项事宜。果然，梁宝元被推举为皮货行行社会首。行社由各家制作、贩卖皮货的字号组成，取名兴盛社。

其他各行见皮货行也成立了行社，纷纷效仿。于是，各字号先后成立了以宝粟社牵头的行社，最终形成钱铺和粮店的行社宝粟社；制作贩卖皮货的行社兴盛社；走草地贩牲畜的行社集锦社；车马店和牲畜牙纪的行社马王社；开木匠铺、棺材铺的行社鲁班社；开铁匠炉，金、银、铜匠炉，铸造的行社老君社；粮食加工和干货、饭馆的行社陆陈社；贩卖水果的行社鲜果社，共计八大行社。八大行社的成立严格规范了隆盛庄各字号的商业行为，使得隆盛庄的商业活动步入了正轨。

杜恒远见隆盛庄各行都成立了自己的行社，唯独剩下典当、质押一行，便也成立个行社，可隆盛庄只有三家当铺，成立行社没有太大的意义，便找张瑞元和段祖贤商量，将典当一行纳入了宝粟社。

“丁戊奇荒”三年大旱，恒远当又从山西路过隆盛庄的灾民身上赚了不少银子。只是杜恒远有赚钱的命，没享受的福，娶了杨飞燕不到一年，就被人打死在杨飞燕家中。

杜恒远虽然喜欢杨飞燕的年轻美貌，但毕竟年近五十的人了，不能把那事儿当饭吃，而杨飞燕淫心重，只要他上了炕，就别想精神抖擞地走出屋去，不把他折腾个筋疲力尽，她绝不罢休。有道是“没有耕坏的地，只有累死的牛”。刚开始，杜恒远在杨飞燕这里一住就是五六天，直到双腿打战才回家；后来，他隔个三天两日才敢去杨飞燕那里住上一晚。杨飞燕如狼似虎，只要他来了，前半夜就别想睡觉。杜恒远挺不住，只好改成六七天去一次了。

杨飞燕的邻居名叫李记，李记是开米面铺的，字号的名字就叫李记。李记是小字号，街里的米面铺有两盘磨，家里有一盘碾子。李记家有三个闺女，都已出嫁，只有一个二十郎当的小儿子，乳名财旺，尚未婚娶。米面加工是微利，一年也赚不了多少钱，李记夫妇没明没夜地辛苦，就是想攒钱给财旺娶个媳妇。

杨飞燕家与财旺家的院墙不足一人高，两家院里有什么动静，互相都能看见、听见。李家经常是李记和老伴在字号磨莜麦、豆子，卖米面，财旺留在家里碾麦子。杨飞燕一个人寂寞，经常拿着针线活儿坐在屋檐下晒太阳。院墙那边不时传来财旺吆喝毛驴的声音，声音十分浑厚，杨飞燕便站起来，走到院墙根儿朝李记家的院子看。财旺光着膀子干活，结实的胸脯和椽子一样的胳膊被太阳晒得黑里透红，显得健壮有力。杨飞燕怦然心动，禁不住胡思乱想起来：杜恒远隔六七天才来一次，她夜夜独守空房，实在寂寞难耐。看着年轻力壮的财旺，身体结实得就像小牛犊子一般，如此浮想联翩，杨飞燕自己也脸红了，轻轻地在脸上拍一把，暗自骂道：飞燕呀飞燕，你真是只骚狐狸！又咯咯一笑，在心里自言自语道：你说成天闲着没事干，一个人闷在家里，那个老东西也不常来，能不胡思乱想嘛！

杨飞燕对财旺起了淫心，便想勾搭财旺。第二天，穿一件薄汗衫，故意不扣领口的扣子，踩一个小板凳，趴在墙上招呼财旺说："财旺，营生还有做完的时候？这么热的天，快歇歇吧。"财旺知道杨飞燕是杜恒远的小老婆，杜恒远是隆盛庄有名的老财。财旺自卑，从不敢和杨飞燕搭话。见杨飞燕主动和他说话了，他非常高兴，回杨飞燕道："杜太太，这也不算啥苦力营生，我不累。"杨飞燕咯咯地笑着说："看你身上的汗，还说不累？你等着，我给你倒碗茶去。"

杨飞燕回屋倒了一碗温茶端出来，招呼财旺说："财旺，快过来喝口茶，歇一歇。"财旺放下手里的营生，手背抹一把额头的汗珠说道："杜太太，我刚喝了一瓢冷水，不渴。"杨飞燕朝财旺甩个媚眼说："啥渴不渴的，我都端出来了，还让我端回去呀？"财旺听杨飞燕如此说，不好意思拒绝，便过来接过碗，仰脖子咕嘟嘟把茶水喝了，把碗还给杨飞燕说："谢杜太太了。"说罢，反身便要走。杨飞燕眯着笑眼说："财旺，急啥哩？咱们拉呱两句，你少碾不了半升麦子。"财旺反身回来，却不敢正视杨飞燕的眼睛："哦，那我就歇一会儿吧。"杨飞燕笑道："这就对了嘛！"

杨飞燕将茶碗放在墙头上，身子贴着墙，没话找话地和财旺拉呱起来。墙头本来与杨飞燕齐肩高，可杨飞燕脚下踩了小板凳，墙头便只到她胸口了。杨飞燕又用胳膊肘夹着胸，没扣扣子的薄汗衫春光外泄，两只雪白的乳房恰好展现在财旺眼前。财旺看得清楚，顿时眼睛都直了。

如此连着几天，财旺也习惯了，只要杨飞燕一招手，他便会放下手里的营生跑过来，嘴里随便答应着杨飞燕的话，眼睛丢了魂一般，盯着杨飞燕露出的半个乳房一动不动。杨飞燕见财旺上了道儿，笑眯眯地问他："财旺，你眼睛盯着啥瞅呢？"财旺身子抖了一下，目光离开杨飞燕的胸口，惶惶说道："杜太太，我没瞅啥呀。"

杨飞燕咯咯地笑了，低头朝自己的胸口看一眼说："财旺呀，你是不是没见过女人？"财旺吓得往后退了一步，赤红着脸，结结巴巴道："没，没……"杨飞燕笑着说道："等你妈给你娶了媳妇，你就见过了。"财旺不敢再和杨飞燕说话了，扭头要走："杜太太，我，我做营生去了。"杨飞燕见财旺吓得要跑，连忙招手说："财旺，你别走。我话还没和你说完呢，你过来。"

财旺本也不想走，只因为杨飞燕是财主的小老婆，他才心有胆怯的。听杨飞燕叫他，他便小心地过去问："杜太太，您还有啥话？"杨飞燕满眼春情荡漾道："财旺呀！看你这哆哆嗦嗦的样子，我又不是老虎，能吃了你？来，你走近些。"又说，"财旺，你这一身腱子肉呀，真招人喜欢！能不能让我摸摸到底有多结实？"财旺莫名其妙，走近伸过一只胳膊说道："我这肉有啥好的，杜太太想摸就摸呗！"

杨飞燕抓住财旺的胳膊，把他往近拉了拉。纤纤十指顺着胳膊摸到了财旺的胸脯，她眼神迷醉地说道："好结实的胸脯呀！"财旺被杨飞燕摸得浑身酥痒，心里就像点着了一团火，也不惧怕杨飞燕了，眼睛盯着杨飞燕绯红的脸庞呢喃道："杜太太长得真好看。"杨飞燕迷醉地说道："是吗？那你就多看一会儿吧。"财旺觉得浑身酥麻，壮着胆子说："杜太太，我能摸一下你的脸吗？"杨飞燕娇笑道："能呀，你想摸哪儿都成。"财旺谨慎地说："杜太太可不能告诉我爹妈。"杨飞燕在财旺脸上摸一把说："你个愣小子，这事儿我能告诉你爹妈吗？来，摸吧。"

财旺摸着杨飞燕水嫩娇红的脸庞，呼吸已经十分沉重了。一股男人的汗腥味儿窜进杨飞燕的鼻子，杨飞燕的心骚动不已，迷醉地对财旺悄声道："财旺呀，光摸摸有啥意思？你敢不敢到我这屋来？"财旺又吓了一跳，往后退一步，惶恐地说不敢。杨飞燕问："你怕啥呀？我不是说了吗，不会告诉你爹妈的。"财旺疑惑地问："杜太太，您不骂我？"杨飞燕朝财旺抛个媚眼说："我喜欢你还来不及呢，骂你做甚？来吧，到我家来，你想看哪我都让你看，你想摸哪我都让你摸。"财旺眼睛盯着杨飞燕雪白的酥胸，面带惊喜道："杜太太说的是真的？"杨飞燕有些急不可耐了，说道："看你这扭扭捏捏的，哪还像个男人？我骗你做甚？快过来，我给你开院门去。"财旺回头瞅一眼碾盘，问杨飞燕道："我正碾麦子呢，咋办？"杨飞燕不耐烦地说："哎哟，真是个猪脑子，让毛驴自己拉着碾子碾呗！快点儿，要不你爹妈一会儿就回来了。"

财旺见好事来得容易，哪里还敢怠慢？他急忙将自家院门虚掩，蹑手蹑脚进了杨飞燕的院门。

且不说杨飞燕是如何宽衣解带，与财旺行那鱼水之欢的。财旺正值壮年，还算是没见过女人的童男子，自然锐不可当，把杨飞燕高兴得像捡了个宝贝一般。从那之后，财旺抽个空儿便和杨飞燕厮混一番。李记见财旺碾的麦子不如之前多了，问他，财旺说碾麦子没意思，所以便碾得少了。李记说要不让他和他妈到字号磨莜麦去。财旺说磨莜麦更没意思，还不如在家碾麦子呢。李记只当年轻人没耐心，便由着他了。

杨飞燕自从和财旺好上之后，被滋养得面色红润、肌肤白皙，出来进去满面春风。她不满足白天的一时欢娱，还教财旺编谎话骗他爹妈，说今天到这家玩，晚上不回来了，明天到那家住，晚上也不回来了，隔三岔五偷偷摸进杨飞燕屋里一夜欢娱。那杨飞燕更是使出浑身本事，变着花样地伺候财旺，使他快活得像做了神仙。

杨飞燕有了财旺，对杜恒远的要求便不那么强烈了。杜恒远养起精神，比早先到杨飞燕这里频繁了些。他也奇怪杨飞燕的变化，问杨飞燕，杨飞燕抱着他的脖子撒娇说："原来和你睡，你是别人的男人，就算榨干了你，我也不心疼。现在，我是你名正言顺的小老婆了，我能把你榨得像个瘦猴一样？我这是心疼你呀！你若不懂我的这番心意，就在这里长住下来，我每天和你做个三次五次的。"杜恒远啧啧道："哎哟，我可知道你的厉害，还每天做三次五次呢？你让我多活两年吧！"

第七章

李财旺通奸杀人

有道是“久在河边站，没有不湿鞋”。终于有一天，杜恒远把财旺和杨飞燕堵在了屋里。

那天，杜恒远本没打算去杨飞燕那屋过夜。晚上吃完饭，闲着没事干，他便取出账簿看。自他娶了杨飞燕，古氏便觉芒刺在背，挖苦他说：“那账簿看不看也没用，反正你的钱都给那个烂货花了。”杜恒远瞪古氏一眼：“你咋说话呢，那是我堂堂正正娶回来的小老婆，咋就成烂货了？”古氏的嘴也厉害，寸步不让道：“不是烂货是啥？莫非还是良家妇女？人只要不要脸了，啥话都能说出来。隆盛庄的大人、娃娃，哪个不知道你是先嫖后娶？娶个烂货，钱花得比娶个黄花闺女都要多，还成天吹嘘你会做生意，会算账呢！来，给我两处院子五十亩地，隆盛庄的闺女随你挑拣，我舍了这张老脸给你说媒去。”杜恒远一时没反应过来，问道：“啥两处院子五十亩地，哪家的闺女这么值钱？”古氏嘿嘿一声冷笑：“记性不好忘性大，那个烂货值那么多钱吗？看看你的脑子，你就喊了人家三声‘龟头’，一处院子和二十亩地就输了。输就输了吧，愿赌服输嘛！你倒是大方，又给人家买了三十亩地，让人家把老婆休了，买一处院子把那个烂货娶回来做小。我看呀，你脑袋真是掺了铜、进了水，比起人家宝柱来，差的不是一星半点儿。”杜恒远鼻子哼一声，轻蔑地说：“那个蔫货，你还把他当人看？”古氏也哼一声鼻子：“蔫？人蔫心不蔫。你花了多少钱才喝了一勺头涮锅水？可那个蔫货呢，一袋莜麦便换了个漂亮媳妇。你掏良心说，梅雪比那个烂货强多少？你说你亏不亏呀？你好好地算算账，用你花的那些钱娶梅雪那样价钱的女人，你能娶多少个？”

杜恒远也一直为和邓宝柱打赌的事后悔，觉得自己当时确实是冲动了，但他并不后悔娶杨飞燕做小，听古氏左一句烂货右一句烂货地骂个不停，便用央求的口气说：“好了，好了，那件事怪我，是我把持不住，先勾引人家飞燕的。现在生米已经做成了熟饭，好歹也是一家人了。人家也是人，也有脸面，你以后就别把‘烂货’挂在嘴边了。你们若能和睦相处，我就能静下心，好好地做买卖了。”古氏已经对杨飞燕恨之入骨，她咬牙切齿地说道：“让我和她和睦相处，除非太阳从西面出来。”杜恒远讨了个没趣，披上衣服下地穿鞋，准备去趟茅房。古氏误会了，冷笑着说：“咋，听我的话不顺耳了？又想那个烂货了？这次去住上三五个月，我家里也清静清静。”杜恒远不是怕老婆的人，脸一黑，干脆说道：“好，既然你撵我，这次我就在那边长住着了。”

杜恒远懊恼地从家里出来，顺着墙根儿尿了一泡，背抄着手到了杨飞燕的院子门口。从墙上向里望，屋里点着灯，窗帘已经挂了。杜恒远拍了两下门环，半天不见杨飞燕出来开门。他正想喊一声，突然想到杨飞燕生性风流，一直对那事儿乐此不疲，以前自己每次来，她总是要个没完没了，最近几次她好像不那么强烈了。难道真如她所说，是怕掏空了自己的身子？不会是耐不住寂寞，偷上野汉子了吧？做过嫖头的人是最会开门的，何况杨飞燕家的院门是最普通的那种。杜恒远知道院门的门轴上面长，下面短，只要探手进去，从门板底往起一托，下面的门轴便出来了，再往下一放门板，上面的门轴也出来了。

进到院里，杜恒远顾不得将门板装上，先蹑手蹑脚走到窗台下，从窗帘的缝隙往里瞅。这一瞅不要紧，直把杜恒远气了个怒发冲冠，七窍生烟。

当初，邓宝柱家贫，晚上点的是油灯。后来，杨飞燕改嫁了杜恒远，向杜恒远撒娇，说油灯的烟气重，也不够亮。杜恒远说多大点儿事儿呀，咱不点油灯了，点蜡烛。所以，杨飞燕便点蜡烛了。蜡烛比油灯明亮许多，杜恒远看见亮光之下，两个赤裸男女在炕头肉搏正酣。

杜恒远又仔细看了看，认出那汉子竟是隔壁的邻居，李记米面铺掌柜李记的儿子财旺。杜恒远真是怒从心头起，恶向胆边生了，心说好你个杨飞燕，为了你，老子花了多少冤枉钱？丢了多大的人？现在都没脸昂首挺胸地在隆盛庄的街面上走动了；为了你，老子把老婆娃娃都得罪了，刚才还被老婆连挖苦带贬损，连讥讽带嘲笑，老子还劝她接纳你，让你们和睦相处呢。你倒好，忙里偷闲，又勾搭了个二十来岁的壮后生。你勾搭个老财家的少爷吧，老子也认了，你看看你勾搭的人，财旺谁不知道，一个愣头青，除了拉碾子、推磨，连数儿都不识，你也不嫌他寒碜。难道就为了他裤裆里的东西精神吗？你敢给老子戴绿帽子，老子也不客气了，今天好好地拾掇拾掇你，明天再一纸休书把你休了，看你还有脸在隆盛庄住下去？

杜恒远在月光下瞅了半天，也没找到件称手的家伙。他本没有杀人的念头，便不找了，过去推了一下屋门。杨飞燕以为院门插着就没人进来了，所以屋门没有插，只虚掩着。杜恒远推门进到堂屋，接着猛地拉开里屋的门闯进去，大喝道："好一对狗男女，看老子今天不宰了你们。"说着便跳上炕去。杨飞燕见是杜恒远突然来了，惊得花容顿失，慌乱地穿衣服。杜恒远哪里容得她穿衣服？他也不理财旺，扑上去拽住杨飞燕的头发便打，边打边骂道："你个不知羞耻的淫妇，竟敢背着老子偷汉子，看老子今天不打死你。"杨飞燕被打急了，抱着脑袋连呼救命。

财旺缓过神儿来，却没认出来人是杜恒远，他见闯进来的男人拽着杨飞燕的头发打个没完，便赤身裸体地跳过去，搂住他的腰将他摔在一旁，接着骑在他身上，左右开弓打了他两记耳光，骂道："我叫你打人，我叫你打人！"杜恒远一边挣扎，一边骂道："好你个小王八蛋，睡了老子的老婆，还敢打老子？真反了你了。"财旺认出了杜恒远，吃惊地叫道："你，你是杜掌柜？"

趁着财旺愣怔的空儿，杜恒远一把将财旺从身上推下去。他见杨飞燕正揪着裤子穿，便再次扑上去，抢过裤子往地上一扔，将杨飞燕骑在身下，又是一顿拳头。杜恒远冷笑道："你穿裤子做甚？还懂得羞呀？"杨飞燕被打急了，张开手抓杜恒远，在杜恒远脸上挠了两把。这两把将杜恒远挠火了，他双手掐住杨飞燕的脖子便往死里掐。杨飞燕脚乱蹬着，想喊救命却喊不出声，就在她感觉快要窒息的时候，屋里的蜡烛突然灭了，紧接着，只听得"噗"的一声响，杜恒远的手慢慢地松开了。然后，他的身体软绵绵地倒在了她身上。

原来，财旺见杜恒远快将杨飞燕掐死了，心里一急，一把抓起锅台上的烛台，用尽力气朝杜恒远的头上砸了下去。

杨飞燕不知道怎么回事，心惊胆战地将杜恒远从身上推开，连声叫道："财旺，财旺，你在哪呢？"财旺应了一声。杨飞燕听财旺还在，便摸索着从锅台上找到洋火划着，让财旺赶快找蜡烛。财旺四处瞅瞅，把掉在地上的半截蜡烛捡了起来。杨飞燕手哆嗦着，划了几根洋火才将蜡烛点着。两人也不管杜恒远的死活，先各自找衣服穿了，才端着蜡烛去看杜恒远。这一看，两人被吓了个灵魂出窍：杜恒远已经没气了。

就在杨飞燕与财旺脸色苍白地面面相觑时，外面突然闯进两个人，更把杨飞燕与财旺吓了个魂飞魄散。两人定睛一看，来的竟是李记夫妇。

李记累了一天，早早便睡了，财旺妈不知道财旺又到什么地方刮野鬼去了，晚上还回不回来，便坐在油灯下，一边缝补衣服，一边给财旺等门。她忽然听到隔壁杜掌柜的小老婆杨飞燕家有动静，并且声音越来越大，还隐约传来杨飞燕的“救命”声，连忙推醒李记。李记坐起来，迷迷糊糊地问：“财旺还没回来？”财旺妈说：“没有。”李记心里顿时亮堂了，披上衣服下地说：“咱出去听听，看隔壁是咋了。”财旺妈心中动了一下，有了一种不祥的预感：“你是怕咱家财旺……”李记边穿鞋边说：“是呀，那个愣头青时常夜不归宿，我一直担心他是不是在外面做啥鬼事呢。”财旺妈急忙跟着下了地，说道：“我也是。”

夫妇二人出了门，趴在墙头上侧耳细听，隐约听得隔壁不但有杨飞燕的呼救声，还有两个男人的对骂声。一个是杜恒远杜掌柜的声音，另一个瓮声瓮气，分明就是财旺的声音。李记夫妇顿时惊出一身冷汗，对视一眼，也不说话，疾步往隔壁而去。两人见杨飞燕家院门的门板被卸下了，心里便明白了一半。他们刚进到院里，屋里的灯光忽地灭了，也没有争吵和叫骂声了。两人不敢贸然问话，更不敢贸然进屋，只把耳朵贴在窗户上听，结果竟然听到杨飞燕喊财旺的名字，还听到了财旺的回应。接着，屋里的蜡烛亮了，两人从窗帘缝隙看到两个脱得精光的男女正在找衣服穿，那男人不是财旺是谁？炕上还躺着个人，死了一般，想必是杜掌柜了。李记夫妇不用说话，也不用猜，心里都明白是怎么回事了。财旺妈失魂落魄地望着李记问：“他爹，咋办呀？”李记叹着气说：“能咋办？先进屋吧。这个不省心的东西，我早就觉得他不对劲儿了。没想到……唉！”

杨飞燕见李记夫妇突然闯进屋来，料想他们已经知道了自己和财旺的奸情。李记也不说话，把杜恒远翻来覆去鼓捣了好一阵儿，看能不能救过来。财旺哭丧着脸说：“爹，别白费力气了，气儿都没了，还能活过来？”李记夫妇见出了人命，吓得不知所措。财旺妈一把揪住财旺，眼睛却盯着杨飞燕问：“财旺呀，谁打死杜掌柜的？”财旺不敢说话，杨飞燕却嘟囔着说：“是财旺失手打死的。”财旺妈见杨飞燕把罪名往财旺身上推，朝杨飞燕啐一口，骂道：“呸！杜太太，你真不要脸，勾引我家财旺不说，还想把杀人的罪名往我家财旺身上推呀？”不待杨飞燕说话，财旺抢先说道：“妈，杜掌柜是我打死的。我一人做事一人当，和人家杜太太没有干系。”财旺妈狠狠地瞪了财旺一眼：“你个愣货，杀人偿命。你扛了杀人的罪名，自己的脑袋就没了。”

杨飞燕心知，人虽然是财旺打死的，起因却在自己身上。她又听财旺妈说了

“杀人偿命”四个字，吓得脸色苍白，也不说话，只捂着脸呜呜地抽泣起来。

财旺妈还要怪怨杨飞燕，李记冷静下来，止住说：“行了，人死不能复活，现在怨谁也没用了。杜太太，你也别哭了，你哭得再痛，杜掌柜也无法起死回生。我们还是先商量商量，看这事儿该咋办吧。”杨飞燕果然不哭了，抬起头，可怜兮兮地望着李记说：“叔，您上了岁数，经历的事情多，有见识，您出个主意。”李记慢吞吞地说道：“杜太太呀，你说是财旺失手打死杜掌柜的，我家财旺自己也承认了。可这话光咱四个人说的时候算数，若是到了衙门的大堂上，财旺咬住舌头死不承认，你能说得清吗？你杜太太的人品，隆盛庄无人不知，无人不晓，衙门若是问你，财旺咋半夜跑到你屋里来了，你如何回答？”

杨飞燕听出了李记的意思，可这杀人的罪名自己也不能扛呀。自己扛了，自己的脑袋便没了。何况，人本来就是财旺打死的。生死关头，她也顾不得与财旺的情意了。她想了想，对李记说道：“叔，为了财旺，我可以扛起这杀人的罪名。可到了大堂之上，你又让我如何应对？我平白无故就把自己的男人打死了？再说了，我一个弱不禁风的孱弱女子，能这么轻易地打死一个五尺高的大男人？若叔是衙门的人，叔信吗？”李记被反问住了，张口结舌，不知该如何回答。

财旺见他爹妈和杨飞燕都没了主意，干脆说道：“爹，要么我把杜掌柜的尸体扔到西河湾吧。死人不会说话，谁能知道他是我打死的？”财旺妈连忙说：“对呀，那你们两个就都没事了。”杨飞燕想想，摇头说道：“不成，这几天没下雨，西河湾就筷子粗细的一股水，冲不走尸体。再说了，他到我这里来，家里老婆娃娃必定知道。无缘无故死在了西河湾，衙门能不追究吗？衙门的人就是吃这口饭的，这障眼法怕是瞒不过人家。”财旺妈急了，问杨飞燕：“那你说咋办？反正这罪名不能让我家财旺一个人扛。”杨飞燕也想不出什么好主意，叹息一声说：“一个人扛了，砍一颗脑袋；两个人扛了，砍两颗脑袋。罢罢罢，既然我和财旺相好了一场，那就陪他一道上杀场，到阴间做个夫妻吧！”

财旺妈听财旺还是要死，催促李记说：“当家的，你快想想呀，难道就想不出个保全性命的法子？”不待李记说话，财旺撸一把袖子说：“想啥呀！横竖是个死，不如我跑了狗日的算了。”杨飞燕眼睛一亮，说道：“这倒是个办法，要跑你就跑得远远的，只要衙门抓不住你，我就没事儿。”财旺妈担忧地说：“那要是让衙门抓住了呢？岂不是还要被砍脑袋？”财旺也有股子英雄气概，头往起一昂，说道：“该死面朝天，不该死又一年，先说眼前吧。”李记想想说：“事到如今，怕是也只有这样了。”问杨飞燕说：“杜太太，人命关天，这事儿肯定得报官，到时候衙门问起你，你咋和衙门交代？”杨飞燕长长地叹息了一声，说：“唉！我只有说财旺对我起了色心，半夜三更跳院墙进来想强暴我，恰巧遇上杜恒远在，两人扭打起来，财旺失手打死了杜恒远，然后便跑了。”李记冷笑一声：“那罪名还是我家财旺一个人扛了？”财旺倒是爽快，接过话说：“人本来就是我打死的，扛就扛呗！行了，爹，我这就跑呀！”李记想不出更好的办法，只有默认了，说道：“跑就跑吧，要跑就往远处跑。你个不省心的东西，原本还指望你给我们养老送终呢，这二十年算是白养你了。”

杨飞燕见李记同意了，也不说话，从柜子里摸出两大卷银圆，把其中一卷塞给财旺，说：“财旺，这一百块银圆给你当盘缠，你往远了跑，衙门一年抓不住你，我就能多活一年；衙门十年抓不住你，我就能多活十年。”财旺倒也像条汉子，慷慨地说道：“就算衙门抓住我了，我也如你所说，一个人承担，绝不牵扯你。”杨飞燕分外感动，把另一卷银圆给了李记夫妇：“叔、婶，这是一百块银圆，就当您二老的养老钱吧。”李记夫妇心里明白，就算是杨飞燕勾引了财旺，也是财旺进了人家杨飞燕的屋子，钻了人家杨飞燕的被窝，并且还打死了杜恒远。现在得了杨飞燕的好处，财旺又保住了性命，自然对杨飞燕没有太深的恨意了。

杨飞燕先回娘家将她爹杨茂安顿了一番，第二天一早才披头散发地到回春堂找杜茂远报官，说昨天夜里她正在家里睡觉，不想隔壁的财旺对她起了色心，撞开屋门欲强暴她，正赶上杜恒远来了，他便与财旺扭打起来，财旺用烛台将杜恒远打死后逃离了。

杜茂远听说叔伯兄弟被财旺打死了，急忙到四美庄找康廷儒报官。康廷儒一边命人将杨飞燕扣了，一边派人飞马前往丰镇厅署衙门报案。厅署衙门派了衙役到杨飞燕家勘查现场，又问李记夫妇是否知道财旺的去向。李记夫妇说他们不知道这件事，财旺昨天晚上出去，到现在一夜未归。衙役将杨飞燕带回丰镇厅署衙门，在大堂之上将杨飞燕打了三十大板，打得她皮开肉绽，要她如实招供。那杨飞燕虽为女流，也算硬骨头，咬紧牙关，硬是将三十大板撑下来，奄奄一息，仍旧死不认账。厅署衙门没有人证，加上杨茂上上下下使足了银子，衙门将杨飞燕监押了半个月后，便让杨茂取保画押，将杨飞燕放了。同时，衙门也在丰镇城门口和隆盛庄的马桥街贴出了告示，悬赏缉拿财旺。

张瑞元羡慕段祖贤的秀才功名，羡慕段祖贤的蓝衣衫，先后把三个儿子送去读私塾，谋算着“三狗出一獒，三虎出一彪”，将来总有一个儿子不负厚望。他期望最大的本是长子张禄，张禄打小就聪明，《三字经》《百家姓》《千字文》读过几次便背得滚瓜烂熟。可不知怎么搞的，这孩子越长大脑子越笨，读到“四书五经”时，竟然读不下去了。倒是张瑞元每次算账，嘴里一边念着数位一边打算盘，数位念完了，张禄也把得数心算出来了。张瑞元叹着气暗想：看来，指望张禄挣个功名是难了。这小子好像天生是个生意人，以后做买卖，连算盘都用不着。

果然，每次开科张禄都去，可没有一次能过了乡试。张禄屡考不中，张瑞元觉得张福和张祯考中的希望更渺茫了。尤其张祯，看书的时候迷糊着眼，半睡半醒似的，他若能考中，才真叫见鬼了。张瑞元见张禄不喜欢读书，也不勉强，让他到瑞盛店历练。张禄还真是做生意的料，在瑞盛店干了两年，便把粮店的经营吃透了。任何粮食，他随便抓一把，便能说出是否饱满，水分多少。至于算账，更是没说的，几乎没有算错的时候。张瑞元心里喜欢，便逐渐放手，把瑞盛店交给张禄经营。自己腾出身子，琢磨宝粟社的事务和上三元、永盛源的生意了。

山西大灾那年，乌云其木格又生了个闺女，取名银花。达林太快七十岁了，身体不大好，马也骑不了了，很少出门，已经有三四年没到过隆盛庄了。老伴宝梅去年得了腰腿疼的病，做不了重活儿。大儿子巴特尔娶了四子王旗一个蒙古贵族的女儿，隔个三五年才回来一趟。哈森在张瑞元娶乌云其木格之前便娶了媳妇，他媳妇也是乌拉哈人，名叫斯琴格日勒。哈森随张瑞元走了几趟库伦后，便留在库伦开办了永盛源分号。每年，在永盛源的牛板车队到达库伦之前，他就先把返回来的货物备好，牛板车队一到，把拉去的货物交付了他，他便换装货物让车队往回返。前几年，他索性把斯琴格日勒和几个儿女也接到了库伦。张瑞元见岳父岳母逐渐年迈，便让乌云其木格经常带着金花和银花回乌拉哈伺候二老一段时间。

张瑞元对达林太一直十分敬重，他知道，如果没有岳父帮衬，尽管他也能开自己的字号，也能当掌柜做东家，但绝不会有今天这样的成就，更不会成为隆盛庄最有名的大老财之一。他也很尊重蒙古人和回民，觉得隆盛庄之所以能有今天的繁荣，除了天时地利，更重要的是隆盛庄人的精神。

隆盛庄人的精神，是由三种文化凝聚而成的。有山西人吃苦耐劳、勤俭节约的传统，有蒙古人宽容大度、豪放热情的性格，有回族人刚中带柔、柔而不弱的特点。当这三种不同民族的文化汇集在隆盛庄人身上的时候，便形成了隆盛庄人勤劳而节俭、宽容而豪爽、坚韧而团结的精神。

上三元的干货一直卖得很好。隆盛庄虽然有好几家干货铺，但来来往往的客商只认上三元，就连隆盛庄本地人吃干货，也都要吃上三元的。有道是“酒好不怕巷子深”，上三元设在丰镇和集宁的分号也是名声在外，生意一天比一天兴隆，供不应求。张瑞元见上三元的牌子越来越响，便和马占元、梁宝元商量，选两个手艺好的饼匠，由马占元带着走了趟北京，尝遍了京城的干货。三人回来后，仿制出了“京八件”之类的精细点心。为了方便人们送礼，上三元还定制了外观漂亮的礼盒。

春暖花开的时候，上三元决定在大同再开一家分号。

张瑞元和梁宝元到了大同，想选一处热闹繁华的地方租一间店铺。大同人精明，张口便是天价。张瑞元和梁宝元商量，觉得租了人家的店铺，店铺还是人家的，不如干脆多出些钱买一间店铺，也算给上三元置了一份家业。店铺买下后，两人说进趟大同府不容易，一定要好好地逛逛。

隆盛庄虽然繁荣，但毕竟只是个集镇，远远比不上大同。大同是北方有名的城府，已经不能用“繁荣”，而要用“繁华”来形容了。两人逛了一个下午，梁宝元见张瑞元只要看见古玩店便要进去转上一圈，取笑地问他：“瑞元，你是不是想开一家古玩店了？”张瑞元说：“我不懂古玩，开古玩店做甚？”梁宝元说：“既然不开古玩店，那你总往人家古玩店窜啥？有那闲工夫，还不如找家馆子，点几道稀罕菜，喝上两壶呢。”张瑞元白梁宝元一眼说：“师兄，你这辈子呀，就记住吃喝了，哪一点儿像咱口里人？”梁宝元笑着说：“人生一世，吃穿二字。明天我死了，到了阴曹地府也不觉得委屈。你呢？到了阴曹地府后悔去吧！”张瑞元问：“我后悔个啥？”梁宝元嗤着鼻子说：“后悔个啥？后悔一辈子就知道赚钱了，肚子里一点儿油水也没攒下。”张瑞元却拽他一把，指着前面说：“师兄你看，前面有家古玩店，走，咱再进去看看。”梁宝元蹙着眉头说：“还进去看呀？我知道你，你就是那种光看不买的主儿，进去也是饱饱眼福而已。”张瑞元说：“花钱买东西，总得相中了才能买吧？”梁宝元只得无奈地随张瑞元进了古玩店。

古玩店的掌柜与他们年龄相当，瘦高个子，很精干也很热情。张瑞元听掌柜的口音熟悉，说掌柜的大同口音里掺杂着口外的腔调，掌柜说他本就是口外隆盛庄人。这真是“他乡遇故人”，三个人立刻互报姓名，亲切攀谈起来。掌柜的说他姓朱名奉祺，老家在隆盛庄的蓝家村，十四岁时，他孤身一人来到大同。攀谈得差不多了，朱掌柜问梁宝元和张瑞元需要点儿什么，梁宝元说他就是陪师弟随便转转，没有要买的东西。张瑞元却犹豫道：“我也不知道想买点儿啥，要不朱掌柜给掂量一下，我岳父是蒙古人，该给他送件啥东西好呢？”

梁宝元这才知道，原来张瑞元转来转去，是要给岳父达林太买礼物。

朱掌柜想想说：“蒙古人？蒙古人最喜欢的应该是鼻烟壶了。这样吧，我拿几个鼻烟壶给张掌柜看看。”张瑞元记得，每年过年给岳父岳母拜年时，达林太手里总攥着个鼻烟壶，和前来拜年的蒙古族亲友握手时，双方将掌中的鼻烟壶换来换去。他觉得送岳父个鼻烟壶还真的挺合适，便说道：“朱掌柜不愧是做古玩生意的，我一说给蒙古人送礼，马上就想到鼻烟壶了。唉！人无论做啥事儿，都要和懂行的人做。那就烦劳朱掌柜了。”朱掌柜说客气了，取了几个鼻烟壶，一边让张瑞元看，一边笑呵呵地说：“做啥的谋啥嘛！张掌柜，隆盛庄现在可是有名了呀！听说比丰镇都要繁荣，是吗？”梁宝元在一旁得意地说道：“那是！咋，朱掌柜多年没回过隆盛庄了？”朱掌柜苦笑一下说：“岂止多年？我从十四岁出来后，就再没有回去过。不过，我倒想一两年后回去一趟，看看隆盛庄变模样了没有。”梁宝元说：“是该回去看看了。朱掌柜，你若回了隆盛庄，千万到永盛源和我打个招呼，我请你喝酒。”朱掌柜连忙抱拳道：“那我提前谢谢梁掌柜了。”

张瑞元看了几个鼻烟壶，问了朱掌柜价钱，觉得太普通，拿不出手。朱掌柜看出来了，说道：“这几个鼻烟壶，材质的确一般，画工也不够精细，所以才便宜。张掌柜若是想要好的，我这里倒是也有，只是价钱高些。不知张掌柜……”张瑞元听朱掌柜说还有好的，连忙说道：“一文价钱一文货，只要东西好，贵些不怕。”朱掌柜见张瑞元不怕花钱，便进了后屋。过了一会儿，他端了个做工精巧的木盒出来，打开盒子，取出了三个用黄缎子严密包裹的鼻烟壶。

烟草最初传入中国，是用于预防疫病和寒疾的，后来才被人大量燃吸。鼻烟壶，顾名思义，是装鼻烟的一种器具。开始用玻璃瓶装，到了乾隆年间，为了美观和携带方便，工匠将其制作成一种小巧玲珑的壶，很快流行起来。后来，旱烟和水烟逐渐替代了鼻烟，鼻烟壶便成了一种纯粹的艺术品，供上层社会收藏、玩赏。

朱掌柜拿上来的三个鼻烟壶，一个是佛手造型的珐琅壶，一个是石榴造型的玉石壶，还有一个是葫芦造型的玛瑙壶。朱掌柜给张瑞元介绍，说这三个都是鼻烟壶中的精品。那珐琅壶是从宫里传出来的，珐琅彩瓷由江西景德镇制胎，宫廷画师彩画后烧成。瓶身一面是松鹤延年的画面，结构精妙，十分大气；另一面是“松鹤延年”四字小篆，笔法圆润，功力深厚。那玉石壶由上等和田玉制成，一面雕了一尊笑面弥勒佛，笑容可掬，栩栩如生；另一面是隶书的“笑口常开”，刀工老到，珠圆玉润，也是鼻烟壶中的精品。朱掌柜让张瑞元握在手里试试，果然细腻温润，柔滑无比。那玛瑙壶同样材质上乘，一面雕了亭台楼榭，画面细微，格调典雅；另一面雕了一幅喜鹊报春图，构思奇妙，巧夺天工。

张瑞元拿起这个，放下那个，不忍释手。问朱掌柜价钱，朱掌柜说鼻烟壶贵在刀工和绘画技巧，材质次之，这三个壶，每个都在五十两银子上下，问张瑞元相中了哪个。梁宝元见张瑞元买鼻烟壶是送给达林太的，知道张瑞元的心意了，嘴上却说："瑞元，这东西不能吃、不能喝，东家如果知道你拿五十两银子买如此贵重的宝贝送他，肯定说你乱花钱。"

张瑞元与梁宝元搭档多年，知道梁宝元话里的意思，也不理他，问朱掌柜道："朱掌柜，若是价钱合适，我想把三个壶都买了。"梁宝元故意捅张瑞元一下说："瑞元，买一个也就罢了，还买三个？拿回家煮了吃呀？"张瑞元看着朱掌柜，一语双关道："如果朱掌柜能便宜些，我想给巴特尔和哈森也每人送一个。"朱掌柜久经世故，看出张瑞元与梁宝元是一个拉弓，一个射箭。他微微一笑，把袖子往下拉拉，向张瑞元递过手道："遇上了隆盛庄的老乡，价钱肯定要便宜了。"

张瑞元与朱掌柜握住手，两人便在袖子里摸起了指头。你出这个数，他回那个数，一个讨价，一个还价，翻来覆去，摸了好长时间方才松手。梁宝元见两人都面带笑意，知道价钱谈妥了，问张瑞元多少钱。朱掌柜先说道："这位张掌柜真会做生意，价钱咬得太紧，连一点儿赚头都不给我留。"张瑞元却说："一百两银子买三个鼻烟壶，若不是我真心喜欢，是绝对不会出这个价的。"

买卖成交，钱货两清，张瑞元与梁宝元向朱掌柜告辞出来。路上，张瑞元问梁宝元东西买贵了没有。梁宝元说喜欢便不在贵贱，张瑞元受达林太好处太多，送件值钱的玩意儿也是应该的。

两人回到旅店，喝了一壶茶，抽了两袋烟，歇息了一会儿，看太阳要落山了，便出来吃饭。张瑞元说："师兄，今天我请你，你相中哪家馆子咱就去哪家，你想吃啥就点啥。"梁宝元说："那就不客气了。"两人找了一家门面气派的大馆子，点了两冷两热四个菜，要了两壶酒，边说话边浅斟慢饮起来。他们有些日子没在一起喝酒了，不知不觉，二两的壶每人喝了三壶，脑袋都昏沉沉的了。

从馆子里出来，两人拣那灯火阑珊处信步而去，边逛边议论：隆盛庄还得多少年，才能像大同府这般繁华。走到一家名叫春满园的窑子门口时，梁宝元的脚步放慢了，眼睛直往窑子那边看。张瑞元看出了梁宝元的心思，笑问道："师兄莫不是想进去寻个乐儿？"梁宝元回头瞅着张瑞元说："瑞元，这可是你说的。"张瑞元说："我没说我，我是说师兄呢！我和师兄多少年了，师兄心里想啥，我都能猜个八九不离十。"梁宝元笑呵呵地问："真的？你这么肯定我现在想进里面寻个乐儿？"张瑞元嘻嘻笑道："师兄，你别装了，当我不知道，你哪次到丰镇没逛过窑子？"梁宝元不好意思地笑了，说道："别说得那么玄乎，哪能每次呢？不过偶尔罢了。”张瑞元在梁宝元腰间捅了一下，笑道：“看，招了吧？”梁宝元说：“招了，招了。嗳，瑞元，要不咱进去尝尝大同姑娘的滋味儿？”张瑞元说：“要去你去，我可不想对不住我家乌云其木格。”梁宝元收起笑说：“啥叫要去我去？咱俩一块儿出来，有福得同享呀！再说了，我去你不去，万一你回去和香如说了咋办？”张瑞元开玩笑说：“只要师兄进去，我回了隆盛庄肯定告诉嫂子，让嫂子面朝下睡上三个月，急死你。”梁宝元也不管张瑞元同不同意，连拉带拽，硬将张瑞元往窑子里领：“看，我说对了吧？知道你没安好心。所以，今天说啥也得把你拉拽上，回去你敢告诉香如，我就告诉乌云其木格。”张瑞元心里其实也挺痒痒的，除了乌云其木格，他还真没有和别的女人睡过，虽然嘴里说“不行、不行”，脚下却是不由自主。

两人进了春满园，老鸨笑吟吟地迎上来。一声呼唤，几个打扮得花枝招展的窑姐如同仙女下凡一般翩翩而出。各自报上艺名，每个窑姐的名字里竟然都有一个“春”字。大概是邓香如体态娇小的缘故，梁宝元挑了个个子高挑、体态丰腴，名叫春桃的姑娘。他搂住春桃的香肩，催促张瑞元也赶快挑一个。既然已经进了窑子，张瑞元也不扭捏作态了。也许和梁宝元的心态一样，他相中一个体态娇小婀娜，名叫春柳的姑娘。他最中意的，是春柳和邓香如长得颇有几分相似。

那天晚上，张瑞元第一次和除了乌云其木格之外的女人睡了。他闭着眼睛，脑子里想象着春柳就是他一直偷偷喜欢的嫂子邓香如。

第八章

杜杉变态起淫心

乌拉哈的蒙古人都知道达林太是永盛源的东家，所以只要有卖皮子、买皮货的，都会到永盛源来。一是为了照顾达林太的生意，二是永盛源对他们也很关照，价钱总比别家皮货行给的多些，收的少些。

张瑞元从大同回来，还没顾上去乌拉哈，达林太已经让到隆盛庄卖皮子的蒙古人捎来话，说巴特尔从四子王旗回来了，让张瑞元和乌云其木格带着孩子们去乌拉哈住几天。张瑞元有几年没见巴特尔了，便拴一辆花轱辘轿车，带着一家人去了乌拉哈。张禄怕耽搁了瑞盛店的生意，骑了一头小灰驴，准备晚上就返回隆盛庄。

巴特尔是一个人回来的，说他妻子和大儿子本想一块儿回来，可岳父生了病，家里没人照顾，只好等下次了。

达林太几年没见大儿子了，高兴得精神矍铄，笑眼眯眯。巴特尔早晨杀了羊，听张禄说晚上还要回隆盛庄，晌午非要和大外甥好好地喝顿酒。乌云其木格在家里常用蒙语和孩子们说话，孩子们到乌拉哈看望姥姥姥爷，达林太夫妇也是用蒙语和外孙们交流的，所以五个孩子的蒙语都还算流利。

张瑞元把从大同买的鼻烟壶拿出来，达林太果然喜欢。三个鼻烟壶，摸摸这个，玩玩那个，最后选中了那个珐琅壶。问张瑞元多少钱买的，张瑞元把价钱说了，问达林太和巴特尔是不是买贵了。巴特尔懂行，说如果在四子王旗，八十两银子一个怕是也不好买。张瑞元心说：看来，那朱掌柜确实是照顾他这个隆盛庄老乡了。又让巴特尔选，巴特尔不好意思，说他没给妹夫送过礼物，却要接受妹夫的重礼。达林太笑眯眯地说：“你想谢瑞元不难，等玉奎娶媳妇的时候，你从四子王旗给他赶一群羊回来不就成了？”巴特尔说：“有阿爸这句话，等玉奎娶媳妇的时候，我这个大舅一定送他一群羊。”巴特尔选了那个玛瑙壶，眉开眼笑地说：“谁让哈森不在，我就先选了。其实，这个玉壶也不错。”

达林太突然想起了什么，让老伴儿宝梅从柜子里把他的烟袋拿出来，对张瑞元说：“瑞元呀！你送了阿爸件好东西，阿爸的这根烟袋就给了你吧。”张瑞元知道这根烟袋是达林太的心爱之物，连忙推却说：“阿爸，这可使不得，如此贵重的东西，您还是留着自己用吧。”达林太说：“拿着吧！今年春天起，我一抽烟就咳嗽，有时候咳嗽得连气儿都喘不上来，所以烟早就戒了。原本，我没事的时候还拿出来看看，今天你送了我鼻烟壶，以后我就玩鼻烟壶了。”当着巴特尔的面，张瑞元不好意思，依旧推却说：“阿爸，如此贵重的东西，我真的不能要。要不，您给了巴特尔大哥吧。”达林太白巴特尔一眼说：“给他做甚？从他到了四子王旗，哈森把斯琴格日勒接到库伦，我和你阿妈都是你和乌云其木格照顾的。你这个女婿呀，比我两个儿子都管用。”

巴特尔听阿爸指责他，连忙辩解说：“阿爸，我到四子王旗那是没办法，谁让您生我做了老大呢？老大就得当兵呀！”张瑞元也替哈森辩解说：“阿爸，哈森到库伦是您的主意，您也不能怪他。再说了，您是咱永盛源的东家，哈森在库伦，是给咱永盛源办事的。”达林太呵呵一笑说：“这我知道，我是开玩笑才这样说的。瑞元，你也知道，阿爸这辈子有三件心爱之物，一匹黑骏马，可惜前年老死了；一根烟袋，今天就送给你了；还有一件，就是那副雕花镶银的马鞍了，便宜巴特尔吧。”张瑞元听达林太已经有了安排，但没说给哈森留下什么东西，说道：“阿爸，那我也不能要您的烟袋，要不，您留给哈森吧！”达林太瞪张瑞元一眼说：“瑞元，你咋这么啰唆？我给你，你就拿着。至于哈森，他比你们得到的多。巴特尔现在比我有钱，我就不管他了，我的那些地和草场就都留给哈森了。巴特尔，你有没有意见？”巴特尔连忙说：“没意见，这份家业本就是哈森帮阿爸置下的。到现在，他还在库伦替阿爸辛苦，留给他是最合情合理的。”

巴特尔性情豪爽，酒量颇大。他上次回来时，张禄还是个孩子，这次回来，张禄已经长成大人了，并且说话乖巧，对他十分敬重，他心里高兴得不得了，便左一银碗、右一银碗地和张禄喝。张禄喝多了，晚上走不了，第二天早晨才回的隆盛庄。张瑞元忙着筹备上三元大同分号，也没敢多住，陪了巴特尔两天，说张福和张祯还要回去念书，留下乌云其木格和金花银花，带着张福和张祯回隆盛庄了。

巴特尔回四子王旗的时候，是从隆盛庄走的。张瑞元留他在隆盛庄住了几天，每天由梁宝元陪着，好酒好肉，吃遍了隆盛庄所有的馆子。邓香如见梁宝元每天回来都是一身酒气，问他又在哪喝了，梁宝元说还是陪巴特尔。邓香如叹着气说："你呀，光顾喝酒了。你也不学学人家瑞元，看人家是如何款待大舅哥和小舅子的。你的小舅子啥时候有过人家这样的待遇？"梁宝元抹一把嘴说："你别眼热，眼热也没用。人家巴特尔在四子王旗那是贵族，他若是个羊倌，你看瑞元咋接待他。还天天下馆子？稀粥给他喝上三个月，心也烦了。"邓香如想想也是，感慨道："唉！人呀，你没本事，过得不好，也别怪人家白眼你。要是我那兄弟当个县太爷，你能巴结得给他提夜壶去。"梁宝元哈哈笑道："你明白这个理呀？可惜你两个兄弟没一个是当县太爷的料，就算我想给他们提夜壶，他们也不敢用我。"

梁宝元说完这话没几天，二小舅子邓宝柱又闹出笑话了。

那天，邓香如去了趟娘家，回来时一脸的垂头丧气。梁宝元问她又怎么了，邓香如说昨天晚上梅雪和宝柱吵了一架，今天上午，宝柱留下一封信和一纸休书，说是到五台山出家当和尚去了。

梁宝元一点儿没觉得意外，鼻子哼了两声说："依我看呀，宝柱早该走这条路了。"邓香如拉下脸说："看把你幸灾乐祸的，我家人咋把你得罪下了？"梁宝元挺起脖子说："啥叫幸灾乐祸？本来就是这么回事嘛！当初杨飞燕和杜恒远相好，咱们都指责你兄弟窝囊，骂杨飞燕不要脸。现在想起来，那事也怪不得人家杨飞燕。"邓香如更不高兴了，噘起嘴，提高嗓门说："你这人咋说话呢？她在外面偷汉子，不怪她，莫非还怪我兄弟？真没见过你这样胳膊肘朝外拐的姐夫。"梁宝元连忙说："香如，你先别急着生气。人说话办事都得讲个理。我不是和你说过吗？隆盛庄人都传出来了，说当初不是杨飞燕不守妇道，是宝柱裤裆里的东西不给自己做主。咱打个比方，假如我那东西拇指长短，蔫黄瓜一般软硬，你能和我过下去？你就不会在外面偷汉子？"

邓香如也听人议论过，但无论如何，邓宝柱是她兄弟，她说话总得偏着兄弟吧？于是说道："就算不怨杨飞燕，那梅雪呢？这都几年了，过得好好的，咋突然就闹腾起来了？宝柱也是的，休书写上瘾了，动不动就写休书。"梁宝元怕邓香如和他急，点一袋烟，慢悠悠地说道："这有啥奇怪的，一准儿还是和杨飞燕一样的原因。男人的那东西不给自己做主，娶多少也过不住。"邓香如苦笑着摇头说："你又没见过我兄弟的东西长啥样，外人鬼嚼你也信？"梁宝元嘿嘿地笑着说："我是没见过，可人家杨飞燕和梅雪见过吧？若不是杨飞燕出来说，谁能知道？何况她们都没怀过孩子，不会两人都不能生养吧？”

邓香如理屈词穷，不说话了。梁宝元又说：“依我看呀，宝柱这条路也算走对了。他已经害了两个女人，不能再害第三个了。”邓香如实在忍不住，咬着牙关骂道：“我兄弟好像没把咱家娃娃填枯井里吧？他哪里惹着你了？你不说两个女人不守妇道，反倒说是我兄弟害了她们？你这姐夫当的，和我兄弟结下仇了？”梁宝元苦笑着说：“看你这话说的，我和他有啥仇？你想想，人家杨飞燕和梅雪那么漂亮，嫁给个不起眼的男人已经够委屈了，那男人还房事不济，让她们当了多年的活寡妇，你说这不是害了人家吗？他要再娶一个，岂不是还要再害一个女人？”说罢，又补了一句，“其实，你也不必唉声叹气的。我觉得宝柱就是当和尚的命，不然，就算他娶上一百个老婆，也是给别的男人娶下了。”邓香如烦恼地说：“行了，我兄弟不好，行了吧？反正他已经出家了，我看你以后还找啥由头埋汰我们邓家！”

邓宝柱之所以给梅雪留下一纸休书，到五台山出家当了和尚，是因为梅雪头天晚上连哭带数落，像一连串的惊雷把他炸了个灵台通明，茅塞顿开。邓宝柱一夜没合眼，思来想去，才下了这个决心的。梅雪之所以觉得嫁给邓宝柱委屈，不但和杨飞燕有关系，也和杜恒远的儿子杜杉有关系。

杜恒远娶杨飞燕做小后，给了杨飞燕不少银子，杨飞燕除了自己留些，多数交给她爹杨茂保管。杜恒远死在杨飞燕屋里，杨飞燕报官说杜恒远是财旺打死的，衙门抓不住财旺，没有人证，杨茂又上上下下使足了银子，衙门便让杨茂画押取保，将杨飞燕放了。古氏虽不甘心，但杜恒远已经死了，要想给杨飞燕定罪，就得大把地花银子。可就算花了银子，也只能出出心中的恶气，杜恒远无法死而复生。古氏不想花冤枉钱，只有作罢。

杜恒远在世时，除了给家里拿回钱生活，恒远当是他一手经营的。当铺有什么当品，多少钱当的，现在有多少家底儿，古氏和儿女一概不知。杜恒远猝死，古氏一时手足无措，便去找杜恒远的叔伯哥哥杜茂远拿主意。杜茂远让古氏把家里和当铺的所有账簿都翻出来，与杜恒远的大儿子杜杉把当品和来往账目仔细盘点了一遍，便让杜杉接手了恒远当。

杜杉身材偏高，相貌中等，鼻梁高而挺拔，长一对不算太大却很圆的眼睛。因为两眼间的距离比常人要近些，所以显得色眯眯的。自那年绥东大旱，杜恒远发了难民财后，当铺的经营一直不错。以其家境，杜杉不愁娶个媳妇。但自从出了马桥街那桩丑闻，杜恒远名声大臭。有闺女的有钱人家一听要和杜恒远结亲家，都摇头拒绝；而普通人家的闺女，杜恒远又嫌人家门不当户不对。所以，杜杉二十多了还未娶妻。

开当铺赚头虽大，但不比别的生意，除了要经验老到，更要有眼力。尤其有人拿来古玩字画、玛瑙玉器典当，掌柜的要识货才能赚钱。如果收了假货，人家不来赎当，那可就赔大了。杜杉小时候经常到字号给他爹打下手，但自从那年出了马桥街的事，便与他妈一道和他爹怄气，也不到字号来了。所以，他对典当一行不算十分熟悉。接手恒远当后，他做了几笔大生意，都走眼赔了，从此不敢再承当贵重物品。加上隆盛庄这几年风调雨顺，商贸兴隆，人们手里不缺钱，也很少有人拿东西来典当了，恒远当便一日不如一日。

恒远当生意不景气，杜杉人懒，游手好闲惯了，对当铺的经营不甚上心。门板摘得晚，上得早，有时索性连着几天不开门。四月初八那天，隆盛庄办奶奶庙会，杜杉去看热闹，在庙会上遇见了杨飞燕。

杨飞燕取保回到隆盛庄后，先前还担惊受怕了一年，见衙门抓不住财旺，便渐渐放心了。她在隆盛庄名声已臭，出门很少有人和她搭话，回家更是孤单寂寞，好不容易赶上奶奶庙会，便打扮一番出来逛庙会了。

从杜恒远有了外心，杜杉帮着他妈和他爹吵过几次后，父子便有了隔阂，见了面话也不说，形同陌路。所以，杜杉对他爹的死并不是十分悲痛。但爹毕竟是爹，他爹死在杨飞燕屋里，他对杨飞燕还是有恨意的。

杨飞燕与杜杉走了个面对面，杜杉停住脚，对杨飞燕怒目而视。杨飞燕心虚，不敢看杜杉的眼睛，垂下头急走几步，与杜杉擦肩而过。说来也是两人的缘分，逛到晌午，杨飞燕累了也饿了，买了几个糖麻叶和几块凉糕往家里走，结果路上又与杜杉不期而遇。杨飞燕加快脚步往前赶了一程，回头一看，杜杉在十几步远的后面跟着她。杨飞燕做贼心虚，不知道杜杉想干什么，心慌意乱地加快了脚步。可是，她走得快，杜杉跟得也快；她走得慢，杜杉跟得也慢。快到家门口时，杨飞燕怕杜杉跟进院子，站住不走了。杜杉在离杨飞燕三五步远的地方也停住了脚。两人四目相对，杨飞燕发现杜杉的眼神儿里已经没了敌意，而是充满一种色眯眯的邪恶。杨飞燕懵懂不解，问杜杉道："杜杉，你跟着我做甚？"杜杉的话让杨飞燕惊得不知所措："我想睡你。"杨飞燕的脸腾地一下红了，惊愕道："你说啥？你想睡我？"杜杉面无表情地答道："是的，我想睡你！"

杨飞燕有了一种不祥的预感。她想，杜杉如此穷追不舍，莫非是想杀了自己为他爹报仇？难道他已经知道了自己与财旺的奸情？杨飞燕立刻脸色苍白了，声音颤抖道："杜杉，就算你爹没了，但我没有再嫁，名分上还是你杜家的人，还是你的小妈呀！你可不能对小妈起坏心眼，小妈可是知道衙门的板子有多厉害的！”杨飞燕本意是想提醒杜杉，如果杜杉杀了她，且不说要杀人偿命，就大堂上的那顿板子，也能把人打个死去活来。岂知，杜杉却眨巴着眼睛，目光疑惑地说：“你别吓唬我了，我睡一睡你，就把我拉到衙门打板子了？当年我爹睡你的时候，你还是宝柱的老婆，我爹咋没挨过衙门的板子？”杨飞燕一头雾水，弄不清杜杉究竟想要干什么。莫非真的只是想和自己睡一睡？不会吧，他会睡他爹的小老婆？何况，他和他妈一直对自己恨之入骨呀！

这时，远处有人过来，杜杉沉不住气了，催促道：“你倒是给个痛快话，到底能不能睡？”杨飞燕不敢大意，当即答道：“不能！”杜杉冷笑一声，眼神又变得恶狠狠的了：“好，今天不行改天，小爷迟早要把你睡了，看看你这个狐狸精到底有多大的本事，能把我爹迷得五迷三道，也让我爹在地底下知道，他对不起我妈，我也对不起他了。”说罢，扭头走了。

杨飞燕听了这番话，方才知道杜杉不是要杀她，而是真的要和她睡。当然，这是一种报复他爹的扭曲心态。

杨飞燕虽然耐不住寂寞，但财旺打死杜恒远出逃后，她也不敢随便勾搭男人了。闲来无事，她除了隔着墙和碾麦子的财旺妈打听有没有财旺的消息，平时很少出门。

一日，杨飞燕见天气甚好，端了几件衣服，拿了棒槌到西河湾。她出来得晚，好位置都被先来的占了，便找了一个快洗完衣服的女人旁边的位置，放下盆子，将衣服泡了，坐在旁边等着。不承想，那女人竟是邓宝柱的媳妇梅雪。杨飞燕主动搭讪说：“哟，你是梅雪吧？”梅雪在街上见过杨飞燕，知道杨飞燕是邓宝柱的头一个老婆，只是没有和杨飞燕搭过话。她见是杨飞燕等在旁边，便也礼貌地打招呼说：“你也来洗衣裳？”杨飞燕面带喜色道：“是呀，真巧。”梅雪知道杨飞燕被抓到丰镇衙门挨板子的事，顺口问了一句：“你那官司了结了吗？”杨飞燕脸白了一下，答道：“咋说呢，人不是我杀的，有啥了结不了结的。”梅雪又问：“丰镇的衙门还没抓住财旺？”杨飞燕捂住胸口说：“应该没有吧，若是抓住了，肯定要拉回隆盛庄砍脑袋，咱咋能不知道？”梅雪“哦”一声，低头继续用棒槌捶打衣服。

杨飞燕坐在旁边端详梅雪，见梅雪眉清目秀，相貌出众，不免为她惋惜起来。她禁不住问道：“梅雪呀，我悄悄问你个话。”梅雪头也不抬地说：“你问。”杨飞燕压低声音问道：“你嫁给宝柱有些年了，外面没找个相好的？”女人忌讳外人说自己不守妇道，梅雪脸色一变，停下手里的棒槌，回头狠狠地别了杨飞燕一眼，说：

"你问的这叫啥话？你以为你喜欢偷汉子，别人也都喜欢呀？"杨飞燕见梅雪翻脸了，连忙赔着笑脸说："梅雪，你误会我的意思了。我是说这都有些年了，你还能和宝柱过得住？不容易呀！真有定力。"梅雪脸色缓和过来些，哼着鼻子说："我虽然不识字，可也知道女人要守妇道，嫁鸡随鸡，嫁狗随狗，始终如一。不能看哪个男人有钱了，就和人家偷偷地相好，还嫁给人家做小老婆。"杨飞燕听梅雪指责自己，委屈地说："梅雪，别人这样说我也就罢了，你也这样说我？难道你不知道宝柱有多窝囊？你说就他那样的，哪个女人能和他过得住？"梅雪冷笑一声："窝囊咋了？不偷不抢，不出去和人打架，不招惹是非，自己过自己的日子，我看窝囊不丢人。我这不是也和他过住了吗？"杨飞燕摇着头叹息道："不然我咋佩服你有定力呢！换了别人，任谁也和他过不到头。唉！梅雪呀！真是委屈你了，要身段有身段，要相貌有相貌，却要守一辈子的活寡。"

现在轮到梅雪奇怪了，她索性放下手里的棒槌，扭头问杨飞燕说："我咋听你话里有话？你是啥意思？我咋就守活寡了？"杨飞燕疑惑地眨巴着眼睛问："莫非宝柱的毛病找郎中看好了？"梅雪更不明白了："他能吃能喝的，有啥毛病？"杨飞燕嘿嘿地笑着说："梅雪呀！你是揣着明白装糊涂呢吧？莫非你忘了，我是他头一个老婆，我也和他一条炕上睡过。"梅雪说："我知道你是他头一个老婆，可他有啥毛病，我真的不知道。要不你对我说说？"杨飞燕伸出拇指在梅雪眼前比画一下，神秘地笑着说："他裤裆里的东西只有这拇指大，难道不是毛病？"梅雪的脸蓦地红了："你说的是那呀！那叫啥毛病？哪个男人不是一样的？"

杨飞燕听梅雪如此说，方才肯定梅雪没有在外面寻相好的。她咯咯地笑道："梅雪，你呀！咋说你呢？你当天底下男人裤裆里的东西都是一个样儿？你也不想想，为啥你到现在还怀不上娃娃？就是他那东西没用的缘故。实话对你讲，当初我在外面找相好的，也就是因为这。"梅雪将信将疑，问道："真的，莫非别的男人和他不一样？"杨飞燕说："人的高矮胖瘦都不一样，那东西自然也不一样。"梅雪哼着鼻子说："我不信。"杨飞燕说："我哄你做甚？不然咋说你是守活寡呢？我原来和你一样不懂，自从和那个死鬼好上，才知道和宝柱过的那几年算是白活了。你看他那件东西，小不说，还蔫，和没有一个样儿。"

梅雪没有尽情地享受过床第之欢，自然不知道男人裤裆里的东西大小有别。那年口里大旱，她爹妈带着一家人逃荒口外，到了隆盛庄，把她卖给比她大十多岁的邓宝柱，换了满满一毛口袋莜麦。邓宝柱个子不高，相貌一般，但他有五十亩地，有三间房的院子。这些年，两口子一个种地，一个持家，可谓房宽地宽心宽，梅雪也算知足了，唯一的遗憾是她一直没能给邓家生个一男半女。好在邓家也不计较，从没因为她不生养指责过她，给过她脸色，反倒是她自己觉得女人做到这个分儿上，实在有些惭愧。

杨飞燕一席话说得梅雪疑惑不已，晚上睡觉想象着，如果真如杨飞燕说的那般，男人的东西应该是什么样的？从那之后，她每日想入非非，还真有了找个相好的试试究竟的心思。可找相好的不是捉猪娃子，上街就能随便捉回来。

梅雪和杨飞燕也算有缘。那天，梅雪突然想吃饺子了，便去肉铺割肉。她正要进肉铺，看见杨飞燕托着一块鲜嫩的猪肉从肉铺出来，就主动搭讪道："飞燕姐，割肉了？"杨飞燕听梅雪语气和善，不像上次在西河湾洗衣服遇见时那般不冷不热，带有敌意，便笑眯眯道："是呀！你也来割肉？"梅雪说："我坐着坐着，突然想起饺子香了，过来割半斤肉，回去包饺子吃。"杨飞燕咯咯笑道："咱俩咋一样了，我也是，坐着坐着，突然想起吃饺子了。要么走吧，到我家一块儿吃。"梅雪有些犹豫，杨飞燕拉她一把说："不就一顿饺子吗，又不是给你上七大碗八大盘的。再说了，我家就我一个，没有外人，咱姐妹边包饺子边拉呱，多好呀！"不知怎的，自从那天听了杨飞燕的话，梅雪觉得杨飞燕一点儿也不像个不守妇道的女人了，并且还觉得她挺亲切。她说道："那就不好意思了。飞燕姐，吃啥馅的？我给买菜吧。"杨飞燕说："买啥菜呀！我院里种着一小畦韭菜呢，咱就吃猪肉韭菜馅的吧。"

两个女人一路拉呱回到杨飞燕家，从墙角的地里割了两把水嫩的韭菜，一个剁馅，一个和面，包起了饺子。

女人在一起时和男人在一起时一样，说不了三句话便要往腥荤处去，何况这两个女人还伺候过同一个男人。这回是梅雪先往那方面提的。她红着脸问杨飞燕说："飞燕姐，那天在西河湾，你对我说男人那东西有大有小，是真的还是戏弄我呢？"杨飞燕见梅雪动心了，说道："姐姐戏弄你做甚？女人的奶子还有大有小呢，男人也一样，不过宝柱那东西也实在太不济事了。"杨飞燕一边擀饺子皮，一边说起那些男女之事。梅雪听得心痒难耐，面色潮红，口干舌燥，恨不得立刻找个相好的体会一下。她问杨飞燕说："飞燕姐，照你这么说，我这些年算是白活了？"杨飞燕叹息着说："梅雪呀！不是姐姐教调你不守妇道，姐姐也和宝柱过了几年，他那点儿本事，姐姐再清楚不过了。姐姐是替你惋惜！你说你这么漂亮个可人儿，竟然守了这么些年活寡，实在是冤枉死了。"梅雪却不想过去了，只想着现在，她问杨飞燕："飞燕姐，世上那么多男人，莫非他们都比宝柱强？"杨飞燕说："当然了，像宝柱那样的，一万个男人怕是也找不出一个。”从这之后，梅雪闲着没事时便常到杨飞燕家串门。

杜杉像着了魔一般，一心想通过睡杨飞燕报复他死去的爹，可又没有他爹当初勾搭杨飞燕时的胆量，只敢在想起杨飞燕的时候到她家门口转悠几圈，期盼杨飞燕正巧出来。可是，杨飞燕也在提防他，只要回家，便把院门插了。杨飞燕的影子在杜杉脑子里出现得久了，杜杉对杨飞燕的恨竟然渐渐转化成了思念，好像不把自己的心愿了了，心里总像压着块石头一般沉重。他开始频繁地往杨飞燕家的巷口去，心说：我就不信你杨飞燕不出门。

那天，杜杉刚到巷口，便看见杨飞燕从院里出来，锁了门要上街。杜杉躲在一旁，待杨飞燕走到巷口时，跳出来挡住杨飞燕的去路。杨飞燕见杜杉突然窜出来，吓得捂住胸口喊叫起来：“你、你，你到底想做甚？”杜杉的眼睛里没有仇恨，没有恶毒，只有渴望：“小妈，我和你说过的，你莫非忘了？”杨飞燕见杜杉竟然叫她小妈了，从杜杉的眼神里也看不出丝毫的恶意，便往后退了两步，说：“你还想着那事儿呀？你刚才不是叫我小妈了吗？我是你小妈，你说小妈咋能跟你做那事儿呢？”杜杉逼近两步说：“就因为你是我小妈，我才想睡你，看你当初究竟是如何勾引我爹的。”杨飞燕虽然天性淫荡，但杜杉是杜恒远的儿子，杜恒远已经死在了自己手上，如果再和他儿子睡，对不住杜恒远的在天之灵。但杜杉那副不达目的不罢休的样子实在让她无奈，她有心就在这里给杜杉讲讲道理，断了他的心思，可又怕被外人看见她和杜杉在一起，到时候说她害死了老子，又勾引人家儿子，真成个淫荡之妇了。她叹着气说：“杜杉，这里路来路过的人多，让人看见免不了要说闲话。我已经这样了，别人说几句也无妨，你还没娶媳妇，传出去坏名声，将来哪家的闺女肯许配给你？不如这样，你先到我家来，我慢慢劝你。”杜杉听杨飞燕让他进屋，连忙跟在了杨飞燕身后。

杨飞燕开了院门，见墙那边财旺妈正在碾麦子，便给杜杉做了个不要出声的手势，蹑手蹑脚地将杜杉带进屋里，和颜悦色道：“杜杉，你先坐下，我给你沏壶茶，有啥话咱慢慢地往开了说。”却不想，杜杉迫不及待，饿虎扑食一般，猛然从后面搂住她的腰，哀求着说：“小妈，我不喝茶，咱现在就睡吧。”杨飞燕怕墙那边的财旺妈听见，不敢大声，一边挣扎，一边压低声音说：“杜杉，这可使不得，小妈不能害你。你快放手。”岂知，杜杉非但不放手，还把杨飞燕抱起来往炕上一摁，喘着粗气便想亲上去。杨飞燕挡住杜杉的嘴，焦急道：“你不能，你不能，我是你小妈。”

这时候，在杜杉眼里，杨飞燕已经不是小妈，只是个漂亮女人了。他也不说话，把杨飞燕的双手摁在炕上，低下头在杨飞燕的嘴上、脸上、脖子上亲吻起来。杨飞燕挣扎了几下，渐渐地放弃了，因为她闻到了一股久违的男人的气息。自从财旺逃走后，她再没有闻到过这样令她魂摇魄荡的气息。

一场激烈的肉搏过后，两人一个气喘吁吁，一个香汗淋漓。杨飞燕脸上没了羞怯，眼神里充满爱意。杜杉软绵绵地趴在杨飞燕的身体上歇着，一只手拍着她娇嫩的粉红脸庞感叹道："小妈，难怪我爹对你着迷呢。你呀，真是狐狸精转世。"杨飞燕搂着杜杉的脖子吃吃地笑道："是吗？难道你也被我迷住了？"杜杉坐起来，穿好衣服，一边坐在太师椅上喝茶，一边问杨飞燕道："小妈，我比我爹如何？"

此时的杨飞燕，已经将杜杉爱得像宝贝一般了。她一边穿衣服，一边娇羞地望着杜杉说："厉害，到底是二十郎当的后生，比你爹厉害多了。真痛快，从你爹死后，小妈从没有像今天这般享受过。"杜杉笑了，笑容极是得意。杨飞燕忽地想起来，问杜杉说："杜杉，你虽然没娶过媳妇，但你睡过女人。"杜杉嘿嘿地笑一声："没有，我睡谁去？哪个女人随便让我睡？就连小妈，开始不是也不让我睡吗？不过，小妈真是个好女人，哪个男人只要和小妈睡过，这辈子怕是终生难忘了。"杨飞燕朝杜杉抛个媚眼："我有那么好？"杜杉点头道："好，真的好，人人都骂狐狸精，可人人都喜欢狐狸精。"杨飞燕得意地说："当然了，我没生过娃娃嘛！要是生过娃娃，怕是就不一样了。"

杨飞燕穿好衣服，过去给杜杉的茶碗续了茶，站在杜杉身后抱住他的脖子，趴在他肩头笑嘻嘻地问："你还没对小妈说呢，你和咱隆盛庄的哪个女人睡过？"杜杉说："不是说了吗，没有啊！"杨飞燕轻轻咬一下杜杉的耳垂，咯咯笑道："你还骗小妈？如若没和别的女人睡过，你会变出那么多的花样？你当小妈没见过男人吗？"杜杉不好意思地笑了，脸不红不白地说："哦，是睡过几个，不过不是咱隆盛庄的。我每年都要到丰镇我姥姥家住些日子，离我姥姥家不远有家窑子，我偶尔去那里找个窑姐耍耍。"

杨飞燕恍然大悟，说道："难怪啥花样儿都会呢，原来是窑姐调教出来的。你们父子呀，老的少的都是色鬼。你爹勾搭的是岁数能做他闺女的女人，你除了睡窑姐，连你小妈也不放过。"杜杉鼻子哼一声说："小妈，你这话说得不公。我们父子都是色鬼？你呢，难道你不是个荡妇？"杨飞燕脸色一白，松开了杜杉的脖子。杜杉回头望杨飞燕一眼说："咋，不高兴了？小妈，你别不高兴，看你刚才那样子，怕是比荡妇还要荡。"杨飞燕脸色缓过来，又抱住了杜杉的脖子："你咋说我都行，谁让我喜欢你呢？歇好了没？若歇好了，咱再做一次。这回小妈伺候你。”没想到，杜杉却站起来，冷冰冰地说道：“不了，还有事，走了！”杨飞燕急了，拽住杜杉的袖子说：“这就要走？你这不是故意坑小妈呢吗？要么你别来，你把小妈撩逗起火来了，甩甩袖子就要走？”杜杉果然甩了甩袖子，说道：“不是告诉你有事吗。”杨飞燕见杜杉翻脸比脱裤子还快，叹了口气，低三下四地问：“那你以后还来找小妈不？小妈可是真喜欢上你了。”杜杉朝裤裆拍拍，嘿嘿一笑说：“小妈喜欢的不是我，是它。对不？”杨飞燕红着脸说：“都喜欢。”杜杉说：“那我告诉小妈吧，以后我或许还会来，但不会再和小妈睡了。”杨飞燕急了，再次拽住杜杉的袖子问：“杜杉，小妈咋得罪你了？要睡小妈的是你，以后再不睡了的也是你，你咋如此无情无义？”杜杉冷笑一声：“小妈，你没听出我的意思？你慢慢琢磨去吧。”就在杨飞燕琢磨杜杉话里到底是什么意思的时候，杜衫已经扬长而去。

杨飞燕心里把杜杉骂了一通，又去琢磨杜杉的话，还是没琢磨出什么味道，便不琢磨了。晚上吃完饭，她一个人闲着没事，想着补补衣服吧，家里没有破旧衣服，出去串个门吧，到谁家去串？认识的女人都知道她的名声，生怕她把自家男人勾引走了，见了她就像见了贼一样地防着。她实在没事干，索性脱了衣服，吹灭灯钻进被子里睡了。睡又睡不着，回味起白天和杜杉做那事儿时的快活，心里更是亮堂。她觉得奇怪，杜杉身材不算高大，体魄也不算健壮，做那事儿的时候怎么会那般神勇？她越想越觉得心痒难耐，猛然有点儿明白杜杉话里的意思了。他和自己做一次便说以后不再做了，这不是要折磨她吗？人不大，心眼倒挺多的。又想自己名声不好，有钱有身份的男人不会娶她，家里一贫如洗的男人她也不愿意嫁，就算养个汉子，隆盛庄也没个好汉子可养。自己还不算老，这漫漫长夜，夜夜孤灯，何时是个尽头？如此想着，不知不觉地睡着了。

之后，杜杉偶尔也来杨飞燕家坐坐。杨飞燕见了杜杉就想和他做那事儿，可杜杉说话算数，任凭杨飞燕如何撩拨，只用手和她来往，待到她欲火升腾的时候便要走，杨飞燕这才恍惚明白些杜杉话里的意思了。

从财旺逃走后，李记夫妇成天担惊受怕，生怕财旺哪天被衙门抓住，五花大绑押回隆盛庄，在西河湾被明晃晃的大刀砍了脑袋。李记夫妇也没过去那般勤快了，过去起五更睡半夜地推碾子拉磨，为的是攒钱给财旺娶媳妇，现在财旺亡命天涯，别说娶媳妇了，能多活几年就是福分。李记夫妇不用给财旺攒钱，又有杨飞燕给的一百块银圆零花，自然没必要像过去那般辛苦了。

财旺妈不过五十来岁，还没到耳聋眼花的时候，只要杨飞燕家的院门响，她都听得见。她见杜恒远的儿子杜杉经常到杨飞燕家来，对李记说："看来那杨飞燕还真是淫荡，竟然破罐子破摔，又和杜掌柜的儿子相好了。"李记倒是挺同情杨飞燕的，说道："相好就相好吧，她今天不知道明天的事，好活一天算一天，也算想开了。"财旺妈说："啥叫今天不知道明天的事？咱财旺不是把杀人的罪名一个人扛了吗？"李记说："人命官司，你以为谁想扛就扛了？哪有那么简单？她心里清楚，咱财旺能跑一天，她就能多活一天；咱财旺能跑一年，她就能多活一年。咱财旺哪天被衙门抓住了，能扛得住衙门的大刑吗？扛不住大刑，自然要把前因后果供出来。到时候，她杨飞燕一样掉脑袋。"说罢，又安顿老伴道，"你可千万不要对外人讲杨飞燕和杜掌柜的儿子相好的事，他们的事和咱没关系。"

过了些日子，财旺妈见邓宝柱的媳妇梅雪也开始到杨飞燕家串门了，又对李记说："梅雪又和杨飞燕来往上了，有杨飞燕的教调，我看梅雪迟早和宝柱过不住。"李记也赞成老伴的话："那倒是，近朱者赤，近墨者黑嘛！"财旺妈奇怪地问："莫非相貌出众的女人都喜欢偷汉子？"李记呵呵一笑："不是相貌出众的女人喜欢偷汉子，是男人都喜欢相貌出众的女人，先去勾引人家的。比如潘金莲，她若是丑八怪，就算白送了西门庆，西门庆也不会要她。"财旺妈又问："那凡是相貌出众的女人都有男人勾搭？"李记说："也不尽然，相貌出众的女人若是嫁了有本事的男人，自然没人敢去勾搭；若是嫁给宝柱那样既窝囊又房事不济的男人，她迟早得跟着别人跑。"财旺妈继续问："那咋样的男人才算有本事呢？"李记无奈地摇着头说："你这话问的，三岁的娃娃都知道，有钱有势的男人就是有本事的男人。往大了说，皇帝的老婆有多少？哪个不是美若天仙？可天下哪个男人敢去勾引？往小了说，咱隆盛庄段祖贤段掌柜的两位太太出众不？又有哪个男人敢去勾引？就算有人敢去勾引，人家也不着你的道儿呀！"财旺妈反驳说："你说的也不全对，咱财旺算有本事的男人吗？不也和杨飞燕相好了？"李记眨巴着眼睛想了想，说："那是她杨飞燕饥不择食。你知道啥叫饥不择食？就是饿急了，狗屎也能往嘴里填。"财旺妈瞪李记一眼："没见过你这样当爹的，咱家财旺就是狗屎呀？"

第九章

邓宝柱大彻大悟

梅雪自从在杨飞燕家吃过饺子后，便与杨飞燕以姐妹相称，经常过来串门。两个女人只要遇在一起，话题便离不开邓宝柱，渐渐地，梅雪相信了杨飞燕的话，言语中时常唉声叹气，像个怨妇似的。

那天，杜杉又到杨飞燕家来了。杨飞燕使了个计谋，骗杜杉说她今天过生日，问杜杉能不能赏个脸，留下一道吃顿饭。杜杉正犹豫着，梅雪来串门了。她见恒远当的杜掌柜在，屁股挨了挨炕沿，站起来便要告辞。杨飞燕本意是留杜杉陪她喝两壶酒，杜杉酒后把持不住，自己便好行事了，所以也没有挽留梅雪。

岂知，杜杉见了梅雪，立刻变得殷勤起来，还对梅雪说，今天杨飞燕过生日，何不留下来一块儿吃顿饭。杨飞燕见杜杉提出来了，也不好意思撵梅雪走，便说道："是呀！梅雪，你就留下吃了饭再走吧。杜杉也不是外人，他是专门过来给我这个小妈过生日的。"杜杉也说："是呀，梅雪，你若留下，我也留下陪你们喝两杯。你若是走了，光我和小妈，别人免不了闲话，我也不能留了。"

杨飞燕看出了杜杉的心思，心说你倒会见缝插针，肯定是对梅雪有意思了。不待她说话，杜杉已经掏出两块银圆递过来说："小妈，你去打点儿酒，买些熟肉，到庆春楼端两个菜，让梅雪给你擀碗长寿面吃吧。"杜杉既然这么说了，杨飞燕就更不好撵梅雪了，她接过银圆说："对呀，梅雪，你在家擀面，我买点儿东西就回来。"梅雪不好意思和杜杉单独相处，说："飞燕姐，要不你擀面，我去买东西吧。"杨飞燕怕梅雪买东西时把杜杉在她家的事说出来，被人翻闲话，便说道："还是我去吧。"

杨飞燕上街去了，梅雪和好面，找出擀面杖开始擀面。杜杉站起来，走到梅雪身后，故作惊讶道：“梅雪呀！真是人长得好看了，切出的面也好看。”梅雪知道杜杉是奉承她，头也不回道：“哪个女人不会切面？要是连面也切不了，女人也别当了。”杜杉说：“那可不一定。有些女人切出来的面，粗一根、细一根，哪像你这面切的，每根都一般匀称。”

自从和杨飞燕有了来往，听了许多关于男女之事的描述后，梅雪看见男人总会产生幻想。尤其杜杉和她年龄相仿，不但相貌比邓宝柱强得多，还是恒远当的掌柜，又会奉承人，因而对杜杉甚有好感。

梅雪擀好面，坐在炕沿边等杨飞燕回来。杜杉倒了碗茶给她端过去，梅雪含羞说了声谢谢。杜杉在太师椅上坐下，一边喝茶，一边试探着问：“梅雪，你嫁给宝柱有些年了，也没给他生个娃娃？”梅雪不敢看杜杉的眼睛，头也不抬地小声答道：“没有，怀不上。”杜杉装作恍然大悟似的说：“哦，想起来了，听说你家宝柱有毛病，难怪我小妈当年也一直没怀过呢。唉！女人这辈子怀不上娃娃，那还叫啥女人呀？”梅雪听杜杉如此说，像是自己做了什么理亏的事一样，红着脸没有说话。杜杉见梅雪没有流露出不高兴的样子，胆子愈发大了，笑眯眯地望着梅雪说：“梅雪呀，我倒是有个偏方，不知你想不想听。”梅雪抬头看杜杉一眼，见杜杉正色眯眯地盯着自己，连忙又把头低下，脸上泛着红晕道：“真的？啥方子？”杜杉嘿嘿地笑着说：“今天不方便，哪天你有空儿到恒远当去，我把方子拿给你。”梅雪连忙说：“那我先谢谢杜掌柜了。”

两人沉默了一会儿，杜杉又说话了，依旧是夸梅雪：“梅雪呀！咱隆盛庄真是个出美人的地方。原说我小妈算个漂亮女人了，可你比她还要漂亮。”梅雪谦虚地说：“我哪有飞燕姐好看？何况，我也不是隆盛庄人，我是口里人，逃荒过来的。”杜杉尴尬地笑笑：“那你也是喝了我们隆盛庄的水，才出脱得比原来更漂亮的。”他正想再往深了调戏梅雪几句，从窗口看见杨飞燕回来了，便住了口。

杨飞燕上街买了些猪头肉、酱牛肉，打了二斤酒，用庆春楼的食盒提了两个菜回来。她见梅雪已经擀好了面，脸色羞红地在炕沿上坐着，猜想杜杉肯定拿什么话调戏梅雪了，问道：“你们两个拉呱啥稀罕事了？”梅雪怕杨飞燕多心，抢先说道：“没有，和杜掌柜随便拉呱了几句。”杨飞燕笑着说：“不会吧，要不是拉呱得红火，咋连灶火也不点？”梅雪连忙下地说：“可不，真忘记点灶火了。”杨飞燕把花剩下的钱给杜杉，杜杉大方地问杨飞燕咋不都花了，杨飞燕说：“两块银圆呢，都花了能赶头猪回来。”

梅雪点着灶火，杨飞燕把熟肉切好装了盘，又找出三个酒杯倒了酒。梅雪说她要去趟茅厕。杨飞燕趁梅雪去茅厕的空儿，问杜杉刚才和梅雪说什么了，杜杉说："能说个啥？拉了几句家常。"杨飞燕不信："不会就几句家常吧？我见梅雪脸都红了，肯定是你拿啥不正经话调戏人家了。"杜杉别杨飞燕一眼，拉下脸说："你当我是头公驴，见了母的就起性？再说了，我和梅雪说了啥，你也管不着吧？"杨飞燕不敢得罪杜杉，赔着笑脸说："我也没管你，就是随口问问。你看，酒肉都给你备齐了，今天该让我伺候伺候你了吧？"杜杉脸色缓和过来，诡谲地笑了一下，说："那要看我喝得高不高兴了。一会儿你让梅雪陪我喝好了，兴许我晚上会留在你这里过夜。"杨飞燕从窗户看见梅雪从茅厕出来了，说道："你和梅雪说了啥我不管，只要你心里常惦记着我，说不准我还会给你们拉个皮条呢。"杜杉鼻子哼一声，说道："你还是操自己的心吧。"

那天，杨飞燕左一杯右一杯地劝杜杉，杜杉却左一杯右一杯地劝梅雪。杨飞燕嫁给杜恒远后，与杜恒远经常喝几杯，自然有些酒量。梅雪说她没喝过酒，怕醉了。经不住杜杉劝，喝了几杯，却没什么反应。杜杉说女人自带三分酒量，让她放心地喝，不会醉的。杨飞燕也顺着杜杉劝梅雪，说她第一次喝酒便喝了有一壶呢。梅雪贫寒人家出身，嫁到邓家后也没见过什么世面，更没有和杜杉这样有钱的掌柜交往过，不好意思推却，便一杯杯地喝起来，渐渐地面色潮红，声音嗲声嗲气，愈发楚楚动人。杜杉心猿意马，欲火难耐，也不管杨飞燕高不高兴，一双色眼瞅着梅雪，不住地夸梅雪长得好看，奉承她是隆盛庄第一美人。梅雪听得顺耳，心中甚是惬意，也不怕醉了，只要杜杉端杯相劝，她便一饮而尽。如此下去，她很快便觉得天旋地转了。她扶着八仙桌站起来，说自己不能再喝了，要回家去，走了两步，踉踉跄跄险些摔倒。杨飞燕连忙扶住她，让她先上炕躺一会儿，醒醒酒再走。

杨飞燕将梅雪安顿上炕躺了，自己则放心地与杜杉调起情来。杜杉心不在焉，眼睛直往躺在后炕的梅雪身上瞅。杨飞燕知道杜杉的心思，悄声道："我已经听你的话，留梅雪一道喝酒了。今天你无论如何不能打她的主意，一定要让我尽个兴。"杜杉没听见一般。杨飞燕索性端了酒杯坐进杜杉怀里，春情荡漾地说："杜杉，来，和小妈喝个交杯酒！"杜杉醉眼迷离，见杨飞燕脸颊粉红，双目含情，比平日更加妩媚妖娆，忘了早先说过的话，搂住杨飞燕的腰肢笑道："你是我小妈，这交杯酒如何喝得？"杨飞燕咯咯笑道："你还装正经？和小妈做那事儿时，小妈便不是你小妈了？"杜杉应对不上，只好端起酒杯笑道："小妈不但做那事儿厉害，还长了一张利口。"

两人喝了个交杯酒，杨飞燕已是迫不及待，手里的空酒杯都顾不上放下，屁股便在杜杉大腿上摩挲起来。杜杉被撩拨得欲火升腾，将杨飞燕抱起，故作无奈道："看来，今天得再便宜小妈一次了。"杨飞燕见杜杉终于忍不住了，高兴地紧紧搂住他的脖子，嗔道："你个冤家，让你发一次善心好难。"杜杉将杨飞燕放在炕上，看一眼后炕的梅雪说："小妈不怕梅雪看见笑话？"杨飞燕说："不妨，你看她醉得像死人一般，哪里看得见？等她醒来，咱早做完了。"

杨飞燕欲火难耐，迫不及待地将杜杉一把拽过来，骑在他身上为他脱衣解带："来，今天小妈伺候你。"于是，一对男女，一个如干柴烈火，一个如饿虎扑食。杨飞燕毕竟顾忌睡在后炕的梅雪，咬着嘴唇不敢发出声音。突然，杜杉停了下来，眼睛朝梅雪那边望去，道："梅雪好像醒了。"杨飞燕吓了一跳："你咋知道的？"杜杉说："刚才我看见她睁开眼偷偷地瞄咱们呢。"杨飞燕欲火焚烧，不管不顾地说："别管她，咱做咱的，约莫她也不会出去和外人说。"

杜杉有心勾引梅雪，也想让梅雪亲眼见识一下什么才是真正的男人，便使出浑身解数，一场肉搏生龙活虎地持续了好一阵子……

云雨之后，两人穿好衣服，杨飞燕收拾了桌上的残茶剩饭，重新沏上茶来。杜杉和杨飞燕对视一眼，朝梅雪努努嘴，杨飞燕便过去推梅雪说："梅雪，酒醒了吧？起来喝碗浓茶吧。"梅雪揉揉眼睛坐起来，脸庞红得像抹了胭脂。杨飞燕笑嘻嘻地问："梅雪，刚才睡香了吗？"梅雪不敢说自己早被他二人的折腾吵醒了，也不敢看杜杉，说道："原来酒喝多了是这般难受，早知道，刚才我就不喝那么多了。"杜杉有心勾引梅雪，色眼望着梅雪说："梅雪，你是不是早醒了？看见我们刚才做啥了？"梅雪不搭杜杉的话，下地穿上鞋说："飞燕姐，我回家呀！"

杨飞燕看看杜杉，不知该不该挽留梅雪再坐一会儿。杜杉已经站起身来，过去拽住梅雪，淫荡地说："梅雪，别走呀！我知道你刚才都看见了。你和宝柱睡的时候有这么红火吗？要不咱俩也红火红火？"不想，梅雪拉下脸，一把将杜杉推开说："别拉拉拽拽的，我不是说了吗，我回家呀！"说罢，也不和杨飞燕打招呼，低着头疾步向门外落荒而去。

入夏之后，凡是下地做农活儿的，吃饭都改成一老晌了，即一天两顿饭。

邓宝柱吃完早饭就去锄地，后半晌扛着锄回来时，肚子已经饿得咕咕叫了。往日，他进门时，梅雪已经把饭做好了，他洗把脸就能端饭碗，可今天不同，家里清锅冷灶，梅雪头蒙在被子里，一动不动地躺在炕头。邓宝柱以为梅雪病了，关心地问她怎么了，是不是身子不舒服。梅雪不答应。邓宝柱撩起被子看，却先闻到一股浓烈的酒气。再看梅雪，见她双目痴呆，泪痕满面，邓宝柱奇怪地问："梅雪，你咋想起来喝酒了？是不是有人欺负你了？"梅雪依旧不答话，揪过被子重新把头蒙上。邓宝柱不知道发生了什么事，又不敢招惹梅雪，只好自己点着灶火做饭。他做了两大碗腌葱面，还特意给梅雪打了个荷包蛋。做好饭，他又撩开梅雪的被子喊她吃饭。梅雪像盯仇人般盯了他一眼，恼怒地喊道："你别烦我行不行？"邓宝柱"唉"一声说："这是谁惹着你了？"他蹲在灶口将饭吃了，然后到院里的窗台下剁从地里捎带拔回来的猪草。

在西河湾与杨飞燕搭过话后，梅雪心中所有的好奇和谜团都在今天被验证与破解了。开始，她只看出杜杉对她心怀不轨，每一句话、每一个眼神儿都在挑逗她。出于对男人的好奇和异性的吸引，她对杜杉的挑逗并不反感。抛开"羞耻"二字，她也真希望能有机会和另一个男人亲热一番，验证一下杨飞燕对那些男女之事描述的真伪。梅雪是第一次喝酒，不知道酒不但辣，还会让人晕得天旋地转，站立不稳。大概就是因为她喝多了，杨飞燕以为她醉得什么都不知道了，其实她只是头晕目眩，心里却亮堂。所以，她见识到了杨飞燕与杜杉上演的一场活春宫。那一刻，她真想爬起来加入进去，体会一下那究竟是一种什么样的快活。但是，她忍住了。杨飞燕是个寡妇，她不是，她家里还有男人，尽管那男人与杜杉比起来算不得男人。

梅雪没想到杜杉能那么无耻，竟然当着杨飞燕的面调戏她。梅雪并不淫荡，她只是为自己嫁了个没用的男人感到可悲，所以愤然而去。回到家里，杨飞燕与杜杉那让人心跳脸红、血脉偾张的场面就像刻在了她的脑子里，无论怎样都无法抹去。她脑子里回放着那一幕幕平生第一次见到的画面，心里却委屈得想号啕大哭一场。难怪杨飞燕要在外面找相好的，难怪杨飞燕说她从嫁给邓宝柱便做了活寡妇。如果她不认识杨飞燕，如果她没看到那场活春宫，或许她还活在懵懂中，以为天下的男人都是和宝柱一样的，以为天下的女人都是和自己一样的。但是，她认识了杨飞燕，她看见了男女交欢时的快活与疯狂，所以，她的心卷起了波澜。往后的日子不是三年五载，她才二十多岁，二十多岁便怀不上娃娃，便要守一辈子的活寡，她实在有些不甘心。于是，她伤心地哭了，一边哭一边想，自己该怎么办？就这样委屈地活下去？或者像杨飞燕一样在外面找个相好的男人？不行，她还年轻，她也想和其他女人一样生一大堆孩子，她不能不守妇道在外面偷汉子，出来进去让人白眼，让人小看，让人唾弃，让人骂她是个淫荡的女人。

太阳落山了，黄昏过去了，星星出来了，邓宝柱点着了炕桌上的油灯。昏暗的灯光下，邓宝柱耷拉着脑袋昏昏欲睡。梅雪突然坐起来。邓宝柱听到响动，抬起头，睁开眼，见梅雪坐起来了，连忙问道：“饿了吧？我给你热饭去。”梅雪冷冷地回了一句：“我不吃！”邓宝柱赔着笑脸说：“你看你，今天是咋了？就算我啥地方惹着了你，你也不能不吃饭吧？”看着邓宝柱那副蔫不拉唧的样子，梅雪一肚子的委屈像决堤的江水一般奔泻出来。她猛然跳过去，两只拳头在邓宝柱的胸上捶着，眼泪哗哗地涌出来：“邓宝柱，你个害人精，你足足害了我多少年呀？难怪飞燕姐在外面偷汉子呢，任谁嫁了你，迟早也要出去偷人的。你当不了男人就别娶老婆，你娶老婆就为有人给你洗衣做饭吗？”

邓宝柱明白梅雪为什么伤心了。他往后躲躲，苦着脸说：“飞燕？是飞燕和你拉呱了？唉！别听她的，咱这些年过得不是挺好嘛！”梅雪停住手，伤心地哭着说：“你哄我这么些年了，还要哄呀？你出去拉住个男人问问人家，看谁裤裆里的东西拇指长短，蔫黄瓜一样？你再去找个郎中问问，你那是不是毛病？要不是毛病，咋飞燕姐和我都怀不上娃娃？你知道不？我这些年简直就是白活了。”邓宝柱不作声了。过了好一会儿，他声音低得像蚊子一般嘟囔道：“我也知道我算不得男人，可这能怪我吗？我爹妈生下我就是这样的，我不能因为自己做不了真正的男人，便房梁上拴根绳子寻了短见吧？”梅雪抹一把泪：“那你就要害人？你已经害了人家杨飞燕，还要害我？”邓宝柱自知理亏，想了想，和梅雪商量说：“梅雪，你看我已经这样了，要不你也在外面找个相好的？你放心，就算你把他领回咱家，我也当没看见。”梅雪不哭了，惊讶地瞪大眼睛说：“你这叫男人说的话？”邓宝柱苦着脸嘟囔道：“你不是说了，我原本就不算个男人嘛。”梅雪咬着嘴唇说：“你当人人都那么不要脸吗？你愿意当龟头，我还不想做荡妇呢！”邓宝柱没主意了，哭丧着脸问梅雪说：“那，那你说我该咋办？”梅雪早已经想好了，昂起头说：“反正我是不能跟你过了，也不会做那种在外面偷汉子的肮脏事。你若是不肯放过我，就等我半夜睡着了，拿菜刀把我的脖子抹了；你要是肯放过我，就一纸休书把我休了吧。我回口里老家去，就算嫁个讨吃子，也要做几天真正的女人。”邓宝柱的脸唰地一下白了：“梅雪，我这辈子连只鸡都没敢杀过，敢杀人吗？再说了，你好歹和我过了这么些年，我就算自己拴根绳子上了吊，也不能杀你呀！你说让我休了你，我休了你，再娶哪个女人呢？哪个女人能比得上你好？”梅雪不知道该怎么说好了。她拍拍炕桌，无奈道：“你还要再娶呀？你已经害了我和飞燕姐一辈子，还想再害一个女人？我要是你，这辈子就没脸再娶了。我宁可到五台山出家当和尚，也不能再害一个女人了。”

这一夜，梅雪睡得很安详。她想，就算邓宝柱半夜真的拿菜刀把她的脖子抹了，她也无怨无悔。邓宝柱却坐在油灯下一夜未眠。他把梅雪的话想了又想，终于大彻大悟，在天蒙蒙亮的时候找出笔墨，歪歪斜斜地写下一纸休书，又给他爹妈留了一封信，从柜子里翻出几个盘缠，一声不响地走了。

说话间又是两年，张瑞元的三家字号一天比一天兴盛。

山西大旱那年，张瑞元的表哥曹栋携一家逃荒，到隆盛庄投奔他。旱灾过后，曹栋死活不肯回口里了。曹栋的大儿子名叫曹宝珠，比张禄大两岁。有这父子帮忙，张禄完全可以独立撑起瑞盛店了。永盛源是隆盛庄最大的皮货行，字号每年走两趟库伦，每趟一百五十辆牛板车，浩浩荡荡，煞是让人眼热。上三元在大同、丰镇、集宁有三家分号，张瑞元主汉民干货，马占元主回民干货，十几座炉日夜不停地制作、烘烤，几口大油锅白天黑夜地烹炸，依然供不应求。当年张瑞元最大的奢求是每天都有干货吃，现在他已经吃腻了。

梁宝元曾嫉妒过张瑞元。也难怪，师兄弟一道来的隆盛庄，一道白手起家，走着走着便拉开了距离，搁谁身上都不是滋味儿。不过，自从把花子许配给了张福，梁宝元也想开了些，嫉妒心没那么强了。张瑞元无论赚多少钱，都是为后辈儿孙赚的，张家的家业有张福的一份，就等于有花子的一份，自己计较那些干什么？

梁宝元虽然没有张瑞元富裕，但在隆盛庄也属中上等人家，手里也是有些钱的。他想着梁龙明年要参加科考，万一考中，以后怕是抽不出身了，便想带梁龙回代州老家看看，也炫耀一下梁家后继有人。

夏天，杏子熟了的时候，父子二人赶着轿车，经大同、浑源，过雁门关回到代州。代州是雁平道道台衙门所在，颇为繁华，尤其城中央的鼓楼，十分壮观，因传说杨七郎在此被潘仁美乱箭射死而闻名。梁宝元的老家在代州城西十余里，雁门关脚下的阳明堡。他爹是家里的老大，早已过世。有两个叔叔，比他大不了几岁。两个叔叔住村前村后，相隔不远。六叔独门独院，看似家境好些；五叔住两间厢房，看似家境一般。两个叔叔见侄儿父子赶着骡子轿车回来，穿戴也都光鲜，猜想侄儿肯定在口外发了财，争着让侄儿父子住自已家。梁宝元说五叔为大，还是先到五叔家住吧。六婶不高兴了，狠狠地别了五叔和五婶一眼。五叔叹了口气，五婶则涨红了脸说："宝元呀！六叔比五叔家房子宽敞，被褥也干净，你还是先到六叔家住吧。啥时候想过五叔这边了，啥时候过来。"

梁宝元原准备回老家走一个月，除了看望两个叔叔，再进城看看姑姑及远近亲戚。可是，在阳明堡住了不到十天，他便觉得口里的生活与口外的生活相差太大，想尽快回隆盛庄了。

梁宝元虽然是口里人，但少小离家，是在口外长大的。口外的生活，其实就是山西的晋汉文化和蒙古的游牧文化融合的一种生活，既有山西人的元素，又有蒙古人的元素。以生活而言，山西人讲的是针尖蓄铁，盖房置地，攒出一份家业；蒙古人讲的是家有万贯，四条腿的不算。以饮食而言，山西人讲的是精打细算，细水长流，就算财主，也要八米二糠算计着生活。蒙古人讲的则是今朝有酒今朝醉，穷时填饱肚子就行，只要有了，便大块吃肉，大碗喝酒。口外的山西人则介于二者之间。以梁宝元为例，他习惯早晨喝茶，吃上三元的干货，偏爱纯羊肉馅的饺子，喜欢每顿饭喝上二两，既不吝啬，也不铺张。所以，他吃不惯入口粗糙的玉米面窝头，吃不惯红高粱面，就算六叔把他当贵客，给他包饺子，他也觉得饺子馅里只见菜不见肉，吃起来不够爽口。

其实，不仅饮食，老家的生活习惯和思想观念也让梁宝元觉得别扭。北方干旱少雨，一年种一季粮食，故没有南方富庶。山西是北方的贫瘠之地，晋北又是山西的贫瘠之地，人稠地窄，连年旱灾，所以便养成了节俭算计的习惯。节俭算计和吝啬贪财是一对孪生兄弟，六叔家有数十亩地，在村里大小也算个老财，可日子过得精细到每一粒米都要算计。梁宝元回老家的当天，六叔打发儿子进代州城割了半斤肉，打了一斤酒。晚上，半斤肉要炒两个菜，包百十个大饺子。梁宝元知道口里人舍不得吃，肉少就少点儿吧，但他对六叔没有叫五叔过来一块儿坐坐很有意见。第二天，他溜达到五叔家，坐下没一会儿，五婶便向他叨叨起六叔、六婶的吝啬和为富不仁，梁宝元方知五叔和六叔两家并不和睦。细一询问，起因竟是爷爷留下的一棵老枣树。那棵老枣树种在六叔现在的院子里，兄弟俩本来商量好，每年打下来的枣各家一半，可六婶心奸，总要自己先偷偷地打一次。两家因此有了矛盾，五婶和六婶还破口大吵过一次。梁宝元感慨不已：一棵老枣树能打多少枣？亲亲的同胞兄弟，就因为几颗枣撕破了脸皮，也太不值得了吧？

梁宝元在口外时间久了，走库伦又经常和蒙古人打交道，行为举止受到草原文化的影响，便看不惯五叔和六叔因为一点儿鸡毛蒜皮的小事互相斤斤计较；看不惯这个向他翻闲话说那个的不好，那个向他翻闲话说这个的不好；看不惯五婶向他叨叨六婶小气，六婶向他叨叨五婶吝啬；看不惯姑姑家境虽好，五叔和六叔家里有了事，却一个制钱的忙都不肯帮；看不惯几个叔伯兄弟嫌贫爱富，兄弟间老死不相往来，却把他这个从未见过面的本家哥哥奉若上宾……梁宝元越住心里越不舒服，觉得自己已经不是纯粹的口里人了，便给两个叔叔各留了五两银子，给几个叔伯兄弟各留了五块银圆，带着梁龙提前回隆盛庄了。

从老家回来的第二年，朝廷开科，梁龙顺利过了乡试、府试，在院试的时候名落孙山。梁龙本想三年之后再考一次，但梁宝元羡慕张禄已经能替张瑞元独自担当瑞盛店了，便说："三年一考，你若是又考不中，便要耽搁三年的工夫。三年之后，人家玉奎怕是要娶妻生子，当瑞盛店的掌柜了。你到时候回来当学徒、做伙计，丢不丢人呀？"

梁龙也算好学，不甘心几年苦读没个结果，便去找张瑞元，求张瑞元向他爹说情。张瑞元也觉得梁龙这次过了府试，再考一次应该是有希望的，劝师兄再给梁龙一个机会。梁宝元脾气上来犟得像头牛，问张瑞元说："瑞元，你公道地讲一句，究竟是龙龙的脑子好使，还是玉奎的脑子好使？"张瑞元心知张禄比梁龙要聪颖些，但没法说出来，便打马虎眼道："我看他俩脑子差不多。"梁宝元有自知之明，冷笑一声说："差不多？瑞元，你是怕说玉奎脑子好，师兄脸上挂不住吧？玉奎脑子比龙龙好都考不中，你就肯定龙龙下一科能中了？"张瑞元呵呵地笑着，摇头说："师兄，这我可不敢担保。龙龙若是中了没说的，若是不中，你还不把罪过推在我身上？"梁宝元说："瑞元呀！师兄也知道你是好心，可我们老梁家的坟头没长那棵草，师兄也从没想过梁家能出个秀才。说实话，当年若不是你再三劝说，我连龙龙读私塾都不同意。"

张瑞元知道师兄一旦拿定了主意，九头牛也难往回拉，只有替梁龙可惜了。

于是，梁龙放下书本，到永盛源给他爹打下手去了。

那天，走库伦的牛板车队回来，梁宝元和张瑞元与车队把头接收了哈森的货物清单，正在后院带伙计卸货验收，王顺过来，说有一位大同来的客人找梁掌柜。梁宝元洗了手到前面接待，没想到来人竟是在大同开古玩店的朱奉祺朱掌柜。梁宝元连忙把朱掌柜带到客厅，让学徒去喊张瑞元。

张瑞元见是朱掌柜来了，非常高兴，一边让学徒沏一壶上好的龙井，一边问朱掌柜何时回来的。朱掌柜说他回来有两天了，就住在离永盛源不远的合盛店。张瑞元问他有没有回蓝家村老家看看，朱掌柜说还没顾上呢，问梁宝元与张瑞元可忙。张瑞元说走库伦的车队刚回来，他和梁宝元正在后院验货。朱掌柜听梁宝元和张瑞元正在忙，便说道："那我今天就不叨扰两位掌柜了，明天我再过来，有些事情向两位掌柜请教一番。"张瑞元感谢朱掌柜那次便宜卖给他鼻烟壶，说道："朱掌柜贵客上门，瑞元哪敢慢待？这样吧，我们一会儿就忙完了，晚上咱们一道吃顿饭，好叙叙旧。"朱掌柜也不客气，抱拳谢过。

送走朱掌柜，张瑞元打发王顺到庆春楼订个包厢，自己则与梁宝元又到后院验货。车队把头走库伦十几年了，给永盛源拉货从没出过差错，这次也不例外。货物卸完，正好到了吃晚饭的时间，张瑞元便和梁宝元亲自去合盛店请朱掌柜。他见识过朱掌柜在大同的生意，知道敢开古玩店的人财力不是一般的雄厚。若论家业，怕是将永盛源、瑞盛店和上三元三家字号加起来也难与其比肩。张瑞元不敢慢待，点了庆春楼最好的菜，要了最好的杏花村汾酒。

庆春园是隆盛庄最好的馆子，由掌柜富锦亲自掌勺。富锦最拿手的菜为四炒、两烧、两蒸。四炒为过油肉、滑溜里脊、鱼香肉丝、辣子肉丁。别看这四炒均为家常菜，经富锦的手做出来，味道却是与众不同。尤其那道滑溜里脊，取猪里脊肉切成片，用清水泡去血沫，挤去水分，加盐、淀粉、蛋清浸制半天，下锅过油，加玉兰片、野生鲜蘑翻炒，勾芡出锅，成品满盘皆白，滑嫩爽口，味道清香。两烧为葱烧海参、红烧鲤鱼。葱烧海参不提，单说那道红烧鲤鱼。一般来讲，鱼讲究的是鲜活，可隆盛庄不产鱼，因此，鱼运到隆盛庄时都是死鱼。用死鱼做出鲜美的菜肴，全凭掌勺的手艺。厨子做菜，有“千炖豆腐万滚鱼”之说。死鲤鱼不适合清蒸，以红烧为上。富锦的红烧鲤鱼，是先将划好刀纹的鲤鱼抹淀粉，入油锅炸成金黄色，放入料酒、醋、酱、盐、葱、姜、蒜、大料、白糖，文火慢炖两三个时辰方才出锅，端上来色泽金黄、鱼味浓香，吃起来味道鲜美、酸甜适口。两蒸为清蒸羊肉、扒肉条。这两道菜是富锦最拿手的，也是张瑞元每次到庆春楼时必点的两道菜。庆春楼的清蒸羊肉为富锦自创，制作方法为精选本地绵羊肉质肥瘦兼有部位，切成大块清水入锅，锅中放少许绿豆去膻味儿，煮至七成熟捞出，晾凉后切成三寸长刀背厚的片状，整齐地摆入海碗，上面放盐、姜、葱，加鸡汤，上笼蒸一个时辰，出笼后将蒸好的羊肉扣入盘中即可。吃起来清淡绵香，且有健脾长肌、温阳强身之功效。扒肉条为北方地区常见菜肴，与南方的梅菜扣肉大同小异，制作时将猪五花肉切成四寸见方的块状，锅中放花椒、大料、葱、姜、蒜、辣椒、盐，肉入锅煮至五成熟捞出，猪皮涂抹蜂蜜，入油锅烧至皮色金黄，放入煮肉的汤锅内，待猪皮收缩，呈现黄豆大小密密麻麻的水泡时捞出。晾凉后，切刀背厚片状，猪皮朝下整齐摆入海碗，上面放葱丝、姜丝、盐，上笼蒸一个时辰；出笼去掉葱丝、姜丝，将肉扣入盘中；锅中放少许煮肉之汤，勾芡、加明油，浇于肉上即可。庆春楼的扒肉条的特点是肉烧得火候恰好，猪皮收缩紧密，呈暗红色，上笼时间长，蒸得透，吃的时候蘸些醋，肥而不腻，入口即化。

张瑞元把朱掌柜当作贵客，将庆春楼的八道招牌菜全都点了。朱掌柜虽然是隆盛庄人，但在大同待久了，受到口里人生活节俭的感染，见张瑞元一下子点了八道热菜，连忙说道："张掌柜和梁掌柜的盛情朱某心领了，只是咱一共三个人，这八道菜如何吃得了？还是少点些吧。"梁宝元说："我们张掌柜有句口头禅，'过日子不得不仔细，请人不得不大气'。朱掌柜是贵客，该铺张时还是要铺张的。何况，这八道菜都是庆春楼富掌柜亲自掌勺的招牌菜，不可不尝呀！"朱掌柜不解，说道："按说两位掌柜都是口里人，口里人过日子注重节俭，可两位掌柜咋像蒙古人一样豪爽大方呢？"梁宝元想起回老家那趟行程的感受，笑道："有道是入乡随俗，我们走库伦年头久了，自然受到蒙古人大块吃肉大碗喝酒的感染。无论过日子还是说话办事，都与口里人有所不同了。何况，我师弟娶的是蒙古媳妇，生活习惯自然有所改变。"朱掌柜恍然大悟，"哦"一声道："那咱也吃不了八道菜，还是去掉几道吧，不然就有些奢侈，也浪费了。"张瑞元笑呵呵地接过话说："浪费不了。尽管我们到口外多年，但口里人节俭的传统还是没有忘的。庆春楼这八道招牌菜，朱掌柜一定要尝尝，至于吃不了剩下的，我和师兄打包带回家，给娃娃们吃。"

朱掌柜听张瑞元如此说，方才不再坚持了，再次谢过梁宝元与张瑞元的款待。菜端上来，朱掌柜一一品尝过，发现菜虽然都是大众菜，外观和味道却与大同的同名菜肴不大相同，每道菜特色分明，清淡即清淡，浓香即浓香，没有丝毫接近之处，不由得由衷赞赏了一番。

三个人浅斟慢饮，边吃边聊起来。朱掌柜开门见山，说他在隆盛庄街上逛了逛，发现隆盛庄与他当年离开时相比的确繁荣了许多。常言道，"落叶归根"，他想把大同的古玩店盘出去，回隆盛庄开一家钱铺，问梁宝元与张瑞元是否合适。张瑞元想，自己果然猜对了，朱掌柜若不是财力雄厚，是断然不敢开钱铺的。他当即表示说，朱掌柜如果回隆盛庄开钱铺，那是再合适不过的。梁宝元也说："朱掌柜算是找对人了，我师弟便是宝粟社会首。宝粟社是隆盛庄粮店和钱铺的行社。"朱掌柜连忙站起来，双手举杯，给张瑞元敬酒说："幸会！幸会！看来，朱奉祺往后要多多仰仗张会首了。"张瑞元也端起酒杯道："不敢！不敢！朱掌柜若是回了隆盛庄，往后咱就是一个行当的朋友了。"

几个月后，朱奉祺果然回到了隆盛庄。他选了一处迎街的地方，买下两处人家的院子和前面的铺面，把房子推倒重新起了一座四合院，在宅子前面开了一家名叫恒昌永的钱铺。

朱奉祺如果仅仅开一家钱铺，倒也不怎么引人注目，但他办了另外一件事，让朱奉祺这个名字在隆盛庄家喻户晓了。

第十章

朱奉祺好心好报

朱奉祺本姓蓝，原名蓝奉祺。

蓝奉祺出生于蓝家村，五岁时没了爹，七岁时没了妈，和哥哥蓝奉举相依为命。好在爹妈给兄弟二人留下两间土房、二十余亩薄地。兄弟二人辛勤劳作，也还能换个温饱，可是没过几年，哥哥娶了嫂子。嫂子是隆盛庄人，名叫翠芬。翠芬刁蛮泼辣，尤其在家的时候，简直就是一只龇牙的母大虫，对蓝奉举轻则骂，重则打，脸上的两道横肉让蓝奉举不寒而栗。蓝奉举人窝囊，怕老婆，翠芬让他站着，他不敢坐；让他跪着，他不敢起来。翠芬手里总攥着个笤帚疙瘩，稍不顺心，便往蓝奉举头上打去。

翠芬对自己的男人尚且如此，对小叔子更是比对牲口都不如。干活儿的时候要蓝奉祺早出晚归，吃饭的时候是清汤寡水，衣服破了不给缝补，更别说做新的了。柴房扒拉块地方，扔一床破被子，冬夏春秋就让蓝奉祺在柴房里住。有一次，蓝奉祺饿急了，趁嫂子出去，偷吃了笼屉里的两个山药泥馅的莜面饺子。翠芬回来发现了，让蓝奉祺跪在地上，脱下鞋，用鞋底在蓝奉祺脸上抽了十几下，把蓝奉祺的脸打得像个发面馒头，要蓝奉祺把那两个莜面饺子吐出来。到了后来，干脆柴房也不让蓝奉祺住了，清汤寡水也不给他吃了。蓝奉举给自己都做不了主，哪里还敢替兄弟说话？久而久之，连他也对兄弟十分厌恶了，动不动就把兄弟骂个狗血喷头。

蓝家村的人家大半姓蓝，不少人和蓝奉祺家沾着亲。众人看不惯翠芬的做法，说过翠芬几次，都被翠芬一张利口骂了回去，说他们狗逮耗子多管闲事，让他们谁心疼蓝奉祺，谁便把他带回家养活去。众人惹不起翠芬，便这家给蓝奉祺口稠的，那家给蓝奉祺碗稀的。有个老羊倌，独身一人住一孔窑洞，便让蓝奉祺和他一起住。蓝奉祺记得清清楚楚，自己是吃蓝家村街坊乡亲的百家饭长大的。

蓝奉祺十四岁那年，没有和任何人打招呼，独自一人乞讨来到大同，在大同城南门外的一家车马店做了管饭没工钱的伙计。车马店的掌柜姓胡，蓝奉祺在车马店端茶倒水，烧火做饭干了三年。胡掌柜见他勤快能干，对他很好，答应三年一过，多少也会给他些工钱。

那年冬天的一天，大雪纷飞，天气寒冷，车马店没有客人，蓝奉祺早早便睡了。他刚睡下没一会儿，听院子里的狗叫得厉害，知道来客人了，连忙起身穿上皮袄，提了灯笼去看。开了院门，门外却没人，蓝奉祺叨叨说："没人狗瞎咬什么？"他正要关门，却见雪地里埋着一堆东西。他提了灯笼过去细看，竟然是一个人，气息奄奄，几乎快要冻死了。

蓝奉祺连忙回去喊了胡掌柜，两人费了好大力气，把那人架进屋放在炕上。拿过油灯细细端详，见那人五十上下，穿戴像是有钱人，胳膊被砍了一刀，鲜血已经凝结成了冰碴。胡掌柜在那人身上摸索了半天，却无片纸。猜测说："奉祺呀！看这人的穿戴像个老财，莫不是半道被歹人打劫了？"蓝奉祺说："也许是吧。掌柜的，您看这人还有救吗？"胡掌柜思量道："这可就说不准了，照我看，他这是失血过多加上天冷冻的。奉祺呀！这事儿不好办，救他吧，救活了好说，可万一救不活呢？人死在咱店里，咱就摊上了人命官司。到时候，咱就算有一千张嘴，怕是也说不清楚。"蓝奉祺知道胡掌柜胆小怕事，猜出了他的心思，试探着问："掌柜的，那您说该咋办？要不再把他扔到外面去？"胡掌柜说："要扔就扔远点儿，不然，咱还是脱不了干系。"说罢，又犹豫地望着蓝奉祺道："可万一他还有救呢？咱把他扔出去，这冰天雪地的，他还能活吗？咱岂不是害了一条性命？"

蓝奉祺已经决心要救这个人了，见胡掌柜犹豫不定，便说道："掌柜的，我觉得这人还有救。您是好心人，咱就救救他吧。"胡掌柜说："咱俩一不是郎中，二没有药，拿啥救他？"蓝奉祺思量道："我看他还是冻的，不如这样，咱先给他盖床被子焐焐，我这就进城请郎中去。"胡掌柜说："深更半夜的，城门都关了，你进得了城吗？你进不了城，便请不回郎中，明天他死了咋办？"蓝奉祺斩钉截铁地说："那也要救，如果明天他死了，官司我去顶。"胡掌柜叹息一声说："奉祺呀！掌柜的我拖家带口，不敢揽官司，你可要想好了。"蓝奉祺说："掌柜的，您去睡吧，如果这人明天死了，您一推六二五，就说不知道我救回这么个人。"

胡掌柜见蓝奉祺愿意一个人把责任担起来，便顺水推舟，安顿几句后回屋睡了。

蓝奉祺守在那人身旁等了一阵儿，手伸进被子往他胸口摸，觉得他的身体没刚才那么冰凉了，似乎还有了一点儿热乎气儿，心说看来这人有救。他边坐在旁边守着，边冥思苦想，忽地想起离车马店五里地有个村子，村里好像有个郎中，只是那郎中没什么名气，据说连脉都把不准，只会开个头疼脑热的方子。不过，此时也没有别的办法，只有请那郎中来，死马当作活马医了。想到此，他给那人把被子往紧里掖了掖，然后跳下地，穿上皮袄、毡靴，戴上狗皮帽子，冒着风雪，深一脚浅一脚地往那村子去了。篮奉祺好不容易到了那村子，敲了几户人家的院门，人家大概怕他是歹人，既不开门，也不出声。蓝奉祺急了，索性跳进一户人家的院墙，在窗台下哀求道："大爷，您就行个好，告诉我一声村里的郎中在哪里住，人命关天，我求他去救人呢。"屋里的人听他是找郎中的，方才隔着窗户告诉他郎中家的位置。

蓝奉祺找到郎中家，郎中推托说外面风雪太大，又是深更半夜，来回十里地，不想去。蓝奉祺也顾不得自己根本没有工钱，先答应郎中说只要他肯去看病，愿意出双倍的价钱。郎中听得心动，勉强答应了。

两人冒着风雪赶回车马店，郎中摸摸那人的气息，翻开眼睛看看，抓住手腕把了脉，对蓝奉祺说："后生，这病人脉搏微弱，一时半会儿怕是好不了呀！"蓝奉祺却高兴了，问道："他死不了？"郎中别蓝奉祺一眼说："你这后生，咋说话呢？好好的人，咋就会死？"蓝奉祺连连点头说："阿弥陀佛，只要死不了就好。刚才我去喊您的时候，他身上凉得像坨冰疙瘩，一点儿气息都没有。"郎中听得奇怪，问蓝奉祺道："是吗？咋会呢？后生，这病人是你啥人？"蓝奉祺说："我也不知道他是啥人。我刚睡下，听得外面狗咬，打着灯笼出去看，他就在院门口趴着，雪都快把他埋严实了。"他又想起了什么，对郎中说："哦，我忘了和您说，这人胳膊上还有刀伤呢。"

郎中掀开被子查看了那人的伤口，说道："这一刀砍得够狠，骨头都露出来了。"又说，"后生，我原以为你和病人沾亲带故呢，原来你们素不相识呀！依我看，这人是遇上了歹人，被人追杀后体力不支，才倒在车马店门口的。刀伤倒是不致命，可如果不是你，他就要冻死在这冰天雪地里了。"蓝奉祺听郎中说那人性命无恙，方才放下心来，又问什么时候能醒过来。郎中沉吟道："这个没准儿，说不准一会儿就醒来了，也说不准得等到天亮。"蓝奉祺怕郎中见病人没事要走，央求说："郎中，那您能不能帮他包包伤口？实话对您说，我现在还没钱给您，得等到明天早晨掌柜的起来，我预支了明年的工钱才行。”郎中愣怔了一下，叹口气说：“原以为半夜三更地出来能多赚几个钱，没想到病人和你素不相识。唉！你也是救人的，罢了，你当个小伙计能挣几个？钱就算了。反正现在天黑咕隆咚的，我一个人也不敢往回走，索性就在你这店里躺上一会儿，等病人明天醒来再走吧。”蓝奉祺见郎中神情沮丧，信誓旦旦道：“郎中放心，我蓝奉祺说话算数，钱差不下您的。”既然病人死不了，郎中也不讲钱了，说道：“后生，咱俩和他都非亲非故，你是救人，请我来也是救人。我家的日子也不宽裕，明天你能给几个算几个，给不了我也不怪怨你，就当行了件善事吧。”郎中给那人把伤口简单处理了一下，和衣躺下，凑合着睡了。

车马店不似旅店和客栈，行李都是车倌和路人自带的。蓝奉祺的被子给那人盖了，枕头也给那人枕了，自己便围着白茬皮袄，靠墙打起了盹儿。睡着睡着，听那人咳嗽了两声，连忙睁开眼，见天色已经蒙蒙亮，外面的雪也停了。他俯身去看那人，见那人嘴唇嚅动，似乎想说什么，他急忙推醒郎中说：“郎中，郎中，您快看看，那人醒了。”郎中迷迷糊糊地起来看了，让蓝奉祺赶快端碗水来。蓝奉祺跳下地，从锅里舀了半碗温水。郎中扶起那人的头，把水喂给他喝了。那人眼睛缓缓睁开，身体抖了一下，惊恐地望着蓝奉祺和郎中问：“我，我这是在哪里？”郎中说：“你是在大同城外的车马店，是这个后生救了你。”那人长吁一口气，眼睛又闭上了。

胡掌柜虽然胆小，怕吃官司，可心里还是惦记着那人的生死。他早早起床过来看，见蓝奉祺请了郎中，那人也开口说话了，感慨地对蓝奉祺说：“奉祺呀，是你救了他一条命！”蓝奉祺却想着郎中出诊的钱，犹豫着说：“掌柜的，您不是说今年要给我发工钱了吗？我想提前预支几个。”胡掌柜诧异地望着蓝奉祺问：“你也没个花钱处，支钱做甚？”蓝奉祺朝郎中努努嘴说：“我答应给人家郎中双倍的价钱呢！”胡掌柜明白了，对郎中说：“郎中放心，治病的钱由我出，一会儿我就给你拿上。”蓝奉祺原本担心胡掌柜不肯支给他工钱，听了胡掌柜的话，心放在了肚子里。

没一会儿工夫，那人又醒了，这回他的头脑也清醒了。胡掌柜问他是哪里人，昨天晚上发生了什么事。那人说他姓朱，在大同城做小买卖，昨天出城办事，回来时在半路遇上了歹人，车和财物都被劫了，还挨了一刀。他拼命逃出来，看到这边有灯火，想找个地方避难，没承想筋疲力尽，晕倒在了车马店门口。胡掌柜拉过蓝奉祺，把蓝奉祺救他的经过讲了，又说道：“朱掌柜，昨天多亏了我这个伙计，不然你就冻死在外面了。”朱掌柜翻身下跪，抱拳对蓝奉祺道：“后生，救命之恩，朱某终身不忘！”

胡掌柜见朱掌柜没事了，便让蓝奉祺赶快熬粥给朱掌柜和郎中吃。吃完粥，朱掌柜精神了许多。郎中安顿他说自己的药不全，要朱掌柜回大同找个好郎中再把伤口处理一下。胡掌柜回屋取了钱给郎中，郎中也不客气，收了钱就告辞走了。

晌午，有进大同城的车马路过，朱掌柜向胡掌柜和蓝奉祺告辞，搭顺车回城里了。半个月过去，且不说胡掌柜是如何想的，蓝奉祺心中暗暗抱怨那朱掌柜不懂人情世故。自己救他的性命倒是应该，可胡掌柜替他付了郎中出诊看病的钱，总该让人捎来还了吧？这拍拍屁股走人就没事了？他心想，自己揽的事，不能让胡掌柜贴钱，等年底发工钱的时候，让胡掌柜从他的工钱里扣吧。

如此又过了半个多月，蓝奉祺把这件事淡忘了。可是，有一天晌午，外面来了一辆大黑骡子拉的轿车。蓝奉祺和胡掌柜出去迎接客人，却见一个衣着华贵的人撩开帘子出来，竟是朱掌柜。朱掌柜先向胡掌柜和蓝奉祺抱拳问候，然后抱歉地说他早该来向二位救命恩人道谢，只是胳膊上的伤没好利索，无法前来。胡掌柜见朱掌柜一身富贵，顿生敬意，客气地将朱掌柜迎进客房。

车马店是车倌和来往行人打尖住宿之处，十分简陋。三间房通在一起，东西各两条顺山大炕，中间靠后墙是两口大锅的灶火。大炕铺着苇席，后炕的苇席还好些，炕头的苇席已被炕板烤成焦黄了。朱掌柜在炕沿坐下，先说了几句客套话，再次谢过胡掌柜和蓝奉祺的救命之恩，然后拿出十块银圆给胡掌柜，说是算还胡掌柜为他请郎中的钱了。车马店一年也赚不了几块银圆，胡掌柜说太多了。朱掌柜说多余的就当酬谢胡掌柜了，要胡掌柜一定收下。

胡掌柜知道，人是蓝奉祺救的，自己不能把这十块银圆独吞了，拿出五块给蓝奉祺。蓝奉祺这辈子也没见过五块银圆，心里实在想接，可又不好意思。正在为难之际，朱掌柜说话了："胡掌柜，这十块银圆是我谢你的，你就留着自己用吧。至于这位奉祺小兄弟，我还有个不情之请。"胡掌柜得了十块银圆，高兴得心里乐开了花，连忙把银圆揣进怀里，说："朱掌柜请讲。"朱掌柜望了蓝奉祺一眼，说道："我想让奉祺小兄弟跟我回大同去，不知胡掌柜是否愿意。"胡掌柜虽然答应要给蓝奉祺工钱了，可车马店一年也赚不了几个，若不是蓝奉祺已经在他这里白干了三年，他还是想再雇一个管饭不管工钱的小伙计。现在听朱掌柜说要带蓝奉祺走，自然像是"瞌睡给了个枕头"。倒是蓝奉祺不知道朱掌柜要带他到大同干什么，心里忐忑不安。朱掌柜起身抱拳向胡掌柜告辞，让蓝奉祺这就随他一道走。胡掌柜说："奉祺，既然朱掌柜想带你进大同城，你就收拾一下行李吧。"朱掌柜却说："不用收拾了，你啥也不用带，人跟着我走就行了。”

蓝奉祺这一去，就像一步迈进了天堂。

朱掌柜名叫朱廉，不是做小买卖的，而是大同有名的古董商，有人说他家藏有唐伯虎的真迹。

且不说朱廉是如何起家的，只说朱廉样样得意，只一样不顺心。他头一房太太娶了五年不生养，太太以为是自己的缘故，不敢断了朱家的香火，主动劝他娶了二房郭氏。可是，娶过郭氏又是五年，郭氏的肚子还是没动静。大同的郎中看遍了，又请太原的郎中看。方子开了一个又一个，家里几乎成了药房，却无济于事。朱廉急了，到北京托人找了宫廷御医。御医毕竟是御医，说怕不是太太们的毛病，应该是他有毛病。朱廉恍然大悟，心说自己这辈子好像没做过缺德事呀，老天爷怎么如此惩罚他，要绝朱家的后？两位太太不知内情，都以为是自己的毛病，劝朱廉再娶一房试试。朱廉嫌羞，不敢说出御医的诊断，只说算了，不娶了。可他也不想断子绝孙，把家业留给外人，便和哥哥商量，让哥哥把侄儿朱世茂过继给他。哥哥知道兄弟的家业有多大，当然一百个乐意。侄儿朱世茂过继过来，搬到朱家大院帮他打理生意。可是，没过两年，郭氏突然欣喜若狂地告诉朱廉说她怀上了，朱廉先前还高兴了几天，可静下心一想，不对呀！御医都说是自己的毛病了，郭氏怎么还能怀上？就算自己没毛病，那几年她怎么怀不上呢？

朱廉有了怀疑，便注意起郭氏的举动，发现她和继子朱世茂经常眉来眼去，偶尔还趁他不在的时候往朱世茂那屋跑。朱廉明白了，郭氏一定是和比她小两岁的朱世茂勾搭上了。有一次，他看见郭氏又溜到朱世茂那屋，便蹑手蹑脚地跟了过去，悄悄躲在窗台下面听，果然，屋里传出郭氏淫荡的浪叫声。朱廉气得血往上涌，差点儿踢开门闯进去，当场抓住这对不知廉耻的狗男女。可又一想，抓住了怎么办？闹得满城风雨，最后丢人的还是自己。罢了，索性将他们赶出家门算了。

朱廉回到屋里，写下一纸休书，让管家把郭氏和朱世茂喊过来说：“你们两个不是相好吗？我成全你们，你们现在就搬出朱家大院吧。”郭氏与朱世茂哪肯舍弃这来之不易的荣华富贵，先是吓了一跳，而后极力否认，说朱廉误会他们了。朱廉冷笑一声，指着郭氏的肚子问：“那你说说，你肚子里的娃娃究竟是谁的？”郭氏一口咬定说：“能是谁的？是老爷您的呀！”朱廉也不瞒藏了，一拍桌子喝道：“我的？你当我有那本事吗？实话告诉你，我找宫廷御医看过了，你怀不上娃娃不是你的毛病，是我的毛病。我的种子不发芽，谷子能自己长出来？”郭氏听得浑身一震，不知该如何回答。倒是朱世茂沉得住气，狡辩道：“爹，您真是太多心了。娃娃不是您的还能是谁的？御医的话也不全准呀！”朱廉瞪朱世茂一眼，厉声喝道：“闭嘴！从现在起，不许你再喊我爹。你当我老眼昏花耳朵聋呀？你们刚才做了啥龌龊事，我在窗台下听得一清二楚。你们非要我点破吗？”朱世茂与郭氏脸色苍白，都不说话了。朱廉将一纸休书扔给郭氏说：“看在你随了我多年的份儿上，我不打你骂你，也不给你难堪，一会儿到账房领一百两银子，拿着休书走吧。”又对朱世茂说，“过继的契约在你爹手里，你若是还要点儿脸皮，回去自己悄悄地把契约烧了吧。从今往后，你见了我连叔都不许叫，更不许登我的家门。”

赶走郭氏和朱世茂，朱廉大病了一场。太太知道朱廉是气的，天天给他说宽心话，还劝他说要不她再给老爷踅摸一房。朱廉说算了，多一房太太多一份烦恼，后半辈子就他们老两口过吧。不过也不能没后，总得有个养老送终的，让太太慢慢打听，将来买个儿子算了。

朱廉将朱世茂和郭氏悄悄地赶出家门，本是想给他们留些面子。谁知，一对奸夫淫妇竟然心生歹意，谋划着既然朱廉没把他们的奸情说出来，外人就不知道事情的真相，何不花钱买凶，找机会把朱廉杀了，再把太太灭了口，他二人光明正大地回到朱家大院？白天母子相称，夜晚夫妻相拥，那时候，朱廉辛辛苦苦置下的偌大家业就归他们两个了。两人商量妥当，郭氏从朱廉给她的银子里取出五十两，交给朱世茂寻找歹人。

朱世茂打听到城东有两个恶人，一个叫葛彪，一个叫宋勇，都是阳高王官屯人，是表兄弟。光绪三年大旱时，两人走投无路，结伴去抢一家老财，一时失手，杀了那老财的儿子。从此，两人索性一不做，二不休，干起了打家劫舍、杀人越货的勾当。朱世茂找到二人，把来意说了，问二人愿不愿意接手这单买卖。这几年天下还算太平，两人几次劫道都没有得手，手头正缺钱花呢，当即便答应了。双方约定，朱世茂先付三十两银子，待杀了朱廉后再付二十两；之后再杀朱廉的太太，得手后再付五十两。一百两银子买两条人命，也算大价钱了。揽到了这桩大买卖，葛彪和宋勇都很高兴。

那天，城南十五里外的一个老财进城，相中了朱廉手里的一件玉器，以一百五十两银子成交。那财主谨慎，怕路上出意外，提出要朱廉亲自把那件玉器送到他家。朱廉见赚头颇大，便答应了，与那财主一同到了他家。财主付了朱廉一百两银票，一锭五十两的现银，留朱廉吃了晚饭。冬天天短，朱廉吃完饭便往回赶，不想老天爷突然下起了雪，天也一下子黑了。就在他走到离大同不过七八里地的时候，路旁突然跳出两个歹人，截住了他的轿车。

这两个歹人正是葛彪与宋勇。原来，自从收买了葛彪与宋勇，朱世茂便一直在暗中监视朱廉的一举一动。这天他见朱廉套起轿车出了南门，知道机会来了，立刻通知了葛彪与宋勇。车倌伺候朱廉多年，见有人劫道，正要扬鞭打马快跑，不想葛彪手快了一步，将一根小臂粗细的木棒插进车轱辘里，别住了车轮。轿车猛地停住，惯性将车倌从车辕上摔下来，朱廉也从轿车里跌了出来。那葛彪心狠手辣，上前两步，不等车倌爬起来，便将一把尖刀捅过去，车倌立时鲜血汩汩地倒在了雪地里。

朱廉本以为歹人只是劫道，正想把银子给歹人罢了。见歹人不单劫道，还要杀人，登时便吓了个魂飞魄散，撒腿便跑。可是，宋勇已经追上来，手里的菜刀当头砍下。朱廉举起胳膊一挡，菜刀砍在他的胳膊上。朱廉顾不得疼痛，将怀里那锭五十两的银子掏出，朝着宋勇的面门扔过去，喊一声："饶我性命，给你五十两银子。"宋勇猝不及防，那锭五十两的银子重重地砸在他脸上，他登时满脸开花，晃悠了两下就倒在地上。朱廉撒腿继续跑，葛彪骂了一声，握着尖刀追赶过去。朱廉在前面拼命地跑，葛彪在后面不舍地追。朱廉见葛彪越追越近，心说如果被歹人追上，性命肯定不保。他猛然想起怀里还有张一百两的银票，忙掏出来向后一扔，喊了声："别追了，再给你张一百两的银票。"朱廉不知道歹人捡那张银票没有，顾不得回头看，也顾不得脚下雪滑，一路夺命狂奔。跑了一阵，他看见前面隐约有灯火，便朝那里奔去。再往后，他便倒在雪地里什么都不知道了，直到第二天早晨醒来。

朱廉知道，歹人多是图财不害命，而那两个歹人出手狠辣，似乎一心要将他置于死地。究竟是谁要对自己下毒手？他第一个想到的就是朱世茂和郭氏。他找人打听二人，得知自从他出事，二人就不知去向了。朱廉便肯定这件事是朱世茂和郭氏所为。

朱廉感激蓝奉祺的救命之恩，亲自到车马店把他接到大同。蓝奉祺住进朱世茂住过的屋子，每天好吃好喝，还有下人伺候。住了数日，他便坐卧不安了。他对朱廉说，他做惯了营生，闲着浑身难受。朱廉也没打算把蓝奉祺供养起来，对他说："奉祺呀，既然你坐不住，那就和我学做生意吧！"蓝奉祺高兴地说："行，掌柜的，我做营生可勤快了，一定把掌柜的伺候得舒舒服服。"朱掌柜却说："我不是要你伺候我，我是要教你如何做生意。"蓝奉祺不明白朱掌柜的意思，问道："做生意不是伺候人？"朱廉说："做生意是学如何赚钱，和伺候人是两码事。你是我的救命恩人，我咋能让你伺候我呢？"蓝奉祺还要再问，朱廉说："好了，以后我教你啥，你便学啥，让你咋做，你就咋做。”

朱廉先教蓝奉祺识字、打算盘，又教他辨识珠宝玉器、古玩字画。蓝奉祺聪明好学，一点便通，深得朱廉喜欢。蓝奉祺知道了朱廉的家况，朱廉也知道了蓝奉祺的身世，两人互相可怜，相处十分融洽。

如此过了数年，蓝奉祺能独当一面了。朱廉的本意，是想把蓝奉祺调教成个生意人，然后给他些钱，让他自己开一家字号，也算报答了他的救命之恩。可是相处久了，他觉得蓝奉祺憨厚善良，待他如亲爹一般，而自己又膝下无子，便和太太商量，说想收蓝奉祺为义子，将来两口子老了，也好有个养老送终的。太太拿蓝奉祺与朱世茂的人品相比，觉得两人简直是善恶之别，更何况蓝奉祺从小父母双亡，孤苦伶仃，吃尽了苦头，又曾救过朱廉的命，当然愿意。

朱廉找个机会，故意向蓝奉祺说自己膝下无子，将来老了，怕是连个养老送终的人都没有。说罢，看蓝奉祺的反应。蓝奉祺想都没想便说：“掌柜的，我从小父母双亡，哥哥嫂子又不待见我，一个亲人也没有。自从认识了您，您和太太把我当亲儿子对待，我内心早把你们当亲生父母了。你们对我的恩情我这辈子也忘不了，你们放心，我一定把你们侍奉到老，不敢有一点儿怠慢。”朱廉听得心花怒放，说道：“奉祺呀！你既然有此心思，那就给我当干儿子吧？”蓝奉祺喜出望外，当即跪下给朱廉夫妇磕了三个响头，说道：“爹，您和太太往后就是我的亲生父母了。从今天起，我改姓朱，像亲儿子一样侍奉您二老。将来爹妈老了，我给爹妈养老送终。”

朱廉听蓝奉祺连姓也要改，更是欣喜若狂。择了个日子，摆了一桌酒，蓝奉祺给二老磕了头，正式认祖归宗，改姓了朱，名字叫朱奉祺了。

自从认朱廉夫妇为爹妈，朱奉祺对朱廉夫妇更是孝顺。朱廉夫妇再没有了后继无人的遗憾，心情大好。过了一年，朱廉选了个名叫唐玉月的贤惠女子，给朱奉祺成了亲，小两口一直把朱廉夫妇侍奉到老。朱廉直到临终时，才告诉朱奉祺，当初朱世茂拐走二太太，买通歹人半路截杀他的事，提醒朱奉祺以后行事一定要小心谨慎，当心朱世茂再行暗算。

朱奉祺接手了朱廉留下的偌大家业，也时常记着朱廉临终时的叮嘱。去年，他听说朱世茂又露头了，还到他家附近转悠过几次，便有了一种不祥的预感。他与妻子商量，觉得明枪易躲，暗箭难防，朱世茂丢了继承这万贯家业的机会，定然怀恨在心，迟早要对他报复，不如将大同的家业变卖了，回老家隆盛庄改弦易辙。

朱奉祺在隆盛庄观察了几天，觉得以自己的实力开钱铺最为妥当，便开了一家名叫恒昌永的钱铺。

那日，朱奉祺突然心血来潮，想回老家看看，便换了一身朴素衣服，骑了一头小毛驴回到蓝家村。

蓝家村除了老房子比原来更破旧外，又多了几处半新半旧的房子。朱奉祺先到老羊倌住的窑洞看了看。窑洞已经没有人住，门窗被人拆了，窑洞也塌了半边。掰指头算算，老羊倌应该早已经过世了。

朱奉祺往村里沾亲的表婶家去。表婶是朱奉祺的奶奶的嫂子的儿媳妇，当年是蓝家村最漂亮的女人，可惜现在已经人老珠黄，脸上的皱纹像刀刻一般，头发花白，腰也佝偻了。表婶已经认不出朱奉祺了，听朱奉祺喊她表婶，先还疑惑，细细端详后，才猜测着问："看你有些面熟，莫不是奉祺回来了？"朱奉祺见表婶认出了自己，高兴地说："表婶，我正是奉祺啊！"表婶的眼泪一下子涌出来，她紧紧抓住朱奉祺的手，激动地说："果然是奉祺？你还活着？"朱奉祺想起当年的苦难岁月，也情不自禁，泪盈眼眶，声音颤抖着说道："活着！活着！表婶，我还活着！"表婶一边端详着朱奉祺，一边掰着指头絮絮叨叨地说："奉祺呀！记得你是十四岁那年离开咱蓝家村的吧？唉！你一声不响地走了，村里人都瞎猜测，大半人说你肯定是让你嫂子害了，不知道埋在了啥地方。因为这，你嫂子和村里人吵了个遍，说蓝家村没一个好人。看来，村里人还是冤枉了她。"朱奉祺听表婶提起嫂子，连忙打听哥嫂的现状。表婶叹着气说："你那个嫂子呀！唉！咋说呢？人都说隆盛庄风水硬，男人女人都厉害，可那翠芬算得上隆盛庄最刁蛮最泼辣的女人了，简直就是母夜叉转世。先因为村里人接济你，她把村里人骂了个遍，说众人狗拿耗子多管闲事；后因为村里人猜测她把你害了，她便成天站在当街骂祖宗，说村里人想害她吃人命官司。你那哥哥也听她的，和村里人都不来往了，就像跟蓝家村有仇似的。"朱奉祺问："那他们这会儿呢？过得还和原来一样？"表婶说："一样！闺女嫁了，儿子本村的闺女没人给，娶了个外村的。唉！也许她家就是那门风，媳妇和婆婆一个德行，比婆婆还泼辣。婆媳俩因为鸡毛蒜皮的小事，成天吵吵闹闹，还动过几次手呢。"

朱奉祺正和表婶拉呱，表叔从地里回来了，一眼便认出了朱奉祺。

表叔是个热心人，吆喝表婶赶快给朱奉祺做饭。表婶说家里只有米面，擀面条吃吧。表叔说奉祺几十年没回来了，让表婶出去借几个鸡蛋。蓝家村本就不大，表婶出去借鸡蛋回来，人们便都知道当年的蓝奉祺回来了，三三两两地过来看。老一辈的人，一说名字，朱奉祺便记起来了，都是当年给过他饭吃、送过他衣穿的老辈儿，而娃娃们都还小，朱奉祺离家多年，自然一个也不认识。

表婶关心朱奉祺，问朱奉祺这些年都去哪了，娶媳妇了没，过得如何。言外之意，是想知道朱奉祺在外面混出些名堂没有。朱奉祺也不直接回答，说这些年在大同伺候人，媳妇娶了，娃娃也有了，钱虽然攒了几个，却也没混出什么大名堂。表叔见朱奉祺衣着简朴，只骑了头小毛驴回来，猜想朱奉祺在外面混得不是太好，便给表婶丢个眼色，示意她不要问了，免得朱奉祺难堪。

这时，忽然听得屋外有尖厉的女人声音传来："是奉祺回来了吗？我的祖宗呀！你要是再不回来，我这杀人害命的黑锅就要背到棺材里了。"朱奉祺禁不住打个寒噤——虽然过去几十年了，但他对嫂子的声音仍旧刻骨铭心。

门口的人让开一条道，一个黑瘦干瘪的女人走了进来。那女人头发蓬乱，脸如刀条一般，两只眼睛浑浊无光，嘴唇发紫，手里捏着一根烟袋。正是朱奉祺的嫂子翠芬。众人见翠芬来了，都不敢言语。翠芬端详端详炕上的朱奉祺，撩起鞋底磕磕烟袋，扑通一下给朱奉祺跪了。朱奉祺不知所措，急忙下地去扶嫂子："嫂子，你这是……"不等朱奉祺把话说完，翠芬已经拍着地皮号啕起来："你别扶我，我不是跪你回来了，我是跪你还活着。街坊邻居、婶子大娘们，今天你们都在，你们还记得吗？这几十年了，你们成天在背后嚼舌头，说我把小叔子害了，这个说埋在崖头下了，那个说填枯井里了。奉祺他活不见人，死不见尸，我翠芬是有口难辩，有冤难伸啊！今天你们都亲眼看见了，他奉祺活脱脱地回来了，胳膊腿儿一样没缺，你们说说，是我翠芬丧良心了，还是你们这些大善人丧良心了？"

众人面面相觑，都不敢作声。

翠芬止住哭声站起来，咬牙切齿地对众人说道："我翠芬告诉你们，从今往后，你们谁再敢在背后嚼老娘的舌头，看老娘不搬块石头把你家锅砸个窟窿。"说罢，嘴角抽搐两下，旁若无人一般冷笑着离去。朱奉祺朝嫂子的背影长长叹息一声，对表叔苦笑道："表叔，都这么些年了，我嫂子的性格一点儿都没变。"表叔叹着气说："狼走千里吃肉，狗行千里吃屎。翠芬呀！这辈子注定就是个母夜叉了。当年因为街坊们指责她虐待你，她已经和众人结下了仇；后来街坊们可怜你，给你吃的穿的，她又骂街坊们都是假善人；再后来，你一声不吭地走了，街坊们疑心是她害了你，她更是把街坊们恨得入了骨头。唉！奉祺呀！她今天是看你只骑了头小毛驴回来，你若是穿上一身绸缎，坐上轿车回来，她还敢这样数落你吗？"

表婶给朱奉祺端上面条，上面放了两个荷包蛋。她对屋里的街坊们说："大家一并上炕坐下吃吧！"有位大娘笑着说："奉祺他婶子，一共煮了三碗面，你家都不够吃，还让我们？拿嘴让呢吧？"表婶笑呵呵道："让人是个礼嘛！我若连个让字都没有，岂不是失礼了？”有位大爷对朱奉祺开玩笑说：“奉祺呀！等哪天你发了财，可记着请你这些叔叔大爷、婶子大娘到隆盛庄下顿馆子。当年若不是我们接济你，你不饿死也冻死了。好了，奉祺他婶子锅里没给咱下米，咱等着也是白搭，还是回家吃自己的吧！奉祺，反正你已经回来了，三两天肯定也不走。这样吧，明天到大爷家吃去。”众人也纷纷说道：“是呀！当年你就是吃我们众人的百家饭长大的，这回回来，再轮着到我们众人家吃几顿。大酒大肉没有，粗茶淡饭还供得起。”

尽管众人都笑嘻嘻地开玩笑一般，朱奉祺还是听得喉头哽咽。他放下手里的碗，郑重地对众人说道：“各位叔叔大爷、婶子大娘，奉祺能有今天，多亏了你们当年的照应。奉祺不是忘恩负义之人，心里记着各位长辈的好呢！慢说是请各位长辈到隆盛庄下顿馆子，就算给各位长辈每家盖两间新房也不为过。”一位大婶笑着说：“奉祺呀！当年数你表婶接济你最多，你别忘记她就行了。你回来连上三元的干货都没舍得给我们带两样，还能指望你给我们盖两间新房？”说罢，招呼众人走了。

表婶给表叔也盛了一碗面，上面放了一个荷包蛋，她自己则盛了碗稀的。表叔见了，把自己的荷包蛋夹到表婶碗里说：“鸡蛋你吃了吧。”表婶把荷包蛋又给表叔夹回去，叨叨说：“不就一个鸡蛋吗，让来让去的。我要想吃，刚才就多卧一个了。”表叔没再推让，端着碗对朱奉祺说：“奉祺呀！刚才那些多是你的老辈儿，我知道你说给他们盖房是顺口出溜出来的。不过，下次你再回来，多多少少也给他们提上两样上三元的干货，他们可都对你有恩呀！”

朱奉祺听出表叔是指责他在众人面前说了大话，朝表叔和表婶笑了一下，稀哩咕噜把荷包蛋吃了，把面条喝了，抹抹嘴道：“表叔、表婶，这些年我在外面虽然没发大财，可也攒了几个小钱。我刚才说的是真话，我要给蓝家村每户街坊长辈都盖两间新房，也算感激他们当年对我的恩情吧！”表叔和表婶都惊讶地瞪大了眼睛：“奉祺，你说啥呢？每家每户盖两间新房？那得多少银子？你不是说笑吧？”朱奉祺从怀里摸出一张一百两银子的银票，推给表婶说：“表叔、表婶，我说的是真的。这点儿银子是我孝敬您二老的。”表叔和表婶不识字，也没见过这么大额的银票，却是认识银票的，问朱奉祺说：“奉祺，这是多少银子呀？你挣点儿钱不容易，还是留着自己花吧！”朱奉祺说：“这是一百两银子的银票，隆盛庄的钱铺哪家都能兑换。表叔和表婶年岁都大了，以后就不要再下地做营生了，这钱就算侄子孝敬您二老的养老钱吧！”

现在，轮到朱奉祺的表叔表婶眼眶湿润了。

第十一章

翠芬受辱寻短见

朱奉祺没有食言，从蓝家村回来，便雇请工匠，采买砖瓦木料，给蓝家村的每户人家都盖了两间新瓦房。

人们在赞美一个人心胸开阔时，总喜欢形容其豁达大度，不计恩怨。其实，这样的人极为罕见。朱奉祺给蓝家村的每户人家都盖了新房，却唯独没有给亲哥哥蓝奉举和侄子蓝玉家盖。蓝奉举知道这是报应，耷拉着脑袋无话可说，翠芬却险些背过气去。

翠芬和蓝家村的街坊邻居不和，老死不相往来。初见几户人家盖新房，她嫉妒得回家就和蓝奉举骂，骂这家得了不义之财，骂那家打肿脸充胖子。蓝奉举虽然已经听说弟弟回了隆盛庄，开了隆盛庄最大的一家名叫恒昌永的钱铺，蓝家村各家的瓦房都是弟弟出钱盖的，但害怕翠芬对他放泼，不敢对翠芬讲。翠芬见蓝家村的人像疯了一样，家家户户都盖新房，并且都是两间，结构与式样也都大同小异，便回家骂蓝奉举，说她当年瞎了眼，嫁了他这么个窝囊废，别人家家户户盖新房，自家却连个像样的猪圈都盖不起。蓝奉举挨骂惯了，也麻木了，不辩解也不吭声，就像翠芬是在骂别人一样。

那天，翠芬又在数落蓝奉举，儿媳妇巧叶拿着个布袋装米来了。翠芬见巧叶装了三碗还要装，骂她道："地也给你们分了，你还总是来装米？这辈子得养活你们到啥时候？少装点儿吧，别人家都盖新房了，我们也省吃俭用盖两间，免得让人看不起。"巧叶比婆婆一点儿不善，翻了翠芬一眼，碗依旧往米缸里探去："妈，你是做梦呢吧？少装你两碗米，你就盖起新房了？若不是当年你虐待叔叔，别说你家，我家的新房也盖起来了。”翠芬白巧叶一眼说：“盖房和他有啥干系？那个讨吃货，他自己的肚子还不知道咋往饱填呢，有钱给你盖房？”巧叶停下手，看蓝奉举一眼，问翠芬说：“妈，我爹没和你说呀？”翠芬问：“说啥？你还不知道这个榆木疙瘩，就算骂死他，他也崩不出一个屁来。”

巧叶不装米了，“唉”一声，拉长音调，故意气翠芬说：“原来妈真不知道，那我告诉你吧，叔叔如今发财了……”翠芬打断巧叶的话，不屑一顾道：“他发财了？就那次回来，看他那身穿戴，像个发了财的？骑了头小毛驴，还不知道是从哪里借的。”巧叶哼哼鼻子说：“叔叔那是故意的，你倒好，还找上门给叔叔难堪。你知道叔叔现在多有钱吗？告诉你吧，叔叔家的银子怕是多得连放的地方都没有了。不然，叔叔能在隆盛庄开钱铺？听说还是隆盛庄最大的钱铺呢！”翠芬愣住了：“啥？他在隆盛庄开钱铺了？”巧叶哼一声说：“你以为呢？叔叔不但开了钱铺，就连咱蓝家村每家每户的新瓦房，都是叔叔出的银子。你成天说当年嫁给我爹是瞎了眼，依我看呀，你是活该！我嫁给你们蓝家才真是瞎了眼。尤其摊了你这么个恶婆婆，更是倒了八辈子的霉。现在，蓝家村除了咱婆媳两家，其余的都盖新房了。好了，我不装你的米了，你留着攒钱盖新房吧！”

巧叶知道，自己这一顿挖苦与奚落，必定捅在了婆婆的软肋上，也知道婆婆定然要怒不可遏了，拎起米袋子便走。果然，翠芬捡起笤帚疙瘩追出门来，冲着巧叶的背影骂道：“你个遭天打雷劈的货，装了我的米，还变着法儿地羞辱我？蓝家上辈子做了啥缺德丧良心的事，娶回你这么个仇人？”她见巧叶头也不回地走远了，反身将一肚子怨气向蓝奉举发泄，用笤帚疙瘩打得蓝奉举抱头鼠窜，直到胳膊累了，方才扔掉笤帚疙瘩，捂着脸号啕起来。

朱奉祺给蓝家村每户人家盖了两间新瓦房的消息很快传遍了隆盛庄。朱奉祺出名了，他哥哥蓝奉举也出名了。朱奉祺出名是因为他懂得报恩，蓝奉举出名则是因为他娶了个母夜叉老婆。翠芬虽然恶名在外，但也不是那种不知羞耻的女人。她之所以恶，一是天性所使，二是怕自己善了被人欺负。可现在，她成了众人眼里心肠恶毒的蛇蝎女人，她的脸真没处放了。

那天早晨，朱奉祺正在洗漱，伙计惊慌失措地跑来说：“掌柜的，不好了，有个女人在咱字号的椽头上上吊了。”朱奉祺心中一惊，急忙和妻子去看，认出上吊的女人竟然是嫂子翠芬。朱奉祺当时便懊悔了，他知道嫂子之所以选择在自己钱铺的椽头上寻短见，定然是因为自己羞辱了她。想一想，那些旧事已经过去几十年了，而且如果不是嫂子对自己不好，自己走投无路离开蓝家村，自己也不会遇上朱廉，更不会认朱廉为父，自然也不会有今天的这份家业了。多盖两间房能花几两银子？自己当时心气过盛，只图泄愤，却羞辱得嫂子无地自容，寻了短见，不值得也不应该呀！

上午，蓝奉举一家听说了翠芬寻短见的消息，老老少少一齐赶往隆盛庄，聚在恒昌永钱铺门前。朱奉祺的表叔、表婶和蓝家村受了朱奉祺恩惠的乡亲们怕蓝奉举找朱奉祺的麻烦，也相约来到隆盛庄。准备蓝奉举万一和朱奉祺闹翻了，他们便以街坊邻居的身份劝和。实在不行，就要出头替朱奉祺说话了。

瑞盛店与恒昌永相隔不远。张瑞元自从听说朱奉祺在蓝家村盖房子的事，对朱奉祺更是敬重。他觉得一个知恩图报的人，必定是重情重义之人，这样的人是值得交往的。何况他是宝粟社会首，恒昌永亦属宝粟社行社，他不能袖手旁观。所以，他站在不远处，准备双方一旦发生冲突，他便以宝粟社会首的身份出面调解。

蓝奉举自从娶回翠芬，没有威风地做过一天男人。现在翠芬寻短见了，他心里也不是十分悲伤，只是一脸麻木地蹲在恒昌永门口，嘴里不停地吧嗒着烟袋。儿子蓝玉虽然相貌端正，却和他爹一样降不住媳妇。巧叶让他往东，他不敢往西；让他上房，他不敢下地。他也不说话，靠着恒昌永的门框不停地唉声叹气。倒是巧叶不同，虽然平日与婆婆水火不容，两人见面说不了三句话便要抬杠，互相讥讽，然后对骂，有时候还免不了动动手。可现在婆婆死了，她倒显得比任何人都要悲痛。她盘腿坐在恒昌永门前，守着婆婆的尸体，手拍地皮，一把鼻涕一把泪地连哭带说，呼天喊地地号啕个没完。不知情的人见了，还以为婆婆生前和媳妇有多和睦呢。

张瑞元见朱奉祺久久不敢露面，心说这样拖下去也不是个事儿，事情总得处理，死人总得安葬吧，便拨开围观的人群进了朱奉祺家。朱奉祺正愁眉苦脸地坐在太师椅上冥思苦想，见张瑞元来了，连忙起身让了座，说道："张会首来了？你看这事情弄的，本来是想报街坊们当年的恩情，给老辈儿们盖几间新房住，可没想到惹出了人命。唉！要是给我哥也盖上两间新房，事情就不会走到这一步了。"张瑞元坐下，从腰间取下烟袋，装一袋烟点着说："我听说过朱掌柜嫂子的为人，如此蛇蝎心肠的女人，别说你朱掌柜，就算放在我身上，我连根儿麦秸也不施舍给她。死就死了吧，也算她的报应。"朱奉祺说："话虽然这样说，可她毕竟是我嫂子，又死在了我家门前。张会首，我刚回隆盛庄不久，除了你和梁掌柜，没几个熟人朋友，这事儿究竟该咋办？张会首得给我出个主意。"

这时，梁宝元也来了，说道："那女人是自己要上吊的，你也没替她挽绳子，就算打官司，也找不到你朱掌柜头上，怕她做甚？”张瑞元说：“师兄，朱掌柜说的也对。这事儿虽然和朱掌柜没有瓜葛，但死者毕竟是朱掌柜的嫂子。何况，人已经死了，有道是‘死者为大’，和死人较真儿，也显得咱心胸狭窄，没有肚量。朱掌柜，要叫我说，破财免灾，朱掌柜还是破费几个钱，把这事儿和和气气地处理了吧。”朱奉祺连忙说道：“我也是这样想的，只是我出头多有不便，不知能否劳驾得动张会首和梁会首？”张瑞元知道朱奉祺的意思了，磕磕烟袋站起来说：“朱掌柜既然信得过我们，这事儿就交给我和师兄办吧。我们尽量给朱掌柜省几个。”梁宝元也说：“朱掌柜放心，我和瑞元一个唱红脸，一个唱白脸，一定给你办妥了。”朱奉祺连忙抱拳道：“那就有劳二位会首了。多给些银子也没啥，只要把人打发走就行。”

梁宝元与张瑞元出来，请蓝奉举和蓝玉父子进铺子里商谈。巧叶立马不哭了，用袖子抹了一下干巴巴的眼睛，一个蹦子跳起来说：“商量事儿？和我商量！”梁宝元早就看巧叶不顺眼了，不客气地讥笑说：“你一个妇道人家，瞎掺和个啥呀？”巧叶眉毛一竖，嚷道：“妇道人家咋了？告诉你，我们蓝家从来都是妇道人家当家做主的。”张瑞元看出巧叶不好惹，给梁宝元使个眼色说：“好好好，既然你能做得了主，那就一并进屋来吧。”

梁宝元和张瑞元师兄弟多年，配合默契。两人既不给蓝奉举父子和巧叶让座，也不给他们看茶，一左一右，威风凛凛地在客厅的太师椅上坐下。张瑞元脸色冰冷，一言不发地捏着烟袋抽烟，梁宝元端着茶碗，不紧不慢地呷着茶，朱奉祺则躲在后门悄悄听着。蓝奉举和蓝玉已经听说这两人都是隆盛庄有名的掌柜，面皮白净的是宝粟社会首，面黑如炭的是兴盛社会首，便都十分拘谨。蓝奉举依旧蹲下，一根破烟杆不停地在烟袋里搅着。蓝玉垂头靠在门框上，不时用眼角瞟瞟梁宝元与张瑞元。巧叶果然胆大，从墙边搬一只凳子放在客厅中央，撩腿坐下，挑战一般望着张瑞元与梁宝元。

梁宝元扫巧叶两眼，见她眼神游移不定，猜想她不过是色厉内荏。他放下茶碗，拉着脸说道：“你们说话呀！”梁宝元生就人高马大，面黑如炭，脸再往下一拉，便给人一种不怒自威的感觉。巧叶在家里泼辣，但毕竟没见过世面，眼神儿里的犀利顿时收敛了不少。她张张嘴，却又不知道该说什么，该怎么说。张瑞元见蓝家的人被梁宝元的气势镇住了，趁热打铁，沉声说道：“人已经死了，虽然死在了朱掌柜的钱铺门口，却与朱掌柜没有半点儿相干。你们是啥意思？是不是想经官？如果想经官，那就到丰镇厅署衙门递状子去吧。”

蓝奉举和蓝玉不答话，眼睛望着巧叶。巧叶心里虽然有个小九九，却也知道张瑞元说的是实话。就算到丰镇的衙门递状子，状子怎么个写法？写婆婆的死是因为当年虐待了小叔子，小叔子回来给街坊们都盖了新房，唯独没给婆婆和侄儿盖，婆婆一气之下上了吊？她总算是个明白人，状子若这样写，除了讨不到一点儿好处，怕是屁股还要挨衙役的板子。

巧叶正犹豫着该如何说，蓝奉举站起来，上前两步，给梁宝元和张瑞元行个礼，面红耳赤道："唉！还是我说吧。这件事说起来，谁都不怪，更怪不着我那兄弟。都是我天性窝囊，又娶了个泼辣蛮横的老婆，没有善待过我兄弟一天，逼得他背井离乡，连姓都改了。我对不起我早早过世的爹妈，对不起我苦命的兄弟……"巧叶听不下去了。她不敢在梁宝元和张瑞元面前放泼耍赖，却不把公公放在眼里。她回头恶狠狠地瞪了蓝奉举一眼，打断了他的话，厉声说道："爹，你这是咋说话呢？咱这是来讨公道的吗？咋连个里外都分不清？白活了半辈子。"梁宝元最见不得女人当家做主，飞扬跋扈。他见巧叶数落公公就像大人呵斥孩子，脾气便来了，一拍桌子，厉声喝道："你这女人真是可恶，他是你公公，不是你孙子，你竟然用这样的口气指责他？也算你嫁了窝囊人家，若是嫁到我家做儿媳妇，别说用这种口气和我说话，就算我说话时你插上一句嘴，我两个大耳刮子便扇上去了。"巧叶被梁宝元的几句话说得脸红一阵儿、白一阵儿，禁不住跳起来放泼："你看看你那颗脑袋，黑得像车轴的油。你以为有钱能使鬼推磨呀？到你家做儿媳妇？就算你家财万贯，我还不嫁呢！"

巧叶这一放泼，梁宝元还真的无法应对了。张瑞元正要给梁宝元帮腔，只见蓝奉举上前两步，手指点着巧叶的鼻尖，嘴唇哆嗦着说道："巧叶呀巧叶！你咋好的不学，把你婆婆那点儿赖毛病全学会了？你咋和人家掌柜的说话呢？我平时不搭理你是给你脸，你当你真能做得了老蓝家的主？"巧叶愣怔了一下，看一眼立在门框旁的蓝玉。蓝玉也吃惊地瞪大了眼睛。蓝奉举又朝蓝玉哀声道："儿呀！爹窝囊了一辈子，你妈便欺负了爹一辈子。你还年轻，要再这么把巧叶宠惯下去，你后半辈子就和爹一样没出息了。"

梁宝元见蓝奉举突然间胆子壮了，点头微笑道："嗯，说得好。男人嘛！要是连老婆的主都做不了，真不如买上二两棉花，垫在墙角撞死算了。"蓝奉举叹着气说："唉！憋屈呀，这辈子活得真憋屈！她死了也好，从此以后，再没有人骑在我脖子上发淫威了。两位掌柜，我知道你们是来主持公道的，可从一个妈的肚子里爬出来的亲兄弟，不是你让着我，便得我让着你，哪有公道可言？劳驾你们对奉祺说，过去他嫂子待他不好，我也待他不好，那都是过去的事了，虽然他改姓了朱，但骨子里流着的是和我同样的血。常言道‘死者为大’，他嫂子再不好也已经走了，就让他解开心头的疙瘩吧。他哥人穷，没钱，给他嫂子买不起棺材。他若是还记嫂子的仇，我一会儿出去买张苇席把他嫂子打发了；他若是不记嫂子的仇了，就让他出两个钱，给他嫂子买上一口薄皮棺材吧。”

巧叶原本是想讹朱奉祺几两银子的，现在见公公只和朱奉祺要一口薄皮棺材，料想也讨不到什么便宜了，便狠狠地别公公和丈夫一眼，说道：“既然蓝家的男人脊梁骨挺起来了，我还狗一般地赖在这里丢人现眼呀？”说罢，“呸”地朝梁宝元啐一口，扭头便走。

梁宝元瞪大眼睛感慨道：“这女人果然可恶。”

张瑞元听蓝奉举只要一口薄皮棺材，说道：“好，棺材我替朱掌柜做主了。”又对蓝玉说，“后生，你那老婆呀！真得回家好好调教调教，不然，后半辈子有你好受的。”话音才落，巧叶见梁宝元没追出来，又不甘心地返回来了。她把头探进屋门，问梁宝元道：“那个黑头掌柜的，我还想问你个话：你知道啥是天下四大黑吗？”梁宝元别巧叶一眼，没有理睬她。巧叶咯咯一笑，说道：“掌柜的猜不出来？那我告诉你吧，天下四大黑就是窑里的炭、车轴的油、毛驴的鸡巴、掌柜你的头……”说完就转身跑了。

梁宝元气得嘴都快要歪了，起身追出去，哪里还有巧叶的影子？他气呼呼地回来，嘴里叨叨着说：“哎呀呀，真没见过天下还有如此难缠的女人，今天我算是领教了。”张瑞元微笑道：“师兄，现在你该知道香如嫂子有多贤惠了吧？若是娶上这后生一般的媳妇，你怕是哭都哭不出来了。”梁宝元给蓝奉举搬个凳子放过去，哼着鼻子说：“我若是娶上这样的老婆，早把她修整得让她看见我就像耗子见了猫一样。嗳，瑞元，你说这对父子这辈子是咋熬过来的？”张瑞元朝蓝奉举和蓝玉努努嘴说：“我哪能知道，你问人家当事的呀！或许，这就叫一物降一物吧？”蓝奉举在凳子上坐下，点着烟袋吸一口，无奈地叹息道：“这都是报应，是我们父子上辈子欠下她们了，还债呢！”一直没有言语的蓝玉终于开口了，不满地说道：“行了吧爹，巧叶刚过门的时候是这样的吗？都是跟我妈学的。现在我妈死了，你算是解脱了。我呢，今儿晚上又够喝一壶的了，不把我拾掇到后半夜才算见鬼了。”

梁宝元正想问蓝玉，巧叶是如何拾掇他的，后门开了，朱奉祺拉着唐玉月的手走了进来。

从蓝奉举和蓝玉、巧叶进屋，朱奉祺就一直在门后支起耳朵听着，当他听到哥哥声音凄凉地悔恨当年的旧事，唯一的要求只是给嫂子买一副薄皮棺材的时候，他的心软了。他想，其实归根结底，都是人太穷的缘故。如果哥哥当年像他现在一样家财万贯，嫂子敢在哥哥面前颐指气使吗？会在乎一口吃的、一身衣服吗？想想自己，爹妈死得早，哥哥没娶嫂子之前对他也是很疼爱的。现在，他在世上只有哥哥一个亲人了，难道就因为当年的那点儿旧事，把这唯一的亲人也抛弃了？想到此，他的心情豁然开朗，成见也烟消云散，急忙拉了唐玉月过来。夫妻双双扑通一下给蓝奉举跪了："哥！"

自从朱奉祺十四岁悄然离家出走后，蓝奉举还是第一次见到兄弟。他心中百感交集，竟然双膝一软，也给朱奉祺跪下了。兄弟两个抱头痛哭，泪如雨下。梁宝元正要劝，张瑞元打了个手势止住，贴着他的耳朵悄声道："师兄，这里用不着咱了，咱还是走吧。"梁宝元愣怔了一下，恍然大悟。他随张瑞元走到门口，突然又返回来，推了一把木然地站在旁边的蓝玉，给他使了个眼色，说："你这后生真是根木头，赶快给你叔磕头认亲呀！"看着蓝玉并不十分情愿地给朱奉祺跪了，磕了头，梁宝元才和张瑞元一道离开恒昌永。

自此，朱奉祺与哥哥蓝奉举和好如初，朱奉祺不但买了副上好的棺材，敲敲打打地把嫂子翠芬葬了，还给哥哥和侄子各盖了两间新瓦房，又从隆盛庄踅摸了个寡妇给哥哥续弦。那寡妇见蓝奉举有个老财兄弟，对蓝奉举自然是百依百顺。蓝奉举苦尽甘来，与续弦和睦恩爱，从没拌过一次嘴。巧叶得了叔叔的好处，也把暴戾的性格收敛了不少，几次在隆盛庄街上遇见梁宝元，都不好意思地主动避开了。

张瑞元还一直记着巧叶的"天下四大黑"，有一次梁宝元过生日，请了张瑞元一家过去吃饭，张瑞元喝了酒，把巧叶形容梁宝元的那番话说了。乌云其木格笑得前仰后合，邓香如则细细端详着梁宝元说："若不是瑞元说，我还没注意到，你的头还是够黑的。"梁宝元瞥邓香如一眼说："就算黑，也不能列入'天下四大黑'吧？那女人真是可恶，居然把我的头和毛驴的那东西相比。"邓香如憋了半天，"扑哧"一下笑出声来。梁宝元问她笑什么，她嘴贴着梁宝元的耳朵悄声说："那女人还没见过你的东西呢，怕是比毛驴的还要黑。"梁宝元也忍不住笑出来。张瑞元见师兄夫妻两个笑得神秘，问他们说什么了，邓香如捂着肚子干笑不肯说，梁宝元则正色说道："香如让我以后在外面别耍花心，说如果在街上看见黑炭头一般的娃娃，没准儿就是我的种。到时候，她就要让我滴血认亲了。"

张瑞元和乌云其木格听了，也都哈哈大笑起来。

自从邓宝柱到五台山出家当了和尚，邓家也算平静了，再没闹出过什么笑话。

邓宝柱念及自己和梅雪数年的感情，在留给他爹的信里交代说，现在那三间房的院子和杜恒远开始给的二十亩地就留给梅雪了，杜恒远后来给的三十亩地留给爹妈养老。梅雪虽说宁死也不和邓宝柱过了，但也对自己把邓宝柱逼得出了家深感内疚，不好意思继续住在邓宝柱的院子里了。她拾掇了拾掇，只带了这些年省吃俭用攒下的几十块银圆，向杨飞燕告辞，准备回山西老家寻找她爹妈去。

杨飞燕问梅雪，她爹妈这些年和她联系过没有。梅雪说，从她爹妈把她卖给邓家，这些年既没来看过她，也没给她捎过信儿，想必觉得卖出去的闺女，已经算不得梅家的人了。杨飞燕便劝梅雪说："那你还回口里老家做甚？回去也无非是嫁人，与其回去嫁，不如就在隆盛庄找个男人嫁了。"梅雪愁眉苦脸道："隆盛庄我嫁给谁呀？"杨飞燕热心地说："反正我也是一个人，你不妨先在我家住下，我找个媒婆给你踅摸踅摸。放心，就你这天人一般的模样，臭不在家里。"梅雪对隆盛庄有了感情，也舍不得离开隆盛庄，便说她就在杨飞燕家叨扰上十天半月，有合适的就嫁了，没合适的再说。

梅雪在杨飞燕家住下没几天，杜杉听到了信儿，来找杨飞燕，让她说媒，说他想娶梅雪。杨飞燕一听便笑了，说道："你想娶梅雪？不是开玩笑吧？"杜杉说："男婚女嫁，有啥奇怪的？"杨飞燕说奇怪倒也不算奇怪，只是隆盛庄有两个女人他不能娶。杜杉问哪两个，杨飞燕说："一个当然是我，我是你爹的小老婆，就算你爹已经死了，我也还是你小妈，你……"杜杉嘿嘿一笑，打断杨飞燕的话说："你说另一个吧，我原本也没有娶你这小妈的心思。"杨飞燕说："另一个便是梅雪了。"杜杉问为什么，杨飞燕说："你想想，你爹娶了邓宝柱的头一个老婆做小，你娶邓宝柱的第二个媳妇当老婆，隆盛庄人还不笑话死你？"杜杉脸不红不白地问笑话他什么，杨飞燕抿着嘴笑道："笑话你啥？笑话你杜家和邓宝柱彪上了呀！甭说别人了，就你妈那关你也过不去。"没想到杜杉却铁了心，说道："我妈那关好说，她若是不同意，我就告诉她，我这辈子非梅雪不娶。她若想我打一辈子光棍，让杜家断子绝孙，那我就听她的。"

杨飞燕虽然不敢奢望杜杉娶自己，却也想和杜杉做个长久的相好，便又说："就算你妈不拦着你，你娶梅雪也不好吧？我知道你是看中了梅雪的相貌，可梅雪长得再好，也是个被人休了的二茬子货。你说你一个大后生，又是恒远当的掌柜，咋也得娶个黄花闺女吧？"杜杉已经鬼迷心窍了，说道："啥二茬子货？就邓宝柱裤裆里那不争气的东西，没准儿她现在还是个黄花闺女呢。再说了，论岁数她比我小，我咋就不能娶她？"杨飞燕真有些看不起杜杉了，摇头道："杜杉，你呀！咋说呢，你做那事儿的时候像个男人，可这事儿却做得不像男人。”杜杉见杨飞燕再三阻挠，猜出了杨飞燕的心思，拉下脸说：“我找老婆关你啥事？你像条看门狗似的挡在前面算是哪桩？你若不肯替我说，我自己找媒人向梅雪提亲去。”杨飞燕知道，且不说杜杉的家境，就杜杉还是个没娶过媳妇的后生这一条，梅雪肯定一百个乐意。她后悔不迭，早知如此，真不该挽留梅雪留在隆盛庄。

杨飞燕不敢惹杜杉生气，又不想成全杜杉的好事，便想在梅雪面前说杜杉的坏话，看能不能从梅雪这边断了杜杉的念头，免得杜杉真找媒婆来，媒婆一张巧嘴之下，梅雪肯定要满口应承了。岂不料，杨飞燕还没把杜杉的意思说完，梅雪便摇头了：“飞燕姐，隆盛庄哪个男人我都能嫁，唯独杜杉，就算我守一辈子寡，也不会嫁他那样的男人。”杨飞燕喜出望外，又觉得奇怪，问梅雪：“杜杉哪点儿不好？”梅雪说：“我已经嫁过一个窝囊男人，若再改嫁一个靠不住的男人，岂不是才出狼窝，又入虎口了？”杨飞燕不解，问杜杉怎么就靠不住了。梅雪红着脸说：“飞燕姐非要我说，那我就说说，只是飞燕姐听了千万别生气。”杨飞燕让梅雪放心地说，她不会生气。梅雪便说：“飞燕姐，那天你过生日，我在你家喝酒，虽然喝多了，却酒醉心不醉，你们做那好事的时候我都偷偷地看见了。飞燕姐是杜杉的小妈，他对小妈都能那样，这种男人靠得住吗？我这不是找相好，是嫁男人，是想嫁个好男人过日子的。你说我能嫁给杜杉那样的花花公子吗？说不定哪天又被人一纸休书赶出家门吗？”杨飞燕纵然淫荡，但听梅雪说那天目睹了她和杜杉的一场好事，也禁不住脸红了，点着头说：“梅雪呀！你说得对，杜杉那样的男人的确靠不住。”

杜杉听说梅雪不愿意嫁他，不肯相信，说一定是杨飞燕在中间捣了鬼，不然，梅雪一个被人休了的二茬子货，怎么会嫌弃他？他骂了杨飞燕几句，又找了媒婆来问梅雪。梅雪的回答自然与杨飞燕说的一样，媒婆回去对杜杉说了，杜杉气急败坏，骂梅雪不知好歹，以为自己是金枝玉叶，不知道想嫁个什么样的男人。

过了没两天，媒婆又来了，梅雪以为媒婆还是受杜杉之托来说服她的，对媒婆说，她主意已定，就不必白费口舌了。媒婆却说这回她不是受杜杉之托，而是想起了一个人，先过来问问梅雪，如果梅雪愿意，她便去那男人家提亲。杨飞燕在旁边问那男人是谁，媒婆说是三义泉缸房的掌柜石茂义。杨飞燕立刻拍手道：“对呀！我咋就没想起石掌柜呢？梅雪，那石掌柜可是个正经人，你若是嫁了他，这辈子可就有靠了。”

如果仅提“石茂义”的名字，隆盛庄人未必个个知道，可如果提到神仙醉，隆盛庄便无人不晓了。

石茂义早年在丰镇一家有名的缸房做伙计，后来当了师傅，精通酿酒工艺后，辞工到隆盛庄开了缸房。因为他是丰镇三义泉人，故给缸房取名三义泉。三义泉的酒很有劲道，入口绵柔，回味醇香，尤其不干嗓子不上头。三义泉缸房开张那天，石茂义在庆春楼摆了几桌，张瑞元喝了两壶，觉得酒好，顺口夸道："没想到隆盛庄的水还能酿出如此劲道的好酒，这酒有劲儿，就算神仙喝了怕是也要醉的。"石茂义当即说道："张掌柜这名字起得好，以后三义泉的酒就叫神仙醉了。"

石茂义的媳妇是丰镇土塘村人，嫁过来的时候便体弱多病，勉强生了两个闺女，去年生第三个的时候大出血死了。

梅雪知道三义泉的神仙醉，也听说过石茂义的名字，想必在街上也见过石茂义，只是人和名字对不上号而已。她现在急于嫁人，没有多想便同意了。媒婆就是靠给人说媒为生的，见梅雪这边同意了，连家都没回，直接去找石茂义了。

石茂义去年死了老婆，两个娃娃没人照应，正想续弦。听媒婆给他说的是邓宝柱休了的媳妇，说他在街上见过梅雪，梅雪相貌没的说，可她刚被邓宝柱休了没几天，这么急就要嫁人了？媒婆的嘴是天下三大利口之一，说道："石掌柜呀！我看梅雪是老天爷给你安排的姻缘。人家本来要回口里老家的，是杨飞燕劝她不妨在隆盛庄踅摸个好男人嫁了，她这才留下来。你想，她借住在杨飞燕家，能不急着给自己找个窝吗？本来恒远当的杜掌柜相中了她，请我去说媒，可梅雪还不愿意嫁呢。"石茂义听媒婆说梅雪连年龄相当、未曾婚娶的杜杉都不肯嫁，摇着头说："恒远当的掌柜杜恒远死后，家业都由他儿子杜杉继承了。恒远当比我这缸房赚钱赚多了，杜杉又是个没娶过媳妇的后生，人家连杜杉都不肯嫁，肯嫁给我这个拖儿带女的半大老头子？"媒婆笑眯眯地说："要不咋说是天作姻缘呢？梅雪嫌杜杉花花公子，说嫁给他靠不住，要嫁个能过住日子的。我和她一提你石掌柜，她便同意了。石掌柜不是说曾经见过梅雪吗，你说就咱隆盛庄的女人，有几个相貌能比上她的？石掌柜这回可真要享艳福了。"石茂义老成持重，思量道："前三天看人，后三天看心，她长得是好看，可我也不能拿好看当饭吃。我若是给两个没妈的娃娃娶回个狠心的后妈，那可就作孽了。"媒婆咯咯笑道："石掌柜多虑了。有道是人心隔肚皮，谁是啥样的人，那还真的没法儿分辨。不过，梅雪可是没话说，邓宝柱蔫成了那个样子，她不也和他过了许多年吗？其实，一个人心眼儿好不好，看相貌就能猜个八九不离十。你看梅雪，长得眉端眼正，说话柔声细语，脸上一团和气，能是那种蛇蝎心肠的女人吗？"石茂义笑了笑，终于说道："不瞒你说，我看梅雪也是个好女人。只是杨飞燕名声不好，她两个在一起相处久了，会不会也近朱者赤，近墨者黑呢？不然，邓宝柱咋会休了她？”媒婆一心要做成这个媒，咧嘴笑道：“身正不怕影子斜，石掌柜多会儿听过梅雪传出个一二三来了？至于邓宝柱为啥休她，石掌柜大概也听说过。邓宝柱裤裆里的东西不给自己做主，你说哪个女人能和他过得住？”

石茂义被媒婆说动了心，当然也为梅雪的年轻漂亮动了心，点头同意了。石茂义给了媒婆酬谢，不久把梅雪娶回家来，观察了一阵儿，见梅雪对他两个娃娃还算不错，对他也够体贴，这才放了心。梅雪也够争气，第二年便给石茂义生了个大胖小子。

再说杜杉，见梅雪嫁了石茂义，也就死了心。经媒婆撮合，娶了个高姓杂货铺掌柜的闺女。那闺女名叫淑清，先前还以为高攀了杜家，却不想杜杉本性难改，没两年便在外面混了相好。淑清说他，他便对淑清大打出手。淑清时常鼻青脸肿地回娘家哭诉，把高掌柜夫妇后悔得连连跺脚。

杨飞燕的生活变化更大。杜杉娶了媳妇后，便不和她来往了。杨飞燕羡慕梅雪嫁了三义泉的掌柜，也想嫁个男人规规矩矩地过日子，可她名声在外，哪个男人敢娶个荡妇回来给自己戴绿帽子？杨飞燕嫁不出去，杜恒远当初给她的钱在打点衙门的人命官司时花了大半，现在只出不进，积蓄也没多少了。她本耐不住寂寞，又担忧财旺哪天被抓回来供出和自己的奸情，与财旺一道被砍了脑袋。索性破罐子破摔，在自己家接客做了暗娼。后来，又光明正大地开了隆盛庄的第一家窑子。这是后话了。

第十二章

张禄暗恋肖玉凤

说话间到了光绪十六年。这一年，张瑞元五十岁，也许是操劳过度的缘故，他的头发白了大半。

张瑞元和多数口里人一样，生活俭朴却舍得盖房置地。前年，他在大东街买了六亩地，用一亩半给自己新盖了处院子，其余的准备以后给三个儿子每人盖一处院子。

张瑞元的院子是参照段祖贤和朱奉祺的院子盖的。在隆盛庄，段祖贤和朱奉祺家的院子是最好的。

因为隆盛庄人多为走西口出来的山西人，所以，无论民风、民俗还是建筑，都沿袭了口里的传统。口里人好脸面，盖房子对院门非常讲究，一般而言，院门分为五种：一为方大门，无台阶、无门槛，此类大门多见于字号，为了方便拉货的大车进出而建。二为圆拱大门，多见于豪宅大院，高大气派，因为老财家多有轿车，为了方便轿车出入，同样没有台阶和门槛。三为二虎头门，此类门多为有钱人家的院门，也是门楼建筑中最精美、最讲究的一种，门楼有高高的屋脊、瓦顶、挑檐，两步或三步的石台阶、石门槛，门两侧有明柱，因檐下左右各镶一方虎头兽吻，故名二虎头门。四为仿木结构和砖雕院门，此类门楼最为常见。门楼为两出水瓦顶，顶部有屋脊，兽吻装饰，下面仿木结构的砖雕，椽、插飞、柁头俱全，门楼中部的砖雕有繁有简，极少有雷同之处。五为土院门，此种院门多为贫苦人家所建，亦有贫寒人家只有两间土屋、半截土院墙，不设院门。

张瑞元盖的是四合院，院墙全部为青砖砌就，宏伟气派。门楼高一丈五尺，院墙高一丈二尺，门楼上的浮雕简洁明朗、精美大气。门洞为拱圆形，为方便轿车出入，无台阶，亦无门槛。大门两侧各有一个石门墩，石门墩为抱鼓形，一个左雕蝙蝠、桃子、鹿，意喻“福、禄、寿”，右雕三只绵羊，意喻“三阳开泰”；一个左雕佛手柑、仙桃、石榴，意喻“多福、多寿、多子”，右雕两条鲤鱼，意喻“鲤鱼跃龙门”。两个石墩上面各雕一只小石狮，雄狮居左，右爪下踩一只绣球，称为“狮子滚绣球”；雌狮居右，左爪下是一只幼狮，叫作“少师少帅”。两扇朱红色的大门又厚又重，各钉四排鸡蛋大小的铁钉，每排九只，两扇门合计七十二只。门上镶有两个直径一尺有余的兽头门环，给人高贵气派的感觉。大门两侧摆有石鼓、上马石，院墙上砌有拴马用的石锁。为防发生灾荒时饥民和土匪抢劫，张瑞元除了在迎街的西厢房的后墙上加盖了高三尺、城墙一样的箭墙，还学段祖贤在巷口盖了巷门。巷门旁设有门房，门房有专人住守，负责晚上关门上锁，俗称“大门插好狗放开，尿盆夜壶捎进来”。

进入大门，首先映入眼帘的是一道正方形的华美照壁，照壁依东厢房的南山墙建造，通体皆为砖瓦砌成，石基座，正中是一个大大的“福”字。“福”字四周镶嵌着各种纹饰的浮雕，线条粗犷流畅，形象逼真。院子青砖墁地，所有房屋先用木料搭好架子，然后再砌墙。房屋均为俗称“硬包软”的砖木结构。这种结构是丰镇一带特有的建筑风格，即外墙为砖，内墙为坯，房屋既美观、结实又保暖，还省钱，故称“硬包软”。正房的建筑风格为厅子房，俗称“三高两低”。三高为三间正厅，坐落在一米多高的长方形石基上，下方用石条铺成五步台阶，四根红漆明柱稳在雕有花纹图案的柱底石上。柱与檩、檩与檩相互连接，结构严谨。屋顶前长后短，双出水，灰色片瓦垫底，筒瓦盖顶；前面飞檐出头，猫头堵瓦，莲花滴水；屋脊两端各有一个大兽头，雄伟壮观，稳重庄严。门窗为深红色朱漆漆就，雕镂细致，古朴典雅；窗户上贴窗纸，窗花形态各异，栩栩如生；玻璃明亮洁净，一尘不染。窗台下是两道二尺余高的花栏墙，花栏墙左右各放一盆火石榴，石榴花开时，红得像团耀眼的火，然后依次是各色洋绣球、蝴蝶梅、倒挂金钟等花卉。屋内东面两间为堂房，也叫客厅。由于房屋跨度大，没有隔墙，也没有那么长的柁。柁由两根相接，接口处竖一根直径约半尺的立柱支撑。后墙中央悬一幅山水画，有古迹遗风；两旁一副对联，是商家常见的“生意兴隆通四海，财源茂盛达三江”。靠墙一对七尺大红柜，红柜擦得油光锃亮，上面的铜饰件犹如铜镜，能照出人影。两只一尺余高的乾隆年间的青花瓷帽筒，摆在对联下方两侧，一只里插一根用来抽打蚊蝇的白色马尾拂尘，另一只里插一根用大红公鸡羽毛制作的鸡毛掸子。厅中央放一张八仙桌，桌上放有两个擦得亮晶晶的铜盘，一个里面是茶壶和茶碗，另一个里面是黄铜水烟袋、水烟盒和白银制作的水烟签，八仙桌两侧是两张太师椅。西面一间由一副八扇隔扇隔开，是张瑞元和乌云其木格夫妻俩的住房。正厅东西两侧各有耳房两间，一出水，故为两低。按照乡俗，东耳房给客人住，西耳房给二房住，男孩子住东厢房，女孩子住西厢房。乌云其木格是蒙古人，没那么多讲究，说两个闺女小，让金花和银花住西耳房，东耳房便留给乌拉哈娘舅家人走亲戚时住了。厢房为东西各五间，造型与耳房相似。东面靠北的两间一间住张禄，一间住张福和张祯。另外两间，一间空着，一间为柴房。西面靠北的两间为伙房和饭厅，靠南两间放杂物，中间一间放咸菜缸等伙房用品。南房三间，为炭房和米面房，西南角为茅厕。

张瑞元的四合院盖了两年，直到今年春天才搬进来。他最初的想法是盖一处两进院。两进院是西面没有厢房，西墙为花墙，开一个斜门；走弯道。人们常说的“斜门歪道”便由此而来。花墙里面再盖一处小院，一般是给二房和小妾住的。照张瑞元的想法，不过是想摆摆阔绰，可乌云其木格不同意，问张瑞元莫非想纳几个小妾住到花墙那边？张瑞元见乌云其木格多心，只好作罢。

这年，张禄二十二岁了，遗传了他妈蒙古人的基因——身材魁梧，浓眉大眼，走路虎虎生风。人也成熟了，把瑞盛店经营得有声有色，不管是米、谷、粟，还是麦子、莜麦、玉米、高粱及各种豆类，用手一抓，便知道粮食的饱满程度和水分多少。他开始也学过奸商的做法，借粮时用大抹，抹子虚虚一打，斗里的粮食发虚，再重重一刮，斗里的粮食平平的，一斗粮会少出半升；收粮时用小抹，抹子重重一打，斗里的粮食瓷实了，再斜过来虚虚一刮，斗里的粮食便呈凸状了，一斗粮能多出半升。这一出一进，便是一升粮。后来被张瑞元发现了，骂过他几次，说做人不可丧了良心。张禄方才改正过来。对于粮店的经营，张禄同样得心应手，无论和粮贩子打交道还是记账、划拨粮款，都是轻车熟路，从没出过差错。张瑞元对张禄十分满意，放心地做起了甩手掌柜，只是偶尔到粮店转转。

张禄生意做得好，人长得也俊朗，他父亲张瑞元不但人缘好，更是宝粟社会首，与段祖贤、朱奉祺并称隆盛庄三大老财，许多人家都想把闺女嫁给张禄，和老财结一门亲家。张禄考不中功名，张瑞元也断绝了与官宦人家结亲的奢望。他现在有了钱，心也高了，给儿子选媳妇挑三拣四。他心里始终藏着邓香如的影子，放不下当年那段阴错阳差的姻缘，一心想给张禄娶个像邓香如一般漂亮又小巧玲珑的媳妇。当然，这是他心里想的，嘴上说出的条件是亲家须得门当户对，媳妇不但要长得好，更要贤惠，绝不能像蓝家的翠芬和巧叶那般泼辣蛮横。可是，隆盛庄也就那么大，门当户对的老财也就那么几家，有钱人家的闺女不是岁数太小便是相貌不如意，闺女漂亮的人家又多是门不当、户不对。夫妻两个没事时叨叨，乌云其木格说他毛病多，娶媳妇嘛，哪能既要门当户对又要媳妇漂亮？找个模样一般，贤惠善良，能生娃娃，会过日子的也就行了。张瑞元固执地说："那可不行，娶回的媳妇要相处一辈子，每天面对面，得看着舒心吧？大户人家的闺女有教养，懂礼节，那样才贤惠，孝顺你。"乌云其木格听出点儿意思了，撇着嘴问："你是不是嫌每天看着我不舒心？当我看不出来？你每次和香如嫂子说话都柔声细语的，是不是嫌我长得五大三粗，没有香如嫂子漂亮秀气？"

乌云其木格的话说到了张瑞元的心坎上，他一直以为乌云其木格大大咧咧粗心呢，没想到，她连自己和香如说话的细节都注意到了。以后和香如说话时，一定要拿捏好。不然，让师兄看出来，自己可就人不人、鬼不鬼了。他嘴上却说："我说你咋这么多心，我啥时候和香如说话柔声细语了？咱们几十年的夫妻了，阿爸阿妈又待我如亲生儿子一般，我能有那样的想法？"乌云其木格到底心胸开朗，也不往深了追究，淡淡一笑，说："你心里咋想的自己知道。说实话，我也知道自己长得不如香如嫂子漂亮秀气，可我们蒙古人就是这样，我们还觉得你们汉族女人裹小脚走路不得劲儿呢。"张瑞元连忙说："咱不提香如嫂子了好不？这话若是让师兄听见，非得和我割袍断义不可。"乌云其木格别张瑞元一眼说："你心里不是挺明白的吗？这话我憋在心里很久了，今天忍不住说出来，就是要提醒提醒你。隆盛庄谁和你最亲？是你师兄呀！你心里想啥别人管不住，可自己做啥别人都能看出来。"

乌云其木格的话让张瑞元浸出一身冷汗。

张瑞元夫妇替张禄的婚事操心，却不知道张禄已经有了意中人。

张禄天生一副好嗓子，且喜欢唱歌，尤其对晋剧更是着迷，什么《打金枝》《算粮登殿》《空城计》都能哼几句，"爬山调"和"东路二人台"也唱得不错。

隆盛庄商业繁荣，做生意、开字号的人多，殷实人家自然也多。有喜欢红火热闹的，便在闲余时间组织些娱乐活动，渐渐地，便形成传统流传了下来。比如，正月十五的"三官社"社火、二月二的龙灯会、四月初八的奶奶庙会和六月二十四的古庙会。

"三官社"社火形成于同治年间，初时起名"三官神"社火。由于表演滑稽有趣、风格喜庆热烈，具有浓郁的地方特色，深受各阶层人士的欢迎，便成立了组织，改名"三官社"，又名"平安社"。"三官社"社火从正月初六迎喜神开始，先选出下一届社火新会首，挨家挨户送上新春祝福，并开始筹备组织秧歌、高跷、花灯和烟花制作。正月初八，社火队伍开始活动。正月十五早晨，由当届会首和德高望重的老者带领，敲锣打鼓前往三关庙请神。老人们在三官神牌位前行礼跪拜、摆供敬裱，还要唱一段喜神歌："天官、地官并水官，三官神上诸神仙，保佑保佑多保佑，保佑咱五谷丰登万万年。"一人领唱，众人和之，伴以锣鼓，然后"踩八仙、迎喜神"，恭恭敬敬地将三官神迎回。三官神请回后，择一块向阳避风、地形平坦的场地，摆放大供、敬香、放炮。秧歌扭起来，忘掉过去一年的种种烦恼；锣鼓敲起来，为来年的生意兴隆和五谷丰登壮劲儿。秧歌扭得越欢，锣鼓敲得越响，主动加入活动的年轻人便越多。

正月十五请神到正月十六送神，是"三官社"社火的高潮。十五的夜晚，各字号依据自家财力和这一年生意的好坏，在门前燃起上百斤乃至上千斤炭的大旺火，门前挂满各式各色的灯笼。家家户户都准备好糖果、礼物，送与前来拜年送平安的社火队。闹花灯的场地设在最繁华的马桥街，偌大的场地燃起数堆旺火，节奏欢快的鼓点中，扭秧歌的，踩高跷的，走车车灯、鱼灯、船灯的，跑毛驴的一同上场，热闹非凡。这时，远处会传来响彻云霄的唢呐声，一条通体明亮的长龙舞动而来，这便是远近闻名的四美庄的"四脚龙舞"。

"四脚龙舞"起源于乾隆二十八年。据传，那一年隆盛庄大旱，百姓惶惶，纷纷云集四美庄水泉寺烧香跪拜，向龙王祈祷降雨解难，并许愿若龙王降雨，年年舞龙灯以示恭敬。到了第四天午时，龙王大发慈悲，降下一场清风细雨。百姓欢天喜地，无不折服。四美庄人没见过龙，为了还愿，特意派人从南方背回一个龙的样品模仿制作。有人见龙没有腿脚，提议说龙是神灵，这龙没有腿脚，和蛇有什么两样？于是，匠人便给龙加装了四只爪，取名"四脚龙舞"。每年正月十四、十五、十六舞龙三天，以表对龙王的虔诚之心。

"四脚龙舞"很有讲究。正式出龙的前一天，由阴阳先生择"神龙"所在方位，舞龙者和自愿参加活动的村民举龙前往"神龙"所在之位，鸣炮烧香，摆供敬裱，龙头朝着"神龙"跪拜，名曰"迎龙神"。还要唱一段龙神歌："神龙在上，降福人间；万民敬仰，恳请显灵；保佑苍茫，五谷丰登。"拜毕，伴以锣鼓将龙神迎回，供于龙王庙内。正月十五晚上，由十人舞动的"四脚龙舞"在龙珠的引导下逶迤而来，先走"龙出水"打开场面，接着"龙翻身""龙戏珠"。龙头、龙身、龙腿里的蜡烛将龙体映得通明。有人将锯末和松香撒向旺火，瞬时白烟滚滚。龙在浓烟中起舞，做出多种造型，犹如腾云驾雾，十分壮观。龙舞得正欢的时候，一个手拿绣球的武士，引导一只五彩斑斓的狮子跃入场中，狮子随着鼓点快慢轻重，或翘首仰视，或低头回顾，或摇头摆尾，千姿百态，妙趣横生。舞到最后，便是“龙戏水”了。龙头高昂，头、身、腿轻轻摆动。鱼灯、船灯在龙身和龙脚下穿插而行，仿佛巨龙戏水、鲤鱼跃龙门一般。这一夜，整个隆盛庄人欢马跃，灯火通明。旺火映红夜空，爆竹接连不断，人们一直狂欢到天亮。第二天，依旧由当届会首和德高望重之老者带领，将三神牌位送回三官庙，在当届会首与下届会首交接后结束。

经过选举，张禄当选为下一届“三官社”社火会首。成为“三官社”社火成立以来最年轻的一任会首。

张禄之所以年纪轻轻便能担任“三官社”社火会首有三个原因：一是他爹张瑞元是宝粟社会首，而举办“三官社”社火的资金有一半是由宝粟社资助的。张禄作为张瑞元家的大少爷，众人自然要给他些面子。二是因为张禄喜欢热闹。二月二的龙灯会、四月初八的奶奶庙会和六月二十四的古庙会他都喜欢，只是那些活动的季节正是粮店忙碌的时候，他抽不出身。唯有正月的社火，恰好粮店关门过年，他便有时间了。所以，每年的社火活动他都要参与进来，出谋划策，改进创新。三是曾经连续三年担任会首的前任会首肖玉春的力荐。有了这三个因素，大家便对张禄担任下一届“三官社”社火会首毫无异议了。

前任会首肖玉春是马桥街的牙纪，家境一般。

肖玉春年轻时在一家戏班子学戏，那戏班子不大，没有名角儿，在府县打不开场子，只能在一些偏僻的乡镇演出。那年，戏班子打听到隆盛庄要举办每年一度的六月二十四古庙会，便赶过来凑热闹，赚几个小钱。班主舍不得住店，租了铁匠田闵家的厢房住下。

田闵是德胜炉的掌柜。德胜炉专打菜刀和镰刀，在隆盛庄一带极有名气。别家打出的镰刀割一天麦子便要磨一次，德胜炉的镰刀割三天麦子依然锋利；别家打出的菜刀磨起来沙沙地挂磨石，用几天就钝了，德胜炉的菜刀上了磨石滑着走，砍骨头都不卷刃。田闵没有儿子，只有三个闺女，大闺女和二闺女都出嫁了，三闺女乳名桂英，年方十八。桂英喜欢晋剧，却很少有机会能听到全本大戏，只能随口哼几句小段子。她听班主说她家的人看戏不用花钱，便成了戏班子的跟屁虫，每一场戏都不肯落下。可惜戏班子人少，没有名角儿，也拿不下全本，桂英总觉得不够尽兴。好在戏班子锣鼓乐器齐全，板打得准，唱功也不赖，也算一饱耳福了。桂英喜欢听戏，爱屋及乌，自然也就喜欢戏班子里的男人了。她相中了在戏班子跑龙套的肖玉春。

肖玉春虽然跑龙套，却是戏班子里最年轻英俊的后生。桂英胆子大，也有缠劲儿，戏班子住下的第三天早晨，肖玉春到西河湾吊嗓子，桂英便跟着去了。先是在一旁看，然后说起了话，之后便向肖玉春表明了心迹，说她喜欢肖玉春，若是肖玉春也喜欢她，就托班主向她爹提亲去。肖玉春从住进来便发现房东的闺女很关注他，只是他觉得自己一个穷唱戏的，不敢有非分之想。现在见桂英主动提出来，他高兴得脑袋都晕了。

回到戏班子，肖玉春壮起胆子把桂英的意思对班主讲了。班主问肖玉春是如何想的，肖玉春说他当然愿意。班主犹豫了一会儿，说道："玉春呀！既然你们两相情愿，师父就成全你们吧。只是你先想好了，咱是个小戏班子，就算累死，也赚不了大钱。将来你老婆娃娃一大家子，怕是不好养活呀！"肖玉春犹豫都没犹豫，说他认了。

班主去向田闵提亲，田闵听说是桂英相中了肖玉春，便叫来桂英问。桂英如实说了，说是她相中了肖玉春，让肖玉春央求班主来提亲的。

田闵这两天出来进去，经常见到肖玉春。从相貌上讲，肖玉春完全配得上桂英，便提醒桂英说："桂英呀！爹看那后生老实忠厚，人也长得端正，唯一不如意的是，他是个戏子。"桂英是家里的老闺女，从小娇生惯养，有点儿小性子，她噘起嘴说："戏子咋了？就因为他会唱戏，我才看上他的。"田闵说："你小，不懂事，自古以来……"桂英不等她爹把话说完，脸便拉了下来："我相中的是人，管他是做甚的。反正，我这辈子非肖玉春不嫁。"

田闵和桂英妈商量了半天，感觉得提个条件，如果肖玉春答应了，就把桂英许配给他；如果肖玉春不答应，就算桂英寻死觅活，也不能把闺女往火坑里推。第二天，田闵把班主喊进屋说："班主呀！我和老伴商量过了，那后生我们也相中了，只是有个条件，不知道他答不答应。"班主让田闵说，田闵说："我膝下无子，大闺女和二闺女都出嫁了，身边只剩下这么个老闺女了。你们唱戏的常年流浪在外，那后生娶了我家桂英，以后桂英也得跟着戏班子四处流浪吗？"班主摇头说："那可不行，戏班子有戏班子的规矩，家眷是不能跟着戏班子的。"田闵又问："班主，那后生在你的戏班子里能拿多少工钱？"班主说："他现在是学徒，田掌柜也知道，学徒管饭不管工钱，这是自古以来的规矩。"田闵再问："如果他出了徒，班主一年能给他多少工钱？"班主不好意思地笑一下说："就算出了徒，也拿不了几个工钱。我们不是挣大钱的行当，就拿我这个班主说吧，去年走了一年，回家过年时，也不过给家里留了十八块银圆。"田闵拍一把大腿说："这不就结了！他娶了我闺女，夫妻既不能生活在一起，又给家里拿不回银子，这不是把我闺女往火坑里推吗？”班主嘿嘿一笑，说道：“说来说去，田掌柜是不同意这门亲事吧？”田闵呵呵笑着说：“我没说不同意，我不是和班主说了吗，我膝下无子，想给闺女招个上门女婿。班主看如何呀？”班主明白田闵的意思了，心说别看是个打铁的，心眼儿还挺多，算计也够精细，不愧是隆盛庄人。想了想，觉得这法子无论对肖玉春还是田家都有利，唯独亏了自己，这两三年的功夫白调教肖玉春了。田闵见班主沉思不语，催促道：“班主觉得这法子行不行？回个话呀！要不这样吧，我让桂英把那后生叫来亲自问问，他若是同意咱再商讨，他若不同意咱就拉倒。”

田闵开门喊坐在窗台下的桂英，让她把肖玉春叫来。桂英心里高兴，笑吟吟地去喊肖玉春了。肖玉春因家境贫寒才跟着戏班子学戏的，看桂英有些姿色，田家家境也还殷实，哪有不愿意之理？当即红着脸答应了。班主听肖玉春答应了，叹着气踌躇道：“田掌柜，按说玉春答应了，我也不该女人一般叨叨了。只是当年收留玉春的时候我们有过合约，为了调教他，这两年我没少费心血。”田闵哈哈笑道：“班主，我知道规矩。说白了，我要把这后生留在隆盛庄，就得替他赎身吧？咱也别讨价还价了，你唱一年戏，不就给家里留了十八块银圆吗？我卖铁器收的都是制钱，我给你十吊满钱，咱们算两清了。行不？”

清朝的钱币分银票、银锭、银圆、铜圆、制钱几种。银票携带方便，适合大宗交易。银锭适合大宗交易中的现金交易，一两银子可换制钱一千九百三十四文。银圆使用比较广泛，含纯银九成，一块银圆合纯银六钱四分八厘，可换一百铜圆，也称一百铜子或一百大子。制钱分四种叫法：二十四个一吊的制钱叫“花钱”，二百四十个一吊的制钱叫“陌钱”，五百个一吊的制钱叫“城钱”，也叫小吊钱，一千个一吊的制钱叫“满钱”，也就是一吊钱，相当于一块银圆。

班主见田闵把话说到了这个分儿上，觉得田闵给他十吊满钱也不少了，便勉强点了头。

肖玉春做了上门女婿，心中自卑，说话谨慎，行事小心。过了段日子，见岳父性情爽朗，岳母心地善良，待他如亲儿子一般，从不刁难，更没有丝毫看不起他，方才踏实下来。他先跟着岳父到铁匠炉打了一年铁，不甚喜欢。桂英的二姐夫在马桥街做牙纪，虽然赚不了大钱，但除了生活，每年也能攒下几个，最主要的是，牙纪一行不用自己出本钱。肖玉春便和桂英商量，想跟二姐夫去马桥街学做牙纪。田闵也不希望女婿跟他做铁匠，便也让肖玉春先去试试。

牙纪是牲畜市场的中介人，也叫掮客，归马王社管理。牙纪必须先入行社，并交纳入会费，方可进入市场。做牙纪也不容易，须得经验丰富，熟悉牲畜。比如骡马，牙纪须从其口齿看出年龄，从体态特征看出其内力、驯服性、病史和出产地等。因此，买卖双方都对牙纪十分信赖。价钱僵持不下的时候，便由牙纪仲裁，成交后按比例付给牙纪佣金。由于隆盛庄牲畜交易量极大，市场里牙纪很多，收入也很可观。肖玉春脑子好使，又在戏班子待过，能说会道，几个月下来，便熟悉得像个老牙纪了。第一年便赚了十几块银圆，都交给了岳父。田闵为人公道，只要了给肖玉春赎身的十块银圆，其余的都给了桂英，让她好好攒着，将来盖几间房搬出去另过。

桂英出聘第二年便生了，出溜一个，出溜一个，出溜一个……也不知道是命中注定还是老天爷故意的，爹妈越是盼她生个小子，她越生出来的是个闺女，居然一口气生了五个，分别取名金凤、玉凤、喜凤、美凤、宝凤。田闵不甘心，让桂英接着生。桂英生了第六个，又是闺女。桂英妈往尿盆里舀一瓢水，将婴儿按进去溺死了。再生第七个，依然是闺女，依然按进尿盆里溺死了。田闵无奈，和肖玉春喝酒时说："玉春呀，咱俩都是没儿子的命，认了吧！"

肖玉春只有苦笑作罢。

肖玉春是晋北阳高人。山西本就贫瘠，晋北更是苦寒之地，而阳高又是晋北最贫寒的地方。所以，阳高人的节俭在山西是出了名的。

阳高人喜欢吃糕，糕是黍子制作的。黍子去了皮叫黄米，黄米磨成面蒸熟制作的糕叫黄糕，黄糕捏成片或包了馅，用油炸了的叫油炸糕，是人们逢年过节最讲究的主食。黍子不去皮，直接磨成面蒸出来的糕叫"毛糕"。阳高人节俭，吃糕多是不用油炸的毛糕。毛糕入口粗糙，不好下咽，贫寒人家便熬些菜汤蘸了吃。一般人家吃毛糕，煮一颗鸡蛋，用葱花、盐、醋勾兑一海碗素汤，将鸡蛋放入汤中杵碎，夹一块毛糕在汤里蘸一下，俗称"鸡蛋碰糕"。有钱人家吃糕比较奢侈，吃的是黄糕，打一锅鸡蛋汤，每人盛大半碗，黄糕蘸着鸡蛋汤吃。

肖玉春过日子精细，从不乱花一个铜板，十几年过去，新房盖起来了，手头也攒了些钱，加上没有给儿子买房置地的后顾之忧，日子渐渐好过起来。就算吃糕，也不再吃毛糕和黄糕，而是吃油炸糕了。

隆盛庄虽然多有会唱"爬山调"和"东路二人台"的，唱晋剧肖玉春却是首屈一指。因此，每年闹红火都少不了把肖玉春叫上。后来，又选他做"三官社"社火会首，并且连任了三届。

张禄一直敬仰肖玉春，觉得肖玉春的晋剧是隆盛庄唱得最好的，就像张瑞元当年能和彭德生下象棋下到半夜一样，他对自己的爱好也非常执着。肖玉春对此不理解，问张禄："张少掌柜，你放着好端端的少爷不做，学啥戏文呀？自古以来，戏子是下三烂的行道，你不怕辱没了自己的身份？"张禄说："啥身份不身份的。这隆盛庄，除了人家段掌柜是秀才身份，别人还有啥身份？你今天有钱，别人敬重你，尊你一声老爷、少爷；明天你穷光蛋了，别人不落井下石，就算好人了。我才不管它上三烂还是下三烂，只要喜欢就行。"戏文里的故事和词儿都是讲道理的，肖玉春想想也是，人这一生，除了功名，还有什么能让人心悦诚服一辈子的？便说："张少掌柜既然喜欢，那我就教你几段吧。"张禄为人谦虚，急忙说道："论辈分您是我叔，您若张口闭口称我少掌柜，我真的无地自容了。您要是把我当朋友，以后直呼我玉奎好了。"肖玉春原本规矩挺多，和铁匠岳父相处久了，也变得直言不讳了，爽快地说："好，那我以后就直呼张少掌柜的乳名了。"

肖玉春虽然没唱过全本大戏，但晋剧里的大多曲目都是戏子的奶子功，便把《打金枝》《算粮登殿》《空城计》《芦花》等一些他熟记在心的曲目和词儿都教给了张禄。张禄有记忆的天赋，学不了三五次，便都记住了。

肖玉春的大闺女金凤去年腊月出嫁，嫁给了鲁班社一个手艺不错的木匠，年底竟然破天荒地生了个儿子，把肖玉春夫妇和金凤的姥爷姥姥高兴得直给金凤花钱。玉凤比张禄小三岁，长得比金凤好看，张禄初到她家时，她还知道男女授受不亲，羞答答地不和张禄说话，后来时间久了，不但和张禄说起了话，还时常开几句玩笑。记得有一次，张禄央求肖玉春教他唱戏时穿插的一段叫《捉跳蚤》的说唱，张禄只听了两遍，便说记住了。玉凤不信，让张禄赶快学一遍。张禄不但一字不漏地念了出来，还把肖玉春的表演学得惟妙惟肖。那段说唱的全文是这样的：

张大嫂，李二嫂，
两人睡觉铺枳草。
枳草里面有跳蚤，
咬得二人睡不着。
大嫂忙把二嫂叫，
两人起来捉跳蚤。
大嫂用灯照，
二嫂拳头捣。
跳蚤一看事不好，

蹦、蹦、蹦，跑掉了。
跳蚤跑到衙门里，
咬得县官睡不着，
县官急忙把鼓敲，
三班衙役全来到。
刀枪棍棒一大堆，
榆木大枷整一套：
“快与本县捉跳蚤！”
跳蚤一看事不好，
蹦、蹦、蹦，跑掉了。
跳蚤跑到了金銮殿，
咬得万岁睡不着。
急忙击动金阳鼓，
文武大臣上早朝。
御林军，两边靠；
弓上弦，刀出鞘。
布下十里埋伏阵：
“快与寡人捉跳蚤！”
跳蚤一看事不好，
蹦、蹦、蹦，跑掉了。
跳蚤跑到了阎王殿，
咬得阎王睡不着。
叫牛头，喝马面，
小鬼判官全来到：
“快与本王捉跳蚤！”
跳蚤一看事不好，
蹦、蹦、蹦，跑掉了。
跳蚤跑到山坡上，
逮住羊倌儿使劲咬，
咬得羊倌睡不着。
鞭子抽，抽不着；

铲子打，闪了腰。
咬得羊倌没辙套，
解开裤子就尿尿。
唰唰唰，
跳蚤就在那尿里泡。
羊倌急忙用手捏，
才把个跳蚤捏死了！

玉凤见张禄一口气说下来，竟然一字不差，惊讶道：“玉奎哥，这么长的词儿，你只听两遍就记住了？真厉害，比孙猴子的脑子还好使。”张禄朝玉凤扮个鬼脸说：“玉凤，你当玉奎哥是猪脑子呀？莫说这几句词儿，就我家瑞盛店的账目，不用看账簿，我能把十天之内的每一笔交易都背出来。就算你去量过二两米，我也记着。”玉凤心服口不服：“咦，夸你两句就不知道姓啥了，看那屁股，都快翘上天了。”张禄戏谑说：“屁股要能翘上天，那我就成神仙了。”玉凤回他一句：“你呀，就算当了神仙，也不过是天蓬元帅猪八戒而已。”张禄脱口说道：“我要是猪八戒，那就下凡把你抢了当媳妇。”张禄不过随口的一句话，玉凤却羞了个满脸通红，别张禄一眼说：“你想得倒美。”

张禄只要闲着没事，便往肖玉春家来。起初拉着梁龙一道来，可后来不知怎么了，梁龙找借口不与他同去了。张禄平时到肖玉春家，都是吃完饭或是店铺上了门板之后，有时去得早了，正赶上肖玉春家吃饭，肖玉春与桂英留他一块吃，他便掏一把制钱，让玉凤到街上买些酒肉回来。肖玉春阻拦，他开玩笑说：“叔，我爹有钱，咱就当是花他的吧。”久而久之，张禄像是肖玉春的半个家人了。玉凤对他更是关爱有加，他十天没去肖玉春家，玉凤见了他便骂道：“你个没良心的，咋半年没来我家了？是不是嫌我做的饭不好吃呀？”张禄奇怪地说：“我好像只有十天没来吧，咋就成半年了？”玉凤面色潮红道：“我说半年了，就是半年了。”

玉凤和张禄相处久了，对张禄暗生情愫。肖玉春和桂英自然看在眼里，两人提到张禄时，桂英说：“我看咱家玉凤对玉奎好像有点儿那个意思，你看出来没？”肖玉春说：“我又不是瞎子，会看不出来？”桂英说：“其实，我觉得玉凤和玉奎也挺般配的。”肖玉春说：“你就别瞎想了，人是般配，可门户不配。”桂英不满地说：“啥叫门户不配？张家不就是有钱吗？想当初你一个穷戏子，我爹不也把我许给你了？莫非你忘了，连你赎身的钱都是我爹出的。”肖玉春说：“你爹和张瑞元能一样吗？你爹是打铁的，张瑞元是见过世面的。”桂英白肖玉春一眼说：“你个没良心的，现在有钱了，就忘了我爹当年的好？”肖玉春解释说：“我不是那意思，我是说你爹就像德胜炉的铁器一样性情耿直，没有半点儿偷工减料，而那张瑞元买卖人出身，买卖人讲的是赚钱，只要能赚钱，啥事做不出来？就拿瑞盛店说吧，你借出来的粮多还是还回去的粮多？”桂英说：“我说的是娶嫁，和买卖人有啥关系？”肖玉春说：“当然有关系。张家有钱，必定要娶个有钱人家的闺女，那样才门当户对。就咱这点儿家业，张瑞元能看得上？”桂英听肖玉春说得有理，犹豫道：“反正我挺喜欢玉奎那后生的，要不哪天我探探他的口风，如果玉奎同意，咱便找个媒人到张家试试。”肖玉春说：“玉奎应该没说的，他爹却未必同意。”

第十三章

张瑞元半路遇劫

尽管张禄已经有了独当一面的能力，可以在吃饭的时候陪他爹喝几杯酒，但他爹的威严他从不敢冒犯。即便知道他爹某件事做错了，也不敢提醒，更不敢据理力争。

张禄隐约听他妈说过，香如大娘当初是想把花子许配给他的，不知道爹妈是如何想的，最终，二弟张福和花子定了亲。张禄高兴得直呼万幸，因为他实在有些害怕花子的泼辣。从内心讲，张禄是非常喜欢玉凤的。玉凤不但相貌好，性格也和他合得来。那天，桂英婶子半开玩笑半认真地对他说："玉奎呀，你看我家玉凤咋样，要么把她许配给你吧？"张禄听得一阵欢喜，心想不知道爹妈见过玉凤没有，要是能把玉凤娶回家就好了。他不敢擅自答应，为难地对桂英说："婶子，我们家的事都是我爹做主，婚姻大事，更得我爹点头。"桂英听张禄说话模棱两可，猜不出他究竟喜不喜欢玉凤，本想再问几句，看能不能套出张禄的底儿。又怕问多了，显得自家的闺女聘不出去似的，只好暂且作罢。

张禄把桂英的话记在了心上，那天回去，饭没扒拉两口，便回屋蒙头睡了。脑子里满是玉凤的影子，越想心里越亮堂，大半夜没睡着。第二天上午，玉凤到店里买黄米，进门把笸箩往柜台上一扔，黑着脸说："量两大升黄米。"

粮店收粮卖粮以斗、升计量，三十斤为一大斗，十斤为一小斗。升分多种，大升三斤，小升一斤，亦有一斤半的升。隆盛庄人都管卖粮叫"粜粮"，买米叫"量米"，买面叫"挂面"。

张禄以为玉凤和外人生气了，逗她说："今天是咋了？脸拉得好长呀！"玉凤狠狠地瞪他一眼说："咋说话呢？别变着法儿地骂人行不？"张禄纳闷地说："玉凤，你莫不是吃枪药了，我哪变着法儿地骂你了？"玉凤翻张禄一眼说："你没骂人吗？那你咋说我脸长了？你不是拿我的脸和驴头相比吗？"张禄哭笑不得，说道："玉凤，你看你，好好的一句话，从哪想到哪了？就这脾气，将来咋嫁人呀？"没想到，这随便的一句话说出来，玉凤连黄米都不量了，从张禄手里揪过笸箩，眼睛泪花花地说："家里有几个钱，便看起这个，看不起那个了。我嫁不嫁人和你有啥关系？你家的门槛高，我攀不上还不攀了呢。"玉凤拎着笸箩扭头便走，张禄连忙招呼她说："玉凤，你不是量黄米吗？"玉凤头也不回地说："隆盛庄也不是就你一家粮店，我到别家量去。"

玉凤走后，张禄琢磨着玉凤话里的含义，觉得玉凤的态度肯定和昨天桂英婶子问他的话有关。心说这事儿得赶快和爹妈说说，不然，或许就把这段姻缘错过了。

晚上，张禄上了门板，关了店铺回到家，见伙房只有他妈一个人，问起爹和弟妹们，乌云其木格说他爹今天到丰镇去了。张福和张祯明年要赶三年一次的科考，提前吃完饭去读书了。金花和银花这些天学绣花，也吃完回屋了。张禄洗了手坐下，乌云其木格端上饭来，张禄一边吃饭，一边问张福和张祯读书用功不，明年的科考能不能中。乌云其木格说："那咋能知道，福奎刚才还嚷嚷着说他明年再考一次，考中了算，考不中就到永盛源跟龙龙学皮毛去。宝奎就不知道了，那娃娃话不多，妈问他，他还挺烦，说不就个秀才吗，有啥难的？你听他说得多轻巧，不就个秀才？隆盛庄有几个秀才？多少年的隆盛庄了，不就只出了人家段掌柜一个秀才吗？"张禄说："我看呀，福奎和我一样，一准儿考不中。别看他成天抱着本书摇头晃脑的，他的心思根本就没在书上。倒是宝奎说不准，看他那画画得，诗作得，肚子里有货呢。"乌云其木格叹息一声说："唉！也怨你爹，娃娃们喜欢做甚就做甚吧，中个秀才有啥好的？说是见了县太爷不用跪，丰镇那个同知到过咱隆盛庄几次？咱见了他躲得远远的，给他下跪个啥？还说秀才骂人不用挨板子，咱又没吃疯猫肉，平白无故地骂大街做甚？咱不愁吃、不愁穿，不缺钱花，就算真出了秀才，不过是你爹出来进去，脸面上光彩些罢了。"张禄说："我爹好脸面，咱家若是真能出个秀才，的确给他老脸上增光了。"

张禄吃了饭，乌云其木格一边收拾碗筷一边说："玉奎呀，你爹和妈商量过，今年你已经二十二了，也该给你说房媳妇了。要是有合适的，咱今年过年就娶，明年春天动工，把房子给你盖起来。你爹说了，你给家里出力多，也给你盖一处和家里一模一样的四合院，到时候把瑞盛店分给你，你自己另过吧。”张禄听说爹要给他盖一处和家里一模一样的四合院，还要把瑞盛店分给他，心中一阵狂喜。忽地想起玉凤，趁着他爹不在，斗胆试探他妈说：“妈，你们是不是已经替我踅摸好了？是哪家的闺女？”乌云其木格说：“踅摸是踅摸过，可一直没踅摸见个合适的。依你姥爷的意思，想从乌拉哈给你说个蒙古闺女。可你爹不愿意，说他已经娶了个蒙古人，这回要换一换，给你娶个汉人。其实妈心里知道，你爹是嫌我们蒙古人长得没汉人秀气，尤其一双大脚板，走路没女人味儿。”张禄心说他爹说得极是，嘴上却说：“其实，娶个蒙古媳妇也不赖。就像妈，身高树大的，做营生比香如大娘利索多了。”乌云其木格停下手问：“那妈和你爹商量商量，让姥爷从乌拉哈给你说个蒙古媳妇？”张禄连忙摆手说：“妈，别了，我还是找个汉人吧。”乌云其木格笑了：“哼，妈就知道你和你爹心里想的一样。”

过了一会儿，乌云其木格又问：“玉奎，妈出门少，你成天在外，没见过哪家掌柜的闺女有长得好看的吗？”张禄早就等着他妈问这句话呢，连忙说见过呀！乌云其木格问是哪家掌柜的闺女，张禄故意慢吞吞地说：“妈，我觉得玉凤就挺好，人长得好，性情也好，将来肯定能和妈相处好。”乌云其木格眨巴着眼睛想了想：“玉凤是谁？他爹是哪家的掌柜？”张禄说：“玉凤是肖叔家的二闺女，就是教我说《捉跳蚤》的肖叔。”乌云其木格听张禄给弟妹们说过《捉跳蚤》，也还跟着笑了。她先点点头，又摇头说：“哦，就是桂英家的二闺女吧？不行，她家的闺女可娶不得。”张禄心一下子提到嗓子眼上，急忙问道：“妈见过玉凤？她咋不行了？”乌云其木格说：“玉凤妈倒是没见过，可她家不行。有道是官对官，富对富，草屋对着篱笆户。她姥爷虽然也算个掌柜，现在又被众人推举为老君社会首，可铁匠炉的掌柜叫啥掌柜？成天烟熏火燎的，回家一身臭汗，打一年铁也赚不了两锭银子。她爹戏子出身，穷得没钱娶媳妇，给铁匠家当了倒插门女婿，在马桥街做牙纪，靠伶牙俐齿吃饭。且不说咱两家门不当，户不对，就说她家的风水吧，她姥姥养了三个闺女，没儿子，她妈一口气生了五个，还是没儿子。你若是娶她回来，她给你生一大堆闺女，将来谁给张家传宗接代？到时候，不把你爹气死才怪。”

张禄就像被当头浇了一瓢冷水，他知道，如果连他妈这一关都过不了，他爹那里干脆想也别想。真是世间万般事，皆与利相连。所谓的门当户对，说白了还是一个“利”字，做人如此，婚姻亦是如此。可惜一对情投意合的恋人，被世俗与偏见棒打鸳鸯。从此，张禄再没敢登肖家的门，直到后来他把肖家的五闺女宝凤娶回来做了小，方才了却了这段心事。这是后话了。

张瑞元去了趟丰镇，回来进门便骂："真他妈的倒了八辈子霉，十几年没听说过有劫道的，今天竟然让我给遇上了。"乌云其木格吓了一跳，急忙问他伤着没有。张瑞元说歹人倒是没有伤他，只是把身上的钱抢走了。乌云其木格吁口气说："人没伤着就好，钱不算啥，就当破财免灾了。"张瑞元抽出腰间的烟袋放在八仙桌上，得意地笑道："两个眼拙的东西，十几块银圆算个啥？竟然没看出我这根烟袋才值钱呢！"乌云其木格给张瑞元倒了碗茶，说："先坐下喝口茶压压惊吧！亏了歹人不识货，若是把你的烟袋抢了，别说你能气个半死，就连我阿爸听了，怕是也要惋惜好一阵儿呢。"张瑞元在太师椅上坐下，呷口茶说："抢我的烟袋？那我非得和狗日的拼了老命不可。不过，这次是侥幸，以后出远门，可不能再带这根烟袋了。"乌云其木格也坐下，问到底是怎么回事，哪里来的歹人，大白天的就敢劫道。

张瑞元拿起水烟壶。他在外面抽旱烟，回家抽水烟。

水烟壶也是张瑞元的心爱之物，是他向隆盛庄最好的铜匠定制的，比大同店铺里卖的水烟壶小一号，所以更显玲珑精致。水烟壶用黄铜手工打制，壶身一面雕几根松枝，一面雕"宁静致远"四个小篆，壶顶有加水的盖儿，前有黄铜烟杆，像壶嘴儿一样斜立向上，后有烟嘴儿，比烟杆细、长，略弯曲。抽水烟要用专用的水烟丝，水烟丝为压实的扁方形状，外用黄色马粪纸包裹。吸食前，先掰一小块烟丝放入烟盒，加少许白酒泡开，味道极美。烟壶中加大半壶清水，拇指与食指捏少许烟丝，团成绿豆大小的烟球放入烟嘴中，用纸煤子点燃，吸两到三口，用银烟签子挑出。一般而言，如此吸五六锅方才过瘾。烟杆儿里烟油多时，可用银烟签子通去。因为水烟味道柔润，吸食讲究，且烟丝比旱烟价格贵出许多，所以有钱人在家抽水烟既讲究，也体现身份。其唯一的缺陷是水烟壶造型枝杈，不方便随身携带。

张瑞元捏一小团烟丝装上，点着火吸了两口，用银烟签子挑出烟灰，嘴里喷着烟雾道："事儿倒是不大，身上也只有十几块银圆，只是自从不走库伦后，再没遇见过拦路打劫的。虚惊一场，憋了一肚子窝囊气。"

张瑞元抽了两袋水烟，喝了一碗茶，把丰镇之行的经过讲了一遍。

上三元的三家分号里，丰镇的生意最好。大大小小的铺面，只要卖干货的，七成进的是上三元的干货。每天五挂牛车，从隆盛庄装满干货运往丰镇，风雨不断，仍旧供不应求。丰镇分号最早的掌柜是王顺。王顺早年在窦金魁打杂，达林太盘下窦金魁改名永盛源后，张瑞元觉得王顺人诚实，便推荐他当了账房。后来，上三元在丰镇开分号，需要个老实可靠的人当掌柜，张瑞元一时找不到合适的人，和梁宝元商量，让王顺到丰镇顶当两年，等找到合适的人再换回他。王顺六十多了，他知道，如果在其他字号，就他这岁数，东家早让他卷铺盖回家了。张瑞元手里不缺小掌柜，也不是重用他，这是照顾他家境不好，想让他多挣几个钱。所以，王顺兢兢业业，不敢出半点儿差错。

前年冬天，王顺得了哮喘病，胸口憋闷，喘不上气。他怕耽搁了上三元的生意，向张瑞元提出自己实在是干不动了，辜负了掌柜的一片好心。张瑞元和梁宝元念王顺是永盛源的老人，为永盛源出了几十年力，商量给他一百块银圆，仔细点儿花，这一百块银圆也够养老了。把个王顺感动得老泪纵横，说这辈子从未遇见过像张瑞元和梁宝元这样的好东家。

王顺回家了，张瑞元与马占元、梁宝元商量，看派谁到丰镇分号当掌柜的合适。三人琢磨了半天，梁宝元说在瑞盛店当账房的曹栋就挺合适，何不把他派去。张瑞元看看马占元，摇头说曹栋怕是不合适。梁宝元问他是不是怕曹栋去了丰镇，张禄一个人拿不下瑞盛店。张瑞元说那倒不是，曹栋不在，还有他儿子曹宝珠给张禄做帮手呢。马占元领会错了张瑞元的意思，便问梁宝元，是不是张瑞元担忧曹栋靠不住。梁宝元说："哪里呀，曹栋和他儿子曹宝珠都精明着呢！马掌柜还不知道我师弟的为人？他心太重，曹栋和他是亲戚，他是怕咱俩多心。"马占元问曹栋是张瑞元的什么亲戚，梁宝元说："马掌柜还记得光绪三年口里的那场旱灾不？曹栋一家就是那年从忻州逃荒出来，到隆盛庄投奔我师弟的……"张瑞元接过话解释说："哦，曹栋是我舅舅的儿子，比我大几岁，我叫他表哥。那年口里大旱，他带着一家人到隆盛庄来投奔我。我先给他们让出几十亩地种，心说等灾年过去，他们就该回忻州老家了。没承想，请神容易送神难，他们住下就不肯走了，也不好意思白种我的地，让我给他们在隆盛庄找点儿营生。亲戚门上，我不好回绝，又怕你两位掌柜的多心，没敢把他们安顿到永盛源和上三元，便让他们父子留在了瑞盛店，我表哥当账房，表侄儿给玉奎打下手。那父子都念过私塾，挺懂礼，做营生也尽心。表侄儿去年成了亲，香如嫂子还是媒人呢。"马占元听了，"哦"了一声说："张掌柜也太心重了，古人用人都外不嫉贤，内不避亲。咱这小字号，哪有那么多的说道？用外人总不如用自己人，只要你表哥能干，就让他去吧。"张瑞元还是犹豫不定，说道："上三元不像瑞盛店，上三元是咱三个人的买卖，他干好了咱皆大欢喜，若是干不好，我这老脸往哪放？"梁宝元不耐烦了，说道："瑞元，你这磨磨唧唧的咋像个女人？干好了你让他继续干，干不好你再让他回瑞盛店不就结了。"张瑞元慢吞吞地说："那就让他先干上几个月试试吧。"

曹栋中等个子，性情温和，相貌慈善。他知道表弟让他到丰镇上三元分号当掌柜，机遇难得，又怕给表弟脸上抹黑，更是尽心尽力，不敢出一点儿纰漏。丰镇离隆盛庄虽然不过六七十里地，除非过年或者总号有事，他平时是不回家的。干货不像皮毛和粮食，不分淡季旺季。丰镇稍讲究点儿的人家，都有早晨吃干货的习惯，就算普通人家，自己舍不得吃，也要买给孩子吃。所以，曹栋一年四季很少有闲下的时候。

曹栋做了一年掌柜，马占元和梁宝元都很满意，决定丰镇分号的掌柜就用曹栋了。为了让曹栋安心，就近给他租了两间房，让他把老婆也接到丰镇。本来一切都挺顺当，可丰镇也有做干货的，说上三元抢了他们的生意，频频找曹栋的麻烦。前些天，先后有人拿着绿豆糕和芙蓉糕来找曹栋，有的说绿豆糕里吃出了屎壳郎，有的说芙蓉糕里吃出了苍蝇，纠集了许多人围在字号门口跟着起哄，让上三元滚回隆盛庄。曹栋知道这些人都是故意的，目的是将上三元的干货挤出丰镇市场。好在他一眼便看出那不是上三元的干货，当即取出上三元制作的绿豆糕和芙蓉糕进行比较，质问闹事的，干货的式样和口感一样吗，说这根本就不是上三元的干货。找碴儿的人碰了钉子，悻悻地走了。但事情并没有完，前几天的一个晚上，曹栋关了店铺回家，在巷口被人打了一闷棍。亏了对方只是想警告他，下手不重，不然，他的命就丢在丰镇了。

曹栋给张瑞元捎回话，把丰镇的事说了，看他能不能想想办法。张瑞元知道强龙压不过地头蛇，何况丰镇也是藏龙卧虎之地，像他表哥那样的老实人很难压住阵脚，可他自己在丰镇也没几个熟人，这事儿怎么办呢？他忽地想起了段祖贤。段祖贤是丰镇人，在丰镇有不少亲戚，何不找他商量商量。

段祖贤虽然有秀才的功名，却不傲气，说话也不咬文嚼字。见张瑞元来了，彬彬有礼地让了座，客气地问张瑞元近来生意如何。张瑞元和段祖贤经常在一起商讨行社事务，他敬仰段祖贤是秀才，文商并举；段祖贤也尊敬张瑞元见多识广，生意做得活，人品好。所以，两人说话很是投机。

张瑞元呷了口茶，寒暄几句，把来意对段祖贤讲了。段祖贤听后微微笑道："张掌柜，你胆子也真够大的，敢到丰镇人的碗里抢饭吃，你不知道'疯猫沙耗子'吗？"张瑞元知道段祖贤所说的"疯猫"指的是丰镇人，"沙耗子"指的是萨拉齐人。因为这两个地方的人不但精于算计，且生性剽悍、性情暴躁，既出人才，也出匪类，自古以来就是藏龙卧虎之地。所以，人们便把他们合称"疯猫沙耗子"了。

张瑞元呵呵笑道："生意人嘛！哪里有钱赚去哪里。段掌柜是丰镇人，不也到隆盛庄做生意来了？”段祖贤微笑道：“那倒也是。不过，丰镇人精明强干，隆盛庄倒流水，风水硬，两个地方的人都不好惹。一旦起了争执，便是针尖对麦芒。我觉得张掌柜不妨找个能说上话的丰镇人调解一下，和气生财嘛！”张瑞元连忙说：“我也是这个意思，所以便求段掌柜来了。”段祖贤给张瑞元续了茶，思忖一番，说道：“我有个姨哥姓李名维，在丰镇厅署衙门做武巡检，官拜武八品。如果张掌柜信得过，我给他写封信，让他出面调解一下。张掌柜看如何？”张瑞元听段祖贤在厅署衙门有做巡检的亲戚，高兴地起身抱拳谢道：“好啊！那就烦劳段掌柜了。”

段祖贤取过笔墨，略一思索，提笔写就一封信，取信封装了，用糨糊封了口递给张瑞元。张瑞元接了信，再次谢过段祖贤。两人又坐了片刻，段祖贤问了些关于张禄的近况，夸张禄说：“张掌柜家的大少爷真是年纪轻轻便能传承衣钵，独自担当起瑞盛店了，经营有方，实在难得呀！”张瑞元对张禄也甚为满意，嘴上客气道：“其实，我原本想让犬子像段掌柜一样考个功名，可他不喜欢读书，两次赶考都落了榜，只好让他做生意了。好在他做生意还算有心，替我分担了不少，我现在基本上不插手瑞盛店的事了。”段祖贤点头道：“好啊！张掌柜以后可以腾出身来，咱们多商讨些行社的事。”张瑞元应道：“那是！段掌柜以后有啥事情，尽管吩咐人喊我便是。”段祖贤客气地说：“张掌柜是会首，我是副会首，一切以张掌柜马首是瞻。”接着又问，“大少爷还没娶亲吧？娶亲的时候，张掌柜一定要请我喝杯喜酒啊！”张瑞元说：“那是一定的，只是犬子现在尚未定亲，段掌柜手里若有合适的闺女，不妨给撮合撮合。”段祖贤微笑道：“好的，我记在心上了。”

张瑞元回到家，本想看看段祖贤在信中如何对他那巡检亲戚讲的，可段祖贤把信封了口，张瑞元不好意思拆开。

第二天一早，张瑞元让车倌六六套了轿车，到永盛源选了一件上好的狐皮大氅，然后去了丰镇。

张瑞元的车倌是王顺的三儿子，因为在家里排行老六，乳名便叫六六了。张瑞元找到李维李巡检家，把段祖贤的信递了进去。李巡检四十多岁，身体健壮，腰板笔直，一看便是行伍出身。对张瑞元又是让座，又是上茶，把张瑞元当成了贵客。张瑞元捧上狐皮大氅做见面礼，李巡检连声说张掌柜太客气了。寒暄过后，张瑞元把来意讲了，李巡检轻松地说：“我姨弟在信里讲了，小事一桩，我和那几家干货铺的掌柜打个招呼便是。让曹掌柜安心留在丰镇，继续好好地经营吧。老实说，我也经常吃你们上三元的干货，的确很好吃。”

张瑞元见李巡检痛快地答应了，连忙起身向李巡检抱拳道谢。李巡检说：“小事一桩，张掌柜不必客气。”又朝门外问一声，“艾叶，水烧开了吗？快给张掌柜续茶。”外面传来一个清脆的声音：“爹，来了。”跟着，一个十八九岁的闺女提了一只锃亮的黄铜壶进来，往茶壶里续了水。李巡检介绍说：“张掌柜，这是我闺女，名叫艾叶。艾叶，喊张掌柜。”艾叶相貌端正，但不算十分漂亮，给张瑞元行了礼，喊了声：“张掌柜好。”

与李巡检说过事情，李巡检热情地挽留张瑞元在家吃饭，张瑞元不敢叨扰，婉言告辞。从李巡检家出来，张瑞元买了些礼物到曹栋家探望。曹栋见表弟亲自从隆盛庄赶来看他，叹息丰镇的事情没有办好，辜负了表弟的厚望。张瑞元安慰曹栋说同行是冤家，这事儿怨不得他。又说他刚从李巡检家出来，李巡检已经答应帮忙了，让表哥再观察几天，如果没人找麻烦了，生意继续做；如果依然有人找碴儿，他再另想办法。曹栋听说李巡检肯帮忙，高兴地说：“表弟，你可真有面子，连李巡检都搬得动，那我就放心地在丰镇待着了。”

曹栋的伤本也不重，不过是头上被打起个大包，已经散了。陪同张瑞元到分号看过，出来时已是吃晚饭的时间，曹栋请表弟到他家吃，张瑞元说算了，带曹栋和六六找家馆子吃了饭，晚上就在丰镇住下了。

第二天上午，张瑞元又去了上三元分号。曹栋已经忙碌好一阵儿了，大些的店铺由分号的小驴车送货上门，小商贩有的推着独轮车，有的挑着担子，有的挎着箩筐前来接货，络绎不绝，很是热闹。张瑞元和曹栋打个招呼，便出城往隆盛庄返了。

此时正是春末夏初，地里的秧苗半尺多高，嫩绿嫩绿的煞是喜人。路旁不断有田鼠和野兔出没，野兔吃得肚子圆溜溜的，有胆大的，还要提起前爪立起来，朝轿车张望一番。远方的草原绿了，近处的田野绿了，孤零零的山丘也穿上了绿衣服，大地一派生机盎然的景象。张瑞元忽地想起和师兄初到隆盛庄时，好像也是这个季节。当初以为在隆盛庄待上几年还能回包头城去，没承想这一来便在隆盛庄扎根了。掰着指头数数，自己今年已经平五十了，来隆盛庄也有二十几年了。当年二十郎当、年轻力壮的后生，如今变成了头发花白的老汉了，时间过得真快呀！再一想，当年来隆盛庄的时候孑然一身，也没攒下几个积蓄，今天有儿有女，家业虽然不敢与丰镇、大同的大老财相比，但在隆盛庄也是数一数二的。人这一辈子，能有今天不容易，知点儿足吧！若是张福或者张祯明年能中个秀才回来，自己这辈子就没有一丁点儿的遗憾了。

走到一半的时候，对面隐隐过来两个人。走近了看，一个肩上扛着锄，一个手里拎着镰刀。张瑞元有些奇怪，现在还不到收割的季节，那人拎着镰刀干什么？说话间，两人已到了近前，都是二十郎当的后生。那扛锄的垂着头，对迎面而来的轿车视若无睹；那拎镰刀的长两道又浓又黑的眉毛，贼眉鼠眼地朝撩开门帘的轿车里不怀好意地瞅着。张瑞元心“咯噔”一下，有了一种不祥的预感，正要让六六把车赶快些，那扛锄的突然一把揪住骡子的笼头，大喝道：“站住！”六六没明白过来是怎么回事，持着鞭子跳下车辕，朝那拽住骡子笼头的汉子叫道：“你想做甚？”那拎镰刀的却猛然从后面搂住六六的脖子，将镰刀的刀刃逼在六六的喉咙前厉声喝道：“别动！动一下爷抹了你的脖子。”那扛锄的见拿镰刀的将六六制住了，松开骡子的笼头，一个箭步踏上车辕，瞪一双圆溜溜的大眼睛，凶恶地逼视着张瑞元冷笑道：“劫道的，赶快乖乖地从车里出来，不然，要了你的老命。”

张瑞元当年走库伦时，也曾遇见过劫道的土匪，那场面比这大得多，所以也不算十分害怕。倒是六六第一次遇见歹人，见镰刀锋利的刀刃横在自己喉咙前，吓得面色仓皇，浑身颤抖。张瑞元知道歹人劫道多是图财，不到万不得已，不会害人性命，便一边缓缓下车一边赔着笑脸对那圆眼睛歹人说道：“好汉莫要动手，不就是缺钱花吗？我身上有银圆，全都给了你们便是。”圆眼睛歹人听张瑞元说身上有银圆，立刻面露喜色，将锄往地上一杵，说道：“你倒是识相。别磨磨蹭蹭的，快点儿下车，把银圆都掏出来。”

张瑞元下了车，把身上的十几块银圆都掏出来，给了圆眼睛歹人。圆眼睛歹人不甘心，又撩起张瑞元的衣襟摸他腰里。张瑞元顿时紧张起来，生怕圆眼睛歹人看上他腰间的烟袋，连忙说道：“好汉，没有了，我还能把银圆藏在腰里？”圆眼睛歹人在张瑞元腰里没摸到东西，又往他怀里摸，边摸边问：“身上有银票吗？”张瑞元见圆眼睛歹人没注意他的烟袋，吁口气说：“好汉，你看我这穿戴，像有银票的人？”圆眼睛歹人不听张瑞元的，依然把张瑞元怀里摸了个遍，边摸边说道：“穿戴哪能看出人？听你的口音，是忻州人吧？你们忻州老财最抠门，家里的存粮都发霉了，还八米二糠掺和着吃。”张瑞元苦笑着说：“穷人嘛！就这么个活法儿。”圆眼睛歹人冷笑一声：“穷人？穷人还有轿车坐？”又问拿镰刀的浓眉毛歹人说：“车倌身上搜了没有？”浓眉毛歹人骂道：“搜了！妈的，连个制钱都没有。”圆眼睛歹人把张瑞元推过去说道：“你看着点儿这个土老财，我再到车上搜搜。”

圆眼睛歹人在车上搜了一遍，搜出几根当干粮的麻花。两人放了张瑞元和六六，扛着锄头，拎着镰刀，吃着麻花扬长而去。

张瑞元喝了一壶茶，正准备歇息一会儿，去小北街把丰镇的事情告诉马占元一声。马占元和梁宝元已经听说他从丰镇回来了，先过来看他。张瑞元把李巡检满口答应帮忙的经过说了，也把自己回来时在半路被歹人劫道的事说了。两人听了，都说丰镇的事办成办不成无所谓，只要张瑞元人平安，就比什么都好。又说许多年没听说有劫道的歹人了，现在怎么突然冒出来两个，互相提醒以后出门一定要小心。张瑞元让二人不必惊慌，说六六说了，那两个歹人的口音像是他老家浑源那边的，想必是流窜之盗。这些天注意打听着点儿，要是再不出事，就是歹人走了。马占元说，下次再往三家分号去的时候让他去，如若遇到歹人，正好开开荤。梁宝元和张瑞元听马占元说得轻松，猛然想起马占元在回族义军做过首领，当年肯定没少杀过人，以后再有出门的事，还真得他去。遇上歹人，歹人或许就要丢脑袋了。

马占元坐了一会儿，说有事先走了。梁宝元也要走，乌云其木格见天色将晚，留梁宝元吃完饭再走。张瑞元也说家里有三义泉缸房的神仙醉，让梁宝元留下喝两壶，自己也压压惊。梁宝元听见酒腿便软了，说那就留下陪张瑞元喝两壶吧。

张瑞元到厢房灌了几壶神仙醉，金花上街买了半斤五香大豆和一个猪肘子回来，切了装盘端上来，又切了盘咸菜。酒刚烫好，张禄也关店铺回来了，梁宝元喊他说：“玉奎，来，陪梁大爷喝几杯，也给你爹压压惊。”张禄问他爹出什么事了，张瑞元说今天从丰镇回来时，半路被歹人劫了道。张禄见他爹没伤着，叮嘱他爹以后再出门时带上两个伙计。因昨天听他妈不同意他娶玉凤，心情不好，只陪梁宝元喝了三杯便不喝了。

第二天，张瑞元带了些上三元的干货，去德信永感谢段祖贤引荐他认识了李巡检，说李巡检已经满口答应这件事一定会帮忙了。段祖贤说都是生意人，谁家没个马高蹬短，帮忙是应该的。最后问张瑞元：“张掌柜呀！我想给你家大少爷提一门亲，不知张掌柜意下如何。”张瑞元正想不出隆盛庄哪家的闺女好，又和他家门当户对，高兴地说：“好啊！不知段掌柜说的是哪家的闺女。”段祖贤说：“我说的不是咱隆盛庄的，张掌柜前天在丰镇见过我姨哥李巡检的闺女了吧？我姨哥昨天让人给我捎回一封信，说他很看中张掌柜的为人，想和张掌柜结个亲家。不知张掌柜有没有相中我那表侄女。”张瑞元觉得奇怪，问道：“段掌柜，我没有和李巡检提起过犬子，李巡检咋知道我家玉奎的？”段祖贤呵呵笑道：“张掌柜是没有提，可我提了。姨哥早就托我给闺女踅摸一家门当户对的人家，那天张掌柜来我家找我，我心念一动，我侄女闺中待聘，张大少爷尚未成亲，你两家不就挺门当户对吗？我本想当时便对张掌柜说出来，又怕我那姨哥心高气傲，或者不愿意闺女嫁到隆盛庄，便在信中先对他把张掌柜的为人和家境讲了。没想到，张掌柜还没从丰镇出来，姨哥便给我捎信来了。”

张瑞元恍然大悟，难怪段祖贤那天把信用糨糊封了，也难怪李巡检不但爽快地答应帮他办事，还热情地挽留他在家吃饭呢。张瑞元这辈子除了康廷儒，再没和官府之人打过交道，现在要和官府人家结亲，对方又是八品武巡检，自然一百个愿意，当即便答应了，再三感谢段祖贤的成人之美。

两人正在拉呱，恒昌永钱铺掌柜朱奉祺来了，说是听说张瑞元遇上了劫道的，特意过来打听。问张瑞元两个歹人多大年龄，长什么相貌，看是不是当年要杀他义父的两个歹人。张瑞元大概描述了一番，朱奉祺说那两个歹人如果活到现在，少说也是五十来岁的人了，年龄对不上。三个人商量说隆盛庄这几年还算平安，没有过歹人出没，兴许这两个歹人是流窜路过的。不过，这也算敲了警钟，行社得把这事赶快通知各家掌柜和其他行社会首，要各字号掌柜以后切不可带大宗银圆、银子、银票单独出门。歹人抢不上财物，自然也就走了。若是得惯了便宜，歹人便要逗留在隆盛庄周边，或许还会招来更多的歹人。

回到家里，张瑞元对乌云其木格把段祖贤给张禄说媒的事讲了，乌云其木格听张瑞元说他见过李巡检的闺女，问那闺女相貌如何。张瑞元说那闺女不丑，但也不十分出众，论门当户对，两家再合适不过。若是这门亲事成了，张家在官府便有了后台。人无远虑，必有近忧，这后台说不定什么时候便派上了用场。

张禄心里放不下玉凤，整天蹙着眉头怏怏不乐。张瑞元不知内情，骂张禄这是给他娶媳妇，不是送他上杀场，成天苦着个脸干什么？乌云其木格把张禄相中了玉凤的事和张瑞元讲了，张瑞元不容置疑地对张禄说：“不管这桩婚事成与不成，玉凤那边你都不要指望。你先娶个门当户对的，如果不满意，将来有本事再娶小老婆。”乌云其木格瞥张瑞元一眼说：“咋教娃娃呢？”张瑞元说：“教错了吗？皇帝老子三宫六院，有钱的老财也有娶小纳妾的。看他自己的本事了，要是没本事，一个媳妇将来也养活不起。”

有道是人往高处走，水往低处流。张禄也是世俗之人，心里虽然装着玉凤，但听说他爹给他定的这门亲是官家之女，未来的岳父是丰镇衙门的武巡检，何况父母之命，媒妁之言，他又不敢触犯他爹的威严，惆怅了几日，也就将玉凤渐渐淡忘了。

第十四章

张禄迎娶官家女

过了几日，张瑞元找人写了一份庚帖（也叫八字帖），上面写了张禄的姓名、乳名、生辰八字、籍贯、祖宗三代等，外用红纸封好，请段祖贤送至李巡检府上。李巡检接到庚帖后，也写了闺女艾叶的庚帖送与张家。张瑞元拿着两人的庚帖，找算命先生推算命相。

推算命相先看地支，有几种属相俗称“断头婚”，不好婚配。其内容为“自古白马怕青牛，羊鼠相逢一旦休；蛇见猛虎如刀斩，金鸡遇犬泪长流；青龙玉兔不相会，野猪一生惧猿猴”。见不属“断头婚”，又看天干五行，要相生，不能相克。五行相生，即木生火，火生土，土生金，金生水，水生木。五行相克，即木克土，土克水，水克火，火克金，金克木。五行的属命依生年的天干决定，即东方甲乙木，西方庚辛金，南方丙丁火，北方壬癸水，中央戊己土。无论什么命，都有大小贵贱之分，比如金命，有海中金、炉中金、剑锋金、砂中金、白蜡金。其中海中金为上，白蜡金为下。算命的看过，说男女双方天干地支都合，互不相克，命中富贵，是一段好姻缘。听罢，张瑞元备了一份定礼送到丰镇李巡检家，两家便定了亲。

张瑞元和乌云其木格商量，想今年就把媳妇娶过门，便又找算命的择吉日。算命的先择月份，口中念念有词道：“正月、七月迎鸡兔，二月、八月虎和猴，三月、九月蛇共猪，四月、十月龙和狗，五月、十一月牛与羊，六月、腊月鼠马走。贵少爷属马，腊月迎娶为上。”

定下腊月迎娶后，再查吉日。吉日依据历书的十二个字决定（每天有一个字代日)，即建、危、平、满、成、闭、执、定、开、破、收、除。查吉日的口诀是：建、满、平、收为黑道日；除、危、定、执为黄道日；成、开两天诸事皆可用；闭、破两日犯忌。选好迎娶的吉日，算命的取出《玉匣记》查“周堂”。“周堂”按八卦的方位排列：乾为翁，坎为弟，艮为灶，震为妇，巽为厨，离为夫，坤为姑，兑为堂。吉日如果是大利月，从“夫”顺数，小利月则从“妇”逆数。遇“弟、堂、厨、灶”用之，遇“翁、姑”则不可用，无翁姑亦可用。吉日方位选定后，又从《玉匣记》中查什么方位宜新人上轿、下轿，忌讳什么属相，凡这种属相的人，以及孕妇、寡妇，在新人上轿、下轿时都要回避，避凶趋吉。

张瑞元把迎娶的吉日用红帖写上“腊月初三迎嫁大吉”，并写明女方应向某方向冠带，某方向上轿。张瑞元写好后，选一双月双日送至李巡检家。

到了迎娶的日子，张瑞元除了自家的轿车，又借了段祖贤和朱奉祺几家隆盛庄最好的轿车，装饰华丽。新郎张禄与娶亲的带酒坛合礼，在头天坐轿车去了丰镇，第二天与新娘一道回来。前面是新郎的轿车，后面是新娘的轿车，然后是娶亲、送亲的轿车，再往后便是新娘娘家的陪嫁了。李巡检身为官员，虽然远不如张瑞元家有钱，但聘闺女总是要门面的，大件小件的嫁妆装了数车。

鞭炮声中，唢呐吹得山响，锣鼓敲得热闹。巷门两旁贴了喜联，巷门顶端挽了红绫，张瑞元的四合院内外亦是如此，满眼大红，一派喜气。新郎的轿车与新娘的轿车赶进院里，面向喜神方位停在院子中央。梁宝元是“代东”，喊一声“接轿”，便有年轻女子按接轿礼仪，前进后退行二十四拜礼，方才接新娘走出轿门。拜堂时，院内放一方桌，上置铜镜一面，表示心明如镜；另在盛满粮食的簸斗内插秤一杆，斗、秤表示公平。地上铺芦席，撒帐的中年女人将碎木屑、麸皮、榆树籽等放入木升内，升口用红纸封口。“撒帐”人将碎屑向新郎、新娘身上撒去，接着搀扶新娘迈过火盆，拜了天地、祖宗，进喜房换了衣服坐帐。此项礼仪，讲究颇多，也极其烦琐，不一一道来了。

张瑞元这边，媒人段祖贤自不必说，隆盛庄凡是有头有脸的掌柜，以及平日有来往的，张瑞元都下了请柬，还特意请阿訇宰了牛羊，回民厨子自带锅灶，为马占元等一干回民商家备下回民席。众人均按时前来贺喜，有的送钱，有的送物或喜帐。乌云其木格那边，达林太和老伴儿宝梅及近亲也都来了，达林太给外孙的贺礼是一张二百亩地的地契；巴特尔没有食言，特意带着妻子和大儿子从四子王旗赶来参加婚礼，虽然没有像当初承诺的给外甥赶一群羊回来，但把羊折成银票作为贺礼了；唯一遗憾的是哈森与妻子斯琴格日勒远在库伦，无法赶回来参加婚礼，达林太便替他垫了贺礼。

张瑞元明年才给张禄盖房，所以新房暂时设在了东耳房。新房布置一新，格外喜气。玻璃窗上贴了“囍”字，炕上下面是苇席，往上是讲究的牛毛大毡。后炕的铺柜上整齐地叠着新被褥、狗皮褥子、山羊皮被子。邓香如用条盘端来两杯酒，让新郎新娘行“合卺礼”，也叫喝“交心酒”，她按风俗唱道：“新媳妇沾一沾，新女婿猛一干。”梁龙和一干年轻人则趴在窗台上边看热闹边起哄，叫道：“玉奎，挽住新媳妇的胳膊喝交杯酒，一口干了，一口干了。”张福和张祯则喊道：“哥，把嫂子的盖头掀了，抱住嫂子亲一个。”

这天晚上，梁龙和张福、张祯及几个和张禄从小玩到大的伙伴，闹洞房一直闹到深夜。

张禄娶了媳妇，邓香如直夸乌云其木格好福气，梁宝元也羡慕张瑞元结了门好亲家。梁龙却嗤之以鼻道：“咦，有啥好的？我看玉奎那媳妇除了她爹是衙门的官，相貌也不咋的。”邓香如笑道：“龙龙呀，你是不是看人家玉奎娶媳妇眼热了，也想赶快娶一个？”梁宝元就梁龙一个儿子，从小溺爱着，没有张瑞元的家教严，梁龙当着爹妈的面说话也算随便，他撇了一下嘴，说：“我眼热？我眼热个啥？妈，您掏良心说，玉奎的媳妇有玉凤好看没？”梁宝元接过话说：“女人嘛，长得不丑就行了。前三天看人，后三天看心，只要心眼好，脾气好，丑俊不算重要。玉凤就是肖玉春家的二闺女吧？她相貌虽然俊俏，可她家能和人家丰镇的巡检家比吗？我看比咱家都差远了。婚姻讲究门当户对，穷人家的闺女嫁到财主家，就算你再勤快，再孝顺，终归被人看不起，终归得受气。香如，那句话咋说的？”邓香如说：“你这猪脑子，难怪没瑞元会做生意呢，说多少遍了，就是记不住。‘官对官，富对富，草屋对着篱笆户’，这回记住了吧？”梁宝元别了邓香如一眼，不满地拉长音调说：“记住了。你是成天拿我和瑞元比，瑞元除了头没有我的黑，哪里比我好？遇到事情不是还要经常来向我讨教吗。你就看瑞元家比咱家有钱了，你咋总不提乌云其木格家给瑞元倒贴了多少？东家若不是乌拉哈的章盖，慷慨大方，瑞元能置下今天的家业？”又对梁龙说，“龙龙呀！按你的岁数，家里早该给你娶媳妇了，之所以到现在还没给你娶，爹就是想踅摸个和咱家门当户对的。”

梁龙不像张禄那般惧怕他爹，挺起脖颈说：“反正丑的我不娶，就算你们给我娶了，将来我也休了她。”梁宝元瞪起眼睛骂道：“不知天高地厚的东西，你撒泡尿照照自己的影子，头比你老子的都黑，还挑三拣四的？娶个漂亮媳妇能当饭吃？再挑三拣四，小心老子让你打一辈子光棍。”梁龙嬉皮笑脸道：“爹，我打一辈子光棍倒是行，可您没有瑞元叔的本事。瑞元叔有三个儿子，您就我一个，我打了光棍，梁家的香火谁替您往下传？”

梁宝元也是不甘落后之人，眼见得师弟就像在院子里种了步步高，家业一天比一天大，盖了隆盛庄最好的四合院，还给每个儿子都买了房基地，不免又有些嫉妒了。他虽然不服气师弟能耐比他大多少，却承认师弟命比他好。当年，师弟一个子儿没花娶了乌云其木格，达林太给女儿陪嫁了五百亩滩地、五百亩草场，之后又是钱财，又是牛羊肉的贴补；而自己娶邓香如，邓家除了没什么陪嫁，还出了彩礼。之后，邓家成天向闺女伸手，从闺女这边掏了贴补儿子。这一里一外，自己便和师弟差下一大截。有道是一步差，步步差。轮到了下一辈儿，张禄娶了丰镇巡检家的闺女，且不说师弟准备把瑞盛店分给张禄，明年还要给张禄盖一处和师弟家一模一样的四合院，就巡检家的陪嫁和乌云其木格这边姥爷娘舅的贺礼，张禄的家业就已经可以和隆盛庄那些节俭了几十年的老财相比了。自己呢？若是再结个穷亲家，那就与师弟差下了十万八千里，就算累断了腰，累吐了血，怕是连师弟的屁味儿都闻不着。

梁龙见他爹捏着烟袋，两眼痴痴的不说话，问道：“爹，您想啥呢？”梁宝元鼻子哼一声说：“能想啥？你比玉奎大一个月，现在玉奎先娶媳妇了，怕你着急，寻思着赶快给你踅摸个和咱家门当户对的媳妇。”梁龙吃吃地笑着说：“爹，还思谋门当户对呢？我看玉凤就不赖，要不我把玉凤娶了吧？”

梁龙说这话是有原因的。当初，张禄拉着他到玉凤家找肖玉春学戏文，梁龙一眼就看上了玉凤。可去了一段时间后，发现玉凤对自己很冷漠，对张禄却极好。梁龙知道自己相貌不及张禄，家境不及张禄，两人又是结拜兄弟，争什么？拿什么争？找借口说自己不喜欢戏文，嗓子也不好，便渐渐地不去玉凤家了。现在见张禄娶了巡检家的闺女，心里又惦记起了玉凤。

梁宝元听梁龙说他想娶玉凤，愣怔了一下，挥手斩钉截铁地说：“不行！别人家的闺女，咱委屈一下也就娶了。唯独玉凤，你绝对不能娶。”邓香如也说：“龙龙，你爹说得对，就算玉凤长得再好，你也不能娶。妈不是和你说过吗，玉凤她妈、她姥姥都生闺女，她若是也像她妈、她姥姥一样，给你生一大堆闺女，梁家从此便要绝后了。”梁龙解释道：“咋会呢？她姐金凤不是生儿子了吗？她姐能生儿子，她也一定能生儿子。”梁宝元却说：“就算她能生儿子也不行。”梁龙不解，戗他爹道：“为啥呀？玉凤她爹和您结下仇了？”梁宝元拉下脸，头都比平日更黑了：“仇是没结下，你不是说玉奎和玉凤好过吗？如今玉奎攀了高枝，不要玉凤了，你端起人家那碗残汤剩饭吃，你不嫌下贱，老子还嫌丢人呢！”梁龙急了，争辩道：“人家玉凤也没和玉奎拜堂，咋就成残汤剩饭了？”邓香如见父子俩争吵起来，呵斥梁龙道：“龙龙，咋和你爹说话呢，连大小都不懂了？你看看人家玉奎……”梁龙跳起来便往门外走，丢下一句话：“又是玉奎，玉奎再好他姓张，不姓梁。”

见梁龙恼怒地走了，邓香如便指责梁宝元说：“都是你惯的，玉奎啥时候敢这样和瑞元顶嘴？”梁宝元也火了，烟锅敲着炕沿，大起嗓门吼道：“有了好都是你的，有了不好都怪我？我惯他了，你没惯？”

邓香如见梁宝元瞪起了眼睛，低头不敢言语了。

说话间，离过年的日子越来越近了。张瑞元家娶了新媳妇，自然是杀猪宰羊，把乌云其木格忙得不亦乐乎。艾叶虽然生在官宦人家，但她爹毕竟只是个武巡检，比不得同知，弄不回太多的钱。她不知道婆家日常生活也算节俭，只因为新媳妇进门，饭菜才改善了许多。她见米面房里满缸的白面、莜面，整瓮的胡麻油，整坛子的烧酒，整扇子的猪肉，几只肥羊吊在房梁上，日子比她家富裕多了。媳妇多是势利眼，嫁到穷人家，便挑剔、傲慢、蛮横、强悍，嫁到富人家，便随和、谦恭、勤快、孝顺。艾叶也不例外，成天跟在乌云其木格屁股后面“妈、妈”地叫着，就像嘴里含了蜜糖，把乌云其木格哄得有好东西先给儿媳妇吃，被金花和银花说她娶了媳妇，疏远了闺女。

进入腊月后，一直太平的隆盛庄开始出事了。先是两个外出收账的掌柜半路被劫了道，之后又有两个到隆盛庄置办年货的村里人也被打劫了。歹人不但打劫钱财，连行人身上的皮袄、毡靴都不放过。段祖贤把被劫的人叫来和张瑞元一起问，看歹人是不是夏天打劫张瑞元的那两个。被劫的人说劫道的是两个人，但都用黑布蒙着脸，看不清相貌。不过，张瑞元从他们描述的两个歹人的身材和口音断定，两个歹人就是劫他的那两个浑源人。段祖贤和张瑞元便召集宝粟社各家掌柜开会，告诫掌柜们“腊月的穷汉急如马”，要各家掌柜凡有外出收账的，一定要带几个年轻力壮的伙计随行。

过了没几天，一家面馆突然发生了一桩命案。

那天，北风凛冽，天气寒冷，四美庄一个叫郭良的后生到回春堂给他爹抓药，实在寒冷难耐，便进荞面馆要了一碗荞面饸饹吃。

说起荞面，不妨细表一下。

荞麦属绥东特产，因生长期短、适应性强、耐寒，在绥东一带广为种植；又因产量低，故比其他杂粮价格贵些，不是普通人家可以当作家常便饭食用的。荞面有多种食用方法，其中以制作饸饹、面条为主。尤其荞面饸饹，口感特别，甚为好吃。荞面面粉松散，不好成型，制作饸饹时，需加入些许野生蒿籽面，或用生石灰水和面，压出来的方才筋道。缺点是荞面不耐饥，故有“三十里的莜面二十里的糕，十里的荞面饿断腰”之说。

隆盛庄的荞面饸饹分肉饸饹和素饸饹，肉饸饹在碗底平铺几片薄牛肉，素饸饹则是清汤。郭良没钱，要了一碗素饸饹。碗刚端上来，外面进来两个二十郎当的后生，两人胖瘦差不多，一个略高些，眼睛很大；一个略低些，眉毛很浓。两人找张桌子坐下，喊掌柜的上两大碗肉饸饹。郭良对这两个人没有在意，他在意的是那个圆眼睛后生身上的老羊皮的皮袄。原来，郭良前几天到隆盛庄采买年货，半路被歹人劫了道。歹人用杀猪刀逼住他，搜走他身上的几十个制钱，还把他的皮袄抢了。

郭良生得壮实，却天性懒惰，所以家境贫寒，二十多了还没娶上媳妇。钱被歹人抢了，年货没置办成，他爹一气之下病倒了，他便到隆盛庄给他爹抓药。郭良怎么看那件皮袄都觉得眼熟，心说那分明就是自己的皮袄呀！莫非那两个后生便是那天打劫自己的歹人？郭良没了皮袄，出来进去只有一件薄棉袄御寒，刚才冻得实在不行，才进面馆喝饸饹的。他有心把皮袄抢回来，又记得歹人身上有把杀猪刀，何况歹人是两个人，他肯定打不过人家。他记着杀猪刀是那个穿自己的皮袄的圆眼睛歹人拿着的，心说若是先把那圆眼睛歹人放倒了，另一个便好对付了。郭良也算胆大，站起来，拎起屁股下面的长条凳子，脚步轻轻地挪了过去，趁两个歹人低头喝饸饹的空儿，猛然抡起凳子，朝那圆眼睛的歹人头上砸去。郭良本就是条莽汉，那凳子抡下去有百斤之力，圆眼睛歹人哼都没哼，血汩汩地从头上冒出来，人趴在面碗上一动不动了。

那浓眉毛的歹人抬头一看，认出了郭良，顾不得同伴，撒腿便跑。面馆的食客和伙计不知道怎么回事，都瞪大眼睛瞅着郭良。郭良也不理会，拎着凳子追出去，边追边骂道：“你个劫道的歹人，竟敢抢你爷的皮袄，爷看你今天往哪跑？”

隆盛庄人见多识广，多有胆儿壮之人，听郭良喊前面跑的后生是劫道的歹人，不管老少，蜂拥而上，将那歹人按倒在地。郭良见歹人被抓住了，不再追赶，反身回到面馆，从那圆眼睛的歹人身上扒下自己的皮袄穿上，嘴里骂骂咧咧道：“货见主家会说话，你以为皮袄穿在你身上就是你的了？”郭良骂了几句，见那歹人没有一点儿反应，探手一摸，歹人早已不出气了。

外面的人找了根绳子，将浓眉毛的歹人捆了，有认识郭良的说：“那不是四美庄的郭良吗？哦，知道了，他的皮袄前几天就是被这两个歹人抢走的。”

面馆出了人命，众人便押着歹人，让郭良一道去铺里听候处置。杜茂远听说歹人进了隆盛庄，一个被打死了，一个被抓住了，一边让人去四美庄向康廷儒报官，一边让人通知张瑞元。张瑞元赶来，一眼便认出那浓眉毛的后生正是在夏天打劫自己的歹人。杜茂远学着官府审案子，把那浓眉毛的歹人审了一通。那歹人说他和那个死了的都是浑源人，一个村的，因为家里穷，想到口外给人打短工挣几个钱。原本是想到隆盛庄的，可走到半路，腿懒不想走了，便往丰镇返，偏巧遇上了张瑞元。见张瑞元坐着骡子轿车，一时起了贪心，便打劫了张瑞元，抢了十几块银圆回了浑源。进入腊月，两人没钱过年，便商量再走一趟隆盛庄，弄几个钱，结伴又来了。劫了两个财主和几个行人，本想今天吃完饭就回浑源过年，没想到在面馆喝荞面饸饹时遇上了郭良。

杜茂远写了供词，让歹人画了押，康廷儒派来两个官军，要把歹人和证人一并送往丰镇厅署衙门。郭良不肯走，说他爹还等着他抓的药呢。杜茂远说没有证人，衙门便不好给歹人定罪，让郭良找四美庄的人把药给他爹捎回去。郭良还是不肯，张瑞元劝他说："郭良，人是你打死的，你不去当证人能行吗？你就算回了家，衙门不用派兵抓你，给康把总写个条子，康把总就把你抓起来了。"郭良被唬住了，说："我去了丰镇，我爹咋办？我家还没钱置年货呢。"张瑞元说："你放心地去吧，你打死的是歹人，走不了两天就回来了。你爹这边放心，我给他两吊'城钱'，连同药一并打发人送到你家。"郭良听张瑞元说要给他爹两吊"城钱"，方才同意了。

郭良随歹人一并到了丰镇，在大堂之上当了证人，第二天便被放了回来。

劫道的歹人一个被郭良打死了，一个被押到丰镇下了大狱，隆盛庄人松了口气，平平安安地过了个年。

张瑞元娶了乌云其木格后，过年都是按照蒙汉两族的风俗，煮手把肉，吃蒙古蒸饺。艾叶第一次见蒙古人的看盘，觉得甚是新奇。看盘是蒙古人过年最为讲究的摆设，在一个大圆木盘里，堆砌起一尺多高的食物，摆在桌子上，既为观赏，也给自家长门面。有钱人家的看盘，全部用奶饼、奶皮、奶渣等奶食堆砌，最上面放几粒糖果、红枣。普通人家，一层奶食、一层茶点堆砌起来。没钱的，也要用茶点堆砌一个看盘。张瑞元家有钱，乌云其木格做的看盘全部用奶食堆砌，装饰十分漂亮。张禄特意叮嘱艾叶，看盘在过年期间许看不许吃，就算有蒙古客人来，也都是用指甲掐一点儿表示个意思。艾叶看着眼馋，问什么时候可以吃。张禄说，等过完年，该吃的时候，妈自然会给她吃的。

到了正月初三，张禄正式上任本届"三官社"社火会首。他经验不足，想请肖玉春出马给自己当个参谋，但害怕肖玉春因为自己没娶玉凤心存芥蒂，不敢亲自去请，便打发了个人代他去。肖玉春果然耿耿于怀，一口回绝了。张禄无奈，只好硬着头皮精心谋划，竟然也把一场社火搞得热热闹闹。

正月十五请神，正月十六送神，之后，各家店铺相继摘了门板，开始正常经营。

张福和张祯苦读三年，终于等到了三年一科的科考。

这三年，张福可谓度日如年。上次开科他十七岁，若不是为了功名，这两年怕是已经把花子娶过门了。他爹要强，大有张家不出个秀才誓不罢休的意思。张福知道自己和哥哥一样，不是考取功名的料，爹放弃了哥哥，却把希望寄托在了自己和弟弟身上。他读不进书，却又不敢不读。尤其看到哥哥娶了嫂子，爹把瑞盛店交给了哥哥，家里已经开始筹备给哥哥盖四合院了。他心里蠢蠢欲动，真希望爹也放弃他，也给他一处买卖让他经营，也给他盖一处四合院，赶快娶花子过门。所以，这三年来，张福表面抱着书摇头晃脑地读，心里却不停地胡思乱想。他已经下了决心，考完这次，就算爹打死他，他也不再去考了。

张祯看上去麻木，读书也不算用功，饿了就吃，困了便睡，全无那种“头悬梁，锥刺股”的刻苦精神。闲来无事，画几张画，吟几首诗，写几帖字，一副优哉游哉的样子。张福不知道弟弟肚子里到底学了多少东西，但看他画的画，那是画什么像什么；听他吟的诗，快赶上李白、杜甫的意境了；字要么蝇头小楷，清秀规矩，要么行云流水，笔走龙蛇，反正比张福自己写的强多了。

其实，没有人知道，张瑞元已经对两个儿子灰心丧气了。张祯考了一次，和梁龙一样，勉强过了府试；张福考了两次，却连府试都没过。张瑞元也悄悄观察过，张福读书心不在焉，张祯读书迷迷糊糊。他在心里叹气说，这要是能考中，才真叫见了鬼。他之所以没对任何人提起，就是因为望子成龙，对三个儿子的期望太大，大得都不知道该如何收场了。张瑞元没事的时候就想，隆盛庄人都知道自己三个儿子读了私塾，参加过科考，都想拿个秀才的功名回来，可假如最后竹篮打水一场空，不知道众人在背后如何讥笑自己呢。有道是想要人前显贵，必定人后受罪。张禄已经不说了，就说张福与张祯吧，一点儿苦功都不肯下，能考出个子丑寅卯？不用张福说，张瑞元也想过了，参加过这次科考，以后就算了吧。张家的祖坟没长那棵草，心强抵不过命强呀！

过了二月二，马上要开科了。乌云其木格给两个儿子收拾好行装，带足盘缠，千叮咛，万嘱托，显得信心十足。张禄自己没考中，不敢给两个弟弟施加压力，只安顿他们出门在外，互相照应好，别让人骗了，别让歹人算计了。艾叶新媳妇过门，也想在公婆面前表现表现，又是给小叔子叠换洗衣服，又是准备路上的干粮，好像不是两个小叔子去赶考，是她的两个兄弟去赶考一般。唯独张瑞元不多说话，端坐在太师椅上，一袋接一袋地抽着水烟，不苟言笑。直到张福、张祯要走了，他才放下水烟壶，站起来把两个儿子送出巷门，挥挥手说："好好考，万一中个秀才回来，爹在庆春楼给你们摆酒庆贺。"

送走张福、张祯，乌云其木格埋怨张瑞元说："今天你是咋了？两个娃娃赶考，多好的事呀！你却不冷不热的，哪像个当爹的？"张瑞元面无表情地说："我一个当爹的，也像你当妈的一样，絮絮叨叨地安顿个没完？"乌云其木格叹着气说："当爹的咋了？娃娃们这是赶考，不是去杀人放火。你不给他们个好头脸，他们心里别着劲儿，能静下心考吗？"张瑞元眼皮子往起抬抬，说道："三年了，你没见他们读书时的样子吗？眼望东，口望西，一点儿功夫也不下，能考中？"乌云其木格瞥张瑞元一眼："你明知道他们考不中，还逼着他们学了三年。再说了，也许他们考中了呢！"张瑞元慢悠悠地说："反正考中考不中，也就这一次了。他们念书念腻了，让他们再念三年，那就是讨吃子过年，一年不如一年。还不如像玉奎一样，让他们早点儿学本事呢。"乌云其木格埋怨他说："逼着他们科考的是你，不让他们再考了的也是你。从念私塾到现在，他们用了多少功呀？这就算白费力气了？"张瑞元唉声叹气道："唉！张家的坟头没长那棵草，就算我望子成龙，也无济于事。他们考中考不中没啥，可隆盛庄人都知道我的心思，不知道在背后咋笑话我呢。"乌云其木格见张瑞元神情沮丧，也不往下说了，"唉"了一声，低头做营生去了。

乡试过后开榜，张祯中了头名。张福榜上无名，灰溜溜地回来了。这个结果早在张瑞元的预料之中，所以也没指责张福，就当什么事都没发生过。乌云其木格问他："你不就盼着这一天吗？福奎虽然落榜了，宝奎却中了头名。你咋一点儿笑脸都没有？"张瑞元苦着脸说："要啥笑脸？不就是个乡试嘛！上次连府试都过了，最后还不是空欢喜了一场？"乌云其木格听张瑞元如此说，也不敢高兴得太早，邓香如和街坊邻居向她恭贺，她也像张瑞元一样，不动声色地说："不算啥，不算啥，这才是个乡试，离院试还早着呢。"

过了些日子，府试结束开了榜，张祯虽然不是头名了，却也名列前茅。这回，张瑞元有了笑脸。下午，梁宝元和邓香如过来恭贺，张瑞元心里高兴，嘴上还是那句话："府试不算啥，上次龙龙和宝奎不也过了？最后还是名落孙山。唉，这院试难过呀！”梁宝元说：“是呀，苦读三年，就看这一哆嗦了。只要过了院试，宝奎就是咱隆盛庄有史以来的第二个秀才，你这辈子的心愿就算是了了。”乌云其木格微笑着说：“话虽这样说，可宝奎成天吟诗作画，把功夫都用到了闲处。你们说，哪有读书不用功却能中秀才的？”邓香如接过话说：“那可说不准，灵人不用细点。别看宝奎平时言语不多，肚子里有货呢！嫂子敢肯定，宝奎这次一定能中个秀才回来。”张瑞元与乌云其木格知道邓香如说的是奉承话、宽心话，说道：“那就谢嫂子的吉言了！宝奎若是中了，一定是嫂子的吉言管了用。”

张瑞元被邓香如的奉承话说高兴了，问乌云其木格家里还有没有羊肉，乌云其木格说：“有，冰窖里冻着呢。咋，想和师兄喝两壶？”梁宝元听见酒便不说话了，邓香如说，家里还有花子、叶子，得回去做饭，让梁宝元想喝酒就一个人留下。张瑞元说：“师兄和嫂子有些日子没来我家吃饭了，让金花去把花子、叶子都喊过来吧。咱煮手把肉，包羊肉馅饺子。我和师兄喝上两壶。”梁宝元抿抿嘴，笑着对邓香如说：“瑞元和乌云其木格也不是外人，我也好久没吃乌云其木格煮的手把肉了，让花子、叶子都过来吧。”邓香如别梁宝元一眼说：“你个醉猫，听见酒，腿就软了。”梁宝元乐呵呵地笑道：“酒是好东西呀！你没听过人们的顺口溜？一吃一喝一上头，热被窝里一出溜，晚上醉了早晨醒，不是王侯胜王侯。”邓香如鼻子哼一声：“啥人们编的顺口溜？这不是你编的吗！你呀！下辈子换行当吧，开缸房，睡在酒坛子里，啥时候想喝了，张开嘴酒就流进肚子了。”

张瑞元家有草场，有羊群，过年的羊肉吃不了，怕留到春天坏了，便在院里挖个深坑，倒几桶水冻成冰坨子，把吃不了的肉包好放在冰坨子上，再浇几桶水冻住，上面用土埋好，肉可以保存到五六月份。这便是张瑞元家的冰窖。

乌云其木格喊张福挖开冰窖取羊肉，张福正挖着，金花把花子、叶子喊来了。张福打小就和花子要好，自从两人定了亲，再与花子在一起时，显得不好意思了。花子看张福一眼，红着脸往屋里走，金花却咯咯笑道：“花子姐，你别跟着我们进屋，快帮我二哥挖冰窖取肉呀！”花子不好意思，犹豫着不知道该不该过去，金花推她一把：“哟，亲都定了，有啥害羞的？”花子心一横走过去，也不看张福，从张福手里抢过铁锹说：“你歇歇，我挖。”张福蹲在旁边看花子挖土，悄声说：“花子，我又没考中。”花子头也不抬地说：“考中了好，考不中更好。”张福眼睛一亮：“你不埋怨我没用功？”花子小声说：“埋怨啥？你中了，兴许以后还看不起我了呢。实话告诉你，你赶考的时候，我心里就暗暗祷告你千万别考中。”张福站起来，从花子手里接过铁锹，吃吃地笑着说：“我说我咋考不中呢，原来是你咒的。咋，怕我考中了不娶你？”花子脸一红，说道：“不帮你了，我进屋去。”

张福挖开冰窖取出羊肉，邓香如和艾叶一个剁馅一个和面，乌云其木格则点着灶火煮肉。冰窖里的肉冻得不实，正好切，邓香如拌好馅，一众女人全都上手包饺子。张瑞元到厢房打开酒坛子，灌了几壶三义泉的神仙醉放在锅台上温着。肉煮熟了，饺子包好了，酒温热了，天也快黑了。张禄和梁龙关了店铺，张禄把表哥曹宝珠也领回来吃饭了。

赶考的生员是在紧张中度过的，时间犹如白驹过隙；焦急的家人是在煎熬中度过的，漫长的等待度日如年。在张瑞元满怀希望的期待中，院试终于张榜了。当丰镇厅的快马将张祯中了秀才的喜报送到张瑞元的手里时，张瑞元捧着喜报热泪盈眶。几年来，他数次失望，又数次燃起希望。对许多人而言，中个秀才算什么？中了状元才算光宗耀祖。可对张瑞元来讲，秀才的功名已经让他满足了。因为在这上万人口的隆盛庄，他儿子是仅有的两个秀才之一。

张瑞元没有因为自己置下偌大的家业而自豪，却为张祯中了秀才引以为荣。

段祖贤把自家那头隆盛庄最好的大黑骡子拉出来，给张祯披红挂彩，要亲自牵着骡子带张祯跨马游街，从东到西、从南到北走上一遭。张瑞元诚惶诚恐，说哪有老秀才给小秀才牵马坠镫的。段祖贤却说：“我这个秀才是在丰镇时考取的，算不得隆盛庄的秀才。我不是奉承你张掌柜，认真地讲，你家宝奎才是隆盛庄开天辟地以来的第一个秀才。我能给隆盛庄到目前为止独一无二的秀才牵马坠镫，一点儿也不辱没身份。”张瑞元还是不肯，说那也不行，段祖贤是隆盛庄人人敬重的大财主，又是张祯的长辈，就算跨马游街，让二儿子张福牵马就可以了。段祖贤笑呵呵地说：“张掌柜，你不明白我的用意呀！咱隆盛庄做买卖的人多，读书的人少，许多人只顾赚钱，没有想过把娃娃培养成既会做买卖，又有学识的栋梁之材。所以，隆盛庄近百年，才出了宝奎这么一个秀才。我如此做，就是要让隆盛庄人看看，饱读诗书、胸怀大志比有钱更受人敬重，以激发他们培养后代的热情。只要读书的娃娃多了，别说秀才，说不准还能出个举人、进士呢。到时候，外面为朝廷出力，建功立业，回家骑着高头大马，衣锦还乡，那才是咱隆盛庄的骄傲和荣耀啊！”

张瑞元见段祖贤用心良苦，心说读书人想的就是远大。想想自己，之所以让儿子们苦读诗书，不过是希望他们拿个功名光耀门楣，给自己长脸而已。和段祖贤比起来，自己实在是目光短浅，不，应该说是鼠目寸光。

张祯中了秀才，宝粟社副会首、德信永东家段祖贤屈尊为张祯牵马坠镫，还说张祯是隆盛庄开天辟地以来的第一个秀才。这个消息轰动了隆盛庄，许多财主受到触动，都想学张瑞元也让儿子读书。他们没往长远想，只觉得如果家里能出个举人、进士，那就比张瑞元更风光了。

那天，张瑞元打发六六赶着轿车去乌拉哈，把岳父达林太和岳母宝梅接到隆盛庄。老两口特意换了最好的蒙古袍、崭新的蒙古靴，达林太手里把玩着张瑞元送他的珐琅鼻烟壶，笑眯眯地望着张祯不住地点头。晚上，张瑞元包下整个庆春楼摆酒设宴，与亲朋好友庆祝张家出了秀才。康廷儒从四美庄赶来，拍着张祯的肩说："宝奎，真给你爹长脸。你爹给你定下媳妇没？要是没有，把我二闺女许配给你吧？"

张祯不知如何回答，羞了个满脸通红。

第十五章

真假德胜炉风波

对于张瑞元家，隆盛庄人有羡慕的，也有嫉妒的。这羡慕与嫉妒，不仅因为张祯中了秀才，而是张瑞元这些年发家太快，行事也够张扬。羡慕和嫉妒是人的天性，仇富更是多数人的共同心态。想想张瑞元当年来到隆盛庄时，不过是窦金魁的一个小把头，手里连开一家杂货铺的本钱都没有。可就这么二十几年的时间，他不仅开了自己的瑞盛店，还是永盛源和上三元的大股东。这三家字号不是铁匠炉、车马店、杂货铺、木匠铺那样的小字号，那可都是日进斗金的大字号。永盛源每年走两趟库伦，每次都是一百多挂牛板车，皮毛行本就赚头大，加上梁宝元与张瑞元都是行家，善经营，兼做皮货、擀毡子等，滴水不漏地把能赚的钱都赚到了。瑞盛店更不一般，且不说粮商多喜欢和瑞盛店打交道，就达林太和张瑞元自家的地，每年的收成也是个大数目。有人计算过，瑞盛店每年经手的粮食最少也有几百万斤，无愧于隆盛庄最大的粮店。至于上三元，起步虽然晚，生意却好得让人眼馋。十几座炉、几口大油锅日夜不停地烹炸制作，原料仅白面一项，一天就要用上几千斤。除了在隆盛庄本地卖，还在丰镇、集宁、大同开了分号。这且不说，张瑞元有了钱便买地，这些年置下的地有几十顷了，就算收四成租子，一年光租子要收多少粮食？真是不算不知道，一算吓一跳。张瑞元有如此家业，能不让人羡慕、让人嫉妒吗？

然而，人们羡慕与嫉妒的，不仅是张瑞元的家业。

张瑞元为人低调，怕被人谋算，也不敢露富，身上从不穿绫罗绸缎。一身布衣，裤子屁股和膝盖处磨破了，还要打几个大补丁在家里穿。可是，他口里人的秉性改变不了，吃穿好坏无所谓，房子却一定要盖好。所以，他盖了隆盛庄最好、最大的四合院，并且又动工给大儿子张禄盖了同样的院子。钱财可以藏起来不让人看见，院子明晃晃地摆在那里，人们路来路过想不看都不行。看了便会眼热，便会羡慕，便会嫉妒。隆盛庄没有人嫉妒段祖贤和朱奉祺，因为段祖贤是在丰镇发家的，朱奉祺是在大同发家的，他们迁到隆盛庄时便是财主，所以人们对段祖贤和朱奉祺只有羡慕，而人们是见过张瑞元贫穷时候的。这就像兄弟两个，外人有钱他们不会嫉妒，但兄弟两个一穷一富，穷的便要嫉妒富的了。如此，张瑞元被人羡慕与嫉妒都是正常的了，因为就连和他亲如兄弟的师兄梁宝元，看到师弟又开工给张禄盖四合院了，也觉得心口压着一块石头。

现在，张瑞元的小儿子张祯中了秀才，如段祖贤所说，成了隆盛庄开天辟地以来的第一个秀才。难道张瑞元的院子里真的种了步步高吗？

梁宝元有些后悔了，自己的目光怎么那么短浅？当初若是答应梁龙让他再考一科，说不定自己家也能出个秀才。自己和师弟已经落下十万八千里了，如果梁龙能和张祯拉平，也是件荣光万丈的事啊！梁宝元想得多了，心里又怪怨起了邓香如。如果邓香如也能给他生三个儿子，梁家也一定能出个秀才的。

虽然许多人羡慕、嫉妒张瑞元，但他们只能把羡慕表现出来，而将嫉妒深藏心底。因为张瑞元的确是个受人尊敬的财主。

山西虽属贫寒之地，却和陕西一样，是中国传统文化的发源地，有着深厚的文化底蕴。张瑞元拉骆驼出身，当年走库伦时就受了蒙古人的感染，后来和达林太结识，又娶了乌云其木格，已经和蒙古人融为一体了。再后来，马占元带一干回民进入隆盛庄，张瑞元邀马占元合股创立了上三元。与马占元接触多了，又受到回族的影响。因此，张瑞元的性格中既有山西人温良恭俭让的秉性，又有蒙古人豪爽大度的心胸，还有回族人精明团结的精神。就像梁宝元形容的，张瑞元像是用三块泥团捏成的，一块是山西人的泥团，一块是蒙古人的泥团，还有一块是回民的泥团。这三块泥团其实就是三种文化的融合。当然，能将这三种文化融合在一起，一个重要的因素是张瑞元现在不是穷人，而是财主。如果张瑞元仍旧是穷人，那他就还是山西人，还是恨不得一个铜板掰成两半花，还是恨不得数着米下锅。好比一个人家里有一口袋米，就算乞丐上门，也可以给他舀上一碗；如果一个人家里只有一碗米，就算强盗来了，也要拼命护着。贫穷和财富是敌人，节俭和阔绰是敌人，狭隘和大度是敌人，精明和豪爽是敌人。就算山西口里的土老财，财富聚集到一定程度，也会慷慨，也会摆阔绰。张瑞元正是因为受了回族的影响，才可以精明地把干货这样的小生意做大、做强。又因为受了蒙古人的影响，才会捐粮赈济灾民；才会捐钱修缮南庙，一个人出钱，在南庙和北庙各盖起一个气派无比的大戏台子；才会本着“救急不救穷”的原则，借钱给那些一时周转不过来的小字号，让它们得以维持。因此，张瑞元在隆盛庄人缘极好，口碑极好，出来进去格外受人尊敬。

所以，人们嫉妒他时，也只能把嫉妒暗藏心底了。当然，张瑞元和乌云其木格的名字经常被吵架的夫妻提到。妻子提到张瑞元时，总会说“一样的男人，看看人家张掌柜的本事，再看看你的本事”。丈夫提到乌云其木格时，总会说“一样的女人，看看人家张掌柜的岳父，二十年前陪嫁就是五百亩滩地、五百亩草场。看看我的岳父，陪嫁给我抓来几把土”。现在，人们说到孩子时，又要提到张祯了。当爹的骂儿子时，总喜欢说“看你那点儿出息，人家宝奎能考中秀才，你却连个小买卖都做不好”。当妈的护儿子时，总喜欢说“你就看人家宝奎中秀才了，咋不看人家张掌柜在儿子身上下的功夫？宝奎从生下来没做过一天营生，读了十几年书。咱家娃娃呢，不满五岁就和他哥从井口替你往回抬水了，又放了十几年猪。那读书和放猪的结果能一样吗”？

这年夏天，哈森带着斯琴格日勒，随永盛源的牛板车队从库伦回来了。哈森数年没回来过，相貌变化很大。可能是牛羊肉吃太多了的缘故，本就高大的身躯更加魁梧了，紫红色的脸膛泛着油光，蓝色镶金边的蒙古袍包着腆起的大肚子，腰间系一根金黄色腰带。斯琴格日勒比当年离开乌拉哈时苍老了许多，当年她是乌拉哈最漂亮的姑娘，腰肢比汉族女人还要纤秀；而今她已经是四个孩子的阿妈了，腰粗了，也显得健壮了。乌云其木格见嫂子只带回了小儿子宝音和小闺女娜仁花，问她好不容易回来一次，怎么不把查干和苏和也一块儿带回来。哈森说库伦的永盛源分号现在不止为永盛源一家组织货源，还承揽了归化和包头几家皮货行的生意，离不开人，查干和苏和在那边盯着呢。

哈森原准备回来住上一个多月，看望阿爸阿妈，然后随永盛源的牛板车队一道回库伦。可达林太自从到隆盛庄喝张祯中了秀才的喜酒回来，身体便每况愈下，连去茅厕都很困难。宝梅年岁也大了，腰腿都疼，牛奶都挤不了了。乌云其木格便带着银花回来伺候两位老人。哈森见阿爸阿妈年迈体弱，都有了病，怕这次回了库伦，以后就再也见不着了，决定暂时不走了。达林太让宝梅把张瑞元送哈森的玉石鼻烟壶拿出来，哈森非常喜欢，说等住上几天，到隆盛庄看妹夫去，顺便给秀才外甥道个喜。没等他去隆盛庄，第二天张瑞元便带着儿女来看他了。哈森见艾叶有了身孕，对张禄开玩笑说：“玉奎呀！你没中秀才没关系，你媳妇这不是怀上了吗？

将来生个儿子，好好供他读书，中个举人回来，比宝奎的秀才更风光。”

张福最怕人提科考和秀才，提起这几个字就脸红，好像他做了多没理的事，连忙避开了。

张瑞元在乌拉哈陪哈森住了几天，这回，张禄也不着急回隆盛庄了。曹栋到丰镇当了上三元分号的掌柜后，张禄和他爹商量，让表哥曹宝珠接了账房。曹宝珠本就聪明，小时候读过私塾，识文断字，能用两只手同时打两架算盘。他感激表叔在危难之际收留了他一家人，不但度过灾年得以保全性命，还重用他父子，所以做事格外用心，对表弟张禄也十分尊敬。有他在瑞盛店，张禄再放心不过了。

曹宝珠的媳妇是邓香如说的媒，娶的是邓香如的侄女红霞。邓香如经常到瑞盛店买米面，相中了曹宝珠，便想把弟弟邓国柱的大闺女红霞许配给曹宝珠。邓香如回家对梁宝元提起，梁宝元不屑地说：“你们那家人，我看还是少招惹的好。”邓香如不高兴，问梁宝元说她家不偷人，不抢人，怎么了？梁宝元说：“你忘记你二兄弟的那出子事了吗？”邓香如说：“龙生九子，还个个不同呢。你不能因为宝柱窝囊，不争气，就说我们邓家个个都是乌龟王八蛋吧？国柱咋了？你打听打听，隆盛庄凡是知道的，有几个说他不好？再说我那侄女红霞，要相貌有相貌，要身段有身段，平时到咱家来，见了你一口一个大姑父，对你够尊敬的吧？”梁宝元想想也是，便哑口无言了。邓香如见梁宝元不说话了，央求他道：“反正宝珠迟早要娶，红霞迟早要嫁，他们一个娶谁都是娶，一个嫁谁都是嫁，我看两个娃娃挺般配，两家也门当户对，就想成全了这桩好事。你呀！就别因为宝柱的事琢磨我们家了。你若不反对，我去找乌云其木格，托她提亲去。”梁宝元鄙夷邓宝柱，却对邓国柱没反感，心说若不是对邓家有成见，曹宝珠和红霞还真的挺般配。嘴里叨叨说：“咱家的儿子还没娶呢，倒替别人忙得挺欢。”邓香如见梁宝元默认了，笑着说：“你不是要给龙龙找一家门当户对的吗？你若不嫌国柱家穷，咱把红霞娶回来结个姑舅亲。”梁宝元连忙说：“打住，打住！我被你爹妈掏走了多少？再娶个姓邓的，将来你那两个侄儿没钱娶媳妇，再掏我儿子？”

乌云其木格听说两个娃娃挺般配，两家也算门当户对，便给曹栋捎话，让他抽空回隆盛庄一趟。曹栋感激表弟收留了他一家，见表弟媳妇带着梁掌柜的媳妇给他家宝珠说亲，哪还敢挑三拣四，当即便同意了。择了个日子，给曹宝珠和红霞成了亲。

哈森回到乌拉哈后，达林太茶饭不香，日渐消瘦，知道自己将不久于人世。一边给巴特尔捎信让他回来，一边对哈森、乌云其木格和张瑞元说：“阿爸未必能等到巴特尔回来了，今天先把后事给你们交代交代吧。”儿女们安慰说阿爸多虑了，再静养几日，吃些张瑞元托人从大同捎回来的补品，身体一定会好起来的。达林太说自己的身体自己知道，让儿女都听他说。先说他一旦去世，让孩子们一定照顾好宝梅。张瑞元抢先说道：“阿爸放心，照顾阿妈的事就交给我们吧。阿妈想去隆盛庄住，我把她接到隆盛庄，想在乌拉哈住，就让乌云其木格和金花、银花回来伺候阿妈。”哈森也说：“阿爸放心，我这个做儿子的一定尽好孝道。我和斯琴格日勒商量了，我们暂时不回库伦了。”

达林太听哈森暂时不回库伦了，满意地点点头，让宝梅拿来一堆账簿、地契和银票。张瑞元知道岳父这是要交代后事了。他知道游牧民族有“幼子守产”的习俗，拉了乌云其木格一把，给她使个眼色，下地便要出去。达林太问他干什么去，张瑞元说汉人有讲究，娘家讨论后事，闺女不参与。达林太生气了，艰难地说：“你娶的是蒙古人，不是汉人，给我坐下。”张瑞元怕哈森有想法，看看哈森。哈森说道：“瑞元，从我认识你，你就算半个蒙古人了。娶了我妹子，还把自己当汉人？”张瑞元还是不肯坐，哈森不高兴了：“你是不是想气死阿爸呀？”张瑞元无奈，只好坐下。

达林太果然提到了家产，看着乌云其木格和张瑞元说：“那就先说给你们的吧。”不待达林太说下去，张瑞元急忙摆手道：“阿爸，这可使不得。按照汉人的规矩，嫁出去的闺女泼出去的水，是不能分家产的。何况，我已经受了您太多的恩惠……”达林太又蹙起了眉头，哈森瞪张瑞元一眼说：“瑞元，你能不能不说话？”张瑞元无奈，只好闭了嘴听着。达林太说：“瑞元，你说的恩惠，就是陪嫁乌云其木格的那五百亩地、五百亩草场吧？才五百亩地和五百亩草场，也叫恩惠？这几十年来，巴特尔在四子王旗，哈森在库伦，一直是乌云其木格和你照顾我们老两口。我和你阿妈对你们也不错，可以说不是亲生，胜似亲生。你们尽了孝道，阿爸也不能没良心。如你所说，乌云其木格是闺女，我不能把她与儿子同样对待，钱和地、牲畜就没你们的了，我把永盛源的股份都给你，不知道你满不满意？”

张瑞元当时便感慨连连了。永盛源是大字号，当年他和师兄倾尽所有，勉强占了两成股份，后来，两人每年的分红除了留下生活，剩余的全部投进字号，两人现在的股份加起来也不过四成。达林太要把所有的股份都给了他，那可不是一笔小数字！他本已是隆盛庄第一老财，有了这些股份，更是遥遥领先。

张瑞元正要推辞一番，达林太朝他和乌云其木格挥挥手，说：“给你们的就是那些了，别嫌多，也别嫌少，剩下的和你们无关，你们可以出去了。”

达林太做事公道，加之与汉人打交道打得多了，观念有所改变，不再墨守成规，延续蒙古族“幼子守产”的习俗，不偏不倚，将家业给儿女分了。他见不到巴特尔死不瞑目，硬是撑到巴特尔一家从四子王旗赶回来，方才闭眼。

达林太生前与隆盛庄的粮店和皮毛行打的交道最多，宝粟社和兴盛社都送来挽幛，隆盛庄前来吊唁的熟人络绎不绝。巴特尔和哈森请了十几个喇嘛，念了三天经超度他们阿爸的亡灵，然后按照蒙古族的风俗，在草原上择方向架起干柴，将尸体火化了。达林太过世未足百日，宝梅亦无疾而终。

巴特尔继承了达林太的银子，带着家人回四子王旗了。哈森继承了达林太的土地、牲畜，留在了乌拉哈。张瑞元继承了达林太在永盛源的股份，成了永盛源的大东家。哈森与张瑞元都是经商出身，懂得亲兄弟明算账的道理，当然也为了日后能和睦相处，不会因为经济发生纠纷，两人商量永盛源的货仍由库伦分号负责和蒙古人交换，但账各算各的，钱各赚各的，来往一清二白。

这年入冬，隆盛庄周边突然出了棒手。

蓝奉举和兄弟朱奉祺冰释前嫌，和好如初后，朱奉祺给蓝奉举父子在蓝家沟各盖了两间新瓦房，又给蓝奉举踅摸了个性情温和的寡妇。蓝奉举第一次感受到了亲情的温暖、家的温暖。蓝奉举知道兄弟有钱，什么都不缺，可不能因为兄弟什么都不缺，自己便什么都不送吧？所以，每年入冬，蓝奉举便把蓝玉、巧叶夫妇叫来，和老伴四个人压上几十斤粉条给朱奉祺送去。自打得了朱奉祺的好处，巧叶也没有之前泼辣了，每年过年，还会带着儿子蓝虎头给朱奉祺夫妇拜年。蓝虎头按照她妈教的，看见朱奉祺和唐玉月便磕头，喊“二爷爷、二奶奶过年发财”。朱奉祺夫妇便会掏出十块银圆，给蓝虎头压岁钱。有了这十块银圆，巧叶家一年的四季衣服、油盐酱醋、针头线脑、冬天烧的大炭和蓝玉抽的小兰花烟叶便不用愁了。

巧叶性情不好，却不吝啬，见公公每年都给叔叔家送粉条，说道：“爹，咱家受了叔叔许多好处，每年只送一担粉条，是不是显得太小家子气了？”蓝奉举说：“你叔叔是老财，咱是穷人。这粉条也算咱家最好的东西了，不送粉条，还能送啥？一是咱没有别的，二是好东西咱也送不起呀。”巧叶说：“那也不能光送粉条吧，别的没有，咱家不是有鸡吗？我每年养几只大红公鸡给叔叔送去。”蓝奉举说：“别了，头年我把下蛋的草鸡给你叔叔送过去几只，你叔叔特意叮嘱我，说咱养几只鸡不容易，以后就再不要送鸡了。”蓝玉仍旧惧怕巧叶，瞅巧叶一眼，嘀咕道：“送这么多粉条，叔叔一家吃得了吗？”蓝奉举说：“你叔叔吃不了，还有钱铺的伙计们呢，伙计个个都长着嘴。好了，就送粉条吧。这也就是个心意，心意到了，你叔叔就高兴了，不在乎东西的多少与贵贱。”

蓝奉举压好粉条，放在院子里冻了一晚上。第二天，他装了满满两箩筐粉坨子，挑着担子进隆盛庄给朱奉祺送去。朱奉祺留哥哥在家吃了晌午饭，让伙计买了些上三元的干货，又让玉月从米面房取了一块足有十几斤重的猪腰条肉给哥哥带上。蓝奉举推辞一番，挑着箩筐从隆盛庄往回返。出了隆盛庄，走了不过三五里地，过河沟的时候，土崖下突然跳出一个人。那人身材高大魁梧，头戴狗皮帽子，脸用灰布巾罩着，手里握一根三尺多长一把粗细的棒子，挡在蓝奉举的面前沉声喝道：“站住！”

蓝奉举见那汉子蒙着脸，手提木棒，铁塔一般挡住去路，知道遇上了劫道的。他吓得双腿抖如筛糠，停住脚，声音颤抖道：“你，你，你……”那蒙面汉子举起棒子，厉声喝道：“你啥呀？看不出来？劫道的。把担子放下，把身上的钱都掏出来。”蓝奉举扔下肩上的担子，抱拳朝那蒙面汉子连连鞠躬哀求道：“好汉饶命！好汉饶命！”那蒙面汉子棒子往高举举，再次喝道：“掏出身上的钱，留下东西就饶你的命。不然，明年的今天，就是你的忌日了。”

蓝奉举听那蒙面汉子声音里带着寒气，再看那根棒子，若是从头顶打下来，怕是连脑浆都能打出来。不敢怠慢，慌忙从怀里摸出几个制钱，哆哆嗦嗦地给那蒙面汉子递过去：“好汉，钱都给你，饶我一条老命。”那蒙面汉子放下棒子，接过钱揣进兜里，问蓝奉举还有没有。蓝奉举抖着双腿说没了。蒙面汉子不信，又在蓝奉举身上搜了一遍，见果然没了，说道：“好了，你走吧。”蓝奉举如蒙大赦，抱拳向那蒙面汉子谢过，急忙去挑担子。没想到，那汉子却又举起棒子，冷笑道：“担子留下。”蓝奉举放下担子，哀求的声音和哭没两样了：“好汉，我身上的钱都给你了，这是我兄弟给我带的一点儿年货，您就高抬贵手吧。”那蒙面汉子惊喜地说：“年货？往后退，爷看看是啥好东西？”蒙面汉子也提防着蓝奉举，让蓝奉举退后几步，走过去撩起盖在箩筐上的笼布，惊讶道：“上三元的干货？咦，还有这么大块猪肉？都是好东西呀！够过个好年了。”蓝奉举急忙道：“好汉，这是我兄弟给我过年的，要不给你分上一半？”那蒙面汉子喉头咕嘟一声，咽下一股口水，扬起手里的棒子喝道：“分一半？老东西，你不知道爷是专门劫道的棒手吗？还敢和爷讲价钱？你要是不赶快跑，爷把你的命也留下了。”

蓝奉举怕丢了性命，急忙撒腿往蓝家沟的方向跑去。跑出十几步，他停住脚回头看，见那蒙面汉子已挑着担子疾步而去。

从蓝奉举被劫道后，隆盛庄一带便不安宁了。每隔数日，总有人被劫一次道，搞得隆盛庄一带人心惶惶，大家都不敢一个人出门了。由于那蒙面汉子劫道时总拎着一根大木棒，人们便把结伙打家劫舍的歹人称为匪，把独身一人打劫的称为棒手了。

张瑞元自从被两个浑源流窜过来的歹人打劫过后，一直耿耿于怀，现在听说隆盛庄周边出了棒手，便去被打劫的人那里打听，得知被劫的都是孤单一人的行人，并且多是老弱妇孺，而劫道的又都是同一个蒙面汉子，讲当地口音，每次打劫，行人身上不论钱多钱少，一个制钱也不放过。看见行人有穿新衣服、新鞋的，也都要劫了。张瑞元猜测，那棒手应该是隆盛庄一带人，并且家境不好。和段祖贤商量，挑几个胆子大，身强力壮的伙计，带着家伙埋伏在棒手经常出没的路口要道，想将那棒手抓住。可那棒手活动极不规律，或许隔个三五天出来一次，或许一个月也不出来，几个月过去，连棒手的踪影都没有见过。张瑞元见伙计疲惫不堪，只好作罢。

田闵是隆盛庄最正直、手艺最好的铁匠。铁匠炉和金、银、铜匠成立老君社行社的时候，各炉掌柜一致推举田闵做了会首。

田闵的德胜炉以打制菜刀和镰刀为主，产品锋利耐用，口碑极好。人们只要买菜刀和镰刀，都买上面打着“德胜炉”印记的。田闵的德胜炉有三座炉，八九个伙计，每天炉火通红，大锤小锤叮叮当当有节奏地响着，凡是路过的行人，都会驻足观看一会儿。田闵对徒弟要求很严，一把菜刀、一把镰刀，别说少淬一次火，就连少打一锤都不行。他训徒弟时有句口头禅，总喜欢说“咱做铁匠的，宁可把自己的脑袋砸了，也不能把字号的牌子砸了”。

可是，德胜炉的牌子还真的要被人砸了。

接连几天，有人拿着打有德胜炉印记的菜刀和镰刀来退货，说德胜炉偷工减料，菜刀剁一次肉馅便钝了，镰刀割不了二亩地就得磨一次，上了磨石沙沙的，两下又磨好了。田闵奇怪，德胜炉的东西最讲究质量，无论菜刀、镰刀，上了磨石滑着走，不费些功夫是磨不锋利的，只要磨锋利了，那便经久耐用。他拿起别人要求退货的菜刀和镰刀，一眼便认出那不是德胜炉的货。可菜刀和镰刀上又清清楚楚地打着德胜炉的印记，只是那印记比自己的印记略微大那么一点点，字迹也略显模糊。田闵问退货的人，东西是在德胜炉买的吗？退货的人说不是，是在杂货铺买的。田闵明白了，一定是有人冒用了德胜炉的印记。

田闵拿着假德胜炉的菜刀和镰刀，到杂货铺追问源头。杂货铺掌柜承认东西是他们卖的。田闵问货的来源与价钱，杂货铺掌柜说货是二道沟一个叫王德胜的人送来的，价钱比德胜炉的货要便宜些。田闵是火暴脾气，见有人要砸德胜炉的牌子，勃然大怒，回去召集徒弟们扛了棍棒、铁锹，直奔二道沟而去。

二道沟在隆盛庄东二里处，到了二道沟，不用打听，远远便听见叮叮当当的打铁声。循声找去，见村南的一个院子果然开了一家铁匠炉。铁匠炉有六七个精壮的后生，上身赤膊，抡着大锤汗流浃背干得正欢。见外面突然呼啦啦闯进一群人，个个气势汹汹，手里还握着棍棒铁锹，都停下手里的活儿怔住了。

田闵眼睛一扫，朝一个一手握火钳，一手握小锤的中年汉子喝道："你是掌柜的？"那中年汉子放下手里的火钳和小锤，往田闵面前一站，双手交叉抱在胸前，目光上下打量田闵一番，毫不示弱地黑着脸道："是呀！我是掌柜的。你们是做甚的？看这气势汹汹的样子，是来打架的吗？"田闵将一把菜刀和一把镰刀往那中年汉子脚下一扔，怒目而视道："请掌柜的看看，这可是你家炉里的货？"那中年汉子捡起菜刀和镰刀看看，点头道："不错，是我家炉里的货。这货咋了？"田闵冷笑道："咋了？你看看上面的印记。那是我家字号的印记，你凭啥用了？"田闵的徒弟也在后面喝道："是呀，德胜炉的印记，你凭啥用呢？"

中年汉子明白田闵的来意了，嘿嘿笑道："哦，您就是隆盛庄德胜炉的田师傅吧？您别生气，您家开的是德胜炉，我家开的也是德胜炉，咱各开各的，互不相干。"田闵听那中年汉子说得轻巧，鼻子都快气歪了："你说的这叫人话吗？我家德胜炉从我爹起，在隆盛庄已经开了五十年了。这印记打在德胜炉的每一件产品上，你说你能随便用吗？"没承想，那中年汉子也有他的道理："田师傅，话别说得这么难听。我说的咋就不叫人话了？您说您德胜炉的印记用了五十年，可我从生下来，我爹就给我起名王德胜。我用自己的名字做我炉的印记，关您啥事了？"田闵鼻子哼一声，手向后一伸，从一个小徒弟手里要过一把菜刀，然后把王德胜手里的菜刀夺过来，两把菜刀的刀刃"啪"地互相一砍，看也不看，往王德胜眼前一递道："你自己看吧。"

王德胜接过两把菜刀一看，自己炉里的菜刀已经被砍出一个大豁口，而田闵的菜刀却毫发无损。王德胜禁不住点头称赞道："田师傅果然好手艺！"田闵得意道："知道哪个是真货，哪个是假货了吧？德胜炉就是凭手艺赢得这几十年信誉的。你说你用了我的印记，这不是要砸我德胜炉的牌子吗？"王德胜呵呵一笑，双手抱拳道："田师傅的话过了，我承认您田师傅手艺好。不怕不识货，就怕货比货，我学艺不精，火候不到，甘拜下风。"田闵哼着鼻子说："我不是来和你比手艺的，我是来告诉你，做生意有做生意的规矩，开铁匠炉有开铁匠炉的规矩。虽然你名字叫王德胜，但我德胜炉的印记用在先，你就不能再用了。”王德胜却厚着脸皮说：“我不管啥先后，我名字叫王德胜，开的是铁匠炉，印记当然要用德胜炉。您田师傅手艺好我不眼红，您卖您的，我卖我的，咱井水不犯河水。”

田闵见王德胜强词夺理，不懂规矩，瞪着眼睛问道：“你还懂点儿规矩不，你叫王德胜，就可以用德胜炉的印记了？如果你长一脸麻子，是不是你炉里打出来的剪刀也要打人家王麻子的印记？”王德胜厚颜无耻道：“田师傅抬举我了，剪刀我还真不会打，若是会打，偏巧又长了一脸麻子，我用他王麻子的印记又如何？”田闵见王德胜要起无赖，忽地记起自己是老君社会首，撸一把袖子说：“好，咱暂且不说印记的事，我问你，你开铁匠炉经过行社没有？”王德胜眨巴着眼睛问什么行社。田闵翻王德胜一眼，说老君社行社。王德胜问老君社行社是干什么的，田闵冷笑一声说：“老君社是隆盛庄金、银、铜、铁匠组织的行社，不管是金匠、银匠、铜匠、铁匠，都必须先入老君社，交纳入会费后方可开炉。不然，行社有权将他驱逐出隆盛庄。”王德胜哈哈大笑道：“我的铁匠炉开在二道沟，又没进你隆盛庄，你隆盛庄管我个初一还是十五？”王德胜的徒弟也在后面嚷嚷道：“是呀！我们没进隆盛庄开炉，老君社凭啥管我们？还交纳会费，当自己是朝廷呀？”

跟在田闵身后的小徒弟名叫周通，是田闵的关门弟子。周通火气大，撸起袖子喝道：“奶奶的，没见过天下有如此不讲理的东西。师傅，咱把狗日的炉砸了。”王德胜的徒弟也不是善茬，喊叫道：“砸？你砸一个试试？敢动我家的炉一下，让你们有来无回。”田闵的徒弟早就忍不住了，见王德胜的徒弟出言不逊，也摩拳擦掌地回击过去。双方都是年轻力壮的后生，火气像铁匠炉的炉火，有点儿风便呼呼地燃烧起来。几句话不对，先是破口对骂，骂了几句便扛起膀子动起手来了。田闵和他的徒弟有备而来，加上理直气壮，棍棒铁锹一齐出手，说话间便将王德胜的徒弟打倒几个，砸了王德胜的铁匠炉。田闵见占了便宜，怕打下去闹出人命不好收场，连忙喝止徒弟，带众人返回隆盛庄。

田闵不甘心几十年的德胜炉被劣质冒牌货砸了牌子，急忙请各炉掌柜前来商讨。老君社各铁匠炉都打不同的产品，比如，德胜炉以打菜刀、镰刀为主；长胜炉以打锄、铁锹为主；德丰炉以打马掌铁为主；永福炉以打日常生活铁器为主，什么大门和车轱辘上的铁钉、拴狗的链子、夹炭的火钳等；德庆炉则专打铜器，什么铜壶、铜铲、铜勺、铜饰件等。正因为各炉各有所长，行业内的竞争与嫉妒便少，相处也就和睦了。

各炉掌柜听说出了这种事，都说这件事不能善罢甘休。今天有人敢冒用德胜炉的印记，明天就会有人冒用其他炉的印记，这还有没有规矩了？众人正在商讨应对的办法，周通跑来说大事不好了，二道沟的几十号后生拿着家伙进了隆盛庄，说是要砸了德胜炉。

王德胜在丰镇的铁匠炉干过，他见隆盛庄德胜炉的菜刀和镰刀在丰镇口碑很好，恰巧自己的名字就叫王德胜，便在老家二道沟也悄悄地开了一家铁匠炉，借用德胜炉的名气打些菜刀和镰刀卖。起初，王德胜的菜刀和镰刀都拉到了丰镇的杂货铺，后来见没什么动静，也懒得往丰镇拉了，便宜些送到了隆盛庄的杂货铺，结果被田闵发现了。王德胜的徒弟都是从二道沟及附近招收的，田闵的徒弟打伤了王德胜的徒弟，王德胜便鼓动徒弟们回家喊上亲戚朋友，到隆盛庄将德胜炉砸了。

老君社各炉掌柜听说二道沟的冒牌货使用了德胜炉的印记不说，还敢纠集人进隆盛庄砸德胜炉，都说："这岂不是反了？"急忙回去，将各自的徒弟集合起来，拎着家伙聚集到德胜炉前。双方加起来有近百号人，都是满手老茧的愣头青后生，一个个虎视眈眈地对峙着。田闵毕竟上了年纪，加上刚才去二道沟解了气，已经冷静下来。他知道打铁的都出手重，如果双方真的打起来，那非得出几条人命不可，急忙派徒弟去请铺长杜茂远。

杜茂远问清了原委，知道虽然是二道沟的冒牌货不对，但对方人多势众，来势汹汹，劝说了半天不见效果，便派人去四美庄请康廷儒。张瑞元和段祖贤听到了信儿，也急匆匆地赶来。问清原委，张瑞元指着领头的王德胜说："你冒用人家德胜炉的印记，还敢聚众前来砸人家德胜炉？好，有胆量你们动手砸。你们若敢动一下，隆盛庄上万人呢，看不把你们吃了。你们真当没有王法了？且不说闹出人命你们得偿命，就算你们敢动德胜炉的一根钉子，从今天起，隆盛庄的各粮店不收你们二道沟一颗粮，不卖给你们二道沟一粒米。"张瑞元此话一出，围观的各家掌柜都说话了。这个说"对，我们听张会首的，他们若敢动德胜炉一下，从今往后，我们布庄便不卖给他们二道沟人一寸布"，那个说"我们杂货铺也不卖给他们一两盐、一滴煤油"，老君社的人也跟着说"对，我们也不卖给他们一张犁、一把锄，连拴狗的链子也不卖给他们"。

众人你一言我一语，王德胜带来的后生都蔫了，一个个放下手里的棍棒悄悄地往后退，心说隆盛庄的店铺若是什么都不卖给他们，那他们往后还怎么活呀！隆盛庄的商家也太齐心了。王德胜见自己犯了众怒，也胆怯了，朝田闵抱拳道："好！田师傅，我王德胜今天认栽了。从今往后，我非但不再用你德胜炉的印记，连铁匠炉也不开了。"说罢，朝徒弟们招招手，狼狈而去。

待康廷儒带着一队官军气喘吁吁地赶到时，二道沟的人已经一个都没有了。

康廷儒听说张瑞元几句话便把几十个闹事的后生吓走了，哈哈笑道："张掌柜，你的能耐是越来越大了，一张三寸不烂之舌，竟然比我这一队官军还要管用。"张瑞元挠着头笑道："哪里呀！我是见刚才的场面太玄乎，只要有一个人动了手，今天非得出几条人命不可。急中生智，便拿几句话吓唬他们。没想到，各家掌柜给我面子，都纷纷响应。那些人也都知道，隆盛庄的商家若真的连一根毛都不卖给他们了，他们没法活。"康廷儒感慨道："你们这八大行社组织得好，从各行社成立以来，我可是消闲多了。"又对杜茂远说，"老杜呀！你这个铺长当的，还不如人家张掌柜的行社会首管用呢！"

杜茂远听康廷儒如此说，顿时满面羞红。

第十六章

马占元擒拿郭良

隆盛庄闹瘟疫那年，瘟疫传到了西夭子，马占元的大儿子马青也染了瘟疫。为救一族人性命，马占元忍痛将还没有断气的儿子抱到回民的义坟活埋了。为此，马占元落下心病，每年到了那天，无论多忙都要抽个空儿，挎上篮子，带些香火到义坟祭奠儿子的亡灵。

回民上坟没有汉人的讲究多，上坟叫游坟或走坟，什么时候去都可以，也不摆瓜果梨桃、干货等供祭，要么请阿訇诵经，要么上几炷香。马占元在儿子的坟头燃了香火，口中念念叨叨，求儿子的亡灵原谅他做父亲的狠心。马占元走过坟，挎着空篮子回来，走到离隆盛庄不远的地方时，路旁的莜麦地里突然跳起一个铁塔般的蒙面汉子，手中持一根木棒挡住马占元的去路，厉声喝道："站住！"

马占元吓了一跳，但立刻冷静下来。将那蒙面汉子打量一番，见他无论口音还是装束，都与人们传说中的棒手一模一样，马占元心中冷笑一声，暗想：张掌柜一直想抓这棒手，不想今天被我遇上了，我倒要看看这棒手究竟是何方神圣。于是，佯装害怕，故作惊慌退后两步道："你，你想做甚？"蒙面汉子见马占元个子不算高，也上了年纪，得意地嘿嘿一笑："你看不出来吗？爷就是专门劫道的棒手呀！"马占元连忙向蒙面汉子抱拳道："好汉爷饶命！饶命呀！"蒙面汉子每次劫道都轻易得手，得意忘形之下，没把马占元放在眼里，棒子也懒得往起举了，大大咧咧道："放心，只要乖乖地把身上的钱都掏出来，爷不伤你性命。"

马占元知道蒙面汉子说的是实话，虽然前前后后有十几个人被打劫过，但都性命无虞。心中暗笑一声，手伸进口袋摸索了半天，掏出一个制钱给蒙面汉子递过去："好汉爷，钱都给你。"蒙面汉子皱起眉头道："我日，爷躺在莜麦地里等了一个时辰，你连个大子儿都拿不出来？一个制钱能做甚？买上三元的一个蜜酥都不够。"马占元微微一笑说："好汉爷，可我身上就这么一个制钱了呀。"蒙面汉子哼一声说："你是回民吧？你们回民真抠门，出门就带一个制钱？"见马占元胳膊上挎着篮子，问道："篮子里装的啥？"马占元把篮子口朝下抖抖，故意取笑说："来的时候装的香火，不知道好汉爷在这里等着，不然就少烧些，给好汉爷留着了。"蒙面汉子听出马占元是调侃他，怒道："爷一个大活人，要香火捅屁眼呀？再掏掏，若是掏不出十个制钱，爷就把你的衣裳扒了。"马占元把篮子放在地上，举起双手说："好汉爷，真的没有了。不信你过来搜搜，搜出来都给好汉爷留下。"蒙面汉子过来，一手拎着棒子，一手探进马占元的口袋，从口袋里摸出两块银圆，又喜又怒道："这是啥？敢和爷耍心眼？差点儿让你骗……"

蒙面汉子话音未落，马占元一个黑虎掏心，朝着蒙面汉子的心窝便是一拳。这一拳分量极重，那蒙面汉子扔掉手里的棒子，弯腰抱住肚子便是一声惨叫。马占元不给蒙面汉子一点儿机会，揪住蒙面汉子的辫子使劲儿一拽，脚下一个绊子，那蒙面汉子便一个狗吃屎摔倒在地。马占元扑上去，一只手铁钳般掐住蒙面汉子的脖子，将蒙面汉子的头死死地摁在地上，另一只手握成拳头，直击蒙面汉子的太阳穴。他自小习武，当年与清军厮杀，曾经一日之内连杀清军十三人，自己却毫发无伤。后来，回兵战败降清，他带数百士卒与家眷逃到了隆盛庄，下令所有士卒不得显露功夫，以免清军起疑，赶尽杀绝。他现在虽然上了年纪，身体精，但功夫还在，拳头力道十足，若不是想抓个活的，蒙面汉子怕是要命丧他的拳下了。

马占元几拳下去，便将蒙面汉子打晕了。他停手将蒙面汉子的身体翻过来，扯下那汉子蒙在脸上的布巾，见那汉子似曾在隆盛庄街面上见过。怕那汉子醒过来与他搏斗，马占元遂解了那汉子的裤带，将他双手绑住，坐在一旁边抽烟边等着。过了一袋烟的工夫，那汉子醒过来，见自己倒在地上，双手被捆，懵懂了好一阵儿，方才明白今天栽了。他叹息一声，眼睛望着马占元不说话。

马占元在鞋底上磕磕烟袋，站起来，在那汉子屁股上踢一脚，呵呵笑道："别躺着了，起来走吧。"那汉子恨恨地别了马占元一眼，站起来想走，不想缅裆裤没了裤带，出溜一下掉在脚面上。那汉子也懂得羞，连忙弯腰将裤子提起来。马占元拿了篮子，提了那汉子打劫用的棒子，押着那汉子往回走。那汉子虽然提住了裤子前面，但缅裆裤腰肥，后腰仍然掉在屁股下面，露出半个白花花的屁股来。

马占元押那汉子回到隆盛庄，路人见马占元捆着一个铁塔般的汉子回来，那汉子双手被红裤带绑了，半个屁股露在外面，垂着头不敢看人。人们纷纷驻足观看，有眼尖的，惊诧地叫道：“咦，那不是四美庄的郭良吗？他咋得罪人家马回民了？”

马占元将那汉子押到铺里交给杜茂远，将事情的经过讲了。杜茂远认出那汉子便是当初用条凳打死劫道歹人、家住四美庄的郭良。他惊讶于郭良便是让隆盛庄人心惶惶的棒手，气不打一处来，点着郭良的鼻子骂道：“郭良呀郭良，当初浑源的两个歹人打劫你，抢了你的皮袄，你一条凳打死一个，把另一个抓了，还一道去丰镇衙门做证。今天你咋也当棒手打劫别人了？”郭良昂起头，理直气壮地说：“别人能打劫我，我就不能打劫别人？”杜茂远气愤道：“郭良，你这叫人话吗？别人打劫过你，你就当棒手打劫别人？天下有这样的理吗？”郭良嘟囔道：“我只是劫财，又没有害过人命，不犯死罪吧？再说了，我也是家里穷才打劫的，我若是个有钱的老财，犯得着辛苦地出来打劫吗？”

杜茂远和马占元见郭良脑袋半精不愣，掺了铜一般，面面相觑，哭笑不得。

通过德胜炉的事，隆盛庄的商家第一次认识到了团结的力量。段祖贤心有所动，跟张瑞元说，他认为隆盛庄的商家虽然成立了八大行社，其实不过是把一堆散沙装进了八个口袋。遇到行业内的小事，行社尚可解决，但遇到关系整个隆盛庄商家的大事时，便显得群龙无首了。要想使隆盛庄的商业活动真正秩序井然，让隆盛庄的所有商家团结在一起，还需要一个能够统领八大行社的机构，那就是成立商务会。于是，张瑞元和段祖贤游走于八大行社各行会之间，呼吁八大行社统一思想，成立隆盛庄商务会。八大行社各会首都是行业中最有威望或最具实力的掌柜，掌控了行业内最丰富的人脉和资源，在行业内说一不二。如果放在之前，这些人未必会同意成立商务会，受他人限制，可经过真假德胜炉这件事，大家都感受到行社的力量尚显单薄，便都认同了张瑞元和段祖贤的提议。

确定成立隆盛庄商务会，八大行社各会首聚在一起，商讨推举一位德高望重、头脑灵活、办事公平、左右逢源的人担任会长。张瑞元尊重杜茂远是铺长，说隆盛庄的大小事情多与商贸有关，成立商务会后，商务会的许多权限与铺里互相重叠，提议由杜茂远担任会长。

杜茂远这些年当铺长，好处便是丰镇税官每年那几十块银圆的犒赏。他是回春堂掌柜，成天给人把脉看病，也不缺那几十块银圆，早就不想干这出力不讨好的差事了。何况他也知道，八大行社的会首个个财力雄厚，都不是那种任人摆布的主儿。有的如张瑞元一般，不仅仅是一家字号的掌柜。凭他的能力，就算当了商务会长，大家也未必事事都听他的，当时便不容置疑地坚决拒绝了。

杜茂远不愿意当会长，八大行社各会首面面相觑。众人心知隆盛庄是商家之地，而商务会长管的就是商家，不像杜茂远的铺长，管的都是鸡毛蒜皮的邻里纠纷。大家虽然都想当会长，但也都知道没有金刚钻揽不得瓷器活的道理，在心里掂量一下，也都不敢往前站了，更没人敢毛遂自荐。杜茂远见众人没有主意，想到成立商务会的事为张瑞元和段祖贤牵头，张瑞元又是宝粟社会首，便提议由张瑞元出任商务会长。张瑞元一来觉得自己无力担当如此重任，二来怕众人误会他跑前跑后，就是有当会长的私心。更何况，成立商务会的主意是段祖贤出的，便说这次无论如何，都应该由段祖贤担任会长。岂知，段祖贤还如当初成立宝粟社时的态度，说他只能做个出谋划策的军师，会长却是万万做不得。如果张瑞元担任会长，他可以做副会长，如果张瑞元不肯担任会长，他副会长也不肯做了。杜茂远见众人既同意成立商务会，又都不敢担当重任，便提议给众会首每人发一张纸，各自写上自己认为最适合的会长人选，得票多者为会长，不得推辞。众人觉得这个主意甚好，依法做了，仍是张瑞元得票最多，段祖贤次之。于是，张瑞元出任隆盛庄商务会长，段祖贤为副会长。

确定了会长人选，众人又讨论了几天，确定商务会的功能和职责为维护各字号权益，协调各字号纠纷，规范各字号行为，监督各字号生意往来，维持隆盛庄治安；为每年正月的“三官社”社火、二月二的龙灯会、四月初八的奶奶庙会、六月二十四的古庙会摊派钱款。后来，清朝灭亡，军阀混战，盗匪四起，商务会又增加了负责摊派过往军队的费用，成立商团抵御土匪抢掠等功能。筹备事宜结束后，写文书一道，由段祖贤亲赴丰镇，递交厅署衙门恳求恩准。段祖贤的秀才身份派上了用场，拜帖递进去，同知即刻召见，回复了同意文书。从此，杜茂远铺长的虚名也没了，隆盛庄所有事务均由商务会决断。商务会俨然成了隆盛庄的“官府”。

商务会成立后，段祖贤通过观察，发现隆盛庄商家的行为虽然规范了，同行间的纠纷也基本平息了，但由于生意兴隆，时常出现资金短缺、周转不畅的情况。他便和张瑞元琢磨，如何将八大行社的生意串联在一起，解决资金流通不畅的难题。

段祖贤的确不凡，很快便想出一个崭新的思路。

隆盛庄的钱铺与其他地方的钱庄基本相同，运作方式大同小异，以低利借入、高息放出的手段谋利。段祖贤的思路是各钱铺印发一种类似银票的粮票，如农民到隆盛庄卖粮，粮店不必支付现银，给粮票即可。农民拿着粮票，可以在市场上任何一家店铺购买所需物品，由粮店拨款清偿。月终，粮店将所有粮票交给钱铺，由钱铺代各家偿还钱款，粮店负担利息。粮店出售粮食，也将债权交给钱铺。粮食如果出售到丰镇、大同或是京津一带，客商不用带钱款，等粮食运到目的地，从目的地付钱，粮店再将钱款交给钱铺。贩卖牲畜的牛羊贩子同样按此程序交易。钱铺的现金则转放到绸布和其他资金短缺的行业。如此周而复始，但都是空来空去，各以信誉为本，促进和繁荣市场。如有不讲信誉的店铺字号，经八大行社会首讨论，商务会可以封了该店铺字号，将其逐出隆盛庄。

段祖贤的这一奇思妙想一经实施，隆盛庄各字号的资金立刻盘活了，生意也比之前好做了。

张瑞元和段祖贤见第一步改革成功了，便向各字号摊派钱款，集资在大东街离张瑞元家不远的地方盖起一处院子，作为商务会的办公场所。

从此，隆盛庄凡是用钱的地方，都由商务会做主。像过年时给南庙、北庙的供品，正月的“三官社”社火、二月二的龙灯会、四月初八的奶奶庙会、六月二十四的古庙会等，都由商务会根据各店铺、字号的规模大小进行摊派。

商务会成立伊始，大大小小的闲杂琐事极多，若不是有段祖贤出谋划策，张瑞元怕是要忙得焦头烂额了。

张瑞元这边忙公事，梁宝元那边却在忙家事。

张禄娶艾叶的第二年，艾叶便生了个大胖小子，起名张裕祥。达林太和宝梅都过世了，乌云其木格也不用去乌拉哈伺候老人了，便一心一意在家带起了孙子。梁宝元夫妇见张瑞元和乌云其木格抱上孙子了，心里着急，托媒人四处打听，想踅摸一家既门当户对，闺女又漂亮的，赶快给梁龙成个家，自己也好抱个孙子哄。前段时间，媒人终于有了回话，说广义和布庄掌柜徐翔家的闺女挺合适，那闺女今年十五岁，相貌也还不错，重要的是两家家境相差不多，算得上门当户对。梁宝元认识徐翔，知道广义和是隆盛庄最大的布庄，虽然没与徐翔多打过交道，但听说徐翔夫妇做人规矩，是户正经人家。他和邓香如商量，觉得这门亲事挺合适，只是不知道那闺女相貌如何，要邓香如先去暗访一番，再拿主意。邓香如找借口去徐翔家串了个门，回来说那闺女名叫艳芳，除了童稚未脱外，长得也还清秀，配得过他家梁龙。梁宝元听后大喜，同意了这桩婚事。

徐翔本打算等闺女十六岁再出聘，听媒人说是给兴盛社会首、永盛源皮货店掌柜梁宝元的儿子提亲，也觉得这门亲事十分合心，如若推了，往后怕是不好结梁宝元这样的亲家了。他用不着暗访，去年入冬时到永盛源买羔皮坎肩，在永盛源的柜台上见过梁龙。梁龙除了和他爹生的一样黑外，也算相貌堂堂，更何况男人论的是本事，相貌好坏并不重要。他只提了个小条件，说闺女岁数小些，可否先把婚订了，明年再过门。

既然两家互相满意，梁宝元夫妇觉得晚几天过门也无所谓。依规矩先换了庚帖，看了属相是否为断头婚，五行是否相克，见没有忌讳，向徐家下了一份丰厚的聘礼，两家便订了婚。之后，又请算命先生查黄道吉日。算命先生查过，说腊月迎娶为好。梁宝元夫妇为了难，便央媒人再去徐家说合。徐翔觉得腊月到正月也就十几天的时间，过于拘泥会惹得婆家不高兴，便不再坚持。梁宝元夫妇便开始准备婚娶之物。

梁龙得知爹妈给他定了亲，心中虽然依旧惦念玉凤，但自古以来就有订了婚便不能反悔的规矩，也只能认命了。只是心里不快，时常到瑞盛店找张禄喝几杯解闷儿。有一次喝多了憋不住，把满心的肺腑之言向张禄吐露出来，张禄方才知道原来梁龙也曾喜欢过玉凤。张禄已经娶了巡检家的千金，艾叶在爹妈面前也乖巧，夫妻俩也算恩爱，艾叶也已经生了儿子裕祥。所以，张禄除了在心里觉得对不住玉凤外，已经没有其他念头了。他问梁龙说："龙龙，既然你喜欢玉凤，咋不和你爹妈说呢？"梁龙耷拉着眼皮说："你不是也喜欢玉凤吗？你咋不和你爹妈说？"张禄同样沮丧："咋没说过？我爹妈都不同意，说是门不当户不对。你也知道我在我爹面前不敢顶嘴，只有由着他们了。结果，害得我现在都不敢去肖叔家了，玉凤在街上看见我，就像见了仇人似的。"梁龙叹息着说："我虽然敢和我爹妈顶几句嘴，可胳膊拧不过大腿呀！"张禄好奇地问："你见过那个没过门的小媳妇没有？"梁龙摇头说："没见过，听说还不满十六岁。"张禄惊讶地说："咋，还不满十六呀？艾叶都十九了，我觉得她还是个娃娃呢。那十六不是和小娃娃一样吗？就是广义和布庄徐掌柜的闺女吧？哪天咱去她家那边看看，说不定能遇见呢。"

梁龙也有心看看他未过门的小媳妇长什么模样，每逢店铺不忙的时候便去找张禄，和张禄一道到徐翔家门口转悠。转悠了几次，都没见徐翔家门口有人。终于有一天，他和张禄又过去的时候，见徐翔家门口有几个孩子在玩老鹰抓小鸡。梁龙怕被人认出来不敢上前，张禄便过去问一个小孩，里面有没有徐掌柜家的闺女。小孩说装老鹰的那女孩便是。张禄招手让梁龙过来，梁龙见那闺女童稚未脱，鼻子还不时流出两股鼻涕，失望地直摇头。回家和他妈发牢骚，说那闺女还没长成，娶回来是她伺候自己呢，还是自己哄着她？邓香如说："闺女嘛！十五岁也不小了。别看她现在像个娃娃，只要一过门，马上就变成大人了。"梁龙蹙着眉头不说话。邓香如又说："莫非你不知道？妈嫁给你爹的时候，也才比她大两岁，第二年不就生下你当妈了。行了，别胡思乱想了，亲已经定了，聘礼也已经给人家送过去了，你不看妈已经买好棉花和被面，准备给你们缝装新铺盖了吗？等到腊月娶她过门的时候，她一准儿长成个大闺女了。”

梁龙无奈地摇摇头，长长地叹息了一声。

隔了几天，便是六月二十四的古庙会。

六月二十四的古庙会是隆盛庄最为红火的日子，而这一年的古庙会比往年更为热闹。

古庙会和正月的社火一样，之前一直有专门的组织操办。社火由三官社操办，古庙会则由福隆社操办，活动所需钱款由操办组织自己募集。遇上好年景，募集的钱款多，活动便办得热闹；遇上年景不好，募集的钱款少，活动便办得冷清。这年的庙会，正是商务会成立的头一年。活动所需钱款，由商务会根据各店铺字号的规模大小摊派，交由福隆社具体操办。钱款充足，庙会自然办得比往年热闹。

隆盛庄的古庙会起源于乾隆年间。

乾隆三十三年，隆盛庄一带连年干旱，粮食歉收。特别是乾隆五十二年，口外大灾，从春到夏滴雨未下，百姓人心惶惶。有人想起小黑龙战胜白妖龙的故事，便把小黑龙的诞辰六月二十四日当作祭奠日，纷纷聚集在庙宇前，摆供焚香，跪拜龙王神像，祈求降雨。也就是这一天，自发性的朝拜达到高潮。也许是隆盛庄人的虔诚感动了龙王，一场透雨从天而降。百姓认为这是龙王的恩赐和保佑，奔走相告，感激涕零。民间艺人纷纷出行，演剧酬谢龙王，并且从此相沿成俗，每年届期举办一次，成为隆盛庄古庙会的雏形。

到了乾隆年间，隆盛庄的商贸活动逐渐繁荣起来，武川、陶林、集宁、土牧尔台、二道河子、七台等地的粮食经隆盛庄聚集，转运至丰镇、大同、张家口、北京、天津一带；旅蒙商人贩回的牛、马、羊、驼、皮毛、药材皆集中在隆盛庄出售，周边地区百姓耕种所需的骡、马、牛等牲畜也在隆盛庄交易。于是，六月二十四的古庙会逐渐演变为骡马大会。四邻商贾闻讯而来，古庙会的声势和规模越来越大，影响范围达方圆数百里。

南庙为古庙会出发地。除了外地特意赶来做生意的摊贩和商贾，嫁到周边地区的闺女们也都拖儿带女，回娘家赶庙会了。近处四乡八村的男女老少都涌到隆盛庄，就连丰镇和集宁也有人骑着驴、跨着马、赶着车，风尘仆仆地赶来了。隆盛庄大街小巷都是人，南庙门前更是熙熙攘攘，人头攒动。

南庙位于大南街南端，坐西向东，面向双台山，背靠南碧河。据风水先生说，这是一块面山背水的风水宝地。庙宇的建造格局为前、中、后三层院落，气势雄伟，风格古朴，巍峨壮观，典雅幽静。进入南庙大院，右侧是张瑞元捐款修建的一座大戏台，封顶竖柱，戏台前天井宽阔，可容纳上千观众。大戏台对面为大庙庙宇，门前是一对三丈多高的铁铸旗杆，为三节两斗，雄伟壮观。旗杆后面，一对石狮立于两侧。石狮后面是过庭，中间为正门，两边为侧门。进入正门，圆形石座上安放一个直径五尺有余的“燕香鼎”，四足两耳，七棱八面。八个面上铸有乾、坎、艮、震、巽、离、坤、兑字样，表示八卦方位。“燕香鼎”后为一座三尺多高、生铁铸就的塔形“烬纸楼”，重檐翘角，楹柱窗棂，浇铸精湛，精巧玲珑。

进入庙宇中殿，两侧为彩色泥塑的十八罗汉。其中有一神像，肚脐和两只眼睛镶有玻璃彩珠，当摸到肚脐上的彩珠时，两只眼睛便不停地乱转，让人不由得毛骨悚然。中殿后面是高大雄伟的大雄宝殿，五脊六兽，青砖灰瓦，重桅翘角，龙头出桅，虎头滴水，六只兽的兽头形态各异。横梁竖柱，彩画油漆，气势磅礴，辉煌耀目。在高大的古树映衬下，更显古老肃穆，古香古色。进入大雄宝殿，正中的高台上端坐着头戴平天冠的关羽塑像，红面黑须，身披红缎袍，手捋长须，庄重威严。周仓、关平护卫两侧。正殿两侧为配殿，左侧为观音殿，右侧为释迦牟尼殿。殿中壁画鲜艳夺目，有流传了千年的佛经故事，有线条流畅的幡龙飞云，皆形象逼真，栩栩如生，体现了佛教与天文、地理、历法、占卜等融为一体的意境。

上午，一声铁炮炸响，拉开了古庙会的帷幕。随后，一个饰张飞的汉子脸上抹着黑色油彩，头戴黑盔，穿黑甲、黑靠，手中提一杆油黑的丈八蛇矛，骑一匹墨黑的乌骓马，从南庙打马出来，巡街三圈，俗称三出街。这饰张飞的汉子便是张禄。张禄是第一次在古庙会上饰演张飞，骑在乌骓马上好不得意，一路纵马急驰，还要时不时拉开嗓门吼上几声。三声铁炮响过，庙会正式开始。首先出场的是马王社的牙纪装扮的大清亲兵对子马，由肖玉春领头，共二十四对，成双排行列缓缓而行。马都是雄健的骏马，一匹匹雄赳赳地昂首摆鬃。骑手头裹花布巾，身着蓝坎肩，胸前的白圆圈里绣着黑色的“亲兵”二字；手执三角金牙镶边的龙旗，一个个器宇轩昂，整齐雄壮。对子马后，衙役出来，在前面鸣锣开道，两边各执“肃静”“回避”的牌子，中间是“伏魔大帝”关云长的全副銮驾。

关老爷如何成为“伏魔大帝”了？其中有一段有趣的民间传说。

相传，康熙皇帝某日下朝后在御花园散心，忽听得空中串铃作响，便望空发问：“空中何人？”空中答曰：“二弟云长。”康熙皇帝甚是惊奇，又问：“三弟现在何方？”空中又答：“三弟镇守辽阳。”再问：“那四弟呢？”空中再答：“四弟在明月楼跑堂。”康熙皇帝暗想，既然如此，我必是刘备再世无疑。如今我身为皇帝，何不封众兄弟一个官职？抬头望空曰：“我封你为伏魔大帝。”于是，关云长便成了“伏魔大帝”。

在“伏魔大帝”关云长的銮驾之后，一粉面红唇的戏装孩童牵一匹赤兔马出来。赤兔马全副鞍韂，彩绸披挂，马头前扎一朵红色英雄花，马背上竖一杆中间绣一个斗大黑字的“关”字大旗，意喻关老爷的神灵就在赤兔马背上。数名手擎五色标旗的亲兵紧随其后，保护銮驾。

这时，两名衙役抬一木杠出来，木杠上骑一涂着白眼圈、粘着八字胡须、丑角打扮的七品县令。县令坐在铁圈之上，上露戴着官帽的头，下露穿着朝靴的脚，中间用大红官袍罩住，乍一看，好像那木杠穿心而过一般，名曰“穿心官”，有贪官被木杠穿心而过之含义。这穿心官的装扮者，则是梁龙。梁龙悠哉地端坐在铁圈上，眼睛四处张望着，不时做出各种滑稽的表情。突然，他在看热闹的人群里看见了玉凤，便朝玉凤招招手。玉凤不知道穿心官是梁龙装扮的，也高兴地朝梁龙挥挥手，梁龙立刻高兴地咧嘴笑了。跟在穿心官后面的是五鬼闹判官，这一出都是永盛源的伙计表演的。五个戴着青面獠牙面具的小鬼，身着五彩衣，手腕、脚腕系着铃铛，围着一个戴判官面具、身穿绿袍、腰围玉带、足踏朝靴、手执一支特大号毛笔、宽肩凸肚的判官吱吱乱叫。

再往后，依次是宝粟社的伙计扮演的武侠队伍。伙计们个个腰束英雄带，头扎英雄花，舞动着刀枪剑戟等十八般兵器，边打边舞。然后是由曹宝珠扮演的“独轮油车”，曹宝珠打扮成一个白眉白须的黄衫老翁，推一辆吱吱呀呀的独轮车，车上置一硕大油篓，上书“风调雨顺、国泰民安”。和曹宝珠配合的是张福，别看张福读书不用功，闹红火却很卖力。他满脸打了白粉，嘴唇上点一颗大黑痣，穿着大红鞋，拉着拴在独轮油车前面的红绸子，左摇右摆，扭扭捏捏，嬉笑着往路旁围观的人群里凑。看见了嫂子艾叶和金花、银花，张福凑上去在银花脸上捏了一把。银花吓得往后躲，艾叶笑道：“银花，怕他做甚？他是你二哥扮的。”银花听嫂子说丑婆婆是张福扮的，俏皮地追了上去，在张福的屁股上踢了一脚，吐着舌头道：“二哥，你扮得好丑呀！你看大哥那张飞扮的，多威风！”

当由张禄扮演的张飞在隆盛庄巡街三圈、最后勒马站在马桥街大吼三声之后，各家的玩意儿也陆续赶往马桥街。这时，古庙会最有代表性的节目“脑阁”与“抬阁”登场了。

因为隆盛庄人祖籍多为口里，所以，“脑阁”与“抬阁”也是从口里传过来的。

这是一种气势恢宏的民间艺术，美曼美妙的笙箫琴弦声中，几十具脑阁走在前面。脑阁是挑选身材健壮的大汉，腰束铁架，铁架由戏装遮掩，肩头露出三四尺有余，最上面连接一个圈形铁架。将一个孩童的腰部用布匹固定在铁架上，外面穿上戏衣，戏衣的下摆正好落在下面壮汉的肩上，掩住了铁架，宛如孩童站在壮汉肩上一般。上面表演的孩童全部戏装打扮，胳膊与腿活动自如。表演时，下面的壮汉随着音乐的节奏穿插舞动，上面的孩童按照各自角色摆出不同造型，装扮孙悟空的孩童还可以随着铁圈的转动在壮汉肩头翻筋斗。最让人叫绝的，则是唯一一位壮汉一担双童的表演。汉子农夫打扮，双肩各站立一名孩童，孩童在上面悠然自得地扭动起舞，壮汉在下面汗流浃背地跟进。这便是“担阁”了。

烈日炎炎下，参加表演的孩童极为受罪。他们有的是上届庙会许了愿，本次庙会为还愿而参加的，有的是为了长命百岁，还有的是为得到赐福。所以，孩童虽然受罪，但还是踊跃而为。

紧跟脑阁队伍的是抬阁。抬阁在表演队伍里算是庞然大物了，每架抬阁由十二名壮汉轮流肩抬，前后共十六架，浩浩荡荡。其实就是人抬的花车。

花车高有两三丈，用彩绸和彩纸通体裱糊，装饰成亭台楼榭、山洞回廊。内部隐藏一个转动机关的人，机关转动时，花车上戏装打扮的孩童也跟着转动起来，演绎着前朝一个个千古流传的故事。第一架抬阁演的是“千里送京娘”，第二架抬阁演的是“水漫金山寺”，第三架抬阁演的是“李彦贵卖水”，接着依次是“王祥卧鲤”“李红袖推磨”“候尚官采花”“孙悟空三打白骨精”“天仙配”“劈山救母”“八仙过海”“三顾茅庐”“昭君出塞”“燕青卖线”“双锁山”“刘海砍樵”，最后压轴的是“梁山伯与祝英台”。十六架抬阁造型不一，各有精彩，是为隆盛庄特有的表演节目。千里之内，独此一家。

最后出场的是八抬明轿，上供伏魔大帝关老爷的神像，跟着是龙王小轿，上立龙王牌位，两个马童各牵一匹赤兔马和黄骠马，上插“圣”字旗随后。而后是四十个背弓箭、四十个挎腰刀的对子马。他们身着黄马褂、青缎裤，头戴红缨帽，脚踏薄底快靴，象征着八十万兵马，威风凛凛，浩浩荡荡。

这一场声势浩大的庙会，隆盛庄各店铺、字号的伙计和年轻人几乎全部粉墨登场，千人有余。康廷儒带着四美庄的官军也来了，不停地在各条街道巡视，遇有捣乱闹事者，一概抓起来。

表演活动结束，赛马活动开始。赛马在西河湾举行，比赛结果几乎毫无悬念，每年夺魁者均为乌拉哈来的蒙古选手。西河湾赛马的时间，小摊贩已经如同从地下冒出来一般，以马桥街为中心，到处都是。有卖鞋的、卖红裤带的、卖针头线脑的、卖窗花、卖烟叶的，无奇不有。其中尤以卖小吃的为多，有卖瓜果的，卖绿豆汤、凉糕粽子的，卖羊肉包子、枣糕的，卖羊头肉、猪头肉、牛头肉、酱牛肉、酱狗肉的；有把小桌小凳搬出来，支起锅灶卖刀削面、荞面饸饹、炸油糕、羊杂碎的；回民也摆出焙子、卤肉，烤起了羊肉串；上三元的干货也摆了出来。因为午后有骡马大会，人们都不回家吃饭了。有钱的财主进了庆春楼那样的大饭庄，家境普通的进了小馆子，就算是穷人，也都大方地在地摊上吃了。

张禄、梁龙和曹宝珠洗去脸上的墨彩，见商务会在庆春楼门前贴出这次古庙会摊派钱款的店铺字号、个人赞助的商贾姓名及银两明细，便挤过去看。张禄见张祯也在看，问他是不是自己一个人，张祯说："我正准备去找你们呢，爹在庆春楼请舅舅、梁大爷、曹表大爷几家吃饭，让你们三个也去。"张禄已经和梁龙、曹宝珠商量好在外面的地摊吃了，对二人说道："咱进去和长辈们打个招呼吧！"

三人进了庆春楼，一众长辈、平辈已经坐下，一桌是张瑞元、哈森、梁宝元、曹栋及各家的儿子，一桌是乌云其木格、斯琴格日勒、邓香如、艾叶和曹宝珠的媳妇红霞带着的一干闺女。梁宝元让张禄三个人坐，张禄说："梁大爷，我和龙龙、宝珠已经约好到地摊上吃了。"梁宝元说给他们三个留着座呢，张瑞元说别管他们了，他们一准儿是想喝两壶，嫌和长辈们在一起放不开，不痛快，又安顿三个人不要喝醉了出洋相，梁龙问张福和不和他们一道走。曹宝珠拽拽梁龙的袖子，给他使个眼色说："龙龙，你连这都看不出来？你妹妹花子在，福奎肯和咱们走？"张福听见了，眼角朝女人们的那桌瞟了一眼，装聋作哑的什么话也没说。

三人和诸位长辈打过招呼，出来找了一个炸油糕的地摊，梁龙戏谑说："玉奎，咱三人就你一个是东家，今天无论花多少，都是你出了吧？"张禄大方地说："当然，这才能花几个钱？不过，你们别吃撑着了，看完骡马大会，晚上我还要请你们到庆春楼吃饺子呢。"见地摊上有刚打开坛子的神仙醉，扔给梁龙一块银圆说："龙龙，你不出钱就跑腿吧。酱牛肉和酱狗肉各买一斤，就在摊上切了。哦，还有，宝珠哥喜欢吃羊头肉，再买颗煮羊头。记住，买回民的，回民的羊头煮得烂。"

梁龙也不客气，接了钱去买东西，到了熟肉摊上，见玉凤领着喜凤、美凤、宝凤也买熟肉，便和玉凤打招呼说："玉凤，带着你三个妹妹出来买熟肉呀？"玉凤点头说了声是，又笑道："龙龙，原来那穿心官是你扮的？我说是谁和我打招呼呢！"梁龙熟肉也不买了，和玉凤拉呱道："玉凤，你看我演得好不好？像不像个贪官？"玉凤夸奖说："好！还真挺像的。"玉凤想和梁龙再拉呱几句，三个妹妹等不及了，让她赶快买熟肉吃。玉凤割了一块猪头肉，美凤觉得猪耳朵香，非要再买个猪耳朵。宝凤见美凤要猪耳朵，说她要吃猪蹄子。玉凤说妈给的钱不够，猪耳朵和猪蹄子都不买了，美凤和宝凤便哭闹起来。喜凤懂事了，帮着二姐呵斥两个妹妹。梁龙见状，连忙说他有钱，让卖肉的再给称个猪耳朵、猪蹄子。玉凤拦着说她妈不让她乱花钱。两人推推让让的空儿，卖熟肉的已经把猪耳朵、猪蹄子称好，包了纸递过来。玉凤只好接住说："龙龙，等我和我妈要了钱还你。"梁龙说："还啥呀？我不是说了吗，算我给你三个妹妹买点儿吃的还不行吗？"

梁龙买熟肉回来，张禄已经打好了酒，向炸油糕的要了几个盘子把熟肉装了。梁龙把余下的钱给张禄，张禄见没剩下多少，问梁龙古庙会的熟肉咋比平日卖得贵了，是不是乘机涨价了。梁龙说："我遇上玉凤带着她三个妹妹也去买熟肉，替你送人情了。"张禄笑道："你倒会做人，拿我的钱买东西送人情。"梁龙笑嘻嘻地说："咱俩不是结拜兄弟吗？分那么清做甚？你的就是我的。"张禄说："那也不行！这样吧，罚你三杯。"梁龙爽快地端起杯说："三杯就三杯，我正怕今天喝得不过瘾呢。"

三个人早晨起得早，又在庙会上卖了力气，现在都饿了。连说带笑，各喝了两壶神仙醉，吃了一斤酱牛肉、一斤酱狗肉，外加半颗煮羊头。摆摊的认识三人，问他们要多少炸油糕，三人拍拍肚子说已经吃饱了。摆摊的笑着说："张少东家，你可真精细，占着我的摊儿，却不买我一个炸油糕？"梁龙和摆摊的也熟，说道："不是喝了你六壶酒吗？好了，下次吃糕，一定去你的馆子。"张禄算了酒钱，对摆摊的说："这里还有半颗羊头，留给你一会儿下酒吧！"摆摊的对梁龙说："龙龙，你看看，还是人家张少东家大方。"梁龙说："是呀！玉奎是东家，大方是应该的。等哪天我当了东家，肯定比他还大方。"

三个人吃饱喝足，街上转了转，吃了几牙西瓜，一道去骡马大会走了一遭。

第十七章

违父命梁龙逃婚

有道是时间越等越慢，好不容易太阳西沉，将天边的浮云染得火红。张禄信守诺言，请梁龙和曹宝珠到了庆春楼，要了几壶酒，点了两个凉盘和庆春楼拿手的清蒸羊肉、扒肉条，一斤饺子。三个人边吃喝边从窗户往外看，等着太阳落山。

天边的红云渐渐转黑，黄昏来临。马桥街的店铺门口陆续挂起各式各样的灯笼，中间的广场上更是灯笼成串，人头攒动。三人估摸红火要开始了，匆忙吃罢，一道往街上走去。

此时，街头巷尾，卖糖葫芦的、卖瓜子五香大豆的、卖西瓜的、卖黄杏的，各种干果水货应有尽有。各路艺人开始踢拳卖艺，有小戏班子唱小曲的，有三五个人的班子演杂技的，有丢骰子、掏宝、设摊赌钱的。有一个放西洋镜的，三尺戏台两旁挂一副对联，上联是：一方平台演尽古今风流；下联为：数尺之基走遍天南地北。放西洋镜的是个四十多岁的小个子，尖嘴猴腮，头戴瓜皮小帽，脑袋后面拖一根小辫儿，放开嗓门吆喝着："瞧一瞧了，往里瞧千古妙趣；看一看了，往里看乐事无边。这一场放的是'三英战吕布'，排着队，排着队，看一次一个制钱，只收一个制钱呀！"张禄觉得稀罕，问梁龙与曹宝珠看过西洋镜没有，梁龙说没看过，放西洋镜的好像是第一次到隆盛庄来。曹宝珠说："听说过，没看过。东家若是想看，那就看看吧。"三人凑上前，却见有二三十个孩童在那里排队等着。梁龙说："这要等到什么时候？还是算了吧。"

旁边的摊子是要飞刀的。一个年近三十，浓眉大眼，虎背熊腰的汉子，装束精干，双目有神。上穿一件白洋布对襟坎肩，没扣扣子，露出胸前两块结实的肌肉；下穿一条黑色缅裆裤，腰系黑色布腰带，腰带里插着数把明晃晃的飞刀；裤脚打着绑腿，足下一双踢死牛。对面一丈开外的地方立着一块门板，一个十八九岁模样俊俏的姑娘双臂伸直，双腿并拢，后背紧贴门板立着。三人不知道耍飞刀的手艺如何，都想看个究竟，可那耍飞刀的汉子却不急，先蹲马步运一番气，而后精神抖擞地练一趟拳。三人以为要开始表演了，不想那汉子却端起一面破锣，开始绕着场子收钱。有等不及的，有不想花钱的，围观的人顿时散了大半。梁龙摸出几个制钱扔进破锣里，等了一会儿，见那汉子又是踢腿，又是伸胳膊，三把飞刀扔在空中耍了一阵儿，又端起破锣收钱了。张禄急着到南庙看戏，说："龙龙，别等了，他收不够钱是不会表演的，咱还是看戏去吧。"梁龙悻悻地说："我那几个制钱白给他了？"曹宝珠见张禄着急，一旁道："就几个制钱，算施舍他们了。东家想看戏，咱还是走吧，去晚了就得站后面了。"梁龙本不十分喜欢晋剧，但想到玉凤喜欢看戏，说不定会在南庙遇上她，心里同意了，嘴上却笑曹宝珠道："宝珠哥，真是吃谁的饭替谁说话，拿谁的钱替谁打架。在玉奎面前，你这表哥变成表弟了。"曹宝珠自然地呵呵一笑："那是，明天你做了我的东家，我啥都听你的。"

南庙北庙可谓人山人海。山西来了好几家戏班子，都是行头齐全，唱全本大戏的班子。刚一登台，便引起阵阵喝彩。南庙唱的是全本的《算粮登殿》，北庙唱的是全本的《打金枝》。张禄还是喜欢《算粮登殿》些，便带梁龙和曹宝珠去了南庙。因为这次的戏班子是商务会出钱，福隆社操办，所以不用买票。三人进了场子，靠近戏台的地方都已经被人占了，只得站在后面远远地看。张禄和曹宝珠瞪大眼睛瞅着戏台，支起耳朵听着唱腔，梁龙却踮起脚尖在人群里四处搜寻，找着玉凤的影子。

张禄看了两幕，问梁龙戏子的唱功如何，却不见回答。扭头一看，梁龙早已不见了，问曹宝珠，曹宝珠说他只顾看戏，没在意梁龙，或许是出去找茅厕了。张禄心里忽地一亮，对曹宝珠道："表兄，咱别管他了，我知道他做甚去了。"

张禄猜得不错，梁龙是去找玉凤了。

梁龙踮起脚尖在人群里瞅了半天，终于看见了玉凤的身影。玉凤来得早，搬着小板凳占了靠近戏台的地方。梁龙也不管人们的白眼，硬是从人群中挤了过去，让玉凤身旁的人稍微挪挪地方，就在玉凤旁边的地上坐下，抹一把头上的汗，和玉凤打招呼说："玉凤，你这地方占得挺好呀！"玉凤见是梁龙，笑眯眯地说："可不是，我连晚饭都没敢吃，早早地来占地方了。"梁龙见玉凤没带她几个妹妹，问道：

“咋没带你家那几个凤儿一块儿看戏呀？”玉凤说：“带上她们还能看成戏？本想把她们留给我妈，可我妈和我爹要到北庙看《打金枝》，我便把她们送到我姥姥家了。”说罢，又问梁龙道：“龙龙，你一个人来看戏呀？记得你好像不大喜欢听戏。”梁龙说：“我是和玉奎、宝珠哥一道来的。从后面看见你，便挤过来了。”

玉凤听梁龙说是专门来找她的，误会了梁龙的意思，说道：“龙龙，我还没和我妈要钱呢，等哪天要了钱，我给你送到永盛源去。”梁龙愣怔了一下，醒悟过来玉凤指的是晌午买猪耳朵和猪蹄子的事，说道：“你咋这么多心？我不是说了吗，就算我送你妹妹们些吃的不行吗？再说了，那也不是我的钱，今天抓大头，连我们吃饭都是玉奎请的。”玉凤听说花的是张禄的钱，冷了脸说：“是他的钱呀？那我更得还了，我才不稀罕他的便宜。”梁龙知道玉凤因为张禄没有娶她一直耿耿于怀，劝道：“玉凤，你心眼也太小了。我和玉奎是结拜兄弟，他家的事我最了解。其实，玉奎喜欢的人是你。当初他拉着我去你家找你爹学戏文，那是醉翁之意不在酒，就是奔着你去的。后来，他爹妈不同意，他和他爹妈还闹过一阵子别扭呢。你也知道，父母之命，媒妁之言，娶谁做媳妇由不得他。”

玉凤半晌没有说话，梁龙看出玉凤也知道张禄的苦衷。过了一会儿，玉凤突然问他：“龙龙，听说你爹给你定亲了？”玉凤不提定亲还好，一提定亲，梁龙立刻耷拉下了脑袋，叹着气说：“唉！别提了，那亲定的，我想起来便浑身起鸡皮疙瘩。”玉凤奇怪地问：“咋，徐掌柜的闺女长得不好看？”梁龙蹙着眉头说：“好看不好看无所谓，你是没见过，那简直就是个毛头娃娃，能当媳妇吗？人这辈子呀！啥事都能遇上。你喜欢的不能娶，你不喜欢的还非得嫁。门当户对？门当户对真能害死人呀！”

玉凤又不说话了。梁龙以为自己哪句话惹到玉凤了，扭头看玉凤的脸，却见玉凤满眼泪花，急忙问她是不是自己说错话了，玉凤哀声道：“和你没干系，我是想起了我自己，你定个媳妇嫌人家岁数小，我却因为岁数大找不了好婆家。”梁龙试探着问玉凤是不是也定了，玉凤点头“嗯”了一声。梁龙急忙问定给谁家了。没等玉凤回答，旁边看戏的人不高兴了，厌恶地瞅了他们两眼。

玉凤知道当年张禄和梁龙去她家，是梁龙先喜欢上自己的，可自己嫌梁龙长得黑，相貌不如张禄，所以故意疏远了梁龙，梁龙才不去她家的。现在回想起来后悔不迭，当初若是嫁了梁龙，现在娃娃也该几岁了。她听梁龙不满意未过门的媳妇，也想倒倒自己心中的苦情，见别人嫌他们影响了看戏，便对梁龙说还是先看戏吧。

梁龙和玉凤这出戏看得，眼睛望着戏台，心里想着别的。一出戏演完，看了个不明不白，稀里糊涂。

因为福隆社定的是每家戏班子唱两出戏，所以，南庙的戏班子唱完《算粮登殿》，稍事歇息后，还要接着再唱一出《空城计》。玉凤为了占地方早早地来了，带的两个蜜酥早已下肚，现在开始觉出饿了，加上被梁龙说得心情不好，也没心思再看《空城计》了。见一些岁数大了的老人和困了的孩童纷纷离去，玉凤问梁龙是不是还要继续看《空城计》。梁龙想都没想，脱口说道："你若看，我便陪着你；你若不想看了，我送你回家。"玉凤含羞望了梁龙一眼说："我心里乱哄哄的，不想看了。"梁龙便要往起站："那我送你回家。"玉凤连忙止住，悄声说："你别动，当心让人看见说闲话。这样吧，我先走，在庙门口等着你。"梁龙先还以为玉凤不让他送呢，听玉凤说在庙门口等他，高兴地说："好，就按你说的。"

玉凤站起来，拎着小板凳先走了。梁龙耐着性子等了有半袋烟的工夫，这才起身往庙门口追去。到了庙门口，玉凤果然靠墙根儿等着他。梁龙心跳得"咚咚"的，望着玉凤说："你这就要回家呀？今天的红火要闹到半夜才散呢。"玉凤眼神儿有些异样，羞涩地垂着头小声问："那你说咋呀？"梁龙想拽玉凤的手，但没敢，壮着胆子说："要不咱找个地方坐一会儿？"玉凤摇头说："不行，到处都是熟人，让人看见，就算长一千张嘴也说不清了。"梁龙脑子一亮，试探着问："人们都在街上看红火，要不咱到西河湾边上拉呱一会儿？"玉凤没说话，点了点头。梁龙心中一阵狂喜，记起玉凤说她没吃晚饭，见庙门口有卖干货的摊贩，说道："你不是没吃晚饭吗，我给你买两个蜜酥去。"玉凤说："我天黑的时候吃的就是蜜酥。"梁龙说："那我给你买两根麻花吧？"玉凤点了下头，安顿梁龙说："买上麻花后，你在前面走，我在后面跟着。"

梁龙买了两根麻花在前面走，玉凤在后面七八步远的地方跟着。遇上看第二场戏的熟人，也打个招呼。

两人一前一后到了西河湾，除了隐约的河水声，西河湾一片寂静。也许是龙王发慈悲要下雨了，天空灰蒙蒙的，遮掩了一钩弯月，也遮掩了满天星星。两人避开过河的路，找了一处僻静的地方坐下，梁龙把麻花递给玉凤说："饿了吧？快吃吧。"黑暗中玉凤看不清梁龙的面孔，她接过麻花，咬了一口说真好吃。梁龙着急地问玉凤："你爹究竟把你许配给谁家了？"玉凤沮丧地说："是陈禹家的小儿子。"梁龙问："哪个陈禹？"玉凤说："开旅店的那个，合盛店的掌柜。"梁龙想起来了，合盛店掌柜陈禹是有个二十多岁的儿子，名叫陈贵明，乳名贵贵。贵贵小时候麻疹没出好，一只胳膊和一条腿肌肉萎缩，除了做不了重活儿，走路还一瘸一拐的。他不满地说："你爹妈真是糊涂，若是找个外地的，男女互相不见面，不知根底，就算嫁个瞎子、哑巴，也只有认命了。可大家都住在一条街上，抬头不见低头见，谁不知道谁？你爹妈明知道贵贵有毛病，还把你许配给他？"玉凤麻花也不吃了，声音悲凉地说："有啥法子呢？我今年二十了，我妈说了，二十岁的老闺女，能嫁出去就不赖了，还想嫁个啥好人家？若是再耽搁上两年，怕是得嫁个死了老婆的光棍儿，或者是瞎子、哑巴了。"

梁龙不说话了，他知道玉凤说的是真话。玉凤问他怎么不说话了，梁龙叹着气道："唉！说啥呢？咱俩一样的命。"玉凤反驳说："啥叫一样的命？你的命比我强多了！你那没过门的媳妇不就看上去像个毛头娃娃吗？等明年再长一岁，马上就变成大闺女了，说不准，将来还能出脱成隆盛庄的一朵花呢！我呢，这辈子也就这样了，活着还不如死了好。"梁龙壮着胆子用肩膀顶了顶玉凤："你可别说死的话，你要死了，我连个念想的人都没了。"玉凤听梁龙心里还有自己，心里暖烘烘的，声音细小地说："你别哄人了，媳妇都定了，还会念想我？"梁龙见玉凤不相信，遗憾地说："可惜你爹把你定出去了，不然，就算跟我爹妈闹翻了，我也把你娶了。他们要还不同意，我就带着你私奔逃婚。"玉凤眼睛一亮，一把抓住梁龙的手，声音都有些颤抖了："龙龙，你真的喜欢我？"梁龙把玉凤的手放在掌心抚摸着，陶醉地说道："当然喜欢，不然，我又不喜欢听戏，和玉奎到你家做甚？"

玉凤是敢爱敢恨的女子，尤其天黑，谁也看不清谁，也用不着害羞了。她一头扎进梁龙怀里呢喃道："龙龙，其实，我也一直喜欢你。如若不是你已经定亲，我就跟着你逃婚了。"梁龙此时已是心潮如涌，紧紧地搂住玉凤，抚摸着她的肩头道："玉凤，你不喜欢贵贵，我也不喜欢那个毛头娃娃。你若敢跟我走，我就带着你私奔。"玉凤不相信梁龙的话，说道："我家五个闺女，少我一个没啥。可你家就你一个儿子，你若带着我私奔了，你爹妈咋办？"梁龙说："咱这是逃婚，又不是一去不回了。等过几年有了娃娃，咱还回隆盛庄来。到时候生米做成了熟饭，家里还能不认咱？"玉凤见梁龙不像是骗她，抬起头问："咱真的要逃婚？"梁龙摸摸玉凤滚烫的脸庞，坚定地答道："只要你愿意跟我，咱就跑了狗日的！"玉凤感动地抱住梁龙的脖子说："我跟你，你说吧，咱啥时候跑？"梁龙想想说："过个两三天吧。"玉凤恨不得现在就和梁龙跑了，问他为什么。梁龙说："我现在身无分文，跑出去咱吃啥？喝啥？住哪儿？我和玉奎借些钱咱们再跑。"玉凤担心地问："玉奎肯借给你钱？他若是告了你爹妈，咱可就跑不成了。"梁龙嘻嘻一笑说："你放心，玉奎和我是结拜兄弟，我说啥他都听。"

玉凤为美好的未来陶醉了，抱住梁龙狠狠地亲了一口……

梁龙和玉凤逃婚私奔了，可肖玉春和桂英不这么说，他们咬定是梁龙把玉凤拐跑了。

梁宝元气了个半死，他是明白人，心知儿子是被自己所谓的门当户对、定了一房他不喜欢的媳妇逼走的。他不担心梁龙的生死去向，他是丢不起这个人，因为这件事牵扯到了四户人家。

最先找上门来的是肖玉春和桂英。玉凤逃婚之前，去她姐姐金凤家打过招呼，所以，肖玉春和桂英知道玉凤是和梁龙私奔的。第二家找上门来的是亲家徐翔。他不说梁龙和玉凤私奔了，只说梁宝元若看不起徐家，相不中艳芳，当初就不要请媒人上门提亲呀！现在婚都订了，日子也择好了，女婿却带着别的女人私奔了，这不是要笑人吗？知道的说梁龙早就和玉凤偷偷相好了，不知道的还以为梁龙嫌他家艳芳长得丑呢！这让艳芳以后如何嫁人？合盛店掌柜陈禹倒是没来，当然也轮不到他来。可陈禹去了肖玉春家，把肖玉春和桂英数落得恨不能钻进耗子洞里。

张瑞元听说梁龙带着肖玉春的二闺女私奔了，马上想到了张禄，把张禄叫来，问他知不知道这件事，张禄起先还替梁龙保密，说不知道。张瑞元盯着张禄的眼睛问："你和梁龙没事儿总往一起凑，当初学戏文，也是你拉着梁龙一道去肖玉春家的。梁龙私奔，是不是你出的主意？"张禄打小就怕他爹，经不住张瑞元吓唬，承认他知道梁龙和玉凤私奔的事，但主意不是他出的。

原来，古庙会过后没两天，一天傍晚，张禄吩咐曹宝珠让伙计上门板，准备回家吃饭的时候，梁龙来了，说是两人出去找地方喝点儿酒。张禄问他去哪里喝，要不要把曹宝珠也叫上。梁龙说别叫了，他有事和张禄商量，到庆春楼要个僻静的小包厢，说话方便。张禄笑着问："你从哪弄上钱了？舍得去庆春楼？"梁龙说："我哪有钱？你是东家，当然是你付账。"张禄别梁龙一眼，梁龙笑着说："放心，就要两个凉菜，喝点儿酒，商量个事儿。花不了你几个铜子儿。"张禄开玩笑说："龙龙，你不是腊月就要娶媳妇了吗？等媳妇过了门，你爹把你撵出去另过的时候，肯定也得给你弄处买卖。到时候当了掌柜的，可不许光吃我的了。"梁龙急着说事，张禄说的先应承下来："多大点事儿，等我当了掌柜，天天请你。"

两人到了庆春楼，要一个僻静的小包厢坐了。张禄怕跑堂的笑话，依旧点了两冷两热，要了两壶神仙醉。喝过三杯，他问梁龙有什么事，梁龙开门见山，说他和玉凤好上了。张禄惊讶不已道："龙龙，不会吧？你这也下手太快了，就那天南庙看了一出戏，两人便勾搭上了？"又眨巴着眼睛说，"不对呀！你已经定亲了，你们唱的这是哪一出？你不娶？她不嫁了？还是两人想偷偷地做个相好？龙龙，我可提醒你，你爹是要脸面之人，他若知道你在外面混了相好，怕是能打断你的腿。”梁龙眉头紧蹙道：“玉奎，别说得那么难听好不好？我家里娶个媳妇，外面再混个相好，我成啥人了？”张禄哈哈笑道：“那你是啥意思？媳妇都快娶了，还勾搭人家玉凤？”梁龙红着脸说：“我找你就是商量这件事的。”

梁龙把自己和玉凤商量好的说了，张禄听两人要逃婚私奔，挠着头半天没说话。梁龙心里着急，催促道：“平日不是数你主意多吗？正经让你出个主意，你又不说话了？”张禄惊愕地摇头说：“哎呀！这主意我可不敢出。不过，我倒是挺钦佩你们的，这私奔我只在戏文里听过，没想到你们竟然真的敢做。换作是我，想都不敢往那上面想。”梁龙烦躁地瞥张禄一眼：“别说那些没用的，赶快出主意吧，玉凤还等着我回话呢。”张禄连连摆手说：“这主意我可出不得，我说让你们跑了吧，你爹妈那边我咋交代？万一把你爹妈气出个三长两短，我岂不是成了罪人？我说你们别跑吧，你已经和人家玉凤好上了，这将来咋地个娶法儿？咋地个嫁法儿？弄不好得出人命呀！”梁龙端起酒杯和张禄碰一下：“玉奎，你说对了，如若不跑，怕是真的要出人命。所以，我决定了，跑！”张禄喝了酒，沉吟道：“跑就跑吧，不过可要提前想好了，往哪里跑？跑出去咋地个活法儿？”梁龙这才说出找张禄的真正用意：“跑出去就得在外面待上几年，等到这事儿过去了，有了娃娃才能再回隆盛庄。可我全部的家当加起来也没几块银圆，所以，我想和你挪兑几个，你看……”

张禄明白梁龙的意思了，他找自己商量事情是名，借钱是实，于是问梁龙需要多少。梁龙不敢狮子大张口，犹豫着伸出一个手指头说：“玉奎，一百银圆如何？”张禄没答话，像是思索着。梁龙担心张禄不肯借，又补了一句：“玉奎，你放心，我会连本带利还你的。”张禄还是没说话，撩起帘子喊伙计进来，加了庆春楼的两道招牌菜，然后拿起酒壶给梁龙将酒杯斟满，端起酒杯碰一下，缓缓说道：“龙龙，你我结拜一场，这些年一直处得亲如兄弟，你要走我不拦着，今天咱兄弟好好地喝他个一醉方休。”梁龙见张禄不提钱的事，心里不快，没说话，仰脖子把酒干了。张禄再把酒杯添满，这才说道：“龙龙，若是放在那几年，一百银圆我还真拿不出来。可现在，我是瑞盛店的东家了，柜上的事儿我爹也不干涉，本该给你多拿几个，可马上就要收新粮了，我手头也挺紧。这样吧，先给你拿上五百银圆，明天你到店里找我。”

梁龙张一百银圆的嘴也是大了个胆子，没想到张禄竟要给他拿五百银圆，当时便感动得热泪盈眶了："玉奎，真是好兄弟呀！我和玉凤会记你一辈子的。"张禄端起酒杯说："喝酒吧，谁让咱是结拜兄弟呢！"说罢，两人又干了一杯，梁龙客气地说："五百用不了，你给我拿上一百我和玉凤就感激不尽了。明天取钱的时候，我给你留下字据。"张禄眼睛一瞪："咋，还要还呀？那你找别人去借吧。平日挺干脆个人，关键时候却婆婆妈妈的？你也不想想，你这一走，谁知道啥时候才能回来？你出去得有房住，得做个小买卖吧？拿一百银圆，让玉凤天天喝稀粥呀？你也别和我存心思，我瑞盛店管事的和伙计养着三四十号人，能缺了你这一口？等你落下脚给我捎个信儿来，以后遇到难处了，只要瑞盛店在，看见你的字，我就给你捎钱过去。"

张禄说完时，梁龙已经是满眼泪水了。

张禄说罢，低头等着挨他爹的骂。乌云其木格叹着气说："龙龙那娃娃，咋和他爹脾气一样了？他这一跑，师兄不知道能气成个啥样儿。他爹，咱一会儿还是过去看看吧。"张瑞元朝张禄哼了两声鼻子："人都跑了，你耷拉着个脑袋管啥用？亏了主意不是你出的，不然，今天非打断你的腿。"乌云其木格替张禄说话道："你骂玉奎做甚？这事儿和他有啥干系？再说了，跑就跑了，若是不跑，两人做出不体面的事，师兄更能气死。"张瑞元磕磕烟袋，手指点着张禄的脑门呵斥道："你呀！好的没学会，山西人的抠门儿倒是会了。你现在和老子刚到隆盛庄那阵儿不一样，你也算个东家了，每年近万银圆的进账，五百银圆也拿得出手？龙龙若是跑个十年八年不回来，你那五百银圆够用吗？还结拜兄弟呢，哼！"说罢，站起来对乌云其木格说，"走吧，咱劝劝师兄和香如嫂子去。"

张禄听他爹如此说，也后悔给梁龙的钱少了。

梁宝元坐在炕头，捏着烟袋不停地吧嗒，邓香如坐在灶口的小板凳上，苦着脸不作声，见张瑞元夫妇来了，跳起来抱住乌云其木格便哭。梁宝元喊花子给张瑞元沏茶，扇自己一记耳光骂道："瑞元呀！师兄的脸面算是让那个不肖子孙给丢尽了，这往后咋见人呢？"张瑞元劝他说："师兄，事情已经出了，你生气也没用。如果追根究底，这事儿也怨咱大人。咱只顾着自己的面子，只顾着门当户对了，从没想过娃娃们的感受……"梁宝元瞥张瑞元一眼，黑着脸打断他的话说："瑞元，这事儿没摊在你身上，你当然咋说都对。结亲家别讲门当户对？做人别顾及自己的颜面？那玉凤当初想嫁给玉奎，你咋不同意？说来说去，还是你儿子养得好。不像我，养了这么个不肖子孙，他狗日的跑得鬼影儿都没了，留下个烂摊子让我收拾。等着，他这辈子敢回隆盛庄，我拿刀宰了他。"邓香如见梁宝元如此说，插话道：

“哎呀！你这个驴脾气，咋连好歹都分不清了？人家瑞元两口子是来劝咱的，你和人家发的啥脾气？有本事把火朝肖玉春两口子发去。”梁宝元咳嗽一声：“你儿子拐走了人家闺女，我说好话还来不及呢，朝人家发火个初一还是十五？”张瑞元朝邓香如笑笑说：“没事儿，师兄的脾气我知道，他这是气晕了头。咱就当他是条发疯的狗，想咬谁就让他咬两口吧。”梁宝元忍不住苦笑一下，说道：“瑞元，你来得正好，我是没法儿应对了。你不是商务会长吗？你替我出头收拾这个烂摊子吧。”张瑞元别梁宝元一眼说：“师兄，你的家庭琐事也值得商务会出头？你当商务会是给你家开的？我看呀，咱还是先商量个道道再说吧。”

两人边喝茶边商量一番，张瑞元说反正梁龙已经跑了，徐翔那边他亲自过去，替梁宝元给人家道个歉，说几句好话把婚退了。徐翔的闺女以后还要嫁人，为了闺女的名声，估计他也不会不依不饶，闹得满城风雨。只是按照规矩，聘礼不能往回要了。梁宝元说他原本也没敢想往回要聘礼。说好了徐翔这边，又说肖玉春那边。张瑞元说既然梁龙已经和玉凤私奔了，现在肯定是生米做成了熟饭，劝梁宝元不要拘泥那么多的规矩，索性再给肖家下一份聘礼，就认了这门亲吧。将来打听到梁龙的信儿，让张禄跑一趟，把他们接回隆盛庄安心地过日子好了。这样，自己的面子挽回来了，肖玉春的面子也有了，估计肖玉春也不会反对。他只是担忧肖玉春因为他当初不同意张禄和玉凤的事，对他有成见，不好亲自去说，只有请个媒人去。梁宝元和邓香如都说这法子可行。

梁宝元又骂梁龙道：“那个小王八蛋，这一里一外，等于下了两份聘礼，娶了两个媳妇。”张瑞元说：“那没办法，怪谁呢？”梁宝元不客气地说：“怪谁？怪你。你当初给玉奎把玉凤娶了，能有今天的事吗？”张瑞元笑呵呵地说：“姻缘是天定的，玉凤注定是师兄家的媳妇，你认都认了，还没完没了地狗扯烂羊皮呀？”又提到陈禹那边，张瑞元说他和陈禹有些交情，那边他去说，但要让媒人转达给肖玉春，玉凤跑了是他家的错，陈禹下的聘礼须全数给人家退回去。

邓香如见张瑞元和梁宝元把事情商量好了，长吁一口气，又担忧起了梁龙。梁宝元气恼地说：“那个小王八蛋，都快把咱气死了，你还惦记着他？”乌云其木格偏着邓香如说：“师兄，你也不能怪嫂子，你家就龙龙一个儿子，他若是有个好歹，谁给你梁家传宗接代？难道你就不惦记他？”梁宝元心里也是惦记儿子的，只是嘴上不服软而已，但声音已不像刚才那般暴躁了：“惦记啥？你问问瑞元，当年我们走西口出来的时候才多大？不也挺过来了吗？他二十大几的后生了，出去历练几年，吃点儿苦头，没啥不好的。”邓香如又流泪了：“话是那么说，可龙龙走的时候一个铜子儿没带，又从小没受过苦，这出去咋活呢？”

张瑞元本不想提起张禄知道梁龙私奔的事，见邓香如担忧，只好如实说了：“嫂子，你别担心他身上没钱。我问过玉奎，龙龙走的时候和他打过招呼，他也给龙龙带了些钱。”邓香如惊喜地说：“啥，玉奎给龙龙带钱了？带了多少？让他爹还给玉奎。”张瑞元说：“还啥呀！你们就放心吧，走个三年五载饿不着他。等他没钱花了，自然会回来。”

张瑞元先后去了徐翔和陈禹家，两家见商务会长亲自登门调解，都给了张瑞元面子。肖玉春那边，听媒人说梁宝元愿意认这门亲，他嘴上不说，心里却比没发生这事儿还高兴，将陈禹家的聘礼全数退了，接了梁宝元送来的聘礼。之后，梁宝元托人四处打听梁龙的消息，可一直没有音讯。

张瑞元原本想等梁龙娶了媳妇后再让张福娶花子过门，现在梁龙逃婚私奔了，便在当年冬天让张福把花子娶了。张福与花子青梅竹马，两小无猜，彼此也都喜欢，这桩亲事可以说皆大欢喜。

隆盛庄人在得天独厚的自然条件下，生意做得顺风顺水。他们喜欢经营，也善于经营。但是，他们都是普通百姓，和天下所有的普通百姓一样，他们只关心生活，只关心赚钱，只关心娶妻生子、传宗接代。所以，光绪二十四年的戊戌变法和他们没有关系，什么康有为、梁启超，什么六君子，更和他们没有一个制钱的关系。天下间所有的风云变幻，只要不影响到隆盛庄，便只是他们茶余饭后的闲谈。

光阴荏苒，说话间已是光绪二十六年。这一年，张瑞元平六十岁了。

随着时光流逝，隆盛庄的每个人、每个家庭，甚至天下都在发生着变化。

张祯娶媳妇了，金花和银花也相继出嫁了。张瑞元和乌云其木格也老了。张瑞元发福成了个胖老头，后脑勺的辫子细了，也短了，头发花白。乌云其木格的腰开始佝偻，走路不像年轻时那么稳当了，和她阿妈当年一样，满脸都是慈祥和善良。唯一不变的是她的头发，仍然如年轻时那么黑、那么亮，没有一根白发。

张祯娶的是朱奉祺的闺女冬梅。当初，张祯中了秀才，张瑞元在庆春楼摆酒庆贺，康廷儒相中了张祯，想和张瑞元结亲家，张瑞元也同意了。可没想到就在第二年，康廷儒的闺女突然得了急病，杜茂远看不了，让康廷儒赶快往丰镇送，车走到半路，人便没了气儿。之后张祯又参加了一次科考，没有考中。这时，朱奉祺托媒人找上门来，想把闺女冬梅许配给秀才。朱奉祺和段祖贤、张瑞元并称隆盛庄三大老财，两家算是真正的门当户对，张瑞元不用考虑便答应了。婚后，张祯依然成天抱着书本，闲时或吟诗作画，或摇着扇子到街上走走，闲情逸致，极是风雅。就连段祖贤都敬佩他为隆盛庄第一才子，说他这辈子肯定能中举。

金花到了十六岁时，媒婆便络绎不绝，快把门槛踩断了。金花和她妈年轻时一样，相貌普通，姿色平平，脸上一团和气。乌云其木格是按蒙古族的风俗养金花、银花的，两个闺女都是大脚板子。张瑞元和乌云其木格知道，之所以有那么多人来说媒，相中的不是金花的相貌，是他张家在隆盛庄的名望和家境。乌云其木格对张瑞元说，三个儿子的婚姻都由他做主了，聘闺女她也要做一次主，要让金花嫁个蒙古人。金花小时候经常到乌拉哈，有时候一住就是几个月，达林太和宝梅过世的前几年，两位老人多是金花陪伴伺候的，所以，金花一口蒙古话比张瑞元还要流利。张瑞元记着梁龙的教训，提醒乌云其木格无论给金花找个什么样的婆家，都要先和金花打好招呼。金花不愿意的，千万别勉强，免得像梁龙和玉凤一样，再闹出什么逃婚私奔的丑事。乌云其木格让他放心，说蒙古人没汉人那般势利，墨守成规。

隔了几天，哈森的小女儿娜仁花到隆盛庄找金花和银花玩耍，住了几天。乌云其木格让六六套轿车送娜仁花回乌拉哈，金花和银花也要去舅舅家玩耍几天，乌云其木格便带她们一道去了。乌云其木格把想让金花嫁个蒙古人的意思对哈森和斯琴格日勒说了，斯琴格日勒说这事包在她身上。斯琴格日勒留金花在乌拉哈住了些日子，给她介绍了个名叫武敖明的蒙古后生。

武敖明的阿爸名叫武廷，与达林太是至交。武廷本是察哈尔右翼正红旗五苏木鞑营子村人，后来迁徙到乌拉哈，在乌拉哈也算有钱人家。达林太死后，武廷接任了乌拉哈章盖。武廷有四个儿子，老大武敖明，生得膀阔腰圆，每年那达慕大会的搏克比赛，不是第一便是第二；老二武英格，八岁到寺庙做了喇嘛；老三武斯楞，人很精瘦，由于身轻如燕，九岁参加那达慕赛马比赛，第一年便拿了第一名，之后连年夺冠。武斯楞因为喜欢刀枪棍棒，主动顶替他哥当了旗兵。金花与武敖明交往之后，彼此十分满意，过了一年多时间，金花便嫁到了乌拉哈。

银花是前年出嫁的，嫁给了段祖贤的儿子段童。银花长得比金花纤秀，不但相貌出众，身段也好看，而那段童随了他妈玉兰，生得眉清目秀，玉树临风。两家又都是隆盛庄最有钱的老财，人们都说这段姻缘简直就是绝配，挑不出一丁点儿的毛病。

张瑞元早就买好了房基地，给张福和张祯各盖了一处和张禄一模一样的院子。把永盛源的股份给了张福，上三元的股份给了张祯，让他们分家另过了。由于这条巷子只住了张瑞元父子四户人家，隆盛庄人便把这条巷子叫四老财巷了。

人们见张瑞元的三个儿子娶的不是官府人家的闺女，便是有钱人家的闺女，女儿嫁的也都是百里挑一的好人家，感慨地说隆盛庄的三大老财联姻在一起，往后的隆盛庄就是张、段、朱三家的天下了，应了《红楼梦》里那句“一损俱损、一荣俱荣”的话。也有人感叹说，人人都想找个门当户对的亲家，啥是门当户对？门当户对就是有钱人家和有钱人家结亲，穷人和穷人结亲，最后的结果是有钱人家更有钱，穷人更穷。

张禄记着他爹是三月初八的生日，把张福和张祯叫到一起，说兄弟几个能有今天，都是爹辛苦了大半辈子给他们置下的，商量把庆春楼包了，给所有的亲戚朋友都下请帖，排排场场地给爹过个六十大寿。张福和张祯夸张禄说还是大哥心细，过寿的事就由大哥做主了，他两个只管出钱、跑腿便是。弟兄三个商量好了去告诉爹妈，张瑞元和乌云其木格高兴没白拉扯几个儿子，还记得他爹的生日，懂得给他爹办个六十大寿，只是排场就免了，朋友也不请了，订几桌饭，把近处的亲戚和亲家们请来，大家一块儿吃顿饭就可以了。张禄说：“那怎么行？人一辈子就过一个六十大寿，家里也不是缺钱，草草地过个生日，岂不让亲戚朋友说我们做儿女的不孝顺？”乌云其木格解释说：“你们就听你爹的吧，妈和你爹商量过，原本也想排排场场地过个寿，让你爹高兴高兴。可你爹说古人有讲究，六十大寿不能轻易大操大办。办好了，你爹好，儿孙们也好；如若办不好，触怒了哪方神圣，不但你爹得折阳寿，对儿孙后代也不好。”张瑞元也说：“爹谢谢你们的一番心意了，六十大寿咱就不大办了。若是爹能活到八十岁，到时候你们排排场场地给爹过个八十大寿吧。”

张禄和张福、张祯虽然心有遗憾，但也怕如果坚持办了，万一真触怒了哪方神圣，一片孝心岂不是适得其反？只好按爹妈说的，请了乌拉哈的舅舅哈森一家、梁宝元一家、朱奉祺一家、段祖贤一家、武敖明的阿爸武廷一家，以及表哥曹宝珠一家。艾叶的父母和表大爷曹栋一家远在丰镇，就没请。七家人在庆春楼包了几桌，虽说不够十分排场，但也不算简陋。

第十八章

闹义和李炎还乡

春天，曹宝珠去丰镇看他爹妈，回来说义和团的拳师和大师父进了丰镇，以“扶清灭洋”为口号，张贴神拳传单，设立神厂，练拳术招徒入坛。

前几年，西方传教士被准许在中国境内传教和成立教会。在治外法权之下，不单教会的西方神职人员不受清政府管辖，一般的中国信徒也获得教会庇护。各地天主教、基督教教会经常因为文化、风俗差异等原因，与地方民众发生矛盾。也有部分不良教民，依仗教会权势欺压当地民众，而地方政府因惧于教会的治外法权，不欲与洋人作对而未能秉公处理，造成许多教案。这时候，一个专与洋人作对的组织出现了，这便是义和团。

义和团原名义和拳，主要活动于北方地区的山东、直隶一带，是一个“反清复明”的民间组织，遭到朝廷镇压后，转入地下秘密活动。据说，凡是入了义和拳的人，只要起坛请神，喝了用“神符纸”烧灰兑成的神水，便可刀枪不入。后来，因为西方势力的侵入，义和拳开始转变态度，支持朝廷，把“反清复明”的口号改成了“扶清灭洋”。朝廷见义和拳是一股不可小觑的力量，欲为己用，便将义和拳招安，改编团练，更名义和团。

前年，一个比利时神父来隆盛庄和商务会商量，要在隆盛庄盖一座基督教堂。教堂正准备动工时，义和团的人传过话来，说洋人都是乱伦所生，所以都是大鼻子、蓝眼睛；洋人的医院挖小孩眼睛制作迷药；神父用特制的器具吸取男童阳精；教堂遮蔽了天空，会触怒龙王，导致干旱。张瑞元和段祖贤一商量，说宁可信其有，不可信其无，劝神父把教堂盖在别处。神父见商务会在隆盛庄说一不二，却又不甘心，便去丰镇要了一纸官文。商务会虽然算得上是隆盛庄的“官府”，但比不得真正的官府，更奈何不了官文。无奈之下，只好默许洋人把教堂盖在了隆盛庄。

基督教发源于犹太教，与佛教、伊斯兰教并称为世界三大宗教。基督教以新旧约全书为圣经，信仰人类有原罪。说白一些，基督教信仰的是上帝，认为上帝虽然不能拯救人类的肉身，却可以拯救人类的灵魂。这对于那些境遇不好的普通人而言，便有了一种心理慰藉：认为不管你此生多有钱，多富贵，死后终究是要下地狱的；而我此生虽然贫穷、卑微，但我修的是死后，是来世，是上帝的接引，是天堂之门永远为我打开。故此，一些老年人或境遇不好、人生不如意的人纷纷入教，足有数百人，彼此间互称教友。

张瑞元关心的是商务会的事，没把曹宝珠的话放在心上。可是没过几天，隆盛庄也来了义和团的拳师，要在隆盛庄设立神厂，开坛收徒。

自商务会成立以来，隆盛庄的大小事情都由商务会做主。张瑞元和段祖贤不敢大意，连忙去四美庄问康廷儒该如何应对。

若不是闺女暴病身亡，康廷儒便和张瑞元结了亲家。所以，他对张瑞元十分热情。张瑞元把来意讲了，康廷儒说：“两位会长，现在全国都在闹义和团，朝廷也指望着义和团打洋人呢。他们声势浩大，连京城都进得去，别说咱一个小小的隆盛庄了。我看呀，多一事不如少一事，就由着他们吧。”

义和团在隆盛庄设了神厂，开坛收徒，不过数日，便从隆盛庄和周边村庄招募了上百名年轻人收为拳民，在一个名叫唐七的大师父和一个名叫李炎的拳师的带领下，热火朝天地练起拳来。那名叫李炎的拳师身材魁梧，虎背熊腰，一脸大麻子，说话瓮声瓮气，口音南腔北调。有心细的人说，李炎的相貌和李记的儿子财旺颇有几分相似，只是多出了一脸麻子。

义和团在隆盛庄开设神厂不久，突然发生了一件让人瞠目结舌的事情：杨飞燕当老鸨开窑子了。窑子门前挂起一串红灯笼，每个灯笼上写一个大字，依次是怀、春、院。有逛过怀春院的人说，怀春院有四个姑娘，岁数都二十大几了，相貌尚不及杨飞燕，但床上功夫不错，像是做过这一行的。还说逛怀春院的嫖客多是贩夫走卒和没老婆的光棍儿，也有村里到隆盛庄买东西顺便寻个乐儿的后生。不但怀春院四个姑娘可以随便点，老鸨杨飞燕亦可接客。

杨飞燕在家中开暗娼时，隆盛庄便人尽皆知。她爹妈兄弟脸上挂不住，去家里骂过她。杨飞燕委屈地说：“你们骂我做甚，若是有人娶我，我还会做这等没皮没脸的事吗？我一个妇道人家，手不能提，肩不能担，你们又不养活我，我不能坐在这儿等着饿死吧？我不偷不抢，拿自己的身子换钱，算是罪过吗？再说了，天下做这一行的女人多的是，也没听说她们的爹妈兄弟羞得投了河，上了吊。你们就当没养我这个闺女吧！”杨飞燕的爹妈兄弟被噎得没话说，从此和她断绝了来往。

隆盛庄有了第一家窑子，光棍汉和村里的后生们一百个高兴。尤其有曾经心仪杨飞燕美貌的男人，这回放开了手脚，趁着天黑没人注意，也揣上一串制钱去怀春院偷个腥。一些守规矩的老古板却不干了，约一群上了年纪的老者堵在怀春院门口，说怀春院败坏了隆盛庄的风气，要杨飞燕把窑子关了。不然，他们就要一把火将怀春院烧了。

一群老古板正在那儿咋咋呼呼，义和团的拳师李炎带着十几个拳民来了，说隆盛庄这是欺负人，“京城、太原、大同、丰镇、集宁都有开窑子的，为什么偏偏隆盛庄不能开？难道隆盛庄不是清朝的天下？”还威胁说谁敢闹事，现在就把他杀了。那些人见李炎言语凶狠，不敢找杨飞燕的麻烦了，从怀春院径直到了商务会找张瑞元和段祖贤，说怀春院虽然是窑子，但窑子也是做生意，也算经商。商务会就是管隆盛庄各商家的，所以，商务会得出头封了怀春院，将杨飞燕逐出隆盛庄。

张瑞元正和段祖贤议论这件事呢。隆盛庄也有百十年的历史了，各行各业无所不有，唯独没人开过窑子。不管吧，此事的确有伤风俗；管吧，清朝的律法里没有不许开窑子这一条。何况，老佛爷眼皮子底下的京城，不也到处是烟花柳巷，不也有官妓吗？尤其张瑞元，心中更是五味翻涌：别说那些光棍汉和娶不上媳妇的后生了，就连自己这个衣冠楚楚的财主，在大同不也和师兄一道逛过满园春吗？不过，张瑞元也奇怪，义和团与杨飞燕非亲非故，怎么会出头护着杨飞燕？莫非义和团的拳民也去逛怀春院？

张瑞元给众人解释了半天，众人还是要求商务会把杨飞燕逐出隆盛庄。张瑞元解释不通，便把烫手的山芋扔给段祖贤说：“诸位，我没念过书，懂的道理少，咱们让段会长说说。段会长是秀才，大家总该听听他的意思吧？”众人都崇拜秀才，齐声说道：“是呀！咱们听听段会长是个啥意思。”段祖贤把清朝的律法给众人讲了一遍，说这开窑子的事别说商务会管不得，就算告到丰镇厅署衙门也无济于事。又说义和团虽然是民团，但也是朝廷首肯的，说白了，就是没穿兵服的官军。现在义和团人多势众，声势浩大，就连四美庄的康把总也要让他们三分，劝众人切不可招惹拳民，若是发生了冲突，义和团可是真敢杀人的。再说了，一家窑子，开就开吧，杨飞燕和窑姐儿们也是没办法生活，才出来做皮肉生意的，也是为了吃饭糊口。大家若是看不惯，那就洁身自好，自己不去逛便罢了。

众人听秀才会长都如此说，想必这伤风败俗的皮肉生意真是谁也管不得了。一个个叹息着正要离去，杜茂远和杜杉突然风风火火地来了，说那个叫李炎的拳师就是杀了杜恒远逃亡在外的财旺。众人觉得不可思议，说李炎和财旺相貌虽然相似，但财旺没有麻子，李炎却是一脸大麻子，问杜杉会不会报仇心切，认错了人。杜杉肯定地说："两位会长和各位老辈儿，我杜杉敢拿人头担保，李炎就是财旺。我已跟踪他多日，他经常在晚上去李记家，李记也不插院门特地等着他。昨天晚上，我和我叔又去了他家，亲眼看见李炎从李记家出来，李记的老婆出来送他，他还叫李记的老婆'妈'呢。"张瑞元问杜杉既然认出了财旺，为何不去四美庄找康把总报官。杜茂远说他和杜杉就是刚从四美庄回来的，康把总已经派人前往丰镇厅署衙门报案去了。

那叫李炎的拳师还真的就是财旺。

财旺打死杜恒远后，骑了他家拉碾子的灰毛驴，一路夺命狂奔，直到过了大同，见没人追上来，这才喘了口气。财旺担心衙门把他的画像张贴到各地城门，便在大同以东的天镇找了一个不大点儿的村子，寻了一户人家，拿那头灰毛驴做交换，在那户人家住了下来。他隐约记得有人说过，炒得滚烫的黄豆能在人的肉皮上落下疤痕，便向那家人要了半升黄豆，趁他家人下地干活的时候，将黄豆炒熟放进笸箩里，然后把脸用力贴上去。滚烫的黄豆贴在脸上，简直就像把脸贴在了冬天的火炉上，烫得财旺疼痛难忍，喊爹叫妈。财旺也算条汉子，硬是挺了过来。财旺把人家笼里的玉米面窝头一个不剩地拿了，带着满脸燎泡跑进北面的山沟，吃完了窝头，便到地里偷掰玉米棒子，直到脸上燎泡散尽，成了一颗颗粉红色的大麻点，才出了山沟，往直隶境内继续逃去。他记得爹妈和杨飞燕的叮嘱，一直往远了跑，跑到直隶的保定府才敢落脚。财旺想想自己一脸麻子是被火烫的，找个测字的算命先生，给几个制钱，求先生给他起个带"火"的名字。算命先生给他取了两个叠在一起的"火"字。从此，财旺改名李炎，找了一处乡村，花一块银圆买了一间破土房住下，农忙时给人打短工，农闲时用杨飞燕给他的银圆度日。

李炎在那村子住了两年，有一天村里来了个拳师，那拳师带着几个徒弟，在一家挺大的院子住下，不分早晚地练起拳来。不过半月，来学拳的年轻人越来越多。李炎没事的时候也过去看，见那拳师果然好功夫，打出来的拳劲道有力，隐隐带着风声。看过两次后，拳师招手将他叫过去，问了姓名，问他想不想学拳。李炎说想，问拳师带个徒弟多少钱。拳师说不仅不收钱，还管饭呢。李炎心说天底下还有这样的好事，当即答应了。第二天李炎正式拜了师，知道师父姓唐，因为在家里排行老七，名叫唐七。李炎上了香，磕了头，发了誓，拜了师，师父取一道神符，点着后念念有词，将纸灰放进水碗里让李炎喝了，说他从此就是义和拳的人了。义和拳的宗旨是反清复明，现在他喝了神水，以后再练了拳，就可以刀枪不入。李炎非常高兴，他现在背负人命大案，如果反了清廷，清廷的衙门没了，谁还抓他呀？

李炎加入义和拳后，短工不用打了，饭也不用愁了，一门心思地练起拳来。因为他天生魁梧健壮，又心无旁骛，肯下苦功，拳法进步飞速，深得唐七的喜欢。不久，义和拳被朝廷招安，将“反清复明”的口号改成了“扶清灭洋”，改名义和团，成立“虎神营”。唐七和他的徒弟也由暗转明，公开授拳了。

在慈禧太后的支持下，义和团烧教会、杀教士、杀洋人，抵制所有外国事物和之前失败的“洋务运动”。外国人被他们称为“大毛子”，见到一律杀无赦。中国人如信奉天主教、基督教，被通称为“二毛子”；其他通洋学、懂洋语，乃至用洋货者，被称为“三毛子”乃至“十毛子”。凡此“毛子”，只要遇上义和团，轻则被殴打、侮辱、抢劫，重则有杀身之祸。时人记载：“若纸烟，若小眼镜，甚至洋伞、洋袜，用者辄置极刑。曾有学生六人仓皇避乱，因身边随带铅笔一支，洋纸一张，途遇义和团搜出，乱刀并下，皆死于非命。罗稷臣星使之弟熙禄，自河南赴津省视家属，有洋书两箱，不忍割爱，途次被匪系于树下，过者辄斫，匪刀极钝，宛转不死，仰天大号，顾以为乐；一仆自言相从多年，主人并非二毛，亦为所杀，独一马夫幸免。”由于部分义和团行事极端，时常滥杀无辜，甚至因为一户人家有一盒火柴，因火柴通称洋火，沾了个“洋”字，便将一家八口残忍杀戮。所以，教民便将义和团称为拳匪，唯恐避之不及。

唐七奉义和团大师父之命，带一干徒弟到丰镇设立神厂，招募拳民。李炎听说要去丰镇，死活不肯。唐七诧异，问李炎原因。李炎先还遮遮掩掩，在唐七的追问下，只好把自己在隆盛庄背负人命案子的经过讲了。唐七说不怕，一是这件案子已经过去了多年，李炎又自毁容貌，应该没人能认出他；二是即便被人认出也不怕，他现在是义和团的人，义和团是朝廷的民团，现在如日中天，谅官府不会也不敢将他如何。李炎崇拜他师父，听师父如此说，果然不怕了。到了丰镇，见城门口并没有捉拿他的告示，开设神厂半月有余，便招募拳民上千。唐七留下几个徒弟继续招募拳民，自己则带李炎到隆盛庄再设神厂。李炎先还不敢太过露脸，更不敢回家看他爹妈，过了数日，见招募的拳民里有他认识的，对方却认不出他。李炎胆子大了些，到街上游转几圈，许多他认识的人，居然没有一个能认出他的，心说这张麻子脸真没白疼，便彻底放心了。

李炎瞅个空儿晚上悄悄回家，爹妈终归是爹妈，他一开口，李记夫妇便认出儿子了。他妈高兴地把他抱住，眼泪哗哗地下来。李记把窗帘往紧掖掖，抱怨财旺：“已经跑了这许多年，怎么突然想起回家了？这要是让人认出来告到衙门，不是回来送死吗？”李炎安慰爹妈说没事，他现在入了义和团，当了拳师，回隆盛庄招募拳民来了。还说他师父说了，就算有人认出了他，有义和团撑腰，衙门也拿他无可奈何。他妈却急着问他这些年是如何过来的，脸上的麻子是怎么回事。李炎细细讲述一遍，他妈听说儿子脸上的麻子是自己用黄豆烫出来的，心疼地抚摸着李炎的脸哽咽起来。

李炎跟着义和团烧教会、杀神父、杀教民、杀洋人，也抢掠了些财物，给爹妈留下大半，其余的准备送给杨飞燕，于是问他妈杨飞燕现在过得如何，是不是还在隔壁住。他妈把杨飞燕在家里做暗娼的事讲了，说杨飞燕在隆盛庄臭了名声，连她爹妈兄弟都和她断绝了来往，劝李炎以后不要再惦记她了。李炎放不下旧情，说：“杨飞燕之所以落得今天的下场，都是我害的。如果不是我失手打死杜恒远，她会走投无路做暗娼吗？”

李炎带了剩余的钱财敲开杨飞燕的院门，杨飞燕见是当年的财旺回来了，花容顿失，有惊无喜，嘴上虽然没说出来，心里却恨财旺就算不惜自己的性命，也不该冒险回来，要她陪着上杀场掉脑袋。待李炎把自己改了名字，入义和团做了拳师的事细细讲了，杨飞燕这才把一颗悬着的心放下来。李炎端详着杨飞燕，数年不见，杨飞燕比当初略显苍老了些，却多了一身妖媚之气。二人叙述一番，李炎把给杨飞燕的钱拿出来，杨飞燕见李炎还念着旧情，心中颇为感动，伏进李炎怀里，泪眼婆娑地说自己做暗娼也是出于无奈，迫于生计。李炎心中有愧，安慰杨飞燕一番。两人久别重逢，旧情复燃，说话间便紧紧搂抱在一起。

这一夜，李炎就在杨飞燕家住了，他搂着杨飞燕说：“你这样的活法儿也不是个长久之计，老来老去，总得有个归宿。我不是给你钱了吗，你还是找个男人嫁了吧。”杨飞燕却说：“唉！财旺呀，你是不懂。做这一行和做讨吃子一样。讨吃子的打狗棍难拿难放，做这一行是难进难出。何况我名声在外，就算从了良，嫁给谁？谁又肯娶我？”李炎想想也是，问杨飞燕说：“那你打定主意，这辈子就做这一行了？”杨飞燕点头说：“怕是只能做这一行了。”李炎想了想，又说：“既然你打算这辈子就做这一行了，像现在这样能挣几个？不妨干脆开家窑子，自己做老鸨，既能多赚些，又可以养老。”杨飞燕惊讶道：“你能想出这主意来？我现在悄悄地做，爹妈兄弟便已经和我断绝了来往，再明着开一家窑子，岂不是要被唾沫星子淹死。”李炎嘿嘿地笑着说：“那怕啥？反正名声已经出去了，索性破罐子破摔，别人还能把你咋样？”杨飞燕想想，觉得李炎的话不无道理，与其偷偷摸摸，还不如光明正大呢！那大同、丰镇、集宁都有开窑子的，也没见哪家窑子的老鸨被唾沫星子淹死了。

杨飞燕是拿定主意便雷厉风行的女人，第二天便带钱去了丰镇，按照李炎的吩咐，找到义和团在丰镇设坛的师父。那师父是李炎的师弟，与李炎关系甚好，见了师兄的字，听了杨飞燕的来意，便带杨飞燕去了丰镇最有名的一家窑子，要老鸨无论如何都要帮师兄的朋友这个忙。老鸨不敢得罪义和团，满口应承下来。杨飞燕也够大方，拿了十块银圆算是答谢，老鸨便将开窑子的规矩和注意事项对杨飞燕细细讲了。

窑子便是妓院，和其他许多行业一样，妓院也分三六九等。清朝的妓院分四个等级，南方与北方叫法不同。头等妓院北方叫“堂”，也叫“大地方”；南方则叫“书寓”。二等妓院北方叫“中地方”，也叫“茶室”；南方则叫“长三”。三等妓院北方叫“下处”，南方叫“幺二”。末等妓院北方叫“小地方”，南方叫“花烟馆”或“野鸡处”，而北方的许多地方，人们都把妓院称为窑子。

老鸨介绍说，她的窑子在丰镇虽然最好，但与大同的窑子比较起来，不过三流而已。隆盛庄地方不大，杨飞燕开窑子，怕是连流都入不了吧。杨飞燕点头说是的，她刚入行，没那么大的财力，手下也没有窑姐，今天不过是先讨教一番，窑子究竟如何开，回去还要细细斟酌。

老鸨知道，杨飞燕在隆盛庄开窑子，对自己的生意毫无影响，何况自己还收了杨飞燕的好处，所以也不藏着掖着，从大红柜里取出一轴画卷打开，笑吟吟地对杨飞燕道：“杨掌柜，既然你要开窑子，就该先认识认识咱窑子一行的祖师爷。”杨飞燕见画卷上是一位古人的画像，问老鸨此为何人，老鸨说画像上的古人便是管仲。春秋时代，管仲治齐，为了增加国家收入，在淄博置女闾七百，开创了官妓一行，被行内奉为祖师爷。说罢，老鸨将管仲的画像递给杨飞燕道：“杨掌柜，看在你我即将同行，又送我银圆的份儿上，我把这张祖师爷的神位送给你吧。你的窑子开张后，把祖师爷的神位挂在墙上，每日叩头敬香，祈祷祖师爷保佑你生意兴隆，日进斗金。”杨飞燕连忙起身，恭恭敬敬地将管仲的神位接了。老鸨又说：“祖师爷的神位灵着呢，如果你生意不好，便找一个男娃娃抱回去，一边给祖师爷烧香叩头，一边让男娃娃在炕上蹦跳一阵子，这叫‘踩屋子’。祖师爷会显灵，带给你好运的。

如果哪个窑姐生意不好，或是遇上要赖皮、不掏钱的嫖客，你可以让她在桌子下面烧几张黄表纸驱邪，这叫‘燎屋子’。”

杨飞燕听得高兴，牵了老鸨的手，叫老鸨姐姐。老鸨又教了杨飞燕许多行话和调教窑姐的方法。比如，有钱人家的小姐，有的出于好奇，便让认识的嫖客带自己进妓院看看，此类叫作“过班”；妓女应邀到妓院外面陪客、陪酒、唱曲儿叫“出外条子”。老鸨又给杨飞燕介绍，要想从窑姐身上赚钱，要教唆窑姐对嫖客采用“掐、打、拧、捶、咬、哭、死、从良、跑”等手段。无论向嫖客撒娇、哭哭啼啼地诉说自己的不幸，或者掐、拧、打、咬嫖客，或者假装上吊、投井，以轻生威胁，或者佯装要从良，约定与嫖客结为一生夫妻，都要假戏真做，目的是想方设法让嫖客多掏银子。老鸨还提醒杨飞燕，切不可让窑姐与流氓地痞多交往，以防窑姐被拐走，老鸨落个鸡飞蛋打；要提防窑姐对相貌俊朗的年轻人倾心，当心有“吃花台”的，一旦成了窑姐的“热客”，窑姐便会倒贴，老鸨便要吃亏。她教杨飞燕每天晚饭后，临近黄昏时，带着窑姐零零乱乱地到人多处走走，招摇过市，吸引嫖客的注意，用行话说，这叫“遛弯儿”。最后老鸨说隆盛庄为小集镇，用不着像京都繁华之地的妓院一般管理规范、严格，有道是万变不离其宗，赚钱才是最终目的。

杨飞燕再次谢过老鸨，请求道：“姐姐，我虽然想开窑子，手里却没有一个窑姐。不知姐姐能否替我踅摸着买几个？”老鸨摇头道：“沦落风尘的妙龄女子，多是掌柜的先买下雏儿，慢慢调教出来的。你想买现成的，却让姐姐为难。”杨飞燕哀求道：“姐姐，老实说，以我的家当也买不起当红的头牌。只需买几个年老色衰、做过这一行的救个急，待以后踅摸了雏儿，请她们调教出来。所以，姐姐一定要帮妹子这个忙。”老鸨沉吟半晌，说道：“我手里倒是有几个上了岁数、姿色平平的。这样吧，看在妹子和义和团的师父有交情的面子上，就把那几个窑姐卖给妹子救个急吧！”

杨飞燕买回四个窑姐，卖了自己的院子，加上李炎给她的钱，在街上开了隆盛庄有史以来的第一家窑子，取名怀春院。

杜杉自从娶了杂货铺高掌柜的闺女淑清，便不再和杨飞燕来往。先好好过了两年，娃娃也有了，后来，杜杉狗改不了吃屎，外面又混了相好，成天打骂淑清。淑清受了惊吓，只要看见他从外面回来，便忍不住要尿一股子。

义和团在隆盛庄设立神厂开坛练拳后，杜杉觉得稀罕，去看过两次。觉得那个叫李炎的拳师和财旺长得颇为相似，只是比财旺苍老，多了一脸麻子而已。回家越琢磨越心疑，莫非李炎便是财旺？转念一想，又觉得不会，财旺身负人命大案，躲还躲不及呢，怎敢自投罗网回隆盛庄来？是个人都不会这么傻呀！杜杉疑惑不定，又去看了几次练拳，无论怎么看，都觉得李炎就是财旺，便注意起了李炎的行踪。李炎只要出来，他便躲在后面悄悄地跟着，跟了几次，发现李炎隔三岔五就会在天黑以后去李记家走走，有时候还会留在李记家吃饭。杜杉还注意到，只要李记的老婆到肉铺割肉，李炎晚上一准儿去李记家。李炎一个外地人，怎么会和李记夫妇如此熟悉？怕是瞎子都能猜出来，李炎就是财旺。

杜杉去杜茂远家把自己的发现说了，杜茂远虽然知道杜恒远在隆盛庄名声不好，但毕竟是叔伯兄弟。杜恒远被财旺杀了，自己怎么也得抓住财旺，让他给叔伯兄弟抵命吧？他怕杜杉认不准，抓错人可就麻烦了，说他要亲自确认一下。

那天下午，杜杉见李记的老婆又去肉铺割肉了，猜想李炎晚上肯定要回家。天刚黑下来，他便叫了大爷杜茂远，一道去李记家附近，躲在暗处等着。约莫一顿饭的工夫后，李炎从家里出来了，李记的老伴跟在后面送出来，李炎说："妈，别送了，快回去吧。"杜杉对杜茂远说："大爷，这回您信了吧？咱咋样才能抓住财旺那狗日的，让他给我爹抵命呢？"杜茂远见李炎果然是财旺，思量道："财旺现在练了一身武艺，凭咱爷儿俩怕是抓不住他。这样吧，反正他也不走，就让他多活上一晚。明天上午，我陪你到四美庄报官，让康把总带兵来抓他。"

第二天上午，杜茂远和杜杉一道去了四美庄，对康廷儒把义和团的拳师李炎便是财旺的事说了，请康廷儒赶快带兵去隆盛庄抓人。康廷儒听说财旺易了容，改了名字，当了义和团的拳师，回隆盛庄教拳来了。康廷儒说李炎胆子也太大了，喊了两个兵丁，和杜茂远、杜杉一道要去隆盛庄拿人，出来刚走了几步，停住脚说不妥。杜茂远问怎么了，康廷儒说："财旺现在是义和团的拳师，隆盛庄的义和团有上百人，我带着两个兵去抓，要是打起来咋办？我们三个人能打过人家上百人吗？"杜杉说："那康把总多带些兵去呀！"康廷儒瞥杜杉一眼说："多？多是多少？四美庄讯所加起来也就几十个兵，就算全带上，怕也不是人家义和团的对手。"杜杉拉下脸说："照康把总这话，是不敢去抓财旺了？"杜茂远忙给杜杉使个眼色，对康廷儒说："康把总看有啥别的办法没？有道是杀人偿命，欠债还钱。财旺好不容易回隆盛庄了，可不能让他跑了呀。"康廷儒想了想说："这样吧，我派人快马到丰镇厅署衙门走一趟，让衙门派衙役来抓他吧。"杜茂远见康廷儒不敢抓李炎，只好说："哦，那就辛苦康把总了。"

杜茂远和杜杉回来路过商务会，见十几个上了年纪的老古板要求商务会把杨飞燕的怀春院封了，又听说李炎带着义和团的拳民给杨飞燕做主，便把李炎就是财旺的真相说了。老人们都说这回好了，只要衙门把李炎抓了，杨飞燕的怀春院便没了后台。可是，杜茂远与杜杉眼巴巴地等了一下午，直到天黑，也没见丰镇派衙役来。第二天一早，两人又去四美庄，问康廷儒怎么回事，难道衙门不抓李炎了。康廷儒说他派去丰镇的兵丁昨天晚上就回来了，丰镇厅署衙门说了，义和团这些日子在全国闹得很凶，他们不想在这个节骨眼上招惹是非，先等几天吧。现在有了李炎的行踪，李炎就跑不了。杜茂远和杜杉见衙门也不敢招惹义和团，这才知道了义和团的厉害，只有咬牙切齿地耐心等待了。

隆盛庄没人知道，这些天中国发生了大事。

六月初，义和团以杀尽北京的洋人为口号，进入北京城。

十一日，日本驻华使馆书记曾山彬被刚调入京的朝廷武卫军、由土匪改编的甘军所杀，开腹剖心。驻天津各国领使组织两千余人的联军，由英国海军司令西摩尔率领，乘火车增援北京十一国公使馆。因为铁路被义和团拳民破坏，西摩尔受阻于天津城外的杨村、廊坊一带，与清兵及义和团展开战斗不敌，退回城中，致使第一次试图解除清兵与义和团对公使馆围困的行动失败。这场战斗被朝廷及义和团认为是一次抗击外敌的重大胜利，被命名为“廊坊大捷”。

十三日，义和团进入北京内城。当天，烧毁孝顺胡同的亚斯立堂、双旗杆的伦敦会、八面槽的天主教东堂、灯市口的公理会、东四五条西口的美国福音堂、交道口二条的长老会、鼓楼西鸦儿胡同的长老会、西直门内的天主教西堂、西四羊肉胡同的基督教堂、石驸马桥的安立甘会、宣武门内的天主教南堂等共十一所教堂。三千二百名天主教徒逃入天主教北堂，两千多名基督教徒逃入东交民巷的使馆区。义和团在北京放火烧了教堂和一切与西洋有关的东西。

十五日，北京城内失去控制，大乱。军机处连传懿旨，命两广总督李鸿章、山东巡抚袁世凯火速入京。

十六日，前门一带上千家店铺因老德记西药房着火而被牵连烧成废墟，正阳门楼及二十四家铸银厂也遭烧毁。义和团四处破坏教堂，攻击教民，庄王府的前大院被当成集体大屠杀的刑场。除了屠杀教民外，部分义和团滥杀无辜，诬指包括许多女人和儿童在内的人为白莲教，烧死或戮死。据当时目击者记载：“乡民适趋市集，七十余人悉絷以来，伪饰优伶冠服，儿童戏物，指为白莲教；下刑部一夕，未讯供，骈斩西市。有妇人宁家，亦陷其中，杂诛之，儿犹在抱也。”也有人借此机会公报私仇，杀人泄愤。义和团内部的不同派别也互相残杀，京师禁军和甘军也参与进来，肆意奸杀妇女，掳掠洗劫商户平民。慈禧太后见形势失控，急忙召开御前会议，发出勒令解散义和团的上谕。

二十一日，慈禧太后以光绪皇帝的名义，草率向英、俄、德、法、美、日、意、奥、比、荷、西十一国同时宣战。在向各国宣战的同时，开始悬赏捕杀洋人，规定“杀一洋人赏五十两；洋妇四十两；洋孩三十两”。义和团及清兵开始围攻各国使馆。

二十五日，朝廷当权派载漪、载勋、载濂、载滢四兄弟，率义和团六十余人直奔瀛台，欲弑光绪，被慈禧太后阻止。这场义和团拳民之乱最终演变为国际军事冲突，日本、美国、奥匈帝国、英国、法国、德国、意大利及俄国组成八国联军，开始对义和团宣战。

为了响应天津和北京义和团的行动，唐七返回丰镇，带领上千义和团拳民烧毁耶稣教堂两座；红砂坝的数百义和团拳民围攻焚烧了沙卜尔教堂；李炎则带领上百拳民，举着刀枪棍棒，抱着干柴往隆盛庄教堂呼啸而去，准备杀戮神父和教民，放火烧毁教堂。

此时，康廷儒已经接到丰镇厅署衙门驱散义和团的文书，即刻带兵赶来，将李炎阻于教堂门外劝道：“李炎呀，你也是隆盛庄人，教堂里的教民不是你的叔叔大爷，便是你的婶子大娘，他们怎样招惹你了？你竟要无情地杀戮他们？”李炎是个粗人，不会讲道理，尴尬地说：“康把总，不是我要杀他们。您也知道，我现在是义和团的人，我们义和团的口号是‘扶清灭洋’。我师父说了，神父是‘大毛子’，教民是‘二毛子’，他们都该杀。”康廷儒冷笑一声：“李炎呀，你别和我讲道理。若是讲道理，当年你杀了杜恒远，理应杀人偿命，你还跑什么呀？这次你回来，杜杉早就认出了你。衙门之所以迟迟没有抓你，不也是想给你留条活路吗？”李炎自觉理亏，张张嘴说不上话来。康廷儒趁热打铁道：“就算你现在是义和团的人，杀了人可以一走了之，可教民都有亲有友，你爹妈还在隆盛庄住，他们如何有脸在这隆盛庄的街面上行走？你就不怕教民的亲友向你爹妈寻仇？”

这时，李记夫妇闻讯赶来，一边一个抱住李炎的胳膊哀求道：“财旺，使不得呀！且不说教民都是咱隆盛庄的街坊邻居，就连咱家也有亲戚入了教。你要杀人到外面去杀，隆盛庄的人你可是一个也杀不得。”

李炎也不想在隆盛庄大开杀戮，见他爹妈出面，只好带着拳民走了。

七月十四日，八国联军占领天津，直隶总督裕禄兵败自杀。

二十八日，主和大臣许景澄、袁昶被朝廷处死。

八月四日，八国联军向北京进逼。

十四日凌晨，八国联军赶到北京城外。经两天激战，八国联军逐步攻占北京各城门，随即与清军在京城各处展开巷战。

十六日晚，八国联军占领北京，甘军统领董福祥充当随扈大臣，保护慈禧太后及皇室仓皇逃往西安。途中，慈禧太后称义和团为“拳匪”，命令各地官军剿灭义和团。后发布上谕，称“此案初起，义和团实为肇祸之由，今欲拔本塞源，非痛加铲除不可”。至此，轰轰烈烈的义和团运动遭到西方势力和清政府的共同残酷镇压，这便是史上被称为“拳民之乱”的“庚子事变”。

八国联军攻陷北京后，烧杀掳掠，盗窃国宝，火烧圆明园，犯下许多滔天罪行。之后，清政府将甘军统领董福祥革职，派庆亲王奕劻及李鸿章为全权特使，与各国和谈，被迫与英、俄、德、法、美、日、意、奥、比、荷、西十一国签订了不平等的《辛丑条约》，给予各国总计四亿五千万两白银的战争赔款，史称“庚子赔款”。

第十九章

李炎雨夜杀李维

丰镇现任同知姓徐。徐同知接到朝廷剿灭义和团的公文，立即将四美庄及丰镇境内的官军集结一处，在丰镇经往大同的道路上截击唐七和李炎带领的上千义和团拳民。义和团拳民出发前都喝了“神符”纸灰水，以为自己真可以刀枪不入了，一个个赤膊上阵，放开胆子与官军厮杀起来。岂料，刀枪不入是骗人的把戏，拳民虽然练过几天拳，个个神勇，但毕竟是乌合之众，哪里敌得过训练有素的官军？刀上了身，被砍得皮开肉绽，鲜血淋漓；枪刺过来，穿胸破腹，肠子抖得满地都是。最厉害的是官军装备有大型火铳，也叫抬枪，在几十步远的地方便能把人打成筛子，比之前的弓箭不知厉害了多少。拳民见神符不管用，顿时四散逃命。康廷儒在隆盛庄见过唐七，知道唐七是义和团首领，擒贼先擒王，纵马向唐七杀去，而武巡检李维则与李炎缠斗在一起。

如果仅论武艺，康廷儒与唐七应该不相上下，但战场上官军已占上风，拳民老幼参差不齐，只因为信了刀枪不入的“神话”才敢与官军对阵，现在“神话”破灭，便都只想着逃命了。唐七见拳民纷纷四散而逃，自然心慌，几个回合下来，便不敌康廷儒了。康廷儒见唐七心神不定，渐落下风，连出杀招，瞅个破绽在唐七肩上砍了一刀，却也同时被唐七在腿上回了一刀。康廷儒受伤，立刻有官军前来相救，唐七也被官军一拥而上绑了。

另一边，李维上了年纪，只凭经验老到与李炎缠斗。李炎初上战场，被李维杀得手忙脚乱，全凭年轻力壮支撑着。眼见得唐七被康廷儒活捉，李炎方寸大乱，不敢继续厮杀，抢一骑夺路而逃。

这一仗很快便见了分晓，义和团拳民被官军斩杀数百，俘获数百，唐七被活捉，除了李炎带三五十人逃进东山，其余都作鸟兽散了。数日后，唐七在丰镇被押赴刑场斩首示众，李维因镇压义和团有功，被提任为丰镇抚民同知。此时，朝廷因与八国联军一战，兵力已是捉襟见肘，“庚子赔款”更令国力衰竭。加之北面的蒙古人已不足为患，丰镇厅署衙门奉命将四美庄的兵营撤了，在隆盛庄设了巡检所。按照惯例，先征求了段祖贤、张祯两位秀才的意见，派驻一个叫汤冠丰的巡检处理地方事务。

汤冠丰身材高大，一张长脸。他本是李维手下，因为乖巧伶俐，善于揣摸，甚得李维的欢心。汤冠丰上任的第一件事，便是拜会新任同知李维的亲家张瑞元。

艾叶嫁到张家已经数年，先生了大儿子张裕祥，又生了二儿子张寿祥。她给张家连生两个儿子，把张瑞元和乌云其木格高兴得嘴都合不拢了。艾叶自觉在张家立了功，便没有刚嫁入张家时那般小心谨慎，事事都听公婆的了，偶尔还和婆婆顶句嘴，给婆婆个脸色。乌云其木格碍着亲家在衙门为官，不好得罪，也不和张瑞元、张禄提起，都暗暗忍了。直到前些天李维亲自来过隆盛庄后，艾叶才收敛了许多，夹起尾巴重新做人了。

李维到隆盛庄是找张瑞元借钱的。

李维打败义和团，活捉义和团首领唐七并斩首，功劳自然记在了前任徐同知头上。徐同知因镇压义和团有功，上调大同府任职，丰镇同知一职便暂缺了。李维来找亲家借钱，是想到大同府活动活动，谋个同知的位子。张瑞元听亲家借钱是要活动做丰镇同知，心说亲家若是做了丰镇同知，今后别说隆盛庄了，就连丰镇也有了硬后台，这可是件好事呀！张瑞元问李维需要多少，李维说按官府的行情，怎么也得一万两银子吧。张瑞元二话没说，给李维拿了两张五千两银子的银票。李维谢过亲家，带着银票到大同府活动一番，不负苦心，顺利地做了丰镇同知。

有道是世上少有不贪的官，李维的同知既然是花钱买的，这官便无法做得清白了。做官和做生意大同小异，有投入便要有回报。李维做了多年武巡检，可以说是熟谙官场，对搜刮民脂绝不外行。上任不到半年，便把一万两银子还了张瑞元。

艾叶先因为公公借给她爹一万两银子收敛了一段日子，见她爹果然做了丰镇同知，并且很快把借公公的银子还了，得意忘形之下，泼辣的本性全部暴露出来。艾叶不仅人变懒了，嘴变馋了，成天挑公婆的毛病，对张禄也是颐指气使，张嘴便是“我是同知家的小姐，下嫁到隆盛庄真是委屈了”。眼见得一直还算孝顺的艾叶露出了狐狸尾巴，张瑞元夫妇后悔不迭。当初为了门当户对，高攀了巡检家的小姐，现在看来，是自食其果了。可艾叶的确就是同知家的小姐，他们说不得，更骂不得。好在三个儿子都分家另过了，若还在一口锅里搅着，日子怎么过呀？

对艾叶最怵头的还是张禄，原来出去喝酒、应酬，艾叶都不敢管。现在，只要他回家晚了，艾叶便要没鼻子没脸地数落他一顿："你现在是同知家的姑爷，做生意便做生意，喝啥酒呀？成天和那些不三不四的人喝个五迷三道，也不怕辱没了自己的身份。"张禄心里不快，反驳说："我就是个买卖人，有啥身份？你爹才做了个同知，若是做了知府，我是不是连爹妈亲戚都不能认了？"艾叶立刻发了火，叫道："啥叫我爹才做了个同知？嫌我爹的官小呀？哦，你爹的官大，隆盛庄商务会长是几品？咋？还想娶个知府家的小姐？对着镜子照照你那张脸，能娶上我，也是你家祖上修下的。"

张禄真是无话可说了，肚子里的火一股一股地往上蹿。若是放在之前，他真能跳起来给艾叶两个耳光，可现在不同了，岳父是同知，是一县百姓的父母官呀！打了同知的闺女，就像《打金枝》里驸马爷打了公主，岂不是把天捅了个窟窿？

张禄心情不好，只要艾叶挑他的毛病，他便到爹妈那屋坐。张瑞元和乌云其木格习惯了，知道张禄只要过来，肯定是两口子又吵架了。张禄也经常埋怨父母："爹、妈，看你们这事儿做的，成天门当户对、门当户对，这回呢？变成高攀人家了。往后的日子长着呢，骂不能骂，打不能打，休不能休，咋弄？就这么让她骑在我脖子上想咋就咋？"张瑞元也后悔结这门亲了，叹着气说："唉，本来好好的，谁知道亲家五十多岁的人了，又官运亨通当了同知。"张禄责备他爹说："您也是的，他来借钱的时候您别借给他，他能当上同知？"张瑞元说："他借钱是为了做官，我不借给他行吗？于情于理都说不过去呀。再说了，就算我不借给他，段掌柜是他姨弟，他也得借吧？"乌云其木格插嘴劝道："玉奎，你就忍忍吧，人们都说丰镇女人厉害，这回咱算是领教了。她数落你，你就让她数落几句，假装没听见，也就过去了。"又说，"娃娃都好几个了，你也别胡思乱想的，等再过上几年，她岁数大了，火气自然小了，毛病也就少了。"

张禄这边，无论爹妈还是兄弟姐妹、妯娌，都因为艾叶的爹当了同知而对艾叶敬畏起来。艾叶那边，只因为她爹做了同知，突然之间觉得自己的身份比之前更高贵、身子也更娇贵了，甚至连走路都不知道先迈哪条腿才能显示出自己是同知家的千金，显示出自己的与众不同。

第二年春暖花开的时候，艾叶回丰镇娘家住了几天，回来时带了个十四岁的闺女。那闺女姓董名舒兰，长了一张瓜子脸，柳眉杏眼，颇有几分姿色。艾叶得意地说舒兰是她爹从大同给她买回来的使唤丫头，张禄哭笑不得，说道："艾叶呀！你这飞天扬地的，隆盛庄都放不下你了吧？"艾叶昂起头问："我咋飞天扬地的了？"张禄说："我爹妈都没有使唤过丫头，你却带个丫头回来，你这身子是不是也太金贵了？"艾叶却说："金贵咋了？我爹是同知，我不该金贵点儿吗？你爹妈没有使唤过丫头，那是因为你爹是土老财，舍不得花钱。你看我叔，家里两个丫头呢。再说了，买丫头也没花你张家的钱，是我爹出钱给我买的，关你家啥事了？真是乡下人，没见过一丁点儿的世面。"张禄见艾叶嘴刀子似的，还搬出她爹和她叔段祖贤压他，摇着头，背抄着手去了他爹那屋。

张瑞元听说亲家给艾叶买了个丫头带回来，说只要艾叶高兴，不和张禄挑毛病，就随她去吧。张禄怕他爹心里不舒服，说道："可是，爹妈都没使唤过丫头，她弄个丫头回来，这不是让外人笑话吗？还有，福奎和宝奎的媳妇见了，心里指不定咋想呢。"乌云其木格说："她们能咋想？艾叶毕竟官宦人家出身，她爹又做了同知，送闺女个丫头也不为过，别人如何攀比得了？你爹说得对，只要她舒心，你们两口子过得和睦，不就个丫头吗，用去吧！"张禄见爹妈都不反对，气稍微顺了些，说道："既然爹妈都这样说，那就把那丫头留下吧。只是爹妈都没有使唤过丫头，我家却弄个丫头使唤让人笑话。不如这样，您二老也上岁数了，哪天我也踅摸个丫头回来伺候你们。"乌云其木格知道张禄的心思，连忙摆手说："玉奎呀！你就别给妈添乱了，你们现在娶的娶、聘的聘了，就剩下妈和你爹老两口，弄个丫头在眼前晃来晃去的，说个话都不方便，还是省点儿心吧。"

艾叶有了丫头伺候，心情好起来，对张禄也不十分挑剔了。那舒兰很勤快，眼睛活，做事麻利，张禄也挺喜欢。

其实，艾叶也没嚣张几年。

李维当同知不过一年多时间，便搜刮了数万两银子，搞得丰镇百姓怨声载道，百姓叫苦不迭。艾叶她妈胆子小，劝他说钱够花就行了，万一有人告到大同府，上面追究下来，同知的乌纱便不保了。李维却越贪越想贪，大咧咧地说："啥叫够花就行了？银子还有够花的时候？我看着就奔六十的人了，这同知还能当几年？我得趁这个机会多弄几个养老钱呀！等哪天不做官了，咱也不在丰镇这小县城住了，到大同买它一处大宅院，衣食无忧地享后半辈子的福吧。"艾叶妈听李维说得有理，便不再劝了。

可是，李维的美梦并没有做成。做同知第三年春天的一个雨夜，李维一家数口被人悉数杀尽。杀人者在墙上歪歪斜斜留下几个血字：杀人者，东山李炎也！

李维的确被李炎所杀。

义和团兵败，李炎带着二三十个拳民逃进大庄科一带的东山。李维上任同知后，派兵进山围剿了李炎几次。李炎的拳民里有东山本地人，熟悉东山地形，李维几次围剿都无果而终。后来，李维一心搜刮民财，对李炎渐渐淡忘了。李炎手下几十号人，每天要吃要喝，李炎没有银子，只能打家劫舍，便打出劫富济贫的旗号，做了绿林好汉，专找有钱的大户人家打劫。

李炎害怕官军围剿他，常派探子进丰镇打探官军的动静。探子每次回来，都说新任同知李维横征暴敛，丰镇百姓怨声载道。李炎记恨师父唐七是被李维砍了头的，现在听说李维做了贪官，更是痛恨。他挑了七八个功夫好的弟兄，化装下山进了丰镇，找了一处僻静旅店住下，分几处买回数把杀猪刀，打算瞅个机会杀了李维为师父报仇。

那天傍晚，天上黑云滚滚，没过一会儿，便下了入春以来的第一场雨。雨虽然不大，却淅淅沥沥下个不停。李炎见机会来了，让弟兄们找一架梯子，准备好杀猪刀，待到夜深人静时，扛着梯子，掖着杀猪刀直奔李维府上。

雨夜中的丰镇，除了隐约的雨声，街上一片寂静，没有一个路人走动。李炎已经探过路，对李维家周边的地形已十分熟悉。李府又格外醒目，按照清朝律法，不管财主还是官员，照壁都是盖在院子里的，唯有同知以上的官员，照壁可以盖在大门外面。所以，蒙蒙细雨中，李府的照壁孤零零地立在门前。

李炎在李府院墙外面架好梯子，院墙太高，梯子够不着，李炎亲自爬上梯子，给一个身手敏捷的弟兄当人梯，将那弟兄送上院墙，又扔过去一根绳子，将那弟兄悄无声息地放下去。那弟兄开了院门，李炎便带人蹑手蹑脚进了李府。李维家没有保镖，也没有驻兵，只有一个看门守夜的。守夜的听到外面有响动，披了衣服掌灯出来查看，脚刚迈出门槛，正巧李炎过来。李炎也不说话，一把扼住守夜人的脖子，杀猪刀向前一捅，守夜人便一声不吭地倒下了。李炎手一挥，带着众弟兄直奔上房而去。

李炎一伙到了上房门口，推推屋门，门从里插着，探进杀猪刀轻轻移动，将门弄开。其中一人踮着脚尖进到里屋，划根火柴照个亮，看见炕上睡着两个人。炕上的人耳朵也够机敏，听见动静，忽地坐起来，厉声喝道："有贼人！"李炎一眼认出那人正是李维，回一声："狗官，拿命来！"

李炎一个箭步跳上炕，挺着杀猪刀向李维刺去。艾叶她妈也醒了，吓得一声尖叫，刚爬起身，便被跟在李炎后面的弟兄将杀猪刀捅进心窝。李维虽然有武艺，但事出突然，身上没穿衣服，手里没有兵器，加上年老体弱，哪里是李炎的对手？心慌意乱地躲过两刀，却不料李炎的两个弟兄扔掉手里的杀猪刀，扑上来每人抱住他的一条腿用力一拽，李维便倒下了。李炎杀猪刀一顿乱戳，将李维戳了个鲜血四溅，满身窟窿。

外面，李炎的弟兄已经将各间屋子搜索了一遍，不管李维的家人还是丫头，见人便杀，没留一个活口。李炎杀了李维，给师父唐七报了仇，带着弟兄们在屋里一阵乱翻，将能带走的钱财洗劫一空。然后，李炎手指蘸了李维的鲜血，在墙上歪歪斜斜留下几个字，趁着雨夜，翻越城墙逃回东山。

李维全家死于非命，丰镇的百姓无不拍手称快。张瑞元早听曹栋隐约向他透露过李维在丰镇的所作所为，也听过多次从丰镇过来的商家骂李维贪得无厌。尽管他对李维已经没了好感，但毕竟亲家一场，还是和张禄一道去丰镇把亲家打发了。艾叶没了做同知的爹，顿时没了嚣张的本钱，向乌云其木格哭哭啼啼，求婆婆原谅她曾经的无知。乌云其木格心胸宽阔，倒也没有计较；而张瑞元心有芥蒂，从此对艾叶不冷不热；张禄恨艾叶得意时的飞扬跋扈，对她极是冷漠，几个月不和她同房，把艾叶后悔得恨不能重生一遍，重新做人。

李维死后，丰镇来了个叫章彤的同知。章彤在朝里有人，虽然担任抚民同知，却是候补知府，官拜正五品。章彤担心哪天步了李维的后尘，一边在各村镇贴出告示，画影图形，悬赏纹银一千两缉拿李炎；一边派兵进山搜剿，欲彻底剿灭李炎，永绝后患。李炎见官军穷追不舍，不敢继续留在东山，逃到东北方向二道河一带的山里，用从李维家洗劫的钱财招兵买马，准备这辈子就当土匪了。

李炎在隆盛庄人的心目中一直是傻乎乎的，可自从他杀了丰镇同知李维一家后，隆盛庄人对他另眼相看了。只要提起李炎，人们都说士别三日，当刮目相看。没想到一个碾麦子出身的二杆子，竟能做出如此轰轰烈烈、惊天动地的大事。人们害怕李炎哪天突然杀回隆盛庄，对李记夫妇不敢有丝毫的鄙夷，亦不敢找怀春院老鸨杨飞燕的麻烦。

那天，康廷儒到商务会来找张瑞元和段祖贤。

围剿义和团时，康廷儒腿上挨了唐七一刀。那刀砍得太深，康廷儒的腿便不好使唤了，走路还稍微有点儿瘸。加上他年岁已大，仗也打不动了，便告老还乡回四美庄居住。听说李炎杀了李维全家，记起唐七是被他生擒活捉的，康廷儒担心李炎哪天会杀到四美庄，像杀李维一样杀他一家为唐七报仇。康廷儒想到张瑞元和李维是亲家，段祖贤是李维的姨弟，想必他们也有此担忧，便来找二人商量应对之策。

张瑞元与段祖贤也正忧虑此事呢。李炎是条莽汉，莽汉做事，往往令人防不胜防。他二人和李炎虽然无仇无怨，但谁也保不住李炎因为他们和李维的关系而对两家不利，见康廷儒也有此担忧，连忙说："康把总来得正好，我们也正为此事忧虑呢，不知康把总有啥好主意？"康廷儒面带失落道："两位会长，康某如今解甲归田，已经不是什么把总了，往后就直呼康某的名讳吧。"接着又说："其实，我也没什么好主意。咱们在明处，李炎在暗处，他什么时候来，来了要找哪家的麻烦，咱们一概不知。所以，咱们只能是防范。"张瑞元说："我和段会长都是生意人出身，没经见过这种杀人越货的事情，究竟咋个防范法儿，还请康把总说明白些。"段祖贤也说："是呀！常言道，不怕贼偷，就怕贼谋。李炎若是谋上了咱，来个出其不意，咱如何防范得住？"康廷儒沉吟道："防得住防不住是另一回事，但还是要先防的。两位会长的宅子都院墙高厚，就算李炎来打，一时半会儿也打不进去。咱们应该做的是互相照应，一旦哪家出了事，都要出手相救，绝不可只求自保，被李炎各个击破。"段祖贤点头道："我们正说到这儿了，我和张会长是亲家，亲家里有事，当然要互相照应。我们两家的巷口都设有门房，准备从各自的字号里挑选身体健壮、胆子大的伙计轮流兼做护院。哪家出了事立刻鸣锣报警，另一家便去相救。再让德胜炉打上几把大刀和钢叉，把护院武装起来。"

康廷儒听张瑞元和段祖贤已经商量好了，赞许道："没想到两位会长深谋远虑，已经想到康某前面了。只是护院光有大刀和钢叉还不够，每家应该再置上几杆火铳。"张瑞元和段祖贤连连点头："嗯，这倒是个好主意。"又问康廷儒："康把总，我们两家都住在隆盛庄，相距也不算远，有了事可以互相照应。你呢？你若有了事，四美庄离隆盛庄好几里地，怕是远水救不了近火呀！"康廷儒叹息着说："为了保命，我也准备搬到隆盛庄住了。"张瑞元和段祖贤都说："如此甚好，这样一来，咱三户人家便可互相照应了。"

"庚子事变"后，轰轰烈烈的义和团运动被八国联军和朝廷镇压，再难成大事了。

李炎逃往二道河子一带，再未回丰镇和隆盛庄骚扰过，让张瑞元、段祖贤和康廷儒受了一场惊吓。

朝廷要给洋人赔款，便加重了百姓的苛捐税赋。百姓一直习惯于忍辱负重、逆来顺受，又眼见得义和团刚被剿灭，心有余悸中，就算朝廷把刀架在脖子上，也不敢有丝毫的反抗，更别说抗税造反了。

商务会是商家的主心骨。从商务会成立以来，欺行霸市的行为没有了，恃强凌弱的事情没有了，行业间的竞争也都摆在了明处。店铺字号之间有了矛盾，只要商务会出面，一切都迎刃而解。在商务会的协调和组织下，商家之间也和回民一样极为团结。如果没有像义和团那样的外界因素，隆盛庄可以说是一副太平盛世的景象。

张祯苦读两年，信心百倍地想在这一年的科考中拿个举人的功名。岂料，因为“庚子事变”，光绪二十六年的科考被迫取消了。张祯不甘心，继续苦读，准备参加下一科。谁知，丰镇那边突然传来消息，说八国联军打败清军后，朝廷把所有罪责都归结在义和团身上，不但下令剿灭义和团，还下诏停止外侨被“戕害凌虐”的山西、河南、浙江、直隶、东三省、陕西、江西、湖南等地四十五个义和团闹得最凶的城镇文武考试五年。张祯着急了，向人打听停止科考的城镇里有没有丰镇，人家说好像没有。张祯听说丰镇的义和团也烧过教堂，若是丰镇被列入四十五个禁考城镇之内，自己这辈子怕是难以再考取功名了，便亲自去了趟丰镇，找人打听虚实。四十五个被停止科考的城镇中山西最多，有太原府、忻州府、太谷县、大同府、汾州府、孝义县、曲沃县、大宁县、河津县、岳阳县、朔平府、文水县、寿阳县、平阳府、长子县、高平县、泽州府、隰州、蒲县、绛州、归化城、绥远城，共计二十二个城镇，其中果然没有丰镇。张祯吁了口气，回家继续读书了。

梁龙和玉凤逃婚私奔后，一直音讯全无。邓香如常常以泪洗面，梁宝元心情更是不好，说梁龙生不见人，死不见尸，梁家和绝了后有什么两样？心中只要烦乱，他便要喝个酩酊大醉。那些年他心里还不服张瑞元，想着赶快赚钱追上师弟，现在他也没那念头了，一是知道自己就算努力，这辈子怕是也没希望了；二是花子嫁给了张福，亲上加亲，还追什么呀，追上了又能如何？最重要的还是心里惦记着梁龙，担心他性情急躁，这许多年没有音讯，别是在外面发生了什么不测。

艾叶自从有了丫头，动口不动手，比之前消闲了许多。

有道是此一时，彼一时。艾叶的爹妈被李炎杀了，没了靠山，便夹起尾巴重新做人，对公婆比刚过门时更为孝顺、小心。乌云其木格和她妈当年一样宽容、大度、慈祥，对艾叶之前的所作所为没有一点儿计较。艾叶感动不已，只要看舒兰手里没营生了，便打发她去公婆那边帮着拾掇屋子、做饭，舒兰便没有一点儿闲着的空儿了。张瑞元见舒兰一天到晚忙个不停，说丫头咋了？丫头就不是人，不懂得累了？这不是花了个毛驴价钱，把人家当骡子使唤吗？便和乌云其木格商量，说乌云其木格也上岁数了，如此大个院子，每天光收拾也得半天工夫，索性听张禄的话，也买个丫头吧。

艾叶初带回舒兰时，乌云其木格也听街坊们笑话过，说张家做事两头颠倒，老子家还没有丫头呢，儿子家倒先有了；娶了人家同知家的千金，连公婆都要矮上三分。乌云其木格不是争强好胜之人，对街坊的议论一笑而过。可是，从艾叶打发舒兰过来帮她打扫院子、拾掇屋子、生火做饭后，乌云其木格感觉自己像是突然间苍老了许多，真应了那句越坐越懒，越吃越馋的老话。除了摆弄墙角的两畦子菜蔬和花栏墙上的花草，乌云其木格扫帚懒得拿了，鸡毛掸子懒得拿了，饭也懒得做了；嘴上虽然不说，眼睛却直往大门那边瞅，盼着舒兰早些过来。当然，她也知道舒兰的辛苦，逢年过节，都要给舒兰塞上十几块银圆。舒兰起初不敢要，乌云其木格便说："给你你就拿着，太太若是问起来，就说是老太太给的，不拿不行。"舒兰还是推辞说："我现在吃喝穿戴都由太太供着，也没个花钱的地方，哪敢再要老太太的钱？"乌云其木格说："没花钱的地方就攒着，将来有了婆家，置几件嫁妆带过去，风风光光的多好看呀！"舒兰听乌云其木格提到嫁人，脸一红，苦笑着说："老太太，我爹当初是签了卖身契的，这辈子生死都是太太家的人了，哪敢有嫁人的奢望。"艾叶没了靠山，乌云其木格也敢说话、敢做主了，笑眯眯道："舒兰呀！不就一张卖身契吗，因为几个钱害人一辈子的事，我张家做不出来。你放心，老太太给你做主，过上几年，我给你踅摸个好人家嫁了。哼，哪有女人不嫁人的？"

舒兰听了乌云其木格的话，感激得连话都说不上来了，只有想着法儿地把老太爷和老太太伺候好，算是报答他们的承诺吧。

这回，乌云其木格没有反对张瑞元的提议，感慨地说："你说买就买一个吧。说实话，原先每天从早晨起来，生火、做饭、洗衣裳，一天到晚手都不带闲的，也没觉得有多累。可自从舒兰过来帮忙，做一丁点儿的营生，不是这儿疼便是那儿痒，手都懒得多伸一下，就盼着舒兰赶快过来呢。人这东西呀！就是经不得惯。"张瑞元呵呵地笑着说："行了吧，啥叫经不得惯？说来说去，是大年过得太多了的缘故。再过上几年，怕是连屎尿都懒得往出送呢。"乌云其木格瞥张瑞元一眼："我的身子骨没事，看你吧。"又安顿一句，"你买丫头可要选好了人，隆盛庄周边的不要，丰镇的更不能要。"张瑞元不解，问为什么。乌云其木格说："隆盛庄风水硬，男人女人都不好招惹，凡是肯卖闺女的，都是生活过不下去的。今天买了他家的闺女，明天大人找来了，讹人跌皮的能烦死你。丰镇的不用说，咱家就娶了个丰镇媳妇，你我都见识过了，'疯猫沙耗子'，更惹不起。"张瑞元问："那你想买个啥地方的？要不从集宁踅摸一个？"乌云其木格说："我看大同的闺女挺好，舒兰就是样子，说话柔声细语，人勤快不说，做营生既细心又干净。”张瑞元说：“好吧，那我给咱大同分号的掌柜捎个话，让他从大同给踅摸个丫头回来。”

过了些日子，大同那边果然买了个叫小芹的丫头，让送干货的用牛板车带了回来。乌云其木格用了段日子，觉得十分可心。

张祯的媳妇冬梅是朱奉祺夫妇娇生惯养出来的，见公婆和大嫂家都买了丫头，也不和张祯张嘴，回家和她爹妈说了。朱奉祺怕闺女被婆家小看了，不过数日，也买了个丫头给闺女送过来。花子知道自己的家境，她爹妈都没有丫头，哪能像两个妯娌的父母一样给闺女买丫头。张福怕花子自卑，说要不自己家也买一个吧。花子懂事，说道：“咱正值壮年，就家里这点儿营生，捎带着也就做了，要丫头做甚？”张福说：“我是看爹妈和大哥、宝奎家都有丫头了，咱家没有，怕你脸上无光。”花子说：“爹妈老了，老两口住那么大处院子，没个丫头伺候不行；大哥家的舒兰是大嫂她爹当同知的时候给大嫂买的，官宦人家，咱攀比不得；冬梅家哪用得着丫头？她那纯粹是和大嫂攀比呢。”张福怕花子心口不一，既不敢向她爹张口，也怕自己家花钱买个丫头，被两个妯娌笑话花子娘家穷，便说：“要不这样吧，咱自己买个丫头，就说是你爹给出的钱。”花子性情耿直，说道：“一就是一，二就是二，做那死要面子活受罪的事情做甚？”

岂知，花子想得开，梁宝元却想不开。他见张瑞元三个儿子两家有了丫头，并且都是娘家给买的，便和邓香如商量，也要买个丫头给花子送过去。邓香如知道梁宝元的心思，劝他说：“我看算了吧，虽说买个丫头花不了几个钱，可咱这做爹妈的都没使唤过丫头，却要给闺女买个丫头送过去，你这纯粹是斗气呢吧。”梁宝元一本正经地说：“这不单是斗气，还是面子。人一辈子活了个啥？活的就是面子和一口气。你没有面子，就活不出个人样儿，就没人看得起你。想我梁宝元，虽然比不得师弟他们那几家大老财，可也不是泛泛之辈，出来进去，无论老少，多多少少都要给我留些面子的。买个丫头能花几个钱？多了多了，也就百十块银圆吧？隆盛庄上百家字号，拿不出百十块银圆的没几家。你说就因为这百十块银圆，我梁宝元能让闺女丢这个面子？”邓香如想想，觉得梁宝元说的也对，便同意了。

梁宝元托人从山里买回个年方十二，名叫穗儿的闺女，让邓香如给花子送了过去。花子当时便傻眼了，不知该如何是好。张福觉得岳父岳母给足了花子面子，心里很是高兴，说岳母既然把穗儿送来了，那就留着吧，让花子明天给她妈送去一百块银圆，就当是自家花钱买了个丫头，又兴冲冲地对他爹妈说了。没承想，张瑞元当时便瞪起了眼睛：“你个小兔崽子，猴头大个人就学会摆排场了？我问你，你梁大爷，哦，不，你岳父家有丫头吗？”张福怯生生地说没有。张瑞元哼着鼻子说：“你岳父六十多岁的人了，都没舍得买个使唤丫头，你三十来岁个人，就懂得享福？就懂得让人伺候了？我再问你，那丫头咋称呼你？”张福头上冒出冷汗，声音蚊子一般说道：“老爷。”张瑞元撸一把袖子，点着张福的鼻子骂道：“你个不知羞耻的东西，你照着镜子看看，自己像个老爷吗？妈的，真不知道喝过几桶泔水，啥事都敢做呀？”张福摸一把额头，嗫嚅道：“我也没说要丫头，是花子她妈硬给送来的。”张瑞元气得脸都白了，烟袋锅敲着炕沿，嘴角泛着白沫骂道：“她送来的你就敢要？猪戴帽子狗穿衣，真把自己当个人了？你也不摸着良心想想，你凭啥？就因为你是永盛源的掌柜，你就是老爷，就得有人伺候？”张福心里不服，嘟囔道：“爹，您人心不公。”张瑞元瞪起眼睛问：“我咋不公了？”张福壮着胆子说：“我哥和宝奎家都有丫头了，您咋不说他们，只说我呢？”

张瑞元冷笑一声，烟锅头猛地向张福脑袋上敲去。张福机灵，头一扭，躲过了。张瑞元暴躁地说道：“你能和他们比吗？玉奎的瑞盛店虽然是我创立的，可能发展到今天的规模，都是玉奎自己的心血。再说了，舒兰那是你大嫂的爹活着的时候给你大嫂买的，那时候人家是同知，是县太爷。县太爷的闺女有个丫头，走到哪都说得过去。至于宝奎，你就更不能比了。我一样送你们念书，给你们花的是一样的钱，宝奎能中秀才，你中了个啥？你自己说说，隆盛庄开天辟地以来的第一个秀才，家里该不该有个丫头？还有，冬梅她爹那是咱隆盛庄数一数二的老财，人家家里就有人伺候了，再给闺女买个丫头说不过去吗？说完了他们，说说你吧。你书没念好，功名没挣下，家里一个铜板的力你没出过，媳妇娶过了，四合院有了，还当了掌柜，坐在那儿一年拿上万两银子，你当那是天上掉下来的馅饼？呸，那是你老子一颗汗珠子摔八瓣，一个铜板一个铜板地给你挣下的。你摸着良心说说，三家字号哪家每年的进项最多？是永盛源！为啥把永盛源给了你？是因为你哥一个人能立起门户，将来不用我和你妈操心，是因为你兄弟身上有功名，也不用我和你妈操心。我们操心的只有你，怕你老来老去，拿起打狗棍讨吃去，才特意照顾你的。你倒好，脑袋一大，就忘记自己是个啥东西了。”

张瑞元一顿数落，把张福羞得恨不能地上裂开道缝儿钻进去。他擦着头上的冷汗说道：“爹，我错了。其实，我已经让花子把买丫头的钱给她妈送过去了。”半晌没开口的乌云其木格说话了：“福奎，你爹说你是为了你好，你还没到七老八十的时候，眼下用不着丫头伺候，等将来上了岁数，需要的时候再说吧。另外，不但要把买丫头的钱给花子她妈送过去，丫头也给他们送回去。花子的爹妈都上岁数了，从你龙龙哥走了之后，他老两口心里一直不痛快，显老了不少，就当你替他们买个丫头尽孝心了。”张福偷偷看张瑞元一眼，见他爹没作声，解脱了一般连声说道：“好、好，我这就回去，和花子一道把钱和穗儿给她妈送过去。”张瑞元脸色转好了些，点头说道：“这就对了，做人不能光顾自己，古人传下来的温、良、恭、俭、让要学着，那是做人的根本。”

第二十章

求功名张祯中举

张福把穗儿送还给岳父，张禄和张祯问他为什么。张福把爹的话向哥哥和弟弟学说了一遍，两人听说爹允许他俩使唤丫头，没有一丝的高兴与得意。尤其张祯，说爹不许二哥家使唤丫头，他做弟弟的就更不敢使唤了，也不和张瑞元与乌云其木格打招呼，让冬梅把丫头给她爹送回去了。冬梅心里虽然一百个不愿意，可自己嫁的是隆盛庄开天辟地以来的第一个秀才，那是有功名的人，见了县太爷都不用下跪，哪敢不听张祯的？

张禄的想法和张祯不同，舒兰到他家有三四年了，起初因身体孱弱，面色焦黄，到了他家后，吃得好，身体也健壮了，脸色红扑扑地能放出光彩来，现在又换了新衣服，更是容光焕发。加上她人乖巧，会说话，会看眼色行事，张禄觉得舒兰咋看咋顺眼。现在要把舒兰撵走，他不是心疼舒兰是花钱买回来的，而是实在舍不得。

张禄喜欢舒兰，迟迟不肯撵她走，可秀才弟弟家里都不留使唤丫头，他留着也不好看。舒兰见二老爷和三老爷都把丫头送走了，心里忐忑不安。她已经习惯了大户人家衣食无忧的生活，也实在不想离开张家。艾叶泼辣刁蛮，她不敢问，张禄对她和颜悦色，从没给过她脸色、呵斥过她，她便在张禄面前胆子大些。一天，趁艾叶上街，舒兰怯生生地试探张禄："老爷，二老爷和三老爷都把使唤丫头送走了，我是不是也伺候不了老爷和太太几天了？"张禄如实道："是呀！你也知道，三老爷是隆盛庄独一无二的秀才，他家都不养使唤丫头，我把你留下也不好看。"舒兰见自己的担忧是真的，立刻眼睛泪汪汪的：“老爷，您发个善心吧，我伺候您和太太习惯了。老爷待我好，我也喜欢老爷家，我不想您把我转卖给别人。”张禄见舒兰怕把她转卖了，安慰说：“舒兰，你别担心，就算我家不用你了，也不转卖你。我还你个自由之身。”舒兰脸上依然罩着愁云：“老爷，我爹妈早就没了，就算您还我个自由身，我也无家可归。我真的不想离开老爷家。”

张禄见舒兰发自肺腑地不想离开，心里一阵纠结，那话想说，又不好意思说出来。舒兰见张禄像是左右为难，猜想还有回旋的余地，便“扑通”一下给张禄跪了，哀求道：“老爷，求求您了，您就留下我吧！”张禄要扶舒兰起来，舒兰不肯，说道：“老爷若不答应我，我就一直这样给老爷跪着。”看着舒兰跪在自己面前，泪眼婆娑地哀求着，张禄咬了咬牙，也不顾脸面了，说道：“舒兰，你要是真想留下也行，只是……”张禄话到嘴边，还是没好意思说出来。舒兰见有希望，连忙说：“老爷您说，只要能让我留下来，就算当牛做马，我都愿意。”张禄这回不犹豫了，脱口问道：“你愿意给我做填房吗？”说罢，不等舒兰回答，自己脸先红了。

张禄本来担心舒兰会觉得给自己做填房委屈，可舒兰不但没有一点儿委屈的意思，反而喜出望外。她脸上泛起红晕，惊喜地说道：“老爷，我愿意，我愿意！”张禄见舒兰没有丝毫的犹豫便答应了，心中一阵狂喜，连忙把舒兰扶起来，爱怜地望着她问：“舒兰，你不觉得给我做填房委屈？”舒兰眼眶闪烁着两汪喜泪，说道：“委屈啥呀？别说给老爷做填房，就算做妾，也是舒兰的福分。”张禄虽然高兴，却也没敢忘记他爹妈，他伸手替舒兰抹抹脸上的喜泪，安顿她说：“舒兰，你先别当真，这事儿我得和老太爷、老太太商量商量，他们同意了才行。”舒兰懂得规矩，也知道张家的所有大事都是老太爷做主的，用期盼的目光望着张禄点了点头。

张禄想了一天，也没想出个娶舒兰的托词和理由，最后咬咬牙，跺跺脚，先去探他妈的口风。乌云其木格听张禄想娶舒兰做填房，也只是惊讶了一下，沉吟道：“玉奎呀！你早已成家立业，分开自己过了。按说这娶妻纳妾的事，我们不好管，也管不着了。可妈还是觉得你该先和你爹商量商量，免得你爹心里不快。”张禄见他妈没意见，高兴地说：“妈，我就是先和您商量的，您要是同意了，我才敢和我爹说。”想了想，又挠着头哀求道，“妈，其实呢，就算您同意了，我也不敢和我爹说。要不，您帮我探探我爹的口气？”乌云其木格笑了一下：“娶妻纳妾也不是丢人的事，你怕啥呀？”张禄奉承道：“妈，您是蒙古人，天性宽容大度。不像我爹，规规矩矩的老古板，较起真儿来十头牛都拉不回来。”乌云其木格听得高兴，说道：“那倒是，我晚上问问你爹吧。”张禄连忙说：“妈，您真是我的亲妈呀！您一定要替我好好地美言上几句。”乌云其木格瞥张禄一眼说：“玉奎，妈不是同意你娶舒兰做填房，妈是实在太喜欢舒兰那娃娃了。”张禄顺杆爬道：“妈，我也是实在太喜欢她。我爹若是同意了，我既不用在福奎和宝奎那里落养使唤丫头的口实，又能把舒兰留下伺候您二老，多好的事呀！”乌云其木格鼻子哼一声说：“我有使唤丫头了，用不着她伺候。”

晚上，张瑞元从商务会回来，不等乌云其木格向他提张禄想娶舒兰做填房的事，先黑着脸骂道：“真他妈的脸皮子比屁股上的肉还厚，啥不要脸的事都能做出来！”乌云其木格以为张禄和他爹说了，才惹得张瑞元生气，问道：“咋，玉奎和你说了？”张瑞元却说：“我还没见玉奎呢，他和我说啥？是师兄和我说的。”乌云其木格心里纳闷，按理说，张禄不会和梁宝元说的呀！问师兄和他说啥了，张瑞元哼着鼻子说：“下午师兄到商务会去，说前些天福奎和花子不是把那个叫穗儿的丫头给他送过去了吗，昨天晚上杨飞燕去他家了，和师兄夫妇商量，说她想把穗儿买了。”乌云其木格问：“杨飞燕，就是开怀春院的那个？”张瑞元骂道：“不是她还有谁？自己偷偷摸摸地做婊子卖也就卖了，还光天化日之下开了窑子。开窑子就开吧，还想把人家黄花闺女往火坑里拉。真他妈的不是个东西！”乌云其木格明白了，是杨飞燕想把穗儿买回去做窑姐儿，连忙问道：“师兄把穗儿卖给她了？”张瑞元咧嘴笑道：“卖啥呀？师兄那脾气你还不知道？杨飞燕当年给邓宝柱戴绿帽子，师兄已经把她记在心上了，这回正好找了个茬儿，像牲口一样地把杨飞燕赶了出去，还一直追出家门骂到了街上。下午他和我说，他和香如嫂子本想还穗儿自由身，可又一想，今天还了她自由身，明天她爹妈还得把她卖了。卖个好人家也还罢了，若是让杨飞燕那样的东西买去，岂不是要害人家闺女一辈子？所以把穗儿留下了，先伺候上他们几年，等她长大了再给她寻个好人家嫁了，也算做了件善事。”

自从有了小芹，乌云其木格真的当起了老太太。小芹做好饭端上来，吃完饭先给张瑞元把茶沏好，把水烟壶摆在面前，然后再去洗锅刷碗。洗刷了锅碗，又烧好热水，小芹把洗脚盆端到张瑞元和乌云其木格面前。乌云其木格见小芹手脚不停地忙了一天，挥手让她早些回房歇息去。小芹说要等着给老太爷和老太太倒洗脚水，乌云其木格说不用了，他们自己倒。小芹拿回尿盆和夜壶，道个晚安回房后，乌云其木格得意地问张瑞元：“你看我现在像个老太太了吧？”张瑞元点着头说：“像，太像了。”乌云其木格说：“人若是没享过福，还真不知道啥是享福。过去没明没夜地伺候你们老的小的，连个懒觉都没好好地睡过。现在呢，除了磨磨嘴皮子使唤丫头，饭都不用自己盛。唉！真是死心眼，那些年儿女一大堆的时候，咋就没想起来买个丫头帮帮我呢？”张瑞元忍不住笑道：“尝过黄连的苦，才知道蜂蜜的甜。早给你买个丫头，你今天就没这么知足了。”乌云其木格说：“那我也没有你享福，原来还能指望你拿个这，递个那，现在手指头都不用你动了。我呢，一会儿还得给你倒洗脚水。”

张瑞元又喝了壶茶，抽了袋烟，趿拉着鞋，出院里检查了一遍。巷门已经锁了，进门房里看，几个兼做护院的伙计都钻进了被窝，两个守夜的正在油灯下下棋。墙上挂着几把大刀，墙根儿立着两支钢叉和两杆火铳。张瑞元照例安顿了几句才回屋。乌云其木格已经铺好被褥，张瑞元躺进被窝，乌云其木格便提起张禄想娶舒兰做填房的事。张瑞元听了，半晌没作声。乌云其木格捅捅他说：“哎，行不行给个话呀？”张瑞元“嗯”一声说：“想娶就娶吧。”而后又问乌云其木格，“你说呢？”乌云其木格说：“这家你做主，我说了管用吗？”张瑞元哼一声说：“若是放在早先，哪能让玉奎开这个先河给福奎和宝奎看。可自从艾叶她爹当了同知，你看艾叶那个飞天扬地的样子，张家简直放不下她了。所以，这事儿咱不说同意，也不说不同意，他分家过了，咱还管他做甚？”乌云其木格知道张瑞元嘴上不说，可一直对艾叶心有芥蒂，而她自己也是同样的想法，便说：“玉奎明天问我时，我就把你的话对他说了。”张瑞元说：“你就说他已经分家另过了，只要他养得起，就算娶三妻四妾，咱也管不着。”

艾叶见张禄要娶舒兰做填房，当时便傻眼了，先是又哭又闹，骂张禄没良心，见异思迁，忘了当年的恩爱。张禄任凭她哭闹，就是不理她。艾叶又去找公婆，想让公婆替她做主。张瑞元和乌云其木格都是那句话，说他们已经分家另过了，娶妻纳妾也不是什么丢人现眼的事，当老人的管不了那么多。艾叶不甘心，放泼骂张禄势利眼，欺负她没爹没妈，若她爹还活着，还当着丰镇同知，他敢这样欺负她吗？张禄忍不住了，点着艾叶的鼻子数落道：“是呀！你也知道你爹没了？你咋不记得你爹活着的时候，你是何等的嚣张？那时候，我爹妈在你眼里还是公婆吗？我在你眼里还是当家做主的男人吗？”

张禄一语惊醒梦中人，艾叶方才知道张禄为什么对她冷漠，为什么一心要娶舒兰做填房，在家里说一不二的公公为什么撒手不管这件事了。原来他们都是为了报复自己呀！艾叶后悔自己当初的确有些得意忘形了，但现在后悔也晚了，只好去找叔叔段祖贤。

段祖贤的儿子段童娶的是张瑞元的小闺女银花，亲家门上，他也没法儿说别的，只有劝艾叶说男人娶个二房、纳个妾，在大户人家是常有的事。还拿自己做例子，说自己就娶了两个老婆，劝艾叶别太计较。艾叶知道叔叔的底细，说如果自己不能生养，张禄就算娶三妻四妾她也没说的，可她已经给张家生了四个儿女了呀！段祖贤说娶妻纳妾和生几个儿女没关系，男人只要有钱，又有喜欢的女人，大多会娶妻纳妾的。其实，就算张禄娶了二房，她还是太太。按规矩，家还是由她做主的。

艾叶见叔叔也偏着张家说话，知道叔叔家娶了二小姑子银花，和公公结了亲家，和哪个关系近，说话便偏向哪个了。她只得失望地回去，向张禄妥协了，但提出一个要求：不能把舒兰往家里娶。张禄知道艾叶的厉害，怕舒兰受艾叶的欺负，也不敢让舒兰在家里住，打听隆盛庄谁家卖院子，好给舒兰买下来。说来也巧，三义泉掌柜石茂义娶了梅雪后，梅雪接连生了两个儿子，石茂义这些年开缸房没少赚钱，便另盖了一处大院子，要把原来的院子卖了。石茂义的旧院子不大，精巧雅致，很合适舒兰住，只是院子正巧和肖玉春家是隔壁。因为当年和玉凤的事，张禄见了肖玉春总觉得不得劲儿，纠结了好几天，见没有更合适的了，这才将那院子买下来，收拾一番，将舒兰娶了。

有道是男人没有不喜新厌旧的，没有不喜欢年轻漂亮的。张禄娶了嫩得能掐出水来的舒兰，自然在舒兰屋里住得多些。这一来，艾叶快要气疯了。

艾叶之所以快要气疯了，也是有缘故的。

之前提到过张禄小时候去西河湾戏水，因为小鸡鸡比别的孩子大许多，梁龙给他起了个“小长虫”的外号。因此，张禄和梁龙打了一架。后来，张禄长大了，“小长虫”变成了“大长虫”，秋天到地里套野兔，有时候蹲在地上拉屎，别人蹲着就行了，他得把屁股撅起来些，不然，他的“长虫”便要啃地上的泥土了。有已经娶过媳妇的后生见了，感叹地说：“玉奎呀！真不知道将来哪个有福气的女人能嫁给你。”张禄不明白人家的意思，问怎么了，人家说：“就凭你裤裆里的东西，就是毛驴太子下凡，能让女人把你喜欢死。”张禄还是不明白，问为什么，人家告诉他：“等以后你就明白了，世上的女人，不管她长得有多好看，身份有多高贵，只要和你睡过，这辈子怕是不会再想第二个男人了。”

张禄不知道，这话果然应验了。

李维当初之所以将艾叶远嫁隆盛庄，也是有缘故的。

艾叶的舅舅是捻麻绳的。丰镇的东园子依傍饮马河，多是水地，水地适合种麻，所以，东园子便盛产麻了。麻是高秆作物，好的可以长到一丈甚至更高，秋天砍回去，先在场面上把顶端的果实摔打下来，那果实叫麻子，麻灰色，绿豆大小，椭圆形，可以榨油，榨出的油叫麻油；也可以炒熟了，拿小碗上街叫卖，一个制钱一小碗，像瓜子一样嗑着吃，很香。将麻成捆地捆好，放进水里沤过，皮与秆便分离了，剥下来的皮便是人们常用的麻。找一块宽阔场地，将麻按需要拧成粗细不同的绳子，便是人们日常所用的麻绳。剥了皮的麻秆笔直雪白，易燃，价钱便宜，是丰镇人生火做饭点炉子的主要燃料。

艾叶的舅舅到东园子买麻的时候，往往会捎带着拉几车麻秆，带半布袋麻子回来，让儿子永珍给他姑姑家送去。永珍比艾叶小一岁，身材消瘦，眉清目秀，长得挺好。每次到姑姑家走亲戚，永珍都要住上十天半月，和艾叶从小就走得很近。渐渐地，两人长大了，艾叶喜欢上了永珍，成天盼着永珍到她家来，永珍走的时候也是依依不舍。李维夫妇看出来了，依艾叶妈的意思，把艾叶许配了永珍，两家结个姑舅亲也算一件美事。可李维觉得永珍相貌虽然不错，却比艾叶小一岁，大舅哥又是个捻麻绳的，家境与自己不般配，不甚满意。可眼见得永珍不停地来姑姑家住，艾叶也经常去舅舅家住，两个年轻男女如胶似漆，长久下去，万一做了出格的事情怎么办？只有勉强同意了。

其实，艾叶与永珍此时早已搂搂抱抱，亲了嘴，只差做那事儿了。艾叶听她爹妈同意了，高兴得恨不得第二天便嫁过去。然而，天不遂人愿，找人看命相，先是属相不合，永珍属鸡，艾叶属猴，两人属“金鸡遇犬泪长流”的断头婚。艾叶妈不甘心，又找算命的看命相，两人一个是土命，一个是木命，木克土，五行属命相克，不能婚娶。这下子，艾叶与永珍都傻眼了。艾叶回家和她爹妈哭闹，说这辈子非永珍不嫁，她爹妈说姻缘是天定的，属相不合、命相不合，就算家里同意了，两人怕是也过不到头。李维更怕艾叶和永珍一时冲动，做了出格的事，把艾叶关在家里不让她和永珍见面，托姨弟段祖贤从隆盛庄选户好人家把艾叶嫁了，免得艾叶留在丰镇，日后和永珍藕断丝连。艾叶这才嫁给了张禄。

艾叶嫁给张禄后，见张家家境殷实，张禄相貌虽然不及永珍清秀，却浓眉大眼，身材魁梧，长出了男人的英武，倒也十分满意。新婚之夜，两人行鱼水之欢，艾叶发现了张禄的异样，当时并未十分在意。过门的第二年，艾叶回丰镇看她爹妈，顺便去舅舅家探望舅舅、舅妈，恰巧舅舅、舅妈不在，家里只有永珍一个人。想起往日的相爱，两人禁不住眼泪涟涟搂抱在一起，头脑一热，便宽衣解带做起了那事儿。岂知，事情一做，艾叶才知道自己竟然嫁了个男人中的宝贝。好事尚未做完，已经满脑子都是张禄的影子了。

艾叶不甘心丫头出身的舒兰分享自己的宝贝男人，又不敢不顾一切地和张禄闹腾，怕一旦把张禄逼急了，一纸休书把她休了。隔个一两个月，她便找舒兰的茬儿，疯了似的捶舒兰的院门，将舒兰骂上半个时辰出出气。开始时，舒兰每次听到艾叶来，便吓得胆战心惊。后来，渐渐习惯了，艾叶时间长了不来骂，她心里还忐忑不安，觉得有什么未了的事情。只有艾叶来骂过一次，她才能长舒一口气，安稳地睡几天好觉。

张瑞元家的巷子被人称为四老财巷，四老财巷斜对面的巷子住着一户人家，家里是老两口，老汉姓班，老太太爽朗健谈，因为喜欢和人搭话，又会说顺耳的好话，人们都亲切地称呼她班姥姥。

班姥姥的爹早年也是隆盛庄的大户，做生意赔了钱，家境才败落的。班姥姥小时候享过福，十四岁家境败落，十七岁嫁了做扫帚的老班。因为大户人家出身，生来大气，不嫌贫惧富，就算见了张瑞元那样的财主，班姥姥也该说就说，该笑就笑，没有丝毫的拘谨。乌云其木格闲来无事时，到巷口和女人们一边晒太阳，一边纳鞋底聊天，最能说的便是班姥姥，从出门到回家，一张嘴不带闲着的。班姥姥与乌云其木格是多年的老邻居了，相互也不存心，她知道张瑞元虽然把三家字号分给了三个儿子，可手里还有几千亩地。那年，和乌云其木格拉呱的时候提起来，说她有个外甥女嫁到了隆盛庄西北八里远的饮马沟，女婿家里穷，日子不大好过，问乌云其木格能不能租给她外甥女婿几十亩地种。乌云其木格想，反正家里的地都是佃户种的，租给谁都是租，便爽快地卖了班姥姥个人情。

班姥姥的外甥女婿也姓张，因为在家里排行老三，人们都叫他张三。张三会钉盘碗的手艺，闲时在家种二亩地，十九岁娶了班姥姥的外甥女，二十岁便喜得贵子，找同村一个识字的人给儿子取了个张占魁的名字。张三回家左思右想，觉得不合心意，对媳妇说："占魁这名字太平常了，按这名字，娃娃将来怕是成不了大器。"媳妇笑着说："咋，你还想让娃娃将来当皇帝、当宰相呀？做梦去吧！"张三捏着下巴，端详着儿子说："你看这娃娃长得，剑眉大眼，哭起来声音洪亮，我看他将来肯定有出息。"媳妇叹息一声道："你呀！真是痴人说梦。你看看你爹，辛苦了一辈子，只给你置下两亩坡地，若不是教了你钉盘碗的手艺，咱连肚子都填不饱。还指望着儿子能有出息？"张三拧着眉头说："就是因为我没出息，才望子成龙的嘛！不行，我得给娃娃好好地起个小名，若是名字起好了，娃娃将来说不准真能有点儿出息。"媳妇说："反正娃娃也得有个小名，你起吧，我看你能想出个啥好名字。"张三想了想说："你看咱叫儿子状元如何？将来长大了供他念几天书，到时候考个状元的功名，说不准还能入赘皇家，做个驸马爷呢！到时候，你我可就风光了。”媳妇忍不住“扑哧”一声笑了：“张三呀张三，你咋啥梦都敢做？你以为叫个状元的名字，娃娃将来就能当状元了？那何不起个少皇呀、天皇呀啥的，将来让娃娃当皇帝呢？”张三连忙摆手说：“状元的名字起得，皇帝的名字起不得，那可是要砍脑袋的。我不能因为个名字，把我娃娃害了。”媳妇哼着鼻子说：“你真当起个啥名就能做啥官了？咱村里不是已经有一个叫状元的后生了，我见他现在还撅起屁股搂二垅子种地呢。你这望子成龙的梦，不过是画饼充饥罢了。”张三却认真地说：“人和人的命不一样，我娃娃说不准还真是状元的命呢！好了，我看就叫他状元吧。”媳妇说：“你还真给娃娃起状元的名儿呀？那将来喊娃娃回家吃饭的时候，莫把那个状元给喊回来。”张三也够有主意的，说：“嘿！那个状元大，咱娃娃小，就叫小状元吧！”

于是，张占魁便有了小状元的乳名。

张三望子成龙，想多种地、多打粮，卖了粮好送儿子念书，便租了张瑞元家五十亩地。岂不知，五十亩地好大一片，两口子就算起早贪黑也种不过来。第一遍锄了，第二遍刚锄到一半，媳妇便累趴下了。有道是穷人的孩子早当家，小状元虽然不满十岁，也每天扛着比他个头还高的锄，跟在他爹屁股后面往地里去。稚嫩的小手被锄把磨出了血泡，回来时累得腿都迈不开。张三只好将儿子背着，小状元爬上他爹的背便睡着了。

张瑞元有每到秋天便到地里转一圈，看看收成好坏的习惯。转到张三租种的地时，见地里杂草丛生，一看便是没锄够三遍，以为张三偷懒，不由得皱起了眉头。张三也正望着满地的荒草发愁呢，心说就这收成，交了租子后，怕是连一斗粮也留不下，别说攒钱送儿子念书了，这一年的口粮都没处寻。他的地是通过班姥姥向张瑞元租的，所以不认识张瑞元，也不知道张瑞元便是地主。但见张瑞元坐着轿车过来，猜想张瑞元肯定是个财主，他连忙从田埂上站起来，朝张瑞元苦笑了一下。

张瑞元见张三个子不高，精瘦精瘦的，脸膛晒得油黑，问他道：“后生，这块地是你种的？”张三苦着脸点头说：“老爷，是的。”张瑞元问：“这地不是你自己的吧？”张三自卑道：“老爷看我这副模样，能有这么大一片地？我这是租人家的，给地主当佃户呢。”张瑞元“唉”一声，问张三道：“后生，这好好的地，你咋种成了这样？依我看，你把租子交了，怕是给自己留不下几颗粮了。”张三敬畏地望着张瑞元，露出一脸苦相说道：“老爷说的是呀！我这是自不量力，害人害己。”张瑞元不解，问张三怎么回事。张三把自己望子成龙，想多种地、多打粮，送儿子念书的缘由讲了。

自从张祯中了秀才，张瑞元对读书人更是喜欢。听罢，他紧皱的眉头舒展开来，疑惑地问张三道："后生，难道你没种过地？不知道单凭两口子是种不过五十亩地的吗？"张三叹息着说："我本是钉盘碗出身，家里不过两亩薄地，以为两亩地是种，五十亩地也是种，没想到种地这么难。唉！人心不足蛇吞象，这一年怕是要白干了。"张瑞元说："种地当然难，要么人们咋说三天学个买卖人，一辈子学不会个庄户人呢？不过，你也真是死心眼，地锄不过来的时候，该雇两个短工帮你锄呀！"张三又是一声叹息："老爷有所不知，我媳妇累倒后，家里的积蓄都给她看病抓药了，哪有钱雇短工？"张瑞元顿生怜悯之心，想了想，说道："念你是为了儿子的前程才当佃户的，今年的租子你只交一半好了。"张三愣怔了一下，感激地望着张瑞元猜测道："老爷，您莫非就是……"张瑞元朝张三笑一下说："我叫张瑞元。"说罢，背抄着手向停在路边的轿车走去。走出两步，他又回头叮嘱张三道："后生，做事要量力而行。一口吃不成个胖子，明年还是少种点儿地吧！"张三如梦方醒，连忙抱住双拳，朝着张瑞元的背影哽咽道："谢老爷，张三谢谢老爷了！"

张三少交了一半租子，把这一年勉强过去，第二年不敢逞强，只租了二十亩地种。由于头年积劳成疾，得了肺痨，春天刚播了种，张三便病倒了，没过两个月，扔下老婆娃娃便撒手人寰。张三死后，他媳妇知道自己一个人种不了二十亩地，去找大姨班姥姥，要把地退还给张瑞元。按照规矩，佃户中间退地，东家不承担佃户前期投入的损失。张瑞元知道张三家的境况，可怜张三心强抵不过命强，为了儿子出人头地，年纪轻轻便因为劳累送了性命。所以张瑞元格外开恩，把张三耕种所耗的工时和种子折算成银圆，付给了张三媳妇，感动得张三媳妇和班姥姥逢人便念叨，说张瑞元是隆盛庄财主里少有的大善人。

张三死前，他媳妇已经有了身孕。张三死后不到半年，他媳妇又产下一子，起名张占海。班姥姥见外甥女孤儿寡母，日子过得艰难，劝说她改嫁了隆盛庄一个鞋匠。那鞋匠姓黄，早年丧妻，比张三的媳妇大二十来岁，家里的娃娃该娶的娶了，该聘的聘了，就留下他光棍一人。黄鞋匠钉鞋为生，也是勉强糊口，续弦之后，虽然有人为他做饭洗衣了，可一下子添了三张嘴，日子过得比之前更为辛苦。黄鞋匠见张占魁不但饭量大，还经常在外面和孩子们打架，惹是生非，所以对张占魁极是厌恶，有几次还动手打了张占魁。张占魁性格倔强，人也淘气，抓了两只大耗子塞进黄鞋匠的夜壶里，然后跑回饮马沟给人当了羊倌。

没多久，张瑞元再次受到隆盛庄人的关注和仰慕。

这年，朝廷终于开科，张祯收拾行装前往赶考。也许是他已经学富五车，满腹经纶了；也许是朝廷禁止四十五城镇考生科考，少了许多竞争对手；也许是张家注定要出个举人，张祯赶考还没有回来，丰镇的快马已经一路吆喝，将张祯中举的喜报送到张瑞元家门口了。张瑞元换了一身最好的衣服跪接喜报，谢了龙恩，两眼喜泪禁不住夺眶而出。

隆盛庄轰动了，人们奔走相告，把隆盛庄又出了开天辟地以来第一个举人的消息传遍每个角落。张瑞元家门前更是热闹，前来恭贺的人走马灯一般络绎不绝。

这回，不等商务会召集，巡检汤冠丰和八大行社会首，以及一些热心的掌柜都先后到了。众人议论了半天，纷纷说隆盛庄出了如此大的喜事，商务会应该组织庆贺一番，也给各商家提个醒，不要只顾着撅起屁股赚钱，更要注重子孙后代的教育。钱赚得再多，不过每天吃香的、喝辣的，穿几件绫罗绸缎，做个土老财而已。只有考取了功名，才能受人仰慕，才能光宗耀祖，才能在朝廷为官，才能将隆盛庄的名字传播四海。

听了大家的建议，段祖贤为难地说："汤巡检及诸位会首，我段祖贤读书人出身，知道读书人的辛苦。想当年，我也想考个举人的功名，好入朝为官，光耀故里，为国效力。唉！可惜段某天资不足，心智愚钝，虽日日挑灯夜读，终不能如愿以偿，只得放弃。今日宝奎中举，一是他勤奋苦学，二是张会长教子有方。按照朝廷的律法，宝奎中了举人，便可以入朝为官了。今后，无论宝奎在何地为官，说起故里，必然要提到咱隆盛庄三个字。所以，宝奎中举，不仅是张会长家的荣耀，也是咱隆盛庄的荣耀。我也想过由商务会出面，组织大家热闹一番，一是恭喜宝奎以后不是秀才郎，而是举人老爷了；二也让乡邻们看看举人老爷的威风与荣光，好让他们教导子孙多读书，把眼光看得长远些，不要只盯着隆盛庄，要看到丰镇、看到大同、看到京城，甚至看到皇宫里去。他们出人头地了，那才是咱祖上的荣光……"老君社会首田闵性子急，打断段祖贤的话说："段会长说得太好了，我看咱就这么定了吧，好好地热闹三天，庆贺庆贺。反正我老田家一窝闺女，我是没指望了。你们有儿孙的，回去要多思量段会长的话。钱能买房置地，能穿得光鲜好看，能让嘴巴流油，可买不来人的敬仰呀！要想让人敬，还得身上有功名。"三义泉缸房掌柜石茂义笑着说："田师傅这张嘴呀，哪像个打铁的，比媒婆还会说。"田闵笑呵呵道："哪是我会说，是人家段会长讲得好嘛！段会长，张会长在家忙着接待贺喜的客人，我看这事儿就由你做主吧！你说话，我们跑腿办事。"段祖贤呷口茶，搓着手说："诸位有所不知，我正为此事犯难呢！宝奎中举，是咱隆盛庄有史以来最大的喜事，的确应该庆贺。若是你们诸位谁家的儿子中举了，我段某都可以做主，唯独张会长的儿子中举了，我实在不好说话呀！”马占元不解，问为什么，段祖贤解释说：“庆贺就要花钱，张会长和我是亲家，诸位说说，我出头用商务会的钱为亲家的儿子大操大办，这不是有假公济私之嫌吗？”梁宝元接过话说：“段会长说的是，瑞元若不是商务会长，这事儿咋操办都不为过。可他偏偏就是商务会长，这钱就不能让商务会出了。”他坐在那儿听半天了，之所以一直没说话，心里想的和段祖贤一样。听段祖贤说出来了，便站起来，慢腾腾地瞅着段祖贤说：“段会长，你看这样好不，该咋庆贺咱咋庆贺，越热闹越好。至于钱嘛，索性由咱们几个亲家出了吧。”段祖贤眼睛一亮，拍一把太师椅扶手说：“嗯，梁掌柜这主意出得好！你看我，读书读成书呆子了，咋就没往这上面想呢？好了，就这么定了吧。”

段祖贤话音刚落，陆成社会首、庆春楼掌柜富锦站起来说话了，声音沉着道：“段会长、梁掌柜，这样不好吧？宝奎中举，不是他张会长一家的事，也不是你们几个亲家的事。隆盛庄哪个不知道你们都是大老财，别说这点儿钱，就算再多也拿得出。我往白了说吧，宝奎中举，是咱整个隆盛庄的喜事。隆盛庄的事谁做主？商务会呀！商务会的钱哪来的？是各店铺字号摊派的呀！隆盛庄的喜事，用商务会的钱那是天经地义，和你们几家亲家有啥瓜葛了？”众人也纷纷道：“富掌柜说得有理，宝奎中举，是咱隆盛庄的荣耀。段会长，你就当自己不是张会长的亲家，放开手脚张罗吧。”汤冠丰虽然管不了商务会的事，但毕竟是朝廷下派的官员。段祖贤便向他征询意见道：“汤巡检，你看呢？”汤冠丰道：“依我看，诸位会首和掌柜们说的都有理。别说一个小小的隆盛庄，就连偌大的丰镇城，上百年来，也就出过那么几个有数的举人。所以，张祯中举，不单是隆盛庄的荣耀，也是丰镇的荣耀。段会长，你就如富掌柜所说，放开手脚张罗吧！大家不会多心的。”段祖贤心里已经有了道道，站起来朗声说道：“既然诸位都是一样的想法，也都信得过我段某，那我就把我的想法说说。有不周全的地方，咱们大家再议。”众人一致道：“这就对了，段会长请讲。”

段祖贤清一声嗓子道：“马王社的，选四十四匹黑马、一匹枣骝马，枣骝马要最好、最威风的；布庄出红、绿两种颜色的绸子，黑马用绿色披挂，枣骝马用大红披挂，举人老爷腰系十字红绸，胸前挽一朵英雄花，胯下枣骝马，由张家大少爷张禄牵马坠镫，跨马游街三圈，以示风采。举人老爷的枣骝马后面，由三官社和福隆社派出乐手，敲锣打鼓紧随其后。然后是左右各二十匹对子马，骑手一定要雄赳赳气昂昂的后生。再往后，由三官社和福隆社派出秧歌队、高跷队，最后压阵脚的是四美庄的四脚龙舞。诸位看如此安排是否妥当？”众人见段祖贤的安排既不铺张也不简陋，还花不了多少钱，都纷纷叫好。段祖贤又说：“段某还有个想法，只是怕要伤及一些掌柜的利益，不知妥否。”富锦这回笑了，说道：“看见了吧？这就是读书人，和咱这些土老财不一样，肚子里有货呀！”段祖贤谦虚地摆手道：“不敢，段某不过是个秀才，要说学识，还是要数咱的新科举人老爷，将来必定是一方神圣呀！”梁宝元心急，说道：“段会长，你还是赶快说说，又有啥别出心裁的主意了？”段祖贤说：“诸位既然说宝奎中举是咱整个隆盛庄的喜事，那么，咱隆盛庄的男女老少是不是都能跟着举人老爷沾些光呢？所以，我琢磨隆盛庄所有的店铺字号，不管卖啥的，只要是卖东西，便一律按八折优惠三天……”段祖贤话音未落，已经有年轻后生开玩笑了：“段会长说只要卖东西的，便按八折优惠三天，那怀春院的窑姐也是卖的，是不是也要按八折优惠三天呀？”众人一听，都哈哈大笑起来，段祖贤也笑道：“隆盛庄那么多的店铺字号，唯独怀春院不归商务会管辖。所以，只要杨飞燕愿意，给你打个对折岂不是更好？”

众人听了段祖贤的主意，都觉得精妙绝伦，说商家虽然少赚了些，可隆盛庄的男女老少肯定都会拍手称赞，便一致同意。

朱奉祺听到张祯中举的信儿，立刻和夫人唐玉月去了张瑞元家。他们夫妇做梦也没想过闺女会嫁个举人老爷，高兴得嘴都合不拢了，抱着拳连声道：“亲家，恭喜，恭喜呀！”张瑞元也抱拳哈哈笑道：“同喜，同喜！亲家，一个女婿半个儿，宝奎中举，也是你朱家的喜事！”朱奉祺呵呵笑道：“不敢，不敢！亲家养了个好儿子，我闺女跟着享了福，我也跟着长了脸，这都是亲家祖上积下的功德和亲家的功劳，我不过是捡了个现成的便宜而已。”

朱奉祺见前来贺喜的人络绎不绝，乌云其木格和邓香如及几个儿媳妇、闺女忙不过来，回头对玉月说：“咱也别回去了，你去伙房帮着烧水，我帮着亲家沏茶倒水，招呼客人。”

待一拨拨客人过去，梁宝元从商务会回来，把段祖贤的安排讲了。张瑞元感慨地说：“唉！我家的喜事，却要花商务会的钱，动用那么多的人，还要各家掌柜打折优惠乡亲，实在是太感激，太感激了！师兄，你说我以后咋感谢众人呢？”梁宝元说：“感谢啥呀，大家都说了，宝奎中举，不是你一家的喜事，是咱整个隆盛庄的喜事。”张瑞元还是心有不安，觉得应该有点儿什么表示感谢众人的捧场，想了半天，对梁宝元和朱奉祺说：“这样吧，我拿出些钱来，给隆盛庄的每户人家发上一块银圆的喜钱。众人有了钱，便要去买东西，各家掌柜薄利多销，损失也就弥补回来了。”朱奉祺赞成道：“这主意好。女婿中举，我这个岳父不能只跟着沾光，我也出点儿吧，每户人家再加上一块银圆。”梁宝元的二闺女叶子由张瑞元做媒，嫁给了朱奉祺的二儿子朱涌，所以，他和朱奉祺也是亲家。见朱奉祺要出钱，梁宝元觉得自己不出些脸上没光彩，勉强说道：“我也出些吧。”朱奉祺知道梁宝元的家底远不如自己和张瑞元，不待张瑞元说话，忙阻拦道：“亲家，我和瑞元一个是爹，一个是岳父，出点儿钱是应该的。你就不要出钱了，出个力气，这事儿就交给亲家具体操办吧。”

隆盛庄这边刚安排好，张祯便风尘仆仆地回来了。段祖贤派人把张祯截在隆盛庄南的路口，张禄牵着披红挂彩的枣骝马，后面跟着四十匹清一色的黑色对子马；再后面是敲锣打鼓的，左右又是各二十匹对子马；然后是秧歌、高跷和四美庄的四脚龙舞。一班人马到了路口，给张祯打了红绸，挽了英雄花，扶上枣骝马，由张禄牵马坠镫，一路敲敲打打进了隆盛庄。

这天的隆盛庄，好比过节一般热闹。男女老少都上了街，挤在街道两旁瞻仰举人老爷的风采。张祯没想到隆盛庄会用如此热烈的壮观场面迎接他的归来，颇觉受宠若惊，骑在高头大马上，诚惶诚恐地向街道两旁认识的、不认识的抱拳致谢，风光无限地在大街上走了三个来回。

隆盛庄的每户人家都收到张瑞元和朱奉祺两块银圆的喜钱，又听说商务会出了告示，隆盛庄的店铺字号不论大小、不分品种，全部八折优惠三天，以庆贺隆盛庄出了举人。对许多人而言，这喜讯比张祯中举更为实惠。于是，大街小巷，到处都是挎着篮子、挑着箩筐买东西的。四乡八村的来了不说，就连二三十里外的村子都有人来。原来可买可不买的，现在都买了。商务会初出告示时，一些小本经营的店铺还暗自埋怨，若不是得罪不起商务会，他们是绝不肯降一毫一厘的。现在见东西虽然卖便宜了，但薄利多销，总账算下来比原来没有降价时多赚了不少。尤其一些卖日常生活用品的，更是把积压多年的底货都卖了出去。掌柜们高兴地说商务会这主意出得好，以后每年都应该搞一次这样的活动。张瑞元和段祖贤采纳了各家掌柜的建议。

张祯中举后不久，官拜七品，受命到大同府做了学督。

张禄见张祯中举后跨马游街，八面威风，受万人景仰，荣光万丈，成了隆盛庄读书人的楷模，便督促大儿子张裕祥以三叔为榜样，刻苦读书，将来也考个秀才、举人，让张家的门楣再添光耀。

岂不想，光绪三十一年，袁世凯、张之洞上书朝廷，奏请立即停止科举制度，在全国推广学堂，咸趋实学。同年，慈禧太后批准了袁世凯、张之洞的奏折，下诏宣布自光绪三十二年起，所有乡会试一律停止，各省岁科考试亦立即停止，并令学务大臣迅速颁发各种教科书，责成各督抚实力统筹，严饬府厅州县加紧于乡城各处遍设蒙小学堂。至此，中国延续了一千三百多年的科举制度便被彻底废除了。

张禄只有一声叹息了。

第二十一章

李炎夜袭隆盛庄

自张祯中举后，张瑞元觉得自己的人生目标和所有的心愿都实现了。

想当年，张瑞元和师兄梁宝元从包头来到隆盛庄，白手起家，娶了妻子乌云其木格，生了张禄、张福、张祯三个儿子，养了金花、银花两个闺女。他期盼过自己能当掌柜，后来他入股永盛源当了掌柜；他期盼有一家属于自己的字号，自己做个东家，后来他有了瑞盛店；他期盼给三个儿子每人置一份家业，后来他创建了上三元；他羡慕过段祖贤的四合院，后来他不但给自己盖了隆盛庄最好的四合院，还给三个儿子每人盖了一处；他期盼三个儿子能出一个见了县太爷不用下跪的秀才，光耀张家的门楣，后来，小儿子张祯中了秀才，并且在几年后又中了举人。现在的张瑞元还有什么没有完成的心愿呢？儿孙满堂？儿孙已经满堂了，七八个孙子孙女成天就在眼跟前绕着；老有所依？五个儿女个个孝顺；老有所养？三家字号虽然分给了三个儿子，但他手里还有几千亩地，是隆盛庄最大的地主。所以，张瑞元推却了宝粟社会首和商务会长的职务，决定好好地享受晚年了。

经过八大行社会首推举，段祖贤接任了隆盛庄商务会长。

可是，段祖贤接任商务会长不到一年，隆盛庄的安宁突然被打破了，因为销声匿迹数年，几乎被人遗忘的李炎，在一个月黑风高之夜杀回了隆盛庄。

李炎杀了李维一家，抢掠了李维的钱财逃回东山后，丰镇新任同知章彤调集官军进山搜剿。李炎人单势薄，不敢与官军硬拼，带着手下逃往东北方向的二道河子一带，招兵买马，很快便召集了上百人。按照义和团时的称呼，李炎自封大师父，一边在山里教喽啰练拳，一边派探子在山外踩盘子，打探到哪家财主有钱，便择机下山抢掠。隆盛庄与二道河子之间，有一个叫张皋的小镇，与隆盛庄相同，也是旅蒙商人的歇脚之处。张皋商贸兴隆，多有家财万贯的财主、富户，李炎抢了几家，收获颇丰。李炎也不贪财，抢了便回去大酒大肉地吃，吃光了再出去抢，如此两次三番，李炎闯出了名号，人们都叫他李大麻子。三个月前，李炎又去张皋抢掠一家大户，不想那大户已经有了防备，重金雇请了七八个护院。那些护院都有功夫，甚为凶悍。李炎冲进宅子，护院便与李炎的人马厮杀了起来，将李炎的喽啰劈倒几个。李炎动了怒，破了只劫钱财不伤性命的规矩，带着喽啰一拥而上，不但杀了护院，那大户及家人一个都没放过，可谓是斩尽杀绝。

张皋的财主和富户见李炎残忍暴戾，怕下一场血案轮到自己头上，便筹集大笔银两送与官府，恳请官府派兵剿灭李炎。官府收了钱，便抽调兵马对李炎进行围剿，包围了李炎居住的山村。那场厮杀可谓惊心动魄，官军人多势众，训练有素，进攻十分凶猛。李炎的喽啰都学了几手武艺，厮杀起来奋勇向前。双方直杀得天昏地暗，鬼哭狼嚎。李炎的喽啰一个接一个地倒下，尸体横七竖八，头颅就像西瓜地里散落的西瓜一般，许多眼睛都还圆溜溜地睁着。官军越杀越多，李炎的人越杀越少，李炎自己也杀成了血人。杀到最后，李炎百十号人马死伤大半，只有李炎带着十几个人拼命突围出去。

李炎元气大伤，不敢继续留在二道河子了，逃回丰镇境内，找了个只有三户人家的僻静小山村蛰伏起来养伤。直到前些天，李炎伤好利索了，悄悄窜回隆盛庄一带，在隆盛庄东的双台山上扎下营盘。那双台山山峰陡峭，山巅平坦，峰间峡谷幽深，怪石嶙峋；山上有树丛，谷底有山泉。远看两峰相对，宛若双乳。所以，也有人叫它奶头山。李炎本是隆盛庄人，知道隆盛庄财主多，便筹划进隆盛庄抢一票大的，好招兵买马，东山再起。

李炎离开隆盛庄已有数年，不知道隆盛庄又发生了什么变化，不敢贸然行事，便在夜里偷偷潜回隆盛庄，到怀春院找老相好杨飞燕打探情况。

怀春院开了几年，人们见怪不怪，渐渐地认可它的存在了。杨飞燕又从乡下买来几个容貌姣好的闺女，由经验老到的窑姐儿调教出来。加上隆盛庄只怀春院一家窑子，倒也给那些死了老婆的鳏夫、娶不起媳妇的光棍儿提供了不少方便，也有喜欢偷腥的男人，背着老婆偷偷地出来尝个鲜。所以，怀春院的生意很是兴隆。尤其到了晚上，嫖客你进我出，有时候窑姐儿不够用，杨飞燕便亲自出马抵挡几个回合。

李炎一脸风霜，黑了许多，瘦了许多，身上还隐隐透出一股暴戾之气，与当年那个傻乎乎的后生判若两人。杨飞燕将李炎带入里间，问他这几年的境况。听李炎说要抢隆盛庄，杨飞燕吓得险些跳起来，说："兔子不吃窝边草，都是乡里乡亲的，你爹妈也还在隆盛庄住着，怎能下得了手？"李炎说："我现在走投无路，顾不得许多了。何况，不抢隆盛庄抢哪里？抢丰镇？那是官府所在之地，就凭我那十几个人，抢了东西怕是来不及出城，便要被官军包了饺子。抢别处吧，都是些小地方、穷地方，有钱的老财没几个，也抢不了多少钱财。隆盛庄不但有钱的财主多，自从闹义和团后，四美庄的官军也调走了。虽然丰镇厅署衙门在隆盛庄设了巡检所，但只有一个巡检和一个办事跑腿的，不足为虑。所以，抢隆盛庄最为合适。至于我爹妈用不着担心，我现在已经是土匪，这次回来也不准备回家看我爹妈，免得爹妈跟着我受牵连。何况，我动手的时候会蒙着脸，没人知道我是李炎。"

杨飞燕见李炎拿定主意要抢隆盛庄，又见他考虑周全，问他打算抢哪家，李炎问现在的隆盛庄哪家最有钱。杨飞燕不假思索道："要说有钱，当然数张瑞元家了。他三儿子宝奎中举的那天，还给隆盛庄每户人家发了两块银圆的喜钱呢。不过，你最好别打他的主意。"李炎问为什么，杨飞燕说："张瑞元在隆盛庄德高望重，许多人喊他张大善人。何况宝奎现在是举人老爷，又在大同为官，你若抢了他家，除了隆盛庄人会骂你，说不定宝奎还会从大同调兵来剿你。"李炎还是盯住了张瑞元的钱财，说道："我只抢他的钱，不杀他的人还不行吗？再说了，我蒙着脸，没人能认出我是谁。就算他儿子从大同调兵过来，抓谁去呀？好了，这事儿你就别管了，只要你不往出说，没人知道事情是我做的。"

李炎走了好一会儿，杨飞燕方才想起来，她忘记告诉李炎张瑞元家现在养着护院呢。

人们都说人上了岁数有三大特点：贪财、怕死、不瞌睡。

张瑞元不贪财，因为他该赚的和能赚的都赚到了，剩下的便是儿女们的事了。张瑞元怕死，世上哪个人不怕死呢？乞丐穷得只剩下一只破碗、一根打狗棍了，尚且怜惜性命，何况他张瑞元家财万贯。张瑞元也不瞌睡，每天晚上吃过饭，喝壶茶，抽两袋烟便无事可做了。他一般早早钻进被窝，睡到半夜便醒了，眼睛望着黑洞洞的屋顶，胡思乱想上半个时辰，然后再睡个回笼觉，五更鸡一叫，心里又亮堂了。

这天半夜，月黑风高，窗户外面传来呜呜的风声，窗纸抖得簌簌作响。张瑞元被尿憋醒，探手从地上提起夜壶尿了一泡，便一时睡不着了。

突然，巷门口的狗叫起来，吠声凶猛，没完没了。接着，便听得院门“咚咚”地响，有人急切地喊道：“叔，叔，快起来，土匪来了。”

张瑞元家原本只有一个看巷门的，从李炎杀了李维后，他和段祖贤、康廷儒担忧李炎对他们不利，才在门房安顿了护院。护院都是瑞盛店和永盛源的伙计，拣那些年轻力壮、诚实可靠的伙计，六个人一组，每组十天兼做护院。每天字号关门后，兼做护院的伙计在字号的伙房吃了饭，便到张瑞元家巷口的门房住下。

张瑞元听出外面是曹宝珠的声音。这一组伙计是由曹宝珠带领的。

张瑞元心慌意乱，摸索着火柴将灶头的油灯点着。乌云其木格也醒来了，惊慌地问是怎么回事。张瑞元说外面有土匪了，让乌云其木格赶快穿衣服。张瑞元胡乱穿了衣服，下地一边系裤子，一边穿鞋，披上衣服便往外跑。外面，张禄和张福也都起来了，张福提一把大刀，带一个手握钢叉的伙计守住巷门，张禄则和曹宝珠带着其余的伙计举着灯笼火把，搭梯子爬上张瑞元院里西厢房的房顶。张瑞元紧张地问张福哪来的土匪，有多少人，领头的是不是李大麻子。张福摇头说门缝看不清楚，不知道。张瑞元爬着梯子便要上房顶，张福叮咛说：“爹，您慢点儿，当心摔下来。”张瑞元说：“别管我，守好你的巷门，千万别让土匪攻进来。”

张瑞元爬上屋顶，张禄和曹宝珠每人手里握一支火铳，带着其余的伙计正弯着腰，从厢房房顶的箭墙向院墙外观察。见张瑞元也上房了，曹宝珠提醒他头放低些，土匪有弓箭呢。张瑞元弯腰探头向外望去，见外面的土匪点了两支火把。燃烧的火把下，十几个土匪蒙着脸骑在马上，手里握着明晃晃的大刀，有两个土匪正拉开弓箭向屋顶瞄准。张瑞元问曹宝珠土匪是不是李大麻子，曹宝珠摇头说：“土匪蒙着脸，认不出来。叔，今天亏了咱那条大黄狗，土匪把梯子都架好了，若不是狗叫得厉害，谁也想不到真的会来土匪。”张禄问张瑞元怎么办，要不要朝土匪打两枪，张瑞元说：“先别打枪，咱巷门厚实，土匪攻不进来。看这阵势，他们也不敢贸然往里攻。这样吧，我先问他几句话。”

张瑞元手拱在嘴前，朝土匪喊道：“外面的好汉是不是李炎呀？”火把下，带头的土匪犹豫了一下，答道：“李炎是谁？我们不认识。说话的是张掌柜吗？弟兄们今天没别的意思，手头转不开了，听说张掌柜是隆盛庄的大善人，想向张掌柜借一千两银子花花。”张瑞元见土匪不是来寻仇的，心稍微宽松了些，喊道：“好汉，借钱有这样的借法吗？借钱应该是说好话，打借条，文借才对。可看你们这阵势，分明是要武借嘛！”带头的土匪沉默了片刻，冷笑着说：“啥文借武借的？你给句痛快话，借还是不借？”张瑞元看一眼张禄，张禄摇着头说：“爹，不能向他们示弱。

土匪没几个人，他们不敢强攻，若是轻易地给了他们，他们必定得寸进尺，改天还会再来。”张瑞元想想也是，正要说话，土匪喊道：“不借呀？那老子可要放箭了。”话音刚落，两支箭擦着屋脊飞了过去。张禄见土匪放箭了，问张瑞元道：“爹，咱放两枪吓唬吓唬狗日的吧？”张瑞元点头说：“土匪手里没枪，咱吓唬吓唬他们也好。只是不要朝着人打，万一打伤了人，梁子可就结下了。”张禄答应一声，火铳往起抬了抬，“砰”的一枪打过去。

带头的土匪见屋顶上的人有火铳，惊慌地打马往后退，喊道：“张掌柜，厉害！厉害呀！你家竟然置了火铳？好，今天就便宜了你，改天再来时，绝不会像今天这般客气了。”

偷袭张瑞元家的正是李炎。

李炎在隆盛庄闹义和团的时候，偶尔也路过张瑞元住的巷子。从外面看，院墙又高又厚，西厢房的后墙还加盖了城墙一样的箭墙，巷口盖有巷门。李炎问同行的拳民这是谁家的院子，盖得如此宏伟气派。同行的拳民告诉他，说这便是商务会长张瑞元家的院子。昨日李炎又听杨飞燕说如此的院子巷子里一家挨一家，共有四家，分别住着张瑞元和他的三个儿子，隆盛庄人把这道巷子称为四老财巷。李炎偷袭张瑞元家之前也算计过，巷子里四户人家，不过四个大男人，张瑞元的小儿子在大同做官，那就只有三个大男人了，就算有个看门的，也不过还是四个男人。他有十几个人，多会些武艺，只要搭着梯子上了院墙，打开巷门，四个男人不就是一碟小菜吗？他也不杀人，只要把刀架在张瑞元的脖子上，四户人家的钱财还不是任由他拿？所以，行动前还特意准备了几条装钱财的毛口袋。可李炎没有料到，梯子搬到墙根下还没竖起来，院里的狗便开始叫了，等到梯子竖起来，人还没来得及往上爬，院里的灯笼、火把便亮了。跟着，灯笼、火把上了房顶，人影出现在箭墙上，看那阵势，没有十几个人也有八九个人。李炎见张瑞元有了准备，怀疑是不是杨飞燕向张瑞元告了密，不过，听张瑞元的口气，又像并不确定自己就是李炎。李炎知道偷袭无望，就凭那道又高又厚的院墙，强攻也没用，便想试着诈出一千两银子，没想到张瑞元还置办了火铳，无奈之下，只好退了。

李炎带着土匪刚刚退去，康廷儒挎着腰刀，提着火铳到了，段祖贤也带着几个护院赶来。段祖贤开的是钱铺，钱铺伙计少，护院都是专门雇的。两人问张瑞元土匪呢，张瑞元说退走了。康廷儒奇怪土匪退得如此之快，说他是听到枪响便往这边赶了。张瑞元把土匪偷袭的过程讲了，康廷儒后悔道：“百密一疏，忘了叮嘱你们，以后再有土匪来，一定要先鸣锣。不然，我们怎么会知道是土匪来了呢？”段祖贤却急着问土匪是不是李炎，张瑞元说土匪都蒙着脸，他也不敢确定。段祖贤说半夜三更的，都先回去睡吧，约张瑞元和康廷儒明天上午到商务会，专门商量如何对付这股土匪。

第二天上午，张瑞元和康廷儒去了商务会。段祖贤不但把八大行社会首都请来了，还请了巡检汤冠丰，通报众人说隆盛庄出土匪了，昨天半夜偷袭张瑞元家，所幸张瑞元早有防备，土匪没有得逞。众人一听，都惶惶不安起来，问段祖贤商务会有何对策。段祖贤说："隆盛庄四野空旷，除非每个路口都派人把守，否则是防不住土匪的。"

众人议论起来，说每个路口都派人把守，那得多少人手呀？再说了，大家都忙着防土匪，买卖还做不做了？也有的说土匪进隆盛庄抢劫，目标肯定都是有钱的大户人家，只要大户人家防备好了就没事。聪明人都听出来了，意思是土匪的目标都是张瑞元、段祖贤、朱奉祺这几户大老财，和他们没有多大的干系。段祖贤不动声色地说："土匪当然想抢有钱的大户，可昨天半夜发生的事已经告诉了大家，凡是大户人家，家家院墙高厚，还有伙计兼做护院，配有刀枪棍棒和火铳，土匪是攻不进去的。诸位想想，土匪抢不上大户，是不是就不抢了？明天抢小店铺、小字号的时候，你们是不是也能像张家一样挡得住土匪？"

众人都知道，张瑞元当商务会长的时候，段祖贤就是张瑞元的军师，许多主意都是段祖贤出的，并且段祖贤的话很灵，许多都应验了。现在听段祖贤如此说，众人面面相觑，都不作声了。

梁宝元问段祖贤有什么好主意没有，段祖贤沉着说道："大户人家有钱，字号里伙计多，也雇得起护院。可要想保护隆盛庄的所有商家，只有一个办法。"众人听段祖贤已经有主意了，都竖起了耳朵。段祖贤接着说道："办法很简单，但花钱不少。那就是修一道城墙，把隆盛庄围起来。每天晚上关上城门，雇请专人把守。别说土匪只有十几个人，就算有几百人，也别想攻进来。"众人先是眼睛一亮，继而吵吵开了，你一言，我一语，说围着隆盛庄修一道城墙，得花多少钱，用多少人力呀？小店铺和小字号哪里负担得起。段祖贤解释说："修城墙虽然耗资甚巨，却可以一劳永逸。何况修城墙的钱不是按人头出，是按字号的大小出的。比如，我和咱们老会长，还有朱奉祺朱掌柜自然要多出些，至于普通百姓，只出徭役，不用出钱。"众人听段祖贤如此说，也都觉得这个办法可行。

段祖贤又说："一道城墙也不是一年半载就能修好的，这是长远之计。今天不过是把大家招来议议，究竟修不修，各位会首回去后和各自行社的掌柜们商量商量，如果多数掌柜觉得没有必要，商务会也不勉强。”说罢，征求汤冠丰的意见。汤冠丰竖起拇指感慨道：“隆盛庄的商务会真是了不起，所办之事，无论大小，既公道又为众多商家和百姓着想，难怪隆盛庄人不但团结、齐心，都以商务会马首是瞻呢！我觉得如此甚好。”

众人商量过后陆续走了，康廷儒喊住张瑞元和朱奉祺，说他原来提议大家买火铳，是为了防备土匪，现在土匪真的来了，光有几支火铳怕是不行。他前天去丰镇，听说朝廷也能生产洋人用的快枪了，建议大家不妨买几支快枪。如果家里有了快枪，别说十几个土匪，就算来上百八十个，土匪也不敢近前。张瑞元等听得稀罕，让康廷儒详细讲讲。康廷儒说：“咱们现在用的火铳，和快枪比起来简直就不叫枪。火铳是先在枪管里灌上火药，如果打野兔用，便往里灌一把细铁砂，如果打野兽或是人，便往里放一粒钢珠。枪没有准头不说，打完一枪，还得重新灌火药，放钢珠，安装火帽。若是土匪离得近，不等枪药装好，土匪便已冲到眼前了。快枪则不同，快枪打的是子弹，一次能装五发子弹。打完一枪，只需拉栓把弹壳退出去，顶上子弹就可以再打，并且打得远，有准头，威力大着呢。”

康廷儒所说的快枪，其实就是朝廷仿造德国的毛瑟一八八八式步枪。

“庚子事变”，八国联军之所以能迅速打败义和团和清军，主要原因是义和团和清军使用的是大刀、长矛，最厉害的不过是抬枪，而八国联军使用的则是快枪。战后，朝廷与十一国签订《辛丑条约》，给了巨额赔偿，慈禧才得以重回北京。见洋人的快枪厉害，朝廷便与德国毛瑟公司谈判，花重金买到生产已经落伍的毛瑟一八八八式步枪的授权，又在湖北设立了枪炮生产厂，于光绪二十二年八月开始生产。因为朝廷的钢材不好，使用时经常炸膛，为了安全起见，便在枪管外面又套了一根钢管。所以，这款步枪在中国便有了个“老套筒”的名字。

三人听说朝廷能生产快枪了，都说请康廷儒跑一趟丰镇，赶快给每家买几支回来。康廷儒说：“朝廷刚开始生产快枪，丰镇的官军也没配备几支，要想买，怕是得去趟大同。”张瑞元怕土匪很快便要再来，急切地说：“那就烦劳康把总跑一趟大同吧，花多少钱无所谓，只要能买到就行。”康廷儒沉吟道：“大同的官府我倒是有几个朋友，但也不一定肯定能买到。这样吧，我去试试看。”又对张瑞元说：“咱家举人老爷不是在大同为官吗？张掌柜给举人老爷写封信吧，实在不行，我找举人老爷帮个忙。”张瑞元犹豫着说：“宝奎做的是文官，听说是管学堂的，这买枪的事他能帮上忙？”康廷儒说：“只要是官，便互相多有交往。我到了大同问吧，也许举人老爷还真的管用呢。”

第二天，张瑞元、段祖贤和朱奉祺给康廷儒带足了银票，康廷儒去大同走了八九天，果然不负众望，买回十支老套筒，每支还配了一百发子弹。几人到野地试枪，既比火铳好使，又厉害。

自从买回快枪，张瑞元每天晚上更睡不踏实了，只要狗叫一声，总要支起耳朵听听，像是盼着土匪再来，要试试快枪的威力似的。

李炎偷袭张瑞元家不成，便回了双台山。隔了几天，李炎派人进隆盛庄打听，见没什么动静，也没有官军进驻，便又进隆盛庄到怀春院找杨飞燕。杨飞燕说那天李炎走得匆忙，自己忘记对他说张瑞元家有护院，又说自从他偷袭张瑞元家不成，隆盛庄的大户都挑年轻力壮的伙计晚上兼做护院了，劝李炎以后不要再打隆盛庄的主意。李炎说："我不打隆盛庄的主意吃什么，喝什么？"杨飞燕惭愧李炎之所以走到今天，自己是始作俑者。她也算有情之人，取出三百块银圆让李炎先应个急。李炎说："我手底下还有十几号弟兄呢，那都是每天要喝酒吃肉的，三百块银圆够花几天？再说了，我一个五尺高的汉子，能花你卖身的钱？"杨飞燕说服不了李炎，只有叮嘱他小心行事。

入夜，李炎到街上转了一圈，用行话讲，也叫踩盘子。路过他家住的巷子时，李炎真想回家看看爹妈，忍了忍，脚步没有停。李炎走遍了大街小巷，观察哪一处又新盖了院子，院墙高矮，因为凡是新盖了院子的，肯定是这几年赚了钱的。

段祖贤的话果然应验了，李炎先打劫了上三元送干货的牛板车队。然后，在不到两个月的时间里，三义泉掌柜石茂义、回春堂掌柜杜茂远、广义和掌柜徐翔、合盛店掌柜陈禹、永盛源掌柜梁宝元等七户人家先后被抢劫。除梁宝元外，其余六户人家被抢钱财合计有万两银子以上，而梁宝元之所以免遭劫难，是因为张瑞元送了他一支快枪。

李炎抢劫梁宝元家之前，已经先抢了杜茂远等六户人家。所以，梁宝元已经有了准备，每天晚上睡觉，裤子不敢脱，子弹上了膛，枪就在门口立着。

那天半夜，梁宝元听得院子里狗叫，跳下地抓起枪，趿拉着鞋便往外跑。开门一看，院子里已经跳进两个土匪，一个拿着钢叉和大黑狗对峙着，另一个正要开门放人。梁宝元没有张瑞元那么多的顾虑，也不怕和土匪结下梁子，端起枪朝着开门的土匪便打。合该那土匪倒霉，梁宝元瞎猫撞上了死耗子，一枪便把那土匪的脑壳打烂了。那与大黑狗对峙的土匪听见枪响愣住了，大黑狗趁机扑上去，紧紧咬住土匪的小腿不放。梁宝元拉栓推上子弹，正要朝那土匪开枪，见墙头上又露出一颗脑袋，枪口一转，"砰"的便是一枪。不过，这次没有打中，墙上的脑袋连忙缩了回去。墙外立刻惊慌地喊叫起来：“别抢了，快跑吧，这户人家有快枪。”

土匪从院门进不来，又忌惮梁宝元有快枪，不敢跳院墙，也不顾院里的两个土匪了，一阵马蹄声响，外面没了动静。梁宝元再次推上子弹，枪口对准被大黑狗扑倒的土匪。这时，邓香如和穗儿穿好衣服跑了出来，梁宝元让穗儿喝住大黑狗，枪口指在那吓得战战兢兢的土匪脑门上。土匪跪在地上，抱着拳头给梁宝元连连作揖：“掌柜的饶命，掌柜的饶命！”梁宝元喊邓香如快找根绳子来，邓香如从门框上摘下捆柴火用的绳子，梁宝元接过绳子，把枪给了邓香如说：“你看好他，他要敢乱动一下，你就往死里打。”那土匪声音颤抖着说：“掌柜的捆吧，我不动，一下也不敢动。”

梁宝元刚将那土匪捆了，外面传来一阵急促的脚步声。邓香如惊慌地问是不是土匪又返回来了。话音刚落，听得外面张禄叫道：“梁大爷，快开门，我是玉奎。”梁宝元和邓香如松了口气，忙让穗儿把门开了。见是张禄和女婿张福提着快枪，带着伙计救援来了，邓香如高兴地说：“玉奎、福奎，你们来得真快呀！”张福说：“这些天我们睡觉连衣裳都不敢脱，听见您这边枪响便往来跑。”

众人见梁宝元打死一个土匪，活捉了一个土匪，都高兴得不得了。把那土匪押回张瑞元的院子，张瑞元升堂一样将那土匪审了一遍，问土匪头子是不是李炎，土匪点头说是。第二天，一众后生将土匪押到巡检所，人们得知土匪头目便是李炎，骂李炎身为隆盛庄人，还要祸害隆盛庄，简直丧尽天良。也有骂李记夫妇的，说他两口子给隆盛庄养了个祸害。汤冠丰将那土匪重新审了一遍，押送丰镇厅署衙门定罪了。

隆盛庄的商户被土匪接连抢劫，人心惶惶。人们害怕李炎继续作案，纷纷建议商务会赶快把城墙修筑起来。段祖贤再次召集八大行社会首商议，这回众会首没有一个反对的。只说修城墙是项大工程，一夜之间无法完成，如果李炎再进隆盛庄抢劫怎么办？段祖贤果然足智多谋，说他已经想到了。既然李炎的土匪只有十几个人，那就由商务会出钱成立商团，聘请康廷儒为团总。商团住在商务会，每天晚上值夜巡逻，确保众商家的安全。

康廷儒又跑了趟大同和太原，买回十条快枪武装商团。段祖贤也很快设计出城墙图纸，决定环隆盛庄修筑一条十余里长的土城墙。城墙底厚一丈，上厚三尺，高两丈，四角建碉楼。城楼分上下两层，上层五脊六兽，四檐悬挂风铃。人们看了段祖贤的图纸后，都咂舌不已，说这城墙修起来，隆盛庄怕是要像丰镇一样壮观了。

李炎手下的土匪被梁宝元活捉，李炎便知道自己身份暴露了，担心隆盛庄人因为恨他而对他爹妈不利，忐忑不安了好长时间。他打听到他爹妈相安无事，猜想人们肯定是怕他报复，才不敢动他爹妈的。其实，李记夫妇早猜到抢劫隆盛庄的土匪是李炎了，因为只要有人家被抢劫了，第二天早晨，李记夫妇总会在院里发现一个从墙外扔进来的包袱。包袱里都是银锭和银圆，偶尔还有一根金条。

自从隆盛庄有了快枪，李炎再没敢进隆盛庄抢劫过，尤其打听到隆盛庄成立了商团，团丁也配备了快枪，更不敢轻举妄动了。李炎叹息世道变化太快，两个月之前，骑着快马，拿着大刀、长矛就可以聚啸山林打天下。可这才几天的工夫，大刀、长矛成了烧火棍，辛辛苦苦练了几年的功夫，一颗子弹便能要了你的性命。

李炎也是与时俱进的人，他想，过去土匪是强者，财主是弱者。现在强者的兵器不如弱者了，那还抢什么呀？所以，他也要有快枪，他还要招兵买马，因为只有他的力量能压倒商团了，他才能继续当土匪。李炎虽然不敢进隆盛庄了，但大同周边、丰镇周边、集宁周边的地主老财也不少，抢不了多还抢不了少？李炎抢了钱便到处打听买快枪，队伍也渐渐发展壮大起来。

李炎等一众土匪被吓跑后，隆盛庄又恢复了安宁。商务会怕李炎哪天又突然杀回来，摊派钱款，抽调徭役，加紧督促修筑城墙。

第二十二章

董舒兰庙会求子

丰镇新任同知章彤贪得无厌，比李维有过之而无不及，百姓怨声载道。

那天，章彤将巡检汤冠丰和商务会长段祖贤召到丰镇，说隆盛庄是旅蒙商人的必经之地，商贾云集，贸易兴隆，应该为地方多做贡献，要将隆盛庄的赋税提高一倍。段祖贤连忙告苦情，说："《辛丑条约》之后，朝廷已将原来的税赋提高了三成，现在再加一倍，商人的生意还如何做呀？"章彤奸笑道："人都说张皋在隆盛庄，讨吃好地方。连讨吃子都知道隆盛庄肥得流油，段会长还装穷呀？"段祖贤苦着脸道："同知大人上任不久，可能不知内情。隆盛庄虽然商贾云集，但自光绪二十六年闹义和团之后，匪患连年不断，旅蒙商人锐减，商家生意也是勉强维持。如此沉重的税赋，实在是承担不起呀！同知大人如若不信，可以问问汤巡检。"章彤依然奸笑道："不会吧？隆盛庄光店铺字号就有二百多家，身家几十万两银子的掌柜比比皆是。不然，能修那么高的城墙，肯花大价钱买快枪成立商团？"段祖贤解释说："同知大人有所不知，隆盛庄之所以修筑城墙、成立商团，实在因为匪患过于猖獗。前些日子，李大麻子在不到两个月的时间内抢劫了七家商户。商家人心惶惶，夜不敢寐，这才集资修筑城墙、成立商团的。"章彤笑呵呵道："你说得对呀，隆盛庄人若是没钱，土匪还去抢什么？就因为隆盛庄人有钱，土匪才去抢的嘛！听说你们隆盛庄的猪比别地方的人吃的都好，这点儿税赋，不过是九牛一毛而已吧。"段祖贤还想争辩，章彤笑脸一收，拍拍桌子道："好了，就这么定了。我收税也不是往自己腰包里装，段会长想必也知道，朝廷打了败仗，签订了《辛丑条约》，要赔人家八国联军几亿两白银呢！你们也都是朝廷子民，多为朝廷担当些吧！”

段祖贤回来，召集八大行社会首和几家大掌柜，把丰镇厅署衙门要增加税赋的事讲了。众人都骂章彤这哪里是为朝廷着想，分明是假公济私，往自己腰包捞钱呢。碍于张瑞元和段祖贤的面子，没有骂章彤比当年的李维更贪。

众人将章彤骂了一通，段祖贤尊重张瑞元，问他这件事该如何办才好。张瑞元沉吟道：“自从闹了义和团，咱隆盛庄的生意不好做了，再加上李大麻子骚扰，搞得人心惶惶。咱修筑城墙、成立商团都需要银子，官府在这个节骨眼上加重税赋，实在是火上浇油。可咱又不能抗税，依我看，不妨拖拖吧。”梁宝元插嘴问要是拖不过去怎么办，张瑞元依旧不紧不慢道：“那章彤不是个贪官吗？实在拖不过去，怕是只有在他身上下点儿本钱了。算下来，总该比税赋要少得多吧。”梁宝元愤然道：“税赋是给了官府，好处是揣进了狗日的章彤的腰包，太便宜那狗官了。”段祖贤无奈道：“没办法呀！自古以来，十官九贪。你不给他好处，他就不让你过好日子。有道是天理循环，让老天爷报应他吧。”

之后没几天，马占元和梁宝元来找张瑞元了，说上三元往大同和丰镇送干货的牛板车在丰镇被截住了，章彤在丰镇的要道设了关卡，凡是来往货车都要打税，一车干货的税钱快和一车干货等值了。他便和张瑞元商量，是不是请在大同为官的张祯和章彤通融一下。张瑞元原本觉得张祯就算做了官，也不过是个毛孩子，办不了什么大事。可上次康廷儒去大同买枪，回来说张祯帮了不少忙，张瑞元便对张祯有了信心，说那就试试吧。只是张祯在大同是管学堂的，说话管不管用尚不知道。张瑞元派曹宝珠跑了一趟大同找张祯。张祯既然身在官场，自然有几个官场的朋友，打听哪个与章彤要好，央人家给章彤写一封信，让曹宝珠带给他爹。曹栋拿了信，又带了一百两银子到章彤府上，将信递进去。章彤见是同僚相求，命人将曹栋带入客厅，听说上三元是张祯的家业，也知道张祯是隆盛庄有史以来第一个也是最后一个举人。一则念在与张祯同朝为官，官官相护，往后或许有用得着张祯的时候；二则他加重地方税赋，有相当部分是瞒着大同府的，也怕张祯在上面抖他的老底儿，会因此丢了乌纱。所以，章彤没有要银子，并答应今后上三元送干货的车一概免税。

马占元的小儿子名叫马麦。马麦为人仗义，好交朋友，是肯为朋友两肋插刀的汉子。他原本在上三元做干货，嫌每天守着烤炉、油锅，烟熏火燎的枯燥无味，连出去找朋友玩耍的时间都没有，便对他爹说不想干了。马占元自从大儿子马青被自己活埋后，对马麦极为宠爱，问他不想做干货想做什么，马麦说要么他再开家饭馆吧。马占元说：“咱家就有饭馆，还开什么呀？”便让他妈到上三元做监工，把饭馆交给马麦经营了。

马麦把饭馆重新粉刷一遍，扯块蓝布换了新幌子。开张那天，马麦把经常一块儿玩要的朋友请来捧场。这些二十郎当岁的后生多是隆盛庄和附近村庄的灰菜旗杆，有些是通过打架和马麦成为朋友的，正应了那句“梁山弟兄，越打越亲”的话。

张三的儿子张占魁与马麦也是朋友。

张占魁生得和他爹一样又黑又瘦。他爹死后，他妈嫁了隆盛庄的黄鞋匠，黄鞋匠对他不好，他便跑回饮马沟给人当了羊倌。十六岁那年，他拉起几个人贩私盐，赚了些钱后，套起几挂牛车，从大同煤窑贩炭回隆盛庄卖。张占魁天不怕、地不怕，颇有智谋，在年轻人中很有号召力。

和张占魁坐一桌的是武斯楞，也就是金花的小叔子。武斯楞不但骑术精湛，还是察哈尔右翼正红旗远近闻名的硬汉。他十六岁替大哥武敖明服兵役当了旗兵，因性情耿直，疾恶如仇，冲撞了骁骑校被下入大狱，又因不肯认错尝遍牢里所有的酷刑而不屈，被誉为“正红旗第一硬汉”。消息传到乌拉哈，他阿爸武廷哀求达林太出面救救儿子，达林太凭借章盖的身份，花了一千两银子上下打点，才将奄奄一息的武斯楞抬回来。

张占魁和武斯楞、马麦虽属三个民族，却十分要好，结拜了异姓兄弟。武斯楞岁数大，为大哥；张占魁和马麦同岁，但比马麦大几个月，为老二；马麦为老三。三人不管哪个受了欺负，另外两个都会拔刀相助。

张占魁和武斯楞一边喝酒，一边说话。武斯楞问张占魁这些日子贩炭生意如何，张占魁便骂了起来：“日他祖宗的，甭提了。丰镇那个叫章彤的同知真他妈的心黑，在各条路口设了卡，凡是拉货的，甭管啥东西都要打税。我贩炭本就赚不了几个钱，他的税钱比我的炭都多。这炭看着就不能贩了。”马麦接过话：“可不是，我们上三元往大同和丰镇走的干货也一样，一车干货的税钱快赶上一车干货的钱了。亏了举人老爷是上三元的大股东，章彤才给了个面子。不然，大同和丰镇的买卖便不能做了。”张占魁骂道：“日他章彤祖宗的，真要把爷逼急了，爷学李大麻子拉杆子当土匪，进丰镇城把狗官宰了。”

张占魁和马麦、武斯楞这边骂章彤，旁边一桌有个后生说话了，嘲笑张占魁道：“咦，口气够大的，你尿泡尿照照自己的影子，瘦得连只猴都不如，还敢进丰镇城杀同知老爷？说大话也不怕闪了舌头。”张占魁扭头一看，见那后生高大魁梧，一脸凶相，正朝自己冷笑着。

那后生不是别人，正是蓝玉的儿子，名叫蓝虎头。

当年，朱奉祺从大同回来，为了报答蓝家村婶子大娘的恩情，给蓝家村每户乡亲盖了两间新房，唯独没给哥哥蓝奉举和侄子蓝玉盖。嫂子翠芬受了羞辱，在朱奉祺钱铺的椽头上了吊。朱奉祺后悔自己心眼太小，逼死了嫂子，和哥哥和好如初，又给哥哥和侄子每人补盖了两间新房。蓝玉的媳妇巧叶比婆婆翠芬一点儿不善，怕儿子将来和他爷爷、他爹一样窝囊，万一娶回个比自己还要泼辣的媳妇，自己受欺负不说，儿子也活不出个男人样儿，便从小惯着蓝虎头。蓝虎头在外面打架吃了亏，巧叶便拎着菜刀要蓝虎头再去和人家打，给蓝虎头撑腰说：“给妈打，打死人妈替你顶命。”久而久之，蓝虎头成了蓝家村一带有名的灰菜旗杆。他和马麦也是动过手，之后才成为朋友的。

张占魁和蓝虎头都听说过对方的名号，只是没有照过面。张占魁瞪蓝虎头一眼，不屑道：“你倒是五大三粗，可爷看你也就是个酒囊饭袋。今天是马麦的饭馆开张，爷懒得理你，不然，非让你知道知道马王爷的三只眼睛是咋长的。”蓝虎头欺负张占魁身材瘦小，指着张占魁的鼻子骂道：“你个瘦猴，人不起眼，口气倒是硬朗。还马王爷的三只眼睛呢，你见过马王爷呀！敢说出你的名号吗？信不信爷把你家抄了！”马麦见两人要翻脸，连忙劝道：“好了，好了，都是朋友，发那么大火做甚？”张占魁火气上来，轻蔑一笑，目光凌厉道：“爷行不更名，坐不改姓，饮马沟小状元便是。”

蓝虎头早听说过饮马沟的小状元，原以为其身材魁梧，相貌凶恶，却不想又小又瘦，看上去手无缚鸡之力。他心说今天在座的都是隆盛庄远近闻名的人物，自己若是怯场，岂不让众人耻笑？又想，今天也是个机会，若是把小状元打趴下了，自己在隆盛庄定然名声大振。于是，撸起袖子大喝道：“你就是饮马沟的小状元呀，你知道爷是谁吗？爷是蓝家村的蓝虎头。来，看爷今天拔了你这根饮马沟的‘灰菜旗杆’。”武斯楞知道张占魁的厉害，嘿嘿笑道：“两位真要打呀？那就到外面打吧，别把人家马麦的盘碗砸了。”

马麦与蓝虎头打过架，打了个平手，也想让蓝虎头吃些苦头。他不劝架，抱着胳膊坐在那儿不作声。

“蓝虎头，既然想打，来，外面见个高低。”张占魁站起来，朝蓝虎头招招手，径自先出了门。蓝虎头心说我拳头有你巴掌大，打你还不像捏只臭虫？气势汹汹地跟出去，提拳贸然向张占魁打去。若论蛮力，张占魁肯定不是蓝虎头的对手，但打架讲的是机敏和心狠手辣。张占魁人虽瘦小，身手却是敏捷，侧身让过蓝虎头的拳头，甩开胳膊迎面一拳，恰恰打在蓝虎头的面门上，跟着脚下顺腿一个绊子，那蓝虎头便来了个狗吃屎。不等蓝虎头反应过来，张占魁已经骑在他背上，双手揪住他的辫子往起一提，往下一砸，将蓝虎头的脸重重地摔在地上。如此连着两下，蓝虎头便满脸开花，染成红脸关公了。接着，蓝虎头翻身起来，朝着张占魁跪下便磕头，连声叫道："小状元饶命！小状元饶命！今后我尊你大哥，再不敢冒犯了。"

一切都发生在电光火石之间，众人看得目瞪口呆。从此之后，蓝虎头对张占魁心服口服，听到小状元三个字，双腿便要发软。

四月初八，黎明，天色迷茫，晨雾笼盖了春天的四野，湿润了嫩草的芽叶，凉爽潮湿的气息让人心旷神怡。

雾霭朦胧了街道，模糊了街道两旁的店铺，高高的屋脊在朦胧的迷雾中若隐若现，屋脊两端的兽头也在迷雾中隐藏了狰狞的面目。一个原本普通的小镇，在雾霭的笼罩下充满了梦幻，更显扑朔迷离。

街上，近处空无一人，远处被雾霭笼罩着，看不到白色的迷茫中隐藏着什么。安谧的隆盛庄在雾霭的撮合下，与天地融合在一起，没有丝毫牵强附会的痕迹，似乎在沉睡中做着一个和雾霭一样朦胧的梦。

张禄早早地从舒兰那屋起来，背抄着手，脚步不急不缓，行走在湿漉漉的石子路上。

经过十数年的积累，张禄已经成为隆盛庄最有钱的老财。去年，他新开了一家转运购售牛、马、骡、羊的马店。今天早早出来，是想踅摸一块位置较好的地片，再开一家钱铺。

张禄在街上走了一圈，发现街道两旁凡是位置较好的地片，都已被字号和店铺挤满了，只有大南街靠南的地方还有几家住户。张禄站在那几家的门前端详了好一阵儿，决定无论出多少钱，也要将其中院子大些的两户人家买下来，拆了旧院子，新盖一处钱铺。

张禄回到家时，雾霭已经散尽，慵懒的阳光照在宽敞的院子里，让人觉得既亲切又舒心。

隆盛庄的女人有个好习惯，无论穷富，很少有邋遢的，院子总是打扫得干干净净，就连墙角的小菜畦子也都打理得方方正正、齐齐整整。屋里更是讲究，被褥叠得棱角分明，放在后炕的铺柜之上；大红柜用沾了油的麻团擦得一尘不染，柜上的铜饰件黄澄澄的能照出人影；铜壶一天要擦上数次，上面一个手印都不留；地中央的小火炉更是擦得墨黑，就算用白布抹，也沾不到一点儿尘埃。外地嫁过来的女人里有邋遢的，因为怕街坊邻居笑话，不出一年，也会被带动的干净起来。

前年裕祥被他三叔接到大同读书去了，寿祥已经穿好了衣服，雪儿还趴在被窝里。张禄对寿祥管教很严，兄弟两人见了他都不敢多说话。唯有雪儿不怕他，见他回来了，高兴地说道："爹，我妈今天给二哥换新衣裳了。"张禄见寿祥果然换了新衣服，问道："咦，今天啥日子呀？"艾叶对张禄娶了舒兰一直耿耿于怀，冷冰冰地说道："哼，和舒兰红火得把今天是啥日子都忘了？四月初八，奶奶庙会呀！"张禄"哦"一声，没有搭理艾叶，对雪儿说："雪儿，赶快起吧，到了庙会上，让你妈给你买个风车耍。"雪儿歪着脑袋说："妈说还要给我买个泥娃娃呢。"

张禄家过的是财主的日子，别人家早饭吃上三元的干货是奢侈，他家吃上三元的干货是家常便饭。艾叶和蒙古婆婆相处久了，习惯了蒙古人的饮食习惯。她已经熬好一锅加了干牛肉、奶皮子、炒米的奶茶，用柳条小笸箩将糖枣、蜜酥和麻花等端上来。吃过早饭，还没来得及把碗筷拾掇下去，两个孩子已经等不及了，催促着要赶快去看庙会。

四月初八的奶奶庙会是隆盛庄的又一盛会。

奶奶庙会源于清乾隆三十三年，商务会成立后，便由商务会出资，交由兴隆社具体承办了。奶奶庙会不但是众商家期盼的日子，更是孩子们和未孕妇女的节日。这一天，隆盛庄人山人海，周边数百里的人都来赶庙会，当地和外地来隆盛庄做生意的商贾也一同参与。

艾叶耐心地洗完锅，在墙上贴一张奶奶神像，在神像前摆了敬神的细点心，恭恭敬敬地上了香，然后给寿祥和雪儿戴上长命锁，又给寿祥戴了一顶黑顶红边的和尚帽。普通人家给孩子的长命锁，锁小，样式简单，锁链多用红线绳替代；张禄家有钱，孩子们的长命锁是请银匠定制的，通体白银，十分精巧。

在两个孩子迫不及待的催促下，艾叶拎了昨天晚上便拴在墙角的一只大红公鸡，带着兴高采烈的孩子们赶庙会去了。

从大南街至大北街，一路摆满了敬奉奶奶神的供品，有孩子们喜欢吃的糖麻叶、蜜麻叶、蜜酥、麻花、四头麻叶、干兰儿等上三元的干货，有木制的大刀、小刀、长矛和儿童面具等各种玩具。张禄家不缺上三元的干货，艾叶便给两个孩子各买了一个面具，给寿祥买了一把木制大刀，给雪儿买了一对泥娃娃。北庙门前，更是摊贩云集，摆着一排排喜笑颜开的“换生娃娃”、红红绿绿的“满家鞋”和“扳不倒”的泥娃娃。摊贩们高声吆喝着“大红公鸡满家鞋，肉蛋娃娃一铜钱”招揽买卖。进了庙门，两班盲人鼓匠乐队轮流不停地吹奏着，会场喧嚣热闹。

奶奶庙会主要是给年满十二岁的男孩子做“圆锁儿”仪式，而怀孕或未育妇女可以来此求子。寿祥今年十二了，所以，艾叶抱着大红公鸡，牵着寿祥在奶奶神像前排队，等着敬裱、敬香、敬奶奶纸、盘锁。排在艾叶身后的是朱奉祺大儿子朱进的媳妇艳艳，艳艳的儿子今年也十二岁了。因为张祯娶了朱奉祺的闺女冬梅，朱进又比张禄小几岁，所以，艳艳也称呼艾叶嫂子。

艳艳悄声对艾叶说：“嫂子，你知道北庙新来的和尚是谁吗？听说他就是香如大娘的弟弟邓宝柱。”艾叶听说过邓宝柱的名字和故事，知道邓宝柱是香如大娘的二弟，她嫁到隆盛庄时，邓宝柱早已到五台山出家了。现在听说邓宝柱回隆盛庄当和尚了，诧异地问艳艳是不是见过邓宝柱。艳艳的娘家是隆盛庄本地人，她对艾叶说道：“我小时候在街上见过他几次，模样记不清了。刚才听人说这个新来的和尚就是邓宝柱，凑上前看了看，果然是他。”艾叶还是有些不信，思量道：“香如大娘昨天还去我婆婆家了呢，咋没听她向我婆婆提起过？”艳艳说：“听说邓宝柱是昨天下午才从五台山回来的，兴许香如大娘还不知道吧。”艾叶恍然大悟：“哦，怪不得呢。香如大娘是昨天上午去的我婆婆家，那时候邓宝柱应该还没回隆盛庄呢。”

艾叶排队上前，见那和尚慈眉善眼，也不管他是不是邓宝柱，递上大红公鸡，喊一声师父，让寿祥跪下，给和尚磕了三个头。和尚微微一笑，用笤帚在寿祥头上轻轻打了三下，边打边念道：“一打你长命，二打你富贵，三打你滚出奶奶庙外。”然后摘下寿祥头上的和尚帽，表示寿祥的童年时代结束了，开始步入少年了。

艳艳没有说错，那和尚正是邓香如的弟弟邓宝柱。邓宝柱当年离家出走，到五台山当了和尚，法号圆通，多年修行，终成正果，于昨日回到隆盛庄，做了北庙住持。

艾叶给寿祥行了十二岁“圆锁儿”仪式，和艳艳打个招呼，便带着寿祥、雪儿往回走，却不想，走到在庙门口时看见了迎面而来的舒兰。

舒兰是和肖玉春的五闺女宝凤一同来的北庙。

张禄给舒兰买的是三义泉的掌柜石茂义的旧院子，与肖玉春家是邻居。肖玉春后悔当年没将二闺女玉凤早早嫁出去，不得已才将玉凤许配给合盛店的掌柜陈禹那有残疾的儿子陈贵明。后来，玉凤与梁宝元的儿子梁龙私奔，肖玉春吃一堑长一智，不敢再把闺女养成老闺女了，早早地将三闺女喜凤和四闺女美凤嫁出去了。肖玉春岳父田闵做主，将喜凤嫁给了田闵的关门弟子周通。因为玉凤的事，肖玉春一直对张禄耿耿于怀，而舒兰搬过来后，张禄经常到舒兰这边来过夜，两人抬头不见低头见，肖玉春每次看见张禄，都把头扭过去；张禄见了肖玉春，也像做了没理的事一样把头垂下去。不过，肖玉春一家因为艾叶经常到舒兰门上辱骂，对舒兰挺同情的，屋里只剩舒兰一个人时，便经常隔着院墙和她说几句话。尤其五闺女宝凤，更是没事儿便往舒兰屋里跑，亲热地喊舒兰姐姐。舒兰在隆盛庄没有亲人，也把宝凤当妹妹看。肖玉春在马桥街做牙纪，中午经常不回来吃饭，桂英去喜凤家帮着照料外孙，舒兰便喊宝凤到她屋里吃。

宝凤比舒兰小三岁，个性极强，身上自带傲气，说话得理不饶人。她见艾叶凶悍霸道，便一直替舒兰打抱不平。今年年后的一天，艾叶听说舒兰怀上娃娃了，气急败坏地找来，捶着舒兰的院门，嘴角吐着白沫，疯狗般将舒兰骂个没完没了。舒兰躲在屋里不敢出来，宝凤看不下去，出去挡在舒兰的小院门口，手指点着艾叶的鼻子，将艾叶骂了个狗血喷头。艾叶虽然凶悍，却不及宝凤嘴快，不及宝凤嘴巧，也没有宝凤会骂人，只两个回合，便败下阵灰溜溜地走了。从此，再没敢来骂舒兰。

宝凤问舒兰："舒兰姐，那女人如此凶悍，张掌柜又不给你做主，你如何能忍得下来？"舒兰唉声叹气道："宝凤，姐姐本是丫头出身，能得到我家老爷的宠爱，已经是上辈子修来的。就让她骂几句吧，谁让她为大，姐姐为小呢？"宝凤愤愤不平道："啥大呀小呀的，这又不是三年五载，忍一忍就过去了。一辈子呢，得忍到啥时候？也就是你舒兰姐，若是换了我，一定豁出性命和她见个高低。"舒兰却苦笑着说："宝凤，唉！姐姐咋和你说呢。常言道，惹不起躲得起，姐姐能躲。"宝凤以为舒兰舍不得张家的荣华富贵，说道："舒兰姐，张掌柜是有钱，可你也不能因为他有钱，就在那个恶女人面前忍气吞声一辈子吧？"舒兰张了张嘴，终于说道："宝凤，你没嫁过人，不知道其中的缘由。姐姐悄悄地告诉你，姐姐实在是离不开我家老爷。"

宝凤不解，还想问得更清楚些，舒兰却无论如何都不肯往明白处说了。

四月初八的奶奶庙会不但是孩子们的节日，亦是出嫁了的妇女期待的日子。出嫁未育的妇女，会虔诚地跪在奶奶神前叩头许愿，祈求奶奶神赐其早日开怀生子；已经有了身孕的妇女会以同样的方式祈求选儿择女，然后抱一个"换生泥娃娃"，用红布包裹好揣在怀里。舒兰有了身孕，自然渴望生个儿子，一则母以子贵，可以提高自己在张家的地位；二则也有了为自己养老送终的人；三则儿子还可以继承张家的一份家业。所以，舒兰肯定要去拜奶奶神，祈求奶奶神赐他一个儿子。舒兰挺个大肚子，不敢一个人赶庙会，便央求宝凤陪她一道去。

艾叶当然知道舒兰的心思，见到她便不由得升起怒火，顾不得管几个孩子，直奔舒兰而去，尖尖的食指点着舒兰的鼻子骂道："你个小贱人，一步登天了还不知足呀？来拜奶奶神？咋，莫非还想生个儿子，分张家的一份家业吗？"舒兰看见艾叶就像耗子见了猫，哪敢多说一句话？她连忙垂下头，脚步惶惶地向后退去。

艾叶这一骂，顿时围上一群人。人们都知道艾叶是张瑞元的大儿媳妇，她爹曾是丰镇同知，也多听闻她泼辣凶悍，今天总算亲眼见识了，都禁不住咂舌不已。以隆盛庄人的性格，遇到不平事，总会有人站出来打抱不平。众人虽然觉得艾叶欺人过甚，却没有一个敢站出来主持公道。

宝凤一直看不惯艾叶的飞扬跋扈、蛮横泼辣，见艾叶在大庭广众之下欺辱舒兰没完没了的，心中早已按捺不住。只是她顾忌自己未曾出阁，若是当着众人的面与艾叶对骂一场，就算替舒兰出了气，也要在隆盛庄落个剽悍女子的名声，怕是不好嫁人了，所以忍着没插言。

舒兰被艾叶骂得脸色赤红，步步后退。艾叶得寸进尺，不依不饶地步步紧逼，恶言毒语，状似疯狂，最后竟然扑上去要打舒兰。宝凤这回忍不住了，挺身挡在舒兰前面，也不与艾叶对骂，张开双臂护住舒兰，嚷道："张太太，舒兰姐怀着身孕呢，你可不能毁了张掌柜的后代呀！"艾叶伸手去推宝凤，怒道："宝凤，我张家的事与你何干？你闲事管得太宽了。给老娘让开，老娘今天就是要毁了她肚子里的娃娃。"

宝凤这回不客气了，朝着艾叶的前胸用力一推。她本年轻力壮，又用了十分力气，艾叶猝不及防，被宝凤推了个仰面朝天，摔倒在地。旁边，寿祥和雪儿见他们的妈被一个不认识的女人打了，雪儿一边哭叫一边去扶她妈，寿祥则扑上去，抱住宝凤的大腿狠狠地咬了一口："你个野女人，敢打我妈？看我咬死你。"宝凤一把将寿祥推了个跟头，也来不及想该怎么办。舒兰怕闯出祸，也不拜奶奶神了，急忙拉住宝凤的胳膊说："宝凤，咱们快走！"

宝凤连忙扶着舒兰，拨开围观的人群，往家里仓皇而去。

艾叶被宝凤推得仰面朝天摔了一跤，头上碰起个大包，回家先向婆婆告了舒兰一状。乌云其木格知道舒兰的性情，嘴上哼哈了两句，除了没指责舒兰，还劝艾叶说她为大，舒兰为小，舒兰又有了身孕，她该多体谅舒兰才是。艾叶讨了个没趣，拉着三个孩子悻悻地回了家。

晌午，张禄回来，一进屋门，两个孩子便争先恐后地向他告状。说上午去奶奶庙会，他们的妈被一个野女人打了。张禄奇怪隆盛庄还有如此胆大狂妄之人，竟敢光天化日之下打他的太太。细一问，方知那女人竟是肖玉春的五闺女宝凤。张禄知道宝凤与舒兰关系甚好，心想此事必有蹊跷，且大半与舒兰有些关系。

张禄经常见到宝凤。宝凤虽然不过十六岁，但已经是身材婀娜，眉目妩媚，双胸挺拔了。姐妹五个里，她尤其与玉凤相貌相似，且比玉凤更为纤秀，眼神更是撩人。张禄爱屋及乌，便也对宝凤心有好感了。他和他妈一样，除了没有替艾叶做主的意思，反倒追问艾叶是不是又找舒兰的麻烦了。艾叶不承认，张禄说："我不信，宝凤与你互无往来，又无冤无仇，她平白无故打你做甚？"艾叶见婆婆和丈夫都说自己的不是，恼怒道："我如今在张家还算人吗？外面受了欺辱，不但没人替我做主，还都说我的不是。当初瞎了眼，嫁了如此一家胳膊肘朝外拐的人家。这活得还有啥意思？若不是怕苦了几个娃娃，真不如房梁上拴根绳子上了吊，也就一了百了了。"张禄知道艾叶的性子，怕她一时糊涂做出傻事让外人笑话，应付道："行了，别张嘴闭嘴就是上吊呀跳井呀的，我估摸八九不离十，又是因为舒兰。你说你同知家千金小姐出身，和她一个丫头出身的较啥真儿呀？也不怕辱没了自己的身份？"艾叶瞪张禄一眼："我还有身份？"张禄微笑道："咋能没身份呢？你出生官宦人家，知书识礼，贤惠温婉，气质高贵，言行得体，这都是有身份之人的表现呀！"艾叶听出张禄是挖苦她，但好话不伤人，脸色渐渐好转过来。

吃过午饭，张禄惦记着舒兰，便到了舒兰这边。推推院门，门从里插着，便叩响门环。

宝凤也在舒兰屋里，舒兰腆着个肚子不方便，宝凤便留下来帮她做饭了。两人刚吃完饭，便听得有人敲院门，舒兰脸色一白，对宝凤道："宝凤，莫不是她找上门来了？"宝凤怒道："这还有完没完了？我去看看，若真是那个母夜叉，今天豁出去了，非骂得她背过气去不可。"宝凤气呼呼地去开门，先问一句，见是张禄来了，忙把院门开了。

张禄看见宝凤便露出笑容，问道："宝凤，你也在呀，没去庙会看红火？"肖家因为张禄当年不娶玉凤的事，对张禄有过成见。后来，玉凤与梁龙私奔，梁家又在张瑞元的劝说下送来聘礼，承认了这段姻缘，肖家才逐渐消除了对张禄的成见。宝凤先替舒兰告状说："上午陪舒兰姐去庙会求子，遇上张掌柜的太太，舒兰姐险些被太太打了。她怕太太追过来，便留下我陪她。"张禄明白上午是怎么回事了，进到屋里，问舒兰身子有事没事。舒兰本就丫头出身，又被艾叶欺辱惯了，也没显得受了多大的委屈，便说道：“没事，受了场虚惊，只是没拜成奶奶神，还劳老爷来看我。”

宝凤给张禄沏上茶，张禄目光柔和地望着宝凤，问肖叔和桂英婶子身体可好，宝凤说：“谢谢张掌柜的问候，我爹妈都好。我爹到马桥街了，我四姐也有了身孕，我妈陪她到庙会拜奶奶神去了。”宝凤懂礼，眼也活，为了不打扰张禄与舒兰说话，借口回家挑水，告辞走了。

张禄摸摸舒兰的肚子，问她肚子里的孩子有没有事，舒兰依偎在张禄的肩头说：“今天多亏了宝凤，不然，若是被姐姐推搡几下，便说不准了。”张禄已经有三个儿子了，对舒兰会生男还是生女无所谓，说道：“奶奶神不拜也罢，生啥算啥吧。你这肚子也大了，往后少出门，多在家里养。改天我给你雇个上些岁数有经验的女人来伺候你。”舒兰听得心里热乎乎的，连忙谢了张禄。

张禄安慰舒兰一番，说字号有事先走了。舒兰想起上午在庙会发生的事，实在有些后怕，又想起宝凤数次替自己解围，竟然异想天开地想，若是宝凤也能嫁给张禄就好了。宝凤泼辣，能降住艾叶，到时候她们两个联起手来，肯定能将艾叶治得服服帖帖。

第二十三章

张占魁抗税杀官

章彤横征暴敛，丰镇境内的百姓苦不堪言。隆盛庄受害愈深，因为许多日常生活用品都是从大同采购的，章彤在丰镇设了关卡课以重税，商家进货的成本高了，东西自然卖得贵。百姓因此怨声载道，将章彤恨之入骨。

张占魁和同村的两个后生合股贩炭，两个后生一个叫张玉峰，一个叫赵祥云。这两人的年龄虽然比张占魁大，却都以张占魁马首是瞻。那天，张占魁与张玉峰、赵祥云从大同贩炭回来，走的是一条刚发现的小道，想以此躲过章彤的关卡。岂不料衙门也发现了这条小道，并在路口设了税卡。张占魁看见税卡时为时已晚，只好硬着头皮把牛车往前赶。

设税卡的有四个人，两个收税的税官，两个端着快枪的官军。税官截住打头的张玉峰，喝道："拉炭的呀？打税！"后面的张占魁与赵祥云赶上来，围住税官问打多少钱的税，税官张口道："你们几挂车？每挂车两块银圆。"张玉峰几乎要跳起来："原来不是一挂车一块银圆吗？咋说涨就涨了？"税官冷笑着说："走大路一块，走小道两块。"赵祥云不解，问为什么，另一个税官嘿嘿地冷笑道："你们放着堂堂大路不走，却偷偷摸摸地走小道，不就是为了逃税吗？另一块算是罚的。"张占魁火冒三丈，嚷嚷道："我从大同买一车炭也用不了一块银圆，只路过一下丰镇，你们便要收两块银圆的税？这和拦路抢劫有啥两样？"旁边一个端快枪的官军用枪口捅了张占魁一下，瞪起眼睛喝道："你个瘦猴，咋说话呢？敢拿官府和土匪相比？小心把你抓进厅署衙门，打你一顿板子。"其中一个税官说："算了，和他计较个啥？”又对张占魁说，“你也别磨蹭了，收多少税我们说了不算，这是同知大人定的。你要么交税，要么找同知大人说理去。”张占魁哪敢找章彤说理，头一昂，干脆说道：“钱都买炭了，没钱！”税官不和张占魁磨嘴皮子了，数数张占魁的炭车说：“九挂牛车，连牛算上，你留下两挂车抵税钱吧。”

张占魁听到税官说要扣下他的牛车抵税，当时便急眼了，挺起脖子要和税官争辩。赵祥云知道张占魁脾气火暴，劝他千万别惹事。张占魁咬咬牙，将一腔怒火勉强压住。赵祥云又对那税官说：“大人，我们的钱都买炭了，身上真的再没钱了。这样吧，既然这条路不让走，我们返回去便是。”税官听赵祥云要返回去，黑了脸，说：“返回去？想得倒美。返回去按你们来回算，税钱再加一倍。”这回，连比较老实的张玉峰也忍不住了，嚷道：“天下有这样的理吗？这哪里是打税，这比打劫还厉害呀！”两个拿快枪的官军见张占魁等不肯交税，将子弹推上膛喝道：“咋，要抗税呀？现在你们交钱也晚了。走吧，有理到厅署衙门和同知大人讲去。”又对两个税官说，“拿绳子把这几个刁民绑了，回衙门每人先打五十大板，让他们给家里捎信儿，拿钱来赎人。”两个税官立刻抖出绳子，上前要绑张占魁等。

官军本是吓唬张占魁三人，好让他们乖乖掏钱的。张占魁却当了真，知道若是被绑进衙门，挨板子事小，万一给他定个抗税的罪名，除了九挂炭车要被没收，家里还得再筹钱赎人。他一边挣扎，一边脱口骂道：“章彤那狗官，这是要逼我们上梁山呀！”两个官军吓了一跳，齐声喝道：“敢骂同知大人，真的要造反了？拿下！”张占魁瞪圆了眼睛吼道：“弟兄们，官逼民反，就反了狗日的！”

张占魁手疾眼快，伸手去抢一个官军的快枪。另一个官军见张占魁真的要造反，朝着张占魁便是一枪，不承想枪打偏了，竟把和张占魁扭打在一起的官军打死了。那官军拉一下枪栓，再推上一颗子弹，还未及举枪，张玉峰和赵祥云便扑了上去，将那官军掀翻在地捆了。几个车倌也一拥而上，把两个税官一顿拳打脚踢，同样捆了。

张占魁抢了快枪，稀罕地摆弄着。张玉峰和赵祥云面面相觑，说道：“小状元，咱闯下塌天大祸了。”张占魁抖抖手里的快枪说：“妈的，早就憋屈得想反了，今天正好是个由头。不赖，还抢了两条快枪，有了这本钱，索性就反了狗日的。”张玉峰苦笑道：“小状元，这年头有几个活得不憋屈的？可憋屈也得活着，若是反了，那可就要掉脑袋了。”张占魁见张玉峰胆怯了，眼珠转了转，也不说话，“砰”的一枪将余下的那个官军打死了，然后又将枪口转向两个战战兢兢的税官。

两个税官以为张占魁要杀他们，腿一软给张占魁跪了，不停地叩头道：“好汉爷饶命，我们是身不由己呀！我们也知道做个小买卖赚点儿钱不容易，我们也知道这税收得实在是太重了。可我们收不回税，同知大人那一关过不去呀！”张占魁收起枪，狡黠地朝张玉峰和赵祥云笑笑，给两个税官解了绳子道：“爷今天不杀你们，你们回去告诉章彤那狗官，就说杀人的是隆盛庄饮马沟的小状元和张玉峰、赵祥云。爷三个从今天起反了，迟早取了狗官的狗头。”两个税官惊慌地摆手道：“小人不敢！小人不敢！”张占魁眼睛一瞪，晃一下枪口说：“叫你们咋说你们就咋说，还不快跑？是不是等你小状元爷爷改变主意呀？”

两个税官听张占魁要放他们，如遇大赦，给张占魁磕个头，拔腿便跑。

张玉峰见张占魁把两个税官放了，一屁股坐在地上，哭丧着脸埋怨张占魁道：“我说小状元，你反就反吧，拉拽上我和祥云做甚。”张占魁故作不解：“没有呀，我啥时候拉拽你们了？”张玉峰苦笑道：“你刚才把我和祥云的名字告诉了税官，不是明摆着要逼我和祥云入伙吗？”赵祥云把快枪往肩上一挎，说道：“玉峰，现在说啥也迟了。我早对你说过，跟着小状元讨生活，迟早得捅娄子，你还不信，今天应了吧？快起来走吧，等一会儿官军来了，想反也反不成了。”张占魁不理他二人，对几个车倌道：“哥儿几个，我小状元今天被逼无奈，闯了杀头之祸，今后就做绿林好汉和章彤那狗官作对了。这几挂牛车和炭送给你们哥儿几个吧。”

车倌里有和张占魁要好的，听张占魁要反，说道：“小状元，你这话是咋说的？你这是牛车，不是马车，一会儿官军追上来，我们能逃脱吗？被抓进衙门，岂不是要替你顶罪？罢了，你反我们也反，咱大家一道反了吧。”另几个车倌本想连车带炭都得了，听说一会儿官军要追上来，也不敢要车要炭了，向张占魁抱个拳先逃命去了。张占魁朝张玉峰屁股上踢了一脚，笑道：“玉峰，坐在这儿等官军来抓你吗？起来走吧。”张玉峰慢吞吞地站起来，骂张占魁道：“日你小状元祖宗的，当初瞎了眼，交了你这么个贼大胆。等着吧，迟早被衙门抓住砍了脑袋。”赵祥云笑道：“玉峰，上贼船容易下贼船难，咱就认了吧。”

天近黄昏的时候，隆盛庄突然开进一支荷枪实弹的官军马队。商家以为他们没有交丰镇增加的税赋，厅署衙门派兵抓抗税的来了，都惊慌起来。马队尘土飞扬地到了北庙隔壁的巡检所，带了巡检汤冠丰，直奔饮马沟方向疾驰而去。商家们放心不下，纷纷前往商务会打听，方知官军是要汤冠丰带路，到饮马沟抓捕小状元张占魁和张玉峰、赵祥云的，因为这三人抗税不说，还打死了两个协助收税的官军。隆盛庄的商家立刻沸腾了，都竖起拇指，夸张占魁是好样的，敢和章彤作对。同时，也为张占魁的安危担忧。

官军在饮马沟扑了个空。第二天一早，隆盛庄的路口和街上便贴了悬赏缉拿张占魁、张玉峰、赵祥云的告示。上午，段祖贤和张瑞元启程去丰镇去了。

段祖贤之所以约张瑞元陪他一道去丰镇，是想借助张祯在大同为官的影响，恳请章彤减免隆盛庄税赋的。两人没敢去厅署衙门，而是等到晚上，直接去了章彤府上。段祖贤将秀才的拜帖递进去，立刻见到了章彤。章彤听段祖贤介绍张瑞元便是大同府学督张祯的父亲，客气地命人给张瑞元和段祖贤上了茶，说张祯张大人前些日子还曾来过丰镇，督办检查丰川学院改为丰川高等学堂后的教育情况。张瑞元也谢了章彤对上三元的关照。寒暄几句后，章彤开门见山，质问段祖贤为何迟迟不见隆盛庄补交官府追加的税赋，段祖贤先将一万两银票轻轻摆在章彤面前，然后又诉了一番苦情，说了许多隆盛庄的商家实在不堪重负的理由。张瑞元也恳请同知大人体恤隆盛庄商家的苦衷，给予减免税赋的关照。章彤见段祖贤送上一万两银票，心里还算满意，也怕张瑞元把自己私自追加税赋的事告诉张祯，传到知府大人耳朵里，毁了自己的前程，于是便送了张瑞元个人情，说看在与张祯张大人同朝为官的面子上，将追加一倍的税赋减为追加三成吧。段祖贤还想恳请章彤再减一成，章彤说这已经是莫大的人情了，如若再减，他实在无法向大同府交代。段祖贤和张瑞元此行的目的是能把税赋减到五成，现在见章彤把税赋减到了三成，不敢再得寸进尺，连忙谢过同知大人，告辞回去了。

商家们见段祖贤和张瑞元跑了一趟丰镇，把追加一倍的税赋减到了三成，禁不住又夸起了商务会，说隆盛庄自从成立了商务会，商家就像有了娘家，商务会的作用实在是太大了。也有训导子孙认真读书的，说隆盛庄没有白抬举举人老爷，他在朝廷为官才几年，就已经开始为家乡人办事了。

税赋的事情解决了，商家们都松了口气，话题又转到张占魁和张玉峰、赵祥云身上。这三人因为抗税杀了官军，也算替隆盛庄的商家出了口气，保佑他们千万别被官军抓住，否则便性命堪忧了。

七月十三，是乌拉哈的蒙古人祭敖包的日子。哈森捎来话，邀请张瑞元及梁宝元全家去参加祭祀活动。

张瑞元和蒙古人渊源久远，当年走库伦，成天与蒙古人打交道，后来和乌拉哈章盖达林太交了朋友，与师兄梁宝元一道和达林太合股成立了永盛源皮货行，并且娶了乌云其木格，做了达林太的乘龙快婿。到了下一辈儿，大闺女金花又嫁了乌拉哈的武敖明，成了蒙古人的媳妇。所以，乌拉哈每年祭敖包，哈森都要邀请张瑞元一家去。而梁宝元与蒙古人虽然没有姻亲关系，却是永盛源的掌柜，和哈森相处多年。哈森知道梁宝元好酒，喜欢热闹，便也约他带上夫人邓香如一道去。

祭敖包是蒙古族的宗教习俗，是蒙古族最为隆重的祭祀活动。敖包亦作“鄂博”，是土堆子的意思，即用人工堆积起来的石堆、土堆。蒙古族一直认为天地是人类赖以生存的源泉，所以特别崇拜天地。由于天地没有神像，蒙古人便堆敖包以象征天地，通过祭敖包，祈求天地保佑蒙古人风调雨顺、牛羊兴旺、国泰民安。

蒙古族祭敖包的时间一般会选在水草丰美的五月到八月，乌拉哈的蒙古人的传统则是在七月十三祭敖包。这一天，附近的蒙古人骑着马，赶着勒勒车，聚集在乌拉哈北面风景优美的山地高处、一座石头堆砌的大敖包周围，先用石块和柳条对敖包进行修补，在敖包上插树枝，挂五色绸布条，树枝顶端悬挂经幡和牲畜毛角准备祭祀。

蒙古人祭敖包的仪式有血祭、酒祭、火祭、玉祭四种。血祭是把宰杀的牛羊供在敖包前祭祀，认为牛羊是天地所赐，只有用牛羊祭祀才能报答天地之恩；酒祭是把鲜奶、奶油、奶酒洒在敖包上祭祀；火祭是在敖包前燃一堆火，将煮熟的牛羊肉丸子、肉块投入其中，人们向火叩拜；玉祭是人们用心爱的玉器当作供品祭祀。无论哪种祭祀方式，都表达了蒙古人同样的意愿，那便是对天地的虔诚，祈求天地给予蒙古族以平安吉祥。

哈森一家和所有参加祭祀的蒙古人都换了最好的蒙古袍，穿了崭新的蒙古靴，腰悬镶银的蒙古刀和银筷子。祭祀开始后，人们在敖包四周的垫石上安置柏香，献上哈达，供奉整羊、马奶酒、黄油和奶酪，由喇嘛焚香点火，诵词念经。人们围绕敖包从左向右转三圈并叩拜，求神降福，保佑蒙古族人畜两旺，并将整羊割下肉块，与马奶酒、黄油和奶酪等祭品撒向敖包，然后在敖包正前方叩拜。祭祀仪式结束后，便开始举行赛马、射箭、摔跤等竞技活动。

祭祀活动后，便是喝酒吃肉了。由于邀请的亲戚朋友多，哈森杀了三只对子牙的大绵羊，备了七八坛三义泉的神仙醉，请了张瑞元的亲家武廷过来，在悠扬的蒙古长调中，举起银碗相互敬酒，畅饮起来。

达林太夫妇过世后，张瑞元到乌拉哈的次数较之前少多了。女婿武敖明除了逢年过节和金花一道去看望张瑞元夫妇，平时也很少到隆盛庄。这次在乌拉哈相聚，大家自然要畅饮一番。因为一条炕坐不下，众人分几间屋子坐，哈森的儿子宝音和武敖明陪张禄、张福和连襟段童坐在一间屋子里。宝音和武敖明正向张禄、张福和段童劝酒时，武斯楞端着银碗来敬酒了。

武敖明见武斯楞脚步踉跄，舌头打卷，皱起眉头道："武斯楞，别人才开始喝，你已经快喝醉了？"武斯楞傻笑着说："哥，我朋友多嘛！这个敬一碗，那个敬一碗，不知不觉就多了。"武敖明抱歉地对张禄和张福说："大哥、二哥，我这个弟弟好交朋友，狐朋狗友一大堆，成天喝得五迷三道。这不，又喝多了。"张禄等人知道武斯楞被誉为正红旗第一硬汉的故事，对武斯楞颇为敬重。张福说："没事儿，我早听说过武斯楞兄弟为人仗义，好交朋友，好像和饮马沟的小状元、占元叔家的马麦是结拜兄弟。对吧？"武斯楞怔了一下，嘿嘿一笑，含糊说道："哦，那都是我们年轻人闹着玩耍的。"张禄听说武斯楞与张占魁认识，顺口说道："那小状元不但抗税，还杀了朝廷的官军，胆子可真不小。"武斯楞迷糊着眼睛说："大哥，有道是官逼民反。人家小状元贩一车炭才赚几个？章彤那狗官税钱比炭钱还多，大哥说小状元不该反吗？"武敖明怕两位妻哥不高兴，忙给武斯楞使个眼色，说："武斯楞，别当着大哥、二哥的面胡说八道。"张福也是口无遮拦的直性子，说道："没事儿，武斯楞说的是实话。章彤那狗官，横征暴敛，搞得民不聊生。他若在丰镇当上十年同知，我看丰镇的百姓一半都要反了。"说罢，端起银碗对武斯楞道："武斯楞，没想到隆盛庄能出小状元那样的好汉。你和小状元是结拜兄弟，二哥敬你一碗，就当是敬小状元了。以后遇到小状元，你提醒他一句，现在官府贴出告示悬赏捉拿他，让他千万小心！"武斯楞听张福如此说，高兴地咧嘴笑了，和张福碰一下酒碗，一饮而尽，抹抹嘴唇，说："二哥，我若是遇见小状元，一定把二哥的话转告他。大哥二哥和诸位慢慢喝着，我去那屋敬几位长辈去。"

宝音比张禄大一岁，每次和武敖明去隆盛庄，张禄、张福和段童都会陪他二人喝个痛快。现在张禄、张福和段童到了乌拉哈，宝音和武敖明自然不敢怠慢，又是割肉，又是敬酒，把三个人喝得面色潮红。金花怕两位哥哥和妹夫被灌醉了，频频给武敖明使眼色，武敖明就当没看见一样。

可是，就在众人正喝到兴奋的时候，武斯楞突然再次闯进来，惊慌失措道："几位哥哥，不好了，丰镇来了官军，把乌拉哈围住了。"众人都是一愣，问官军围乌拉哈干什么。武斯楞紧张地说："看那阵势，官军是来抓小状元和张玉峰、赵祥云的。"宝音已经醉眼蒙眬了，端起酒碗呵呵笑道："小状元又不在咱乌拉哈，咱操那份闲心做甚？来，玉奎、福奎，还有童童，我陪你们再喝一碗。"武斯楞急得跺脚道："宝音大哥，可是，可是……"武敖明看出了什么，放下酒碗问道："武斯楞，到底是咋回事？莫非那小状元在乌拉哈？"武斯楞竟然点头道："哥，是的。"

众人顿时酒醒了一半，眼睛齐刷刷地望着武斯楞。武敖明急促地问："武斯楞，你知道小状元他们在哪儿？”不想武斯楞点头道：“在咱家呢。”武敖明吃惊地瞪大了眼睛：“在咱家？他们啥时候到咱家了？是你把他们带到咱家的？”武斯楞不敢说话了。武敖明“唉”一声，指责武斯楞说：“武斯楞，你，你这不是给阿爸阿妈找麻烦吗，你是咋把他们带到咱家的？”武斯楞嗫嚅道：“自从小状元杀了官军，便逃到乌拉哈找我躲避风声来了。我本来安排他们住在牧场，可今天祭敖包，想和他们一块热闹热闹，便把他们叫来了。”武敖明还想再问，张福急促道：“武敖明，都火烧眉毛了，你还啰唆个啥？小状元是因为抗税才杀死官军的，那是掉脑袋的罪呀！”宝音问张福：“福奎，你说该咋办？”张福看张禄一眼，张禄只想好好地做生意，不想引火烧身，但又不能任由官军将张占魁抓走，犹豫着没说话。张福等不及了，朝武斯楞说道：“人命关天，你还在这儿呆站着做甚，快把他们藏起来呀。”武斯楞为难地说：“二哥，官军既然到乌拉哈抓人，必定知道了我和小状元结拜的事，是直奔我家抓人的。你说我家能藏得住人吗？”张福想想也对，问武斯楞准备怎么办。武斯楞望着宝音说：“宝音大哥，你家和小状元他们没有瓜葛，官军肯定不会注意。所以，我想让他们在你家找个地方躲躲。不知宝音大哥……”宝音不敢擅自做主，说道：“我倒是没啥，不知我阿爸阿妈同不同意，要不我去问问他们？”张福倒是挺有主意的，插言道：“咱们再没完没了地商量，官军便要去搜武斯楞家了。宝音哥，我看你就拿主意吧。”宝音用征询的口气问张禄：“玉奎，你经见过的事多，你看……”

张禄平日行事谨慎，但此刻火烧眉毛，容不得他多想了，便问宝音说：“宝音哥，家里有能藏身的地方没有？”宝音见张禄终于说话了，想了想说：“羊群都出去了，羊圈里藏不住，牛棚也不行。要么草料房，要么山药窖，只有这两个地方能藏人。”张福对小状元充满敬仰，一心要救他，问武斯楞道：“武斯楞，小状元他们几个人？”武斯楞说：“三个。除了小状元，还有张玉峰和赵祥云。”张福啧啧道：“好家伙，官军悬赏缉拿的三个人都躲在你这儿呀！”接着当机立断地说：“你快把他们带过来，让他们藏进山药窖躲避一下。”武斯楞说：“二哥，我已经把他们带来了，他们正在窗台下等着呢。”张福对宝音说：“宝音哥，今天不是杀羊了吗？把那几张羊皮盖在窖盖上遮掩一下。不管咋说，小状元是因为抗税才杀的人，咱不能让官军把他们抓了。否则，抓回去便是砍头。”宝音答应一声，便下地穿鞋。武敖明也要下地，张禄拉住他说：“让宝音哥和武斯楞去就行了，人多动静大，惊动了舅舅和我爹妈他们，一会儿官军搜查过来，小心他们沉不住气。”

宝音和武斯楞将小状元三个人藏好后才回来，张禄见事已至此，叮嘱众人：

“一会儿官军过来搜查，不管问什么，你们蒙古人都不要说汉话，也假装听不懂他们问啥，由我和福奎、童童应付。记住，只管没事一般喝酒，千万不要惊慌。”

众人定了定神儿，又端起了酒碗，却没人喝，都不时将眼睛向窗外望着。

过了一会儿，听得外面有吵吵的声音和杂乱的脚步声。跟着，七八个端着快枪的官军在汤冠丰的带领下闯进院子，直奔屋里而来。张禄给众人使个眼色，悄声道：“都端起酒碗，宝音哥，你给唱上一段。”

宝音心领神会，清一下嗓子，用雄浑的声音唱起了蒙古长调。

官军闯进屋来，张禄佯作惊讶道：“咦，各位军爷也来祭敖包了？快上炕一道喝两碗吧。”一个军官打扮的人将炕上的人逐一打量一番，问道：“你们都是乌拉哈人？”张禄回答说：“禀告官爷，他们都是，只有我和我弟弟、妹夫是隆盛庄人。这是我舅舅家。咋，军爷有事？”

这时，汤冠丰带着官军检查完哈森、张瑞元、梁宝元、武廷喝酒的那屋，由哈森和武廷陪着过这屋检查来了。张禄先和汤冠丰打招呼说：“哟，汤巡检呀！瞧这阵势，出啥大事了？”汤冠丰认识张禄、张福和段童，说道：“几位少掌柜也来乌拉哈祭敖包了？我们是来抓饮马沟的小状元的。今天祭敖包的时候，你们见过他和张玉峰、赵祥云没有？”张福故意问道：“哦，就是在丰镇抗税，杀了两位军爷的那几个饮马沟的后生吧？”汤冠丰眼睛一亮：“咋，二少掌柜见过他们？”张福笑呵呵地说：“隆盛庄都贴出悬赏缉拿他们的告示了，谁不知道？我连咱隆盛庄的人都认不全，哪还认识饮马沟的人。汤巡检，您咋知道他们来乌拉哈了？”汤冠丰朝那军官努努嘴说：“这位是丰镇厅署衙门的马进禄马管带，张占魁在乌拉哈的消息是马管带说的，我只管领马管带过来认人。”哈森说：“汤巡检，我家的客人不是朋友便是亲戚，哪有啥饮马沟的人。八竿子打不着的汉人，我请他们做甚？”汤冠丰朝炕上一指，说道：“既然没有外人，那就请哈森老爷介绍介绍这些人吧。”张禄怕舅舅说漏了嘴，忙接过话说：“汤巡检，还是我来介绍吧。”

张禄将宝音、武敖明、武斯楞给汤冠丰一一介绍了，只不过他多了个心眼，介绍武敖明和武斯楞的时候没提他们的名字，只说一个是他妹夫，一个是妹夫的弟弟。汤冠丰虽然知道张瑞元的大闺女嫁到了乌拉哈，却不知婆家姓什么，更不知道马进禄一并要抓的武斯楞就是张瑞元女婿的弟弟，而武斯楞此刻正坐在炕上。他问哈森说：“哈森老爷，乌拉哈有个叫武斯楞的你认识吗？”众人听汤冠丰提到武斯楞的名字，顿时紧张起来。

哈森目光落在武斯楞身上，正要说出武斯楞的名字，武廷说话了：“武斯楞是我儿子，我儿子咋了？”马进禄愣怔了一下，盯着武廷道：“武斯楞是你儿子呀？刚才我们到你家，咋没见他在家？”武廷鼻子哼一声说：“腿长在他身上，他在不在家我咋知道？再说了，你们找他做甚？”马进禄手一挥，两个官军便将枪口指向武廷。马进禄冷笑道：“听说武斯楞和张占魁是结拜兄弟，张占魁是不是躲你家了？”武廷微微一笑，推开官军的枪口说：“马管带刚才不是去我家搜过了吗？还问我做甚？”马进禄正要发火，汤冠丰贴在他耳边说了几句话，马进禄的脸色便缓和过来：“哦，原来是乌拉哈的章盖大人呀。唉！咋说呢，张占魁犯了人命案子，本官奉命缉捕他。听说他和武斯楞交情不错，所以便来看看他是否躲在乌拉哈。既然武斯楞是章盖大人的儿子，还请章盖大人管教好儿子，让他少和张占魁等一干暴民搅在一起，以免受到牵连。”众人听马进禄如此说，方才放下心来。

马进禄忌惮武廷也是有原因的，乌拉哈虽然在丰镇地域，却不归丰镇管辖。

清军入关后，创立八旗制度，即正黄旗、正白旗、正红旗、正蓝旗、镶黄旗、镶白旗、镶红旗、镶蓝旗，合称满八旗，统率满、蒙、汉族军队。满八旗中，正黄旗、正白旗、镶黄旗为上三旗，旗内无王，由皇帝亲统；余下五旗为下五旗，由诸王、贝勒和贝子分统。皇太极继位后，鉴于满八旗兵力不足，又创建了蒙八旗和汉八旗，编制与满八旗相同。蒙八旗的正红旗、正黄旗、镶红旗、镶蓝旗便在绥东地区，合称察哈尔右翼四旗。乌拉哈地处察哈尔右翼正红旗境内，所以，武廷章盖的官职，是由正红旗的王爷任命的。

武廷见马进禄态度软下来，不屑道：“我武廷虽然担任乌拉哈章盖，却也是大清子民。大清的子民，守的是大清的律法。就算我儿子触犯了大清律法，也该由正红旗王府的官军来拿人吧？”马进禄与汤冠丰都知道，尽管蒙八旗比不得嫡系的满八旗，但其地位仍是比汉八旗高的。汤冠丰不想招惹蒙古人，也不敢得罪乌拉哈的章盖，连忙打圆场说：“武章盖误会了，马管带只是奉命来抓张占魁等一干逃犯，与章盖的公子不相干。刚才的话，不过是随口问问。”马进禄也赔着笑脸说：“是呀！不过是随便问问，章盖大人不要多心。”

武廷也是圆滑之人，虽然自恃乌拉哈不归丰镇管辖，却也知道武斯楞经常在外面游逛，丰镇的官军若是在乌拉哈之外的地方拿人，他也无可奈何。想到此，他脸色好了些，从炕上拿起武敖明的银碗斟满，微笑着递向马进禄，说：“既然马管带不是来拿我儿子的，那咱们就是朋友。今天正巧是我们蒙古人祭敖包的日子，我敬马管带一碗，祝马管带神灵保佑，官运亨通。”哈森见状，也端起银碗对汤冠丰道：“我也敬汤巡检一碗吧。”马进禄推辞说：“谢谢章盖的好意，公务在身，不敢饮酒。”汤冠丰接过哈森的酒碗，劝马进禄说：“马管带，给章盖老爷个面子喝一碗吧。且不说章盖老爷和哈森老爷都是乌拉哈了不起的人物，就说在座的这几位，别看年龄都不大，却都是隆盛庄年轻一代的财主，又互相姻亲联系着，可谓一荣俱荣，一损俱损。尤其这位瑞盛店的东家，他爹是商务会前会长，他弟弟是我们隆盛庄的第一个也是最后一个举人，现为大同府学督。”马进禄听了汤冠丰的介绍，尤其听说张禄的弟弟是举人出身，又在大同府为官，不好再推辞，接过武廷的酒碗喝了。张福连忙割一块肉递过去，笑眯眯道：“马管带，吃口肉压压酒。”汤冠丰也将酒喝了，还吃了宝音递过来的肉，抹抹嘴，对马进禄耳语几句，然后笑呵呵道：“你们继续喝酒吧，我们再到别处搜搜。”

哈森送汤冠丰和马进禄走了，众人都长吁一口气。张禄对武斯楞说：“武斯楞，你听出来没有？官军像是要连你一并抓呢。”不待武斯楞说话，武廷瞪起眼睛问：“武斯楞，咋回事？你不会是真的和那个小状元混在了一起吧？”哈森回来，拉武廷一把道：“别听官军瞎咋呼，那小状元是饮马沟的，武斯楞是咱乌拉哈的，他们能扯到一起吗？走吧，快陪你亲家喝酒去。”武廷还想再问，武敖明也劝道：“阿爸，哈森舅舅说的是，武斯楞咋会和饮马沟的人搅在一起？您快去招呼我岳父岳母和梁大爷去吧。”

武斯楞见阿爸和哈森去了，这才将张占魁三人从山药窖里放出来。张占魁隔着窗户向屋里的人抱拳道了谢，便匆匆而去了。

第二十四章

康廷儒街头遇刺

舒兰怀胎十月后，产下一子，张禄为儿子取名顺祥。

舒兰生了儿子，十分可心。艾叶却气急败坏，恨得咬牙切齿。顺祥过满月那天，张禄在庆春楼摆了几桌喜酒，别人都夸孩子生得天庭饱满，地阁方圆，将来必定大福大贵。艾叶却压低声音对舒兰说：“舒兰呀，我看这娃娃眉骨狭窄，鼻尖耳小，肯定是个短命鬼。”舒兰听艾叶诅咒自己的宝贝儿子，将艾叶恨之入骨，可又惹不起她，只有将恨意藏在心头。回去后，舒兰左思右想，拿定主意要说服宝凤嫁给张禄，因为只有宝凤，才可以降得住艾叶。

舒兰生了孩子后，宝凤经常过来帮忙。她喜欢孩子，常把顺祥逗得咯咯地笑。舒兰有心为之，时常向宝凤提起张禄。舒兰夸张禄有本事，除了瑞盛店，前年又开了马店，现在又筹备开钱铺了；夸张禄会体贴人，将她宠爱得如掌上明珠；又向她灌输些男女间的床笫之事，说张禄是隆盛庄男人里的奇人，无论哪个女人嫁了他，都是上辈子的修行。

宝凤见舒兰把张禄赞美得十全十美，崇拜得五体投地，禁不住羡慕地说：“舒兰姐真是好福气，嫁了张禄那样的好男人。”舒兰满意地笑着说：“是呀！所以，尽管那个恶女人没完没了地欺负姐姐，姐姐都忍了。”又问宝凤，“过年就十七了吧？你爹没给你踅摸个婆家？”宝凤脸一红，说道：“这事儿由不得我。不过，前两天家里来过一个媒婆，不知道是不是来说媒的。”舒兰心里紧张了一下，说：“傻妹子，你家就你一个闺女了，媒婆上门，不是给你说媒还有啥事儿？”又故意叹息一声，“唉！也不知媒婆给你说的是啥人家，若是说个好人家倒也罢了，若是嫁个赖鬼，真可惜你这般既聪明、又漂亮的可人了。”宝凤也为自己的未来担忧，无奈地说：“女人的命，由不得自己做主，看老天爷咋安排吧！”

舒兰又是一声叹息，连说了几句可惜。宝凤不解，问舒兰已经嫁了张禄那样的好男人，还有什么可惜的。舒兰故作愁眉苦脸道：“宝凤，从姐姐住过来，咱俩相处得如亲姐妹一般。哪天你出嫁了，留下姐姐孤单单的一个人，不知道要如何想你呢。唉！可惜你不能嫁给我家老爷，不然，咱姐妹伺候同一个男人，便可以一辈子都在一起了。”宝凤吃了一惊，涨红脸道：“那咋可能，张掌柜已经有两房太太了，莫非还能再娶一房？”舒兰边观察宝凤的反应边说：“那咋不能？在我大同老家，有钱的男人娶三妻四妾不为稀罕。再说了，张家的家业少说也有百万，现在四个儿子，你嫁过来再生一个，五个儿子分，每人也能分他二十多万呢！”宝凤却咯咯笑道：“舒兰姐，你想到哪去了，我还不到十七，张掌柜已经四十来岁的人了，我嫁给他？”

舒兰一心想促成这件事，与宝凤联手对付艾叶，劝说道：“四十来岁咋了？嫁男人不能看岁数，当年那杨飞燕嫁给邓宝柱，两人年龄相当，可邓宝柱裤裆里的东西不给自己做主，还是过不住。我家老爷虽然四十多了，可裤裆里的东西生龙活虎，比那二十郎当岁的后生还要精神。你年轻漂亮，善解人意，嫁过来一定受宠。”宝凤以为舒兰和她开玩笑，羞红了脸道：“看来，姐姐真把张掌柜喜欢得如痴如醉了。只是这玩笑话可不能传到张掌柜耳朵里，不然，我以后看见他就会脸红。”舒兰见宝凤把她的话当成了玩笑，心里不免着急：“宝凤，这咋是玩笑话？姐姐是认真和你说的。”宝凤见舒兰是认真的，惊愕地瞪大眼睛，与舒兰对视了好半天。舒兰不敢把话说得太透，抚着宝凤的手说：“宝凤，姐姐也是为了你好。你好好想想，能嫁给我家老爷，真的是福分呀！”宝凤想了半晌，飞红了脸道：“姐姐，张掌柜的为人和家业，隆盛庄人尽皆知，能嫁给他的确是做女人的福分。他年龄大，我不嫌，只是他已经有那个恶女人和姐姐两房太太了，我嫁过去就是妾，万一受欺负了咋办？”舒兰见宝凤有所动心，便趁热打铁道：“宝凤，这你就多虑了，你说姐姐会欺负你吗？至于那个恶女人，只要咱俩齐心，难道还怕她不成？”宝凤还是摇头说：“姐姐，我说啥都是白说，嫁不嫁人，嫁给谁，都是爹妈做主的。我爹妈同意，八十岁的老汉我也得嫁；我爹妈不同意，就算同知大人想娶我也不成。”

自从舒兰生了顺祥，张禄比以往来得更频繁了，抱起顺祥逗乐，看到顺祥笑了，便高兴地喊舒兰说：“舒兰，你快看，顺祥笑了。”舒兰犹豫了几次，终于壮着胆子对张禄说："老爷，有个事儿我想对你说说。"张禄问什么事，舒兰抱住他的胳膊撒娇说："万一我说错了，老爷可不许骂我啊！"张禄搂紧了舒兰，他一直对舒兰十分满意，说道："说吧，我啥时候骂过你？"舒兰说："老爷，你没想过再纳个妾吗？"

张禄觉得不可思议，但凡女人，最怕的便是男人娶小纳妾。舒兰这是怎么了？要么是和他开玩笑，要么便是埋怨自己在她屋里过夜少了。想到这里，他便再往紧搂了搂舒兰说："好了，今晚我不走了。"舒兰噘起嘴道："老爷，人家和你说东，你却和人家应西。"张禄呵呵一笑，说道："咋想起来让我纳妾了？你也不是不知道，当年为了娶你，艾叶和我寻死觅活的。之后你们不和，我夹在中间成了风匣里的耗子。若再纳个妾，三个女人争风吃醋起来，我还有活头吗？"舒兰却说："两个是乱，三个也是乱，乱着乱着，或许就不乱了。"张禄怀疑地问："舒兰，你是不是有啥心思？"舒兰遮遮掩掩地说："我能有啥心思？老爷，这么说吧，我见老爷每次看到宝凤都挺高兴，我也特别喜欢宝凤，便想着宝凤若是能嫁给老爷，我便能和宝凤做一辈子的姐妹了。不过，老爷若是觉得不妥，就当我啥都没说过。"说罢，眼睛望着张禄，生怕张禄对她发脾气。

张禄平静的心被舒兰的话搅乱了。如果舒兰说的是别人，他肯定会将舒兰呵斥一番，可舒兰说的是宝凤，他的心情便不同了。张禄一直为当年未能娶玉凤心结未解，而宝凤与玉凤相貌颇似，比玉凤更显妩媚，他每次见到宝凤，脑海里立刻便会浮现出玉凤的影子。他想，如果能纳宝凤为妾，自己此生便无憾了。但是，自己比宝凤大二十多岁，肖玉春夫妇会同意将宝凤嫁给自己吗？

舒兰见张禄心有所动，暗喜道："老爷，宝凤算得上隆盛庄的一枝花，老爷若能纳她为妾，不但享了艳福，也必然成为隆盛庄的一段佳话。"张禄满腹感触，真想把自己与玉凤的那段故事讲给舒兰听，但又怕舒兰笑他年少轻狂，失了做老爷的威严和舒兰对他的仰慕，只有淡淡一笑道："宝凤的确是个好闺女，只是……这事儿还是以后再说吧。"舒兰摸不透张禄的心思，着急地说："老爷，你要是不想娶宝凤也就罢了，若是想娶，可要早托媒人。听宝凤说，已经有媒人去过她家了。"

张禄左思右想拿不定主意，托媒人去肖家提亲吧，不但自己害羞，更怕肖玉春夫妇因为当年他和玉凤的事记恨自己而拒绝；就当舒兰没提起过这件事吧，舒兰的的确确是提了，并且勾起了他对玉凤的思念。张禄纠结了一夜，终于下了决心，第二天，豁个大胆，托媒人到肖玉春家提亲。肖玉春与桂英大感意外，只是他们没有张禄那般纠结。夫妻俩一商量，觉得除了宝凤嫁给张禄是做妾，有些委屈闺女外，倒没有其他的想法，一来肖玉春和桂英当年就相中了张禄，对张禄颇有好感；二来此时的张禄已经不是当年的张禄了，当年的张禄不过是他爹有钱而已，此时的张禄已经成了隆盛庄名副其实的大老财，不但有日进斗金的瑞盛店，还开了马店，前些日子把大南街的两处院子买了，现在正在盖店铺，听说要开一家钱铺。并且，隆盛庄人早就传出，说张禄应该有百万家业了。宝凤能嫁给张禄这样的财主，那是一辈子的福分呀。

肖玉春夫妇虽然愿意将宝凤嫁给张禄，但宝凤个性强，两人也不敢轻易应允，便问宝凤意思如何。宝凤早被舒兰灌输过张禄的好，对张禄也有了好感，便说父母之命不可违，自己的终身大事但凭爹妈做主。只是有一条，嫁过去后绝不像舒兰一般在外面住，一定要住进张禄的四合院。

张禄听宝凤愿意嫁给他，喜出望外，唯一让他挠头的是，按照习俗，妾是不能住在家里的。宝凤要强，艾叶泼辣，有道是一山不容二虎，两个剽悍女人住在一个院子里，怕是要闹翻了天。于是让媒人传过话去，说他可以在外面给宝凤另盖一处院子，宝凤一个人住可以，和舒兰一道住也可以。宝凤却一心要和艾叶见个高低，回答斩钉截铁：要么不嫁，要嫁就住家里。张禄舍不得宝凤，只有硬着头皮答应了。

张瑞元虽然不愿张禄纳妾，但张禄娶舒兰的时候自己曾经说过，说张禄已经分家另过，只要他养得起，就算娶三妻四妾他也不管，现在自然不好出尔反尔。艾叶自从没了她爹的靠山，又眼见得张禄钱越赚越多，再不敢对张禄竖眉毛瞪眼睛了。她见识过宝凤的厉害，本就对张禄娶宝凤一百个不满意，现在听说宝凤还要住进院子里，更是愁得晚上觉都睡不着。

张禄给肖玉春下了五千两银子的彩礼，如此重的彩礼莫说纳妾，就算娶正房，在隆盛庄也绝无仅有。肖玉春与桂英都高兴得眉开眼笑。

过了七月十五，上三元的饼匠便开始选位建炉、祭祀，筹备建造烘烤月饼的饼炉。建造饼炉十分讲究，立灶台时要烧香上供，供奉火神、灶神，求得开炉吉祥。祭祀活动结束后，便开始筹备制作月饼的各种器具。

上三元的月饼品种繁多，有提浆月饼、提江大月光饼、翻毛饼、上红饼、包馅月饼、混糖月饼等。提浆月饼是用模子制作的，有的模子里刻有馅的名称，如“五仁”“豆沙”“玫瑰”等字样；有的模子里刻有“吉祥如意”“大丰收”等字样；最受孩子们喜欢的是一种做成老寿星模样的包馅月饼，孩子们称为“糖老汉”；而制作最多、最受青睐的，则是上三元独创的混糖月饼。

隆盛庄的混糖月饼风味独特，大概与隆盛庄的水土有关。制作混糖月饼的第一道工序是和面，水烧开后，按 10∶3 的比例加入面粉、油和红糖，在锅里用铁铲搅拌成饼料放置一段时间，这一过程名为“醒面”。而后由饼匠按二两一个捏成圆形饼状，入炉烘焙。月饼上加有芝麻，象征芝麻开花节节高；加有冰糖，象征生活如冰糖之蜜。这种月饼的特点是香气四溢，久吃不腻，可以储存到过年。到了八月十五前后，一辆接一辆的牛板车将月饼运往丰镇、集宁、大同，隆盛庄的街上也都摆了各式各样的月饼，满街都是香喷喷的气味。

八月十四那天，康廷儒和妻子俊梅上街买月饼，各样选了一些，还特意给孙子买了几个“糖老汉”。夫妇二人转悠到了马桥街，马桥街除了卖月饼的，还有卖西瓜、香瓜、槟果、梨、葡萄等鲜果的。到处人来人往，人们的胳膊上多挎了装月饼和瓜果的篮子。康廷儒到西瓜摊上挑瓜，花子带着闺女杏儿路过，杏儿看见卖西瓜的，嚷着要买西瓜吃，花子不给买，杏儿便不肯走，坐在地上哭闹起来。

康廷儒心说张福也算隆盛庄有名的老财了，媳妇怎的如此抠门，任凭孩子哭闹，连个西瓜都舍不得给买。他也没有多想，抱起刚挑好的西瓜对杏儿说：“你叫啥名字？不哭了啊！爷爷送你个西瓜。”花子认识康廷儒，连忙拦住说：“康大爷，这可使不得。”康廷儒不高兴地说：“花子，我和你爹、你公公都是多年的朋友，一个西瓜算个啥？你看娃娃哭得，你就让她抱回去吃吧。”花子解释说：“康大爷，不是我不给她买。您也知道，我婆婆是蒙古人，八月十五忌讳吃西瓜。”又哄杏儿道，“杏儿，咱不买整个的西瓜了，妈给你买上两牙子，咱就在西瓜摊上吃好不好？”杏儿却不干，哭闹道：“不嘛！我就要整个的，回去还要分给雪儿姐姐吃呢。”花子没耐性了，在杏儿屁股上拍了两把，拽着她便走。

康廷儒也知道蒙古人忌讳八月十五吃西瓜。据说，当年蒙古大军征服大宋，为防止汉人造反，不但不允许汉人拥有兵器，就连做饭用的菜刀也都用铁链连着，十户人家共用一把菜刀。后来，汉人欲造反，先在七月十五捏面人，内藏纸条，约定八月十五起事。面人捏好后互相赠送，到了八月十五那天，汉人果然造反起事，所以民间便有了“七月十五捏面人，八月十五杀鞑子”之说。因此，蒙古人便忌讳在八月十五这天切西瓜吃了。

康廷儒买了瓜果用箩筐提着，俊梅则挎着装了各种月饼的篮子，夫妇二人正往回走，迎面过来一个醉眼蒙胧、脚步踉跄的汉子。那汉子离康廷儒两三步远时，康廷儒已经闻到他身上的浓烈酒气，正待侧身避开，那汉子已经向他身上撞了过来。

康廷儒怕那汉子摔倒，连忙用手去扶，猛然看见那汉子眼睛里突然没了醉意，朝他射出两道恶毒的凶光。康廷儒有了一种不祥之感，正待放下手里的箩筐，却见那汉子手一抬，一道寒光直奔他胸口而来。康廷儒猝不及防，眼睁睁地看着那道寒光直入自己的胸膛。他惊愕地瞪大了眼睛，身躯晃了晃后，软绵绵地倒下了。

俊梅见康廷儒与那醉汉相撞后突然倒地，急忙扔下胳膊上的篮子去扶康廷儒，叫道："当家的，你这是咋了？"康廷儒手捂胸脯不说话，鲜血汩汩地从指缝间流出来。这时，俊梅才看到康廷儒的心口插着尖刀，回头找那醉汉，哪里还有人影？她"哇"的一声连哭带叫道："杀人了！杀人了！"

康廷儒光天化日之下在马桥街被人刺杀，凶手杀人后迅速逃离现场，未留下任何线索。人们你猜我想，回忆康廷儒数十年来在隆盛庄的所作所为，好像没得罪过什么人，更没有树下仇家。有人忽地记起当年朝廷剿灭义和团时，义和团的大师父唐七是被康廷儒生擒后砍头的，而李炎则是唐七的徒弟，莫不是李炎杀回来，刺杀康廷儒为他师父报仇？想到这一层，人们又记起李炎攻打张瑞元家，抢劫隆盛庄七家掌柜的旧事，顿时惊慌起来。

康廷儒遇刺身亡，李炎有可能杀回了隆盛庄。段祖贤急忙召集八大行社的会首商议应对之策。

此时，众人已经推举张禄接任宝粟社会首的职务。梁宝元上了年纪，又思念儿子梁龙，担忧梁龙的生死，也没做生意的心情了，何况，永盛源现在的大掌柜张福不但是师弟的儿子，也是自己的女婿，便也辞去兴盛社会首，推荐会首由张福接任。其他各行社也多吐故纳新，多由原会首的儿子或近几年新崛起的字号掌柜、青年才俊担任。

张禄先提出来："如果是李大麻子的土匪打回来了，唯一能保护隆盛庄的便是商团。可现在康团总遇刺身亡，商团群龙无首，当务之急是聘请一位精于谋划的懂行之人担任团总。"商务会长段祖贤说道："这一点儿我已经考虑过了，诸位掌柜也都知道，咱隆盛庄的城墙正在加紧修筑，但冬季马上就要到来，最快也得明年夏天才能完工。所以，目前唯一能抵御土匪的只有商团。现在商团群龙无首，尽管咱隆盛庄人才济济，却都是以经商为本，除了汤巡检外，没有一个懂领兵打仗的。所以，请诸位掌柜商议一下，是否能请汤巡检兼任商团团总？"

众人想了想，觉得除了汤冠丰之外，隆盛庄的确无人能担此重任，便都同意了。

张禄与张福从商务会出来，边走边聊。先聊了康廷儒遇刺的事，说康廷儒豪爽仗义，行事公道，在隆盛庄有口皆碑，当年抓唐七也是奉朝廷之命，李炎怎能将唐七之死推在康廷儒身上，向他寻仇？又说康廷儒虽然年迈，但一身功夫莫说隆盛庄，在丰镇也是有名的，若不是李炎趁其不备，康廷儒怎会被他轻易得手。

兄弟俩说得感慨连连，张禄提醒张福道："福奎，李大麻子既然敢杀回隆盛庄，必定今非昔比。虽然不知道他现在发展了多少人马，但我约莫他必定也有快枪了。不然，他是不敢杀回来的。"张福点头，说他也是这么想的，又问张禄说："哥，你说李大麻子这次杀回来，会不会再次打咱家的主意？"张禄思量道："这可说不准，咱家与李大麻子虽然无仇无怨，可土匪的本性就是抢掠。有道是树大招风，财多招贼，咱不可不防呀！"张福信心十足道："哥，上次李大麻子打咱家，咱用火铳便把他吓退了，现在咱有了快枪，李大麻子若敢再来，咱也不必怕他，像我岳父那样，杀他几个，他自然便退了。"张禄却沉吟道："福奎，李大麻子若敢再来，必定是有备而来，咱切不可大意。我寻思咱家的两条快枪怕是不够用，哪天给宝奎捎个信儿，让他想办法再买几条。还要让兼做护院的伙计多多练习枪法，以防李大麻子真的再次打咱家的主意。"

张福犹豫了犹豫，压低声音对张禄道："哥，你知道不，小状元要拉独立队了。"张禄一怔："小状元要起事？你咋知道的？"张福说："前天武斯楞悄悄找我，说小状元在饮马沟秘密纠集了百十号人，准备打出独立队的旗号，造章彤的反。"张禄知道，"庚子事变"后，朝廷要给洋人赔款，便对百姓加重税赋，导致民不聊生。许多人走投无路，揭竿而起，有的土匪嫌匪号不好听，便自称独立队。其实，独立队就是土匪。张禄惊得目瞪口呆道："造章彤的反？章彤是朝廷命官，造章彤的反就是造朝廷的反。前几年闹义和团，直隶的、山东的、山西的拳民加起来好几十万，朝廷一道懿旨，几十万人便死的死、散的散，说话间便被镇压了。小状元有啥本事？就凭抢了官军的两条快枪，纠集了百十号人，就敢打出独立队的旗号？这不是异想天开，拿着鸡蛋碰石头吗！"又问张福，武斯楞还对他说什么了，张福见张禄对张占魁造反不抱希望，吞吞吐吐道："武斯楞瞒着他阿爸，把他家马场的马送了小状元百十多匹；马麦和他爹要了五千两银子，给小状元置办快枪……"张禄打断张福的话，问："如此说来，武斯楞与马麦也要和小状元一道造反了？"张福点头道："听武斯楞话里的意思，好像是。"张禄沉吟半晌，盯着张福的眼睛问道："福奎，你对哥说实话，武斯楞找你，不是只为了告诉你小状元要拉独立队的事吧？"张福垂下头，不敢直视张禄的眼睛，吞吞吐吐道："武斯楞找我，说五千两银子买不了多少条枪，要向我再借五千两银子。"张禄紧逼着问："你给他拿银子了？”张福点头说拿了。

张禄向四周看看，见没人注意，压低声音呵斥张福道：“福奎，你咋如此糊涂？武斯楞帮小状元起事，是因为朝廷曾经和蒙古人打过仗，镇压了蒙古人，两族人有仇；马麦帮小状元起事，是因为回族当年被朝廷打败而被迫背井离乡，迁徙到咱隆盛庄的，两族的仇恨一直深深刻在他的脑海里。咱家从爹走西口出来，便一直以做生意为本，勤劳节俭，针尖蓄铁，才给咱兄弟三人置下今天的家业。而今，你却出钱帮小状元造反，这要是让朝廷知道了，便是杀头之罪呀！到时候，不但全家跟着你受牵连，就连宝奎那举人老爷，怕是也要跟着你掉脑袋了。”张福听得脊背上渗出冷汗，后悔给武斯楞拿银子之前没和张禄商量，但他也有自己的理由：“哥，我之所以给武斯楞拿银子，一是因为他是金花的小叔子；二是我钦佩小状元的英雄胆识；三是章彤横征暴敛，鱼肉百姓，我恨不得小状元立刻取了那狗官的性命。再说了，咱在乌拉哈祭敖包的时候，汤巡检带官军去抓小状元，你不是也没反对救他吗？”

张禄见张福虽然面带悔意，嘴上却不肯认错，叹息道：“福奎呀福奎，我在乌拉哈之所以不反对你们救小状元，是因为小状元是抗税才被官军缉捕的，那时候，我只想救他一条性命。可现在他要造朝廷的反，你再帮他，那就是和他同罪了。我也知道章彤横征暴敛，鱼肉百姓。可你想想，千里为官，为的吃穿，哪朝哪代的官不是如此？做官没有不贪的，就说你大嫂的爹，当巡检时口碑还不算坏，可当了同知，不是也要横征暴敛，惹得人神共愤吗？人不能坏了良心，坏了良心便要遭天谴。咱家虽然有些钱，可有钱也是草民。草民过好自己的日子就行了，章彤的生死那是老天爷的事，与咱草民有何干系？”张福低头不说话了。张禄不好继续指责兄弟，拍拍他的肩安顿道：“既然银子已经给了武斯楞，现在多说也没用了。这件事你一定要守口如瓶，不要对任何人提起，也不要对爹妈讲。下次遇到武斯楞，也安顿他千万不要说出去。”张福点头道：“哥，我知道了。”

张禄与张福回家后做了一番准备，以提防李炎偷袭。段祖贤去找汤冠丰，说商务会愿意出大价钱，聘请他兼任商团团总。汤冠丰一个小巡检，一年也没几个俸禄，他到隆盛庄久了，知道商务会有钱，顿时喜上眉梢，心说送上门的钱，不拿白不拿。正要答应，他忽地想起自己虽然官职卑微，但再卑微也是朝廷命官，切不可擅自答应，因小失大，耽误了前程。隔了几天，汤冠丰骑马去了丰镇，向章彤将隆盛庄商务会的想法讲了，请同知定夺。

章彤正要呵斥汤冠丰：“身为朝廷命官，怎可见钱眼开，兼任隆盛庄商务会商团团总？这不是吃着官饭，放着私骆驼吗？”西衙典史聂志贤对他耳语道，现在丰镇境内匪盗四起，官府兵力捉襟见肘，隆盛庄商务会财大腰粗，就连商团也配备了快枪。如果汤冠丰担任商团团总，商团便成了朝廷驻扎在隆盛庄的一支不用发饷的人马。章彤细一琢磨，觉得聂志贤的话颇有道理，不但同意了汤冠丰兼任商团团总，还要汤冠丰把商团紧紧抓在手里，让商团成为朝廷的一支武装力量。

汤冠丰就任团总后，命令商团每晚集中住在商务会，人不脱衣，枪不离身，以防李炎偷袭。数日过去，外面没有丝毫动静，亦无李炎杀回隆盛庄的些许消息。倒是张占魁明目张胆地闹腾起来，打起独立队的大旗，活动于隆盛庄与丰镇一带。章彤听说张占魁起事的目的是要取他的人头，欲先下手为强，趁独立队尚未壮大之际剿灭张占魁。不想却中了张占魁的埋伏，损失了二十几个官军、十数条快枪。章彤见张占魁人强马壮，急忙向大同府请求援兵。大同知府说大同附近也有匪盗出没，无兵可派，让章彤自己想办法。章彤手里兵力不足，又怕张占魁攻入丰镇城取他的人头，只有以防守丰镇城为根本，加强戒备。

宝凤出嫁的前夜，肖玉春和桂英特意将她叮嘱了一番，说张家是大户人家，讲究颇多，让宝凤嫁过去后千万不要任性。说话要和颜悦色，举止要优雅得体，尤其在公婆面前，一定要坐有坐相，吃有吃相，切不可让张家嘲笑肖家没家教，不懂礼数。桂英知道宝凤性情烈，人要强，身上有股子傲气，得理不饶人，叮嘱她说：“宝凤呀！玉奎的太太官宦人家出身，出了名的泼辣，你也见过她找上舒兰的门发威的样子，怕是比母夜叉还要厉害。你嫁过去后，一定要处处谦让，与她和睦相处。不管咋样，人家是妻，你是妾，让着她点儿不算吃亏。”宝凤说：“妈，您放心，我知道大头小眼。”宝凤嘴上这样说，心里却冷笑道：啥妻呀妾呀的，若她那个同知老子还活着，我自然不敢招惹她。她老子尸骨已经化成灰了，我还怕她做甚？我之所以愿意嫁给张禄，一是相中了他的家境，二是看不惯那个剽悍女人。我倒要和她斗上一斗，看她丰镇人厉害，还是我隆盛庄人厉害？

张禄的西耳房原本是寿祥住着，现在娶了宝凤，便让寿祥搬到东厢房，把西耳房打扫一新，给宝凤腾了出来。艾叶本就因为张禄娶舒兰憋了一肚子气，现在见张禄又娶了年轻漂亮的宝凤，宝凤还非要在院子里住，成天有事没事在她眼皮子底下走动，更是快要气疯了。她照了照镜子，觉得自己的相貌原本就一般，现在头上有了白发，脸上添了皱纹，与当年相比，更是惨不忍睹，料想自己这辈子定然要被打入冷宫了。有心找碴儿拾掇宝凤一顿，又记起宝凤那张连珠炮一般的利口，变着法儿骂人的伶牙俐齿，记起宝凤在奶奶庙会上推她的那一跤，知道无论动手还是动口，她都不是宝凤的对手。何况，两人一旦闹腾起来，张禄必定偏袒宝凤，只有暂且忍了。

宝凤也是聪明人，虽然她不怕艾叶，但毕竟艾叶为妻，她为妾。艾叶不挑她的毛病，她也不能无缘无故地找艾叶的茬儿。所以，进门一月有余，两人没有发生过冲突，言语也没有过多的往来。

宝凤经常回娘家，也经常去看舒兰。舒兰达到了目的，便等着看热闹，问宝凤艾叶挑她毛病了没有，宝凤说没有。舒兰大失所望，她本想拿宝凤当枪使，盼望宝凤和艾叶吵起来，打起来。现在见两人相安无事，便有些后悔当初怂恿宝凤嫁给张禄了，因为张禄原来最宠她，现在最宠的却是宝凤了。

既然事情已经做了，后悔也没有用。舒兰拉着宝凤的手，吃吃地苦笑着，问宝凤与老爷同房的细节。宝凤羞红了脸，说这种事哪能说得出口。舒兰再想问，宝凤皱起眉，让舒兰说点儿别的。舒兰故意噘起嘴说："妹子，你真没良心，若不是姐姐在枕头边给老爷掏耳朵，老爷能想起来娶你？何况，自从老爷娶了你，一个月总共才来姐姐这里住过两次。你得了便宜，姐姐问你个话还不能吗？"宝凤怕舒兰不高兴，索性说道："好，反正咱姐妹伺候同一个男人，也不用避讳，姐姐想问啥就问吧。"舒兰笑了，说道："算了，姐姐知道老爷的厉害，用不着细问了。"又叹着气说，"唉！姐姐天生就是苦命的人，大的住在院子里，小的也住在院子里，只苦了姐姐这个中间的。原来还有你过来陪姐姐说几句话，解个闷儿，现在连个说话的也没了。"

舒兰不提这事还好，一提起这事，宝凤也皱起了眉头，说道："姐姐只知道自己的苦，不知道妹子的难。姐姐一个人住在外面，虽然没有人陪着说话，却也落个眼不见为净。妹子住在大院里，除了晚上睡觉能和老爷拉呱几句，还和谁说话去？这且不说，还得天天瞅着那个恶女人拉猪头。就连寿祥和雪儿，大概那个恶女人安顿了，不但不多和我说话，有时候见了我就像不认识似的。"舒兰又恨起了艾叶，说道："都是那个恶女人，她若是能发点儿善心，让姐姐也回院子里住，咱姐妹就有个说话的了。"宝凤眼睛一亮道："对呀！我咋就没想起来呢。"舒兰问想起什么，宝凤说："姐姐等着，哪天我当着她的面儿，对老爷说让姐姐搬回去住，看她能咋样。"舒兰的眼睛也亮了，问宝凤："你真敢说？"宝凤昂起头说："有什么不敢的？"舒兰一把搂住宝凤抽泣起来："妹子，你真是姐姐的好妹子。姐姐若能搬回去住，这辈子都会记着你的好。"

宝凤答应过舒兰，回去便寻找机会。一天，吃完晌午饭，孩子们都出去玩耍了，宝凤一边收拾盘碗，一边当着艾叶的面，向张禄提出要舒兰搬回院子大家一起住。艾叶忍不住了，拉下脸道："她在外面住得好好的，搬回来做甚？"宝凤也拉下了脸，说道："你是大姐，舒兰姐是二姐，我做小的都能在院子里住，二姐凭啥不能？"艾叶不想在张禄面前失了颜面，跳起来，指着宝凤的鼻子叫道："不行就是不行，让你住在这院里，也是我发了善心。你若不知好歹，明天把你也赶出去。"宝凤性子上来，也想给艾叶个下马威，免得日后像舒兰一样被她欺负。她放下盘碗，一把打开艾叶的手，叉着腰冷笑道："拿开你的狗爪子，还是官宦人家出身呢，一点儿教养都没有。想往出撵我？你有那本事吗？"

张禄早料到两个女人迟早会干起来，他心里偏袒宝凤，当下便懊恼地蹙着眉头指责艾叶说："你呀！也真有些霸道。我觉得宝凤比你明理，比你有肚量。舒兰也是我张家的人，这都好几年了，让她孤苦伶仃的一个人在外面住，你也是女人，就不能体谅体谅她？你的心真够硬的。"艾叶见张禄也指责她，更觉得委屈，眼泪唰唰地下来，叫道："我体谅她？谁体谅过我？她虽然住在外面，你却时不时地往她那边跑。我住在你身边，你一年到我屋里睡过几次？你想过没有，我也是你的女人呀！"张禄心知理亏，顿时无语，站起来说道："这种琐事我也懒得管了，你们一个丰镇人，一个隆盛庄人，都不是吃素的主儿。人家舒兰大同人，天性温顺，你也不要把人家欺负过甚了。"

艾叶张张嘴，还要说什么，张禄一手捏着烟袋，一手背抄着走了。

艾叶听出张禄言语里责备她的多，又见宝凤刚进门才几天便想做她的主了，心说如若现在就像个软柿子被她拿捏住了，往后那还了得？以小欺大，岂不是成了隆盛庄的倒流水？看来，这一仗不干是不行了。心里拿定主意，艾叶便摆出太太的威风，一手叉腰，一手点着宝凤的鼻子骂道："你个搅屎棍子，进门才几天，就搅得这个家鸡飞狗跳的不安宁了？今天不好好地教训教训你，往后还不得上了房？"宝凤早看出张禄偏袒自己了，胸有成竹，轻蔑地冷笑道："教训我？你想咋教训？你教训一个看看。"艾叶见不来真的不行了，四下瞅瞅，见门后立着一把高粱秸扫帚，三步并作两步过去，拎起扫帚便向宝凤头上打下去："看老娘今天不打死你。"宝凤早有准备，头一偏，躲过扫帚，一把抓住艾叶的手腕，将扫帚夺过来，嘴里骂道："你当我是舒兰姐呀？尊你喊你一声大姐，不尊你你就是个老妖婆、恶女人。今天我就当一回武松，拾掇拾掇你这只母大虫。"艾叶气得脸都白了，喊叫道："反了，反了！"

宝凤也不搭话，扫帚劈头盖脸地往艾叶头上打。两人一个瘦小体弱，一个年轻力壮，艾叶只有招架之功，全无还手之力，被宝凤打得抱头乱窜。艾叶想往院子里跑，宝凤偏偏把门守住，不让她出去。艾叶被逼到墙角，抱着一颗头发蓬乱的脑袋蜷缩成一团号叫着："杀人了，要出人命了！"宝凤手里的扫帚已经打得只剩个扫帚把了，可还是不依不饶，气喘吁吁地问道："母大虫，你服不服？"艾叶顾不得许多了，连声答道："服了，服了，我服了。"宝凤又问："你说，是你丰镇人厉害，还是我隆盛庄人厉害？"艾叶哭着答道："你隆盛庄人厉害，你隆盛庄人厉害呀！"宝凤这才停下手，又问："我再问你，到底让不让舒兰姐搬回院子里住？"艾叶已经彻底认输了，有气无力地答道："搬，搬，她想多会儿回来，便多会儿往回搬。"宝凤也累得没多少力气了，见艾叶被自己打服了，也答应让舒兰搬回来住了，她手里的扫帚把子一扔，坐在艾叶身边喘息起来。

艾叶从小到大，哪里受过如此的屈辱，她双手捂着脸，委屈地哭个不停。宝凤听艾叶声音悲切，也有些可怜她了。她掏出手帕，一边替艾叶擦泪，一边柔声劝她道："大姐，妹子小，不懂事，惹大姐生气了。其实，大姐是何苦呢，咱们嫁到了张家，便都是张家的人了，姐妹三个该和睦相处，让老爷安心地做生意赚钱养家才对。你说让二姐一个人在外面住，有个头疼脑热的，连个照应的人都没有。大姐也是女人，女人何苦为难女人呢？"

艾叶虽然挨了打，但宝凤向她赔了不是，说出的话也句句在理。艾叶心说自己已经答应让舒兰搬回来住了，舒兰搬回来，必定要和宝凤拧成一股绳，自己若是还不依不饶，往后就要受她二人的欺负了。罢了，就像宝凤说的，一家人好好地过日子吧。

隔了两天，宝凤把舒兰和顺祥接回来，三个女人坐在一起商量了一番，由宝凤提出，让老爷在每个女人屋里轮流住十天。艾叶原本对张禄没指望了，现在见宝凤主持公道，自然高兴得眉开眼笑，对宝凤和舒兰的成见也烟消云散了。

张禄本以为一场混战才开了个头，却没想到宝凤把事情处理得既圆满又公道，心说如果没有那天的乱，便没有今天的治，真是从大乱达到了大治。唯一遗憾的是他本想在宝凤和舒兰屋里多住几天，现在却要雨露均施了。不过，只要后院不起火，这也算不得什么。

第二十五章

梁龙携妻儿归乡

康廷儒遇刺后，隆盛庄人一直担心李炎杀回来，有钱人家日夜提防，夜里不敢往踏实了睡。可是，过了数月，有人传来消息，说李炎的土匪一直在大同附近活动，压根儿就没回过隆盛庄，人们这才松懈下来。不过，人们也有疑问，既然李炎没回来过，康廷儒究竟是谁杀的？因为康廷儒生前没置下什么家业，商务会商量，决定给康廷儒的遗孀俊梅拨一千两银子作为抚恤。

张祯托人买的枪也运回来了，这回的枪比之前的老套筒要好，是湖北汉阳兵工厂生产的，型号为八八式步枪，也叫汉阳造。汉阳造是在老套筒的基础上改进的，去除了枪管的套筒，刺刀改在前护箍下方，通条改放在护木之中。张禄和张福带着曹宝珠及几个伙计到野外试着打了几枪，觉得非常好使。

小状元张占魁那边，自从和结拜兄弟武斯楞、马麦拉起独立队，队伍迅速发展起来。武斯楞从他家的马场偷偷牵出一百多匹好马，马麦向他爹要了五千两银子，武斯楞向张福借了五千两银子，一万两银子凑在一起，托人从南方买回几十条快枪，比起附近其他几股土匪武装，可谓人强马壮。

段祖贤忧心忡忡，怕独立队到隆盛庄抢掠，便通知汤冠丰、八大行社会首和几家大字号掌柜到商务会商讨对策。张福不敢说自己借钱给武斯楞买枪的事，更不敢说张占魁曾让武斯楞向他转达，独立队绝不骚扰隆盛庄的承诺，只是劝慰段祖贤："段会长不必过虑，小状元是咱隆盛庄饮马沟人，他咋能抢咱隆盛庄呢？"朱奉祺的儿子朱进已经在恒昌永钱铺挑大梁了，代他爹来开会。因为妹妹冬梅嫁给了张祯，他也比张福小一岁，便跟着叫张福二哥了。他听完张福的话，反驳道：“二哥说的没道理。那李大麻子还是咱隆盛庄街上人呢，他不也打过你家的主意吗？亲兄弟还有反目为仇的时候，咱不能因为小状元是饮马沟人，就对他掉以轻心。”张禄知道张福借银子给武斯楞的事，也觉得张占魁不可能抢劫隆盛庄，于是客气地说：“朱少掌柜，我觉得不能拿小状元和李大麻子比。李大麻子那是啥？打家劫舍，地地道道的土匪呀！小状元因抗税起事，口号是杀富济贫，取章彤的人头，两支人马本质不同。”

庆春楼的老掌柜富锦因年迈掂不动大勺了，便把烹饪手艺尽数传给了儿子富云涛。富云涛现在是庆春园的少掌柜，他站起来说道：“众人都知道，如今的土匪，许多为了名声好听，不称自己为匪，而是号称独立队。其实，拉杆子是匪，起事造反也是匪，只要是匪，便没啥不同的。李大麻子是抢了钱自己挥霍，小状元是抢了财主的钱救济穷人。在座的互相看看，咱们都是些啥人？大大小小都是老财呀！你们说说，对咱们这些老财而言，小状元和李大麻子有区别吗？”

老君社现任会首周通是德胜炉老掌柜田闵的关门弟子。周通虽然是田闵最小的徒弟，手艺却是青出于蓝而胜于蓝，铁器打得炉火纯青，精巧处连田闵都自叹不如。尤其性情，比田闵更为耿直，说话直来直去，从不拐弯。田闵喜欢周通，便撮合周通娶了自己的三外甥女喜凤。这时，周通咳嗽一声，说：“我倒觉得两位张掌柜说得有理，独立队的武斯楞是他们妹夫武敖明的弟弟，马麦是上三元二掌柜马占元的儿子，武斯楞和马麦不但是独立队的头目，也是小状元的结拜兄弟，有了这层关系，独立队应该不会来抢隆盛庄的。就算他们来抢，抢哪家老财呢？抢老会长家？且不说小状元的爹张三当年是老会长家的佃户，老会长对他多有关照，就凭老会长家与武斯楞、马麦的关系，他也抢不得。抢梁掌柜家？梁掌柜是老会长的师兄，张福会首娶的又是梁掌柜的闺女，同样抢不得。抢段会长？段会长的儿子娶的是老会长的小闺女，还是抢不得。抢朱掌柜家？朱掌柜的闺女嫁的是老会长的三儿子，咱隆盛庄开天辟地以来的第一个举人老爷，依旧抢不得。隆盛庄最有钱的老财都姻亲相连，得罪了一个，便等于把整个隆盛庄都得罪了。剩下的各行掌柜有几个钱？值得小状元大动干戈？所以，我看大家是杞人忧天了。”

周通此言一出，引起一阵骚动。诸位会首、掌柜纷纷说周通言之有理，有武斯楞和马麦在独立队，张占魁应该不会抢劫隆盛庄的。段祖贤看着脖子和脑袋一般粗的周通，觉得他虽然看上去像个粗人，但分析得挺有道理，只是直言不讳，当着汤冠丰的面儿把话说得太直白了。汤冠丰虽然是商务会聘请的商团团总，正式身份却是丰镇下派的巡检，听了周通这番话，必定会产生其他想法，于是段祖贤连忙站起来说道：“段某觉得周会首的话有些偏颇，那武斯楞与马麦都是有钱人家的子弟，他们加入独立队，或许是受了小状元的蛊惑，或许是另有用意。咱们现在要提防的不单是小状元的独立队，还有李大麻子的土匪。好在城墙马上就要修好了，汤巡检屈就团总后，每日操练商团，严阵以待，就算有小股土匪来了，也抢不了隆盛庄。今天召集诸位来，就是给诸位提个醒，要各行社提高警惕，一旦有土匪来抢，一定要互相照应，切不可只顾自保。”一直没有说话的汤冠丰站起来，向众人抱拳道：“段会长说得对，汤某受诸位抬爱，兼任商团团总，必定尽心竭力保护隆盛庄各商家的安全。不管哪家，遇到土匪抢劫时切不可惊慌，先守好自家的大门，有枪的放枪，没枪的鸣锣，商团只要听到枪声、锣声，必定及时赶到。”

段祖贤怕人多口杂，又有人说出什么不中听或是令汤冠丰起疑心的话，连忙让众人散了。

众人散去，汤冠丰问段祖贤城墙还得多长时间才能全部完工，段祖贤说估计再有个把月即可。汤冠丰点点头，一边抽烟一边缓缓道：“段会长，咱们的城墙有城门，有角楼，可商团只有十条枪、二十个团丁，二十个团丁守隆盛庄不好守呀。就算每个城门和角楼放一个团丁、一条枪，我手里便没什么机动了。土匪一旦攻打过来，恐怕是难以抽调。”段祖贤听出汤冠丰话里有话，问道：“那汤巡检的意思是？”汤冠丰道：“我的意思是商务会能不能加拨一些钱款，再购买一些枪支，招募二十个团丁加以补充？一旦哪个城门出了事，我便可以从容增援。”段祖贤听汤冠丰说得有理，点头道：“我觉得可以，待我与各会首商量一下，便给汤巡检划拨钱款。”汤冠丰说：“那就烦劳段会长费心了。”

汤冠丰说罢，磕磕烟袋锅站起来，朝外走了两步，又停住脚，回身对段祖贤说道：“段会长，有个事儿我得提前和您打个招呼，请段会长千万不要见怪。”段祖贤道：“汤巡检但说无妨。”汤冠丰重新在椅子上坐下，眼睛望着段祖贤，慢悠悠地说道：“段会长，我准备明天去一趟丰镇，向同知大人禀告武斯楞和马麦加入独立队的事。按照朝廷律法，武斯楞他爹和马麦他爹都是匪属，应该拿下治罪的……”汤冠丰话未说完，段祖贤脊背上已经冒出了冷汗，心说真是怕什么来什么。当初聘汤冠丰为团总时，只想到汤冠丰曾为李维部下，却忽略了汤冠丰是官府的人。汤冠丰就任团总后，虽然把商团操练得有模有样，但也贪心不小，今天立这名目，明天寻那借口，没少从商务会支取银两。看来，从官府出身的人，又像康廷儒那般一身正气、不贪不敛的实在太少了。段祖贤也纳闷儿，张占魁是穷人，穷人造反，出于被逼无奈，可武斯楞和马麦都是有钱人家的子弟，衣食无缺，跟着张占魁起什么哄呀。他对张占魁没有好感，亦无恶感，那武斯楞与马麦亦属小辈，更没有来往，但他与武斯楞的阿爸武廷和马麦的爹马占元有些交情。尤其马占元，不仅是上三元的二掌柜，更是隆盛庄回民的首领。马占元若是被衙门抓了，已经在隆盛庄繁衍了上千人的回民岂肯善罢甘休？他们若闹起事来，隆盛庄怕是要乱成一锅粥了。这且不说，章彤若是往深了追究，张瑞元与武廷是亲家，自己和梁宝元、朱奉祺都与张瑞元有姻亲关系，真是拔出萝卜带起泥，搞不好，这些人都得受牵连。

段祖贤后悔今天开这个会了，气周通说的虽是实情，却口无遮拦，不分场合乱说一通，但也只得劝汤冠丰道："汤巡检莫把周通的话放在心上，那打铁的是个莽汉，若不是他师傅田闵力荐，老君社的会首根本轮不到他。"汤冠丰却说："段会长误会了，我不是因为听了周通的话才如此想的。同知大人早就听闻乌拉哈的武斯楞和小状元来往密切，小状元抗税打死税官后，就藏匿在武斯楞家。去年蒙古人祭敖包，同知曾命我协助马管带去乌拉哈捉拿小状元，可惜没有抓到。至于马占元的儿子马麦也加入了独立队的消息，倒是我前几天才听说的。"段祖贤提醒汤冠丰道："汤巡检，那武斯楞和马麦都是毛头小子，他两家也算富裕人家，你说他们能劫自家的富，济别人的贫？定然是受了小状元的蛊惑，一时糊涂，才与小状元混到一起的，和他们的爹妈没有干系。汤巡检也知道，武斯楞的阿爸武廷是乌拉哈的章盖，马麦的爹马占元是回民的首领。这事儿若捅到同知大人那里，闹大了会将蒙、回两族牵扯进来。隆盛庄现在已经有李大麻子和小状元两股人马了，若再激起蒙、回两族生变，隆盛庄的安定繁荣怕是要毁于一旦呀！"汤冠丰微微一笑："段会长说对了，我正有此忧虑。那武斯楞与马麦都是有钱人家出身，咋会跟着小状元造朝廷的反呢？是不是背后有人指使呀？当年，康熙爷出兵蒙古，镇压了噶尔丹叛乱，蒙古人表面上臣服，心里却念念不忘要复仇。还有隆盛庄的回民，他们可都是当年'陕甘回变'时左宗棠将军手下的败兵。谁敢担保马麦不是受他爹的指使，加入独立队想推翻大清的。"

段祖贤越听越怕，按照汤冠丰的推论，不但武斯楞和马麦犯了死罪，就连武廷和马占元也该被株连九族。想到此，他连忙赔着笑脸说道："汤巡检过虑了，就算武廷与马占元有天大的胆子，也不敢对朝廷这铁打的江山有丝毫邪念。不如这样，我找武廷和马占元向他们陈以厉害，让他们叫回各自的儿子，脱离独立队，如何？"汤冠丰眨巴着眼睛缓缓道："段会长，不是我不给你面子，你说此等造反朝廷的大事，我若不上报厅署衙门，将来同知大人追究下来，我便犯了知情不报之罪。除非……”段祖贤听出汤冠丰又是话里有话，连忙问除非怎样，汤冠丰慢吞吞道：“除非他两家肯出些银两，我去同知大人那里打点打点。”

段祖贤何等聪明，立刻明白了汤冠丰的心思。汤冠丰哪里是怀疑武斯楞和马麦是受了武廷和马占元的指使加入独立队的，他不过是想以此为借口，敲诈武、马两家些银两而已。武、马两家若是不能满足汤冠丰的欲望，汤冠丰到章彤那里添油加醋地胡说一番，事情怕是真的要严重了。

段祖贤到张瑞元家把汤冠丰的意思讲了，张瑞元不敢大意，连忙打发人把武廷和马占元请来。武廷先骂武斯楞道：“不知死活的东西，当年噶尔丹拥十数万铁骑，欲效仿先祖成吉思汗采取‘东进策略’，缔造一个统一的大蒙古帝国，却被康熙皇帝三次亲征击溃，最后众叛亲离，卒于科布多。此后二百余年，满、蒙两族再无战事，通商通婚，和睦相处，互相敬重，共享太平。尽管官府横征暴敛，税赋沉重，逼得那个叫啥小状元的起事造反，可咱家有地有马场，衣食无缺，关他个乳臭未干的黄毛小子屁事了？这官府若真要追究下来，轻则武姓一家人跟着带害，重则乌拉哈的蒙古人都要跟着受牵连。这该如何是好？亲家，你和段会长可要替我出个主意呀！”段祖贤见马占元脸色阴冷，抽着烟一言不发，问道：“马掌柜，马麦加入独立队的事你知情吗？”

马占元嘴上不说，心里也很忧虑。马麦与张占魁、武斯楞结拜的事他知道，张占魁拉独立队起事造反他也知道，因为马麦回家向他要了五千两银子，说是要借给张占魁买枪用。他没想到的是马麦连招呼都没有和他打，便跟着张占魁加入了独立队。马占元有勇有谋有见识，他还记着朝廷镇压西北回民起义的旧事，又眼见得章彤加重税赋，若不是张瑞元和段祖贤求情送礼，别说上三元在丰镇和大同的生意做不下去，就连隆盛庄的店铺字号，怕是有一半要被章彤逼得上了门板。所以，从马占元的内心而言，是支持张占魁起事造反的。他倒没有奢望张占魁一支小小的独立队能推翻清廷，只期望独立队能赶走章彤或将他拉下马，朝廷再换个清正廉明的好官到丰镇来。

马占元不敢说出自己内心的想法，也不正面回答段祖贤的话，只是朝张瑞元和段祖贤抱拳叹道：“老会长、段会长，现在虽说是清朝的天下，但你们汉人毕竟是第一大族，朝中多有重臣，就连咱隆盛庄的举人老爷也在朝中为官。不似我们蒙、回两支小族，始终被朝廷视为心腹之患，时刻加以监督。所以，朝廷想要治我们的罪，那只是一句话的事，就算要我们的命，我们也只有伸长脖子等着。”张瑞元听马占元说得如此悲凉，劝道：“马掌柜，事情还没到那种不可挽回的地步，你不必如此悲观。”马占元虽然内心苍凉，面上却是从容不迫，捋一捋雪白的胡须，感叹道：“我已经是黄土埋了大半截的人了，无惧生死，所以，说话也不避讳三位，就直来直去了。自打八国联军攻入北京，火烧圆明园，慈禧老佛爷仓皇出逃，清王朝已如夕阳，摇摇欲坠。后来与洋人签订了《辛丑条约》，勉强保住江山，却为了给洋人赔款，加重百姓苛捐税赋，使得百姓民不聊生。又有章彤那样的贪官，借机横征暴敛，搜刮民脂，逼得小状元一干英雄豪杰揭竿而起。如此朝廷，病入膏肓，气数已尽。可惜我马占元年迈体弱，骑不得马，舞不动刀了。不然，我也与儿子一样投奔独立队，推翻这个对外软弱、对内残暴、腐朽没落的王朝。”

张瑞元等听得面容骤变，心说难怪马麦会加入张占魁的独立队，原来就连发须雪白的马占元，也恨不得推翻清朝呢。三人面面相觑，半晌没有说话。过了好一会儿，张瑞元说道：“马掌柜，你这牢骚话，今天只在咱几个人面前发泄发泄也就行了，以后当着外人的面，切不可胡言乱语，免得招来杀身之祸。”武廷也说：“是呀！马掌柜，人在屋檐下，不得不低头。胳膊拧不过大腿。你说这些气话没用，还是听听段会长和我亲家的意思吧。”

马占元没说话，眼睛望着张瑞元与段祖贤。

段祖贤咳嗽一声，说道：“这也怪我事先没有考虑好，聘请汤冠丰做了商团团总。原本只想让他带着商团抵御土匪骚扰，保隆盛庄一方平安，可没想到那汤冠丰爱财如命，贪得无厌。依我之见，咱绝不能让汤冠丰把武斯楞和马麦的事捅到章彤那里。如果他再添油加醋一番，保不住丰镇会派兵来拿两位当人质，以要挟武斯楞和马麦。我听汤冠丰的意思，也不是非要将两位置于死地，他不过是想以此为借口，敲诈些银两而已，所以，两位看……”张瑞元已经听段祖贤说了汤冠丰威胁要把他们这些亲家都牵扯进去的话，先说道：“唉，不就是银子嘛！破财免灾，只要能封住他的嘴，花些钱也值当。”武廷也爽快地说：“行，只是不知道那汤冠丰胃口有多大。”段祖贤道：“不管他胃口有多大，咱也不能给他太多，免得他吃惯了香香屁，以后还会得寸进尺。”张瑞元提醒道：“也不能给他太少了，免得他不满足，这边拿了钱，那边又去向章彤邀功。”段祖贤想了想，征求武廷和马占元的意见：“两位看给他五百两如何？”武廷怕马占元有想法，看向马占元。马占元叹息一声道：“就听段会长的吧。”

于是，武廷与马占元各出了二百五十两银子，由段祖贤交给汤冠丰。汤冠丰当巡检，一年的俸禄也不过十几两银子，突然得了五百两银子的好处，自然高兴得不亦乐乎。

这年的秋天雨水多，天气比往年提前冷了有十几天。张祯告假，准备带张裕祥回隆盛庄过八月十五，可连绵阴雨接连数日下个不停，气温骤降，许多人棉袄都上身了。到了八月十三，阴云方才散去，天气也好了些。

张祯官职虽然不大，俸禄也没有多少，可张瑞元把上三元的股份给了他，每年也有数千两银子的进项。他想赶在八月十五之前回去，便雇了一辆轿车，换上便装，带着张裕祥上路了。

张禄原本想让张裕祥刻苦读书，将来也能像三叔张祯一般考个举人，跨马游街，他还能父以子荣，也好在隆盛庄风光一番。却不想光绪三十一年，袁世凯、张之洞上书朝廷，奏请朝廷立即停止科举制度，在全国推广蒙小学堂，咸趋实学。同年，慈禧太后批准袁世凯、张之洞的奏折，下诏宣布自光绪三十二年起，所有乡会试一律停止，各省岁科考试亦立即停止，彻底废除了在中国延续了一千三百多年的科举制度。张禄失望至极，朝廷废除科考，就算张裕祥头悬梁、锥刺股，学富五车，满腹才华，头上没有功名也是白搭。张禄本欲让张裕祥跟他学做生意，张祯劝他说朝廷虽然废除了科考，但没有废除功名，依然会重用栋梁之材，让张裕祥随他去大同的学堂读书。张裕祥还真是块读书的料，每次考试都名列前茅，今年竟然考中京城的最高学府——后来改为北京大学的京师大学堂。

张祯此次带张裕祥回隆盛庄，一则探望父母妻子，二则要把张裕祥考上京师大学堂的好消息告诉家里众人，期望其他子侄也能像张裕祥一样学业有成，将来成为朝廷的栋梁。

张祯赶了个早，天刚蒙蒙亮便起身了。前几天的连绵阴雨压住了尘土，空气虽然冷飕飕的，却格外清新。尽管叔侄二人都穿了薄棉袄，还是觉得寒意入骨。张裕祥离家半年有余，归心似箭，昨天高兴得到后半夜才睡着，路上，他与三叔拉呱了没几句话，便打起了瞌睡。睁开眼时，太阳已经很高了，天也没有早晨冷了，问他三叔走到哪里了。张祯说快到大孤山了。张裕祥问什么时候能到家，张祯说早着呢，一百几十里地，就算路上不打尖，到家也得掌灯时分了。张裕祥“哦”了一声，撩开轿车的门帘，喊车老板停车，说他憋尿了。车老板停下车，叔侄二人下车在路旁方便，活动了活动筋骨。上车的时候，张裕祥指着后面说：“三叔，您看，咱这路上还有伴儿呢。”张祯向后望去，见后面离他们半里地远的地方跟着一辆大车，车上隐约坐着几个人。张裕祥问他们不会也是到隆盛庄的吧，张祯边上车边说没准儿，也许他们是到丰镇的。

此时，太阳足有丈二高，天也热了，地上的潮气蒸发出来，暖融融、热乎乎的。叔侄二人上了车，轿车门帘也不往下放，一边赶路一边拉呱。张祯叮嘱张裕祥，京师大学堂是朝廷最好的学堂，按照大清的规定，凡是京师大学堂毕业的学生，分别授予贡生、举人、进士头衔，未为官者，由管学大臣核实其品学，请旨录用。他让张裕祥一定要把握机会，好好读书，将来做了大官，他亲自给他拉马坠镫，在隆盛庄游街三圈，让隆盛庄人看看张家子弟的出息。

叔侄二人随意拉呱，轿车不知不觉进入大孤山。

此大孤山非乌拉哈的小孤山，山路崎岖，灌木丛生，山路两旁多有洪水冲开的壕沟。到了一处上坡路，车老板怕拉车的骡子费力，跳下车辕，响着鞭子催促骡子。车快爬上坡时，车轱辘突然不动了。张祯探出头问车老板是不是骡子拉不动了，要不要他们下去帮着推车，车把式并不答话。张祯抬头向前望去，见车老板眼望前方，呆呆地一动不动，而前面的路中央立着三匹马，中间一匹马上是个长一脸络腮胡子的剽悍汉子，穿一件羊羔皮坎肩，辫子盘在脖子上，一手提着马缰，一手握一支快枪，枪口朝天架在肩头。两旁的两条汉子也是五大三粗，一个端一支快枪，枪口指着轿车；另一个拎一把刀柄上挽着红绸的大刀，大刀在阳光下闪着吓人的寒光。张裕祥一把揪住张祯的袖子，战战兢兢道："三叔，咱莫不是遇上土匪了？"张祯攥紧张裕祥的手，惊慌道："裕祥，有三叔在呢，别怕。"他嘴上虽这样说，但脸色苍白，心"咚咚"地快要跳出来了。

叔侄二人正心惊肉战得不知该如何是好，那络腮胡子嗓门洪亮地发话了："轿车里的老财，出来吧！爷在这儿恭候多时了。"张裕祥双腿哆嗦，问张祯道："叔，真的是土匪。咱咋办呀？"张祯读书人出身，同样吓得浑身打战，一边嘴里叨叨："咋会遇上土匪呢？这该咋办？"一边从身上往出掏钱说，"今天回家，身上没多带钱，只有几十块银圆。裕祥，你身上有多少钱，都掏出来，看能不能买下咱叔侄的性命。"张裕祥连忙将身上的钱都掏出来，交给张祯说："三叔，我也没多带，只有十几块银圆。"

这时，突然听得一声大吼，络腮胡子催促道："车里的人听着，再不出来，爷就要开枪了。"张祯与张裕祥不敢怠慢，连滚带爬从车厢里出来，颤巍巍地说道："别开枪，别开枪，我们出来了。"挡道的三个匪人打马向前几步，络腮胡子打量着张祯问："啥地方的老财呀？"张祯不敢说自己是朝廷的官员，小心地答道："回好汉爷的话，我们不是财主，我们是回隆盛庄探亲的。"络腮胡子似乎心有所动，问道："你们是隆盛庄人？"张祯赔着笑脸道："正是！正是！"络腮胡子粲然一笑："回隆盛庄探亲？哪家的老财？够排场的，后面还跟着伙计呀！"张祯奇怪自己只叔侄二人，土匪怎么会说带着伙计呢？回头一看，明白了，原来土匪指的伙计是后面跟着的那辆大车。只见那辆大车停在自己的轿车后面，车上下来两个男人，依旧是三个土匪，截了他们的后路。一个端着快枪，一个手持大刀，还有一个挺着钢叉。

一个三十多岁的精瘦汉子走上前来，打量张祯叔侄一眼，微笑着抱拳向那络腮胡子道："敢问好汉是独立队的吗？掌柜是哪位？"络腮胡子枪口向精瘦汉子一指，冷笑道："一个伺候人的伙计，比财主还傲气呀？有钱往出掏，瞎打听个甚？不怕知道得多了爷割了你的舌头？"精瘦汉子不解，扭头看看一旁的张祯叔侄，恍然大悟，大喇喇地笑道："呵呵，好汉误会了，我与这位先生和少爷并不相识，不过是同路而已。"络腮胡子眨巴着眼睛道："哦，原来不是一家的？"将枪口转向张祯说，"你把钱送过来吧！身上一个子儿都不许留。不然，爷一会儿搜出来便不客气了。"

张祯答应一声，正要把银圆给络腮胡子送过去，精瘦汉子却将他一把拉住，朝络腮胡子问道："敢问好汉，你家掌柜是小状元张占魁吗？"络腮胡子怔了一怔，哼着鼻子冷笑道："哼，小状元的独立队算根儿毛？爷告诉你，爷家大掌柜姓李名炎。哦，说爷家大掌柜的名字你不一定知道，但说爷家大掌柜的绰号，你便要双腿发抖了。爷家大掌柜人称李大麻子，听说过吗？"

张祯明白了，这伙劫道的是李炎的土匪。他想起李炎也是隆盛庄人，本想和土匪拉拉关系，忽地记起李炎曾经打劫过他家，万一知道他是张瑞元的儿子，那还不趁机把他掳为人质？

精瘦汉子像是没听说过李炎的名号，抱拳向络腮胡子道："对不起，兄弟眼拙认错人了。好汉是要收过路钱吧？不瞒好汉，我们身上除了打尖吃饭的几个铜板，没有多余的。"络腮胡子不信，喝道："出门在外，身上会不带盘缠？哄鬼呢吧？"又朝堵住退路的三个土匪喝道，"你们几个别愣着了，搜！若是没钱就把拉车的骡子牵了。"张祯听土匪要抢骡子，立刻慌了神儿，捧着银圆上前两步说："好汉爷，我这儿有钱，都给好汉爷留下，我们还要赶路，千万别牵骡子呀。"

后面的土匪两个搜查大车上的人，一个过来夺过张祯手里的银圆，先在张祯和张裕祥身上摸了一遍，又去搜那精瘦汉子。那精瘦汉子呵呵一笑，说道："不用你搜，我自己往出掏吧。"说罢，手往腰间一探，拔出一支短枪，枪口点着土匪的脑门向络腮胡子问道："好汉，钱没有，枪有一支，好汉要枪不要？"络腮胡子先是吃了一惊，很快便冷静下来，哈哈大笑道："爷家大掌柜正想弄支短枪耍耍呢，没想到便有人送上门来了。这样吧，你把枪留下，爷放你一条生路。”精汉子回头向后望了一眼，见后面车上的同伴已经将两个土匪制住，向络腮胡子轻蔑地笑道：“想要枪？自己过来取吧。”络腮胡子举起枪，枪口指着精瘦汉子道：“爷知道你那短枪打不远，没准头。你若不把枪给爷，爷就要了你的命。”精瘦汉子怕络腮胡子开枪，一把揪住搜他身的土匪挡在前面说：“好汉，看不起我的短枪是吧？今天我不想伤人，就让你开开眼，见识一下这把短枪的厉害。”然后向四周看了看，见三十步开外的一棵树上落着一只乌鸦，枪口一转，只听“砰”的一声响，树上的乌鸦羽毛四散，应声而落。精瘦汉子吹吹枪口，又是轻蔑一笑：“好汉，我若说现在要一枪打瞎你的右眼，你信不信呀？”

络腮胡子惊得目瞪口呆，下意识地用手捂了下眼睛，收起枪，尴尬地说道：“好枪法！真是好枪法！好汉，你是哪座山头的？敢报上山名吗？”精瘦汉子笑道：“我又不是独立队，哪有什么山名？好汉，现在可以借一条路了吧？”络腮胡子已经被精瘦汉子的枪法震慑住了，抱拳悻悻道：“好，后会有期。撤！”那抢张祯银圆的土匪也要走，被精瘦汉子一把拉住说：“把抢的盘缠留下。”那土匪连忙把银圆还给张祯，和另外两个土匪小跑着朝那三个骑马的土匪追去了。

后面车上的一个脸膛黝黑的中年人过来，朝那精瘦汉子笑道：“元翎先生，你的枪法可是越来越精了。”那精瘦汉子收起枪道：“梁兄过奖了。自古英雄出少年，比起念祖侄儿，我的枪法还是差了些。”张祯受了一场虚惊，正要抱拳向那精瘦汉子致谢，一眼看见黑脸膛的中年人，觉得甚为面熟，再一细看，高兴得险些跳起来：“龙龙哥？你是龙龙哥！”

那黑脸膛中年人正是当年带玉凤逃婚私奔的梁龙。

梁龙没想到会在路上遇见熟人，听张祯喊他的乳名，惊异地打量起张祯。他见张祯虽然相貌平常，衣着却干净整洁，颇有儒雅之风。再细一端详，觉得面貌熟悉，也惊讶地叫起来：“你？你莫不是宝奎？”张祯连声道：“是我，是我呀！龙龙哥，没想到会在这里遇见你。”

想起宝元大爷和香如大娘对梁龙的日思夜想，张祯对梁龙抱怨道：“龙龙哥，你咋一走就是十几年，香如大娘的眼睛都快为你哭瞎了。”梁龙满腹感慨，喉头哽咽道：“我、我这不是回来了吗。”旁边那个叫元翎的精汉子问道：“梁兄，你和这位先生认识？”梁龙说：“岂止认识，我爹和他爹是亲亲的师兄弟呢。”又给元翎介绍道，“元翎先生，你可别小看了我这兄弟，他可是我们隆盛庄开天辟地以来唯一的一个秀才。”旁边的张裕祥纠正道：“啥呀，我三叔现在是举人老爷了。”梁龙惊讶道：“咋，宝奎，你又考过？中举了？”张祯微笑着点了点头，梁龙抓住张祯的手，高兴地摇着说：“好！好啊！咱隆盛庄终于出了个举人老爷了。不容易呀！叔和婶儿都高兴坏了吧？你这是去啥地方了？”张裕祥在旁边自豪地说：“我三叔现在在大同为官，我们这是要回隆盛庄过八月十五。”

梁龙打量了眼张裕祥，见他个子高挑，眉清目秀，生得一表人才，问张祯：“宝奎，这后生莫非是……”张祯得意地说：“这是我大哥的大儿子，叫裕祥，一直跟着我在大同读书，刚考上北京的京师大学堂。我带他回隆盛庄给亲戚众人报喜讯去。”又对张裕祥说，“裕祥，知道不，这就是你龙龙大爷。”张裕祥说：“三叔，我早听出来了。龙龙大爷就是二婶的哥嘛！”接着抱拳向梁龙行了个礼，叫了一声龙龙大爷好，梁龙高兴得眼睛都眯缝了起来，感叹道：“看来，我走的年头是够长了，连玉奎的儿子都长成大人了。”

旁边叫元翎的精汉子见梁龙和张祯说个没完，提醒道：“梁兄，咱还要赶路呢，要不边走边说吧。”梁龙一手拉着张祯，一手拉着张裕祥说：“好，不过，那也得先给你们介绍一下。这位是我朋友，大号李元翎。”张祯与李元翎见过礼，梁龙朝李元翎笑道：“元翎先生，还得等等，让他们见见玉凤和娃娃们。”李元翎含笑道：“好吧，赶路也不在这一时半会儿，先认识一下，有话路上再细说。”张祯听梁龙提到玉凤，高兴地问：“龙龙哥，玉凤嫂子也一道回来了？”梁龙得意地说：“不单你玉凤嫂子，我还给你带回三个侄儿呢，他们都在后面的车上。走，我带你们见见去。”

张祯和张裕祥随梁龙来到后面的大车，张祯一眼便认出了玉凤。玉凤满脸风霜，比当年苍老了许多。张桢跟玉凤见过礼，叫了嫂子。玉凤流浪在外十几年，突然见了故乡人，禁不住满眼泪花。又听到张裕祥便是张禄的大儿子，想起自己当年那么喜欢张禄，却最终没能和他走在一起，更是百感交集。

大车上还坐了三个男孩，大的比张裕祥个头稍微矮些，却比张裕祥敦实，皮肤黝黑。另外两个要小一些。梁龙介绍说这是他的三个儿子，大的比张裕祥小一岁，名叫念祖，然后依次是怀祖、奉祖。互相认识后，不敢耽搁，张祯让玉凤和三个孩子坐轿车，他和张裕祥、梁龙一道坐大车。玉凤听梁龙说张祯中了举人，现在在大同为官，连忙说道：“嫂子哪敢让举人老爷坐大车，怀祖和奉祖还没坐过轿车，让他两个随你们坐吧。”梁龙见玉凤和张祯推来让去，说道：“玉凤，宝奎虽然做了举人老爷，但也是咱兄弟。我看这样吧，让裕祥带念祖弟兄三个坐轿车，咱们坐大车，我还想向宝奎问问家里的状况呢。”张祯说这样也好，便让张裕祥带着梁念祖弟兄三个坐轿车，余下的坐大车。李元翎鞭子一甩，两辆车便一前一后上路了。

梁龙急不可耐地问他爹妈和花子、叶子的现状。张祯说他爹妈身体还好，花子早已过门，叶子嫁给了朱奉祺的二儿子朱涌，高兴地说这回两家人是亲上加亲了。玉凤也急着问她家的状况，问她回去后她爹妈还认不认她，梁宝元夫妇让不让她进门。张祯说梁龙和玉凤逃婚私奔后，在他爹的劝说下，梁家给肖家补了聘礼，两家已经认了亲。玉凤听了，喜泪直往下落。又问她的几个妹妹都出嫁了没有，张祯不好意思地把他大哥娶宝凤为妾的事讲了，玉凤惊诧地拉下脸骂张禄："宝奎，不是嫂子说，你那大哥呀，真算不上个好人，便宜都让他瞅了。可惜我家宝凤了，连个小都没轮上，咋就鬼迷心窍地给他做了妾？"梁龙却咂巴着嘴，羡慕地说："玉奎那小子好艳福，大小老婆娶了三个，真让人眼馋。"玉凤捶梁龙一拳，骂道："好的学不会，赖的一看就会。咋，是不是你也想再娶两房？"梁龙连忙说："不敢，我哪有那本事。"贴着玉凤的耳朵悄声笑道："我不是和你说过吗，小时候我给玉奎起了个'小长虫'的外号。你家宝凤一准儿是看上玉奎的那条长虫了。"玉凤又给了梁龙一拳，骂道："你恶不恶心呀？"

三个人在车上拉呱，李元翎赶着大车不插话，听到有趣的地方偶尔笑一下。

如此行了不到十里地，梁龙突然喊道："元翎先生，咱怕是要有麻烦了。"李元翎连忙吆喝辕马停住，回头望去，见后面隐约有一溜快马追来，便跳下车辕，朝前面的轿车喊道："念祖，停车，快停车。"张祯顺着梁龙的目光往后看，大吃一惊道："龙龙哥，不会是李大麻子的土匪追上来了吧？"

梁龙和玉凤逃婚私奔时，李大麻子还没有加入义和团。梁龙奇怪地问："宝奎，李大麻子是这一带的土匪？"张祯突然想起来，梁龙还不知道这些事，便对梁龙解释说："龙龙哥，你离开隆盛庄早，不知道后面发生的事。这李大麻子便是当年杀了恒远当掌柜杜恒远的财旺，现在改名叫李炎，绰号李大麻子，拉独立队当土匪了。"梁龙恍然大悟，吁口气说："财旺是隆盛庄人，隆盛庄人还会打劫隆盛庄人？报个名号，他该给咱让一条路吧？"张祯苦笑着说："财旺打劫过隆盛庄，说好话怕是不管用呀！"梁龙一听，从腰间拔出短枪道："既然好话不管用，那只有打了。"李元翎也拔出枪，后悔道："唉！善心发不得。早知如此，刚才就该把那几个东西打发了。"

前面的轿车停住，梁念祖跳下车小跑过来，手里竟然各提着一支短枪，朝梁龙道："爹，刚才的土匪追上来了？打吧，给狗日的点儿颜色看看。"梁龙问李元翎道："元翎先生，你看呢？"李元翎道："去了又来，必定不是好话能劝走的。何况马车走得慢，无法摆脱土匪，只有打了。”张裕祥和轿车的车老板也跑了过来，车老板惊慌地说：“各位爷，咋办呀？我一家老少可就指着这辆轿车吃饭呢，这要是让土匪抢了，我拿啥活呀？”梁龙安抚车老板道：“别怕，我们让你咋办你就咋办，就算轿车被抢了，到了隆盛庄赔你一辆。”车老板见梁龙等手里都拎着短枪，心知这几个人有来头，连连点头道：“是，是，我听你们的。”

张祯与张裕祥刚才见识过李元翎的枪法了，现在又见梁龙与梁念祖手里都有枪，便没有刚才那般害怕了，只是心中充满疑惑：梁龙这些年在外面靠什么生活，他父子怎么都有枪？

那李元翎像是行家，让车老板跟着他把车赶下路，在小树上拴好，带着众人跳下路边的一道壕沟。玉凤虽然是女流，却没有一丁点儿的惊慌失措，只是担忧地问：“土匪人不少，你们三个人挡得住吗？”梁龙说土匪追上来，必定起了杀心，挡住挡不住都得挡。他让玉凤带着张祯、裕祥和怀祖、奉祖藏好，千万别露头。李元翎朝梁念祖道：“念祖，今天就当是第一场实战吧，让教官看看你的身手。”梁念祖咧嘴笑了下：“教官，您就看好吧。”

梁龙和李元翎、梁念祖用的都是毛瑟自动手枪。这款手枪是德国毛瑟兵工厂费德勒三兄弟于一八九五年研制的，以毛瑟的名字在德国申请了专利，定型为毛瑟M一八九六式、七点六三毫米口径手枪。该枪的开锁、抛壳、待击、装弹、闭锁等动作均由枪机后座和复进完成，采用弹匣供弹，弹匣分六发、十发、二十发装弹，在中国俗称驳壳枪、盒子炮、快慢机、大肚盒子。

梁龙三人用的是十发弹匣的驳壳枪。三人检查过子弹，从壕沟探头向外望去。

第二十六章

张祯绝境遇奇兵

土匪的马队说话间追到近前。为首一人身材高大，虎背熊腰，一脸麻子狰狞可怖。胯下一匹雪青马，手提一支汉阳造。此人正是李炎。李炎现在聚啸山林，不用义和团时大师父的称呼了，号称独立队，自封大掌柜。

李炎看见前面的人将马车赶下道路，人躲进了壕沟。李炎先还讥笑梁龙等人躲进了壕沟，又一想，那些人手里有枪，看样子是不甘束手就擒，要抵抗一番的，便命令手下的土匪将壕沟围住，他自己则喊话道："壕沟里的人听着，乖乖地给爷把那支短枪送过来，爷饶你们不死。"梁龙离开隆盛庄年头久了，对财旺的印象有些模糊了，便问张祯道："宝奎，你看那是财旺不？"张祯探出头瞅了瞅，点头道："龙龙哥，你和玉凤嫂子走后，财旺回隆盛庄开坛练拳时我见过，好像就是财旺。"梁龙对李元翎道："元翎先生，那李大麻子也是我们隆盛庄人。你看这样好不？我和他套套近乎，他们人多势众，能不打最好。"李元翎同意道："那样最好，梁兄试试吧。"梁龙便放开嗓门向李炎喊道："请问，你是隆盛庄的财旺吗？"

李炎怔了怔，心说丰镇和大同人都叫自己李炎或李大麻子，壕沟里的人如何知道自己的乳名？嘴上应道："爷正是隆盛庄的财旺，你们是哪里的，咋知道爷的小名？"梁龙说："我也是隆盛庄的呀。"李炎惊讶地问："隆盛庄的？你是隆盛庄谁家的？认识爷吗？"梁龙笑呵呵道："咋能不认识呢？你小的时候我见过，你爹叫李记，你家是开米面铺的，对不对呀？"李炎答道："嗳，你还真说对了，你到底是谁家的？"

张祯猛然想起李炎曾经带土匪抢劫过梁龙家，被梁宝元打死了一个，活捉了一个，正待提醒梁龙不要说出自己的由来，却为时已晚。梁龙说道："我姓梁，我爹是永盛源的梁掌柜。你还记得吗？"李炎不听梁龙自我介绍还好，听梁龙自称姓梁，他爹是永盛源的掌柜，立刻猜出是梁宝元的儿子了。想起自己就是因为抢劫梁宝元家时吃了亏，折了人，无奈之下才改在丰镇、大同一带活动的，李炎咬牙切齿道："你是梁宝元的儿子？爷日你祖宗的，你不知道你爹伤过爷的人吗？还敢报出你的家门？"梁龙大惑不解，回头问张祯怎么回事，张祯说："我还没来得及对你说，刚才正想提醒你，你已经把话说出去了。财旺拉杆子后，先去抢我家，被我大哥用火铳吓走。后来又接连抢了隆盛庄七家大户，其中就有你家。亏了我爹送给你爹一条快枪，财旺才没有得手。"梁龙心说怪不得呢，朝李元翎苦笑了一下，说："元翎先生，看样子好话是不管用了。李大麻子和我爹结了仇，今天不会放过咱们。"梁念祖年轻气盛，轻蔑地说道："爹，怕啥呀？既然狗日的和我爷爷结了仇，今儿个我就把狗日的拾掇……"

梁念祖话音未落，李炎那边又说话了，并且语带凶狠："姓梁的，你给爷听着，爷此番追你，本来只想夺你那支短枪要要，没想要你性命。可你既然是隆盛庄人，又是梁宝元的儿子，爷今天就不客气了。你家不是老财吗？爷抓了你当肉票，你爹拿不出三万两银子，爷就撕票了。"梁龙有枪在手，毫不畏惧，哈哈大笑道："财旺，记得你爹在隆盛庄也算个老实人，咋养下你这么个恶鬼？隆盛庄人没亏欠过你家吧？"李炎也哈哈大笑道："姓梁的，隆盛庄人是没亏欠过爷家，可爷抢过瑞盛店的张掌柜，抢过你家，还抢了几家大户，你说隆盛庄人能不恨爷吗？反正爷已经是万人恨了，不妨多你一个。"说罢，指着身旁的络腮胡子又说，"姓梁的，爷再介绍你认识个人，他也是咱隆盛庄人，你知道他是谁吗？你应该听你爹讲过当年隆盛庄有个叫王岱的，他们夫妇二人被康廷儒那老狗绑到西河湾砍了脑袋的事吧？他就是王岱的儿子，大名王金虎，就是他，去年的今天在隆盛庄杀了康廷儒那老狗，替他爹妈报了仇，也替我师父唐七报了仇。"

那络腮胡子正是王岱的二儿子王金虎。

当年，王岱利欲熏心，在救济灾民的粥锅里加入生石灰，害死上百灾民。王岱夫妇被康廷儒在西河湾砍了脑袋，王岱的爹妈没脸在隆盛庄住下去了，把王岱的顺风园盘给了富锦，带着王岱的弟弟王永和两个孙子举家迁往集宁，在集宁的九龙街落了脚。王岱的两个儿子大的叫王金龙，从隆盛庄出来的时候八岁了；小的叫王金虎，尚在襁褓之中。王金龙小时候得了羊角风，动不动就抽搐过去，到集宁后不过两年便夭折了。

集宁的九龙街是个贫民区，鱼龙混杂，三教九流，干什么的都有。王永馋吃懒做，交往的都是些偷鸡摸狗、讹人跌皮的地痞混混，不过六七年，便把卖顺风园得来的那点儿钱糟践得一文不剩。他爹妈没法生活，只有拿起打狗棍沿街乞讨。王永记恨康廷儒杀了他哥嫂，害得他背井离乡，在王金虎还小的时候就一直向他灌输康廷儒是他的杀父仇人，要王金虎长大后一定杀回隆盛庄，取康廷儒的性命为他爹妈报仇。

因此，王金虎从小便在心中埋下了仇恨的种子，加之他叔叔不成器，爷爷奶奶靠乞讨度日，真是身无御寒衣，家无隔夜粮。长到十岁时，王金虎拜了一个江湖卖艺的为师，跟着师父游走江湖，学了一身中看不中用的花架子武艺。王金虎武艺虽然不精，但胳膊如椽，大腿如檩，身体十分健壮，应付一两个人还是绰绰有余的。他家仇未报，也不成家立业。他之前回过隆盛庄两次，第一次回去时还没闹义和团，去四美庄看康廷儒操练士兵，传授武艺。看了两次，觉得自己的武艺远不及康廷儒，报仇没有胜算。第二次回去，康廷儒虽然挨了唐七一刀，走路一瘸一瘸的，却被商务会聘为商团团总，整日待在商团，枪不离身，找不到下手的机会。去年，王金虎第三次回到隆盛庄，这次他势在必得。在陈禹的合盛店住下，跟踪观察了康廷儒半月有余，直到八月十四那天，见康廷儒和妻子俊梅上街采买月饼、瓜果，觉得报仇的机会到了，便袖藏尖刀，弄了半瓶酒洒在身上，佯装喝醉了，脚步踉跄地向康廷儒怀里跌去。借康廷儒扶他的机会，将一把尖刀插入康廷儒的胸膛，然后趁乱逃出隆盛庄。

王金虎这些年流浪在外，居无定所，现在大仇已报，便想找个安身之处。他打听得有一路人马出没于丰镇、大同一带，掌柜的也是隆盛庄人，名叫李炎，绰号李大麻子。李炎的师父唐七闹义和团时，兵败被康廷儒所擒，在丰镇砍了脑袋。王金虎想那李炎既是同乡，又与康廷儒有仇，自己杀了康廷儒，必定会受到李炎的重用，不妨投奔他去。

李炎听他爹讲过当年王岱施粥，害死许多灾民的事。现在见王岱的后人杀了康廷儒，报了父仇后来投奔他，李炎自然另眼相看，加之王金虎生得剽悍，又会些武艺，便让他当了二掌柜。李炎的土匪这些天正在大孤山一带活动，王金虎带着喽啰出来打野食，被李元翎的枪法震慑而退。他回去便告诉了李炎那支短枪的厉害，怂恿李炎亲自出马，将李元翎的短枪夺过来，以后李炎便可以挎着短枪了，既方便又威风。李炎听得心动，问王金虎那些人是不是走远了，王金虎说大车能走多快，马屁股抽几鞭子便追上去了。李炎听了王金虎的主意，连忙集合了几十个土匪，快马追赶上来。

就在梁龙与李炎对话的工夫，王金虎已经指挥土匪下马，向壕沟包抄过去。

王金虎见识过李元翎的枪法，自然不敢冲在前面。喽啰们自恃手里有快枪，没把梁龙等放在眼里，鼓噪着围上去。李元翎本想等土匪离近了再开枪，梁念祖毕竟年轻，想在众人面前出个风头，尤其让刚见面的张裕祥看看自己的本事，朝着冲在最前面的土匪便是一枪。他的枪法的确够好，那土匪一枪便被撂倒了。张裕祥见状，高兴地向张祯叫道："三叔快看，打中了，打中了，念祖真厉害。"围攻的土匪没受过军事训练，见壕沟里的人只放了一枪，一个同伙便脑袋开了花，吓得趴倒在地，也不瞄准，朝着壕沟噼里啪啦地放起枪来。张祯拉住张裕祥的胳膊让他蹲下，李元翎则瞪梁念祖一眼，呵斥道："念祖，我还没下命令你便开枪了？平时如何教导你的？"梁念祖朝李元翎吐一下舌头，说道："教官，我心急了些。"梁龙也斥责梁念祖说："念祖，咋不听李教官的教导呢？真沉不住气。"李元翎说："梁兄，也怪不得念祖，头一次上战场，免不了心慌。"

王金虎见梁龙这边只放了一枪便没动静了，催促土匪继续往前冲。李炎初拉杆子时，手下的土匪多是他亲自调教出来的拳民，多少有些武艺，也敢冲敢杀。张皋一役，李炎旧部被官军斩杀得没剩下几个，现在的这些土匪都是后来招募的。土匪们抢财主、抢百姓个个奋勇争先，到了卖命的时候便都怂了，尽管王金虎喊破了嗓子也不敢往起站，一个个乌龟一样趴在地上往前挪。李炎见状，抢过一个土匪手中的大刀，喝道："冲！谁敢后退爷活劈了他。"土匪知道，李炎一旦发火便六亲不认，只好硬着头皮爬起来，虾米一样弓着腰，边放枪边向前冲。李元翎见土匪近了，喊一声"打"，三个人便开了枪。李元翎与梁念祖各开了几枪，打倒三个土匪，梁龙枪法不好，两枪都打空了。李炎见李元翎等枪法精准，再往前冲怕是会再折人，连忙下令让土匪退回去，问王金虎："金虎，梁宝元的儿子那伙人枪打得有准头，咱不能让弟兄们白白送死。你看咋办？"王金虎想了想，说道："大掌柜，要么先把他们困在壕沟，等天黑之后再摸过去。他们女人娃娃多，贴身肉搏不是咱的对手。"李炎夸奖道："嗯，好主意，就这么办。"

李元翎见土匪虽然退了，但没有撤走的意思，猜出了土匪的意图，对梁龙道："梁兄，看样子李大麻子是想把咱们困在壕沟里，等天黑了再动手。"梁龙骂道："狗日的财旺，当年在隆盛庄时，嘴唇上挂着两道鼻涕，傻不啦唧的，就像脑袋被门挤过似的，现在咋变得聪明起来了？"李元翎正要与梁龙商量应对之策，梁念祖突然说道：“爹，教官，你们快看，土匪好像来援兵了。”

梁龙与李元翎急忙探头望去，见北面果然有一彪人马疾驰而来。梁龙皱起眉头道：“坏了，肯定是财旺的援兵。”李元翎叹息道：“唉！本来是要联络小状元的独立队，没想到河渠里翻了船，栽在了土匪的手里。咱们死了无所谓，只是连累了嫂子和几个娃娃。”梁龙也不抱希望了，说道：“左右是个死，一会儿冲出去，杀一个够本，杀两个赚一个。”

两人正在沮丧之时，突然听得土匪那边响起枪声，再探出头看，原来是刚赶来的那彪人马和李炎的土匪打起来了。梁龙高兴地对李元翎说：“元翎先生，有救了，那彪人马和财旺不是一伙儿的。”李元翎笑着点头说：“天降奇兵呀！梁兄，你说他们会不会是小状元的独立队？”梁龙说：“没准儿，也许是吧。”

李炎的土匪不经打，抵抗了不到半袋烟的工夫便溃逃了。那彪人马打跑李炎，驱马向壕沟这边过来了。一个二十来岁又黑又瘦的年轻人喊道：“老乡，出来吧，土匪被我们打跑了。”梁念祖正要站起身，李元翎拉住他说：“念祖，别动，先问清楚他们是什么人。”没想到张祯突然跳出壕沟，向那彪人马奔去。梁龙急忙喊他回来，张祯却回头说：“龙龙哥，出来吧，没事儿了。那是金花女婿的弟弟武斯楞和马掌柜的儿子马麦，他们一准儿是小状元的独立队。”梁龙问张祯看清楚没有，张祯说看清楚了，抱住双手朝那彪人马喊道：“武斯楞，别开枪，我是你三哥宝奎。那个是马麦吧？”对面一匹马疾驰过来，马上的人正是武斯楞，远远地叫道：“三哥，咋会是你们？”

梁龙等确认没了危险，都从壕沟里爬出来。那又黑又瘦的年轻人和马麦打马过来，问武斯楞道：“大哥，你们认识呀？”武斯楞跳下马道：“小状元，你不认识我三哥？”那又黑又瘦的年轻人正是饮马沟的小状元张占魁。张占魁勒马打量着张祯说：“挺面熟的，好像在隆盛庄的街上见过。大哥，你不是只有一个哥吗？啥时候跑出来个三哥？”马麦跟上来，见是张祯，连忙翻身下马，抱拳向张祯行了礼，惊讶道：“咋会是东家呢？这是咋回事呀？”张占魁奇怪地问：“马麦，你们也认识？”马麦招呼张占魁道：“二哥，快下马呀！见了举人老爷，还不赶快行礼问安。”

张占魁听到“举人老爷”四个字，明白张祯是谁了，连忙撩腿下马，抱拳向张祯拜了拜。回头问马麦道：“马麦，我刚才听你拜的好像不是举人老爷，是东家呀，咋地个说法儿？”马麦呵呵笑道：“二哥，你脑子成天都想啥呢？你以为上三元是我爹一个人的？举人老爷才是上三元的大东家，你说我拜错了吗？”张占魁眨巴眨巴眼睛，拉住马麦将他推到张祯面前道："马麦，你得重新拜。东家不东家是你的家事，举人老爷却是隆盛庄上万人的荣耀。你该先拜举人老爷，再拜东家。"马麦笑道："好、好、好，你是二哥、你是头儿、你是首领，听你的吧。"说完，马麦再次抱拳拜了张祯，对张占魁玩笑道："亏了二哥这状元是假的，若是真状元，不知道要咋折腾人呢。"

张祯一一回了礼，把梁龙一家和李元翎给三人介绍了。三人对梁龙不熟，但都知道隆盛庄永盛源的掌柜梁宝元。互相行过礼，张占魁问张祯如何被李炎的土匪踅摸上了。张祯把自己带侄儿从大同回隆盛庄过八月十五，半路遇上王岱的儿子王金虎劫道，被李元翎吓退后，王金虎回去把李炎搬来的经过讲了，说若不是张占魁解围，他们一行人怕是躲不过今天了。

张占魁与武斯楞、马麦都听老辈儿讲过当年王岱施粥，掺生石灰害死许多灾民，被四美庄把总康廷儒绑到西河湾砍了脑袋的事。三人听说王金虎便是王岱的儿子，并且康廷儒也是他杀的，都为之一惊。又听说李元翎一枪便将树上的乌鸦打下来，敬仰他的枪法，连忙向李元翎抱拳行礼。李元翎依次还了礼，对张占魁道："小状元兄弟，其实我是专门来找你的。"张占魁不解："找我？咋回事儿？先生有需要我帮忙的地方？"李元翎问张占魁是否认识大同一个叫弓富魁的。张占魁一脸高兴道："先生说的是弓老大呀！咋能不认识呢。当年我在大同贩炭，大同的几个混混向我勒索钱财，我和弟兄们不服，与他们打了起来，亏了弓老大出手相助，才没有吃亏。咋，先生和弓老大认识？"李元翎微笑道："岂止认识，我们是好朋友。是弓老大让我来找你的。"张占魁高兴地握住李元翎的手说："真的，那可太好了！先生一定要在我这儿多住上几天。刚才举人老爷说先生一枪便把树上的乌鸦打下来了，还得劳烦先生教教我们打枪。"李元翎微笑道："好说！好说！"

众人寒暄过后，张祯问武斯楞是如何知道他们被李炎困在这里的。武斯楞说他们本是路过，听见枪响便赶过来了，见是李炎的土匪在打劫路人，也没多想，便把李炎打跑了，没承想救下的竟是张祯等。梁龙看天色不早了，向张占魁等告辞，说他们还要赶路，经过这一耽搁，回到隆盛庄怕是要半夜了。张占魁担心张祯半路再出意外，提出让武斯楞带几个弟兄护送他们回去。梁龙说不必了，就算再遇到些许毛贼，他和念祖便能对付。

李元翎留在了独立队，张占魁命人将轿车与大车赶上路，两班人马拱手道别。路上，张祯问梁龙："龙龙哥，我看那位叫李元翎的先生来历不简单。"梁龙笑笑，问："你看出什么了？我怎么没觉得？"张祯疑窦重重道："他不但枪法好，还和小状元有瓜葛，现在又留在了独立队，能是普通人吗？”梁龙轻描淡写地说：“元翎先生喜欢结交朋友，算半个江湖人，没啥特别的。”张祯看出梁龙是敷衍他，笑着问道：“龙龙哥，咱不提你那朋友了，我觉得你和念祖也不一般。”梁龙问：“我他和念祖怎么不一般了？”玉凤接过话说：“啥一般不一般的？他们父子那叫不务正业，不想着咋挣钱养家，成天舞刀弄枪的，嫂子的心呀，快为他们父子操碎了。”张祯说：“我就是想问呢，龙龙哥和念祖咋都有枪？念祖枪打得咋那么准？我看龙龙哥和那位李先生像是一路的。嗳，嫂子，你们这些年一直在啥地方，咋也不给家里捎个信儿？”

玉凤看看梁龙，梁龙没有回头，也没有说话。玉凤叹息了一声。

张祯想不到也猜不到，梁龙加入了孙中山领导的同盟会，也要推翻腐朽没落、摇摇欲坠的清王朝呢。

当年，梁龙带着玉凤逃婚私奔，落脚直隶省昌平县清河镇，用张禄给他带的银圆开了家小饭馆。玉凤当年便怀了大儿子念祖，之后又相继生了怀祖和奉祖。隆盛庄是出生意人的地方，梁龙在永盛源干了多年，对生意不外行。夫妻二人勤劳能干，待客热情，不计较分厘得失，到他饭馆吃饭喝酒的多是回头客。饭馆虽然赚不了大钱，混个温饱还是绰绰有余的。梁龙几次想回隆盛庄，玉凤却不敢，一则她爹要脸面，自己做了丑事还敢回去，不把她爹气死才怪；二则梁家若是不认她这个媳妇怎么办？玉凤推了又推，说等孩子们长大了，能替她做主了再说。

后来，八国联军打进北京，清政府被迫与英、俄、德、法、美等十一国签订了《辛丑条约》。从此，内忧外患，国运日衰。朝廷一些有远见的皇亲贵族提出变法维新，推行新政，在停止科举，兴办学堂的同时，效仿德国、日本的军事教育，兴建新军。光绪二十八年，在清河西约六里地处成立了清河陆军预备学校。学校设学科和军事科两门课程，学科有国文、中外历史、中外地理、代数、几何、微积分、物理、化学、绘图、外国语（分英、日、德、俄语）等。军事科有步兵操典、各种典范令、内务条例、徒手与持枪单人训练和班排训练、武术、马术、刺枪、器械体操、野外演习及实弹射击等。

清河陆军预备学校成立的第三年，李元翎应聘到学校担任射击教官。李元翎喜欢喝两口，经常到梁龙的饭馆要壶酒，要两个菜，梁龙不忙时，便要梁龙陪他喝几杯。两人说话投机，很快便成了朋友。梁念祖十五岁时，李元翎见他聪明伶俐，身体也好，便劝梁龙将梁念祖送到军校学习，要亲自训练梁念祖学习射击。梁念祖勤学苦练，不过一年的工夫，无论长枪短枪，打得比李元翎还准，并且擅使双枪，成为李元翎最得意的学生。年初，一个叫王虎臣的应邀到学校任教。王虎臣是直隶赵州人，十二岁应童子试，十五岁从师习武，二十一岁赴日本京都留学，可谓文武双全。回国后，王虎臣曾先后任赵州学督、保定学监，秘密加入同盟会后，辞去学监职务，应邀到清河陆军预备学校任教。

李元翎与王虎臣意气相投，结为好友，王虎臣便发展李元翎加入了同盟会。李元翎常带王虎臣到梁龙的饭馆吃饭，酒喝多了时，二人便忍不住痛斥清政府的腐朽没落。见梁龙有所察觉，他们索性将梁龙也发展加入同盟会，为将来武装起义做准备。前些天，山西同盟会的弓富魁派人给王虎臣捎信，说山西同盟会准备发动武装起义，丰镇隆盛庄有个叫小状元的，以劫富济贫为口号，拉起了一支独立队；他和小状元有些交情，要王虎臣派一名军事教官前去指导训练，将独立队发展为起义力量，并邀王虎臣尽快赶往大同，筹备起义事宜。王虎臣觉得李元翎是训练独立队的最佳人选，又想到梁龙是隆盛庄人，便派李元翎和梁龙一道回去，李元翎负责训练独立队，梁龙负责筹措钱款，用以购买起义用的武器弹药。梁龙早就想回隆盛庄了，玉凤也觉得念祖已经长大了，回去后万一梁家不认她，也有念祖为她做主，便带了三个儿子和梁龙一道回来了。她一路忐忑不安，设想着爹妈和公婆对自己会是什么态度，直到遇上张祯，听说她爹妈早已收了梁家的聘礼，梁家也已经认她这个媳妇了，心里那块悬了十几年的石头总算落了地。

梁龙一行快马加鞭，到了丰镇时已是黄昏。张祯与张裕祥的干粮自然是上三元的干货。梁念祖弟兄三个没吃过上三元的干货，初次品尝，三个人都觉得好吃，一阵狼吞虎咽，路上便把干货吃完了。梁龙在路旁的一家饭馆把车停住，取出随身携带的馒头，说到饭馆要几碗开水，吃过后再赶路。张祯见那馒头放了数日，已经干裂了，说反正天黑之前回不了隆盛庄，梁龙与念祖身上都有枪，也不怕歹人劫道，索性吃完饭再走。几人要了几个菜，给梁龙要了一壶酒，麻利地吃完，又继续赶路了。

这天是八月十四，一轮满月悬在空中，将道路照得十分明亮。一行人回到隆盛庄时已是半夜，此时，隆盛庄的城墙已经完工，梁龙和玉凤远远便看见城楼高大的轮廓，感慨离开十几年，隆盛庄竟然连城墙都修了。城门早已关了，张祯喊了几嗓子，看守城门的团丁打着哈欠出来问是什么人。张祯报上名号，团丁举起火把查看，见果然是举人老爷回来了，连忙打开城门放他们进来。

邓香如又想梁龙了，半夜才睡着。

邓宝柱从五台山回来，以圆通的法号在北庙做了住持后，邓香如去北庙看过弟弟几次。邓宝柱原本不爱说话，现在做了和尚，话更少了。他从小窝囊，在外面受了孩子们的欺负，都是邓香如这个姐姐为他出头的，家里弟妹几个，邓香如最亲邓宝柱。邓香如见弟弟回来了，高兴得泪都流出来了，邓宝柱却盘腿坐在蒲团上，双手合十，闭着眼睛如老僧入定一般。邓香如说了半天话，邓宝柱一句话都不回，直到邓香如摇着头，叹着气要走的时候，他才张口说道："姐，我如今已经皈依佛门，四大皆空，往后你就不要再来看我了。"

邓宝柱不但不理邓香如，就连他爹邓和、他哥邓国柱、妹妹邓香草来看他，也都面无表情，如不认识一般。一家人聚在一起时提到邓宝柱，邓和叹着气说："唉！你妈若还活着，兴许他能和你妈说上几句话。"邓国柱说："未必！他是和尚，南庙的和尚也是和尚，人家就不像他。我看呀！归根结底，还是他脑子受了刺激。既然他已经皈依佛门，以后咱就别去叨扰他了。"

别人不去就不去了，邓香如却不行。逢年过节，还是要包些素馅饺子送到北庙。北庙除了圆通还有个小和尚，邓香如也不见圆通，让小和尚带进去。如此送了几次，圆通让小和尚带出话来："施主，我师父说了，庙里的香烛、供祭和米面都由商务会划款拨付，庙里自己也有一片菜地，以后就不劳施主再送东西了。"邓香如听得心寒，回去后抹了几把眼泪，便很少去北庙了。今年春天，邓和过世，众人问邓国柱通知圆通不，邓国柱说："他现在身入佛门，除了佛祖谁都不认。算了吧，就当爹妈没生养过他。"

邓香如不甘心，还是偷偷去了趟北庙，把她爹过世的消息告诉了圆通。圆通这次没有无动于衷，眼睛虽然闭着，却流出两行眼泪。晚上圆通带着木鱼回了家，守在他爹的灵柩前，一边敲着木鱼，一边念诵经文超度他爹的亡灵。到了吃饭的时候，别人给他端上素斋，他动也不动，唯有口干时会喝一碗白水。邓和的棺材停了五天，圆通没进一粒米，木鱼敲了五天，经文诵了五天，最后一直把他爹送到坟头，感动得众人唏嘘不已，说圆通还是有人情的。

今天是八月十四，邓香如瞒着梁宝元，提了一篮子月饼和水果给圆通送去。圆通正坐在庙门口晒太阳，见邓香如来了，破天荒第一次主动站起来，迎上前诵一声"阿弥陀佛"，说道："姐，你又来看我？"邓香如见圆通开口说话了，高兴得心花怒放，也不管圆通的僧衣上有没有尘土，替他拍拍这儿，掸掸那儿，说道："是呀，明天过八月十五了，姐给你送来几个月饼和一些水果。"圆通接过邓香如的篮子，感慨道："从小到大都是姐照顾我，圆通只有下辈子报答姐的恩情了。"邓香如听得心中一暖，眼睛一酸，泪便流了出来，说道："宝柱，快别这样说，就算你被逼无奈出了家，咱也还是一奶同胞的姐弟呀！"邓宝柱却说："姐，其实我出家是心甘情愿的。自从皈依佛门，我觉得自己就像重生了一般。"姐弟俩唠了一会儿，圆通问道："姐，龙龙还没有消息？"提到梁龙，邓香如又是满心酸楚，叹着气说："唉！这都十几年了，生不见人，死不见尸。原来你姐夫还成天念叨着，现在连念叨也少了。"圆通安慰道："姐，你不必担心，佛祖会保佑龙龙的，他迟早会回来。"邓香如满心惆怅道："回来？哼，不孝的东西，好歹也给家里捎个信儿，让姐和你姐夫有个盼头呀！"

梁宝元想着明天就是八月十五了，别人都团团圆圆，一家人围在一起吃月饼，自己两个闺女都出嫁了，八月十五肯定在婆家过，家里只剩下他们老两口加一个丫头，这十五过得有啥意思？又想起下午花子给家里送来半只羊，说是她公公让送来的。他问花子张祯回来没，花子说还没有，若是天黑之前不回来，怕是十五便不回来了。梁宝元心中思念梁龙，晚上吃饭，一个人喝了壶闷酒，早早倒头睡了。

穗儿伺候了梁宝元夫妇数年，到了十八岁时，邓香如传出话，说要把穗儿聘了。杜杉的老婆淑清听说了，请媒人前来提亲。梁宝元对杜杉没好感，当即推了。淑清却相中了穗儿，央媒人再来。邓香如觉得杜杉名声虽然不好，他老婆淑清却是隆盛庄出了名的孝顺媳妇，尽管杜杉在外面有了相好，还是把婆婆古氏伺候得如同亲妈一般。她也见过杜杉的儿子杜金良，后生相貌不错，性情也好，便劝梁宝元："穗儿丫头出身，你还想给她寻个啥样的人家？杜杉名声虽然不好，但家境不错，穗儿嫁过去后，迟早得分家另过。到时候各吃饭，另洗锅，好了多来往，不好少来往，和杜杉没太大的干系。"梁宝元想想，觉得邓香如说得也对，便勉强同意了，认穗儿做了干闺女，还给她准备了嫁妆。

梁宝元现在的丫头是前年买的，名叫梅梅。梅梅解开拴狗的链子，送进尿盆、夜壶便回屋了。邓香如不瞌睡，油灯下一边给梁宝元纳鞋底，一边想着梁龙现在在啥地方，是不是离隆盛庄很远，不然，咋就连个信儿也不往回捎？看着夜深了，这才睡了。

邓香如睡下没一会儿，突然听得院子里的狗叫起来，连忙推一把梁宝元。梁宝元惊了一般跳起来，吃惊道："狗叫得这么厉害，莫不是来土匪了？"邓香如疑惑道："不会吧？城墙已经修好了，城楼有商团守着，土匪能进来？"梁宝元说："那可说不准。"

梁宝元匆匆穿好衣服，取出快枪，推上子弹便往外走。出了家门，见明亮的月光下，院门被敲得“咚咚”作响，还有人喊门，只是狗叫得厉害，听不清外面的人喊了什么。梁宝元猜想外面若是土匪，便不会喊门了。梅梅也起来了，梁宝元让梅梅把狗拉开，耳朵贴着院门向外面问：“深更半夜的，谁呀？”外面的声音让梁宝元几乎不敢相信自己的耳朵：“爹，是我，我是龙龙。”梁宝元惊愕地瞪大了眼睛，当他确信外面的声音的确是他朝思暮想的儿子时，竟然糊涂得连院门也不给开，小跑着回到屋里，冲着趴在窗台上向外张望的邓香如叫道：“香如，快，快，龙龙回来了！龙龙回来了！”邓香如恍如梦中：“啥？龙龙？龙龙回来了？”

邓香如跳下地，趿拉着鞋便往外跑，朝不知所措地守在院门口的梅梅喊道：“梅梅，别愣着了，开门，快开门呀！”梅梅慌忙把院门打开，邓香如一眼便认出了站在门口的梁龙，更让梁宝元高兴的是，梁龙给他带回了三个生龙活虎的孙子。

玉凤终于回到了梦见无数次的隆盛庄，见公婆待她就像刚进门的新媳妇一般亲切，高兴得全无睡意。念祖、怀祖与奉祖本就在车上不停地打盹儿，现下也不瞌睡，见了爹妈经常念叨的爷爷奶奶，更是说说笑笑，精神抖擞。梁宝元高兴得嘴都拢不住了，吩咐梅梅赶快点火做饭，炒两个菜上来，他要和十几年没见过面的儿子好好喝上几杯。梁龙说他们路过丰镇的时候吃了饭，爹妈上年纪了，还是早些歇息吧。梁宝元挺起脖子说：“歇息啥呀？爹这十几年早歇息好了。你们一家子回来，爹三天不睡觉也不瞌睡。”邓香如料想梁宝元必然会兴奋得睡不着，对梁龙说道：“龙龙，就听你爹的吧。他念叨你和玉凤念叨了十几年，现在你们终于回来了，就算让他躺下，他眼睛也闭不住呀！”

有道是上马饺子下马面。梅梅先炒了两个菜端上来，接着便去擀面条了。梁宝元让邓香如取三个酒杯，喊梁念祖说：“念祖，快来陪爷爷和你爹喝几杯。”梁念祖朝梁龙看去，梁宝元道：“别看你爹的脸色，回了家听爷爷的。”

爷孙三个这边喝着酒，邓香如那边忙着往出找被褥，嘴里絮絮叨叨地说：“咋能想到一下子给我带回三个大孙子来，明天得买几十斤好棉花，买几块杭州产的缎被面，给我的儿媳妇、孙子们做几床新铺盖。”玉凤听婆婆如此说，心想若是早知道公婆认她，真该早回隆盛庄。梁宝元亲自给儿子、孙子斟满酒说：“今儿个就将就点儿吧，这会儿也算是十五了，咱一家人终于团聚了。明天晌午爷爷在庆春楼摆它几桌，把你瑞元爷爷一家子，你姥姥姥爷和姨姨几家子都请了，好好庆贺庆贺。”

爷孙三人喝了两杯，梁龙惭愧地说：“爹，我出去了十几年，也没混出个啥成就，愧对您老人家了。”梁宝元瞪起眼睛说：“咋就没成就？你的成就大着呢。”梁龙以为他爹是挖苦他，红着脸说：“爹，哪有啥成就？连件像样的礼物都没给您和我妈带回来。”梁宝元红光满面道：“啥是像样的礼物？我的三个孙子就是最大最贵重的礼物。龙龙呀！爹今天真是高兴死了，原想就你一个传宗接代的，你若是在外面有个三长两短，梁家便要断后了。没承想你小子争气，一下子给爹带回三个小老虎般的孙子。爹这以后呀，走路都要往起直直腰了。”

梁宝元说到高兴处，端起酒杯自己喝了一杯。念祖拿起酒壶给他爷爷斟满，梁龙问道：“爹，我出去十几年，连个信儿也没往回捎，您怪怨我了吧？”梁宝元笑着说：“当然怪怨了，还没少和你妈骂你呢。不过，爹现在一点儿也不怪怨你了，你看你给娃娃们起的名字，念祖、怀祖、奉祖，看得出，你心里也一直想着隆盛庄，想着爹和你妈呀。”

梅梅做好面条端上来，怀祖与奉祖吃过后，玉凤让他们先睡了。邓香如提醒梁宝元：“你天黑便睡了，加上兴奋，这会儿肯定不瞌睡。龙龙和玉凤、念祖坐了几天车，人困马乏，让他们早点儿歇息吧。”梁宝元恍然大悟道：“好、好，就这一杯，喝完就睡。”

梁龙和玉凤、念祖一路车马劳顿，的确累了，钻进被窝便睡着了。梁宝元没有睡意，端着油灯看看这个孙子，端详端详那个孙子，给这个掖掖被子，在那个额头上亲一口，把邓香如看得直笑。

第二天早晨，天大亮了时，梁龙一家还呼呼地睡着。邓香如让梅梅熬一锅稀粥，各样月饼切了几盘子，怕惊扰儿子一家睡觉，和梁宝元都在伙房等着。若不是张禄和宝凤、张福和花子听说梁龙一家回来了，都来看他们，梁龙一家怕是能睡到晌午。

张禄见到玉凤时有些不好意思，玉凤却没有一点儿扭捏，眼睛别着张禄说：“玉奎，你真有本事呀！竟然把我家宝凤娶了？宝凤，你也是的，嫁不出去了？给他做妾！”宝凤却挽着张禄的胳膊说：“二姐，做妾有啥不好的，玉奎可宠我了。”

吃过早饭，邓香如备了些月饼、瓜果和五百块银圆，让梁龙带着玉凤和孩子们认岳父岳母去。梁龙说月饼和瓜果带着，银圆就不必了，他还有二百银圆的积蓄。梁宝元在旁边说：“你第一次登丈母娘的门，二百银圆能拿得出手？不能让肖家小看了咱梁家。另外，记着告诉你岳父岳母和大姨子、小姨子、连襟们，爹晌午在庆春楼请客，让他们带着全家都去。”

晌午，梁宝元在庆春楼摆了几桌，除了亲家肖玉春和张瑞元一家，把段祖贤和朱奉祺也请了，像是为儿子补办了一场婚礼似的。

第二十七章

枉为父杜杉淫媳

达林太过世后，张瑞元便成了永盛源的大东家，他不偏不倚，他将花了半辈子精力创办的三家字号分给了三个儿子，给大儿子张禄分了瑞盛店，给二儿子张福分了永盛源，给三儿子张祯分了上三元。这三家字号都是隆盛庄最有实力的字号，实业经营，就算出些差错，也没有大的风险。

尽管如此，张瑞元还是留了一手。这些年来，他在隆盛庄周边先后置下五千多亩土地，大红柜里的地契厚厚的一沓。口外人烟稀少，土地辽阔，但土层浅薄，沙化严重，加上无霜期短，无法种植高产作物，以种植小麦、莜麦、山药为主，亦有荞麦、豌豆、糜子，但产量均不高。在口里，家中有上百亩土地的人，便可称为大地主了，而在口外，有上百亩土地的地主比比皆是。

口外的土地没有口里的肥沃，自然也就没有口里的值钱，但张瑞元的土地不是上百亩，而是五千多亩，就算一亩地平均只收两小斗租子，每年的租子也能收近千石。张瑞元之所以没把土地分给儿子们，就是怕儿子中出了败家子，或者哪个经营不善赔了大钱，这五千亩土地便足以使他们起死回生了。

最让张瑞元放心的是大儿子张禄。

张禄在他表哥曹宝珠的协助下，把瑞盛店经营得井然有序，稳步发展，不但成为隆盛庄最大的粮店，之后还又开了一家瑞盛马店。最让张瑞元感到意外的，是张禄前两年又在大南街开了瑞盛钱铺。张瑞元知道，钱铺是靠银子运作的，张禄既然敢开钱铺，手里一定有足够的现银。看他不声不响的，人到中年便有了如此成就，真是鸢猫逮大耗子呀！

张瑞元最满意的是三儿子张祯，因为张祯是他这辈子最大的成就、最大的骄傲、最大的荣耀。

上三元是张瑞元和马占元、梁宝元三个人合股创建的，张瑞元参股最多，当然是大东家。与瑞盛店和永盛源相比，上三元投入本钱最少，收益却最大。上三元虽然没有瑞盛店和永盛源那样日进斗金的时候，却也不像瑞盛店和永盛源那般淡旺两季分明，忙的时候忙个死，闲的时候冷冷清清。上三元的干货南到大同，北到集宁都是有名的，尤其丰镇，更是妇孺皆知。小孩子手里只要有一个铜板，肯定是先去买上三元的干货。所以，上三元的生意天天都是旺季，逢年过节更是供不应求。字号内有马占元负责制作生产，外有三家分号的掌柜负责销售，张祯便成了不用动嘴，不用动手，人在大同为官，拿着朝廷俸禄，家里却天天有进账的东家。当然，他还是隆盛庄人人敬重、引以为豪的东家，因为他是隆盛庄开天辟地、空前绝后的唯一一个举人老爷。

张瑞元对二儿子张福由不信任逐渐转为担忧。

梁宝元和张瑞元借助达林太的力量，花了无数心血，将永盛源发展为隆盛庄第一大皮货行。张福娶了梁宝元的大闺女花子，分出去另过时，张瑞元把永盛源给了张福。有道是三岁看大，七岁看老。张福从小读书不用功，做事没耐心，玩心太重，属于那种讲义气、好结交朋友的人。若不是张瑞元和乌云其木格看管得紧，他怕是早就和小状元那些不安分的年轻人混在一起了。张瑞元本不放心把永盛源交给张福经营，怕他用不了几年便把自己的心血败个精光，但考虑到师兄是张福的岳父，有师兄照看着，应该出不了大差错。

张福的确出不了大差错。梁宝元是看着张福长大的，虽然张瑞元把永盛源的股份都给了张福，张福成了大东家，但也还是他的女婿。不管从哪头讲，都是梁宝元说了算。可是，人总有老的时候，人老了，一是身体不行了，干不动了；二是脑子迟钝了，转得慢了。加上梁宝元也不想在女婿面前当恶人，便渐渐放开了手。张福天生不是做生意的料，偌大一个永盛源把他忙得焦头烂额，顾了这边顾不了那边，经营每况愈下，便与他爹和岳父商量，说岳父干不动了，他一个人忙不过来，不想经营皮坊和毡坊了。

梁宝元无奈地说："瑞元呀！你早就回家享清福了，可我还得为你儿子看门护院。我也不是不想帮福奎，他是亲亲的女婿呀，可我实在是干不动了。"张瑞元知道，师兄干不动是一个原因，另一个原因是梁龙没有音讯，他没心思干。钱这东西，拼了命地赚，为的是给儿孙们多留些。师兄在隆盛庄虽然算不上大财主，可这些年十几万两银子还是攒下了。女婿再亲也是外人，让他继续拼了老命地干，图个什么呀？可是，他又不想舍弃这一行当，便对张福说："福奎呀，做生意不能勉强，既然你忙不过来，那就自己掂量吧。只是皮坊和毡坊当年费了爹和你岳父不少心血，好好做下来，每年的进项也不少。盘给外人爹有些舍不得，这样吧，你把你哥喊过来，听听他的意思。他若是想接，就盘给他吧。"梁宝元在旁边道："肥水不流外人田，这倒是个好主意。"张福担忧道："爹，我哥既要经营粮店，又要经营马店，大南街还开着钱铺，他忙得过来吗？"碍着梁宝元在，张瑞元没有数落张福，只是淡淡一笑道："无论做啥事情，都要喜欢，都要有灵性。做生意也是一样，你见你哥亲自下手买粮粜粮了，亲自去草地贩马了？好东家不是事必躬亲，是用脑子谋划，是要会用人。"

张福听出他爹话里的含义，红着脸去喊张禄了。梁宝元看着张福的背影，替他辩护说："瑞元呀，龙生九子，还个个不同呢。玉奎像了你，做生意贪大、贪多，就像吃不饱的饿汉。福奎像了我，钱看得没那么重。"张瑞元鼻子哼一声，说："师兄，你这是夸他呢？生意人谋的是啥，不就是赚钱吗？你看钱没那么重，哪样生意你亏本做了？"

梁宝元早已不像当年那般喜欢与师弟争高论低了，师弟和三个儿子的家业加起来，隆盛庄无人能比，无人能及。师弟做过商务会的第一任会长，师弟的儿子是隆盛庄开天辟地、空前绝后的举人老爷。自己呢？就算有个儿子，现在还不知道在什么地方刮野鬼呢！所以，他已经多年不和张瑞元抬杠了。

张福把张禄叫过来，张禄听他爹把意思讲了，朝张福叹息一声："福奎呀！好好的皮坊和毡坊，咋就不做了呢？啥叫没人手？就算你亲自上手，你会擀毡子？你会熟皮子？你会做皮袄？这样吧，从我店里踅摸个既能干又靠得住的，过去给你当掌柜吧。"不等张福说话，张瑞元开口了："玉奎呀，福奎既然不想干了，那就由着他吧。现在是说你，你愿不愿意把皮坊和毡坊盘下来？"张禄不敢贸然答应，望着他爹问："爹的意思呢？"张瑞元说："皮坊和毡坊是当年爹和你梁大爷置下的，费了我们不少心血，爹当然希望你能盘下来。"张禄呵呵一笑，轻松地说："那就盘呗！都是一家人，不过是把钱从这个兜里掏出来，装进那个兜里。梁大爷和福奎随便说个价。"张瑞元主持公道说："哪能随便说呢？亲兄弟更得明算账，他不要吃亏，你也不要占便宜就是了。"张福看了看岳父，梁宝元说："你不用看我，你是大东家，主意自己拿。"张福性格爽快，说道："哥，其实也没几个钱。皮坊就百十口泡皮子的大缸和皮毛匠用的工具，毡坊连缸都没有。能值几个钱的，也就作坊的几十间房。若不是有我岳父的股份，就白送哥了。”梁宝元瞪张福一眼说：“福奎，咋说话呢？你的意思是我舍不得？你当我和你爹一样钻钱眼里了？”张瑞元吧嗒一口烟袋，说：“东西是不值钱，但账要算得明白、算得清楚。玉奎，爹再安顿你一句，皮坊和毡坊换了东家后，以后用皮子用毛，还得用永盛源的。”张禄点头道：“爹，这我知道。”

春天张福把皮坊和毡坊盘给他哥，秋天梁龙便回来了。梁宝元见儿子终于回来了，自己老两口不但有了养老送终的，还添了三个生龙活虎的孙子，也没细想，把永盛源的股份给了梁龙，又筹划明年也给梁龙盖一处和张瑞元的儿子们一模一样的四合院，然后他就可以长长地舒一口气，学张瑞元一样了无牵挂地享清福了。

张梁两家本就是父一辈、子一辈，张福娶了花子，梁龙成了张福的大舅哥，更是亲上加亲。

梁龙回到隆盛庄不过半个月，南方便传来消息：武昌新军的革命党人于八月十九日发动起义，一举攻占总督衙门，并迅速光复汉口和汉阳。新军协统黎元洪和立宪派首领汤化龙等归附革命，黎元洪被推举为湖北军政府都督。军政府宣布中华民国成立，主权属于人民，号召各省响应革命，推翻清政府。

因为八月十九日是阳历的一九一一年十月十日，故称“双十节”。后被定为中华民国诞生日。

梁龙记着王虎臣交给他的任务，原准备向张禄借两万两银子，可他爹说准备给他十万两银子，只是正值秋天收粮，钱放在张禄的瑞盛钱铺赚利息了，等收完粮，算回本息后再给他。梁龙想，现在正是钱铺放贷的旺季，张禄尚要向别人借闲钱，手头肯定也紧，干脆等张禄收回借贷后再张嘴吧。

可是，不等张禄收回借贷，王虎臣已经来了隆盛庄，他告诉梁龙，说李元翎做好了张占魁的工作，张占魁决定将独立队改编为革命军，配合同盟会推翻清王朝。李元翎又单刀赴会，用两支驳壳枪做见面礼，说服李炎的人马和附近几小股土匪参加革命，准备时机一到，便与张占魁合兵一处，配合山西同盟会发动武装起义，攻打丰镇城。所以，现在急需钱款购买枪支弹药。

梁龙想，绝不能让起义军举着大刀、挺着长矛去和武装了快枪的清军厮杀，便向王虎臣保证他一定尽快筹到银子。王虎臣面色凝重，拍着梁龙的肩膀说：“梁兄，我已经和小状元见过面了，小状元斗志旺盛，元翎兄训练有方，只是新拉起来的队伍快枪太少，弹药不足，你一定要快啊！”

梁龙想了好久，觉得还是从永盛源支借钱款比较稳妥，便找张福说有件事想和他商量。张福以为是生意上的事，大大咧咧地说："哥，现在的永盛源是咱俩人的买卖，有啥想法你说。"梁龙说："福奎，这件事和永盛源没有瓜葛。你也知道，哥这些年在外面没有赚到钱，我爹虽然答应给十万两银子，但那银子正在玉奎的钱铺周转着，一时提不出现。哥现在有急事需要用钱，你看能不能从柜上支借一下，救个急？"梁龙说罢，心跳得"咚咚"的。虽然他现在是永盛源的二东家了，可他刚刚接了他爹的班，永盛源一文钱的力没出便要支钱，连他自己都觉得脸红。张福倒是爽快，说道："嗐，多大点事儿呀，不就用钱吗。哥你说，要多少？"梁龙伸出两个指头说两万两银子，张福惊异地问："两万两银子？这么多？哥，你是不是在外面拉下饥荒了？"梁龙摇头说："哥不赌钱，家里也没有大的花销，哪能拉下饥荒。"张福不相信："两万两银子不是个小数目，哥刚回来，也没有需要花大钱的地方，要这么多钱做甚？"梁龙有些急了，说道："福奎，咋和你说呢？这两万两银子你必须给哥拿上。你放心，这钱是做正事用的。等过些日子，我爹给了银子，我立刻便还上。"张福见梁龙神情严肃，加上他既是永盛源的二东家，又是自己的大舅哥，也不好打破砂锅问到底，便点头说："哥，字号正在收冬皮，柜上的钱不能动。这样吧，我和花子说一声，从家里给你拿吧。"梁龙心里一块石头落了地，高兴地说："行，哥这是救急用，现钱不方便，最好给哥拿银票。"

张福家是花子当家，回去对花子说了，花子听说是她哥借钱，爽快地拿了。梁龙将两万两银票交给王虎臣，王虎臣问清楚银票的来历，写了一张借条交给梁龙，说："梁兄，起义尚未开始，你便为革命立了首功。这是借条，你收好了。"梁龙不解道："虎臣先生，不就两万两银子吗，要借条做甚？算我梁龙为革命出力了。"王虎臣却说："革命是所有劳苦大众的事，何况这银子不是你自己的。这么说吧，万一革命失败，这两万两银子怕是不能还你了。如果革命成功了，你拿着这张借条，到商务会支取两万两银子还给人家，将来丰镇的革命政府会以此借条为凭证，抵扣隆盛庄应该缴纳的税赋。"

梁龙明白了王虎臣的意思，便把借条叠起来装了。

秋天的雨，下一场天便冷一次，最后一场冷雨过去，天便开始下雪了。

九月初九是梁宝元的生日。此时已是宣统三年，梁宝元七十二岁了。

从小到大，梁宝元没有排排场场地过过一次生日。年轻时忙着做生意赚钱，经常把生日忘了，等到想起来，已经是兔子过了八道梁了。后来娶了邓香如，邓香如记着他的生日，每年九月初九早晨睁开眼，先对孩子们说："娃娃们，今天是重阳节，也是你们爹的生日，吃好的。”已经习惯了的孩子们，几乎同时说道：“早起长寿面，晌午油炸糕，晚上包饺子。”

梁宝元每年的生日都是如此过的，早晨腌葱面，面条上面放一个荷包蛋。晌午把师弟一家请过来，炸五斤黄米面的豆馅油炸糕，用山药丝和粉条拌一大盆凉菜，让庆春楼用食盒送一盘过油肉、一盘鱼香肉丝、一碗扒肉条、一碗清蒸羊肉。当然，梁宝元肯定要和师弟喝个畅快了。晚上简单，煮一锅猪肉白菜馅饺子，孩子们晌午都吃多了，晚上也吃不了多少。年年如此，一成不变。后来，梁宝元熬成了老财，和邓香如商量说：“每年我过生日，你都忙着做，顾不上吃，我看今年咱去庆春楼过吧。你既不用做饭，又不用洗锅，可以安安心心地吃。”邓香如却说：“才攒了几个钱，你就烧得要往庆春楼送了？瑞元比咱家有钱多了，也没见他到庆春楼过生日去。”梁宝元嘻嘻地笑着说：“那个抠门老财，若不是娶了乌云其木格，受了蒙古人的感染，怕是连顿油炸糕都舍不得吃，要学肖玉春吃鸡蛋碰毛糕了。我说，若是你和瑞元做了两口子，一个抠门货，一个守财奴，日子过得肯定赖不了。”邓香如得意地说：“那是当然！如若我们是两口子，那便一个是搂钱的耙子，一个是装钱的匣子。你想去吧。”梁宝元鼻子哼一声说：“我想？我想啥？你想去吧！就瑞元的福气，能娶上你这装钱的匣子一般的老婆？他头蒙在被窝里做梦去吧。”

后来，张禄娶了媳妇，张瑞元过生日不用乌云其木格操心了，张禄在庆春楼给他爹过。梁宝元羡慕地对梁龙说：“龙龙呀，看见人家玉奎了吧，在庆春楼给他爹过生日呢。将来你娶了媳妇，记着也在庆春楼给你爹排场排场。”可是，梁宝元终究没指望上儿子给他在庆春楼过个生日，因为梁龙不等娶了媳妇，便带着玉凤逃婚私奔了。从那之后，梁宝元再没提起过到庆春楼过生日的话。

梁龙记着他爹当年的心愿，掰着指头数了应该邀请的亲朋好友，按人头在庆春楼订了酒席。梁宝元过生日的头天晚上，干闺女穗儿来了，给梁宝元送来一双亲手做的千层底布鞋和一件黑缎子对襟棉袄，说是送给干爹的生日礼物。

第二天，梁龙在庆春楼悬红挂彩给他爹过生日，亲朋好友坐了八九桌，上的一水儿是庆春楼的招牌菜。众人一拨接一拨地给梁宝元敬酒，把梁宝元喝得面色黑里透红，说话时舌头都不利索了。最后是由玉凤、花子、叶子、穗儿和念祖等一干小辈儿前拥后呼，把他搀扶回家的。

梁宝元一觉睡到日落西山，小孙子奉祖喊他起来吃饺子。梁宝元见梁龙不在，问念祖他爹去哪了，念祖说好像去玉奎叔家串门了。梁宝元说兴许张禄留下梁龙吃饭了，别等了，咱们吃吧。邓香如摆好碗筷，花子拿上醋壶和蒜，玉凤煮好饺子端上来。梁宝元先给怀祖和奉祖碗里各夹了几个，自己夹一个正要吃，梁龙突然急匆匆地从外面回来，面带惊慌地说道："爹，穗儿家出人命了。"梁宝元吃了一惊，筷子里的饺子掉在碗里，醋溅了他一下巴。梁宝元用手抹一把，问道："咋回事？不会是穗儿……"梁龙叹着气点头："是穗儿，还有杜杉那个畜生。"梁宝元不相信，问梁龙是如何知道的，梁龙说："刚才我从玉奎家回来，听街上的人说杜杉家出人命了，问是咋回事，人们说是杜杉对穗儿起了歪心，被他老婆拿刀劈了。穗儿羞得没脸见人，在柴房拴根绳子上了吊。我怕人们是传言，便赶过去看，果然是真的。"

梁宝元与邓香如都如五雷轰顶，惊了个目瞪口呆。

杜杉娶过淑清没两年，便在外面寻了相好。寻了相好也就罢了，回家还看淑清不顺眼，经常打骂她。淑清性情懦弱，逆来顺受，不敢与杜杉抗争，只叹息自己命不好，没嫁个好男人。直到儿子杜金良娶了穗儿，杜杉做了公公，方才收敛了些。

杜杉看不起淑清，对儿子杜金良也不是太好。他家的院子是一排五间正房，东西各三间厢房，原来有三间南房，南房的后墙贴着段祖贤家正房的后墙，由于接缝不好，每次下雨，雨水从段祖贤家的后檐流下来，后墙便浸了水。杜杉南房的后墙湿了，段祖贤家的后墙也要湿。段祖贤找上门来，要杜杉把南房拆了或者重新盖，两家的后墙隔开些出水的间隙。段祖贤秀才出身，在隆盛庄德高望重，又是商务会长，杜杉惹不起，便把南房拆了。淑清猜想金良娶过媳妇后，杜杉会在外面给儿子盖一处院子，但杜杉总是推说不急，缓两年再盖。杜金良夫妻便一直住在正房的两间西房。

穗儿丫头出身，嫁到杜杉这样的有钱人家，自然心满意足。她天性乖巧，给杜杉沏茶端水洗衣服，深得杜杉喜欢。

前年，杜杉的母亲古氏病重，淑清便住在婆婆家伺候婆婆。金良要照看当铺，中午也不回去吃饭，穗儿每天做好晌午饭先给丈夫送去，回来再自己吃。有时候公公在家，便先给公公和孩子们盛好饭端上去，就连她公公的夜壶也是她每天给提进屋的。杜杉大概是看穗儿贤惠、孝顺，又辛苦，拿出二百银圆给穗儿。穗儿不敢要，杜杉抓住她的手，硬把银圆塞给她，说："爹给你的，让你拿你就拿着。"穗儿收了银圆，谢过公公，高兴了好几天。

一天，杜杉在家，穗儿做好饭，先给公公和孩子们盛了，再去给丈夫送饭。回来时，孩子们都回屋睡了，杜杉坐在太师椅上抽着烟。穗儿自己吃过，正在灶头洗锅，杜杉突然从身后把她的腰搂住，在她脸上亲了一口。穗儿吓得心慌意乱，一边挣扎一边道："爹，您这是做甚哩？"杜杉不松手，咬着穗儿的耳朵淫荡地说："穗儿，你不知道，自从你进了杜家的门，爹就喜欢上你了。”穗儿哀求说：“爹，使不得呀！我是您的儿媳妇，这要是让妈和金良知道了，岂不是天要塌下来了吗？”杜杉紧搂住穗儿的腰不放，两只手隔着衣服捏摸着穗儿的两只乳房，迷醉地说道：“穗儿，这屋里就咱翁媳两个，你不说，爹不说，他们咋能知道？”穗儿一边往开掰杜杉的手，一边叫道：“爹，您放手呀！世上哪有您这样的公公？”杜杉口水都要流出来了，在穗儿雪白的脖子上亲了一口，无耻地嘿嘿道：“你没听说过老公公骚媳妇吗？世上这样的事多了。穗儿，爹想你想久了，魂儿都不在自己身上了，你就了了爹一个心愿，让爹睡一睡吧。”穗儿大声嚷道：“爹，不行，真的不行呀！”杜杉收起笑，吓唬穗儿说：“穗儿，你别这么大声音，要是把娃娃们惊醒了过来看见，爹倒是老皮老脸了，可你还年轻，传出去咋做人呢？”穗儿被吓唬住，果然不敢大声喊叫，压低声音道：“爹，爹，穗儿求您了，您就放开穗儿吧！”杜杉已经迈出了第一步，哪里肯放手，竟然也求穗儿道：“穗儿，爹也求你了，爹对你朝思暮想，你就让爹睡睡吧。爹给你钱，你要多少爹给你多少。”穗儿急得眼泪都要流出来了，继续挣扎道：“爹，这不是钱的事儿，我不要钱。”

穗儿越是哀求，杜杉越是欲火升腾，摸索着抓住穗儿红裤带的头用力一揪，裤带的结便开了。穗儿见自己的裤子滑落下去，苍白的脸立刻羞得通红，顾不得往开掰杜杉的手，急忙弯腰去提裤子。杜杉趁机把手探进穗儿怀里，穗儿毕竟年轻力壮，一手提起裤子，一手去掰杜杉的手，腰使劲儿一扭，挣脱了杜杉的搂抱，回头怒视着杜杉道：“爹，你都这般岁数的人了，咋啥心思都有。”没想到杜杉竟然“扑通”一下给穗儿跪了，紧紧抱住穗儿的大腿，头昂起来，可怜兮兮地望着穗儿哀求道：“穗儿，反正爹已经把你的裤子脱了，这传出去，爹没脸做人，你也不清白了。你索性就成全了爹吧，爹就这一次，往后再不敢对你起歪心思了。”穗儿本就心软，见公公给自己跪了，眼里含着泪哀求她，又想到自己裤子被公公脱了，不由得动了恻隐之心，问杜杉道：“你保证就这一次？”杜杉听出了穗儿的言外之意，惊喜地答道：“穗儿，就这一次，爹向老天爷发誓。”穗儿叹息一声，手一松，裤子重新掉下来，眼睛也缓缓闭上了。杜杉不敢怠慢，欣喜若狂地把穗儿抱起来放在了炕上……

杜杉虽然答应穗儿只此一回，穗儿还是不敢大意，尽量避免与杜杉单独相处，就算万不得已，也要留个孩子跟在身边。好在过了三个月，古氏过世，婆婆回家了。

杜杉得到穗儿的身子后，对穗儿比之前更好了，经常悄悄地给穗儿塞上几十块银圆。穗儿开始不敢要，杜杉便说：“拿着，爹欠了你，没别的补偿，只能给你些钱了。”穗儿丫头出身，自然喜欢钱财，久而久之，杜杉只要给她，她便拿了。只是杜杉的誓言如同放屁，虽然再没有提出过那种要求，但老婆和儿子不在跟前时，还是忍不住要在穗儿胸上抓一把，屁股上捏一下。穗儿拿了杜杉的钱，也不好和他翻脸，只有一笑而过。

杜杉夹起尾巴做了半年好人，终于忍不住了。正巧岳父高掌柜不行了，淑清想像伺候婆婆一样伺候她爹最后几天，又怕杜杉不高兴，没敢提出来。杜杉看出这是个机会，主动提出让淑清回娘家伺候她爹去，淑清以为自己伺候婆婆感动了杜杉，说了许多感激的话，回娘家伺候她爹去了。杜杉瞅个机会，又向穗儿提出要做那事儿，穗儿问杜杉为啥说话不算数，杜杉厚着脸皮说："穗儿呀！别的事说话都能算数，唯独这男女之事，永远都不会算数的。你说这都半年多了，爹忍了又忍，你看爹还能活几年，不能就这么忍下去吧？"

从那次后，穗儿和杜杉单独在一起的时候，也不喊他"您"了，她瞥杜杉一眼说："你呀！真不像个当爹的，啥龌龊事都做得出来。"杜杉哪管穗儿说他什么，嘿嘿一笑，抱住穗儿便往她怀里摸，穗儿半推半就，又让杜杉如了一次愿。杜杉吃惯了香香屁，隔几个月便要瞅个机会和穗儿做一次。

这天晌午，梁龙在庆春楼给梁宝元过生日，花子劝穗儿也喝了几杯，穗儿酒上了头，晕沉沉的，回家便上炕躺了。杜杉去当铺转一圈回来，忍不住从西房窗户朝里张望，见只穗儿一个人在炕上躺着，又回自己屋里一趟，老婆淑清不在，心说这机会难得，连忙蹑手蹑脚地去了穗儿那屋。

穗儿迷迷糊糊睡得正香，感觉耳旁隐约有呼吸声，以为是金良回来了，翻个身继续睡。可是，一只手从衣服里摸进怀里。穗儿躲了躲，喃喃道："大白天的做甚了？也不怕爹妈看见？"杜杉偷笑一下，悄声道："穗儿，是我。"穗儿心忽地亮堂了，连忙坐起来将胸抱住，厌恶地别杜杉一眼道："吓了我一跳。这大白天的，也不怕妈看见？"杜杉贪婪地望着穗儿，嘴凑过来说："你妈若在，爹还敢过来呀？"穗儿往后躲躲，拢一把头发说："改天吧？今儿我干爹过生日，花子姐逼我喝了几杯酒，脑袋现在还晕沉沉的呢。"杜杉急不可耐，一个饿虎扑食将穗儿抱住，在她脸上连着亲了两口道："改天啥呀！穗儿，爹有两个月没找过你了吧？爹看今儿就挺好的，快让爹疼疼。"穗儿心又软了，犹豫着道："那万一我妈一会儿回来了呢？"杜杉说："回来个啥呀！从她爹死后，她瞅个空儿便往娘家跑，肯定又给她妈做饭去了。"杜杉手探进穗儿怀里，一边乱摸一边说："穗儿，爹拿定主意了，明年就给你们盖一处院子，你们另出去过，爹找你的时候也方便了。"

穗儿做梦都想着能有一处自己的院子，听公公说明年要给她盖房，惊喜地问杜杉："当真？"杜杉把穗儿按倒在炕上，一边解她的裤带一边说："当然，爹给你花钱啥时候吝啬过？"杜杉虽然上了年纪，却是宝刀不老。穗儿花杜杉的钱多了，也不觉得杜杉恶心了。尤其杜杉答应明年给她盖新房，心中更是欢喜，自然任由公公摆弄。

且不说翁媳两个偷偷摸摸，巫山云雨。只说淑清的确去了娘家，给她妈蒸了两笼馒头，怕回来晚了被杜杉骂，急匆匆地往家里走。走到巷口时，看见儿子杜金良也正往家里走来。淑清停住脚等儿子过来，问他："金良，你咋回来了？你爹在当铺呢？"杜金良说："我爹到当铺转一圈便回家了。他刚走，就有人拿了一对玉手镯来典当，我怕走了眼，让人家等着，我喊爹去给作个价。"

母子二人一道回来，院门没有插，屋里也没人，杜金良奇怪地说："我爹没回来？他明明说要回来躺一会儿的嘛！我问问穗儿见我爹了没。"杜金良刚出门便返回来了，脸色苍白，嘴唇抖着说："妈，你快去我家窗户往里看看，我那个畜生老子做甚呢。"淑清觉得奇怪："你爹在你屋里？他到你屋里做甚？"杜金良跺着脚，声音就像哭了一般："妈，你快去看吧，看了就知道了。"

淑清意识到了什么，急忙出去，从西房的窗户朝里张望，见杜杉和穗儿正在穿裤子。淑清明白是怎么回事了，她从嫁到杜家便受欺负，挨打挨骂是家常便饭，直到最近几年，杜杉才对她稍好了些。原以为杜杉上了岁数，性情变好了，没想到他竟然勾搭上了儿媳妇。淑清一共两个儿子，大儿子玉良两岁时出天花死了，金良便是她的命根子。杜杉在外面混相好的她管不住，也不敢管，可穗儿是她儿媳妇呀！淑清压抑了半辈子的积怨像火山一样爆发出来，踢开屋门向杜杉扑过去，嘴里骂道："你个老牲口，亲亲的儿媳妇你也不放过？老公公爬灰，你咋啥龌龊事都做得出来呀？今儿个我跟你拼命了。"

淑清突然闯进来，杜杉和穗儿都吃了一惊。尤其穗儿，被婆婆捉了自己与公公的奸，感觉就像突然间天塌地陷了一般，蜷缩在后炕的墙角，胳膊抱在胸前直打哆嗦。杜杉年少时就风流，逛过窑子，和飞燕相好过，隆盛庄的女人前前后后也睡过五六个，可谓是鼓楼上的家雀，耐惊耐诈了。只愣怔了一下便冷静下来，往后躲着说："淑清，你这是咋说话呢？我不过是到穗儿这屋坐坐，你便要给自己的男人头上抹灰了？"淑清脸色煞白，指着杜杉的腰骂道："你个牲口，裤带还没系好，便背着牛头不认账了？"杜杉低头一看，裤带果然还在自己手里攥着。胡乱系住，再想诡辩时，杜金良举一根擀面杖闯进屋来，喝一声道："妈，你让开，看我今天要了这老畜生的命。”杜杉见儿子满脸杀气，眼睛像要喷出火一般，尤其是现在他做了没理的事，立刻心慌了，一边往后躲，一边哀求道：“金良，使不得，使不得，我是你爹呀。”

杜金良因为小时候经常见他爹打他妈，一直对他爹没好感，长大后又由他爹养活着，经常受呵斥，肚子里也早压了一团火了。现在这团火在他心中烧得就像山崩地裂一般。他嘴里骂着，挥着擀面杖就朝杜杉的脑袋砸下去：“你个老畜生，你还配当爹？你睡我媳妇的时候，咋就忘记你是当爹的了？”杜杉身体朝后一仰，擀面杖没打中，杜衫气得骂道：“好你个逆子，老子千不对、万不对，你也不能对你亲爹下死手呀！”

杜杉一把抓住擀面杖，父子两个便争夺起来。杜金良夺不过擀面杖，索性松了手，扑在他爹身上和他爹扭打起来。淑清在旁边干着急帮不上手，先是急得团团转，猛然看见风匣上的菜刀，拿起来却不敢下手。这时，杜杉挣扎着翻过身，反把杜金良压在身下，双手紧紧掐住杜金良的脖子，杜金良的脸憋成了黑紫色，两条腿乱蹬着。淑清见儿子快要被杜杉掐死了，跳上炕，眼睛一闭，抱住菜刀朝着杜杉头、脖子上便是一阵乱砍，直到杜金良喊道：“妈，快住手，我爹被你砍死了。”淑清停住手，睁开眼一看，杜杉已经浑身是血，软绵绵地趴在儿子身上。杜金良推开杜杉的身体坐起来，惊恐地在杜杉鼻子前试了试，吁一口气，垂下头说：“妈，咋办呀？你把我爹砍死了。”

淑清像做了一场噩梦突然醒来，看着流了满炕的鲜血呆住了。直到听见穗儿一声尖叫，蓬头乱发地跳下地跑出门外，淑清方才扔掉带血的菜刀，痴痴地望着她儿子问：“金良，你爹死了？真的死了？”杜金良不知所措：“妈，真的死了，一点儿气儿也没了。这可咋办呀？”天性懦弱，多少年一直逆来顺受的淑清，突然间变得像个男人一样坚强了：“金良，你别怕，你爹是妈杀的，妈给他顶命去。”她忽地想起了穗儿，朝屋里瞅瞅，问道：“金良，穗儿呢？”杜金良咬牙切齿道：“不要脸的东西，大概是吓跑了。等她回来，看我咋拾掇她。”淑清劝道：“金良，穗儿是个软软心，肯定是那个老畜生对她用了强。你别难为穗儿，这畜生当年把他小妈都睡了，能是个好东西吗？妈只是没想到，他竟然连自己亲亲的儿媳妇都不放过。妈给他顶命后，你和穗儿还好好地过，把几个娃娃拉扯大。”

淑清满怀苍凉地安顿金良一番，又说：“金良，不管咋说他也是你爹。你去柴房抱些麦秸回来，咱把炕上的血擦了，给他换身干净衣裳。”杜金良去柴房抱麦秸，却见穗儿在柴房的房梁上上吊了……

第二十八章

张占魁隆庄起兵

穗儿晌午还笑吟吟地端着酒杯给梁宝元敬酒，祝她干爹福禄双齐，长命百岁，下午便香消玉殒，去了另一个世界。梁宝元先骂杜杉畜生不如，又指责邓香如，说当年如果不是她同意，穗儿怎么会嫁给杜杉的儿子。邓香如也连连跺脚，后悔不迭。梁宝元念穗儿活着时对他的孝顺，让梁龙帮着把穗儿打发了。

穗儿死后没几天，隆盛庄的第一家赌坊开张了。

按照商务会成立时定下的规矩，隆盛庄什么样的字号都可以开，唯独不允许开窑子、赌坊和烟馆。但是，商务会的规矩不是老佛爷的懿旨，不是官府的文书，有些人必须得听，有些人却可以不听。当年杨飞燕开怀春院，那些上了岁数的老古板差点儿一把火将怀春院烧了。但是，杨飞燕有李炎撑腰，李炎带着义和团的拳民往怀春院门前一站，那些老古板便灰溜溜地散了，所以才有了隆盛庄的第一家窑子，并且生意火爆，嫖客络绎不绝。时间一久，人们也就见怪不怪，默许它的存在了。

能在隆盛庄开第一家赌坊的人，必定是有靠山、有背景的。赌坊与怀春院隔了一条巷子，取名来运赌坊。赌坊掌柜姓汤名冠群，是隆盛庄巡检兼商团团总汤冠丰的弟弟。

汤冠丰本是丰镇武巡检李维的手下，八国联军攻陷北京后，朝廷与洋人签订了不平等的《辛丑条约》，并下令在全国剿灭义和团。李维带兵截杀丰镇义和团，活擒义和团大师父唐七，立功后，向亲家张瑞元借银一万两到大同府活动一番，当了丰镇抚民同知。之后，丰镇厅署衙门撤销四美庄兵营，在隆盛庄设了巡检所，李维喜欢汤冠丰的乖巧，便提拔他当了巡检。

汤冠丰知道张瑞元是李维的亲家，对张瑞元颇为恭敬，就算李炎为唐七报仇，杀死李维全家后，也依然如此，因为张瑞元不但是隆盛庄的三大老财之首，还是被众商家推选出来的商务会长。商务会是报请过丰镇厅署衙门的，隆盛庄的商贸活动、地方事务都是商务会说了算，就连朝廷的苛捐杂税都是由商务会具体承办的。因此，商务会便是隆盛庄的“官府”。汤冠丰虽然是官府下派的官员，但职责不过是巡视、检查、监督而已，权力并不比商务会大多少。他知道自己的身份，加之张瑞元的小儿子张祯中了举人，在大同府为官。投鼠忌器，他对商务会的事务也不敢过分干涉。

隆盛庄天时地利，做生意的人多，有钱的财主便多。汤冠丰虽然领着朝廷的俸禄，但那俸禄与隆盛庄的财主们每年所赚的银两相比，实在少得可怜。好在商务会看重他的官职，每年给他一千银圆的好处，聘请他兼任商团团总，一为有行家指挥商团，保隆盛庄一方平安；二为隆盛庄万一有个什么紧急事务，可以通过他向同知大人美言几句。就因为有了这一千银圆，汤冠丰的日子过得还算滋润。

汤冠丰到隆盛庄有些年头了，看着那些大小老财盖房置地，动辄数千上万两银子，眼皮儿都不带眨一下的，心说自己真该辞了官，也在隆盛庄开一家字号。可想归想，却不敢做，一则没那么多的本钱，二则开字号未必就能赚钱。最重要的，是他舍不得那吃皇粮的官位。

汤冠丰有自知之明，知道在隆盛庄人眼里，他就是个有他五八、没他四十的摆设。商务会商讨大事的时候把他请去，是敬畏他是官府的人，通报他一声，用不着他拿些许主意。不过，自从康廷儒被王金虎刺杀后，他一下子成了隆盛庄举足轻重的人物，因为商务会重金聘请他当了商团团总，他手里攥了枪杆子。

人的野心是逐步膨胀的，汤冠丰知道，自己虽然当了商团团总，但商团是由商务会出钱供养的，他这个团总还得听商务会的指挥。不过，他很快便发现了商务会的软肋。隆盛庄居住着蒙、汉、回三个民族，而商务会的核心人物则是隆盛庄的三大老财。这三大老财都有姻亲关系，可谓一损俱损，一荣俱荣。巧的是饮马沟的张占魁起事造反，乌拉哈章盖武廷的儿子武斯楞参与了，回民首领马占元的儿子马麦也参与了。而张瑞元不但与武廷是亲家，与段祖贤和朱奉祺有姻亲关系，还和马占元合伙开了上三元，交往甚密。汤冠丰想，只要他抓住这个利害，不但可以要挟商务会，更可以要挟隆盛庄的蒙、汉、回三族。

后来汤冠丰果然抓住了要害，段祖贤很快便给他送来五百两银子，解释说武斯楞和马麦两个孩子不懂事，他已经和武廷与马占元打过招呼，两人都说只要武斯楞和马麦回家，一定劝他们迷途知返，脱离独立队，要汤冠丰暂且不要把这件事上报丰镇厅署衙门。汤冠丰也不过是想在隆盛庄提高自己的地位，让商务会和蒙古人、回民对自己有所忌惮，顺便勒索些银两花花，便见好就收了。

汤冠丰的弟弟名叫汤冠群，他放荡不羁，算半个江湖人。他天性好赌，什么掏宝、掷骰子、推牌九、打麻将，无所不通，且精通出千，在丰镇大有名气。由于他十赌九赢，丰镇的赌徒都不愿意和他要钱。汤冠群早就找他哥哥商量过，想在隆盛庄开一家赌坊。汤冠丰知道商务会的规矩，自己虽然名为巡检，却没有实权，不敢答应。现在，他兼任商团团总，手里又有把柄可以要挟商务会，心说这倒是个机会。赌博是人的天性，而隆盛庄多有老财，闲来无事时，聚在一起赌几把是常事。如果把赌坊开起来，银子岂不是哗哗地往口袋里流？于是，汤冠丰便向段祖贤提出，说他弟弟想在隆盛庄开一家赌坊，希望商务会能给个面子。段祖贤因为有武斯楞和马麦的把柄在汤冠丰手里，思量再三，最后无奈地同意了。

杜杉被老婆淑清乱刀砍死，汤冠丰的弟弟汤冠群开了隆盛庄第一家赌坊，这都是隆盛庄几天之内发生的大事，也是人们茶余饭后提及最多的话题。可是，隆盛庄人并不知道，他们眼里的这些大事，对于外面的世界而言，根本就叫不得事，因为在短短几天的时间里，整个中国风起云涌，处处惊雷。

孙中山领导的同盟会，自光绪三十二年在江西萍乡、湖南浏阳、醴陵发动萍、浏、醴起义，至宣统三年发动黄花岗起义，其间经历了十余次失败。直到武昌起义成功，黎元洪被推举为湖北军政府都督，军政府宣布中华民国成立。

武昌起义的成功震动了全国，各省革命党人纷纷发动新军、会党或商会兵变起义。之前反对革命的各地立宪派绅商多顺风使舵，转向共和，把他们控制的省谘议局变为鼓动独立的机关。清政府的封疆大吏有的弃职逃命，有的被迫表示拥护独立。在武昌起义后的一个多月内，除南京外，湖南、江西、云南、上海、江苏、贵州、安徽、浙江、广西、广东、福建、四川等南方各省先后宣布独立，清朝的统治呈土崩瓦解之势。

为了配合山西同盟会攻打大同，李元翎亲赴隆盛庄，引导张占魁的独立队走上革命道路，并说服包括李炎在内的周围数股土匪武装加入。王虎臣用梁龙借来的两万两银子购置武器弹药，在李元翎的指导下操练队伍，等候同盟会的指示，准备随时攻打丰镇城。

那天，山西同盟会的弓富魁来到隆盛庄，在永盛源后院与王虎臣、李元翎、张占魁等秘密集会，商议起义细节。

弓富魁，字海亭，山西省崞县太平街小北关人。其人生性豪爽，慷慨仗义，好交朋结友，因练得一身好武艺，颇受朋友敬仰。弓富魁喜欢赌博，随戏班子在忻州演出时，常去赌坊玩耍几把。赌坊掌柜赵贵根是江湖中人，在忻州极有名气，对弓富魁的赌技与为人十分欣赏，为了提高弓富魁在江湖上的声望，赵贵根颇费苦心。他让弓富魁故意到自己的赌坊砸场子，待弓富魁与赌坊打手动起手时，赵贵根突然露面，故作惊讶地向弓富魁抱拳道："咦，这不是江湖上大名鼎鼎的弓富魁弓老大吗？"又呵斥手下，"你们真是有眼不识泰山，竟敢惹弓老大生气！弓老大行侠仗义，是个了不起的英雄好汉。场子砸就砸了，我们是好朋友。"有了赵贵根这番话，弓富魁在江湖上声望鹤起，人们都叫他弓老大。后来，弓富魁经续桐溪介绍加入同盟会，先在归绥和包头、萨拉齐一带活动，影响力颇大，后因官府追捕来到大同，继续从事反清革命活动。

张福见梁龙和几个陌生人与张占魁一道在字号的后院密会，对梁龙向他借两万两银子的用途已经明白了七八分，心说梁龙肯定和外面传闻的革命党有瓜葛，不然，他们行事怎会如此神秘。

弓富魁等商量完发动武装起义的具体事宜，闲谈时，听李元翎与王虎臣介绍梁念祖少年英雄，练得一手左右开弓的好枪法，不禁怦然心动，问梁龙能否将梁念祖叫来认识一下。梁龙把梁念祖叫来，弓富魁见梁念祖生得皮肤黝黑，健壮敦实，两道剑眉微挑，双目炯炯有神，便十分喜欢，向梁龙开玩笑道："梁兄，你这儿子生得够黑呀！"梁龙笑呵呵道："弓老大，你不看他是谁的儿子，他老子就生得黑嘛！"梁念祖补充说："我爷爷比我爹还要黑呢。"弓富魁朝王虎臣笑道："男人嘛，黑点儿好，显得壮实。虎臣兄，你说是不？"王虎臣自嘲道："当然，像我这般白面书生，若是上了戏台，只能演白脸奸臣了。"

弓富魁又问梁念祖："念祖，听说你练了一手左右开弓、百步穿杨的好枪法，是不是呀？"梁念祖朝李元翎看看，谦虚地说："弓叔过奖了，不是我练得好，是李教官教得好。"弓富魁看着梁龙犹豫了好一阵儿，梁龙看出弓富魁有话要说，说道："弓老大，有话你就直说。"弓富魁吞吞吐吐，显得很是为难："梁兄，我实在是太喜欢念祖这孩子了。现在起义在即，梁兄若能同意念祖随我去太原，对起义的成功一定会有很大的帮助啊！"说罢，又补充了一句："梁兄放心，我一定会尽力保证念祖的安全。"

梁龙知道，打仗就要死人。战场之上，生死全凭运气，哪有安全可言。他本舍不得让儿子上战场，可他现在是同盟会的人，弓富魁虽然是和他商量，但也和下命令一样。王虎臣见梁龙不说话，猜出了梁龙的心思，说道："梁兄，念祖既然练了一手好枪法，那就该让他在战场上建功立业。现在清政府丢了南方诸省，根基动摇，说话间便会轰然倒塌。山西的革命一旦成功，念祖便立了头功，将来的前途可是远大光明呀！"梁龙眼睛向李元翎望去，李元翎也劝道："梁兄，念祖读了军校，那便是军人了。战场杀敌，是军人的职责，你难道不想念祖在战场上建功立业，成为统率千军万马的将军，而让他在这小小的隆盛庄默默无闻一辈子？"梁念祖听李元翎说自己将来或许会成为统率千军万马的将军，禁不住怦然心动，见他爹犹豫不定，主动说道："爹，您就让我随弓叔去吧！"梁龙终于松口道："好吧，弓老大，我就把念祖交给你了。"

梁宝元听说念祖去了太原，问梁龙念祖去太原干什么，梁龙不敢说出实情，敷衍他爹说念祖到太原是帮朋友做一桩生意。梁宝元知道梁龙和梁念祖身上都带着短枪，不相信梁龙的话，黑着脸对梁龙说："龙龙，念祖是你的儿子，但更是爹的孙子。爹把话说在前头，念祖在外面若是有个三长两短，爹可轻饶不了你。"邓香如也觉得疑惑，说道："是呀！龙龙，你把念祖弄哪里去了？鬼鬼祟祟的，连个招呼都不打就走了？"梁龙知道自己的三个儿子是爹妈的命根子，尤其念祖，名字成天就在他爹嘴边挂着，他爹若知道自己把他的宝贝孙子送去打仗了，还不得把他生吞活剥了？只好故作轻松道："爹、妈，你们都往哪想呢？不过是帮朋友个忙，年前就回来了。"梁宝元鼻子哼一声："帮忙？帮忙还用带着枪呀？你走了这十几年，在外面都做甚了？我看总有些不三不四的陌生人来找你，你不会是和土匪有啥瓜葛吧？"梁龙嘻嘻地笑着转移话题："爹，咱是正经人家，咋会和土匪有瓜葛？我和念祖的枪是防身用的。您想想，若是李大麻子再来打劫咱家，不用爹您出手，我和念祖就把他打个屁滚尿流了。"

隆盛庄虽属塞外，但来往客商不断，布庄也常去苏杭两地采购绸缎，所以，对外面的消息也还灵通，很快便听说了南方革命军如雨后春笋，各地起义不断，除南京外，其余省份先后宣布独立，清王朝已经丢失了长江以南的半壁江山。只是隆盛庄人只关心做生意赚钱，对国事淡漠，只要有钱赚，有觉睡，有上三元的干货吃，管它谁坐江山，谁坐龙椅，谁当皇帝不一样？哪个皇帝不向百姓收粮课税？

若说忧虑时局的，当数张瑞元和汤冠丰了。张祯是清朝的举人，穿的是清朝的官服，拿的是清朝的俸禄，清朝的皇帝倒了台，新皇帝还认清朝的举人吗？张裕祥念的是清朝的学堂，清朝的皇帝被推翻了，清朝的学堂还能留住？至于汤冠丰就不用说了，清朝灭亡，他这个巡检便是前朝官员，新皇登基，会不会砍前朝官员的脑袋？

那天，章彤派人通知汤冠丰，要他立刻到厅署衙门去一趟。汤冠丰不敢怠慢，快马赶到丰镇。章彤告诉汤冠丰，据探子报告，同盟会的王虎臣已经收编了张占魁的独立队和李炎的土匪，大同同盟会正在秘密纠集力量，准备起事。大同一旦落入革命军之手，丰镇便也不保了，让他回去后把张占魁、武斯楞、马麦、李炎、张玉峰、赵祥云等家人的底细摸清楚，他将在三天后的半夜派兵前往隆盛庄，将这些革命党人的爹妈抓到丰镇做人质。独立队一旦攻打丰镇城，便可以此要挟张占魁、李炎等。

汤冠丰领命回来，心中十分矛盾。以他之见，革命党已经从南方蔓延到了北方，并且声势浩大，许多识时务的朝廷大臣都见风使舵，站到了革命党一边。朝廷现在虽然还占着北方大部，但国库空虚，要兵没兵，要将没将，如此下去，清王朝回天乏术，灭亡只是早晚的事情。章彤在这个时候要他协助抓张占魁、李炎等革命党人的父母做人质，他若是照办，明天革命党夺了江山，张占魁岂能放过他？掉脑袋是必然的。如果违抗章彤的命令，他现在便犯了私通革命党之罪，同样是杀头的下场。

汤冠丰左右为难，不知该如何是好。他知道弟弟汤冠群见多识广，颇有主见，便让汤冠群出个主意听听。

汤冠丰与汤冠群无论身材还是相貌，都颇为相似，尤其脸型，简直就是一个模子里倒出来的。汤冠群没到隆盛庄之前，人们都知道汤冠丰长了张马脸，有人背后给他起了个“马脸巡检”的绰号。前段时间，汤冠群到隆盛庄开赌坊，人们发现汤冠群的脸像驴头一般，一点儿也不比他哥的脸短，加之汤冠群开赌坊不得人心，有人便给他起了个“驴头”的绰号。背后提到他兄弟时，不提他们的名讳，只说“那马脸驴头兄弟”，人们便知道是指谁了。

有道是当局者迷，旁观者清。汤冠群久在江湖行走，也算有识之人，想了想便说：“哥，你就不会投个机吗？”汤冠丰不解，问怎么个投机法儿，汤冠群说：“听说小状元爹死娘嫁人，就不用管他了。武斯楞的爹是蒙古人的章盖，又和张瑞元是亲家，你不能抓他，你若抓了他，得罪的人就多了。马麦的爹是回族首领，你抓了他，隆盛庄的回民迟早在背后打你的闷棍。所以，武斯楞的爹妈和马麦的爹妈都不能抓，你偷偷给他们透个风，让他们找地方避避吧。至于张玉峰和赵祥云的爹妈，你放手抓。一是他两家都穷，你不抓他们，他们也给不了你好处；二是张玉峰和赵祥云在独立队算不得大人物，你抓了他们的爹妈，既给同知大人交了差，又得罪不下独立队。哦，还有李大麻子的爹妈。李大麻子当了土匪，打劫过隆盛庄，隆盛庄人对他恨之入骨，只是顾忌他报复，才不敢动他爹妈的。你抓了他爹妈，隆盛庄人怕是要高兴得偷笑呢。”汤冠丰犹豫道：“可是，我抓了张玉峰和赵祥云的爹妈，岂不是把他两个得罪了？”汤冠群笑嘻嘻道：“哥，你只要不得罪小状元和武斯楞、马麦就行了，到时候，他们会替你说好话的。你一个也不抓，咋向同知大人交差？”汤冠丰听得连连点头，说道：“冠群，你这主意出得好，哥就照此办了。”

汤冠丰到商务会找段祖贤，也不提及张玉峰、赵祥云和李炎，只说丰镇厅署衙门有密令，要抓武廷和马占元做人质，问段祖贤是不是给他两家透个信儿，让两家找地方出去避避风头。段祖贤大吃一惊，连忙替武廷和马占元谢了汤冠丰。汤冠丰笑吟吟道：“汤某在隆盛庄为官，心当然偏着隆盛庄人。武廷和马占元若是被抓进大狱，生还的希望渺小，就当汤某救了他两家几条性命吧。不过，汤某也有些小事想请他两家帮个忙。”有了上次的先例，段祖贤已经猜到汤冠丰心里想什么了，说道：“古人有滴水之恩当涌泉相报之说，何况汤巡检救的是数条性命呢！汤巡检有话尽管说，段某一定原话转达。”汤冠丰果然故伎重演，嘿嘿笑道：“说来也不算不得什么大事，只是近来手头有些紧，想向他两家挪兑几个救救急。”段祖贤见自己猜对了，也笑着说：“汤巡检放心，武、马两家都是有心之人，不会让汤巡检失望的。”

段祖贤立刻去了张瑞元家，把汤冠丰透露的消息讲了。张瑞元同样吃了一惊，连忙让人去请马占元和武廷。马占元先到，并未显出惊慌，说道：“我料想官府也不会放过我。你们汉人有句话叫落叶归根，我看着行将老去，早想回陕甘老家了，现在瞌睡给了个枕头，就算我不走，官府也要逼着我走了。我回去收拾一下，明天一早带着家人上路。那汤冠丰虽然贪财，却也救了我一家老少的性命，我给他留一千块银圆，算是谢恩吧，一会儿连同上三元的账目，一同给张掌柜送过来。”张瑞元问：“马掌柜，听你话里的意思，这一去便再不回隆盛庄了？”马占元苦笑了一下：“张掌柜，我已经这个岁数了，就算想回来，还回得来吗？”张瑞元和马占元相处多年，舍不得马占元走，但马占元一家性命要紧，也不敢挽留，叹着气说：“那就走吧，躲灾避祸，搁在谁身上都一样，只是马掌柜在上三元的股份……”马占元接过话：“分红每年都拿了，本金没几个钱。如果马麦能活下来，就算我给他留了份家业；如果他战死了，劳烦张掌柜交给清真寺吧。”张瑞元眼睛滚着泪水，抓住马占元的手道：“你这一去，怕是此生再难相会了。马掌柜一路走好。”

送走马占元，过了一个多时辰，武廷从乌拉哈赶来了。听说了事情的原委，武廷说自己是乌拉哈的章盖，章彤不敢真拿他。张瑞元说：“亲家，现在世道混乱，章彤为了保住丰镇城，啥事做不出来？他若顾忌你这个章盖，就不会起拿你的心思了。咱们往坏处想，还是先避避风头为好。”武廷思索着说：“可是，我该去哪里躲避呢？”张瑞元早替武廷想好了。他听金花说过，武敖明娶金花时，武廷有个弟弟从红格尔图赶来参加他们的婚礼，便出主意说：“听金花说亲家有个弟弟在红格尔图，亲家不妨到红格尔图住些日子避避风。”武廷说：“这倒是个办法。唉！武斯楞闯了祸，让亲家为我操心了。这样吧，我明天动身，回去后让人给亲家送一千块银圆，由亲家转交汤巡检，算是谢他了。”张瑞元说：“不用了，银圆从我这里拿上。”

到了第三天半夜，章彤果然派管带马进禄带兵到隆盛庄拿人了。汤冠丰谎称马占元前些天携一家老少回陕甘老家了，武廷两口子则到后草地走亲戚去了，只有李炎的爹妈在隆盛庄，张玉峰与赵祥云的爹妈在饮马沟。马进禄便先抓了李记夫妇，又让汤冠丰带路直扑饮马沟，将张玉峰与赵祥云的爹妈一并抓了，押回丰镇下了大狱。

王虎臣与李元翎四处奔走，发展起义队伍，说服李炎等数股土匪武装参加革命，组成一支以张占魁的独立队为主力、人数上千的队伍，并推举张占魁为队长，王虎臣为军师，李元翎为教官，打出了革命军的旗号。

革命军虽然有梁龙筹集的两万两银子，但快枪不好买，只买回几十条老套筒，剩余的钱都买了清军淘汰下来的抬枪。抬枪其实就是重型火铳，长一丈左右，重三十余斤，是老套筒和汉阳造出现之前清军的主要武器。其结构与普通火铳相同，但装药量、射程及杀伤力远大于普通火铳，发射时须两人操作，一人在前面充当枪架，将枪身架于肩上，另一人瞄准发射。抬枪笨重且射击精度颇差，加上老套筒和汉阳造的普及，清军已经开始逐步淘汰了它。

弓富魁带着梁念祖到太原未及数日，南方的革命军便攻占了南京，长江上下游的革命势力联为一气，南方各省均宣告光复。在此大好形势下，山西陆军标统阎锡山发动太原起义，攻占了太原城。大同同盟会得到消息，积极响应，在李国华、宋世杰的带领下，仅凭十几个人、六条步枪仓促起事，在子弹用尽的危急情况下，又采取政治攻势，说服清军守兵倒戈向内攻击。大同总兵与知府相继弃职逃跑，大同府落入革命军之手。

清军闻知大同失守，急忙派宣化总兵郭殿邦率部增援，欲从革命军手中夺回大同。李国华、宋世杰被困，向太原告急，太原革命军派续桐溪、弓富魁火速北上增援。弓富魁为了分散清军，减轻大同革命军的压力，派人通知张占魁、王虎臣立刻攻打丰镇城。王虎臣接到弓富魁的命令，召集各路人马在乌拉哈以北的小孤山集结。

这一天，天布乌云，寒风料峭。以张占魁、王虎臣为首的千余革命军拿着大刀、长矛，背着老套筒、汉阳造，扛着抬枪，浩浩荡荡地开进隆盛庄，宣布起义。

张占魁投身革命，在隆盛庄打起推翻清朝的大旗，可谓隆盛庄有史以来最为震撼人心的大事件。隆盛庄人不分男女老少，都冒着寒风出来观看，就连张占魁已经改嫁的亲妈，也领着年方十岁，已经随了黄鞋匠姓的黄占海出来观望。

这些年，官府苛捐杂税名目繁多，物价上涨，生意越来越不好做，人们都把怨气发泄在丰镇同知章彤身上。百姓的眼睛只看眼前，他们不管你清朝还是听都没有听说过的民国，谁能让他们过安稳日子，他们就说谁好；谁压迫剥削他们，他们就恨不得把谁送进地狱。张占魁当初拉杆子成立独立队，其实就是匪盗。但是，张占魁没进隆盛庄骚扰过，没抢过隆盛庄的店铺字号，他起事造反，是要造章彤的反。所以，就算他是匪盗，也是好匪好盗，是仗义的匪，是侠盗。人们一边观看，一边窃窃私语，有的高兴张占魁终于大张旗鼓地要去打丰镇、打章彤了；有的替张占魁担忧，当年义和团那么大的声势，只几天工夫便被官府镇压了，张占魁就凭这千把人的乌合之众打丰镇，别是肉包子打狗，有去无回吧。

张瑞元也拄着拐杖，由三儿子张祯和二孙子张寿祥搀扶着出来了。

大同被革命军攻陷后，大小官员纷纷出逃，张祯也于昨日夜里逃回隆盛庄。张瑞元担忧革命军一旦推翻清朝，张祯的举人白中了不说，革命军会不会追究前朝官员。张禄安慰说张祯有上三元的家业，那个清贫官不做也罢。张福也安慰说妹夫武敖明的弟弟武斯楞和张占魁是拜把子兄弟，张占魁在乌拉哈遇到危险时，表兄宝音还救过他和张玉峰、赵祥云的命。就算革命军追究前朝官员，张占魁和张家有这层关系，还能对张祯不利？当然，有件事张福没敢说，张占魁当初拉队伍时，武斯楞曾找他借过五千两银子买枪，而梁龙更是和张占魁暗有来往，保不住也是革命党呢。

张瑞元听两个儿子说得有道理，心稍稍放宽了些。

王虎臣为了壮大声势，命令队伍以单列队形进入隆盛庄。所以，革命军虽然有上千人马，队伍却拉了数里之遥。士兵们不知是受了训练还是第一次上战场紧张，个个庄严肃穆，让人禁不住想起荆轲入秦行刺秦王，与众友易水河畔相别时留下的“风萧萧兮易水寒，壮士一去兮不复还”的千古名句。

武斯楞骑一匹枣红色高头大马，时前时后地指挥队伍行军。看见张祯和张瑞元，他勒马跳下来抱拳道：“姨父，您老也出来了？今天天冷，让三哥扶着点儿，别摔着。”张瑞元说：“没事儿！武斯楞，听说你们要打丰镇？”武斯楞点头说：“是的。姨父，多谢您给我阿爸传了消息。不然，我阿爸就遭章彤那狗官的毒手了。”张瑞元摆摆手说：“谢啥！我们是亲家，还用谢？武斯楞，姨父叮嘱你一句：刀枪无眼，打仗的时候别逞强往前冲。”武斯楞憨憨地一笑：“姨父，您老放心吧！太原和大同都已经被革命军攻占了，一个小小的丰镇城，小菜一碟。”张祯补充说：“那你也小心些，现在官军用的都是快枪，子弹不长眼。”武斯楞抱拳告辞：“嗯，我记住了。姨父、三哥，我先走了啊！”说罢，飞身上马而去。

望着武斯楞矫健的背影，张瑞元感慨道：“宝奎，爹到隆盛庄也快五十年了。经历过饥荒，经历过瘟疫，可天下一直还算太平。如今闹革命军，闹成了便改朝换代，闹不成便会血流成河。无论闹成闹不成，天下总要乱一阵子了。爹也想开了，你这次回来就别走了，咱是普通百姓，普通百姓就过普通百姓的生活吧！”张祯正要答话，听得旁边有人说道：“咦，那过来的不是李大麻子吗？”

张瑞元与张祯向队伍张望过去，只见一匹雪青马上坐着一个魁梧大汉。那大汉满脸麻子，腰挎短枪，趾高气扬，脸上挂着得意而傲慢的笑容。听别人议论他，在马上抱拳向两旁围观的人朗声大笑道：“诸位乡亲，不错，我正是当年的财旺，也叫李炎。不过，我现在不是土匪了，我参加了革命军，走了正道，过往的事多有得罪了。哈哈哈哈！”张瑞元轻蔑又无奈地摇摇头，自言自语道：“唉！世事难料呀！昨天是打家劫舍的独立队，今天一转眼成了革命军。成王败寇，等着吧，若是革命军坐了天下，说不准他还能当几天县太爷呢。”

革命军一路开过来，其中有不少的隆盛庄人。这些人多是贫寒人家或普通人家的子弟，其中就有蓝奉举的孙子蓝虎头。

蓝奉举自从与兄弟朱奉祺相认，朱奉祺给他和他儿子盖了新房，给他续了弦，逢年过节还会给他拿些银两和吃食，这样一来，他们一家倒也衣食无缺。只是蓝虎头从小被他妈巧叶娇惯着，成天馋吃懒做，游手好闲，仗着自己身高力大，经常在外面惹是生非。附近村庄的年轻人都怕他，看见他便躲得远远的。

巧叶本想给蓝虎头订房媳妇，早早娶过好抱孙子。可隆盛庄的闺女没有想嫁到蓝家沟的，而蓝家沟和附近村子的人都知道巧叶可恶，蓝虎头泼皮，没人敢和她结亲家。蓝虎头娶不上媳妇，倒也自由自在，成天往隆盛庄跑，喝个小酒，打个小架，还因此认识了马麦，之后又因为打架结识了张占魁。后来，汤冠群开了“来运赌坊”，蓝虎头便有了去处，赢了钱和便几个赌友下馆子喝酒，酒足饭饱后也不回家，到怀春院挑个窑姐儿搂着睡上一晚；输了钱便回家和他妈要。

蓝玉是个本分的庄稼人，除了种地没有其他来钱的办法，也亏了认了他叔叔，偶尔能从他叔叔那里得些好处。赌坊本就是个填不满的黑窟窿，蓝虎头很快便把巧叶所有的积蓄都送进去了。蓝虎头没了赌资，便用口袋装了家里的粮食到隆盛庄卖，卖了继续赌。把来年的籽种都卖光后，他又逼他妈到爷爷家要钱。如此过了三个月，蓝奉举父子两家被蓝虎头洗劫一空，只剩下一口铁锅。蓝虎头输红了眼，逼他爷爷到叔爷爷家去借钱，不然便要将锅搬走卖了。那天，蓝奉举老两口和蓝玉两口子齐刷刷地给蓝虎头跪了，抱拳作揖，连声喊他“爷爷”，求“爷爷”饶过他们吧。蓝虎头这才动了恻隐之心，骂了他们几句窝囊废，没本事，便扬长而去。

蓝虎头想翻本，到赌坊向汤冠群借高利贷。汤冠群问他用什么质押，蓝虎头说用他蓝家沟的房子质押。写了字据拿了钱，依旧是肉包子打狗，有去无回。蓝虎头没脸回家，约了几个和他同样输得精光的赌友，一道投奔了张占魁的独立队。后来，汤冠群拿着字据到蓝家沟收房，蓝奉举无奈，只有厚着脸皮去求兄弟。朱奉祺出钱替蓝虎头还了赌债，蓝奉举这才替儿子保住了房子。

再说张瑞元，路边看了一会儿，见革命军的队伍见首不见尾，加之天气寒冷，便对张祯说想看就留下看，他和寿祥回去了。张祯说他也不看了，陪爹一道回家。祖孙三人刚从围观的人群里出来，张祯便看见梁龙一边张望，一边从南面过来了。他知道梁龙父子和李元翎是一伙的，李元翎专门从清河过来找张占魁，必定和革命党有关，便对张瑞元说：“爹，让寿祥先扶您回去，我和龙龙哥说几句话。”

张寿祥扶着他爷爷回家了。张祯问梁龙道：“龙龙哥，你咋没和那位李先生一道在革命军里？”梁龙知道张祯已经猜出他的身份，也不瞒藏了，把张祯拉到一旁悄声道：“李先生说我上有老，下有小，怕我出啥意外，不让我参加。”张祯点头道：“李先生说得对。这革命成功了倒也罢，若是不成功，将来朝廷追究下来，岂不是要连累你爹和后辈儿孙？”梁龙面带遗憾地说：“宝奎，咱一路回来，料想你也知道哥和革命党是一伙儿的。你说别人去流血牺牲，哥在家像只耗子一样躲着，心里不是滋味呀！”张祯点头道：“那倒也是。不过，有念祖在革命军里，龙龙哥也算为革命出力了。”梁龙惊异道：“宝奎，你咋知道念祖在革命军？”张祯嘿嘿笑道：“猜的呗！念祖回隆盛庄没住几天便走了，你爹说他是帮你朋友到太原做生意去了。可我猜呀，念祖那么好的枪法，做啥生意？肯定是到革命军打仗去了。”梁龙连忙问道：“宝奎，这话你没对别人说过吧？这要是传到我爹耳朵里，我爹非把我生吃了不可。”张祯笑笑说：“回隆盛庄的路上，你不是叮咛过我和裕祥，你们的事和谁都不要说吗。裕祥回隆盛庄住了几天就去北京念书了，我的嘴紧着呢，你就放心吧。别说我爹，就连我大哥，我都没对他提起过。”梁龙说：“那就好，成败在此一举，革命若是成功了，那时候再告诉他们也不迟。”梁龙问张祯什么时候回大同，张祯无奈地说：“你们革命党一心要推翻清朝，我这个小吏连朝廷的俸禄都领不到了，还回去做甚？我爹对我说了，如若你们推翻了清朝，我就留在隆盛庄一心经营上三元吧。”

革命军在隆盛庄集结完毕，张占魁与王虎臣请来段祖贤，要求商务会为革命军攻打丰镇提供粮草及运输辎重的牛板车。又说现在正是天寒地冻的季节，生火做饭不方便，商务会最好能提供几牛板车上三元的干货。张占魁拉独立队以来，从未到隆盛庄骚扰过，段祖贤因此对张占魁颇有好感。加之革命军虽说是和他商量，其实是强征，所提要求他不得不照办。

第二十九章

李元翎智取丰镇

革命军在隆盛庄召开推翻清朝的誓师大会，王虎臣讲话后，张占魁一声令下，革命军集体剪了辫子，向丰镇发兵。当天晚上，队伍抵达距丰镇三十余里的永善庄，在永善庄扎下营盘。第二天，革命军整顿兵马，众头目商议如何攻打丰镇城。下午，有士兵来报，说丰镇同知章彤派人来与革命军谈判。

章彤如何知道革命军要攻打丰镇？

原来，汤冠丰见革命军在隆盛庄召开誓师大会，准备攻打丰镇，脑瓜子又转开了。因为清军的援兵已经抵达大同城下，欲从革命军手中夺回大同城，汤冠丰便对清朝恢复了希望。他想，清朝的龙旗不倒，自己就是朝廷命官。朝廷正值危难之际，此时若立了功，那可不是普通的功劳，将来加官晋爵，回丰镇当个巡检应该不算太难。想到此，汤冠丰从团丁里挑了一个名叫马六的心腹，让他快马疾驰，赴丰镇向章彤告密。

章彤接到汤冠丰的密报，大惊失色，急忙召集幕僚商量对策，最后决定一边派快马向大同请求增援，一边采用缓兵之计，派一个名叫傅锦祥的官员，让他佯作与革命军谈判求和，争取时间。同时积极备战，准备出城迎敌。

傅锦祥伶牙俐齿，能言善辩，对张占魁等说道："诸位首领，为了丰镇一城百姓免遭生灵涂炭，同知大人愿意答应革命军提出的任何条件，希望能与革命军化干戈为玉帛。"王虎臣知道章彤诡计多端，言而无信，淡然一笑，问道："章彤知道我们有什么条件吗？"傅锦祥道："你们不是要路经丰镇，解大同之围吗？同知大人愿资助革命军十万两白银为军饷，革命军可绕道丰镇，直接开往大同。大同何时易帜民国政府，丰镇便随后易帜。”张占魁对傅锦祥的话半信半疑，冷笑着说道：“章彤真是这么说的？好，明天丰镇城下见，他若是敢欺诳我们，看小状元爷爷咋拾掇他。当然，还有你，若是有半句谎话，铡刀铡了你的脑袋。”傅锦祥赔着笑脸道：“不敢，不敢，小人说的句句是实。小人出城时，同知大人已经开始为革命军筹措银两了。”王虎臣知道章彤的承诺靠不住，敷衍道：“好吧，那明天看同知大人的行动了。”傅锦祥见张占魁与王虎臣似乎相信了他的话，便拱手告辞，说要连夜返回丰镇，向章彤复命。王虎臣却微微一笑，说道：“今天天色已晚，傅大人还是住在我军大营，明天咱们一道启程前往丰镇吧。”

傅锦祥立刻冷汗涔涔了。

丰镇城内，章彤争取到了一天的时间。这一天，可以说是他人生经历中最为宝贵的一天。他午饭都顾不上吃，紧急部署，除了原有兵力，又临时招募警察二百余人，从库房里取出封存不用的抬枪八十余支加以武装，命西衙典史聂志贤为总指挥。

西衙典史聂志贤官拜武八品，头发稀疏，因为辫子又细又短，丰镇人送了他个“聂小辫”的绰号。聂志贤命管带马进禄在革命军开往丰镇的必经之路阮家窑布下口袋阵，准备伏击革命军。他自己则亲自指挥，防守丰镇城。

第三天一早，天色阴沉，革命军从永善庄出发。革命军虽然武器杂七杂八，行军步伐随意，服装和普通百姓一般，但士兵个个精神抖擞，斗志旺盛；好像丰镇城是豆腐做的，一拳头下去，就可以砸它个稀巴烂。

永善庄为丘陵地带，满山乱石，不生树木，夏天尚有小草在石缝间顽强生长，到了冬天，便满山荒芜了。由于山峦起伏，沟壑纵横，这里自古以来便是匪盗出没之地。革命军有骑兵，有步兵，后面还有从隆盛庄征用的牛板车拉着粮草辎重，山路蜿蜒崎岖，道路狭窄，队伍拉了数里长，行军速度甚为缓慢，两个时辰才走了二十余里。

王虎臣听说李炎曾在这一带活动过，熟悉地形，便把他叫过来问道：“李炎兄，还有多远才能抵达丰镇？”李炎伸手向前一指，道：“快了，前面那个村子叫阮家窑，阮家窑的坡底是饮马河，过了饮马河，便是丰镇了。总共不过十余里。”旁边，李元翎若有所思，问李炎：“李炎兄，平时这条道上行人多吗？”李炎答道：“这是隆盛庄通往丰镇的必经之路，来往客商和串亲戚的都要从这里经过。不过是夏天行人多些，冬天行人少些罢了。”王虎臣见李元翎眉头紧蹙，操着直隶口音问道：“元翎兄，怎么了？有不对劲儿的地方吗？”李元翎点头道：“是呀，军师，咱们行军有两个时辰了吧？我好像没看见一个从丰镇方向过来的行人。”张占魁脑子机灵，猜出了李元翎的心思，问道：“李教官，你莫不是怀疑狗日的章彤在前面给咱下了套儿？”李元翎点头道：“队长猜得不错，元翎正有此担忧。”

李元翎为清河陆军预备学校的军事教官，对行军布阵颇有研究，他指着前方名叫阮家窑的村庄对众人道：“诸位请看前面的地形，我们现在在山坡上，两边是山，下面是阮家窑，阮家窑的后面，便是一马平川的饮马河河谷。如果章彤在此设下埋伏，我们一旦进入河谷，便会钻进章彤的口袋。”马麦不大相信李元翎的判断，说道：“可是，章彤不是派那个叫傅锦祥的和咱们谈判了吗？”武斯楞提醒说：“马麦，你忘记李教官是啥出身了吗？军事教官呀！章彤的话你也信？”王虎臣接过话说：“武斯楞说得对，小心驶得万年船。章彤阴险狡诈，咱们不得不防。小状元，你看是不是先派人进阮家窑侦察一下？”张占魁习惯了身先士卒，从腰间拔出左轮手枪说道：“我亲自带人去吧。”

张占魁的左轮手枪是李元翎带给他的见面礼。这种枪是美国人柯尔特发明的，故名柯尔特手枪，因为装弹时转轮从左侧摆出，所以也叫左轮手枪。左轮手枪工艺精美，外观华丽，使用时不会卡壳，为清末新军各级军官最为喜欢的佩枪。马麦见张占魁要亲自侦察，连忙拉住他说：“二哥，你现在是咱革命军的队长了，这种危险的事情，哪能由你做？我带几个弟兄去。”李元翎轻蔑道：“你们谁都不用去，看我逼清军的伏兵现身。”说罢，向旁边的士兵要了一支汉阳造，手搭在眼前张望一番，见侧翼的一块大石头后面好像有半个脑袋晃了一下，他微微一笑，推上子弹端枪瞄准，“砰”地便是一枪。

大石头后面正是清军的伏兵，是章彤于昨天临时招募的警察，因为沉不住气，所以才探头张望的。李元翎一枪打过去，清军以为革命军发现了埋伏，纷纷现身，一排子弹打过来，在张占魁棉裤的大腿根儿处穿了个窟窿。张占魁吓了一跳，骂道：“狗日的章彤，是想让你小状元爷爷断子绝孙呀！”

革命军见章彤果然在阮家窑设下埋伏，急忙卧倒还击。后面的抬枪队上来，压住阵脚，双方便对射起来。张占魁让人把傅锦祥押上来，问道：“傅锦祥，你不是说章彤有意谈判求和吗？这是咋回事儿？”傅锦祥哭丧着脸答不上来：“这、这、这……”张占魁冷笑一声，抬手一枪，结果了傅锦祥的性命：“狗日的，敢诳你小状元爷爷，死去吧！”

双方这一对射，清军的埋伏便暴露了。李元翎让革命军就地隐蔽，暂停射击，认真观察了地形，指着东北方向的一道山梁，问李炎那道山梁叫什么名字，李炎回答说叫吉庆梁。李元翎对张占魁道：“队长，你看见了吗？吉庆梁居高临下，如果能夺下来，便可从东边撕开一道口子。”张占魁明白了李元翎的意思，嘿嘿笑道：“不愧是军事教官呀！李教官，我们都是草莽英雄，冲锋陷阵、流血卖命不怕，可讲到排兵布阵，比起你来差远了。那是块硬骨头，我亲自去吧。”李元翎点头道：“好，那就有劳队长了。只要队长拿下吉庆梁，我们从中间和西面同时出击，一定可以击溃清军的伏兵。”

此时，天色愈发阴沉，刺骨的西北风呼呼地吹来，风中挟着大片的雪花。张玉峰与赵祥云的父母被章彤抓进丰镇下了大狱，两人恨不能立刻攻下丰镇城解救亲人，要求与张占魁一道攻打吉庆梁。李炎也为父母担心，上前请战。李元翎应允。张占魁点二百人马，带张玉峰、赵祥云与李炎向吉庆梁扑去。

李元翎又向王虎臣道：“军师，有劳你带马麦居中指挥，我和武斯楞从清军右翼包抄过去。咱们三路人马同时出击，一鼓作气，定能破了清军的伏击阵。”王虎臣却说：“元翎兄，你我虽然同在清河陆军学校任教，我教的是文，你教的却是武。我这个军师不过是动动口舌，替小状元出谋划策而已，指挥打仗还得是你。所以，你居中指挥，我和武斯楞从右翼包抄过去。”李元翎知道中路是主攻，也不谦让，点头同意了。

张占魁的确骁勇，尽管损失了十几个弟兄，赵祥云也挂了彩，还是很快便夺下了吉庆梁。此时正面的山坡上是李元翎与马麦一路人马，左翼的吉庆梁是张占魁与李炎一路人马，右翼是王虎臣与武斯楞一路人马。三路人马居高临下，占尽地形优势。章彤的伏兵全部暴露在革命军的眼皮子底下，奇兵不奇，口袋阵变成了扇面防御，已无丝毫优势可言。

也算神明相助，天空乌云低压，强劲的东北风向西南方向吹来，滚滚飞雪如漫天飞舞的蝴蝶，遮挡了清军的视线。李元翎大喜，一声令下，三路人马发出巨雷般的呐喊，如饿虎扑食一般，向清军发起冲锋。清军只听得滚滚雪雾中杀声如雷，却看不清人影，顿时慌作一团。马进禄也在漫天飞雪和呐喊声中成了聋子、瞎子。清军的武器多为抬枪和快枪，抬枪笨重，无法使用；快枪找不到目标，犹如烧火棍一般。而革命军的武器有一半是大刀、长矛及铡刀。漫漫飞雪中，大刀和铡刀隐约闪着寒光；鬼哭狼嚎的哀号声中，清军被砍得血肉横飞，鲜血染红了地上的白雪，很快又被铺天盖地的大雪遮掩了。

失去指挥的清兵如一盘散沙，潮水般向饮马河河谷溃去。革命军一路追杀，直到清军留下四十余具尸体，逃过饮马河，李元翎方才下令收兵。打扫战场，清点伤亡，革命军损失不到十人，且缴获颇丰，尤其清军的抬枪，几乎全部留给了革命军。

张占魁初次与清军正面作战便大获全胜，高兴得开怀大笑道："军师，没想到这帮龟孙子如此稀松，咱们只一个冲锋，便把他们吓破了胆儿，只恨爹妈少生了两条腿。"李元翎说道："弟兄们是够勇猛，可也要给老天爷记上一功。有道是杀敌一千，自损八百。若不是老天爷帮忙下了这场漫天大雪，纵然能打败清军，也是要付出沉重代价的。"李炎也咧嘴大声笑道："李教官说得对，是该给老天爷记上一功。"

赵祥云胳膊中了一枪，刚包扎好伤口，心中担忧他爹妈的安危，急切地问张占魁道："队长，咱现在就打丰镇城吧！"张占魁愣怔了一下，从胜利的喜悦中清醒过来，对王虎臣道："军师，祥云说得对，咱何不乘胜追击，连夜打下丰镇城，活捉了狗日的章彤。"王虎臣微微一笑，摇头说道："丰镇城墙高厚，章彤以逸待劳，连夜攻城不可取。"张占魁当初拉独立队造反，就是为了和章彤作对。他一直想着活捉章彤，担忧道："军师，若是章彤连夜逃跑了咋办？"王虎臣笑道："章彤现在是秃头顶上的虱子，没处跑。咱们虽然不连夜攻城，却还是要把城包围起来，就算章彤想跑，也让他跑不出去。"张占魁依然想赶快抓住章彤，说道："既然把城围了，那就连夜打他呗！不然我这一晚上都睡不好觉。"王虎臣拍拍张占魁的肚子，问道："小状元，你肚子不饿吗？"张占魁的肚子果然咕咕地叫起来，朝王虎臣吐一下舌头说："军师，你不提醒我还忘了，从吃过早饭到现在，咱还水米未打牙呢。"

丰镇城东，有一座状似深锅倒扣的小山。此山虽然不起眼，却大有名头。

传说唐朝名将薛丁山之子薛刚，于正月十五闹花灯时，打死调戏民女的奸臣张泰之子，后避祸塞北，来到丰镇。恰逢饮马河发大水，放眼望去，只见水天相连，一片汪洋。薛刚无路可寻，无船可渡，不禁仰天长叹。因多日奔逃，薛刚疲惫不堪，倒在沙滩上，顿时鼾声大作，惊动了路经丰镇的铁拐李。铁拐李爱惜薛刚武艺高强、忠肝义胆，决定助他一臂之力。此时，天色将亮，铁拐李急请日神将曙光暂压，趁着夜色潜入天庭御膳房，盗得铁锅一口。出了南天门，铁拐李将铁锅扔向凡间。铁锅落下的声音将薛刚惊醒，薛刚见一口大铁锅浮在水面，大喜过望，纵身跃入锅中，欲将铁锅做渡船使用。岂料，铁锅竟然口朝下翻入水中。就在薛刚拼命挣扎之际，奇迹出现了：汪洋大水忽地退去，铁锅却越变越大，顷刻间变成一座高耸的山峰。只见这座山峰宛如圆石，四周平坦如砥，孤峰突起，如磐石悬于空中。薛刚纵身跃上峰顶，将此山取名石元山住下来，娶红娘为妻，招兵买马，广纳豪杰，终于在十多年后举兵反唐，刀斩仇人，推翻武则天，恢复了李唐天下。

丰镇人为了纪念薛刚夫妇，将石元山更名为薛刚山。

薛刚山与丰镇城之间有一条长年奔流不断的河流，此河原本无名，因为在丰镇城东，当地人便叫它东河湾。后来，薛刚屯兵时在此饮马，人们便给它取名饮马河了。

饮马河河床宽阔，此时正值寒冬，河面结了厚厚的冰层，加上时降大雪，冰面不算太滑。张占魁带领革命军毫不费力便越过饮马河，将丰镇城团团围住。埋锅造饭，熬出几大锅稀粥。士兵们一边喝粥，一边吃上三元的干货，而后休养精神，准备次日一鼓作气，攻下丰镇城。

这一夜，张占魁、王虎臣、李元翎、武斯楞、马麦、李炎等革命军首领围坐在马灯下，仔细推敲明天攻打丰镇的战斗方案。王虎臣说，阮家窑一战，不仅粉碎了章彤伏击革命军的阴谋，还缴获了大量抬枪与十几条快枪。此时革命军的力量，无论人数还是武器，已经优于城内的清军。明日一战，定可轻取丰镇城，于是提议仍由李元翎指挥明天的战斗。

按照口里的叫法，城楼叫阁。丰镇也是一样，东南西北四座城楼简称东阁、南阁、西阁、北阁。李元翎说道："虽然我军的力量优于清军，但清军有城墙为依托抵御作战，依然占了地利。所以，明天的战斗可采用声东击西法。"马麦心急，问李元翎何为声东击西法。王虎臣让马麦别急，听李教官说过便明白了。众人都把目光向李元翎望去。

李元翎微微一笑，胸有成竹道："章彤以为我们自东而来，主攻方向必定是东阁。所以，守卫东阁的必定是精兵良将。我们便给他来个将计就计，东阁、南阁、西阁、北阁一起打……"李炎多年为匪，也懂些打仗的门道了，插嘴道："佯攻东阁、南阁、北阁，实打西阁？"李元翎却道："四门皆为佯攻。"众人不解，齐声问："为什么？究竟主攻哪个城门？"武斯楞也提醒说："李教官，兵贵神速，丰镇距大同不过八十余里，如若章彤派人突破包围向大同求援，大同清军的马队不过三四个时辰便可抵达丰镇城下。所以，我觉得咱们要有一个明确的主攻方向，在大同援兵到达丰镇之前破城为好。"李元翎笑着朝王虎臣努努嘴，说："军师，还是你给大家解释吧。"

王虎臣磕磕烟袋，清一声嗓子，说："情况是这样的，章彤的亲兵队长田子功是同盟会的人，在咱们驻扎永善庄的时候，章彤就已写信向围困大同的清军求援了，只是这封信被田子功给扣下了。所以，章彤根本指望不上大同的援兵。至于李教官所说的东阁、南阁、西阁和北阁均为佯攻，则是丰镇警务长朱尧送出的情报。情报说丰镇的西城墙有一处坍塌，由朱尧负责防守。李教官的意思是把章彤的守军吸引至东、南、西、北四门，主力则在朱尧的配合下，由城墙坍塌处破敌入城。”

众人惊讶丰镇的警务长和章彤的亲兵队长都是同盟会的人，尤其田子功，竟敢冒着掉脑袋的危险，扣下章彤的求援信。王虎臣解释说，丰镇本来隐藏着许多同盟会的同志，准备配合起义军攻打丰镇城，但由于叛徒告密，大半同志惨遭章彤的毒手，壮烈牺牲了。说罢，他沉痛道：“为了推翻腐朽的清王朝，我们牺牲了太多的革命志士，大家可要珍惜这来之不易的胜利呀！”

李元翎很快便拟定好攻城方案，张占魁下令道：“明天五更造饭，日出攻城。命马麦带三十人马，拨抬枪十杆佯攻东阁；命张玉峰带三十人马，拨抬枪十杆佯攻南阁；命赵祥云带三十人马，拨抬枪十杆佯攻北阁；命李炎带三百人马，拨抬枪三十杆猛攻西阁；由我和军师、李教官、武斯楞带其余人马主攻西城墙豁口。马麦、张玉峰、赵祥云三路以抬枪压制城楼守军火力，摇旗呐喊，让章彤手忙脚乱，不知该守哪处城门才好。李炎一路向西阁发起进攻，能破西阁最好，破不了也要牢牢吸引住西阁的守军，配合我这一路攻打西城墙豁口。”

众人领命，各自准备去了。

第二天早晨，连着阴了两天的天空放晴了，一轮火盆般的红日从东山背后冉冉升起，灿烂辉煌的霞光照射在白雪皑皑的大地上。天空湛蓝，远山披了银色的斗篷，凉飕飕的空气略带甜味儿。地上的雪粒闪着亮晶晶的光，老树上的喜鹊叽叽喳喳，跳来跳去，抖落了枯枝上珍贵的白色树挂。无论财主家高大的青砖瓦房，还是穷人家低矮的简陋土屋，都平等地戴上了一顶庄严的白色帽子。昨日的呐喊和血腥被时间和白雪隐去。新一天的早晨，除了远处一头发情公驴的嘶叫声和偶尔几声犬吠外，丰镇一如既往的恬静安宁，丝毫嗅不出大战在即的味道，没有血雨腥风即将到来的前兆。

然而，该来的总是要来的。

一声号炮打破了天地的宁静，惊飞了老树枯枝上的喜鹊，吓呆了正在发情的公驴，惹怒了本在乱吠的黄狗、黑狗。随后，爆豆般的枪声如疾风骤雨般响起，子弹如蝗虫一般呼啸着向东阁飞去。

章彤担心革命军连夜攻城，昨天晚上便住在了厅署衙门。他一晚上没睡好，早晨洗漱过，亲兵为他沏了一壶浓茶，摆了一柳条盘上三元的干货，有糖枣、蜜酥、蛋糕和两根麻花。正吃着，亲兵队长田子功来了，章彤让他坐下一块儿吃。田子功说他刚才吃过了，看着柳条盘里的干货，问道："大人，这是隆盛庄上三元的干货吧？"

与前几任同知相比，章彤更加傲慢跋扈，盛气凌人。因为标准的县太爷多是正七品官职，而章彤却是候补知府，官至正五品。也就是说，章彤现在是大官小任，一旦哪个州府出现空缺，他便可以补缺，上任知府一职。不过，章彤命不好，候补知府做了数年，一直在丰镇空等着。

有道是官做得越大，越是怕死。章彤亦是如此。尤其这几年横征暴敛，搞得丰镇民不聊生，人人将他恨之入骨，而那张占魁又指名道姓，声称之所以造反起事，就是为了要取他的性命。所以，丰镇城破不得，丰镇城破了，他的命就没了。

章彤内心惶惶，却故作镇定，吃一口麻花，喝一口浓茶，点着头对田子功道："田队长，你说这隆盛庄人还真能动脑子，蛋糕和糖枣做得不比北京的差。天津的大麻花挺有名吧？可我吃起来觉得仍比不上隆盛庄的麻花。你看这麻花，又酥又香。咱丰镇也有做干货的，咋就做不出人家隆盛庄这样的口味？"田子功解释说："大人，我听说隆盛庄的干货之所以好吃，是因为隆盛庄水好。"

章彤把放干货的柳条盘往一旁推推，言归正传："不说干货了。田队长，我问你，我写给大同的求援信送出去了吗？"田子功眉尖一挑，说道："送出去了呀！前天晚上我亲自派快马送出去的。"章彤蹙着眉头思量道："既然信送出去了，怎么不见大同有援兵来？"田子功暗笑，信压根儿就没往大同送，大同那边怎么会知道丰镇被困呢？嘴上却说："也许是他们正在围攻大同城，抽不出人马吧。大人放心，丰镇为大同的北门户，丢不得。依我看，援兵上午不到，下午一准儿到。"章彤吁一口气，说："但愿吧！没有援兵，丰镇怕是不好守呀！"田子功给章彤定心道："大人，革命军人数虽多，却是乌合之众。咱们有城墙，武器弹药充足，没个三五天，革命军是破不了丰镇城的。"章彤长叹一声，摇着头说："不可小觑，不可小觑呀！昨日阮家窑一战，马管带败得太惨了。嗳，他和聂典史现在何处？"田子功答道："马管带正在东阁布防，聂典史在南阁等大同的援兵呢。大人，您若有啥吩咐，我这就派人去喊他们回……"

田子功话未说完，猛听得东方一声号炮，接着，枪声炒豆子一般噼里啪啦地响起来。章彤大吃一惊，手里的茶碗掉在地上，"啪"的一声碎了。他像受惊的兔子一般跳起来，神情紧张地问道："哪里打枪？哪里打枪？"田子功故意侧耳听了听，回道："是东阁。大人，莫不是革命军开始攻城了？"章彤定了定神儿，摘下挂在墙上的左轮手枪道："田队长，赶快集合亲兵卫队，随本官到东阁督战。另外，派人到牢里将李大麻子和张玉峰、赵祥云的爹妈押上东阁。革命军胆敢攻城，本官便拿他们的爹妈挡子弹。"

章彤还未走出屋子，便听得四面八方都响起了枪声。章彤两鬓浸出汗来，头脑一片混沌，道："不会吧，革命军有多少人？能同时攻打四个城门？"田子功怕章彤看出破绽，不敢再多搭话。

这时，四个城门的守军陆续派人向章彤报告，说四门均有革命军攻打。章彤问攻打每个城门的革命军有多少人，报告的人说东、南、北门有三五十人，唯独攻打西阁的革命军黑压压的一片，少说也有三五百人，火力也十分猛烈，又是抬枪，又是快枪，打得西阁的守军头都不敢往起抬。

章彤明白了，东、南、北三个城门的革命军是佯攻，西门才是主攻，急忙问聂志贤还在不在南阁，南门的人说聂典史已经前往西阁了。章彤冷静下来，思索片刻，对四个城门派来的人说："东阁和北阁的赶快回去，命令马管带紧急增援西阁。南阁的革命军虽然是佯攻，但南阁绝不能丢。派人去南阁上给本官仔细地向远望着，看见大同的援兵，就立刻打开城门杀出去，里应外合消灭革命军，接援兵进城。西阁的回去告诉聂典史，无论如何，一定要坚持等到大同的援兵。只要守住西阁，本官必定重重有赏。"四个城门派来的人喊一声"是"，分别跑步出去了。田子功看得心中暗笑，大同的兵马尚不知革命军进攻丰镇，又如何能掐会算地增援？章彤就算望穿双眼，怕是也见不到援兵的影子了。

章彤心神不宁地在屋里来回踱着步，心中又惊又怕。他知道，革命军若是破了丰镇城，别说张占魁不会放过他，就是城里的百姓，怕是也都想吃他的一口肉解解恨。现在，跑是跑不出去了，他看看桌子上的左轮手枪，心说若是革命军破了丰镇城，他便只有自杀成仁一条路可走了。

厅署衙门的院子里，田子功挎着驳壳枪守在门口，四十名亲兵卫队持枪列队等待命令。这是章彤的精锐，每人一条汉阳造，五十发子弹。章彤见他的卫队严阵以待，心里稍稍有了些安慰与幻想。他支起耳朵细细听着，渐渐地，东门、南门和北门的枪声稀疏了，而西门的枪声却愈发激烈。章彤的心又悬起来，喊田子功："田队长，赶快派四个弟兄到四门查……"章彤话音未落，一个警察喘着粗气跌跌撞撞地跑进来，神情沮丧地报告说："大人，不好了，革命军破城了。"章彤惊愕地瞪大眼睛，一把揪住那警察的衣领，声音颤抖着问道："你说清楚，是哪个城门破了？"

那警察惊恐地望着章彤，说："大人，西阁，是西阁破了。"章彤状若疯狂地叫道："西阁？聂典史呢？他不是在西阁吗？城里的兵都给他调过去了，马管带也去增援了，他还守不住西阁？平日纸上谈兵一套一套的，上战场就狗熊了？真他妈的窝囊废！"那警察被章彤抓紧了衣领，脸憋得红红的，说不上话来，嘶哑着嗓子道："大人，不是，不是的。革命军佯攻……佯攻……西……西阁……"见状，章彤连忙将手松开，厉声喝道："你快说！既然革命军佯攻西阁，那西阁咋就破了？"那警察揉着脖子说："西城墙不是有一处坍塌了吗，革命军从那里破城而入。"章彤叫道："西城墙的那个豁口？朱尧不是在那里把守吗？"那警察沮丧地说："朱警长是革命党的人，是他里应外合，把革命党放进城的。"章彤一阵晕眩，绝望地大叫一声："朱尧是革命党的内应？天亡我也，天亡我也！"

章彤呆愣了半晌，听得外面的枪声和呐喊声越来越近，方才惊醒过来。见亲兵卫队依然列队站在院子中央，他气急败坏地朝田子功骂道："田子功，你喝定魂符了？站在那儿像根木桩一样！"田子功上前一步，给章彤行了个礼，朗声道："请大人明示。"章彤吓了一跳，腿一软，差点儿一屁股坐在地上，骂田子功："你吃大力丸了？这么大嗓门，想吓死本官呀？"田子功的声音比刚才更为洪亮："小人不敢，请大人明示！"章彤顾不得同知的身份了，指着大敞的厅署衙门的大门气急败坏道："明示个屁呀！还不赶快把大门关了，上房顶守着。"田子功立正敬礼，答应了一声"是！"回身向卫队命令道："快，紧闭院门，留下两个在院里守着，其余的搭梯子上房顶，没有我的命令，谁都不许开枪。"

其实，田子功已经犹豫好一阵儿了。他本想马上把章彤抓了交给革命军，可又一想，亲兵卫队的士兵多是章彤的心腹，别偷鸡不成蚀把米，把自己倒贴进去，只有等一会儿再找机会了。

章彤回到屋里，听得屋顶"咚咚"作响，知道田子功已经带亲兵卫队上了房。他在椅子上坐下，倒一碗茶喝了，定定心神琢磨起来。他想，又高又厚的城墙都挡不住革命军，这小小的厅署衙门又能坚持多久？四十个亲兵虽然每人一条快枪，可革命军是上千人马呀！唉！看来今天是在劫难逃了，与其落入革命军之手，受尽凌辱再被砍下脑袋，还不如自行了断了好。想到此，他把枪口顶在太阳穴上，正要扣下扳机，忽地想起家中的老婆和小妾，想起费尽心机搜刮来的白花花的银子、黄澄澄的金条，枪口又放下来：蝼蚁尚且惜命，何况自己曾经威风一时呢？还是逃吧，留得青山在，何愁日后不能东山再起。想到这里，章彤连忙收起枪，脱下官服，从柜子里找一身便装换上，双手合十，暗暗祈祷老天爷保佑。他取出厅署衙门后门的钥匙，开门正要走，又反身将柳条盘里的干货拿了些揣进怀里，这才贴着墙根儿往后门溜去。

田子功人在屋顶，眼睛却一直盯着大堂的门，见章彤像只耗子一般溜走了，直起腰朝亲兵们喊道："弟兄们，同知大人一个人偷偷地跑了，咱守着个空衙门是替哪个卖命呢？也赶快逃命吧！"

田子功这一嚷，亲兵们都乱了套，纷纷爬下梯子，有的连枪都扔了，打开大门四散而去。

第三十章

章同知棺材逃生

丰镇遍地烽火，到处都是革命军，清军草木皆兵。不然，偌大一个大同府衙，怎么能被十几个人、六条步枪破天荒地攻占了？

丰镇与大同的情形差不多，不同的是，章彤提前得到了汤冠丰的密报，主动出击过，也做了顽强的抵抗。同样是败，他这个同知要比大同知府败得有面子。

由于王虎臣谋划缜密，李元翎布置得当，张占魁奋勇当先，朱尧配合得力，革命军没有付出多少牺牲便轻易攻破了丰镇城。丰镇的清军和大同的清军一样，城一破，立刻作鸟兽散了，纷纷扔了枪，四处躲避逃命。那两百个临时招募的警察更省事，他们的棉袄、棉裤都是自己的，只外面的罩衣和帽子是警察署的，把枪和帽子一扔，外面的罩衣一脱，立刻变回了百姓。

王虎臣与张占魁破城后，直扑厅署衙门。厅署衙门大门敞开着，田子功正悠然地坐在大门的门槛上抽烟。见王虎臣来了，田子功磕磕烟袋站起来，朝王虎臣抱拳行礼道："虎臣先生好，这城破得好快呀！"王虎臣抱拳回礼道："田兄弟，丰镇城能破得如此之快，有你和朱警长的大半功劳，"又指着张占魁说，"来，给你们介绍一下。小状元，这便是扣下章彤请求援兵信，给咱做内应的田子功田兄弟。田兄弟，这位便是人称小状元的起义军队长张占魁。"

张占魁与田子功互相见了礼，张占魁谢过田子功夺城之助，问章彤那狗贼在何处。田子功遗憾地说章彤跑了，但肯定还没出丰镇城。张占魁又问："聂志贤和马进禄呢？抓住了还是打死了？"王虎臣遗憾地摇头说："马进禄被活捉了，可聂志贤不知去向，尸体也没见着，估计和章彤一样跑了。”张占魁回身命令武斯楞和马麦：“大哥、马麦，你们马上带弟兄们全城搜捕，一定要抓住章彤和聂小辫。”

武斯楞和马麦带人全城搜捕章彤与聂志贤，张玉峰与赵祥云则去砸了牢房，救出还没来得及被章彤押上东阁做人质、挡子弹的爹妈及李记夫妇，释放了牢里所有的犯人，而后加入了搜捕章彤和聂志贤的队伍里。

望着高大森严的厅署衙门，张占魁感慨万分。曾几何时，这里是百姓最为恐惧的地方。厅署衙门的大门就像一只狰狞的老虎张开了吃人的口，从这里进去，就算能活着出来，也是家财散尽，遍体鳞伤了。可是从现在起，这只老虎不再狰狞了，它将变成一个主持公道和正义的庄严之地。尽管它还会吃人，但吃的绝不会是那些可怜的百姓，而是贪官污吏和鱼肉百姓的恶霸豪绅。

张占魁轻蔑地笑了一下，回头对王虎臣道：“军师，这厅署衙门从现在起，就是咱革命军为百姓主持正义的地方了。军师看该取个啥名字呢，总不能还叫衙门吧？”王虎臣说：“当然不能再叫衙门了，同盟会的宗旨是‘驱除鞑虏，恢复中华’。现在，丰镇的清政府已被推翻，依照各省府州县的先例，应该成立共和政府。”张占魁哈哈大笑，拉着王虎臣便往里走：“好，那这厅署衙门以后就叫共和政府了。军师，走，进咱共和政府的议事厅，军师就坐章彤坐过的那把椅子吧。”王虎臣却拉住张占魁道：“小状元，咱现在还不能进去。”张占魁不解地问：“为啥呀？莫非军师还怕章彤那狗日的打回来？”王虎臣解释说：“我不是这个意思。咱们现在虽然打下了丰镇城，但就这么贸然地进了厅署衙门，百姓会产生误解，以为革命军打丰镇是为了取代章彤，谁胜了谁做官，换汤不换药。所以，我们现在还不能在厅署衙门议事，要先找个宽敞的地方住下，由众人推举一位德高望重之人担任知事，然后方可摘下厅署衙门的牌匾，换上民国政府的牌子。”

张占魁不解，瞪起眼睛问道：“啥？还要众人推举？推举个屁呀？我小状元能走上正道，都是军师你引导的。我说了算，这丰镇知事就是军师你了。我倒要看看，哪个敢和军师争！”王虎臣拍拍张占魁的肩，笑呵呵地说：“小状元呀！我们推翻清王朝，是为了废除中国几千年来的君主专制制度，建立一个独立的、民主的、富强的共和国家。依你的想法，谁出力谁坐龙椅，那不还和之前谁打下江山谁做皇帝一个样吗？”张占魁挠着头嘿嘿一笑：“军师，那也好说，我告诉弟兄们，就推举军师为知事了。”王虎臣依旧摇头说：“不行，我还另有事情，在丰镇待不了几天就要走了。”张占魁急了：“啥？军师要走？这可使不得。军师走了，谁给我出谋划策？我一个贩炭出身的，能带得了这么大一支队伍？我可把话说在前面，军师若是要走，这革命军我也不干了，还拉我的独立队劫富济贫去。”王虎臣笑道：“小状元，你以为打下丰镇城就可以安享太平了？革命不是争夺一城一池，不把清政府彻底推翻，丰镇是保不住的。我得联络太原、大同和忻州各府县的革命军，只有各地遥相呼应，方可保丰镇无虞。”张占魁明白王虎臣的意思了，惊叹道：“军师真乃神人，一个小小的丰镇知事，哪能施展出军师的满腹才华？军师就像下棋的高手，走一步看三步呀！好，小状元一切听从军师的安排。”

王金虎随李炎改编加入革命军后，现在也是小头目了。王虎臣命他守住厅署衙门，闲杂人等不得进入，待革命军推选出可以担当重任的知事，再在厅署衙门挂起共和政府的牌子。王金虎见厅署衙门威风气派，心说自己还从未进过官衙，现在却要住在这里了，这差事不错。

王虎臣问田子功丰镇哪家字号的院子大，田子功想了想说：“要说院子大，当数永茂粮店。那院子不但大，就连丰镇的官粮，也在那里存着。”张占魁大喜，说道：“军师，你不是说打下丰镇后要给全城的穷人放粮吗？我看咱驻扎在永茂粮店就挺合适的。”王虎臣点头道：“好，那咱就驻扎在永茂粮店了。”

永茂粮店掌柜姓张名永茂，为人圆滑。见革命军要征用他的粮店，还要放官家的存粮，张永茂心里虽然一百个不愿意，嘴上却不敢拒绝，喜眉笑眼地把张占魁等一干首领迎进去。张永茂吩咐伙计沏茶倒水，点火做饭，还把粮店的大柜房让给革命军做议事厅。王虎臣坐定，叫张永茂取来纸墨笔砚，写了许多安民的告示，命人四处张贴。内容为：革命军此次攻打丰镇，旨在服从民国政府的命令，推翻清朝设在丰镇的官衙，绝不扰民。凡革命军士兵在丰镇城内烧杀抢掠、奸淫妇女者，一经百姓举报，杀无赦。此内容在早晨攻城之前，已经在队伍里宣布过一次了，现在贴出告示，是特意给丰镇的百姓看的。

安民的告示还没有贴出去，武斯楞和马麦就回来了，两人沮丧地说搜遍了全城，却没有发现章彤和聂志贤的踪迹。张占魁沉不住气了，暴跳如雷道：“搜，继续搜！咱破城的时候两个狗日的还在，破城后四个门都由咱的弟兄把守，他们根本逃不出去。就算挖地三尺，也要把两个狗东西找出来，杀了他们以泄民愤。”武斯楞和马麦答应一声，出去继续搜捕章彤和聂志贤了。

安民的告示贴出去后，革命军便开始开仓放粮。城中百姓刚开始不信任革命军，关门闭户不敢出去，现在听说革命军开仓放粮了，都奔走相告，拎着口袋往永茂粮店涌来。张占魁见百姓个个笑逐颜开，心中说不出的畅快。正开怀大笑着，忽地看见厅署衙门的方向升起一股浓烟，不知道发生了什么事，急忙派人前去打探。打探的人还没走出粮店，已经有士兵跑来报告，说李炎和王金虎喝醉了酒，一把火将厅署衙门烧了。

王金虎受军师王虎臣之命看守厅署衙门，他这辈子是第一次进衙门，刘姥姥进大观园一般，腾云驾雾地把厅署衙门里里外外走了个遍。最后王金虎坐在大堂的椅子上，喊士兵沏了一壶茶，闭着眼睛得意地哼起小曲儿。突然，一个大嗓门喝道："王金虎，瞧你这副得意忘形的样子，这把椅子坐着舒服吗？"王金虎吓了一跳，睁眼一看，是李炎来了。他急忙起身，腾开椅子说："哟，大掌柜呀！大掌柜快坐坐同知大人的椅子吧，就是比咱家的椅子舒服些。"李炎骂一句："狗屁的同知大人，章彤他现在连条丧家犬都不如。"李炎在椅子上坐下，感受了一下，说："我看和普通椅子也没啥区别，只是坐在这里心情不同罢了。"王金虎笑着问道："大掌柜，啥心情呀？"李炎屁股在椅子上颠了颠，说："屁股没啥感觉，心里却舒服得不得了，就像一步登天了似的，脑袋晕乎乎的。妈的，爷啥时候也能天天坐在这儿，拍着惊堂木，威风地审他几个案子？"王金虎道："那可说不准，当初李教官说服大掌柜和小状元合兵一处，组成革命军推翻清政府的时候，大掌柜当时不是觉得革命军未必能成大事，犹豫再三吗？现在看来，这革命军还真是不可小觑，南方都让他们夺了，北方也夺了大半，这清朝还剩下点儿啥？除了北京，我看没啥了！"李炎纠正道："啥他们、他们的，是咱们，咱们现在也是革命军。"

王金虎给李炎倒一碗茶放在他面前，呵呵笑道："对，是咱们。大掌柜，现在看来，咱投奔革命军这条路还真走对了。原以为丰镇铜墙铁壁，固若金汤呢，没想到，只两个冲锋，城便破了。照这种打法，这清朝还能支撑几天？宣统皇帝一完蛋，大掌柜就是功臣，当个县太爷应该不会太难。说不准，丰镇的县太爷就是大掌柜的了。"李炎倒也有自知之明，哼哼鼻子说："前面有小状元呢，能轮到我？"王金虎巴结道："小状元若是当了大同知府，大掌柜不就是丰镇知县了吗。"李炎点头道："嗯，你说的倒也是。"王金虎忽地想起李炎的父母，问道："大掌柜，大爷和大娘救出来了吗？"李炎说："救出来了。张玉峰和赵祥云比我还急，破城后先去砸了大狱，不但把他们的爹妈和我爹妈救了，还把大狱里的犯人一概放了。日他章彤奶奶的，我爹妈在牢里可没少受罪，饿得脸色蜡黄蜡黄的。等抓住了狗日的章彤，非亲手砍了他的脑袋。"王金虎讨好地说："大爷大娘救出来就好，他们人呢？大掌柜该把二老接到厅署衙门，让他们坐坐章彤的这把椅子消消气。"李炎说："赵祥云找了辆大车，已经把几位老人送回隆盛庄了。"王金虎说："这么急呀？大掌柜该把大爷大娘留在丰镇，让他们养养身子，享几天福再走。"李炎直直腰，说："他们被抓来有些天了，心里想家，急着要回去。”

李炎坐了一会儿，伸个懒腰道：“连着打了两天仗，还真够累的。金虎，让人出去弄点儿酒肉，咱解解乏吧。”王金虎当惯了土匪，以为李炎让他出去抢，犹豫着说：“大掌柜，出发前军师可是下过令，攻入丰镇城后，凡烧杀抢掠者，杀无赦。”李炎眼一瞪，掏出一块银圆扔在案儿上，说：“我说让你抢了吗？咱现在是革命军，还当是原来占山为王的时候呀？去买，打二斤酒，买只熏鸡回来。”

派出去的士兵走了好一阵儿才回来，王金虎问怎么走了这么长的时间。士兵说革命军满城搜捕章彤和聂志贤，百姓害怕，店铺都上了门板。他是先把钱从门缝儿给伙计塞进去，人家才卖给他酒和熏鸡的。王金虎取两只茶碗倒了酒，把熏鸡撕开，扯一条鸡腿递给李炎，两人便开始吃喝。酒喝到一半时，李炎又提到了章彤：“金虎，你说这也真奇怪了，丰镇城不算太大，咱们那么些人挨家挨户地搜，咋就抓不住章彤呢？他一个大活人，能藏到哪里？”王金虎说：“也许藏谁家了吧。”李炎摇头道：“不大可能，丰镇人将章彤恨之入骨，恨不得扒了他的皮，抽了他的筋，谁肯收留他？”王金虎却说：“大掌柜，有钱能使鬼推磨呀！银子不够添上钱，没有不下雨的老天爷。只要他给的银子多，肯收留他的百姓有的是。打个比方，那章彤若是给我一万两银子，我豁出性命也敢收留他。”李炎点头表示同意：“嗯，那倒也是。”想了想，眼睛盯着王金虎问道：“金虎，莫不是你把章彤藏起来了吧？”王金虎怔了一下，呵呵笑道：“我？我连章彤长啥模样儿都不知道，会把他藏起来？再说了，我和他非亲非故，凭啥救他的命？”李炎不苟言笑道：“凭啥？刚才你自己说的，银子不够添上钱，没有不下雨的老天爷。如若章彤真给了你一万两银子呢？你岂不是便要把他藏起来了？”王金虎见李炎说得认真，也不笑了，望着李炎说：“大掌柜，你不是和我开玩笑吧？这要是弄假成真，我除了银子没得到，还要背一口黑锅？再说了，就算我有那胆儿，也没那空儿呀！自从打进了丰镇城，我便奉小状元之命，一直在这厅署衙门守着，连门槛都没迈出去过。”李炎哈哈大笑起来：“金虎，和你开个玩笑，看把你吓得，当真了？”王金虎瞥李炎一眼，端起碗喝了一口酒，说：“当然当真了。大掌柜，这种玩笑可开不得。章彤抓住了好，若是抓不住，有大掌柜这句玩笑话放在前面，保不住真有人怀疑我收了章彤的银子，把他藏在这厅署衙门的哪个角落了呢。”

王金虎一句话提醒了李炎，李炎把刚端起的酒碗往案儿上一放，问王金虎道：“金虎，你说满城都搜不到章彤，章彤是不是压根儿就没往外跑，一直藏在这厅署衙门里呢？”王金虎想了想，摇头说：“不会吧？听他的亲兵队长田子功说，章彤是从后门逃跑的。”李炎鼻子一哼，说道：“田子功若不是章彤的心腹，章彤会让他当亲兵队长？他的话你也信？”王金虎疑惑地望着李炎：“那，大掌柜的意思是……”李炎往起一站，说道：“金虎，你说这厅署衙门会不会有啥暗道呀、夹壁墙呀藏身的地方？你想想，如果章彤没藏在厅署衙门，那咋满城搜遍了，就是不见他的人影？”王金虎摇头道：“这我可不知道，我头一次进官衙，哪能知道衙门里有没有暗道，有没有夹壁墙？”李炎酒喝多了，脑袋一热，拍一把案儿说：“点把火烧狗日的，只要章彤藏在厅署衙门，肯定能把他烧出来。”

于是，李炎和王金虎醉醺醺地在厅署衙门放起一把火，将一个宏伟的厅署衙门瞬间化为灰烬。

张占魁与王虎臣听了李炎和王金虎火烧厅署衙门的缘故，也没有过分呵斥李炎，因为李炎的人马在革命军中仅次于张占魁独立队的力量，更何况现在正是用人之际。两人十分遗憾，张占魁遗憾的是丰镇已经被革命军攻占，厅署衙门以后就是民国政府的官府，现在被一把火烧了，不是等于自己烧了自己的官府吗？王虎臣遗憾的则是厅署衙门是丰镇最宏伟壮观的建筑，如此一把火毁了，实在让人觉得可惜。

吃过晚饭，张占魁召集各首领及丰镇的革命党人在永茂粮店议事。这是革命军攻占丰镇后的第一次议事，由王虎臣主持。王虎臣说丰镇现在已经是革命军的地盘，群龙不可无首，地方不可没有官员，要大家在各首领和丰镇的革命党人中推举一位德才兼备，熟谙地方事务，又深得百姓拥戴的人担任知事。众人和张占魁的想法一样，说此等重任，非王虎臣不能担当。王虎臣把自己不能担任知事的缘由讲了，众人颇觉遗憾。

众人叽叽喳喳议论了好久，也没有议出个子丑寅卯来。王虎臣心中早有人选，只是怕众人不服，没有说出来，便提议道：“诸位不要像没头的苍蝇一般乱议了，不如这样，在座的人咱一个一个议，符合条件的放在一边，不符合条件的剔除，然后从符合条件的人中再议，再剔除。最后留下的，便是知事的人选了。大家看这样如何？”众人觉得这个主意甚好，也公平。一路议下来，多为能冲锋陷阵却缺乏智谋的好汉，有些智谋的，却不懂审案、断案，议到最后，只剩下了原警务长朱尧一人。王虎臣这才说道：“诸位兄弟果然目光独到。所谓知事，就是丰镇大大小小的事情都知道的，方可称为知事。朱尧兄弟在丰镇做了多年警务长，上到有钱的商家，下至流氓混混、三教九流、江湖中人，那都是成天打交道的。至于审案、断案，更是行家。何况他为人正直，办事公道。依我看，丰镇知事非他莫属。”众人也觉得如此，便一致推举朱尧为丰镇知事。朱尧没想到众人如此抬举他，诚惶诚恐，说自己才疏学浅，怕是难以担当如此重任。张占魁说："朱尧兄，既然众人推举你，你就不要客气了。何况你这知事不似章彤的同知，章彤那同知是横征暴敛，往自己腰包里捞银子的；你这知事是为丰镇百姓主持公道，办事的。我看你就应了吧。"朱尧见推辞不脱，说道："唉！那我就勉为其难了。"当场剪了辫子，以示与清朝从此一刀两断，做个清正廉明，受百姓爱戴的好官。

朱尧上任丰镇知事后，第二天便在永茂粮店设置临时公堂，击鼓升堂，将革命军在破城时抓获的清军管带马进禄等数名罪大恶极者当堂定罪后，拉出去枪毙了。之后派了人将丰镇商务会长请来，与他协商各字号店铺应立即开门营业的事，并提出向商务会借银四万两作为军饷，所借银两日后在丰镇应纳税赋中抵扣。商务会长忧虑革命军不能长久占据丰镇，可眼下是革命军说了算，为保丰镇各商家的安全，只有应诺，立刻筹措四万两银子交与革命军。

由于革命军进入丰镇城后秋毫无犯，丰镇各阶层人士对革命军颇有好感，字号店铺相继开门营业。百姓生活除了未受影响，还因为革命军开仓放粮而得到好处，家家欢天喜地，人人眉开眼笑。

然而，谁也没有料到，就在革命军占领丰镇的第四天，形势突变。围困大同的清军收到丰镇同知章彤派人送来的求援信，立即抽调一营人马及正红旗的蒙古骑兵向丰镇反扑而来。

章彤究竟藏身何处，竟能躲开革命军的全力搜捕？

那日，革命军攻破丰镇城，章彤知道自己罪大恶极，就算投降，革命军也绝饶不了他。他本想自杀落个忠臣的名声，却又舍不得娇妻美妾和费尽心机搜刮来的银子。降不能降，死不能死，便只有逃了。可逃也不是件容易事，革命军紧守城门，对来往行人严密盘查，城肯定是出不去了。留在城里吧，丰镇数万百姓，他认识的没几个，认识他的却比比皆是。这些年在丰镇为官，得罪了太多的人，遇上无冤无仇又胆小怕事的，给几个钱或许能搪塞过去，遇上被他迫害过、与他有深仇大恨的，他便死到临头了。

章彤像只见不得阳光的耗子，贴着小巷的墙根儿窜来窜去，看见人便躲。躲不过去时，他便压低破毡帽，缩起脖子，低下头。好在人们提着口袋，欢呼雀跃地去永茂粮店领革命军发放的赈济粮，也没人在意他。章彤七拐八拐，来到毛店巷。毛店巷住的多是做皮货的毛毛匠，有生意大的，家里有七八十口泡皮子的大缸，房子好，院墙也高；做小本生意的，家里不过三五口大缸，几间破土房，院墙半人高不说，还塌了豁口。章彤正走到这样一户人家时，看见前面过来几个挨家挨户搜查的革命军，心一慌，便窜进了人家的院子。他不敢往正房去，身子一闪，进了一间破败不堪、摇摇欲坠的厢房。厢房靠墙摆着一溜大缸，地上耗子吱吱乱窜，见有人进来，一下子都不见了。章彤蹲在窗台下支起耳朵听，窗户是木栅栏做的，外面的声音能听得很清楚。章彤听到有人进了院子，并说道："进这户人家搜搜吧！"章彤见革命军搜查过来了，吓得魂飞魄散，猫腰跑到那溜大缸前，俯身去看。见大缸空着，章彤顾不得缸里刺鼻的皮硝味儿，从墙角拎了一张破羊皮，撩腿跳进缸里蹲下，将破羊皮顶在头上。

革命军进了院子，大声喊道："屋里有人吗？"正房屋门一响，传来一个妇人的声音："有啊！你们这是……"有革命军说："我们是刚打进丰镇的革命军，正在搜查狗官章彤、聂志贤和溃散的清军。你家来过人吗？"那妇人道："我家没来过人。"革命军又问："你家就你一个人？你男人呢？"那妇人喜悦地说："我男人到永茂粮店领粮去了。你们革命军真好，刚进城就开仓放粮，不似章彤那狗官，成天思谋着咋搜刮我们百姓呢！"有革命军推开章彤所藏厢房的破门朝里看，章彤吓得屏住呼吸大气也不敢出。那妇人说道："厢房只有几口泡皮子的大缸，藏不住人。"革命军说："大婶，我们进你屋里搜搜吧？"那妇人说："你们随便搜，搜一搜也就放心了。"革命军进到屋里，自然什么也没有搜到，脚步声渐渐远去。

章彤被大缸里皮硝的味道呛得喘不上气来，直起腰支起耳朵听了听，见外面没动静了，正要从缸里出来，又有一道沉重的脚步声从外面进来。一个男人"呼哧呼哧"地喘息着，在院里叫道："快出来帮我一把。"

章彤见有人来了，连忙再次蹲下。屋里的妇人出来，问他是不是领到粮食了。那男人看样子是累了，把肩上的半毛口袋粮食"咚"的一声放在地上，说道："这话问的，你不看我背的啥？"妇人迎上去，又问领了多少。男人说："五小斗莜麦，好重呀！一路上歇了好几歇哩。若不是白给，三小斗我也背不回来。"妇人惊喜地问："这么多呀！每家都是五小斗？"男人说："按人头给的，每人一小斗。"妇人奇怪地问："咱家不是三口人吗？咋多领了两小斗？"男人说："把我爹妈的也领了。"妇人高兴地咯咯笑起来："你呀，大事做不成，小便宜倒是会占。爹妈死了都快两年了，还能把他们的粮领回来？"男人得意地说："白给的，不要白不要。你还别说，这革命军挺得人心，人们都夸他们好呢。"妇人说："得了谁的好处，当然要说谁好。"夫妇二人边说话边将粮食拿回屋里。

章彤听那夫妇对革命军颇有好感，心说若是一个不小心被他夫妇发现了，必定会把革命军招来。他跳出大缸正想溜出去，肚子突然“咕咕”地叫起来，记起从早晨吃过早点后，到现在还水米未进呢。手往怀里探去，却发现出来时揣在怀里的干货不知道什么时候掉了，只剩下一小块被压扁的蛋糕。塞进嘴里“咕噜”一下咽了，再往里面的小褂里摸，从口袋里摸出两张五十两的银票和几块银圆。银票是昨天马进禄带兵到阮家窑设伏时，一家字号的掌柜塞给他的，那掌柜的儿子为了耍威风，花钱买了个警察的缺。昨天出去打仗，他爹怕他送了命，给章彤塞了两张五十两的银票，章彤便把他儿子留下来守城了。一百两银子对章彤不过九牛一毛，加上他忙了一天，银票便忘记往出掏了。

章彤蹲在破屋的墙角，又饥又渴，好不容易熬到日暮西山，天色暗淡下来，方才敢出去往别处逃命。

从毛店巷出来，章彤左思右想，无论如何也记不起丰镇有哪个是靠得住的朋友，后悔自己当初倚仗权势，除了害人便是欺压百姓，所以才落得今天这孤家寡人的下场。正漫无目的地走着，迎面过来几个巡街的革命军，章彤吓得转身便跑。巡街的革命军见前面的人跑，料想不是什么好人，呐喊着追上来。章彤慌不择路，跑进一条巷子。这条巷子弯弯曲曲，就像井台的辘轳把一样，所以叫辘轳把巷。章彤将左轮手枪握在手里，推推这家的院门，发现院门从里插着；推推那家的院门，那家的院门也从里插着。终于推到一家院门虚掩着的，他惊慌地闪进去，从里面把院门插上，靠着院门喘了口气，握着枪，小心翼翼地向屋子靠近。

屋里点着灯，一个四十来岁的女人正在灶头拉风匣蒸饭。章彤顾不得许多，掖起手枪推门进去。那女人听见门响，头也不回地说道：“刚掌灯便来了？”章彤没说话，眼睛警惕地朝屋里瞅着。那女人见没人应答，便回过头看，见门口站着个脸上脏兮兮的陌生人，吓得呼地一下跳起来，手捂胸口问道：“你、你是啥人？咋跑到我家来了？”章彤此时哪还有一点儿同知的威风，虽然那女人和他年龄相当，却抱拳叫道：“大嫂，我是过路的，恰逢丰镇闹革命党，没个住处，想在您这儿讨口饭吃，借住一宿。”油灯光线暗淡，那女人看不清章彤的面孔，怯生生地往炕沿边靠靠，说：“哎呀，这可不行。我一个寡妇，咋能留个男人在家过夜？你还是去别人家吧。”章彤听那女人是寡妇，心里高兴了，觉得这样更安全。见锅上的笼屉热气腾腾，肚子又“咕咕”地叫起来。章彤心说住不住一会儿再说，先想办法填饱肚子吧。他掏出身上的几块银圆捧过去，哀求说：“大嫂，我饿得实在不行了。这样吧，我给你钱，你让我吃顿饭好不好？”那女人见章彤手里捧着好几块银圆，心说今天遇上有钱人了，吃一顿饭就给几块银圆，这好事去哪找呀？连忙露出笑脸说：

“饭倒是能给你吃，就是不能留你住。这样吧，吃完饭你就走。”章彤连忙应道：“谢谢大嫂，吃饱了我就走。”那女人说：“那你上炕坐吧，饭这就熟了。”

章彤跨炕沿在炕桌前坐下，油灯就在炕桌上，把他的脸照得清清楚楚。那女人端详着章彤便愣住了：“你、你、你是同知大人？”章彤手不由自主地向腰里摸去，握住了枪柄。不想，那女人竟然“扑通”一下给他跪了：“民妇给同知大人请安了！恕民妇眼拙，没有认出同知大人，请同知大人恕罪！”章彤见那女人认出了自己，且对自己极为恭敬，连忙跳下地，将那女人扶起，道：“大嫂免礼，章彤今日落难到此，还望大嫂搭救……”章彤话音未落，听得隔壁院子隐约传来敲门声，知道是革命军搜查过来了，吓得脸色骤变，竟然“扑通”一下，反给那女人跪了，苦苦哀求道：“大嫂，外面革命军在搜查我，请大嫂无论如何救我一命。章彤若是逃脱此难，日后定当厚报。”那女人诚惶诚恐，将章彤扶起来，说：“大人快起，这可折民妇的寿了。”又絮絮叨叨地说，“大人莫非忘了？大人曾经替民妇做过主的呀！大前年……”

这时，外面搜捕的革命军已经开始敲院门了。章彤顾不得听那女人细说，哀求道：“大嫂，这些话咱日后细细再说。革命军搜查过来了，您先救我的性命。”那女人醒过神来，朝屋里瞅瞅，为难地说：“可是，大人，您看该往哪里藏呢？”章彤进屋时已经观察过了，屋里的确没有可以藏身的地方，便说道：“屋里肯定藏不住，你家闲房可有藏身的地方？”那女人想了想说：“闲房也没有隐秘的地方，只是我有口寿材放在柴房，不知大人……”章彤逃命要紧，急忙让那女人带他去看。那女人掌着油灯将章彤带到柴房，柴房靠后墙果然放着一口没有糊裱过的棺材。那女人解释说：“大人，这口棺材说来有些来历，前年……”那女人话未说完，章彤已经掀起棺材盖子往里钻了。那女人急忙道：“大人，您堂堂同知，咋能往棺材里钻？”章彤从怀里摸出一张银票递给那女人，用乞求的眼神看着她，声音颤抖地说道：“大嫂，这是五十两银票，你先拿着。只要你救了我，章彤日后定有厚报。”那女人呆住了，眼睛盯着手里的银票，脸上渐渐露出了惊喜的笑容。她想给章彤磕个头，可棺材盖子已经盖上了。她撩起棉袄的衣襟，宝贝般把那张银票小心翼翼地塞进怀里，掌灯出了柴房，这才意识到外面的院门已经敲了很久。

那女人把院门打开，外面呼啦一下涌进六七个革命军，领头的正是蓝虎头。蓝虎头质问那女人：“咋敲了半天院门没动静？你家是不是藏啥人了？”那女人倒也挺会说话，佯装害怕，说：“军爷，我听是听见了，可我寡妇人家，怕外面是歹人，不敢开门。”蓝虎头挥一下手，革命军不由分说先进了屋，见屋里没人，也没有可以藏人的地方。出来后，几个人继续在院里找，几个人进厢房和柴房找，都不见人影。蓝虎头指指柴房里的那口棺材，问棺材是谁的。那女人只觉得心快要跳出嗓子眼儿了。若是白天，蓝虎头肯定能看到她的脸变了颜色。只听那女人说：“军爷，这是我给自己准备的寿材。”蓝虎头怀疑地问：“看你也就四五十岁的样子，这么早就给自己把寿材准备好了？”那女人故意长叹一声：“唉！咋说呢？没法子呀！我寡妇人家，自己不给自己准备，等哪天死了，谁给我买棺材？”蓝虎头在棺材盖上敲敲，问棺材里藏没藏人。那女人说：“人？哦，现在没有，等我死了，里面就有人了。”

蓝虎头正要走，一个革命军提醒说：“蓝大哥，要不要把棺材打开看看？”蓝虎头瞥那革命军一眼说：“看啥呀？章彤好歹是个同知，他肯躲在棺材里藏着？大冬天的，不憋死也冻死了。好了，别在这儿磨蹭了，赶快到下一家去搜。”

那女人把蓝虎头几个革命军送走，插好院门，耳朵贴在门缝上听。听得脚步声远了，这才返回身把章彤从棺材里叫出来。那女人一辈子也没见过五十两的银票，现在天上掉下个大馅饼，自然高兴得心花怒放，连忙去给章彤沏茶。章彤肚子“咕咕”地叫，便说他现在饿得厉害，还是先吃饭，后喝茶吧。那女人应诺一声，揭开笼屉，把饭端上来。她家境不太好，吃的是山药鱼子、山药丸丸，还焖了小半锅山药蛋。她不好意思地说：“同知大人，家里只有这些东西。要不，我到隔壁邻居家借几个鸡蛋回来给大人吃？”章彤饿极了，哪还顾得上挑食？便说今天就这样将就一下吧。好在炕桌上还摆了腌棵子菜和冷盐汤，便把山药鱼子沾了盐汤，就着腌棵子菜大口吃起来。所谓的腌棵子菜，其实就是大白菜最老的边叶部分。种菜的砍白菜时，边叶部分都会丢在地里不要了，城里的穷人出去捡了，有的拿回来喂猪，有的放些盐腌了吃。因为菜叶子已经发黄，人们便叫它腌棵子菜，而那冷盐汤，则是腌棵子菜的汤，炝些葱花放进去。这种饭章彤以前只听说过，没吃过，今天第一次吃，倒也觉得别有一番滋味儿。

章彤填饱肚子，那女人沏上茶来，章彤一边喝茶，一边和那女人拉呱。章彤方知那女人夫家姓田，街坊邻居都叫她田寡妇。

章彤奇怪田寡妇才四五十岁，却已经给自己准备好了寿材。田寡妇感恩戴德道：“同知大人莫非忘了？民妇的这口寿材，还是同知大人赏赐的呢。”章彤皱起眉头想了想，却不记得这件事情，便问道：“我赏赐你的？不会吧？我咋能赏赐你一口棺材？”田寡妇提醒说：“同知大人不记得了？大前年，民妇的男人在赌坊输了钱，心一急，血往头上涌，便死在了赌坊。民妇去官衙告那赌坊掌柜，大人……”

章彤想起来了，大前年，一个女人到厅署衙门告状，说他男人赌钱猝死在了赌坊，要章彤为她申冤。章彤将赌坊掌柜传来，问清楚那女人的丈夫有抽羊角风的毛病，那日输了钱，心里着急，病便犯了。赌坊的人以为他装病讹人，没有施救，那人便抽风抽死了。章彤见那女人哭得可怜，判决说那人有抽羊角风的毛病，生死与赌坊无关，但人毕竟死在了赌坊，赌坊就出一口棺材吧。那女人不满意，说自己不能生养，膝下无儿无女，老来老去，连个养老送终的人都没有，想让赌坊赔几个钱。章彤发了个善心，说她不就是怕老了没人打发吗，赌坊给她也做一口棺材吧！赌坊不在乎那几个钱，便给她也买了一口薄皮棺材。没想到，当年施了个好心，那口棺材田寡妇还没用上，自己倒用它逃了一命。真是因果有报呀！

田寡妇当年得了章彤断给她的一口寿材，现在又得了章彤给她的五十两银票，自然把章彤当活菩萨一般供着。为了防备革命军再来搜查，把家里唯一的一条狗皮褥子铺在棺材里，外面只要有动静，章彤便立刻躺进棺材里躲着。田寡妇又出去买了些鸡蛋、肉和白面回来，一日三餐做给章彤吃。

章彤在田寡妇家躲了两天，思量着如此下去不是长久之计。他想起田子功，肯定是田子功把自己写给大同的求援信扣下了，不然，大同怎么到现在还不派援兵来？本想再给大同写封求援信，可手下无兵无将，派谁出城送信呢？

第三十一章

得胜口虎臣遇难

这天，刚吃完晚饭，外面又有人敲院门，章彤急忙跑到柴房钻进棺材。等了好一会儿，见外面没有动静，章彤挪开棺材盖儿探出头听，还是没有动静。章彤心中诧异，握了左轮手枪爬出棺材，蹑手蹑脚先去看院门。见院门从里插着，他怀疑田寡妇是不是打发走了来人，忘记叫他了。他放轻脚步走到窗台下，从窗帘的缝隙往里瞅，见一个男人正在对田寡妇动手动脚，田寡妇一边躲闪，一边解释着什么。章彤心中一惊：这男人是谁？既然田寡妇开门放他进来，那么两人的关系必定非同一般。有道是寡妇门前是非多，莫非他是田寡妇的相好？章彤脑子灵光一闪，记起那天他为了躲避革命军的抓捕逃到田寡妇家，而田寡妇天黑了还没插院门，他进屋后，田寡妇头也不回便问自己"刚掌灯便来了"。想到此，章彤更是紧张，生怕田寡妇一时大意，把他躲在她家的秘密对那男人讲了。

章彤不敢进屋，在窗户外面又听不清屋里说话，只有攥紧枪柄注视着屋里情况的变化。只见田寡妇喋喋不休地向那男人解释了半天，那男人似乎妥协了，抱住田寡妇亲了两口，田寡妇便送他出来了。

见此，章彤急忙跑到墙角躲起来。田寡妇把那男人送出院子，插好院门，反身进了柴房，压低声音说道："同知大人，出来吧，没事了。"章彤站在田寡妇身后说："我已经出来了。"田寡妇吓了一跳，回头见身后果然是章彤，抚着胸口吁口气说："吓死民妇了，同知大人是啥时候出来的？"回到屋里，章彤问田寡妇刚才那男人是谁，两人说什么了。田寡妇的脸立刻羞红了，问道："同知大人刚才都看见了？”章彤也不叫田寡妇大嫂了，不苟言笑道：“看见了，田氏，把你们的关系和刚才说的话对本官如实道来。”田寡妇本来嫌羞，不想往出说，见章彤脸色冷峻，目光中杀机隐现，便不敢瞒藏，把她与那男人的关系如实说了。

那男人名叫李刚，家住田寡妇家对面。李刚本是银匠出身，当初在辘轳把巷也算小康人家，只是他和田寡妇死去的男人一样天性好赌，两人常相约到赌坊赌博，算得上是赌友。李刚赌技不佳，运气也不好，几年下来便把积蓄输光了，一处院子输得只剩下一间厢房。他老婆看他没出息，带着娃娃跟了一个比她大十几岁的直隶的牲口贩子跑了。大前年，田寡妇的丈夫猝死在赌场后，李刚幡然醒悟，剁了自己一根手指，发誓永不再赌。于是，人们便送了他个李九指的绰号。李九指戒赌之后，重新捡起了银匠手艺。他本就和田寡妇死去的丈夫是赌友，两家又街门对街门地住着，成天抬头不见低头见，见面搭个讪说个话是常事。那田寡妇虽然徐娘半老，却有几分姿色，久而久之，李九指便对她有了意思。去年冬天，田寡妇挑水，井台结了冰，不慎滑倒把脚崴了。李九指见这是个机会，便每天给田寡妇挑水。两人一个光棍、一个寡妇，几天便成了相好。两人约定等田寡妇给丈夫守孝三年，李九指在这三年里赚些钱，两人便结个长久夫妻了。

刚才，李九指来找田寡妇，本是想在田寡妇这里过夜的，但田寡妇屋里藏着章彤，不敢留李九指，借口说革命军每天晚上都要来搜查，若是让革命军抓住了，以后还如何做人？李九指不甘心，说不过夜就不过夜了，他憋了好几天，现在就做那事儿吧，做完事他就走。田寡妇怕章彤在棺材里太久了闷死，说不行，她今天来红了，好说歹说劝了半天，李九指只好亲了她两口，带着遗憾走了。

田寡妇说罢，脸色羞红，不敢正视章彤。章彤却心念一动，问田寡妇道：“田氏，你说的那个李九指靠得住吗？”田寡妇这才敢抬起头来，信誓旦旦道：“同知大人放心，民妇没敢向他透露同知大人的半个字。”章彤说：“我不是问你这，我是问你他人靠得住靠不住。”田寡妇不明白章彤的意思，想了想，说：“他对别人如何民妇不知，对民妇却是死心塌地。无论民妇让他做甚，他都没有推诿过。同知大人的意思是……”此刻的章彤已经别无选择，咬咬牙，下了决心道：“田氏，你说本官让他到大同跑一趟送封信，他能答应吗？”田寡妇笑着说：“民妇当多大的事儿呢，不就送封信吗？让他去便是了。”章彤眼珠转转，神情冷峻地问：“田氏，如果本官让他送信，他会不会向革命军告密？”田寡妇肯定地说：“哪能呢！革命军流来暂往，说不定哪天便开走了。您同知大人是朝廷命官，丰镇不能没有官府吧？丰镇只要有官府，就得有您同知大人。大人的话和圣旨一样，就算大人让民妇去送信，民妇也不敢不去。”章彤听田寡妇如此说，脸上露出一丝笑容，说：“既然你敢担保，那你现在把他喊过来吧。”

尽管革命军占了丰镇城，也给百姓放了粮，但百姓对章彤的惧怕已经根深蒂固。李九指看见章彤便跪，跪了便磕头。章彤现在是落水狗，要求人办事，连忙把李九指扶起来，笑容可掬道：“快起来，快起来，不必客气。”李九指站起来，垂首立在一旁嗫嚅道：“同知大人有何吩咐？草民一定照办。”章彤让田寡妇取来笔墨，田寡妇家笔墨倒是有，只是笔是一支秃笔，章彤只有将就着用了。章彤匆匆把信写好，出逃时忘了带官印，从怀里摸出私章，对着章哈一口气盖上，虽然不够清晰，朦朦胧胧也还辨认得清楚。把信交给李九指，章彤郑重说道：“李刚，明天一早，你挑着担子出城，把守城门的革命军若是问你，你就说出城做银匠营生去。出城后直接到大同，遇见朝廷的官军，就说要找大同知府或是总兵，然后把这封信交给他们。他们问你啥，你如实回答便是。”李九指答应一声，将信贴身藏起来，说：“大人放心，草民一定把信送到。”

章彤如释重负，吁口气，拍拍李九指的肩，掏出剩下的那张银票放进李九指手掌，说：“李刚呀！这五十两银票你拿着，算是本官给你的犒赏。如果你把信送到了，回来后本官不但另有重赏，还要亲自给你和田氏做媒，让你光明正大、风风光光地娶了她。”李九指与田寡妇听得感恩戴德，连忙双双给章彤跪下，连磕了三个响头道：“草民谢过同知大人！”

围困大同的清军收到章彤的求援信，大吃一惊。现在太原失守，忻州失守，大同失守，如若丰镇再落入革命军之手，即便将大同夺回来，大同三面受敌，又如何能长久固守？何况，丰镇乃大同的北门户，快马不过三四个时辰的路程，如此，大同将时刻处于革命军的威胁中。于是，守军指挥拨了毅军一营人马，并正红旗一支蒙古马队，合计七百余兵力驰援丰镇。

张占魁与王虎臣闻知清军援兵将至，立即召集革命军首领齐聚永茂粮店议事。分析敌我力量，革命军虽有近千人，却多是临时收编的土匪武装，武器参差不齐，没有多少战斗力；而清军的援兵则是久经沙场的精锐，武器精良，弹药充足，士兵训练有素，并且随时可以调动援兵。革命军如果坚守丰镇，因无援兵可盼，即便能多守几日，也必将付出沉重的代价。王虎臣分析形势，说服张占魁，决定革命军暂时放弃丰镇，待阎锡山解大同之围后，再图丰镇。

革命军既然决定撤离，王虎臣便做了具体部署：革命军兵分为三路，一路主力由张占魁带领，撤出丰镇后回隆盛庄一带发展队伍，坚持斗争，进行流动作战；一路由李炎、王金虎带领，选择优势地形布下埋伏阻击清军，迟滞清军增援速度；一路由王虎臣和李元翎带领，前往忻州、太原一带联络两地革命军，请求援军，相机配合张占魁夺回丰镇，并安排朱尧与田子功随张占魁一道撤离。

朱尧却不肯离开丰镇。张占魁与王虎臣几乎同时说道：“不行，章彤和聂小辫没有抓住，丰镇满城百姓都知道你被革命军推举为知事，那马进禄也是你下令处决的。你留在城中，章彤岂能放过你？”朱尧微笑道：“队长与军师放心，咱们抓不住章彤，章彤也未必能抓住我。我潜伏在丰镇，一可以监视章彤的一举一动，二可以暗中发展力量。我相信，用不了多长时间，革命军就会打回丰镇，到时候我里应外合配合你们。”张占魁与王虎臣还想再劝，朱尧坚决道：“就这么定了吧。放心，章彤他抓不住我。”田子功见朱尧不肯走，说道：“我也留下来吧，好和朱知事互相有个照应。”朱尧道：“子功，我是民国政府的丰镇知事，留下来是职责所在。你还是随队伍一道撤吧！”田子功道：“革命军攻占丰镇城后，我没咋露面，想必章彤也猜不到我和革命军有瓜葛。我留下来，我在明处，朱知事在暗处，咱二人正好互相照应。”

王虎臣见朱尧与田子功都执意留下，叮嘱他们注意安全，等革命军再次攻打丰镇城时再见。

革命军分三路撤出丰镇城，按照军师王虎臣的部署分头行动。

先说李炎一路人马。

李炎此次攻打丰镇，缴获了不少枪支弹药和马匹，现在受命阻击清军援兵，踌躇满志，对王金虎道：“金虎，这次攻打丰镇，虽然只占了几天，可咱没少捞便宜呀！看看咱的人马，大刀换成了快枪，还弄了几十匹马，真是今非昔比！一会儿阻击官军，若能再打个胜仗，弟兄们就能每人扛一条快枪了。”王金虎心眼多，摇摇头，哼两声问道：“大掌柜，你还真和人家官军打呀？”李炎看看王金虎，轻蔑地说：“咋，莫非你怕了？咱又不是没和官军打过，那些只是拿饷不卖命的怂货……”王金虎提醒李炎道：“大掌柜呀！此官军非彼官军。听说这次来的是毅军，你听说过毅军吗？那是朝廷的武卫左军，一直驻防直隶，打仗厉害着呢！还有正红旗的蒙古马队，更是朝廷的精锐。一个不小心，弟兄们可就都没命了。”李炎愣怔了一下，勒住马问道：“金虎，你是说咱打不过人家？”

王金虎和李炎相处久了，知道李炎虽然打仗勇猛，可脑袋像个榆木疙瘩。他嘿嘿笑着说：“大掌柜，你以为弟兄们手里快枪多了，官军便不是咱的对手了？你也不想想，如果清军的援兵不堪一击，军师会轻易让出丰镇城？小状元咋不带他的人马亲自迎击？”李炎皱着眉头琢磨了一阵儿，怀疑地问王金虎说：“金虎，照你的说法，军师是有意让咱们去送死了？”王金虎心里正是如此想的，但他知道李炎是直肠子，不能把话明说出来。不然，日后王虎臣追问起来，李炎就要说这话出自他的口中了。他嘿嘿一笑，说道：“大掌柜，我可没这样说。但咱们去迎击朝廷的援兵，肯定是肉包子打狗，鸡蛋碰石头。”李炎挥手让队伍停下，对王金虎说：“金虎，咱先别急着走，坐下商议商议再说。”

两人下了马，在路边坐下，点着袋烟商量起来。李炎说：“金虎兄弟，咱俩都是隆盛庄老乡，我这当哥的和你说话就不拐弯了。当初李教官到咱独立队说教，让咱和小状元合兵一处，成立革命军的时候，哥心里就有些不大愿意。你说他小状元二十来岁的后生，除了胆子大、鬼点子多外，还有啥本事？若不是有武斯楞和马麦辅佐，他拉独立队都是孙子辈儿的。哥当初之所以委曲求全，答应与他合兵一处，是因为李教官讲了南方的形势，哥也看革命党闹得轰轰烈烈，觉得清朝的日子长不了。革命万一成功，哥就带着弟兄们摘了土匪的帽子，跟着革命党坐江山了。现在看来，清朝虽然丢了半壁江山，却未必气数已尽。在这关键时刻，哥得为弟兄们着想，保存点儿实力呀！”王金虎听出李炎的意思了，问道：“大掌柜，听你的意思，是不是……”李炎多少还是有点儿心眼的，说道：“是不是啥呀？金虎，你往明白了说。”王金虎又是呵呵一笑：“大掌柜的心思，兄弟可不敢随意猜测。不过，听大掌柜话里的意思，是不是想违抗军师的军令？”李炎也是呵呵一笑：“咱现在还没有脱离革命军，军师的军令当然不可违。”说罢，磕磕烟袋，拍着王金虎的肩道，“金虎兄弟，大哥拉起这支人马不容易，所以，大哥既不想让弟兄们冒险，又不能违抗军师的军令。想来想去，只有拜托兄弟你了。”

王金虎听得心头一震，暗自骂道：原以为李大麻子是个猛张飞，没想到心眼还够多的，想玩个金蝉脱壳，让我代他去和清军拼命。他连忙摆手道：“大掌柜，兄弟打仗不行，这重任怕是担当不起。”李炎嘿嘿一笑：“金虎兄弟，你误会大哥的意思了。大哥是这样想的，大哥给你三十个人、三十条枪、三十匹快马，你也不要阻击清军，看见清军远远地放几枪，拨马便跑，大哥带大队在后面接应你。这样，咱的本钱保住了，军师的军令也没有违抗，岂不是两全其美？”王金虎还想推辞，李炎已经站起身来，不容置疑道：“金虎，就这样定了吧！”

王金虎无奈，只好带了三十人马前去迎敌。半路遇见清军的一路援军，远远地放几枪拨马便跑，却不想这路清军恰是正红旗的蒙古马队。蒙古马队的马好，快马追上来朝他们连连射击，将五六个弟兄打下马，王金虎肩头也中了一枪。亏了李炎没有食言，在后面接应他，一阵乱枪将蒙古马队逼退。王金虎虽然摆脱了清军的追击，却和李炎有了芥蒂。

再说王虎臣与李元翎一路。

王虎臣本是前往忻州和太原联络革命军的，所以只带了二十余人。队伍行进到得胜口一带时，突然与清军另一路援兵毅军遭遇。李元翎对王虎臣道："军师，给我留一半人马，我拖住清军，你赶快走。"王虎臣见清军足有三四百人，步兵从正面发起冲锋，骑兵则从两翼包抄过来，便对李元翎说："元翎兄，清军太多，今天怕是突不出去了。"李元翎拔出驳壳枪，说："军师别说丧气话，你身负重任，一定要突出去。"见王虎臣没有动静，催促道："快走呀！你是军师，不是不明事理的糊涂蛋，孰重孰轻，能分得清吧？"王虎臣不敢拖延时间，握紧李元翎的手道："元翎兄，唉！保重吧！"

此时无声胜有声，一切都在两位革命志士眼神的交流中。王虎臣招来两名士兵，对李元翎道："元翎兄，清军太多，我只带这两名弟兄就可以了，其余的都留给你。记着，不要恋战，革命尚未成功，还有许多大事等着你我去做，一定要多多保重。"李元翎说："嗯，这样也好，人少目标小。"说完，他让人牵过自己的马，对王虎臣微笑道："虎臣兄放心，我李元翎的脑袋不是好取的。你骑我的马走，我的马快。"王虎臣也不推辞，翻身上马，给李元翎行了个军礼，道："元翎兄，我在前面等着你。"李元翎给王虎臣回了个军礼，在马屁股上拍一把，催促道："虎臣兄，快走吧！放心，我会追上你的。"李元翎目送王虎臣三骑疾驰而去，举枪下令道："弟兄们，军师此去，肩负重任，我等拼了一腔热血，也要将清军挡住，保证军师安然脱险。"

李元翎人马虽然不多，却是张占魁拉独立队时的精锐，后来在李元翎的训练下，枪法也都不错。众士兵应诺一声，各自找好战斗位置，子弹上膛，准备给清军迎头痛击。

清军见革命军人马不多，心中大意，也不隐蔽，呐喊着冲上来。敌众我寡，李元翎不敢让清军靠得太近，待到清军进入最佳射程，喊一声"打"，一排枪打过去，便打倒了七八个清军。清军见革命军不可小觑，连忙就地隐蔽还击。子弹飞蝗一般过来，压得革命军抬不起头。李元翎隐蔽在一块大石头后面仔细观察，清军隐蔽还击时，便命令士兵同样隐蔽，清军只要发起进攻，便命令士兵开枪射击。清军尽管人多，却不得前进半步。

打退清军的第一次进攻，李元翎吁口气向后望去，却大吃一惊。只见两翼的清军马队已经向革命军所在的阵地包抄过来，并且，有一股清军向王虎臣所去方向追击了过去。更令李元翎心情沉重的是远方枪声不断，他从枪声中判断出，要么是王虎臣进入了清军射程，要么是王虎臣已经无法摆脱清军，正下马还击。李元翎心中一阵哀叹，他知道，自己与王虎臣今天怕是无法摆脱清军全身而退了。自己的生死无所谓，王虎臣肩负重任，一旦惨遭不幸，对丰镇乃至山西的革命将是一个重大损失。

李元翎分析战场态势，认为清军已经对革命军形成包围，只差包围圈合拢了。自己死守下去，被清军消灭只是早晚的区别，不如趁清军包围圈尚未合拢，立刻突围驰援王虎臣，就算战死，也可以和自己一直敬慕的虎臣兄死在一起。想到此，他面色凝重，声音悲壮地说道："弟兄们，清军的马队就要追上军师了。军师危在旦夕，我等无须在此与清军纠缠。立刻上马，冲破清军的包围救援军师，就算舍了性命，也要保护军师脱险，联络援军再打丰镇城。"

王虎臣担任军师以来，与独立队的老弟兄朝夕相处，时常向他们灌输清王朝的腐败与民主共和的美好前景。加上慧眼识破章彤设在阮家窑的伏兵，饮马河借大雪将清军杀得鬼哭狼嚎，神机妙算轻取丰镇城，士兵们早已不把他当作人，而是诸葛再世、天神下凡了。现在听李元翎要去救王虎臣，便争先恐后地到山坡后面牵了马，随李元翎纵马向枪声密集的方向疾驰而去。

此时，李元翎脑子里只有王虎臣，尽管战马四蹄如飞，还是嫌马跑得不快，一边"驾、驾"地催促，一边举枪向迎面而来的清军马队频频射击。他本是射击教官，枪法了得，一匣十发子弹打出去，总有一半能击中目标。紧随其后的士兵也都舍生忘死般，一边呐喊，一边射击，打得清军纷纷落马。然而，尽管革命军人人奋勇，个个当先，毕竟敌众我寡，在清军如蝗虫般的弹雨中，接连落马，李元翎也身中数枪。当李元翎坚持着冲破清军的包围圈时，回头一看，十几个士兵只剩下了两个。他顾不得许多，枪口朝前面不远处的一股清军一指，声音嘶哑道："弟兄们，快随我去救军师！"

前面的清军发现了李元翎，但害怕误伤了后面追赶的自己人，不敢盲目射击。李元翎借此机会，身子伏在马背上，催马从清军队伍中穿过。当清军不再忌惮误伤自己人后，一阵弹雨追上来，将紧随在李元翎身后的两名士兵打下马。李元翎又中两枪，在战马跑出十几步后，身体软绵绵地从马背上掉了下去。

王虎臣正躲在一块大石头后面与十几名清军对峙，跟随他的两名士兵早已牺牲，他也负了伤。当他看到李元翎尖刀一般从清军的队伍中穿插过来，先是一阵惊喜，继而心差点儿从嗓子眼儿蹦出来。眼看着李元翎就要到眼前了，却软绵绵地从马上掉下来。王虎臣顾不得迎面而来的弹雨，从大石头后面跳出来，几步跑到李元翎身边，抱起李元翎，踉踉跄跄地跑回大石头后面。此时，李元翎已经成了血人，他疲惫地睁开眼，看到自己正躺在王虎臣的怀里时，脸上露出了安详的微笑："虎臣兄，元翎终于可以和你死在一起了。"王虎臣满眼热泪，喃喃道："元翎兄，我的好兄弟，虎臣拖累你了。"李元翎像是疲惫极了，在微弱的声音中，缓缓闭上了双眼："虎……臣……兄……"

悲怆之泪从王虎臣眼中奔涌而出，一串串地顺着脸颊滚落下来。王虎臣的双眼模糊了，他看不到李元翎满脸的血迹，只看到李元翎英俊的脸庞，只看到李元翎在清河陆军预备学校做教官时矫健的身影，只看到他和李元翎在梁龙的小饭馆里浅斟慢饮，畅谈天下的情景……王虎臣将李元翎软绵绵的身体紧紧搂在怀里，自言自语地呢喃道："壮志未酬身先死，长使英雄泪满襟。元翎兄，黄泉路上你不会孤单，虎臣随你一同去也。"

王虎臣捡起身旁的左轮手枪，将枪口对准自己的太阳穴，闭上眼睛正要扣下扳机，却听得耳旁马蹄声声。睁眼一看，自己已被清军的马队团团围住，十几支枪口齐刷刷地指着他。王虎臣没有丝毫恐惧，嘴角露出一丝轻蔑的微笑，轻轻地扣下扳机……

然而，枪没有响，因为王虎臣早已打完了最后一颗子弹。

王虎臣被俘后，清军百般威胁利诱，想要劝他归顺朝廷。王虎臣大义凛然，宁死不屈。清军恼羞成怒，当日在得胜口村将王虎臣斩首，首级悬挂于村口的一株老榆树上示众。

张占魁一路从丰镇撤出后，转移至隆盛庄、永善庄一带活动。当他得到李元翎阵亡，王虎臣被清军杀害于得胜口村的消息时，号啕大哭，痛不欲生。他挥刀切去一指，发誓此生必当推翻清王朝，为军师王虎臣与教官李元翎报仇雪恨。

清军在得胜口村将王虎臣杀害后，休整一日，于第二天上午进入丰镇城。

丰镇同知章彤在田寡妇的棺材里藏匿了数日，那日，田寡妇出去打探消息，回来高兴地告诉章彤，说革命军撤离丰镇，清军援兵已经进城了。蓬头乱发、满身污垢的章彤就像打了鸡血，兴奋地从棺材里爬出来，一下子变得容光焕发了。他站在被烧成一片灰烬的厅署衙门前，咬牙切齿地咆哮道："好一个狗胆包天的小状元，如若落在本官手里，定让你尝尝求生不得、求死不能的滋味儿！"

厅署衙门被烧得片瓦不存，章彤将公堂临时设在女子学堂，召集旧部，重新武装，成立警察队便开始疯狂报复。

章彤刚刚坐稳，一个身材瘦小，衣衫褴褛，满头柴草棍儿，脑袋后面拖着一根小辫的乞丐气喘吁吁地跑进来朝章彤拜道：“同知大人安然无恙，真乃万幸，万幸呀！”章彤忘了自己从棺材里爬出来时的狼狈相，差点儿没笑出来。他惊讶问道：“咦，这不是聂典史吗？你咋狼狈成了这副模样？”

此人正是绰号聂小辫的西衙典史聂志贤。

“同知大人，一言难尽，一言难尽呀！”聂志贤摆着手，泣不成声道，“想我聂志贤这一生，何曾受过如此羞辱？那小状元可恶，实在可恶呀！”

原来，革命军攻破西门之后，聂志贤知道自己罪大恶极，革命军不会放过他，便找了一身百姓的衣服换上逃了。他不敢回家，丰镇又没什么亲朋好友，想不出躲避的地方。加之丰镇的百姓十有八九都认识他，万一被哪个认出来告了密，岂不是仍要落入革命军手中？思来想去，他突然想到一个去处。于是，便拣没人的小巷左穿右绕，到了城隍庙。

城隍庙坐落于丰镇城东，庙北有庙里的二十几亩地，夏天种大白菜、胡萝卜、山药等蔬菜，供应庙里的道士，其中有一片地种老绵甜瓜。老绵甜瓜也算丰镇特产，个头犹如小葫芦一般，皮浅黄，肉质绵沙。老绵甜瓜虽然名叫甜瓜，吃起来却不甜，味道寡淡。不过这种瓜很适合牙口不好的老年人吃，其“老绵甜瓜”的名称也是由此得来。因为老绵甜瓜成熟的季节常有孩童到地里偷瓜，庙里的道士便在甜瓜地旁搭起一个瓜棚看守。聂志贤的爹牙掉了一半，最喜欢吃城隍庙道士种的老绵甜瓜，每到夏天，聂志贤总要到城隍庙的瓜地里几次，买些熟透的老绵甜瓜给他爹带回去。他记着那个瓜棚，心说现在是隆冬季节，瓜棚肯定没有人去，躲在那里一定安全。

聂志贤藏进瓜棚，瓜棚里有不少干草和干枯的瓜秧。有人路过时，他便钻进干草和瓜秧里躲避，晚上再溜出去找些吃的。如此昼伏夜出，苦熬了几天，终于等到了援兵。

章彤听得感慨，将自己躲在田寡妇的棺材里做了数日活死人的经历也讲述一遍，两人唏嘘不已，同声痛恨革命军攻打丰镇城，把他们害得好惨。聂志贤问章彤援兵为何此时才到，章彤叹息说，若不是他收买了田寡妇的相好李九指送信，大同的官军怕是三五个月也不知道丰镇被革命军占领了。聂志贤奇怪，说以丰镇到大同的路程，快马不过三四个时辰，就算官军需要调兵遣将，一两天也该到了，肯定是革命军把第一封求援信截了。章彤忽地记起田子功，骂道：“啥革命军把信截了，肯定是田子功那个吃里爬外的东西压根儿就没有派人往出送信。本官已经命人抓他去了，等抓回来，一定让那狗东西好看。”聂志贤接过话，愤愤说道：“还有朱尧，是他配合革命军，里应外合，张占魁才攻入丰镇城的。听说他剪了辫子，给革命军当了数日知事，还亲自下令杀了马管带，也饶他不得。”章彤冷笑一声道：“据说，朱尧没有同张占魁一道逃跑，还藏匿在丰镇城。本官已经下令全城搜捕，他跑不了。”

开始，疯狂报复的章彤命令警察队只要看见剪了辫子的，立刻抓回来以乱党论处。也许是朱尧太大意了，第二天上午，朱尧夫妇遭人出卖被捕，被押上大堂。章彤喝令朱尧跪下，朱尧立而不跪，朗声道：“革命者宁死不屈，岂会给你这狗官下跪？”章彤气得面色苍白，嘴唇哆嗦着骂道：“好一个鬼迷心窍的叛逆之臣，你拿着朝廷的俸禄，却和革命军暗中勾搭，不觉得有愧吗？”朱尧仰天长叹一声，感慨道：“章彤，不瞒你说，在没有认识革命之前，朱尧对朝廷忠心不二。但自从认识了革命，朱尧便视清廷粪土不如了。”章彤听得大怒，拍案叫道：“大胆逆贼，竟敢诽谤朝廷。你警长出身，难道不知这是死罪吗？”朱尧哈哈大笑道：“朱尧如何不知？但既为革命者，朱尧早已将生死置之度外。章彤，是杀是剐，朱尧在此等着便是。”章彤目露杀机，挥手道：“朱尧，你真是执迷不悟！拉出去！”

朱尧的妻子姓董名红，是丰镇女子学堂的教师。她拢一下头发，昂首站在朱尧身旁，道：“等等，还有我呢。”章彤心中打个寒噤，起身问道：“董氏，你一个妇道人家，难道也要革命？”董红双目如电，眼睛盯着章彤，纠正道：“章彤，请你尊重人格，叫我董女士！”章彤恼羞成怒，挥着手声嘶力竭地喊道：“拉出去，两个都拉出去砍了！”董红挽住朱尧的胳膊，大义凛然道：“不用拉，我们自己会走。”

章彤杀害朱尧夫妇后，残忍地将二人的首级悬挂于南阁示众，之后又传田子功等革命党及同情者一一过堂。他恨田子功扣下求援信，导致援军未到，丰镇失守，先割了田子功的双耳，然后将田子功等三十余名革命党及同情者集体枪杀。

章彤也算信守承诺，除了又赏给李九指一百两银子外，还在五日后亲自主婚，成全了李九指和田寡妇。只可惜田寡妇命该守寡，嫁给李九指未过百日，李九指挑水时不慎滑落井中，溺水而亡。

第三十二章

怀春院李炎被擒

隆盛庄关注丰镇战事的人很多，因为他们许多人都有亲戚参加了张占魁、王虎臣领导的革命军。

梁宝元和张瑞元对丰镇的战事更为关注。一个原因是革命军在大同起事后，为了安全起见，上三元停止向大同供货。紧跟着，革命军攻打丰镇城，上三元又停止向丰镇供货。由于大同人和丰镇人青睐上三元的干货，上三元的干货在大同和丰镇的销量远比集宁好。这两处地方停止供货，便影响了上三元的生意。另一个原因是张瑞元担忧革命军一旦推翻清朝，张祯的举人老爷怕是做不成了；而梁宝元则隐隐有一种预感，大孙子梁念祖莫名其妙地消失，绝不会像梁龙所说的帮朋友做生意去了。梁念祖不过是个孩子，他会做什么生意？何况梁念祖枪不离身，做生意需要用枪吗？再说了，为什么梁念祖前脚一走，大同和丰镇便闹起了革命党？莫不是儿子和孙子都与革命党有瓜葛？

所有人中最担忧丰镇战事的，莫过于梁龙了。

短短几天，好消息与坏消息不断传来，除了革命军顺利攻下丰镇城的好消息外，其余都是坏消息了：清军援兵增援丰镇，革命军被迫撤离丰镇城，李元翎战死沙场，王虎臣被俘惨遭杀害，朱尧夫妇慷慨就义，田子功被割去双耳后枭首示众，革命党人和同情革命者惨遭屠杀。

梁龙是在懵懂中参加革命党的。他没有推翻清王朝的雄心大志，更没想过做个开国功臣。他之所以加入革命党，仅仅是因为仰慕李元翎和王虎臣的人品而已。李元翎豪气干云，王虎臣儒雅智慧，从他们的言谈举止中，梁龙看出他们都是高瞻远瞩、心系天下的人，他认为跟着这样的人做事，就算掉脑袋，也是人生一件快事。所以，他参加了被清廷称为革命党的同盟会。

然而，梁龙没有料到，在南方闹得轰轰烈烈的革命，在北方却无情地失败了，并且败得那样惨。他平生最为敬仰的李元翎和王虎臣竟然同时牺牲了。梁龙悲痛万分，也对革命产生了悲观和绝望，同时更为儿子梁念祖的安危日夜担忧。

担忧梁念祖安危的不仅有梁龙，更有梁宝元、邓香如和玉凤。尤其梁宝元，就像热锅上的蚂蚁。他原本好酒，现在更是每顿饭都要喝。人老了，拿不住酒，一喝便醉，醉了便点着梁龙的鼻子骂："龙龙，给老子说实话，你到底把我大孙子拐到哪里去了？"梁龙哪敢道出实情，只能搪塞。梁宝元眼睛瞪得牛蛋一般，骂道："你还编排假话骗老子呀？照镜子看看自己的头脸，不带一丁点儿笑，一看就是心事重重。老子问你，是不是把我大孙子送去参加革命党了？"

梁宝元心急如焚，邓香如眼泪涟涟："龙龙呀！当年你一声不吭，离家出走，十几年渺无音讯，你爹以为梁家的香火从此要断了，成天借酒浇愁，连生意都没心思好好地做了。现在你回来了，走的时候一个人，回来了一大家子，最让爹妈高兴的，是你给爹妈带回了三个小老虎一般的孙子。你知道不？从你和玉凤带着娃娃们回来，你爹高兴得像是突然间年轻了十几岁。出来进去，逢人便要将他的三个孙子炫耀一番。尤其念祖，更是如掌上明珠一般疼着。可是，他这才高兴了几天，你便莫名其妙地把念祖送走了。这都几个月了，人不见人，信不见信，万一念祖有个啥好歹，你让爹妈咋活呀？"梁宝元心情不好，别邓香如一眼说："你别万一万一的，咱念祖福大命大，能有啥万一的？好好的话，到了你嘴里便变了味道。"邓香如知道自己说错了，闭上了嘴。梁宝元继续朝梁龙发火："听见你妈的话了吗？念祖不单是你儿子，更是我的长孙。他若有个三长两短，看老子不打断你的狗腿。"邓香如抓住了把柄，也别梁宝元一眼："看你，刚才还说我不会说话呢，你这又是咋说的？"梁宝元拍拍脑袋说："我？我这不是被气晕头了吗！"

梁宝元拿起烟袋装一锅烟，梁龙连忙把火送过去。梁宝元使劲吧嗒两口，静了静心，口气缓和了些，却是哀求的音调："龙龙，你给爹说句实话，你是不是送龙龙参加革命党了？你不给爹个准话，爹晚上觉都睡不踏实呀！"邓香如跟着说道："是呀！与其瞒瞒藏藏，不如把实情说出来。妈和你爹就算担心，也有个担心的方向。"见梁龙支支吾吾，欲言又止，转向玉凤道："玉凤，龙龙不说你说，念祖是你身上掉下来的肉，难道你不替自己的儿子担忧？"玉凤怎能不替儿子担忧！但是，她只知道李元翎和王虎臣是革命党，知道梁龙和梁念祖与李元翎和王虎臣走得近，却不知梁龙和梁念祖都参加了革命党，更不知道梁龙把梁念祖送上了战场。她说："妈，我咋不为念祖担忧呢？我问过龙龙多次了，他也像搪塞你们一样搪塞我。唉！要么嘴就像拿胶粘住了，一声不吭，要么一句真话都没有。"

梁龙终于说话了："爹，明天我出趟门。"梁宝元眼睛红红的，就像着火了一般，问他："你出门做甚？是不是又想像当年一样跑个十几年不回来？"梁龙苦笑着说："老婆娃娃一大堆了，我往哪里跑？我是为您寻您的宝贝孙子去。"

就在梁龙前往太原寻找梁念祖的那天半夜，月朗星疏，寒风刺骨。看守南门的团丁捅旺了火炉，和衣打着盹儿。忽然，城门作响，原是有人叫门。团丁急忙拎起枪爬上城楼，见外面一队人马打着火把。有人大声喊道："快开城门！快开城门！"团丁以为土匪打来了，拉栓将子弹推上膛，紧张地问道："你们是做甚的？半夜三更，进隆盛庄有事吗？"火把下有人答道："我们是从丰镇来的，赶快开城门，西衙典史聂大人有事要找汤巡检。"团丁听说是丰镇来的，眯起眼睛仔细瞅了瞅，见那队人马都穿着警察服装，连忙说道："好，你们等着，我这就去通知汤团总。"一个公鸡嗓子骂道："通知个屁呀！大冷的天，是不是想让本官在外面冻死？"团丁谨慎地问道："您是……"那公鸡嗓子道："本官便是西衙典史聂志贤，赶快把城门打开。"

团丁听西衙典史聂大人都发话了，不敢怠慢，连忙将城门打开。聂志贤虽然穿着狐皮领子的大氅，戴着狗皮帽子和老羊皮手套，还是冻得龇牙咧嘴，清鼻涕直往下流。他也不下马，手背抹一下鼻涕，问团丁道："汤冠丰在哪里？在家还是在巡检所？"团丁答道："禀告典史大人，汤团总在家呢。"聂志贤道："我们先到巡检所，你赶快通知汤冠丰，让他到巡检所见我。"那团丁答应一声，急忙去了。

聂志贤带着警察队伍到了巡检所，西耳房住着两个值夜的团丁，炉子烧得很旺，炕也热乎乎的。团丁见是丰镇西衙典史聂大人带着警察来了，不知道发生了什么事，连忙从被窝里爬出来，给聂志贤搬个小凳子放在火炉边。聂志贤围着火炉烤了一会儿，汤冠丰便急匆匆赶来了，抱拳给聂志贤行礼道："卑职不知典史大人深夜到来，有失远迎，还望典史大人恕罪。"聂志贤乐呵呵地笑道："恭喜冠丰老弟了！本官深夜造访隆盛庄，第一件事就是向冠丰老弟贺喜。"汤冠丰莫名其妙："喜？冠丰喜从何来？还请典史大人明示。"聂志贤笑吟吟道："冠丰老弟，你派人给同知大人送信，同知大人提前得知乱党要攻打丰镇的消息，得以备战。虽然丰镇最终为乱党所破，但你还是立了大功。同知大人念你忠心朝廷，特报请大同府，提拔你为丰镇西衙典史，官拜八品。汤大人，可喜可贺呀。”

汤冠丰在隆盛庄当巡检，官拜从九品，现在听到自己连升了两级，惊喜万分，连忙抱拳道：“真的？冠丰谢同知大人和典史大人的提携。”又一想，觉得疑惑，小心翼翼地向聂志贤问道：“典史大人，我……这是……那您……”聂志贤知道汤冠丰的心思，拍拍汤冠丰的肩微笑道：“汤大人，至于我嘛，你就放心吧。我这次到隆盛庄，怕是最后一次了。办完这趟差事，我就要到大同府赴任了。”汤冠丰明白了，连忙向聂志贤抱拳道：“下官恭贺聂大人高升，祝聂大人从此平步青云。”聂志贤抱拳回礼道：“你我同喜同贺。”

原来，革命军攻占大同，大同府的官员有的被杀，有的逃亡，有的投靠了革命军。清军收复大同后，许多官位空缺，聂志贤便被上调大同府，由武八品提为正七品。

汤冠丰还是有些不解，看着满屋子的警察问聂志贤道：“聂大人亲赴隆盛庄，是……”聂志贤压低声音说：“我此番亲自到隆盛庄，是受同知大人所托办一件重要的事情。此事尚需汤大人的商团鼎力相助。”汤冠丰见聂志贤言语神秘，双拳一抱，垂首道：“请聂大人明示。”聂志贤压低声音说：“此次乱党攻打丰镇，实属犯上作乱，尤其那王虎臣、小状元、李元翎等，更是罪不容赦。现在王虎臣与李元翎已经伏法，小状元兵败溃逃，同知大人气愤乱党多为隆盛庄一带人，命你协助本官缉拿乱党残余及其家属，就地正法，杀一儆百，以儆效尤。”汤冠丰明白聂志贤半夜带兵到隆盛庄的来意了，他刚被提拔，想立个头功给章彤看看，便信誓旦旦道：“聂大人放心，隆盛庄的商团现在由下官说了算，大人说抓谁，下官马上抓捕。任他是谁，绝不徇半点儿私情。”聂志贤高兴道：“同知大人果然没有看错人，办完这件差事，冠丰老弟就可以随本官一道共赴丰镇，上任西衙典史了。从此官运亨通，前途无量呀！”

汤冠丰再次谢过聂志贤，问聂志贤都要抓哪些人，聂志贤咬牙切齿道：“那小状元甚是可恶，先拉独立队，再投乱党，狂言要推翻朝廷，取同知大人的头颅，实属朝廷之大患，同知大人之仇敌。可惜贼子行踪飘忽、奸猾多变，加之丰镇刚刚收复，同知大人兵力有限，无法对其展开清剿，只有让他多活几日了。还有那李大麻子，此人更是可恶，一身匪气不说，竟然一把火将厅署衙门烧了个片瓦不存，真个是十恶不赦、恶贯满盈的鸡鸣狗盗之辈。有朝一日抓住他，定将他绑在厅署衙门前慢慢烧死，令其感受一番何为火灼之痛。”汤冠丰听得心念一动，压低声音道：“聂大人，小状元虽然一时无法铲除，李大麻子却是瓮中之鳖，可以手到擒来。”聂志贤眼睛一亮："汤大人此话怎讲？莫非李大麻子此刻正在隆盛庄不成？"汤冠丰微微一笑，嘴贴近聂志贤的耳朵悄语道："正是。据把守城门的团丁报告，昨天下午，李大麻子带了十几个喽啰从东门进入隆盛庄，先回家看了他爹妈，晚上在庆春楼吃喝了一顿，然后便去了怀春院。下官不知同知大人的想法，又怕李大麻子报复，便没有理会他们。现在聂大人带兵来了，正好给他来个瓮中捉鳖。"聂志贤眨巴眨巴眼睛，问："你肯定李大麻子现在还在怀春院？"汤冠丰解释说："聂大人有所不知，那李大麻子与怀春院老鸨杨飞燕是老相好。当年就是因为杨飞燕，他才犯了人命官司逃亡在外的。下官怕他在隆盛庄滋事，派人一直盯着他呢。"聂志贤精神一振，拍一把大腿，道："好！咱就先从李大麻子下手，抓住李大麻子后，再去饮马沟拿人。"

汤冠丰立刻集合商团，聂志贤一声令下，警察与商团便在汤冠丰的带领下向怀春院扑去。

李炎的确在怀春院。

那日，革命军撤离丰镇，李炎受命率部阻击清军援兵。有道是命贱不畏死，富贵不向前。李炎犯下人命案子的时候，只当自己迟早要受那一刀之罪，所以参加了义和团。每逢冲锋陷阵，李炎都不畏生死，奋勇向前，后来加入革命军，攻打丰镇时也是身先士卒。但自从坐过厅署衙门同知的椅子，又听了王金虎说他将来没准儿能当几天县太爷的话，他便觉得他的人生还是大有前途的，他这条命还是应该珍惜的。因此，当他看到清军的蒙古马队尘土飞扬地疾驰而来的时候，他胆怯了，让王金虎代他前去迎敌。

王金虎也不是傻瓜，与清军虚晃一枪便退，即便如此，肩头还是受了伤。王金虎见李炎临阵畏缩，心中已是不屑，加上之后又受了伤，便对李炎有了成见，心说跟着如此一个草包，将来怕是不会有大作为的。

按照军师王虎臣的部署，李炎阻击清军援兵后，应该迅速撤往隆盛庄，与张占魁合兵一处，操练人马，壮大队伍，做好再次攻打丰镇的准备。可是，王金虎提醒李炎说："大掌柜，照眼下这形势，咱还去投奔小状元，是不是有点儿傻了？"李炎勒住马，眨巴着眼睛问王金虎什么意思。王金虎狡黠地一笑，说道："大掌柜连这都看不出来？革命军已经失败了，天下还是清朝的天下，丰镇还是章彤的丰镇，咱不过是烧了他的厅署衙门，过了把瘾而已。"李炎对王虎臣还是很钦佩的，便说道："金虎，丰镇虽然丢了，但革命未必失败。军师和李教官不是前往太原和忻州搬援兵去了吗？等援兵来了，再打丰镇城时，咱可是轻车熟路了呀！"王金虎哈哈大笑道："大掌柜，你也太天真了。你不想想，军师那是啥人？是同盟会的人，是官场上的人。自古以来，凡造反起事，最后坐了天下的，哪个是平庸之辈？像咱这些草莽英雄，都是替人家卖命的，人家是拿咱当枪使，等哪天真的把清朝推翻了，坐天下的是谁？还是人家同盟会的人。就算侥幸活下来，给你个一官半职，也是继续卖命的芝麻官。"王金虎见李炎蹙起眉头不说话，又说："大掌柜，其实呢，凡事不可太认真，保得命在是根本。至于荣华富贵，命中一尺，求不来一丈。"李炎不解道："可是，当初李教官劝说咱投奔革命军的时候，你不是也没反对吗？"王金虎微笑道："此一时，彼一时。当初，我不反对大掌柜和小状元合兵一处，是见革命党在南方闹得轰轰烈烈，又听了李教官的劝说，觉得革命党肯定能成大事。不承想，清朝气数未尽，丰镇还是让章彤夺回去了。有道是人往高处走，水往低处流。革命军既然失败了，咱就该多留个心眼儿。"李炎问道："照你的意思，咱脱离了革命军？"王金虎说："脱离也说不上，现在天寒地冻，跟着小状元也是人多没好饭，猪多没好食。又不能劫道，不能抢大户，弟兄们心里肯定会有怨气。我觉得咱不如先回东山舒舒服服地过个冬，等军师搬来了援兵，再与小状元会合也不迟。当然，这只是我的想法，主意还要大掌柜拿。"

李炎听王金虎说得有理，便带着队伍往老巢东山方向撤去。可是，队伍刚到东山，探子便回来报告，说军师王虎臣与教官李元翎在得胜口双双遇难。李炎夸奖王金虎有远见，看来援兵是没指望了，还是暂时为匪，观望大局吧！好在这次打丰镇缴获了官军不少快枪，现在兵精粮足，也不怕官军围剿，可以放心地睡个安稳觉，大酒大肉地享受几天了。李炎便对弟兄们说队伍现在不是革命军了，革命军定的那些清规戒律也都废了。弟兄们听说做回了土匪，今后又可以劫道、抢劫、睡女人了，也都高兴。

李炎在东山住了数日，忽地想起他爹妈，不知他爹妈回到隆盛庄后境况如何，便带了些银两，准备回隆盛庄看看。因为王金虎是二掌柜，这次代他阻击清军援兵又受了伤，想安抚一下王金虎，便带王金虎一并下了山。

李炎对隆盛庄商团没有丝毫戒备，商团是商务会专门保护商家的武装，只要他不惹是生非，便不会和商团发生冲突。何况，隆盛庄商务会也是支持革命军的，革命军从隆盛庄出发时，商务会还给革命军征派了牛板车、粮草辎重，以及上三元的干货。

李炎带了王金虎和十几个弟兄回到隆盛庄，隆盛庄人现在大都认识他了，就连把守城门的团丁都和他打招呼，问他："这不是李首领吗？咋，回隆盛庄看你爹妈？”李炎笑吟吟地答道：“是呀，看看我爹妈。弟兄们辛苦了，见到段会长和汤团总替我问个好。”

李记夫妇和张玉峰、赵祥云的爹妈被抓进大狱关了些日子，好在章彤只准备拿他们当人质，没想要他们的性命，所以没有给他们上刑。只是牢里的饭过于粗糙，肚子只能吃个三分饱。好在几个人都是穷苦人出身，忍饥挨饿是家常便饭，身子骨都还扛得住，回家后休养了几天，倒也没什么大碍。

李记夫妇已经听说了革命军撤出丰镇城的消息，正为李炎的生死担忧呢，现在见儿子毫发无损地回来看他们，还给他们带了许多银两，也都放心了。李炎陪着爹妈说了会儿话，说他还有别的事情要办，就不留下陪他们了。李记夫妇早已习惯了李炎的来去匆匆，叮嘱李炎几句，便把他送出院门了。

李炎在东山虽然有酒有肉，但毕竟比不得下馆子排场和有滋有味儿。他带出来的十几个弟兄都是心腹，他想让弟兄们感受一下他这个掌柜和弟兄们是有福同享、有难同当的，晚上便在庆春楼摆了两桌酒，怕富云涛担心他白吃白喝，先把账付了，让富云涛拣好的上。这些人虽然土匪出身，但自从加入革命军，懂得了军纪，便不敢惹是生非。李炎原计划吃过晚饭后，到怀春院看看杨飞燕，给杨飞燕留些银两便连夜返回东山，却不想杨飞燕旧情难忘，说死说活要留李炎陪她一夜春宵，重温旧梦。李炎见到杨飞燕腿便软了，犹豫说他留下倒是无妨，可他还带着十几个弟兄呢。杨飞燕两条胳膊缠着李炎的脖子娇吟道：“财旺呀！你的弟兄就是我的弟兄。我这不是馆子，没有酒肉招待弟兄们。可我有窑姐，今晚就让弟兄们开开荤，好好地乐和乐和吧。”李炎犹豫不决，杨飞燕又道：“你咋变得像个女人了？你给我留了这么多银两，够我这怀春院赚几个月的了。我才让弟兄们乐呵一晚，说下来我不吃亏呀！再说了，弟兄们高兴了，往后就肯替你卖命，对你也是好事。”

李炎拿不定主意，和王金虎商量。王金虎有大半年没碰过女人了，听杨飞燕说要用窑姐招待弟兄们，心里巴不得呢。他也像杨飞燕一样，对李炎说弟兄们自从加入了革命军，连野食都不敢打了，这正是个收买人心的好机会，何乐而不为呢？李炎听王金虎也如此说，决定晚上就在怀春院住下了，叮嘱王金虎安排好岗哨，自己先与杨飞燕喝起了花酒。

王金虎心中暗笑，怀春院的窑姐多有年轻漂亮的，李炎却对杨飞燕情有独钟，就算那杨飞燕有些姿色，但毕竟也是徐娘半老了呀！看来，李炎对杨飞燕的确是一往情深。王金虎从窑姐里选了个最漂亮的留下，安排弟兄们分为两班，一班前半夜站岗，一班后半夜站岗。分得后半夜站岗的弟兄顾不得挑肥拣瘦，呼啦一下涌上去，拉一个窑姐便走。分得前半夜站岗的弟兄满脸沮丧，虽然欲火难耐，也只能暂且忍着。

怀春院虽然是窑子，格局却和普通民宅没什么两样。三间正房，西面一间住老鸨杨飞燕，另两间为客房，是专门接待嫖客和嫖客选窑姐的地方。东西各一间耳房，分别住着怀春院的两名头牌。东西厢房原本各三间，后来杨飞燕见生意好，重新翻盖了一遍，改为东西各五间。因为地基有限，新盖的厢房比原来小了些，每间房有一只小衣柜、一面小穿衣镜和一盘小炕，炕上摆一张供嫖客与窑姐喝花酒的小炕桌。三间南房没有动，一间是伙房，一间是炭房，一间是杂物房。

王金虎安排好岗哨，搂着选好的窑姐迫不及待地销魂去了。前半夜站岗的弟兄心不在焉，插好院门后，便耳朵贴着厢房的窗户听房。李炎的弟兄多是二十郎当的壮后生，以前做土匪，尚可奸淫个民女，出去打个野食。自从加入革命军，别说奸淫民女了，就算抢百姓的东西，也要受军纪惩罚。所以，这些弟兄早已欲火难耐，快要憋出毛病了。别说打扮得花枝招展、说话娇声嗲气的窑姐，只要是个女人，眼睛便要放出光来。

窑姐也不是天生淫荡，她们多为穷苦人家的女子，只因家中贫寒，父母重男轻女，才被卖到窑子里的。皮肉生意不好做，什么龌龊的嫖客、丑陋的嫖客、肮脏的嫖客、斜眼歪嘴的嫖客、年纪一大把的嫖客，只要被点了，什么样的都得接。遇上怜香惜玉的尚还好些，若是遇上醉酒的、市井无赖及变态的，窑姐们便苦不堪言了。所以，有经验的窑姐最拿手的便是装，装出笑脸，装出虚情假意，装出把嫖客爱得就像自己的男人，就连那呻吟与浪叫也都是装出来的。不过，今天的窑姐多动了真情。因为今天的嫖客算不得嫖客，他们都是老鸨的客人，并且个个二十郎当，相貌也都顺眼。尤其个个怜香惜玉，把她们身上的每一处都爱得不忍释手。所以，窑姐们的高兴与快活便多是本性的释放了。

屋里的弟兄销魂不已，外面听房的弟兄急不可耐。有的抓耳挠腮继续听，有的泄了气的皮球一般，蹲在窗台下，不停地吧嗒烟袋。有与屋里的弟兄关系好的，听得屋里做完了，哀求道：“兄弟，既然你已经做完了，咱哥俩替换一下吧，哥实在是憋不住了。”

王金虎选的窑姐艺名香香，是怀春院的头牌，长得不敢说沉鱼落雁，七八分姿色还是有的。香香用红纸抿了红嘴唇，用蓖麻油把头发抹得油亮油亮，先陪王金虎喝了几杯花酒，唠了一会儿话，然后才小心翼翼地问他累不累，要不要早些歇息。王金虎早就心猿意马了，只是想到自己是二掌柜，不能让个窑姐小看了，所以才故作矜持的。香香先把炕桌拾掇下去，然后亲自为王金虎宽衣解带。见王金虎肩头有伤，香香爱怜地问他疼不疼，劝他明天到回春堂让杜掌柜看看，配几服治枪伤的草药敷上，也许很快就好了。王金虎见香香善解人意，也不假装矜持了，一把将香香搂进怀里，一边亲着香香的嘴，一边抖着手去解香香的衣服。香香似乎也对王金虎动了真情，紧紧地搂住王金虎的脖子，娇喘吁吁道："二掌柜，香香从没遇见过你这样的好男人，香香能和你好一回，这辈子知足了。"王金虎欲火上来，也不管香香的话是真是假，搂紧了香香说道："既然香香姑娘喜欢我，我以后便经常到隆盛庄来看姑娘便是。"香香面露惊喜道："真的？二掌柜可不许骗香香。"王金虎迫不及待地为香香褪去衣服，解了肚兜："不骗！不骗！"

香香既然号称怀春院的头牌，床上功夫自然不同一般。这番云雨，王金虎得到了从未有过的享受，竟然真心喜欢上了香香，恨不得就留在怀春院，夜夜春宵，与香香厮守个一年半载。

夜深人静时，王金虎与香香毫无睡意，两人缠绵在一起说着悄悄话。香香告诉王金虎，她本名袁小香，是离隆盛庄不远的红沙坝人。她三岁时没了爹妈，是叔叔婶婶把她拉扯大的。六岁时婶婶得病死了，叔叔又娶了后婶婶，十五岁时叔叔又死了，后婶婶便把她卖给了隆盛庄的怀春院。王金虎听香香身世凄苦，同情之心油然而生，心里又骂康廷儒杀了他爹妈，害得他四处流亡，做了土匪。他想着自己哪天有了钱，定将香香赎出来，结个一世夫妻。

两人聊着聊着，渐渐进入梦乡。

有道是好花不常开，好景不长在。好梦亦是如此。

王金虎觉得刚刚睡着，便听得外面枪声大作。他忽地翻身起来，借着窗外微弱的月光穿上衣服，将枕头下的驳壳枪拎在手中。香香也爬起来，一边穿衣服，一边惊慌地问道："二掌柜，外面咋打枪了？"王金虎对香香动了情，连忙招呼她说："香香姑娘，你别怕，躲在炕沿下不要动，我出去看看是咋回事。"

王金虎拉开条门缝儿向外望去，外面已经打成了一锅粥。子弹飞蝗一般从院门方向飞进来，几个站岗的弟兄正趴在地上向院门方向还击。香香住的是东耳房，王金虎看不见院门那边是什么情况，只看见有两个弟兄从西厢房冲出来，还没等举起枪，便被打翻在地。

王金虎闪身出了屋，朝院子里喊道："弟兄们，顶住，一定要保护好大掌柜。"王金虎话音才落，便听得李炎在正房喊他道："金虎，我被子弹封在正房里出不去，你带弟兄们把对方的火力压住，我好出去与你会合。"王金虎一边朝院门方向射击，一边喊道："弟兄们，大掌柜没少给咱好处。庆春楼的馆子带弟兄们下了，怀春院的窑姐带弟兄们睡了，大掌柜对弟兄们的好，弟兄们可不能忘了呀！打，说啥都要顶住。"王金虎这一鼓噪，那些弟兄还真的卖命，枪声更急了。李炎瞅个空儿，拉开正房的屋门朝东耳房跑过来，眼看就要到了，腿上却中了一枪。王金虎急忙探出手将李炎拉过来，焦急地问道："大掌柜，这莫名其妙的，是谁想要咱的命？"李炎咬牙切齿道："谁？除了商务会的商团，谁家还有如此多的快枪？爷日他段祖贤和汤冠丰的奶奶，爷没有招惹他们，他们为啥要对爷下死手？等着，爷只要逃出今天，必定血洗隆盛庄，报了这一枪之仇。"

李炎话音刚落，院门方向停止了射击，一个声音喊道："李大麻子还活着吗？活着就说句话。"革命军从隆盛庄出发的那天，李炎见过汤冠丰，还和汤冠丰说过几句话，所以听得出汤冠丰的声音。他禁不住大声骂道："汤冠丰，爷日你奶奶的，爷回隆盛庄没招你没惹你，没动隆盛庄的一草一木，更没和你们商团结下梁子，你为啥要对爷下黑手？"汤冠丰的声音从院门那边飘过来，有些阴森森的："李大麻子，本官现在已经接替聂大人，就任丰镇西衙典史了。你参加革命军，攻打丰镇本就犯了死罪，竟然还一把火烧了厅署衙门，更是罪不可赦。今天，我与聂大人奉同知大人之命拿你归案，你束手就擒吧！"

李炎与王金虎明白了，外面不是隆盛庄的商团，而是丰镇的官军。李炎知道今天自己凶多吉少，朝院门那边打了两枪，喊道："弟兄们，你们听见汤冠丰的话了吗？今天战是死，降也是死，和狗日的官军拼了。"一个公鸡嗓子却在那边喊道："里面的弟兄，我是原西衙典史聂志贤。今天奉同知大人之命到隆盛庄，拿的是贼首李大麻子，只要你们扔下枪投降，我担保放你们一条生路。"王金虎心知火烧厅署衙门有他的分儿，害怕军心动摇，连忙喊道："弟兄们，别听聂小辫的鬼话，那老狗心狠手辣，言而无信，咱们落入他的手中，那就是生不如死。跟着大掌柜打狗日的，打死一个够本，打死两个赚一个。"

那帮弟兄听王金虎如此说，也都豁出去了，继续与聂志贤的警察对射起来。可是，没过一会儿，土匪便发现情况不妙了，因为有警察搭梯子爬上了东西厢房的屋顶，居高临下打枪，连着打倒了几个弟兄。

"金虎，看来今天是逃不出去了，跟狗日的拼了。"李炎杀红了眼睛，提着枪冲出去。王金虎正要跟在后面往外冲，有人揪住了他的衣服。王金虎吓了一跳，回头一看，竟是香香。正要说话，香香一把抓住他的胳膊道："二掌柜，快跟我来。"王金虎于绝境中看到了希望，也不管李炎了，跟着香香便走。香香将王金虎拉到东墙根儿下，墙根儿下立着两捆烧火用的麻秆儿，香香搬开麻秆，墙根儿便露出一个容得人钻过去的洞口。原来，杨飞燕开了窑子后，许多有妇之夫也常来偷腥，有时被老婆发现了，还会被追到怀春院。杨飞燕为了方便嫖客逃跑，特意在东墙根儿下挖了这个洞。香香推王金虎一把，说："二掌柜，赶快推开墙那边的石头跑吧。"王金虎大喜，顾不得谢香香了，撅起屁股把头钻进去，用力推开堵在洞那边的石头，钻过去正要跑，又听得香香说道："二掌柜，再把那块石头堵上。记得你答应香香的话，以后经常来找香香呀！"王金虎一边把石头堵上，一边随口应诺道："香香放心，我一定会再来找你的。"

第三十三章

聂志贤枯井填人

怀春院第一声枪响的时候，张瑞元便挺身坐了起来。

张占魁在隆盛庄起事，发兵攻打丰镇时，张瑞元便不看好。他想，自古以来，一个朝代取代另一个朝代，都是要血流成河的。就算清朝已是国运衰弱，日暮西山，可就凭张占魁区区一千人马，要取城墙高大的丰镇城，怕是以卵击石。尤其革命军鱼龙混杂，诸如李大麻子、王金虎和蓝虎头，什么人都有，土匪和地痞会打仗？能打赢吗？不过，张瑞元很快便发现自己判断错了，因为革命军没有付出多大的牺牲，便轻取了丰镇城，还开仓放粮，火烧厅署衙门，杀了清军管带马进禄。张瑞元当时感叹万分：清朝三百年铁打的江山，已经糟成了一堆豆腐渣，怕是真的要走到尽头了。

张瑞元不是遗憾清朝的江山要易主，也不是对革命军没有好感，他的心情是复杂的，这一切还是因为张祯是清朝的举人。清朝的江山丢了，张祯举人的功名便白取了。

有道是世事多变，张瑞元没有料到，丰镇那边很快又传来消息，说大同的清军增援丰镇，张占魁弃城而逃，革命军教官李元翎战死，军师王虎臣被斩首示众，章彤在丰镇大开杀戒，凡革命党与同情者皆遭杀戮，人头落地，血流成河。张瑞元也喜欢读些古书，知道每次改朝换代，都要死无数的人。战祸一起，殃及最多的便是无辜的百姓。于是，他把儿女都叫过去，告诫他们近日不许出门。又让张禄写信给张裕祥，让他先别读书了，赶快回隆盛庄躲避战祸。

这天，张瑞元刚坐起来，便听得外面枪声爆豆一般响起。乌云其木格也醒了，惊恐地问是不是来土匪了，张瑞元边穿衣服边说：“你别怕，我出去看看。”

巷子里也乱成了一锅粥，兼做护院的伙计都起来了，支起梯子，拿着枪往屋顶上爬。张禄、张福、张祯及几个岁数大些的孙子也都起来了。张瑞元想上房顶看个究竟，张祯拉住他，说：“爹，有我大哥、二哥呢，您都这么大岁数了，小心摔下来。”张瑞元想想也是，自己已经七十多岁的人了，逞强不得，便仰头焦急地问张禄看清楚了没有，是哪里打枪。张禄让他放心，说：“土匪不是来抢咱家，枪声像是从怀春院方向传来的。”张瑞元舒口气，说：“不是来抢咱家就好。”又叮嘱张禄告诉伙计们辛苦些，就在屋顶上盯着。张福从屋顶上下来，问张瑞元要不要他出去看看是怎么回事，土匪打谁家了。张瑞元摆手说：“别，现在有商团了，养兵千日，用兵一时，让他们去应付吧！”又蹙起眉头思索了会儿，“真是奇怪，隆盛庄现在有城墙了，土匪是咋进来的？”张禄也从屋顶下来，说道：“爹，您听枪声响得有多急，一准儿是商团和土匪干上了。”

这时，艾叶和舒兰都相继跑出来，宝凤也抱一件皮袄给张禄送出来，张禄连忙把皮袄给张瑞元披上。跟着，乌云其木格和花子、冬梅也相继送出了皮袄，心惊胆战地问外面是怎么回事。张瑞元说：“你们女人放心地回去睡吧，土匪不是来打咱家的。我们再听听，看这枪还能打多久，土匪到底是来打谁家的。”

外面的枪声响了足足半个时辰，张瑞元从枪声响起到天亮再没合过一眼。天蒙蒙亮时，张禄和张福要出去打探情况，张瑞元不允，说要等到天大亮了。好不容易等到太阳从东山升起，张瑞元这才放张禄和张福出去。两人出去没一会儿便回来了，对张瑞元说出大事了。张瑞元见二人神情紧张，让他们快说究竟是怎么回事，土匪到底打谁家了。张福说道：“爹，昨天晚上打枪的不是土匪，是丰镇来的官军和商团一道把怀春院围了。”张瑞元觉得奇怪，自言自语道：“怀春院？怀春院不是窑子吗，官军围窑子做甚，莫非要抓杨飞燕？”张福说：“不是抓杨飞燕。李大麻子昨天进了隆盛庄，晚上住在了怀春院，官军是去抓他的。”张瑞元着急地问：“后来呢？”张福哀叹道：“官军与李大麻子打了好一阵儿，李大麻子十几个人被打死大半。最后，官军冲进怀春院，活捉了李大麻子。”因为李炎曾经打过张家，张瑞元对李炎没有好感，点头“嗯”一声便不说话了。张福又补充说怀春院老鸨杨飞燕也被官军打死了。张瑞元这回皱起了眉头：“杨飞燕一个女人，又没跟着革命军造反，官军真是杀红了眼。”

其实，杨飞燕不是清军故意打死的，而是中了流弹。

当时，李炎见警察上了房顶，知道无法脱身了，便冲出去和警察拼命。打了几枪，见王金虎没跟在身后，以为王金虎贪生怕死，反身去找，却不见王金虎的人影。李炎猜想王金虎扔下他逃跑了，一边骂王金虎，一边再次冲出去向警察射击。激战中，李炎再中两枪，手下的弟兄只剩下三个人，子弹也打光了。聂志贤见李炎没子弹了，命令警察冲进院子，活捉了李炎和他手下的三个弟兄。警察将怀春院搜查了一遍，混战中一个窑姐被打死了，老鸨杨飞燕也被流弹所伤，奄奄一息。

杨飞燕虽然是老鸨，但对窑姐们不算心狠手辣。警察撤走后，一干窑姐围住杨飞燕，袁小香将杨飞燕抱在怀里，让窑姐赶快去回春堂请杜大夫。杨飞燕艰难地对袁小香说："香香，妈妈怕是不行了，你是咱怀春院的头牌，为怀春院赚钱最多。你若是想从良，就把姐妹们散了；若是还想做这一行，妈妈就把怀春院送给你了……"

袁小香不知是喜是痛，眼泪流出来，正要安慰杨飞燕，杨飞燕已经闭上了眼睛。

李炎受伤被俘，杨飞燕被流弹打死。李炎虽然打过张家，但已是陈年旧事，杨飞燕更与张家没有一点儿来往，张瑞元谈不上幸灾乐祸或者同情哀伤，只是有些冷淡。他担忧的是，商团是商务会的商团，职责是保护隆盛庄的商家与百姓，怎能与官军搅和在一起帮着官军打李炎。李炎现在是革命军的人，如果革命军因此而报复隆盛庄，该如何是好？张瑞元虽然忧虑，却也无奈，因为他已经不是商务会长了，商务会的事他不好插手。

张瑞元熬了半夜，吃过早饭，觉得瞌睡了，正要躺下眯一会儿，段祖贤惊慌失措地来了，进门便说："亲家，出大事了。"张瑞元一边给段祖贤让座，一边问道："亲家说的是李大麻子被官军抓住的事吧？"段祖贤坐下，苦着脸说道："是呀！昨天半夜，丰镇西衙典史聂大人带兵来，让汤团总带领商团一道围了怀春院，抓了李大麻子，把怀春院老鸨杨飞燕也打死了……"不待段祖贤说完，张瑞元插嘴道："亲家，我刚才还想呢，官军抓李大麻子，那是官军和革命军之间的恩怨，咱商务会的商团跟着掺和个啥？咱这一掺和，就和革命军结下了梁子。若是革命军报复，来打咱隆盛庄咋办？小状元丰镇都打得下，咱这小小的隆盛庄又如何守得住？小状元打进来，就算不伤及无辜，总要找商团报复吧？唉！汤冠丰也不知道咋想的。"段祖贤却摇头叹息道："亲家有所不知，汤冠丰已经接任聂志贤，升任丰镇西衙典史了，今天就要走马上任。你说他升了官，能不帮着官军？还会替隆盛庄着想吗？唉！都怪我，当初就不该聘他当团总呀！"张瑞元恍然大悟，正要安慰段祖贤不必自责，段祖贤继续说道：“亲家，我刚才只说了一半，大事还在后面呢。”张瑞元心头一震，问：“还有事情？”段祖贤拧着眉头道：“聂志贤抓住李大麻子后，和汤冠丰趁着天黑又带兵去了饮马沟，将参加革命军的饮马沟人抓了。老老少少抓回来八九个人，说是今天正午要把他们连同李大麻子一道在隆盛庄就地正法。”张瑞元听得胆战心寒，瞪大了眼睛道：“啥？官军要在隆盛庄杀人？”

聂志贤和汤冠丰到饮马沟，是去抓张玉峰、赵祥云的父母的。

当初，章彤将李炎、张玉峰和赵祥云的父母抓到丰镇下了大狱，目的是在革命军攻打丰镇时，以他们为人质挡子弹。可是，还没等他将人质提出大狱，革命军便破了丰镇城。章彤恨革命军逼他躺在田寡妇的棺材里当了几天活死人，恨李炎一把火将他的厅署衙门烧成灰烬，更恨革命军多为隆盛庄一带人。所以，援兵一到，章彤便开始疯狂报复，杀朱尧夫妇，杀田子功，杀革命党及同情者，在厅署衙门唯一残留的那根旗杆上，挂满了血淋淋的人头。章彤还不解恨，要聂志贤去大同赴任前再辛苦一趟，到隆盛庄和饮马沟把李炎的父母和张玉峰、赵祥云的父母抓了就地正法。聂志贤也恨革命军逼他在瓜棚里忍冻挨饿，耗子一般躲了数日，想多杀几个革命党出出心头的恶气。更何况，他马上要到大同赴任，如果赴任前能多杀几个革命党，便是立了功，大同知府必定会对他另眼相看。而汤冠丰和聂志贤有着同样的想法。他到隆盛庄当巡检多年，一直没有被提携的机会，这次革命军攻打丰镇，他向章彤告密立了功，加上朱尧杀了不少罪大恶极的官员，聂志贤又调任大同府，章彤几乎成了孤家寡人，所以，他才有机会接替聂志贤，升为西衙典史。如果他能协助聂志贤诛杀更多的革命党人，必然会得到同知大人的赏识，那样，今后便前途无量了。

聂志贤隆盛庄之行，有了收获意外。李炎鬼使神差地回到隆盛庄，落在他的手里，聂志贤突然有了一种预感：革命军兵败，士气必定低沉。李炎能回隆盛庄看他父母，张占魁的手下有不少是饮马沟人，他们中会不会也有人回饮马沟看望父母的？

聂志贤将李炎等押回巡检所，关押在东耳房，留下几个警察看守，命令其余的警察与汤冠丰的商团一道上马，连夜奔袭饮马沟。

此时正是拂晓时分，天空隐约现出些白色，公鸡已经开始昂起头打鸣了。聂志贤的警察和汤冠丰的商团像一伙红了眼的强盗扑进饮马沟，顿时，犬吠之声四起，枪托砸门的声音更是此起彼伏。

马进禄上次到饮马沟抓张玉峰、赵祥云的父母时，汤冠丰一道来过。现在，他轻车熟路，带几个团丁直扑张玉峰家，先把张玉峰的父母拿了，然后又去赵祥云家。没承想，刚进院子，墙角突然飞来一颗子弹，将走在前面的一个团丁打倒在地。汤冠丰顺着枪声传来的方向细看，见一个人影正要翻墙而逃，抬手两枪，那人中弹从墙上掉了下来。几个团丁一拥而上，将那人摁住。汤冠丰细一端详，高兴地笑了，枪口指着那人道："你是赵祥云吧？"那人一边挣扎，一边分辩道："我不是赵祥云。"汤冠丰嘿嘿笑道："赵祥云，别装了。革命军从隆盛庄出发的时候我见过你，你好像还是个小首领呢吧？"

那人正是赵祥云。原来，赵祥云的爹妈从丰镇回到饮马沟后，他爹便得了急病。他妈看他爹快不行了，让他大哥四处打探，找到张占魁的队伍。赵祥云听说他爹病重，连忙向张占魁告假，赶回来看望他爹，没想到被汤冠丰堵在了院子里。

按照聂志贤的命令，是要连赵祥云的爹妈一道抓的。汤冠丰闯进屋里，见赵祥云的爹已经奄奄一息，他妈也一脸憔悴。也算汤冠丰还有点儿人性，觉得既然抓住了赵祥云，赵祥云的爹又奄奄一息，就放他妈一条生路吧。赵祥云的妈见汤冠丰抓了儿子，哭喊着追出来，被汤冠丰一把推倒在地，骂道："真不知死活，本官这是饶你一条老命。你若再纠缠，小心连你老两口一道抓了。"赵祥云的妈抱住汤冠丰的腿，苦苦哀求道："大人，你把我老两口都抓了吧。我老两口的命不要了，换我儿子的命。"赵祥云见状叫道："妈，您别管我，这都是些没人性的东西，您求他们没有用。快回去伺候我爹吧。"赵祥云的妈见儿子被拖走了，老泪纵横，悔恨地哭喊道："儿呀！是妈害了你。你爹死就死了吧，妈不该喊你回来呀！"

饮马沟几十户人家的近百口男女老少，被警察和商团从被窝里赶出来，聂志贤见到剪了辫子的便抓，抓了五六个让汤冠丰辨认，汤冠丰说："聂大人，还辨认啥呀？凡是剪了辫子的，不是革命党便是革命军，都抓了吧。"这五六个剪了辫子的还真的参加过革命军。革命军失败后，有的向张占魁告假回家探望父母，有的见前途渺茫，找借口脱离了队伍。有两个怕死的向聂志贤道出实情，说他们已经脱离了革命军，求聂志贤饶他们的性命。聂志贤冷笑着说："你参加过一天乱党，便是乱党了。你们这号暴民本官见得多了，看见乱党得势你就加入，看见乱党败了你就退出，明天若是乱党再闹腾起来，你们还是要跟着犯上作乱的。"

从饮马沟回隆盛庄的路上，聂志贤将汤冠丰大大赞赏了一番，说他这次到隆盛庄，若不是汤冠丰带领商团鼎力相助，怕是无法取得如此战果。等回到丰镇，他一定在同知大人的功劳簿上替汤冠丰重重地抹上一笔。汤冠丰听得飘飘然，心说自己一直仰慕聂志贤，刚听到同知大人提拔自己为西衙典史时，还担心能否胜任。今天看来，聂志贤也不过如此，自己这个西衙典史或许会比聂志贤做得更好。

汤冠丰还想让自己的功劳再大一些，命令巡街的团丁，只要发现有剪了辫子的过往行人，立刻抓起来押送巡检所。

官军昨天晚上从丰镇出来，到现在没合一眼，尤其聂志贤，已经疲惫不堪。他喝两碗稀粥，吃两块蛋糕、两块细点心，和汤冠丰商量完午时处死李炎、赵祥云等，一道返回隆盛庄，便和衣在巡检所西耳房的炕上躺了。汤冠丰不敢惊扰聂志贤休息，在巡检所的正房烤着火炉。虽然他的眼皮子也在打架，心里却十分亮堂，没有一点儿清王朝能否苟延残喘的顾虑，而是想着日后尊贵显赫、飞黄腾达、步步高升的美好前程。

汤冠丰正陶醉在升官发财的美梦中时，段祖贤来了，后面跟着满头银发的张瑞元。张瑞元腿脚不太好，拄一根枣木拐杖。平心而论，汤冠丰在隆盛庄最敬重的当数张瑞元和段祖贤。张瑞元是他老上司李维的亲家、商务会老会长，在隆盛庄德高望重，尤其他的小儿子张祯，不但是隆盛庄的唯一一位举人，还是大同府学督；而段祖贤秀才出身，现任商务会长，是隆盛庄最有权势的人物，自己这个商团团总也要听他的吩咐。不过，这都是昨天之前的事了，从昨天晚上开始，他便不再是隆盛庄的巡检，而是官拜八品的丰镇西衙典史了。所以，他的态度比平日倨傲了许多。

汤冠丰给段祖贤、张瑞元让了座，命团丁看茶。张瑞元先抱拳向汤冠丰恭贺道："听说汤巡检荣升丰镇西衙典史，张瑞元向典史大人道喜了。祝典史大人从此步步高升，前途无量。"汤冠丰听得受用，满面笑容还礼道："老会长客气了，多谢！多谢！"汤冠丰知道张瑞元现在深居简出，无事不登三宝殿，今天到巡检所来，必定不仅仅是为了恭贺他加官晋爵的。寒暄过后，汤冠丰便问张瑞元有何指教。张瑞元道："指教不敢，老朽听说汤典史在隆盛庄和饮马沟抓了不少革命党人，不知是否属实。"汤冠丰看一眼段祖贤道："是段会长告诉老会长的吧？乱党是抓了十几个，但不是本官一个人抓的，本官不过是配合聂大人的行动而已。咋地，老会长想为那些乱党说情？"张瑞元不敢和革命党套近乎，连忙摆手道："老朽买卖人出身，不敢过问政事。只是听说汤典史要把这些人都杀了，可是真的？"汤冠丰微微一笑道："老会长言重了，不是本官要杀那些乱党，是同知大人奉知府大人之命，要剿灭乱党的。本官和聂大人只管执行。"顿了顿又说："咋，老会长觉得那些乱党不该杀？老会长该不会忘记了吧，那李大麻子还曾打过你家的主意呢。"

张瑞元一生谨慎，怕汤冠丰误会他同情革命党，再次摆手说："汤典史多心了，革命党该不该杀，那是汤典史和同知大人的决断。老朽一介草民，怎敢过问官府之事？老朽只是听说汤典史和聂大人要在隆盛庄杀人，可是真的？”汤冠丰揉揉熬得发红的眼睛，端起茶碗呷一口，说道：“不瞒老会长和段会长，这些乱党本该押回丰镇砍头，可小状元尚未缉捕归案，聂大人怕乱党在半路劫囚车，所以决定在隆盛庄将他们就地正法了。”张瑞元听到他说要在隆盛庄杀人，连忙说道：“不可！不可！汤典史切不可在隆盛庄杀人。”汤冠丰放下茶碗，疑惑地望着张瑞元，问他什么意思。张瑞元解释说：“汤典史在隆盛庄担任巡检多年，应该知道段会长与老朽的忧虑。隆盛庄乃商贸之地，能有今天的繁荣，天时不敢说，地利与人和的因素是极为重要的……”汤冠丰有些不耐烦了，催促张瑞元有话尽管直说。张瑞元开门见山道：“既然汤典史这样说，老朽便不绕弯子了。老朽与段会长的意思是革命党虽然兵败，但元气未伤。汤典史与聂大人抓了李大麻子和革命党，那是你们官府与革命党两家的恩怨。但是，汤典史若是在隆盛庄杀革命党，老朽和段会长担忧小状元会因此迁怒隆盛庄，万一日后攻打隆盛庄，向隆盛庄的商家报复，隆盛庄这百十年的基业怕是要毁于一旦了。”汤冠丰明白张瑞元的意思了，呵呵笑道：“老会长过虑了。老会长不是说本官与聂大人抓革命党，是官府与革命党之间的恩怨吗？本官与聂大人杀革命党，小状元又怎会迁怒隆盛庄呢？”

旁边，段祖贤开口了，用指责的口吻道：“汤典史，聂大人带官军到隆盛庄抓人、杀人，本与隆盛庄没有任何关系。可是，汤典史带着商务会的商团一道参与了行动，如此一来，商团便成了杀人的帮凶。换作汤典史是小状元，汤典史会作何想？汤典史杀人后可以一走了之，隆盛庄呢？小状元若因为商团帮着官军杀革命党而迁怒隆盛庄，隆盛庄岂不是要遭受一场劫难了？”汤冠丰现在只想杀革命党向章彤邀功，哪里还管张占魁会不会报复隆盛庄。他不屑地瞥段祖贤一眼，冷冰冰地说道：“段会长，本官现在不是隆盛庄的巡检，也不是你商务会的商团团总了。本官现在是丰镇西衙典史。有道是拿朝廷的俸禄，就要为朝廷效力。你虽然担任商务会会长，也不过是个落第秀才，依然是一介草民。本官如何做，用得着你教吗？”段祖贤见汤冠丰小人得势，翻脸不认人，气得脸色苍白，嘴唇颤抖。

张瑞元知道，今天的汤冠丰已经不是昨天的汤冠丰了，别说杀革命党，就算要杀他与段祖贤，也只是一句话的事，于是连忙劝道：“汤典史不必生气，段会长如此说，也是为隆盛庄的百姓与诸多商家着想的。汤典史在隆盛庄任职多年，想必与隆盛庄也有些感情了，还望汤典史念及旧情，消弭隆盛庄的一场劫难吧。”汤冠丰脸色缓和下来些，说道：“老会长，念在本官与令郎同朝为官的份儿上，本官和聂大人商量一下吧。不过，在隆盛庄处决革命党是同知大人之命，本官觉得聂大人也未必做得了主。”张瑞元听汤冠丰口气松动，连忙站起来抱拳道：“还请汤典史多多体谅隆盛庄百姓的难处，只要隆盛庄相安无事，上万百姓都会记着大人的好。”段祖贤在旁边补了一句：“如若两位大人答应，商务会定然厚报两位大人。”汤冠丰说道：“聂大人正在西耳房休息，本官不便打扰。待聂大人醒来，本官与他商量商量。”

张瑞元与段祖贤告辞出来，段祖贤仍带顾虑道：“亲家，你说那聂志贤会答应吗？”张瑞元摇头道：“听汤冠丰的话音，是章彤要在隆盛庄杀人的。唉！若是商团不参与这件事，即便聂志贤在隆盛庄杀人，也和隆盛庄没有干系。可商团是商务会的，商团参与抓人、杀人，小状元能没有想法？能不迁怒商务会？就算他体谅你我的难处，又能放过杀害他弟兄们的团丁吗？到时候，还是要死人的。”段祖贤叹息道：“商团？现在的商团已经不是商务会的商团，而是汤冠丰的商团了。亲家，我觉得汤冠丰升迁了也是件好事，他走了，咱好好地踅摸个靠得住的人当团总。这官军真够歹毒的，革命军要推翻朝廷，你杀革命军也就罢了，做甚要连人家的父母一道杀了？”张瑞元道：“杀鸡给猴看，目的是震慑人心。亲家呀！我看咱得两条腿走路，若能收买汤冠丰和聂志贤最好；若是收买不了，还得让福奎去找马麦和武斯楞，把事情的原委给小状元解释清楚。”段祖贤说：“这样最好！亲家，你岁数大了，先回家歇着，我到商务会等着汤冠丰的回话。唉！如果他们答应不在隆盛庄杀人，商务会怕是又要破费不少银子了。”

张瑞元回到家里，仍放心不下，让张禄赶快去商务会打探消息。张禄走了没一会儿便面带惊慌地回来了，说聂志贤和汤冠丰要在正午将捕获的革命党及家属全部就地正法。张瑞元惊出一身冷汗，骂聂志贤和汤冠丰果然狠毒，让张禄赶快把张福和张祯叫来，安顿张福一定要打听到武斯楞或马麦，让他们向张占魁解释清楚。商务会现在失去了对商团的控制，商团参与杀害革命党与商务会无关，希望张占魁不要因此迁怒隆盛庄的商家。张瑞元又让张祯与自己一道去巡检所，看能不能以同僚的身份，劝说聂志贤与汤冠丰改变主意。

张瑞元带张祯赶到巡检所时，段祖贤正垂头丧气地蹲在巡检所的大门口抽烟。见张瑞元与张祯来了，段祖贤站起来痛心疾首道：“亲家，我这个会长辜负了诸位掌柜的期望，没把事情办好。那聂志贤不要银子，铁了心要在隆盛庄杀人。”张瑞元安慰道：“亲家千万别这样说，你已经尽心尽力了。官军和商团呢？”段祖贤往东指指说：“押着李大麻子和革命党往那边去了，说是要把他们填了枯井。”张瑞元眼睛都直了，愣怔道：“啥？要把活人填了枯井？”段祖贤点头说：“正是。”张瑞元连忙对张祯道："宝奎，咱快过去看看。"

巡检所东不远处有一口水井，刚打成时水很旺，后来水量渐渐减少，最后枯竭，成了一口枯井。张瑞元赶到时，枯井四周已经围了许多看热闹的人，商团与聂志贤带来的警察荷枪实弹，枪口朝外围成一圈儿，逼住围观的人群。李炎、赵祥云以及李记夫妇、张玉峰的爹妈和从饮马沟抓捕的革命军被五花大绑，用绳子串在一起押到井台上。

张瑞元对张祯道："宝奎呀！看你的了。"张祯点点头，大声喊道："聂大人、汤大人，且慢动手，我有话说。"围观的人见是隆盛庄人人敬仰的举人老爷来了，连忙让出一条道。聂志贤没见过张祯，问汤冠丰此为何人。汤冠丰道："聂大人，这便是隆盛庄唯一的举人张祯张大人，现任大同府学督。"聂志贤皱了一下眉头，问："他来做甚？"汤冠丰道："大约也是不让咱们在隆盛庄杀革命党吧。"聂志贤鼻子一哼，悄声对汤冠丰道："汤大人，同知大人之命万不可违，莫要理睬他，赶快动手！"

汤冠丰点一下头，也不管张祯正快步前来，朝押解李炎等人的警察一挥手，几个凶神恶煞不管李炎和赵祥云的咒骂，李记夫妇和张玉峰爹妈的哭求，一齐上手，先将领头的李炎用力推下枯井。因为众人是被绳子串在一起的，李炎落入枯井中，其余的人便一个接一个地被拽落下去。枯井里顿时惨号连连，哀声不断。汤冠丰又是一声令下，警察和团丁抱起早已准备好的石头向枯井扔下去，随着咚咚的声响，枯井中的惨号和哀叫声渐渐消失了。

张祯读书人出身，哪里见过如此残暴的杀人手段，惊得目瞪口呆，而那些围观的人也都面露惶恐之色，胆小的急忙把眼睛捂住。

聂志贤不愧为杀人魔王，杀了许多人，竟然气定神闲，笑吟吟地迎到张祯面前，抱拳道："是大同府的学督大人吧，本官聂志贤，不日也将到大同赴职，今后你我便是同僚了。"张祯嘴唇颤抖，指着那口已经无声无息的枯井问道："聂大人，你也太残忍了吧。杀革命党也就罢了，咋能连人家的爹妈也都杀了？这岂不是滥杀无辜？"聂志贤嘴角抽搐着说道："学督大人，你身为朝廷官员，怎能说出同情乱党的话来？你见过乱党攻入丰镇城后是如何杀戮朝廷官员的吗？你见过李大麻子是如何丧心病狂，一把火将厅署衙门烧为灰烬的吗？本官今日奉同知大人之命，捕杀藏匿于隆盛庄之乱党，实在是以血还血，以牙还牙。如不使用非常手段，如何震慑乱党之心？"张祯虽然饱学多识，也辩不过聂志贤的伶牙俐齿，只得叹息道："老天有眼，有些人终究是要遭报应的！"聂志贤鼻子一哼，正色道："报应？乱党犯上作乱，想推翻朝廷，夺取大清江山，这就是报应！你学督大人顶着大清举人的功名，拿着朝廷的俸禄，却在这里替乱党说话，难道你不觉得有愧皇恩吗？时逢乱世，须得有治理乱世之手段。今天你同情乱党，有朝一日乱党夺了天下，会善待你这前朝官员？说不定还会砍了你的脑袋。”

张祯面色赤红，正想与聂志贤争辩一番，张瑞元拄着拐杖过来，拉住张祯说：“宝奎，秀才遇上兵，有理说不清。人已经被填了枯井，再说啥也没用了。唉！走吧，跟爹回家。”张祯狠狠地瞪聂志贤一眼，扶着他爹转身而去。聂志贤冷笑一声，在后面喊道：“学督大人，你可要当心啊！你是大清的官员，小状元若是因为同党被杀而迁怒朝廷，小心拿你这七品学督的脑袋去祭奠死去的同党。哈哈哈……”

聂志贤笑声未落，汤冠丰小跑过来，贴着聂志贤的耳朵惊喜地说道：“聂大人，告诉您个好消息，武斯楞被我抓住了。”

武斯楞进隆盛庄，是奉张占魁之命找梁龙，请梁龙帮助联络弓富魁的。

张占魁带领革命军撤出丰镇后，闻听教官李元翎战死，军师王虎臣被俘后宁死不降，被清军斩首示众，以及朱尧夫妇慷慨就义，田子功被章彤割下双耳后枪杀的消息，痛不欲生，挥刀切下一指，发誓此仇不报，誓不为人。随即他派人到东山与李炎联络，要李炎率部与他会合，重整旗鼓，再打丰镇城。然而，李炎见革命失败，瞻前顾后，踌躇不决，尤其听了王金虎的蛊惑，借口队伍损失惨重，需要招兵买马，休养生息，不肯离开东山老巢。张占魁见李炎对革命失去信心，甚为气恼。偏巧蓝虎头手痒，约了几个好赌的弟兄到附近村庄抢了几家农户，回来在军中聚赌被武斯楞发现，武斯楞罚了他们每人二十军棍。几个人心生怨气，一怒之下，在蓝虎头的带领下带枪开了小差。也有对革命悲观者，找借口回家探望父母，脱离了队伍。

张占魁见李炎又干起打家劫舍的土匪勾当，队伍里也开小差跑了十几个人，他知道单凭现有力量，打丰镇城那是以卵击石。好在革命军打下丰镇后，向丰镇商务会借银四万两以做军饷，张占魁便用这笔钱招兵买马，购置枪支弹药，准备一旦时机成熟，便再次攻打丰镇，杀章彤，为军师和死难的革命志士报仇雪恨。

王虎臣与李元翎就义，切断了张占魁与同盟会的联系。张占魁急于知道同盟会的部署，何时再打丰镇，想到梁龙的儿子梁念祖随弓富魁到了太原，便派武斯楞进隆盛庄，请梁龙跑一趟太原联络弓富魁。武斯楞到了永盛源，听永盛源的伙计说梁龙昨天出远门了，甚为遗憾。他记得队伍里有负伤的弟兄，便准备去回春堂顺便买些药回去。

回春堂的老掌柜杜茂远过世已经两年了，现在的掌柜是他大儿子杜金。杜茂远知道自己医术不精，培养不了儿子，杜金十岁时，便把他送到师兄门下，拜师兄为师。杜金的师父是大同最有名的中医大夫，杜金又对医道颇感兴趣，很快便将师父的精髓融会贯通，替师父坐堂出诊了。那年，杜茂远觉得自己年老体衰，便把杜金叫回隆盛庄，让他接手了回春堂。

革命军在隆盛庄召开誓师大会时，杜金见过武斯楞，便把聂志贤、汤冠丰枯井填人的经过对武斯楞讲了，让武斯楞躲避一下，小心被聂志贤和汤冠丰抓住。武斯楞听说聂志贤、汤冠丰杀害了李炎和十几名革命党及家属，恨得咬牙切齿，要立刻赶回驻地，通知张占魁奔袭隆盛庄，消灭聂志贤和汤冠丰。可是，武斯楞出东门的时候，遇上了守门的马六。马六见武斯楞没有辫子，心生疑窦，细一端详，认出是革命军首领武斯楞，一声吆喝，与几个团丁扑上来，将武斯楞绑了。

马六如此为汤冠丰卖命，也是有缘故的。

汤冠丰担任商团团总后，经常巧立名目，向商务会要钱。汤冠丰手里有了钱，自然要培植党羽，收买人心。不过一年的时间，段祖贤便无法控制商团了。商团的团丁多以汤冠丰马首是瞻，商务会的商团几乎成了汤冠丰的私人武装，马六也成了汤冠丰的心腹。张占魁发兵攻打丰镇的密报，就是汤冠丰派马六送给章彤的。昨天，马六听说汤冠丰升任丰镇西衙典史，苦着脸对汤冠丰说："汤团总，您走了我们咋办呀？这两年我们啥都听您的，段会长早就看我们不顺眼了。您这一走，商团的饭碗我们怕是端不成了。"汤冠丰也舍不得放弃这支武装，想想自己现在是丰镇西衙典史了，就算把这支武装带走，段祖贤也没有胆量阻拦，便对马六说："马六呀！你放心，凡是和本官一心的，本官便把你们都带到丰镇，再给你们换上警察服装，出来进去既威风又有军饷。咋样呀？"马六一听便高兴了，连忙谢过汤冠丰，又向汤冠丰表了一番忠心。

汤冠丰见马六抓了武斯楞，知道这又是大功一件，高兴得嘴都笑歪了。汤冠丰和聂志贤商量，是将武斯楞就地处决，还是押回丰镇交由章彤处置。聂志贤思量道："武斯楞是张占魁的二首领，如若在隆盛庄就地处决，威慑的只是隆盛庄的乱党。不如押回丰镇处以极刑，定然可以收到杀一儆百的效果。"汤冠丰担忧道："聂大人，您不是怕小状元在半路劫囚车吗？"聂志贤微笑道："十几个人好劫，一个人如何劫？只要发现张占魁有劫囚车的迹象，咱就先下手将武斯楞杀了，就算他把人劫了，劫的也是一具尸体。"

聂志贤与汤冠丰商量好，命令立刻开饭，饭后即刻押解武斯楞返回丰镇。商团的团丁多是从隆盛庄和周边村庄招募的，其中不乏游手好闲、馋吃懒做的泼皮赖鬼。这些人听说汤冠丰要带他们进丰镇改编为警察，从此既可以威风凛凛地横行霸道，又有军饷可拿，都满脸高兴。也有恋家的本分人不愿意离开隆盛庄，都愁眉苦脸。

聂志贤和汤冠丰没有料到，警察和商团饭还没有吃完，一个端着快枪的蒙古汉子突然闯进巡检所的院子，大声吼道："汤冠丰，赶快放了我弟弟。不然，今天和你拼了。"

这蒙古汉子便是武斯楞的哥哥、张瑞元的女婿武敖明。

第三十四章

梁龙大同府遇险

武廷去红格尔图的弟弟家避了一阵儿，听说武斯楞和张占魁、马麦改编为革命军，打下了丰镇城，便返回了乌拉哈。他回到家屁股还没坐热乎，又传来消息，说革命军兵败，撤出了丰镇城。武廷耐心等了几天，不见武斯楞回乌拉哈看他，也没有革命军的消息，心中焦急。正巧进入腊月，家里杀了羊，武廷便让武敖明到隆盛庄给亲家送两只羊，顺便打听一下武斯楞和革命军的消息。

武敖明刚从马背上将两只肥羊抱进伙房，张瑞元和张禄、张祯便回来了。武敖明见岳父脸色不好，上前询问。张瑞元叹着气把聂志贤、汤冠丰抓了李炎、赵祥云等，灭绝人性地将十几口人填了枯井的经过讲了。武敖明听得义愤填膺，正待向张禄打听革命军及武斯楞的消息，张福惊慌失措地跑回来，见妹夫来了，欲言又止。张瑞元心下肯定又发生了什么事，催问张福。张福便将武斯楞被马六抓到巡检所的事讲了。

武敖明听得双目眦裂，跺一下脚扭头便走。张瑞元连忙喊他道："武敖明，你做甚去？"武敖明攥紧了拳头，说他去救武斯楞。张禄兄弟急忙去拉武敖明，劝他说："武敖明，聂志贤和汤冠丰杀红了眼，你这样去，不是白白送死吗？"武敖明坚定地说："送死我也要去，那是我兄弟，我不能见死不救。"武敖明挣脱众人，朝门外跑去，他知道岳父家的枪在巷口的门房放着，向看守门房的要了一支枪，怒冲冲地往巡检所奔去。

汤冠丰在乌拉哈见过武敖明，知道他是张瑞元的女婿，也知道他是武廷的儿子、武斯楞的哥哥。一看武敖明的架势，知道武敖明干什么来了。他即将上任丰镇西衙典史，无论隆盛庄的商务会还是乌拉哈的蒙古人，都无须忌惮了。汤冠丰冷笑一声道："武敖明，你想做甚？莫非要虎口拔牙，救你那乱党兄弟吗？"武敖明枪口指着汤冠丰，怒道："汤冠丰，赶快把我弟弟放了，不然要了你的命。"汤冠丰知道乌拉哈的蒙古人习惯放牧狩猎，早年没有快枪，狩猎用的是弓箭、火铳，无论打狼、打狐狸、打黄羊还是打野兔，都是有准头的。汤冠丰不敢大意，闪身躲在马六身后，哈哈笑道："武敖明，说大话也不怕闪了舌头，你要本官的命？本官只要一句话，立马把你打成筛子。"聂志贤拎着左轮手枪过来，问汤冠丰这是何人，为何如此大胆。汤冠丰说这便是武斯楞的哥哥武敖明。聂志贤狞笑道："武斯楞的哥哥呀，想抓还抓不到呢，竟然主动送上门来了。"枪口朝武敖明一指，命令道："把他抓起来，一并押往丰镇砍头示众。让暴民们看看，这就是乱党的下场，不但自己掉脑袋，家人也要跟着掉脑袋。"

武敖明只是救弟弟心切，没想过要和官军打一仗，虽然有枪在手，却投鼠忌器，不敢对聂志贤和汤冠丰开枪，但也不肯束手就擒。他本是乌拉哈第一摔跤手，见几个警察围上来，枪往地上一扔，摆开架势，眨眼的工夫便将几个警察摔得仰面朝天。脸上带着轻蔑的冷笑，正要弯腰捡枪，聂志贤"砰"地朝天放了一枪，朝警察们喝道："一群怂货，都给我爬起来将武敖明绑了，他若胆敢反抗，就地正法！"警察们听聂志贤下了命令，端着枪将武敖明团团围住，一拥而上将他按倒在地，抖出绳子将人绑了。聂志贤上前几步，打量着武敖明嘿嘿笑道："不愧是蒙古人，跤摔得不赖呀！你咋一个人来了？若是把你爹妈和兄弟姐妹也都带来，本官就可以在隆盛庄再填一口枯井了。"武敖明怒目圆睁，啐聂志贤一口骂道："狗官，你不得好死！"聂志贤抹一把脸上的唾沫，枪口顶在武敖明的脑门上，目露杀机狞笑道："本官无论恶死还是善终，恐怕你是见不到了。既然你急着想死，本官现在就送你上西天吧！"

聂志贤正待扣下扳机，忽听得有人喊道："不要开枪！不要开枪！"聂志贤扭头一看，是张祯搀扶着张瑞元来了。张瑞元身后还跟着个女人，是乌云其木格。张祯急走几步，上前给聂志贤抱拳施礼，哀求道："聂大人，还望手下留情。"聂志贤皱一下眉头道："学督大人，你身为朝廷官员，不想着如何为朝廷做事，咋尽为乱党说话？"汤冠丰过来，在聂志贤耳旁小声说道："聂大人，武敖明是学督大人的妹夫。学督大人能不为妹夫求情吗？"

这时，张瑞元赶过来，扔掉手里的拐杖，"扑通"一声给聂志贤和汤冠丰跪了：

“聂大人、汤大人，老朽求你们放过我这女婿吧！”聂志贤鼻子一哼，枪口转向张祯，冷笑道：“学督大人，难怪你处处为乱党说话呢，原来你与乱党是蛇鼠一窝呀。既然你同情乱党，怎么还有脸拿朝廷的俸禄？今天本官连你一并拿了，押送大同交由知府大人处置吧！来人，给本官将这父子一道绑了。”几个警察扑上来，不容分说，推倒乌云其木格，将张瑞元与张祯绑了。张祯豁出去了，朝聂志贤骂道：“聂志贤，难怪革命党要推翻朝廷呢，就因为朝廷里像你这样杀人不眨眼、草菅人命的狗官太多了。好，从今天起，我张祯不伺候朝廷，也不要这恶心的举人功名了。”聂志贤阴森森道：“张祯，这可是从你嘴里说出来的。你现在就是一介草民了，本官也用不着将你押解大同，一会儿就在隆盛庄砍了你的脑袋。”

此时，巡检所门前已经围了黑压压的一片人。段祖贤与朱奉祺拨开人群小跑上前，也双双给聂志贤和汤冠丰跪了，请求放了张瑞元父子及武敖明。聂志贤气得火冒三丈，枪口点着段祖贤与朱奉祺骂道：“难怪隆盛庄倒流水呢，你们够齐心的呀，难道你们也和乱党有干系？”汤冠丰笑了两声，说道：“哈哈，隆盛庄的三大老财都聚齐了呀！”他指着段祖贤与朱奉祺给聂志贤介绍说：“聂大人有所不知，段会长的儿子娶的是张瑞元的小闺女，这位朱掌柜的闺女嫁的是张瑞元的三儿子。哦，也就是张祯的老婆。这亲家三人并称隆盛庄三大老财，有人用《红楼梦》里的词儿形容，说这三大老财是一损俱损，一荣俱荣。”聂志贤嘴角抽搐了两下，恶狠狠道：“好个一损俱损，一荣俱荣。既然他们一道风光荣耀过，今天就让他们一道共赴黄泉吧！”又朝警察喝令道，“都给本官绑了，看来，本官今天要在隆盛庄大开杀戒了。”

段祖贤与朱奉祺虽然家财万贯，但都上了年纪，对生死倒也不是十分惧怕。段祖贤见要绑他的是两个团丁，骂道：“你们两个狗日的滚一边去。喂条狗尚可看门护院，你们吃着商务会的，喝着商务会的，拿着商务会的银子养活老婆娃娃，却还有脸来绑商务会的会长？真是不知羞耻，连条狗都不如。”两个团丁被段祖贤羞得脸色赤红，扔下绳子低头到一边去了。

这时，隆盛庄各店铺、字号的掌柜差不多都聚到了巡检所，有原本是来看热闹的，见官军竟然连商务会会长和张瑞元、朱奉祺，以及他们引以为荣、最为敬重的举人老爷也抓了，先是鼓噪，而后便群情激昂起来。加之许多掌柜与张瑞元、段祖贤、朱奉祺、梁宝元都是远近亲戚或有姻亲关系，更是急红了眼，纷纷挥舞拳头怒吼道：“你们凭啥抓人？天下还有没有王法了？如若沾亲带故就是革命党，把我们全都杀了吧！隆盛庄人都是革命党！”

老君社会首、德胜炉掌柜周通娶的是他师傅田闵的三外甥女喜凤，攀起来和梁龙、张禄是连襟。周通脾气火暴，站在最前面，挥着勺头般大小的拳头，眼睛瞪得铜铃一般吼道："狗日的，你们听着，谁敢动隆盛庄人一根汗毛，今天就和谁拼了。"

汤冠丰在隆盛庄年头久了，知道隆盛庄人不好惹，若是把他们逼急了，只要有一个领头往前冲，上千人便会跟着冲上来，连忙对聂志贤耳语道："聂大人，今天的事情闹大了，您看该如何收场才好？"聂志贤在丰镇横行霸道了十几年，也没见过今天的阵势。他心里虽然发怵，嘴却依然硬朗，故作镇定道："汤大人，不要惊慌，咱手里有枪，怕他个啥呀，血肉之躯挡得住子弹吗？既然他们承认都是革命党，本官今天就血洗了隆盛庄。"汤冠丰惊得瞪大了眼睛："聂大人，这可是上千号人，您带来的警察和商团加起来也不过百人，他们若是冲过来，咱挡得住吗？"聂志贤轻蔑地一笑，说道："汤大人，你是不是害怕了？记得八国联军打北京的时候吗？义和团有多少人？洋人的枪一响，不是都作鸟兽散了。放心，蝼蚁尚且惜性命，只要枪一响，他们肯定跑得比兔子还快。"聂志贤向警察和商团下令道："子弹上膛，哪个敢向前走一步，杀无赦！"

尽管人们义愤填膺，怒发冲冠，但赤手空拳的百姓面对荷枪实弹的官军，自然充满畏惧之心。听聂志贤下了杀无赦的命令，众人都不约而同往后退了几步。

汤冠丰之所以告密、杀人，唯一的目的就是邀功、升官。他在隆盛庄多年，尤其从商务会得过许多好处，也不想聂志贤在隆盛庄大开杀戒，便用商量的口吻对聂志贤道："聂大人，隆盛庄人的剽悍在口外是出了名的。有道是众怒难犯，张瑞元与段祖贤人缘极好，是隆盛庄众商家的主心骨，今天若处置了他们，怕是要闹出大事。依下官看，不如暂且将他们放了，只带武敖明、武斯楞兄弟回丰镇。您看如何？"聂志贤其实也是色厉内荏，杀几十个百姓他敢，血洗隆盛庄他没那个胆量。他别了汤冠丰一眼道："汤大人，你说得轻巧，看看眼前的阵势，想把武敖明和武斯楞带回丰镇都难，你……"聂志贤话音未落，只听得外面一声呐喊，人群让出一条道来。梁宝元端着快枪，带领一彪人马冲进巡检所，几十条枪对准了警察与商团。他身后是张禄、张福、段童、朱进、朱涌、曹宝珠等隆盛庄三大老财的儿子、女婿和亲戚，以及三家字号的护院、伙计。这些人大都端着快枪，没有枪的也都挺着钢叉，举着大刀。

聂志贤的脊梁顿时蹿起一股冷气。

原来，张瑞元与乌云其木格见武敖明不顾一切地去救武斯楞，心说李炎的爹妈和张玉峰的爹妈都被聂志贤以乱党家属的罪名填了枯井，女婿是武斯楞的哥哥，他去找聂志贤拼命，岂不是往龙潭虎穴闯，还能保住性命吗？张瑞元和乌云其木格都急了，要追上去劝回武敖明。张福性子急，说道："爹，您和我妈都这般岁数了，去了也没用。我去，大不了和狗日的拼了。"张瑞元瞪张福一眼道："就因为爹和你妈都七老八十了，这条命才不值钱。你们弟兄三个都给爹老老实实地在家待着，你们年轻，比爹的命值钱。"张福还要争执，张禄拉住他说："福奎，你性子急，去了不好。万一把事情办砸了，除了救不下武敖明，怕是连自己也要搭进去，让宝奎陪爹妈去吧。"张福胳膊一甩，眼睛似喷出火来，数落张禄道："哥，你这话是咋说的？亏你还是张家的长子，你的命值钱，爹妈的命就不值钱了？紧要关头才看出来，原来你是个胆小鬼、怕死鬼。"张瑞元瞪张福一眼，呵斥他道："福奎，别胡说八道。你哥说得对，就你这火暴脾气，好事也能办成坏事。"又对张祯说："宝奎，你陪爹妈走一趟吧。你好歹是举人，又是大同府的七品学督，就算那聂志贤和汤冠丰心狠手辣，也不敢把你咋样吧？"

看着张祯搀扶着爹妈出了门，张福急得直跺脚："哥，就这样让爹妈去了？告诉你，爹妈若是有个好歹，我这做兄弟的可对你六亲不认了。"张禄眉毛一竖："你胡说个啥呀？就你，匹夫之勇，能救得了武敖明？"张福不甘示弱，挺起脖颈驳斥道："你有勇有谋？你的本事就是让爹妈去冒险，自己像只耗子一样在家里躲着？"张禄瞪起眼睛道："少说两句别人能把你当哑巴？还站在这儿愣着做甚，快去字号喊你的伙计们呀！把家里的枪全都带上，没枪的拿钢叉、拿大刀，再没有拿镰刀也行。集合好人后不要贸然进巡检所，在大门口等着我。"张福明白张禄的意思了，脸上掠过一丝笑意，问道："哥，那你呢？"张禄说："光咱家那几条枪不够用，我得先去找梁大爷，然后分头去宝奎他岳父家、银花她公公家借人借枪。几家人凑在一起，少说也能凑它二三十条枪，就算打起来，咱也不怕狗日的官军。"张福听张禄如此说，高兴地咧嘴笑了："哥，你说得对，大不了像小状元一样，反了狗日的朝廷。"

张禄与张福分头行动。梁宝元刚看完聂志贤将李炎、赵祥云填了枯井回来，正气呼呼地一边抽烟喝茶，一边骂聂志贤和汤冠丰手段毒辣。听张禄说师弟遇到了危险，梁宝元二话不说，跳起来取出枪说："玉奎，你去段会长家，大爷去叶子的公公家，借到人和枪后，咱们在巡检所门口碰头。狗日的，今天谁敢动你爹一根汗毛，大爷和他拼了老命。"邓香如下地穿鞋，道："我也去。"梁宝元瞪她一眼，说："你一个妇道人家，掺和男人的事做甚？和玉凤在家里待着，看好怀祖和奉祖。"

段祖贤的儿子段童和朱奉祺的儿子朱进、朱涌已经知道了巡检所发生的事，正如热锅上的蚂蚁一般不知该如何是好。见张禄与梁宝元来借人借枪，三人立刻有了主心骨，召唤各家的护院，带着刀枪直奔巡检所。

聂志贤见一个脸膛黝黑的老汉带着一彪人马闯进院子，不知这彪人马是何来路，顿时变了脸色，惊愕地问汤冠丰：“汤大人，这是咋回事？那黑头老汉是谁？不会是小状元的乱党吧？”汤冠丰见聂志贤吓得面色苍白，连忙安慰他道：“聂大人别怕，那黑头老汉叫梁宝元，也是张瑞元的亲家。至于他带来的那些人，都是张瑞元、段祖贤和朱奉祺家的护院和伙计。”聂志贤听这彪人马不是张占魁的革命军，虽然不似刚才那般害怕了，却也倒吸了一口冷气，心说隆盛庄的财主果然财大气粗，不但商务会养着商团，家里还养着护院。他心里细一盘算，虽说这些护院没有自己的警察和汤冠丰的商团人多，但打起来肯定是两败俱伤。自己马上就要到大同府赴任，可不能把性命丢在这小小的隆盛庄。想到此，聂志贤鼓起勇气大声喊道：“隆盛庄的百姓听着！本官奉命到隆盛庄捉拿乱党，与隆盛庄的百姓没有干系。尔等若速速离去，本官对今天的事既往不咎。如若不然，他日定派大军清剿，到时候血洗隆盛庄，你们男女老少一个都活不了。”梁宝元也不敢与朝廷作对，朗声答道：“大人，我们都是本本分分的生意人，也知道民不与官斗的道理。今天之所以如此，实在是出于无奈。大人若肯将人放了，老朽自然带人散去。”

聂志贤犹豫了，皱着眉头不说话。张禄趁机向商团的团丁喊道：“商团的弟兄们，你们都是隆盛庄的商家花钱雇请保护隆盛庄的，有道是拿人钱财，与人消灾。你们拿着隆盛庄人的钱，却把枪口对准了隆盛庄人，你们还有点儿良心没有？官军来得快，走得也快，官军走了之后，你们还有颜面见隆盛庄的父老乡亲吗？”团丁们听张禄说得有理，许多人都放下枪，垂下头去。马六知道武斯楞是自己抓的，这场风波便是自己引起的，不待汤冠丰发话，他接过张禄的话鼓噪道：“弟兄们，别听他张掌柜吓唬人。汤大人说了，汤大人上任的时候要把弟兄们都带上，咱换上警察衣裳就是官军了。到时候，在丰镇城吃香的、喝辣的，不比在隆盛庄当个团丁威风？”

众人听说汤冠丰要把商团拉到丰镇，都吃了一惊。不过，此时救人要紧，顾不得商团的事了。张禄又向汤冠丰喊道：“汤大人，赶快把我爹他们放了吧。你不放人，今天是走不出隆盛庄的。”汤冠丰见许多团丁都把枪放下了，知道双方一旦交火，这些团丁即便不站在隆盛庄人一边，也不会听他的命令了。到时候，他能不能活着到丰镇上任西衙典史，还是两回事，便劝聂志贤道：“聂大人，下官有句话，请聂大人三思。现在打起来，咱们未必能占便宜，如果就这么僵持下去，万一小状元带着残余的革命党赶到，咱们怕是一个都回不去了。”聂志贤也正有此担忧，问道：“以汤大人之见，该如何处置？”汤冠丰说了两个字：“放人！”聂志贤叹息一声道：“唉！大风大浪都闯过来了，没想到在阴沟里翻了船。好吧，除了武斯楞，其他人都可以放。”汤冠丰见聂志贤妥协了，朝梁宝元喊道：“梁掌柜，聂大人有话，除了武斯楞外，其他人全放了。你带着众人速速散去吧。”

汤冠丰没有想到，他的话音才落，一个洪亮的声音传了过来：“聂小辫，害怕了？告诉你，武斯楞你也得放了。不然，你今天休想活着离开隆盛庄！”

聂志贤和汤冠丰大惊，连忙把目光向声音传来的地方望去。

一个身材魁梧的中年人拨开人群，脚步沉稳地走出来。聂志贤问汤冠丰道：“汤大人，此人是谁？不会又是张瑞元的哪个亲家吧？”汤冠丰眨巴着眼睛说：“这人我也没见过，应该不是隆盛庄人。”聂志贤惊讶道：“不是隆盛庄人？那他是谁？”汤冠丰说：“待我问他一问。”他放开声音向那人问道：“你是何人？报上名来。”那人大大咧咧地笑道：“聂小辫，你应该知道我的呀！你不是早就想着抓弓富魁砍头示众吗？”聂志贤大惊失色，脱口道：“你，你是弓富魁？”那人哈哈大笑起来：“亏得聂典史还记得我，我正是同盟会的弓富魁。”

这些日子闹革命，隆盛庄的许多人都听说过同盟会弓富魁的名字。梁宝元正想看看那传说中的弓富魁究竟长什么模样，却听得耳边一个熟悉的声音叫道：“爷爷！”梁宝元心都快要蹦出来了，回头一看，果然是离开隆盛庄数月有余，让他思念得夜不能寐的大孙子梁念祖。梁龙则站在梁念祖身后，憨憨地朝他笑呢：“爹，这不，我把您的宝贝孙子给您找回来了。”

梁龙经不住他爹唠叨，也担忧梁念祖的安危，决定去太原寻找弓富魁。为了不引人注目，他特意骑了一匹枯瘦的老马，又怕半路遇到强人，将驳壳枪也带上了。

路经丰镇时，梁龙没敢进城，而是多走了一个多时辰，经饮马河东的东园子，从薛刚山下绕城而行。梁龙半路吃了口干粮，抵达大同城的时候，已是黄昏。

清军刚刚收复大同，城内一片混乱。大街小巷多有清军的巡逻队，发现可疑行人便会立刻盘查，看见有剪了辫子的，不容分说先抓起来。梁龙在一家名叫顺风客栈的地方住下时，天已大黑。他虽然带着干粮，但骑了一天马，觉得身体疲惫，想喝点儿稀的，知道大同的面食有名，便掖着枪出去了。

由于时局动荡，商家害怕祸从天降，都早早关了店铺。往日繁华热闹的大同城，灯火稀零，十分冷清。梁龙走了几条巷子，方才看见一家小面馆亮着幌子。他进去要一大海碗刀削面吃了，打着饱嗝出来，走了没几步远，遇上两个巡街的清兵将他拦住，问他一个人黑灯瞎火地出来干什么。梁龙说他路经大同去太原，天黑住了店，出来买碗面吃。清兵听他外地口音，大概想从他身上搜刮些油水，要搜他的身。梁龙猛然记得腰里掖着枪，这要是让清兵搜出来，肯定把自己当革命党抓了，转身拔腿便跑。

清兵见梁龙跑了，猜想他要么是革命党，要么身上有钱财，喊叫着追了上去。梁龙见清兵追他，跑得更快了。清兵怕梁龙跑了，朝他开了枪。一颗子弹擦破梁龙的肩，梁龙朝后还了两枪，打中一个清兵，另一个清兵大概怕送了命，也不紧紧追赶了，只是一边打枪，一边喊抓乱党。

梁龙拐了几条巷子，终于甩开了清兵的追捕，掖好短枪，回了客栈。这些天，革命党和清军争夺大同城，南来北往的行人少了许多，客栈生意冷清。有三五个住店的，也都早早睡了，柜台只一个女掌柜守着。那女掌柜三十多岁，模样俊俏，见梁龙回来了，问他吃过饭没有，梁龙喘着粗气说吃过了。女掌柜见梁龙手捂着肩，指间渗出血迹，连忙从柜台里出来，惊讶地问："客官，你这是咋了？中枪了吗？"梁龙怕清兵追来，恳求女掌柜道："掌柜的，我刚才出去喝面，回来时遇上巡街的清兵。烦劳掌柜的把客栈的门关了吧，免得清兵追过来。"女掌柜道："若不是等客官回来，我早就关门睡觉去了。客官先回房吧，我关了门去帮你包扎伤口。"梁龙感激地说："谢掌柜的了！"

梁龙回到客房没一会儿，女掌柜便拿着两块白布，提一壶水来了。梁龙褪下一只袖子，女掌柜一边为他擦洗伤口，一边说道："客官这伤没有大碍，只是擦破了皮，没有伤到筋骨。"梁龙再次谢女掌柜说："多谢掌柜的。掌柜的真是个好人。明天结房钱时，我给掌柜的多结几个，算是一番心意。"女掌柜笑吟吟地说客官真是有心人，问梁龙："听客官的口音像是口外人？"梁龙顺口说道："是呀，口外人。不过，离你们大同也不算远，大同北面有个丰镇，丰镇北面有个隆盛庄。我是隆盛庄人。"女掌柜咯咯地笑起来，竟然也用相同的口音说道："其实，客官住店的时候，我就听出客官是隆盛庄人了。不瞒客官，我也是隆盛庄人。"梁龙惊讶地问："掌柜的也是隆盛庄人？那你的口音咋和大同人一模一样？"女掌柜说："嫁到大同十几年了，自然学会了大同话。客官贵姓呀？"梁龙答道："免贵姓梁。掌柜的呢？你是隆盛庄谁家的闺女？"女掌柜迟疑了一下，又问梁龙道："隆盛庄姓梁的有个叫梁宝元的，不知与客官是……"梁龙自豪地说道："那是我爹。咋，掌柜的认识我爹？"女掌柜脸上的笑容不见了，三下五除二给梁龙包扎好伤口，冷着脸说："你爹多大岁数，我多大岁数？我咋会认识你爹？不过是小时候听我爹提起过你爹罢了。"梁龙他乡遇故人，甚为高兴，追问道："掌柜的能不能告诉我你爹的名讳，说不准我还认识你爹呢。"女掌柜站起来，把清洗伤口的血水盆端了，不苟言笑道："我家小户人家，比不得你们梁家财大气粗，不说也罢。天不早了，客官早早歇息吧。"

梁龙虽然一路鞍马劳顿，但心里惦念梁念祖，加之伤口隐隐作痛，前半夜一直没有睡着，直到后半夜困极了，方才入睡。梁龙一直睡到太阳出来，被女掌柜的敲门声惊醒，穿好衣服下地开门，屋门一开，便傻了眼。门外除了女掌柜，还有两个端着快枪的清兵。梁龙瞠目结舌，不解地问那女掌柜说："掌柜的，你这是……"女掌柜淡淡一笑道："你不是问我姓啥吗？现在告诉你，我姓徐。"梁龙懵懵懂懂，尚未想起隆盛庄有几家姓徐的，两个清军已经饿狼一般扑上来，用绳子将他绑了，从枕头下搜出他的驳壳枪。那女掌柜见梁龙还在皱着眉头思索，哼着鼻子冷笑道："你叫梁龙龙吧？别想了，我告诉你。我是广义和布庄徐翔的闺女，这回你想起来了吧。"梁龙恍然大悟，连连点头道："想起来了，想起来了。哦，报应！我不怨你，这是报应！"

原来，那女掌柜竟是广义和布庄掌柜徐翔的闺女徐艳芳，也就是梁龙当年未过门的媳妇。梁龙带着玉凤逃婚私奔后，张瑞元亲自登门，替梁宝元向徐翔认了错，道了歉。但徐翔要脸面，还是觉得自己受了侮辱，不愿意闺女嫁给隆盛庄人了，等徐艳芳长到了十六岁，便把她远嫁到了大同。

徐艳芳的公公姓李，是开客栈的，客栈的名字叫顺风客栈。大同城大大小小有七家顺风客栈，都是徐艳芳公公的家业。徐翔到北京、苏杭二州采购布料时，都要在大同住上一晚，并且每次都住顺风客栈，时间一久，便和李掌柜熟悉了。两人拉起家常，徐翔听说李掌柜家有没娶媳妇的儿子，便主动提出和李掌柜结个亲家。李掌柜共有六个儿子，徐艳芳嫁的是三儿子，只可惜嫁过去第三年，丈夫得急病死了。李掌柜夫妇见徐艳芳长得俊俏，人也精明能干，舍不得她改嫁外人，便让四儿子续娶了嫂嫂。李掌柜的四儿子和徐艳芳年龄相当，人很老实，大小事情都由徐艳芳做主，徐艳芳也就成了客栈名副其实的掌柜。

徐艳芳知道她爹把她远嫁大同的缘由，虽然一直没见过梁龙的模样，梁宝元的名字和梁龙的名字却是深刻脑海的。她是个记仇的女人，恨梁龙既然和她定了亲，却又和别的女人私奔，一直想着能有机会报复梁家。所以，当她知道住店的客人是梁龙时，乡亲之情便化作了怨恨之气。

徐艳芳也是一晚上没睡好，一会儿想梁龙让她爹在隆盛庄丢尽了颜面，害得她远嫁大同；一会儿又想梁龙当时已经和玉凤相好了，两个相爱的男女私奔也是人之常情，何况这都过去十几年了，梁龙又受了伤，要么放他一马吧。如此翻来覆去，犹豫不决，最终，还是怨恨之气占了上风。她心说机会难得，如果这次放过梁龙，以后再想找机会报复他，怕是猴年马月都遇不上。有道是世上最毒妇人心，天亮时，徐艳芳拿定主意，出去找了巡街的清兵，说她家的客栈住了个人，肩膀受了枪伤，腰里好像还别着一支短枪。清兵便怀疑梁龙是革命党，让徐艳芳带路，到顺风客栈抓了梁龙。

梁龙被清兵五花大绑押出客栈，心里乱如麻团。他想着自己本来是要到太原找儿子的，可儿子还没找到，却把自己先搭进去了。又想那徐艳芳，虽然当年错在自己，可赔礼道歉，哪怕下跪磕头都行，谁让自己负了人家呢！她知不知道把自己出卖给清军，说不定自己的脑袋就没了。

梁龙正胡思乱想着，迎面过来两个戴狗皮帽子，牵马的人，边走边说着话，其中一个的声音他再熟悉不过了。梁龙抬头一看，心说自己有救了，因为那两个人一个是他儿子梁念祖，另一个则是同盟会首领弓富魁。梁龙正想喊梁念祖的名字，又一想，万一儿子和弓富魁与清兵打起来，枪声惊动了附近的清兵，怕是连儿子和弓富魁都要被搭进去。于是，他故意大声喊道："我梁龙是隆盛庄人，不是革命党，你们凭啥抓我。"清兵枪口在他后腰捅一下，骂道："不是革命党咋随身带着枪？一会儿过堂，重刑之下，不怕你不招供。"清兵话音刚落，梁龙便听得背后"咚咚"两声闷响。回头一看，两个清兵已被弓富魁和梁念祖打倒了。梁念祖一边给他解绳子一边问："爹，您咋到大同来了？"梁龙叹着气说："你爷爷想你想得厉害，逼着爹出来找你。念祖，今天亏了你和弓老大，不然，爹便生死未卜了。"梁念祖还想问梁龙被抓的缘由，弓富魁催促道："念祖，赶快走，一会儿找个没人的地方再说话。"梁龙甩掉身上的绳子，随弓富魁与梁念祖走了没两步，又返回身去。梁念祖问他干什么去，梁龙说："我的枪还在那两个狗日的身上，那可是李教官送我的，不能丢了。"

好在是早晨，巷子里人不多，有看见清兵被打倒的，也不敢声张，都远远地避开。梁龙从清兵身上搜出他的驳壳枪，和弓富魁、梁念祖快步出了大同城。三人找了个僻静的地方坐下，梁龙这才将出来找梁念祖，在顺风客栈被徐艳芳出卖的经过细细讲了一遍。弓富魁后怕地说："梁兄，你真是贵人呀！若不是正巧被我和念祖遇上，你的性命可就危险了。"梁龙呵呵笑道："福人自有天相，命中注定我不该死，还让我省了跑太原的一趟路程。弓老大，你和念祖咋到大同来了？”弓富魁沉声说道：“虎臣兄和元翎兄不幸遇难，我和念祖去找小状元，帮他把队伍重新拉起来。”梁龙高兴地说：“那弓老大的意思是要到隆盛庄了？”弓富魁点头说是，他们要先到隆盛庄，再找小状元。

梁龙的老马留在客栈了，弓富魁截住一辆大车，多掏了些银子把拉车的马买下。三个人一路时疾时缓，边说话边赶路。丰镇东门外的村子叫土塘，土塘东便是饮马河了。弓富魁见三匹马都浑身汗津津的，便说在土塘歇一会儿，顺便找户人家喝碗水。三人找了户人家进去，要了三碗水边喝边和主人拉呱起来。那主人与梁龙年龄相仿，弓富魁便喊他老哥，向他打听丰镇的情况。那老哥十分健谈，说革命军撤走后，章彤杀了不少人，人头串起来，现在还挂在厅署衙门的旗杆上。弓富魁问丰镇还有多少清军，那老哥说大同的清军援兵赶走革命军后便撤走了，章彤新招募了不少警察，因为给的钱多，他侄儿也当了警察。昨天晚上他嫂子病了，今天早晨他哥进城抓药，身上带的钱不够，去找他侄儿凑钱，有警察说他侄儿昨天晚上随聂典史到隆盛庄抓人去了，只好找个熟人担保，从药铺赊了两服药回来。

弓富魁听说聂志贤到隆盛庄抓人去了，暗叫不好，给那老哥留了几个铜钱，与梁龙、梁念祖快马加鞭，一路疾驰，朝隆盛庄赶去。

第三十五章

梁念祖神枪除恶

聂志贤见弓富魁突然现身，立刻有了不祥之感，心说现在连隆盛庄的三大老财都应付不了，再加上个大名鼎鼎的弓富魁，这趟隆盛庄之行怕是要栽了。但凡在官场上能混出个人模狗样的，多善于见风使舵。聂志贤惊魂稍定，收起枪，抱拳向弓富魁笑道："久闻弓老大威名，今日得以在隆盛庄相见，幸会！幸会！"弓富魁气定神闲，微微笑道："我不是乱党吗？何来的威名？聂大人真是抬举弓某了。"梁宝元性子急，恨不得立刻救了张瑞元，赶快带孙子回家，大声吼道："狗官，废话少说，赶快放人。"张禄、张福、朱进、朱涌与段童也喊道："赶快放了我爹，不然，今天和你们拼了。"

聂志贤不知道弓富魁是只身一人还是带了兵马，或者张占魁的队伍已经包围了巡检所的院子，反正看眼前的形势，如若不放人，怕是难以全身而退了。他挥手让警察和团丁把枪收起来，又上前两步，笑吟吟地对弓富魁道："既然弓老大出面了，聂某当然要给弓老大个面子。这样吧，人我都放了，你们让出一条道来，放我和汤大人回丰镇。弓老大，你看如何？"弓富魁哈哈大笑道："聂小辫，你如意算盘打得不错呀！你不用和我打马虎眼，人你一个都带不走，也一个都杀不了。别人谁都可以走，唯独你不能。"聂志贤心头一震，手又握住枪柄，问为什么。弓富魁笑脸一收，厉声喝道："不为啥，你得问问被你填了枯井的十几个冤魂答不答应，你得问问王虎臣、李元翎、朱尧、田子功那些在天之灵答不答应。"聂志贤顿时脸色惨白，拔出枪，恶狠狠地挥舞着枪道："弓富魁，你别逼人太甚！我聂志贤是风口浪尖上闯出来的，不是被人吓大的！你若不怕隆盛庄血流成河，今天咱就拼个两败俱伤。弟兄们，举起枪，听本官的命令。”

丰镇的警察多是临时招募的，见势不妙，只有少数举起了枪。汤冠丰也急忙下令，可只有马六等七八个心腹举起了枪。梁念祖拎着双枪上前两步，弓富魁伸手将他拦住，朝警察和团丁大声喊道：“弟兄们，你们要认清眼前的形势，给自己留条后路。现在南方各省已全部宣布独立，北方大部省份亦脱离清廷，成立军政府。日前，全国十七省派出代表齐聚南京，选举孙中山为临时大总统。临时大总统已派出特使，与宣统皇帝谈判退位条件。相信用不了多少时日，清王朝便要成为历史，大同和丰镇也将易帜……”弓富魁话未说完，警察与团丁已经沉不住气了，放低枪口，面面相觑，皆露茫然之色。汤冠丰疑惑地问聂志贤：“聂大人，弓老大说的是真的？”聂志贤瞪汤冠丰一眼道：“汤大人，你也听信他的信口雌黄？清朝三百年，瘦死的骆驼比马大，岂是几个乱党三天五日便能推翻的？和宣统皇帝谈判？这不是哄鬼呢！你见过哪朝哪代的皇帝肯把龙椅让出来给别人坐？”此时虽然正值严冬，汤冠丰的皮帽子还是让他捂出一头汗，他面色惶惶地问聂志贤道：“聂大人，那咱现在该咋办？就这样耗着？”

聂志贤已经看出弓富魁不会放过他，心说今天只能拼个鱼死网破了，悄声安顿汤冠丰道：“耗啥呀？咱又没有援兵，再耗下去，小状元或是乌拉哈的蒙古人赶来，咱连拼命的机会都没有了。让弟兄们听着，只要我的枪一响，马上开枪冲出去。”汤冠丰脑子已经乱了，他想，如果弓富魁刚才的话是真的，就算回了丰镇，他这西衙典史又能做几天？可聂志贤的命令他不敢不听，便懵懵懂懂地点了下头。

聂志贤想，射人先射马，擒贼先擒王。只要打死弓富魁，隆盛庄人肯定乱作一团，到时候，借着混乱骑马往出一冲，说不准性命就保住了。想到此，他悄悄举起左轮手枪向弓富魁瞄准。梁念祖眼睛一直盯着聂志贤，不等聂志贤扣下扳机，抬手一枪，子弹便穿透了聂志贤的眉心。梁念祖举起双枪大声喝道：“谁敢动一下，便是狗官聂志贤的下场！”聂志贤一死，汤冠丰哪里还敢抵抗，高高举起双手，朝警察和团丁挥舞道：“弟兄们，不要开枪！不要开枪！聂大人已经死了，咱们听弓老大的，都把枪放下，放下。”警察和商团都是听命行事，他们早看出形势不利，只是不敢违抗聂志贤的命令罢了。现在聂志贤已死，汤冠丰也软蛋了，都慌不迭地把枪放在了地上。张禄让张福、朱进、朱涌、段童等赶快放人，自己则和梁龙一道带着护院把警察和团丁的枪缴了。

一场危机因梁念祖打死聂志贤而化解，张瑞元等被放出来，众人与弓富魁见过礼。段祖贤看着满院子的警察和商团，请弓富魁处置，弓富魁客气地说：“段会长，这是你们商务会的内部事务，我可不敢随便干涉，还是段会长亲自处置吧。”段祖贤为难道：“商团是商务会的，可那些警察和汤冠丰咋办？”弓富魁想了想，说：“聂志贤为首恶，这些警察不过是为了吃饷才当兵的。现在首恶已死，让他们把枪支和马匹留下，人就放了吧。”

梁念祖将汤冠丰押过来，汤冠丰诚惶诚恐，说自己也是听命于聂志贤，乞求弓富魁饶他一命，他定当改过自新。弓富魁原本也没有杀汤冠丰的意思，挥手说道：“汤冠丰，念在你是胁从，就不治你的罪了。你去丰镇上任吧，只是我警告你，日后若是欺压百姓，鱼肉乡邻，残杀革命党人，抓住你定当严惩不贷。”汤冠丰也是乖巧之人，他已经盘算过了，聂志贤死了，警察被缴了枪，他现在回丰镇，不过是条落水狗而已，就算章彤不迁怒于他，怕是也难以得到重用了。何况，刚才听弓富魁说，革命党已经占领了南方诸省及北方大部，孙中山就任临时大总统，正在与宣统皇帝谈判退位条件。看来，清廷气数已尽，自己何不借此机会改换门庭，投靠革命党，日后或许还可以东山再起，继续为官。汤冠丰便对弓富魁说他不回丰镇了，也不做大清的官了，若弓富魁不嫌弃，他愿意投奔革命党。弓富魁十分高兴，欣然应诺。

处理完汤冠丰和警察，弓富魁对段祖贤说：“段会长，革命军现在急需枪支弹药和马匹，您看……”段祖贤知道弓富魁的意思，爽快地说：“弓老大别客气，我们是做生意的，要多余的枪没有用处。除了商团的，弓老大都拿走吧。”弓富魁高兴地说：“好，那就先寄存在商务会，待我和小状元联系上，让他派人来取。”段祖贤拧着眉头说：“可是，弓老大，你是见过世面的人，你说聂志贤死在了隆盛庄，章彤会不会派兵报复呢？”弓富魁轻松地说：“段会长放心，章彤手里已经没几个兵了。也许用不了几天，他的厅署衙门就要换成共和政府的牌子。不过，为防万一，我会让小状元的队伍驻扎在隆盛庄附近。章彤若敢侵犯，他可立即出兵增援。”

这天晚上，段祖贤召集八大行社会首在商务会议事，说自己担任会长多年，现在已经力不从心，要卸下这副担子交给年轻人；又说今天若不是张禄组织护院与官军对峙，隆盛庄怕是又要死不少人。张禄正值壮年，为人公道，头脑机敏，生意又做得好，他提议由张禄接任商务会长。众会首也觉得张禄今天表现得有勇有谋，可堪当此任。张禄见众会首言语真切，真心实意，客气地推却一番后应允了。

张禄上任商务会长的第一件事便是整顿商团。原来的商团都是花钱雇的，良莠不齐，有的馋吃懒做，还有马六那样的无赖泼皮，加之汤冠丰一手操控，商团几乎成了汤冠丰的私人武装。为了避免重蹈覆辙，张禄提议解散原来的商团，由各大字号每家挑选一名年轻力壮、憨厚诚实的伙计组成自己的商团。这样，团丁靠得住，商务会也省去了许多不必要的开支。各会首都觉得这个主意不错。算下来，大一些的字号有六七十家，如此，便可以组建一个六七十人的商团。商团直接听从商务会长的调遣。张禄又擅作主张，从缴获警察的枪支里拿出一部分，团丁人手一条快枪。

梁宝元见梁龙果然送梁念祖参加了革命党，把梁龙数落了一顿。梁龙怕他爹气出毛病，不敢还嘴，只说他已经把梁念祖找回来了，梁念祖今后是走是留，他这个当爹的不管了，全凭当爷爷的做主。

梁宝元和张瑞元商量，说尽管张禄带各家的护院去商务会救他们众人了，但若不是弓富魁与梁念祖及时赶到，除去聂志贤，最后是什么样的结果还是个未知数。加之梁念祖这些日子一直跟着弓富魁闹革命，弓富魁对孙子照顾不少，他想请张瑞元、段祖贤与朱奉祺作陪，在庆春楼摆一桌酒席宴请弓富魁。张瑞元谨慎地说：“师兄，这可使不得。”梁宝元问为什么，张瑞元解释说：“清朝的江山虽然岌岌可危，但宣统皇帝只要在位一天，天下便还是清朝的。革命党要推翻清朝，胜了夺清朝的江山，坐宣统的龙椅，败了就要人头落地。咱们呢，不管清朝还是革命党，都是一介草民，都得交粮纳税。”梁宝元不明白张瑞元话里的意思，皱起眉头说：“瑞元，你是年岁大糊涂了，还是越老越成精了？我不过是请人家弓先生吃顿饭，和宣统皇帝的龙椅有啥瓜葛？”张瑞元提醒道：“师兄，我是让你行事谨慎些。你想想，革命党要夺清朝的江山，两家就是敌人。现在天下还是清朝的，你明目张胆、大张旗鼓地宴请革命党，将来万一革命党不成事，你便担了与革命党同流合污的罪名，朝廷能放过你？”梁宝元恍然大悟，想了想，说道：“瑞元，你是担心革命党成不了事，清朝的江山还能坐下去？可弓先生不是说了，南方诸省已经全部独立，北方大部也已易帜，革命党正和宣统皇帝谈判退位事宜呢吗？”张瑞元依然谨慎道：“耳听为虚，眼见为实。人做事情不能做绝了，走路不能不给自己留条后路。”梁宝元呵呵笑道：“瑞元，你也太谨慎了。今天你亲眼见了，聂志贤被念祖打死了，汤冠丰也改换门庭投奔了革命党。朝廷拿咱一个小小的隆盛庄都无可奈何，宣统皇帝的龙椅如何还能坐得稳当？”张瑞元无奈地叹息一声：“师兄呀！人无远虑，必有近忧。你性子这么急做甚？你要想请弓先生，家里摆一桌悄悄地请，非要张扬地在庆春楼请？你不看今天，因为武斯楞和武敖明的事，把几个亲家都牵扯进来了，朝廷有株连九族的先例呀！听我一句话，就在家里摆一桌吧。假如明天革命党坐了天下，你到丰镇把最好的馆子包下来，敲锣打鼓地请弓先生我也不反对。”

梁宝元见张瑞元顾虑重重，脸上现出些不快，说道：“瑞元，既然你有顾虑，我也不勉强了。反正隆盛庄人都知道念祖和弓先生是一路人，聂志贤也是念祖打死的，我避讳也没用。我也不牵扯众人，听你的，就在家里摆一桌，谢谢人家弓先生这几个月对念祖的照应。”乌云其木格看出梁宝元不高兴了，连忙给张瑞元使个眼色。张瑞元心领神会，说道：“师兄，我可没说我不参加。今天若不是师兄带着护院们出头，我这条老命现在还不知道在不在呢！咱师兄弟在一起喝酒的日子一天比一天少了，我也得去叨扰几杯。另外，菜你就别备了，我让福奎跑一趟庆春楼，告诉富掌柜亲自掌勺，用食盒趁热送师兄家去。你还别说，富云涛的手艺比他爹一点儿不差，又琢磨出了好几道拿手菜呢。”

梁宝元听张瑞元如此说，脸色方才好转过来。

梁宝元回到家中时，弓富魁已经等了有一会儿。梁龙告诉弓富魁，说他爹亲孙子，怕孙子在外面有闪失，要把梁念祖留在身边。弓富魁与梁念祖相处数月，看出梁念祖胆大心细，有勇有谋，尤其枪法，左右开弓，百步穿杨，心说将来带兵打仗，肯定是个将才，便想劝说梁宝元一番。

既然张瑞元让张福到庆春楼叫菜，梁宝元也不用张罗了。邓香如和玉凤在伙房包饺子，梁宝元便和弓富魁拉呱起来。弓富魁单刀直入，问梁宝元道：“叔，听梁兄说您想让念祖留在隆盛庄？”梁宝元说：“是呀！龙龙当年一声不吭地跑到清河，我和他妈成天为他担忧，怕他在外面有个三长两短，老梁家就绝后了。秋天时他回来，给我带回三个小老虎一般的孙子，把我和他妈高兴得晚上觉都睡不着，掌着灯一个一个、一遍一遍地看。后来，弓先生把念祖带走了，这几个月我就像丢了魂儿似的。这次弓先生能带念祖回来，我心里真是高兴呀！我那大孙子比他爹聪明，比他爹乖巧，将来做生意，肯定差不了。所以，我想把他留在身边。”弓富魁见梁宝元把梁念祖疼得如掌上明珠一般，而自己也十分钟爱梁念祖，左右为难，感叹道：“叔，您说得对，念祖的确是个好娃娃。可是，您没觉得把他留在隆盛庄委屈他了吗？”梁宝元听出弓富魁的意思了，呵呵笑道：“不委屈！我这辈子多了没挣下，与人合开了两家买卖，永盛源的股分给龙龙了，上三元的股份准备给了念祖。上三元虽然是与人合开的，一年下来也能进项几千两银子，就算年轻人手脚大，也够他花了。明年给他盖处院子，娶个媳妇。能看到重孙子，我便能安心地闭上眼睛了。”

弓富魁实在不想打破梁宝元对四世同堂、其乐融融的美好憧憬，更不想梁念祖在这巴掌大的隆盛庄平淡地度过一生，便苦口婆心地劝梁宝元道：“叔，当年您走西口出来，为的是什么？”梁宝元心说这话问的，笑着答道：“能为个啥？为了活命呀！”弓富魁又问：“那您后来为什么要做买卖，当掌柜呢？”梁宝元依旧笑答道：“当然是为了不过苦日子，为了别人不小看咱，为了想吃的时候有钱吃，想喝的时候有钱喝呗！”弓富魁再问：“那您师弟呢，听说他是隆盛庄最有钱的老财，钱够花，觉够睡，咋还让儿子去考功名，考举人呢？”梁宝元有些无奈了，心说这弓先生是真不懂还是装糊涂，这么简单的道理都不明白？答道：“为了光宗耀祖呀！”梁龙在旁边笑道：“弓老大，你就别绕我爹了，我爹上了岁数，你越绕他，他越糊涂。”梁宝元朝梁龙瞪了一眼，说：“我糊涂了？我脑子清楚得很呢。”弓富魁笑了，说道：“叔，那咱就说说您的宝贝孙子吧！您说，念祖留在隆盛庄，将来最大的成就是什么？”梁宝元说：“当然是娶妻生子，成家立业，当个大东家。至于别的，他有爹妈老子，不是我这个爷爷管的事了。”弓富魁道：“是呀！念祖留在隆盛庄，将来最好的结果就是当个老财。老财有钱，出去花钱人们不敢小看，可是，遇到有权有势的人欺负他怎么办？就像今天，隆盛庄的三大老财被聂志贤用枪指着怎么办？聂志贤要杀你们，你们拿什么反抗？隆盛庄出了个举人，百姓便要膜拜他举人老爷了，可举人老爷是多大个官？在朝廷说出话来有多大的分量？怕是见了章彤都要抱拳行礼，唯唯诺诺吧？”梁宝元点头说：“这倒也是，但无论如何，我们隆盛庄开天辟地以来只出了宝奎一个举人，我师弟脸面上有光呀！出来进去的，谁敢对举人老爷的爹不敬？”弓富魁脸上掠过一丝轻蔑的笑容，问道：“叔，您想不想您的孙子将来比那个举人老爷还要风光？还要出人头地？战场上建功立业，做个威风凛凛的大将军，指挥千军万马保家卫国，千古流芳？到时候，您就是将军的爷爷，就算比章彤更大的官儿，见了您老都要毕恭毕敬，俯首听命。”梁龙笑了，梁宝元也笑了，摆着手说：“弓先生呀！你可真会逗叔开心。梁家的坟头没长那根草。当年叔也想过，梁家要是能出个秀才，叔的脸上便有了莫大的光彩。可龙龙这小子不争气，银子没少花，功名却没挣下。念祖连私塾都没念过，能做得了将军？叔不是不敢想，是想了也白搭。”梁龙哈哈笑道：“爹，您以为只有读过私塾才能考取功名吗？念祖念的那是军校，老师都是弓先生这样有学问的人，您拿私塾先生和他们比？私塾先生除了《百家姓》《千字文》、四书五经外，还会啥？识天文地理吗？懂物理化学吗？能说外国话吗？会排兵布阵吗？”梁宝元怔住了：“龙龙，照你这么说，咱念祖这些都会？”弓富魁接过话：“当然都会。叔，有道是好男儿志在四方，您说念祖学了这么些本事，本应该鲲鹏展翅，成为国家栋梁。您却让他空怀抱负，回隆盛庄当个精打细算、分厘计较的小掌柜，这不是耽误您宝贝孙子的前程吗？”

梁宝元不说话了，他心想，如若孙子真像梁龙和弓富魁说的那样识天文地理，懂物理化学，能说外国话，会排兵布阵，将来在战场上建功立业，当个威风凛凛的大将军。回到隆盛庄时，骑着高头大马，前呼后拥，那岂不是要比张祯的举人更光宗耀祖，自己也比师弟脸上更有光彩吗？他这辈子最大的遗憾是无论自己这一辈儿还是儿子那一辈儿，无论做生意还是后辈考取功名，自己都比师弟差下许多。现在到了孙子这一辈儿了，念祖若是争气，真能当个统领千军万马的大将军，自己便是后来居上，终于可以超越师弟，弥补隐秘于内心深处多年的遗憾了。

世事变化之快，往往让人不敢相信。

张瑞元前几天还揣测清朝的江山毕竟有三百年的基业，不会说垮就垮，宣统皇帝也不会轻易将祖上流血卖命打下的江山拱手送人。可是，那天张裕祥从北京回来，带回的消息让他感叹不已，知道什么叫世事如棋了。

张裕祥是坐火车先到张家口，然后从张家口雇一辆轿车回来的。一家人顾不得张裕祥一路车马劳顿，都围着他问北京的局势，问清朝的江山保得住保不住。倒是张祯已经决心辞官不做，显得淡漠许多。

张裕祥说，孙中山就任临时大总统的消息的确属实。十一月初二，湖北和上海军政府倡议组织临时中央政府。十一月三十日，各省代表在汉口英租界召开会议，决定在临时政府成立之前，先由湖北军政府代行中央政府职权，并通过了《中华民国临时政府组织大纲》。会议代表还决定将临时政府设在南京，在南京召开大总统选举会。经反复协商，革命党领导人多数主张推举刚从海外归来的孙中山为临时大总统。十二月二十九日，十七省代表在南京选举临时大总统，每省一票，孙中山以十六票当选大总统，黎元洪当选副总统。公元一九一二年元旦，孙中山宣誓就职，建立中华民国，改用阳历，将一九一二年设为民国元年，以五色旗为国旗。现在，民国政府正与宣统皇帝谈判退位条件，朝廷已经乱作一团，许多大臣连朝都不上了，纷纷投机钻营，与革命党接洽，想在民国政府谋取一官半职。

张瑞元听后感慨道：“那弓先生说得还真准，看样子，这清朝真的没几天好日子了。我觉得宣统皇帝也还算个好皇帝。”张裕祥不解地问：“爷爷，人们都骂清朝腐败无能呢，您咋夸上了？”张瑞元答道：“裕祥呀！爷爷没夸清朝，爷爷夸的是宣统皇帝。古人讲过，只要改朝换代，都要死个尸骨如山，血流成河。尤其咱这样的普通百姓，十家得有九家家破人亡，流离失所。宣统皇帝不动干戈，坐下来和革命党谈判，那就是可怜天下苍生，还不算个好皇帝吗？”张福在一旁插言道：“爹，宣统皇帝不是不想和革命党打，是清朝的家底都让慈禧老佛爷折腾光了，没本钱和人家革命党打了。”乌云其木格给张福使个眼色说：“福奎，你爹也就是随便说说，你和他认真做甚？你就不会顺着他，说宣统皇帝是个好皇帝吗？”张瑞元瞥乌云其木格一眼，说道：“你当我老糊涂了，怕福奎戗着我说惹我生气？我还没糊涂到那个分儿上吧？”

张裕祥不想听老辈们叨叨，问张祯：“三叔，这清朝就要完了，您说我这书还继续念吗？”张福嘴快，抢先一句说：“清朝一倒，你三叔举人的功名怕是也没用了，你还念啥书呀？叫二叔看，你爹买卖太多，忙不过来，现在又当了商务会长，怕是要更忙了。你还是回来给你爹搭把手吧。”张瑞元也有此意，但张祯毕竟举人出身，他想听听张祯的见地。张祯别张福一眼，不紧不慢地说：“裕祥呀！别听你二叔的，他连丰镇都没去过几次，枯井里的癞蛤蟆，见过啥世面？他不知道北京的繁华与华夏的古老文化，以为在隆盛庄做个老财就是有钱人，就了不起了。以后有机会带你二叔到北京城走走，让他知道知道啥是土老财，啥是达官贵人。啥是……”不等张桢说完，张福撇一下嘴，将张祯的军说：“宝奎，你这不单是说我，是连爹和大哥都捎带上了吧？爹、大哥，你们去过北京城没有？知道啥是土老财不？”

张瑞元一直把张祯当作这辈子最大的荣耀，自然偏袒张祯，微笑着道：“唉！我是老了，受不了那车马劳顿，不然，还真想带你妈到北京城逛逛去。”张禄关心儿子的前途，说道：“宝奎，别和你二哥抬杠，先说说裕祥这书还能不能往下念了。”张祯白张福一眼说：“我正要往这上面说呢，是二哥把话题引到别处的。刚才说到北京城了吧？嗯，裕祥在北京念书有两年了，咱让裕祥说，是北京城好还是咱隆盛庄好？”张福故意逗张祯，又插话道：“当然是北京城好。北京那叫城，隆盛庄是庄。北京人住在皇城根儿下，见的那是啥世面？隆盛庄人住在口外荒漠，多见牲口少见人，见的又是啥世面？”张瑞元皱皱眉，正要呵斥张福，张祯笑着说：“二哥，你还真说对了。既然北京城比咱隆盛庄好，那还让裕祥回隆盛庄做甚？裕祥现在念的京师大学堂是北京最大最好的学堂。按照清朝的规定，那里出来的学生最差也是贡生，好一些的便是举人、进士。清朝倒了还有民国，民国倒了还要有别的朝代。自古以来，哪个朝代都需要能人贤士治理国家，都需要有官员为国家和朝廷效力，这就是圣人所说的劳心者治人，劳力者治于人。现在清朝就要倒了，清朝一倒，我这个前朝举人也就狗屁不是了。将来能为张家光宗耀祖的，或许只有裕祥一个人。爹、妈，大哥、二哥，你们说，裕祥是回隆盛庄每年赚些银子好呢？还是潜心读书，将来做个大官，既为国家效力，又为张家光耀门楣好？”张禄担忧道：“当然是做官好，可是，万一他念完书做不了官呢？”张祯道：“本事是自己的，只要身上有本事，肚子里有学问，不愁做不了官。就算时运不济，那也不必让他回隆盛庄。北京天大地大，官好做，生意也好做。爹能把上三元的生意做到丰镇、集宁、大同，大哥就不能让裕祥把生意做到北京城？”

众人面面相觑，就连张裕祥也惊讶举人三叔会有如此见地。

张祯见爹妈、哥哥和侄儿都用异样的目光望着自己，不解地问：“你们这都咋了？我说错话了？”张瑞元笑眯眯地说：“没有错！裕祥，看你困得直打哈欠，赶快回家去睡吧。上马饺子下马面，让你妈给你做搁锅面，睡醒饱饱地吃上两碗。”张裕祥揉揉眼睛，慌不迭地去了。张瑞元又问张祯：“宝奎，听裕祥带回来的消息，清朝的确不行了。爹看你就别走了，留在隆盛庄好好地经营你的上三元吧！”张祯说：“爹，这几天我也想过，清朝之所以土崩瓦解得如此之快，与八国联军攻陷北京城和庚子赔款有很大关系。八国联军打北京，将清朝的兵马消耗殆尽，庚子赔款掏空了清朝的家底儿。所以，孙中山闹起革命，朝廷便只有招架之功，没有还手之力了。说到底，还是咱中国人愚昧落后，造不出坚船利炮的结果。既然清朝气数已尽，我这个学督还为谁做？所以，我决定回隆盛庄办学……”未等张祯说完，张福接过话来：“办学？你一个堂堂的举人老爷，回隆盛庄当私塾先生？”张祯微笑道：“二哥，我办学不是为了哪一家，是为了整个民族。办学也不是当私塾先生，是要在隆盛庄办一所学校。教的也不仅仅是国文，还要教中外历史、中外地理、代数几何。总之，要教给学生们最有用的东西，让他们知道外面的世界，掌握更多的知识，也让咱隆盛庄出更多的人才为国效力。只有国家强大了，才不会重演八国联军攻占北京、烧杀抢掠、火烧圆明园的历史。”张禄赞成道：“嗯，宝奎这个想法好。过去咱只顾窝在这巴掌大的地方做生意，眼睛除了盯着钱，别的啥都漠不关心。今后不能这样了，得让娃娃们从小就学知识，长大以后看看外面的世界，开阔开阔眼界。隆盛庄不应该只出做生意的商人，还应该出几个大官，让外人知道隆盛庄究竟是个啥地方。”张瑞元却问：“宝奎，爹满头雾水。你说要办学校，这学校是咋个办法？收那么多学生，你一个人能教得过来？”张祯解释说：“爹，办学校是要让隆盛庄不管有钱人还是穷人的娃娃都来念书，我一个人哪能教得过来？再说了，我能教的也就是《百家姓》《千字文》和四书五经；什么历史地理、代数几何我也不会，这些都要从外面请先生的。”张福笑道：“爹，您没听出来？宝奎这不是要当先生，是要当校长。”乌云其木格在炕上插嘴问道："校长？校长是多大个官儿？莫非宝奎在大同时当的学督就是校长？"张禄说："妈，学督和校长是两码事。学督是朝廷的官员，是拿朝廷俸禄的，校长是自己出钱办学校的。"乌云其木格似懂非懂："哦，妈明白些了，办学校就是宝奎出钱请先生，让别人的娃娃到学校来念书。宝奎，那你的钱就是给隆盛庄来念书的娃娃们挣下了，是吧？"

张瑞元不说话，张禄、张福也不说话，都望着张祯。张祯知道爹妈和两个哥哥心里想什么，解释说："妈，办学不是您想的那样，由我出钱请先生白教学生。办学是我先出钱把学校建起来，把各个学科的先生请回来，来念书的娃娃是要交学费的。当然，有家里特别穷困的，学校可以少收学费或者免了学费。我办学的目的是为了让学生们受到教育，学习知识，所以，学校未必能像做生意一样赚到钱，也就是个来五去五的事。"不等别人说话，张瑞元先说了："做人不能只想着赚钱，只要对隆盛庄有益，不赚钱的事咱也要做。宝奎，办学校缺钱和爹说话，爹给你拿。"张禄接过话说："爹，您岁数大了，就别管这些鸡毛蒜皮的事了。宝奎办学是为了咱隆盛庄，这事儿我们商务会和八大行社会首商讨吧，该出的钱，由商务会出。"张祯高兴道："哥，如果商务会肯出头，我这学校一定能办好。"又说："其实，如果不是闹革命党，朝廷已经要求在各乡镇设立蒙小学堂了。不知道孙中山的中华民国重不重视教育，如果重视教育，发个官文下来，学校就更好办了。"

第三十六章

秀珍许配张占魁

武斯楞回到驻地，张占魁听他说弓富魁与梁念祖到了隆盛庄，在敌众我寡的情形下打死了聂志贤，俘虏了汤冠丰。张占魁既惊叹弓富魁胆大心细，也钦佩梁念祖枪法如神，连忙亲自前往隆盛庄接应。弓富魁给张占魁介绍了梁宝元与张禄，说如果不是梁宝元和张禄组织了三大老财家的护院、伙计，光凭他和梁念祖两个人，如何能缴了警察和商团上百人的枪？

弓富魁临时住在永盛源，与张占魁、武斯楞、马麦、梁龙、梁念祖一道商量，决定在等待民国政府与宣统皇帝谈判期间，尽快扩大武装。一旦谈判破裂，革命军则二打丰镇城，活捉章彤，给朱尧、田子功等牺牲的革命志士报仇雪恨。

张占魁到隆盛庄没几天，大同那边传来消息，大同知府不想为清王朝殉葬，已经派人与山西陆军标统阎锡山秘密接洽，同意在暗地里服从山西军政府的一切指令。一旦民国政府与宣统皇帝谈判成功，即刻易帜。丰镇那边也传来消息，估计章彤已经接到大同府的密令，现在偃旗息鼓，再不提剿灭革命军了。众人大喜。弓富魁觉得革命已经算是成功了，有些事情没有必要继续保密，便在商务会召开由隆盛庄八大行社会首参加的会议，说他代表张占魁，感谢隆盛庄商家对革命的支持。众会首有些蒙，不知道是怎么回事。张占魁解释说，独立队成立之初，马麦曾向他爹马占元借白银五千两，武斯楞曾向张福借白银五千两加以资助；独立队改编为革命军，攻打丰镇之前，王虎臣又委托梁龙筹得白银两万两，用来购买枪支弹药。三笔款项合计白银三万两。弓富魁要求此债务由商务会暂为垫付，待丰镇易帜民国政府，从每年应缴纳的赋税中扣除。各会首瞠目结舌，他们原以为革命军和隆盛庄的商家没有关系，没想到张瑞元的儿子和梁宝元的儿子竟然曾暗中赞助过革命党，并且梁龙和他大儿子梁念祖早就是革命党的人了。

此后没两天，武斯楞给商务会送来一张告示，让张禄派人张贴在马桥街。这是中华民国的第一张告示，限令凡中华民国居民，无论官民，无论贫富，二十天之内必须将辫子剪掉。

孙中山就任中华民国临时大总统，连续颁布一系列社会改革法令，其中影响最广泛的有两项：一是将中国传统的阴历改为公历，辛亥年为民国元年；二是颁布“剪辫令”。既然革命的目的是推翻清王朝的统治，那么，男人头顶上那条清朝统治的标志——辫子，必须剪掉。然而，“剪辫令”在民间遇到前所未有的抵制。“剪辫令”规定二十天内，全国不准一个男人再留辫子。可是，这条法令执行起来并不顺利，许多男人将辫子一直留到后来很久。这倒不是男人喜欢辫子，而是他们害怕一旦剪掉了那根表示归顺清朝的辫子，就等于谋反。万一哪天清朝复辟了，头上没了辫子，岂不是死罪吗？

张禄回来，把告示的内容对张瑞元和张福、张祯讲了，问他爹辫子剪还是不剪。张瑞元没有一点儿惊诧，一边吸着水烟，一边慢吞吞地说：“既然是武斯楞让你贴的告示，那就剪吧。”张祯犹豫着问：“爹，辫子剪掉，可就再长不出来了，您看咱是不是拖一拖？”张瑞元眼皮都不抬地说：“拖啥呀？小状元打丰镇的时候，鼓噪大家剪辫子，咱不敢剪，怕革命党败了，咱没了辫子就犯了死罪。现在看来，清朝怕是永远也回不来了。既然清朝回不来了，咱还留着这条碍手碍脚了一辈子的辫子做甚？”张祯谨慎，说道：“爹，不怕一万，就怕万一。您肯定孙中山和宣统皇帝能谈拢？万一谈不拢，清朝死灰复燃，一条辫子就是一条人命呀！”张福轻蔑地笑道：“回来？清朝就算喝了回魂汤，怕是也难以起死回生了。再说了，就算清朝起死回生了，咱也不用怕。常言道，法不责众。天下的男人都把辫子剪了，它清朝能把天下的男人都治了死罪？”张禄说道：“我看就按爹说的，听民国的告示，把辫子剪了吧。我这就打发人，把剃头的杜二叫过来。”

当年清兵入关，多尔衮吸取了历史上所有外族入侵中原后，最终都被汉化的教训，为了避免重蹈覆辙，下达了“留头不留发，留发不留头”的剃发令。这条法令一直延续了近三百年，已经成了汉人彻底归顺清朝的标志。因此，人们看了告示后先还犹豫着，见张瑞元一家做表率把辫子剪了，心说张瑞元家财万贯都不怕清朝复辟，自己这条命能值几个钱？除了几个岁数大的老古板，其余的男人都把辫子剪了。

这年过年时，隆盛庄比以往任何一年都要红火热闹。驻扎在四美庄的张占魁带领革命军，随四美庄的四脚龙舞进了隆盛庄，也加入三官社社火的队伍中。因为在这年的二月十二日，清朝宣统皇帝终于接受中华民国对清廷皇室的优待条件，宣布正式退位。

宣统皇帝之所以如此之快宣布退位，是有原因的。

南方革命军发动武昌起义后，清廷无人可用。因为袁世凯牢牢地控制了北洋新军，拥兵自重，宣统皇帝无可奈何之下，只好任命袁世凯为内阁总理大臣。袁世凯出任总理大臣后，一面陈兵长江北岸，以武力威胁南方革命势力；一面利用孙中山急于完成统一的愿望，诱使其进行和平谈判。在英国公使朱尔典的斡旋下，湖北军政府接受了袁世凯的和谈建议。十二月底，南北双方达成停战协议，双方代表在上海英租界市政厅开始南北和谈。南方军政府代表伍廷芳提出清帝退位、选举总统、建立共和政府等条件；袁世凯的代表唐绍仪则在英、美、德、法、日、俄等列强的支持下，对南方革命党施压要挟，敦促革命党做出让步。同时，革命党内部的妥协势力也纷纷抬头。在内外交困的重重压力下，孙中山被迫发表声明：只要清帝退位，袁世凯造成共和，即举袁世凯为大总统。此时的宣统早已成为傀儡皇帝，在袁世凯的胁迫下，于二月十二日下诏退位。次日，孙中山辞去临时大总统职务。十五日，临时参议院选举袁世凯为中华民国临时大总统。南北议和结束。

山西这边，因袁世凯争取中华民国临时大总统时，陆军标统阎锡山表示积极支持，被袁世凯封一等侯，领衔山西都督。

丰镇这边，章彤受阎锡山心腹、大同镇守使孔庆庚之命留守丰镇，等待民国政府派人接收。

弓富魁接到阎锡山的命令后，带梁念祖回山西了。梁念祖临走时，一家人把他送出城门，梁宝元望着梁念祖在铺满朝霞的大路尽头渐渐消失了身影，手仍然不停地挥着。他的脑海里浮现出一幅美妙的图景：孙子下次回来，一定身着戎装，骑着高头大马，鞍前马后跟着一大队雄壮的士兵……

过完年，张裕祥回北京继续读书了。张瑞元和乌云其木格想在有生之年抱上重孙子，让张禄在隆盛庄给张裕祥踅摸一房漂亮贤惠的媳妇。艾叶也想抱孙子了，不等张禄发话便在隆盛庄四处打听谁家的闺女长得俊、性情好。张禄和张祯却竭力反对，尤其张祯，说隆盛庄的闺女多不识字，侄儿满腹才华，娶个普通人家的闺女实在太委屈，也不般配。何况，侄儿念完书肯定要留在北京了，北京识文断字、知书达礼的闺女多的是，也不乏大户人家的千金小姐，不如让侄儿念完书后从北京踅摸一个。张瑞元已经七十二岁了，感觉自己脑子不如原来好使了，家里家外的事情多听张禄和张祯的意见。他见弟兄俩说法一样，也不勉强了。

张禄和张祯想让张裕祥娶个识文断字、知书达礼的媳妇，张福却替闺女相中了小状元张占魁。

张福的大闺女乳名秀珍，秀珍十七岁了，若生在普通人家，这般岁数的闺女也该嫁人了。虽说这几年常有媒人上门提亲，一是张家眼界高，二是张福和花子觉得人们都是奔着他的家境来的，挑三拣四，看哪个都不十分满意。张福一直对张占魁颇有好感，张占魁虽然个子瘦小，但为人豪爽仗义，是条顶天立地的英雄好汉。张福敬仰张占魁，但如果放在之前，他也不会把秀珍许配给张占魁的。张占魁羊倌出身，家境贫寒，给他家当过佃户，贩过私盐、贩过炭，后来因抗税打死官军，拉起独立队造了朝廷的反。招个如此胆大包天的女婿，秀珍怕是一辈子过不了安稳日子了。但现在不同了，革命党夺了天下，张占魁便不是拉杆子造反的草莽英雄，而是绥东地区辛亥革命第一人。现在把秀珍嫁给张占魁，不是给张占魁脸面，怕是高攀了开国功臣呀！

张福和花子把秀珍许配给任何人，他夫妻都可以做主，唯独许配给张占魁，觉得还是要先和爹妈及大哥、弟弟商量的。

张福知道他爹行事谨慎，原以为他爹会犹豫一番。没承想，张瑞元听了张福的想法，想都没想便点头了："福奎，这桩姻缘再好不过了。古人云：成王败寇。小状元拉独立队的时候，那是造反，是匪，是寇。如今，革命军推翻了清朝，孙中山建立了中华民国，袁世凯当了临时大总统，革命军就算是胜利了。依我看，小状元迟早要被封个一官半职，说不准，还会在丰镇当几天同知呢。咱秀珍若是嫁了他，后半辈子怕是要跟着享福了。你们都听过丰镇薛刚山的故事吧，薛刚的夫人红娘嫁给薛刚时，薛刚是个叛臣，可薛刚反唐推翻了武则天，恢复了李唐天下，便成了后唐的大功臣、大将军，红娘自然也就成了将军夫人。"

张福听到他爹同意了，把目光转向张禄。张禄微笑道："福奎，爹比喻得好。如今改朝换代，革命党坐了天下，我看小状元今后定然会有大出息，秀珍若能嫁了他，说不准将来真能成为贵夫人的。只是小状元现在功成名就，能不能相中咱秀珍呢？"张福见张祯皱着眉头不说话，笑眯眯地问道："宝奎，你是举人老爷，学识渊博，这事儿你咋看？"张祯慢腾腾地说："既然爹和大哥都觉得好，我也没啥说的。不过，照我看来，小状元虽然是民国的开国功臣，但他斗大的字不识一箩筐，充其量也就是个程咬金式的草莽英雄。现在民国初建，天下肯定会太平几年，武官无仗可打，他如何建功立业？而一旦发生战事，以他的官职，必定是要冲锋陷阵的。战场上刀枪无眼，一旦有个闪失，可就害了咱秀珍一辈子。”张瑞元与张禄听张祯说得有理，都不作声了。张福对张占魁有好感，便替他分辩说：“宝奎呀！你太多虑了。照你这说法，古往今来，武官都不要娶妻生子了？”张祯微微一笑说：“我也就是随便说说，秀珍是二哥的闺女，当然要二哥、二嫂做主。我先回屋了。”

张祯走了，众人继续议论。乌云其木格也不反对将秀珍许配给张占魁，只是遗憾道：“小状元就是班姥姥外甥女婿张三的儿子吧？唉！真是有钱难买早知道，若早知道他会做咱家的女婿，当年还和张三收啥租子呀！送他五十亩地不就得了。”张瑞元鼻子一哼：“就算早知道小状元会做咱家的女婿，我当年也不会送张三五十亩地的。”乌云其木格笑道：“你个抠门老财，为啥呀？”张瑞元说：“不为啥，有道是狗不能喂得太饱，人不能对他太好。当年如果送了张三五十亩地，他家的结果就不是后来了，那小状元也不会做贩夫走卒，更不会抗税造反，那他还有今天吗？”张福笑道：“爹、妈，我现在只是有这个想法，小状元愿不愿意娶秀珍，咱还不知道呢。”乌云其木格说：“这事儿好办，我找班姥姥，让她去找小状元的妈。我不信，就咱张家的门户，小状元他妈会不同意？”张禄说：“妈，我看您别找小状元他妈了。听说当年小状元他妈改嫁给黄鞋匠，黄鞋匠嫌弃小状元，待他不好，他妈给他做不了主，小状元才跑回饮马沟当羊倌的。他妈从没回饮马沟看过他，他也再没登过黄鞋匠家的门，母子关系极是寡淡。”张福接过话说：“我哥说得对，这事儿不用找班姥姥。您和我爹若是同意，我找武斯楞向小状元探探口风。”张禄说：“如此难得的一段姻缘，爹妈哪会不同意？何况小状元将来成了大器，咱家或许还要跟着秀珍沾些光呢！爹、妈，你们说是不？”乌云其木格轻描淡写地说道：“能不能跟着秀珍沾光是你们的事，妈和你爹都黄土埋到脖子的人了，没那指望。你们也别想着沾不沾光的，当年艾叶她爹当丰镇同知，咱沾过人家啥光了？人永远得靠自己，咱家钱够花，觉够睡，只要秀珍嫁对了人，这辈子日子过得好，别的不要奢求。”张瑞元也说：“你妈说得对，有道是男怕入错行，女怕嫁错郎；命中有一尺，莫要求一丈。只要小状元能对秀珍好，其他的都看天意了。小状元命中大富大贵，那他将来就能成大器；如果命中与富贵无缘，将来回隆盛庄也能给福奎搭把手。咱百姓家的粮虽然粗糙，却比官饭吃得踏实。”

张福见爹妈都不反对，大哥也看好这桩姻缘，便去烽火台找武斯楞了。

隆盛庄的长城遗址为明长城，长城夯土而筑，由于年代久远，被风蚀雨淋得面目全非，唯有几处烽火台保存得还算完好。张占魁的指挥部便设在隆盛庄去往四美庄半路的一处烽火台。烽火台是个形状上小下大的梯形土墩子，边长七丈，高约三丈，有窑洞六孔，上面两孔，下面四孔，窑与窑相互贯通，背面和侧面设有四个望孔。

张占魁和武斯楞、马麦都在烽火台，因为张福支持过革命军，众人对他十分热情。张福与众人打了招呼，便让武斯楞随他到外面，说有话要对武斯楞说。

武斯楞听张福想把闺女许配给张占魁，先是愣怔了一下，马上便明白张福的心思了。他笑着说道："二哥，你这主意好，我们起事的时候你没少帮我们，也算为革命出了力。小状元能娶上二哥的闺女，那真是福气。这事儿我和小状元说。"张占魁却颇觉意外，问武斯楞："大哥，你说我两个肩膀上扛个脑袋，穷得房无一间，地无一垄，张掌柜咋会相中我呢？"武斯楞笑呵呵道："你人是穷了点儿，但你有出息呀！"张占魁瞥武斯楞一眼，说："大哥，你挖苦我呢吧？我斗大的字不识一箩筐，二十出头了没置下半点儿家业。除了胆子大，还有啥出息？"武斯楞哈哈笑道："胆子大就是出息呀！你若不是胆子大，敢拉独立队？敢造朝廷的反？你找面镜子瞅瞅自己，又瘦又小不说，还黑不溜秋的。你若不是小状元，谁家肯把好端端的闺女许配给你？"张占魁笑了："大哥，看你这说的。我又瘦又小，黑不溜秋？那张掌柜不是找上门要把闺女许配给我吗，他咋不把闺女许配给你呢？"武斯楞摇头说："许配给我？那可不成。我哥娶的是张掌柜的妹子，排下来我叫张掌柜二哥，你说我能娶二哥的闺女？那辈分不是搞乱了吗。我说小状元，实话对你说吧，你若还是饮马沟放羊的小状元，你就算倒贴上十万两银子，二哥也未必看得起你。可你今天是革命军首领了，现在天下是谁的？革命党的。咱是啥？革命党呀。所以，天下就是咱的了。弓先生不是让咱在隆盛庄整装待命吗？说不定明天命令就来了，就算你做不了文官，也得让你当个武将吧？二哥看中的不是你这个人，是你的前程。"张占魁恍然大悟，犹豫道："可是……"武斯楞笑眯眯地瞅着张占魁问："可是啥？咋，觉得自己一下子有身价了？愿不愿意你说句话。不过，我倒觉得这门亲事挺好。张家是隆盛庄最有钱的老财，二哥又多次资助过咱们，这也算缘分呀！"张占魁挠挠头，不好意思地嘿嘿一笑："大哥，你见过那闺女没有？"武斯楞在张占魁肩上拍了一把，说："虽然我没见过那闺女，但看看你自己的模样，人家肯定配得过你。"张占魁点头道："那倒是。不过，大哥，你说我两手空空，拿啥下聘礼呢？总不能一文不花，就应下这门亲事吧？"武斯楞想了想，说："聘礼嘛，多少也是要下的。咱虽然有钱，但那是军饷，不能动。这样吧，我替你出上五百银圆，就当是聘礼了。"张占魁难为情地说："张家是老财，五百银圆拿得出手？"武斯楞鼻子一哼：“咋，你还想拿个十万八万的？要不你当一次土匪，进隆盛庄抢几家字号吧！这也就是个样子，脸面上的事儿。张家若是图财，能看上你个穷光蛋？”

张占魁从来没想过自己能娶上媳妇，并且是隆盛庄大名鼎鼎的永盛源张掌柜的闺女，他高兴地对武斯楞说：“大哥，这事儿我听你的，下多少聘礼你做主。等兄弟入洞房的时候，多敬你两杯就是了。”武斯楞见张占魁答应了，开玩笑道：“小状元，咱可说好了，五百银圆是我借给你的，你将来做不了官也就罢了，若是当了将军或者啥的，你可得翻倍还我。”张占魁呵呵笑道：“放心，我若有了钱，借你五百，还你五千。”

张福听说张占魁答应了这门亲事，非常高兴，找阴阳先生看了张占魁与秀珍的生辰八字，接了张占魁五百银圆的聘礼，定下秋天麦子熟了时，便给二人成亲。可是，春天还没到，山西都督阎锡山派人传来命令，任命张占魁为马队营长，武斯楞、马麦为副营长，队伍即刻开拔，前往山西代县整编。

代县即清时山西雁平道道台衙门所在地代州，民国政府成立后，将代州改名为代县。

张福见张占魁果然修成了正果，得意自己的远见卓识，为闺女订下一门难得的亲事。张占魁不过二十出头，年纪尚轻，日后定然前途无量。张福与他爹妈和大哥商量，说张占魁现在有了官职，此去代县，万一遇上比秀珍更好的闺女，悔婚该如何。不妨征询张占魁的意见，在张占魁启程之前，把他和秀珍的亲事在隆盛庄办了。张瑞元和张禄也怕张占魁见异思迁，都说如此最好。张福便又去找武斯楞，武斯楞问过张占魁，张占魁说队伍开拔在即，时间耽搁不得，他先去代县上任，待到秋天时，一准儿告假回隆盛庄成亲。武斯楞把张占魁的话向张福回了，见张福有所顾虑，安慰他道：“二哥放心，有我守着小状元呢。到了秋天时，我一定督促他按时回来，误不了事。”

张福听武斯楞如此说，方才放下心来。

就在革命军即将开拔之际，王金虎突然来了。王金虎到隆盛庄，是来看怀春院老鸨袁小香的。

那天半夜，聂志贤与汤冠丰带兵到怀春院抓捕李炎，双方展开激战，李炎的十几个弟兄被打死大半，王金虎在怀春院头牌袁小香的帮助下逃离隆盛庄。回到东山后，王金虎打发两个弟兄到隆盛庄打探李炎的消息。得到回报，说李炎与三个弟兄负伤，被聂志贤活捉后，连同李炎的爹妈，以及饮马沟被俘的赵祥云等一道被填了枯井。王金虎表面骂聂志贤心狠手辣，心中却对李炎之死暗喜。因为上次李炎让他当替死鬼抵挡清军，他已经对李炎有了成见。现在李炎死了，他顺理成章接替李炎当了大掌柜。

东山现在由王金虎一人发号施令，为所欲为，那种唯我独尊的快感，让他备感惬意。为了笼络人心，王金虎放任手下的弟兄奸淫掳掠。那些弟兄本就土匪出身，这下子如鱼得水，将周边几个村庄祸害了个不成样。前些天，王金虎听说中华民国成立，宣统皇帝退位，孙中山将临时大总统之位让给了袁世凯。他心中暗想：自己虽然做了东山的大掌柜，可毕竟是匪。无论哪朝哪代，官军都是要剿匪的。只自己这百十号人、百十条枪的乌合之众，经得住官军喝一壶吗？他又想起怀春院与香香的一夜缠绵，以及香香救他性命的恩情，不知道香香现在境况如何，便想去一趟隆盛庄，一则探探张占魁的动向，二则再去会会香香。他记得李炎的教训，这次不敢张扬，只带了两个弟兄，腰掖短枪，压低毡帽混进了隆盛庄。

王金虎先去了怀春院，见怀春院依旧张灯结彩。迈步进去，笑吟吟地迎上来的竟然是袁小香。王金虎只听打探消息的弟兄说杨飞燕那天晚上中流弹死了，不知道杨飞燕在临死前将怀春院送给了袁小香，他诧异道：“香香，咋是你出来接待客人呢？”袁小香一时没有认出王金虎。她是个水一样的女人，声音既甜又柔，笑起来灿若桃花，扭捏作态，一副娇滴滴的模样问道：“哟，客官认识我呀？”王金虎摘下毡帽，眼睛放着光说：“香香姑娘不认识我了？”袁小香惊讶道：“咦，这不是二掌柜吗？二掌柜呀，你咋从那天走后再没有来？香香还以为二掌柜把香香忘了呢。”王金虎贴着袁小香的耳朵悄声道：“我咋能忘记香香姑娘？说实话，我得好好地谢谢你这个救命恩人。那天若不是你救我，我就和大掌柜一道被聂小辫填枯井了。”袁小香噘起小嘴娇嗔道：“二掌柜，你这人好没良心，谢人就拿嘴谢呀？”王金虎把手里一个沉甸甸的包袱递给袁小香，说：“救命之恩，哪能光拿嘴谢呢？这不，我给你带来了。”袁小香接过包袱掂量掂量，高兴地说：“二掌柜，这么多呀？你还真算有心。”王金虎嘿嘿一笑，说道：“我现在是大掌柜了，这点儿东西小意思。”袁小香惊讶道：“咋，二掌柜升大掌柜了？”王金虎得意地说：“李炎死了，我不当大掌柜，东山的百十个弟兄岂不是群龙无首了？”又问：“香香，听说杨飞燕那天被流弹打死了，怀春院现在谁当家呀？”袁小香傲慢地昂起头说：“当然是我了。杨飞燕临死的时候把怀春院托付给了我，让我要么遣散姐妹们，要么把怀春院开下去。我寻思已经习惯了这一行，就算从良，又能嫁个啥人家？一狠心，便把这怀春院重新开起来了。”

王金虎听说袁小香做了怀春院的老鸨，笑眼眯眯道：“香香呀！看来那天聂小辫打怀春院是打对了。不然，我做不了东山的大掌柜，你也当不了怀春院的家。”袁小香也高兴地说：“是呀！咱俩有福，都捡了现成的便宜。大掌柜，今天晚上不走了吧？香香陪你好好地喝上几杯花酒。这回不会有人半夜来抓人了，咱放放心心地睡。”

窑子本就是个消息灵通的地方，王金虎一边和袁小香喝花酒，一边向袁小香打听张占魁的消息。张占魁被阎锡山封为马队营长的消息已经在隆盛庄传开，王金虎见革命党才坐了江山，便对张占魁委以重任，往后的日子长着呢，张占魁肯定前途无量。他思量自己占山为王不是长久之计，不妨给张占魁认个错，说几句好话，带着手下的弟兄重新回归革命军。自己好歹有百十号人、百十条枪，张占魁总得给自己个官职吧？民国政府刚刚成立，眼下正是用人之际，只要自己能把握住机会，将来一定有飞黄腾达的一天。

王金虎拿定主意，和袁小香畅快淋漓地快活了一晚上，第二天一早便去找张占魁了。

张占魁性情耿直，疾恶如仇，眼里揉不得沙子。当初从丰镇撤兵，李炎带着他的人马回了东山老巢。张占魁知道李炎见革命遇到挫折，心生退意，本想任由他去，但武斯楞和马麦都劝他，说李元翎当初费了好多口舌，才说服李炎加入革命军的。并且，李炎人多枪多，是一股不可小觑的力量，如此放弃，实在有些可惜。张占魁听了武斯楞和马麦的劝说，派人到东山联络李炎，让李炎带队伍火速与他会合。但李炎听了王金虎的蛊惑，托词眼下正值寒冬，他的人马在阻击清军的援军时损失惨重，待他在东山休养一段时间，明年春天再与张占魁会合。张占魁看出李炎是在观望形势，如果形势有利于革命军，他自然会带队伍回来；如果形势不利于革命军，他便要继续做土匪了。张占魁最恨那种见风使舵的势利小人，索性不再理睬李炎。之后没几天，李炎在隆盛庄被聂志贤抓住填了枯井，张占魁打听到王金虎接替李炎做了东山大掌柜，再派马麦亲自去东山联络王金虎。岂知，王金虎连李炎都不如，面都不和马麦照。张占魁只好放弃。

张占魁见王金虎主动找他要回归革命军，黑着脸呵斥道：“王金虎，你还要不要脸了？李大麻子死后，你接替他当了东山的大掌柜，我派马麦联络你，你却躲着连面儿都不肯露。现在见革命成功了，想捡个现成便宜，捞个一官半职？你咋啥便宜都想瞅呀？”王金虎年近四十的人了，被才二十出头的张占魁一顿呵斥，老脸羞红，做出一副可怜兮兮的样子辩解说：“队长，你这可是冤枉我了。东山的人马是李炎拉起来的，虽然李炎抬举我，让我当了二掌柜，可我那二掌柜就是个聋子的耳朵——摆设呀！我说出来的话，弟兄们只当听了声响屁而已……”马麦知道王金虎是在狡辩，插言道：“李炎活着的时候咱不说，他死后，你接任东山大掌柜。我受队长之命专程去东山找你，你却连面都不和我照，这又是啥缘故？”王金虎故作无奈地叹息一声说：“唉！马首领没在东山住过，哪里知道我王金虎的难言之隐。李炎死后，弟兄们各怀各的心思，有的要往东，有的要往西；有的要回家种地，有的要去丰镇投靠官军。真是树倒猢狲散，让我左右为难。马首领去的时候，正是弟兄们闹得最凶的时候，你说那个时候我能见马首领吗？这不，刚把弟兄们的心收拢在一起，便急忙来见诸位首领了。没想到，诸位首领却不体谅我的苦衷。唉！我王金虎真是里外不是人了。这样吧，你们若是体谅我的苦衷和我对革命党的忠心，我就带东山的弟兄们回来；你们如果不信任我了，我也没有话说，只好带着弟兄们继续为寇。”

张占魁和武斯楞、马麦商量一番，觉得尽管王金虎见风使舵，投机钻营，但他手里毕竟有百十号人、百十条枪，如果任由他继续为匪，革命军开拔之后，这股匪患必定贻害地方。不妨将王金虎的人马重新收编，这样，既壮大了革命军的力量，又能引起都督阎锡山的重视。

王金虎听张占魁同意他回归革命军，心头暗喜却不敢在脸上流露出来。谢过张占魁对他的信任，正要回东山集合队伍，就见蓝虎头满脸羞愧、诚惶诚恐地也来找张占魁了。

革命军撤离丰镇后，蓝虎头手痒，约了几个曾经一道在来运赌坊赌钱的赌友，到附近村庄抢了几家农户，回来在军中掷骰子聚赌被武斯楞发现，每人挨了二十军棍。蓝虎头一怒之下，带着几个人开了小差。别人开小差，不过是对革命悲观失望，怕掉脑袋，回家一边种地，一边孝顺爹妈了。蓝虎头好逸恶劳，别说家里的地早已给汤冠群抵了赌债，就算有地，他也弯不下腰，只有带着两个赌友行起打家劫舍之事。可打家劫舍也非易事，隆盛庄有商务会的商团，商团有六七十人、六七十条枪，别说他蓝虎头区区几个毛贼，就算大股土匪来打，也攻不破隆盛庄的城墙。到周边村庄抢吧，大一些的村庄他不敢去，村庄太小了人都穷，最多也就抢上小半口袋米面，无济于事。蓝虎头在外面游荡了几个月，除了混个肚子，兜里连一把铜钱都没攒下，还每天担惊受怕的。他几次想回革命军，又怕张占魁军纪严明，和他算开小差的旧账，把他屁股打个皮开肉绽。直到他听说张占魁被山西都督阎锡山任命了官职，要开往代县，心说如果再不找张占魁，以后便没有机会了。后半辈子不能匪不匪、盗不盗的没个结果吧？蓝虎头咬了咬牙，豁出去再挨二十军棍，硬着头皮来找张占魁了。

张占魁是在马麦的饭馆认识蓝虎头的，那时候他还没有拉杆子造反，因为争执，两人打了一架，张占魁把蓝虎头打得服服帖帖，也算不打不相识了。张占魁了解蓝虎头，蓝虎头打仗勇猛，不怕死，却也是个地痞无赖，并且屡教不改。此次去代县就任，若是带着他，说不定会惹出什么祸端。现在不比之前，之前虽然叫革命军，其实就是自己说了算的独立队、土匪。现在是民国政府的军队了，军队有军纪，带着这么个惹是生非的蓝虎头去代县，人生地不熟，惹出事坏了队伍的名声不说，或许还会牵连自己，让一块臭肉坏了满锅汤。

人处在不同的位置，想法是不同的。当初拉杆子，张占魁想的只是造章彤的反，而不是造清朝的反。后来李元翎、王虎臣引导他走上革命的道路，他的想法也就是打下丰镇城，跟着军师和教官推翻清王朝。所以，那时候他想的只是打胜仗，没有其他顾虑。现在，他成了民国的武将，官虽然不算太大，但也开始谨慎起来，有了许多顾忌。

张占魁和武斯楞、马麦商量，两人也觉得蓝虎头靠不住。他昨天能开小差，明天就能见利忘义背叛张占魁。再说了，王金虎的人马加进来，队伍已经是人强马壮，也不缺蓝虎头这瓣烂蒜，还是让他自寻生路去吧。不过，念在蓝虎头曾经兄弟一场，打丰镇时也出了力，从军饷里给他拨了五十块银圆，也算对得起他了。

蓝虎头见张占魁不念旧情，将他拒之门外，心中再生怨气。他也算条汉子，扭头正要走，见武斯楞拿出五十块银圆给他，这才高兴了些，说道："三位首领，你们还念着咱当年的情分呀！我也知道我这人不成器，你们打心眼儿里看不起我。没法子，我蓝虎头就这么个人，娘胎里带出来的。不过，既然三位首领肯给我留些钱，说明你们心里还是有我这个兄弟的。蓝虎头谢了。"武斯楞性格温和，脸上总带着笑，所以人缘极好。他拍着蓝虎头的肩笑眯眯道："虎头兄弟，队长不是不想收留你，是怕你鲁莽行事犯了军纪，到时候挥泪斩马谡，害了你的性命。不过，你也不要沮丧，待我们在代县立住脚，熟悉了军队的规矩，你再去投奔也不迟。还有，这五十块银圆是给你过生活的，拿着它做个小本生意，千万不要去来运赌坊孝敬了汤冠群。"蓝虎头见武斯楞说话委婉，苦口婆心，心中的怨气顿时烟消云散，高兴地揣着五十块银圆去了。

张占魁与王金虎合兵一处，张占魁、武斯楞、马麦进隆盛庄向张福、梁龙告辞。张占魁从一个佃户、羊倌、贩夫走卒修成正果，又将成为张家的乘龙快婿，张禄便以商务会的名义在庆春楼摆了几桌，邀请八大行社会首作陪，为革命军众首领饯行。

第二天，张占魁带队伍启程，前往代县整编。

图书在版编目（CIP）数据

隆盛庄 / 乔奕斐著. -- 北京 : 华龄出版社,
2022.10

ISBN 978-7-5169-2386-3

Ⅰ. ①隆… Ⅱ. ①乔… Ⅲ. ①长篇小说-中国-当代
Ⅳ. ①I247.5

中国版本图书馆 CIP 数据核字 (2022) 第 178926号

出 版 人	周 宏	**责任印制**	李未圻
责任编辑	冀 晖	**内文制作**	刘龄蔓

书 名	隆盛庄	**作 者**	乔奕斐
出 版 发 行	华龄出版社 HUALING PRESS		
社 址	北京市东城区安定门外大街甲 57 号	**邮 编**	100011
发 行	（010）58122255	**传 真**	（010）84049572
承 印	定州启航印刷有限公司		
版 次	2022 年 12 月第 1 版	**印 次**	2022 年 12 月第 1 次印刷
规 格	787mm × 1092mm	**开 本**	1/16
印 张	52.75	**字 数**	950 千字
书 号	ISBN 978-7-5169-2386-3		
定 价	128.00 元（全两册）		

隆盛庄

乔奕斐 著

下

华龄出版社
HUALING PRESS

有态度的阅读
小马过河（天津）文化传播有限公司

目录

第三十七章　庆春楼周通闹宴 / 001

第三十八章　张占魁手刃章彤 / 014

第三十九章　梁宝元喜极生悲 / 026

第 四 十 章　三老财拒修铁路 / 039

第四十一章　朱奉祺壕沟丧命 / 049

第四十二章　蓝虎头劫道失手 / 062

第四十三章　张祯救世建医院 / 073

第四十四章　杨曼怀孕甘为妾 / 085

第四十五章　张瑞元抑郁而终 / 096

第四十六章　战乱殃及隆盛庄 / 108

第四十七章　王升德胜炉泄愤 / 118

第四十八章　梁念祖衣锦还乡 / 129

第四十九章　梁龙贪财开烟馆 / 141

第 五 十 章　鬼子进了隆盛庄 / 150

第五十一章　张占海为兄报仇 / 162

第五十二章　张寿祥神秘归乡 / 173

第五十三章　汤冠群逼反周通 / 183

第五十四章　惧淫威梁龙屈服 / 195

第五十五章　西村初杀人立威 / 206

第五十六章　张寿祥上任署长 / 218

第五十七章　汤冠群巧夺赌坊 / 230
第五十八章　张禄包头留退路 / 241
第五十九章　张骏祥移花接木 / 252
第 六 十 章　贪钱财常皋告密 / 264
第六十一章　张占海宁死不跪 / 274
第六十二章　聂敬隆盛庄寻女 / 282
第六十三章　聂老二鸡犬升天 / 296
第六十四章　打闷棍朱涌失手 / 307
第六十五章　梁龙婚宴遇变故 / 318
第六十六章　犬养奸杀袁小香 / 329
第六十七章　王金虎怒杀犬养 / 341
第六十八章　报父仇段童行刺 / 351
第六十九章　马玉龙盗枪失手 / 361
第 七 十 章　李凤翔惨遭凌辱 / 374
第七十一章　两兄弟绑架大地 / 387
第七十二章　南碧河西村投降 / 398

第三十七章

庆春楼周通闹宴

汤冠丰见风使舵投机革命后，一直赋闲家中，等待弓富魁的调遣。现在见张占魁被阎锡山委任为马队营长，带武斯楞、马麦到代县上任去了，而弓富魁却音信全无，他便担忧民国政府可能不准备起用他这个前朝官员了。自己又肩不能担，手不能提，地种不了，生意不会做，加上帮聂志贤做了那事儿，在隆盛庄已经没有丝毫的威望可言，往后该以何为生计？汤冠丰越想越慌，整日坐卧不安。

那日，在外面游荡了一段时间的汤冠群突然回隆盛庄了，给汤冠丰带回一个好消息。

汤冠群是在汤冠丰帮聂志贤将李炎等填了枯井后离开隆盛庄的。

汤冠群之所以能在隆盛庄开赌坊，是因为他哥汤冠丰是隆盛庄巡检兼商团团总。他哥要到丰镇上任西衙典史，临走前帮聂志贤在隆盛庄杀了人，得罪了隆盛庄最有权力的商务会长段祖贤，得罪了隆盛庄最有钱的老财张瑞元，得罪了隆盛庄最受人敬仰的举人老爷张祯。隆盛庄本就民风剽悍，多出匪盗，没了他哥这棵大树的荫庇，他的来运赌坊还能开下去吗？怕是用不了三五日，便有人要砸他的场子了。汤冠群久在江湖行走，拿得起，放得下，也不和他哥打招呼，卷了钱财，便悄无声息地离开了隆盛庄。

汤冠丰没到丰镇上任，却投奔了弓富魁。他见来运赌坊虽然幌子还在，却是门窗紧闭，弟弟也不见了踪影。他知道弟弟害怕跟着他受牵连，远走他乡了，暗笑弟弟也太谨慎了，自己好歹也是官场上的人，连良禽择木、审时度势这点儿应变的头脑都没有吗?

汤冠群一路辛苦，进门和哥嫂打个招呼，把褡裢往后炕一扔，大喇喇地在太师椅上坐下。他摸摸八仙桌上的茶壶，壶里有茶，不冷不热，倒一碗咕嘟咕嘟地喝了。不待汤冠丰问话，他掏出几块银圆往八仙桌上一摁，朝嫂子说道：“嫂子，快去庆春楼端几个好菜，打二斤神仙醉。久不骑马了，这一路，马背把屁股磨得生疼不说，早晨出门时吃的一碗抿豆面也给颠没影儿了。”

汤冠丰的媳妇是丰镇人。丰镇女人在外界一直有泼辣凶悍的名声，但并不是每个丰镇女人都是悍妇。丰镇女人有干净利索、勤俭持家、会过日子的一面，也有遇强则弱、遇弱则强的一面。普通人家的闺女，嫁到财主家或是官宦人家，就算她是只张牙舞爪的老虎，也得藏好尖牙，收起利爪，夹起尾巴做人；若是嫁给家境不如自己家的，或是没本事的窝囊汉，她们凶悍的本性便要暴露得淋漓尽致了。汤冠丰的媳妇本是普通人家的闺女，嫁给了汤冠丰，那就是嫁到了官家，对汤冠丰自然是百依百顺，服服帖帖。

汤冠丰的媳妇朝汤冠丰看看，汤冠丰说道：“听他的，去庆春楼端几个菜，打二斤酒吧。”汤冠丰的媳妇拿起桌上的银圆去了。汤冠丰装一袋烟，不冷不热地问：“冠群呀，这些日子跑到啥地方刮野鬼去了？咋知道哥没事了？”汤冠群不满地哼哼鼻子说：“哥这话说得，啥叫刮野鬼去了？你在隆盛庄帮着聂小辫杀人，得罪了段祖贤、张瑞元和他的举人儿子，我不出去躲几天，还等着隆盛庄人砸我的赌坊呀？”汤冠群站起来到后炕拿起褡裢，从里面取出几包纸烟扔在八仙桌上，“哥，别抽你那旱烟了，尝尝纸烟吧。”

汤冠丰拿起一包烟端详，见烟盒正面以大海为背景，一名水手站在甲板上，右手叉腰，左手拄一柄洋刀，脸上露着得意的笑容；烟盒背面是两幅小图，一幅是炮手放炮的动作，另一幅是炮弹在海里爆炸溅起的水花。正面的顶部有“PIRATE”字样。汤冠丰抬头看汤冠群一眼问道：“这上面印着洋文，是洋人抽的纸烟？”汤冠群说：“是洋人出的，现在咱国人有钱、有身份的都时兴抽这个。我从大同买的，说是叫老刀香烟。”汤冠丰“哦”一声，打开烟盒取出一支道：“这就是老刀香烟呀？听说过，只是隆盛庄没有卖的。这烟多少钱一包？”汤冠群答道：“二十八文。”汤冠丰数数烟盒里的烟说道：“难怪隆盛庄的铺子没有卖的，十根纸烟二十八文钱，比抽小兰花贵多了。这洋人的东西，方便是方便，就是贵。”汤冠群说：“贵是贵些，可抽纸烟比抽旱烟能显示身份呀！哥，现在官场和财主们都时兴抽纸烟。尤其这老刀牌的，因为是洋人生产的，更是上得了台面。”汤冠丰瞥汤冠群一眼说：

“隆盛庄有钱的老财多了，我没见他们有抽纸烟的。”汤冠群鄙夷地哼哼鼻子：“隆盛庄的老财坐井观天，和外面的老财比起来，多是些土老财。他们的钱在肋条上串着呢，抽旱烟都舍不得买二斤好烟叶，还会舍得抽纸烟？”

汤冠丰再瞥汤冠群一眼：“土老财也是老财，总比咱兄弟有钱吧？”他又取一支纸烟道，“你咋知道我没事了，才敢回隆盛庄的？”汤冠群给汤冠丰点着火，笑呵呵地奉承道：“哥，兄弟真服你了。哥这碗官饭真没白吃，哥咋就知道清朝肯定要完蛋，没去丰镇上任那个西衙典史，而是投奔了弓富魁？有远见呀！”汤冠丰吸一口烟，满意地点头道：“啥叫远见？那都是迫不得已。你想想，聂小辫被打死了，警察被缴了械，哥光着屁股去丰镇，章彤能给哥好脸色吗？所以，心血来潮，没多想便投了弓富魁。没想到，这条路还真走对了。若是那天到了丰镇，西衙典史的位子还没坐热，怕是就要等待民国政府的处置了，下场好些发配回家，下场不好，这颗脑袋或许就掉了。”汤冠群道：“吉人自有天相。哥，我还给你带回个好消息呢！”汤冠丰眨巴着眼睛戏谑道：“好消息？有啥好消息？天上掉馅饼了，正好你张开嘴朝天上看，馅饼就掉进你嘴里了？”汤冠群也点上一支烟，正色道：“哥，和你说正事呢，开啥玩笑呀！这好消息和我没关系，是哥的好消息。”汤冠丰往起直直腰，眼睛放出光彩问道：“我的好消息？你说说看。”汤冠群却故意卖关子说：“一会儿再说吧，等嫂子端回菜、打回酒，咱边吃喝边说。”

汤冠丰琢磨了一会儿，觉得不会有什么好事落在自己头上，便不再催问了。时间不长，汤冠丰的媳妇提了食盒打了酒回来，汤冠丰和汤冠群喝了两杯，问道：“冠群，这回该说说你的好消息了吧？”汤冠群不紧不慢道：“哥，你记得咱妹夫说过，他妈曾经替人奶过个娃娃的事吗？”汤冠丰想了想：“嗯，好像听说过。咋，妹夫的奶哥现在成大事了？”汤冠群道：“他倒是没成大事，但他有个妹妹给一个大官做了小，极是受宠。那大官姓孔，名叫孔庆庚，现在做了民国的大同镇守使。哦，就是和清时大同知府一样的官职。”汤冠丰眼睛亮了一下立刻又暗淡了，摇头道：“这关系八竿子打不着，怕是没啥用处。”汤冠群微微一笑，掏出一块银圆问汤冠丰：“哥，你猜猜看，如果我把这块银圆花出去，它最后会落到啥人的手里？”汤冠丰想都没想，说道：“你在隆盛庄花出去，就落到隆盛庄人手里了呗！”汤冠群摇头说：“哥，你错了。我这块银圆今天花出去，说不准明天它就落到广义和布庄掌柜徐翔的手里了；徐翔拿着它到北京采购绸布，它就流转到了北京布庄老板的手里；布庄老板万一犯了啥事，给官府的人行贿送礼，它就会落到官府的人手里；官府的人想买个大官，也许它就落到袁世凯大总统的手里了……”汤冠丰不解地笑笑："冠群，你说的这些和我有啥关系？"汤冠群呵呵一笑："哥，有道是人滚人滚动天下。你找妹夫，妹夫找他妹子，他妹子求她男人，这才几步，你便和大同镇守使认识了……"下面的话汤冠群不用说了，汤冠丰先是惊讶地瞪大了眼睛，继而放声开怀大笑起来："好消息！果然是好消息！"汤冠群又说："哥，咱家的兄弟里，只有你是做官的料。消息我是帮你打探好了，能不能在民国政府补个缺，就要看哥自己的本事了。"

汤冠丰笑容来得快，去得也快。他眉头一皱，脸上又蒙上了一层阴影，愁眉不展道："如若放在清朝，只要上面有人，手里有银子，多大的官也不难当。可现在民国了，不知道这招还好不好使？"汤冠群呵呵笑道："哥，千里为官，图的吃穿。不管哪朝哪代，只要是官，他就喜欢钱，不然，都挤破脑袋地抢着当官，图的啥呀？"汤冠丰看他媳妇一眼，踌躇道："现在路子是有了，可这钱……冠群，不瞒你说，哥这些年当巡检，俸禄刚够生活，隆盛庄又是商务会说了算，想捞点儿油水也不容易。好在当了几年团总，多多少少也攒下几个。只是不知道妹夫的奶哥胃口大不大？"汤冠群从身上摸出几张银票给汤冠丰推过去，笑眯眯道："银子不够添上钱，没有不下雨的老天爷。妹夫这关系打着灯笼都难找，只要能做官，多花些银子也值得。这是五千两银票，哥拿去用吧。最好弄个丰镇知事当当，那样，我就可以在丰镇开一家赌坊了。"汤冠丰高兴地把银票收起来，端起酒杯道："冠群，你这真是雪中送炭呀！来，哥敬你一杯。"汤冠群微笑着和汤冠丰碰一下杯说："哥，一家人不说两家话。敬啥呀，你做了官，兄弟自然有了发财的机会。五千两银子，不用几天就赚回来了。"

第二天，汤冠丰收拾一下，带了汤冠群给他的五千两银票，又从家里凑了五千两，启程去找他妹夫。他妹夫替他介绍了奶哥，奶哥又替他介绍了奶哥的妹子，奶哥的妹子便引荐他见了大同镇守使孔庆庚。

孔庆庚为湖北人，毕业于日本陆军士官学校第六期，回国后加入孙中山领导的同盟会，辛亥革命期间参与山西光复，与阎锡山关系甚好。中华民国成立后，阎锡山考虑到大同不但地处山西通往绥远的官道隘口，是晋商与口外商人乃至蒙古的库伦、俄罗斯的恰克图的商道，更是中国的煤炭之都，是山西最富庶的地区，便任命孔庆庚为大同镇守使。

有小妾的引荐，孔庆庚接见了汤冠丰。汤冠丰奉上一万两银子的见面礼，孔庆庚便暗自笑了。简单询问了几句，得知汤冠丰曾为清朝官员时，眉头微微皱了一下。汤冠丰虽然没做过大官，但官场的奥妙还是知道的，便连忙把自己在宣统皇帝退位之前便更弦易辙，投奔弓富魁的事对孔庆庚讲了。孔庆庚初到大同任镇守使，正为既不好重用前朝官员，手下又缺少有治理地方经验的官员犯愁。他见汤冠丰既在前朝做过官，又投奔了弓富魁，觉得十分中意，便问汤冠丰想在何处为民国效力。汤冠丰察言观色，知道民国的官自己做定了，便大了个胆子，说他之前在隆盛庄做巡检，和地方颇有感情，最好能在丰镇为官。

孔庆庚听汤冠丰再次提到隆盛庄，眉尖上挑，突然问汤冠丰道："你知道隆盛庄有个小状元吗？"汤冠丰不明白孔庆庚话里的意思，小心地说："草民知道小状元，只是没有交往。镇守使大人的意思是……"孔庆庚"哦"一声说："本镇守使只是随便问问，听说那小状元打仗勇猛，差点儿把丰镇同知章彤给活捉了。还听说他是王虎臣发展的同盟会员。"汤冠丰谨慎地回答道："这……镇守使大人有所不知，那小状元虽然是隆盛庄人，却是贩夫走卒出身，因抗税起事造反。他的事草民只是道听途说，所以不敢随便回答。"孔庆庚微微一笑，纠正道："汤冠丰，你马上就要上任一县知事了，用不着草民草民的。"

孔庆庚一句话，让汤冠丰高兴得不知该如何是好，连忙给孔庆庚跪了，叩头谢恩道："下官诚惶诚恐，谢镇守使大人提携。"孔庆庚挥手道："好了，汤知事不必如此。现在已是民国，不时兴如此礼仪了。"汤冠丰站起来，端起茶壶给孔庆庚的茶碗续了茶。孔庆庚呷一口茶，对汤冠丰道："汤知事，本来可以安排你到丰镇就任，但本镇守使有件重要事情托付于你，所以，你还是先去代县就任吧。待你把这件事情办妥了，本镇守使再调任你为丰镇知事。"

汤冠丰目的是做官，孔庆庚能大方地给他个知事，他已经喜出望外了，哪里还敢挑肥拣瘦。他再次谢过孔庆庚，小心地问道："镇守使大人，小状元前些日子好像也开往代县了。"孔庆庚点头道："是呀，他到代县任马队营长，你任代县知事。你们一个是文官，一个是武将，今后就要一起共事了。"汤冠丰听了，心中更是惬意。他心说张占魁结识了王虎臣、李元翎和弓富魁，还加入了同盟会，费了好大的力气才做了个马队营长；自己帮聂志贤杀革命党，按说死有余辜，可老天爷庇佑，只花了一万两银子便比张占魁高出一头。因为按照清朝的规矩，张占魁那武官还得听自己这文官调遣呢！

汤冠丰心里偷着乐，孔庆庚却向他招手道："汤知事，你靠近些，本镇守使有件重要事情要交代于你。"汤冠丰忙把耳朵贴过去，孔庆庚压低声音对他耳语一番，汤冠丰听后大吃一惊……

隆盛庄人莫名其妙，汤冠丰是前朝官员，还帮着聂志贤杀害过革命党人，民国政府怎么会重用他，且任命他为代县知事呢？但汤冠丰的确要去代县上任了，并且放出话，说出不了三年，他还要回丰镇当知事呢。

张禄刚上任商务会长，便遇到这件棘手的事情。前不久，张占魁被民国政府封官，人们虽然没有像当年张祯中举时激动如潮，但也奔走相告，说隆盛庄出大人物了。这才过了几天，隆盛庄又出了个县太爷级的人物。按理说，这是隆盛庄人莫大的荣光，可是，除了汤家的人外，隆盛庄没有一个人能高兴得起来。隆盛庄人虽然对李炎没有好感，但李炎不过是打劫过隆盛庄的数家商户，并未在隆盛庄杀过人，而汤冠丰助纣为虐，人们眼睁睁地看着他在光天化日之下，和聂志贤一道将十几个人填了枯井，其手段之残忍，令人毛骨悚然。如此一个杀人不眨眼的刽子手，竟然做了民国政府的知事，哪个人会为他高兴呢？

张禄左右为难，想听听他爹的想法。张瑞元摇着头叹息道："唉！原以为孙中山开创中华民国，天下会有一派崭新的气象呢！现在，袁世凯接替孙中山当了临时大总统，任命汤冠丰为知事，前朝官员在民国继续为官，这岂不是换汤不换药？"张禄说："爹，有些地方还是不一样的。清朝的皇帝是满人，清朝是满人的天下；袁世凯是汉人，这天下毕竟又被咱汉人夺回来了。"张瑞元轻蔑地一笑："对百姓而言，无论满人坐天下还是汉人坐天下，都是一个样，都要交粮纳税，只要不生战乱，便是百姓的福气。汤冠丰到隆盛庄也有些年头了，原来也当有他五八，没他四十。自从小状元闹起革命军，他几次三番敲诈武斯楞他爹和马麦他爹，爹就看出他心眼儿不正。后来，他帮着聂志贤把十几口人填了枯井，蛇蝎心肠便暴露无遗了。"张禄蹙起眉头说："是呀，我也觉得汤冠丰不是善类。只是前几天小状元到代县赴任，商务会在庆春楼摆了酒宴为小状元和武斯楞、马麦饯行。现在，汤冠丰也要到代县赴任了，并且官做得比小状元还要大，商务会是该同样给汤冠丰摆酒饯行呢，还是不理不睬，佯作不知一般？"张瑞元想想说："玉奎呀，你现在做了商务会长，那就是隆盛庄众商家的主心骨。有道是话不可说满，事不能做绝。你年轻气盛，千万不可意气用事，为日后埋下祸根。"张禄明白了："爹，您的意思是也给汤冠丰摆两桌，为他饯行？"

张瑞元缓缓道："在隆盛庄杀人的主凶虽然是聂志贤，但许多人还是因此对汤冠丰有了成见。不过，成见归成见，商务会不能因为两桌酒得罪了汤冠丰。汤冠丰上任的是代县知事，如他所言，若三年后果真回丰镇任职，那就是和章彤一样的官了。到时候，他若因为这两桌酒迁怒于隆盛庄，隆盛庄的商家怕是要遭殃了。"张禄为难道："两桌酒不算啥，小状元走的时候，是八大行社会首一同为他饯的行。现在，人们对汤冠丰不满，若是八大行社会首不肯赴宴，到时候冷了场，汤冠丰同样会记恨在心。"张瑞元斩钉截铁道："为了隆盛庄的日后，饯行酒宴绝不能冷场，最好把汤冠群也请上。这样吧，我去请段掌柜和朱掌柜，你去说服八大行社各位会首。他们不但都要赴宴，还得强作欢颜。只是宝凤的三姐夫就不要请了，他脾气火暴，他若在场，事情肯定得砸锅。"张禄点头问道："爹，梁大爷也不叫了？"张瑞元说："你梁大爷和周通一样的火暴脾气，尤其那天聂志贤和汤冠丰抓了我和段掌柜、朱掌柜，他心里早已恨上了汤冠丰，你说能叫他吗？"

周通脾气火暴，但毕竟是老君社会首，张禄还是要和他打个招呼解释原委的。周通岁数虽然比张禄小，但娶的是宝凤的三姐喜凤，和梁龙、张禄是连襟。周通听了张禄的解释，倒也识大体，只是满腹牢骚地将民国政府数落了一番，说民国和清朝都是换汤不换药的一路货色，天下那么多的有识之士不用，偏要重用前朝官员，并且还用了个杀害过革命党人的前朝官员，还封了他个比张占魁还大的官职。有道是眼不见为净，给汤冠丰饯行？就算是八抬大轿来请他，他也不会去。

段祖贤与朱奉祺也记恨汤冠丰和聂志贤抓过他们，但二人毕竟久经世故，老成持重，一则看在亲家的面子上，二则也怕汤冠丰日后果真回丰镇当知事报复隆盛庄，便勉强答应赴宴作陪。

汤冠丰上任前两天的晚上，张禄在庆春楼摆了两桌酒宴，为汤冠丰饯行。张瑞元、段祖贤、朱奉祺，以及除了周通之外的八大行社会首都来作陪。众人虽然面带笑容，但汤冠丰心知众人都是敷衍他，若不是他要去代县赴任知事，在街上遇见这些人，不朝自己脸上啐唾沫，已经算给面子了。再想想自己这些年在隆盛庄的日子，既受过隆盛庄众商家的敬重，也没少从商务会捞银子，只因一时糊涂，想投机取巧，才助纣为虐给聂志贤当了马前卒，落了今天这个遭人痛恨、被人鄙夷的下场。真是一失足成千古恨呀！所以，汤冠丰也不计较众人表面的敷衍与内心的冷漠，主动端起酒杯向众人致谢；那汤冠群走江湖出身，行事乖巧圆滑，左右逢源。他知道哥哥虽然要走马上任知事一职，但代县的知事管不了丰镇的事，他的来运赌坊还是要继续在隆盛庄开下去的。在座的无论是张瑞元、段祖贤、张禄几位新老会长，还是八大行社的各位会首，他一个都得罪不得，所以，言语谦虚，周旋甚是得体。

酒宴的气氛虽然不够热烈，但大家心照不宣，倒也勉强进行得下去。可是，谁也没料到，就在酒宴快结束的时候，周通突然醉醺醺地跑来插了一杠子。

周通知道张禄不让他参加汤冠丰的饯行酒宴，是为了隆盛庄的长远着想。因为汤冠丰帮着聂志贤在隆盛庄杀人，他已经对汤冠丰有了成见，想到汤冠丰杀了隆盛庄的人，商务会却还得强作笑颜给他摆酒饯行，心里便窝着一团火。这团火没处发泄，便去找梁龙喝酒。

玉凤比喜凤大两岁，喜凤是玉凤从小带着玩大的，所以，姐妹五个里，玉凤和喜凤走得最近。姐妹走得亲近了，连襟来往自然也要多些，加之梁龙与周通都喜欢喝两口，脾气和性格相近，梁龙又刚回隆盛庄大半年，没事便你家我家地喝酒。

梁龙的新房还没有盖起来，暂时和他爹住一块儿。周通怕梁宝元和邓香如多心，打了二斤三义泉的神仙醉，买了两个猪耳朵、一个猪肘子，拎着东西到了梁家。梁宝元见周通来找梁龙喝酒，问周通怎么这么早就停炉了。周通直肠子，快人快语道："今天商务会给汤冠丰那狗日的摆酒饯行，我心里窝着火，没心思打铁，便早早地把炉停了，找二姐夫和姨父喝两杯，说说话，不然，这心里总觉得憋屈。"邓香如见周通拎着酒肉来了，笑眯眯地指责道："周通呀，你也太拿心了，喝酒就来吧，每次都拎着东西，怕姨娘供不起你酒菜吗？咱家虽然算不得大老财，可吃吃喝喝还是不缺的。"周通把手里的东西递给玉凤说："二姐，又得辛苦你伺候我们了。"又对邓香如说，"姨娘也太谦谨了，永盛源和上三元那是啥字号，隆盛庄数一数二的呀！坐在那儿动动嘴钱就赚了，哪像我们打铁的，少打一锤都不成。"

梁龙给周通斟了茶，说道："看把自己说得辛苦的，你当你是学徒呀？现在做了掌柜，打铁还用你亲自动手？"周通在太师椅上坐下，掏出烟袋朝梁宝元笑笑说："二姐夫真是外行，铁匠炉的掌柜和别家的掌柜能一样吗？铁匠炉的掌柜虽然不用抡大锤，小锤和火钳却是不离手的。姨父，您老说是不是？"梁宝元点头道："周通说得对，生意行里，凡是叫匠的，都是手艺人。啥饼匠、木匠、铁匠、笼匠、鞋匠、毛毛匠等等，都是手艺人，赚的都是辛苦钱，就算当了掌柜的，也得自己动手。"

说话间，玉凤已把切好的猪耳朵、猪肘子端了上来，又炒了一大盘鸡蛋。周通招呼梁宝元说："姨父，快来坐吧。"邓香如拿上三个酒杯摆好，笑道："你姨父呀，你不喊他，他也要坐的。他看见你来就高兴，知道有人陪他喝酒了。七十多岁的人了，喝了一辈子，看见酒还是馋得流口水。"梁宝元边从炕头下地边说："啥叫馋呀，我这辈子没别的嗜好，就喜欢喝两口。一辈子都这么过来了，总不能快入土了，让我把酒戒了吧？"怀祖眼色活，给他爹搬来一只凳子。梁宝元坐了上首，周通坐了下首，梁龙把酒杯斟满。周通向邓香如要了个空盘子，把猪耳朵和猪肘子扒拉了一半，让怀祖端走和奉祖吃。玉凤说别管他们，一会儿有猪肉、粉条、豆腐、山药大烩菜。话音未落，怀祖已经高兴地把盘子端走了。

三个人边喝边聊，话题自然是汤冠丰。周通连说带骂，把一肚子火气发泄出来。梁宝元劝他，说张禄不让他参加汤冠丰的饯行酒宴也是好意，张瑞元也和自己打了招呼，无非是怕自己和周通脾气火暴，万一口无遮拦得罪了汤冠丰，担心汤冠丰记仇，日后会对隆盛庄不利。周通愤愤道：“姨父，叫我说呀，还是玉奎和我瑞元姨父太谨慎了。汤冠丰不就当个知事吗？咱不犯王法，怕他做甚？”邓香如在炕沿上接过话说：“自古以来，民不与官斗。你瑞元姨父说了，汤冠丰今天虽然是到代县当知事，可说不准哪天就回丰镇当知事了。他要回了丰镇，拾掇咱还不像捏死个跳蚤一般容易？叫我看呀，瑞元和玉奎想得对，不像你们，光顾眼前，不看以后。”梁宝元朝邓香如瞥一眼说：“在你眼里，瑞元说啥都是对的，我做对了也是错的。当初你真不该嫁给我。”邓香如翻梁宝元一眼说：“儿孙一大堆的人了，咋说话呢？也不怕人家周通笑话你。”梁宝元叨叨道：“笑话啥？是你总偏着瑞元说话，我才这样说的。”

邓香如无奈地叹息一声：“你呀，脑子就是酒给喝坏了，连个事理都不明白。你说瑞元说错了吗？你掰着手指头数数，你和瑞元是师兄弟，咱家和瑞元、朱掌柜是亲家，瑞元和段掌柜、朱掌柜又是亲家。龙龙和玉奎是结拜兄弟，和玉奎、周通是连襟。咱花子嫁给了福奎，花子的闺女又和小状元定了亲。武斯楞是金花的小叔子，宝珠娶的是我侄女……”梁宝元听得脑袋都晕了，打断邓香如，烦躁地说：“你这狗扯烂羊皮的，哪扯到哪了！”邓香如却说：“啥叫狗扯烂羊皮？是你的脑子浆糊了。你想想，隆盛庄就这么巴掌大块地方，如果细说起来，有一大半人或多或少、或远或近都沾着点儿亲。得罪了汤冠丰，他在代县当知事还好，若是日后真回丰镇当知事了咋办？随便使个坏心眼儿，这些人都得跟着带灾。所以，瑞元说得对，汤冠丰再不好，咱也不能得罪他。章彤当年给隆盛庄加重税赋的事，你不会忘了吧？”梁宝元说不过邓香如，也知道邓香如说得在理，却嘴不服输，嘿嘿一笑道：“说来说去，还是瑞元那一套。”邓香如因为张瑞元和梁宝元拌了一辈子嘴，不想听他念叨那些陈芝麻烂谷子了，说一句：“老酒鬼，闭上你的嘴喝酒吧，我到伙房帮玉凤蒸花卷去。”说罢，颠着小脚往伙房去了。

三个人又喝了几杯，梁宝元毕竟上了岁数，说自己喝好了，爬上炕头，靠着行李卷抽烟去了。梁龙心情不好，满腹牢骚地说革命党推翻清朝，汤冠丰除了没出过一点儿力，还帮着聂志贤杀过革命党人，民国政府怎么就重用了这种人？

梁龙也是革命党人，并且为革命军筹措银两购买枪支弹药的事，隆盛庄早已人尽皆知。周通也替梁龙打抱不平道："是呀！这民国政府真是瞎了眼，如果论功行赏，就算轮到二姐夫你当知事，也轮不到他汤冠丰。"梁龙也为此耿耿于怀呢，鼻子一哼说："唉！可惜王虎臣和李元翎死了，不然，民国政府让汤冠丰当知事，他们那关怕是也过不去。那弓老大也是的，他知道汤冠丰是个啥玩意儿，这会儿咋连一点儿消息都没有了？"梁宝元在炕头上听见，磕磕烟袋说道："汤冠丰当不当知事，和咱家一根毛的关系都没有。我关心的是念祖。龙龙呀，你是不是找人打听打听，咱念祖现在在啥地方？是不是还跟着那个弓老大？"梁龙说："爹，民国政府刚成立不久，我到哪打听念祖的消息？不过，这回您可不能怪怨我，是您同意弓老大把念祖带走的。"梁宝元叹息一声说："唉！我当初咋就被那个弓老大说动心了？啥建功立业？啥统领千军万马？早知道民国和清朝一样换汤不换药，我说啥也不会让我孙子离开隆盛庄。"

周通借酒发泄了一番，心里方才舒畅了些。玉凤烩好菜端上桌来，周通饭量大，吃了一大海碗外加两个大花卷。他本想再喝几杯，又怕喝多了说胡话，让梁宝元夫妇笑话，便告辞出来。

塞外的春天姗姗来迟，春风乍暖还寒。尤其太阳落山后，夜风挟着寒意悄然来袭，真有点儿"春风吹破琉璃瓦"的意思。

三义泉的神仙醉后劲儿十足，周通的脑袋被夜风一吹，便有些昏昏沉沉。路过庆春楼的时候，见门口的两只红灯笼在微风中轻轻晃动，楼上楼下灯火通明，隐隐传出杯觥交错之声。周通停住脚步朝楼上望着，心里替梁龙打抱起不平：他汤冠丰凭啥当知事？梁龙为革命军筹措起义经费，张占魁带领起义军舍生忘死攻打丰镇城，最后一个没有官做，一个虽然封了官，却要受制于汤冠丰。这民国政府是怎么了，居然让汤冠丰捡了如此大一个便宜？

周通正乱想着，庆春楼的门开了。掌柜富云涛出来去茅厕，见周通站在门口向楼上张望，打招呼道："周掌柜咋才来？今天商务会给汤知事摆酒饯行，咱八大行社的会首就差你老君社了。"周通醉眼蒙眬，把张禄的话丢在了脑后，心口像是堵着一团东西，问道："是吗？就差我老君社一个？"富云涛见周通面色微红，嘴里吐着酒气，问道："周掌柜放着庆春楼的酒不喝，却到别处去喝？张会长没请你吗？"周通也是铁骨铮铮的汉子，哪能让富云涛小看了，昂起头说："我周通好歹也是老君社会首，张会长会不请我？"富云涛似恍然大悟，连忙道："哦，我忘了，张会长和周掌柜还是连襟呢。想必周掌柜是有其他应酬来晚了，先里面请吧，我方便一下就回来。”周通本没想进庆春楼，现在却被富云涛说得骑虎难下，索性说道：“我是有事来晚了。不过，好事不怕晚，好酒不怕迟，一会儿多喝几杯补上便是。”

张禄对周通的到来颇感意外。他虽然叫喜凤三姐，却极少喊周通三姐夫。张禄一边招呼周通坐下，一边小声问道：“你咋还是来了？”周通不敢托大，解释说：“我本不想来，刚才去二姐夫家喝酒，回来时路过庆春楼，正巧遇上富掌柜去方便，是他把我拽进来的。”张禄“哦”一声，叮咛周通道：“你来了也好，只是千万不要给汤知事难堪。不然，咱除了花钱不落好，还会惹出其他事端。”周通点头应道：“会长放心，我心里有数。”

然而，有些事是不由人的。尤其醉汉与醉汉遇在一起，更容易无事生非。

汤冠丰乃官场中人，善于见风使舵、左右逢源。经历了一场辛亥革命，他为了讨好章彤，升官发财，差点儿做了清朝最后的殉葬品。这些天闭门思过，行事更加谨慎。他虽然通过关系买了民国的官，但也知道因为帮着聂志贤杀人，自己在隆盛庄的威望已经一落千丈，如若不是在最后关头放下武器，改换门庭投靠弓富魁，怕是已落得和聂志贤一样的下场了。现在，他虽然做了民国的官，但这官不像张占魁和武斯楞、马麦一样是用命和脑袋换来的。投机取巧，用钱买来的官职毕竟见不得人，在自己立足未稳之前，切不可得意忘形。所以，纵然有些酒量，汤冠丰也是虚情假意、委婉周旋，尽量使自己保持头脑清醒。汤冠群却不一样，他本是江湖中人，虽然胸有城府，却也不失豪爽，加之参加酒宴的都是隆盛庄有头有脸的人物，喝到畅快时，他便主动端起酒杯，与这个碰一杯，和那个干一杯，待周通来时，已经有了七分醉意。

汤冠群不知道周通姗姗来迟的原因，但对周通格外关注。老君社的铁匠多是穷苦人出身，穷苦人通常有好赌的毛病，总想靠赌博一夜暴富，改变自己的生活。尤其那些年轻后生，手里只要有几个钱，便往来运赌坊跑。周通也不例外，来运赌坊也曾是他的常去之处。喜凤先前不曾管他，后来见他十赌九输，拿回家的钱越来越少，便把周通好赌的事告诉了姥爷。周通是田闵的徒弟，田闵把周通叫去狠狠地臭骂了一通，说他如果继续赌，不但要召集各家掌柜罢免了他老君社会首，还要把他逐出隆盛庄。周通这才下决心戒了赌，不但不让自己的徒弟去，还号召各炉掌柜都管好自己的徒弟，尽量不去或少去来运赌坊，导致来运赌坊的赌客骤然少了许多。

汤冠群早想找个机会和周通通融通融，请他放松对徒弟的管束。可周通是个倔巴头，认准了理儿便咬定不放。他听了师傅的话，认为无论是开窑子还是开赌坊，都是拆散人家的缺德行当。所以，对汤冠群不屑一顾。汤冠群觉得今天是个机会，斟满酒走到周通身旁，赔着笑脸道："周会首咋才来？汤某敬周会首一杯。"周通本就对汤冠群没好感，加之汤冠群又是汤冠丰的弟弟，对他更是鄙夷。周通鼻子轻轻哼一声，端起酒杯站起来，却当没看见汤冠群一般，径自走到张瑞元与段祖贤、朱奉祺身旁道："两位老会长、朱掌柜，周通敬您三位老辈儿一杯。"

汤冠群热脸贴了个冷屁股，站在那儿尴尬不已。好在他见多识广，能伸能屈，加之想赚铁匠炉那些莽汉的钱，也没有拂袖而去，而是依然端着酒杯，笑眯眯地站在那儿等着。直到周通给其他几位长辈敬过酒回来，汤冠群含笑说道："难怪周会首不喝我的酒呢，原来是先敬几位老辈儿去了。隆盛庄的商家尊老爱幼，懂礼数呀！"张禄看出周通是故意给汤冠群难堪，不待周通说话，悄悄捅他一下，抢先说道："是啊！鞋大鞋小不能走了样儿。周会首，汤掌柜站在这儿等你好一会儿了，快和汤掌柜喝两杯吧！"

周通打铁出身，脸本就被炉火熏得黑里透红，现在又喝了酒，赤红的脸膛泛着亮光。他也不和汤冠群说话，酒杯与汤冠群的杯子碰一下，仰脖将酒倒入口中，便在凳子上坐下了。

汤冠群见周通对他爱理不理，叹口气把酒喝了道："唉！周会首在隆盛庄德高望重，看不起我汤冠群这号小人物呀！"周通冷冷地回一句："我一个打铁的，怎敢看不起赫赫有名的来运赌坊汤掌柜？只是不敢高攀罢了。"汤冠群嘿嘿笑道："周会首这是鼻涕打人软糟蹋呢吧？其实，我是真心想交周会首这个朋友的。周会首若是看得起兄弟，改天我在庆春楼专门摆一桌，请周会首好好叙叙。"周通抬起眼皮瞟汤冠群一眼，冷笑道："汤掌柜，你说咱俩有啥话说？我一个打铁的，挣的是辛苦钱，不像有些人，钱虽然来得快，挣的却是拆散人家的昧心钱。咱们呀，道不同，不相与谋。"汤冠群见周通对他成见颇深，心里没了指望，一边回自己的座位，一边轻蔑地嘀咕道："一个卖苦力的铁匠，还真把自己当根葱了？"没承想，周通虽然已经有八分醉意了，耳朵却还挺灵，跳起来冲着汤冠群喊道："姓汤的，我周通就算是根葱，也是根白白净净的好葱。不像你们兄弟，一个驴头，一个马脸，做的尽是缺德的黑心事。隆盛庄让你兄弟俩害惨了，你们还好意思坐在这儿吃隆盛庄的、喝隆盛庄的？"张禄见周通故意找碴儿，厉声拉他往下坐："周通，你喝多了吧？快坐下。"又喊伙计道，"伙计，快倒碗热茶给周会首醒醒酒。"

汤冠丰与汤冠群并不知道隆盛庄人背后给他们起了"驴头""马脸"的绰号，汤冠丰狠狠地瞥周通一眼，装作心胸宽广的样子，朝张瑞元和段祖贤、朱奉祺苦笑道："啥驴头马脸的？三位老掌柜，我看周会首是喝多了。"不待张瑞元等说话，周通哈哈大笑道："姓汤的，你不知道啥叫驴头马脸呀？回家照照镜子就知道了。"汤冠群醒悟过来，他不是那种任人欺辱的主儿，反身黑着脸走到周通面前，一只肥厚的手掌在周通肩上重重一拍，声音阴冷地笑道："周通，你没在江湖行走过，不知道江湖的险恶。似你这般说话口无遮拦，迟早要吃大亏的。"汤冠群身材高大，手掌十分有力。周通虽然比汤冠群个子矮，却很是健壮，也站起来，伸出手掌在汤冠群肩上搭一把，用力道："我这人不怕吃亏，只知道善有善报，恶有恶报，不是不报，时辰未到。"

两人暗中较力，力道不分伯仲。张禄怕有一个沉不住气，先动起手来。他既不想周通吃亏，也不想惹恼汤冠群，便急忙站起来狠狠地瞪周通一眼，将他的手从汤冠群肩上拿开，呵斥道："周通，这是在哪喝的，醉成了这样？你还算老君社会首呢，真是失态。富掌柜，快喊两个伙计送周通回家醒酒去。"周通出了胸中恶气，也不与汤冠群纠缠，将汤冠群的手从自己肩头拿开，轻蔑地看汤冠群一眼，对张禄道："会长，我周通酒虽然喝多了，心里却亮堂，分得出黑白善恶。放心，我自己认识家门。"说罢，大笑而去。

于是，一场本就虚情假意、勉强而为的饯行酒宴，被周通搅了个不欢而散。

有了发生在庆春楼的事，汤冠丰不敢让汤冠群继续留在隆盛庄了，要汤冠群将赌坊盘出去，随他一道到代县去。朱奉祺见赌坊价钱不高，便把赌坊盘下来，不久后，在那处院子开了染坊。

汤冠丰虽然投机钻营做了民国的知事，心情却很悲凉。他带着家眷和弟弟去代县上任的那天，偌大一个隆盛庄，竟然只有商务会长张禄一个人送他。他心里也明白，张禄之所以来送他，一是对他有所忌惮，二是面子上的事。若他不是赴任知事，隆盛庄的猪都不会朝他哼一声。

那天风很大，天空混沌，沙尘肆虐，张禄把汤冠丰一家送出南门，拱手而别。望着汤冠丰的轿车渐渐消失在漫天风沙中，张禄狠狠地啐了一口，心中暗骂：一个畜生，一个害人精，但愿你们永远别再回隆盛庄了。

第三十八章

张占魁手刃章彤

张占魁的革命军走了，汤冠丰兄弟也走了，隆盛庄又恢复了平静。

尽管大同镇守使孔庆庚派人给张祯送信，希望张祯能为民国政府效力，重回大同主持地方教育，但张祯对官场早已心生厌倦，决意留在隆盛庄做自己喜欢的事了。

张祯与张禄商量，由张祯出钱，商务会摊派徭役，在隆盛庄创办一所小学，由张祯担任校长。小学先盖教室五间、办公室一间、校长室一间、宿舍两间，起名隆盛小学。张祯在大同为官时，常去澡堂子洗澡，回到隆盛庄后，觉得在家里擦身子不过瘾，便开了隆盛庄第一家澡堂子。

花子也够忙的。张福知道，张占魁虽然做了官，却房无一间，地无一垄，穷得叮当响。秀珍出聘，自然一切都得娘家这边准备。所以，办喜事临时用的新房，新郎、新娘的新衣服，秀珍的嫁妆，都得花子张罗。说话间便到了盛夏，武斯楞突然被调回丰镇当了警长，顺便捎回张占魁的口信。张占魁说他没什么讲究，等到秋天，哪天能告下假来，哪天回来成亲。成亲之后，他便带秀珍一同到代县居住了。

武斯楞调任丰镇，上任警长之前，张占魁和马麦与他商量，说章彤害死了朱尧、田子功等那么多兄弟，让武斯楞回到丰镇后，一定不要放过章彤，就算打黑枪也要杀了他，给王虎臣、李元翎、朱尧等报仇。

宣统皇帝退位后，章彤因主动易帜、拥护共和而未受惩处，暂任丰镇代理知事数月，新知事到任后方才卸任，带着妻妾到了大同。所以，武斯楞回到丰镇时，章彤已经在大同了，武斯楞十分遗憾不能手刃章彤。

然而，天网恢恢，疏而不漏。

章彤在清朝时任五品候补知府，他喜欢大同的富庶，一直等待大同知府一职空缺，由他替补，所以，早就在大同置下一处院子。因为民国政府起用了诸多前朝官员，按照章彤的推测，他应该还是可以在民国继续为官的。可是，他在家中等了月余仍不见动静，找前朝曾是同僚、现在在民国政府为官的旧相识打听，人家告诉他，因为张占魁撤离丰镇后，他杀害了许多革命党人，手段残忍，新政府对是否起用他颇有争议。章彤后悔自己当初没有认清形势，过于忠心清朝，以致铸成大错。他又不甘心下半辈子只做一介草民，打听得大同镇守使孔庆庚贪图钱财，便想花重金买通孔庆庚。

章彤在丰镇任同知时横征暴敛，没少搜刮民脂民膏，自然不缺银子。给孔庆庚送了两万两银票，孔庆庚便答应给他谋个一县知事。章彤得到允诺，心中惬意，心说无论哪朝哪代，都是认钱不认人的，只要肯花银子，天下便没有办不成的事。他路上想着回家让小妾炒几个菜，喝几杯高兴高兴，却不想，敲响院门，开门的竟是几个蒙面人……

章彤被杀，身首异处。

蒙面人并未株连其家眷，妻妾及婢佣一概无恙。家人报官，孔庆庚嘴上下令即刻缉拿凶犯，心中却暗自高兴两万两银子来得轻松。不久，消息传回隆盛庄，隆盛庄人奔走相告，无不拍手称快。张瑞元感慨道："头顶三尺有神明。人在做，天在看，报应！报应呀！"

隆盛庄之前出过一个女掌柜，便是怀春院老鸨杨飞燕。杨飞燕被流弹打死后，袁小香接替杨飞燕做了老鸨。现在隆盛庄又出了一个女掌柜，便是邓宝柱的前妻，后来嫁给三义泉掌柜石茂义的梅雪。

石茂义头一个老婆生第三个孩子时大出血死了，经媒人撮合，续弦娶了梅雪。石茂义怕梅雪对他两个闺女不好，先留意了梅雪一段日子，见梅雪心地善良，这才放了心。那梅雪也争气，嫁到石家后，先后给石茂义生了两个儿子，石茂义甚为称心。

自从石茂义在隆盛庄开了缸房，除了大财主宴请贵客时偶尔喝喝杏花村的汾酒、竹叶青，人们平时喝的都是三义泉的神仙醉。所以，石茂义在隆盛庄也算富裕人家。石茂义的大闺女嫁了朱奉祺的大儿子朱进，二闺女嫁了康廷儒的小儿子康虹。婆家都是隆盛庄有名望的人家，石茂义也对两个闺女放心了，便与梅雪一道攒钱，准备给两个儿子成家立业。

石茂义是个勤快人，事必躬亲。他家的酒缸埋在地里，外面只露个缸沿。那天五更，石茂义起来勾兑酒，脑袋突然一阵晕眩，一头栽进了酒缸。待到天亮梅雪起来到缸房看他，人早已泡在酒缸里去世多时。

人们听说石茂义淹死在酒缸里，遗憾地说："人常说当兵的死在战场，会水的死在江河。没想到，酿酒的竟然死在了酒缸里。"隆盛庄喜欢喝酒的人都知道，石茂义前妻只生了两个闺女，所以，石茂义的酿酒手艺后继无人，人们叹息地说石掌柜这一死，往后怕是喝不上那么有劲道的神仙醉了。

张福准备秀珍出聘时大摆酒宴，喝的便是三义泉的神仙醉。石茂义发丧后，他急匆匆地去找梅雪，问缸房还有多少存货。梅雪知道张福早已和石茂义打过招呼，聘闺女要喝神仙醉，所以已经给他留了十坛子存放了三年的好酒。张福听说只有十坛子，叹息说太少了。梅雪奇怪，问张福要请多少宾客，十坛子酒都不够。张福不好意思地说："石掌柜家的，酒宴十坛子倒是够了。只是我亲戚朋友多，众人都喜欢喝你家三义泉的神仙醉，所以想多存上十几坛子慢慢喝。"梅雪听出张福话里的意思了，问道："张掌柜，您是怕我当家的走了，三义泉缸房从此便要关门了？"张福尴尬道："那倒不是。说实话，石掌柜酿的酒实在好喝，我是怕以后很难喝到那么有劲道又不上头的好酒了，所以才……"梅雪说："所以才想多存几坛子慢慢喝，对吧？"张福点头说："是的，是这么个意思。"

梅雪叹息一声道："张掌柜请放心，我当家的虽然走了，三义泉缸房照开不误，神仙醉的牌子也不能砸。"张福似有所悟："哦，石掌柜家的又从外面雇请酿酒师傅了？"梅雪淡淡一笑："没有，酒我自己酿，掌柜我自己当。"张福惊讶道："咋？石掌柜家的也会酿酒？"梅雪苦笑道："跟猫学着跳，跟狗学着叫，嫁了酿酒的，也得跟着学呀！不瞒张掌柜，我当家的这几年身子骨不太好，我娃娃们也都大了，家里没营生，没事的时候我便给他搭把手，时间久了，也就会了。隆盛庄人这两年喝的酒，有一半是我亲手勾兑的。"张福恍然大悟，钦佩道："石掌柜家的真是个了不起的女人。今天若不是你自己说出来，我们没人相信这两年喝的神仙醉竟然出自一个女人之手。"梅雪却微笑道："掌柜的能当，酒也能酿，只是还得多雇几个伙计。"

果然，三义泉缸房依然开着，神仙醉依然绵柔醇香，依然那么劲道十足，不过是梅雪自己当了掌柜而已。

张福没有想到，虽然他已经备好了神仙醉，张占魁却无法娶秀珍了。

张占魁到代县任马队营长刚一个多月，汤冠丰便上任代县知事了。知事一职为文官，与清朝的知县、同知相同。而马队营长为武官，比知事要低一级。张占魁不解，副营长武斯楞不解、马麦不解，连长张玉峰、王金虎不解，由独立队改编为革命军的弟兄们更是不解。汤冠丰在推翻清朝的革命运动中不仅寸功未建，滴血未流，还为虎作伥，帮着聂志贤残杀过革命党人，他怎么会受到民国政府的重用，并且官居可以称为绥东辛亥革命第一人的张占魁之上？马队官兵一片哗然。

然而，不解归不解，哗然归哗然，汤冠丰的委任状上，的的确确盖着民国政府鲜红的大印。这是毫无异议的。

按照官场规矩，汤冠丰上任知事，张占魁应该先去县府拜见。可是，马麦不同意。他是马队几个军官里脾气最不好的，愤懑地骂道："二哥，他汤冠丰算个啥呀！叫我看，别说在你面前了，就算在我面前，他给我提鞋都不配。"张占魁不语，虽然他与马麦想的一样。武斯楞性情沉稳，慢悠悠地吐着烟雾道："有道是皮裤套棉裤，必定有缘故。汤冠丰能当代县知事，其中肯定有猫腻。小状元，依我看，你还得委曲求全，先去拜见汤冠丰为好。"张占魁被马麦的话挑起火来，鼻子轻轻哼一声："我若是不去拜见他呢？"武斯楞沉吟道："去年打丰镇，你小状元的名字在绥东可谓家喻户晓，那时，汤冠丰不过是清朝设在隆盛庄的一个巡检，芝麻官而已。你立了大功，不过被封了个营长，汤冠丰无功有过，却一步登天。咱冷静地想想，这其中的猫腻无非有二，一是他在民国政府有一棵枝繁叶茂的大树；二嘛，我担心他是不是冲着咱们来的。"

张占魁与马麦都是一惊："冲着咱们来的？大哥，你话说得明白些。莫非……"武斯楞道："你们想想，咱们是最清楚汤冠丰底细的，就算他在民国政府有根基，山西这么大，哪个县当不了个知事，为啥非要和咱们往一块凑？还要咱们受他的制约？我觉得这里面大有文章！所以，咱们最好先不要招惹他，看他的葫芦里装的到底是啥药。"张占魁若有所思道："照大哥这么说，我还真得先去拜见他？"武斯楞点头道："现在民国政府刚成立，许多官员都在前朝做过官。且不说山西都督阎锡山便是前山西陆军标统，就连新任大总统袁世凯，也是清朝政府的内阁总理大臣。依我看，天下人除了宣统皇帝，便要数孙中山和他的同盟会委屈了。"马麦不解："大哥，你这话咋讲？宣统皇帝有啥委屈的？孙中山和同盟会又咋委屈了？"武斯楞慢条斯理道："宣统皇帝派袁世凯和南方革命政府谈判，可谈来谈去，自己被袁世凯赶下了龙椅，你说宣统皇帝委不委屈？为了实现共和，孙中山领导同盟会发动数次起义，前仆后继，临时大总统才当了几天，便被迫让位于袁世凯，你说孙中山和同盟会委不委屈？既然孙中山和同盟会都委屈，咱受点儿委屈也不算啥。何况，大丈夫当能屈能伸，不计较眼前的得失。”张占魁点头道：“好，那我听大哥的，先去拜见汤冠丰。他客气些还好，若是眼皮子抬高半寸，我也不客气，看他能把小状元爷爷怎的。”

其实，武斯楞多虑了。因为不等张占魁去拜见汤冠丰，汤冠丰却先来马队看望张占魁了。

汤冠丰虽然花银子买了知事的官职，却没想到镇守使将他放到代县为官。打心眼里说，汤冠丰是看不起张占魁的。他虽然没有和张占魁打过交道，但张占魁的底细他很清楚。张占魁打小爹死娘嫁人，贩夫走卒出身，只因胆大，豪爽仗义，结识了些不守本分的年轻人，后来因抗税杀死官军，立起独立队的旗号起事造反。如若不是正巧赶上辛亥革命，正巧遇上同盟会的王虎臣、李元翎，充其量也就是个绿林好汉、草莽英雄，怕是横行不了几天，便要被官军剿灭了。可张占魁时运好，偏偏遇上了辛亥革命，偏偏被王虎臣、李元翎看中了，冥冥之中走上了革命道路，这才成就了他的今天。但是，汤冠丰内心也承认张占魁算一条好汉，破聂志贤的伏击，攻打丰镇城，做出一番轰轰烈烈的大事。自己与其相比，除了有城府，重心机外，做的几乎都是见不得人的龌龊事。所以，汤冠丰内心也是有自卑的。

但是，大同镇守使孔庆庚的一番话给汤冠丰增添了信心。孔庆庚告诉他，之所以放他为代县知事，就是因为张占魁的马队驻扎在代县。他在隆盛庄当过巡检，张占魁是从隆盛庄起家的，所以，他应该对张占魁有所了解。孔庆庚给汤冠丰的密令是监视张占魁的一举一动，暗地鼓动张占魁的手下滋事扰民，以便找一个给张占魁治罪的理由。汤冠丰大惑不解，张占魁是辛亥革命的功臣，民国政府怎么会治他的罪？但又不敢向孔庆庚问个明白，只是说张占魁手下能人颇多，尤其那个武斯楞更是心细如发。自己挑唆张占魁的手下，万一被武斯楞看破，该如何是好？孔庆庚让他放心去做，说为了他行事方便，不日内便将武斯楞调离代县，分解张占魁的力量。汤冠丰这才吃了颗定心丸。

汤冠丰心机重重，为了麻痹张占魁，以敬重张占魁为辛亥革命先驱为借口，放下知事的架子，主动前来探望张占魁与武斯楞、马麦了。

张占魁粗心，见汤冠丰主动来探望自己，并对自己多有奉承，以为汤冠丰自卑对革命功不如己，便恃功自傲，我行我素，不把汤冠丰放在眼里。那汤冠丰佯装知趣，对张占魁毕恭毕敬，不但不干涉马队的事务，还经常给马队送些酒肉食物。月余，大同来了一纸公文，调武斯楞回丰镇担任警长。

那日，张占魁与马麦受孔庆庚之命到大同议事，听说了章彤举家搬到大同，正上下活动，想在民国政府谋个一官半职的消息。张占魁一直记着为王虎臣、李元翎、朱尧、田子功等革命志士报仇，听后气愤道：“狗日的章彤，杀了那么多革命党人，居然还想做民国政府的官儿，简直恬不知耻。”马麦则叹息道：“唉！这民国政府究竟是咋了？莫非除了前朝官员，便没有能人可用了？就算没有能人可用，也不能起用屠杀过革命党人的仇人吧？”张占魁举起手掌，看看当初因发誓为王虎臣、李元翎报仇而切下的断指，咬牙切齿道：“马麦，当初我曾立下誓言，一定要为军师和李教官报仇雪恨。不管他民国政府是咋想的，我一定要除掉章彤。不然，我小状元的这根手指算是白切了。”马麦点头道：“我也是这么想的。二哥，你说吧，咱啥时候动手？咋个动手法儿？”张占魁沉思片刻，冷笑道：“也算老天有眼，让咱恰好到了大同。依我看，如若章彤真的买下官职，咱杀他之后，一旦破案，那便犯了杀害民国官员之罪。所以，趁他现在尚未被任命，就在大同把他杀了，能瞒过去最好，即便瞒不过去，也有个推诿之词。”

两人秘密商量一番，亲自查探了章彤的宅院和四周地形，命张玉峰带两个机敏的卫兵监视章彤的一举一动。

孔庆庚召集各县马步营长议事，不过是传达山西都督阎锡山整顿军纪，加紧操练各营兵马的命令。命令传达完毕，即令各马步营长返回部队。张占魁为掩人耳目，与马麦大摇大摆地出了城，而后又悄悄潜回城中。第二天上午，张玉峰报告，说章彤刚才雇一辆轿车去了镇守使府。张占魁立即行动，按计划与马麦、张玉峰带两个卫兵到了章彤的宅院门口，四下瞅瞅，见没人注意，便用布蒙了脸，叩响院门。章彤家除了家人和丫头，唯一的男丁是个六十来岁的看门老汉。看门老汉姓刘，听得有人敲门，慢吞吞地问是什么人。张占魁回答说是章大人在丰镇时的同僚，特意来看望章大人的。刘老汉也算谨慎，说章大人到镇守使府去了，让张占魁晌午再来。张占魁答道：“大爷，我是到太原路过大同的，给章大人带了些丰镇的土特产。现在急着赶路，您看要不这样，我也不等章大人了，把东西给您留下吧。”刘老汉听说来人是给章大人送礼的，没有多想便把门开了。张占魁不等院门大开，便使劲儿推开门闯了进去。刘老汉见外面忽地闯进几个蒙面人，心知不妙，正要喊叫，马麦已经将枪口抵在他的额头，压低声音喝道：“别出声，不然一枪崩了你。”刘老汉是用人，哪见过如此阵势，惊恐地瞪大眼睛连连点头。张玉峰将刘老汉捆了，堵上嘴，五个人便往院里闯。章彤没有儿子，一干妻妾女儿手无缚鸡之力，惊恐之中，说话间便被张玉峰带两个卫兵一一捆了。张占魁也不伤人，将刘老汉与女眷尽数关进东耳房，派两个卫兵看守，自己与张玉峰躲在院门后面，等着章彤回来。马麦则出了院门，隐蔽在章彤宅子对面的小巷内，只要看见章彤回来，便给张占魁发信号。

章彤到镇守使府没一会儿便回来了。

孔庆庚收了章彤两万两银子的贿赂，又考虑到章彤曾经官至五品，为候补知府，治理地方经验丰富，而民国政府初建，正是用人之际，便拟文上报都督府，报请任命章彤为大同县知事。大同县离大同府极近，属山西较为富庶之地。章彤对此职位颇为满意，谢过孔庆庚，不敢叨扰，便心花怒放地返回家中，高兴都督府的批文一下来，自己便可赴大同县上任了。通过这件事，他也看穿了民国政府。各朝各代，官场都一样，只要肯花银子就可以做官，只要做官就可以搜刮民脂民膏。他暗自盘算上任的第一年要收敛些，第二年就可以放手捞钱了，估计用不了两三年，两万两银子就可以轻松地捞回来。

有道是春风得意马蹄疾，章彤觉得回来比去时快多了，美好前程还未想透，轿车已经停在了家门口。因为心里高兴，章彤多给车老板付了车钱，然后掸掸衣袖，脸上带着抑制不住的笑容迈上台阶，叩响院门。

张占魁已经听到马麦发出的信号，故意稍等片刻，然后才拉开了院门。

从张占魁闹独立队，喊出要取章彤的脑袋后，章彤一直十分警觉。按照以往的习惯，刘老汉打开院门之前，都要先问一声是老爷回来了吗，他答应之后才会开门。可是，刘老汉今天没有问话便把门打开了。章彤觉得异样，不由自主地往后退了一步，准备确定开门的是刘老汉后再进院子。刘老汉却久久不肯露头。章彤心念一动，正准备往后再退时，紧随其后的马麦已经跟了上来，小跑两步，从背后将章彤使劲向前一推。章彤猝不及防，踉跄着被推进院门。张占魁早已准备好了，一把抓住章彤的胳膊，顺势往前一拽，章彤便一个狗吃屎摔倒在地。不等他喊叫出声，张占魁一个猛虎扑食骑在他身上，抓住他剪掉辫子后散落的头发往起一提，胳膊紧紧箍住他的喉咙。章彤感到一阵窒息，别说喊叫了，连呼吸都十分困难。张玉峰抖开早已准备好的绳子，三下五除二将章彤捆了，张占魁则扯下蒙在脸上的布攥成一团，塞进章彤嘴里。马麦跟进院来，插上院门，朝张占魁龇牙笑道："这老狗还够警觉的，若不是我小跑了几步，差点儿让他逃脱了。"张占魁回头嘿嘿笑道："天网恢恢。今天该着他死，他逃不了。"

章彤虽然早已知道张占魁，却从未与张占魁打过照面，听了张占魁与马麦的对话，明白是仇家找上门了，但不知这仇家便是张占魁。他心中虽然惊恐，却还心存一丝侥幸，暗想今天凶多吉少，若想保住性命，怕是又要破费不少银子了。

张占魁命张玉峰守住院门，自己和马麦各扭住章彤的一条胳膊，将他拖进正房的客厅扔在地上。章彤抬起头，眼神惊恐地瞅着张占魁那张既熟悉又陌生的黝黑脸膛，想乞求饶命，但嘴里塞着破布，喊不出声来。张占魁见章彤成了砧板上的肉，心中惬意，大喇喇地在太师椅上坐下，朝马麦道："马麦，军师和李教官的仇今天终于得报了。你先沏壶茶，咱慢慢地拾掇这老狗。"章彤听张占魁喊出马麦的名字，顿时如雷轰顶。他想，难怪刚才看见这黑瘦精干的后生眼熟呢，他肯定就是自己当年画影图形悬赏缉拿的小状元张占魁了。眼睛一黑，险些晕了过去。

章彤的八仙桌上摆着茶具，暖瓶也有烧好的开水，马麦沏一壶茶，与张占魁一边气定神闲地喝着茶抽着烟，一边猫戏老鼠一般，笑眯眯地瞅着双目惊恐、脸色灰白地躺在地上的章彤。待茶喝好了，烟抽足了，马麦上前扯出塞在章彤嘴里的破布，在他屁股上踢一脚，哼着鼻子让他别装死了。章彤已无生望，反倒变得冷静了，翻张占魁一眼，问他便是张占魁吧？张占魁惊讶地问章彤是如何猜出来的？章彤惨然一笑道："和马麦在一起的，不是张占魁还有谁？"张占魁呵呵一笑说："不错，爷正是隆盛庄饮马沟的小状元张占魁。"章彤叹息一声道："没想到，没想到啊！"马麦笑眯眯地问："没想到啥？没想到你老狗也有落在我们手里的一天？"章彤摇头道："落在你们手里那是天命，本官没有怨气。只是没想到把丰镇搅了个乌烟瘴气的小状元，竟是这么个又黑又瘦，不起眼的毛头后生。"

张占魁见章彤看不起他的相貌，不由得来了火气。他抓起放在八仙桌上的左轮手枪，枪口点着章彤的脑袋冷笑道："你个老杂毛，死到临头了，还看不起你小状元爷爷？信不信爷现在就一枪把你的天灵盖揭了？"没想到，章彤竟然坦然道："龙困浅水遭虾戏，虎落平阳被犬欺。小状元，你今天不就是来取本官性命的吗？早一刻与晚一刻，有何区别？"马麦见章彤豁出去了，讥笑他道："章彤，你以为还在丰镇做同知呀？啥本官、本官的，现在是民国了，戴着你的乌纱帽到阎王爷那里做官去吧……"章彤老奸巨猾，想激张占魁和马麦到外面杀他，便打断马麦的话说："马麦，你别拿民国吓唬人。你们不过绿林出身，虽然做了民国的官，也是不登大雅之堂的芝麻官，就算杀人，也还是背后捅刀子的主儿。你们若真有胆量，把本官拉出去，刑场之上，本官就算掉脑袋，也绝不会皱一下眉头。"马麦性情急躁，正要说话，却被张占魁挥手止住，冷笑着站起来，猛地朝章彤心口踹一脚，骂道："章彤，当你小状元爷爷脑袋进水了？爷若是能把你拉到刑场之上，还用得着脱了裤子放屁，到家里来抓你吗？爷的官是芝麻官，小到连狗日的汤冠丰都能管辖。可你别忘了，爷是小状元，是杀贪官不眨眼的张占魁。爷知道你给镇守使使了银子，也知道你想在民国谋个一官半职，可那都是做梦了。你求求爷，爷今天给你个痛快，不然，看爷咋慢慢地拾掇你。”张占魁这一脚力气够大，章彤疼得直叫，在地上打个滚儿，龇牙咧嘴道：“张占魁，你杀不得本官。实话告诉你，镇守使大人已经答应放本官为大同县知事了。你若杀了本官，便犯了杀害民国官员之罪，是要偿命的。”

张占魁和马麦都是一怔，他们原以为章彤双手沾满革命党人的鲜血，就算他在最后时刻易帜民国，民国政府大不了给他个刀笔小吏干干，却没想到，民国政府竟然放他为大同县知事。他们想到革命军打丰镇，流了那么多鲜血，死了那么多弟兄，最后的结果却不如血债累累的前朝官员，禁不住满心苍凉。

章彤见张占魁与马麦面面相觑，脸上露出苍凉之色，以为二人被自己吓唬住了，嘿嘿一笑道：“其实，本官一直敬仰二位英雄豪杰。此前之事，咱们是各为其主，如今，咱们同为民国政府官员，当互相体谅才对。为了弥补本官的得罪之处，本官愿向二位奉上白银两万两赔罪，以消除误会。今后咱们和睦相处，互相照应……”张占魁双目欲裂，抬起缺了一指的手掌送到章彤面前，咬牙切齿道：“章彤，你以为银子可以化解仇恨吗？你知道爷的这根手指是如何没了的？”章彤见张占魁脸色骤变，再次露出惊恐之色，摇头嗫嚅道：“不、不知道。”张占魁痛心疾首道：“章彤，你听着，爷这根手指，是发誓为王虎臣、李元翎、朱尧、田子功报仇，自己切下的。你说说，爷今天若是放过你，对得起爷那些被你杀害的兄弟吗？对得起爷的这根手指吗？”马麦撸一把袖子，从腰间拔出一把尖刀，上前便要动手：“二哥，我先叫这狗日的还你一根手指。”

章彤吓得浑身颤抖，双手紧紧攥成拳头。他朝着张占魁号叫道：“张占魁，我章彤虽然算不得好汉，但毕竟是前朝五品候补知府，你不能如此羞辱于我。今天你为刀俎，我为鱼肉，你要杀便给个痛快的，也不枉你英雄好汉的称呼。”张占魁不想与章彤磨嘴皮子了，从马麦手中要过尖刀，双目带着杀气向章彤逼去：“好，那我就割下你的狗头，祭奠军师和李教官的在天之灵。”马麦见张占魁这就要杀章彤，提醒道：“二哥，不能就这样便宜了狗日的，就算不剁他的手指头，也该像他对待田子功一样，先把他的两只耳朵割下来。”章彤听马麦提起他割掉田子功双耳的旧事，心说张占魁为了给那些革命党人报仇，竟然切指明志，可见其杀己之心的坚定。他料想今天的黄泉路上，必定要遭受一番死去活来的折磨了，不由得声音凄惨道：“唉！善恶有报。罢了，本官既然落在你们手里，就算被剁成肉酱，也算不得冤屈。小状元，来吧，章彤这百十来斤就交给你处置了，爷绝不会喊一声求饶的话。”说罢，眼睛一闭，两串眼泪从眼角滚落。

有道是英雄也有柔情。张占魁见章彤落水狗一般，蜷缩在地上等着引颈受戮，犹豫了一会儿，手里的尖刀举起来又放下。马麦见张占魁不忍下手，说道：“二哥，一报还一报，你若下不了手让我来！我要割了狗日的两耳，削了狗日的鼻子，挖了狗日的双眼，然后再取狗日的性命。”章彤闻听马麦此言之残酷，身体更是哆嗦不已。

“马麦，算了，不能狗咬人一口，人再反咬狗一口。我看就给狗日的个痛快吧！”张占魁叹息一声，一把抓住章彤的头发，手起刀落，章彤的脖颈喷出一股血雾，身体抽搐了几下，到阎王殿报到去了。张占魁割下章彤的人头，与马麦面向西方跪下，举起章彤的头颅道：“军师、李教官，死难的弟兄们，张占魁和马麦取了章彤的人头，给你们报仇了，你们可以瞑目了……”

张占魁与马麦杀了章彤，连夜返回代县。

代县城内，汤冠丰按照大同镇守使孔庆庚的密令，与王金虎等下级军官频繁接触，进行拉拢和收买。

张占魁手刃章彤，从大同回到代县后，情绪低落。他虽然为王虎臣、李元翎、朱尧、田子功报了仇，却因为民国政府重用章彤、汤冠丰等对民国失去了希望。当初，李元翎和王虎臣向他灌输革命思想，宣传共和，他本以为推翻一个腐败的清朝，可以建立一个崭新的共和政府，现实却让他失望至极。清朝是被以孙中山为首的同盟会带头推翻的，在这一过程中，无数革命党人前仆后继，抛头颅、洒热血，用生命铺平了通往共和的道路。可是，最后的胜利果实被前朝旧臣窃取。孙中山的临时大总统被清朝总理大臣袁世凯取代了，清朝的山西陆军标统阎锡山做了山西都督；攻占大同的同盟会员李国华、宋世杰等销声匿迹，阎锡山的心腹孔庆庚做了大同镇守使；丰镇同知章彤民怨载道，残杀革命党人，却被委任为大同县知事；汤冠丰一个芝麻大的隆盛庄巡检，助纣为虐，帮着聂志贤将十数名革命党人及家属填了枯井，竟被委任为代县知事，连自己都要受其辖制。轰轰烈烈的共和，除了将一个软弱无能的宣统皇帝赶下龙椅外，依旧是前朝重臣的天下，依旧是清朝的延续。

张占魁心灰意冷，没有心情操练马队，没有心情整顿军纪，与马麦整日借酒消愁，大有辞官归隐之意。马麦亦有此想法，说道：“是呀！这官不做也罢。咱回隆盛庄，你做你张家的女婿，我接我爹的上三元。今后不问政事，做个生意人，也能活一辈子。”张占魁愣怔一下：“马麦，你若不说，我还真把已经定亲的事忘了。我觉得，要不把张家的亲事退了吧。”马麦不解，问为什么。张占魁说：“你想想，张家是隆盛庄的大户，三大老财之首。张家当初相中我，不是相中了我的相貌，也不是因为我肚子里有文采，他们相中的是我做了民国政府的官，是官府之人。如果我现在辞官回隆盛庄，便是一介布衣，人家还瞧得起我吗？与其等人家退亲，还不如我主动提出来，给自己留点儿面子。”马麦想想也是，蹙着眉头道：“二哥，我看这事还是缓缓再说吧。”张占魁问为什么。马麦道：“我辞官回隆盛庄，有我爹给我留下的上三元股份，大小也算个财主。你呢，房无一间，地无一垄，再和张家把亲退了，拿啥过生活？总不能再去走贩私盐、贩炭的老路吧？”张占魁沉默不语。马麦又说：“咱们从当初拉独立队造反，到今天修成正果不容易。要不还是先忍忍，打听打听弓老大的消息，打听到了我便去找他，让他从上面给咱说说，换个驻防的地方。咱再窝囊，也不能听命于他汤冠丰吧？”

张占魁想想也是，便点头答应了。

隔了几日，外面传来消息，说弓富魁被阎锡山委任为山西都督府顾问。张占魁大喜，连忙派马麦前往太原寻找弓富魁。可是，就在马麦走后的第三天晌午，汤冠丰派人来到兵营，请张占魁到县府议事。张占魁没多想，便带了张玉峰和两个卫兵过去了。没有料到，他们腿刚迈进县府的院子，大门“吱扭”一声关了。张占魁正愣怔着，两厢哗地冲出十几个士兵，枪口齐刷刷地对准了张占魁和他的卫兵。为首的竟是他手下的连长王金虎。张占魁大惊，一边去摸腰间的枪，一边喝道：“王金虎，你想造反吗？”王金虎冷笑一声，手一挥，下令道：“快，把他们的枪下了。”张占魁已经拔枪在手，张玉峰和两个卫兵也都掏出枪来，喝道：“谁敢？”

这时，从正厅又涌出十几个士兵，汤冠丰背抄着手出来，身旁跟着一个军官。张占魁认识那军官，是邻县繁峙驻军营长郭盛。郭盛道：“张营长，你看看这阵势，还是乖乖地把枪缴了吧。”张占魁问道：“郭营长，你繁峙的驻军跑到我代县做甚来了，还敢缴我的枪？”郭盛不苟言笑道：“张营长，没有上头的命令，我敢随便到你张营长的地盘？奉劝你一句，还是乖乖地把枪缴了吧。至于缘由，汤知事自然会对你讲个明白。”张占魁脑子转了一圈，猛然想起自己杀章彤的事，心说是不是此事败露了，大同调郭盛过来帮汤冠丰拿人的？不然，没有镇守使的命令，郭盛绝不敢擅自越境，带兵到代县抓人。

就在张占魁思量之间，王金虎已经带着几个士兵扑上来，缴了张占魁和张玉峰及卫兵的枪。汤冠丰见张占魁枪被缴了，急忙下令将张占魁绑了。几个士兵抖出绳子，将张占魁等五花大绑起来。士兵收枪列队，汤冠丰命令将张占魁带入正厅，喝道："人犯张占魁，跪下！"张占魁不跪，大声道："汤冠丰，爷何罪之有？"汤冠丰叹息一声说："张占魁，念在你我同僚一场，不跪就不跪吧。"汤冠丰在椅子上坐下，拿起案几上的公文道："张占魁，今天拿你，是奉大同镇守使之命，与本知事和郭营长毫不相干。至于你身犯何罪，本知事这便念与你听。"汤冠丰咳嗽两声，清清嗓子念道："据查，马队营长张占魁自驻军代县以来，斗志低落，放纵部下，纪律涣散，骚扰地方。为严明军纪，特令繁峙驻军郭盛营长协助代县知事汤冠丰，将张占魁就地正法，以平民愤。"

张占魁听得如同晴天霹雳，暴跳如雷道："这叫罪名吗？我张占魁自从举起义旗，斗志旺盛，军纪严明，无论驻军何处，从不敢骚扰地方。此等罪名，如何强加于我头上，实在是冤枉。再者，就算我斗志低落，放纵部下，也罪不至死吧？"郭盛在一旁悄声叹息道："张占魁，认命吧！这可真真切切是镇守使大人的手谕，唉！一定是你得罪了人，人家在背后给你使了绊子。"汤冠丰听了，脸红了一下。张占魁也意识到了什么，冲着汤冠丰骂道："汤冠丰，爷日你个大马脸奶奶的，一定是你在镇守使那里给爷使了坏！不行，爷不能死得不明不白，爷要亲自去大同，见镇守使大人问个明白，这欲加之罪是何处来的？"汤冠丰摇头道："张占魁，本知事实话对你讲，你虽然有罪，但罪不至死。唉！镇守使大人之命不可违，恕本知事爱莫能助，只有在送你上路之前赏你一桌酒菜，算是一点儿心意吧。"

其实，孔庆庚之所以要杀张占魁，是受了阎锡山密令。

辛亥革命期间，山西是同盟会在北方的主要活动地区，各地起义多为同盟会策动新军为之，唯有弓富魁的晋北公团与张占魁的革命军不同。张占魁的革命军受王虎臣和李元翎领导，算得上同盟会自己的力量。阎锡山就任山西都督后，为了巩固自己的地位，决定瓦解同盟会的力量，先是解散了弓富魁的晋北公团，又密令大同镇守使孔庆庚密切监视代县马队，相机除掉张占魁。所以，才有了孔庆庚委任汤冠丰为代县知事的原委。汤冠丰奉孔庆庚之命，一边监视张占魁，一边收买王金虎，怂恿王金虎放纵部下，做了几件骚扰百姓之事。汤冠丰原以为以张占魁之功，孔庆庚最多也就革了张占魁的职，打几十军棍而已，没想到孔庆庚竟然下令将张占魁就地正法。这也让他惊出一身冷汗，感受到民国政府派系斗争之残酷。

可怜张占魁一条好汉，在王虎臣、李元翎的引导下走上革命道路，成为绥东辛亥革命第一人，不但没有享受到革命胜利的成果，反而成为民国政府派系斗争的牺牲品惨遭杀害，时年仅二十二岁。

汤冠丰害怕张玉峰记他的仇，在背后打他的黑枪，擅自将张玉峰一并杀害了。

第三十九章

梁宝元喜极生悲

这年夏天，风调雨顺，庄稼长势很好，一望无际的田野生机勃勃。放眼望去，满眼无尽的青翠。

改朝换代，民国政府颁布了新的税赋政令。张禄拿着王虎臣的借条去了趟丰镇，丰镇县府爽快地将三万两白银的欠款从隆盛庄应缴的税赋中抵扣了。

民国伊始，社会稳定，因躲避战祸不敢冒险的旅蒙商人又露头了。数年不见的蒙古喇嘛也赶着牛羊，途经隆盛庄去五台山朝拜。上三元也开始继续向大同、丰镇、集宁供应干货。隆盛庄的商贸活动比之前更为繁荣，达到鼎盛。

张、梁两家都很忙碌。

张禄除了经营自己的瑞盛粮店、瑞盛马店、瑞盛钱铺、瑞盛皮坊，还要处理商务会的日常事务。张福想让秀珍嫁得风光些，开始给闺女准备嫁妆。张祯的隆盛小学校舍已经盖好，正请了几个木匠赶做课桌板凳，准备入秋便招生开学；他的澡堂也开工了，隆盛庄人翘首盼望，想象着在那热气腾腾的大水池子里泡个热水澡，搓去满身的泥污后是何等的舒服。梁龙也没闲着，他爹出钱，要给他盖一处和张禄一样的四合院，木料和砖瓦都已采买回来了。

就在这时，马麦突然回到隆盛庄，带回了张占魁遇害的消息。

张占魁自拉独立队以来，从未骚扰过隆盛庄，所以，隆盛庄人对张占魁颇为敬佩，现在听说张占魁遇害，都觉得惋惜。张福更是痛心疾首，他一直为把秀珍许配了张占魁那般的英雄豪杰自豪不已，而现在，花子把嫁妆都准备好了，只等张占魁入秋后回来，风风光光地把闺女聘了。可是，没想到张占魁为官不过数月，竟然被他流血牺牲、为之奋斗的民国政府所害。这真是飞鸟尽，良弓藏；狡兔死，走狗烹。

张福遗憾不已，张禄开导他说：“福奎呀，民国政府杀戮功臣，的确让人心寒。不过，咱家也该庆幸，小状元这是在娶秀珍之前被害了，若是在娶秀珍之后被害，咱家秀珍可就惨了。”张福乱了分寸，不思不想道：“哥，照你这么说，小状元还死得好了？”张祯在旁边说：“二哥，你是不是气糊涂了？大哥说得对，他不是咒小状元死，他是为秀珍着想呢。你想想，小状元若是娶了秀珍后再遇害，咱秀珍就成了寡妇。寡妇咋嫁人呀？”张福心一下子亮堂了，点着头说：“哥说得对，我这脑子呀，真是被气晕了。唉，那秀珍现在该咋办？”张瑞元在炕头上插话了：“没出阁的闺女，想咋办就咋办。”乌云其木格接过话说：“是呀！再给她踅摸个好后生吧。不过，这回可不能嫁吃官饭的了，还是嫁个生意人可靠。”

马麦是辞官回到隆盛庄的。张占魁之死给了他沉重的打击，也让他对民国政府心如死灰。从代县回来，路过丰镇的时候，他专程到警察署看了武斯楞。武斯楞劝他留在丰镇，让他在警察署安顿下来。马麦说：“大哥，谢你的好意了，有二哥的前车之鉴，我不想也不敢再端官家的饭碗了。我还是回隆盛庄做我上三元的三掌柜吧。”

马麦回到隆盛庄，接手了他爹入股的上三元，做了上三元的三掌柜。

入秋的时候，隆盛小学校舍全部完工，学生的课桌板凳也都做好了。张祯去了趟丰镇，买回课本，请回两位年轻老师。隆盛庄有孩子的人家早就等着这一天了，张祯刚把招生告示贴出去，家长便纷纷带着孩子到学校报名。张祯收学费也不墨守成规，银圆可、铜板可、制钱可、米面粮食亦可，家里贫穷的，尚可减免学费。

过了数月，张祯的澡堂也开张了，张瑞元邀请梁宝元、段祖贤、朱奉祺等几位亲家洗了第一汤。众人虽然都是隆盛庄有名的大老财，在澡堂子里洗过的也只有朱奉祺和段祖贤，不过，那都是很久之前的事了，自从搬到隆盛庄，他们再没如此享受过。几个老财泡了足足一个时辰，互相搓了背，坐在床铺边抽烟休息。伙计沏上一壶浓茶，端上两盘上三元的细点心。梁宝元高兴得赞不绝口，对张祯说：“宝奎呀，难怪你能做举人老爷呢，真是会享受。这回好了，大爷晚上睡觉，再用不着你大娘给抓背挠痒了。以后呀，大爷隔上一个月，就到你这儿泡上一泡。”张瑞元开玩笑说：“师兄，你若不怕把皮泡破，天天来泡都成。”梁宝元拍着胸脯说：“我的皮比猪皮还厚，泡不破。”张瑞元感慨地说：“师兄，不说你了。难怪人家回民的清真寺有沐浴室呢，原来这洗澡的确舒服。”

梁龙的四合院开春动工，按说，如果工匠加快些，入冬之前便可以完工了。四合院是梁宝元亲自监工的，别看他平时大大咧咧，给梁龙盖房却一点儿也不马虎。工匠有丝毫粗糙和不尽如人意的地方，他便要人家返工。梁龙见他爹挑剔得厉害，无奈地说：“爹，这又不是盖宫殿，您弄那么精细做甚？”梁宝元得意地说：“龙龙呀，你看爹进的料，砖是上等的好砖，椽檩是直溜溜的椽檩，筒瓦没有一点儿伤残，堵瓦和滴水都是一个模子拓出来、一座炉里烧出来的，颜色没有一个或深或浅，图案没有一个模糊异样的，还有那两个兽头，做得多精巧、多威武呀！我用了隆盛庄人盖房子最好的料，请了丰镇最好的石匠和隆盛庄最好的木匠，这院子若是盖不好，岂不是要被人笑话？”梁龙倒不在乎这些，说道：“爹，房子是住人的，宽宽敞敞的就行了，盖那么好做甚？”梁宝元眼睛一瞪，说道：“我就是要盖得好，好到压过隆盛庄所有老财的院子。我说龙龙，爹不急你急个啥？就算入冬前完工了，新房潮气太重，你也住不成。再说了，钱不用你出，工不用你监，你愁的啥呀？”梁龙心疼地说：“我不急，我也不愁，我是见爹一天到晚地忙个不停，怕爹累着了。”

梁宝元听儿子是关心他，满意地笑了：“龙龙，有你这句话，爹就没有白忙活。说实话，你瑞元叔三个儿子，他给每个儿子都置下一份家业，给每个儿子都盖了一处四合院。爹就你一个，就算打肿脸充胖子，也得好好地给你盖处院子吧。何况，这点儿钱咱家还是拿得出的。”邓香如在旁边忍不住“扑哧”一下笑出声来。梁龙问他妈笑什么，邓香如瞅梁宝元一眼，说：“我笑你爹呢。”梁宝元不解地瞟瞟邓香如，说：“你笑我个啥？”邓香如不紧不慢地说：“我笑你争强好胜呗！一个枕头睡了大半辈子，我还不知道你那点儿心思？说到底，你心里还是不服瑞元，要给龙龙盖一处隆盛庄最好的院子，往回扳扳面子。你说你七十多岁的人了，还那么在乎面子做甚？再说了，就算你给龙龙盖了隆盛庄最好的院子，就比瑞元过得好了？人家玉奎大小老婆娶了三个，你要比，也给你儿子娶上三个。”

梁宝元被噎住了，眨巴着眼睛又挺起了脖颈：“香如，这都快入土的人了，说话还偏着瑞元呀？龙龙，爹掏心里话说，你瑞元叔虽然是爹的师弟，福奎又娶了花子，我们算是亲上加亲了，可爹还是不服你瑞元叔。你说你瑞元叔命咋那么好呢！唉！真是人的命，天注定呀！”邓香如笑着说：“你那不是不服，是嫉妒。你也信命？那你就认命吧！有道是生死由命，富贵在天。二两银子的命，多给你一钱，你便福不住了。”梁宝元仍旧对邓香如偏袒张瑞元耿耿于怀，皱起眉头道：“行了，这我懂。我还知道三十年河东，三十年河西呢！我这辈子命比不过瑞元，可我还有三个孙子呢！尤其我那宝贝大孙子，说不定哪天便骑马挎枪，当个大将军回来，怕是比宝奎当年中举还要威风。龙龙，你记着，玉奎不就娶了三个老婆吗？将来念祖成了事，你替爹给他娶上五个老婆，爹在阴间也奚落奚落你瑞元叔。”邓香如无可奈何地摇头道：“你呀，看似人高马大，心眼还不如个女人呢！”

说话间进了腊月。

这一年，隆盛庄不但商贸繁荣，收成也比往年好过许多。商家与庄户人都赚了钱，个个笑逐颜开，置办年货也都出手大方了。

梁宝元心眼儿虽然有点儿小，但只是他和邓香如之间私下的叨叨，并不影响张、梁两家的感情。

梁龙和玉凤在清河开过饭馆，厨艺不错。去年过年时，梁宝元请张瑞元夫妇吃饭，乌云其木格直夸那道扒肉条做得好，和庆春楼的扒肉条相比，另有一番风味，问肉是谁烧的。邓香如说是玉凤烧的，乌云其木格便把玉凤夸了一通。梁宝元记着这件事，今年备年货的时候，吩咐梁龙和玉凤多烧些肉，多炸些丸子，多炸些豆腐，给张瑞元家也备上一份。别看过去许多年了，张禄又娶宝凤做了小，玉凤还是对当年张瑞元不同意张禄娶她耿耿于怀，说道：“爹，人家瑞元叔家有的是钱，还在乎咱这点儿烧肉、炸丸子、炸豆腐？”邓香如以为玉凤手懒，说道：“玉凤呀，你和龙龙就多辛苦些吧。你们在外面的那些年，每逢腊月，你瑞元叔都要让玉奎给家里送一只五十斤重的大肥羊，我们吃到二月二都吃不完。现在你们回来了，又都会做，咱也得有个心意。”梁宝元也说：“东西不在多少，只是表达个心意。别看爹嘴上不服你瑞元叔，心里还是敬佩你瑞元叔的。那些年你们在外面刮野鬼，你瑞元叔对爹妈照顾不少，福奎也成天过来。尤其那年闹土匪，你瑞元叔费了好大的劲儿才买了几条快枪，那可是宝贝呀！别人买都买不上，他顺手就送了咱家一条。若不是那条枪，咱家那年就被财旺抢得毛都剩不下几根了。”

梁龙回来后，几次听他爹妈因为张瑞元拌嘴，还以为瑞元叔真和他妈有点儿什么，心里也不舒服，逐渐和张禄疏远了些。今天听了他爹的话，方才知道他爹与瑞元叔并无成见，他妈和瑞元叔也无瓜葛，只因为他妈总是夸瑞元叔能干、有脑子，他爹才吃醋的。梁龙朝他爹嘿嘿笑着说：“爹，这点儿营生累不着人，我和玉凤多做一份就是了。”

肉和豆腐买回来，玉凤正在剁肉馅准备炸丸子时，张福和花子回来了。张福用小毛驴驮了两只冻得硬邦邦的大肥羊，说是他爹让送来的。梁宝元责备说：“福奎呀，你爹也是的，一只就够吃了，咋还送来两只？”邓香如也客气地说：“是呀，每年过年都吃你家一只羊，已经不好意思了，今年咋还送来两只？”花子说：“妈，我婆婆说今年我哥、嫂和侄儿们都在，怕人多了一只羊不够吃。”张福大大咧咧地说：“妈，您就放心地吃吧！今年收成好，我爹没少收租子。何况我爹还有五百亩草场，那羊左一群右一群的，吃不穷他。”梁宝元瞪张福一眼，呵斥道：“福奎，咋说你爹呢？你爹从小就精打细算，不然，他能置下今天的家业？这话可不能当着你爹的面说，当心你爹骂你败家子。”张福吐一下舌头，笑嘻嘻道：“我是随口说的。其实呀，我爹现在也不像山西人了，虽然不及我舅舅大方，可也不像以前抠门了。每个亲家都送一只羊，你们是师兄弟，送两只也是应该的。”梁宝元瞪张福一眼，叹着气说：“福奎呀，真是嘴上没毛，办事不牢。你咋就不能像你哥一样稳重呢？”邓香如捅梁宝元一下，瞥他一眼说：“还说福奎呢，你又是咋说话呢？这是女婿，不是儿子，你想咋说就咋说呀？”梁宝元鼻子哼哼，开玩笑道：“啥女婿？我是从小看着他长大的，说他咋了？他若犯了错，我还要拿鞋底子抽他呢！福奎，你说是不？”张福连连点头，笑道：“只要您老舍得，抽就抽呗！”

梁龙和玉凤忙碌了两天，压粉条，炸油糕，蒸馍馍，蒸发糕，烧了肉，炸了丸子、豆腐、兰花豆。梁宝元和邓香如亲自下手，到伙房选了十几块烧肉、一红瓦盆炸丸子、一红瓦盆炸豆腐，还装了两大海碗兰花豆，让梁龙给张瑞元送过去。玉凤见状，问道：“妈，瑞元叔家就老两口和一个丫头，能吃了这么多？”不等邓香如说话，梁宝元眼皮都不抬地说：“多拿些吧，你瑞元叔家老老少少十几口子呢！”玉凤见自己辛苦地做了两天，东西一下子被拿走一半，心里不大高兴，但当着公婆的面，又不敢流露出来。待梁宝元夫妇出去，玉凤噘起嘴对梁龙嘟囔道：“难怪人们说结亲家要门当户对呢。”梁龙听出玉凤话里有话，问怎么了，玉凤哼着鼻子说：“咋了？论理说，瑞元叔和我爹都是你爹的亲家，可亲家和亲家就不一样了，给瑞元叔的东西能装两箩筐，给我爹呢，连一碗油炸糕都没有。”梁龙见玉凤是因为这事，压低声音说：“你不看瑞元叔给咱家送来两只羊吗？这点儿东西和两只羊比起来，哪个多，哪个少？”玉凤依旧噘着嘴：“我也就是这意思。我爹给你家送不起两只羊，所以，你爹便连一碗油炸糕都没给我爹备着，真是官对官，富对富，草屋对着篱笆户。亏了我爹不是讨吃子，若是个讨吃子，你爹在街上遇见，怕是要假装不认识了。”梁龙怕玉凤在脸上带出不高兴，让爹妈看出来，连忙劝道：“礼尚往来嘛！你不记得有句古话，叫来而不往非礼也。其实，这些东西总共也值不了几个钱。这样吧，明天我买半扇子猪肉给你家送去，这还不成？”玉凤听梁龙如此说，脸上的阴云方才散了。

梁龙挑了两箩筐东西给张瑞元送去，乌云其木格说香如嫂子太多心了，家里的年货媳妇们都给备好了。张瑞元怕梁龙误会自己看不起这点儿东西，给乌云其木格使个眼色说：“啥备好了，咱不就缺烧肉和炸丸子了吗？正好，还是师兄有记性，知道你喜欢吃玉凤烧的肉。”

梁龙正在张瑞元这屋坐着，张禄从商务会回来了，听看巷门的说梁龙来了，便也过他爹这屋来。两人有些天没见面了，张禄问梁龙有没有念祖的消息，梁龙说还没有。张禄沉思着说，现在民国政府成立了，社会也算安定，没听说有打仗的地方，劝梁龙不必为念祖的安危担忧。梁龙说他也是这么想的，只是年关在即，他爹又想孙子了，成天念叨说当初不该让念祖跟着弓富魁走。两人聊了一会儿，梁龙见快到吃晌午饭的时间了，站起身告辞。乌云其木格挽留说就在家里吃吧，张禄说他有些日子没和梁龙一起坐了，两人索性到庆春楼喝上两壶。这时，宝凤过来了，见梁龙在，说道：“二姐夫来了？到啥庆春楼，你们不就是想喝两壶吗？回家，我给你们做。”张禄说：“我们还是到外面吃吧，龙龙是你二姐夫，不是艾叶和舒兰的二姐夫。咱家好不容易消停了些，别再因为我们喝两壶酒起了风波。”不等宝凤说话，张瑞元说：“玉奎说的是，如果不在我这儿吃，你们就出去吃吧。”

张禄和梁龙从家里出来，梁龙说既然喝酒，把周通也叫上吧。张禄说叫就叫吧，不过，下午商务会还有事，他最多喝两壶。周通好酒，听说喝酒便爽快地跟着出来了。到了庆春楼坐下，梁龙说：“记得当年喝酒，都是玉奎结账。现在我大小也当了掌柜，今天我结账，想吃啥你们随便点。”张禄笑道：“龙龙，亏了你还记着。好，今天就是你请了。”周通也说：“二姐夫的买卖比我的大，我就不和二姐夫争了。玉奎，是吧？”张禄忽然想起什么，抬手止住说：“你们谁请我不管，不过，有句话得提前和你们打个招呼。”梁龙与周通都说：“你说。”张禄说：“今天肖家的几个凤都不在，咱就别姐夫、姐夫地叫了。周通，你说你岁数比我小不少，我三姐夫、三姐夫地喊你，你好意思答应吗？”

周通是老君社会首，经常和张禄打交道，加上性格豪爽，两人说话也不避讳，便笑嘻嘻道：“玉奎，你也太霸道了吧？娶了我小姨子，还不想喊我姐夫？你啥便宜都想占呀？”张禄哼哼鼻子道：“我不管那些，反正喜凤在的时候，我给你留个面子，尊你一声三姐夫。不当肖家人的面儿，你就是个周通。”周通不甘心，戏谑道：“那你连二姐夫也不喊了？”张禄说：“喊啥呀，我俩是结拜兄弟，啥姐夫不姐夫的。”周通无奈地说：“好吧，好吧，随你的便，谁让你是会长呢！这姐夫当得，还不如个孙子呢。”

三个人正边打嘴仗边等着上菜，花子突然带着梁怀祖来了。梁怀祖气喘吁吁道：“爹，快，快回家……”梁龙吃了一惊，急忙问家里出什么事了。梁怀祖高兴地说：“爹，我哥回来了。爷爷让我到张爷爷家找你，张爷爷说你和玉奎叔到庆春楼喝酒了，大姑便带着我来了。”梁龙没听清怀祖都啰唆了什么，只听说大儿子梁念祖回来了，高兴地跳起来，和张禄、周通打个招呼说：“念祖回来了，你们喝吧，我得先走了。”

梁念祖确实回来了，并且是排排场场、风风光光地回来了，让隆盛庄人自张祯中举后，再一次热血沸腾。

梁念祖跟随弓富魁参加革命党，弓富魁被阎锡山委任为山西都督府顾问后，便向阎锡山举荐了梁念祖。梁念祖在清河陆军预备学校学习过，善使双枪，枪法精准，深得阎锡山喜欢，阎锡山便任命他为都督府卫队连长。前些天，弓富魁到晋北、归绥、包头一带巡视，本来说好要走一段时间的，可阎锡山突然下令，命梁念祖率部速往归绥接弓富魁回都督府有要事相商。梁念祖经丰镇前往归绥，本来有经凉城到归绥的近路，梁念祖想回家看看爷爷奶奶和爹妈兄弟，便绕道回了隆盛庄。

梁念祖不知道，阎锡山派他接弓富魁，并非有要事相商，而是想加害弓富魁的。

辛亥革命时期，为了配合武昌起义，李元翎、王虎臣亲往绥东发展张占魁为革命军。弓富魁则与续桐溪在晋北组织公团响应，人数达两千余众。公团连克数县，直指大同，在大同城与清军援兵展开战斗。民国政府成立后，阎锡山害怕养虎为患，遂解散公团，委任续桐溪为山西巡警道，弓富魁为都督府顾问。随后，阎锡山又命大同镇守使孔庆庚找借口杀害张占魁，瓦解了以张占魁为首的绥东革命武装。后来，弓富魁向阎锡山请求前往晋北、绥远等地巡视，阎锡山允诺。阎锡山生性多疑，怕弓富魁利用其在同盟会的影响，暗中联络晋北与绥远的有识之士，重新组织武装进行反袁、反阎活动，便密谋抓捕弓富魁。考虑到弓富魁为人警觉，为免其生疑，阎锡山便派弓富魁旧部梁念祖以接弓富魁回都督府议事为名，打算将弓富魁骗回都督府后再行加害。

梁念祖被蒙在鼓里，兴冲冲地带队去接恩师。

梁念祖虽然只有一连士兵，却是阎锡山的精锐。这一连士兵皆为骑兵，军装整齐，装备精良，个个英姿勃发，看上去威武雄壮。隆盛庄人见过张占魁的革命军，革命军由独立队和数股土匪组成，长袍短褂，都是百姓服装，行军步伐随意，有说有笑，装备更是乌七八糟，什么大刀、钢叉、铡刀，甚至还有腰里别着镰刀的。现在见一支整齐雄壮的队伍突然开进隆盛庄，胆小的忙惊慌躲避，胆大的与孩子们在道路两旁围观。其中有眼尖的，指着行进在最前面高头大马上的年轻军官嚷道："咦，那不是永盛源二掌柜梁龙的大儿子梁念祖吗？"有人应道："是呀，那军官还真和梁掌柜的大儿子长得挺像。"

众人听到这话，都把目光集中在梁念祖身上。有的端详说相貌倒是挺像，可梁念祖有多大的本事，年纪轻轻就能做了军官？有的反驳说那就是梁念祖，梁念祖回隆盛庄打死聂志贤后，没待几天便出了门，一走便再没回来过，肯定是当兵去了。他若不是梁念祖，带兵回隆盛庄干什么？众人争执不休，有胆大的，索性上前问道："当官的，你是我们隆盛庄的梁念祖吗？"梁念祖春风得意，含笑答道："是呀！我爷爷叫梁宝元，我爹叫梁龙，我就是隆盛庄的梁念祖。"

人们立刻沸腾了，争相转告，说永盛源二掌柜梁龙的儿子当大官了，衣锦还乡。

当年，张祯中举，跨马游街，那是荣耀。今天，梁念祖一身戎装，带着上百雄赳赳的士兵衣锦还乡，那是威风。荣耀与威风相比，荣耀让人敬仰，威风令人敬畏。

梁宝元摸着宝贝孙子英俊的脸庞，嘴唇嚅动，喜极而泣，哽咽道："念祖，爷爷不是做梦吧？你真的回来了？"梁念祖替爷爷揩揩脸上的喜泪，微笑着道："爷爷，我回来了，我回来看您了。"梁宝元按住孙子的双肩，端详着孙子的一身戎装，嘴里喃喃道："威风，威风，我孙子真是威风呀！"邓香如与玉凤攥着梁念祖的手，邓香如自豪地说："当然威风了，不单我孙子威风，咱家院门口还站着一队威风的兵呢！念祖呀，你爷爷好脸面，这回你可给你爷爷长脸了。"梁宝元纠正道："不，不是给我长脸，是给老梁家长脸了。"看着梁宝元开心的样子，邓香如同样开心道："你呀，争强好胜了一辈子，七十多岁了，也没个啥成就。看看我孙子，二十不到，便骑马挎枪，领兵打仗，要当大将军了。"

若是放在往日，邓香如这样说，梁宝元早就发脾气了。可今天，他非但没有发脾气，反而开怀大笑道："你说错了，我这辈子最大的成就就是养了龙龙，不是龙龙，能有我这当大将军的孙子？"梁念祖脸蓦地红了，解释说："爷爷，我现在只是个连长，离将军远着呢！"梁宝元乐呵呵地说："能当连长就能当将军，你才多大岁数就当连长了？爷爷像你这么大的时候，正给字号拉骆驼走库伦呢！哎，别光顾着说话了，龙龙呢？他去瑞元家送东西还没回来？真是个大屁股，肯定又让玉奎留下喝酒了。玉凤，快去喊他一声。”玉凤说道：“爹，我已经打发怀祖去喊他了。”梁宝元搓着手说：“哦，那咱也别光顾着说话，得赶快做饭呀！”又说，“念祖带着一队兵呢，咱家小锅小灶，这饭咋做？这样吧，字号里锅灶大，玉凤，你快去告诉福奎一声，让念祖的兵到字号里吃。让他多多地放肉，多多地备酒，不能给念祖丢了人。”

邓香如见梁念祖回来有一阵儿了，都是梁宝元和自己叨叨，玉凤一直插不上嘴，说道：“我去字号告诉福奎吧，让玉凤和念祖说会儿话。人家是亲妈，比咱更想儿子。”梁宝元恍然大悟，说道：“那你快去吧！”

邓香如正要走，梁龙回来了。跟着，张禄和周通也到了。

梁宝元本以为梁念祖要住几天的，却不想梁念祖说军务紧急，他只是路过隆盛庄看看爷爷奶奶、爹妈兄弟，吃过饭便要走。邓香如与玉凤泪眼婆娑，一左一右拉住梁念祖的手，说他回来一趟不容易，还不能在家里住一晚。张禄也说，如果梁念祖今天不走，队伍的吃住都由商务会安排。倒是梁宝元这时候表现得识大体，说道：“你们就别婆婆妈妈的了，军队有军队的规矩，念祖若是能留，他还会坚持要走？走就走吧，儿女情长的，将来如何成大事？如何做得了大将军？龙龙，到上三元给弟兄们带些干货做干粮，账记在爹名下。”

梁念祖要走了，梁宝元和邓香如一直把孙子送出北门。梁家的、张家的、朱家的、段家的，凡是沾亲带故的都来送了，就连隆盛庄人人敬重、曾经的举人老爷张祯也亲自来送了。

隆冬时节，寒风料峭，四野荒芜，梁念祖的马队在清冷的阳光下渐渐远去，马蹄带起一股浮尘。梁宝元举目远望，心中涌动如潮：孙子此番离去，不知何日再回隆盛庄。再回隆盛庄时，孙子必定是统率千军万马、八面威风的大将军了。想想自己，今年已经七十四岁，真不知道能不能活到孙子当大将军的那天。梁宝元突然有了奢望：如果还能多活几年，看到孙子娶媳妇，给他养重孙子，那该多好呀！

尽管梁念祖来去匆匆，梁宝元心中却有着有生以来最大的骄傲与自豪。他不和邓香如商量，用不容置疑的口气对梁龙说：“龙龙，通知今天所有来给念祖送行的亲戚朋友，爹晚上在庆春楼摆酒设宴，庆贺咱梁家终于也出大人物了。”梁龙为难地说：“爹，一个小连长，算不得大人物。您这样大张旗鼓，不怕外人笑话？”梁宝元哈哈笑道：“笑话啥？若是在大同府，念祖这官是不大。可这是隆盛庄，隆盛庄出过秀才，出过举人，啥时候出过带兵打仗的？再说了，念祖才多大，便已经带百十个兵了，再过个三五年，必定能做到大将军。”梁龙还想再劝，邓香如在旁边说道："龙龙，就听你爹的吧。他都这么大岁数了，难得如此高兴一回，就让他在亲戚众人面前风光一次吧。"

晚上，梁宝元在庆春楼摆了几桌，张瑞元、段祖贤、朱奉祺等都知道梁宝元好面子，左一句恭维，右一句奉承，把梁宝元奉承得如同腾云驾雾。梁宝元高兴得满脸笑容，频频端起酒杯，酒宴要散时，已经是舌头打卷儿，脚步不稳了。回到家里，他倒头便睡，呼噜打得震天响。睡到半夜，邓香如突然发现梁宝元的呼噜声没有了，推推他，不见有动静，慌忙点着灯，见梁宝元呼吸微弱，只有出气，没有进气了，吓得"哇"的一声喊叫起来。梁龙连忙披上衣服到回春堂去请杜金，杜金赶到，给梁宝元把脉，脉象已无。杜金叹口气，朝梁龙轻轻摇头道："梁掌柜，老爷子怕是不行了，准备后事吧！"

梁家顿时哭声一片……

张瑞元晚上也没少喝酒，他真心为师兄高兴。师兄好脸面，梁念祖不到二十岁便统领百十号兵马，实在是前途无量！所以，不但师兄引以为荣，他心里也有着说不出的高兴。但是，张瑞元没想到，师兄那么好的身体，竟然喜极成悲，撒手西去。

邓香如泣不成声，见到张瑞元，顾不得满屋子的人，平生第一次抱住张瑞元的手哽咽道："瑞元，这可咋办呢！天塌了呀！"张瑞元与乌云其木格安慰邓香如一番，说道："嫂嫂，人必有一死，师兄既然走了，嫂嫂还是节哀顺变吧！"邓香如又抱住乌云其木格的手，望着张瑞元泪如泉涌道："瑞元，你师兄一辈子好脸面，你和他如亲兄弟，他的后事就交给你了。你一定要给他办得风风光光，让他安心地去。"张瑞元点头道："嫂嫂放心，这事就交给我了。"又对乌云其木格说，"你和玉凤带嫂嫂歇歇去，别让她哭坏了身子。"

当年回春堂的杜茂远过世时，是张瑞元帮着发丧的，所以也知道一些程序。张瑞元让张禄去请冥衣铺掌柜胡二毛旦，让张福去请剃头匠杜二。他将一块银圆放入梁宝元口中，让人取一红瓦盆置于亡人头顶方向，儿女及孙子外孙齐齐跪了，边哭边烧纸钱。

梁宝元的寿衣六十六岁时便准备好了，为黑色。寿衣没有扣子，没有衣兜，所系之处由白布条代扣。趁着尸体温热，张瑞元先给亡人把寿衣穿了，又在他袖内放了小饼若干。这种饼俗称打狗饼，当地人相信，亡人在去往阴间的路上如遇饿狗拦截，可用打狗饼过关。

张瑞元刚完成这些程序，张禄和张福已把冥衣铺掌柜胡二毛旦和剃头匠杜二请来了。

冥衣铺掌柜都懂阴阳，胡二毛旦吩咐杜二先给亡人剃头刮脸，让人卸下一块门板，将尸体移放至门板之上，意为灵床；用线麻将尸体手脚拌上，俗称麻拌，以防惊尸；用捶打而连接的白麻纸覆盖全身，俗称苫面纸；将窗纸捅一洞，烧过下炕纸后，让孝子到大门外，将其带来的纸毛驴烧掉，以便亡灵乘骑；让家人做小米捞饭一碗，名曰倒头供献，上插四根绑有棉球的枳芨，备开光用；然后点照尸灯、摆供案、置烬纸盆。

此程序完成后，胡二毛旦坐下喝口茶，抽袋烟，歇了歇，然后开始批殃、打碎头纸。

批殃其实就是写讣告，在大麻纸上写下与死者有关的四个部分的内容。一为死者的生卒年、月、日、时辰、寿数，所忌妨属相，儿孙子侄姓名排序。此项内容在用字上男女有别，男为正寝，女为内寝；男为考，女为妣；男为孤子，女为孤哀子。二为落殃，根据亡人闭气的时辰推算殃落何处，在殃落处贴上闭气符。其符有煞身、真星、杀鬼、逝妖、程枳、傲令、雷令、佛令、有文和极强之分；按寅时头、卯时门、辰时院墙、巳时水道、午未时梁、申酉时碾磨、戌亥时灶、子丑时庭堂推算，将符贴于该处。三为确定出殡时间，无论什么人寿终正寝，皆按丧葬“周堂图”推定：图为父、男、孙、亡、女、母、妇、客八个字，大月从父字开始，顺时针推算；小月从母字开始，逆时针推算，以此推至亡字即可。如无父母，亦可占用父字、母字，其他字不可占用，否则不吉利。“黄道”和“黑道”皆可，但“黄道”不能在“黑道”时辰起灵，“黑道”可以在“黄道”时辰起灵。甲子、申酉、子丑、卯午为黄道时辰，寅辰、己未、戌亥为黑道时辰。无论出殡时间定在何日，皆依此法推算。四为测算是否犯“重丧”，按亡人死亡时间，如巳七逢甲庚、二八乙丑当、四十丙壬妨、三六九腊月、戌巳是重丧。如不破忌，本族则要出大事或死人。破解之法可用黄表纸剪一纸人，置于用纸或木片制作的小棺材中，放在棺柩下小头处，出殡时一并葬于坟墓内。批殃后，把“闭气”符贴在殃落的地方，将白麻纸讣告用麻线捆绑于土质炕板，按男左女右立于大门墙垛，三天后取回待用。再用尺八白麻纸，以死者年龄为基数，再加天一张、地一张，将麻纸放在门槛上，用菜刀剁成回形条状，绑在木杆上悬于讣告上方，此即为碎头纸。同时带上生铁、木炭，以镇游魂饿鬼前来作祟。如果死者是寿星，孩子们会抢着揪几条，圈成葫芦形，再用红布裹了外皮戴在身上，以求能像寿星一样长命百岁。如果没有人揪，家人也会拿木棒抽打碎头纸，为死者到了阴间减轻罪过。

胡二毛旦批完殃、打完碎头纸后，便拿着罗盘，带梁龙去选坟地。

选坟地也是有讲究的，坟地的方向须避开天坑。所谓天坑，指东南、西南、东北、西北四个方位，其占四角，春巽、夏坤、秋在乾、冬天垠不安。即春天不可在东南，夏天不可在西南，秋天不可在西北，冬天不可在东北。

与此同时，儿媳、女儿及女性亲戚、朋友开始裁制孝衣。裁制孝衣讲究如果父母双亡，孝衣要露出毛边；如果父母有一个尚在人世，则一边毛边一边光边。男女孝子里外衣服一律为素服，白鞋、白袜、白孝衣，头戴白布麻疙瘩，腰系白线麻。因邓香如在世，鞋上的白布只包前脸，不包后跟。孙子的孝帽上缝一块圆形红布，外孙的孝帽上缝一块圆形蓝布。另备下许多白布条，准备有朋友前来祭奠时用。

梁宝元和邓香如的寿材早在六十岁时便做好了，一直在厢房放着。张瑞元让张福请了隆盛庄最好的画匠糊裱，梁龙则身服重孝，提了缠有白麻纸剪出碎条的丧棒，到亲戚家报丧。

第二天，胡二毛旦选方位搭了灵棚，安置停棺。画匠用猪血灰裱里面，将寿材糊裱得里外没有丝毫露光透气之处，寿材外面漆成黑色，大头画了图形。晚上太阳落山之后，将死者移入棺材，俗称入殓。先由花子和叶子带了用一尺正方形红布对角缝制的“賫明枕”，到十字路口抓几把土装入哭着回来。张瑞元将梁宝元生前使用过的被褥衬垫在棺内，张禄、张福、张祯，以及叶子的丈夫，也就是朱奉祺的小儿子朱涌用褥子兜起尸体，梁龙则在尸体下面护着，以防冲了门槛。众人静寂无声，将尸体移入棺内，头顶袄，脚蹬裤，枕“賫明枕”，枕下垫香，用草纸将头部夹紧，两侧用死者生前穿用过的衣物衬垫。面盖黄布，然后撒五谷、纸钱，胸前放生铁、木炭、麻头、神曲、红花，一并将梁宝元生前所掉牙齿、用过的烟袋、喜欢的酒壶作为殉葬品放入。棺前置一木桌，放一盏用麻纸围做的麻油照世灯，桌上摆饭、菜及香炉、纸钱等祭品。桌前放一红瓦盆，俗称“教子盆子”，用来焚烧纸钱。从此一直到下葬，孝子每天都要轮流守灵并上香、烧纸、上供。

梁宝元生前最不屑的是二小舅子邓宝柱，但北庙住持圆通和尚来了，每日敲着木鱼，诵经超度梁宝元的亡灵。

第三天，张瑞元让人请了两班鼓匠和一家戏班子，开始敲敲打打，俗称安鼓。太阳落山，开始报庙、开光、钉棺。报庙即男孝子手拄丧棒，按辈分、年龄从大到小排成一行，肩上用白布串联起来，大女婿张福端米升，二女婿朱涌拿斗方走在队伍前面。后面鼓匠吹着唢呐跟随，一路抛撒纸钱、点路灯，缓步走向五道庙（阎王庙），陪同死者的灵魂向阎王爷报到。经过上香、敬纸、上供、跪拜、放炮等仪式，报庙的队伍绕道从另一条路返回。这时，媳妇、女儿、外孙女等女孝子在院门外围着旺火堆跪哭。待报庙的队伍回来进院后，女孝子方可起身入院，进行开光仪式。开光即把棺材盖移开，剪开捆拌死者手脚的麻拌，让子女和死者见最后一面，并用白酒擦洗死者的耳、鼻、眼、口，俗称“开光”，然后盖棺、钉寿钉。此刻，谁也不能哭出声或叫他人的名字，待钉棺后方可放声大哭。钉棺后，报庙仪式结束。鼓匠在这边坐夜吹打，即通宵吹奏，戏班子在那边粉墨登场。

张瑞元要把师兄的丧事办得风风光光，征求邓香如和梁龙的意见，将灵柩放九天再行厚葬。

第八天下午，三班鼓匠同时安鼓，两家戏班子对台唱戏。隆盛庄人第一次见如此隆重的葬礼，纷纷赶来观看，以至于巷子里站不下，来晚的人只能站在街上听。如此敲打弹唱，一夜不曾间断，直到第二天棺材下墓。

这天早上，男人们要醒灵(即把棺材往起抬一抬)，接着就是接纸(接待来人礼物和跪陪烧纸)，请道士超度亡灵，“跑五方”“坐法台”“取水”“过桥”。待到了起灵的时辰，梁龙将烬纸盆顶在头上摔碎，因为长孙梁念祖不在，由二孙子梁怀祖扛着引魂幡在前面引路，外孙端着紫条盘在后面相随，大女婿张福撒用白麻纸剪成的“引路钱”。

梁宝元生前虽然性格倔强，但为人正直，疾恶如仇，很受隆盛庄人尊敬，故送葬的人很多。往坟地抬送棺材的为十六人，也称十六杠。下葬之前，由媳妇玉凤下入墓穴，一步一退，将墓穴打扫得干干净净，不留任何东西和人的脚印，然后将扫墓的笤帚留在墓穴内。棺材下葬后，梁龙先抓一把土撒在棺材上，将引魂幡立在坟头，大家一齐动手，将墓穴埋成死者头部方向高、脚底方向低的长形坟包，烧纸人、纸马、纸院子、纸摇钱树等纸扎。到此，下葬结束。

晌午，张瑞元主持，梁龙在家里摆了十几桌酒，人多坐不下，占用了隔壁的邻居家，用以答谢远近亲戚及前来悼念的朋友。

第四十章

三老财拒修铁路

冰天雪地的寒冬，无法阻挡春风的摧枯拉朽之势，就像摇摇欲坠的清朝被疾风骤雨的辛亥革命迅速击垮一般。

春风疾劲，由北向南一路呼啸而来，卷起滚滚沙尘。太阳被遮蔽了，阳光被吞噬了，白昼如同黄昏，五步之外，看到的全是迷人眼目的浮尘，视线一片模糊。张瑞元坐在炕上，从窗户看不清院子的大门，惊讶地对乌云其木格说："好大的一场风，从哪卷起这么多沙尘。我到隆盛庄有五十多年了，还是第一次见。"乌云其木格担心的是在小学读书的孙子们，说道："我也是第一次见。哎呀！这么大的风，一会儿咱那几个娃娃放了学能找回家吗？"张瑞元吧嗒着烟袋笑道："你少操点儿心吧，人家有爹妈呢。"

如此的大风刮了一天一夜，如此的大风前前后后刮了三场。大风过后，阳光和煦，春风轻柔，冰消雪融，万木复苏。这年的春天比往年提前了好几天。张瑞元笑了，说今年肯定是个好年景。乌云其木格却说："快入土的人了，啥好年景赖年景的，多收几石租子和少收几石租子没啥区别。"张瑞元哼哼鼻子说："咋会没区别呢？年景好了，咱的租子收得多，佃户的日子也好过，这是两全其美的事。"

张瑞元的话提醒了乌云其木格，倒一碗茶给张瑞元递过去，盘腿上炕问道："我说你个土老财，都这么大岁数了，还攥着那几千亩地不松手呀！"张瑞元抬头看看，问乌云其木格什么意思。乌云其木格说："啥意思？我还能有啥意思，人生无常，师兄说走就走了，连句话都没留下。你说咱万一也像师兄那样……"张瑞元愣怔了一下，呵呵笑道："该走就走嘛！人的命，天注定。阎王爷喊你，想不走也不成。反正，就算我死了，地我带不走吧？还不都给他们留下了。"乌云其木格瞥他一眼说："你这话说得轻巧，师兄就龙龙一个儿子，留多留少没人争。咱三个儿子，地有好有赖，你不留下个话，到时候亲亲儿的兄弟，再因为分这点儿家业结下恩怨，你给娃娃们留下的就不是家业，而是祸害了。"张瑞元若有所思，点头道："你提醒得对。不过，我现在还不能把地分给他们。"乌云其木格不解："为啥呀？又是你们口里人那套，人有不如我有，怀揣不如袖吞吗？"张瑞元笑了："一个枕头睡了多少年，你还不知道我是不是财迷？唉！我是这样想的，他们现在过得虽然都还不赖，可万一哪天哪家摊上事了，这几千亩地就能救个急。从爹妈这里要，比从兄弟那里借容易呀！爹妈是亲的，兄弟那里还有兄弟媳妇呢。"

乌云其木格听张瑞元已经想好了，说道："哦，你还挺有主意的，我当你攥着那一叠地契舍不得松手呢。"张瑞元拧着眉头说："生不带来，死不带去，我攥着一叠地契往棺材里带呀？不过，你提醒得也对，哪片地好，哪片地赖，只有我心里有数。咱不妨先悄悄地给他们分了，咱都健在的时候不往出说，万一哪个先走了，留下的那个再告诉他们。反正咱俩总要有个先后，不会同时咽了气吧？"乌云其木格对张瑞元的想法很赞成，但也知道张瑞元对张禄稍有偏心，对张福不大放心，提醒他道："这样也好。不过，咱当爹妈的，心要放得公，切不可厚此薄彼。"张瑞元呵呵一笑："你都想哪去了？其实，我这些地正是怕福奎将来有个闪失，给他留后手的。既然你说咱心要放公，那我就不偏不倚，把地分成五份。"乌云其木格惊讶道："五份？金花和银花也有？你们汉人不是……"张瑞元说："自从娶了你，我就是半个汉人、半个蒙古人了。当年阿爸过世前，把永盛源的股份给了咱，咱不能把这些地都分给儿子，闺女啥都没有吧？说实话，汉人重男轻女的习气我也看不惯。心不公道！"

春天，大地复苏。丰镇县府发下公文，设隆盛庄为镇。

隆盛庄成为通商要道年头已久，清朝的时候，朝廷一直将其按铺设置。此次民国政府以公文的形式，将隆盛庄改铺为镇，不但提高了隆盛庄的行政级别，也肯定了隆盛庄对丰镇的贡献。不过，张禄和商家们并没有因为隆盛庄提升为镇而高兴，因为按照惯例，镇肯定要比铺缴纳的税赋高。人们纷纷议论，设镇是给了隆盛庄个名分，可这名分大概是要花钱的。更何况，设了镇就要有镇长，县府若是派个贪官来当镇长，隆盛庄的商家怕是要陷入水深火热之中了。

就在人们忧虑的时候，县府又来了一纸公文：鉴于梁龙在推翻清朝政府的革命运动中立下功劳，任命梁龙为隆盛庄镇镇长。

对隆盛庄人而言，梁龙恰恰是他们心目中最合适的镇长人选。于是，人们转忧为喜。

梁龙在革命军攻打丰镇前，向张福筹借了白银两万两，资助张占魁购买枪支弹药。所以，张占魁才有实力轻取丰镇城。人们想，如果辛亥革命失败了，且不说梁龙的两万两银子要从自己兜里往出掏，这件事万一透露出去，梁龙便犯了杀头之罪。因此，梁龙对今天的民国政府是立了功的，是隆盛庄镇长的最佳人选。更何况，梁龙现在是永盛源的二掌柜，完全可以体谅隆盛庄商家的苦衷。他们也有些猜测：梁龙之所以能当镇长，是不是他儿子梁念祖在都督府为官的缘故？自古以来，朝里有人好做官呀！

其实，自打民国政府成立，梁龙心里一直憋着一股怨气：凡是为推翻清朝政府出过力的，民国政府成立后都加了官晋了爵，就连杀害过革命党人的前朝小吏汤冠丰也被任命为代县知事。且不说自己冒着掉脑袋的危险替小状元筹措军饷，就自己秘密加入同盟会，民国政府也该给自己个一官半职吧！好在去年儿子梁念祖在都督府卫队当了连长，风风光光、耀武扬威地带一队兵马回到隆盛庄，给老梁家长足了脸面，他的心理才平衡了些。

梁龙当了镇长，梁家顿时门庭若市，恭贺之人络绎不绝。尤其张家人，更是高兴。张瑞元高兴的是师兄好脸面了一辈子，最终只在隆盛庄争了个上等人家。现在，他儿子做了镇长，孙子当了都督府卫队连长，他的心愿终于在儿孙身上圆了。张福高兴的是梁龙既是自己的大舅哥，又是永盛源的二掌柜，梁龙当了镇长，永盛源今后就可以背靠镇长和商务会长两棵大树了。张祯高兴的是他还有许多理想，尤其在隆盛庄建一所中学、开一家医院，这些都需要资金和人力，若光靠他哥张禄支持，别人免不了闲话，今后有事找梁龙，外人的闲话便说不出口了。

最高兴梁龙当镇长的是张禄，他没有为自己想过，他想的是隆盛庄。

隆盛庄设镇，梁龙出任镇长，这意味着商务会作为隆盛庄“小朝廷”的日子结束了。从此以后，除了商业活动，其他地方事务将由镇长管辖。张禄干了几年商务会长，事无巨细，事必躬亲，心神颇为疲惫，现在有梁龙可以帮他，何况两人还是结拜兄弟，他当然高兴。文书下达的那天晚上，张禄以商务会的名义在庆春楼摆了几桌，与八大行社会首共同恭贺梁龙出任隆盛庄镇长。梁龙酒喝多了，拍着胸脯说：“诸位会首放心，我梁龙是同盟会员，给民国出过力，犬子又在都督府为官，往后咱隆盛庄遇到啥事情都由我担着。我这个镇长官职虽然不大，但我一定尽心竭力，秉公办事，做个清正廉明的好镇长。”

有道是人心各有所想，与梁家有姻亲、有交情的自然高兴，而那些与梁家没有瓜葛的，心里暗道：隆盛庄原本有三大老财，三大老财不但垄断着隆盛庄最赚钱的行业，并且都有姻亲关系，可谓一损俱损，一荣俱荣。现在，梁家又加入进来，三大老财的根基怕是更加牢固了。

张禄把梁龙请到商务会，问梁龙有什么需要他配合的地方。梁龙客气地说：“隆盛庄有商务会，我这个镇长也就是个摆设。再说了，咱弟兄两个，有啥客气的。你就是我，我就是你。”张禄说：“那可不一样，我这个会长是八大行社会首选出来的，你这个镇长是丰镇县府下的文书。自古以来，民不与官斗，今后商家之外的事，我就退避三舍，由你决断了。”梁龙哈哈大笑起来：“玉奎呀，你还真要和我分得一清二楚？不过，我现在上任镇长，你总得给我个地方待吧，不然，丰镇县府的官员哪天来了，我就在永盛源接待？”张禄说：“巡检所不是现成的地方吗？你要是嫌不够宽敞，咱两个换换。”梁龙摆手说：“不必了。我是隆盛庄人，我知道，县府之所以设隆盛庄为镇，还是因为隆盛庄商贸兴隆。所以，今后还是以商务会为主，我为辅。只是我没做过官，不知道这镇长该咋当，每天该做些啥。”张禄微笑道：“龙龙，我替你想好了。你也知道，自从汤冠丰带着商团帮聂志贤杀人后，原来的商团就算解散了。新成立的商团是每家字号出一个人、出一条枪组建的。我是外行，从新商团成立以来，没有多加过问。现在你当了镇长，不妨把商团交给你吧。”梁龙眉尖一挑：“玉奎，你是说让我当商团团总？”张禄答道：“正是。”梁龙也不推辞，当即说：“好啊！既然你忙不过来，我就替你当这个团总了。”

梁龙当了镇长兼商团团总，把自己的驳壳枪亮出来挎在腰间，驳壳枪的枪柄上系一块红绸子，十分耀眼。他在清河时见过军校的学生训练，隔个十天半月，也把商团集合在一起，有模有样地跑跑步。商团不缺钱，买回几箱子弹，梁龙抽个空把团丁们带到野外打几枪，练练射击。

入夏的时候，梁龙的四合院盖好了。果然如梁宝元当初所想一样，院子盖得气派而精致，算得上隆盛庄最好的四合院了。梁龙站在四合院门前想，可惜爹去世了，不然，应该让爹妈住新院子，自己住老院子。爹要强了一辈子，能住进隆盛庄最好的四合院，一定很开心。浮想联翩时，他又有了新的奢望，瑞元叔给他的儿子们每人都盖了一处四合院，自己也要和妹夫一道把永盛源经营好，将来儿子们娶媳妇，也给他们每人盖一处和这新四合院一样的院子。

梁龙也是孝子，搬家前和他妈商量，要他妈一道搬过去住正房。邓香如说："龙龙呀，这处院子是你爹给你盖的，妈搬过去住正房成啥了？算了，妈就留在老院子住了。你们有空常过来看看妈，妈就知足了。"梁龙和玉凤劝道："妈，如果我爹还在世，您搬不搬都成。现在我爹走了，把您一个人留在老院子，虽然是您自己愿意的，可外人还是会笑话我们不孝顺。"邓香如说："啥孝顺不孝顺的，你们孝不孝顺，妈心里清楚就行了。妈上了年纪，喜欢清静，住在老院子里，总感觉你爹还活着。想起他的时候，自言自语地和他叨叨上几句，挺好的。"梁龙和玉凤还想再劝，邓香如坚决地说："好了，你们别费口舌了，搬过去好好地过你们的小日子吧。妈这儿有丫头伺候着，饿不着。"

张禄家里，艾叶、舒兰和宝凤本来相处和睦，可是，有一天，宝凤突然提出，说她想搬到舒兰住过的那处院子。

张禄觉得意外。自从宝凤和艾叶大打出手，险些闹个天翻地覆之后，艾叶心服口服，舒兰对宝凤更是感激。虽然妻妾三个偶尔也拌句嘴，但艾叶与舒兰都知道宝凤的厉害，自己又宠爱她，加之宝凤除了一张利口，做事也算公道，艾叶与舒兰挑不出理儿，所以都让着她。这个家基本是宝凤做主了。

张禄不解，问宝凤道："这好好的，咋半夜想起这个？是不是和她俩闹别扭了？"宝凤得意地说："闹啥别扭，我让她们雨露均沾，她们这辈子都该谢我。"张禄又问："那是不是和老爷、老太太闹别扭了？"宝凤娇嗔地别张禄一眼："尽往哪想呢？你还不知道我这张嘴，把老爷和老太太哄得腾云驾雾似的，他们见着我比见着大姐、二姐高兴多了。这么和你说吧，自打去年宝元大爷过世后，我就想，我爹妈岁数也大了，过了今天不知道明天。我是家里的老闺女，他们从小娇惯我，所以，我想趁他们还健在，搬到那边伺候他们几天，免得哪天他们突然走了，落一辈子的遗憾。"张禄宠爱宝凤，不想她走，说道："不就伺候你爹妈吗，还用你亲自伺候？给他们雇个手脚利落的女人伺候行了，还用得着搬出去？"

其实，宝凤也不是非要搬出去伺候她爹妈。当初，她不服艾叶的泼辣霸道，可怜舒兰的胆小懦弱，一场撕打制服了艾叶，把舒兰接回了院子。为了显示自己做事公道，她头脑一热，竟然给张禄定了每月轮流到姐妹各屋住十天的规矩。张禄不是铁打的，到了哪屋，未必每天晚上都干那事，就算宠爱她，十天能有几回？另外的二十天，她则要独守空房了。宝凤年纪轻轻，如何受得了如此寂寞，可规矩是自己定的，如果反悔，还不让艾叶和舒兰笑话死？宝凤便对自己当初的不谙世故和头脑发热后悔不迭了。不过，宝凤终归是宝凤，她思来想去，想出这么个好主意。如果自己搬出去住，以张禄对自己的宠爱，必定多往自己那屋去，自己不是可以多得些张禄的疼爱了吗？

其实，张禄心里也挺苦，男人都喜欢年轻漂亮的，就算娶一百个女人，最疼的肯定是最年轻、最漂亮、最乖巧、最善解人意的那个，而宝凤把这几点都占了。所以，他到艾叶和舒兰屋里过夜时，都是应付差事，勉强而为。只有到宝凤那屋，才会尽最大的努力释放男人的激情，以博得宝凤的欢心和满足。

张禄脑子一时没转开，愁眉苦脸道："宝凤，你也知道，你们三个里我最疼你。你搬出去，我实在有些舍不得。"宝凤听得惬意，搂住张禄的脖子咯咯笑道："老爷，你傻呀，你想我就到我那边去。你想啥时候去都行，不像在这边，还得轮着。"张禄茅塞顿开，捏一把宝凤的脸蛋感叹道："你呀！真是个鬼精灵，原来打的是这主意。"宝凤也不隐瞒自己的想法，笑嘻嘻道："我也不全是为了老爷，顺便照应照应我爹妈，不是一举两得吗？"张禄点头说："那就按你的意思办吧。"

宝凤搬走了，艾叶和舒兰初时还懵懂，觉得这个谁都惹不起的姑奶奶搬出去也是件好事。可是，她们很快便发现张禄到她们屋里的时间比之前少多了，两人这才明白宝凤打的什么主意，叨叨说宝凤实在滑头，凭她们两个，加起来也不是宝凤的对手。

转眼间到了盛夏，老天爷半个月没下雨，天气十分燥热。站在院子里，火辣辣的太阳能把人的皮肤烤出油来。回到屋里，又像进了蒸笼，热气使身上的毛孔扩张开来，汗水一个劲儿地往出渗，依附在皮肤上的泥被汗水浸得松软了，用手轻轻一搓，便能搓起一个个小泥球。

张禄从商务会回来，径直去了宝凤那屋。此时，宝凤已经有了儿子，起名张骏祥。吃过饭，宝凤打发骏祥睡觉，张禄则双目微闭靠在太师椅上，一手轻轻摇一把扇子，一手捏着烟袋。他脸上和脑门上都汗津津的，像是从红润的皮肤里溢出一层油脂。屋门敞着，几只苍蝇不时地飞进飞出，有一只像是饿急了，盘旋在张禄头顶，瞅个机会落在他脑门上吮吸几口。张禄懒得用手驱赶那讨厌的东西，只是皱皱眉，轻轻地晃一下扇子。苍蝇先是惊慌地飞去，但很快再次俯冲下来。

宝凤哄骏祥睡着，到伙房拎一把擦得锃亮的黄铜茶壶进来，见张禄面带倦意，脚步便放轻了。她依然如当年一般漂亮，身材丰腴，脖子雪白雪白，两个奶子像两座挺拔的小山，把衣衫撑得满满的。宝凤往暖瓶里灌了水，看铜壶里还有剩余的，便把张禄的茶碗续满。张禄睁开眼看看，稍微直一下身子，用手抹一把脑门上的汗说："宝凤，你说天咋这么热呀？"宝凤朝张禄盈盈一笑，说道："我还当老爷在想事情呢！”张禄说：“这天热的，想啥呢？想也是胡思乱想。下午去宝奎的澡堂子泡个澡吧。”宝凤取块毛巾，将张禄脑门上的汗轻轻擦去，屁股一扭，坐在张禄的大腿上娇嗔道：“老爷，上炕躺一会儿吧，睡醒了再去澡堂子。”张禄伸手一揽，搂住宝凤的腰，在她脸上亲了一口。宝凤也顺势搂住张禄的脖子，回了张禄一口。

两人四目相对，张禄怎么看宝凤都觉得顺眼，把早已熄灭的烟袋往八仙桌上一放，手正要探入宝凤的衣衫，却听得外面有人咚咚地敲院门。

张禄是被梁龙叫走的，梁龙刚从丰镇回来。

前些天，隆盛庄突然来了十几个人，有年轻的，有上些岁数的，有的还戴着眼镜。这些人一个个风尘仆仆，皮肤晒得黝黑，有的扛着标杆，有的扛着三角架，在镇西南的山头上转来转去。梁龙觉得这些人不是好来路，便带着团丁去问他们想干什么。那些人说他们在搞测量，准备在隆盛庄修铁路。

关于铁路，梁龙和张禄道听途说也多少知道一些。

光绪二十九年，有个姓李的商人上书朝廷，呈请修筑一条北京到张家口的铁路，朝廷未允。光绪三十一年，朝廷改变了主意，决定官办修筑铁路。至宣统元年，北京到张家口的铁路竣工通车。宣统三年，铁路修到阳高时，因爆发武昌起义而停工。民国政府成立后，铁路继续修筑，一九一四年修至大同。一九一六年，京张、张绥铁路合并，改称京绥铁路。张裕祥每次从北京回来，都是先坐火车到大同，然后再雇骡马轿车回隆盛庄的。

梁龙和张禄觉得铁路如果能修到隆盛庄，以后出门可就方便多了。张禄回家，顺口把有人来测量，说要修一条大同途经丰镇、隆盛庄到归绥的铁路对他爹讲了。张瑞元听后，当时没吭声，第二天便去了朱奉祺家，把隆盛庄要修铁路的事说了。两人一商量，觉得这不是件小事，连忙结伴去了段祖贤家。

张瑞元与朱奉祺、段祖贤并称隆盛庄三大老财，隆盛庄周边的土地有一半是这三家的。三个人坐在那儿边喝茶边聊，越聊越觉得不对劲儿，一致认为铁路如果修到隆盛庄，交通虽然便利了，可对隆盛庄也有诸多不利。首先，铁路不会修在山头上，修铁路就要用地，如果用地，那就是他三家的地。地不似银子，没了可以再赚，隆盛庄就那么多地，用一亩少一亩，修一条铁路得用多少地呀？其次，隆盛庄之所以商贸兴隆，是因为占了交通要道的优势，北面诸县的粮食都要经隆盛庄运往丰镇、大同，所以才有了隆盛庄发达的运输业。运输业不只牛板车队一行，相关行业还有木匠、铁匠等。如果隆盛庄修了铁路，粮食都用火车运走了，这些行业必然随之萧条。再次，铁路修通了，来往的客商方便了，到隆盛庄来得快，走得也快，隆盛庄留不住人，饭馆给谁吃？车马店、旅店给谁住？人们干粮也不用带了，干货销量必定减少。而最重要的是，铁路通了，兵匪到隆盛庄的时候方便了；蓝眼睛、黄头发的外国人来隆盛庄也方便了，就像当年闹义和团八国联军打北京时一样，洋人想打隆盛庄时，坐着火车就来了。如此，隆盛庄的安宁还保得住吗？

三个人越往深处想，越是心惊胆战，一致认为不能让铁路经过隆盛庄。

张瑞元回家，把他们三个老辈儿的想法说了，张禄觉得事情没那么严重。张瑞元说："玉奎呀，爹过的桥比你走的路都要多，何况这不是爹一个人的想法，咱绝不能让铁路经过隆盛庄。"张禄犹豫着说："爹，我虽然是商务会长，可龙龙是镇长，下面还有八大行社会首。如此大事，我一个人怕是不好做主。"张瑞元说："这好办，你邀龙龙和八大行社会首一道开个会，我们三个老辈儿把其中的利害向大家讲清楚，听听大家的想法。"

张禄觉得这样也好，便召开了商务会。会上，张瑞元和朱奉祺、段祖贤把铁路修通后对隆盛庄的诸多不利讲了。各会首一致同意张瑞元等人的建议，提出是不是请梁镇长先到丰镇问问清楚，铁路是否真的要经过隆盛庄；如果是真的，众人再商量对策。

梁龙亲自跑了趟丰镇，证实了铁路的确要从隆盛庄经过的消息。从丰镇回来，梁龙连家门都没进，直接到了镇公所，派人去请张禄。

张禄没睡成午觉，脑子懵懵懂懂的。到了镇公所，梁龙对他说修铁路的事是真的，并且测量队的人和设计铁路的工程师现在就住在丰镇，问张禄该如何办。张禄一时想不出主意，对梁龙说："这么热的天，我吃完饭觉也没睡成，现在脑子糊里糊涂的。你刚从丰镇回来，一路车马劳顿，肯定也乏了。修铁路不是一两天的事，不如咱俩先到澡堂子泡泡，然后把我爹和朱掌柜、段掌柜请到商务会。这件事还得听听他们三位老辈儿的想法。"

梁龙也知道三大老财在隆盛庄的分量，便与张禄先去了澡堂子，边泡澡边把各自的想法交流了一番。泡完澡，两人头脑都清醒了，回到商务会，派人把三位老辈儿请来。梁龙把丰镇一行的情况介绍了，张瑞元等听说铁路果真要经过隆盛庄，想都不想便异口同声道："不行，无论如何也不能让铁路经过隆盛庄。不然，隆盛庄就要毁了。"

众人商议一番，觉得还是让梁龙和张禄再跑一趟丰镇，多带银子，最好能买通设计铁路的工程师，让工程师把铁路设计改道绕开隆盛庄。

张禄怕工程师离开丰镇，第二天便带了银票，与梁龙一道赶往丰镇。他们打听到工程师住的旅店，也在那家旅店住下，前去拜会。

工程师听说是隆盛庄的镇长和商务会长拜会，见了梁龙与张禄。梁龙与张禄把来意讲了，将一张五千两的银票推到工程师面前，恳请工程师无论如何帮个忙，改动设计方案，让铁路线绕开隆盛庄。工程师听后连声感叹，说隆盛庄人实在是观念陈旧、思想保守，又讲了诸多修铁路的好处，劝梁龙与张禄认真考虑。梁龙与张禄虽然觉得工程师讲得有理，但也不敢违拗三大老财的意见。且不说三大老财的家业占了隆盛庄财富的一半，就张瑞元是张禄的爹、段祖贤是银花的公公、张祯娶了朱奉祺的闺女冬梅、叶子嫁了朱奉祺的小儿子朱涌这些错综复杂的姻亲关系，他们也违拗不得。工程师见无法劝说梁龙与张禄，把银票推回来，说这条铁路是民国政府官办，且途经隆盛庄既是铁路最佳设计方案，也是照顾隆盛庄；他无法做主，也不会更改设计方案。

梁龙与张禄碰了一鼻子灰出来，甚是沮丧。看看天色将晚，两人便到旁边一家饭馆吃饭。这家饭馆是丰镇的老字号，两人要了两冷两热、两壶酒，边喝边聊起在工程师那里碰钉子的事。说来也巧，旁边有个年轻人，比他们晚来片刻，一个人自斟自饮，听见他们的谈话，主动搭讪道："两位老哥是隆盛庄的？"张禄听那人外地口音，奇怪道："是呀，你咋知道我们是隆盛庄的？"那人说："我听两位老哥交谈中多次提到隆盛庄，还提了修铁路的事。"张禄心念一动，问道："兄弟也知道修铁路的事？"那人呵呵一笑道："我就是铁路上搞测量的，前些天还去过你们隆盛庄呢！"

张禄与梁龙心说这真是踏破铁鞋无觅处，得来全不费工夫。两人对视一眼，会心地点一下头，梁龙便站起来说："兄弟去过我们隆盛庄呀？那可真是太巧了。我看兄弟一个人自斟自饮，不如坐到我们这边，咱仨一道喝几壶，交个朋友。"那人说道："我随便吃几口就走，还是不叨扰两位老哥了。"张禄也站起来劝道："这叫啥叨扰，有道是好酒难遇一席，何况兄弟还要替我们隆盛庄修铁路呢！来吧，一块儿坐坐。"

那人犹豫着，梁龙已经过去嘿嘿地笑着把那人的菜和酒壶端了过来，说道："兄弟，来来来，一块儿坐坐。"那人不好推却，只好坐过来。梁龙给那人斟了酒，张禄做了自我介绍，那人连忙抱拳道："原来是隆盛庄的梁镇长和张会长，幸会！幸会！"三个人喝了一杯酒，那人自我介绍说他姓齐，是铁路的测绘技术员。梁龙和张禄便叫他齐技术员了。三个人又喝了几杯，齐技术员奇怪地问道："刚才我隐约听到梁镇长和张会长的谈话，好像你们不愿意铁路经过隆盛庄？"梁龙嘴快，说道："是呀，我们正为这事犯愁呢。"齐技术员甚为不解："修铁路是多好的事呀！你们怎么会不愿意呢？"和下午那位工程师一样，齐技术员把修铁路的好处又重复了一遍。张禄见话已经说明白了，也不再掖着藏着，把隆盛庄的苦衷讲了出来。齐技术员听后沉吟道："从眼下看，如果铁路经过隆盛庄，对隆盛庄的产业的确会有冲击和影响；但从长远看，肯定是利大于弊。"

梁龙和张禄已经听工程师讲过修铁路的好处了，可他们也已经拿定主意不愿意铁路经过隆盛庄，便央求齐技术员给出个主意。齐技术员被梁龙和张禄左劝一杯，右劝一杯，喝得不免兴奋，吃吃地笑着说："修铁路本是件为民造福的好事，既然你们隆盛庄人瞻前顾后，只看眼前利益，那就别修了呗！"梁龙和张禄见齐技术员说得轻松，以为齐技术员喝多了说酒话呢，说道："铁路我们是真不想修，可惜齐技术员做不了铁路的主，不然，咱们就好商量了。"不想，齐技术员却呵呵笑道："啥铁路的主？地是你们的，主意你们拿，你们自己做自己的主呀！"梁龙和张禄都愣住了："我们自己能做主？"齐技术员道："当然能。修铁路不是要征你们的地吗？只要所征土地都是你们自己的，你们不同意，谁都无可奈何。当然，铁路肯定是要修的，只是要重新测量，绕过你们隆盛庄了。"

梁龙和张禄想听的就是这句话，两人高兴地端起酒杯，再次给齐技术员敬酒。齐技术员补充说："梁镇长和张会长不必客气，这种事我们遇见的多了。只要你们地方不同意，铁路所征土地的地主不同意，铁路就修不过去。"

梁龙和张禄没想到收获来得如此意外，两人兴奋异常。他们本和修铁路的人住同一家旅店，吃完饭，见齐技术员喝多了，便送他回客房。两人回了自己的房间，高兴得睡不着，沏壶浓茶边喝边商量，觉得隆盛庄那么大，铁路线究竟要占谁家的地，还得通过齐技术员摸清楚，便商量第二天再去找齐技术员。第二天，两人早早起来，叩响齐技术员的客房门说明来意，硬是把一张一百两的银票塞进齐技术员手里。齐技术员拿了银子，自然乐意帮忙，把测绘图纸拿出来让梁龙与张禄看了。张禄本就熟悉隆盛庄周边的地形，把铁路经过的路线用心记下。

张瑞元高兴梁龙和张禄只花一百两银子便把事情办妥了，与朱奉祺、段祖贤把铁路线经过的地方琢磨了一遍，有一半土地都是他们三家的。三人当即决定分别出钱把与自家接壤的地都买了，有主家不愿意卖的，就用好地换他的地；有不愿意换的，那就两亩换一亩，反正无论如何，铁路用地必须全部掌握在他们三家手里，以此逼铁路改道。

第四十一章

朱奉祺壕沟丧命

张、梁两家本就父一辈儿子一辈儿，关系密切，加之张禄与梁龙是结拜兄弟，所以，张禄的二儿子张寿祥便喊梁龙和玉凤“干爹、干妈”，梁龙的二儿子梁怀祖、三儿子梁奉祖也喊张禄和他的三位太太“干爹、干妈”。三个孩子凑在一起时，不管在谁家玩耍，只要遇上吃饭都不客气。

张寿祥与梁怀祖年龄相仿，梁奉祖要小几岁，张寿祥与梁怀祖、梁奉祖都在小学读书。因为张寿祥从小便读私塾，梁怀祖和梁奉祖没读过几天书，所以，张寿祥只读了半年一年级，便跳到了三年级，而梁怀祖和梁奉祖却要从一年级读起。三个孩子只要有一点儿空闲，便凑在一起玩耍，什么淘气玩什么。加之张祯是校长，老师也不好过分批评他们。好在张祯铁面无私，知道他们淘气过分了时，便把他们叫到校长室，用戒尺打手掌。

寿祥回家告诉他妈，艾叶不敢直接和张禄说，有时候实在心疼儿子，便暗示张禄道：“寿祥今天在学校又挨他三叔的板子了，娃娃的手被打得像发面馒头一样。”张禄把寿祥叫过来说：“你把手伸出来让爹看看。”寿祥把手伸出来，张禄冷不丁用烟袋又在他手上敲了一下，一语双关道：“不打不成才，这还是三叔对你手下留情，若是爹，就扒下裤子抽屁股了。”艾叶听出张禄的话是给她听的，叹息一声说：“唉！反正是你张家的子孙，只要不心疼，随便打。”张禄鼻子哼一声说：“棍棒下面出孝子，不打成不了才。还是他淘气的缘故，裕祥咋没让他三叔打过？”

怀祖和奉祖也一样，有时候张祯板子打重了，回家也和他妈说。玉凤却要先问宝奎叔是光打你们了，还是连寿祥一道打了，怀祖和奉祖说一道打了。玉凤又问打得是不是一样多，怀祖和奉祖说一样多。玉凤再问打得是不是一样重，奉祖咧嘴笑道："宝奎叔打寿祥可厉害了，寿祥不敢哭，眼泪哗哗地往下流。"玉凤心里明白了，板着脸问道："你宝奎叔都因为啥打你们呀？"怀祖不敢说，奉祖怯生生道："前几天是我们三个和同学打架，把同学的鼻子打出了血，老师告诉了宝奎叔。今天是我二哥逮了只耗子，我们把耗子放进李老师的粉笔盒里，李老师吓得脸色苍白，差点儿没跳到顶棚上去。"玉凤忍住没笑出来，在怀祖和奉祖的屁股上抽两把说："该打！你宝奎叔打你们还轻，妈再替他补上两巴掌。"奉祖挨了打，委屈地哭，怀祖狠狠地瞪着他说："活该，让你回家别和妈说，你偏要说。"奉祖委屈地说："耗子是你抓的，是你和寿祥哥放进李老师粉笔盒里的，我不过是在旁边看着，也跟着你们挨板子？"

玉凤听说是怀祖的主意，一把将他拉过来骂道："怀祖呀，你咋这么淘气？等你爹回来我告诉他，你爹还得打你一顿。"怀祖也是个倔巴头，不服气地挺起脖颈道："我是看李老师不正经，才故意吓唬他的。"玉凤愣怔了一下："李老师咋不正经了？怀祖，你可不能胡说呀。不然，小心妈把你嘴扯了。"怀祖不敢犟了，嘟囔着说："本来就是嘛！不然，李老师咋拉人家杨老师的手呢？"

玉凤眨巴着眼睛不作声了。

玉凤见过学校的两位老师。两位老师初来时，几乎把隆盛庄轰动了，都说学校请回了一对金童玉女。男老师身材修长，眉清目秀，风度翩翩，貌比潘安。女老师眼含秋水，面似桃花，如清水芙蓉，亭亭玉立。玉凤先前还以为人们形容夸张，待送梁怀祖和梁奉祖到学校报名，亲眼见到两位老师时，方才知道人们说的是实话。

两位老师看上去都是二十出头的样子。男老师叫李凤翔，教算术，穿一袭藏蓝色长衫，生得眉清目秀，玉树临风，十分英俊；女老师叫杨曼，教国语，罩一件浅蓝色外衣，长得柳眉凤眼，格外漂亮。玉凤真是感叹，心说隆盛庄也是上万人的集镇，原本还说这家的后生长得俊，那家的闺女生得俏，可和这两位老师比起来，简直就是精雕细琢的玉石与西河湾的捶衣石，差的不是一星半点儿。更让玉凤羡慕与赞叹的，是两位老师的优雅和从容，孤而不傲，高而不贵，说话和蔼，举止稳重，一看便是有学识、有修养之人。家长们纷纷议论，说两位老师天生一对，地配一双，肯定是一对年轻夫妇。有嘴快的女人便当着两位老师的面连声赞美，把两位老师羞得满脸绯红。直到校长张祯给大家介绍，说杨曼老师已经有了夫婿，并且育有一女，而李凤翔老师尚未成家。众家长得知两位老师并非夫妇，都遗憾地说如此郎才女貌的一对玉人，竟然不能结成夫妻，实在可惜。

杨曼看上去与李凤翔年龄相仿，实际却比李凤翔大上两岁。她是丰镇丰川高等学堂毕业的，毕业后嫁了厅署衙门一个叫聂敬的小吏。婚后，公公安排杨曼到女子学堂教书，与丰镇警务长朱尧的妻子董红是同事。那李凤翔则是大同高等学堂毕业的，是张祯在大同任学督时一个朋友的学生。

杨曼与李凤翔原本并不相识，是张祯聘请他们到隆盛庄当老师后才认识的。学校有两间宿舍，考虑到男女有别，张祯特意将男宿舍放在最东面，然后依次是校长室、教师办公室、女宿舍、伙房、柴房。张祯计划再请两名老师，收五个班的学生，但因为除了像张寿祥等读过私塾的有钱人家子弟可以跳级外，大部分学生都要从一年级学起，所以，学校现在只开了三个年级。

隆盛小学初开，学校只有四名员工，校长张祯、国语老师杨曼、算术老师李凤翔，还有一个负责看门、敲钟的六老汉。六老汉便是王顺的三儿子，曾经给张瑞元赶轿车的六六。他现在腿脚不便，赶不了车了，张祯念在他父子两代伺候张家，不想看他晚年凄凉，便让他到学校看门、敲钟，算是为他养老了。张祯晚上回家住，所以，住在学校的只有杨曼、李凤翔和六老汉。

李凤翔书香门第出身，爷爷中过清朝的进士，因性情耿直得罪了同僚，被进谗言革了职，从此家境衰败。李凤翔的老师与张祯颇有交情，老师知道李凤翔家境不好，只因张祯给的薪酬高，才介绍他放弃繁华的大同，到隆盛庄这塞外小镇当老师的。杨曼却是富裕人家出身，爹妈因畏惧聂敬父亲的权势，把她嫁给了聂敬。聂敬身材不高，相貌猥琐；杨曼追求新潮，喜欢打扮。聂敬嫌她张扬，怀疑她有外心，加之她生了个闺女，便经常辱骂和动手打她。杨曼既看不起丈夫，又受不了丈夫的家暴，两人同床异梦，毫无感情可言。辛亥革命时，聂敬的爹被革命党打死，聂敬没了靠山，民国政府又不用他，便赋闲在家。杨曼早想脱离这个不幸的家庭，正巧有人介绍她到隆盛庄教书，她便扔下女儿，义无反顾地到隆盛庄来了。

杨曼虽然比李凤翔大两岁，因为保养得好，会打扮，显得相貌年轻，不知道的人还以为她的年龄比李凤翔还要小些。偌大一个学校，每天放学之后，只剩下六老汉、李凤翔和杨曼三个人。六老汉住在门房，除了早晨打扫院子，平时不出门。所以，只有李凤翔与杨曼互相接触了。李凤翔本就年轻寂寞，杨曼又长得漂亮，温婉大方，李凤翔便对杨曼有了好感。开始时，两人做饭各做各的，后来彼此熟悉了，杨曼拿李凤翔当弟弟看，帮他做饭。做了几日，杨曼提议说："李老师，你看学校就咱两个老师，还要做两顿饭，洗两次锅，不如咱们合灶一块儿吃吧，饭由我来做。”李凤翔本也不怎么会做饭，当然没有意见，只是说：“杨老师，真不好意思你照顾我。合灶吃也好，我是男人，饭量大，每个月的伙食费我多担些吧。”杨曼却说：“李老师，你这么客气做甚？按岁数，你该是我弟弟，姐姐照顾弟弟是应该的。再说了，我家境比你好，不缺这点儿钱，你就听我的好了。”

杨曼像姐姐一样对李凤翔关爱有加，体贴入微，夏天天长，放学后闲着无事，杨曼便约李凤翔一道上街买菜，看到新鲜瓜果也买些回来，洗干净送到李凤翔的宿舍。李凤翔不好意思吃，杨曼便挑起眉毛说：“李老师，你咋一点儿不像个男人，婆婆妈妈的，就这么几样水果，能吃穷我吗？”

到了冬天，天黑得早，吃过饭，洗了锅，李凤翔一个人寂寞，便抱本书到杨曼的宿舍去，两人边看书边说话。李凤翔望着杨曼妩媚、娇艳的脸庞，禁不住怦然心动。

有道是日久生情。时间久了，李凤翔心里有了杨曼，一会儿不见，便觉得缺了点儿什么。

由于张、梁两家关系非同一般，张祯对梁怀祖和梁奉祖也有偏心。他见寿祥跳级了，梁怀祖和梁奉祖还在读一年级，便经常放学后把他们留下补课。那天，张祯正给怀祖和奉祖补课，马麦打发人过来叫他，说上三元这个月的账目出来了，让他过去看看。张祯前脚一走，梁怀祖和梁奉祖便坐不住了，又是抠鼻子，又是挠耳朵。兄弟俩戏耍了一会儿，梁怀祖说他渴了，要去伙房喝水。梁奉祖说他也渴了，要一块儿去。两人推门进了伙房，见李老师在拉风匣，杨老师在炒菜，而李老师探出手去摸杨老师的手……

第二天，梁怀祖把李老师摸杨老师手的事对张寿祥讲了，所以才有了梁怀祖和张寿祥在李凤翔的粉笔盒里放耗子的事。

玉凤觉得杨老师和李老师本就是人世间最般配的一对，所以也不觉得意外。她把梁怀祖骂了一顿，让他以后专心学习，不要管老师们的事，更不能对老师搞恶作剧，不然，让她知道了，必定不会轻饶。

朱奉祺出身贫寒，认朱廉为父后，做事谨小慎微，逐渐养成了事必躬亲的习惯，现在虽然上了年纪，凡是自己能做的，还是要亲自去做。

梁龙和张禄探到铁路经过的地块后，三大老财便行动起来。在三大老财中，朱奉祺家的地最少，但是，他家的地多在铁路线设计范围内。朱奉祺让大儿子朱进套起轿车，每天往地里去，凡是挨着他家地块的地，先打听好了是谁家的，然后去和人家讨价还价，能买的则买，买不下的则换，就算吃亏也不计较，几天下来，还真没少买地。

那天下午，朱奉祺又去看地。那片地在村子西头，有二十亩，铁路线恰恰从地中穿过。可是，地的主人说地离他家近，种地方便，死活也不肯卖。朱奉祺好说歹说，最后答应从村东头买三十亩和他家土质相同的地，换他的二十亩地。地主见便宜不小，方才答应。

和地主谈好，已是黄昏。朱奉祺也没往轿车棚里坐，朱进坐在左车辕上赶车，朱奉祺便坐在右车辕上，轿车贴着被洪水冲得足有六七尺深的壕沟旁的小道走。轿车走着走着，路旁的庄稼地里突然跑出一只獾子，从骡子的蹄子下往壕沟里窜。骡子受了惊，往起跳了两跳，撒开四蹄便跑，跑了没几步，左车轱辘撞在一块石头上，轿车倾斜，把朱奉祺甩了出去。壕沟里都是洪水冲下来的石头，有的光滑，有的四棱八瓣。朱奉祺头朝下摔进壕沟，一头撞在一块大石头的棱角上，当时便没了知觉。朱进急忙吆喝住骡子，跳下壕沟找到他爹，左呼右唤，朱奉祺都没有回应。再去摸他爹的鼻子，他爹已是气息微弱。朱进急着把他爹拉回隆盛庄看大夫，可壕沟又陡又深，他一个人都爬不上去，何况背着他爹。朱进急得眼泪都流下来了，背着他爹踉踉跄跄，摸黑走了有半里路才找到一处斜坡。爬上去滑下来，滑下来爬上去，如此爬了三五次，总算爬上了壕沟。朱进把他爹放在路边，又去找轿车。找到轿车赶过来，把他爹抱上车，待回到隆盛庄时，已经是快要熄灯的时候。

唐玉月早就等得心急火燎了，刚让丫头把小儿子朱涌喊过来。朱涌一边安慰他妈别急，一边点着马灯准备出去找他爹。听得大门响，朱涌急忙与他妈一道出去。马灯一照，就见他哥脸色苍白，浑身上下都是泥土，狼狈不堪。朱进冲着他喊道："小涌，快去回春堂喊杜掌柜去！"唐玉月不见朱奉祺下车，惊慌失措道："进子，你爹呢？你爹哪去了？你咋成了这副模样？"朱涌也问："是呀，爹呢？"朱进边往车辕上爬边说："你们先别问了，一会儿再和你们细说。"又瞪起眼睛朝朱涌喊道，"还愣着做甚？快喊杜掌柜去呀！"朱涌愣怔了一下，说道："哦，哦，我这就去。"说罢小跑而去。

朱进将他爹从轿车里抱出来，唐玉月见朱奉祺同样浑身泥土，身体软绵绵的，一边护着一边呼喊道："进子，你爹这是咋了？咋了呀？出去的时候好好的，回来咋就成这样了？"朱进把他爹抱进屋里，唐玉月见朱奉祺脸色灰败，一动不动，如同死人一般，急得趴在朱奉祺身边，一边"老爷、老爷"地喊，一边号啕大哭。朱进则脸色蜡黄，一屁股倒在太师椅上，闭着眼睛直喘粗气。唐玉月急了，也不管朱奉祺了，跳过去揪住朱进的衣领哭叫道："进子，你爹究竟是咋了？你说句话呀！"

朱进缓缓睁开眼睛，有气无力地呜咽道：“妈，骡子半路惊了，把我爹甩进了路旁的壕沟，我爹就成这样了。”唐玉月急忙反身再看朱奉祺：“啥？掉壕沟里了？”朱进脑子也清醒了些，跳起来扑过去，连声喊道：“爹、爹，您醒醒呀！您别吓坏了我妈。”朱奉祺却双目紧闭，没有一丝反应。

这时，朱涌带着回春堂掌柜杜金来了。杜金给朱奉祺把了脉，翻起眼皮看看瞳孔，探探呼吸，遗憾地叹息一声说：“唉！朱掌柜怕是没救了。”

顿时，朱家大院一片哀号。

张瑞元听到朱奉祺遭遇不幸的消息，简直不敢相信自己的耳朵。去年师兄喜极生悲，没留下一句话便去了。这还不到一年，朱奉祺又突然遭遇不幸，同样没留下一句话就走了。前后两年没了两位亲家，张瑞元心中甚为悲痛，不由得又恨起了铁路。若不是铁路要经过隆盛庄，他们便无须千方百计地买地；如果不是买地，朱奉祺便不会命丧壕沟。张瑞元在张祯和冬梅的搀扶下，拄着拐杖到朱家悼念亲家，情绪波动，脑袋一阵晕眩，险些摔倒在朱奉祺的灵棚前。唐玉月怕张瑞元再出意外，急忙让张祯和冬梅把张瑞元送回去。

隆盛庄稍微有钱的人家，都有六十六岁便给自己准备寿材和寿衣的习惯，所以，朱奉祺的棺材和寿衣都是现成的。依然请来胡二毛旦，按照丧葬程序，批殃、打碎头纸、报丧、入殓、报庙、开光、下葬。蓝家沟的人因为得过朱奉祺的好处，纷纷在家里蒸了寿桃，杀鸡宰羊，携儿带女，搀老扶幼，将供品摆在方桌上抬着，结队前来祭奠。蓝奉举因为是本族，用自家的白布破孝，蒸了十二个大馍馍的供献，与老伴、蓝玉、巧叶披麻戴孝，抬着祭品前来祭奠弟弟。

朱涌自打他爹过世，突然变得少言寡语，没事便蹲在牲口圈门口，嘴里吧嗒着烟袋，眼睛仇恨地盯着拉轿车的那头大黑骡子。报庙那天，他找来一件旧夹袄，准备了一把斧头和一把杀猪刀，往草料槽里倒了一升莜麦，看着大黑骡子把莜麦吃完了，将旧夹袄蒙在大黑骡子的头上，然后举起斧头，朝着被蒙住眼睛的大黑骡子脑门用力砸下去。大黑骡子被砸蒙了，身子晃了晃倒在地上。朱涌握着杀猪刀扑上去，把大黑骡子杀了。叶子见朱涌握着血淋淋的杀猪刀从牲口圈出来，吓得“哇”的一声大叫：“你、你，你这是咋了？”众人闻声过来，都眼神惊恐地瞅着朱涌。朱涌不动声色道：“我把骡子杀了。”唐玉月见朱涌把大黑骡子杀了，拍着腿叫道：“小爷爷，你这是犯了啥病？好好的骡子，你咋就给杀了？”朱涌冷笑道：“它害死了我爹，我就杀了它，吃它的肉！”

朱奉祺出殡那天，隆盛庄有头有脸的人和蓝家沟的老老少少都来送行。那是个阴天，乌云把天空遮掩了，也使人心情灰暗。鼓匠用尽了力气，唢呐依然显得嘶哑。白幡引魂，纸钱漫天，送葬的队伍足有一里之遥，为隆盛庄前所未有……

朱奉祺过世不到一个月，朱进、朱涌兄弟便闹崩了。

朱涌胆子大，行事莽撞，远不如他哥朱进稳重。朱奉祺从小偏爱朱进，字号的账目往来多让朱进插手，跑腿儿要账才用朱涌，所以，朱家的实底儿都在朱进手里掌握着。朱奉祺死后，唐玉月把两个儿子叫到一起，说他爹已经没了，朱家就两个儿子，让他们把家业分了吧。朱进说分就分吧，把账目整理一下，在他妈的监督下和弟弟分家业。也不知是朱进心存私念给朱涌分少了，还是朱涌不满足，气呼呼地当着他妈的面说："妈，哥这账分得好像不公吧？"朱进见朱涌心有疑惑，说道："小涌，哥咋不公了？爹就留下这么多家业，除了给妈留下的养老钱，其余的都在这儿了。地、银子、字号，别人欠咱的，咱欠别人的，哥一分两份，你想要哪份都可以。"朱涌哼着鼻子说："爹活着的时候，咱家号称隆盛庄三大老财之一，不会就这么点儿家业吧？"朱进不高兴了，翻一下眼皮说："那你说爹留下了多少家业？反正爹交到我手里的就这么多，如果还有，你问妈吧，或许妈知道。"

唐玉月见两个儿子为家业争执起来，眼泪涟涟，凄凉地说道："你们弟兄俩呀！你爹尸骨未寒，你们便因为家业争执起来，还像是亲兄弟吗？你爹的在天之灵若是看见，怕是要心寒了。"朱进与朱涌见他妈伤心不已，嘴上虽然不争吵了，可还是虎视眈眈。唐玉月长长地叹息一声说："我看呀，你爹置下的不是家业，是罪孽。你爹活着的时候妈从不过问字号的事，所以，你爹究竟置下多少家业，妈也不甚清楚。妈今天就一句话，你们若是还把妈当亲妈，把兄弟当亲兄弟，就不要争了。你爹好歹给你们留了这份家业，若是啥都没给你们留下，难道你们都不活了？钱财这东西，多少是多？多少是少？妈觉得就这些家业，你们弟兄分了，也都是隆盛庄的大老财。人不可太贪心呀！"朱涌依然不服气，说道："妈，我不是嫌少，我是说我哥心不公……"朱进气得脸色苍白道："我心不公？哪一点儿不公了？爹就留下这么多，你说还有，在哪？是不是我把冬梅她公公和段掌柜的家业全都抢过来分给你，你才说我心公了？小涌呀！爹活着的时候，你给字号出过多少力，你心里不会不清楚吧？现在爹刚倒头，你便向哥发难了，你就不怕妈寒心，不怕外人笑话？掏良心说，爹就留下这么多，你若不信，刨开爹的坟，把爹扶起来问问他。"朱进既然把话说到了这个分儿上，朱涌也无奈了，说道："好好好，哥，头顶三尺有神明，你若不怕遭天谴，我认了。"

从此，一对亲兄弟如同冤家，老死不相往来。

张瑞元听说了朱家兄弟因为分家业反目为仇的事，惊出一身冷汗，把自己所有的积蓄和地契拿出来，除了给自己留下些养老钱，和乌云其木格细细分配，将家业分成五份。那天，他把三个儿子和两个闺女都叫来，心情沉重地说："想必你们也听说朱家兄弟分家业的事了吧？爹今天把你们叫到一起，早早地给你们把家业分了吧。免得有一天爹和你妈走了，把一堆祸害留给你们，让你们亲亲儿的兄弟姐妹成了仇人。"冬梅羞得脸色赤红，嗫嚅道："爹，这咋说呢？我那两个哥呀，真把朱家的脸都丢尽了。"乌云其木格怕冬梅多心，说道："丢不丢人是朱家的事，你是张家的人，和你没有干系。"

张禄看看张福和张祯，缓缓说道："爹，您和妈都健在，现在就分家业，好像没这规矩吧？"张福和张祯也说："是呀，这事还是以后再说吧。"张瑞元鼻子哼一声说："以后啥呀？现在给你们分了是家业，死后留给你们是祸害。别说了，每人一份，自己拿吧，拿到啥算啥，谁也不要有怨言。"金花和银花连忙说："爹、妈，嫁出去的闺女泼出去的水，我们是外姓家的人，不能分张家的家业。"张瑞元眼睛一瞪道："啥嫁出去的闺女泼出去的水？哪天我和你妈走了，你们是不是不给我们披麻戴孝了？"张福、张祯和金花、银花不敢吭声了，都把眼睛望着张禄。张瑞元生气地说："你们看玉奎做甚？现在你爹我还活着，谁也做不了我的主。"张禄知道他爹之所以做出如此决定，也是为了他们兄弟姐妹将来能相处好，便微笑道："爹既然已经决定了，就听爹的吧。我先拿。"兄弟姐妹见大哥先拿了，谦让张福再拿，然后依次拿了。张瑞元把家业给儿女们分了，长长地吁了口气，对乌云其木格道："家财散尽，咱的心也静了。往后啥也不用多想了，吃好、喝好、睡好。他们若是懂得兄弟姐妹的情分，将来谁家遇上了难处，互相拉拽一把。他们若是无情无义，也和咱没相干了。"

张（家口）绥（远）铁路在设计上是经过隆盛庄的，但在征用土地的过程中遭到当地民众的强烈抵制。隆盛庄张、段、朱三大老财为了保护自己及地方利益，联手将铁路设计所经之处的田地全部买入，并拒绝铁路征用。无奈，张绥铁路只好临时改道，避开了隆盛庄。张瑞元笑了，感慨地说："隆盛庄算是保住了，朱掌柜的在天之灵可以安息了。"

一九一三年，袁世凯正式就任中华民国大总统，在全国实行统一币制，铸造有袁世凯头像的银币，逐渐取代清政府的"大清银币""光绪元宝"等银圆。新银币正面图案为袁世凯光头戎装左侧面像，上方为"中华民国三年"字样；背面图案为两株交叉的稻穗，中央为"壹元"字样。壹元之下，又有"中圆"的五角和"贰角”“壹角”三种小币。“壹元”银币重七钱二，被民间称为白洋、现大洋、袁大头。

一九一五年，张绥铁路通至丰镇。京津两地粮商蜂拥而至，疯狂抢购，导致丰镇粮价一夜暴涨。瑞盛店作为隆盛庄最大的粮店，抓住时机，一边从周边地区大量采购粮食，一边雇用牛板车队，昼夜不停地往丰镇运粮出售。这一年，张禄赚钱赚到让人眼热、眼红、妒忌。与此同时，隆盛庄的商贸活动进入有史以来的全盛时期，人口迅速增长到两万余人，仅挂牌的店铺字号就有三百余家，其中大小钱铺二十余家，大小粮店十余家，马店十余家，其他手工作坊更多。旅蒙商人也看准商机，频繁往来于隆盛庄、库伦之间，年牲畜交易量达到羊二十余万只、牛六千余头。除当地宰杀两万余只牛羊外，其余的远销京津一带，最远的销往汉口、广东。

商贸的繁荣不但让隆盛庄的商家眉开眼笑，连怀春院也跟着发了财。

凡是到隆盛庄做皮毛生意的旅蒙商人，多为永盛源的老客户，有的是库伦永盛源分号查干介绍来的，有的是慕名而来的蒙古人。因为张福从小便说一口流利的蒙古话，蒙古商人更喜欢和永盛源做生意。

张福与梁龙都是豪爽之人，凡有大客户，做完生意后，都要请对方吃饭喝酒。蒙古人善饮，只要喝酒，便要喝个畅快。喝完酒，一行人摇摇晃晃往旅店走，路上看见怀春院的红灯笼，问那是什么去处，张福说那是窑子。蒙古商人乐呵呵地说：“窑子就是睡女人的地方吧？”张福故意逗蒙古商人说：“是呀！不过，那里的女人不能白睡，是要花钱的。”蒙古商人从兜里抓一把大洋说：“我有的是钱，这些钱够睡个女人了吧？”张福也去过几次库伦，知道那边的蒙古人对男女之事很放得开，便问：“咋，你想进去睡个女人？”蒙古商人高兴地说：“张掌柜，你真善解人意呀！我睡过蒙古女人，但没睡过汉人女人。你能不能请我睡个汉人女人呀？”

张福知道，到怀春院睡个窑姐花不了几个钱。对方既然提出来了，驳了他的面子不好看，就请他风流一夜吧。

张福将蒙古商人带进怀春院，老鸨袁小香认识张福，惊讶道：“哟，这不是张掌柜吗？听说张掌柜的夫人甚为厉害，张掌柜是不是吃了豹子胆，敢到我这怀春院来？这若是让夫人知道了，还不把我这怀春院砸个稀巴烂？”张福也喜欢开玩笑，笑道：“袁掌柜言重了，我家女人再厉害，她也做不了我的主。”袁小香见张福满嘴酒气，以为张福酒后冲动，把持不住，真的想在她这儿寻个乐儿，便笑吟吟地把嘴贴过来悄声道：“张掌柜放心，我这儿的姑娘们嘴紧着呢，保证不会把您到怀春院的事说出去。”张福闻得袁小香满身的脂粉味儿，再看那袁小香，浓妆艳抹，的确有几分姿色，听了袁小香的话，心说这也就是在隆盛庄，怕传出去坏了名声，若是在其他地方，今天必定乐他一乐。他有心戏谑袁小香，故意说道："那就多谢袁掌柜了，不知袁掌柜这里有好姑娘没有？"袁小香见张福说得认真，以为张福真的想逛她的怀春院，瞟张福身边的蒙古商人一眼，悄声道："张掌柜是两个人吧？不如这样，我把姑娘们都喊出来，任张掌柜挑选。"张福见袁小香当了真，心里想笑，憋住没笑出来，装作犹豫道："就怕袁掌柜这里的姑娘都比不上袁掌柜呀！"袁小香知道，隆盛庄能攀上张家的都不是等闲之人，立刻心花怒放，笑吟吟道："承蒙张掌柜看得起，张掌柜若不嫌弃，香香愿意服侍张掌柜。"

张福不敢把玩笑开下去，拉住蒙古商人的袖子对袁小香道："袁掌柜，这是我库伦过来的蒙古朋友，他没睡过汉人女人，想在袁掌柜这怀春院尝个鲜，我看袁掌柜就亲自陪他一晚吧。我也不知道袁掌柜的行情，五块现大洋够吗？"袁小香听张福如此说，方才知道张福是用窑姐招待客人的。看看那蒙古商人，长相还好，穿戴也干净，她便朝张福笑道："够了，够了，哪能用得了五块大洋。"张福取出五块大洋递到袁小香手里说："用了用不了也就五块了。"又悄声道，"袁掌柜，这可是我永盛源的大主顾，烦劳袁掌柜一定要让他满意。"袁小香接了张福的钱，轻佻地在那蒙古商人的脸上摸一把道："张掌柜放心，香香一定让他满意。"

第二天，那蒙古商人回来，对袁小香赞不绝口。从此，在隆盛庄除了永盛源，那蒙古商人概不和别家字号做生意，并且从不讨价还价。张福和梁龙受到启发，凡有大生意，做成后除了请客商吃饭喝酒外，逛窑子也成了招待的一项内容。如此一来，只要和永盛源接触过的客商，都成了永盛源的老主顾，永盛源赚了钱，怀春院也跟着赚了钱。

梁龙虽然当了镇长兼商团团总，但每每静下心想，总是心有不甘。他想，他爹和瑞元叔是一道来隆盛庄的，结果却大不相同。瑞元叔因为娶了乌云其木格婶子，最终成了隆盛庄三大老财之首。他爹虽然兢兢业业了大半辈子，却只熬了个中上人家。他知道他爹要强，也理解他爹的心情，不然，他妈每次夸瑞元叔的时候，他爹怎么总会大大小小地发些牢骚和脾气？梁龙没有嫉妒张瑞元的意思，因为张瑞元毕竟是他爹的师弟，是他爹在隆盛庄最亲近的人。但他不服，隆盛庄为什么只能有三大老财，而不能有四大老财呢？如果有四大老财，姓梁的是不是可以位列其中呢？

梁龙知道自己做生意比不上张禄，但他从张福请蒙古客商逛窑子受到启发：钱不是非要通过做生意去赚，赚钱有多种途径，只是能否找到窍门而已。那天吃完晚饭上街溜达，走到一处院子门口的时候，脚不由自主地停住了。这处院子是汤冠群当初开来运赌坊的地方，汤冠群随他哥汤冠丰去代县之前，把这处院子卖给了朱奉祺。朱奉祺闲置了一段时间后，在这处院子开了染坊。梁龙想，好赌是人的天性，就连弓富魁那样的大人物也嗜赌如命。隆盛庄老财多，好赌的大有人在。当初汤冠群开来运赌坊时可谓日进斗金，一年下来，比张禄的瑞盛店赚得还要多。自己现在既当镇长，又当商团团总，可谓隆盛庄最有实权的人物，何不把赌坊重新开起来，或许用不了三年五载，自己就可以跻身隆盛庄四大老财之列了。

梁龙有了这个想法，便开始细细琢磨。他想，开赌坊虽然赚钱，但毕竟不是正经行道，如果自己出面，别说会招来一片骂声，就连他妈和和瑞元叔那关怕是也过不去。冥思苦想了两天，他突然想到个移花接木之法。

那天，梁龙把朱涌约出来，问他说："小涌，听叶子说，你和你哥因为分家的事闹得挺不愉快，是吗？"朱涌叹着气说："哥，我的脾气你也知道，眼睛里揉不得沙子。我哥是个牛皮灯笼，里亮外不亮，外表看似忠厚，其实是心里做事。我就不信，我爹经营古玩出身，能不留下几件值钱的老货？可他硬说不知道。"梁龙不想挑拨朱家兄弟的关系，劝道："算了，不管咋说，他是你哥。听说你爹在世的时候，他没少为字号出力，你做小的，就让让他吧。"朱涌气呼呼道："我让他？凭啥呀？应该是当哥的让兄弟才是。若不是怕气着我妈，我非跟他闹个底朝天不可。"梁龙皱一下眉头说："闹啥呀？就算多给你分了，你又能咋地？能长出两颗脑袋来？人这辈子，靠爹靠妈不如靠自己。你若没本事，给你分得再多，最后也是千金散尽；你若有能耐，大洋会主动往你口袋里跑。你说是不？"

朱涌一直敬佩梁龙，听大舅哥劝他，点头道："哥说得极是，所以我才把这口气忍了。"梁龙说："忍了就好，不能因为几个钱，闹得亲兄弟反目为仇。"顿了顿，言归正传道，"小涌，听说你哥把染坊分给你了，生意咋样呀？"朱涌摇头说："不咋样。我是外行，经营都托付给掌柜的了，赚不了几个。"梁龙试探着问："小涌，那你想不想开一家赚钱的字号？"朱涌呵呵笑着说："哥，天下没有和钱有仇的，咋不想呢！"梁龙沉吟道："小涌，哥想了个赚钱的行道，只是哥一个人做不得，不知道你有没有兴趣。你若有兴趣，咱俩一道做倒是挺合适的。"朱涌连忙问是什么行道，梁龙吞吞吐吐地说："这行道说起来肯定赚钱，只是名声不大好。"朱涌也是豪爽之人，催促道："哥，我是你妹夫，你是我大舅哥，咱俩啥关系，有话哥往明白了说。这年头，只要不是杀人放火，啥钱赚不得？哥现在是镇长，就算开烟馆、开窑子、开赌坊，谁能管得着？谁又敢管？"梁龙嘿嘿一笑道："小涌，哥还真的想开一家赌坊呢！"朱涌怔住了："哥，你真要开赌坊？"梁龙收起笑容，正色说道：“是的。咱隆盛庄有钱人多，钱多了就得有个花处。你说吃能吃多少，穿能穿多少，就算盖房吧，谁家没事了，十处八处地起院子？当然，也有喜欢到怀春院找窑姐的，可那窑姐也不是天天找的营生。所以，哥琢磨着何不开一家赌坊，人们既有了红火热闹的地方，咱也赚了钱，岂不是件两全其美的事？”

朱涌也喜欢赌钱，高兴地拍一下手说：“好啊！那就开一家赌坊呗！哥兼着商团团总，哪个敢去闹事？哥说，在哪开？让我出多少？”梁龙说：“哥看你那染坊地方就不错，当初，汤冠群不是就在那里开来运赌坊的吗！”朱涌爽快地说：“行，反正染坊也赚不了几个，我把染坊关了，开赌坊。”梁龙见朱涌答应了，拍拍他的肩说：“小涌，既然你同意，开赌坊的事咱就这么定了。不过，哥还有个为难之处……”朱涌已经拿定主意要和梁龙开赌坊了，说道：“哥，有啥话你直说。我现在有的是钱，需要多少我往出拿。”梁龙说道：“小涌，钱不是事儿。赌坊虽然赚钱，但毕竟不是正经行道。你说哥现在当着镇长，若是自己开赌坊，别说外人了，怕是妈和瑞元叔那关就过不去，玉奎也会把我骂个狗血喷头。所以，哥想让你出面当掌柜，遇到事哥给顶着。你是梁家的女婿，哥再偏你，别人也不会往赌坊上想。你看呢？”朱涌哈哈笑道：“哥，多大个事儿呀。好，咱就这么说定了。”

梁龙给赌坊起了个和顺赌坊的名字，“和”是麻将牌里的意思，顺就不必解释了。

隆盛庄人觉得奇怪，朱奉祺做正经生意出身，他儿子怎么会走歪门邪道，开了赌坊？

梁龙本以为他妈、张瑞元、张禄都会找他，让他劝说朱涌不要开赌坊。没承想，隆盛庄没一个人找过他，就像人们根本不知道和顺赌坊开张了一样。

当然，这其中是有缘故的。朱涌能因为分家产和他哥反目为仇，外人的劝说他岂能听进耳朵？与其碰一鼻子灰，还不如由着他去呢。至于邓香如，自从梁宝元死后，整日懵懵懂懂，脑子一塌糊涂，两个女婿都混淆不清，别说朱涌开赌坊，就算杀人放火，她也不闻不问。

当初汤冠群开来运赌坊时，从丰镇请回两个荷官，从隆盛庄雇了两个伙计，因为他哥是巡检兼团总，没人敢来砸他的场子，所以，赌坊没有豢养看场子的打手。梁龙现在是镇长兼团总，自然也不怕有人来砸场子，四处打听，把当初给汤冠群看场子的两个荷官又请了回来，雇了两个眼活手勤的伙计。赌坊也没花什么本钱。

自从汤冠群的来运赌坊关门后，隆盛庄的赌徒手痒时便时常东一家、西一家地聚聚，小赌几把；现在听说朱涌在来运赌坊重新开了和顺赌坊，纷纷不请自来，和顺赌坊可谓开门大吉。

张福也好赌，只是怕他爹知道了打断他的腿，偶尔和梁龙相约，悄悄去赌上几把。段童同样好赌，赌了几次，输了钱不服气，连着在赌坊泡了三天。银花劝不了他，便告诉了公公。段祖贤亲自去了赌坊，提着段童的耳朵把他拽回来。段童怪怨银花向他爹告状，几天不和银花说话。

第四十二章

蓝虎头劫道失手

在张家的媳妇里，张瑞元和乌云其木格对花子最好，因为花子是师兄的大闺女，是他们看着长大的。花子小时候性格刁蛮，像个假小子，嫁过来后变成了贤惠媳妇。花子手巧，不但针线活儿做得好，饭也做得好，是隆盛庄最会做莜面的女人。搓、推、擀、包、搅、磨、抿、擦、煮、烙、熬，样样在行，其中最拿手的是搓莜面鱼鱼，可以左右开弓同时搓，右手五根，左手四根，搓出来的鱼鱼又光又细又匀称，没有一个女人比得过。有一次全家吃饭，张福当着艾叶的面夸花子，艾叶不服，说绥东的女人哪个不会做莜面。花子若是有本事，能每天不重样连做一个月莜面吗？花子轻蔑地瞥艾叶一眼，问张瑞元道："爹，您若喜欢吃，我就给您做一个月莜面，保证每天不重样。"张瑞元本也喜欢吃莜面，加之偏心花子，想让艾叶看看花子的本事，便说好啊，那咱就吃一个月莜面吧。

莜面是绥东特产。人都说绥东有三宝，莜面、山药、大皮袄。意思是有了这三样东西，就饿不着肚子，冻不死人了。

莜麦学名燕麦，山药学名马铃薯。因为绥东无霜期短，无法种植高产作物，山药和莜面便成了主产。燕麦炒熟后磨成面，便是莜面。莜面讲究三熟，先将燕麦炒熟，然后磨成面，此为第一熟；制作时，以滚烫的开水和面，此为第二熟；最后上笼屉蒸熟，此为第三熟。制作莜面，通常采用蒸、炸、氽、烙、炒等手法。莜面和山药是绝配，花子可以用莜面和山药做出几十种花样。比如把莜面搓成细面条一样的，叫莜面鱼鱼；在石板上推成圆筒状的，叫莜面窝窝；擀成大片，撒上山药丝卷起来，切成一般长的，叫莜面囤囤；以莜面做皮，以山药丁、韭菜、油渣为馅，包成大饺子上笼屉蒸熟的，叫莜面饺饺；将水烧开，边撒莜面边搅，最后成黏稠状的，叫莜面拿糕；将山药焖熟，杵碎，加入莜面搓成碎粒，蒸熟后，锅里放油炒熟的，叫炒傀儡；将山药在特制的铁皮磨板上磨碎，沉淀去除水分，加入莜面，做成丸子状，上笼屉蒸熟，叫山药丸丸；将山药泥与莜面揉在一起，擀成薄饼状，放入锅中烙熟，叫山药饼子；将山药焖熟，去皮，在锅中反复揉搓成泥状，加入莜面，揉成面团，搓成小鱼状蒸熟，叫山药鱼子；将莜面擀成片状，山药切成薄片，平铺于莜面上，两层莜面夹一层山药片，切成一寸长短、小指粗细的条状，上笼屉蒸熟，叫乌鸦含柴。此外，还有掋八股，煮莜面鱼子、莜面疙团等多种做法。吃莜面必须蘸汤，贫寒人家吃莜面，秋天腌一大缸蔓菁，食用时，将蔓菁切成细丝，舀几勺腌蔓菁的盐汤，炝葱花、野韭菜花浇入，拌炸辣椒，此汤叫冷盐汤。家境好的人家吃莜面，要么吃黄瓜、水萝卜调制的凉汤，要么吃猪肉、豆腐熬制的热汤，要么将羊肉、蘑菇切成细丁，放入调料，上笼屉蒸熟，出笼加入适量开水，制成羊肉蘑菇汤。说下来，不管有钱没钱，莜面这道主食贫富皆宜，百吃不腻。就算遇到青黄不接，放一大锅水，切几个山药扔进去煮熟，撒两把莜面，熬成莜面糊糊，清汤灌大肚，也能救一家人的性命。

花子给公婆、哥嫂、弟媳做了一个月的莜面，果然没有一天重样的，把艾叶惊得哑口无言。这话传出去，隆盛庄人只要说起做莜面，都要提到花子。

秀珍自从许配了张占魁，内心着实高兴过一阵子。张占魁虽然相貌平常，却是隆盛庄人心目中的大英雄。这辈子能嫁给一个人人敬仰的大英雄，那是多好的归宿呀！可是，秀珍无论如何也料不到，就在好事临近的时候，噩耗传来，秀珍头捂在被子里，不知道偷偷掉了多少眼泪。

花子与冬梅妯娌间相处最好，这是因为艾叶自恃官家出身，不把她俩放在眼里；舒兰丫头出身，她俩也看不起舒兰；而宝凤比她俩岁数小许多不说，只做个小妾，便以为一步登天，成了张家的嫂子，有些得意忘形了。所以，花子与冬梅除了面子上应付一下，平时极少和张禄的三个妻妾来往。还有，冬梅从小娇生惯养，不算太会做饭，尤其莜面做不好，所以，家里只要吃莜面，便央求花子帮她做，来往便更多了。

花子与冬梅没事便你到我屋里，我到你屋里串门。花子最大的心病就是秀珍。张占魁遭遇不幸后，秀珍整日怏怏不乐，日渐消瘦。花子本想托媒人给她再踅摸户人家，秀珍却坚定地说她这辈子再也不嫁人了。

张祯请回杨曼与李凤翔，平时注意观察，杨曼天性浪漫，才情出众，一颦一笑，优雅得像只高贵的猫，性格又与男人相近，豪爽大度，遇事颇有主见。李凤翔温文尔雅，言谈举止态度从容，不卑不亢，不骄不躁，一看就是出身书香门第。张祯把大半心血都放在了学校，有时候晌午顾不上回家吃饭，冬梅便给他送饭，遇到李凤翔与杨曼时，便“李老师、杨老师”地打个招呼，说几句话。张祯见李凤翔一表人才，言谈儒雅，颇有气质，心中十分喜欢，与花子闲谈时常常提起，将李凤翔赞赏一番。花子也在街上见过李凤翔与杨曼，自然和冬梅看法一样。

一天，妯娌二人又提到李凤翔，冬梅突发奇想，说道：“二嫂，要是能把咱家秀珍嫁给李老师，那该多好呀！”花子愣怔了一下：“嫁给李老师？”冬梅说：“是呀！二嫂，你看李老师，人长得俊不说，知书达礼，满腹学识，多好个后生。”花子沉吟道：“李老师好是好，可人家模样比咱秀珍强许多，又识文断字，能行吗？”凡是做大人的，都觉得自己的孩子好。冬梅家没闺女，便十分喜欢秀珍，说道：“强能强多少？咱秀珍长得也不丑。再说了，就算李老师相貌好，识文断字，可他家境不如咱，咱还占了一头呢。”花子听冬梅如此说，有了些信心，面带喜色道：“冬梅呀，秀珍若能嫁给李老师，也算天作之合。只是自从小状元死后，秀珍一直心情不好，只要给她提亲，她都一口回绝，说这辈子再也不嫁人了。我说闺女哪有不嫁人的，除非你当尼姑去。她说再过上几年，她还真要出家当尼姑去呢。”冬梅笑道：“二嫂，你别听她的，她那是犟着劲儿呢。曾经许配过小状元的人，再让她嫁个普通人，她脸面上也不好看。我就不信了，如果给她说李老师，她会不动心？”花子想想也对，但担忧道：“可李老师那边呢？要不，咱托个媒人探探人家的口风？”冬梅说：“托啥媒人，让宝奎问问不就行了。不过，二嫂还是先听听秀珍的口气吧，她若是犟着不嫁，李老师那边问好了也白搭。”

如果是往常，只要提起嫁人，秀珍便拉下脸说：“妈，我不是说了吗，不嫁！过两年我出家当尼姑去。”这次却不同，花子问秀珍觉得学校的李老师怎样时，秀珍眨巴着眼睛问她妈什么意思。花子也不瞒藏，直接说道：“那天你三婶和妈提起来，觉得李老师无论人品还是相貌都挺好，想给你说个媒，可又怕你犟着不嫁。所以，不知道该不该探探李老师的口风。”没想到，秀珍脸腾地一下红了，含羞说道：“妈，自古以来的老规矩了，父母之命，媒妁之言。我嫁谁还不是爹妈做主？您和我爹让我嫁，我能不嫁？敢不嫁吗？”

花子心里明白了，秀珍不是犟着不嫁，只是许配过小状元后，有些眼高了。

秀珍见过李凤翔。她下面有两个弟弟，大的叫张松祥，小的叫张柏祥。隆盛小学建成后，松祥和柏祥也都去读书，有时候遇上刮风下雨，她便去学校接两个弟弟，经常与李凤翔照面。像李凤翔那般玉树临风的男人，哪个闺女见了不动心？秀珍心里愿意，却也有担忧：英俊的男人让人觉得高不可攀，李凤翔肯娶她吗？

晚上，冬梅对张祯把自己的想法讲了，张祯半天没吭声。冬梅催促说："行不行你倒是说句话呀！"张祯慢条斯理道："如果论相貌和学识，秀珍的确配不过李老师。可若论家境，李老师又比不上咱，所以，两家也算门当户对。说实话，我也挺喜欢李老师的，他若能成为二哥家的女婿，那是再好不过的了。"冬梅高兴地说："这么说，你也同意？"张祯瞥冬梅一眼说："我同意管啥用？那得人家李老师同意才行。"冬梅再问："那你说李老师会同意吗？"张祯不动声色道："我看未必。"冬梅见张祯不冷不热的，鼻子哼一声说："秀珍是你张家的闺女，又不是我朱家的闺女。看你这不冷不热的，像是我求你一般。算了，这事你爱管不管。你不管，我还懒得管呢。"

张祯知道冬梅和花子走得近，呵呵一笑说："你看你，这种事能急吗？说实话，我也想过把秀珍许配了李老师，但是……"冬梅见张祯吞吞吐吐的样子，催问道："但是啥呀？刚才你不是还说两家也算门当户对吗？"张祯蹙起眉头，慢吞吞道："我这些天正犹豫呢，准备再聘两个老师，把杨老师或者李老师辞退一个。现在拿不定主意是该辞了杨老师，还是该辞了李老师。"冬梅不解道："咋，他们教得不好？可我常听你夸他们呢。"张祯说："这话本不该对你讲，既然你逼着我说，那我就说了吧。你没听人们私下议论过？好像李老师和杨老师的关系有点儿那个，我怕把他们留在隆盛庄，两人万一把持不住，做出了出格的事，不但会影响他们的声誉，也会影响学校的声誉。"冬梅怔住了："不会吧？你不是说杨老师已经成了家，娃娃都有了吗？"张祯自责道："成家倒是不假，唉！也怪我，当初若是请两个男老师就好了。你说杨老师虽然成了家，岁数也比李老师大，可毕竟是个女人，有才情，又长得好看。这孤男寡女的成天在一起，有点儿啥事情也保不齐呀！"冬梅却笑了，说道："那正好呀！秀珍若是嫁了李老师，李老师有了家室，杨老师自然要往后退。这样一来，你也不用琢磨着辞退他们哪一个了。"张祯轻轻摇头道："这样是好，可你相中李老师没用，那得二哥、二嫂和秀珍相中了才行。"冬梅把花子和秀珍的态度说了，张祯思量道："既然秀珍改口同意嫁人，说明她还真的看上李老师了。这样吧，哪天我探探李老师的口风。"

张祯找了个时间把李凤翔叫到校长办公室，将他的想法讲了。李凤翔颇觉意外，支支吾吾不知该如何应答。张祯微笑道："李老师，我只是有这个想法，并不勉强。李老师不必现在就回答我，仔细想想后给我个回话就行。"

此时，李凤翔与杨曼已经悄悄相好了。晚上吃饭，杨曼见李凤翔心不在焉，问他是不是有什么心事。李凤翔吞吞吐吐地将张祯的话讲了，杨曼凝视着李凤翔问道："凤翔，你是如何想的？"李凤翔不敢直视杨曼的眼睛，嗫嚅道："我也不知道该咋办，要不曼姐给我拿个主意？"杨曼与李凤翔相处久了，知道李凤翔遇事优柔寡断，不是那种有主见，拿得起放得下的男人。沉默片刻，她苦笑一下道："这也算是一段好姻缘，我看你就应下吧。"李凤翔放不下与杨曼的儿女情长，一把抓住杨曼柔润纤秀的手，眷恋地望着她略带潮湿的眼睛，情绪激动地说道："可是，曼姐，我放不下你呀！"杨曼也攥紧了李凤翔修长的手，声音凄楚道："凤翔，谢谢你把曼姐放在心上。在隆盛庄的这些日子，你给了曼姐太多的快乐和幸福，曼姐已经满足了。你我都知道，咱们俩在一起，是不会有结果的。"

李凤翔也知道，尽管他喜欢杨曼，但杨曼是有夫之妇，他们俩在一起，的确不会有结果，而他又不能与杨曼偷偷摸摸一辈子。何况，他爹、他爷爷都盼着他早日成家立业，生个孙子给李家传宗接代呢。

杨曼见李凤翔低头不语，又劝道："凤翔呀，听曼姐的话，应下这门亲事吧。隆盛庄虽然不似大同那般繁华，却也商贸繁荣，是塞外巨商富贾的聚集之地。张家为隆盛庄第一大户，张校长又是举人出身，在隆盛庄颇受敬重。这样的人家，就算在大同也不好寻呀！"李凤翔权衡一番，决定听杨曼的劝说，应下张家的这门亲事。但他还是依依不舍，用满怀渴望的眼神望着杨曼说："曼姐，我可以娶张家的闺女，但我还是忘不了你。"杨曼苦涩地一笑，说道："你娶过张家的闺女后，自然会忘记曼姐的。"

张祯听了李凤翔的回话，便告诉了张福与花子。张家的人都为这门亲事高兴，秀珍更是脸上焕发出光彩。张福和花子商量，李凤翔肯娶秀珍，无非是相中了张家的家境和在隆盛庄的地位，秀珍的嫁妆本在许配张占魁后便已经准备好了，可李凤翔家境不好，未必有钱盖房置地。为了把秀珍风风光光地嫁出去，张福和花子决定除了给他们盖一处院子，再陪嫁二百亩地作为生活补贴。于是，双方下了帖子，定了亲，张福便张罗着给秀珍盖房了。

当年腊月，秀珍高高兴兴地嫁给了李凤翔。

一九一五年，在袁世凯周围多人的精心策划下，国会、筹安会，以及由妓女、乞丐组成的民众请愿团强烈要求恢复帝制。袁世凯虚情假意地谦让一番后，接受帝号，建立中华帝国，以一九一六年为洪宪元年，将总统府改为新华宫。十二月二十三日，袁世凯身着黄袍前往天坛祭天。一九一六年元月一日，举行登基大典。

袁世凯即位后，拟定《新皇室规范》，包括“亲王、郡王可以为海陆军军官，但不得组织政党并担任重要政治官员；永废太监制度；永废宫女采选制度；永废各方进呈贡品制度；凡皇室亲属，不得经营商业，与庶民争利”。袁世凯恢复帝制，遭到孙中山、梁启超等人的坚决反对。北洋将领段祺瑞、冯国璋等也极为不满。段祺瑞致电袁世凯，要求其“恢复国会、退位自全”。十二月二十五日，蔡锷、唐继尧在云南宣布起义，发动护国战争，讨伐袁世凯。贵州、广西相继响应。三月，仅仅当了八十三天皇帝的袁世凯被迫宣布退位，恢复中华民国年号，起用段祺瑞为国务卿兼陆军总长，企图依靠段祺瑞团结北洋势力，压制南方起义力量。但是，南方起义各省并没有停止军事行动。五月下旬，袁世凯忧愤成疾。次年，袁世凯因尿毒症不治而亡。袁世凯死后，中国群龙无首，开始了漫长的军阀混战局面。

此时，战祸尚未殃及隆盛庄。

邓香如的老年痴呆症越来越严重，梁龙怕他妈出事，便把他妈接到他家。邓香如住了半个月，不吃不喝，又哭又闹，说不能把他爹一个人留在家里，要回去陪他爹。梁龙没办法，只好把他妈送回去。玉凤白天没事时便过来陪婆婆坐坐，梁龙则晚上过来陪他妈住。张瑞元也惦念着邓香如，家里做了什么好吃的，便拄了拐杖给她送过来。邓香如许多邻居都不认识了，对张瑞元却一点儿也不糊涂。张瑞元每次来，她便把丫头打发出去，抱住张瑞元的手念念叨叨：“瑞元呀，嫂子咋看你咋亲。这辈子已经是那个黑头的人了，下辈子嫂子和你做夫妻。”张瑞元呵呵笑着说：“嫂子，你别多想了，这辈子还没过去呢，下辈子的事还是下辈子再说吧。”邓香如摸摸张瑞元的脸，替张瑞元拢拢头发，端详着张瑞元说：“瑞元呀，你还和年轻的时候一样，一点儿没变，还是那么精神，还是那么精干。”张瑞元无奈地摇着头说：“嫂子呀，看来你真是老糊涂了。你看我这头发也白了，胡子也白了，牙也快掉完了，拐杖拄了多年，哪还有精神的地方？”邓香如吃吃地笑着说：“瑞元呀，哪怕你八十岁了，在嫂子眼里，还是当年那个精干的后生。”

张瑞元感慨万分，他才知道，不仅自己心里有邓香如一个位置，邓香如心里同样有自己一个位置。

这年冬天的一天，玉凤在家包了饺子给婆婆送过来，邓香如胃口大开，一口气吃了八九个。玉凤陪婆婆坐了一会儿，见婆婆瞌睡了，便告辞回去。到了天近黄昏的时候，丫头突然惊慌地跑来，说她在伙房做好晚饭，却发现老太太不知什么时候已经不在屋里了，四处找不见人影，去老太太经常串门的邻居家找，邻居们都说没见，问老太太是不是到这边来了。梁龙和玉凤听说妈丢了，急忙撒开人马满隆盛庄地找，当然也没漏下张瑞元家。张瑞元和乌云其木格急忙打发儿子、儿媳和孙子们都出去找，找了一晚，邓香如就像从人间消失了一般。

张瑞元和乌云其木格一晚没睡好，猜测邓香如到哪去了。第二天，天刚蒙蒙亮，张瑞元忽地想起了什么，也没有惊扰后半夜才睡的乌云其木格，一个人悄悄地出去，让车倌套了轿车拉他出镇，径直去了梁宝元的墓地。到了墓地，张瑞元傻眼了，只见邓香如蜷缩在坟头，在梁宝元墓碑的前面，摆着几个晌午吃剩下的饺子。

张瑞元踉踉跄跄地跑过去，把邓香如抱起来，邓香如的身体已经冻成了硬棍儿。张瑞元悲伤不已，把邓香如紧紧地搂在怀里，“嫂嫂，嫂嫂”地喊个不停。直到过了好久，他才意识到邓香如早已撒手人寰，两行老泪滚落下来，闭着眼睛低下头，把嘴贴在了邓香如冰凉如铁的嘴唇上……

邓香如死后，乌云其木格也变得神神道道，成天念叨自己是熟透的瓜，香如嫂子这一走，下一个就轮到她了。张瑞元安慰她：“放心，我比你岁数大，就算走，也是我先走。”乌云其木格说：“你可不能走在我前面，不然，像香如嫂子给师兄送饺子一样，我给你送饺子，说不准也冻死在你的坟头了。”张瑞元蹙着眉头说：“你呀，说这种晦气话做甚？我若是走在了你前面，你可千万别到坟头给我送饺子。你若去了，我拿拐杖把你打回来。”

说话间又是一年。年前，张裕祥捎信回来，说他在北京找了个媳妇，过年就不回隆盛庄了，等明年夏天，带着媳妇一道回乡认祖归宗。

京师大学堂在一九一二年改名北京大学，张裕祥学的是物理。学校要求三十岁以下的学生必须修一门外语，张裕祥选择了英语。按照清时的规定，凡是京师大学堂毕业的学生，分别授予贡生、举人、进士头衔，未为官者，由管学大臣核实其品学，请旨录用。现在进入民国，虽然不再授头衔，毕业后还是会受到政府的重用。

张裕祥已经毕业，因为在学校品学兼优，深受老师喜欢，老师多方活动，学校留张裕祥做了助教。老师有一女儿，姓孙名亚男，亦在北京大学读书，比张裕祥低一年级。亚男甚为聪慧，由老师做主，嫁了张裕祥。

盛夏时节，张裕祥告假携妻回乡探亲。从北京坐火车，经大同到了丰镇。张禄提前收到张裕祥要带新媳妇回来认祖归宗的信，派曹宝珠赶轿车到丰镇去接。

孙亚男第一次走出喧闹的北京城，来到人烟稀少、广袤无垠的塞外大漠，如同笼中放飞的鸟儿，满眼都是惊愕和新奇。她多次听张裕祥讲隆盛庄如何好，商贸如何兴隆，民风如何淳朴，茫茫草原一望无际，矫健的金雕翱翔蓝天。现在踏上塞外大地，眼见得远山青翠，天空湛蓝，麦穗儿吐齐了，玉米也有一人多高了。路旁各种各样的野花在明媚的阳光下向她绽开笑脸，和煦的风儿轻柔地抚摸着她的脸庞，山雀喳喳地叫着掠过头顶，野兔竖起前腿，用陌生的眼神警惕地朝她张望，她忍不住连连咂舌，赞美不已。

曹宝珠见孙亚男举止得体，落落大方，一口京腔煞是好听。心说到底是京城书香门第出身，和隆盛庄的闺女相比，气质大不相同。一路上，他给孙亚男介绍塞外的风土人情，孙亚男听得兴致勃勃，嘴里喊着表叔，不时问这问那。问曹宝珠还有多远才能到隆盛庄，曹宝珠说快了，最多不过十几里地就到了。

走过一片莜麦地，走过一片山药地，走过一片麦子地，前面是一片玉米地。孙亚男朝天空瞅着，问张裕祥快到隆盛庄了，怎么还不见他曾经说过的金雕。不待张裕祥回答，曹宝珠笑呵呵地说："老雕是有的，但不定啥时候能遇上。有时候巧，半个时辰能看见好几只，有时候两三天也未必能见到一只。"孙亚男迷惘地眨巴着眼睛问："表叔，裕祥说的是金雕，您说的是老雕，金雕和老雕有什么区别？"曹宝珠不解地看看张裕祥："裕祥，啥是金雕？表叔咋没听说过？"张裕祥说教一般解释说："表叔，老雕就是金雕。金雕归鹰科，也称鹫雕、金鹫、黑翅雕，属大型猛禽。因为羽端金黄色，所以也叫金雕。金雕通常单独或成对活动，善于翱翔和滑翔，经常盘旋于天空俯视地面，寻找猎物。据说，体魄健壮的金雕，可以捕获年幼或体衰的野狼呢。"孙亚男惊讶道："金雕那么厉害？"曹宝珠啧啧称赞道："裕祥，你真有学识。一只老雕，到了你嘴里，竟然能说出这么多的道道。"张裕祥以为自己言语有误，问曹宝珠："表叔，我说错了吗？书本上可是这样说的。"曹宝珠笑呵呵道："没错，没错，表叔也听说过老雕抓小狼，就是没亲眼见过。"

孙亚男听了张裕祥的介绍和曹宝珠的话，对金雕更感兴趣了。她抬起头在天空搜索一番，遗憾地说："看来，今天是见不到金雕了。"张裕祥不好意思地说："亚男，我只对你说塞外的天空能看到金雕，可没说咱们这一趟肯定能看……"张裕祥话音未落，曹宝珠扬起鞭杆，指着远方说道："老雕，老雕，那不是吗！"孙亚男急忙抬眼望去，只见北方遥远的天空隐约出现了一个黑点，那黑点疾速飞来，时而滑翔，时而盘旋，渐渐地近了。张裕祥高兴地指着那黑点说："亚男，快看，那就是金雕。”

一只金雕飞过来，在头顶盘旋两圈，一声鸣叫，向远处飞翔而去。孙亚男遗憾道：“那金雕若是落下来该有多好，我可以看看它长什么模样了。”曹宝珠说：“刚才它肯定是发现玉米地里有野兔了，所以盘旋了两圈。估计是看见了咱们，没敢落下来。”不承想，曹宝珠话音才落，玉米地里突然跳出一个戴鬼脸面具的汉子，端一条快枪挡在路中央，黑洞洞的枪口指着轿车，瓮声瓮气地喝道：“站住！”曹宝珠吓了一跳，急忙将轿车停住，跳下车辕，战战兢兢地抱拳给那戴鬼脸面具的汉子作个揖，颤抖着声音问道：“好汉爷，您这是……”戴鬼脸面具的汉子不耐烦地抖抖枪口道：“连这也看不出来？劫道呀！”

孙亚男见遇上了土匪，顿时吓得脸色苍白。张裕祥曾被王金虎打劫过，有些经验，心里虽然害怕，但在亚男面前还是努力做出一副镇定的样子，安慰亚男让她别怕。他在轿车里瞅瞅，车里有一把铁锹，是曹宝珠防备半路下雨车轱辘陷在泥泞中时用的。张裕祥抓住铁锹跳下车，壮起胆子喝道：“好个大胆的棒手，一个人也敢劫道？”那戴鬼脸面具的汉子见张裕祥有反抗的意思，往后退一步，再次抖一下枪喝道：“找死呀？给爷站着别动，爷可不是单枪匹马的棒手。弟兄们，给爷出来，让他们开开眼。”

话音刚落，只听得路旁的玉米地里“哗啦、哗啦”一阵乱响，跳出三条汉子，一个端着火铳，一个拿着大刀，还有一个举着菜刀。曹宝珠见劫道的土匪多，怕张裕祥惹怒了土匪遭遇不测，连忙对张裕祥说道：“裕祥，快把铁锹放下，咱慢慢地和好汉爷们商量。”张裕祥本是虚张声势，被土匪的阵势吓住了，手一松，铁锹落在了地上。曹宝珠赔着笑脸，给那戴鬼脸面具的土匪头目作揖道：“好汉爷，我们是回隆盛庄的，您高抬贵手，放我们一条路吧！”戴鬼脸面具的土匪打量打量曹宝珠，问道：“你们是隆盛庄人？”曹宝珠猛地醒过神儿来，他出来时就有准备，连忙从口袋里掏出一把大洋递过去说：“好汉爷，咱无冤无仇，您千万别难为我们。今天身上没多带钱，只有这十几块现大洋，诸位好汉拿去喝碗酒吧！”戴鬼脸面具的土匪接过大洋问道：“你是隆盛庄哪家字号的？叫啥名字？”曹宝珠点头哈腰道：“鄙人曹宝珠，在瑞盛店给掌柜的记记账。”

“哦，是瑞盛店的账房呀！”戴鬼脸面具的土匪掂掂手里的大洋，嘿嘿一笑说，“这十几块大洋有点儿少，不够弟兄们辛苦一趟的。瑞盛店的张掌柜家财万贯，咋着也得三五百大洋才拿得出手吧？”曹宝珠见土匪嫌少，连忙向张裕祥说道：“裕祥，你身上有多少钱，都拿出来给好汉爷买酒喝吧。”张裕祥不敢怠慢，连忙从车上取下包袱，把里面的几十块大洋全给了土匪。土匪见一下子劫了许多大洋，都面带喜色，收起刀枪。只有那戴鬼脸面具的土匪头目，上下打量着张裕祥，问曹宝珠道："他是张家的啥人？"曹宝珠答道："哦，这是张掌柜的儿子，刚从北京回来。"戴鬼脸面具的土匪头目又看着轿车里的孙亚男问道："那个女人又是啥人？"张裕祥答道："是我媳妇。"戴鬼脸面具的土匪头目嘿嘿一笑："哦，原来是瑞盛店张掌柜的儿子和儿媳妇呀？"他把银圆往兜里揣了，抱拳给曹宝珠行个礼，把曹宝珠吓了一跳："账房先生，今天好不容易遇了桩大买卖，兄弟就不好意思了。你把这女人给兄弟留下，回去找张掌柜取三百块大洋来赎人吧。"

曹宝珠心里"咯噔"一下，猜出戴鬼脸面具的土匪头目是谁了。

张占魁撤离丰镇后，率残部退到隆盛庄一带坚持斗争。蓝虎头耐不住寂寞，拉了几个旧日赌友出去抢劫，回来在军中聚赌被武斯楞发现，每人挨了二十军棍。蓝虎头心生怨气，一怒之下，带着几个赌友开了小差，在外面专行拦路打劫之事。后来，民国政府成立，宣统皇帝被赶下龙椅，张占魁奉阎锡山之命带领队伍开往代县整编。蓝虎头见革命成功了，厚着脸皮回来想归队，被张占魁拒绝。不过，张占魁念他曾经跟自己一场，让武斯楞给他留了五十块银圆。五十块银圆如何够蓝虎头花？蓝虎头花完了钱，又开始拦路打劫。他不敢进隆盛庄，只在周边打些野食，每次劫了钱财，都要向被劫的人抱拳行个礼。所以，尽管蓝虎头戴了鬼脸面具，曹宝珠也猜出劫道的是谁了。

曹宝珠猜出劫道的是蓝虎头，心稍微放宽了些。因为他听说过，蓝虎头劫道，从来都是只劫钱财不伤性命，但也害怕蓝虎头发现自己认出了他而杀人灭口，故不敢点破。何况，蓝虎头胃口也不算大，三百大洋他还是可以做主的，便拍着胸脯说道："好汉爷，不就三百大洋吗，还值得把人留下？这样吧，您派人随我去趟隆盛庄，我和张掌柜说一声，给您拿上便是。"蓝虎头却狡黠地嘿嘿笑道："先生，你别诳我了，隆盛庄的商团有几十条快枪，我派人去了，还回得来吗？"曹宝珠见蓝虎头行事小心，想了想说："好汉爷，要不这样吧，您不就是想留个人质吗？我留下。"蓝虎头瞟曹宝珠一眼，哼着鼻子道："你？爷留你个半大老头子做甚？如若张掌柜不拿钱来赎，爷还得给你养老送终呀？你就甭废话了，把那女人留下，半个时辰送不来钱，那女人便是老子的压寨夫人了。"

曹宝珠还想再恳求蓝虎头一番，身后的张裕祥壮起胆气大声道："好汉爷，你还算个男人吗？"蓝虎头听张裕祥口气不善，瞪眼道："咋的，爷不算个男人，你算呀？"张裕祥解释说："好汉爷，你误会我的意思了。我是说好汉爷既然是个男人，做事就该有点儿男人的样子。留个女人做人质，也太不汉子了吧？你要的是钱，不是命。这样吧，我留下给你做人质好了。”蓝虎头听张裕祥说得有道理，点头道：“嗯，像隆盛庄的男人，有血性，有担当。好，爷就听你的，料你爹也不会因为三百大洋就让爷撕了你的票。”

孙亚男见丈夫要留下给土匪做人质，连忙跳下车说：“裕祥，我和你一道留下。”蓝虎头这才看清楚了孙亚男，见孙亚男外地口音，穿戴讲究，相貌出众，色眯眯道：“好呀，你也一道留下吧。爷还是第一次见你这般既长得俊，又穿戴讲究的女人。咱们说会儿话，解个闷儿。”张裕祥怕的就是蓝虎头把孙亚男留下，连忙给孙亚男使个眼色道：“亚男，这是男人的事，你就别掺和了。快回车上去，随表叔回隆盛庄。你放心，一会儿表叔把钱送来，好汉爷肯定把我放了。”蓝虎头听张裕祥如此说，嘿嘿一笑道：“张掌柜的儿子够聪明呀，怕爷不但劫财，还要劫色。放心，爷不是那种人，只因生活艰难，才做了这种下三烂的事。只要乖乖地把三百大洋送来，爷一根汗毛都不伤你。”

曹宝珠见张裕祥主动留下做人质，蓝虎头也答应了，不敢耽搁时间，扶孙亚男上了车，急匆匆地往隆盛庄赶。

张裕祥娶了京城的名门闺秀，张禄觉得脸上光彩，已经备好家宴，等着未见过面的儿媳妇了。他见曹宝珠只拉了孙亚男回来，不见张裕祥，便有了一种不祥之感。不等张禄问，曹宝珠便把蓝虎头半路劫道，张裕祥被当作人质扣留的过程简单地讲了。张禄顾不得和孙亚男打招呼，一边让艾叶赶快取三百大洋，一边骂蓝虎头道：“这有一年多了吧，远远近近被劫了有七八个人，并且每次劫道都是狗日的蓝虎头。看来，此害不除，隆盛庄人的日子就过不安稳。”

艾叶急慌慌地取了三百大洋，张福牵出两匹马，和曹宝珠一道去赎人。两人还没出城门，张裕祥竟然安然无恙地回来了。和张裕祥一道回来的还有武斯楞及蓝虎头，蓝虎头灰溜溜地跟在武斯楞后面，耷拉着脑袋一声不吭。

第四十三章

张祯救世建医院

原来，曹宝珠赶着轿车走后不久，从丰镇方向过来一支马队。蓝虎头急忙把张裕祥带进玉米地，警告他不得出声，否则便打死他。张裕祥和土匪趴在玉米地里朝外张望，见那支马队不急不缓地过来，有二十几个人，都穿着兵服。张裕祥看见走在最前面的一个人眼熟，眼睛一亮，想起那年和三叔从大同回隆盛庄过八月十五，在孤山被李炎围困，亏了张占魁的队伍路过解围的事。心说最前面那个人不正是大姑父武敖明的弟弟武斯楞吗？脑子一热，也不计后果了，他猛地跳起来朝玉米地外面跑去，边跑边喊："武斯楞叔，救我，快救我。"

蓝虎头也认出武斯楞了，他知道武斯楞在丰镇当警长，心说自己虽然曾和武斯楞称兄道弟，又在武斯楞手下当过兵，但武斯楞现在是警察，自己是土匪，千万不能让武斯楞发现了。没承想，一个不小心，张裕祥像见到救星一样跑了出去。蓝虎头不敢等曹宝珠送赎金了，向几个土匪挥一下手，跳起来拔腿便跑。

武斯楞现在已经不是丰镇警察局的警长了。

不久前，民国政府为了削弱阎锡山的实力，将绥远道从山西划分出去，成立了绥远特别区。丰镇划归绥远特别区辖制，武斯楞被任命为丰镇游击营长，兼管绥东剿匪事务。他此次是前往集宁一带巡视的。

武斯楞正在行进间，听得有人喊救命，连忙勒马回头望去。见玉米地里突然跑出个书生打扮的年轻人，边喊边向他奔来，便举起马鞭止住队伍，打量着张裕祥问道："你是做甚的？"张裕祥见武斯楞认不出他了，连忙自我介绍道："武斯楞叔，您不记得我了？我大姑是金花，武敖明是我大姑父呀！”武斯楞定睛一看，认出了张裕祥：“哦，你是大哥家的裕祥吧？我说咋这么眼熟呢。”一边下马一边问道，“裕祥，你不是在北京念书呢吗，啥时候回来的？咋一个人跑到这荒郊野外了？”张裕祥抹一把头上的冷汗，惊魂未定道：“叔，我是和我媳妇一道回来的，刚才被土匪劫道当了人质，在地里看见叔，才不要命地跑了出来。”武斯楞听说张裕祥被土匪劫了道，让张裕祥慢慢说。张裕祥简单地把过程讲了，武斯楞用马鞭顶顶帽子，朝手下的士兵命令道：“狗日的，光天化日之下竟敢拦路抢劫，还有没有王法了？弟兄们，给我把这片玉米地围了，不能放走一个毛贼。”

士兵们应一声散开，将玉米地包围起来。

蓝虎头几人没有马，连玉米地都没跑出去，便被武斯楞的士兵抓了回来。蓝虎头怕见武斯楞，鬼脸面具还戴在脸上。士兵把他押到武斯楞面前，武斯楞伸手去摘蓝虎头的面具，蓝虎头捂着面具扭头躲开了。武斯楞扬手便是一马鞭，骂道：“你个小毛贼，这般时候了，还护着脸呀？自己把面具摘下来，让老子看看你是何方神圣。”蓝虎头仍不想摘面具，武斯楞又扬起了马鞭。蓝虎头见躲不过去了，“扑通”一下给武斯楞跪了，缓缓摘下面具，哭丧着脸道：“大哥……”武斯楞吃了一惊，瞪大眼睛道：“蓝虎头，咋会是你？”蓝虎头不敢看武斯楞的眼睛，垂下头嗫嚅道：“大哥，我、我也是没办法呀！”武斯楞勃然大怒，扬起马鞭劈头盖脸地抽了下去，骂道：“好你个蓝虎头，当初跟着小状元起事闹革命，打丰镇你也算立了功劳，后来见革命失败了，你便当了逃兵。等到清朝被推翻了，你又来找小状元，想回革命军。老子念你没办法生活，还劝小状元给你留了五十块银圆。没想到，你他妈的竟然做了土匪。做土匪老子也不怨你，你做个劫富济贫的好土匪呀，你他妈的咋能做这种拦路打劫的龌龊事，真他妈的成个小毛贼了。”

蓝虎头被武斯楞雨点般的马鞭抽得紧紧抱住脑袋，连声告饶：“我的哥呀，这能怪我吗？当初你们去代县，王金虎和我都去找你们，可小状元把王金虎带走了，愣是死活不带我。虽说给我留了五十块银圆，可五十块银圆够做甚？你说我地不会种，买卖不会做，苦受不了，除了当兵卖命，只有劫道弄几个零花钱了。哥，你是饱汉子不知饿汉子饥呀！”武斯楞听蓝虎头说得可怜，停下手，叹着气说：“蓝虎头，你终究算个赖鬼。莫非不会种地、不会做买卖就该当土匪劫道吗？唉！把你拿回去下了大狱吧，咱兄弟一场，我于心不忍；放了你吧，你狗改不了吃屎，用不了几天还得做贼，你说……”不等武斯楞说完，蓝虎头接过话说：“大哥，你既不忍心我，又不放心我，我倒是有个法子，你现在不是做官了吗，你收留了我，我别的不会做，打仗卖命绝不含糊。你看呢？”武斯楞朝蓝虎头屁股上踢一脚道：“狗日的，你主意倒挺多。好吧，我就给你个机会，你先跟着我，等我想想，给你条活路。”

蓝虎头听武斯楞答应让他当兵了，翻身爬起来，给武斯楞磕了两个头。于是，武斯楞便带着张裕祥和蓝虎头到了隆盛庄。

武斯楞救了张裕祥，收了蓝虎头，张家乃至隆盛庄的百姓无不感激。都说没了蓝虎头这股匪患，隆盛庄又可以安宁几年了。

武斯楞既然到了隆盛庄，自然要找马麦叙叙旧。自从张占魁遇害，马麦便对民国政府心灰意冷，无心继续为官。辞官回到隆盛庄后，接了他爹上三元的股份，除了字号的生意，平日里深居简出，行事低调。第二年，娶了一本族女子为妻，当年便生了儿子，取名马玉龙。

武斯楞不忍马麦雄心磨灭，碌碌无为，劝他道：“马麦，你好歹是隆盛庄的一条好汉。想当年，咱和小状元一起拉独立队，造清朝的反，你曾是那般雄心壮志。今天革命成功了，你却心灰意懒，窝在家里哄起了娃娃。难道你准备这辈子就埋没在这小小的隆盛庄了？”马麦微微一笑，幽默道：“大哥，我还有上三元的干货呢！上三元的干货可是远近闻名呀！”武斯楞无奈地摇摇头，挖苦马麦说：“上三元的干货是好吃，可你不怕吃多了噎死？”马麦苦笑一下说：“噎死也比被人背后捅了刀子强。我可不想做第二个小状元，拎着脑袋为人卖命，命卖完了，又做了人家的刀下之鬼。二哥若是知道他的下场，当初还造啥反呀？”

武斯楞听马麦提起张占魁便不作声了，过了好一会儿，他叹着气说道：“唉！小状元是惨，多亏我到了丰镇，不然怕是也和他一样的下场。不过，咱也不能因噎废食，堂堂七尺男儿，就算死，也要死得悲壮，死得有气节，切不可死得窝囊。”马麦嘿嘿一笑说：“大哥，你是说我万一让上三元的干货噎死了，那就是死得窝囊吧？”武斯楞点头正色道：“那是当然。所以，我想让你跟我走。现在游击营我说了算，我敢打保票，用不了一年半载，一定让你出人头地。到时候，咱兄弟联手打天下，干一番大事业，也不枉到人世间走了一回，做了一回男人。”马麦却轻轻摇摇头，声音苍凉道：“大哥，兄弟谢你的好意了。当年年轻气盛，跟着两位哥哥打打杀杀，绿林好汉做过了，英雄豪杰也做过了。现在人未老心已老，国事与我不相干，两军征战与我不相干，我只想做好自己的生意，养好老婆娃娃，交粮纳税，做个本本分分的普通百姓。”武斯楞还想再劝，马麦语气坚定道：“大哥不必劝了，我现在已有了家室，不想再为任何人流血卖命了。升官发财如何？荣华富贵如何？壮士难免沙场死，哪天我战死沙场，老婆成了寡妇，娃娃成了孤儿，我九泉之下如何瞑目？”

武斯楞劝马麦不成，只好遗憾地放弃。第二天他回了趟乌拉哈，看了他阿爸和哥嫂，一走又是数年。

因为重男轻女，秀珍小时候只读过一年私塾，不过是认识一些字而已。而能认识一些字，在隆盛庄的女人里，已经是凤毛麟角了。秀珍嫁了风度翩翩、满腹学识的李凤翔，可以说是称心如意。她生在了隆盛庄最有钱的老财家，大爷是商务会长，舅舅是镇长兼商团团总，算得上娇小姐了。但在李凤翔面前，她总有一种难以言状的自卑。

秀珍把李凤翔爱得心头肉一般，每天早晨起来，先伺候李凤翔洗漱，然后把早饭端上来。李凤翔吃完饭到学校前，她还要给李凤翔拢拢头发，拽拽衣领，然后恋恋不舍地目送李凤翔走出院子。下午，眼睛盯着大红柜上的座钟，约莫时间差不多了，便将“衣打扮”拿在手中，从窗户往外望着。“衣打扮”是将两块正方形的蓝布错开，从中央捆在一根一尺左右、雕着花纹的木杆上，用于掸扫衣服上尘埃的物件。她见李凤翔回来，急忙出去，用“衣打扮”从上到下给李凤翔掸一遍，然后端上热水，李凤翔洗完脸，饭菜已经热腾腾地摆在炕桌上了。

李凤翔一个大洋没花娶了财主家的小姐，开始时诚惶诚恐，觉得和入赘没什么两样，害怕张家看不起他，害怕小姐出身的妻子耍脾气。过了半年多，他见张家人对自己并无半点儿轻蔑，秀珍也把自己爱得捧在手里怕掉了，含在嘴里怕化了，这才把一颗心放进肚子里。

有道是人经不得惯，时间久了，李凤翔也把自己当老爷了，秀珍对他的好，他心安理得地享受着，有时候还觉得秀珍不过是小集镇土老财家的闺女，和大同那些大户人家的千金小姐比起来，有太多的庸俗之处。每当有这样的想法时，他便会情不自禁地回味起和杨曼在一起的快乐时光。两人谈古今中外，谈道家儒学，谈《红楼梦》，就算起了争执，也是他偏袒宝玉，杨曼惋叹黛玉。那段时光实在美妙，令人心旷神怡，人的灵魂就像飘浮在一种高雅脱俗的境界中。当然，这种回味不止于他和杨曼的语言交流，就算相处，两个女人的表现也是不同的。秀珍不知是腼腆还是守旧，从来没有主动拥抱和亲吻过他。杨曼却放纵狂野，每次约会，都会不顾一切地紧紧拥抱着他，忘情地亲吻他。

李凤翔很快便厌倦了秀珍的沉闷，怀念杨曼的激情。成亲刚一年多，他便主动找杨曼，想重温旧情。

从内心讲，杨曼觉得李凤翔既然已经娶妻，自己便该和他一刀两断，绝不能卿卿我我、藕断丝连。那样，李凤翔对不起秀珍，要背个陈世美的骂名；自己也成了淫荡女人，如何为人师表？杨曼是个风情万种的女人，她内心要拒绝李凤翔，说出来的话却柔情似水：“凤翔呀，你是曼姐见过的最英俊、最博学多才、最懂风情的男人，曼姐和你在一起时，快乐是无法言表的。但是，你如今已经娶了媳妇，是有妇之夫，曼姐不能害你呀！”李凤翔满眼泪花，向杨曼倾诉衷肠道：“曼姐，你也知道，我娶秀珍，实在是情非得已。秀珍虽然贤惠善良，对我百依百顺，可是，我和她无论如何都找不到与曼姐在一起时的感觉。曼姐浪漫的情怀和文学的才情让我欣赏和仰慕，只可惜老天不遂人愿，我若早生几年，定娶曼姐为妻。”杨曼被李凤翔感动了，竟然主动靠在李凤翔的肩头陶醉道：“凤翔啊！今生我们是错过了，如果有来生，曼姐非你不嫁。”

一对互相爱慕、欣赏的男女，为今生不能结为夫妻泪流满面，唏嘘不已。旧情复燃，又不顾一切地紧紧搂抱在一起……

第二年开学，周边许多村庄的孩子都来隆盛小学读书。家里富裕的，给孩子缝个书包。家里穷的，破毡帽往开撑撑，课本打个卷儿掖进去，手里还要提个箩筐，放学后顺路打些猪草回去。学生多了，李凤翔和杨曼教不过来，张祯扩建了学校，又聘请了一位姓王的男老师和一位姓赵的女老师。如此一来，李凤翔与杨曼幽会便不方便了，每次行事，都像做贼一样战战兢兢，唯恐被人发现。

人上了岁数，衰老会体现在身体的不同部位。张瑞元先是头发白了，而后腿脚也不行了。梁宝元还大步如风的时候，他已经拄上了拐杖。这几年，他本来齐整的牙齿先是有的长长了，有的长歪了，渐渐地松动，一颗接一颗地掉，前门牙已经快掉光了；牛羊肉吃不了，馒头嚼不碎，好在上三元的蛋糕绵软，还咽得下去；每天一顿面条，还要丫头煮成烂面；想吃肉了，让丫头到庆春楼端一盘扒肉条，他吃肥的，乌云其木格吃瘦的。

可能是蒙古族喜欢吃牛羊肉，而张瑞元家又不缺肉的缘故，乌云其木格的身体要比张瑞元好得多。七十出头的人了，头发没白几根，腰不弯，腿不疼，牙没有掉，闲来无事时，还给孙子们纳鞋底、做鞋面呢。

冬天，张瑞元开始咳嗽了。尤其抽烟，咳嗽得更是厉害。乌云其木格劝他说：“看看你，一抽烟就咳嗽成了半口气，向我阿爸学，早早地把烟戒了吧。”张瑞元笑呵呵地说：“一辈子就这么个喜好，这根烟袋又是你阿爸传给我的，戒它做甚？少抽两口不就行了。”乌云其木格瞪他一眼：“少抽？我看你一口也没少抽。我阿爸能把它传给你，你就不能把它传给娃娃们？”张瑞元端详着烟袋说：“烟袋就一根，三个儿子两个女婿，传给谁呢？”乌云其木格说：“你最亲玉奎，当然是传给玉奎了。”张瑞元问：“传给他，我抽啥？”乌云其木格说：“家里不是有水烟，有娃娃们孝敬你的纸烟吗？你少抽两袋旱烟，抽点儿好的，那纸烟也没你这旱烟呛人。说句你不爱听的话，我现在都不想离你近了，除了烟味儿，还有股子老人的气味儿。”张瑞元对乌云其木格没一点儿脾气，依然笑呵呵地说：“哎呀，还笑话我呢，从你嫁给我，身上便一股子羊膻味儿，我啥时候嫌弃过你？”乌云其木格说：“我不是嫌弃你，我是怕你咳嗽得哪天一口气上不来，先我走了。”张瑞元笑眯眯地望着乌云其木格说：“我先走了好啊！省得你先走了，留下我一个孤老头子，连个陪我叨叨的人都没有。”乌云其木格反问道：“那你先走了，有人陪我叨叨？”张瑞元说：“你是女人，有闺女，有儿媳妇，有丫头，哪个都能陪你。我一个死老头子，能让儿媳妇和丫头陪我叨叨吗？”乌云其木格叹息一声说：“你这说的都是啥理呀！”

这天晌午吃过饭，乌云其木格在炕上眯了一会儿，起来喝口茶，拿了自己缝的棉坐垫，到巷门外对面小院的台阶上坐下，和班姥姥等几个老头老太太边晒太阳边东家长西家短地拉呱。拉呱着拉呱着，有人把话题转移到了早已死去的张三身上，说张三虽然命苦，两个儿子却都算有出息。大儿子小状元当年拉独立队，打丰镇城，在绥东算得上是风云人物了，可惜后来在代县被奸人所害，不然，现在肯定做了大官。二儿子张占海随他妈改嫁黄鞋匠后，改姓了黄，黄鞋匠死后，也披麻戴孝，尽了一份孝心。不过，从他妈过世后，他又恢复张姓了，在街上摆了鲜果摊儿。和他哥一样，也天生胆子大，讲义气。由于人缘和口碑都好，鲜果摊儿的回头客多，这几年光景过得也不错。

众人这边拉呱，乌云其木格低着头一句话没插。班姥姥扭头看她，问道：“张掌柜家的，你今儿个咋一句话都没有？晌午没歇息？”乌云其木格不答话。班姥姥再细看，顿时惊叫道：“张掌柜家的，你这是咋了？脸色苍白苍白的，是不是不舒服呀？”乌云其木格捂着心口艰难道：“不知道咋了，我这心口突然疼得厉害。”老头老太太们都吓了一跳，众人围过来，问乌云其木格心口是怎么个疼法儿。班姥姥说：“你们不看她脸色都变了，还问啥呀，快往家里扶吧。上炕躺一会儿兴许就好了。”

众人小心翼翼地把乌云其木格搀扶回家，张瑞元见乌云其木格脸白得像蜡，吓得没了主意，一边让人把乌云其木格扶上炕躺着，一边让丫头到各家去喊儿子们。

艾叶、舒兰、花子、冬梅吩咐孩子们各自去喊他们的爹，几个媳妇则围着乌云其木格呼唤。永盛源离家最近，张福先回来了。学校离家远，张祯也回来了。不一会儿，宝凤也来了。张瑞元不见张禄回来，蹙着眉头问："玉奎呢？他咋还不回来？"张禄的闺女雪儿说："爷爷，我已经告诉我爹了。我爹说他到回春堂喊杜大夫去。"乌云其木格看着就出不上气了，张瑞元急得束手无策，拍着乌云其木格的脸连声喊道："其木格，你醒醒呀！你这是咋了？咱不是说好我先走的吗？"

没一会儿工夫，张禄带着杜金来了。杜金给乌云其木格号了脉，翻开眼皮看看，"唉"一声，摇头对张禄说："张会长，已经没救了，准备后事吧。"众人都惊愕地瞪大了眼睛，不相信乌云其木格就这么走了。张瑞元攥住杜金的手，眼睛瞪得圆溜溜地叫道："杜大夫，你说啥也得给我把老婆子救过来呀！刚才还好好的，不会这么快就走了呀！"张禄也急着问："杜大夫，我妈得的是啥病？咋这么快呢？"杜金叹息道："看症状，应该是心上面的病。唉！可惜咱隆盛庄没有医院，不然，老太太或许能救过来。"

众人再看乌云其木格时，她已经没气了。

乌云其木格过世后不久，有一天，张祯找他爹商量，说要把上三元的股份退了。张瑞元皱着眉头问："上三元经营得好好的，也不用你多费心，做甚要退了？是不是学校入不敷出了？如果学校缺钱，爹给你拿。"张祯缓缓说道："爹，不是学校缺钱。其实，我早有心在隆盛庄开一家医院，只是乱七八糟的事情缠手，一直没来得及筹划。那天听杜大夫说，如果咱隆盛庄有医院，或许我妈还能救过来。所以，我觉得这件事不能再拖了。"张瑞元听张祯想开医院，没有细想，说道："宝奎，你这个想法好。咱隆盛庄若是有了医院，往后人们万一有个急病啥的，就能救过来了。这可是行善积德、悬壶济世的好事。你放手去办吧，钱若不够，爹帮衬你。"

张祯要在隆盛庄开医院，张禄召开商务会，将这件事通报了各行社会首，说张祯是自己的弟弟，若是自己力主赞成，未免会惹来闲言碎语，问众会首有何看法。众会首齐声说张禄太多心了，人吃五谷杂粮，都会得病，张祯开医院，不是为了仅给张家的人看病，是造福一方呀！隆盛庄哪个不支持，以后得了病就不要去医院，不要请大夫，就躺在炕上等死吧。提议商务会该摊派的徭役要摊派，该出的钱要出，医院建起来，以后有人得了急病就有救了。

办医院本是件造福地方的好事，有一个人却为此忧心忡忡，茶饭不思。这人便是回春堂掌柜杜金。

杜金知道，张祯之所以动了办医院的心思，皆因自己那天的一句话。他连着抽了自己两个嘴巴，暗暗骂道：这张臭嘴，咋这么贱呀！乌云其木格得了急病，一则是她寿限到了，二则自己也尽力了，多那么一句嘴做甚？

杜金的儿子名叫杜文顺，已经娶妻生子，跟着他爹学了医，医术也还不错。他爹有事不在时，便由他坐堂代诊。普通病症，号脉、抓药都拿得下来。杜文顺见他爹对张祯建医院忧心忡忡，劝道："爹，他开他的医院，咱开咱的回春堂，您还怕他抢了咱的饭碗？"杜金苦着脸说："文顺呀，爹还真怕举人老爷开了医院后，咱这回春堂在隆盛庄立不住脚了。"杜文顺年少气盛，不屑道："爹，这都民国了，前朝的举人早就废了，您还举人老爷、举人老爷地称呼他，也太抬举他了吧。"杜金正色道："文顺，现在虽然是民国了，但宝奎永远是隆盛庄的举人老爷。你不能对举人老爷有丝毫的不敬。你没听说过吗，就连山西都督阎锡山，当年也才是个举人。咱隆盛庄谁有举人老爷的学识？你看他办的小学，不但隆盛庄的娃娃们能念书识字了，就连周边村里的娃娃们也能到镇上念书。放在过去，这是连想都不敢想的事呀！"杜文顺不服气地说："爹，办学是举人老爷的长项，开医院他便外行了。他会号脉、会开药方、会抓药吗？"杜金说："举人老爷不会，他能请人呀！学校的老师不也都是他从外面请回来的。"杜文顺不以为然道："他从外面请个西医回来，咱没说的，可从外面请个中医回来，我就不信能比爹的医术精湛。"杜金叹着气说："文顺呀，有道是天外有天，人外有人。中医博大精深，爹的这点儿医术，在丰镇、隆盛庄一带应该算是小有名气了，可和真正的大家相比，还是相差许多。万一举人老爷从外面请个大家回来，你说咱这回春堂还能在隆盛庄开下去吗？"

杜文顺想想也是，便不作声了。

此后没几天，张祯突然找上门来。虽说同行是冤家，但出于对举人老爷的敬重，杜金还是满脸堆笑地给张祯让了座，喊杜文顺赶快给举人老爷看茶。杜文顺对张祯有成见，给张祯斟了茶，脸色冷冰冰地说一句："张校长请用茶。"张祯早料到杜金父子对自己的态度了，只是杜金满脸堆笑，依然称呼自己举人老爷，比他预想的要好许多。张祯呷一口茶，微笑着说道："杜大夫，我今天过来，是想和您商量件事情的。"杜金沉得住气，嘴上笑呵呵的，话里却带着锋芒道："举人老爷是说您要在隆盛庄开医院的事吧？这还用得着和我商量？举人老爷想的是造福一方，办学校、建医院，这都是行善积德的大善事。加之令堂是商务会老会长，令兄是商务会现任会长，令兄的结拜兄弟是隆盛庄的镇长兼商团团总，张家又是隆盛庄首屈一指的大老财。举人老爷办医院，那是占尽了天时、地利、人和，就算要回春堂迁出隆盛庄，杜某也绝不敢说半个不字。”

张祯听出杜金对他建医院有成见，也知道杜金担心医院建起来抢了他的饭碗。设身处地，换作自己，恐怕也会有如此的顾虑。他微微一笑，不急不缓道：“杜大夫过虑了，我今天来没别的意思，办学校搞教育，我是行家，开医院我却是外行。所以，我想聘杜大夫为副院长，主管中医，不知杜大夫意下如何。”杜金愣怔了一下：“啥，请我当副院长？”张祯点头道：“正是。杜大夫医术精湛，隆盛庄自不必说，在丰镇也小有名气。所以，我觉得副院长这个职位，非杜大夫莫属。”杜金正要说话，张祯挥手止住，继续道，“我知道，杜大夫身为回春堂掌柜，让您屈尊当副院长，的确有些委屈……”杜金听张祯要请他当副院长，内心已是一片感动，说道：“这哪里是委屈，分明是举人老爷抬举杜金呀！只是杜金闲云野鹤惯了，怕是做不来这个副院长。”张祯见杜金面带惊喜，知道杜金心中已然答应了，说道：“如果杜大夫做不了副院长，我这个院长也做不成了。还是请杜大夫勉为其难，帮张祯这个忙吧。另外，考虑到杜大夫当副院长后，回春堂的生意怕是要受影响，所以，我还有个建议，请杜大夫考虑一下。”杜金见张祯把他生意的损失也考虑到了，更是高兴加感谢，连忙说：“举人老爷请讲。”张祯说道：“我是这么想的，建医院虽说是件造福地方的善事，可也不能让杜大夫吃了亏。杜大夫可以考虑让杜少爷继续坐诊回春堂，也可以考虑回春堂入股医院。杜少爷已经学有所成，亦可到医院工作。”杜金一阵感动，心中暗暗赞叹：不愧是举人老爷，想得真是周到呀！

杜金与儿子商量一番，最后决定回春堂入股医院，父子俩同到医院工作。

张祯说服杜金担任医院副院长后，立刻开始医院的筹备工作。经与张禄、杜金协商，医院分为三股，张祯占四成股份，杜金与商务会各占三成股份。张祯带杜金到丰镇和大同的医院观摩了一趟，回来便开始选址动工。

乌云其木格过世后，金花没有回乌拉哈，陪她爹住了三个多月。

那天，乌云其木格百天祭日，张家的子孙们到坟头祭奠，回来吃过饭，张禄和弟妹们商量说：“妈的百天祭日也过了，这些日子一直是金花陪着爹住，我觉得金花也是一家人家，扔下武敖明和外甥们住在隆盛庄伺候爹也不是长久之计，所以和你们商量商量。”金花抢先说道：“大哥不必为我操心，武敖明自己会做饭，娃娃们也都大了，能离开我。爹看着就往八十走的人了，我还能伺候几年？就让我伺候吧。”银花接过话说：“姐，你已经伺候爹三个多月了，轮也轮到我了。你回乌拉哈吧，把爹交给我。”张福性子急，抢过话说：“我这几天也正琢磨这事呢，爹辛苦了一辈子，所以才有了咱张家子弟的今天。现在爹老了，咱不能让他老人家吃一点儿苦，受一点儿罪，一定要尽好孝道。至于咋个安排法儿，我觉得还是听大哥的吧。”

张禄虽然是商务会长，但在举人弟弟面前从来不敢托大。他看看张祯，问他有何想法。张祯不紧不慢地说：“自古以来，孝敬父母是做子女的职责。且不说没有爹就没有咱张家子弟的今天，就算爹一无所有，该尽的孝道咱还是要尽的。”张福和张祯岁数近，打小就在一起玩耍，说话也不客气：“宝奎，你这话和没说一样。孝道不是该尽的尽，而是必须尽。你这举人老爷，说话能不能痛快点儿？”众人听张福如此说，都笑了。银花说：“二哥，你催啥呀！三哥读书人，说话当然要讲究言辞，哪像你，有啥话张嘴就出溜出来了。”张祯不好意思地挠挠头说：“这也怪不得二哥，有些话我是真不好意思往出说。”张福嘴一撇，说道：“有啥不好意思往出说的？那你索性别说了。”张祯为难地看看张禄，张禄猜出张祯的为难之处了，说道：“福奎，咱商量正事呢，你就别挑宝奎的毛病了。我看还是我说吧。”张福敢戏谑举人弟弟，对商务会长哥哥却不敢乱开玩笑，说道：“大哥，你说。长子如父，你是老大，我们听你的。”

张禄呷一口茶，说道：“其实，我知道宝奎的难处。自打冬梅她爹过世后，她妈一直由冬梅照看着。宝奎学校的事情已经够忙了，现在又要筹备医院的事，这两件事都是造福隆盛庄的善举，外人都人人称赞，咱做兄弟姐妹的更得体谅他的苦衷。”张祯见张禄把他的为难之处说出来了，连忙道：“是呀，最近一段时间事情实在是太多了。不过，我白天顾不上，晚上可以到爹那屋陪爹住。”张福怕兄妹们说自己刚才的话不近人情，连忙打圆场说：“宝奎，看你说的，全隆盛庄大人娃娃都知道你做的是大善事，我们还能让你分心？爹你就不要管了，交给我和哥吧。只要你把学校办好了，把医院建起来，就是给爹长脸，给咱张家长脸。”张祯对张福的话颇为感动，说道：“二哥，谢谢你理解我。不过，该我尽的孝心，我还是要尽的。”

张禄心里早已有了主意，点袋烟，吸两口道：“这件事说来也简单，爹那屋有丫头，洗洗涮涮的用不着咱们操心。爹的牙不好，吃饭和咱们吃不到一块儿，饭继续让丫头做。咱们呢，一是要经常陪爹拉呱拉呱，免得老人家寂寞。爹寂寞了，就会想起妈。二是不能把爹一个人留在屋里，免得像香如大娘那样，一个人出去走丢了。宝奎既要管理学校，又要筹备医院的事，够忙的。福奎有永盛源的生意，虽然永盛源还有龙龙，但龙龙现在是镇长兼团总，大半心思都在镇里的事务上，白天也脱不开身，担子还得福奎挑。我呢，生意虽然有宝珠哥和几个掌柜，但当个商务会长，杂七杂八的事没完没了，白天也抽不出空儿。金花出来几个月了，也该回乌拉哈照顾照顾武敖明和外甥们了。所以，我是这样想的，舒兰脾气好，又能摸准爹的心思，白天就让她过来多陪陪爹；她有事了，让艾叶和花子过来。银花的公婆也上了岁数，子女又少，做儿媳妇的，不能不尽孝道，隔个一半天过来看看爹就可以了。关键是咱弟兄三个，每天晚上必须有一个陪着爹睡，我看咱们就轮吧。你们说这样如何？”大家听张禄安排得细致入微，都说这样很好。张福见张禄没提到宝凤，故意说道：“大哥安排得是好，就是有点儿偏心。”张禄以为张福是指冬梅，瞥张福一眼道：“福奎，我不是说了吗，自打冬梅她爹过世后，两个哥哥因为家业闹崩了，她妈心情不好，就让她多陪陪她妈吧。”张福朝张禄挤一下眼睛说：“大哥，我没说冬梅，我是说三嫂呢。你把大嫂二嫂都安顿了，咋不提三嫂？是不是怕三嫂呀？唉！女人受宠就是好。”众人听了，都哈哈地笑。张禄瞪张福一眼说：“福奎，你嘴里咋就没好话呢？宝凤不是有骏祥吗，她得带娃娃吧！”张福吐了下舌头，笑嘻嘻道：“哥，我和你开玩笑呢。反正呀，三个嫂子比起来，我觉得你最宠三嫂。外人羡慕你娶了三个老婆，我却觉得你快要累死了。”

众人又是一阵哄笑，把张禄脸都笑红了。

张禄把自己的安排对爹讲了，张瑞元连连点头说：“玉奎呀，你看爹是不是真的老糊涂了？不知不觉，金花已经陪爹住了二个多月。爹只知道闺女每天陪着说话不孤寂，咋就没想过人家也有家，家里还有女婿和娃娃呢！金花呀，明天你就回乌拉哈吧。”金花也想武敖明和孩子们了，点头道：“爹，既然大哥都安排好了，我先回乌拉哈看看娃娃们，过些天再来陪您。”张瑞元说的是实话，从乌云其木格过世，他总觉得自己神思恍惚，怀疑是不是也和香如嫂子一样老年痴呆了。不过，他怕儿女们笑话，没敢往出说，说道：“陪啥呀，这边有银花和你嫂子们呢，你回去暂时就别回来了。看爹糊涂得，孰轻孰重都分不清了。”

金花原准备陪她爹再住上三五天，可是，第二天上午，宝音到隆盛庄办事，顺便来看姑父。哈森已经早两年先走了，斯琴格日勒和宝音住在一起。张瑞元问宝音他阿妈身体可好，宝音说他阿妈身体还行，每天早晨还帮着娜仁花挤牛奶呢。张瑞元说：“身体好比啥都好，姑父有几年没到乌拉哈看你阿妈了，哪天去一趟，临死前再和你阿妈见上一面。”宝音说：“姑父，您腿脚不好，就不要走动了。再说了，前些日子我阿妈不是刚来过隆盛庄吗？”张瑞元皱起眉头思索道：“前些日子？你阿妈来过隆盛庄？”宝音笑道：“姑父，您的记性是真不行了。您忘了，我姑姑过世的时候，不是您打发轿车到乌拉哈把我阿妈接过来的吗？”张瑞元拍拍脑门道：“哎呀，看姑父这记性！”

金花惦念家里，问宝音武敖明和孩子们在家咋样。宝音让金花放心，说娜仁花每天都过去帮武敖明做饭呢，他们饿不着。金花忧虑道：“一个大男人带着几个娃娃，家里也不知道乱成啥样了。”张瑞元这回没糊涂，听出金花是想家了，问宝音什么时候回乌拉哈。宝音说一会儿到街上买点儿东西，下午就回。张瑞元说：“宝音呀，姑父看你今天走不了。你说你来了，你那几个表兄弟能不留你住一晚，喝顿酒？明天再走吧，我让轿车送金花回家，顺便给你把东西拉上。”

张禄等兄弟见宝音来了，果然不让他走。张祯下午有事，不敢喝酒，说他已经在庆春楼订了一桌，晚上喝吧。张禄与张福陪宝音吃了午饭，下午，银花过来陪她爹，舒兰和花子陪宝音和金花上街采买东西。舒兰按照张瑞元的吩咐，把金花家用的日用品买了个齐全，两家的东西装了有大半轿车。晚上，张福约了梁龙和段童，陪宝音在庆春楼喝了个大醉。第二天早晨，金花便随宝音一道回乌拉哈了。

第四十四章

杨曼怀孕甘为妾

乌云其木格在世的时候，张瑞元从不到巷门口晒太阳，说那是老头老太太们家长里短扯闲话的地方。乌云其木格过世后，金花陪他，他怕金花闷，便让金花出去串串门。金花不敢把爹一个人留在家里，便劝爹和她一道到巷门口晒晒太阳，和老头老太太们拉呱几句，解解闷儿。张瑞元开始挺勉强，出去了几次，见老头老太太们都挺敬重他，也没有多少家长里短的闲话，便渐渐地习惯了。

金花回乌拉哈后，银花、艾叶、舒兰、花子、冬梅走马灯一般过来陪张瑞元，宝凤也时常抱着小孙子骏祥过来。家里坐腻了，没话了，便众星捧月一般，簇拥着他到巷门口晒太阳。女人们和那些老头老太太拉呱，他不插嘴，而是坐在旁边静静地听着。到了吃饭的时候，闺女问他是不是喝面条；媳妇们说油炸糕也绵软，问他想不想吃。这时候，说不定哪个儿子回来了，用食盒给他提了庆春楼的扒肉条、四喜丸子、家常豆腐，羡慕得那些老头老太太直咂嘴。

其实，巷门口的老头老太太是最喜欢拉呱家长里短的，只是碍着张瑞元是大老财，又当过商务会长，家里儿女个个出息，才敬畏他，不敢在他面前胡言乱语的。张瑞元前脚回家，老头老太太们后脚便议论开来。这个羡慕张瑞元的儿女孝顺，那个羡慕张瑞元的儿媳妇孝顺，说张瑞元真是活在蜜罐子里，是隆盛庄老年人里最幸福的一个。

班姥姥的丈夫是做扫帚的，手艺在隆盛庄独一分儿，只是做扫帚利薄，辛苦了大半辈子也没赚下几个钱。她家也是三儿两女，因为整日忙碌生活，儿女很少来看她老两口，偶尔来了，也是两手空空。前年，班老汉得了半身不遂躺在炕上，家里没了生活来源，班姥姥把五个儿女喊来，商量每个儿女出些钱，给他们养老。可是，五个儿女相互推诿，都说自己家境不好，拿不出几个钱。好在班姥姥在子女面前有威严，拍着炕沿生了气，连哭带数落，把五个儿女骂了个狗血喷头，最后答应儿子每人每年出一块半大洋，闺女每人每年出一块大洋。只是自从定了这规矩，五个儿女来看他们的次数更少了。

班姥姥羡慕张瑞元的儿女孝顺，时常和老头老太太们骂自己五个儿女不孝。有个老头性情耿直，也知道班姥姥家的底细，说道："班姥姥，你别羡慕人家张老财的儿女孝顺，人家张老财给三个儿子每人盖一处四合院，每人分一家字号，就连闺女都分了地。你呢？你家班老汉给三个儿子置下啥了？给两个闺女留了啥？"班姥姥反驳说："没给他们置下家业，他们就不孝顺了？"那老头笑嘻嘻道："你这班姥姥呀，活了大半辈子，连个理都不懂！你没给儿子们置下家业，他们生来贫寒，就算想孝顺你，拿啥孝顺？"班姥姥挺起脖颈道："我生养了他们，他们不该孝顺？"那老头无奈地摇头说："他们没埋怨自己生在了贫寒之家，就算不赖了，还孝顺你？功德是自己积下的，你不记得你年轻的时候了，班老汉那时候咋宠你的？有好的给你吃，有肉给你吃，白面给你吃。我也奇怪了，娃娃们眼巴巴地瞅着，你也咽得下去？现在你老了，想让娃娃们孝敬你？唉！我看你就知点儿足吧。"

班姥姥被抖落出年轻时自私的老底儿，立刻哑口无言，不作声了。

那天晌午，张瑞元睡醒了午觉，舒兰过来了，说陪他到巷门口晒太阳去。

在张禄的三个妻妾中，张瑞元最喜欢舒兰。舒兰不似艾叶势利，也没有宝凤嘴巧。她本是丫头出身，从小便言行谨慎，不该说的话一句也不多说，疼人是从心里疼的。就算陪张瑞元晒太阳，舒兰也不和那些老头老太太多说一句闲话。

舒兰搀扶着张瑞元刚坐下，街上便过来一辆轿车，班姥姥眼尖，认出带着轿车过来的是她大孙子班喜。她惊喜地站起来，朝众人炫耀道："那不是我大孙子喜喜吗？莫不是我家来亲戚了？我家也有坐轿车的亲戚呀？"班姥姥高兴地迎上去问班喜，班喜却说轿车里的人是来找张瑞元的，问路问到了他，他便给领来了。班姥姥失望地转过身，朝舒兰喊道："舒兰，是你家的客人，找你公公的。"

舒兰扶着张瑞元站起来，轿车上下来个五十左右的男人，穿戴普通却干净利落，笑眯眯地给张瑞元作个揖道："您是瑞元叔吧？"张瑞元看那人面生，脑子一边想，一边上下打量着问："你是……"那人微笑道："叔没见过我，我是包头人，我爹叫张天壁。"张瑞元惊得张大了嘴巴："呀！你是天壁哥的儿子？"那人含笑道："正是，正是。叔，您老身体可好啊？"张瑞元惊喜万分，话都不知道该怎么说了，连声道："好，好！舒兰，快，这你该叫哥吧？快带你哥回家。"

张瑞元内心十分激动，当年离开包头到隆盛庄，算起来有近六十年了，自己也快把天壁哥忘得没影了，没想到天壁哥还惦记着他，让儿子寻到隆盛庄看他来了。

张瑞元带叔伯哥哥张天壁的儿子回到屋里，先喊丫头上茶，让舒兰到柜子里把张禄给他买的纸烟拿出来，然后才问侄子叫什么名字，他爹可好。张天壁的儿子说他大名张亭，乳名凤山，他爹妈过世已经好几年了，灵柩拉回忻州老家葬的。说他爹在世的时候总是念叨瑞元叔，这次他到张家口做生意，返回来坐火车到丰镇，雇一辆轿车回包头，路过隆盛庄，顺便进来看看他爹经常念叨的叔叔。

张瑞元听说天壁哥夫妇已经过世数年，连连感慨，还落了几滴眼泪。拉呱了几句，方才想起张亭大概还没吃午饭，他便让舒兰赶快做饭。张亭说他路上吃过干粮了，不太饿。张瑞元说："那哪行，你大老远的来看叔，叔能让你饿着肚子说话？"安顿舒兰说："舒兰呀，你赶快去商务会把玉奎喊回来，就说包头他天壁大爷家的大儿子凤山来了，让他回来陪着坐坐；回来时到庆春楼端两个菜，顺便和富掌柜订两桌酒，晚上爹给你凤山哥接风，把咱家老老少少和宝珠一家都叫上，大家认认亲，以后有机会了，也好互相走动走动。"舒兰答应一声正要走，张亭拦住说："叔，菜就别端了，早听说绥东的莜面出名，舒兰会做莜面不？要是会做，就给我做顿莜面吃吧。"张瑞元想想说："既然你想吃莜面，那就先吃莜面吧。舒兰虽然会做，但远不如花子做的好。舒兰，你去告诉花子，让她给凤山做莜面，蒸羊肉蘑菇汤。"舒兰连忙去了。

张瑞元向张亭问起窦金魁和卢儒林。张亭说窦掌柜与卢掌柜早已过世，窦掌柜的儿子接手窦金魁后，总想投机取巧，走捷径赚钱。卢掌柜看不惯，劝他脚踏实地地做生意。窦少掌柜嫌卢掌柜碍手碍脚，经常和卢掌柜发脾气。卢掌柜一气之下另起炉灶，开了自己的字号。临过世时，卢掌柜的字号在包头也小有名气了，现在由他儿子经营。窦家老号本就经营不善，加上窦少掌柜好赌，把家业输了个精光，快成个叫花子了。张瑞元听后连连叹息，感慨不已。

花子做莜面的时间，张禄和张福先后回来了。张福打了个招呼便回家帮花子做饭去了。张禄比张亭小几岁，便喊张亭凤山哥。两人才说了几句话，张禄便觉得张亭沉稳老练，久经世故，不是等闲之人。拉呱中得知，张亭在包头的生意果然很大，而张亭听说张禄是隆盛庄商务会长，买卖也是隆盛庄最大的，两人惺惺相惜，大有相见恨晚之憾，交谈十分投机。

没一会儿工夫，舒兰过来，说花子把莜面做好了。张瑞元和张禄陪张亭过去，张福已经在八仙桌上摆了熟肉、凉菜、酒壶。众人喝了两三杯，张瑞元说晚上还要到庆春楼吃饭，晌午就少喝点儿吧。花子把莜面端上来，半笼莜面鱼鱼、半笼莜面窝窝，有黄瓜、水萝卜凉汤和羊肉蘑菇汤两种。张亭吃了，赞不绝口。

晚上，张瑞元喊了儿子儿媳、女儿女婿、孙子外孙加曹宝珠一家，在庆春楼请张亭吃饭，张亭见叔叔一家个个出息，连连称赞。

张亭本是顺路看望张瑞元，准备第二天便要走的，张禄再三挽留，让他多住一两天。张亭见张禄真心实意，盛情难却，答应多住上一天。第二天上午，张禄带张亭到商务会，两人边喝茶边拉呱。张禄无意中说起铁路改道的事，张亭听了，眉头紧蹙道："玉奎呀，哥说句你可能不大喜欢听的话，你们隆盛庄这步棋怕是走错了。"张禄一怔，连忙让张亭说来听听。张亭缓缓说道："如果铁路修到隆盛庄，从眼下看，是会影响一些行业的生意；可从长远看，好处可是大大的。你看张家口，没有铁路时，虽然也是塞外商贸重镇，但因为交通落后，皮毛和粮食的流转量还是有限的，外地商人到张家口，主要是采购。可自从通了铁路，商品流转快捷了，许多地方为了方便、省运费，便把之前从别的地方走的货物都转到张家口走，如此一来，张家口的东西可以很快地运出去，外面的东西也可以很快地运进来，不但生意好做了，商品品种也增加了。更有外地商人看到张家口来来去去的人多了，便过来开旅店、开馆子，使一个塞外小城变得车水马龙，比之前不知繁荣了多少。至于你说的怕铁路通到隆盛庄后，兵匪和洋人来去方便了，也是杞人忧天。隆盛庄不过是南北货物流通的一个中转站，不是兵家必争之地，就算有兵匪来了，也只是路过而已。不通铁路，莫非兵匪就不来了？丰镇不是已经通铁路了吗？哪家的兵匪来过？哦，还有，丰镇也是个例子。你刚才不是说自从丰镇通了铁路，外地粮商蜂拥而至，把丰镇的粮价都抬高了吗？丰镇的粮食是哪来的？不就是后山的粮，通过你们隆盛庄运过去的吗？如果隆盛庄通了铁路，粮商们就不必到丰镇，而是直接到隆盛庄买粮了。那样，你既省下了把粮运到丰镇的运费，又赚了粮食涨价的钱，多好的买卖呀！"

张禄听得脊梁上不住地渗冷汗。呆想了半晌，他皱着眉头道："凤山哥，照你这么说，隆盛庄没通铁路真的是错了？"张亭谨慎道："这也说不准，依我的眼光，应该是错了。玉奎，你想想，现在铁路才修到丰镇，等修到了集宁，后山的粮食和草地的皮毛还用得着多花运费走隆盛庄吗？在集宁装火车，说话间便运走了，既省运费又节约时间。如果那样……"张禄见张亭不往下说了，恳求道："如果那样如何？凤山哥，有话你说出来，给我指点指点。我现在才发现自己实在是目光短浅呀！”张亭想了想，眼神亲切地望着张禄说：“玉奎呀，你我兄弟虽然初次见面，却一见如故。你能当上隆盛庄的商务会长，本事和能耐自不必说。不过，你还是在外面走动的少，眼界不够开阔，又考虑了隆盛庄诸多商家的眼前利益，所以才瞻前顾后的。哥别的不多说了，只提醒你一句，狡兔有三窟，人不能在一棵树上吊死。你现在家财雄厚，隆盛庄这弹丸之地不够施展你的本事。等铁路修到集宁后你自己掂量，如果隆盛庄不受影响最好，如果受影响了，你不妨到包头走一趟看看。能帮你的，凤山哥一定帮你。”张禄不禁打个寒噤，说道：“凤山哥，你的意思是如果铁路通到了集宁，隆盛庄这商贸重镇就……”张亭点点头：“但愿隆盛庄不会受影响吧。”

张亭的分析给张禄心头笼下了阴影，从此，张亭的话经常在张禄耳边响起。张禄心中充满忧虑：在风雨中屹立了百年的隆盛庄，难道真的会因为一条铁路而改变它的命运，变得衰落萧条吗？

杨曼的身上藏着一个只有张祯知道的秘密。

原来，杨曼的丈夫不是别人，正是在隆盛庄被梁念祖击毙的丰镇前西衙典史聂志贤的二儿子聂敬。聂敬相貌猥琐，却写得一笔好字。一次，聂志贤陪章彤上街巡视，章彤看到一家字号的牌匾字写得极好，便由衷地赞赏了一番。聂志贤得意地对章彤说，这牌匾是他二儿子聂敬所题。章彤细一端详，牌匾的落款果然为“聂敬”。他心念一动，问聂敬的蝇头小楷写得如何。聂志贤说他不好夸儿子，回家让儿子写一篇，明日拿给同知大人看。第二天，聂志贤拿来一篇聂敬的字，写的是李白的《蜀道难》。章彤看了，惊讶道：“聂典史，令郎了不得呀！这蝇头小楷写得好啊，厅署衙门的师爷也写不出如此的字。”遂安排聂敬在厅署衙门当了刀笔小吏。之后，衙门的来往文书，多出自聂敬之手。

人常说：字如其人。可是，聂敬字写得好，人品却不怎样，仗着他爹的权势为所欲为，人们背后都叫他“聂老二”，是个人见人嫌的主儿。杨曼在丰镇高等学堂读书时被聂敬看中，他回家和他妈说，聂志贤的老婆便请媒婆到杨家提亲。杨曼的爹妈知道聂敬名声不好，没有德行，如果把闺女嫁给他，那便是真真切切的一朵鲜花插在了牛粪上。何况，杨家做买卖出身，在丰镇也是小有名气的老财，不图钱财，便婉言拒绝了。不想，那聂敬被杨曼的美貌迷惑得神魂颠倒，央求他妈再去。这回，他妈亲自去了，还趾高气扬地威胁杨家，说杨家如若拒绝这门亲事，今后在丰镇怕是站不住脚了。杨家惧怕聂志贤的权势和报复，只得忍气吞声，与聂家结了亲家。杨曼当年过门，当年毕业，聂志贤和校长打个招呼，杨曼便在女子学堂当了老师。第二年，也就是张占魁打丰镇那年，杨曼给聂家生了个女儿，起名聂子瑶，乳名瑶瑶。聂志贤夫妇不喜欢女孩子，对瑶瑶极为冷漠。聂敬受他爹妈影响，同样不喜欢女儿，瑶瑶是姥姥拉扯大的。

杨曼才貌出众，聂敬自愧不如，又忍受不了杨曼奔放的性格，总怀疑杨曼看不起他，或在外面不检点，便经常打骂杨曼。杨曼受不了屈辱，几次欲寻短见，所幸辛亥革命爆发，张占魁攻打丰镇城失败，聂志贤到隆盛庄抓捕革命党人，被梁念祖一枪毙命。聂敬没了他爹做靠山，方才对杨曼收敛了些。不久，革命成功，民国政府成立，聂敬被弃用，赋闲在家。恰巧张祯办学，到丰镇招聘老师，杨曼有心摆脱聂敬，便不辞而别，跟着张祯到了隆盛庄。张祯知道隆盛庄人仇恨聂志贤，担心影响到人们对杨曼的态度，所以，从未对任何人提起过杨曼是聂志贤的儿媳。

李凤翔娶秀珍后不久，民国不断颁布新的法律，其中就有婚姻法。杨曼看到了重生的希望，依照法律向聂敬提出离婚，要结束这段名存实亡的婚姻。此时的聂敬已是靠山倒塌，凤凰落架不如鸡，死活不肯放手。杨曼找人调解，聂敬见杨曼决意与他分道扬镳，也不坚持了，提出要杨曼付他三百大洋，不然，杨曼这辈子也别想脱离他。杨曼无奈，双方讨价还价，最后由杨曼的父亲出了一百五十块大洋，方才把离婚手续办了。杨曼的爹妈见杨曼离了婚，劝她别在隆盛庄教书了，回丰镇吧，也好照顾瑶瑶。杨曼却舍不得离开李凤翔，执意继续留在隆盛庄。不久，学生增加，张祯扩建学校，又聘请了王老师和赵老师，如此一来，杨曼与李凤翔幽会便不方便了。

有道是偷来的比买来的香。当初两人住宿舍，学校晚上没人，卿卿我我，只有幸福的感受，没有思念的痛楚。现在，两人虽然教书时在一起，要想温存一番却是机会难得。有时候，李凤翔对秀珍谎称晚上到学校备课，与杨曼偷偷到学校后操场的小树林幽会，两个爱恋的人紧紧搂抱在一起，倾诉着心中彼此的思念。若不是因为秀珍已经生了孩子，李凤翔真想带着杨曼离开隆盛庄，娶杨曼为妻，无时无刻与杨曼厮守在一起。

杨曼是教国文的，喜欢读书，也喜欢写作，她到隆盛庄时，随身行李大半是文学书籍。晚上思念李凤翔之时，杨曼往往文思泉涌，便写一首诗或一篇文章，抒发自己与李凤翔生死不渝的爱情。她文笔很好，又极有才情，无论诗还是文章，都文字优美，意境隽永。初时，她的作品只给李凤翔欣赏，后来，被同宿舍的赵老师发现了，惊呼杨曼是文曲星下凡，赞赏不已。杨曼每有新作，她都要苦苦哀求，先睹为快。赵老师觉得如此优美的作品不能分享给更多人，实在遗憾，也不和杨曼打招呼，偷偷把作品抄录下来，寄到太原的报社。没想到，有几篇作品竟然被报社采用了。一时间，杨曼在隆盛庄成了名人，受人尊敬之程度不亚于曾是前朝举人的张祯。

张祯当年读书，读的是八股文，空洞死板，墨守成规，现在读杨曼的诗与文章，觉得一股清新之气扑面而来，同样十分喜欢。不过，张祯发现杨曼无论诗还是文章，多以凄美的爱情为主题。加之人们的风言风语，他断定杨曼与李凤翔依旧藕断丝连。

对于杨曼的诗与文章，李凤翔是最懂的。他读杨曼的作品，是一种痛苦的煎熬。因为他知道，杨曼在创作过程中，有着比他更深的煎熬。

眼看着杨曼日渐憔悴，李凤翔于心不忍。那天晚上，两人又在学校后操场的小树林约会。杨曼把自己新写的诗读给李凤翔听，在杨曼“夜夜思君君不见，肝肠寸断不成眠”的凄凉声中，李凤翔泪雨滂沱，紧紧地把杨曼拥在怀里说：“曼姐，你不要再这样折磨自己了。你还是回丰镇吧，咱们如此下去，我会害你一辈子的。”杨曼痴情地望着李凤翔说：“凤翔呀，曼姐爱你已经无法自拔了。离开你，曼姐不如去死。”李凤翔道：“曼姐，你若死了，凤翔也绝不苟活于人世。”杨曼连忙捂住李凤翔的嘴道：“凤翔，你不能有这样的念头。这都是曼姐自己种下的罪孽，让曼姐一个人承受好了。”李凤翔抚摸着杨曼的香肩，痛苦地说道：“曼姐，咱们本来心心相印，却又不得不做贼一样偷偷摸摸。这样的日子，何时是个头呀？”清冷的月光下，杨曼轻轻揩去李凤翔脸上的泪珠，端详着李凤翔英俊的脸庞呢喃道：“凤翔，你瘦了，曼姐好心疼呀！”李凤翔也捧起杨曼白皙的脸庞，凄凉道：“曼姐，你又何尝不是？唉！都怪我，当初为啥就不能再等上一两年，等你离了婚，再光明正大地娶你为妻呢？”杨曼搂紧李凤翔的脖子，苦笑道：“这都是老天爷作弄人，凤翔，今天再好好地爱曼姐一次，曼姐会给你一个圆满交代的。”

第二天，李凤翔到学校时学校已经炸开了锅，说昨天晚上杨曼老师不知去哪了，回来后在办公室痛哭了一场，然后便在柴房挽根绳子上了吊。亏了同宿舍的赵老师心细，发现杨曼神情不对，便悄悄地跟着，不然就要出人命了。

李凤翔如雷轰顶。他知道，杨曼之所以寻短见，完全是因为与自己的私情，便急忙去了杨曼的宿舍。杨曼在炕上躺着，赵老师守在她身边。校长张祯坐在炕沿，眉头紧蹙。李凤翔不管不顾地扑上前，抚着杨曼苍白的脸庞叫道：“曼姐，你这是为啥？为啥呀？”杨曼见李凤翔来了，睁开眼朝他苦笑一下。李凤翔想问个明白，但碍于张祯和赵老师都在，欲言又止。他抬头看一眼赵老师，赵老师识趣地下地出屋去了。李凤翔又怯生生地看张祯一眼，张祯似乎已经知道是怎么回事了，冷着脸，朝李凤翔哼了声鼻子，站起来说：“凤翔，你干的好事，真辜负了秀珍对你的好。”李凤翔肯定张祯已经知道他与杨曼的私情了，脸腾地红了：“三叔，我……”张祯没有说话，白李凤翔一眼，甩袖子走了。

屋里没了别人，李凤翔紧紧攥住杨曼柔弱无力的手，轻声叫道：“曼姐，你咋那么傻！就算想走，也该叫上我陪你一道走呀！”杨曼的眼角涌出眼泪，她抓紧李凤翔的手道：“凤翔呀，曼姐本想一个人悄悄走的，但是，阎王爷不收曼姐，曼姐又回来了……”李凤翔叫一声“曼姐”，正要说话，杨曼道：“凤翔，曼姐有话对你说。”李凤翔点头道：“曼姐，你说，凤翔听着。”杨曼满目深情地望着李凤翔问道：“凤翔，曼姐要嫁给你，你愿意娶曼姐为妻吗？”李凤翔心头一震，不知所措道：“曼姐，你这是……”

杨曼眼泪扑簌簌地滚落下来，李凤翔连忙用手去揩。杨曼将李凤翔的手抓住，目光犀利地盯着他的眼睛问道：“凤翔，回答曼姐的话。”李凤翔想起家中的妻子和孩子，不知该如何回答：“曼姐，我、我……”杨曼眼睛里流露出失望，避开李凤翔的脸庞，缓缓说道：“凤翔，曼姐知道你为难，你已经为人之夫、为人之父，如何能再娶曼姐呢？可是，曼姐既然死不了，就必须嫁给你，因为曼姐有了你的骨肉。”李凤翔怔住了，他明白杨曼为什么要寻死，又为什么非要嫁给他了。但是，李凤翔是个优柔寡断的男人，他不知该如何处理这件事。如果他娶杨曼，秀珍和孩子怎么办？如果他不娶杨曼，杨曼已经怀了他的骨肉，他又该怎么办？他知道杨曼是个既要脸面又敢作敢为的女人，如果自己不能娶她，她必定无颜活在这个世上。那时，自己便成了亲手杀害心爱的人和亲生骨肉的凶手……

对于李凤翔的优柔寡断，杨曼再清楚不过了。昨天晚上，她寻死未成，在泪水中想了一夜，觉得不能就这么死了，为了腹中的胎儿，她可以委曲求全。所以，她没有逼李凤翔，而是说道：“凤翔，虽然民国的法律坚持一夫一妻，但也承认妾的存在。曼姐想过了，为了咱们的孩子，曼姐甘愿为妾。”李凤翔心头又是一震，杨曼愿意嫁他为妾，实在是委屈了这位貌美如花的才女。如果能有如此结局，于自己而言，是再好不过的事情。但是，李凤翔不敢答应杨曼。民国的法律虽然承认妾的存在，但秀珍不是普通人家的女儿，在她背后，有着隆盛庄最大的家族势力，她爹妈会同意吗？她爷爷、大爷、三叔会同意吗？如果他们不同意，杨曼就算委曲求全给自己做妾，怕是也做不成。杨曼似乎已经想过了，见李凤翔吞吞吐吐，犹豫不决，心中失望至极。她松开李凤翔的手，眼睛没了泪水，声音冷漠地说：“你走吧，回去问秀珍，如果她同意，我往后尊她为大；如若她不同意，我也不会再做傻事。我便离开隆盛庄，从此之后，天涯海角，咱们永世不再相见。”

那天，李凤翔没有上课，也忘记了自己是如何离开学校的。他浑浑噩噩地跑出西门，信步走到西河湾，茫然地望着西河湾的潺潺流水，禁不住呜咽起来。他后悔来到隆盛庄，后悔认识了杨曼，后悔娶了秀珍。但他最恨的是自己不像个男人，没有敢作敢当的勇气。

李凤翔大哭了一通，感觉心里轻松了许多。他失魂落魄地回到家里，秀珍没问他为什么这么早就放学了，也没问他眼睛怎么肿得像个桃子，而是默默地给他沏了一壶茶，坐在炕沿边，抱起刚满周岁的孩子开始喂奶。李凤翔不敢正视秀珍，用眼角的余光向秀珍瞟去，突然觉得秀珍是那般贤惠、那般善良。他突然后悔了自己对秀珍曾经的冷漠与轻蔑。

李凤翔从没有像今天这般觉得自己愧对秀珍，他嘴唇动了动，声音小得像蚊子一般道：“秀珍，我想和你商量个事儿。”秀珍头也不抬地说：“你说。”李凤翔不敢把杨曼要嫁他的事说出来，犹豫道：“要不，还是不说了吧？”秀珍面无表情地说：“不说就别说了。你要累了，先上炕躺躺，我做饭去。”秀珍把孩子哄睡着后，便往伙房去了。

李凤翔并不知道，杨曼上吊寻死的消息早已传遍隆盛庄，也传进了秀珍的耳朵。秀珍早就听到李凤翔和杨曼暧昧不清的风言风语，通过观察，她也确信李凤翔和杨曼的关系的确非同一般。但是，她喜欢李凤翔，就算看着李凤翔，都觉得是一种享受和幸福。所以，她可以原谅李凤翔的一切。

秀珍饭还没做好，张福与张祯便一道来了。李凤翔做贼心虚，惊慌中把凉茶给岳父和妻叔斟了。张福端了下茶碗，皱着眉头又放下，声音低沉而威严地问道：“凤翔，我问你，你知道杨老师为啥寻短见不？”李凤翔心跳得“咚咚”的，头上直冒冷汗，正不知该如何回答，炕上的孩子被惊醒了，“哇哇”地哭起来。秀珍在伙房听见，急忙过来，见爹和三叔不知什么时候来了，说道：“爹和三叔来了？”张福朝秀珍挥挥手说：“秀珍，你先抱着娃娃出去，我有几句话要问凤翔。”秀珍应一声，眼神怜悯地朝李凤翔看看，抱起孩子转身出了屋。张福两道寒光逼视着李凤翔道：“凤翔，我问你话呢，你如实道来。”李凤翔怯生生地看张祯一眼，张祯声音平缓地说道："男人嘛，要敢作敢当。杨老师已经对我讲了，你就对你岳父实话实说吧！"

李凤翔听说杨曼已经把实情对张祯讲了，吓得身上的汗毛竖了起来，双腿一软，"扑通"一下给张福跪了，声音带着哭腔道："爹，我错了。"张福见李凤翔承认了，气得双眼能喷出火来，他猛地扬起手掌，"啪"地给了李凤翔一记耳光。正待再打，张祯急忙抓住他的手说："二哥，你这是做甚？有话好好说嘛！"张福怒冲冲地说道："好好说？这没良心的东西懂得好歹吗？还算个读书人吗？还为人师表当老师教育人呢？你见过哪个男人不用入赘，还得老丈人给盖房，陪嫁土地，一个大洋不花便把媳妇娶了的？你当我张家的闺女贱，嫁不出去了吗？"张祯见张福气得头发都要竖起来了，劝道："二哥，有话慢慢说，过去的事就过去了，不提也罢。"张福吁口气，点头道："好，过去的事我就不提了，谁让咱们是两相情愿呢。凤翔，我问你，秀珍过门后，守没守妇道？待你如何？"

李凤翔已经臊得脸红一阵儿白一阵儿了，听张福喊他"凤翔"而不是"李凤翔"，知道这件事还有缓和的余地，连忙道："爹，秀珍贤惠善良，待我不薄。"张福鼻子一哼："岂止不薄，她都快把自己当丫头，把你当爷爷一般供奉了。可你还是不知足，风流成性，吃着碗里的，瞅着锅里的，你把自己当皇帝老子了？勾引人家有夫之妇，还当自己做得巧妙，神不知鬼不觉呢。你以为六老汉是聋子？是瞎子？你只知道人们见了你笑眯眯地和你打招呼，尊你李老师，却不知道你和杨老师的事早已在隆盛庄传得满城风雨，成为人们茶余饭后的笑料了。李凤翔，你是为人师表的老师，不是卖五香大豆的摊贩，也不是杀猪宰羊的屠夫。你做出如此苟且之事，还如何教育你的学生？还对得起你口口声声贤惠善良的秀珍吗？"

李凤翔被张福从头数落到脚，羞得恨不能地上裂个缝儿钻进去。这时，张祯说话了，仍旧是平时那般和风细雨："凤翔呀，你岳父正在气头上，如此说你，也是应该的。现在杨老师已经怀了你的娃娃，要嫁给你做小，你是怎么想的？"此时的李凤翔已经乱了头绪，哪里还有什么想法。心想事已至此，干脆豁出去了，大不了张家把自己赶出家门，大不了不在隆盛庄教书了。他心里虽然这样想，嘴上却不敢说出来，抬头望着张祯嗫嚅道："三叔，我……"张福火气又上来了，拍着桌子道："看上去是个男人，却敢作不敢当，连个女人都不如。告诉你李凤翔，若不是三叔怜你是故交之友的儿子，我早花钱雇个强人把你阉了。你敢把杨老师的肚子弄大，就不敢有个承担吗？"李凤翔不敢看张福的眼睛，用无助的眼神望着张祯道："校长三叔替我做个主吧！"张祯叹口气说："既然你让我帮你拿主意，那你就把杨老师娶了吧。这样，张家的名声保住了，杨老师的名声也保住了，你也对得起那未出世的娃娃了。”李凤翔出乎意料，惊喜万分，但仍忧虑道：“多谢三叔体谅，可秀珍那边我咋和她说？”张福接过话道：“秀珍那边我替她做主了。我警告你，这种事只此一回，今后你若敢再在外面拈花惹草，看我咋拾掇你。我还要提醒你一句，虽然杨老师岁数比秀珍大，但不能坏了规矩，以后秀珍为正她为偏，秀珍为妻她为妾，这个家还是秀珍做主。”

张福出于保全张家在隆盛庄的名声、维护秀珍这段来之不易的婚姻的考虑，同意李凤翔纳杨曼为妾。秀珍爱李凤翔貌若潘安、满腹才华，一直担心李凤翔哪天和杨曼私奔了。现在杨曼名正言顺地嫁了李凤翔，名分又在她之后，心里虽然惆怅，却也少了一份后顾之忧。最高兴的莫过于杨曼与李凤翔了，两个有情人终成眷属，这意外的惊喜他们从没敢想过。只是通过这件事，杨曼对李凤翔的爱慕远不如从前了，她觉得李凤翔什么都好，但优柔寡断，不敢担当，实在不像大丈夫所为。

第四十五章

张瑞元抑郁而终

张祯的医院建起来了。他和杜金去了趟大同，买回了医疗器械，请回一个姓唐的西医大夫。之后不久，丰镇到集宁的铁路修通了，铁路线继续向归绥延伸。一九二〇年，平绥铁路全线通车。张禄记着张亭的话，细心观察隆盛庄商贸活动的变化。第一年，端倪初现，有少量粮食和皮毛经集宁走铁路运往口里，但大部分粮食和皮毛还是要经过隆盛庄的。到了第二年，情况便有些不妙了，有一半粮食和皮毛转道集宁，用火车运输；客商行人，有往集宁和归绥方向去的，也不走大路，而是坐火车了。事实验证了张亭的预言，张禄悔恨不迭，他实在没想到，只那两根冰凉的铁轨竟让兴盛了百年的隆盛庄走向了衰落。屈指算来，从民国政府成立到今天，已经整整十年，而这十年恰是隆盛庄有史以来最为繁荣兴盛的十年。

张禄隐约意识到，历史赋予隆盛庄的使命或许即将终结，隆盛庄或许已经成了落日余晖。他无法接受这个现实，因为当年拒绝铁路经过隆盛庄，是他爹张瑞元牵头，隆盛庄三大老财共同提出来，由他这个商务会长和镇长梁龙决断的。而这三大老财都与张家有着姻亲关系，所以，话说白了，铸下这弥天大错的主要责任，是他张家这一族。

张禄不敢把这个现实告诉他爹，但是，他要为张家的未来早做打算。

那天，张禄让庆春楼往家里送了几道菜，请梁龙、张福、张祯、段童和朱进吃饭。梁龙不明就里，笑呵呵道："咦，都是内亲呀！玉奎，今天是啥日子，咋想起来请我们吃饭了？"张禄表情严肃道："吃饭是搭个台子，主要是和你们商量点儿正事。”众人见张禄表情严肃，不敢说话。梁龙不在乎，大咧咧道：“玉奎呀，看你这一本正经的，这不像是请我们吃饭，倒像是向我们催债似的。”张禄瞥梁龙一眼，烦躁地说：“龙龙，别开玩笑了行不？就你话多。”梁龙见张禄心情不好，朝众人吐了下舌头，道：“商务会长呀，咱惹不起。这顿饭，千万别是鸿门宴。”

众人坐定，张禄拿起酒壶，给众人一一斟满了酒。梁龙提醒道：“玉奎，不把你爹请过来一道坐坐，不怕你爹不高兴？”张禄说：“今天是咱们这小一辈的商量事儿，老一辈的就不叫了。”然后端起酒杯说道，“这第一杯酒，我先自罚吧。”众人面面相觑，依然是梁龙问：“玉奎，你今天咋了？是不是闯下啥祸了？”张禄一仰脖将酒干了，抿一下嘴，缓缓说道：“是的，我闯下祸了，并且是弥天大祸。”

众人都怔住了，尤其张福与张祯，更是惊愕地瞪大了眼睛。张禄苦笑一下，继续说道：“当年修铁路，说是要经过隆盛庄，镇上的老辈儿们怕铁路通了，影响隆盛庄诸多行业的生意，提议想方设法让铁路改道。我身为商务会长，没有深思熟虑，也和老辈儿们站在了一起，还亲自和龙龙跑了趟丰镇。因为这，害得进子的爹丢了性命。最后，铁路改道了，老辈儿们还为此把我和龙龙夸奖了一番。可是，现在铁路修到了归绥，隆盛庄非但没有保住繁荣了十年的鼎盛，反倒开始衰落萧条了。所以，我是隆盛庄的罪人呀！”

众人听张禄说的是这件事，都吁了口气。梁龙笑道：“玉奎，我还当你杀人放火了，原来是因为这呀。这叫啥罪过？这件事怨不得你。”张福也说：“哥，龙龙哥说得对。因为修铁路的事情，商务会召集各行社会首开过会，众人也都分析过，如果铁路经过隆盛庄，许多行业的生意便没法做了，所以，大家才一致反对修铁路的。这是众人的主意，你用不着自责。”段童赞成道：“二哥说得对，虽然现在看，隆盛庄的生意的确不如前几年了，但世事多变，谁又能料得到呢。当初考虑的是铁路修成了，车行没东西可拉了，生意受影响；木匠不用做牛板车、不用修车轱辘了，生意受影响；铁匠不用打马掌铁、不用打车轱辘的圆钉和铁条了，生意受影响。既然家家的生意或多或少都要受些影响，众人不同意修铁路也是对的。所以，就算当初的决断错误了，也是众人促成的，和大哥没干系。”朱进点头道：“童童说得有理，有道是有钱难买早知道。现在铁路已经绕过了隆盛庄，后悔药没得吃。何况隆盛庄红红火火地旺了十年，这十年，各行各业都没少赚。现在的生意虽然比之前萧条了些，但钱还是有的赚的。人嘛，不能只看关老爷过五关斩六将，也要看关老爷走麦城。何况铁路修到归绥才两年，今后究竟怎么样，现在谁也说不准。也许再过上几年，丰镇人和集宁人就后悔当初修了铁路呢。”张禄见众人都偏着他说，如释重负般舒口气道："不管咋说，我是商务会长，如果修铁路这件事做错了，我是有责任的。"

梁龙见张祯一直没说话，说道："宝奎，你是举人老爷，这件事你咋看？"张祯淡淡一笑说："这都民国了，清朝的举人早已连屁都不是了，你们以后就别再奉承我了。说实话，我那个举人算不得啥，比起裕祥差得不是一星半点儿。"段童说："裕祥是裕祥，三哥是三哥。裕祥再有学识，也没有三哥的功名。"张祯依然淡淡地笑道："功名顶不了饭吃。裕祥现在在北京做学问，我却窝在隆盛庄教一帮孩子。长江后浪推前浪，惭愧！惭愧呀！"张禄接过话说："宝奎，你别这样说，裕祥能有今天，都是你当年付出的心血。"张祯道："陈芝麻烂谷子的事，就不要再提了。龙龙哥不是想听听我的看法吗，那我就说说吧。从长远看，当初没有修铁路的确是步错棋，但修了铁路，也未必能给隆盛庄带来太大的好处。你们想想，即便隆盛庄通了火车，离集宁和归绥近的地方，货物还是要通过集宁和归绥装火车的。买卖人精细，都要算账，从东北方向过来的粮食和皮毛，隆盛庄是必经之路，所以，他们宁可走隆盛庄把货物运到丰镇，也不会舍近求远，绕道走集宁和归绥。我觉得大哥不必自责，世间万般事，冥冥中都有定数。老天爷让隆盛庄繁荣昌盛，没人挡得住；老天爷让隆盛庄衰败萧条，就算努力也是徒劳。还是看天意吧！"

梁龙朝张禄哈哈笑道："玉奎，听见了吧，连举人老爷都这样说了，你还自责个啥呀！这半天只顾说话，菜都凉了。今天咱们这些内亲聚在了一起，好好地喝他几杯吧！"张禄却道："还有一件事我要提醒你们几句。今天在座的，福奎和宝奎是我亲兄弟；龙龙除了和我是结拜兄弟，还是福奎的大舅哥，我们算是父一辈、子一辈了；童童是张家的女婿；进子是宝奎的大舅哥。说起来，大家都是至亲至近的关系。你们也都知道，前年，包头天壁大爷的儿子凤山哥到张家口，回来路过隆盛庄看我爹，那可是个见过世面的大买卖人，有主见呀！我把他请到商务会，两人拉呱了小半天。他当初就说过，隆盛庄没有通铁路实在是件憾事，今天看来，他果然说对了。临走时他提醒了我一句，说狡兔有三窟，人不能在一棵树上吊死。所以，今天把你们请来，不是怕你们馋酒了，一是想对我当初没有坚持让铁路经过隆盛庄，向咱们这些最亲近的人认个错；二是想把凤山哥的话也说给大家听听，万一以后生意不好做了，你们也能早留条后路。"众人听了张禄的话连连点头，问张禄是如何打算的。张禄说："我准备带宝珠哥去一趟包头，如果凤山哥同意，我想在包头和他合股开一家字号。也算是给自己留条后路吧！"梁龙端起酒杯说："玉奎呀，我真服你了，你天生就是买卖人。来，敬你一杯。"张禄端起酒杯说："好，我的话说完了，咱们喝酒吃菜吧。”

此后没几天，张禄果然带着曹宝珠去了包头。经与张亭筹划，两人决定在包头合伙开一家皮货店，由曹宝珠担任大掌柜。

张福和梁龙听说张禄要在包头开字号，心里着急了。因为他们没有别的路子，也没有张禄的胆略和气魄，在隆盛庄是条龙，出了隆盛庄连条虫都算不上。

张福对张禄有些畏惧，便鼓动梁龙出头。梁龙既是镇长，又是张禄的结拜兄弟，还是张福的大舅哥，对张禄想说什么便说什么。他问张禄：“玉奎，你们包头的字号准备开多大呀？能不能比得上永盛源？”张禄说：“凤山哥做惯了大生意，小买卖看不上。按照我们的筹划，应该比永盛源要大许多。”梁龙问：“你们开那么大的字号，钱够吗？”张禄明白张福和梁龙的意思了，微笑道：“我这些年也攒了几个，钱不算啥。”

梁龙与张福有些失望，梁龙故意唉声叹气的。张禄笑着说：“龙龙，你别唉声叹气的，有啥话直说。若有需要我帮忙的地方，我一定不遗余力。”梁龙嘿嘿一笑：“那我就说了啊！”张禄点头道：“说吧，咱两个还有啥不能说的呀？”梁龙说道：“玉奎呀，你提醒我们说不能在一棵树上吊死，现在你找好了退路，不能扔下我和福奎不管吧？我倒是没啥，福奎可是你亲亲儿的兄弟呀！”张禄看看张福，张福傻呵呵地笑了笑。张禄说：“帮是应该的，可咋个帮法儿，你们得说明白吧，你们是不是还想再开一家字号？”梁龙“唉”一声道：“隆盛庄的字号有一半已经半死不活的了，我们还开啥字号，那不是往枪口上撞吗？我和福奎商量了，我们外面没有路子，也没有你的贼胆儿和眼光。所以，便想往你包头的字号投些钱，留条后路，不知你给不给这个面子。”张禄想都没想，爽快地说：“行！只是我和凤山哥商定的是两家各占五成股份，既然你们也想做，那把我的股份让给你们些吧。”梁龙与张福十分高兴，连忙谢过张禄。

张禄不是自私的人，尤其在兄弟姐妹面前，总是以大哥的身份做出表率。他从包头回来的路上已经想好了，两个妹妹是嫁出去的闺女，用不着他操心。张祯开的是学校和医院，隆盛庄商贸的繁荣与否，对他没有太大的影响。他唯一忧虑的是张福，就算张福和梁龙不来找他，他也准备劝张福入股的。

此时，民国政府已经有银行了。张禄和张福备好银票，梁龙拨了五个团丁，把张禄和曹宝珠护送到丰镇，张禄办了汇兑回来，曹宝珠则带着汇票直接到包头上任大掌柜了。

段童那边也很迅速。他爹段祖贤是隆盛庄三大老财里年龄最小、头脑最清醒的。段童对他爹把张禄的话讲了，段祖贤琢磨了两天，之后亲自出马，带段童到丰镇和大同走了一趟，在两地置下十几处房产。朱进为人谨慎，不敢盲目投资，把闲钱多置了地。

张禄将包头的股份让给张福和梁龙一些，手里还有不少闲钱，受段祖贤启发，给张裕祥写信，让他在北京多多留意，看到有地理位置好且价格合适的房产便购置一些。如此，张禄在北京也购置了不少房产。

说话间又是一年，隆盛庄的生意依然毫无起色。这时，已经有许多人意识到隆盛庄的生意之所以不景气，和当初没有修铁路有着极大的关系。因为原本没有隆盛庄繁荣的集宁，在通了铁路后短短几年时间，经济繁荣，人口迅速增长。于是，隆盛庄的商家开始有了牢骚和怨言，说隆盛庄人自己害了自己。不过，这些牢骚和怨言只能在背后议论时发泄，摆不到桌面上，因为当初拒绝修铁路，商务会召集各行社会首开过会，各行社也征求过所属字号、店铺的意见。当时，没有一家掌柜表态赞成修铁路的。现在，铁路已经绕过了隆盛庄，再说什么都已晚了，人们只好开始寻找新的出路。

按照习惯，人总喜欢落叶归根。尤其走西口出来的，在口外挣了钱，许多人都要回口里老家买房置地、做买卖。就算没挣了钱，也想着老来老去，最好的结果还是魂归故里，能葬在故乡的土地上。

隆盛庄的山西人却不同。当年，他们走口外之所以留在了隆盛庄，有的因为实在走不动了，有的因为腿脚懒惰，不想继续再往北走了。而隆盛庄恰好是蒙汉杂居之地，后来又加入了回族，便形成了蒙、汉、回三族同居一地，互相容纳、吸收、借鉴的特殊生活环境。受蒙古游牧民族生活习惯的影响，隆盛庄的山西人生活习惯也有了改变，这种改变集中表现在两个方面：一是贫穷的时候可以勒紧裤腰带过日子，富裕的时候也舍得吃喝。这便是梁宝元回代县阳明堡探亲，见不得亲戚们过于节俭、斤斤计较、遇到利益互不谦让，而提前返回隆盛庄的缘由。所以，隆盛庄饭馆的生意好，三义泉的神仙醉卖得也好。二是蒙古游牧民族经常倒换草场，说来就来，说走便走，居无定所。隆盛庄人受到影响，不像山西口里人，再穷也舍不得故土，即便灾荒之年，大部分人还是坚持留守家中，只有少数年轻人走西口找生路，而这些人一旦在外面发了财，还是念念不忘回口里老家的。隆盛庄除了一些大字号的掌柜，多数都是小本经营或手艺人，家中没有土地，便少了许多牵挂，哪里有钱赚，哪里能生活便往哪里去。在这一点上，隆盛庄人身上既有蒙古族四海为家的宽广胸怀，又有回族能够适应各种恶劣环境的生存能力。

所以，隆盛庄人的身上，体现了三个民族、三种文化的融合。这在其他走西口出来的山西人身上是没有的。

隆盛庄萧条伊始，首先做出反应的是车行。

隆盛庄数家车行，加起来有近千辆牛板车。以前走库伦、走恰克图，往丰镇运粮食；现在，库伦和恰克图的物资交换锐减了四成，除永盛源等一两家大皮货店，生意小的店铺谨慎行事，不再自己雇车队，而是雇七八辆车，跟着永盛源的车队走。粮食运输更是马尾串豆腐——不能提了。四子王旗、陶林等后山的粮食都走了集宁，唯有七台、二道河子及附近地区的粮食仍然走隆盛庄，但也不必往远处运了，运至丰镇即可。由于瑞盛店财大气粗，几乎垄断了隆盛庄的粮食市场，原来的十几家粮店或关门或改行，只剩下了四五家。车行掌柜见势不妙，除了固定给瑞盛店和永盛源走车的几家，其余的都迁徙到了东北方向的土牧尔台一带。车行牵一发而动全身，做车和修车的木匠及专为车行服务的铁匠也都随车行而去。

为了生活，许多坚忍不拔的隆盛庄人走出家乡，在适合他们生存的地方寻找新的商机。

一半车行走了，一半与车行有关联的木匠与铁匠也走了。来隆盛庄做生意的商家少了，去五台山朝拜的蒙古喇嘛经过隆盛庄的少了，缺了人脉的隆盛庄住店的少了，下馆子的少了，有铜匠和银匠挑起担子走了，有钉盘碗的和卖日杂的货郎挑起担子走了，有上三元的饼匠带着手艺走了。还有走得更远的，索性去了库伦和恰克图。但隆盛庄依然是隆盛庄，更多的隆盛庄人依然在故土坚守着，隆盛庄依然在风雨中顽强地屹立着。

张瑞元深居简出，不知道隆盛庄发生的变故。

张瑞元已经八十出头了，除了腿脚不好、头发稀疏外，依然耳不聋、眼不花。在那些老年人的记忆中，隆盛庄好像还没人活到这个岁数。

张瑞元八十岁那年，三个儿子商量好，要给他排排场场地过个八十大寿。张瑞元没有反对，点着头说："人生七十古来稀，爹已经活到八十岁了，阎王爷给足了爹面子。要办就办吧，爹也虚荣一回，让乡邻们看看，我的儿女没有白拉扯。"

寿宴是在四老财巷办的。那天，庆春楼挂牌停业，富云涛带了所有的厨子和伙计来到张家。张瑞元和三个儿子的院子都打扫得干干净净，披红挂彩。把客厅后墙中央的那幅山水画和对联摘下来，换上一个红纸金字的"寿"字。红纸是几张纸粘连在一起，裁成一个正方形。字是张祯手书，这位清朝的举人老爷有生以来第一次写这么大的字，字写了十多幅，众人左挑右选，挑了一幅大家都认为最好的挂上。

平常人家在家里办酒席，都是围着炕桌在炕上坐，张禄为了排场，除了张家的四张八仙桌，还把庆春楼的桌椅板凳都借了回来。大户人家的院子，盖房时便考虑到将来要办喜事丧事，准备了搭“八卦椽庭棚”的坑，坑是按尺寸预留的。张祯的院子头天已经揭去盖坑的砖，搭起棚子，垒好三座灶台，上面安放了三口大锅，有蒸菜用的，有炒菜用的，有炖菜用的。一干女人五更起来，在滚沸的油锅里炸好油糕，放入糕瓮。随后，富云涛指挥厨子和伙计按部就班，从容操作。

张禄作为长子，邀请了张家所有的远近亲朋好友，乌拉哈的娘舅家人，商务会八大行社会首，以及有来往的各字号掌柜。那天，张瑞元刮了脸，剃了头，精神矍铄，气色极好。他穿一身大红缎子，戴一顶黑色瓜皮小帽，由二孙子寿祥搀扶着，拄着拐杖站在客厅门口，向前来祝寿的宾客致歉道：“谢谢捧场！谢谢捧场！恕张某腿脚不便，未能远迎。”有受过张家好处的，不请自到，如张占魁的弟弟张占海，因为听他妈讲过当年给张家做佃户，张家仁至义尽的旧事，主动带着贺礼前来拜寿。

寿宴之上，张瑞元喝了几杯敬酒后，突然觉得腿脚硬朗了。他不顾众人劝阻，竟然端着酒杯，挨桌子给每位来宾都敬了酒。酒宴散后，他满意地对儿女们说：“知足了，知足了，人生一世，能过如此排场一个八十大寿，这辈子还有啥遗憾的？就算明天死了，也值了。”张祯说：“爹，您可不能说死的话，您得好好活着。再过二十年，您百岁寿辰的时候，我们给您办一场更排场的寿宴。”张瑞元连连摆手道：“不了，不了，就八十大寿的排场，你妈若是在阴间看见，也要眼馋的。爹若是活到百岁，你妈能从棺材里爬出来，把爹拉到阴间和她做伴去。”

八十大寿过后，张瑞元的腿脚更不好使了，连到巷门口坐坐都困难。一年四季除了上茅厕，再就是在家门口的台阶上晒晒太阳。因为咳嗽，烟也不抽了。也不同张福、张祯商量，他直接把那杆心爱的烟袋传给了张禄。

张禄怕他爹心中惭愧，一直没敢把平绥铁路通车后隆盛庄各家买卖都受到影响的事告诉他爹。所以，张瑞元并不知道外面的世界已经发生了翻天覆地的变化。

这天上午，张瑞元心血来潮，让丫头去商务会叫张禄。张禄以为他爹身子不舒服，连忙赶回来。张瑞元却说：“玉奎，你让车倌套好车，陪爹到街上转转吧。”张禄不想他爹看到隆盛庄的萧条，劝道：“爹，这隆盛庄的每一条街、每一道巷，哪家店铺是谁经营的，哪家字号的掌柜姓啥叫啥，您都了如指掌，有啥转头呀。若是有需要的东西，我给您买回来便是。”张瑞元道：“玉奎呀，爹啥也不缺，啥也不需要，就是想把这隆盛庄再转上一圈，看上一遍。爹八十大几的人了，活过今天不知道明天，再看隆盛庄最后一眼，哪天死了，也就瞑目了。”张禄理解他爹的心情，但又找不出不带他爹出去的托词。张瑞元见张禄吞吞吐吐，说道：“玉奎，你是不是有事儿？有事儿就忙你的去，爹让福奎带爹去。”张禄见没法推托了，说道：“还是我带您出去吧。”

张禄让车倌套好轿车，扶他爹坐上去。他本想带他爹到几处仍旧繁华的街道转转，糊弄糊弄他爹就回来。可是，轿车出了巷门，便由不得他了。张瑞元指挥着车倌，一会儿往这边去，一会儿往那边去，看着看着，觉得不对劲儿了，问张禄道：“玉奎呀，咋不少字号和店铺都关门了？”张禄应付道：“大概是嫌挣钱少，改行了吧。”张瑞元信以为真，哼着鼻子说：“人心不足蛇吞象，隆盛庄就这么巴掌大块地方，想挣多少呀！隔行如隔山，改行就能挣了？”张禄随口应道：“是呀，谁知道他们是咋想的。”

又走了两条街，张瑞元看出些门道了，皱着眉头问张禄说：“玉奎，不对劲儿呀。按说，这个季节外地的客商应该不少，可街上没几个生人，是不是有啥缘故？”张禄敷衍说：“爹，您的确是老了，这不还和以前一个样吗。”张瑞元瞪起眼睛说：“咋能一个样呢？你当爹真糊涂得啥都不知道了？这里面肯定有蹊跷。玉奎，你是不是有啥事儿瞒着爹？”张禄打哈哈说：“瞒啥呀？爹这么精明，就算真有啥事，也瞒不过爹。”

街上的人见张瑞元坐着轿车出来了，都和他打招呼，问候他。张瑞元和蔼地回应了，谢了人家。轿车走着走着，有“叮叮当当”的声音传来。张瑞元说：“那不是周通的德胜炉吗？走，过去看看。”车倌牵着骡子过去，周通正手捏烟袋，在旁边看徒弟们打铁。张瑞元喊道：“周通、周通。”周通见是张瑞元来了，连忙过来问候道：“是姨父呀，您老今天咋想起出来转转了？腿脚好些了没有？”张瑞元喜欢周通的性格，说道：“快入土的人了，只有赖，没有好了。这不，走不了路，坐车出来了。”又对漠然站在一旁的张禄说，“玉奎呀，你咋和周通连个招呼都不打？人家咋说也是你三姐夫呀！”张禄不情不愿地哼哼鼻子说：“三姐夫忙呢？”周通高兴地告状说：“姨父，还是您老公道。张会长除了当着喜凤的面，还从没叫过我一声三姐夫，总拿会长压我。”张瑞元说：“那是他的不对。鞋大鞋小，不能走了样儿，不管你岁数多大，娶了人家的小姨子，就得叫人家姐夫。有的女婿比岳父岳母岁数还大呢，难道就不叫人家爹妈了？”张禄鼻子又哼了哼，说道：“周通，今天让你瞅了个便宜。”周通笑嘻嘻地说道：“啥叫便宜？我这姐夫可是名正言顺的。”

有徒弟端来两碗茶，周通接过来递一碗给张瑞元，一碗给张禄，说道：“姨父，我这炉前只有大碗茶，您将就着喝一口吧。”徒弟又给车倌端一碗茶，车倌渴了，一仰脖“咕嘟嘟”地喝了下去。张瑞元呷一口茶，问道：“周通，你德胜炉的生意可好？”张禄怕周通说漏了嘴，连忙给周通使了个眼色。周通不明白什么意思，眨巴着眼睛道：“回姨父的话，生意还好。您也知道，德胜炉以打菜刀、镰刀为主，和通不通铁路没多大的关系。不像他们那些给牛板车打钉子、包铁条的，牛板车队走了，他们也得跟着走。”张禄无奈地摇摇头，心说这周通真是死心眼儿，连自己的眼色都看不出来。张禄连忙对他爹说：“爹，茶也喝了，咱再到别处转转吧。”张瑞元瞥张禄一眼说：“爹和周通拉呱两句，你打啥岔呀？”又继续问道，“周通呀，牛板车队咋了？都走了？去哪了？”周通这回不敢贸然回答了，瞅着张禄不作声。张瑞元狠狠地瞪张禄一眼说：“玉奎，你这是要啥鬼把戏呢？去去去，一边待着。”张禄知道瞒不住了，朝周通道：“周通，我爹问你啥你答啥，老瞅着我做甚？你们拉呱吧，我一边抽烟去。”张禄也不管他爹都问周通什么了，在旁边抽了会儿烟，听车倌喊他说老太爷要回家了，这才过来。

回家的路上，张瑞元脸色阴沉，一声不吭。张禄问他怎么了，他也不说话。回到家里，张禄和车倌扶他上了台阶，进屋在太师椅上坐下，丫头连忙沏上茶来。张瑞元朝张禄挥挥手说：“忙你的去吧，让爹一个人静一会儿。”张禄知道他爹心情不好，把丫头叫出去安顿道：“一会儿不管哪家太太过来，你就说老太爷累了，别让她们打扰。另外，饭你也别做了，只管寸步不离地伺候着老太爷。”

张禄回到家，安顿舒兰晌午给他爹熬稀粥，蒸花卷，炒一盘嫩豆腐。可是，晌午张瑞元只喝了半碗米汤，便把碗推开了。晚饭依然如此，面条端上来，一口都没吃。张禄和舒兰劝他，他瞪起眼睛说：“饿不饿我自己知道，饿了自己吃呀！”

这天晚上，本该张福陪他爹睡。张瑞元却说：“福奎，你回去吧，今儿晚上让你哥陪爹。”张福已经知道了白天的事，小心翼翼道：“爹，昨天是我哥，今天轮到我了。”张瑞元生气地说：“啥昨天今天的。我看着就要入土的人了，他多陪一晚上不行吗？”正说着，张禄来了，让张福回去，今天他留下陪爹。

张瑞元的五个儿女中，最让他引以为荣的是张祯，最亲、最信任的是张禄。张禄一边给他爹洗脚，一边说道：“爹，听舒兰说，您晌午只喝了半碗米汤，晚上没动筷子？”张瑞元没有回答，却问张禄：“玉奎，自从铁路修到归绥，咱隆盛庄许多行业都不好做了，你咋不早跟爹说呢？若不是今天出去，爹还不知道隆盛庄发生了这么大的事。”张禄给他爹擦了脚，解释说：“爹，我是看您岁数大了，不想让您老操太多的心。”张瑞元叹着气说：“木已成舟，就算操心，也无济于事了。玉奎呀，爹小事精明，大事糊涂。你说修铁路那么重要的事，爹咋就拿错主意了呢？唉！好心办了坏事，爹是隆盛庄的罪人呀！”张禄劝道：“爹，这怪不得您，当初不让铁路从隆盛庄经过，不是您一个人的主意。我开了商务会，八大行社会首都反对，他们回去商量，也没有一家掌柜赞成的。就算错，也是隆盛庄人都错了。”张瑞元摇着头说：“玉奎，这话说得不公。虽然众人都反对，但毕竟是爹最先提出来的。像段掌柜、朱掌柜，他们都是碍着爹的面子，才顺着爹说的。爹这是一失足成千古恨呀！一辈子没做过丧良心事，临老做了这么一件大错事。怕是到了阴间，也要被后辈儿孙骂个没完没了。”张禄安慰说：“爹，您心重了。这事就算错，也是错在我身上。我是商务会长，我若是拿定了主意，爹就算反对也没办法。”张瑞元苦笑一下说：“你说得对，当时你若坚持，爹也没办法。但你没有坚持呀！因为这话是你爹说出来的，你要做个孝子，便和爹站在一个立场了。这也正是爹内心愧疚的原因。”

张禄知道他爹说得对，当初他也犹豫过，但因为是他爹提出来的，他才没有坚持。他不想让他爹难过，不想让他爹愧疚，突然想起张祯的话，便对他爹说道：“爹，这事您是这样看的，可宝奎的看法不同。”张瑞元听说张祯另有看法，眼睛亮了一下，脖子往前伸伸，问张祯是如何说的。张瑞元把张祯的分析讲了，也把自己在包头和张亭合开了字号，又让裕祥在北京置办地产的事说了。张瑞元点头说：“宝奎的话虽然也有道理，但没让铁路经过隆盛庄肯定是错了。玉奎，你比爹看得远，早早地给自己留了后路。爹不如你呀！”张禄说：“爹，您别多想了。今天您也见了，隆盛庄人无论大人娃娃，都很敬重您的。”张瑞元摇摇头说：“敬重？爹心里知道，人们敬重的不是爹，是敬重爹有钱。就像人们敬重宝奎，是因为他有学识、有功名一样。咱做生意的，讲究的是和气生财。所以，爹这辈子只有同行间的嫉妒，没有树下仇人倒是真的。”

张瑞元为自己当初带头拒修铁路而愧疚，从此茶饭不香，郁郁寡欢，不到一个月，便倒在了炕上。临终时，他再三叮嘱张禄说：“玉奎呀，爹能活到隆盛庄最大寿数的老人，实在是老天爷的恩赐。爹这一辈子问心无愧，唯独没让铁路通过隆盛庄这件事，怕是大错特错了。唉！爹愧对隆盛庄呀！”儿女们正要劝，张瑞元摇头止住说，“爹做了这大错事，无论今天还是百年之后，必定被人非议。爹愧疚呀！所以，爹走后，丧事不可大操大办，不要雇戏班子，不要请鼓匠，悄悄地把爹打发了就行了。你们记住了吗？”众儿女听爹说出这样一番话来，心中百味杂陈，目光都往张禄身上望去。张禄攥紧了爹的手，点头道：“爹，我记下了。”张瑞元满意地笑了一下，又安顿张禄道："玉奎，你给爹记着，只要你当一天商务会长，就一定要保住隆盛庄，给爹赎罪、赎罪……"

张瑞元走了。隆盛庄人都知道张瑞元是因为修铁路的事抑郁而终，有感慨的，也有说闲话的。

张瑞元的寿材与乌云其木格的一样，都是提前做好的。三寸厚的柏木棺材，在隆盛庄前所未有。按照程序入殓后，张禄与张福、张祯商量，该为爹办一场隆盛庄有史以来最为排场的丧事，还是遵循爹的遗嘱，一切从简。张福说爹辛苦了一辈子，张家又是隆盛庄最有钱的老财，如果爹的丧事办简单了，隆盛庄人岂不是要笑话张家子孙不孝？张祯说爹之所以留下遗愿，是因为爹当初带头不让铁路经过隆盛庄，担心给后辈儿孙留下骂名。其实，世上之人，有几个先知先觉的！爹的本意是为了隆盛庄好，就算错了，也是好心办了错事，怨不得爹。但爹留了话，兄弟几个若是违背了，也是对爹的不孝。所以，丧事究竟该如何办，最后还要大哥拿主意。张禄想了想说："其实，所谓的大操大办，不过是把爹的灵柩多停几天，多请几班鼓乐，多唱几台戏，多办几桌酒席，响动弄得大些、排场些。这都是给咱兄弟长脸面，给活人看的。爹之所以走得匆忙，根源还是铁路的心结。有道是盖棺论定，爹生前受人敬重，死后就算有些非议，也抹杀不了爹对隆盛庄的贡献。我倒是有个想法，既不让隆盛庄人小看张家，也不违背爹的遗愿。只是这个想法有些荒唐，怕你们兄弟俩，尤其福奎不同意。"张福摸着脑袋懵懂道："大哥和宝奎同意的事，我会不同意？大哥说说看，究竟是啥奇思妙想？"张禄眼睛望着张祯，慢吞吞道："爹的丧事办得排不排场，归根结底，还是花多少钱的事情。爹生前重视教育，所以，咱家才出了宝奎这隆盛庄空前绝后的举人老爷。我想，爹的丧事既不要从简，也不要铺张，鼓匠要请，戏班子要雇，酒席也要摆，按宝元大爷过世时的水准就可以了……"

不待张禄把话说完，张福先摇头道："哥，这不妥吧。花子她爹过世时，她家在隆盛庄不过中上等家境，咱家可是隆盛庄第一老财呀！我觉得，爹的丧事起码要按冬梅她爹过世时的水准才行。"张祯听张福提到岳父朱奉祺，点头赞成道："大哥，我觉得二哥说得有理，爹的丧事太从简了，咱这做儿女的心里也会有愧。"张禄想了想说："那样也好，只是我话还没有说完，我觉得咱张家既然号称隆盛庄第一老财，那就要拿出些第一老财的气魄，做事既要给活人看，也要安慰爹的在天之灵。我刚才说了，爹在世的时候重视教育，咱弟兄三个是不是出些钱，把隆盛庄念书娃娃们的学费免上一年，就算为爹又积了一次德，替隆盛庄的教育做了点儿贡献。你们看如何？”张福愣怔住了，张祯惊喜地说：“大哥，你这主意太好了，既告慰了爹的在天之灵，又不违背爹的遗愿，还给隆盛庄念书的娃娃做了件好事，也让咱兄弟尽了孝心，算得上四全其美了。”张福本不十分情愿，觉得太便宜众人了，但既然是哥哥提出来的，弟弟也支持，便勉强同意了。

张瑞元虽然留下丧事从简的遗言，但他的丧事依然办得隆盛庄有史以来最为隆重。因为段祖贤和八大行社各会首齐聚四老财巷，要求将老会长的丧事办得风风光光，并且胁迫张禄说，如果张家出不起钱，所有的花销全由他们担了。张禄被众人对他爹的敬重感动了，把他爹的遗言抛在了脑后。三天安鼓，宣布了他兄弟三人将隆盛庄所有念书娃娃的学费免去一年的决定。雇请三班鼓匠搭台对吹了九天，三家戏班子搭台对唱了九天，酬谢前来悼念的亲朋好友的流水席摆了九天。隆盛庄人重新认识了张家兄弟，议论他们算得上真正的孝子，就连给他爹办丧事都没忘记为他爹积德，那些说过闲话的，也都紧紧地闭了嘴。

张瑞元下葬的那天，隆盛庄大大小小的掌柜一个不缺地全来了，家里有孩子念书的也都带着孩子来了。借着这个机会，段祖贤大声向众人说道：“老会长走了，咱们大家都知道，他是心怀愧疚走的。这些天，我听到有人说闲话，但我要告诉大家，当初反对修铁路，不是老会长一个人，咱们哪个说过隆盛庄应该通铁路呢？没有，没有一个人这样说。所以，隆盛庄没有哪个人有资格指责老会长。老会长这辈子的成就，不是创建了永盛源，不是创建了瑞盛店，不是创建了上三元，也不是从一个拉骆驼的苦力白手起家，最终成为隆盛庄最大的老财。他最大的成就，是培养出了给隆盛庄办学校、建医院的举人儿子，是创建了宝粟社，创建了商务会，创建了一个井然有序的商业环境，把隆盛庄所有商家的心凝聚在了一起，为隆盛庄的繁荣做出了前所未有的贡献。这就是张瑞元，隆盛庄人应该永远记住他的名字。”

人们被段祖贤的话感动，许多人不禁号啕大哭起来……

那天，送葬的队伍浩浩荡荡，见首不见尾，抬棺的是三十六条壮汉，即最为排场的三十六杠。如此隆重，在山西口里也是罕见的，因为人们送的不是一个张瑞元，送的是一个曾经为隆盛庄的繁荣呕心沥血的功臣。

第四十六章

战乱殃及隆盛庄

隆盛庄人很快便把没有通铁路的遗憾抛在了脑后，因为钱赚少了影响的只是生活，战乱却是要人命的。

战乱伊始，最先进驻隆盛庄的是冯玉祥的国民军。因其部有不少学生和十四五岁的士兵，又被人们称为娃娃兵、学生军。

隆盛庄人见过兵，清朝的时候，四美庄屯过清兵，有几十个，康廷儒是把总；闹义和团的时候，隆盛庄有过兵，是被朝廷招安的义和拳，不过，那些拳民算不上真正的兵；辛亥革命的时候，隆盛庄来过兵，是张占魁的起义军，虽然有上千人，却不过是穿着百姓服装的一群乌合之众；晚清的时候，隆盛庄来过兵，还在隆盛庄杀过人，是聂志贤带来的警察，也有几十个人；民国初期，隆盛庄来过兵，是阎锡山的卫队，梁念祖是连长。虽然梁念祖只带了百十人，却是隆盛庄人第一次见真正的军队，雄赳赳，气昂昂，那个威风呀！

人们还是第一次见如此多的兵开进隆盛庄，穿着统一的军装，挎着短枪，扛着长枪，抬着机枪，马拉着小炮，浩浩荡荡，足有三百余人。人们心说，张瑞元当初不让铁路经过隆盛庄，一是怕影响诸多行业的生意，二是怕兵匪坐火车进来。可现在铁路没通，兵还是进来了。人们不知道这支军队是路过还是长驻，纷纷把院门关了，店铺上了门板，生怕士兵入户奸淫掳掠。

这支国民军是暂驻隆盛庄的。

冯玉祥，安徽巢县人，生长于直隶保定府，为直系旧部，曾任陆军第十六混成旅旅长、第十一师师长，陆军检阅使。因一九二四年在第二次直奉战争中发动“北京政变”，把宣统皇帝赶出紫禁城而闻名。之后，冯玉祥被迫撤出北京，将其所部改组为国民军，自任总司令兼第一军军长。在中国大大小小的军阀里，他的队伍算是军纪比较严明的。

这是一九二六年的春天，进驻隆盛庄的是国民军的一个营，营长姓王，名叫王金虎。

不错，此王金虎正是当年因为在赈济灾民的粥锅里放了生石灰，害死上百灾民，被康廷儒在西河湾砍了脑袋的王岱的二儿子。

当年，王金虎跟随张占魁驻军代县，因为手下有李炎残部百余人，张占魁给了他个连长的职务。代县知事汤冠丰受大同镇守使孔庆庚指使，收买王金虎故意扰民，嫁祸于张占魁，行派系之争，将张占魁与张玉峰杀害。张占魁死后，王金虎立功，接任张占魁任马队营长。后来，汤冠丰与王金虎沆瀣一气，大肆搜刮民财，到了肆无忌惮的地步，在代县激起民怨。也算两人时运不济，孔庆庚被调离大同，出任山西陆军第一师师长兼晋西镇守使，而大同镇守使的继任者恰巧是代县城西三里河郭姓人氏的女婿。乡民们写了联名状，托他岳父家人送到新任镇守使手中。镇守使看了状子大怒，下令严查汤冠丰与王金虎。两人闻讯，汤冠丰连夜潜逃回了丰镇，王金虎则拉旧部逃进山里，重操旧业。

王金虎做土匪轻车熟路，抢了便跑，行踪不定。只两年的时间，便抢遍了大半个晋北。之后，又逃回绥远地区，继续为害地方。前年，王金虎在集宁、陶林一带活动，被冯玉祥的国民军穷追不舍，而追剿王金虎的，正是武斯楞。

武斯楞经弓富魁引荐，被冯玉祥任命为绥东五县剿匪司令兼国民军第三十一团团长。

民国成立后，弓富魁被阎锡山任命为山西都督府顾问，向阎锡山请求前往晋北、绥远巡视，阎锡山允诺。弓富魁走后，阎锡山起了疑心，担心弓富魁利用其在同盟会的影响，暗中联络晋北与绥远的有识之士，重新组织武装，进行反袁、反阎活动，便派梁念祖以接弓富魁回都督府议事为名，准备将弓富魁骗回都督府，罗列罪名加害，以绝后患。弓富魁看穿了阎锡山的阴谋，给阎锡山留下一封辞职信，悄然出走，躲过杀身之祸。之后，弓富魁受续桐溪之邀，前往陕西参加华山聚义，加入胡景翼的陕西靖国军，被任命为第六路军总指挥。孙中山成立北伐军后，胡景翼被任命为陆军第一师师长，弓富魁被任命为骑兵团团长，跟随冯玉祥出陕西到河南、河北与北洋军阀作战，因战功显赫，被冯玉祥提拔为第六混成旅旅长，之后不久，又被擢升为国民军副司令兼第六军军长。辛亥革命时，弓富魁曾到过隆盛庄，与武斯楞相识，知道武斯楞是条铁骨铮铮的汉子，便将时任丰镇游击营长，兼管绥东剿匪事务的武斯楞引荐给冯玉祥，冯玉祥便任命武斯楞为绥东五县剿匪司令兼国民军第三十一团团长。

王金虎在前面狼狈逃窜，武斯楞在后面穷追不舍。王金虎也不想一辈子为匪，当得知追剿他的国民军是武斯楞的部队时，立刻派人与武斯楞和谈，恳求武斯楞念及旧情，既往不咎，他愿意缴械投降，接受改编。此时，冯玉祥正在扩充实力，因为王金虎手下有数百人马，武斯楞便报请上峰任命王金虎当了营长。不过，武斯楞也留了一手，将王金虎原来的人马分散至各营，以防王金虎哪天突然翻脸，又将队伍拉走。

日前，冯玉祥准备攻打山西地方军阀阎锡山，命张自忠旅攻打雁门关，武斯楞团攻打大同。王金虎作为武斯楞的先锋营，进驻隆盛庄。

王金虎与隆盛庄渊源甚久，每当想起他爹妈在隆盛庄被康廷儒砍了头，心中便生出一股怨气。若不是怕冯玉祥军纪严明，武斯楞又是自己的顶头上司，真想将隆盛庄祸害一番。

梁龙与张禄见隆盛庄来了兵，急得团团转，不知该如何应付。见一个矮墩墩的络腮胡子军官脚蹬马靴，手提马鞭，带一队士兵来了，两人慌忙给那军官让座、上茶。王金虎大喇喇地坐下，马鞭敲着桌子道："我是国民军第三十一团第三营少校营长王金虎，你们谁是隆盛庄镇长呀？"梁龙慌忙作揖道："鄙人梁龙，受民国政府指派，担任隆盛庄镇镇长。因事先未得通报，不知贵军到来，有失远迎，还请王营长恕罪！"王金虎马鞭朝张禄一指，问道："这位呢？"张禄看王金虎面熟，好像在什么地方见过。正思索间，听王金虎问他，连忙答道："鄙人张禄，受隆盛庄众商家抬举，暂为商务会长。"王金虎不知道梁龙，却知道商务会的张会长是武斯楞的哥哥武敖明的大舅哥，连忙起身，笑呵呵地抱拳道："哦，原来是张会长呀！我代武团长向张会长问好了。"

张禄记性好，忽地记起当年张占魁在隆盛庄举起义旗发兵攻打丰镇时，他曾见过王金虎。因为人们提及王金虎就是王岱的儿子，他才印象深刻的。连忙抱拳回礼道："不敢，不敢。斗胆问一句，王营长也是隆盛庄人吧？"梁龙听张禄如此问，也想起王金虎是谁了。王金虎点头应道："算是吧！"他知道他爹在隆盛庄名声不好，也知道他爹妈因何而死。敷衍一句，然后说道："梁镇长、张会长，王某此次带兵进驻隆盛庄，是奉冯玉祥将军之命，准备进攻大同讨伐军阀阎锡山的，想必要叨扰地方几天了。”

梁龙本想搬出儿子梁念祖和王金虎套套近乎，但听王金虎说冯玉祥要打阎锡山，而梁念祖正在阎锡山部，便不敢作声了。

隆盛庄初次驻进军队，梁龙和张禄没有应付军队的经验，面面相觑，不知如何是好。张禄不知道王金虎所提的武团长是谁。他见王金虎虽然一团和气，但记着他爹妈是在隆盛庄被砍的脑袋，也不敢大意，小心地向王金虎问道："既然王营长是隆盛庄人，王营长必定会担待地方。咱这小地方没经见过军队，王营长需要鄙人与梁镇长如何接待，还望指点一二。"王金虎呵呵笑道："既然两位没经见过军队，那我就对你们讲讲吧。按照惯例，军队每到一地，粮草吃住都由地方负担。隆盛庄有商务会，自然是商务会负担了。"梁龙与张禄恍然大悟，连忙道："好，王营长，我们这就安排。"王金虎又呵呵一笑，补充道："梁镇长、张会长，弟兄们流血卖命，脑袋掖在裤腰带上，不容易呀！吃得好，住得好，自然不会滋事扰民，不然，兄弟也不好约束。"

梁龙与张禄听出了王金虎的意思，两人商议一番，决定让军队分散住在各字号，商务会杀猪宰羊，安抚犒赏士兵，免得士兵不满，做出骚扰地方之事。王金虎又提出在镇公所设立营部，梁龙也答应了。

王金虎依然惦念着怀春院的袁小香，晚上，他换一身便衣，戴一顶宽边礼帽，悄悄来到怀春院。袁小香一见，吃了一惊，叫道："我的爷呀！你不是随小状元开到代县去了吗？啥时候回来的？"王金虎端详着袁小香，袁小香虽然徐娘半老，但浓妆艳抹，依然风韵犹存。他拉住袁小香的手道："香香，这里不方便，还是到你房里说话吧。"袁小香见王金虎举止神秘，心里有些紧张，嘀咕道："爷呀，你莫不是犯了啥事儿吧？"王金虎呵呵笑道："我犯事儿了？香香，你想得太多了。"到了里屋，王金虎把自己的身份讲了。袁小香听说王金虎当了国民军的营长，今天进驻隆盛庄的队伍就是他的兵，万分惊喜。两人边喝茶边叙了会儿旧，王金虎站起身来便要告辞。袁小香见王金虎这就要走，颇感失望，噘起小嘴说道："爷呀，咱有十多年没见面了吧？你就不想在我这儿住上一晚？是嫌我人老珠黄了，还是外面有了相好？"王金虎解释说："香香，你是我的救命恩人，我哪能嫌弃你！刚才不是对你说了吗？冯将军治军严厉，所以我才换了便装偷偷来看你。如果在你这儿留宿被发现了，撤职是小，弄不好脑袋也得搬家。"袁小香惊讶地瞪大眼睛说："不就窑子里住一晚，有那么严重？"王金虎嘿嘿笑道："啥叫窑子里住一晚？这叫嫖娼！是冯将军最痛恨的事。再说了，我出来已有一会儿了，再不回去，士兵会以为我被土匪绑架了，说不定能把隆盛庄翻个底儿朝天的。”袁小香见王金虎说得认真，不敢挽留，依依不舍道：“那爷啥时候再来看我？”王金虎道：“我马上就要奔赴前线，下次吧。下次到隆盛庄，我一定想法子在你这儿住上几天。”袁小香抓住王金虎的手，满目深情道：“今日一别，不知何时才能再见。爷呀，无论你当了多大的官儿，都不要忘了香香。”王金虎在袁小香脸上亲了一口，道：“香香，你是我的救命恩人，我王金虎就算忘了爹妈，也不会忘记你的。”

王金虎部进驻隆盛庄的第三天，北面又开来一支国民军，来的竟是弓富魁和武斯楞。

武斯楞是陪弓富魁视察前线的。梁龙与张禄见了弓富魁与武斯楞，顿时有了底气。因为弓富魁不但曾经是同盟会的重要人物，是丰镇辛亥革命的组织和领导者之一，还是梁念祖的领路人。武斯楞是金花的小叔子，他虽然当了团长，对嫂子的大哥依然十分恭敬。

有道是人靠衣装，马靠鞍装。当初，弓富魁、武斯楞一身布衣，风尘仆仆，也未见得与常人有何不同。今天，两人一身戎装，胸膛挺立，器宇轩昂，身后一队持枪警卫，给人一种仰慕敬畏之感。梁龙迎上前抱拳道：“草民梁龙，恭迎军长大人。”弓富魁爽朗地笑着回礼道：“这不是梁龙老弟吗？算了，算了，什么军长不军长的，还是叫我弓老大吧。听王金虎说，你现在当镇长了。咋样？舒心不？”尽管弓富魁仍如当年一般和蔼、爽朗，没有一点儿架子，梁龙还是望而生畏，谨慎道：“托弓军长的福，还算凑合吧。”弓富魁拍拍梁龙的肩道：“老弟，当年小状元打丰镇，你没少出力。论功行赏，阎锡山也该给你个县长干干吧。那个阎老西，不但疑心重，还吝啬。等我把他打败了，封你个县长。”

此时，民国已经把知事改为县长了。梁龙听弓富魁准备打败阎锡山后封他为县长，心中狂喜，连忙谢过。弓富魁又问梁念祖近日有无消息，回过隆盛庄没有。梁龙说：“念祖自从那年到绥远接您路过隆盛庄，在家里吃了顿晌午饭走后便再没回来过，也很少有信儿。”弓富魁感叹道：“念祖年少有为，假以时日，必定成为将帅之才。可惜我当年带他投错了门庭，为阎锡山所用。”

梁龙不知道弓富魁与阎锡山的恩怨因何而起，不敢妄言。

张禄和武斯楞叙过旧，在庆春楼给弓富魁和武斯楞安排了接风酒宴。弓富魁经常活动于绥远一带，对绥远饮食十分了解，问富云涛会不会做老绥远的烧麦。富云涛笑着说：“弓军长还真来对了，整个隆盛庄，除了庆春楼，再没有经营烧麦的。”

前些年，富云涛到绥远城走亲戚，亲戚也是厨子出身，开一家名叫老绥远的烧麦馆。富云涛吃过后，觉得香气浓郁，味道鲜美，极是爽口，便向亲戚把手艺学了。

绥远地区的烧麦很出名，无论口味还是造型，与南方的烧麦截然不同。而老绥远烧麦馆的烧麦，更被食客赞不绝口。烧麦制作分皮、馅两个步骤。烧麦皮的制作过程是在面粉中加入开水，用筷子搅拌，再加入凉水，揉成光滑的面团，盖上毛巾饧半个钟头。将饧好的面团搓成粗细均匀的条状，掐出比饺子皮略大的剂子，用手压扁，撒上淀粉，先擀成巴掌大小，再用特制的擀面杖或碗压出花边。经验丰富的师傅擀出来的烧麦皮，薄如纸，状如花叶。烧麦馅主料为肥瘦适中的新鲜羊肉，剔去筋头巴脑，细切成馅，加入鲜姜末、大葱末、盐；将少量淀粉加热，调成糨糊状加入肉馅中搅拌均匀。其中，大葱的选用十分重要，最好是春天的羊角葱或秋天的大葱。而秋天的大葱，因为葱叶太老，葱白和葱叶的分叉处有苦味儿，所以只取葱白，其他部位弃而不用。将制作好的肉馅置于烧麦皮中央，稍一聚拢，或置于笼屉大火蒸熟，或以平锅油煎。因肉馅中油脂较多，食用时蘸醋，再配以较浓的砖茶，既解腻，又助消化。老绥远的烧麦特点是形如石榴，晶莹剔透，皮薄馅大，浓香可口。富云涛回到隆盛庄后，便在庆春楼的食谱上添了这道主食。

吃过庆春楼的烧麦，弓富魁赞不绝口，说庆春楼的烧麦与老绥远的烧麦相比，一点儿也不差。

吃过饭，张禄安排弓富魁一行晚上住合盛店。合盛店老掌柜陈禹过世后，家业传给了儿子陈贵明。陈贵明虽然人有残疾，却有生意头脑，将合盛店重新修缮一番，改造成了隆盛庄最好的旅店。梁龙和张禄亲自送弓富魁和武斯楞到合盛店休息，路过和顺赌坊时，弓富魁看见赌坊的招牌，眼睛立刻亮了。

弓富魁出了名的嗜赌，停住脚问梁龙道："老弟，你隆盛庄也有赌坊呀？什么人开的？"梁龙道："人们闲来无事时，没个去处，我妹夫便开了间赌坊，也好让人们散散心，有个戏耍的地方。"武斯楞知道弓富魁的心思，在旁边笑道："军长是不是手痒了？想试试手气？"弓富魁哈哈笑道："武团长，还是你能揣摩本军长的心思。走吧，咱们进去耍两把，看看手气如何。"张禄讨厌赌博，悄声对梁龙道："龙龙，你陪弓军长耍吧，我先回家了。"弓富魁答应封梁龙个县长，梁龙正想巴结弓富魁呢，拽住张禄说："玉奎，你可走不得。你不看弓军长正在兴头上，咱可不能扫了他的兴。现在的弓军长可不是之前的弓老大了，他现在统领千军万马，手握生杀大权，万一他不高兴了，咱或许就惹下了祸端。"

张禄想想也是，只好硬着头皮随弓富魁进了赌坊。王金虎官阶小，不敢跟随，便与武斯楞的警卫和弓富魁的卫队守在赌坊门口。武斯楞的警卫班长是王金虎的老相识蓝虎头，两人便亲切地拉呱起来。

朱涌见妻哥与张禄陪着两个身着戎装的大官进来，连忙笑脸相迎。赌坊本有十几个赌客，见来了大人物，都不敢玩了，纷纷低着头，绕开弓富魁与武斯楞往外走。弓富魁见状，挽留道："大伙儿别走呀！一块儿耍，一块儿耍。"赌客听弓富魁喊他们留下，脚步却更快了，说话间走了个干净。弓富魁抱歉地对朱涌道："掌柜的，不好意思，耽误你的生意了。"梁龙道："咱自家的生意，没关系。他们走了，我和张会长陪军长耍几把。"弓富魁说道："自家的生意？哦，瞧我这记性，刚才你说你妹夫是赌坊掌柜，想必这位就是你妹夫了吧？"朱涌赔着笑脸道："正是，正是，小的朱涌，梁镇长是我妻哥。"他一时大意，竟把赌坊的底儿抖了出来，说道："其实，这赌坊是我和我妻哥两人合开的。"弓富魁点头道："嗯，梁镇长有眼光。开赌坊是无本生意，我若不是人在军中，身不由己，也开他一家赌坊。"

张禄听朱涌说赌坊是他和梁龙合开的，顿时拉下脸来。梁龙见了，尴尬地朝张禄笑笑。

朱涌请弓富魁与武斯楞坐下，命伙计上茶。弓富魁兴致勃勃地问朱涌都有什么玩法，朱涌说有掷骰子、推牌九、掏宝、打麻将，应有尽有。弓富魁说那就痛快点儿，推几把牌九吧，邀武斯楞、梁龙和张禄一道玩。

弓富魁好赌，赌技颇高，便主动坐庄。张禄不太会玩，加上听朱涌说和顺赌坊是他和梁龙合开的，心里对梁龙有气，只输不赢，玩了几把，便输了上百大洋。武斯楞也不怎么会玩，同样输了，倒是梁龙牌技不错，赢了几个。

弓富魁只赢不输，没了兴趣，把赢张禄和武斯楞的退了，站起身说："算了，别耍了，武团长与张会长都是门外汉，再耍下去，成老赌棍欺负生葫芦了，传出去让人笑话。"

弓富魁在隆盛庄只住了一天，便前往东路军前线居庸关视察。武斯楞的三十一团住了两天，接到命令向南开进，准备攻打大同之北门户孤山。

国民军走后，张禄算了账，发现军队驻扎隆盛庄，除了粮草吃喝，开销也不算太大。他把账记下，准备年底时向各字号、店铺摊派。

那天，梁龙闲来无事，溜达到商务会，见张禄阴着脸，不满地问道："玉奎，自打弓老大和武斯楞来过，你看见我时总是蹙着个眉头，我哪里得罪你了？"张禄鼻子哼哼道："你是镇长，我阿谀奉承还来不及呢，哪敢对你蹙眉头？"梁龙拧着眉头说："玉奎，别鼻涕打人软糟踢了，你当我脑袋被门挤了，看不出来？"张禄依旧阴着脸道：“哎哟，我的镇长大人，你的脑袋明明是上了油，转得滑溜着呢，咋能是被门挤了？不然，你能在隆盛庄开赌坊？”

梁龙听张禄因为他开赌坊的事不高兴，知道瞒藏不住，也不瞒藏了，故作大咧咧地说道：“哦，原来是因为这呀？不就开家赌坊吗？赌坊也是生意，有啥呀？”张禄提高了嗓门说：“有啥？难道你不知道开赌坊害人吗？”没想到，梁龙的嗓门更高：“玉奎，你把话说清楚点儿，我开赌坊害谁了？隆盛庄哪个人死在了我的赌坊？”张禄冷笑一声道：“龙龙，别以为嗓门大就有理了。隆盛庄是没有人死在你的赌坊，可是，赌坊杀人不见血，有多少人因为赌钱落得妻离子散，家破人亡，这你不是不知道吧？”梁龙也冷笑一声：“有道是吃饭穿衣称家当，有多大的牛皮做多大的鼓。我开赌坊，没有八抬大轿请哪个来赌。自古以来，赌博这一行从来都是输赢不保。你只看他们有输了钱卖房卖地、卖儿卖女的，咋没看有人赢了钱买房置地，娶小老婆的？”张禄见梁龙强词夺理，嗤之以鼻道：“龙龙，照你这么说，开赌坊还是正经行道了？”梁龙自有他的歪理：“虽然算不得正经行道，但也不是啥歪门邪道。我一不杀人，二不放火，赌客来去自由，镇里的摊派一个子儿没少过，不算犯王法吧？再说了，王法里也没有不让开赌坊这一条呀！”

张禄被噎得脸色寡白，一时没了话。梁龙见自己占了上风，得意道：“玉奎呀！你别盯着我的赌坊说事儿了。咱都是买卖人出身，知道无商不奸这个理。隆盛庄的买卖人一个个地拎出来，谁敢说自己没昧过良心？就算你玉奎，敢拍着胸脯这样说吗？你若没昧过良心，为啥一样开粮店，你的粮店比别人的大？一样做生意，你就做成了隆盛庄第一大老财？有道是无利不起早，谁做买卖不是为了赚钱？不过是每个人选择的行道不同，赚钱的手段不同罢了。”张禄听得拍案而起，怒道：“梁龙，我张禄拍着胸脯说，从我接手瑞盛店以来，还真没做过昧良心的买卖。”梁龙见张禄发火了，嘿嘿笑道：“玉奎，我也就是话赶话才这样说的，你别往心上去呀！你不就是不愿意我开赌坊吗？好，过段时间我就把赌坊关了。”张禄不想和梁龙闹僵，不相信地打量打量他，问道：“你说话算数？”梁龙又是嘿嘿一笑，说道：“当然算数。你没听弓老大说吗？他准备打败阎锡山后封我个县长呢！我当了县长，还用得着继续开赌坊？”

梁龙的赌坊最终没有关门，因为他没有当上县长。

冯玉祥的国民军与阎锡山的晋军开战，战局并不顺利。麦穗发黄的时候，国民军兵败，溃兵潮水一般退了下来。

就在冯玉祥调兵遣将，由北向南展开进攻态势，准备向阎锡山开战的时候，阎锡山根据冯玉祥的兵力部署，判断出国民军要全力攻晋。为保太原北门户不失，阎锡山急令驻扎在石家庄的商震兵发大同，在得胜口、杀虎口一带部署防线。

说起商震，此人在晋军中大大有名。

商震为直隶保定人，十七岁就读于保定陆军速成学堂，其间加入同盟会。被校方以“煽动革命”开除学籍后，他辗转于沈阳、辽阳宣传革命，被清朝政府逮捕，经同盟会营救，东渡日本留学。不久，商震奉同盟会指示回国，于沈阳东三省陆军讲武堂学习，参加了冯玉祥、施从云创办的“武学研究会”。武昌起义后，商震前往辽阳发动起义，后被公推为“关外民军总司令”。袁世凯就任临时大总统，商震被授予陆军部“高级顾问”的虚职，赋闲北京。不久，投于陕西督军陆建章麾下，先后任营长、团长。陕南镇守使陈树藩驱逐陆建章，取代其职后，商震率本团人马东渡黄河，投靠阎锡山。因屡立战功，商震先后被阎锡山委任为讨逆军西路第五纵队司令、第一混成旅旅长。后来，孙中山发动“护法战争”，段祺瑞电令阎锡山出兵湖南，阎锡山派商震远征千里，商震不幸兵败被俘。阎锡山爱惜其军事才干，鼎力援救，以一个混成旅的代价，换回这员得力战将。

商震回晋后，仍任第一混成旅旅长兼山西军人工艺实习厂总办，为晋军制造和仿造火炮、冲锋枪、机关枪、炸弹，其中尤以一七式盒子炮著名。一七式盒子炮仿造德国毛瑟自动手枪，即中国人所称驳壳枪，该枪的最大特色是木质枪套倒装在握柄后，立即转变为卡宾枪，成为肩射武器。有人将山西仿制的驳壳枪称为大眼盒子。

一九二四年，阎锡山为阻击吴佩孚北上，虚张声势，将原有的团扩编为旅，总兵力达到十一个旅，并成立第一、第二两师，分辖第一至第四旅，商震升任第一师师长。一九二五年，冯玉祥的国民军经过北京政变，迅速壮大。冯玉祥为了扩大地盘，图谋向山西发展。阎锡山为了保住山西土皇帝的地位，开始采取联直吴、奉张，反冯的战略。一九二六年，冯玉祥以鹿钟麟为东路军总司令，陈兵居庸关，准备攻占北京；宋哲元为西路军总司令，陈兵山西晋北边境，准备攻打山西。阎锡山则将名将商震从石家庄紧急调回，出任前敌总指挥，驻大同指挥作战。

进攻晋北的国民军西路军以张自忠旅为得胜口、杀虎口主攻部队，武斯楞的三十一团为孤山主攻部队。

杀虎口方向，张自忠部投入战斗后，立刻发起猛烈进攻，欲一鼓作气拿下得胜口与杀虎口。商震不敢轻敌，指挥晋军顽强抗击。双方激战数昼夜，张自忠久攻不下，锐气受挫，双方对峙，成胶着态势。

孤山方向，武斯楞的正面之敌为晋军精锐第二十八团，该团团长不是别人，正是梁龙之子梁念祖。

孤山地形复杂，易守难攻。梁念祖指挥有方，坚守三昼夜，轻松打退武斯楞数十次进攻。武斯楞见梁念祖严阵以待，犹如磐石一般，心生一计，写一封亲笔信派人送去，欲以同乡情谊，劝说梁念祖顺应民意，脱离地方军阀阎锡山，改投冯玉祥的国民军。梁念祖回信一封，坦言自己食晋军禄，为晋军战，绝不做卖主求荣之事。战场之上，不敢念及乡情，请武斯楞莫作他想，只管放马来战。武斯楞将梁念祖的回信连读两遍，感慨道："有道是各为其主，梁念祖不肯脱离阎锡山改换门庭，足见其忠勇之心。"次日，指挥部队再次发起攻击，依然被梁念祖打退。武斯楞久攻不下，只有压住阵脚，等待援兵。

此时，奉军在居庸关遭到国民军东路军的顽强抵抗。张作霖急电阎锡山，说奉军由南口仰攻居庸关不利，伤亡惨重，建议阎锡山放弃得胜口、杀虎口及孤山，调整兵力，于雁门关一带部署防御，待奉军骑兵攻下居庸关，打到察北，占领多伦，威胁张家口的时候，晋军再行出击。阎锡山听从了张作霖的建议，命商震集结兵力，先取守势，放弃大同城郊及其外围部分地区，扼守大同及雁门关要隘，沿长城构筑阵地，待机出击。

张自忠轻取得胜口、杀虎口，进逼雁门关。由于雁门关地形险恶，易守难攻，张自忠只得再次扎营，与晋军对峙。梁念祖奉命放弃孤山，退守大同城。武斯楞挥兵抵达大同城下，无奈大同城墙高厚，国民军没有重炮，无法破城，试探着攻了两次，皆被梁念祖打退。武斯楞为保存实力，不敢再攻，战事再次成胶着态势。

到了八月，张作霖的骑兵绕道居庸关，攻占多伦。国民军内部产生矛盾，粮草物资补给困难，在直奉联军的紧逼之下，冯玉祥不得不下令放弃居庸关。商震见时机已到，转守为攻，向雁门关下的张自忠旅和大同城下的武斯楞团发起全线反击。张自忠与武斯楞不敌，只得撤兵晋北。商震指挥所部乘势追击。有道是兵败如山倒，国民军落荒而逃，溃军逃过丰镇，经过了隆盛庄。

第四十七章

王升德胜炉泄愤

当初，国民军进驻隆盛庄的时候，人们还称赞国民军不骚扰地方，不奸淫抢掠，是支军纪严明的军队。但此一时，彼一时，溃兵逃命要紧，军令只当一张擦屁股纸。漫山遍野的溃兵下来，有的逃进隆盛庄，有的绕过隆盛庄，从周边村庄向北逃去。

最先溃入隆盛庄的，依然是王金虎的人马。

晋军反攻，武斯楞命令王金虎营掩护，以保部队有序撤退。王金虎见国民军大势已去，心中怯战，不顾武斯楞的军令，带领部队临阵脱逃。王金虎的人马如同受惊的鸟兽一般四散而逃，其余部队便跟着往北跑。梁念祖见武斯楞溃不成军，下令追击。

国民军一路溃败下来，肚子饿得"咕咕"直叫，两条腿也没了劲儿。他们在隆盛庄驻扎过，知道哪家铺子卖什么，闯进铺子，看见吃的，抢了便跑；看见马和骡子，抢了便骑。富云涛他妈病了，他骑着毛驴回四美庄看他妈回来，刚进隆盛庄便遇上了溃兵。一个十五六岁的士兵看见富云涛的毛驴，眼睛一亮，拦住他恳求道："大爷，我实在跑不动了，拿我的枪换您的毛驴骑吧。"富云涛说："我又不打仗，要枪做甚？"那士兵"扑通"给富云涛跪下："大爷，您就行行好换了吧。不然，阎老西的兵追上来，我就没命了。"富云涛见那士兵可怜，又想到时逢乱世，家里有条枪看门护院也是好事，便答应了。

那士兵谢过富云涛，把枪递给他道："大爷，我没骑过毛驴，您先抓着缰绳，等我骑上去。”富云涛点头道：“毛驴比不得马，不好骑，你可得当心点儿。”那士兵爬上驴背，问富云涛道：“大爷，您在后面帮着瞅瞅，看我坐端正了吗？”富云涛心里直笑，装模作样地眯起一只眼睛，左右看看说：“嗯，坐端正了，坐端正了。”那士兵高兴地从富云涛手里接过缰绳，拍一把毛驴屁股喊道：“毛驴，跑，快跑呀！”那毛驴倒也听话，放开四蹄小跑而去，跑了不过六七步，便把驴背上的士兵颠得东倒西歪了。跟着，屁股一撅，尥了个蹶子，那士兵便重重地从驴背上摔了下来。毛驴跑了，士兵坐在地上，龇牙咧嘴地抱着脚揉。富云涛提着枪过去说：“你这是崴脚了吧？毛驴不好骑呀！算了，枪还给你吧。”那士兵道：“大爷，我脚都崴了，还要枪做甚？送给您吧。”

隆盛庄也乱成了一锅粥，店铺字号纷纷上了门板，民宅也都院门紧闭。梁龙和张禄商量，前面的溃兵已经把隆盛庄扰得鸡犬不宁，后面还不知道有多少溃兵，如此下去，不定会发生什么事情。不如先将东、南、西三个城门关了，外面的溃兵进不了镇，镇里的溃兵可以从北门出去。等镇里的溃兵走完了，再把北门关上。张禄担忧道：“若是溃兵攻打城门咋办？”梁龙说：“他们逃命都嫌腿短，哪还顾得上攻打城门？”张禄没有别的办法，只好冒险一试，急忙让梁龙命令商团将东、南、西三个城门关了，只留北门放溃兵出去。这招果然灵验，外面的溃兵见城门关了，城楼有商团防守，都绕过隆盛庄从小路向北逃去。没一会儿工夫，镇里的溃兵也都从北门跑了，梁龙连忙命令将北门也关了。

隆盛庄恢复了平静，外面的村庄却遭了殃，饿极了的溃兵看见吃的便抢，抢光了熟的，生米、莜面、白面也往干粮袋里装，就连还没有成熟的嫩玉米，也掰下来大口地啃，真是饿极了，什么都吃得下。四美庄有一片胡萝卜地，被一个溃兵发现了，把枪扔到田埂上，跑到地里就拔萝卜吃。这片萝卜地是马六家的，汤冠丰在商团当团总时，马六曾是汤冠丰的心腹，后来张禄解散商团，马六也被遣散回家了。马六胆子大，瞅瞅四周，见没有其他溃兵，摸过去拿起田埂上的枪，一枪将萝卜地里的溃兵打死，扛着枪回了家。

国民军的溃兵刚过去，晋军便追过来了。晋军急于追击国民军，也不在隆盛庄停留，呼啸而过。

此一役，国民军败得极惨。商震指挥所部一路追击，占领了丰镇、集宁，一直打到归绥，将阎锡山的势力扩展到绥远地区。国民军败将韩复榘、石友三、郑泽生等，在商震的劝诱下率部背叛冯玉祥，改投阎锡山。阎锡山致电表彰商震，任命商震为绥远都统。

正在苏联考察的冯玉祥听闻此讯，即刻回国，在绥西的五原誓师，成立国民联军，就任联军总司令，宣布“与国民党结合为一，实行孙中山先生的三民主义”。之后，国民军旧部纷纷重归冯玉祥麾下，三十一团扩编为骑兵混成独立第二旅，武斯楞升任少将旅长。王金虎因战场抗命，临阵脱逃，被武斯楞降为连长。王金虎心生不满，带队伍投奔了晋军，晋军又给了他个营长。

因为冯玉祥与国民党合作，阎锡山不愿再与国民军发生冲突，决定除留第一师的两个旅驻扎绥远外，其余部队陆续撤回山西。不久，国民革命军开始北伐，阎锡山见风使舵，易帜加入北伐。商震先被任命为第一军军长，再被任命为第三集团军第一军团长，辖第一、四、五、六、七、十五各军，与张作霖的奉军展开战事，一举攻占察绥。北伐成功后，商震被任命为河北省主席。

梁龙见国民军战败了，弓富魁答应他当县长的承诺成了一句空话。

自国民军进驻隆盛庄，隆盛庄便再没平静过。晋军追击国民军占领绥远后，在隆盛庄驻扎了一个连。连长名叫王升，生得脸膛黑红，高大威猛。王升进驻隆盛庄后的第一件事，便是带兵包围了周通的德胜炉，命令士兵将德胜炉砸了。周通与他理论，王升不答话，挥手命令士兵将周通绑了，吊在德胜炉前，麻绳蘸水，劈头盖脸地抽打起来。一场横祸来得莫名其妙，周通大骂不止，众徒弟纷纷向王升求情，恳求王升说出砸德胜炉、吊打师傅的缘由。王升脸上一股戾气，嘿嘿一声冷笑道：“皮裤套棉裤，必定有缘故。老子不是吃了疯猫肉，见人就咬。周通，今天为啥砸你的德胜炉，都是你师傅当年种下的恶果。”周通不记得师傅田闵在世时得罪过什么人，脑子里琢磨来琢磨去，琢磨不出个所以然来。

张禄闻讯赶来，向王升求情。王升听说张禄是隆盛庄商务会长，眨巴着眼睛问道：“你是商务会长？咋？那个叫张瑞元的不当会长了？”张禄奇怪王升怎么知道他爹，小心地答道：“王连长，张瑞元乃是家父，前些年已经过世。蒙隆盛庄众商家抬举，张禄现任商务会长一职。”王升若有所悟，“哦”了一声，哼着鼻子道：“你爹当年恃强凌弱，不是啥好东西，既然你是他儿子，想必也好不到哪去。本该把你也吊起来打一顿，念在你是商务会长，就不让你在大庭广众之下丢人现眼了。这样吧，你给老子磕三个响头，老子今天便放过你。”

这时，围观的人已经有一大片了。人们见王升蛮横无理，纷纷鼓噪起来：“这好歹是支军队，咋连土匪都不如？隆盛庄人与你有何等血海深仇？为何不分青红皂白，打了周掌柜不说，还要张会长磕头谢罪？真没见过天下还有如此不讲理的，这世道真是无法无天了。”那王升又是一声冷笑，清清嗓子大声说道：“隆盛庄人和老子是没有血海深仇，但老子看不惯你隆盛庄的商家，一个个坐井观天，才赚了几个钱，便以为自己是大老财了，仗势欺人。老子今天就是要灭灭你隆盛庄商家的威风，看你们往后还敢说大话欺负人不？”张禄听出王升话里有话，小心地问道：“王连长，听您的话，隆盛庄的商家好像得罪过您？望王连长明示，若是隆盛庄的商家真有得罪之处，张禄不用王连长强迫，必定主动叩头谢罪。”那王升想了想，说道：“张会长，老子若不把缘由说出来，你必定要说老子是无事寻隙。这样吧，老子今天就让你心服口服。”说罢，朝怒目圆睁的周通问道：“周通，老子问你，你师傅田闵和你说过没有，当年二道沟有一个叫王德胜的……”当年真假德胜炉的事一直在隆盛庄流传着。张禄心头一亮，打断王升的话猜测道：“王连长，莫非您和二道沟的王德胜有啥关系不成？”王升倒也爽快，朗声说道：“不错，老子就是当年二道沟德胜炉掌柜王德胜的儿子，今天砸你隆盛庄的德胜炉，吊德胜炉的掌柜，就是替我爹当年在你们隆盛庄受辱讨公道来了。”

当年，王德胜在二道沟开炉，冒用德胜炉的标记，被田闵带一众徒弟砸了炉，打了人。王德胜气愤不过，纠集了二道沟数十名后生到隆盛庄报复，被张瑞元带领隆盛庄的商家以不卖给二道沟人一针一线、一件农具，不收二道沟人一粒粮食震慑而退。王德胜在二道沟立不住脚，辗转到了大同。他一直对在隆盛庄受辱的事耿耿于怀，不但经常对儿子王升提起，还在王升十六岁那年让他当了兵，叮嘱王升说：“儿呀，爹这辈子最刻骨铭心的，就是在隆盛庄被德胜炉的掌柜欺辱过一回，在隆盛庄的商家面前大大地丢了一回人，从那之后，爹再没摸过铁匠的锤子。爹之所以让你当兵，是因为爹看透了这个世道。这个世道，光有钱没用，枪杆子才是最厉害的。当兵虽然吃苦，但只要你熬出来了，做了官，就只有你欺负人的分儿，没人敢欺负你了。”王升知道他爹话里的含义，信誓旦旦道：“爹，您放心，只要我有出头的一日，一定到隆盛庄替您把当年的那口恶气出了。”由于王升在战场上敢拼命，没几年便被提拔为连长。这次晋军打败国民军，王升所在的营奉命驻扎丰镇、隆盛庄，王升记着当年向他爹发的誓，主动向营长请求到隆盛庄驻扎。

张禄听说王升便是当年二道沟王德胜的儿子，心知如若不向王升服软，这场恩怨怕是不好了结。他当即向王升抱拳道：“王连长，当年之事，虽然事出有因，但毕竟已经过去多年。我看咱也别理论谁对谁错，是非曲直了，就当当年是德胜炉错了，是隆盛庄错了。张禄在这里向你和你爹赔个理，道个歉，还望王连长大人大量，不计前嫌，放过周掌柜。”王升冷笑一声道：“张会长，你说得也太轻巧了。让我爹到死都耿耿于怀的事，你上嘴唇碰一碰下嘴唇，一句赔个理，道个歉就算完了？”张禄见王升不依不饶，眨巴着眼睛问：“那，王连长的意思是……”王升拔出驳壳枪，枪口指着周通，哼着鼻子道：“我不是说了吗，你当着隆盛庄众多商家的面，替你爹给我爹的亡灵磕上三个响头，咱们的恩怨就算一笔勾销了。不然，从今天起，隆盛庄便再没有德胜炉这家字号了。”张禄无奈地摇摇头，苦笑着说：“王连长，咱就不能再商量商量吗？”周通见王升逼张禄下跪磕头，昂起头叫道：“王连长，当初到二道沟砸你爹炉的是我德胜炉的人，和张会长没有干系。你有啥怨气朝我周通发泄，别难为人家张会长。”王升嘿嘿一笑，枪口往起抬了抬，目露杀机道：“好，这可是你说的，老子今天就成全了你。”张禄见王升对周通起了杀心，心头一颤，连忙抱住王升握枪的手腕说道：“王连长，使不得，使不得呀！这样吧，我跪，我给你爹的亡灵磕头，这样行了吧？”

张禄正要给王升下跪，梁龙急匆匆地赶来了。他一把拽住张禄，眼睛盯着王升气愤道：“玉奎，男儿膝下有黄金，跪天跪地跪父母，凭啥给他下跪？”王升见半路杀出个程咬金，枪口一转，指着梁龙喝问道：“你是啥人？敢管老子的闲事，是不是不想活了？”梁龙一把拨开王升的枪，沉着地说道：“我？我叫梁龙，是民国政府委任的隆盛庄镇镇长。”王升轻蔑地一笑，呸一口说：“芝麻大个小镇长，还把自己当成官了？给老子闪一边去。”梁龙前些天接到梁念祖的信，知道儿子现在在晋军当了团长。有了儿子这棵大树，梁龙哪还看得起王升一个小连长？他嘴角往起一翘，傲慢地说道：“你不就是个小连长，比我这个镇长能大多少？”王升听梁龙拿镇长和他比，又是嘿嘿一笑，说道：“哎呀！还真把自己当根毛了？你知道不，现在是军阀混战，有枪便是爷。你当个镇长又如何？老子就算崩了你，上面怕是问都不会问。”梁龙壮起胆子，哈哈大笑道：“你把我崩了？小子，说大话别闪了舌头，你就算动我一根汗毛，我儿子也不会轻饶了你。”王升愣怔了一下，眨巴着眼睛问：“你儿子？你儿子是做甚的？莫非也是当兵的？”

张禄听梁龙提到了梁念祖，心头一亮，忽地有了底气，插嘴道：“王连长，我看你还是别和梁镇长较真了，人家梁镇长的儿子也在晋军，官儿可比你大多了。”王升听张禄如此说，握枪的手不由自主地放下去，眼睛望着梁龙问道：“你儿子是多大个官儿？叫啥名字？”不等梁龙回答，张禄再次接过话去：“梁镇长的儿子名叫梁念祖，当的是团长。咋样，官儿比你大吧？”王升一脸的戾气顿时消失得无影无踪，惊异道：“二十八团的梁念祖团长是梁镇长的儿子？真的？”梁龙得意道：“当然！”梁念祖在晋军名气颇大，王升立刻对梁龙肃然起敬，把枪收起来，双手抱拳对梁龙与张禄恭敬道：“多有得罪！多有得罪！”张禄见王升被梁念祖震住了，长吁一口气，含笑问王升道："王连长，我这就给您爹磕头吧？"王升脸一红，尴尬道："大水冲了龙王庙，误会！误会！张会长千万不要计较呀！"梁龙朝周通努努嘴，问王升道："王连长既然说是误会，那么，你能不能摒弃前嫌，把周掌柜放了？他是我家念祖的三姨父。"王升砸了德胜炉，吊打了周通，也算替他爹出了气。现在听说周通是梁念祖的三姨父，不敢再得罪，连忙朝士兵喝道："放人！放人！快放人！"

一场危机过去，张禄不敢过于托大，在庆春楼给王升摆了一桌酒，又说了些好话。王升担心不定什么时候梁念祖便成了自己的长官，也不敢得罪梁龙，向周通道了歉，干杯握手言和。

晋军的军纪远不如国民军，士兵喜欢抽大烟、赌博、嫖女人。驻扎隆盛庄刚一个月，便发生了三起强奸妇女的事。张禄和梁龙商量，如此下去，隆盛庄必定人心惶惶，生意也没法儿做了。两人给王升塞了五百大洋，请他务必约束士兵。王升也算给梁龙面子，满口应承了。王升召集各排长、班长开会，要士兵想嫖便去怀春院，想赌便去和顺赌坊，如若再发生奸淫妇女之事，必定军法处置。士兵见连长下了命令，便收敛了许多。

王升军令一下，怀春院和和顺赌坊热闹了，士兵的饷钱都送了袁小香和朱涌。人们纷纷感叹："世上之事，坏事有时候是好事，好事有时候是坏事。隆盛庄若不是有怀春院，不知有多少良家妇女要遭殃。还有和顺赌坊，当兵的有了消遣的地方，便少了时间骚扰地方。"张禄听了，觉得人们的话有些道理，便再没向梁龙提起关闭赌坊的话。不过，因为晋军中多有抽大烟的，山区的农民看到商机，纷纷种植罂粟，如此一来，不仅晋军官兵吸食大烟，就连普通百姓也多有吸食的。

隆盛庄本就因为部分商家和匠人迁徙他地而萧条，现在又驻扎了军队，军队的吃喝及费用都要商务会向各字号、店铺摊派。商家不堪重负，纷纷叫苦连天。这时候，有人想起了张瑞元，说隆盛庄当初没有通铁路实在是太正确了，因为没通铁路，军队才只驻扎了一个连，若是通了铁路，隆盛庄还不得像丰镇、集宁一样，成团成旅地驻扎军队？如果那样，一个小小的隆盛庄，如何能供养得起那么多的军队？张禄也经常和梁龙念叨，发愁地说："龙龙，你说这战乱啥时候才能结束呀？"梁龙哼着鼻子说："依我看，早着呢！原来只是曹锟、吴佩孚的直系，段祺瑞的皖系，张作霖的奉系，三大军阀互相打，打了许多年，又打出了冯玉祥、阎锡山大大小小十几个军阀。军阀多了，就要互相打，你说战乱能很快结束吗？"张禄奇怪地看着梁龙说："龙龙，你知道得不少呀！还知道三大军阀？"梁龙嘿嘿笑道："你家没有当兵的，自然不关心这些事。念祖在军队里，我当然要关心。”张禄来了兴趣，问道：“龙龙，你说那些军阀都是些大人物了，咋就像小娃娃一样，今天你和他好，好着好着打起来了；明天又和他好，好着好着又打起来了；到了后天，打过仗的人又和好了，联合起来打那个。这都乱套了呀！”梁龙道：“玉奎，我看你呀，除了做生意啥都不懂。为啥叫军阀混战呢？混战就是乱打一通呗！说到底，都是为了争地盘。”张禄笑笑说：“你懂！那我问你，为啥现在当官的也不讲信义和忠心了？今天伺候阎锡山，明天就能伺候冯玉祥，后天说不定又伺候张作霖了。”梁龙轻蔑地笑道：“玉奎，你看看你，人们还说你脑子好使呢，咋连这都不懂？如今是乱世，信义和忠心不值钱！人往高处走，水往低处流。谁给的钱多、谁给的官大，自然要为谁卖命。就拿武斯楞说吧，民国刚成立的时候，丰镇归山西管，可阎锡山抠门，只给了武斯楞个游击营长。人家冯玉祥大方，一个团长便把武斯楞收编了。现在呢，念祖在阎锡山手下还是个团长，冯玉祥却提拔武斯楞当少将旅长了。你知道啥是少将吗？那就是将军了。”

张禄听出梁龙对阎锡山没有提拔梁念祖不满，问道：“龙龙，那你说说，阎锡山山西土皇帝的位子坐不坐得住？”梁龙摇头道：“这可说不准，人太抠门了，谁肯替他卖命？不过，阎锡山像咱山西人，懂得随机应变，不做赔本的买卖。昨天还和冯玉祥打得你死我活，今天却易帜加入了北伐军，和冯玉祥结成同盟了。”张禄“唉”一声说：“但愿这场战乱早日结束吧，不然，都没心思做买卖了。”梁龙却说：“战乱结不结束由不得你我，也由不得冯玉祥、阎锡山。依我看，啥时候打得只剩下一个军阀了，战乱就结束了。”张禄笑道：“龙龙，你这话和没说一样。只剩下一个军阀了，还和谁打呀？”

晋军驻扎数月后开走了，隆盛庄人长长地吁了口气，觉得又可以平静几年了。没承想，晋军刚开走后不久，奉军又开来了。

一九二七年，张作霖将奉军扩编为二十多个师，并建立东北海军和空军，自任中华民国陆海军大元帅。组织军政府，行使统治权，并将其他各派系军队统编为安国军，自任总司令，以对抗国民革命军北伐。

进驻隆盛庄的是奉军的一个团加一个旅部。奉军多为土匪出身，所以，比晋军军纪更差。官兵飞扬跋扈，到店铺买东西只给一半钱，掌柜的若是理论，轻则破口大骂，重则拳脚相加，害得一些店铺不得不关门歇业。旅长姓贾，将梁龙和张禄传到旅部，吩咐商务会要让奉军吃得好，住得好，就连士兵逛怀春院，也要商务会补贴一半钱。街上经常有随军的官太太坐着小轿车出来进去，官太太身着旗袍，脚蹬高跟鞋，打扮得比杨曼老师还要洋气许多。一些女人羡慕，便编了个顺口溜：

闺女闺女快快长，
长大嫁个团旅长。
坐火车，呜呜呜，
坐汽车，嘀嘀嘀，
坐洋车，往后仰。
花旗袍，套大氅，
高跟鞋，嘎嘎响。
卷头发，抹胭脂，
雪花膏，一身香。
下馆子，不掏钱，
戏园子，往里闯。
出门身后跟着兵，
妈也跟你把福享。

奉军才驻了一个多月，便把隆盛庄折腾了个乌烟瘴气。别说普通人家，就连镇长梁龙和商务会长张禄也是敢怒而不敢言，心里骂着，表面还得赔着笑脸。

从国民军攻打孤山开始，上三元每次往丰镇、集宁和大同送货，有大半便被乱兵打劫了。所以，马麦和梁龙商量，把三个地方的分号都撤了。那天，集宁分号的赵掌柜变卖财产回来，向梁龙和马麦交代账目，听梁龙和马麦骂奉军军纪败坏，骚扰地方，说道："依我看，驻扎隆盛庄的奉军比驻扎集宁的奉军强多了。"马麦皱起眉头问："难道驻扎集宁的奉军军纪更坏？"赵掌柜叹息道："可不是，奸淫掳掠，无恶不作。"

赵掌柜介绍说，进驻集宁的是奉军第一旅，旅长叫董怀清。董怀清与武斯楞达成协议，奉军驻扎桥东，国民军驻扎桥西。奉军军纪败坏，除了在桥东连连抢劫商号店铺，奸淫妇女，还经常窜到桥西骚扰。武斯楞军纪严明，只要抓住窜到桥西的奉军，每人先打二十军棍；有强奸妇女的，就地正法。因此，两旅之间矛盾日益激化，几次对峙，险些开了枪。董怀清本想武力解决武斯楞，又恐反被武斯楞吃掉，便想出了一条毒计，在他的旅部摆下"鸿门宴"，邀武斯楞前往和谈。武斯楞不知是计，只带了一个警卫班赴宴，被董怀清的伏兵困在院子里，一阵乱枪全部打死了。

梁龙和马麦听说武斯楞中计遇害，连连感叹。梁龙把武斯楞遇害的事告诉了张禄，张禄感叹之外，主张无论花多少钱，也要安抚好驻扎在隆盛庄的奉军，千万不能给奉军任何借口，让他们由兵变成匪。

不过，该发生的事还是发生了。

那天放学，李凤翔和杨曼一道回家，半路遇上奉军的一个营长带着几个马弁迎面过来。那营长岁数挺大了，胡子拉碴的，看见杨曼，眼睛一亮，停住脚喝问道："站住，你们是干什么的？"李凤翔见那营长不怀好意地盯着杨曼，连忙上前一步，将杨曼挡在身后说："老总，我们是学校的老师，刚放学，要回家去。"那营长一把拨开李凤翔，说道："哦，学校的老师呀！那你回去吧。"摸着胡子端详着杨曼道："老子还是第一次见长得如此漂亮的女老师，多大岁数了？"杨曼白那营长一眼，没好气地说："我多大岁数关你啥事儿？"李凤翔怕惹事，急忙拉住杨曼的手说："别理他，走，咱回家去。"不承想，那营长伸手便给了李凤翔一记耳光，骂道："你啥玩意儿，还当老师呢？光天化日之下拉人家女老师的手，成何体统？"李凤翔怔住了，揉着脸，瞪大眼睛道："你，你凭啥打人？"那营长嘿嘿一笑："打你？打你是轻的。惹恼了老子，一枪崩了你。"杨曼见那营长凶蛮粗鲁，心里直冒冷气，挡在李凤翔前面解释说："老总，你打错人了，我们是两口子。"那营长惊讶道："什么？你们是两口子？"打量打量杨曼和李凤翔，嘿嘿笑道："哦，那老子还真打错人了。"李凤翔还想争辩，杨曼拉住他说："快回家吧，别惹事。"

两人本以为这件事就这么完了，没想到，第二天上午，那营长带了几个马弁来到学校，一脚踹开校长室的门，马鞭指着张祯的鼻子喝问道："你是校长？"张祯吓了一跳，连忙站起来，赔着笑脸说道："鄙人是校长，不知老总有何公干？"那营长拉把椅子大喇喇地坐下，跷起二郎腿，马鞭敲着马靴道："没有公干，今天是私事。"张祯知道奉军蛮横无理，不敢得罪，给那营长倒了杯茶放在面前，赔着笑脸道："长官请讲。"那营长喝一口茶，茶水太烫，皱皱眉，放下茶杯道："校长呀！老子相中你学校那个女老师了，想娶她做老婆，劳烦校长给做个媒吧。"张祯愣怔了一下，问哪个女老师。那营长喉头咕咚一下，咽了口口水，说就是那个长得非常漂亮的女老师。张祯知道那营长指的是杨曼了，呵呵笑道："老总，你指的是我们杨老师吧？不成，人家有男人，娃娃都十几岁了。"奉军果然不讲理，那营长往起直直身子，竖起眉毛道："有男人咋了？离婚呗！娃娃老子也不嫌，带过来，随老子的姓。娶个老婆带个儿，多好的事呀！老子亏待不了他。"张祯哭笑不得，连连摇头道："老总，世上哪有如此荒唐之事？人家过得好好的，你让人家离婚嫁给你？"那营长不耐烦了，一拍桌子，站起来道："行了，这事儿就这么定了。你跟她男人说好了，老子给他一百袁大头算是补偿。让她后天上午在学校等着，老子八抬大轿来娶她。"那营长说罢，手一挥，带着马弁便走。走到门口，回头对呆呆发傻的张祯补了一句："校长，你也得给老子个面子，后天一定去喝老子的喜酒呀！"

隆盛庄人也算见多识广了，可还没遇见过如此荒唐、霸道之事，纷纷骂道："这是兵吗？就算土匪也不过如此吧？啥世道呀！真是兵不如匪。"

学校的老师和学生急了，因为杨曼是个有亲和力、才华横溢的老师，也是非常受学生喜欢、敬仰的老师。秀珍也急了，杨曼岁数虽然比她大，可自从嫁过来，张口"姐姐"，闭口"姐姐"地叫她，家里的营生抢着做，晚上没事的时候还教她识字，教她写文章，给她讲《红楼梦》，好像她是自己的亲姐姐一般。最让秀珍感动的，是李凤翔自从娶了杨曼，脸上总是洋溢着快乐的笑容，也懂得对她温柔体贴了。

心里最着急的还是李凤翔。李凤翔急得团团转，魂儿都快没了。

杨曼说不上急，她心中更多的是愤慨。但是，一个柔弱的女子，能拿愤慨与乱世的暴虐抗争吗？

张家的人刚听到这个消息时，隐约有些幸灾乐祸。尤其张福和花子，当初李凤翔和杨曼偷情有了孩子，杨曼以死相逼要嫁给李凤翔。为了秀珍的幸福，他们迫不得已同意李凤翔娶了杨曼。现在，奉军的营长要强娶杨曼，这不正是件瞌睡了有人递来个枕头的好事吗？

张祯却不这样看，他说："当初，人们都说杨曼与凤翔是天造地设的一对佳人，两人也的确情投意合，只是碍于杨曼是有夫之妇，凤翔才迫不得已娶了秀珍的。秀珍虽然嫁了个有知识又相貌英俊的男人，但凤翔的心思一直在杨曼身上，秀珍得到了多少幸福？你们也见了，自从凤翔娶了杨曼，秀珍也像获得了新生。她和杨曼关系融洽，亲如姐妹，在隆盛庄也算一段佳话了。如果杨曼被当兵的强娶了，虽然秀珍从此可以独享宠爱，但凤翔内心痛苦，能给秀珍幸福吗？"张福和花子想想也是，都把目光转向张禄。张禄沉吟道："宝奎的话有道理。不管妻也好，妾也好，杨曼终归是张家女婿的小老婆，叫秀珍姐姐的。如果让那个营长强娶了，咱张家的脸面不好看呀！"

弟兄三个和花子正商量着，秀珍满面泪痕地来了，进门便哭哭啼啼道："爹、妈，大爷、三叔，你们可要想法子救救杨曼呀！凤翔急得团团转，人都快疯了。他若有个好歹，我们母子可咋活呀？”张禄劝道：“秀珍，你别急，大爷这不正和你三叔与你爹妈商量着呢吗？你先回去吧。”花子也说：“秀珍，听你大爷的，先回去，照看好娃娃和凤翔。凤翔没主见，万一真的急疯了，你们孤儿寡母的，后半辈子咋个过法儿？”

秀珍点点头，抽泣着回去了。张福气愤地骂道：“狗日的，原本说民国了，民主了，可看看现在的世道，还他妈的不如清朝呢！连王法都没有了。”杨曼与秀珍虽然姐妹相称，共事一夫，但毕竟不是自己的亲闺女。花子哼着鼻子道：“你生那么大的气做甚？若是有好主意，就让杨曼留下；若是没有好主意，也只能听天由命了。你不听人们都想闺女嫁个团旅长，爹妈跟着享福呢吗？那当兵的虽然是个营长，但官也不算小了。杨曼嫁过去，肯定比跟着凤翔享福。”张福瞪花子一眼道：“真是个女人，一会儿这，一会儿那，都不知道自己是咋想的。我和杨曼非亲非故，若不是怕凤翔有个好歹，害了秀珍后半辈子，我才懒得操这份闲心呢。”张祯接过话说：“我不管你们咋想的，当初是我从丰镇把人家杨老师请回来的，也是我做的媒，凤翔才娶了秀珍的。杨曼是我学校的老师，我是校长，我要对她负责。所以，这件事我一定要管。”张禄看看张祯，赞许地点头问道：“宝奎，你准备咋管？”张祯说道：“我现在还没主意，容我想想。”张福叹着气说：“恐怕想也是白想。人家那是手里抓着枪杆子的兵，整整一个团的兵呀！万一惹恼了，架起机枪突突突地扫过来，隆盛庄怕是要血流成河了。”张禄鼻子哼一声，站起来说：“隆盛庄上万人口，他敢拿机枪把上万人都突突了？我谅他也不敢。他不就是个营长吗？明天我找他们贾旅长去。我好歹是商务会长，冲他们驻扎在隆盛庄，吃喝费用都是商务会出的，他也该给个面子吧？”

张禄正要走，梁龙来了。花子说：“哥，你来得正好，我和福奎正和秀珍她大爷、三叔商量杨曼的事儿呢。哥有啥好主意没有？”梁龙说：“我也是为这事儿来的，你们想出啥好主意了？”张禄把自己的想法说了，梁龙说：“我是镇长，不能袖手旁观。这样吧，明天我和你一道找他们贾旅长去。”

第四十八章

梁念祖衣锦还乡

第二天，张禄和梁龙一道去找奉军的贾旅长。

贾旅长土匪出身，说话粗鲁，听了张禄和梁龙的话，惊讶道：“他奶奶的，有这种事儿？老子咋不知道？勤务兵，去，给老子把许三猴叫来。”不大会儿工夫，名叫许三猴的许营长到了，领口敞着，帽子歪戴着，军纪不整。贾旅长问他是不是真有这事儿，许营长给贾旅长敬个礼道：“报告旅长，是有这事儿。我正准备请您喝我的喜酒呢。”贾旅长骂道：“许三猴，你不知道人家是有夫之妇吗？”许营长再次敬礼说：“报告旅长，知道。”贾旅长吧嗒着嘴，摇着头说：“你个王八犊子，想讨老婆找个黄花大闺女呀！弄个二老板子，还是有夫之妇，有意思吗？”那许营长对贾旅长并不畏惧，笑嘻嘻道：“旅长，我还就相中那个二老板子了。您是没见过，那女人长得那个俊呀，举手投足的那个气质呀！娶了她，明天上战场就算挨了枪子儿，我也没啥遗憾的了。”贾旅长站起来问那许营长道：“许三猴，你拿定主意了？不后悔？”许营长说道：“报告旅长，我拿定主意了。不后悔。”张禄和梁龙本以为贾旅长会斥责许营长一番，没想到，贾旅长却撸一把袖子，哈哈大笑道：“你个王八犊子，主意还挺正的呀！好，赶快张罗吧。隆盛庄的神仙醉虽然比不上咱东北的烧刀子，劲道也还是有些的，你得多敬老子几杯！”许营长得意地看张禄与梁龙一眼，向贾旅长立正、敬礼，转身走了。

张禄与梁龙面面相觑，张口结舌道：“贾旅长，这……”贾旅长呵呵笑道：“两位，坐，坐。你们看这事儿弄得，若是换作别人，老子非打他二十军棍不可，可许三猴不同呀！那王八犊子救过老子两次命，你们说他四十大儿的人了，好不容易相中个女人，老子能驳他的面子吗？说实话，那女人嫁给许三猴也不错。你们别看他是个粗人，斗大的字不识一箩筐，冲锋陷阵那可是猛将呀！刚才忘了叫他扒下军装让二位看看了，身上七八处伤疤，子弹都是从前面打进去的。唉！可惜呀！那王八犊子什么都好，就是没脑子。不然，老子早提拔他当团长了。”张禄不想听贾旅长叨叨了，小心地问道：“贾旅长，这事儿不能商量商量吗？”贾旅长收起笑容，眼睛一瞪道：“商量个屁呀？许三猴已经拿定主意要娶那女人了，再商量有意思吗？”张禄摆着手，正色道：“贾旅长，这事儿万万行不通。且不说许营长他是一厢情愿，就说您贾旅长吧，想必也不愿意落个恃强凌弱、骚扰地方的名声吧？”贾旅长愣怔了一下，眼睛泛出两道恶狠狠的凶光，大着嗓门吼道：“张会长，你这是威胁老子呢？恃强凌弱，骚扰地方？你还真说对了，老子生来就是打仗杀人的主儿，名声值几个钱？”

梁龙见贾旅长翻脸比脱裤子还快，火气也上来了，忍不住道：“贾旅长，隆盛庄也有百年的历史了，我们一贯本本分分地做生意，交粮纳税。可是，人都有尊严，那杨老师在隆盛庄受人敬重，许营长要强娶人家有夫之妇，我们身为镇长和商务会长，也不能坐视不管吧？”贾旅长冷笑一声，掏出手枪，“啪”地往桌上一摁，厉声喝道：“管？你们想怎么管？莫非还想来硬的呀？”张禄怕梁龙吃亏，连忙捅他一下，赔着笑脸道：“不敢，不敢，贾旅长手里攥着枪把子，我们普通百姓哪敢和贾旅长来硬的！”贾旅长收起枪，哼哼两声鼻子道：“谅你们也不敢，只几十个乌合之众的商团，老子派一个排就把他们全拾掇了。”张禄连声答道：“那是，那是！不过，贾旅长，从贵军进驻隆盛庄，隆盛庄是好吃好喝好招待，连贵军逛窑子都要出一半钱，贾旅长就不能给隆盛庄个面子吗？”贾旅长坐下，点上一支烟，嘴角翘着说道：“面子，要啥面子？告诉你们，老子的队伍走到哪都是白吃白喝。你乖乖地给了，老子给你个好脸色；你不给，老子就动手抢。你再不给，老子就要开杀戒了。”梁龙忍不住，又插了一句：“贾旅长，您虽然攥着枪把子，但也不能杀尽天下人吧？”贾旅长抽一口烟，“噗”地朝梁龙脸上喷去，阴森森地笑道：“老子杀不尽天下人，杀你们两个却是连眼睛都不会眨一下的。你们信不信呀？”

张禄记着武斯楞在集宁被奉军杀害的事，武斯楞身为少将旅长，奉军都敢对他下手，自己这个商务会长和梁龙的镇长又算得了什么。他怕梁龙触怒了贾旅长，拉拉梁龙的袖子说：“梁镇长，既然贾旅长已经拿定主意了，咱们再多说也是枉费口舌。走吧。”贾旅长见张禄和梁龙要走，一拍桌子喝道：“站住！勤务兵！”勤务兵应声而入，张禄和梁龙以为贾旅长要对他二人下手，都是心头一震。贾旅长却命令道：“去，告诉许三猴，明天就把那娘们儿娶了。另外，让他派人把四个城门接管了，别让那娘们儿跑了。”又朝张禄和梁龙瞪一眼，喝道，“还待在这儿等死吗？滚！奶奶的，给脸不要脸，一个二老板子，成你妈隆盛庄的香饽饽了。”

张禄与梁龙回到张福家，张福和张祯正焦急地等着。秀珍陪着杨曼也来了，杨曼看上去很平静。张禄和梁龙把在奉军旅部的经过讲了，杨曼一脸失望。张福则骂道：“狗日的奉军，吃着隆盛庄，喝着隆盛庄，连个谢字都没有，还他妈的翻脸不认人。世上有如此无耻的军队吗？”张禄道：“福奎，别骂了，骂也没用。谁让人家是兵，咱们是民呢。”梁龙叹道：“唉！也不知道念祖现在在啥地方，他若在，我就算跪着求他，也要让他出兵，替他老子把今天这口恶气出了。”这时，杨曼说话了：“爹、妈，各位大爷、叔叔，杨曼惹了事儿，让你们操心受辱了。杨曼在这里向你们赔个不是。既然那畜生拿定了主意，你们就不要再管这件事了。杨曼明天就嫁给那畜生。”

秀珍听说杨曼要嫁给许营长，拉住杨曼的手说：“杨老师，你就不怕凤翔伤心？要不，你找个地方先躲起来吧。”花子瞥秀珍一眼，厉声道：“躲？往哪躲？没听你大爷说，城门都换了当兵的，现在怕是连镇都出不去了。躲在镇里吧，往啥地方躲？躲得了初一，躲得过十五吗？”杨曼轻咬嘴唇，对秀珍道：“姐姐，谢谢你当初肯容纳我了！姐姐放心，我不会让那畜生得逞的。嫁过去不出三天，我亲手宰了他。我……”张祯打断杨曼的话说：“杨老师，事情别往那么坏想。我倒有个主意。”众人急忙问是什么主意。张祯缓缓将自己的想法说了，杨曼先反对：“校长三叔，这办法不行。杨曼不能让那么多人为我冒险。”张禄和梁龙都怀疑地问：“那贾旅长杀人不眨眼，这法子若是行不通咋办？”张祯一字一顿地说道：“行得通行不通都要试试，这不是为了杨老师一个人，这是为了隆盛庄的尊严。不管他是奉军、晋军，还是国民军，他们可以吃隆盛庄，喝隆盛庄，抢隆盛庄，但是，他们不能侵犯隆盛庄人的尊严。我就是要让他们知道，隆盛庄无论男人女人，都是有血性的，都是团结在一起的。”杨曼被感动了，热泪盈眶道：“校长，杨曼当初没有来错隆盛庄。”张禄和梁龙也热血沸腾，齐声说道：“好，宝奎，咱就和奉军赌一把，看他贾旅长敢不敢血洗隆盛庄？”

张福和花子瞥杨曼和秀珍一眼，长长地叹了口气。秀珍的眼神则充满了惶恐。

众人商量罢便分头准备去了。天快黑的时候，许营长寻上门来了，给张祯留下一百大洋，说是彩礼。问张祯明天是去李凤翔家娶杨曼，还是到学校娶杨曼，张祯不动声色地说到学校娶吧。

第二天上午，许营长披红挂彩，骑着高头大马走在前面，后面是贾旅长的黑色轿车，再往后是一队士兵，最后是一班鼓匠，敲敲打打地朝学校来了。

此时，学校门口已经聚集了上千人。各字号、店铺的掌柜带着各自的伙计来了，学生和学生家长来了，马麦带着不少回民来了。黑压压的人群堵在学校门口，梁龙和张禄、张福、张祯、马麦及李凤翔站在人群最前面。几个月来，隆盛庄被奉军折腾得乌烟瘴气，人们心里都窝着火，目光里充满了仇恨的火焰。

许营长以为人们都是来看热闹的，跳下马，哈哈大笑着朝梁龙、张禄抱拳道："梁镇长、张会长，我老许的面子够大吧？瞧，连贾旅长的轿车都用上了。"梁龙给许营长个冷脸说："咋，才一辆轿车呀？不行，今天没百十辆轿车，你别想娶人。"许营长以为梁龙和他开玩笑，哈哈笑道："就一辆轿车，还是贾旅长给我许三猴面子。百十辆？把我们奉军所有的轿车都凑在一起，怕是也没有百十辆。梁镇长这是故意刁难我呢吧？"张祯向前迈一步，把那一百大洋扔到许营长面前，神情肃穆道："不是刁难，是我们杨老师不愿意嫁给你。所以，请许营长回去吧。"许营长眼睛一瞪，骂道："妈个巴子的，彩礼都收了，说不嫁就不嫁了？不行，今天就算抢，老子也要把人抢走。"李凤翔气得哆嗦着手，指着许营长叫道："你、你这哪是兵，分明就是匪呀！那是我老婆，凭啥嫁给你？"许营长认出了李凤翔，哼着鼻子道："你老婆？老子娶了就是老子的老婆了。告诉你，老子还真是土匪出身，抢个女人，小菜一碟。都给老子让开，不然，老子就不客气了。"张禄挺身而出道："不管你客不客气，人你今天是娶不走的。"许营长往后退一步，冷笑道："嘿，要来硬的呀？"朝身后的士兵挥手道："弟兄们，给老子上，冲进学校抢人。"梁龙也挥一下手，黑压压的人群便挽起胳膊，犹如一道铜墙铁壁挡在那队士兵前面。许营长的士兵不过百八十人，虽然手里有枪，但没有命令，不敢开枪。他们面对上千人，显得太渺小了。

那许营长还真是土匪出身，眼睛凶光毕露，掏出驳壳枪朝天打了三枪，吼道："都给老子让开，不然，老子今天就要大开杀戒了。"许营长一声令下，士兵都把枪口指向人群。张祯毕竟书生出身，见自己的主意没有镇住许营长，有些心虚，小声问张禄道："大哥，那狗日的看样子真是杀人成性了。咋办？"张禄努力沉住气说："再撑撑看。"

这时，一个女人尖厉的声音传来："住手！"

人群让开一条道，杨曼身着素衣，手里攥一把剪刀稳步走过来，朝许营长怒目道："你不是要娶我吗？可以，但你娶不走活的杨曼。你若敢对百姓开枪，我就死给你看。"旁边的李凤翔见状，双腿一软，瘫倒在了地上。许营长怔住了，他可不想娶一具尸体回去。正在进退两难之时，贾旅长和刘团长听到枪声赶来了。贾旅长见手无寸铁的百姓敢和他的军队对抗，勃然大怒，扬起马鞭，指着梁龙与张禄骂道："奶奶的，狗屁大个镇长、商务会长，也把自己当人了？知道老子这辈子杀过多少人吗？就这上千号人，老子一声令下，你们一个都活不成。"人们见贾旅长口口声声把杀人当儿戏，有的胆怯了，悄悄地往后退去，但大部分人往前迈了一步。

事情既然已经发展到这种局面，张禄也豁出去了，挺身向前两步，向贾旅长抱拳道："贾旅长，我们实在不敢与军队作对，但我们也有尊严。杨老师不但是有夫之妇，更是隆盛庄人人敬重的好老师。所以，我代表隆盛庄上万百姓，恳请贾旅长劝许营长改变主意。许营长英雄豪杰，相貌堂堂，不愁娶个姿色出众的黄花大闺女，何必盯着个有夫之妇不放呢？"

贾旅长看一眼许营长，许营长梗起脖子说："不行，就算天仙美女老子也不要，今天娶定她了。"贾旅长骂许营长道："许三猴呀，你真他妈的贱，一个二老板子，有啥滋味儿？真是鬼迷心窍了。"随后马鞭朝杨曼一指，命令士兵道："去，给老子把那娘们儿抢过来。"士兵一拥而上，杨曼举起剪刀，正要朝自己脖子刺去，身旁的王老师抓住她的手腕将剪刀夺下，赵老师和六老汉则拽着她退进学校大门。贾旅长见杨曼隐入人群不见了，暴跳如雷道："架起机枪，老子还不信了，你隆盛庄人不怕死？"周通跳出来，一手叉腰，一手点着贾旅长骂道："你还算个旅长呀！恃强凌弱，算啥本事？有胆量今天把隆盛庄人一个不剩地都杀尽了。"贾旅长鼻子都气歪了，吼道："奶奶的，隆盛庄人还真有点儿血性呀？好，既然你们逼老子，老子今天也豁出去了，就血洗了隆盛庄。"马鞭往起一扬，下令道："机枪准备！"

旁边的刘团长读过书，有头脑，知道贾旅长与许营长都是土匪出身，杀人不眨眼，说得出便做得到，连忙小声对贾旅长道："旅长，不能开枪！"贾旅长扭头问为啥。刘团长道："旅长，现在晋军、国民军和国民党联盟北伐，大帅孤军作战，四面受敌。您若大开杀戒，屠杀上千手无寸铁的百姓与学生，那就是一场震惊天下的血案，消息传开，必定会受到全国各界的声讨。那时候，大帅威信丧尽，必成众矢之的，弃车保帅，也不无可能呀！"贾旅长一怔："有此可能？"刘团长点头道："旅长深思，为了一个女人而杀上千人，必定民声鼎沸。大帅下不了台，怕是只有忍痛割爱，拿旅长的人头向国人谢罪了。旅长想想，值得吗？"贾旅长眨巴眨巴眼睛点头道："嗯，刘团长，你说得有些道理。可老子现在骑虎难下，就这么收了兵，岂不让隆盛庄人笑话？”刘团长道：“孰轻孰重，还请旅长深思。切不可不计后果，一时冲动啊！”贾旅长叹口气，朝许营长骂道：“许三猴，妈个巴子的，老子一世英名，今天让你个王八犊子给丢尽了。撤！”

贾旅长带兵退去，梁龙、张禄、张祯等长吁了一口气。周通高兴地说：“狗日的，原来也是个草包呀！”张禄面色凝重道：“今天多亏了那位刘团长，若不是他和贾旅长说了啥悄悄话，贾旅长怕是不会轻易撤兵的。”梁龙道：“不管咋说，反正狗日的知道隆盛庄人不好惹了。”张祯感叹道：“这都是团结的力量。若没有商务会的组织，没有学生和家长们的支持，没有马麦和回民的支持，就不会有今天的结果。”

之后没几天，阎锡山与冯玉祥调动兵力，南北夹击。张作霖害怕奉军被各个击破，撤出山西、绥远，收缩兵力。贾旅长的部队接到命令，拔营开往北京。

奉军在隆盛庄虽然只住了几个月，这一年却是商务会向各字号、店铺摊派费用最多的一年。年底结账，没有几家店铺赚钱的，就连瑞盛店和永盛源那样的大字号也是惨淡经营。此后，虽然也经常有军队路过，多是小股武装，并未在隆盛庄长期驻扎，隆盛庄总算又平安了几年。

那年夏天，看着又要到六月二十四了，张禄和梁龙商量，今年的庙会大办还是小办。梁龙说：“玉奎呀，你是商务会长，庙会的费用都是商务会掌控的，大办小办你自己掂量。”张禄沉吟道：“自那年贾旅长的奉军驻扎过，各字号都是勉强经营。庙会虽然年年都办，但都是小打小闹。这几年路过的军队少了，摊派也少了，商家们的经营也都有了起色。那天开商务会，各行社会首提出今年的庙会是不是能操办得像个样子，人们也好高高兴兴地扬眉吐气一次。”梁龙说：“既然字号和店铺愿意花钱，那就好好地操办一次吧。你说呢？”张禄说：“行吧，听你的。”梁龙道：“啥叫听我的？你是商务会长，钱在你手里攥着。我这个镇长是虚名，还是你说了算。”张禄笑道：“你还虚名呀？你兼着商团团总，除了花钱，镇上的事啥不是你说了算？”

两人正说着话，商务会的人来了，说有张禄的信。张禄一看，是张裕祥从北平寄来的。自从北伐成功，蒋介石在南京成立中央政府，北京便改名为北平了。

张禄拆开信看了，面露笑容。梁龙问他：“玉奎，是裕祥的信吧？看把你高兴得，是不是裕祥在北平做大官了？”张禄美滋滋地说：“裕祥和他三叔一样，也是个书呆子，哪里做得了官？他和亚男要去美国留学，这会儿怕是已经在美国了。”梁龙啧啧道：“咋，裕祥和他媳妇到美国留洋了？玉奎呀，难怪我妈活着的时候总说你家种了步步高呢。看来不假，你张家出人才呀！论家业，你是隆盛庄首屈一指的大老财；论学识，宝奎是隆盛庄首屈一指的举人老爷。现在，你儿子又出国留学了，在隆盛庄也是首屈一指啊。”张禄笑道：“你羡慕我？”梁龙答道：“当然羡慕。”张禄说：“你羡慕我，我还羡慕你呢。你家念祖年纪轻轻就当了团长，统领上千兵马，那才叫威风呢。”

梁龙听张禄提起梁念祖，也得意起来，说道：“玉奎，你看有没有意思？你当着商务会长，宝奎和裕祥都是文人；我当着镇长兼商团团总，我儿子当团长带兵打仗，我家也算是出武将了吧？咱两家一文一武，你说这隆盛庄还有谁能比得过咱们？”张禄嘿嘿笑道：“念祖是武将不假，你一个商团团总，也能算武将？真是笑话。”梁龙呵呵笑道：“我就是打个比方嘛！不过，你说说看，在隆盛庄我是不是攥着枪杆子？攥着枪杆子，当然就是武将了。好了，不和你争高论低了，裕祥两口子留洋是喜事，晌午你得破费些吧？”张禄点着梁龙的鼻子笑道：“你呀！和你爹一样，这辈子就好这一口。当年你爹喜欢吃喝我爹，现在你喜欢吃喝我，真是有其父必有其子！”梁龙也笑道：“谁让你比我有钱呢，我这是吃大户。”

两人又唠了会儿别的，看着到晌午了，梁龙说：“玉奎，走吧，庆春楼。”张禄说：“吃了半辈子庆春楼，还没吃腻呀？”梁龙反驳道：“喝了半辈子神仙醉，不也没喝腻吗？”两人出了镇公所，正往庆春楼去的时候，看守南门的团丁突然惊慌失措地迎面跑来，边跑边喊梁龙道：“团总、团总。”梁龙与张禄几乎同时问道：“咋了？出啥事儿了？”那团丁上气不接下气地惊慌道：“南面来兵了，好多好多，一眼望不到头呀！”

梁龙与张禄都是一惊，也不说话，一路小跑着往南门而去。到了南门，登上城楼放眼望去，只见南面的路上果然来了一支军队，队伍见首不见尾，马蹄扬起一片黄尘。梁龙叹息一声道：“完了，又来兵了，还是大队兵马。唉！原来说不通铁路兵匪就过不来，结果呢，该来的还是要来，并且一拨接一拨的。”张禄担忧道：“龙龙，你说不会是贾旅长的奉军又来了吧？”梁龙说：“说不准呀！若真是贾旅长的奉军，这回隆盛庄怕是要大祸临头了。”那团丁问道：“团总，要不要把城门关了？”梁龙皱着眉头说：“关啥？你不看来的有多少兵马，你不关城门，人家大摇大摆地进来；你关了城门，人家拿大炮轰开城门进来。你笑脸相迎，或许还有回旋的余地；你拒之门外，人家杀进来便要迁怒于你。玉奎呀！看样子咱俩又要当一回龟孙子了。”张禄苦笑道：“生逢乱世，咱就是当龟孙子的命。龙龙，刚才还想着到庆春楼吃喝我呢，这回怕是还得去庆春楼，不是吃喝我了，是吃喝隆盛庄，赔着笑脸给人家团长、旅长斟酒吧。”

看着外面的兵马就要到了，梁龙与张禄下了城楼，心惊胆战地等候在城门口。没一会儿工夫，兵马到了，为首一个军官骑一匹高头大马，器宇轩昂。梁龙与张禄连忙抱拳道：“不知长官驾到，有失远迎，恕罪！恕罪！”不料，那军官跳下马，大步向他们走来，嘴里叫道：“爹，爹，是我回来了！”梁龙听得耳熟，定睛一看，不由得惊喜万分，叫道：“念祖？是念祖回来了呀！”

带领这支军队的正是梁龙的大儿子梁念祖。梁念祖现在已是阎锡山手下的少将旅长了。

一九二八年，张作霖被日本关东军刺杀于皇姑屯，其子张学良从北京赶回奉天继位。同年年底，张学良在东北易帜，除去北洋政府的五色旗，换上国民党的青天白日旗，归顺民国政府。至此，北伐宣布成功，中国在名义上实现了统一。

一九二九年，蒋介石为了行使南京政府中央集权，削弱已投靠民国政府的地方军阀实力，计划将中国的八十四个军近二百二十万军队削减为五十万人。地方军阀不满军权被蒋介石变相吞并，开始反对蒋介石的南京政府。李宗仁的桂系首先和蒋介石决裂，爆发了蒋桂战争。冯玉祥再与蒋介石发生冲突，因部下韩复榘、石友三支持蒋介石而赴太原，被阎锡山软禁。李宗仁连同汪精卫通电反蒋，唐生智、张发奎立即通电拥护汪精卫、阎锡山另立中央于北平。

一九三〇年，阎锡山致电蒋介石，要求共同下野，遭蒋介石拒绝。蒋介石在南京召开会议，开除汪精卫党籍。而第二、三、四集团军五十余名将领，共同推举阎锡山为中华民国陆海空三军总司令，李宗仁、冯玉祥、张学良为副总司令。阎锡山、冯玉祥、李宗仁分别在山西太原、陕西潼关、广西阳朔宣布就职，张学良未表态。石友三再次倒戈，加入反蒋联盟。蒋介石大怒，下令通缉阎锡山。于是，蒋介石的中央军面对拥有三十万兵力的反蒋联盟，展开了著名的中原大战。战事蔓延至直、鲁、豫、陕、鄂、湘、桂等行省，各方投入兵力超过一百三十万。因联盟内部钩心斗角，立场反复无常，加之蒋介石采取送钱、送官、送女人的手段拉拢张学良及地方军阀，张学良率东北军入山海关，进攻北平，给了反蒋联盟以致命一击。最终，中原大战以蒋介石的中央军获胜，阎锡山、冯玉祥通电下野，张学良的东北军入主华北而宣告结束。

中原大战后，阎锡山重新归附南京政府。张学良任中央军副总司令，负责改编晋军。同时，南京政府决定将绥远特别区改为绥远省，使绥远彻底摆脱阎锡山的控制。张学良与晋军战将傅作义关系甚好，任命傅作义为三十五军军长兼绥远省主席。

中原大战期间，梁念祖的二十八团作为晋军先锋，曾一路打到湖南。阎锡山为表彰其功，提拔梁念祖为少将旅长。中原大战后，梁念祖奉阎锡山之命，进入绥东地区招兵买马。所以，梁念祖回到了隆盛庄。

如今的隆盛庄人已是谈兵色变，见一路兵马浩浩荡荡地开进镇里，个个惊慌失措，字号赶快关了门，店铺赶快上了门板，家家户户院门紧闭，唯恐大祸临头。有胆大些的，从门缝里悄悄往外看，见镇长梁龙满面春风，与为首的军官牵着手，有说有笑；商务会长张禄则走在那军官的另一侧，也是笑容满面，便大着胆子拉开院门，小跑着跟上去，小心地问梁龙道："梁镇长，这位长官是……"梁龙自豪地答道："这是我儿子梁念祖呀！咋，他上次回来你们没见过？"

顿时，镇长梁龙的儿子梁念祖当了将军、带兵回到隆盛庄的消息便风一样传开了。字号开门了，店铺的门板摘了，人们纷纷跑出来，围着军队指指点点，说说笑笑。

梁念祖先回家看了他妈，玉凤高兴得说话都不利索了，说梁念祖上次回来，连一晚都没住，这回该多住几天吧？梁念祖说他这次回来，要住个十天八天，好好地陪陪爹妈。知道爷爷因为上次见他当了连长，晚上宴请亲朋好友炫耀，高兴得喝多了酒过世的，遗憾道："爷爷一直盼着我能当个统领千军万马的将军，现在我真的当将军了，他老人家却见不到了，真是遗憾呀！"玉凤说："是呀！爷爷若是能看到你今天威风凛凛的样子，怕是高兴得嘴都要合不拢了。"

张禄已经有了接待军队的经验，安排梁念祖的队伍住下。下午，梁念祖带着两个弟弟，在爹妈的陪同下看望了几个姨姨姨父及表弟表妹。肖万春和桂英也都先后过世了，小姨宝凤依然住在他姥爷旧院子的隔壁。表弟张骏祥见到威风十足的姨哥，羡慕得眼睛都直了。第二天上午，梁念祖带了他爹替他备好的纸钱、祭品，到坟头给爷爷奶奶烧了纸。

第三天，梁念祖开始在隆盛庄招兵了，梁怀祖和张寿祥要好，两人见梁念祖一身戎装，威风凛凛，也想将来做个将军，便相约一道报了名。隆盛庄人见梁念祖出人头地，衣锦还乡，都希望自己家将来也能出个梁念祖那样的人物光宗耀祖，纷纷送子当兵。没过三天，梁念祖便在隆盛庄及周边村庄招募了上百新兵。

梁念祖在隆盛庄住了八天便带队伍开走了。梁龙本想着梁念祖下次回来一定能当个军长、司令什么的，可是，梁念祖此去，竟然再也没能回到隆盛庄。

梁念祖走后没几天，便是六月二十四了。

张禄召开商务会，与众会首商量。众会首都说虽然这几年战乱频仍，生意萧条，但梁念祖前些天带兵回来，给隆盛庄注入了希望与生气。钱可以慢慢赚，信心却不能磨灭，热热闹闹地办一场庙会，用喜气冲冲晦气，说不定隆盛庄还可以重新焕发生机。所以，这年的庙会是自小状元张占魁举义旗、打丰镇那年以来，举办规模最大、最红火热闹的一次。

周边的人们和大同、丰镇、集宁、张皋等地的商家听说隆盛庄要大办庙会，纷纷赶来，许多因为修铁路而辗转他乡另谋生路的手艺人也多有提前赶回来的。六月二十四那天，庙会进入高潮，所有的玩意儿都出来了。大人孩子都换了新衣服，个个喜气洋洋。那天的老天爷也够给面儿，前半夜闹红火，星光灿烂，弯月如钩；后半夜红火散了，阴云从四处聚集过来，把星星和月亮都遮掩了。雷公电母赶到，又是打雷，又是闪电，唤出龙王布下一场瓢泼大雨。大雨从后半夜一直下到第二天晌午，山上的洪水倾泻下来，西河湾暴涨，河水泛着白沫，万马奔腾一般向北面的黄旗海涌去。隆盛庄北的那座小木桥看着就歪了，猛然“轰隆”一声便垮了，眨眼间已被河水吞噬。

小木桥被河水冲垮，最着急的是张祯，因为隆盛庄北面不少村庄的孩子要到镇上读书。有些村庄本就离隆盛庄远，来回要走二十多里地，现在桥断了，孩子们就要涉水过河。不下雨时，河水尚浅，还算安全；遇到雨天，河水暴涨，人下去就被河水冲走了。

张禄连忙召开商务会，向各会首征求意见，看是不是重新建一座桥。会首们回去和各家掌柜商量，大部分掌柜都同意建桥，也有私心重的，说北面的村民到镇里来，都是看晴天才出门的，谁冒着大雨进镇？而读书的孩子都给学校交了学费，桥理应由学校修建。更何况连年战乱，生意不好做，每年的摊派已经让商家们不堪重负，生意好的，略有盈余；生意不好的，勉强养活一家老少。今年梁念祖带回过一旅人马，又大操大办了庙会，如果再摊派建桥的费用，日子怕是真的过不下去了；就算桥非建不可，也该放在来年。

牢骚话传进张禄和张祯的耳朵里，两人想想，觉得人们的牢骚也有道理。张祯说：“大哥，娃娃们的学业耽搁不得。亏了学校扩建，新盖了几间教室，我让家住在桥那边的学生暂时住校吧。你是商务会长，是我大哥，你再提摊派建桥的事，人们不免会非议你假公济私。这样吧，我出钱建一座桥，这回要建得大些、结实些，不能建成没几年，又被河水冲垮了。”张禄知道，张祯的钱大部分都办学校、建医院了，由于收费低，这两个地方都是来五去五，赚不了几个。上三元的股份张祯也在建医院的时候退了，所以，张祯现在没有来钱的地方。他没有细想便说道：“宝奎，建桥的事你不要管了，这钱大哥出。”张祯有些文人骨气，固执道：“大哥，你别和我争了。不就建座桥吗？这点儿钱我还出得起。”

张祯拿出自己的积蓄，找人设计图纸，购买上等木料，雇请工匠，冬天上冻之前，一座颇具气势的木桥便建好了。木桥完工那天，隆盛庄几乎所有的男女老少都去看，就连段祖贤也坐着轿车去了。有人夸木桥建得好看，有人夸木桥建得结实，但更多的人夸举人老爷办学校、办医院，现在又建桥，行的都是善人之举，做的都是功德之事，这辈子算是修行下了。有人建议老秀才段祖贤给桥起个名字。段祖贤捋着胡子想了想说：“我看这座桥就叫功德桥吧。”那些曾经反对建桥的人听了，都觉得面红耳赤。

自从梁念祖当了少将旅长，衣锦还乡，给梁家的门楣涂上金光灿烂的一笔后，梁家的风头一夜之间盖过了隆盛庄所有人家。

梁龙的心被荣耀填满了，连说话走路都那么铿锵有力，仿佛每个隆盛庄人都无时无刻不在关注他，每个隆盛庄人都对他充满了仰慕与敬畏。他想，难怪瑞元叔在宝奎中举后能受到隆盛庄人的敬重呢，原来，家里出一个大人物，对整个家族都会产生重大的影响与改变，何况他是少将旅长的亲爹！

膨胀的头脑让梁龙迷失了方向，他觉得现在的自己足以掌握隆盛庄的命运了。所以，遇事不再和张禄商量，就算商务会商议商家的事，他也要横插一杠，常常让张禄难堪得下不来台。商团的开销也日渐增加，团丁换下缅裆裤，换上统一服装，又添置了十几条新枪，还派人到梁念祖那里要回一挺捷克式轻机枪和几箱手榴弹。以前下馆子喝酒，都是张禄请客，现在花的是商务会拨给商团的费用。张禄有事或不想喝酒时，梁龙便半开玩笑半威胁地说：“玉奎，你走不走？你若不走，我让团丁架起你走。”

以前的镇公所，除了镇长梁龙，只有一个办事员。商团除了晚上轮流站岗，其余时间都回各自的字号做营生。现在不同了，商团成了独立武装，也成了梁龙的私人武装，镇公所门口永远有一个持枪站岗的团丁，梁龙身后也总跟着一个背枪的团丁。张禄见梁龙行事张扬，飞扬跋扈，劝他收敛些。梁龙却不以为然道：“玉奎呀！做甚的谋甚，商团就是商团，就是准备抵御土匪的。你让团丁白天当伙计，晚上看城门，哪天土匪来了，能打仗吗？打不了仗，土匪杀进来，人们岂不是要骂我这个团总窝囊废了吗？”

张禄知道，梁龙现在有少将儿子做靠山，一意孤行，谁都不放在眼里了。叹息一声，不再劝了。

其实，梁龙说得也没错，没出一年，隆盛庄周边果然闹起了匪患。

那年，绥东再遇大旱，一时间民不聊生，盗贼四起，匪患横行。往小了说，因为那年国民军攻打阎锡山兵败，从大同城下一路向北溃逃，溃兵丢下许多枪支，被百姓藏于民间。此时无法维持生计，便将枪支拿出来，有的结伙为匪，有的一人作案，当起了棒手。不过，他们这次抢劫用的不再是木棒，而是快枪了。比如，四美庄的马六，因为胆子大，喜欢吃独食，便一个人作案。往大了说，王金虎的独立队则是人强马壮，横行千里。

王金虎当年投奔武斯楞，因违抗军令，带头溃逃被降为连长。之后心生怨恨，拉着队伍改投了阎锡山。中原大战时，被编入傅作义部，进入湖南与蒋介石的中央军作战，因怯战，再次被降为连长。阎锡山被中央军打败后，王金虎见风使舵，改投奉军。奉军见他属晋军旧部，看不起他，不加重用。王金虎再返晋军，傅作义见他反复无常，便将他驱逐出去。王金虎无处落脚，索性重操旧业，拉起独立队的大旗，活动于晋北诸县及绥东地区。

这一年，隆盛庄的日子十分艰难。外面的货物运不进来，镇里的货物运不出去。店铺要么无货可卖，要么无人采买，经营凋敝，许多殷实人家也不得不节衣缩食，勤俭度日。周边赤地千里，匪患四起，逃荒要饭的成群结队。宝音夫妇到隆盛庄向张禄兄弟告辞，说草场干旱，牲畜倒毙无数，他们决定举家迁徙，到库伦投奔哥哥查干和苏和去。

为了提防匪患袭扰和灾民涌入，梁龙又从各字号抽调身强力壮的伙计数十人，加强商团的力量。团丁每日在城楼瞭望，发现有成群结队的人靠近，立刻关闭城门。到了晚上，城墙上灯笼火把彻夜照明，团丁守卫整夜巡逻。

第四十九章

梁龙贪财开烟馆

尽管商团日夜提防，可该来的还是来了。

那天黄昏，在城楼上站岗的团丁发现一彪人马鬼鬼祟祟地向隆盛庄摸来，立刻关闭城门，向梁龙报告。梁龙急忙拎着驳壳枪登上城楼，大声喝问：“下面来的是何方神圣？”

前来偷袭的土匪不是别人，正是王金虎的独立队，王金虎在丰镇一带活动已半月有余。

此前，丰镇东面大庄科一带一直有小股土匪出没，土匪头目便是蓝虎头。

当年，蓝虎头在隆盛庄一带拦路打劫，劫了带着妻子孙亚男从北京回乡探亲的张裕祥，恰巧遇上前往集宁巡视的丰镇游击营长武斯楞。武斯楞收了蓝虎头，在游击营给他安排了个差事。后来，经弓富魁引荐，武斯楞被冯玉祥任命为绥东五县剿匪司令兼国民军第三十一团团长，蓝虎头便给武斯楞当了警卫班长。冯玉祥攻打阎锡山失败后，扩编军队，提拔武斯楞为骑兵混成独立第二旅少将旅长，武斯楞又提拔蓝虎头当了警卫连连长。

武斯楞旅驻扎集宁桥西期间，与驻扎在桥东的奉军第一旅屡次发生摩擦，奉军旅长董怀清设下鸿门宴，邀武斯楞赴宴和谈。那天，恰巧有人给蓝虎头提了门亲。按风俗，入洞房之前，男女是不能见面的。但蓝虎头觉得自己也一大把岁数了，谁家肯将一个黄花大闺女嫁给自己？莫不是那闺女斜眼歪嘴罗圈腿？便和媒人说非要亲眼看那闺女一眼。媒人拗不过蓝虎头，答应假装带他串门子，悄悄地看上一看。

就因为这，蓝虎头没有随武斯楞赴宴。武斯楞被董怀清杀害后，蓝虎头觉得自己没有尽到保护武斯楞的职责，悔恨不已，决定刺杀董怀清为武斯楞报仇。蓝虎头到桥东奉军驻地寻找机会，不过半月，终于给了董怀清一枪。可惜距离远了些，子弹只擦破了董怀清的胳膊。蓝虎头摆脱奉军的追捕，逃到丰镇东面的大庄科，纠集几十人，再次干起打家劫舍的行道。不过，此时的蓝虎头已经不像过去什么人都抢了，只抢恶霸豪绅、欺压百姓的财主。所以，在当地没有多大的民愤。

王金虎流窜到丰镇，听说蓝虎头在大庄科一带为匪，想到两人曾在张占魁的义军和武斯楞的国民军共过事，蓝虎头是个冲锋陷阵、打仗不要命的主儿，便亲自前往，劝说蓝虎头与他合兵一处，收编了蓝虎头。王金虎因兵力有限，不敢攻打丰镇，觉得隆盛庄为商贸重镇，有钱的财主多，加之一直对他爹妈在隆盛庄被砍了脑袋的旧事耿耿于怀，便和蓝虎头商量攻打隆盛庄，发一笔横财。没承想，蓝虎头毫不犹豫地拒绝了。他叔爷爷朱奉祺回报蓝家沟的乡亲，给每家每户盖了两间新房。他在汤冠群的来运赌坊输了钱，把他爹的房子押给了汤冠群，是他叔爷爷把房子赎回来的。加之武斯楞的哥哥武敖明娶的是张瑞元的闺女，武斯楞对自己有恩，自己能去祸害武斯楞嫂子的娘家吗？攻打隆盛庄，朱、张两户都是有钱人家，朱家不能抢，张家也不能抢。何况不管如何，自己也算隆盛庄人，隆盛庄人祸害隆盛庄，这是丧良心的事呀！

王金虎见蓝虎头拒绝攻打隆盛庄，知道就算说服蓝虎头去了，蓝虎头也未必肯卖力，便给蓝虎头个白眼，哼一声鼻子，自己带队伍出发了。蓝虎头见王金虎对他不满，也不勉强，王金虎前脚一走，他便到隆盛庄东面的双台山另起炉灶了。

王金虎在武斯楞手下当营长时，曾在隆盛庄驻扎过，大略知道隆盛庄商团的人数和枪支，也知道商团的团丁是由各大字号每家出一个伙计组成的。这些团丁白天在字号当伙计，晚上才扛起枪当团丁。所以，王金虎想趁着黄昏，伙计们正在字号上门板的时候偷袭隆盛庄。没承想，队伍刚摸到城墙下，行踪便暴露了。

王金虎听出城楼上喊话的是梁龙，大声道："城楼上是梁镇长吧？梁镇长别来无恙？"梁龙听城外的土匪叫出了他的名字，奇怪道："咦，你是何人？为何知道我的名字？"王金虎也不瞒藏，哈哈大笑道："梁镇长真是健忘，连我的声音都听不出来了？我是王金虎呀！"梁龙以为王金虎仍在冯玉祥的国民军，问道："王金虎？你是哪个王金虎？"王金虎放声道："梁镇长的记性不会如此不好吧？我在隆盛庄驻扎时，你和张会长没少陪我喝酒，咋连我的声音都听不出来了？"梁龙听出了王金虎的声音，诧异道："是王营长呀？你不是在国民军吗？啥时候拉独立队了？”王金虎拉长音调说：“国民军的饭碗砸了，只好另起炉灶，吃一口扒拉一口了。梁镇长，咱们也算老相识了，咋样，把城门打开吧，我请你到庆春楼喝上几杯，咱们叙叙旧。”梁龙现在踌躇满志，没把王金虎放在眼里，朗声说道：“隆盛庄倒流水，果然是出英雄好汉的地方。不只出了武斯楞和我儿子两个少将旅长，还出了李大麻子和你两个独立队头子……”王金虎打断了梁龙的话说：“梁镇长，你是在炫耀你儿子梁念祖当了少将旅长吧？不用炫耀了，我早就知道了。”他顿一顿继续说道，“其实，就算你儿子当了师长、军长，对你而言，也是远水救不了近火。你隆盛庄商团的那点儿脓水我知道，他们会打仗？打过仗吗？还有你梁镇长，不过是仗着你儿子的威风狐假虎威罢了，一会儿听见枪响，别吓得尿了裤子呀！”梁龙被王金虎一顿挖苦，恼羞成怒，朝团丁下令道：“子弹上膛，机枪准备。”

隆盛庄的商团虽属乌合之众，但团丁都是各字号从伙计里精心挑选出来的，年轻力壮，胆量过人。不等梁龙下令，众人已经摩拳擦掌，跃跃欲试了。

梁龙知道王金虎在李炎的独立队当过土匪，在张占魁的革命军中当过小头目，在武斯楞的国民军中做过营长，二十多年手没离过枪，所以，嘴头子虽然硬朗，心里却不敢大意。他问团丁通知张禄了没有，团丁说已经通知了。团丁话音刚落，张禄和几个行社会首带着援兵赶来了。援兵都是各字号的伙计和几家大老财的护院，护院们都带着枪。张禄担忧地说：“龙龙，你可一定要顶住呀！王金虎虽然是隆盛庄人，但他爹妈是死在隆盛庄的，那狗日的记仇，若是打进来，怕是没有一家字号能幸免。”梁龙不肯示弱，信心百倍道：“玉奎，你放心。有道是养兵千日，用兵一时。今天我要让你看看，商团没有白花商务会的钱。”

此时，王金虎已经布置好队伍，见城墙上又多出了不少人，知道梁龙调各字号的伙计增援了。不过，他也不担心，隆盛庄就那么几十条枪，以他当兵二十多年的经验，攻取隆盛庄还是有把握的。他举枪命令道：“弟兄们，隆盛庄的大户个个有钱，只要打下隆盛庄，咱十年之内便不愁吃喝了。老子把话说在前头，今天凡是卖命的，老子给你们每人娶一房媳妇；凡是畏缩不前的，也别怪老子不客气。”王金虎在城下鼓舞士气，准备进攻，梁龙在城头沉不住气了，朝王金虎打了一枪，喊道：“王金虎，是不是吓着了？若是吓着了就赶快撤兵吧，隆盛庄这块肥肉太烫嘴，你吞不下去。”王金虎一声冷笑，发出了进攻的命令。于是，土匪的子弹飞蝗一般打过来，把个土城墙打得弹痕累累，尘土飞扬，跟着，马队向城门发起冲锋。张禄见商团被飞蝗般的子弹压得抬不起头来，心里着急，冒着枪林弹雨，端起枪便朝土匪还击，边打边喊：“伙计们，今天能不能保住隆盛庄，就看咱们的了。”

张瑞元家是隆盛庄最早有快枪，并且枪最多的。张禄和张福也经常到野外练枪，打枪有些准头，竟然将一个土匪打下马来。梁龙、张福、周通等也连连还击，激起了团丁们的斗志。机枪“突突突”地响，手榴弹也往下扔，排子枪“哗哗”地打过去，压制住了王金虎的火力。几个土匪骑兵冒死冲过来，朝城门扔了几颗手榴弹，无奈城门过于厚实，无济于事。

王金虎没料到商团的火力比他预想的要强出许多，不仅有几十条枪，还有机关枪和手榴弹。第一次进攻被打退，已经伤亡了七八个人。这一夜，隆盛庄的枪声此起彼伏，时密时疏，人们一夜没敢合眼，都支起耳朵听着。有胆小的财主则忙着在房前屋后挖坑，把金条和大洋埋起来。

王金虎先后组织了三次进攻，都被打退，前前后后死伤了有三十几个弟兄，看着天就要大亮，只得悻悻撤兵。

商团在梁龙的指挥下，第一次打退了大股土匪的进攻，保住了隆盛庄。人们对梁龙赞不绝口，说难怪梁念祖能当将军呢，原来他爹梁龙就是带兵打仗的料。梁龙听了，十分惬意。此后，王金虎又来攻打过隆盛庄两次，均未得手，见隆盛庄打不下，只好转至丰镇一带活动了。

梁龙打退王金虎的独立队，在隆盛庄树立了威信。但是，他并没有因为自己当了镇长，当了商团团总，成了隆盛庄大权在握炙手可热的人物而满足。他有一个心愿，一个他爹活着的时候朝思暮想，最后一直带到棺材里的心愿：他要做个大老财，改变隆盛庄三大老财的格局。

这回，梁龙先和张禄打了招呼：“玉奎呀，我想再开一家字号。”张禄提醒他说：“龙龙，这几年生意不好做，你开字号可要想好行当，千万别往冷门上去，当心赔了钱。”梁龙笑眯眯道：“我踅摸的行当还真是个冷门，不过，这个冷门肯定赚钱。”张禄疑惑，让梁龙说说看。梁龙注视着张禄的眼睛，诡异地说道：“玉奎，我说出来你可别数落我。我看现在抽大烟的人挺多，所以……”不等梁龙把话说完，张禄已经拉长了脸：“大烟？你不会是想开烟馆吧？”梁龙嘿嘿一笑，不再是商量的口吻了：“玉奎，你还真猜对了。我就是想开一家烟馆。”

按职权，商务会长有权决定什么样的字号可以开，什么样的字号不能开。但这也要分人，当年，杨飞燕开怀春院，因为有义和团拳师李炎撑腰，怀春院开了；汤冠群开来运赌坊，因为有当巡检兼商团团总的哥哥汤冠丰撑腰，来运赌坊也开了。后来，朱涌开和顺赌坊，因为有来运赌坊的先例，朱涌既是张祯的妻哥，又是梁龙的妹夫，和顺赌坊也开了。现在，梁龙要开烟馆，张禄该怎么办呢？

梁龙见张禄拧着眉头不说话，笑呵呵道：“玉奎，你看看你，多大个事儿呀，愁得眉头都快拧成疙瘩了。咋，是不是觉得这个行当不好？”张禄嘴唇都发青了，气愤地说道：“这个行当好不好，你自己不知道吗？龙龙呀，你是脑子糊涂了还是钻进钱眼儿里了？当年林则徐在虎门销烟，不就是因为大烟害人吗？你是镇长，不会不懂这个理吧？”梁龙却不以为然，微笑道：“玉奎，此一时，彼一时。当年林则徐销烟，咱还小，没见过抽大烟的。可现在呢，晋军抽大烟，奉军抽大烟，当官的抽大烟，当兵的抽大烟，就连咱隆盛庄，抽大烟的人也不少。我当镇长就不能开烟馆吗？如果我不开烟馆，别人就不抽了，那我就不开了。可我不开烟馆，别人照样抽，那我为何不开呢？”梁龙说得振振有词，张禄气得脸色由青转白，说道：“龙龙呀，你咋变成这样了？你爹若是还活着，知道你既开赌坊又开烟馆，不把你的腿打断才怪。”梁龙笑着说：“未必吧！做生意是为了赚钱。我三个儿子，看着一天比一天大了，娶媳妇盖房，处处都是用钱的地方。我若真给儿子们娶不起媳妇盖不起房，我爹才会从棺材里爬出来打我呢！”张禄哼着鼻子说：“那也不能为了赚钱，啥缺德事都做吧？”梁龙像是早就想好了一般，说道：“我做啥缺德事了？赌坊谁想来谁来，谁想走谁走。烟馆也一样，我绝不从街上拉一个人。两相情愿的事，缺哪门子德了？我没有你的本事，儿孙三辈躺在那儿不用动也够吃了。玉奎呀！饱汉子不知饿汉子饥，你不能让我喝西北风吧？”张禄狠狠地瞪梁龙一眼：“你是饿汉子？你家穷得揭不开锅了？”梁龙收起笑道：“今天是能揭开，可明天呢？后天呢？你也说了，现在的生意不比那些年了，各行各业都是薄利。除了赌坊、窑子、烟馆，还有哪一行是赚钱的生意？”

张禄知道，梁龙自从开了赌坊，家业在隆盛庄也数得上了。他是在和三大老财比，他要跻身三大老财之间，成为隆盛庄的四大老财之一，正当生意钱来得慢，他就想走歪门邪道了。张禄站起来愤然道：“你已经开了赌坊，现在又要开烟馆，是不是准备再开一家窑子，和怀春院争抢生意呢？好了，你是镇长，你儿子是将军，隆盛庄谁敢管你，谁又管得了你？道不同不相与谋，你还是赶快筹划你的烟馆吧。”梁龙已经拿定了主意，冷笑一声：“咋？看样子是要和我割袍断义了？”张禄没听见一般，背抄着手走了。

梁龙的烟馆很快便开张了，取名逍遥堂，请他姨弟杨清做了掌柜。

说起杨清，隆盛庄可谓无人不知，无人不晓。因为他头削尖了地算计，人们便送了他个“老财迷”的绰号。

当年，长寿店掌柜邓和与长溢泉掌柜杨茂替儿女换亲，杨茂把闺女杨飞燕嫁给了邓和的二儿子邓宝柱，邓和则把小闺女邓香草嫁给了杨茂的儿子杨承业。杨茂过世后，长溢泉传到了杨承业手里，杨承业勤恳憨厚，把个长溢泉经营得有口皆碑。杨承业和邓香草死后，长溢泉又传到他儿子杨清手里。

杨清尖嘴猴腮，一双耗子眼，下巴留一绺稀稀零零的山羊胡，做生意削尖了脑袋地算计，酱里掺了麸皮，醋里加了水，没几年便把长溢泉的招牌砸了。梁龙是杨清的姨哥，他知道杨清虽然贪婪吝啬，人品欠佳，却头脑圆滑，算计精明，便与杨清商量，请他做了逍遥堂的掌柜。只是他叮咛杨清要公平交易，和气生财，切不可过于精明奸猾，得罪了烟农和烟民。

自从晋军驻扎隆盛庄之后，隆盛庄便有人种植大烟了。

大烟学名罂粟，花朵绚丽美艳，果实含白色浆液，《冷斋夜话》中陶弘景所作《仙方注》中说：其花美好，名芙蓉花。所以，罂粟花也称芙蓉花，大烟膏亦有芙蓉膏之称。罂粟花原以观赏与药用为主，果实含吗啡成分，经常吸食，可使大脑产生腾云驾雾之幻觉，并导致依赖、上瘾、懒惰、丧志。

罂粟先开花，后结果，果实为葫芦状。割烟时，用锋利的刀具沿葫芦表皮呈螺旋状割开口子，待刀口处渗出白浆，用手指将白浆抿下刮入小罐。然后在太阳下面晒，凝结成黑色的半固体后，便是烟土了。烟农将烟土攒到一定数量，拿到镇里，卖给逍遥堂。

杨清当逍遥堂的掌柜，头一年收大烟、卖大烟还算公平。后来，周边的农民为了多赚钱，许多人索性不种庄稼了，都种起了罂粟。如此一来，卖大烟的烟农便多了。杨清禁不住心痒难耐，又故伎重施，收大烟时，秤上克扣烟农的斤两；卖大烟时，烟泡做小，多赚烟民的黑心钱。他老婆脑子缺根弦，嘴里藏不住秘密，他便把贪下的大烟藏到妹妹家，攒个三五斤，去趟丰镇卖了，钱装进自己的腰包。

杨清的妹妹也不是盏省油的灯，论起精明，不比杨清差。杨清藏到她家的大烟，她总要偷偷地往出拿些，开始时不敢多拿，一包大烟往出掰一点儿。杨清心细，发现了妹妹的行为，心说自己的大烟都是从姨哥那里贪来的，妹妹的胃口也不大，偷就偷些吧。可是，妹妹人心不足蛇吞象，胆子越来越大。前些天，杨清算计着存在妹妹那里的大烟攒了快五斤了，正巧他有事要去丰镇，便到妹妹家取，取回来拿秤一称，五斤大烟少了快一斤。杨清质问妹妹，妹妹矢口否认。杨清气愤之下，把妹妹臭骂了一通，妹妹除了死不认账，还与杨清争吵起来，兄妹俩闹了个不欢而散，从此不相往来。

一天，四美庄一个姓仝的老汉抱着一小罐大烟来卖，杨清过了秤，去了皮，算盘珠子一拨拉，仝老汉的大烟除了没卖出价钱，反倒欠下杨清五钱大烟。仝老汉哭笑不得，问杨清道："杨掌柜，您刚才收我的大烟时，这罐里的大烟是多半罐子吧？"杨清碍着旁边还有其他卖大烟的，不得不承认道："是呀！"仝老汉笑眯眯道："那能不能烦劳杨掌柜再把我那些大烟装回原来的印记处，我回去添上五钱再给您送过来。"旁边众人听了，都哈哈大笑起来，羞辱杨清说："杨掌柜，我们还是头一回见您这样会算计的。您这买卖做得实在是精明呀！"杨清猛然醒悟过来，觉得自己确实过分了，红着脸不好意思地说："错了，错了，我这是算盘珠子拨拉错了。来来来，我重新给您称一下。"

杨清重新过秤，算盘珠子再一拨拉，仝老汉遗憾地摇着头说："杨掌柜，看来我这大烟是不能在您这逍遥堂卖了。您这杆秤呀，实在不叫秤，倒像是一把磨得锋利的刀子，宰人连血都不让人看见。"杨清狠狠地瞪仝老汉一眼道："你这老汉，咋说话呢？刚才我已经告诉你了，算盘珠子拨拉错了，你还没完没了了。"仝老汉笑眯眯道："杨掌柜，我没说您的算盘珠子，我是说您的秤呢，说您心里的那杆秤，准星不在点儿上。"杨清把仝老汉装大烟的罐推过来，恼羞成怒道："好了，好了，把你的罐拿走吧。如今种大烟的多的是，我不缺你这一星半点儿。"仝老汉拿过罐瞅瞅，手比画着，气愤地说："杨掌柜，您做的这叫生意吗？刚才大半罐子大烟，现在咋剩下小半罐子了？就这么经了一下您的手，我半亩大烟便白种了？难怪人们叫您老财迷呢，我觉得您这不是财迷，简直成活土匪了。"

仝老汉这一吵吵，卖大烟的烟农都跟着吵吵起来，指责杨清做生意不地道，威胁说要把逍遥堂告到商务会，让商务会主持公道。杨清却厚颜无耻地说："你们这些人呀，真是不知道厉害。你们也不想想，这逍遥堂的东家是谁？是我姨哥梁龙呀！我姨哥不但是镇长，还和商务会的张会长父一辈儿子一辈，是结拜兄弟。你们说，隆盛庄是镇长大还是商务会长大？张会长能把结拜兄弟的字号封了？敢封吗？再说了，隆盛庄就逍遥堂一家烟馆，就算商务会真把逍遥堂封了，你们的大烟卖给谁，总不能为了卖二两大烟，跑一趟丰镇吧？你们种大烟的要生活，我开逍遥堂也要生活，我看咱们就互相担待点儿吧。"几个烟农想想，觉得杨清的话有些道理，如果逍遥堂不收他们的大烟，他们的大烟卖给谁？货到地头死，认了吧。

仝老汉也不是善茬儿，吃了哑巴亏，越想越憋气，快出城门的时候，终于忍不住了，反身回来，抱着装大烟的罐子到了商务会，把事情的经过对张禄讲了，问张禄道："张会长，逍遥堂虽然是烟馆，但也是字号。听说隆盛庄有规矩，但凡做生意的，都归商务会管辖，如有欺行霸市、缺斤少两、赚昧心钱的，商务会有权将其逐出隆盛庄。那梁龙身为镇长，昧着良心坑害烟农，你们商务会咋就不闻不问呢？是不敢管还是官官相护？唉！依我看，商务会还不如散了呢。”张禄早对梁龙开烟馆不满了，现在抓到了把柄，便想借此事敲打敲打梁龙，便让仝老汉等着，派人把梁龙请到商务会。

梁龙也耳闻过人们的议论，怀疑杨清的经营有猫腻，但杨清把逍遥堂经营得有声有色，加之亲戚门上，话不能说得太重，只旁敲侧击过杨清几次。前些天上街，梁龙遇见杨清的妹子，姨妹拽住他提醒道：“龙龙哥，妹子给你提个醒。我哥那人你也知道，小眼薄皮，见了钱眼睛就泛绿光。他在你逍遥堂当掌柜，你可得留个心眼呀！不然，天长日久，迟早把逍遥堂算计成他的。”梁龙知道姨妹也是个精明人，只要逮住机会，耗子身上的毛都不会放过。只当他们兄妹不和，故意在自己面前说她哥的坏话，挑唆自己与杨清的关系，哼哈两声，没把姨妹的话放在心上。现在听了仝老汉的讲述，又见张禄嗤之以鼻，眼神轻蔑，梁龙顿时羞得脸色通红，苦笑着对张禄说：“玉奎，这件事我真的不知道。你别拿这种眼神看我，你放心，我知道商务会的规矩，不会难为你，也不会给你脸上抹黑。”说罢，他抱起仝老汉装大烟的罐子，对仝老汉说：“老哥，走，我还你个公道去！”

梁龙带着仝老汉到了逍遥堂，杨清见仝老汉找来了梁龙，知道仝老汉向梁龙告了自己的状，站起来正要解释，梁龙黑着脸，让杨清按照仝老汉说的印记把大烟装回罐子里。杨清抵赖说：“龙龙哥，你别听他的，这老汉讹人讹惯了……”仝老汉听杨清说自己讹人，挺起脖颈正要分辩，梁龙止住说：“杨清，不管这位仝老哥说的是实话还是讹人，你都按仝老哥说的印记把大烟给人家装回去。”杨清见梁龙脸色不好，不敢再说话，一脸难堪地照办了。梁龙对仝老汉说了道歉的话，抱拳将仝老汉送出门去，然后长长地叹息一声，拍着柜台痛心疾首道：“杨清，你这个人呀，让姨哥咋说呢？你也知道，若姨哥不是镇长，以玉奎的性格，就算和姨哥割袍断义，也不会允许姨哥在隆盛庄开烟馆的。姨哥不顾别人在背后戳脊梁骨，不顾结拜兄弟的唾弃，舍了这张老脸开了逍遥堂，说来说去，就是想多挣几个钱。可是你呢，私吞字号的大烟不说，还在秤上坑人，把姨哥仅存的那点儿名声给败坏得一点儿不剩。你说姨哥还能用你吗？算了，多余的话姨哥不说了，该咋样做，你自己掂量吧。”杨清对梁龙的数落不服，心说你为了多挣几个，难道我不是为了多挣几个？钱这东西，谁见了不眼热？人常说，马不吃夜草不肥，人不得外财不发。只为了拿几个掌柜的工钱，我没明没夜的，脑子里掺铜了？他脸往下一拉，也不叫梁龙姨哥了，双拳一抱道：“东家，我明白你的意思。有道是此处不留爷，自有留爷处。

我这就卷铺盖走人。”

杨清在逍遥堂当了几年掌柜，成了买卖大烟的行家，又尝过做大烟生意的甜头，索性走村串户倒腾起了大烟，从乡下收购大烟拿到丰镇、大同卖，不过两年就发了家。

张祯也看不惯梁龙开烟馆，编了个顺口溜：

十山九无头，
河水向北流；
富贵无三代，
清官不到头。

由于这段顺口溜编得朗朗上口，又是隆盛庄的真实写照，很快便在隆盛庄传开了。张禄感慨地说：“宝奎呀，你这段顺口溜编得好。‘十山九无头’，说的是隆盛庄周边的山；‘河水向北流’，指的是西河湾的那条南碧河；‘富贵无三代’，想当年，咱爹和梁大爷拉骆驼、走草地，在隆盛庄落脚的时候，房屋一间，地无一垄，后来养了咱兄妹五个，给每个人都留了万贯家业。可是，看看今天的隆盛庄，成啥样子了，咱又能给儿孙留下多少？果然是富贵无三代。至于那句‘清官不到头’，我就不说了。”张福笑呵呵地接过话问：“大哥不好意思说？还是怕传到龙龙哥的耳朵里？”张禄鼻子一哼道：“我不欠他龙龙，有啥不好意思说的？这话明摆着指的就是龙龙。想当年，龙龙上任镇长，曾经信誓旦旦地说，他镇长的官职虽然不大，但一定尽心竭力，秉公办事，做个清正廉明的好镇长。可看看他今天做的事，开赌坊，开烟馆，还是个清官吗？我看和贪官没啥两样。”

第五十章

鬼子进了隆盛庄

说话间，已经是一九三七年。这一年，张禄六十八岁了，比他爹在这个岁数时要精神许多。

秋风吹去盛夏的炎热，秋意渐凉。四美庄到隆盛庄的大路上，走来一支娶亲的队伍。前面喝道的是两支唢呐，吹唢呐的一个年轻瘦高，一个年长矮胖，两人腮帮子憋得鼓鼓的，吹的是《挂红灯》《五哥放羊》《打樱桃》《走西口》等东路二人台的曲儿。一曲吹罢，稍事歇息，另一曲再起，清脆悦耳之声传出数里之遥。

跟在唢呐手后面的是两抬四人花轿，每抬都是前后各两名轿夫。前面一抬坐的是新郎，绿色轿衣，正顶有麒麟，四脊是排列整齐的八大仙人，四角是红艳艳的大绣球，甚是威风。后面一抬坐的是新娘，红色轿衣，上绣大红牡丹、百鸟朝凤、鸳鸯戏水，轿帘则用金线绣着一个金灿灿的大“囍”字，格外喜气。两抬轿子的两侧都装有一尺见方的花玻璃，当地人称“玻璃轿”。

轿子后面是十个差人装扮的青壮年，身穿红领衣，手持黑红鞭，头戴秦椒帽，举着旗伞，敲着锣鼓。再往后是五辆花轱辘大车。富云涛给闺女陪嫁的箱柜是有钱人家才拿得出手的巧十三件，已经提前送到了婆家。车上坐的是娶亲和送亲的，以及各种嫁妆，几个大包袱隐隐露出一匹匹绫罗绸缎。

娶亲的队伍不急不缓，抬绿色轿子的轿夫脚步沉稳，抬红色轿子的轿夫则有意戏耍新娘，时不时将轿子猛颠几下，听得轿子里新娘发出娇呼声，开心地哈哈大笑起来。

新郎姓张名骏祥，是隆盛庄商务会长张禄的小儿子。

张禄娶了三房老婆，育有八个儿女。正室艾叶，育有两男一女。长子张裕祥，现在携夫人孙亚男在美国留学；次子张寿祥，那年和梁龙的二儿子梁怀祖一道在梁念祖的队伍里当了兵；女儿雪儿嫁到了大同一个富商家。偏室舒兰，育有一子二女，儿子张顺祥，大前年曹宝珠回隆盛庄过年，走时，张禄让他把顺祥带到包头了，现在已经在包头娶妻生子；女儿杏儿、梅儿，也都嫁了人。小老婆宝凤，育有一子一女，儿子张骏祥，在隆盛庄念完小学，又到丰镇念了中学，前年毕业回来，三叔张祯让他在学校当了老师；女儿果儿尚小。

张骏祥相貌清瘦，斯斯文文。今天虽然是他的大喜日子，但他脸上没有丝毫的兴奋和喜悦，眉头紧锁，似乎心事重重。

新娘姓富，乳名玉屏，是庆春楼掌柜富云涛的闺女。玉屏今年十七岁，相貌中上，大红盖头下面，满脸的喜气掩都掩不住。

张骏祥与富玉屏定的是娃娃亲。

那年，张瑞元过八十大寿，张禄雇请庆春楼全套人马，掌柜富云涛亲自掌勺。寿宴上，富云涛见张禄的小儿子张骏祥活泼可爱，便半开玩笑半当真地试探说：“张会长，记得那年举人老爷中了秀才回来，老会长在庆春楼摆酒庆贺，我姐夫康廷儒也去了。席间开玩笑，我姐夫说想把我外甥女许配给秀才郎，后来，这桩媒还真做成了。若不是我那外甥女急病夭折，咱两家就结成亲家了。刚才我逗你家骏祥戏耍，挺喜欢他的，要不咱两家结个亲家，把我家玉屏许配给你家骏祥吧？”

张禄当商务会长，成天迎来送往，是庆春楼的常客，对富云涛的为人十分了解。庆春楼是隆盛庄生意最好的馆子，富云涛家境殷实，人也正派，又是陆成社会首，两家若能结成亲家，倒也门当户对。他当即问富云涛是不是开玩笑。富云涛笑着说他是高攀呢，哪敢开玩笑。张禄说那他可就找媒人提亲了，富云涛高兴地连声说“好”。

给张瑞元办完八十大寿，一天，张禄忽地想起此事，和宝凤商量，宝凤没意见。张禄便写了张骏祥的庚帖，请个媒人给富云涛送过去。第二天，富云涛把玉屏的庚帖也送过来了。张禄找算命先生看，见没有忌讳，便备一份定礼送到四美庄富云涛家，给张骏祥和富玉屏定了娃娃亲。

张骏祥长大懂了事，也知道家里给他定了庆春楼掌柜富云涛的闺女。只是富云涛人在隆盛庄开馆子，家却安在四美庄，所以，张骏祥不知道玉屏是高是矮，是丑是俊。

有道是父母之命，媒妁之言。张骏祥没想过什么时候娶玉屏，该娶的时候，爹妈自会替他张罗。可是，就在去年，学校新来了个女老师，张骏祥的心便被搅得波澜起伏了。

隆盛庄原本有两所小学，一所是张祯办的，规模较大；一所是回民办的，只有一个班，收的都是回民子弟，除了教回文和回族礼仪，也教汉文和汉礼。前几年，丰镇县府拨了款项，要求隆盛庄小学汉、回合并，改为高等小学，也就是人们俗称的高小。学校的学生多了，年级增加了，课程也多了，老师便不够了。杨曼与前夫的闺女聂子瑶从丰镇女子学堂毕业后，被县长的儿子相中，县长托媒人提亲。媒人的一张巧嘴，把县长的儿子夸得天花乱坠，没有一点儿不好。聂子瑶的姥姥姥爷动了心，聂子瑶也动了心，给杨曼捎信征求意见，杨曼也不反对，便给聂子瑶把亲定了。岂知，县长的儿子其他都好，唯有身体孱弱，离过门的日子还有一个月时，突然病倒，两家只好把日子往后推。县长的儿子在炕上躺了小半年，瘦得皮包骨头，不成人形，最终一命呜呼。聂子瑶受到打击，心情不好，便到隆盛庄她妈这里散心，住了半月，看中了隆盛庄，不想走了。杨曼便求秀珍向她三叔说情，希望聂子瑶能到学校教书，她们母女也好互相照应。张祯正缺老师呢，便答应了。

聂子瑶在姥姥家长大，从小不受父母约束，性格开朗，相貌像了她妈，比杨曼年轻时更漂亮。夏天喜欢穿一件白衣、一条白裙，或一件白旗袍，一双白色高跟鞋，应了那句“要想俏，一身孝”的形容。隆盛庄人只见过驻军的官太太穿旗袍，穿高跟鞋，抹胭脂的，没见过聂子瑶这样白衣、白裙、白高跟鞋，相貌俏丽，腰肢纤细，体态轻盈，走起路来风摆杨柳一般的风流俊俏女人，便给她起了个“小白仙”的绰号。

聂子瑶和杨曼当年一样，人漂亮，会打扮，看上去比实际年龄要小上好几岁。尽管她比张骏祥足足大了三岁，但张骏祥还是被她的美貌迷住了。聂子瑶的美丽让张骏祥觉得高不可攀，他只有从侧面欣赏聂子瑶美丽的容颜，从背后欣赏聂子瑶优美的背影。他能得到的，只是他与聂子瑶偶尔四目相对时，聂子瑶的莞尔一笑。直到半年之后，彼此间熟悉了，聂子瑶主动和他说话，他们之间才有了交流。很久之后，张骏祥从和聂子瑶的交谈中得知，聂子瑶初到隆盛庄时，同样觉得他英俊挺拔，同样觉得他高不可攀，同样也在侧面和背后欣赏过他，同样有过自卑，因为他不但是个英俊、有风度的男人，还是隆盛庄商务会长的公子。

虽然张骏祥和聂子瑶还没有表现出爱慕的迹象，但细心的张祯已经预感到了可能会发生的事情。他不想让李凤翔和杨曼的故事重演，便尽量不给张骏祥和聂子瑶单独在一起的机会，并且催促张禄说骏祥岁数不小了，赶快给他把玉屏娶过门吧。宝凤也着急，张禄四个儿子，大儿子裕祥是在北京成的亲，带了现成的媳妇回来住了一个月，从此只有书信来往，现在又留洋去了美国，这辈子不知道什么时候才能再见上面。二儿子寿祥和玉凤家的怀祖一道当了兵，也是一去再没回来过。虽然有当将军的念祖照应，但时逢乱世，当兵打仗就是把脑袋掖在裤腰带上，娶媳妇别想，能活着回来，便要谢天谢地了。三儿子顺祥，已经在包头娶妻生子。现在，家里只剩下了骏祥一个，她也希望骏祥早一天娶玉屏过门，好尽早抱孙子。

张禄听了张祯的劝，和富云涛商量在腊月娶玉屏过门。

此时，张骏祥已经对聂子瑶有了爱慕之心，只是自己早已定下娃娃亲，聂子瑶又比自己岁数大，不能也不敢表达而已。他听爹妈说腊月要娶那位从未见过面的媳妇过门，心里实在不愿意，便推说自己还小，也不想在隆盛庄教一辈子书，婚事还是放放吧。大哥裕祥从美国来过信，让他潜心学习，明年到北平找大嫂她爹，看能不能考进北京大学。

张禄虽然高兴骏祥有志向，但也害怕他万一考上北京大学，被京城的繁华花了眼、迷了心，悔了婚；或者像裕祥一样在北平娶个媳妇，富云涛这边怎么办？他张禄在隆盛庄说话掷地有声，砸在地上就是一个坑儿。如果儿子做出悔婚的事，那就是抽他的脸，不但和富家结了仇，在隆盛庄也没脸昂起头走路了。他不容置疑地对骏祥说：“读书和娶媳妇是两码事，你腊月先把媳妇娶了，然后再去北平找你大嫂她爹。”因为宝凤受张禄宠爱，张骏祥又是家里最小的儿子，张禄对张骏祥也算溺爱，张骏祥并不十分惧怕爹妈。他有自己的主意，想哪天探探聂子瑶的口气，如果聂子瑶对自己也有爱慕之心，他索性说服聂子瑶，两人像龙龙大爷和玉凤大娘当年一样私奔了。骏祥对他爹说：“爹，要不咱往后推推，我今年好好学习，明年先到北平试试，如果考上了，再成家不迟。”张禄知道，如果骏祥真的考上了，人去了北平，自己鞭长莫及，哪还管得了他。他黑着脸，斩钉截铁道：“不行，日子都定好了，说腊月娶就腊月娶。”张骏祥见他爹脸色变了，只有先勉强应允。

可是，谁也没料到，时局的变化实在是太快了。军阀混战的局面才结束了几年，隆盛庄刚刚恢复了一点儿元气，战乱再起。这回不是哪个军阀要赶蒋介石的国民党政府下台，而是日本人要灭亡整个中国。

隆盛庄来过日本人。

去年初夏，随汤冠丰到代县赴任之后便销声匿迹的汤冠群突然回到隆盛庄，和他结伴同行的还有个日本人。那日本人个子不高，戴一副金丝眼镜，说一口流利的中国话，长两颗大板牙，两只眼睛十分灵动。汤冠群对他唯唯诺诺，看上去十分敬畏。汤冠群拎着礼物，带着日本人探望了梁龙和张禄，说自己现在在德王府当差，这位是他的朋友西村先生。这次回隆盛庄，西村先生想订制一批羊皮帽子、大衣和护腿，请梁镇长和张会长帮忙。

张禄对汤冠群和日本人都没有好感。汤冠群当年在隆盛庄开赌坊，没少坑害人。日本人在东北发动“九一八事变”，占领了东三省。汤冠群和日本人勾结在一起，能有好事吗？不过，张禄还是答应了汤冠群，因为这笔生意很大，西村出的价钱也挺高。不但他的皮坊揽了大半年的活儿，永盛源积存的羊皮也能卖个好价。

那年，因为梁龙开烟馆，张禄要和他割袍断义。张祯听说了，对他说：“大哥，记得爹在世的时候，曾经给咱们讲过一个故事。说从前有个皇帝，有一天，皇帝把大臣们召集到一起，问世上啥东西最干净？答对了有赏，答不对砍头。有大臣说蓝天最干净，被拉出去砍了；有大臣说白云最干净，被拉出去砍了；一个大臣自以为聪明，说水最干净，可以洗去一切肮脏，也被拉出去砍了。这时，一个聪明的大臣站出来，朝皇帝闭着眼睛不说话，皇帝问他，他说眼不见为净。皇帝大喜，让他当了宰相。”张禄明白张祯话里的意思，梁龙现在得志，他想干什么，别说自己，就算隆盛庄所有人都站出来反对，也阻拦不了。何不假装什么都没看见，眼不见为净呢？如此，他才没和梁龙撕破脸皮，只是心有芥蒂，面和心不和，关系远不如从前了。

张禄的皮坊忙了大半年，用永盛源积存的羊皮给西村做了上千件皮大衣、上千顶皮帽子和皮护腿。他没少赚，张福和梁龙也没少赚。到了冬天，德王的蒙古军在日本人的指挥下，向绥东另一重镇红格尔图发起进攻，张禄才隐约意识到，自己给西村制作的皮货是不是装备了蒙古军和日本人？他后悔得连连跺脚，骂自己贪财忘义，助纣为虐。

两个月前，日军突然在卢沟桥发动“七七事变”，之后迅速占领华北大部，打下张家口，击破阎锡山的天镇、阳高防线，开始攻打大同。张禄听说日本人残忍暴虐，杀人不眨眼，和富云涛商量不等腊月了，立刻给骏祥和玉屏完婚；又和张祯、张福商量，骏祥和玉屏成亲后，让他们夫妻与宝凤带着三家的孩子到包头投奔曹宝珠和张顺祥，躲避战祸。

由于时间仓促，婚事一切从简，张禄只请了张家的亲戚和几位好友。

晚上喝过喜酒，客人散去，同父异母的兄弟姐妹，叔叔家、姑姑家、姨姨家的堂兄弟、表姐妹要闹洞房。花子、冬梅及金花和银花留下来伴护新娘，告诫孩子们不要闹得过分，好让新郎新娘早早歇息。

闹洞房的终于散去，玉屏顶着盖头等张骏祥揭，却久久不见动静，心中按捺不住，悄悄撩起盖头看。只见摇摆的红烛中，张骏祥似乎酒喝多了，手扶脑袋在椅子上昏昏欲睡。玉屏关心夫婿，顾不得许多，自己扯下盖头，上前扶住张骏祥娇声道："你莫不是喝多了？快上炕歇息吧。"张骏祥"嗯"一声，晃晃悠悠地站起来。玉屏搀扶他在炕沿上坐下，又倒了一碗温茶送过来。张骏祥接过茶碗，看玉屏一眼，玉屏羞得满脸绯红，连忙避开骏祥的眼睛说："你喝口茶润润嗓子，我先把被褥铺好。"

玉屏心里像揣了只小鹿，一边想着出嫁前夜本家姐姐教她新婚之夜该如何做，一边手忙脚乱地将被褥铺好。抬头见张骏祥已经将温茶喝了，手里握着空茶碗发呆，不知在想什么，玉屏不好意思也不敢问，只说了一句："累了一天，你也早些歇息吧。"说罢，她将外衣褪去，只穿一件薄衫、一条绸裤钻进被窝等着。

玉屏等了足足半个时辰，却见张骏祥麻木得像个木头人，没有一点儿要睡的意思。玉屏也是家里打小惯出来的，加上隆盛庄女人天性泼辣，忍不住坐起来，猛地使劲儿推张骏祥一把，泪眼涟涟地问道："今天这大喜的日子，你话也不说，觉也不睡，是不是因为你是读书人看不上我？或嫌弃我是乡下人？你痛痛快快地崩个屁，我也好拿个主意，看是上吊好呢还是跳井好。"

张骏祥差点儿被玉屏推到地上。他接触女人不多，年龄相仿的外人只接触过聂子瑶。他心想，这玉屏的脾性怎么和他妈的脾性有些相似。记起在丰镇读书时，有个同学曾和他半开玩笑地说过："外面人说我们丰镇人厉害，可我们丰镇人又说你们隆盛庄人厉害。你们隆盛庄是倒流水呀！"那同学说的倒流水张骏祥知道，因为大凡河流，河水都是向东南方向流的，隆盛庄的西河湾河水却是向北流的。因为这，他曾问过三叔。三叔说隆盛庄人在外面是有剽悍的名声，不过，这并不是因为隆盛庄的河水是倒流的。张骏祥问为什么。三叔说他也琢磨过，不管是走西口出来的山西人、逃灾出来的直隶人、迁徙过来的回族，还是最早在察哈尔牧场豢养军马的蒙古人，凡是喝了隆盛庄河水的人，都精明剽悍。这其中的原因，大概和隆盛庄是商贸重镇有关。隆盛庄人大多以做生意为生，做生意讲的是八米二糠算得精细，时间久了，人必然变得精明。加之每年南来北往的商客不下几万人，每个人都能带来些天南地北的信息，隆盛庄人便见多识广了。再加上周边多有蒙古人，蒙古人有着剽悍的性格，与他们打交道久了，自然会受到感染。张裕祥听三叔如此说，才明白了其中的缘由。

张骏祥心中正想着聂子瑶，被玉屏吓了一跳，尤其被玉屏的寻死觅活吓了一跳。他吃惊地望着玉屏，结结巴巴道："你、你……"隆盛庄的女人悍妇的确多些，也敢爱敢恨。张骏祥从丰镇回来到学校当老师后，玉屏想知道未来的夫婿长什么模样，有一次进镇看她爹，偷偷到过学校一次，远远地见过张骏祥，对张骏祥十分满意。从那以后，她天天想，夜夜盼，盼着张家早日娶她过门。今天虽然梦想成真了，张骏祥却对她冷若冰霜，就像一团火被泼上了一瓢冷水，她能不伤心吗？

玉屏天性要强，眼睛流着泪，头却昂着说道："我咋了？你咋不说你咋了？我这就去问问爹妈，读书人的洞房花烛夜就是这样的吗？"说罢，她跳下地，趿拉着鞋便要出门。张骏祥不敢让玉屏去向爹妈告状，急忙将她拽住，哀求道："玉屏，你看你，我这不是喝多了吗？好了，好了，别生气，咱这就睡。"玉屏原也是吓唬张骏祥的，见张骏祥服了软，自己心也软了，反身扑进张骏祥的怀里，搂着张骏祥的脖子"呜呜"地抽泣起来。

张骏祥这几天也想过，因为聂子瑶的出现，自己对这门娃娃亲已经不甚满意了。但是，这门亲事是他爷爷活着的时候定下的，怨不得玉屏。何况，自己虽然爱慕聂子瑶，但聂子瑶喜欢自己吗？重要的是娶过玉屏后，他妈马上就要带着自己和玉屏，以及张家的弟妹们到包头找表大爷曹宝珠和三哥躲避战乱去。此一去，不知何时才能再回隆盛庄，就算回来了，聂子瑶或许早已成了他人之妇。满心的纠结中，张骏祥叹了口气，他觉得自己与玉屏的姻缘是老天爷定下的，更改不得了。

张骏祥想开了，心结也渐渐解开。玉屏将他紧紧搂住，肌肤相亲，气息相通，一股女人的体香窜进张骏祥的鼻子，两条嫩藕般的胳膊搂着张骏祥的脖子，软温的胸脯贴着张骏祥的胸膛，就算他们不是夫妻，此刻怕是也难以自持了。张骏祥突然觉得玉屏也挺好、挺温柔的。她现在就是个女人，就是他的妻子。张骏祥的心被融化了，他情不自禁地紧紧搂住玉屏的腰，脸贴着她的腮厮磨着，轻声说道："别哭了，是我不好，让你受委屈了。"玉屏果然不哭了，抬起头惊异地望着张骏祥，眼睛依然噙着泪花，却不是伤心的泪了。张骏祥端详着玉屏，脸上渐渐露出笑容，他想再说几句歉意的话，玉屏却陶醉地闭上眼睛，把嘴唇贴在了他的嘴上……

没人知道昨晚洞房花烛夜的那段小插曲，也没人知道一对新人昨夜是何等的温存、何等的销魂。

看着太阳已经很高了，张禄不耐烦地磕磕他爹传给他的那根他姥爷传下来的烟袋，不满地嘀咕道："唉！连规矩都不懂，都日上三竿了，还不赶快起来拜见公婆。"艾叶见张禄脸色不好，说道："要不我去喊他们一声？"宝凤刚当了婆婆，偏祖儿子和新媳妇，笑嘻嘻地说："喊啥呀，人这一辈子能入几回洞房？一准儿是昨晚新鲜，小两口大半夜没睡。让他们睡着吧，多会儿起来多会儿算。老爷，你说是不？"张禄没点头也没摇头，叹了口气，便继续吧嗒烟袋了。过了一会儿，舒兰腰间系着围裙进来，说道："娃娃们都饿了，我让他们先吃了。"宝凤见张禄依旧蹙着眉头，说道："要不，我还是去喊他们一声吧！"舒兰说："别喊了，我刚给他们那屋送水过去，小两口正梳洗呢。"

果然，不过片刻，张骏祥和玉屏梳洗好出来了。可是，走到门口的时候，两人突然停住了脚，张骏祥一边仰起头朝天空望着，一边惊异地喊道："爹、妈，你们快出来！"众人不知道张骏祥和玉屏看见了什么，都跑了出去。只有张禄依然稳稳当当地坐在太师椅上，继续吧嗒着烟袋。张骏祥见他爹无动于衷，在门口连连招手道："爹，您快出来。您听天上是啥声音？"张禄磕磕烟袋站起来，迈着八字步出了门。一阵"嗡嗡"的巨响由远而近，抬头一看，头顶上飞过一架飞机，那声音是飞机发出的。

众人都是第一次见飞机，惊讶地指着天空叫道："飞机、飞机！"

张禄的眼睛忽地瞪大了，望着远去的飞机，自言自语道："哪来的飞机？莫非日本人打过来了？"

众人见飞机飞走了，一边议论一边往屋里走，唯有张禄、张骏祥和果儿及几个孩子还站在院子里，依然朝天空搜索着。突然，飞机的声音又来了，比刚才更响、更刺耳，天上却什么都没有。张禄正觉得奇怪，听得飞机的轰鸣声中伴着放爆竹般的声音，跟着屋脊的一个兽头在那声音中爆了个粉碎。没等张禄缓过神儿来，一架贴着红膏药的飞机擦着屋脊呼啸而过，卷起一阵风，在南房的门上留下两个弹孔。

张禄扔掉手里的烟袋，一把拽住就近的果儿，朝张骏祥喊道："骏祥，快，快带着你弟妹们往屋里跑。"

艾叶和舒兰被惊天动地的场面吓得双腿如筛糠，宝凤和玉屏胆子大，跑出去抱起两个吓得不知所措的孩子便往回跑。一家人跑回屋里，艾叶抚着胸口叫道："妈呀！吓死人了！那是日本人的飞机吧？飞机也能打枪？"舒兰嘴唇哆嗦着说："我这两条腿软得都提不起来了。"张禄把孩子们逐一检查一遍，见没有伤着的，吁口气骂道："狗日的日本人，来得够快呀！"张骏祥却问："爹，那我们还去不去包头了？"张禄说："我得先到外面看看镇上有人伤着没有，回来再说。骏祥，你和玉屏把弟妹们看好了，千万别到院子里，当心日本人的飞机再来。"

张禄刚出门便有人告诉他，说日本人的飞机打死了班姥姥。张禄担心还有受伤的人，急忙往医院去了。

张祯正双手抱着脑袋蹲在医院门口，见张禄来了，站起来，一脸悲怆道："大哥，你快去劝劝银花吧！"张禄心头一紧，问银花怎么了。张祯声音带着哭腔道："刚才日本人的飞机扫射，把金柱打死了。"张禄一愣，急忙往医院里跑去，还没见到银花的人，已经听见了银花的号啕。过去一看，段童抱着浑身是血的金柱，银花哭天抢地地喊着金柱的名字。段祖贤由玉莲、玉兰搀扶着，见张禄来了，抱住张禄的手，老泪纵横道："玉奎呀！这天杀的日本人，咱没招他没惹他，他咋就把我孙子给打死了？我家三代单传，这可要绝后了呀！"

那天，日军的飞机不但打死了金柱和班姥姥，还打死了两个在街上玩耍的孩子，打伤了笼匠赵艾的儿子糜柱。

班姥姥儿女不孝，班老汉过世后，把早年定的规矩改了，五个儿女，每人每年只给她半块大洋，故生活很差。加之班姥姥人懒，又上了岁数，家中邋遢不堪，吃饭全凭邻里接济，时常一碗莜面糊糊当一顿饭。班姥姥每天都坚持在巷口晒太阳，日本人的飞机扫射时，一颗子弹把她干瘪的胸膛穿了个大窟窿。一年只来看她一次的五个儿女听说了，都带着媳妇、丈夫、儿女来看她，跪在尸体前哭得呼天抢地，有人看见儿媳妇们一边号啕大哭，一边沾了口水往眼睛下面抹，哭过一阵后站起来，齐齐地有说有笑了。三个儿子商量了一阵儿，借口说怕日本人这就要打进来，棺材顾不上做了，买一张苇席将班姥姥卷起，匆匆埋了。

笼匠赵艾的儿子糜柱被飞机打断了小腿，唐大夫说腿骨粉碎，医不好了，只有从膝盖处把下半截锯掉。

从医院出来，张禄和张祯直接去了商务会。梁龙和各行社会首已经急不可耐了。张祯把医院的伤亡对众人讲了，周通暴跳如雷地骂道："狗日的，日本人也太残忍了，咱不是军队，咱是百姓，你就算杀人，也得有个缘由吧？"梁龙自从开了烟馆，张禄与他渐行渐远，见了面也不过敷衍几句。梁龙虽然自知理亏，但嘴头子不服软，两人关系一直僵着。此刻，日本人要打来了，他也顾不得计较了，主动说道："周通，你别骂了，骂也没用。玉奎来了，咱还是赶快商量一下咋个应对法儿吧。"周通风风火火道："商量啥呀！咱不是有商团吗，再把各家的枪都拿出来，也能凑个百八十条的。"梁龙问："你的意思是和日本人打？"周通说："对呀！兵来将挡，水来土掩。王金虎的独立队打了咱三次，一次便宜都没占到。日本人也是人，就算厉害，能厉害到哪儿？咱守住城门，不让狗日的进镇。"张禄叹着气，连连摇头道："周通，日本人不是独立队，是军队，并且是训练有素的日本军队。你见过冯玉祥的军队有飞机没有？你见过阎锡山的军队有飞机没有？你见过贾旅长的军队有飞机没有？都没有！那日本人飞机都有，大炮肯定也有。大同又高又厚的青砖城墙都被日本人攻破了，就咱隆盛庄的土城墙，几炮打过来就炸塌了。”富云涛点着头说：“嗯！张会长说得有理。咱拿商团和日本人打，那是鸡蛋碰石头。”周通问道：“照你们这么说，咱索性大开城门，清水洒街，点头哈腰地把日本人迎进来算了。”张祯插嘴道：“迎不迎是另一码事，但绝不能打。阎锡山几十万军队都挡不住日本人，凭咱百十条枪想保住隆盛庄，想都别想。”周通听张祯都这样说，脑袋耷拉下来，有气无力道：“既然不能打，那就跑吧。”富云涛说：“跑也不能跑。咱买卖字号都在隆盛庄，扔下家业跑了，往后的日子喝西北风去？我看咱也别瞎抬杠了，还是听听梁镇长和张会长的打算吧！”

众人吵吵了半天也没吵出什么结果，梁龙和张禄也拿不出什么好主意。最后还是张祯说先打听打听，看看局势发展到了什么程度吧。张祯建议各会首回去和各家掌柜说，乡下有亲戚的，不妨先把老婆娃娃送到乡下避避。其他的事，走一步看一步，随机应变吧。

张禄回到家，家里已经大包小包地把东西收拾好了。三个老婆都担忧孩子们的安危，问是不是赶快上路去包头。张禄道：“既然日本人的飞机来了，日本人的军队怕是也要到了。铁路线运兵快，按说日本人应该已经打下了丰镇。这个时候走，怕是已经晚了。现在外面情况不明，半路遇上日本人更危险。我寻思是不是暂时不去包头了，你们带着娃娃们和金花一道先到乌拉哈躲几天，看看日本人到底是咋回事，咱们再做决断。”

金花和武敖明来参加张骏祥的婚宴，昨晚没走。众人吃了晌午饭，各家套起轿车，由武敖明和金花带着宝凤、骏祥两口子和一群孩子去了乌拉哈。张禄安顿张福与张祯把家里值钱的东西藏好，三家人老婆汉子齐动手，在院里找隐蔽的地方挖了深坑，把金银、大洋等值钱的东西都埋藏起来。

这天下午，隆盛庄乱成了一锅粥。家里乡下有亲戚的，有的赶着车，有的骑着驴，有的挑着担子，拖儿带女地逃难去了。准备继续留在隆盛庄及附近村庄的人则挤爆了杂货铺和粮店，疯狂抢购柴米油盐，准备储存起来应付战乱。张禄和梁龙分别到了南门和北门，想看看有没有从丰镇或是集宁过来的人，好打听打听外面的战事。可是，一直等到天黑，两个地方竟然没有一个人过来。

这天晚上，梁龙和张禄没敢回家，就在商务会住了。

梁龙吩咐团丁去打二斤酒，买些煮五香大豆和下酒的熟肉回来。团丁问梁龙想吃什么。梁龙说："都这般时候了，还挑肥拣瘦的？有啥买啥吧！我看呀！能买回两根猪尾巴就不错了。"张禄别梁龙一眼说："都火烧眉毛了，还忘不了喝？记得我爹说过，你爹之所以发不了大财，就是把心思都放在酒上了，钱也都花在了酒上。"梁龙不服气地哼着鼻子说："玉奎呀！人这一辈子，还就得像我爹那样活。你说你辛苦了大半辈子，忙碌了大半辈子，明天日本人一颗炮弹打过来把你炸死了，你大半辈子的心血便啥也没了。"张禄眉尖一挑，狠狠地瞪梁龙一眼道："你能不能积点儿口德？你咋就知道日本人的炮弹打过来炸死的是我，不是你呢？"大敌当前，梁龙有心与张禄和好，也不针尖对麦芒了，苦笑一下道："好好好，日本人的炮弹打过来炸死我，留下你。满意了吧？所以呢，我才要再和你喝顿酒。这顿酒咱一定要开怀畅饮，不醉不休。因为喝过这顿酒，以后还能不能举杯对饮，鬼才知道。"张禄听出了梁龙话里的含义，口气缓和道："龙龙，我听你这话里有点儿'此去一归期，生死两茫茫'的苍凉味道。好吧，今天我就陪你喝个一醉方休。"

一会儿工夫，买酒肉的团丁回来了，说梁龙真猜对了，猪头肉呀什么的都被人抢光了，只买回三根猪尾巴。

张禄与梁龙虽然心有芥蒂，但毕竟多年的感情，几杯酒下肚，便又推心置腹了。梁龙先向张禄认了错，说道："玉奎，开烟馆其实是我的错，我当时也是想赚钱急红了眼……"提起烟馆，张禄又来了气，因为自从梁龙开了烟馆，隆盛庄抽大烟的人比之前多了许多。他说："啥叫急红了眼？你若不是开赌坊、开烟馆，隆盛庄还是三大老财。现在成四大老财了，你如愿了吧？"梁龙不好意思地笑笑说："我这老财来得不光彩，你要是看着不舒服，我要不先把烟馆关了吧。"张禄见梁龙认错了，心里舒服了些，说道："这个节骨眼上，你想这些做甚？关不关烟馆以后再说，先说眼前吧。你说日本人打的是啥主意？是把蒋介石、阎锡山打败了就走呢，还是要长久住下来？"梁龙说："我又不是日本人，我咋知道？我现在关心的是念祖和怀祖，还有寿祥。日本人打阳高，打天镇，打大同，他们在哪？是不是也被派到前线了？打仗就要死人，最先死的就是当兵的。我真替他们担忧呀！"

张禄心里也想着这事儿呢，沉思道："念祖是大官，未必亲自冲锋陷阵。我担心寿祥和怀祖是不是在前线？"梁龙面带喜色道："玉奎，你这句话提醒了我。怀祖和寿祥是跟着念祖走的，念祖当时也答应过我，说他一定会照顾好两个弟弟。所以，他应该不会派怀祖和寿祥到前线吧？"张禄沉吟道："大敌当前，这可说不准。唉！人的命，天注定，看他们的福分吧！我觉得就算他们上了前线，也是应该的。养兵千日，用兵一时。那些年军阀混战，中国人打中国人，送了命是冤枉，是替军阀卖命。现在日本人打进来了，上前线是保家卫国，是军人的本分，就算战死沙场，也是死得其所，也是咱家的荣光，隆盛庄的荣光！”梁龙端起酒杯道：“玉奎，你这话说得好。狗日的日本人，面都没露，便先来飞机把咱隆盛庄扫了一遍，真是群畜生。”

这天晚上，梁龙与张禄一边谈心，一边喝酒。只是两人都上了岁数，一斤神仙醉没喝完便已经晕晕乎乎，就在商务会的炕上和衣躺了。第二天上午，两人起来洗把脸，一道去小饭馆要了两碗荞面饸饹，刚吃了一半，把守南门的团丁惊慌地跑来报告，说日本人来了。梁龙与张禄扔下碗，急慌慌地跑上城楼，只见远远地尘土飞扬，大队日军骑着马，开着汽车、摩托车往隆盛庄滚滚而来。团丁问梁龙要不要把城门关上。梁龙已经和张禄商量好了，说道：“城门别关，告诉弟兄们都回家去，把枪藏起来等我的话。”团丁不甘心道：“就这么一枪不响地把日本人放进来？也太便宜狗日的了吧？”张禄指着远方的日军说：“你看看日本人有多少，两扇城门能挡住他们？与其让他们打进来迁怒杀人，不如把他们放进来，看他们究竟想做甚，隆盛庄上万人口，他们不能都拿机枪扫了吧？”

第五十一章

张占海为兄报仇

日军的飞机昨天是来侦察的，机枪扫射了一番，没有发现中国军队，大部队今天便大摇大摆地开来了。

隆盛庄人已经有了准备，家家赶快关门闭户，字号与店铺上了门板。

梁龙和张禄不敢守在城门口，也不敢扔下一镇百姓不管。两人神情紧张，忐忑不安地坐在商务会，一边故作镇定地喝着茶，一边等着不知道会坏到何种程度的消息。外面偶尔传来几声枪响，枪每响一声，梁龙和张禄都会打个寒噤，然后默默地对视一眼。

等待是一种痛苦的煎熬，尤其是等待灾难降临的时候。

终于，在外面观察动静的团丁惊慌失措地跑了进来，叫道："来了，来了！"梁龙忽地跳起来，问道："来了？日本人来了？来哪了？"团丁朝外面一指，两人急忙到门口看。外面三匹马已经进了院子，马上的人虽然都穿着军装，背着枪，却不是日本人。前面一个背驳壳枪的军官大声喊道："梁镇长、张会长，老朋友来了，也不出来迎接一下？"梁龙与张禄小心地迎出去，细一端详，认出那人竟是汤冠群，一同惊讶道："咦，这不是汤掌柜吗？"

此次进驻隆盛庄的，一半是日军，一半是德王的蒙古军。汤冠群便是配合日军行动的蒙古军。

一九三六年，锡林郭勒盟副盟长德穆楚克栋鲁普亲王（德王）在日本驻华特务头子田中隆吉的蛊惑下，成立伪蒙古军政府，因所部大半士兵为蒙古人，亦称蒙古军。人们也叫他们伪蒙军。伪蒙军以骑兵为主，势力范围为晋北、察南、绥远地区，由德王、李守信、王英三股力量组成，日本顾问进行军事训练、指挥。伪蒙军虽然日式装备，战斗力却极差。有人将他们比喻为狗，遇强则弱，遇弱则强，狐假虎威，与晋绥军作战，往往一触即溃，奸淫抢掠却比日军毫不逊色。

汤冠群翻身下马，哈哈大笑道："正是，正是。两位没想到吧？"随即脸色骤然一变，拉长一张驴脸，马鞭朝梁龙和张禄点着说道："我说，你们二位是自视清高呢，还是有抗日情绪？皇军到来，为何不到城门口迎接？"梁龙与张禄面面相觑，猜不透汤冠群如今是什么人。张禄小心地抱拳问道："汤掌柜，您、您这究竟是……"汤冠群知道张禄想问什么，狐假虎威道："哦，我现在在德王的蒙古军，配合皇军作战。二位呀，你们实在是太失礼了，竟然没有一个人出来迎接皇军。也亏了你们城门大开，不然，皇军此刻怕是已经炮轰隆盛庄了。"梁龙与张禄听出汤冠群和日本人穿一条裤子了，不敢得罪他，说道："汤掌柜有所不知，昨天日本人的飞机来过，无缘无故地打死了好几个人，人们害怕，所以都躲在家里不敢出来。"汤冠群嗤之以鼻道："死几个人？你们没见皇军这一路打过来杀了多少人吧？兵挡杀兵，民挡杀民，杀得是尸积如山，血流成河呀！你们才死了几个人，该谢谢皇军的慈悲了。"

梁龙与张禄听汤冠群说日本人这一路杀人如麻，暗自庆幸城门大开放日本人进来了，不然，日本人怕是真如汤冠群所说，炮轰隆盛庄，见人便杀了。汤冠群既然投靠了日本人，两人连忙谦让道："汤掌柜，该咋称呼您呢？还是请先进屋喝杯茶吧！"旁边的伪蒙军士兵插嘴道："啥汤掌柜、汤掌柜的，这是我们汤营长。"汤冠群的马鞭再次点过来，拉长了驴脸呵斥道："我说你们两个榆木脑袋，刀已经架在脖子上了，还有心思喝茶？赶快去给皇军准备粮草吧！哦，还有，皇军喜欢吃鸡，谁家有鸡让他们自己交出来，省得皇军亲自动手。"梁龙二人连忙应了，随汤冠群出来，张禄小心地问："汤营长，咱也算老交情了，您交个底儿，这日本人要在隆盛庄住多长时间呀？"汤冠群瞥张禄一眼道："张会长，说实话，我是看在你当年亲自把我和我哥送出隆盛庄的面子才对你如此客气的。记着，以后不要叫日本人，要叫皇军，不然，就要当心掉脑袋了。皇军现在正在攻打丰镇，我们这一路是防止集宁的晋绥军从公路向丰镇增派援兵的，等丰镇打下来，我们就去打集宁了。"张禄不关心丰镇和集宁，关心的只是隆盛庄，听汤冠群如此说，脸上露出笑意道："汤营长，照您这么说，日本人，哦，不，皇军在隆盛庄也住不了十天八天的吧？"汤冠群轻蔑道："哪能住十天八天，整个华北，皇军不到两个月时间便占了大半。

一个小小的丰镇城，哪经得住皇军的飞机大炮？今天打不下来，明天一准儿打下来。”想了想，又提醒张禄说，“张会长，你别以为皇军走了就不再来了。隆盛庄是南北公路交通要道，过些日子，皇军怕是要在隆盛庄常年驻扎呢。”张禄听了，心又凉了。

此时，隆盛庄满街都是日本兵和伪蒙军，日本兵雪亮的刺刀上绑着太阳旗，队伍里有骡子拉的大炮、马驮的小炮，有数不清的轻重机枪，街道的石子路上还停着几辆铁乌龟一样的轻型坦克。到处都是此起彼伏的砸门声，许多日本兵的刺刀上挂着翅膀扑腾的公鸡、母鸡。几家大字号的门被砸开了，有日本兵和伪蒙军的军官出出进进。汤冠群将梁龙与张禄带到永盛源，永盛源的门也被砸开了，张福一脸沮丧地蹲在大门右侧的墙角，见梁龙和张禄来了，站起来正要打招呼，张禄给他使个眼色，示意他赶快回家。汤冠群将二人带到一个日本军官面前，向那军官介绍了梁龙与张禄的身份，那军官叽里咕噜了几句，便有翻译说什么大佐要他二人为皇军筹办粮草，征派民夫，在隆盛庄北面的山隘要道构筑阵地。梁龙与张禄不敢违抗，连忙照办了。

那天，隆盛庄的街上看不到一只鸡、一条狗。三义泉的神仙醉被抢走了几十坛子，掌柜梅雪气得一头栽倒在地，躺了三天才缓过气来。磨豆腐的唐疤子牵着毛驴，从二道沟买了一毛口袋黑豆回来，遇上日本兵，黑豆被抢去喂了骑兵的马，毛驴被打死炖了肉。富云涛的庆春楼也进了日本兵，若不是张禄以商务会的名义安排几个日本军官到庆春楼吃饭，庆春楼怕是也要遭遇洗劫了。也亏了商务会及时给日军筹备了粮草，征派了民夫，日本兵吃饱喝足后忙着在隆盛庄以北构筑阻击阵地，不然，隆盛庄还不知道要被祸害成什么样子了。

果然如汤冠群所说，日军在隆盛庄只住了一个晚上，丰镇城便被攻破，集宁的晋绥军也没有派援兵增援。第二天，丰镇的日军沿铁路线开往集宁，隆盛庄的日军也杀气腾腾地向北去了

日军匆匆而来，匆匆而去，虽然来势汹汹，气势骇人，但毕竟没在隆盛庄大开杀戒。所以，梁龙与张禄长吁一口气，觉得日本军队虽然比晋军和奉军更为凶恶，但也没有汤冠群形容的那般可怕。

这一天，突然有媒人来到梁龙家，对梁龙和玉凤说想给梁奉祖提一门亲事。玉凤问是谁家的闺女，媒人说是杨曼杨老师的闺女聂子瑶。

杨曼怎么会想到把聂子瑶许配给梁奉祖呢？

杨曼和李凤翔都是读书人，读书人喜欢关心天下大事。所以，日本军队在卢沟

桥发动“七七事变”迅速占领华北大部时，他们便讨论过，中国怕是要进入漫长的水深火热之中了。因为这不是一场普通的战争，不是军阀割据，不是军阀混战，不是扩充实力，不是争夺地盘，这是侵略，是两个国家间的战争。日军之所以如此之快地占领华北大部，说明中国军队的实力远不及日本军队。那么，这场战争的结果只有两个，一是中国灭亡，一是战争旷日持久地持续下去，直到有一天日本消耗不起战败。但是，这个结果会是多少年之后？

李凤翔天性怯懦，那次贾旅长刚说要血洗隆盛庄，他便吓得尿了裤子。现在日本人的飞机到了隆盛庄，还打死了人，镇上的人纷纷拖儿带女到乡下避难，丈母娘也把他和秀珍所生的娃娃接走了，说是要到乌拉哈躲些日子。李凤翔又吓得不知所措了，和杨曼商量，是不是也到什么地方躲躲。杨曼说李凤翔老家在大同，大同已经沦陷，去不得；自己娘家在丰镇，日本人的飞机就是从南面飞过来的，丰镇要么已经在日本人手里了，要么日本人正在攻打丰镇，更是去不得，还是听天由命，就在隆盛庄等着吧。

第二天，日军开过来，说丰镇已经被日本人打下来，日本人又向北打集宁去了。汤冠群还留下话，说日本军队很快就要驻扎隆盛庄，杨曼便对聂子瑶担忧起来。聂子瑶人长得俊，好打扮，日本人烧杀奸淫，见到年轻漂亮的女人能不兽性大发吗？所以，她想赶快给闺女定门亲，尽快把她嫁出去。杨曼既有才情又懂得浪漫，不想闺女嫁个普通人家，便和李凤翔、秀珍商量，看隆盛庄哪家的后生配得过聂子瑶。

秀珍地位虽然高于杨曼，却叹服杨曼的风采和才华，所以把聂子瑶当成自己的半个闺女，家里做了好吃的，要么让杨曼把聂子瑶带回家吃，要么让杨曼给聂子瑶带到学校些。她也是真心为聂子瑶着想的，说道：“其实，隆盛庄能配得过瑶瑶的，我觉得就数我叔伯弟弟骏祥了。可惜骏祥早年定了娃娃亲，已经和富掌柜家的玉屏成亲了。”秀珍不用提张骏祥，杨曼已经非常遗憾了。张骏祥无论家境、出身、相貌还是文化，与聂子瑶都是天造地设的一对。她也留心过，张骏祥对聂子瑶颇有好感，而聂子瑶对张骏祥也有爱慕之心。只是老天不遂人愿，张骏祥不但比聂子瑶岁数小，更是早早地定了娃娃亲，他爹又刻意让他在日本人打到隆盛庄之前娶玉屏过了门。听秀珍说，张禄本来要让张骏祥夫妇和他妈带着张家的孩子们到包头躲避战乱，只因为日本人来得太快了，无奈之下才去了乌拉哈躲避。

李凤翔家教甚严，循规蹈矩，墨守成规，说道：“别说骏祥已经成了亲，就算没成亲，人家也未必肯娶瑶瑶。”秀珍和杨曼问为什么。李凤翔说：“你们想想，张家是啥样的人家，他爹会让他娶一个比他大三岁的女人？”秀珍喜欢聂子瑶，说道：“大三岁咋了？人常说：女大三，抱金砖。那童养媳不是都比男人大吗？更何况瑶瑶会打扮，还显年轻呢。还有，杨老师不是也比你大吗？你不是也娶了？”李凤翔为人认真，说道：“那也不合适，你和骏祥是叔伯姐弟，瑶瑶叫你大妈，瑶瑶若是嫁了骏祥，他们互相咋称呼呢？”杨曼蹙起眉头说：“你们都扯到哪去了？不管合不合适，骏祥已经成亲了，咱们就别提他了。你们好好想想，就算将就些也行，一定得在日本人进隆盛庄之前把瑶瑶聘出去。”李凤翔皱起眉头，望着秀珍说：“瑶瑶不但人长得漂亮，眼界也高，普通后生她怕是看不上眼吧？”

其实，杨曼已经有自己的想法了，问道：“你们觉得梁镇长家的三儿子梁奉祖如何？”李凤翔想了想，点头说道：“梁奉祖和瑶瑶年龄倒是挺般配，只是梁奉祖相貌一般，瑶瑶嫁给他，有些委屈了。”秀珍沉吟道：“龙龙大爷是隆盛庄四大老财之一，念祖哥又是大将军，我觉得瑶瑶若是能嫁给奉祖，是咱高攀了。奉祖相貌虽然一般，可眼界很高，不然，以他的岁数早该娶过了。”

秀珍说得不错，按梁奉祖的年龄，早该娶妻生子了。但梁奉祖有志气，他哥现在是将军，他娶个普通人家的闺女，将来哥哥带着嫂子回来，嫂子还不笑话他，小看他吗？更何况，隆盛庄的闺女，没有一个让他动心的。他爹妈催他，他总是说不急，再等个一两年。他爹妈问他等什么，他说等他大哥二哥回来，他也要跟着他们当兵去，威威武武地做一番大事业。如果早早娶了媳妇，拖家带口的，这辈子怕是要窝死在隆盛庄了。所以，梁奉祖至今未娶，外人见梁奉祖眼界高，怕碰一鼻子灰，也不敢托媒人上门了。

梁奉祖是李凤翔教出来的学生，李凤翔也听说过梁奉祖的心高气傲，担忧道：“秀珍说得对，听说梁奉祖眼界很高的。”秀珍却又说道：“不过，眼界高得分对谁，就瑶瑶的相貌，配奉祖绰绰有余，我就不信奉祖会不同意。”杨曼想了半天，沉吟道：“现在火烧眉毛，不管梁奉祖同不同意，我先找个媒人去问问。成了好，不成再想别的法子。”

既然杨曼拿定了主意，李凤翔和秀珍一个后爹、一个后妈，也不好说别的。杨曼请媒人到梁家提亲，梁龙和玉凤都见过聂子瑶，有时候拉呱到杨曼或聂子瑶的时候，羡慕那母女俩都长得好，有气质。玉凤还曾遗憾地说过：不知道聂子瑶将来会嫁个什么样的人家，若是梁家能娶回那么漂亮个儿媳妇，可真给梁家长门面了。不料，心里想什么来什么，杨曼竟然主动托媒人来提亲了。梁奉祖等了几年，两个哥哥却一直未曾回家探亲，也有些心灰意冷了，再等下去，自己快要成半大老汉了。

他也见过聂子瑶，聂子瑶的确是个让人心动的女人。所以，他爹妈征求他的意见时，他非但没有拒绝，心里还高兴得飘飘然呢。

于是，两家给梁奉祖和聂子瑶定了亲。

隆盛庄在惶恐不安中又过了十几天，这十几天里，对战局怀有侥幸心理的人彻底失望了。

日军虎狼之师，势如破竹，在短短一个月内，便突破了阎锡山的阳高、天镇防线，连克张家口、大同、丰镇、集宁、归绥。傅作义的晋绥军撤到了绥西的河套地区，日军在各地相继设立宪兵司令部，成立伪政权，华北地区几乎全部沦陷。

那天，汤冠群带着一队伪蒙军骑兵驰骋而来，拿出丰镇日本宪兵司令部的命令，对梁龙和张禄宣布：任命西村初为大日本皇军驻隆盛庄指导官，汤冠群为皇协军团长，汤冠丰为隆盛庄镇长。西村初和汤冠丰将于明日上午抵达隆盛庄上任。汤冠群要求梁龙和张禄组织隆盛庄各界热烈欢迎，有抗日分子和滋事者，由西村指导官就地裁决。

读罢日本人的命令，汤冠群铁青着脸对梁龙和张禄说："两位都听清楚了吧？皇军的命令很明白，给你们两条路，一条路是城门大开，清水洒街，门口悬挂大日本帝国的太阳旗，欢迎西村指导官；另一条路是皇军血洗隆盛庄，鸡犬不留。两条路，你们自己选吧！"

梁龙听说汤冠丰要回隆盛庄当镇长，心里失落，扭头便走："既然汤巡检要回来主持隆盛庄了，那就没我啥事了。汤团长有事和张会长商量吧。"汤冠群伸手拦住道："梁镇长，虽然我哥要回来当镇长，但西村指导官也没说要免你镇长的职呀！你当个副镇长也是可以的嘛！"梁龙说道："汤团长，我能不干吗？"汤冠群拉下脸说："咋，想撂挑子呀？梁龙，我告诉你，皇军让你干，你不干也得干；皇军不让你干，你想干也干不成。还用我提着你的耳朵根子，三番五次地对你说吗？就一句话，要想活命，就得听皇军的。"梁龙心里叹息一声，不说话了。

汤冠群先给了张禄与梁龙一个下马威，然后让二人带他去看住的房子。张禄不知道日军要驻扎多长时间，怕日军糟蹋，不敢让日军住进正在经营的字号。想到自己的瑞盛钱铺和瑞盛马店早已停业，主动提出带汤冠群去看。瑞盛钱铺曾是隆盛庄的大字号，房子好，汤冠群一眼便相中了，说要让新来的指导官住在这里。去瑞盛马店看，说瑞盛马店院子虽大，却偏僻简陋，也不够干净，绕过了。去别处看，先相中了永盛源，张禄知道永盛源现在还有生意做，若是日本人住进来，哪个还敢和张福做生意？找借口说永盛源是皮货店，皮硝味太大，不好住人，劝汤冠群还是绕过。汤冠群也知道永盛源是张福的字号，既然已经号了张禄的瑞盛钱铺，就放过张福吧。又看了几处地方，相中了恒昌永与合盛店。朱奉祺死后，恒昌永钱铺分给了朱进，因为生意萧条，钱铺也早已挂上门板了。合盛店现在是陈贵明的儿子陈春经营，房子好，还有挺大一间伙房，汤冠群毫不犹豫地号了。张禄算了一下，三处院子最多也住不了二百人，便猜想日军在隆盛庄驻扎的人数不会太多。

号过房子，汤冠群又让张禄和梁龙随他去庆春楼给西村指导官订接风酒宴。汤冠群照着菜谱，将庆春楼的招牌菜尽数点了。

应付过汤冠群，张禄立刻召开商务会，把汤冠群的话向各位会首转达了。众人唉声叹气，默默不语。周通张张嘴想说什么，又把话咽了回去。富云涛苦笑着说："张会长，这没啥好商量的吧？人为刀俎，我为鱼肉。阎锡山、傅作义的军队都挡不住日本人，何况咱们老百姓？我看就照汤冠群说的做吧。那马脸驴头兄弟运气好，会见风使舵。小状元闹革命的时候，汤冠丰帮着清朝杀革命党；民国政府成立了，他摇身一变当了代县知事。现在，又要回来给日本人当镇长了。汤冠群当年不过一个要钱鬼，仗着他哥的势力在隆盛庄开了来运赌坊。现在投靠了日本人，也得势了，混了个啥皇协军团长。唉！隆盛庄呀隆盛庄，往后的日子怕是要难过了。真可惜了这片风水宝地。"富云涛说罢，半闭着眼睛，背抄着手蹒跚而去。众人见富云涛走了，也不用张禄放话，一个个垂头丧气地跟在了富云涛后面。

有道是人在屋檐下，不得不低头。为了免遭日本人的杀戮与抢掠，沿街各字号、店铺，或用白布，或用麻纸，都制作了日本膏药旗。第二天早晨，家家户户将门前打扫了，泼水压了浮尘，将膏药旗拴在麻秆儿上插在门头。因为马上就到八月十五了，有想巴结日本人的，还在字号门口摆了桌子，桌子上放了各式各样的月饼。

张禄吃过早饭，看太阳已经一竿子高了，披了夹袄要走。艾叶问他晌午回家吃饭不，张禄拉长音调说："我哪能知道，日本人放我回来，我就回来吃。日本人要我给他接风，我就不回来吃了。以后别喊我老爷了，我看呀，咱隆盛庄从此怕是没有老爷，只有孙子了。"舒兰见张禄心情不好，提醒他说："老爷，日本人杀人杀红了眼，惹不得。你心里有气也忍着点儿，千万别让日本人看出来找你的碴儿。"张禄哼一声，拍着脖颈道："忍？当然得忍呀！谁让咱的脖子硬不过日本人的洋刀呢！"

汤冠群把镇公所定为西村办公的地方。镇公所三间正房，为西村的办公室；两间东耳房，白天住一个班的皇协军，算是西村的警卫部队；两间西耳房，为夜间值班室，每天晚上留两个皇协军在此值岗。

张禄到镇公所时，汤冠群已经集合好队伍了。他虽然名为团长，实际只有一个连的兵力。见张禄姗姗来迟，瞥他一眼道："张会长真是懒驴上磨屎尿多，咋磨蹭到现在才来？是不是不欢迎西村指导官呀？"张禄强作笑脸道："汤团长，我哪敢磨蹭？人上了岁数，腿脚不方便，走路慢了。"汤冠群冷笑一声："走慢了？皇军若是放开大狼狗在后面追你，你跑得怕是比兔子还要快。梁龙呢？他也走慢了？我看你们都是敷衍皇军呢吧？好，等着，迟早让你们知道知道皇军的厉害。"汤冠群话音刚落，梁龙披着夹袄，背抄着手，迈着八字步不紧不慢地来了。不等他说话，汤冠群扬手便是一马鞭，骂道："梁龙，看你这八字步迈得，真把自己当镇长了？给脸不要脸的东西。"梁龙挨了打，一把拽住汤冠群的衣领，瞪起眼睛喝道："姓汤的，你咋动手打人呢？"

有句话叫得意忘形。今天的汤冠群，已经不是当年那个在江湖上讨生活，左右逢源、八面玲珑的汤冠群了。他掏出驳壳枪，把枪口点着梁龙的脑门，凶相毕露地喝道："松手！松手！想反呀？不松手老子就开枪了。"张禄怕梁龙吃亏，连忙上前掰开他的手，给他使了个眼色道："龙龙，你也是的，咋磨蹭到现在才来？汤团长等得心急，脾气大了些，快给汤团长赔个不是吧。"梁龙收回手，不服气地瞪着汤冠群不说话。汤冠群把枪收回去，马鞭指着梁龙冷笑道："梁龙，老子告诉你，今天是迎接西村指导官，不想见红。你若不识抬举，日后有你好看的。出发！"

汤冠群和皇协军在前面走，张禄和梁龙在后面跟着。张禄见梁龙气得脸色蜡黄，鼻子喘着粗气，悄声劝他："龙龙，这是姓汤的给咱下马威呢！往后可要收敛收敛你的性子，遇到事情忍着点儿。现在是日本人的天下，他们杀人就像踩死只蚂蚁，咱还有一家老少呢，不能因为治气死在他们手里。"梁龙揉着脸上发痛的鞭痕，咬牙切齿道："妈的，一辈子没这么窝囊地活过，若不是有一家老少，我回家掖上枪，和狗日的姓汤的拼了。"张禄瞪梁龙一眼说："又使性子！人在屋檐下，不得不低头。你活了大半辈子，连这个理都不懂？"梁龙叹口气说："可是，这得忍到啥时候才是个头呢？"

到了南门，汤冠群命令队伍在城门两旁一字排开，持枪肃立。自己攥着马鞭，背抄着手，一边来回踱步，一边朝南面的大路上瞭望。等了近一个时辰，突然面露笑容，扬起马鞭惊喜地说道："瞧，来了，西村指导官来了。"

张禄和梁龙原以为来的会是一大队气势汹汹的日本兵，可是来的只有十几匹马。最前面骑一匹黑色高头大马的是个小个子日本军官，戴金丝眼镜，挎王八盒子，腰间悬一把东洋刀，想必便是什么西村指导官了。西村的后面是个日本兵，童稚未脱，也就十五六岁的样子。旁边是个骑一匹枣红老马的大个子，六十左右，一张马脸，此人正是汤冠丰。再往后，没有日本兵，都是清一色的伪蒙军。

汤冠群笑吟吟地迎上前，帮西村带住马缰。那小日本兵先一步下马，将西村扶下马来。张禄怕汤冠群又找借口发难，拽一把梁龙，强作笑颜过去，朝西村低头抱拳道："隆盛庄商务会长张禄，恭迎西村指导官！"梁龙心里有气，不报姓名，不报镇长，抱拳冷冷道："恭迎西村指导官！"不承想，西村却拍一把张禄的肩，乐呵呵地用流利的中国话说道："张会长和梁镇长不必客气，我们是老朋友了嘛！"张禄诧异，抬头细一端详，此西村竟是两年前到隆盛庄购买皮货的那个日本商人。

汤冠群兄弟是如何与日本人勾搭在一起的呢？

当年，汤冠群随他哥汤冠丰去代县赴任，本想仗着他哥是知事在代县开一家赌坊，但汤冠丰新官上任，不敢太张扬，说等过两年他扎好根基再开吧。汤冠群习惯了江湖生活，在家里闲不住，便出去四处游荡，走着走着，又回到绥东一带，到了德王的地盘。此时，正值日本人在东北发动"九一八事变"，德王府也来了日本人。汤冠群无意中结识了西村。

西村全名西村初，少尉军衔。西村的父母早年随"满洲开拓团"移民中国，他是在中国出生长大的，算是中国通，"九一八事变"前被日本特务机关招募，训练后派遣至日本驻蒙古军政府特务机关，是机关长田中隆吉的手下。

田中隆吉是大大有名的人物，曾和日本间谍之花川岛芳子合谋，在一九三二年制造了"上海事变"。他见石原莞尔在东北搞出个"满洲国"，也想在绥远搞个"蒙古国"出来，便策划攻占绥东重镇红格尔图，打开进攻归绥的大门。绥东冬天天寒地冻，德王手里有羊皮但缺少皮毛匠，赶制不出大量皮制护具装备日军和伪蒙军骑兵，田中隆吉派西村到皮毛匠颇多的丰镇一带定做，西村用上了汤冠群，汤冠群便把西村带到了隆盛庄。

"七七事变"后，日军虽然攻势凶猛，屡战屡胜，但毕竟兵力有限，不能每攻占一城一地都留下大批日军驻守。日本宪兵司令部采纳田中隆吉的建议，挑选可以独当一面的中国通，或三五人，或一两人，到各县镇担任指导官，借助汉奸和伪军的力量，对占领区实施统治。汤冠群在红格尔图战役之前便加入了伪蒙军，颇得西村信任。西村担任日军驻隆盛庄指导官后，任命汤冠群为隆盛庄皇协军团长。汤冠群记得他哥汤冠丰赋闲在家，便向西村举荐了他哥。西村听说汤冠丰在清朝时曾任隆盛庄巡检，人熟地熟，正是治理隆盛庄的最佳人选，便任命汤冠丰为镇长，与他一道上任。

此时的隆盛庄，清水洒街，一尘不染，街道两旁的字号和店铺都悬挂了日本膏药旗。因为汤冠群有店铺门口悬挂太阳旗便平安无事的承诺，许多店铺都开门营业了。人们奇怪日后执掌隆盛庄生杀大权、主宰隆盛庄命运的日本指导官长什么模样，纷纷壮着胆子出来看。西村误以为这些人都是夹道欢迎他的，微笑着举手致意，却没注意到，所有人都是充满疑惑、好奇、恐惧的眼神，没有一个脸上带着笑容的。

汤冠群陪西村在前面走，汤冠丰身着蓝色长袍，外罩黑缎马褂，头戴黑色宽边礼帽，手拄文明棍跟在后面。

汤冠丰心中万分感慨，想当年，离开隆盛庄到代县赴任时，冷冷清清，只有商务会长张禄一个人送行。然而今天，以大日本皇军镇长的身份重回隆盛庄，却跟着西村太君受到热烈欢迎。想到今后的隆盛庄，除了西村太君就是自己兄弟说了算，禁不住踌躇满志，得意扬扬，看见路旁有认识的熟人，还要打个招呼，说上几句话，如此，便落后了西村与汤冠群一段距离。

八月金秋，正是西瓜熟透的季节。一条巷口处有个西瓜摊，摊前摆一张短腿炕桌，旁边放几只小板凳，桌上的几牙西瓜红瓤黑籽，让人看着直流口水。摆摊的是个精瘦的中年汉子，双目炯炯有神，见汤冠丰过来了，笑呵呵地和他打招呼说："您是汤巡检吧？还认识我吗？来来来，您吃牙西瓜再走。"汤冠丰在西瓜摊前停住脚步，打量着卖西瓜的汉子问道："你是谁呀？瞧我这记性，实在是想不起来了。"卖西瓜的汉子背抄着一只手，近前两步，嘻嘻笑道："汤巡检，您不认识我，但您肯定认识我哥。"汤冠丰眨巴着眼睛问："你哥是谁？"那汉子笑眯眯的眼睛突然射出两道精光，一把揪住汤冠丰的衣领，沉声喝道："我哥是饮马沟的小状元张占魁。汤冠丰，我替我哥向你狗日的索命来了。"汤冠丰惊恐地望着那汉子张大了嘴，还没等他喊出声来，一把明晃晃的尖刀已经戳进了他的胸口……

跟在汤冠丰身后的张禄与梁龙目睹了一切，张禄不用细看，知道那杀汤冠丰的汉子是张占魁的弟弟张占海。见张占海逃远了，张禄方才喊道："杀人了！杀人了！"几个皇协军朝张占海逃跑的方向追去，汤冠群闻声返回身来，抱起血泊中的汤冠丰"哥、哥"地连声喊着。汤冠丰身体抽搐，一串血泡咕嘟咕嘟地从胸口往外冒。汤冠群一把拔出仍然留在他哥胸口的尖刀，那不是一把普通的切西瓜刀，而是一把锋利的杀猪刀。

汤冠群本想让他哥当几天一人之下万人之上的官儿，好在晚年再风光一场，没承想，刚到隆盛庄，屁股还没挨着镇长的椅子，便死于非命。他跳起来掏出枪，枪口指着张禄暴跳如雷道："张禄，是谁杀了我哥？"张禄却指着汤冠丰说："救人要紧，汤团长，赶快送汤镇长到医院呀！"尽管汤冠群看出他哥已经没救了，还是命令几个皇协军赶快把汤冠丰往医院抬。但是，他的枪口也没从张禄的胸口移开。他发红的眼睛瞪得牛蛋一般吼道："张禄，老子再问你一句，谁杀了我哥？"张禄朝汤冠群连连抱拳道："汤团长，事发突然，我没看清楚。真没看清楚是谁杀汤镇长的呀！"汤冠群把枪口对住了张禄的脑门，厉声道："张禄，你包庇杀人凶手是不？你身为商务会长，隆盛庄谁是做棺材的、谁是埋死人的你都了如指掌，会不知道这卖西瓜的是谁？"张禄装作恍然大悟道："哦，这西瓜摊是张占海摆的，杀人的是不是他，我就不知道了。"汤冠群思索着问道："张占海？他是啥人？谁家的儿子？"张禄道："张三家的，他是饮马沟张三的儿子。哦，他哥就是小状元张占魁。"汤冠群恍然大悟，咬牙切齿地自言自语道："张占魁的弟弟？狗日的，他一定以为是我哥杀了小状元，他杀我哥，是要替他哥报仇呀！"枪口从张禄脑门上拿开，朝身边的皇协军喊道："弟兄们，跟我追，活捉张占海。"追出去没两步，忽地想起了主子西村，连忙更正道，"弟兄们，你们追，我保护西村指导官。"

一群皇协军呐喊着朝张占海逃跑的方向追去，他们都是初到隆盛庄，道路不熟，又没见过张占海长什么模样，盲目地追了一通，回来向汤冠群报告说没有抓到凶手。汤冠群为了引起西村的重视，没有对西村讲他哥与张占魁之间的恩怨，只说他哥之死，是抗日分子所为，建议西村立刻贴出告示，悬赏捉拿抗日分子张占海。于是，各城门都张贴了悬赏一百大洋，捉拿抗日分子张占海的告示。

汤冠群虽然失了哥哥，却也不敢怠慢西村。到了晚上，汤冠群问西村是否参加商务会特意为皇军举办的接风酒宴。西村虽然害怕再遇刺客，但更怕露出怯意被隆盛庄人小看，灭了皇军的威风，说商务会的接风酒宴一定要参加，叮嘱汤冠群严加戒备，不得大意，切不可让抗日分子混入庆春楼。汤冠群便在庆春楼门口加派了双岗，闲杂人等不得入内。西村吃了富云涛的烧麦，连连叫好。

第五十二章

张寿祥神秘归乡

西村刚到隆盛庄，不摸底细，没有什么大动作。

人们见城门依然由商团巡守，西村和汤冠群带着几个皇协军每天在街上闲逛，这家店铺看看，那家字号走走，大街小巷走了个遍，每座城门看了个遍，不知道西村是在掌握隆盛庄的基本情况，议论说这个西村指导官说话和颜悦色，远没有人们想象的那般凶恶残暴，还算是隆盛庄的福气。

到乡下避难的人听说后，陆续回来了。张禄也捎话让宝凤他们回来了。

连年的军阀混战，连年的军队来来往往，隆盛庄人早已习惯了。这次之所以比之前惶恐，是因为这次来的是日本的军队，是因为日本的飞机先给了人们个下马威，震慑了人心。现在，见隆盛庄只来了两个日本人，西村和那个小日本兵也没在隆盛庄打过人、骂过人、杀过人，人们渐渐恢复了平静，该种地的继续种地，该做生意的继续做生意。

从西村来到隆盛庄，张禄比之前清闲多了。除非西村和汤冠群派人喊他，他从未主动到过商务会。他和西村做过生意，两人算是熟人，西村对他也还客气，不像汤冠群那张驴头五花脸，一会儿一变。可张禄还是不敢大意，他总觉得西村的笑容阴森森的，说不准什么时候，就会突然拔出洋刀，架在他的脖子上。

张禄闲来无事时，经常一个人站在院子中央，在肃杀的寒风中，像尊一动不动的泥塑，望着屋脊上被日本贴着红膏药的飞机打碎的兽头发呆。兽头被子弹击碎的一瞬间清晰地印在他的脑海中挥之不去。舒兰见张禄总是望着屋脊发呆，问他想什么呢，张禄说他也不知道自己在想什么。宝凤猜出了张禄的心思，重新买个兽头回来，要找个瓦匠把兽头换上。张禄止住说：“别换，我看见缺了一个兽头的屋脊，就会想起那是被日本人的飞机打碎的。”艾叶劝他说：“老爷，你别把那个兽头当成了心病，难道因为一个兽头，要把日本人记恨一辈子吗？”张禄心情沉重地说：“我还真要把日本人记恨一辈子了，只要看见那个光秃秃的兽头，我就想起了日本人的飞机，想起了金柱。唉！小日本呀，你咋就这么猖狂呢？难道世上就没有能治得住你的人？”

那天，梁龙来找张禄，对他说：“玉奎，听说东门根儿的永年回来了，咱去找他打听打听念祖、怀祖和寿祥的消息吧？”张禄对永年的名字不熟，问是谁家的孩子，梁龙说：“就是豆腐坊唐疤子的三儿子呀！那年，念祖回来招兵，他也跟着走了。刚才我在街上听人说，他前天下午回来了。”张禄不认识永年，但知道他爹唐疤子。唐疤子叫唐权，他妈是王岱的表妹。唐权小时候在地上玩耍，不小心摔倒，脸碰在火炉上，落了半脸疤，久而久之，人们便把他的大名忘了，都叫他唐疤子。唐疤子娶的是合盛店掌柜陈贵明的姐姐，所以，唐永年也是陈贵明的外甥。张禄急于打听张寿祥的消息，问梁龙说：“那个永年是咋回来的？他不当兵了？”梁龙说：“我也不大清楚，听说好像是开小差跑回来的。”

原来，阎锡山抵挡不住日军的凶猛进攻，部队节节败退。有些队伍被打散了，士兵便借着混乱，找一身普通百姓的衣服换了，开小差溜回了老家。当年跟着梁念祖当兵的，有两个也溜回了隆盛庄，唐永年便是其中一个。

唐疤子见镇长和商务会长来了，受宠若惊，连忙给梁龙和张禄沏茶倒水。梁龙把来意说了，唐疤子听说二人是来找唐永年打探消息的，连忙把正在南房磨豆腐的唐永年喊了过来。唐永年知道梁龙是梁念祖的爹，说道：“梁镇长，您家念祖现在当了国军的副师长，这次在阳高防线，就是他指挥我们阻击鬼子的。梁副师长真是好样的，给咱隆盛庄长脸呀！提着冲锋枪，带着敢死队，哪里枪声激烈往哪里去。唉！您是没见那一仗，打得惨呀！到处都是死人，有的被炮弹炸没了胳膊腿儿；有的被刺刀挑开肚子，肠子流了满地；有的人虽然死了，眼睛还牛蛋一样圆溜溜地瞪着。实在是瘆人。”梁龙急于知道梁念祖的情况，唐永年说得越惨，他越担心，忍不住催促道：“永年，你说得简单些。”

梁龙哪里知道，那一仗让唐永年刻骨铭心，好不容易有个向人倾诉的机会，他怎能不说。唐永年点头答应着，却还是绘声绘色道：“可惜呀！咱人虽然比鬼子多，可鬼子太厉害了，武器好，枪法准，炮弹雨点一般往下砸，前面坦克开路，后面鬼子端着刺刀嗷嗷地往上冲。初次上战场的新兵蛋子，吓哭了的，尿裤子的，出啥洋相的都有。就这样，一道苦心经营的防线，只顶了三天，便被鬼子攻破了。”梁龙急不可耐，皱起眉头说道：“永年，我没问你仗打得咋样，我是问你念祖现在咋样了。”唐永年愣怔了一下，摇头说：“梁副师长？不知道。仗刚打起来的时候见过，后来便再没见着。阳高城被攻破后，我们与鬼子打起巷战，听到撤退的命令，弟兄们撅起屁股便往后跑，谁还顾谁呀？不过，梁镇长不必担忧，我都能跑出来，梁副师长有警卫跟着，肯定也跑出来了。”梁龙想想也是，又问：“那怀祖呢？怀祖现在在啥地方？上前线了吗？”张禄补充道：“还有寿祥，张寿祥。”唐永年边想边说：“我好几年没见过他们了，隐约听人说，梁镇长的二公子好像在傅作义的三十五军当营长呢。至于张会长的二公子，我就不清楚了，有人说他投了八路军，也有人说他在大同当了警察。”梁龙奇怪地问：“永年，念祖莫非不是在傅作义的队伍？”唐永年解释说：“傅作义的部队是三十五军，我们是在李服膺的六十一军。不过，我们六十一军也归傅作义将军的第七集团军管辖。”

梁龙和张禄听各自的儿子好好坏坏都有了消息，并且都还活着，便放心了些。张禄随口问道：“永年呀，你当兵也有几年了，最后熬了个啥官儿？”唐永年不好意思地嘿嘿一笑，说道：“咱不像怀祖和寿祥，有梁副师长照应。也没有怀祖和寿祥的本事和能耐，只混了个小连长。就这，还是我们团长看在同乡的份儿上，特别关照我的呢。”张禄惊异道：“你们团长也是咱隆盛庄人？”唐永年点头说：“是呀！我们王团长老家是二道沟的。”张禄心念一动，问道：“你们王团长是不是叫王升？”唐永年眨巴着眼睛说：“是呀！咋，张会长认识我们王团长？”梁龙在旁边也问：“玉奎，你说的王升，是不是那年在咱镇里驻扎过的那个晋军的王连长？他爹叫王德胜，在二道沟开过铁匠炉？”唐永年连连点头说：“正是，正是！”张禄叹口气，对梁龙说道：“没想到呀，当年他当连长，回隆盛庄为他爹讨公道，非要我给他爹的亡灵磕三个响头，多亏你搬出了念祖，才握手言和。现在他当了团长，下次再回隆盛庄，我那三个响头怕是免不了了。”唐永年接过话来，满脸悲怆道：“张会长，王团长怕是再也回不来了。”梁龙问为什么，唐永年沉痛道：“鬼子攻破阳高城后，我们和鬼子打起巷战，王团长身负重伤，为了不当鬼子的俘虏，开枪自尽了。”张禄与梁龙听说王升宁死不降，慷慨就义，连连感慨道：“可惜，可惜了，没想到那王升竟是一条好汉！”

沉默半晌，梁龙又问唐永年：“永年，你咋不追队伍去？你这算是开小差吧？”唐永年摇着头叹息道：“部队都打散了，到哪追呀？再说了，鬼子太厉害，别说我们晋绥军打不过人家，蒋介石的中央军也不是人家的对手。种地虽然苦些，可命能保得住。当兵呢，命说没就没了。还是先保命吧，命没了，便啥也没了。唉！说来也怨不得鬼子厉害，咱中国人天性就窝囊。我这次能跑回隆盛庄也算命大，半道上还被鬼子抓住过一次呢。”梁龙和张禄听唐永年说被日本人抓住过，连忙问他是怎么被抓住，又是怎么逃出来的。唐永年说：“我往回跑的路上，正好遇上鬼子抓人，鬼子见我年轻便把我也抓了。我一打听，鬼子是要送我们到大同下煤窑挖煤，我吓了一跳，挖煤那是在地底下，哪天让活埋了，还不如在战场上和鬼子拼命呢。我见押送我们的只有三个鬼子，便怂恿旁边的人说咱们跑吧。可他们没一个敢跑的，说让我先跑。我说咱二百多号人，大家一起跑，三个鬼子抓哪个呀？他们却说谁先跑谁死，我要不怕死就跑吧。我心说都是些怂人，这要是咱隆盛庄人，早齐心协力把三个鬼子宰了。我对他们说，你们去送死吧，我是要跑了。我偷偷解开拴在胳膊上的绳子，瞅个空儿一头钻进了高粱地，可那二百多号人竟没有一个跟着我跑的。”张禄苦笑一声道：“唉！隆盛庄人也一样，是人就怕死。你们是三个日本人押着两百号人，隆盛庄就来了两个日本人，便把两万多人统治了。”张禄这话一出，屋里的人都不作声了。

梁龙问唐永年这次回来，是不是不打算再走了。唐疤子在旁边接过话说：“能活着回来，就算捡了条命，还走啥呀！我看他往后就老老实实地跟着我磨豆腐吧。梁镇长、张会长，你们说是不？”唐永年眨巴着眼睛说：“爹，磨一辈子豆腐呀？”唐疤子说：“那你还想咋地？磨豆腐虽然没出息，但你能活着。人呀！活着就好。”张禄与梁龙站起身，张禄拍拍唐永年的肩说：“永年呀，既然回来了，那就听你爹的，安安分分地在家磨豆腐吧。你爹说得对，蝼蚁尚且惜性命，咱哪个人不是为了活着？要想活着，就得忍气吞声！”唐疤子对唐永年说：“永年，听见了吧，连张会长都这样说，你就死心塌地了吧。”唐永年苦笑着说：“爹，话虽这样说，可我还是不想磨一辈子豆腐。”他突然想起了什么，对梁龙道：“梁镇长，您不是商团团总吗？能不能让我到商团当团丁呀？您放心，我好歹也是当过国军连长的人，给您丢不了脸。”唐疤子听唐永年想进商团当团丁，皱起眉说：“永年呀，现在隆盛庄是日本人的，商团怕是也要听日本人的。日本人抢了咱家的黑豆，杀了咱家的驴，往后商团若是归了日本人，你不是便要伺候日本人了，咱不能那么没骨气吧？”唐永年却说：“爹，日本人打死我不少弟兄，我咋能伺候日本人呢？我先去商团干几天，商团若是归日本人管了，我就扔下枪回来继续帮您磨豆腐。梁镇长，您看行不？”梁龙用探询的目光望望张禄，张禄点头道：“我看行。”梁龙便答应道：“永年呀，既然你舍不得放下枪杆子，行，你就到商团吧。现在的商团饷钱由商务会发，还是咱商务会的，不归日本人管。”唐疤子和唐永年听了，都高兴地抱拳谢过梁龙和张禄。

张寿祥的消息虽然模糊不清，但张禄和艾叶还是十分高兴，因为他们知道张寿祥毕竟还活着。

张骏祥从乌拉哈回来，吃过饭便去了学校。

张骏祥头天娶亲，第二天便去乌拉哈躲避战祸，有些天没见聂子瑶了。他像是做了什么理亏的事情，不敢主动和聂子瑶打招呼。聂子瑶好像也对他有气，态度不甚友好，还当着其他老师的面儿挖苦他说：“咦，到乡下度蜜月回来了？不就娶个媳妇嘛！又不是啥金枝玉叶，牛哄哄的连话都不和人说了。”李凤翔不说话，拿起课本走了。张骏祥羞得脸色泛红，结结巴巴道：“哪里呀！我、我是怕、怕你们笑话。”聂子瑶长了张刀子嘴，撇着嘴说：“娶媳妇有啥笑话的？你爹娶了三房太太，我也没听隆盛庄人笑话过。”

张骏祥听聂子瑶拿他爹取笑，脸涨得更红了。杨曼知道聂子瑶的心思，怕张骏祥脸上挂不住，连忙呵斥她道：“瑶瑶，开玩笑也要有个分寸，不许拿长辈取笑。你呀！就是你姥姥从小惯的，一点儿规矩都不懂。”聂子瑶对她妈也不客气，噘起嘴说：“啥叫惯的？爹不待见，妈躲得远远的，姥姥不亲我，拿我当猪养呀？”王老师和赵老师都捂着嘴笑，杨曼叹息一声，站起来朝办公室门外走去，边走边说：“瑶瑶呀，要么你还是回丰镇吧。你若在隆盛庄待下去，迟早得把我气死。”聂子瑶想起她妈不和她商量，随便把她许配给了梁奉祖就生气，说道：“啥叫回丰镇吧？你当我是个烂皮球，谁想往哪踢就往哪踢？既然让我回丰镇，做甚还要把我许配给隆盛庄人？”张骏祥不知道杨曼把聂子瑶许配给了梁奉祖的事，对聂子瑶的话懵懂不解。杨曼张张嘴想说什么，大概觉得当着众人的面不合适，把话咽回去开门走了。

张骏祥在办公桌前坐下，聂子瑶朝张骏祥瞅瞅，拉开抽屉，取了样东西藏在身后过来。张骏祥见聂子瑶背着手站在他面前，不知道聂子瑶想干什么，身子往后躲了躲。聂子瑶咯咯笑道：“张老师，我又不是老虎，你躲个啥呀？”张骏祥现在是有家室的人了，怕王老师和赵老师说闲话，憋红了脸说：“我没躲呀！聂老师，你有事？”聂子瑶把身后的东西拿出来，轻轻放在张骏祥面前。张骏祥立刻闻到了一股熟悉的香味儿，这种香味儿他只在与聂子瑶聊天时闻到过。拿起来一看，是一盒香粉和一瓶雪花膏，他不解地问道：“聂老师，你这是……”聂子瑶抿着嘴说：“送你新媳妇的。”见张骏祥还不明白，一哼鼻子说：“张老师，你家还号称隆盛庄第一大老财呢，娶媳妇都舍不得请我们喝杯喜酒呀？唉！和你这样的人共事太难了。算了，我当姐姐的，大人不记小人过，该送你的结婚礼物还是送给你吧。记着，让新媳妇谢谢我哦！”

张骏祥听说是送给玉屏的，把香粉和雪花膏放在鼻子前闻闻，高兴地说：“真香，我妈都没用过这样的东西。”聂子瑶轻蔑地撇着嘴说：“要么咋说你们隆盛庄的财主是土老财呢！你爹是商务会长，你妈都没用过香粉和雪花膏，何况别人家。”说罢，朝王老师和赵老师看看，见王老师和赵老师都瞅着她，便笑着对张骏祥说：“张老师，我可是在王老师和赵老师面前打过包票，说我送了你新媳妇香粉和雪花膏，你肯定会在庆春楼给我们补一桌喜酒的。”张骏祥连忙道：“补，补，肯定补。”聂子瑶见张骏祥答应了，高兴地拍着手对王老师和赵老师说：“你们都听见张老师的话了吗？我没吹牛吧？”赵老师说：“聂老师，张老师成亲，虽然没请咱们喝喜酒，但终归答应给咱们补了。你嫁梁家的时候，可不能不声不响地把我们忘了。”张骏祥怔了怔，眼睛盯着聂子瑶问道：“聂老师，你要嫁人了？梁家？哪个梁家？”聂子瑶脸上的笑容消失了，眼神里流露出一丝怨恨，声音冷冰冰地说道：“你娶媳妇连招呼都不和人家打，人家凭啥告诉你？”王老师说：“张老师，你不知道呀？杨老师把聂老师许配给梁镇长家的三儿子梁奉祖了。”张骏祥听说聂子瑶许配了梁奉祖，心里顿时涌上一股酸酸的滋味儿。

这天，直到放学，聂子瑶再没和张骏祥说过一句话。

张骏祥怕玉屏多心，没敢说香粉和雪花膏是聂子瑶送的，只说是学校几个老师一道送的。玉屏打开香粉和雪花膏闻闻，只觉得香气扑鼻，十分高兴。张骏祥说老师们送了礼，该请人家吃顿饭谢谢吧，玉屏说该谢。张骏祥说老师们都想让她一道去，给大家补敬一杯喜酒。玉屏说哪有新媳妇到外面坐席的？何况，老师们都是读书人，有文化，有学识，她去了怕人笑话。张骏祥见玉屏自卑，自己也觉得玉屏上不了台面，顺水推舟说玉屏就算去了，也和老师们说不到一起，不去就不去吧。

学校除了校长张祯，一共有六位老师加看门的六老汉，张骏祥都邀请了。李凤翔是聂子瑶的后爹，觉得不方便去；杨曼怕聂子瑶当着众人的面给她这个当妈的难堪，也推托了；六老汉牙掉得只剩下了两颗，连敲钟的力气都快没有了，自然去不了。所以，吃饭的只有聂子瑶、王老师、赵老师和张骏祥。聂子瑶对张骏祥有过爱慕之心，本想借机会看看新媳妇长得丑俊，见新媳妇没来，甚为遗憾。

张骏祥财主家少爷出身，又最受他爹宠爱，自然出手大方，让大家随意点菜。

王老师和赵老师不好意思，聂子瑶却不客气，把庆春楼的招牌菜尽数点了。王老师皱了下眉，悄声说道："聂老师，点这么多菜，你吃得了吗？"聂子瑶昂着头，故意大声说道："吃不了带回去呀！给敲钟的六大爷留些，剩下的够咱们改善几天了。"赵老师心细，早看出聂子瑶对张骏祥有爱慕之心，知道她这是心里怄气，故意糟蹋张骏祥呢，便朝王老师使个眼色说："王老师，咱就听两个年轻人的吧。张老师也不在乎这点儿。"张骏祥虽然娶了玉屏，但聂子瑶在他心中的位置没有丝毫的改变，连忙说道："只要聂老师高兴，让她随意点。"聂子瑶狠狠地瞪张骏祥一眼，朝王老师和赵老师笑道："你们听见了吧，这可是张老师自己说的。咱们今天吃大户，谁也别客气。再说了，今天这顿饭，未必是张老师出钱。"赵老师愣怔了一下，问道："为啥？张老师不出钱，聂老师请客呀？"聂子瑶摇头说："我请的啥客？你们忘记这庆春楼是谁家的馆子了？是张老师的老丈人的。女婿上门吃饭，岳父会要钱吗？"王老师和赵老师醒悟过来，瞅着张骏祥笑了。

说话间，伙计开始上菜了。聂子瑶见没有酒，问张骏祥道："张老师，今天是补你的喜酒，咋连壶酒都不给上？拿茶水敬我们呀？"张骏祥说："哪能呢。我岳父说了，今天几位老师能到庆春楼，是给庆春楼面子了。他要给几位老师喝庆春楼最好的杏花村竹叶青。"张骏祥话音刚落，富云涛便亲自把酒送来了。他对女婿十分满意，让张骏祥一定招呼几位老师吃好喝好，有照应不周的地方请多多担待。几位老师一同谢过富云涛。富云涛说请几位老师慢用，他就不叨扰了。

张骏祥恭送岳父回来，聂子瑶已经打开了酒瓶，递给张骏祥，声音冰冷地说："新郎官，给我们斟酒敬酒吧。"张骏祥像听了女皇的圣旨一般不敢怠慢，连忙把酒杯斟满，给三位老师补敬喜酒。王老师年龄最大，也有二两的酒量，说了祝福的话，端起杯喝了。赵老师接过酒杯，说她从不饮酒，也说了祝福的话，沾了沾嘴唇。轮到聂子瑶时，聂子瑶接过酒杯，眼睛紧紧地盯着张骏祥，直到眼眶渐渐地有些湿润，也不说祝福的话，仰脖一口干了。这回，不等张骏祥斟酒，她一把抢过酒瓶，给张骏祥和自己斟满，也不叫张骏祥老师了，端起杯，硬生生地说道："张骏祥，姐和你干一杯。"王老师和赵老师看出了聂子瑶的异样，也都知道因为什么，都不说话，只在心里叹息一声。张骏祥也看出了聂子瑶眼神里五味杂陈的复杂感情，但他此刻能说什么呢？心中苦笑一声，和聂子瑶碰一下杯，一饮而尽。

聂子瑶没多大酒量，喝过三杯脸便红了，可依然频频斟酒，一会儿要和张骏祥喝，一会儿要和王老师、赵老师喝。王老师怕聂子瑶酒醉乱了方寸，给张骏祥使个眼色说："聂老师，我真的一杯也喝不下去了，我看你也别喝了，这么好的菜，咱们还是多吃点儿菜吧。”张骏祥也怕聂子瑶喝醉了让岳父笑话，说道：“王老师说得对，我也喝不下去了，咱们吃菜吧！”聂子瑶舌头已经开始打卷了，一把抢过张骏祥的空酒杯道：“不行，王老师喝不喝我不管，今天你要不陪我喝个一醉方休，我绝不放过你。”

张骏祥还要再劝，一个人撩开布帘探进头来，脸长得像张驴脸，厉声喝道：“男男女女的都是些啥人？喝酒就喝酒，吵吵个啥？”张骏祥与王老师、赵老师一看，都吓了一跳。此人竟是汤冠群。王老师和赵老师不敢作声，张骏祥站起来，向汤冠群抱拳致歉道：“我们学校的几位老师一道吃顿饭，不曾想打扰了汤团长，还请汤团长见谅。”汤冠群去过学校，认识张骏祥，问道：“你是张会长的小儿子吧？”张骏祥连忙点头道：“是的，是的。”汤冠群眼睛在聂子瑶脸上停下，色眯眯地说道：“这位就是人们说的那个小白仙吧？长得果然漂亮。”聂子瑶喝多了酒，胆子也壮了，朝汤冠群白一眼道：“我漂不漂亮关你啥事？”张骏祥等见聂子瑶敢顶撞汤冠群，都惊出了一身冷汗。汤冠群却出乎意料地没有发火，指着聂子瑶笑道：“漂亮就招人喜欢呀！可惜酒量不行。再说了，一个闺女家，抛头露面地出来与人喝酒，将来咋嫁人？”聂子瑶又白汤冠群一眼：“我又不嫁给你，你操的哪门子闲心？”汤冠群愣怔了一下，哈哈大笑道：“咦！火气还挺大的，有点儿野性呀！不过，话不能说绝了，说不准，你将来还真能成为我的第五房太太呢！好了，不扫你们的兴了，今朝有酒今朝醉，你们继续喝吧。”

汤冠群走了，三个人后怕不已，劝聂子瑶不要再喝了，小心惹出祸端。

从庆春楼出来，聂子瑶已是醉眼蒙眬，脚步踉跄。

张禄和梁龙找唐永年打听各自儿子的消息后没多久，张寿祥突然神秘地回来了，活生生地站在了张禄和艾叶面前。

张寿祥风尘仆仆，脸上饱经风霜，比当年离开隆盛庄时不知成熟了多少。一家人惊喜万分，张寿祥却面带愧色道：“爹、妈，我对不起您二老。在外面闯荡了这么些年，没混出一点儿名堂，空着手去，又空着手回来了，真是丢脸。”艾叶喜泪盈眶，抚着张寿祥饱经风霜的脸庞说：“不丢脸，不丢脸，你能活着回来，妈已经谢天谢地了。”张禄坐在太师椅上，边抽烟边笑眯眯地端详着张寿祥说：“寿祥，你妈说得对，时逢乱世，平安就好。”张骏祥与张寿祥虽然同父异母，但也是亲兄弟，对几个哥哥颇为敬仰，又是沏茶，又是倒水，虽然插不上话，看张寿祥的眼神却是十分亲切。艾叶抱住张寿祥的手，左右端详着说：“是呀，啥将军呀旅长的，让别人去争吧，妈现在啥也不稀罕了。往后就待在隆盛庄，让你爹赶快给你娶房媳妇，咱平平安安地过日子，再也不做那担惊受怕的差事了。”

吃过饭，张禄让张寿祥讲讲这些年都干什么了，怎么突然就回家了。张寿祥没有细说，只说当年跟随梁念祖参加晋军后，打过几次仗，也负了几次伤。后来，梁念祖说阎锡山器量狭隘，地域观念强烈，除了信任老家五台及定襄等晋北诸县的家乡人，对外乡人总是有所提防，就连傅作义那样赫赫有名的战将都得不到重用。所幸中原大战后，晋军大败，张学良负责改编晋军，任命傅作义为三十五军军长，之后，又推荐其担任绥远省主席，方才脱离了阎锡山的控制。梁念祖还说，因为他是弓富魁引荐的，阎锡山对他也有所提防，免了他的旅长，给了他个副师长的虚职。自己和怀祖留在他的队伍，就算战功彪炳，这辈子做个团、旅长也就到头了，让他们不妨投奔傅作义，寻个大前程。梁怀祖听了他哥的话，拿着他哥写给董其武的信投奔傅作义了。他不想当兵打仗了，在外面游历了两年，经人介绍到大同警察局当了差。“七七事变”后，梁念祖奉命在阳高、天镇一带布置防线阻击日军。可惜防线几天便被日军突破了，梁念祖也受了伤。接着，日军攻打大同。大同城破后，他化装成老百姓躲避了几天，找个机会逃出城回到了隆盛庄。

艾叶听张寿祥说打仗受过伤，连忙让张寿祥脱下衣服给她看，抚着伤疤心疼地哽咽起来。

西村初静悄悄了一段时间后，开始有所行动。

那天，皇协军敲着铜锣，满隆盛庄走了一遍，通知人们到马桥街听西村指导官训话。张禄见没人通知他，心说自己在日本人的眼里，怕是连瓣蒜都不是了，但又想知道西村训话的内容，便打发张寿祥去听听。

张寿祥回来，说西村训话的内容有三条，一是宣布梁龙的镇长是民国政府委任的，日军不予承认；二是宣布商团的武器除给每个城门留下一支枪，每支枪配备一发子弹外，其余的全部收缴，商团暂由汤冠群指挥；三是不论财主还是百姓，家中所藏枪支须在三日内全部交出，如有窝藏，严惩不贷。

张禄问张寿祥梁龙去听了没有，张寿祥说没有。张禄思量道：“看样子，日本人是要全面接手隆盛庄了。这样也好，我这个商务会长也卸下了担子，以后再不用低三下四地听汤冠群和西村摆布了。”张寿祥却说未必。张禄问为什么，张寿祥说：“西村说得明白，龙龙大爷的镇长是民国政府委任的，日本人当然不会承认。您的会长是隆盛庄的商家推举的，和民国政府没关系，和日本人也没关系。日本人和皇协军要吃要喝，不能挨家挨户地去要吧？所以，您这副担子怕是还卸不下来。”张禄摇头说不会吧，西村训话不是没通知他去吗？张寿祥猜想说：“西村没通知爹去听他训话，想必是故意的，他这是告诉爹，隆盛庄现在是日本人的天下，日本人想让商务会存在，商务会就能存在；日本人不想要商务会了，商务会便就此散了。”张禄点着头说散了好，他也落个一身清闲。又问梁龙知道了没有，张寿祥说应该知道了，他二叔去听西村训话了，回永盛源肯定和龙龙大爷说了。

父子俩正说着话，梁龙来了，苦笑着说：“玉奎，这回我省心了。西村把我的镇长免了，商团也收走了。”张禄说：“我知道了，正和寿祥说呢，我这商务会长大概也做到头了。”梁龙和张寿祥的看法一样：“你没事，日本人可以不要镇长，但不能不要商务会长，不然，谁供他们吃喝呀？”张禄见梁龙一脸沮丧，忍不住笑道：“龙龙，看来你挺在意那个镇长的？是呀！弄个团丁每天背着枪跟在屁股后面，多威风呀！”梁龙叹着气说：“玉奎，你别挖苦我了行不？我不是在意那个镇长，我是可惜商团。唉！我没少在商团下功夫吧，现在却便宜狗日的汤冠群捡现成的了。”张禄鼻子哼一声说：“行了，知点儿足吧，西村没把你当国民党杀了，也算便宜了你。”梁龙嗤之以鼻道：“就因为我是民国政府委任的镇长，西村就杀了我？”张禄说：“你以为呢？阎锡山是啥？傅作义是啥？民国政府的主席都带着军队和日本人开战了，你一个小镇长算根儿毛，西村怕你还是咋地？”梁龙叹着气说：“算了，咱不提镇长不镇长了。玉奎，日本人让咱把护院的枪都交出去，你说咱交还是不交？”张禄已经想过了，说道：“日本人要的东西，你不给行吗？西村不了解隆盛庄，这主意肯定是汤冠群出的。不过，汤冠群只知道财主们家里有枪，不知道谁家有，有几条。咱往出交吧，但不能全交出去，旧枪、破枪、火铳交出去，拣好的留几条藏起来，兴许啥时候能派上用场。”梁龙点头说：“嗯，反正我那支短枪不往出交，日本人和汤冠群问起来，我就说早弄丢了。”

西村的训话对隆盛庄的百姓无关痛痒。梁龙这些年开赌坊、开烟馆，做的都是拆散人家的生意，人们对他已经没多少好感了，西村免了他的镇长，没有一个人替他惋惜。人们对民团也不寄什么希望了，现在的隆盛庄是日本人的天下，且不说王金虎的独立队和蓝虎头的土匪不敢招惹日本人，就算给他们个胆子真来打隆盛庄，也有日本人和皇协军顶着，民团也就是个摆设。至于财主们护院的枪，除了几家大老财，各字号本就没几家有枪的。何况，老财们的枪都是给自己家护院的，日本人收他们的枪，和普通百姓没有一根毛的关系。汤冠群虽然知道有几户财主家有枪，但数目不详，只有交上几支算几支了。他还记得梁龙有支驳壳枪，几次三番地逼梁龙交出来，梁龙一口咬定驳壳枪在和王金虎的独立队交火的时候弄丢了，死活没往出交。

第五十三章

汤冠群逼反周通

汤冠群一直记着当年他哥到代县上任，商务会在庆春楼摆酒送行，周通醉醺醺地大闹庆春楼，差点儿和自己打起来的过节。本想回到隆盛庄便找周通的碴儿，让他好看，但西村初来乍到，还没有把隆盛庄的情况摸清楚，他也顾不上去找周通。现在，西村在隆盛庄站稳了脚跟儿，他觉得可以腾出手来拾掇拾掇周通，报当年之辱了。

那天，汤冠群带两个皇协军去了周通的德胜炉，远远地和周通打声招呼："周掌柜，生意可好啊？"

日本人进隆盛庄之前，周通和许多人一样，把喜凤和孩子送到了双台山他姐家躲避战祸。后来，汤冠群把西村迎接来了，人们见西村也还算和善，便纷纷把老婆孩子接了回来。周通记得当年在庆春楼得罪汤冠群兄弟的事，见汤冠群当了汉奸，担忧他迟早要找自己寻仇，便多了个心眼，让喜凤在双台山多住些日子。

周通见是汤冠群来了，心说这祸还真是躲不过去。他沉住气，赔着笑脸道："托汤团长的福，还算马马虎虎，将就着把肚子填个半饱吧。"汤冠群四下瞅瞅，骂骂咧咧道："妈的，你只把肚子填个半饱，还说是托老子的福？周通，你这是奉承老子呢，还是在挖苦老子？"周通搬一只凳子给汤冠群放下，取下脖子上的毛巾掸一下说："汤团长请坐。我一个打铁的，哪敢挖苦您汤团长。"汤冠群在凳子上坐下，捋捋袖子，皮鞭敲敲马靴上的浮尘，掏出烟取一支叼在嘴上。周通见状，连忙点着火送过来。汤冠群吸两口烟，眼睛瞟着周通说："周掌柜呀，你还真得谢谢老子，老子给你送生意来了。”

周通不知道汤冠群葫芦里卖的什么药，但肯定汤冠群不会对他使好心。周通给汤冠群倒一碗茶端到面前，依旧赔着笑脸道：“是吗？那就多谢汤团长关照了。”汤冠群接过茶碗喝一口，说道：“周掌柜，打一百五十副马掌铁。”周通愣怔了一下，赔着笑脸说道：“汤团长，您是隆盛庄的老人了，您也知道，德胜炉只打菜刀、镰刀，不打马掌铁。”汤冠群眼睛一瞪：“咋，嫌生意小？生意小也是钱！周通，别摆你老君社会首的臭架子，怕打马掌铁坏了你的名声呀？”周通解释说：“汤团长误会了，行有行规，我们这一行的规矩是不能互相抢饭碗。不然，我德胜炉菜刀、马掌铁一道打，人家德丰炉吃啥呀？依我看，汤团长还是请德丰炉打吧。”汤冠群哼哼鼻子说：“老子若是找德丰炉打，还到你这德胜炉套雕呀？老子不管你那么多，让你打你就打，欠不下你的钱。”周通再次推托道：“汤团长，您也知道，打马掌铁和钉马掌是一个行当，我就算给您打了马掌铁，也不会钉马掌呀！”汤冠群翻周通一眼说：“妈的，老子让你钉马掌了吗？你痛快地说，马掌铁你打还是不打？如若不打，就随老子见西村指导官去吧！”周通知道躲不过去了，叹口气说：“既然汤团长非要德胜炉打，我只有破一次规矩了。汤团长啥时候要？”汤冠群站起身说：“下午吧！”周通愣住了：“下午？汤团长，一副马掌铁是四块，一百五十副就是六百块马掌铁。这两个时辰的工夫，隆盛庄没有哪家炉能打出六百块马掌铁呀！”汤冠群站起来，冷笑一声说：“打不出来自己想办法，这可是西村指导官的命令，你若打不出来，怕是有你好看的了。”周通想想说：“好吧，那我试试看。”汤冠群说：“好，吃过晌午饭我来验货。”说罢，背抄着手，迈着八字步走了。

徒弟们面面相觑，吵吵着说：“师傅，别说两个时辰，就算一个通宵，咱也打不出一百五十副马掌铁呀！狗日的汤冠群这是故意刁难您呢。”周通蹲在地上，点一袋烟叹口气说：“是呀，他本就是故意找碴儿的。这样吧，你们赶快到德丰炉，找掌柜的把他们的马掌铁全部借回来，看能不能应付过去。”徒弟们都说这主意好。周通皱着眉头说：“好啥呀？他是来找碴儿拾掇师傅的，今天这一关怕是不好过。”大徒弟孔江说：“就因为一百五十副马掌铁，他汤冠群还敢要了师傅的命？”周通瞟孔江一眼道：“你以为呢，汤冠群走江湖出身，吃喝嫖赌，坑蒙拐骗，啥缺德事没做过？现在傍着日本人，除了西村，他还怕谁？用不着西村点头，他就能拿这借口把师傅崩了。”

打铁的都是火暴脾气，就像铁匠炉的火一样，有点儿风火苗便起来了。徒弟们又都是二十郎当的壮后生，一个个瞪圆了眼睛说：“师傅，您放心，汤冠群敢动您一根汗毛，德胜炉就和狗日的拼了。”周通苍凉地一笑，说道：“为了师傅一个人搭上大伙儿的命，这事儿可做不得。”孔江举起小锤说道：“那也不能眼睁睁地看着师傅让汤冠群给害了。师弟们，你们说是不是？”徒弟们齐声应道：“师兄说得对，汤冠群若敢找师傅的碴儿，咱就和他拼了。大不了停了德胜炉，像王金虎一样拉独立队去。”

周通拧着眉没说话。

没一会儿工夫，两个徒弟从德丰炉拎回一大堆马掌铁。周通站起来，沉声道：“开炉！”

德胜炉的三座炉“叮叮当当”地敲打起来，周通一手抓火钳，一手握小锤，炉火映红了他黑紫色的脸膛，他神情肃穆，格外凝重。

晌午饭刚过，汤冠群便背抄着手来了。这回，周通没有理睬他，手里的小锤依然有节奏地敲打着。汤冠群见地上堆了一大堆马掌铁，惊讶不已道：“周掌柜果然名不虚传，手够快的呀！”周通眼睛不看汤冠群，小锤也不停，说道：“汤团长要的东西，如果慢了，怕是不好交代。所以，我们连晌午饭都没吃，连轴转地往出赶营生呢。”汤冠群撇一下嘴，露出一丝坏笑，从地上拿几只马掌铁比较一番，喊道：“停！”

周通和徒弟们都停了手，“叮叮当当”的铁匠炉突然静得鸦雀无声。

汤冠群皱起眉头问道：“周掌柜，你这马掌铁的薄厚和钉眼的大小咋都不同呀？”不待周通说话，孔江抢先说道：“三座炉打出来的东西，当然有所不同。”汤冠群抬起马鞭，指着孔江骂道：“妈的，老子问你了吗？你舌头咋那么长呀？”周通上前两步，挡在孔江前面镇定地说：“汤团长，打马掌铁不是磨绣花针。您是外行，不懂这里面的诀窍，马掌铁薄厚不同、钉眼大小不同也是有讲究的。马蹄子和人的脚一样，也有大有小，小娃娃的鞋，大人能穿吗？”汤冠群被周通噎了回来，脸色发红，讪讪地说道：“好，老子先不追究这个。老子问你，这些马掌铁都是你德胜炉刚打的吗？”周通轻蔑地一笑：“马掌铁是钉马掌用的，德胜炉的马掌铁和其他炉的马掌铁钉在马蹄子上有不同吗？”汤冠群见周通笑容轻蔑，顿时火冒三丈，马鞭又抬起来，指着周通的鼻子道：“周通，你少他妈的给老子来这一套。老子管你同不同，就要你德胜炉一家打的马掌铁。这一堆不算，现在再给你一个时辰，老子坐在这儿，眼睛盯着你重新打。”周通知道，就算德胜炉有十座炉，一个时辰也打不出一百五十副马掌铁，索性把手里的小锤往地上一扔，愤然道：“姓汤的，你这是故意找德胜炉的碴儿呢吧？好，我也告诉你，德胜炉伺候不了你，还不伺候了呢。这桩生意德胜炉不做了，你另请高明吧！”又朝徒弟们喊道，“徒弟们，收工，吃饭！”汤冠群掏出驳壳枪，子弹上了膛，狞笑着说：“周通，这可是你自己说出来的。既然你敢违抗西村指导官的命令，老子就带你去见西村指导官吧。”他向身后的两个皇协军命令道，“来呀，给老子把周通抓起来。”

汤冠群的本意是把周通抓回去打上一顿，饿上两天，一来解了当年周通在庆春楼当着众人的面儿辱骂他的恨，二来也让隆盛庄人知道知道此一时、彼一时，他汤冠群现在今非昔比，手里握着隆盛庄的生杀大权。可周通的徒弟以为汤冠群故意寻隙，要将师傅置于死地。他们举着大锤小锤涌上来，护住周通嚷道：“姓汤的，你这狗汉奸，今天敢动我师傅一根汗毛，和你拼了。”汤冠群听周通的徒弟骂他汉奸，正好抓住了把柄，吼道：“周通，原来你德胜炉上上下下都是抗日分子？来呀，统统给我抓了。”周通脾气火暴，刚才一直忍着，现在见汤冠群连他的徒弟都要抓，实在忍无可忍了，破口大骂道：“汤冠群，你这驴头，老子知道，你不过是记着当年庆春楼的仇。有本事冲着老子来，别牵扯老子的徒弟们。”汤冠群听周通骂他驴头，脖子上青筋暴起，暴怒道：“周通，你骂老子驴头，老子今天就取了你的人头。”说着，枪口指向了周通的头。周通见汤冠群目露杀机，知道这场祸躲不过去了，大吼一声便朝汤冠群扑了过去：“汤驴头，这可是你逼老子的。”汤冠群没想到周通敢反抗，猝不及防，被周通抓住了握枪的手腕。他虽然人高马大，有一把子力气，但周通打铁出身，成天抓火钳，握小锤，早就练出了一双铁掌。汤冠群挣脱中扣动扳机，只听得“砰”一声枪响，将正与两个皇协军扭打的大徒弟孔江击中。

众人都怔住了，汤冠群的驳壳枪也掉在了地上。周通抱起孔江，孔江的胸膛已经浸出一片血迹。再看汤冠群，正要弯腰捡地上的枪。周通猛地扑过去，将驳壳枪压在身下喊道：“德胜炉的伙计们，和狗日的拼了！”徒弟们听师傅放了话，都眼睛血红地朝汤冠群和两个皇协军扑过去。汤冠群见势不妙，拔腿便跑，周通捡起汤冠群丢下的驳壳枪，朝汤冠群开了一枪，可惜没打中。

两个皇协军哪是周通徒弟的对手，说话间便被下了枪。徒弟们望着周通，茫然失措道：“师傅，咋办呀？”周通愣怔了片刻，喊道：“出北门，赶快往镇外面跑！”徒弟们又问：“这两个皇协军呢？”周通知道汤冠群马上就会带皇协军赶来，让人背起快要断气的孔江道：“别管他们，拿上他们的枪快跑。”周通和他的徒弟们一路狂奔到了北门，在北门口站岗的团丁是班姥姥的小孙子班扣，班扣在永福炉当伙计，见周通等德胜炉的掌柜和伙计慌慌张张地跑过来，问道：“周会首，出啥事了？您老这是要去哪？”周通哪里顾得上答话，就当没听见一样朝镇外奔去。

汤冠群跑了没多远，那个小日本兵和十几个皇协军已经端着枪簇拥着西村赶来了。西村见汤冠群一副狼狈样儿，问他发生了什么情况。汤冠群说："报告指导官，德胜炉的周通和他的徒弟们造反，抢了我的枪。"西村下令立刻将周通和他的徒弟统统抓回来。汤冠群带着皇协军追到北门，问班扣周通朝哪个方向跑了。班扣想都没想，朝周通跑的反方向指道："周会首他们朝那边跑了。"汤冠群一路追去，自然连周通的影子都没见到。

西村将跟随汤冠群的两个皇协军叫去询问缘故，两个皇协军不敢隐瞒，如实说了。西村将汤冠群训斥了一番，说他公报私仇，有损日中亲善和皇军在隆盛庄的形象，把周通逼向抗日分子一边，对大日本帝国大大的不利。

汤冠群公报私仇，逼反周通。隆盛庄各行各业诚惶诚恐，说如此下去，不定哪天，同样的事情也会发生在他们身上。各行社会首相约来找张禄，希望他能出面，请求西村对汤冠群严加管束，杜绝此类事件再次发生。

张禄早已心灰意冷，心情沉重地说："诸位会首，我理解大家的心情，也和大家有着同样的感受。可是，自从日本人进了隆盛庄，商务会已是名存实亡。汤冠群为啥敢对周通施淫威？就是有日本人给他撑腰做主呀！现在看来，西村表面上挺和善，也没在隆盛庄打过人、骂过人、杀过人。可是，你们看看我家屋脊上被日本人的飞机打烂的兽头，想想班姥姥和我妹妹银花的儿子金柱是咋死的，笼匠赵艾的儿子糜柱那条腿是咋没了的，就该知道日本人是啥东西了。谁能知道西村是日本人里的好人还是闭嘴老虎？谁能知道他会不会哪天突然收起笑脸，拔出那把悬在腰间的洋刀？"众人被张禄说得脊梁直冒凉气，有人问道："听张会长的意思，您是不肯去找西村了？那我们要商务会还有啥用处，只是为日本人摊派钱粮吗？"张禄无奈地苦笑一下说："诸位会首，你们问得对，我也这样问自己呢。现在商务会名存实亡，我这个会长除了应付日本人，连狗屁都不是了。既然连狗屁都不是了，我还担着这个会长的虚名做甚，就为了让隆盛庄的老少爷们骂我是汉奸吗？本想抽空儿和大伙儿打个招呼，今天正好，除了周通，你们七大社会首都在，我这就算是向诸位请辞了。"

事发突然，众会首面面相觑，不知所措。有人说道："张会长，咱这些人里，唯有您和西村打过交道，还能说上几句话，如果您不当会长了，谁还当得了？隆盛庄的商家群龙无首，岂不是要乱了套？"有人愤然说道："不是要乱了套，而是已经乱套了。看看现在的隆盛庄，本分买卖生意一天不如一天，窑子、赌坊、烟馆倒是红红火火。"

因为赌坊和烟馆牵扯到了梁龙，众人又都知道张梁两家的关系，所以，梁龙虽然不在，众人还是就此打住，不往下说了。张禄没有接话，拉长音调说道：“乱不了套！梁龙的镇长被免了，隆盛庄人还是天黑了睡，天亮了起。我不当会长，隆盛庄的商家依然天亮了开门，天黑了关门，该卖啥还是卖啥。更何况，我年近七十，实在是干不动了。”有人叹息道：“张会长若是辞了，隆盛庄的商家群龙无首，往后的生意怕是更难做了。”富云涛站起来，替亲家说话道：“各位会首，张会长也有苦衷呀！当年，周通在庆春楼羞辱汤冠群，诸位多数都在场。那不过就是喝多了酒斗斗嘴，能结下多深的冤仇。汤冠群却耿耿于怀，在心里记了许多年，要把周通置于死地。咱们想想，商务会的职责就是为各商家做主的，今后免不了会因为摊派钱粮的多少和日本人发生冲突的时候。张会长一家十几口，他也得为自己着想呀！”一直没有说话的张福也开口了：“富掌柜说得对，我哥心里也是这样想的。”张禄向众人抱拳道：“诸位，自打隆盛庄创立商务会，蒙众人抬爱，先父和张某先后做了两任会长。其间虽然也有不得已而为之的难言之隐，但张某今天当着诸位的面，拍着自己的良心说：张某还算问心无愧。如今，张某上了年纪，人老心衰，已经无力再为隆盛庄的商家主持公道、效犬马之力，请诸位多多体谅。谢谢！谢谢了！”

众人见张禄决意不再担任商务会长，都不知道商务会今后该何去何从，还能不能继续存在下去。

各行会会首刚刚散去，西村和汤冠群突然来了。那个小日本兵持枪守在门口。

西村中尉军衔，是没资格配备勤务兵的。丰镇日本宪兵司令部考虑到隆盛庄只派了西村一个指导官，而西村又是特务出身，没有参加过正规作战，为了给他壮胆儿，也为了隆盛庄人不敢小看皇军，特意给他配备了一个名叫前田的勤务兵。

汤冠群逼反周通，张禄不知道西村的来意，心中十分紧张。好在他当了多年商务会长，经历过无数的风风雨雨，努力做出一副镇定的样子，一边拱手相迎，一边让张寿祥上茶。西村盯着张寿祥看了好一阵儿，问张禄这是谁。张禄说这是他二儿子张寿祥。汤冠群便在旁边插嘴问道：“张会长，你二儿子不是在梁念祖的部队当兵吗？啥时候回来的？”

张禄打了个寒噤，心说汤冠群耳朵真够灵的，连寿祥的底细都摸清楚了。寿祥当的是国民党的兵，国民党和日本人开战，难道西村是来抓寿祥的？张禄连忙解释说：“哦，汤团长有所不知，犬子早就不当兵了。”西村目光锐利，仍盯着张寿祥追问道：“你之前在什么地方做事？”张禄暗叫一声坏了，西村肯定是奔着寿祥来的，正想着编个什么说辞应付一下，张寿祥说话了：“报告西村太君，我这几年在大同警察局当差。皇军攻打大同城的时候，我便脱下警服，回隆盛庄伺候我爹妈了。”

张禄听张寿祥把实底儿抖了出来，心里暗骂道：平时还算机灵，关键时刻怎么如此糊涂？警察也是兵，难道就不怕西村把你抓了？幸亏西村对此好像并不在意，目光从张寿祥身上移开，向张禄说道：“张会长，我今天登门拜访，是有件事情要和张会长商量。”张禄见西村不是冲着张寿祥来的，松一口气，主动说道：“西村太君是来告诉我，要免去我商务会长的吧？其实不必了，我已经辞了商务会长一职。”西村一怔，问道：“张会长何出此言？”张禄不动声色道：“隆盛庄巴掌大块地方，商务会本就可有可无。原来无人治理，商家们便推举我为大伙儿跑跑腿儿。后来，民国政府任命梁龙为镇长，我也就闲下来了。现在，皇军长驻隆盛庄了，有皇军治理地方，梁镇长都没用了，我这个会长自然成了多余的。”

西村误会了张禄的意思，以为梁龙被免了镇长，张禄也跟着兔死狐悲了，便解释说：“张会长误会了，镇长和商务会长是两码事。梁龙的镇长是中国政府委任的，隆盛庄现在归大日本皇军管理，所以，皇军不承认中国政府的任命，而商务会是地方商业组织，和中国政府没有关系，皇军怎么会免去你会长的职务呢？”张禄见西村不是因为商务会长而来，正待探问，汤冠群插嘴问他道：“张会长，你是啥时候辞去商务会长的？”张禄答道：“刚才呀！各行社会首前脚刚走，汤团长和西村太君后脚便来了。”西村听说张禄已经辞去了商务会长，口气不容置疑道：“不行，张会长，商务会长继续由你担任。”张禄正要推辞，却被西村挥手止住，他手扶腰间的洋刀站起来说道：“张会长，皇军本要请汤团长的哥哥汤冠丰先生担任镇长的，可汤镇长未及上任，便被抗日分子张占海刺杀。现在镇长一职空缺，我知道张会长在隆盛庄德高望重，所以，不但请您继续担任商务会长，还要请您兼任镇长一职。”汤冠群在一旁邀功道：“张会长，这可是我向指导官举荐的，你该知道我的心思吧？”

张禄当然知道，还是因为当年自己送汤冠丰兄弟出镇的事，汤冠群报答自己的。但他不领汤冠群的情，心说自己刚刚辞去商务会长职务，怎能马上又给日本人当镇长呢？连忙摆手说道：“汤团长，张禄谢谢您的好意了。不过，有您和西村太君坐镇隆盛庄，百姓放屁都要掰开屁眼，怕响出声来，还用得着设个镇长吗？再说了，我已经辞去商务会长一职，这个镇长怕更是力不从心了。”西村听出张禄话里有调侃的意思，拉下脸在椅子上坐下，从口袋里掏出烟。旁边的张寿祥见了，连忙拿起桌上的火柴替西村点着。张禄狠狠地瞪张寿祥一眼，沉声说道：“寿祥，这里没你的事，你出去吧。”张寿祥见他爹脸色不好，给西村和汤冠群鞠躬退出。西村目光锋利地盯着张禄问道："张禄，你为何要辞去商务会长的职务？"张禄答道："眼看着就七十岁的人了，身上毛病多，操不了那么多的心了。"西村又问："那你们决定了吗？由谁接任会长一职？"张禄答道："我只知道我干不了了，不知道谁来接这个烂摊子。其实，商务会也没啥用处，还不如散了。"

西村听出了张禄话里的含义，脸色顿时变得铁青。汤冠群见西村不高兴了，一拍桌子，厉声喝道："张禄，你啥意思？早不辞，晚不辞，西村指导官刚到隆盛庄你便辞了。你这是在向大日本皇军示威，在向西村指导官示威呢吧？"张禄见汤冠群声色俱厉，连忙抱拳道："汤团长言过了，阎锡山几十万军队都被皇军打得落花流水，我一介草民，黄土已经埋到了脖子，怎敢向皇军示威？汤团长这样说，岂不让西村太君误会，把我当成抗日分子治罪吗？汤团长，咱俩也算有些交情，您可不能害我呀！"西村眉头皱了一下，脸色缓和过来，朝汤冠群摆摆手，对张禄说道："镇长的事以后再说，还是先说商务会长吧。张会长，你还得继续把商务会长干下去，为皇军效劳。"张禄已经拿定主意不伺候日本人了，烟锅在烟袋里搅着，不紧不慢地说道："西村太君，我刚才已经说过了，实在是人上了岁数，身上毛病太多，伺候不了皇军呀！我看您还是另请高明吧。"

看着张禄那副不卑不亢的样子，西村再次动了怒，一把抢过张禄手里的烟袋，双手用力，想把烟袋杆掰断。没想到，那檀木烟杆硬得像铁，竟然纹丝不动。张禄急了，嘴里叫一声"使不得"，伸手去抢烟袋，西村躲过，一把将烟袋摔在地上，大皮靴在上面用力跺了几脚，恶狠狠地骂道："八嘎，你们中国人总是这样，只要不愿意干的事情，都要装病托词。张禄，你知道吗？如若不是看在你我曾经有过交情的面子上，就你刚才那番言论，我马上就可以把你定为抗日分子，拉到西河湾砍头。"张禄浑身一颤，顾不得地上的烟袋了，连忙向西村抱拳道："西村太君，我讲的句句是实，哪敢有抗日之心？"西村脸色冷峻道："好了，我的话你再想想。你应该知道，现在的中国，已经是大日本皇军的囊中之物。凡是与皇军作对的，皇军绝不会手下留情。"说罢，朝汤冠群挥手道："汤团长，我们走，让张会长自己权衡利弊吧！"

西村和汤冠群走了，张禄捡起地上的烟袋。烟袋是他姥爷传给他爹，他爹又传给他的，银锅玉嘴儿檀木杆，算得上张家的传家宝，也是他的心爱之物。可是，那根檀木杆已经被西村跺成了两截。张禄气得双手颤抖，脸色苍白，把断了烟杆的烟袋往八仙桌上使劲一拍，一屁股跌在太师椅上。艾叶、舒兰和张寿祥都进来关切地问他，张禄扬起手掌，"啪"地给了张寿祥一记耳光，怒道："你个没骨气的东西，看看你刚才那副下贱样儿，是不是觉得日本人比你爹还亲呀？”艾叶和舒兰愣住了，问刚才是怎么回事，张禄气呼呼地说：“咋回事？你们问小兔崽子自己去。”说罢，抓起八仙桌上的烟袋看看，猛然将烟袋朝门口扔出去，咆哮道：“告诉娃娃们，只要日本人在隆盛庄一天，我张禄的儿孙一个都不许再抽烟！”

张禄这边生气，西村那边同样也在生气。他没料到张禄胆量不小，不仅辞去了商务会长一职，还拒绝皇军让他当镇长的要求，这分明就是和大日本帝国作对呀！汤冠群见西村脸色不好，沏一壶茶倒上，骂骂咧咧道：“那个张禄，真是人老脸皮厚，给脸不要脸。别人抢还抢不上这个镇长呢，他却不干，太不识抬举了。”西村呷一口茶，平缓一下心情，点着头说：“嗯，张禄是不识抬举。不过，他也算是个有骨气的男人。”汤冠群轻蔑地一笑，说道：“有骨气？我看他那是硬撑出来的。我就不信他不怕死，没有一点儿畏惧之心。”西村瞅着汤冠群冷笑道：“他畏惧什么？畏惧我还是畏惧你？隆盛庄就我和前田两个皇军，他们随时可以像刺杀你哥哥那样刺杀我们。他们为什么不敢？是因为有你汤团长保护吗？不，隆盛庄人是不怕你汤团长这一百多号人马的，他们怕的是我身后强大的大日本帝国，怕的是只要我一句话，皇军的大部队就会开来，将隆盛庄杀个鸡犬不留。汤团长，你明白了吗？”汤冠群自然明白，想想说：“指导官，依我看，张禄不干就算了，咱再踅摸个忠心皇军的。不然，还让梁龙当镇长也行，他在隆盛庄也还有些威望。”西村摇摇头，哼着鼻子说道：“不，梁龙不行。他大儿子梁念祖是阎锡山的副师长，现在正在前线与皇军作战，皇军能重用敌人的父亲吗？何况，就算让梁龙继续当镇长，他也不会真心为皇军效力的。其实，镇长无所谓，重要的还是商务会长。只有商务会长，才能为皇军征收粮草与物资，供应前线的作战部队，而商务会长的最佳人选，仍然是张禄。”汤冠群道：“可是，那老东西已经辞去商务会长，铁了心不为皇军效力了呀！”西村轻蔑地瞥汤冠群一眼：“汤团长，你放心，他会的。他一定会答应重新担任商务会长的。如果他铁了心与皇军为敌，皇军便只好砍了他的脑袋。”汤冠群连连点头道：“那是，如果张禄不识抬举，那他便是咎由自……”

“报告！”汤冠群话音未落，一个皇协军进来报告说：“报告汤团长，四美庄有个叫马六的人找您，说他知道张占海的藏身之处。”汤冠群还记得马六。当年他哥在隆盛庄兼任商团团总时，马六是他哥的心腹。汤冠群让人把马六带进来。马六个头中等，长一对金鱼眼，点头哈腰地给西村和汤冠群作揖道：“太君好，汤团长好！汤团长还记得我吗？我叫马六，当年在汤团长的哥哥汤团总手下做过事。”汤冠群点头道：“马六，我知道你。当年你在我哥手下当团丁时，我哥很器重你。你知道张占海藏在哪？”马六恭敬道：“我就是来向汤团长报告这件事的。自从听说汤团长随皇军回到隆盛庄，我就一直想着能到汤团长这里讨碗饭吃，苦于没有见面礼，一直没敢来。今天早晨，我到我四舅家借饸饹床压粉条，发现张占海正在我四舅家。我想，这不但有了给汤团长的见面礼，还能领一百块大洋的悬赏，便急忙来向汤团长报告了。”汤冠群疑惑地问：“马六，张占海和你四舅是啥关系？他咋会在你四舅家？”马六回答说：“哦，是这样的，张占海的妈和我四舅妈是姨姊妹，他管我四舅叫四姨父呢。”汤冠群报仇心切，向西村请示道：“指导官，我立刻到四美庄一趟，把张占海抓回来？”西村点头道：“抓活的，我要在西河湾公开处决张占海，杀一儆百。”

汤冠群带一个班的皇协军，由马六带路，出东门向四美庄疾驰而去。

四美庄离隆盛庄五里地，皇协军是骑兵，说话间便要到了。这时，四美庄突然迎头开出一彪人马，那彪人马看见皇协军的马队，不管三七二十一，子弹噼里啪啦打过来，将一个皇协军打下马。汤冠群见对方足有六七十人，不敢应战，一边还击，一边向隆盛庄退去，想引那彪人马靠近隆盛庄，西村指导官必定带镇里的皇协军出来增援，正好将那彪人马一举歼灭。不承想，那彪人马见皇协军退了，也不追赶，拍马向南而去。

汤冠群心中疑惑，问马六那彪人马是共产党的军队还是国民党的军队。马六挠着头思量道：“应该都不是吧，好像没听说这一带有军队活动。哦，莫非是王金虎的独立队？”汤冠群让马六说详细些。马六介绍说：“汤团长，咱隆盛庄周边有两股土匪，一股是王金虎的独立队，大概二百多人。一股是蓝虎头的人马，大概二三十人。刚才那彪人马，应该是王金虎的独立队吧。”汤冠群“哦”一声，想了想说：“马六，这样吧，你先回四美庄看看刚才是咋回事儿，然后到隆盛庄向我报告。”马六问抓不抓张占海了，汤冠群瞥马六一眼说：“真是猪脑子，张占海听见枪声，怕是早跑得鬼影儿都没了，还抓个屁呀！”马六遗憾地叹息道：“唉！王金虎那狗日的，眼看到手的一百块大洋，就这么让他给搅黄了。”

汤冠群回到隆盛庄，把在四美庄附近与王金虎的独立队遭遇的过程对西村讲了，西村皱着眉头没说话。过了一会儿，马六回来了，说刚才遭遇的那彪人马果然是王金虎的独立队，王金虎到四美庄是抢东西的。还说他顺便去了趟他四舅家，他四舅说张占海在王金虎的独立队进四美庄之前便走了，不知道去了什么地方。西村向马六详细地询问了王金虎独立队的情况，马六把知道的全说了。西村说尽管没有抓住张占海，但马六还是立了功，让汤冠群赏马六一百块骆驼票，并让他加入皇协军。

西村考虑了许久，觉得如果能招安王金虎，把他的独立队改编为皇协军，对皇军十分有利。第二天，汤冠群把马六叫到西村的办公室，拍着马六的肩膀说："马六呀，你他妈的真走运，昨天刚参加了皇协军，西村指导官今天就提拔你当班长了。赶快谢西村指导官吧！"马六喜出望外，连忙抱拳对西村道："马六谢谢指导官，谢谢了！早知道皇军如此礼遇和器重，马六早就投奔皇军来了。"汤冠群皱皱眉头，提醒马六道："马六，你现在当兵了，咋还是过去那一套？敬礼，敬军礼呀！"马六挺直腰板，给西村敬了个军礼："谢指导官提拔，马六日后定当肝脑涂地，效忠皇军。"西村嘿嘿笑道："很好，马六，我现在就交给你一个重要任务。"

马六听西村说要招安王金虎，还要委任王金虎为皇协军副团长，便提醒西村道："指导官，您不知道王金虎的为人吧？听说那是个出尔反尔、反复无常的小人。当年跟着小状元起事，见小状元败了，便脱离小状元当了土匪；后来见成立了民国，小状元被封了官，又厚着脸皮再次投奔了小状元。后来，跟着汤团长的哥哥驻代县，一个不高兴，拉着队伍做了土匪。武斯楞带国民军清剿他，他走投无路，投降武斯楞当了国民军。国民军被阎锡山打败后，他又拉队伍投奔阎锡山，却嫌阎锡山给的官小，又去投奔奉军。奉军嫌他反复无常，不收留他，他才又回来拉起了独立队。如此反反复复的小人，皇军敢重用他？"西村胸有成竹地微笑道："没关系，只要他归顺皇军，就一定会死心塌地地为皇军效劳的。"马六说："那我试着找找吧，如果找到了，便把指导官的信转达给他。"

马六不辞辛苦，找到大庄科王金虎的老巢，把西村的信转达了。没想到，王金虎却不屑道："咋？汤冠群只有百十号人，日本人委任他当团长？老子二百多人，日本人才给个副团长？西村是不是以为老子饿得爬不起来了，扔过来块干骨头，老子就会摇着尾巴给他看门护院去？再说了，副团长？拿老子当三岁娃娃哄呢？副团长那是个摆设，还不如营长有实权呢！马六，你回去告诉西村，改编可以，老子当团长，汤冠群当副团长。"马六回隆盛庄，把王金虎的意思讲了，汤冠群气得骂道："妈的，寸功未立，张口就敢要团长？他是不是想连西村指导官都归他管呢？真他妈的脸皮子比猪皮还厚。指导官，干脆我去剿灭了他。别看他号称二百多人，其实是一帮乌合之众。"西村却思索着说："王金虎想要个团长？嗯，这个还是可以考虑的。"汤冠群以为西村要答应王金虎，心里着急了，因为王金虎若是当了团长，那他只能是团副了，于是连忙说道："指导官，像王金虎那种贪得无厌的小人，您可不能惯他呀！不然，他今天敢和您要团长，明天就敢和您要旅长、师长。"西村嘿嘿地笑了，他怎么会不知道汤冠群的心思，拍拍汤冠群的肩说："汤团长，你放心，我不会让你受王金虎的辖制。我准备向丰镇宪兵司令部提议，安排他到丰镇当团长。只要他归顺大日本皇军，皇军会尽量满足他的要求。”

汤冠群听西村如此安排，方将一颗悬着的心放了下来。

西村请示了丰镇日本宪兵司令部，宪兵司令部同意了西村的意见，派专人随马六到大庄科会见王金虎，王金虎就编制、装备、军饷和日本人讨价还价一番后，心满意足地带着队伍开进丰镇城，换了皇协军的服装。

王金虎虽然归顺了日本人，隆盛庄的皇协军却没有增加一兵一卒。为了加强皇协军的力量，西村又盯上了蓝虎头，派马六再去寻找蓝虎头，以皇协军营长的官职为诱惑，说服蓝虎头归顺皇军。马六知道蓝虎头在双台山活动，又找到双台山。没想到，蓝虎头听说马六是西村派来当说客，劝他归顺日本人的，当时便来了脾气，手指点着马六的鼻子，破口大骂道：“马六，你他妈个怂货，当棒手不够养家呀，非要到日本人的下巴底下接口水？你也算条汉子，咋这么没脊梁骨，还知不知道自己是中国人？”马六脸不红不白地劝道：“虎头兄，你这话说得不中听。人这一辈子，一为活命，二为吃饭。往远了说，元朝的时候，蒙古人统治中国，咱服服帖帖的；清朝的时候，满人统治中国，咱把头都剃了，也服服帖帖的。往近了说，冯玉祥的国民军咱经历过，张作霖的奉军咱经历过，阎锡山的晋军咱也经历过。无论哪朝哪代，咱都是当奴才的命。现在日本人统治中国，咱咋就不能伺候日本人了呢？你蓝虎头有啥本事？人多还是枪多？比得过汤冠群还是王金虎？人家汤冠群和王金虎都归顺日本人了，你还死撑着做甚？”蓝虎头瞪起眼睛骂道：“马六，你不提汤冠群和王金虎还好，提起那两个王八蛋老子就来气。他姓汤的兄弟没一个好东西，汤冠丰杀了小状元，汤冠群开赌坊没少骗老子的钱。让老子和那个驴头共事，说不准哪天就被他算计了。还有王金虎，那是个反复无常的小人，靠得住吗？日本人也算瞎了眼，今天改编了他，说不准明天他又把队伍拉走了。”马六说：“虎头兄，你看他二人做甚？现在是日本人的天下，你投了日本人，吃得好，穿得好，还给发饷钱。你不投日本人，就你二三十个人，十几条破枪，够日本人喝一壶的吗？迟早得做了日本人的刀下之鬼。”蓝虎头愤然道：“就算丢脑袋，老子也不做汉奸！有道是惹不起，躲得起。天下这么大，老子还躲不开他个小日本？老子放着自由自在的逍遥日子不过，去给日本人当狗，看他们的眼色行事？老子脑袋被门挤了？好了，快滚蛋吧，你就算说个天花乱坠，老子也不会在日本人和汤冠群手下当差。”

西村听了马六的报告，见蓝虎头虽然不肯归顺皇军，但也没有与皇军作对的意思，便暂且作罢。

第五十四章

惧淫威梁龙屈服

曾经宛如一颗塞外明珠的隆盛庄，因为没有修筑铁路而瑞色顿减，又因为军阀混战而败落萧条。日本人打进来后，更是雪上加霜，布庄不敢到南方采购绸缎，外地客商不敢到隆盛庄采购皮毛，永盛源也不敢走库伦了。原来后山卖往隆盛庄的粮食，因为被日军就地征收，现在已无粮可卖。各大字号的生意基本处于倒闭、停业状态，手艺人纷纷挑起担子到外地谋生。小生意同样不好做，杂货铺到丰镇采购日用品，须有西村开具的通行证方可顺利进出丰镇城。人们来来往往，都要随身携带良民证，否则便被当作抗日分子、共产党或者国民党的奸细。唯有窑子、赌坊、烟馆的生意却比之前更好了。

张禄的几家字号同样举步维艰。钱铺关门了，马店关门了，粮店和皮坊勉强经营，除去摊派，所赚仅够维持家中开销。曹宝珠去包头的第二年，张禄便让曹宝珠的媳妇邓红霞带着孩子们迁往包头，只留下曹宝珠的大儿子曹满在瑞盛钱铺当掌柜。张禄看出隆盛庄的繁荣怕是从此一去不复返了，瑞盛钱铺关门后，曹满闲着无事，前些天，他打发曹满去了包头，想看看包头那边情形如何，如果包头境况还好，他准备让宝凤带着孩子们到包头去。隆盛庄已经没指望了，就让他们在外面重新开辟一片天地吧。

上三元早已繁华落尽。当年在大同、丰镇、集宁开分号，只要吃过上三元的干货，没有不竖大拇指的。十几挂牛板车不分昼夜地往三地送货，仍然供不应求。如今，三家分号都已撤了，仅隆盛庄一镇的消耗，能有多少？何况，各行各业生意萧条，人们都须勒紧了裤腰带过日子，有几家能天天吃得起上三元的干货？马麦和梁龙一商量，除了留下一个姓郭的饼匠，其余的全部遣散了。饼匠们有心眼活络的，带着手艺到外地另起炉灶，因为去丰镇的最多，丰镇的干货一下子出了名。上三元那块曾经耀眼的招牌很快便被尘埃遮蔽，只留下它模糊不清的历史痕迹。

隆盛庄那些曾经腰缠万贯、叱咤风云的财主，多已落魄潦倒，今不如昔，手头没多少真金白银了。

一九三五年，南京政府宣布禁止银圆流通，强迫百姓将手中的金银兑换成法币，导致物价上涨，货币贬值。日本人打进来后，日伪政府又发行蒙疆银行纸钞，因钞面为骆驼图案，俗称骆驼票。百姓手中已经为数不多的真金白银再次被掠夺，所以，隆盛庄的财主除了土地和房产外，手里已经没有大宗的金银。就连外传有百万家业被誉为隆盛庄第一老财的张禄，家里除了一堆法币和骆驼票，怕是连一万大洋的现钱也拿不出来了。大财主尚且如此，何况小本生意人和老百姓。

隆盛庄的商家生意不好做，张禄辞去会长的职务后，商务会名存实亡，对商家失去了约束。许多商家又暴露出奸商的本性，用秤的，卖东西缺斤短两；打铁的，锄头打得铁片一般薄……

西村对张禄拒绝担任镇长并辞去商务会长一职十分恼火。本来，天下无论缺了谁，地球都是要转的，可皇军的人马驻扎在隆盛庄，每天要吃要喝，要给皇协军发饷，还要给前线的部队征集粮草。商团被收编后，不知道是发饷少了，还是不愿意当汉奸，团丁已经散了大半。总得有人跑前跑后，出头露面，征钱征粮吧？汤冠群学习张禄担任会长时的做法，将皇军所需费用摊派至各字号和每家每户。但摊派容易，收缴却难。偌大一个隆盛庄，皇协军不能每天什么都不干，撒开人马到各家各户收钱收粮吧？何况，百姓们看上去唯唯诺诺，都像顺民，但交粮纳税的时候，不是哭穷，便是推诿，就算刺刀逼在胸前，宁可跪地求饶，也不肯痛快地往出掏一个钱、一斗米。

就在西村决定对张禄霸王硬上弓，用刺刀胁迫他重新担任商务会长时，汤冠群向他举荐了杨清，说杨清毛遂自荐，愿意担任商务会长一职，替皇军效力。

杨清贩大烟发了财，想起那些年在逍遥堂给梁龙当掌柜，常后悔得直拍大腿，觉得那是替瞎毛驴挖草，白白浪费了几年赚大钱的光阴。本想趁着腿脚硬朗，再多赚几个养老钱，可是，日本人突然打进来了，丰镇的城门口站了日本兵和皇协军，几次带着大烟进城，都被搜出来没收了。杨清心里盘算，如果这么继续下去，说不准哪天连老本都一个不剩地赔进去，便不敢再贩大烟了。可他又是那种在家里闲不住的人，便整天靠在行李卷上，一边吧嗒烟袋，一边瞅着屋顶冥思苦想，思谋着如何能和丰镇的日本人、皇协军拉上关系，把大烟带进丰镇城。

那天，汤冠群带着两个皇协军到杨清家催要钱粮，杨清突然脑子一亮：隆盛庄的商家到丰镇进货，只要有西村开具的通行证，便可畅通无阻。汤冠群是西村的红人，是皇协军团长，如果把汤冠群笼络住，求他到西村那里给自己开一张通行证，他的大烟不就可以顺顺当当地带进丰镇城了吗？想到此，杨清笑逐颜开，把汤冠群恭维了一通，痛快地拿出应交的钱粮。

汤冠群在隆盛庄开赌坊时就知道杨清，只是杨清的钱只进不出，从没进过赌坊的门，两人没有交往。汤冠群感叹道："杨清呀，隆盛庄人若都像你这样识时务就好了。你说皇军的命令，你能违抗吗？痛快点儿是拿，哭穷也得往出拿，非得挨上几马鞭，刺刀顶在胸口上才肯往出拿呀？真他妈天生的贱民。"杨清点头哈腰地说："汤团长说的是，自从皇军进驻隆盛庄，独立队都不敢打隆盛庄的主意了，这是多好的事呀！那些年，国民军、晋军、奉军驻扎的时候，人们交钱交粮多痛快，咋轮到皇军时，就哆哆嗦嗦地舍不得往出拿了？依我看，这都是商务会名存实亡的结果。如若张禄还当会长，哪还用得着您汤团长亲自辛苦，只要他一句话，各字号主动就把钱粮送到商务会了。"汤冠群对张禄不领他的情十分恼火，也不念张禄当年送他兄弟出镇的旧情了，皱起眉头，哼着鼻子道："张禄那老东西不识抬举，西村指导官本想给他个镇长干干，谁知老东西除了不干，连商务会长也辞了。西村指导官也够仁慈的，若依了我，早把他捆了，黑屋子里饿他三天，他若还不答应，索性把他的脑袋砍了。"

汤冠群收了钱粮要走，杨清想求他开通行证，挽留说："汤团长，您看，这天儿都快晌午了，要不这样，您让两位弟兄把粮食背回去，我让老伴到庆春楼端两个菜，就在我家陪汤团长喝两壶如何？"汤冠群不是那种见了酒挪不动脚的人，轻蔑地摆摆手，干脆地说："有事儿，不了。"杨清挤眉弄眼地说："汤团长，吃饭是个由头，我是有事儿求您，这里面好处挺大，您还是给个面子吧。"汤冠群听说有好处，歪起头瞅着杨清问："真的？"杨清笑眯眯地捋一把山羊胡子说："我有多大的胆子，敢和您汤团长开玩笑？"汤冠群想了想，便把两个士兵打发走了。

杨清见汤冠群留下了，连忙打发老婆到庆春楼去端菜，自己则从柜子下面翻出一小块砖茶，掰一块给汤冠群沏了茶，顺口说道："汤团长，其实呢，隆盛庄的掌柜里能人很多，您选个精明的让他当商务会长，您就不用这么辛苦了。"汤冠群瞥杨清一眼，哼着鼻子道："说得轻巧，你当是那些年呀，沿街几百家字号、店铺，一家挨着一家，南来北往的客商络绎不绝，就算在马桥街卖凉粉，也能轻松地养活一家人。可如今，满街看不见一个外地客商，除了卖柴米油盐的，哪还有一家像样的字号，字号都没了，商务会算个屁呀？老财们一个个算破了天，谁肯接手这个烂摊子？唉！说来说去，还是因为你们隆盛庄人精明得鬼一般，自己把自己害了，当初若是通了铁路，能是今天的样子吗？”

杨清心说：若不是日本人打进来，许多人外出躲避战祸，隆盛庄也不会像现在这样。他嘴上却道：“汤团长，您说错了。有道是瘦死的骆驼比马大，隆盛庄虽然今不如昔，但老财们多留了后手，钱都藏着掖着呢。您还是不够知根知底儿，若是给了我，哼……”汤冠群眼睛亮了一下，盯着杨清问道：“给了你如何？”杨清嘴角掠过一丝轻蔑的微笑，脱口说道：“假如我是商务会长，有皇军和您汤团长撑腰，我用不着到他们家里催要，他们也得乖乖地给我把钱粮送到商务会去。”说罢，见汤冠群目不转睛地盯着他，猛然意识到自己失言了，连忙捂一下嘴说：“汤团长，您看我这从哪说到哪了。咱还是谈生意吧。我……”没想到，汤冠群却挥手止住，目光鹰隼般盯着他问道：“杨清，你说说，如果皇军让你当商务会长，你能尽心尽力地为皇军效劳吗？”杨清怔住了，瞠目结舌地指指自己的鼻子：“我？我当商务会长？”汤冠群点头道：“是呀！如果你愿意替皇军效劳，我可以在西村指导官面前举荐你。”惊愕中，杨清不知该如何是好了，抖着手装一袋烟，划了两根火柴才把烟点着。汤冠群见杨清茫然失措，淡淡一笑，问他道：“杨清，你这哆哆嗦嗦的是咋了？我猜想你也不敢接这个烫手的山芋。”

汤冠群哪里知道，此刻的杨清已经忘了他之所以巴结汤冠群是想通过汤冠群求西村开通行证，进丰镇贩大烟的。汤冠群的话让他出乎意料，既惊喜又诚惶诚恐。多少年来，商务会就是隆盛庄的小朝廷，商务会长就是隆盛庄的土皇帝。他只有投机取巧赚几个昧良心钱的想法，没有耀武扬威地做几天商务会长的奢望。可是，他万万没想到，机会说来便来了，并且来得如此容易和意想不到。这一刻，他真不知道该如何感激汤冠群了。

汤冠群不知道杨清内心的想法，以为杨清被他的话吓着了。汤冠群拍拍杨清的肩，嘿嘿笑道：“杨清呀，你别害怕，我也就是随口说说。咱不提这事了，说吧，有啥好买卖和我商量？”杨清听汤冠群岔开了话题，心里那个后悔呀！刚才为什么不马上答应汤冠群呢？现在，汤冠群向他问起做生意的事，他只有打起精神，把自己的想法说了。汤冠群先是愣怔了一下，然后便哈哈大笑起来：“杨清呀杨清，难怪隆盛庄人都叫你‘老财迷’呢，你真会算计，算计到皇军头上来了，你还想不想要脑袋了？”杨清被汤冠群的话吓了一跳，摸着脑袋说道：“汤团长，您别吓唬我。贩点儿大烟就要丢脑袋？不会吧？”汤冠群见杨清害怕了，马鞭在他肩头上敲了两下，歪起脖子说道：“杨清，你先别怕，对我说说，这贩大烟的利有多大？”杨清见汤冠群感兴趣了，便把贩大烟的流程和利润细细讲了，汤冠群放下马鞭，端起茶碗喝口茶，想了想说：“杨清，这样吧，这笔生意本团长和你做。咱也不必找西村指导官开通行证，大烟你去收，本钱你出，你收够了十斤大烟，我亲自跑一趟替你送进丰镇城。只是这其中的利，咱们五五分成，你看如何？”杨清心里盘算了一下，觉得汤冠群胃口虽然大了些，但自己不用再担风险了，也还划算。

两人把贩大烟的事商量妥了，杨清的老婆也拎着食盒回来了。打开食盒，里面只有两道菜，一道是大葱炒鸡蛋，一道是肉丝炒粉条。汤冠群心说：杨清果然名不虚传，真是吝啬到家了。他轻蔑地一笑，站起来告辞要走。杨清看出来了，朝他老婆骂道：“你个猪头女人，汤团长是贵客，你咋就端了这么两道菜回来？这不是故意给老子难堪吗？”杨清的老婆脑子缺根弦，又经常挨杨清的打骂，害怕地往后退了两步，嗫嚅道：“你就让我要的这两道菜呀！没你的话，我敢多要？”杨清尴尬地挥起手掌道：“你个死女人，耳朵塞棉花了？老子是这么吩咐你的吗？我看是几天没修整你了。”说着，巴掌便向老婆头上抽去。汤冠群连忙拦住，嘿嘿笑道：“行了，行了。杨清呀，我虽然算不上隆盛庄人，可你们隆盛庄哪个人是啥德行，我还是知道七八分的。你‘老财迷’的绰号是咋来的，想必你自己心里也清楚。好了，走了。”杨清见汤冠群把自己的心思戳穿了，羞得满脸通红，急忙拦住汤冠群，不好意思地说：“汤团长，您看这事办的，真是癞蛤蟆跳门槛，又伤屁股又伤脸。这样吧，您稍等片刻，我还有事请您帮忙呢。”

杨清出去了一会儿，手里捧着个小布包回来，双手递向汤冠群。汤冠群不解，问杨清什么意思。杨清呵呵一笑，厚着脸皮说道：“汤团长，这是五十块现大洋。您不是说西村太君想找个对皇军尽心尽力的人当商务会长吗？您看我如何？还请汤团长在西村太君那里美言几句。如若西村太君肯把会长的差事给我，杨清日后定当重谢汤团长。”汤冠群颇感意外：“杨清，你真的想当商务会长？你可知道，商务会长不是那么好当的。”杨清已经迫不及待地想当商务会长，好借机狠狠地捞一把了，哪里还考虑什么后果，想都不想便回答道：“汤团长放心，我杨清对皇军和您汤团长忠心耿耿，皇军和汤团长交代的事情，我一定尽心尽力地办好。”汤冠群还是不信任杨清，口气轻蔑道：“杨清，你该知道你在隆盛庄的口碑，你当商务会长，隆盛庄人会服你？皇军征钱征粮的任务，都要靠商务会来完成，到时候完不成任务，皇军可不讲情面。”杨清厚着脸皮道：“只要您汤团长和皇军支持我，您就看好吧。”

汤冠群不稀罕杨清的五十块大洋，见杨清信誓旦旦，自己又急于找个人把这桩劳心费力的苦差事接过去，便答应杨清向西村指导官举荐他。

西村正想强迫张禄重新担任商务会长，听说杨清毛遂自荐，愿意为皇军效劳，便向汤冠群询问了杨清的概况，答应让杨清当几天商务会长试试看。没想到，第二天召见杨清，杨清却变了卦，说如果皇军信任他，他想当镇长。西村问为什么。杨清解释说，商务会长管的是商家，现在的隆盛庄与之前已大不相同，大字号或关闭或歇业，小字号锐减，仅凭百十家小字号、小店铺，勉强为生，如何能完成皇军征钱征粮的任务？如果他当了镇长，管的就是全镇的百姓，他就可以人人头上摸一把，顺利地完成皇军的任务了。西村觉得杨清的话很有道理，便任命杨清为镇长，要求汤冠群全力配合完成皇军的任务。

杨清为只给汤冠群塞了五十块大洋，汤冠群便向西村举荐自己当了镇长而扬扬自得。隆盛庄人都知道杨清的德行，背地里讥笑日本人真是瞎了眼，居然重用人人鄙夷的“老财迷”，就他的德行，当得了镇长吗？有人听他的吗？张禄听了，一笑而过。

梁龙听说日本人让杨清当了镇长，心里不舒服，回家对玉凤说：“真奇怪了，日本人咋会看上杨清？我和他从小耍到大，还不知道他那点儿脓水？他算计着瞅个便宜还行，能当得了镇长？”玉凤知道梁龙的心思，笑着说：“咋，你妒忌了？有啥可妒忌的，日本人免了你，让你姨弟当了镇长，说来说去，这镇长也没落在外人手里呀！”梁龙却哼着鼻子说：“就因为杨清是我姨弟，我才觉得日本人瞎了眼呢！那个老财迷，给咱家的逍遥堂当掌柜都要算计，当了镇长，能不算计吗？他算计咱，咱辞了他就罢了；他算计日本人，日本人能放过他？我是为他好呢。”玉凤对此并不在意，说道：“你操那份闲心做甚？自从你把他辞了，他心里记恨着你呢。你还为他着想，他领你的情吗？”

杨清的镇长确实也不好当，他琢磨来琢磨去，觉得隆盛庄的商家虽然败落了，但多少年的沿袭，百姓还是一直把商家看成上等人。只要商家们对他服服帖帖，百姓自然随从。于是他便召集各商家开会，向他们分摊日本人征钱征粮的任务。但是，商家并不买他的账，来开会的寥寥无几。杨清没办法，只好写一张告示贴在马桥街，列出给各商家的摊派，限令各商家在指定日期内，把给皇军摊派的钱粮主动交到商务会。可是，日期到了，没有一个商家前来交钱交粮。西村火了，黑着脸问杨清究竟干了干不了。当初是他毛遂自荐的，如果他完不成皇军的任务，那就只有抄他的家，砍他的脑袋了。

杨清本来只想揩些油水，却没想过镇长不是他想象的好当，琢磨来琢磨去，硬着头皮对西村说："指导官，我能不能完成皇军的任务，要看皇军支不支持我。只要皇军支持，我杀一儆百，不怕他们不乖乖地把钱粮交来。"汤冠群在一旁冷笑道："杨镇长，没看出来，你还有杀人的胆量。西村指导官说了，让我全力配合你。你说说看，想拿谁开刀？"杨清嘿嘿笑道："隆盛庄的老财，以张禄最为有钱，他当过商务会长，各家掌柜以他马首是瞻，只要拿他开了刀，从商家到百姓，怕是没有一个敢不臣服皇军的。"西村听杨清要拿张禄开刀，摇头说道："不，张禄不行，皇军留着他还有用处。"汤冠群不解，问道："指导官，张禄辞去商务会长，拒绝担任镇长，明摆着是不想为皇军效劳，指导官还要重用他？"西村神秘地一笑："汤团长，你以后便会明白我的用意。"杨清为难了，捋着山羊胡子，皱着眉思索道："既然皇军不让动张禄，那这件事就不好办了。"西村说道："杨镇长，除了张禄，你拿谁开刀都可以。你和汤团长商量吧，不管采取什么手段，都要完成皇军的任务，不能让皇军的士兵在前线饿着肚子作战。"

杨清和汤冠群从西村的办公室出来，杨清苦笑着说："汤团长，您说这该咋办呢？除了张禄，拿谁开刀才可以服众？"汤冠群轻蔑地一笑，出主意说："杨镇长，西村指导官不让你动张禄，必定有他的道理。隆盛庄不是有四大老财吗，你何不换一个老财开刀呢？"杨清所说的拿张禄开刀，不过是觉得张禄拒绝给日本人当镇长，自己拿张禄开刀，张禄必定以为是日本人的想法，不会想到是自己出的主意，而拿朱家和段家开刀，自己就要得罪人了。杨清为难地说："汤团长呀，您也不是不知道，朱家自从朱奉祺死后，两个儿子因为分家闹成了仇人，气得朱奉祺的老婆唐玉月早死了几年。之后，兄弟俩老死不相往来，朱进把钱都投到丰镇、大同置了房产，朱涌给他妻哥梁龙当了和顺赌坊的掌柜。现在隆盛庄的大老财里，已经没有姓朱的这号人了。还有段家，皇军的飞机打死段祖贤的独苗孙子后，段祖贤父子没了一点儿精气神儿，钱铺关门了，生意不做了，靠收租子、出租铺面度日，一家人整日浑浑噩噩，拿段家开刀也没啥意思。"

杨清话音刚落，汤冠群接上了茬儿："梁龙也是四大老财里的，就拿他开刀吧。何况，隆盛庄的字号里，现在数他的和顺赌坊和逍遥堂最为红火，加之他两个儿子都在国民党军队，他也算抗日家属了。"杨清听得一怔，结结巴巴道："可是，汤团长，梁龙可是我姨哥呀！我若拿我姨哥开刀，隆盛庄人还不骂我六亲不认？"汤冠群拍拍杨清的肩，沉着脸说："杨镇长，听说当年你给梁龙在逍遥堂当掌柜，因为一点儿芝麻大的小事，他便把你辞了。他能不仁，你也能不义呀！好了，就梁龙了，也给西村指导官看看，你不是六亲不认，你是大义灭亲。”杨清见汤冠群语气肯定，也知道自己现在名为镇长，其实也就是个傀儡，咬咬嘴唇，点头道：“好吧，我听汤团长的。”汤冠群冷笑一声，以命令的口吻说：“如果梁龙拒绝缴纳皇军征收的钱粮，便一把火将他的院子烧了。他若敢反抗，就拿他开刀。西村指导官说了，凡是违抗皇军命令的，一概格杀勿论。”

杨清所说的拿梁龙开刀，不过是吓唬吓唬梁龙，逼梁龙带头往出拿钱而已。现在听汤冠群说如果梁龙不答应，就要烧梁家的房，杀梁家的人，禁不住打个冷战，提醒汤冠群道：“汤团长，梁家的房烧不得，人更杀不得。”汤冠群逼视着杨清，问为什么。杨清解释说：“汤团长也知道，梁龙的大儿子和二儿子都在国民党军队做官，如果咱们杀了梁家的人，那就和梁家结下了血海深仇，日后他两个儿子回来，能轻饶了咱们吗？”汤冠群已经铁了心当汉奸了，冷笑着问杨清道：“杨镇长，看来你对皇军有二心呀！你以为国民党还能打回来？做你的白日梦吧。”杨清苦笑着说：“汤团长，您是当官的，如若国民党打回来了，您拍拍屁股哪都能去，可我是土生土长的隆盛庄人，到时候，梁龙的两个儿子还不扒了我的皮，抽了我的筋？罢、罢、罢，钱财无穷尽，汤团长若真要杀人，这个镇长我可不敢干了。”汤冠群的脸沉下来，拉得更长了：“杨清，你毛遂自荐当镇长，就是为了捞好处？”杨清厚着脸皮说：“汤团长，人若不为利，谁肯五更起？您汤团长伺候皇军，不也是为了飞黄腾达吗？”汤冠群眉头拧一下，脑门上多了几道皱纹，抬起马鞭，点着杨清的鼻子恶狠狠道：“杨清，你个老财迷，上了磨的驴，你能往后退吗？告诉你，你若不敢拿梁龙开刀，本团长就要拿你开刀了。”

杨清辞不了镇长，又怕日本人要了他的命，只得硬着头皮，带了汤冠群和一队皇协军找到梁龙门上。梁龙先还以为日本人因为他两个儿子在阎锡山的晋军做官来抓他，内心恐慌，听说杨清是来给日本人催钱催粮的，方才定下心来。他有把柄在日本人手里，本想顺从地把钱粮如数交了，落个平安，但又怕镇里人骂他软骨头，甘心给日本人当顺民，不敢带这个头。于是他便把火气撒在杨清头上，一语双关地挖苦说：“姨弟呀！你这真是新官上任三把火，头一把火便烧到姨哥头上来了。看来，姨哥当年是小瞧了你呀！”杨清明白梁龙的弦外之音，梁龙的儿子是国民党的将军，他自己又当了多年镇长，所以，杨清对梁龙一直心存敬畏。他看看汤冠群，苦笑着说：“姨哥，你也当过镇长，你不是不知道，这多少年的规矩了，但凡有军队驻扎，吃住拉撒都得地方负担。过去张禄当商务会长，这种事都是由他具体操办的。现在张禄辞了会长，隆盛庄没人肯挑这大梁，西村指导官和汤团长高看我，让我担任镇长，你说我总得主持个公道吧？”梁龙见杨清借着日本人和汤冠群狐假虎威，心头蹿起一股火苗，攥紧拳头，眼睛狠狠地盯着杨清冷笑道：“哼，行呀，主持公道主持到你姨哥头上了？杨清，别忘了你是啥出身，狗肉上席，还真把自己当一道菜了？”杨清不敢与梁龙锋利的目光对视，避开梁龙的眼睛，无奈地朝汤冠群苦笑一下说：“汤团长，您看这事儿弄得，我……”汤冠群盯着梁龙粲然一笑，对杨清一语双关道：“杨镇长，你害怕了？你怕啥呀，有西村指导官和本团长给你撑腰，隆盛庄你谁都不用怕，该咋办就咋办，有敢违抗的，本团长自会替你出头。”

杨清被梁龙一顿挖苦，火气陡生，看着汤冠群和他身后一队荷枪实弹的皇协军，也不惧怕梁龙了，哼哼鼻子，掏出花名册大声念道：“梁龙听着，皇军给你家的摊派是两千斤粮食。限你三天之内，主动把粮食交到商务会去。”旁边的玉凤急了，叫道：“两千斤粮食？杨清，你明知道我家没几亩地，还给我家摊派粮食？亲戚门上，你究竟想把你姨哥咋样？你姨哥没把你家娃娃填枯井里吧？”不待杨清说话，汤冠群已经接过话来：“啥亲戚不亲戚的，杨镇长这是在传达皇军的命令。皇军的命令任何人不得违抗，你家没粮，可以把粮折成钱。梁龙，说吧，皇军的摊派，你交还是不交？”

梁龙看出汤冠群是冲自己来的，心说今天若是不交日本人的摊派，怕是不好过关。但家门口已经围了不少老老少少，自己在隆盛庄曾经也是响当当的人物，就这么痛快地交了，让乡邻们如何看自己。他知道杨清做不了日本人和汤冠群的主，便抛开杨清，对汤冠群实话实说道：“汤团长，皇军的摊派，我不敢不交，只是我不能做这个出头鸟。这样吧，如果别人都交了，我肯定也交；如果别人不交，我只能再缓缓了。”汤冠群抬起马鞭，点着梁龙的鼻尖阴森森地笑一声：“嘿嘿，梁龙，本团长知道你的心思，你不就是不想带头，不想当出头鸟吗？本团长实话告诉你，今天你还就得带个头，给隆盛庄人做个中日亲善的模范榜样。否则……”

梁龙一直自诩辛亥革命之功臣，自己被民国政府任命为隆盛庄镇长，儿子被阎锡山晋升为少将，这几十年来，在隆盛庄可谓人人敬仰，风光无限。而今，却被一个走江湖出身的汤冠群像狗一般呵斥，不禁怒火中烧，顾不得如今的隆盛庄是日本人的天下，是汤冠群的天下了，他轻蔑地哼一声鼻子道：“脑袋掉了碗大个疤，我梁龙还就不做这个出头鸟，你能把我如何？”

汤冠群现在可谓一人之下，万人之上，哪里把梁龙放在眼里？见梁龙敢向他挑战，勃然大怒，目露杀机道：“梁龙，睁大你的眼睛看看，如今的隆盛庄是谁的天下？既然你给脸不要脸，那就别怪汤某不客气了。”他朝身后的皇协军命令道：“点火！”皇协军有备而来，带了火把，应声将火把点着，等着汤冠群下令。梁奉祖闻讯从永盛源赶回来，见汤冠群要放火烧自家的房子，扑上前挡在汤冠群前面，双拳紧攥，眼睛瞪得铜铃一般吼道：“汤冠群，你若敢烧小爷家的房子，小爷就和你拼了。”汤冠群轻蔑地一笑，“啪”地给了梁奉祖一记耳光，骂道：“黄毛小子，乳臭未干，竟敢给本团长当小爷？拼？你拿啥和本团长拼？就你这条小命，本团长杀你不过像捻死只臭虫。来呀，给我抓起来！”几个皇协军一拥而上，扭住了梁奉祖的胳膊。

梁龙和玉凤见汤冠群抓了梁奉祖，都急眼了。梁龙扑上前，一把揪住汤冠群的衣领，怒不可遏地质问道：“汤冠群，我儿子犯了哪条王法？你凭啥抓人？”汤冠群有恃无恐，往后退一步，用马鞭拨开梁龙的手腕，拔出驳壳枪，枪口指着梁奉祖冷笑道：“王法？如今的隆盛庄，皇军就是王法，老子就是王法。梁龙，你信不信老子现在就把你儿子崩了？”梁龙一怔，心底泛起一股寒意，他看出来了，汤冠群不是吓唬他，他现在有日本人撑腰，别说打死儿子，就算把自己一家都杀了，怕是连眼睛都不会眨一下。就在梁龙心生惧意，不知该如何是好的时候，玉凤也扑上来，一边叫骂，一边与扭着梁奉祖胳膊的皇协军撕打，要把梁奉祖抢回来。

杨清与梁龙虽然有隙，但梁龙毕竟是他姨哥，玉凤也一直待他不薄，他怕梁龙与玉凤如此一闹，逼得汤冠群真的起了杀心，也怕梁龙的儿子们日后报复他。他一边抱住玉凤的腰往后拖，一边焦急地朝梁龙喊道：“姨哥，你也是见过世面的人，咋就这么想不开呢？两千斤粮食金贵，还是三条人命金贵？你不会算账吗？”梁龙当然会算账，但就这么向汤冠群屈服，他实在丢不起这个人。汤冠群见梁龙仍旧犹豫不决，抢过一支火把，恶狠狠地盯着梁龙问道：“梁龙，老子没闲工夫陪你耗着，你是痛快地交出两千斤粮食，还是老子烧了你的房，把你儿子交给西村指导官处置？”说罢，做出要将火把扔进院子的姿势。

玉凤救子心切，也怕汤冠群真的将自家的院子烧了，便先妥协了，向梁龙喊道：“龙龙，秀才遇上兵，有理说不清，不就两千斤粮食吗，咱认了，认了吧。”梁龙也不敢继续固执了，长叹一声，有气无力地朝汤冠群说道：“汤团长，把我儿子放了，三天之内，我把两千斤粮食一粒不差地送到商务会。”汤冠群听梁龙答应了，将火把扔给身旁的皇协军，拍拍梁龙的肩，向围观的人群大声喊道：“大家都听清楚了吧？梁龙已经答应，三天之内，将皇军摊派的粮食一粒不差地送到商务会。你们也都赶快回家准备吧，按照杨镇长的摊派数字，在指定日期内主动将粮食交出。

凡有违抗者，先烧他家的房，再抓他家的人。记住，本团长说话算数，凡违抗皇军命令者，绝不姑息。”

汤冠群带着胜利者的得意笑容走了，梁龙在玉凤和梁奉祖的搀扶下，双腿无力地回到屋里。屁股还没在太师椅上坐下，张禄便闻讯赶来了。梁龙以为张禄是来数落他的，摇着头沮丧地说道：“玉奎，你骂吧，今天随便你骂。”张禄不解道：“我没吃疯猫肉，骂你做甚？”梁龙苦着脸，抽了自己两记耳光说：“我软骨头，我没骨气，我是隆盛庄第一个主动给日本人交粮食的人。想我梁龙，何曾像今天这般丢人过？”张禄叹息道：“这怪不得你，人在屋檐下，不得不低头。换作是我，我也得把粮食给日本人交了。唉，这才开了个头，憋屈日子怕是还在后面呢。”梁龙见张禄同情他，一把抓住张禄的手，满眼泪花道：“玉奎呀，想想咱兄弟两家，在这隆盛庄被人仰慕了多少年，可就这么几天的工夫，便活得连条狗都不如了，你说说，咱现在还有一点儿尊严吗？”张禄摇摇头，声音苍凉道：“有道是覆巢之下，焉有完卵。从日本人打进来，我才知道啥叫亡国奴了。唉！尊严？亡国奴能有尊严吗？”

第五十五章

西村初杀人立威

段祖贤已经是七十大几的人了，因为只有段童一个儿子，家业用不着东一股西一股地分，所以，段家是仅次于张禄的财主。

如若不是日本人打进来，段祖贤可算是隆盛庄最无忧无虑最幸福的人。一对姐妹花老伴无微不至地照顾着他；段童和银花夫妻恩爱，相敬如宾；孙子金柱聪明伶俐，早就帮着他爹打理生意了。但是，就是日本人那架可恨的红膏药飞机，在一瞬间将段家的宁静和幸福毁灭了，所以，段家现在最痛恨的便是日本人。

银花痛失独子，被巨大的悲痛折磨得迷乱了心智，有些疯疯癫癫了；段童整日沉默寡言，唉声叹气；段祖贤和两个老伴更是哭肿了眼睛，悲痛欲绝。一向深居简出、行事低调的段祖贤，现在每天都要坐在巷门口的上马石上，眼睛盯着地皮，一袋接一袋地抽烟，除非老伴儿喊他吃饭或是天黑了，他才拄着拐杖，驼着背，蹒跚地回去。

那天，段祖贤又在巷门口晒太阳，一阵"咚咚"的声响传过来，跟着，段祖贤的眼前出现了两双黑色大皮靴。段祖贤缓缓抬起头，看见一个皇协军军官和一个戴金丝眼镜的日本军官。段祖贤没见过西村，但听说过隆盛庄来了个叫西村的日本指导官，料想这个日本军官便是西村了。

汤冠群见当年气质儒雅的段祖贤已是老态龙钟，浑浑噩噩，惊讶道："咦，这不是段掌柜吗？"段祖贤还不算糊涂，向汤冠群打量打量，问道："你，你叫汤、汤啥来着？"汤冠群笑道："我叫汤冠群，这都几十年了，段掌柜还能认出我来？"

段祖贤点一下头说：“咋能不认识呢，你是汤巡检的弟弟嘛，就是一下子记不起你的名字了。”接着，浑浊的目光朝西村和西村身后的前田看看，抬起拐杖朝两人点一下，问道：“这两个是日本人？”西村往后退了一步，问汤冠群道：“汤团长，你认识这个老头？”汤冠群给西村介绍说：“指导官，这便是我曾和您提起过的隆盛庄的老秀才、商务会第二任会长段祖贤，也是隆盛庄四大老财之一。”又对段祖贤说，“段掌柜，这位是大日本皇军驻隆盛庄的西村指导官，你该向西村指导官问个好吧？”段祖贤颤巍巍地站起来，浑浊的眼睛突然有了锋芒，哼着鼻子说：“鬼子呀？”汤冠群皱起眉头，厉声喝道：“段掌柜，你是不是老糊涂了？这是西村指导官，你放尊重点儿。”

段祖贤现在最恨的便是日本人，抬起拐杖捅西村一下，西村没防备，吓得往后退了两步，手握住了洋刀的刀柄。前田也摘下了肩上的枪。段祖贤咬牙切齿地朝汤冠群啐一口道：“姓汤的，你让我对这个鬼子尊重些？我尊重他？尊重杀人不眨眼的鬼子？我呸！”西村将东洋刀拔出一半，恶狠狠地吐出一句：“八嘎！”段祖贤眼睛里的锋芒突然化为两道精光，举起拐杖，声音嘶哑地吼道：“小鬼子，畜生，你还我孙子！还我孙子！”前田急忙上前一步，用刺刀拨开段祖贤的拐杖。西村再退后两步，唰地将东洋刀拔出来，目光凶狠地叫道：“八嘎，死了死了地！”汤冠群吓了一跳，慌忙拔出驳壳枪，枪口对准段祖贤的胸膛，跟在他身后的两个皇协军也从肩上摘下枪，推上子弹。

面对数支枪口，段祖贤视若无睹，上前两步，拐杖朝西村打下去，可惜人老力衰，拐杖落了空。前田眼神犹豫，等着西村下命令。西村脸上的肌肉抽搐了两下，洋刀闪着寒光劈下去，却在离段祖贤头顶不到半尺的地方停住了。西村将洋刀收回，插入刀鞘，恶狠狠地命令道：“把他抓起来！”两个皇协军收起枪，掏出绳子正要捆段祖贤，段童举着一把铁锹从巷门飞奔而出，红着眼睛吼道：“小鬼子，段爷爷今天和你们拼了。”前田枪口一转，指向段童，正要扣下扳机，西村却命令道：“不要开枪，统统抓起来。”皇协军听到命令，将段童手里的铁锹夺下，将段童和段祖贤一道绑了。玉莲、玉兰和银花闻声从屋里喊叫着踉踉跄跄地跑出来，西村掏出王八盒子，朝天“砰”地放了一枪，三个女人吓得停住了脚步。等她们缓过神儿来，段祖贤和段童已经被押走了。

回到镇公所，西村气呼呼地问汤冠群刚才是怎么回事，段祖贤为什么如此痛恨皇军。汤冠群解释说：“指导官，我和您提起过，皇军的飞机把他的独苗孙子打死了，所以，他父子才对皇军不敬的。”西村想起来了，汤冠群的确和他提起过这件事。汤冠群小心地问该如何处置段祖贤和段童。其实，西村在刀劈段祖贤的刹那间突然改变了主意，所以，洋刀才会在离段祖贤头顶不到半尺的地方停下。他冷笑着朝汤冠群命令道："汤团长，马上派人四处鸣锣，让隆盛庄的每个人都知道，一个小时后，皇军要在西河湾公开处决抗日分子段祖贤和段童。"汤冠群不解地眨巴着眼睛问："抗日分子？段祖贤和段童是抗日分子？"西村阴森森地说道："是的。我们到隆盛庄已经有些日子了，还没杀过一个中国人。今天要让隆盛庄人知道，皇军不是菩萨。今后，凡是有抗日情绪的，不分男女老少，统统枪毙。照你们中国人的话说，这叫杀人立威，也叫杀一儆百，杀鸡给猴看。"汤冠群还是第一次见西村杀机毕露，不由得打个寒噤。

几个皇协军有的拎着破锣，有的拎着铜面盆，大街小巷一通吼叫后，西村命令皇协军全体出动，将段祖贤和段童押往西河湾。

武敖明到隆盛庄采买生活用品。从日本人打进来，他还是第一次进隆盛庄。

武敖明比张禄小三岁，因为常年在外放牧，饱经风霜，故脸膛黝黑，满脸沧桑，看上去比张禄显老许多。他惊讶道："大哥，你这是咋了，脸色如此不好看？"张禄奇怪地问："我脸色不好看？"武敖明说："可不是，脸色寡白寡白的。哥没到三哥的医院让大夫看看？"张禄先还吓了一跳，听武敖明如此说，方才吁一口气，说道："你放心，我这不是病。我不像你，成天草场上跑，风吹日晒，又黑又结实。我窝在屋里，见太阳少，捂的。"武敖明"哦"一声说："捂在家里可不行，大哥得经常出去走走，活动活动筋骨，晒晒太阳。咱都是上岁数的人了，懒在家里对身体不好。"张禄苦笑着说："我哪有你那福气，你成天放牧草场，满眼蓝天白云、绿草牛羊，呼吸的是清新空气。我呢，出门看见的是满眼萧条，是日本人，是皇协军，是刺刀，是膏药旗。出来进去的气是窝囊气，还不如窝在屋里，眼不见为净呢。"

舒兰见武敖明来了，便张罗着做饭。张寿祥问过姑父好，沏上茶来。武敖明问张寿祥什么时候回来的，怎么不当兵了，前方战事如何。张寿祥见他爹对他黑着脸，不敢多言，简单敷衍了几句，托词到伙房帮二妈拉风匣，朝武敖明吐一下舌头走了。张禄让艾叶到张福和张祯那屋告诉一声，说妹夫来了，让张福和张祯晌午回来到这屋吃饭，陪妹夫喝几杯。艾叶答应一声正要走，张禄又说："你从他两家出来，到铺子里给敖明买两包纸烟。"武敖明说："抽啥纸烟呀！大嫂，把烟笸箩拿上来就行了。"艾叶看看张禄说："敖明，你不知道，你大哥现在戒烟了。不但他不抽，还告诫儿孙们都不能抽。连福奎和宝奎也都跟着戒了。"武敖明不解，问为什么。张禄把自己的烟袋被西村踩成两截的来龙去脉讲了，武敖明听得气愤，拍着八仙桌道："鬼子也太可恶了。记得那根烟袋是姥爷传给爹，爹又传给大哥的。我还用那根烟袋抽过呢，多好的烟袋呀！再配一根好檀木杆怕是不容易了。"张禄指指挂在门框上那根断了烟杆的烟袋，目光坚定地摇着头说："不配了，我就一直把它挂在那儿，让子子孙孙都记着：屋脊上那个缺了的兽头是日本人的飞机打碎的，门框上的烟杆是日本人踩断的。只要日本人在隆盛庄一天，那个兽头不能换，我的儿孙不能抽烟。"

一会儿，艾叶买回烟来。武敖明摆摆手，掏出自己的烟袋往八仙桌上一扔，说道："哥，你有骨气，你妹夫也不是孬种。从今天起，妹夫跟着哥一道戒烟，日本人啥时候滚蛋了，妹夫再往起拿烟袋。"说完烟袋的事，控诉了一通日本人的恶行，张禄向武敖明问起外甥们，问日本人到过乌拉哈没有。

武敖明与金花育有二子，大儿子敖登随宝音夫妇一道到库伦去了，二儿子巴图先在德王府当兵，后结识绥东四旗剿匪司令达密凌苏隆的参谋长纪松龄，追随纪松龄左右，被纪松龄提拔为连长。红格尔图战役时，纪松龄带领蒙古骑兵配合晋绥军作战，巴图在战斗中负伤，回乌拉哈休养了半年。卢沟桥事变前夕，巴图伤愈，说是要找纪松龄去，便离开了乌拉哈。武敖明说日本人暂时还没有去过乌拉哈，不过，巴图曾经捎回过口信，说他现在在八路军贺龙的部队里。

张禄正和妹夫唠叨着，院子里突然传来女人的号啕声。艾叶、舒兰和张寿祥都从伙房跑出来，张禄站起来朝外张望，见是银花和玉兰挽着胳膊，满脸泪痕、跌跌撞撞地跑进院子，也不理会艾叶等的询问，呼天抢地地直奔正房而来。张禄连忙出门问道："婶子、银花，你们这是咋了？出啥事了？"银花见了张禄，双腿一软，跪倒在地，抱住张禄的腿号啕道："大哥，快救救童童和我公公吧！"玉兰也哭着哀求道："大侄子呀！你快想想办法救救你姨父和你妹夫吧！我姐已经急得晕过去了。"张禄急忙扶银花起来，艾叶等与武敖明也将玉兰扶起来，问她们究竟发生了什么事。玉兰和银花说不详细，只说西村和汤冠群把段祖贤、段童父子抓走了。众人蒙了头，正想问个究竟，外面响起了破锣声。花子和冬梅急慌慌地跑进来，说外面的皇协军敲锣喊话，说要在西河湾砍段祖贤父子的头，让隆盛庄的男女老少去观看呢。玉兰听了，一声大叫，昏死过去。银花拽住张禄的胳膊，尖声叫道："大哥，快呀！你快去救人呀！"张禄脑袋虽然蒙了，也还有一半清醒。他知道，自己现在什么都不是了不说，还因为回绝了西村要他当镇长的要求，连西村都得罪了。拿什么去救段祖贤？拿什么去救段童？他也懵懂，段祖贤和段童如何招惹了西村？西村为什么要拿这对父子开刀？

艾叶和舒兰手忙脚乱地掐玉兰的人中，银花状若疯狂，张禄的脑子被搅成了一团糨糊。武敖明催促道：“哥，这该咋办呢？你得赶快拿个主意呀！”张禄豁出去了，对艾叶等一干女人说：“你们在家看好银花和婶子，我这就到西河湾去。”武敖明捋一把袖子说：“我和你一道去。”张寿祥也说：“爹，我也去。”张禄狠狠地瞪张寿祥一眼，声音冰冷道：“不用，你给老子老老实实地在家待着。”

张禄急步出门，张寿祥不听他爹的话，紧跟在大姑父武敖明身后，随着人群匆匆赶往西河湾。西河湾已经聚集了许多人，一片空地上，段祖贤和段童被五花大绑，踢倒在地，声音嘶哑，已经没有力气叫骂了。西村手拄洋刀，神情冷酷地站在一旁，汤冠群和眼神惊恐的杨清并肩站在西村身后，四周则是荷枪实弹的皇协军。张禄踉踉跄跄跑到西村面前，抱拳作揖，上气不接下气道：“西村太君，使不得，使不得呀！”西村好像没有看见张禄一样。梁龙、张福和张祯也先后赶来，梁龙赔着笑脸，给西村连连作揖道：“西村太君，您大人不记小人过，别和他们一般见识。他们父子都是老老实实、本本分分的生意人，哪敢抗日呢？”西村这回说话了，手向旁边一指，厉声喝道：“梁龙，你以为皇军不知道你两个儿子在阎锡山的队伍为官，现在正在前方和皇军作战吗？皇军还没顾得上拿你问罪呢，你倒先来为他们求情了。”梁龙顿时脸色苍白，屈从地站在一旁不敢说话了。

张祯缓步上前，弯腰给西村鞠个躬，平静地说道：“西村太君，段祖贤老先生虽然对皇军多有不敬，但也事出有因。他是隆盛庄的老秀才，德高望重，人人敬重。西村太君因为这么点儿小事就把他们父子杀了，岂不是有损皇军的威名？张祯斗胆劝谏，希望西村太君看在隆盛庄上万百姓的面子上，饶他父子性命。”张寿祥也抱拳道：“西村指导官，我三叔说得对，皇军要想征服民心，就应该体恤民心。切不可滥杀无辜，使得民心向背呀！”西村冷笑一声道：“哦，你们张家的人都到齐了吧？是不是想胁迫皇军呀？”张祯道：“皇军所向披靡，草民怎敢胁迫皇军？劝谏，只是劝谏！”西村扶一下眼镜，朝张祯嘿嘿笑道：“张祯，你是清朝的举人，又在隆盛庄办学校、建医院、修功德桥，是不是比段祖贤更德高望重？更有威望呢？”张祯从容道：“不敢，草民办学校、建医院、修桥梁，乃是回报故土的养育之恩，是一个隆盛庄人应该做的。”西村朝张家的人扫一眼，笑道：“张祯，我知道你和段祖贤都是隆盛庄最受人敬仰的人，也算隆盛庄人的骄傲和自豪吧。你说说看，如果今天把你和段祖贤一道杀了，隆盛庄人会怎么想？”

众人见西村对张祯也起了杀机，都惊得浑身震颤。武敖明虽然不及弟弟武斯楞的胆量，但此时人命关天，也壮起胆子上前一步，正要与西村争辩，张祯伸手止住，面不改色，不卑不亢道：“西村太君，张祯乃一介书生，手无缚鸡之力，胸无治国之谋。皇军想要杀我，张祯只有引颈受戮，以一腔热血，唤醒西村太君的人性与天良了。”西村抬头看看，见围观的人已经不少了，朝张祯冷笑道：“好吧，既然你这样说，我就成全了你的心愿。汤团长，将张祯一并绑了。”

张禄见西村真的要杀张祯，顾不得个人的尊严了，惊慌之中上前一步，“扑通”一下给西村跪了，叫道：“西村太君，使不得，使不得呀！”张福和梁龙见状，也都齐齐地给西村跪了。武敖明也急了，再次上前要与西村理论，张寿祥拽住他，悄声说道：“大姑父，您别急，我觉得西村这是吓唬我爹和三叔呢。”武敖明只有咬着牙关忍了，注视着事态的发展。

西村逼视着张禄问道：“张禄，你抗拒皇军，拒绝担任镇长，辞去商务会长一职，现在还好意思向皇军求情？”救人要紧，张禄顾不得许多了，脱口而出道：“只要西村太君不杀人，张禄愿为皇军效力。”西村再问：“你的商务会长还辞不辞了？”张禄仰天长叹一声，闭上眼睛道：“不辞了，不辞了。”西村回头看汤冠群和杨清一眼，哈哈大笑道：“张禄，既然你愿意为皇军效力，今天就给你个面子。你从段祖贤父子中领一个走吧。”张禄听西村只放一个人，再次哀求道：“西村太君，您能不能……”西村打断张禄的话，厉声喝道：“张禄，我已经很给你面子了，你不要得寸进尺。”汤冠群也附和道：“是呀，张禄，你就知点儿足吧。说得多了，当心西村指导官反悔。到时候，不但段祖贤父子的命保不住，你举人弟弟的命怕是也保不住了。”直到此时，杨清方才敢插一句话：“张会长，汤团长说得对，救一个算一个吧。”梁龙狠狠地瞪杨清一眼，杨清惭愧地低下头，不说话了。西村既然把话说绝了，张禄不敢再有奢望，连忙过去扶起段祖贤。西村的话段祖贤都听到了，对张禄老泪纵横道：“大侄子，姨父谢你了，你带着童童走吧。”张禄点头道：“姨父，您一路走好，逢年过节，我会提醒童童和银花给您烧纸的。”

众人心知肚明，如果段祖贤父子只能救一个的话，张禄必定要救段童了。果然，张禄上前将段童扶起，段童泪如滂沱，凄凉地喊道：“爹，让我去吧！让我去吧！”段祖贤惨然道：“童童，爹已经活了七十多年，够本了。听爹的话，照顾好你两个妈，再娶一房小，说啥也要给段家留个后。”张禄怕西村反悔，急忙催促梁龙和张福赶快把段童带回去。张福三下两下替段童把绳子解了，和张寿祥每人抱住段童的一条胳膊往外拖。段童走了几步，猛然挣脱张福和张寿祥，朝着他爹“扑通”一下跪了，凄厉的声音在寒风中刺破了天空的阴云：“爹，孩儿不孝！孩儿不孝呀！”

段童被张福和张寿祥架走了，张禄觉得双腿酥软，快要站立不住了。张祯和武敖明连忙将他扶住，张祯说：“大哥，让妹夫扶你回去吧，我留下给姨父收尸。”西村听张禄要走，又说话了：“张会长，你和杨镇长要继续留在这里，看皇军是如何处决抗日分子的。”张禄推开张祯和武敖明，朝西村走了两步，嘴唇哆嗦着说道：“西村太君，我留下，我不走。”西村咧嘴一笑，说道：“很好！很好！”又看一眼汤冠群，汤冠群便朝身后的两个皇协军招一下手，喊道：“准备执行！”

西村将洋刀拔出刀鞘，抹一下锋利的刀锋，眼睛盯着前田冷漠地问道：“前田，从踏上中国这片土地，你杀过人没有？”前田眼神怯懦，嗫嚅道：“报告指导官，没有。”西村嘿嘿一笑，把洋刀递向前田道：“既然你没有杀过人，今天就练练胆子吧！去，把那个中国人的脑袋砍下来。”前田听西村让他砍段祖贤的脑袋，稚嫩的脸上现出惶恐，抖着手缓缓去接洋刀。西村见前田害怕，左右开弓给了前田两记耳光，厉声喝道：“前田，拿出帝国军人的精神，执行命令。”前田挨了打，“嗨”的一声立正，鞠躬接过西村的洋刀，双手握住刀柄，双腿颤抖着向段祖贤走去。西村面带蔑视一切的傲慢笑容，向人群扫视一遍，朝两个皇协军命令道：“把段祖贤架起来！”两个皇协军将年迈的段祖贤架了起来，西村再次厉声向前田命令道：“前田，执行！”前田是第一次杀人，心中恐惧，双手握住洋刀，高高地举过头顶，刀身却不住地发抖。他再看西村一眼，西村面容冷酷，没有一丝表情。前田不敢迟疑，眼睛一闭，洋刀闪电一般朝着段祖贤的脖颈砍下去……

前田砍了段祖贤的头，脸色惨白，拖着铅一般沉重的脚步走到西村面前，双手将洋刀捧还给西村。西村满意地拍拍前田的肩膀，掏出手帕，轻轻抹去刀身上残留的血迹，将洋刀插入鞘中，声音冰冷地对杨清和张禄道：“杨镇长、张会长，你们留下监督收尸。要告诉所有人，谁敢和皇军对抗，就是段祖贤一样的下场。汤团长，收兵！”

回镇公所的路上，汤冠群不解地问西村：“指导官，不是已经有杨清担任镇长，替皇军征钱征粮了吗，还用得着商务会？”西村轻蔑地哼一声鼻子，说道：“汤团长，你以为凭杨清的能力，能完成皇军就地征集战略物资，以战养战的战略吗？杨清不过是个见利忘义、不得人心的小人，远不如张禄有号召力。用一个张禄，比用一百个杨清更有效。”汤冠群本就是揣着明白装糊涂，装作恍然大悟般奉承道：“指导官果然高瞻远瞩。我了解张禄，隆盛庄的商家与百姓一直以他马首是瞻，只要他真心为皇军效力，的确比一百个杨清要强。不过，既然张禄答应指导官重新担任商务会长，杨清那个镇长便没用了吧？何不将他免了？”西村微微一笑，摇头道：“不然。张禄虽然答应重新担任商务会长，却是被迫为之。留着杨清让他继续担任镇长，他们两个互相监督，互相制约。”汤冠群连说了两个高明，这才认真地问道：“可是，指导官既然把段童放了，又何必杀段祖贤一个老棺材瓤子？不如一并卖个人情给张禄呢。”西村眼睛直视前方，冷峻地说道：“汤团长，你不记得你们中国人有句话叫恩威并施吗？我不饶段童的性命，何以显示皇军的浩荡之恩？我不杀段祖贤，又何以立皇军的神圣之威？今天你都看到了，张家人虽然文弱，却个个都是挺得起脊梁骨的硬汉。我不卖张禄个人情，他就不会对皇军屈膝逢迎，不会答应继续担任商务会长。我不杀段祖贤，他就不会对皇军有畏惧之心。皇军征服了张家、段家、梁家，也就征服了整个隆盛庄。”汤冠群再问：“张禄若是口服心不服呢？”西村诡异地笑道：“他只要口服就可以了。他同意继续担任商务会长，就是向隆盛庄的百姓宣布他愿意效忠皇军，皇军就可以震慑人心。有道是上了磨的驴，由不得自己。我相信，天长日久，张禄他不敢不对皇军死心塌地。”

日本人没到隆盛庄之前，人们怕的是日本人的飞机，因为隆盛庄人没见过飞机，更没见过飞机在天上也能打死人。日本人来到隆盛庄后，人们怕的是日本军队。隆盛庄来过清军，来过革命军，来过国民军，来过奉军，来过晋军，日军与他们的区别，不过是军服不同，是外国军队罢了。人们觉得日本军队之所以比中国军队厉害，是因为日本军队有飞机，有大炮，还有坦克。西村来到隆盛庄后，人们没有怕过西村，因为西村成天在街上溜达，没打过人，没骂过人，没抢过东西，看上去还算和善。所以，于百姓而言，日本军队除了是外国军队外，和之前的其他中国军队没有什么太大的区别。

但是，自从目睹前田举起洋刀，砍下段祖贤的头颅后，人们恐惧了，对西村恐惧了，对前田恐惧了，对日本军队恐惧了。西村和前田不过两个日本人，就敢在隆盛庄挥刀杀人。日本军队上万，上几十万，上百万，还有飞机、大炮、坦克，那要是杀起人来，还不得杀个天昏地暗，尸积如山，血流成河？之前，有人传言，日本军队在南京杀了几十万中国人，许多人不信，说就算几十万头牛羊，也不是那么好杀的吧？几十万具尸体堆在一起，该是多大的一座山呀？现在他们知道了，日本人能做到。西村只要调来日本军队，日本军队便可以眼睛都不眨地杀光隆盛庄所有的男女老少，可以杀得隆盛庄鸡犬不留，可以杀到隆盛庄连一只耗子、一只蚂蚁都看不见。

所以，隆盛庄人恐惧了，梁龙恐惧了，张禄、张祯和张家所有人都恐惧了。

所以，西村杀人立威的目的达到了，以一人之力统治隆盛庄的目的也达到了。

以前，人们当着西村和前田的面，叫他们皇军、太君，背后叫他们日本人。现在，人们当着西村和前田的面，还是叫他们皇军、太君，但在背后，都叫他们鬼子、小鬼子。

隆盛庄内，人心惶惶，一片白色恐怖。隆盛庄外，鏖战正酣，狼烟遍地。

在正面战场，国民党军屡败屡战，依然顽强地抵抗着日寇的疯狂进攻。在敌后，共产党领导的八路军，以简陋的装备，用老套筒、大刀、长矛与日寇浴血奋战，夺取日寇的武器武装自己。隆盛庄周边也不例外，贺龙派来一个名叫巴山的政委，巴山说服蓝虎头与周通合兵一处，成立了八路军双台山抗日游击队。巴山任政委，周通任队长，蓝虎头任副队长。游击队武器不足，两股人马加起来不过十几条枪，巴山通过隆盛庄地下党筹得一笔钱，购买军阀混战时散落在民间的枪支加以补充。游击队以隆盛庄为中心，主要活动于丰镇与集宁之间，破坏日寇的交通运输，打击零星活动的日伪军。

西村没有电台，与丰镇日军的联络先是使用电话，但电话线三天两头被游击队破坏，索性放弃了，改由派通信兵联络。鬼子的通信兵来往极不规律，有时候半个月来一趟，有时候一两个月来一趟。巴山想打鬼子通信兵的伏击，几次设伏，都无果而归。周通脾气犟，不信邪，向巴山请求由他带几名战士连续设伏，不信等不到鬼子的通信兵。蓝虎头也想杀几个鬼子，便要求和周通一道去。巴山同意了。周通和蓝虎头连着埋伏了三天，鬼子的通信兵没有来。蓝虎头没耐性，说这要等到什么时候，要不算了。周通说再等两天吧，鬼子的通信兵如果不来，算他们命大，运气好。可是，就在第二天，鬼子的通信兵终于来了。

那天，春寒料峭，沙尘蔽日，两个鬼子通信兵眯着眼，手捂口鼻，在滚滚风沙中抖缰而来，毫无戒备。蓝虎头枪法好，加之距离近，一枪便把前面鬼子的马撂倒了。周通和其他游击队员一阵乱枪，打死了另一个鬼子。鬼子的通信兵摔下马，来不及摘肩上的枪，蓝虎头率先冲上去，把鬼子的枪和文件缴了。按照蓝虎头的意思，要就地砍了鬼子的脑袋。周通见鬼子是个十六七岁的娃娃兵，吓得眼神惊恐，浑身哆嗦，不忍下手，说缴了他的枪，人放回隆盛庄，给西村一个警告吧。蓝虎头不甘心，坚持释放鬼子可以，但一定要羞辱西村一番。他亲自动手，将那鬼子扒得只剩一条裤衩，赤条条地放了。鬼子逃到隆盛庄，西村见通信兵光着脚板，浑身上下灰头土脸，冻得牙关打战，身体如筛糠，就像刚从地底下钻出来的土耗子一般，让大日本皇军丢尽了颜面。

隆盛庄地处南北交通之公路要道，虽然时逢战乱，但还是有做生意的、走亲戚的行人来往，经常带来外面的消息。外面的人听说隆盛庄只有两个鬼子，直呼隆盛庄幸运，说平绥铁路沿线，哪个车站不驻扎着十几个鬼子，就连离隆盛庄不远的红砂坝车站，也驻扎着八九个鬼子呢。人们听了这话，不由自主地又想起了张瑞元，说张瑞元还是有远见的，隆盛庄当年若是通了铁路，现在驻扎的就不是西村和前田两个鬼子了。一大群鬼子驻扎进来，不知道会把隆盛庄祸害成什么样子。

其实，西村虽然统治了隆盛庄，但仍旧忧心忡忡，夜难入寐。

红格尔图战役之前，西村来过隆盛庄，通过汤冠群介绍认识了张禄，为日军和伪蒙军订制了大批冬季作战所需的皮衣、皮裤、皮帽子、皮手套等。那时的隆盛庄，虽然已经开始走向败落与萧条，但与现在比起来，流动人口也还不少，人来人往，有进有出。这才过了几年，隆盛庄便繁华散尽，不堪回首了。日本人天性心细，西村细心观察、揣摩，加上汤冠群的介绍，对隆盛庄的状况已是了如指掌。

隆盛庄在塞外大有名声，并非因为人口众多，而是因为隆盛庄是交通要道、商业重镇。自从军阀混战，到日军进驻，隆盛庄的人口由原来的两万余人锐减了三成。在这个万余人的小镇上，街坊邻居彼此熟悉，谁家几男几女，家境如何，婆媳是否和睦，各家是做生意还是替人打工，或者种地，就算镇外的哪座坟墓埋着谁家的什么人，大家也都如数家珍，几乎没有丝毫隐秘可言。

西村知道，如果不是皇军进驻隆盛庄之前派飞机侦察过，打死过人，隆盛庄人对皇军是不会有太大的敌意的。隆盛庄驻扎过冯玉祥的国民军、张作霖的奉军、阎锡山的晋军，人们对军队的来往已习以为常，只要不影响他们做生意，不影响他们赚钱，皇军和国民军、奉军、晋军有什么区别呢？但是，皇军的飞机在隆盛庄打死过人，汤冠群逼反周通，共产党和八路军四处宣传抗日，煽动老百姓的民族情绪，加之皇军和其他军队虽然是一样的军队，但毕竟是外夷，外夷入侵，加之残忍，和内战的性质是不同的。

西村不担忧隆盛庄人有抗日情绪，以中国人逆来顺受和习惯被奴役的天性，凭自己掌握的兵力，统治隆盛庄可以说绰绰有余。他忧虑的是巴山和周通领导的双台山游击队，还有比游击队更厉害的八路军丰凉支队，因为他手中不过汤冠群区区一个连的蒙古军兵力。蒙古军虽然是日式装备，但战斗力极差，对付装备低劣的游击队还算勉强，若遇上八路军主力或晋绥军便不堪一击。何况，皇协军出镇扫荡，派的人少，担心被游击队打伏击；派的人多，又怕游击队乘虚而入攻打隆盛庄。西村原想将商团收归己用，但是，自从下令商团归汤冠群指挥后，六七十名团丁连招呼都不打，一个个销声匿迹。余下的几个，也是吊儿郎当，出工不出力。

西村思来想去，觉得不能放弃商团，便计划成立警察署，将商团改编为一支效忠皇军，为他所用的警察队伍，配合汤冠群的蒙古军，消灭双台山抗日游击队。可是，商团是商务会的武装，是由各商铺、字号的伙计组成的，须得一个在当地有威望、有能力，为各商家信任的人担任警察署长方能服众。西村通过丰镇宪兵司令部调查，得知张寿祥曾在大同警察局担任警长，而张寿祥恰恰是商务会长张禄的儿子，是西村心目中最合适的署长人选。

西村命汤冠群亲自将张寿祥请到他的办公室。

张寿祥一点儿也不像张禄的儿子，因为他没有他爹那般铁骨铮铮。

西村亲自给张寿祥斟了茶，张寿祥恭恭敬敬地给西村鞠个躬，谢道："多谢指导官。"西村露出两颗大门牙，和蔼地问道："张寿祥，听说你在大同警察局担任过警长？"张寿祥挺直腰板答道："是！"西村亲切地拍拍张寿祥的肩膀，咧嘴笑道："很好，你很诚实。"张寿祥回答道："张寿祥不敢隐瞒皇军。"西村满意地点头说："张寿祥，你坐下吧。"张寿祥在椅子上坐下，依然腰板挺直，一副军人做派。西村收起笑容，神情严肃地说道："张寿祥，皇军准备在隆盛庄成立警察署，想请你担任署长，不知你有何想法？"张寿祥脸上没有惊诧，没有惊喜，没有诚惶诚恐，也没有受宠若惊，而是起身立正，给西村行了个军礼："张寿祥愿为皇军效劳。"

西村对张寿祥沉着的表现和爽快的回答十分意外，用惊异的目光盯着张寿祥的眼睛好一阵儿，问道："张寿祥，我想知道，你为什么要答应皇军？"张寿祥微微一笑，站起来答道："指导官，有道是良禽择木而栖，人也一样，要懂得审时度势。现在的中国，已然是皇军的天下，我不投靠皇军，还有别的前程吗？何况我一家老少，亲戚众人都在隆盛庄，我为皇军做事，就是皇军的人了。想必皇军一定会给我个面子，不会因为些许小事为难我的家人。指导官，对吧？"张寿祥的回答合情合理，西村听得连连点头。汤冠群却插嘴问道："可是，张二少爷，你不先和你爹商量商量吗？"张寿祥淡淡一笑，不软不硬道："有道是三十而立，我三十大几的人了，没必要事事都问我爹吧？再说了，我爹给皇军当商务会长，不也是为皇军效力吗？"汤冠群碰了个软钉子，讪讪道："那是！那是！"西村瞥汤冠群一眼，走到张寿祥面前，郑重地说道："张寿祥，既然你愿意效力皇军，我现在就任命你为大日本皇军隆盛庄警察署署长。"张寿祥立正敬礼："谢指导官栽培，张寿祥绝不辜负指导官的信任。"西村拍拍张寿祥的肩，命令道："张寿祥，皇军进驻隆盛庄以来，商团的团丁大半不辞而别。我给你十天时间，由你精心选拔忠于皇军的年轻人，将他们补充为警察。你能完成任务吗？”张寿祥再次敬礼：“张寿祥保证按时完成指导官下达的任务。”

望着张寿祥离去的背影，汤冠群疑惑地问西村：“指导官，咱们那天去张禄家，他好像不是这样的呀？”西村微微一笑，说道：“汤团长，你太多心了。此一时，彼一时。张寿祥非常清楚，既然皇军能摸清楚梁龙两个儿子的底细，自然也知道他的底细。他是个聪明人，他自己也说了，如今的中国，已是皇军的囊中之物，他不投靠皇军，还有别的前程吗？其实，咱们那次去张禄家，得知张寿祥在大同警察局当过警长时，我便有重用他的想法了。”汤冠群恍然大悟，奉承道：“难怪指导官给足了张禄面子，不让杨清拿他开刀呢。原来，指导官早就有计划了。”又妒忌地说，“张禄那老东西一家命真好，清朝的时候，他爹得势；民国的时候，他得势；皇军来了，他儿子又得势。张寿祥说得对，他当了警察署长，以后张家的人有得罪皇军的地方时，指导官还真不好处置呢。”西村轻蔑地一笑：“张寿祥是大日本皇军需要的人才，那就多少给他留些面子吧。我出生在中国，对中国人太了解了，中国人无利不为。不过，也不能排除张寿祥另有所图。汤团长，你要密切监视张寿祥的一举一动，如有可疑之处，随时向我报告。”

第五十六章

张寿祥上任署长

自从张寿祥在西河湾对西村说了那番义正词严又恰到好处的话，张禄对张寿祥的态度又恢复到之前。

张寿祥被汤冠群请走，张禄担忧西村对张寿祥不利，坐立不安。宝凤听说了，过来劝他说："老爷，您担忧的是寿祥那次在西河湾斥责过西村的事吧？这都有些日子了，西村会记得那么清楚？他是不是有其他事找寿祥呢？"舒兰也说："宝凤说得对，老爷，您别担忧，咱再等等看。"艾叶心急，冲着舒兰和宝凤嚷道："寿祥不是你们亲生的，你们当然不急。老爷，我觉得你还是赶快去看看吧。你已经答应继续给鬼子当商务会长了，料想西村也不会把你怎样。"宝凤嘴不饶人，瞥艾叶一眼说："大姐这话说得不中听，寿祥虽然不是我们亲生，但我们啥时候把他当外人了？他们兄弟也都处得手足一般。这都多少年了，大姐还要分个厚此薄彼呀！"张禄心烦，挥挥手说："你们别吵吵了行不？吵得我脑子都成一堆糨糊了。再等等，寿祥要还不回来，我就去镇公所看看。"

众人正在焦急中，舒兰一眼看见张寿祥从院门进来了，高兴地说："回来了，寿祥回来了。"艾叶连忙跑出去，把张寿祥迎进屋，前后端详端详，问道："寿祥，那个鬼子没把你咋样吧？"张寿祥喝一口茶，轻松地说道："没有，西村找我有点儿事。"张禄奇怪地问："西村找你有啥事？"张寿祥若无其事地说道："鬼子要在隆盛庄设立警察署，西村知道我在大同当过警长，要把商团改编为警队，让我当署长。"张禄惊得险些跳起来："啥？把商团改编为警队，还让你当署长？西村这是想做甚？”张寿祥平静地说：“三姨父带着德胜炉的伙计反出隆盛庄后，和蓝虎头的人马合兵一处，成立了双台山抗日游击队。前些日子，游击队打了鬼子通信兵的伏击，打死一个，把另一个扒得赤条条地放回来，让西村丢尽了颜面。西村肯定是想报复游击队，但兵力不足，便想起了这招。”张禄鼻子哼一声：“想让咱的商团打游击队，西村想得也太美了。商团都是咱各字号的伙计，他们能帮着鬼子打周通吗？”张寿祥沉思着说：“西村应该知道商团不会打游击队，我想，他是打算成立警察署后，把防守隆盛庄的任务交给警察署。这样，汤冠群便可以集中兵力对付游击队了。”张禄赞成说：“嗯，西村一定是这么想的。寿祥，怨你呀，上次西村问你，你就不该说你在大同警察局当过差。”张寿祥解释说：“爹，我说不说没用，鬼子的宪兵司令部有特高课，那是鬼子的特务机关。我的事瞒不过他们。”

张禄抬头看一眼挂在门框上那根被西村踩断的烟袋，叹息一声道：“唉！西村这是要陷我张家于不义呀！老子给鬼子当商务会长还不行，又要逼你当警察署长。你若是答应了，今后隆盛庄人说起来，张家便出了两个汉奸。寿祥，你没答应西村吧？”张寿祥脸红了一下：“爹，我……”张禄见张寿祥吞吞吐吐，欲言又止，脸一拉，猜测道：“咋，你答应西村了？”张寿祥点了下头，把在西村那里的过程讲了。张禄瞪起眼睛喝问道：“西村也没逼你，你就答应了？你是不是很想伺候鬼子呀？”张寿祥岔开话题说：“爹，这咋说呢，我给鬼子当警察署长，对咱家也是有好处的，您……”不等张寿祥把话说完，张禄已经站起身来，瞪起眼睛，拍着桌子说道：“对咱家有好处！有啥好处？我看出来了，你是觉得当警察署长威风，当汉奸威风！这回好了，以后不但可以跟在西村的屁股后面狐假虎威，还可以像汤冠群那个驴头一样帮着西村杀人了。既然你甘心当汉奸，那就当我没生养过你这个儿子。你搬出去吧，从此往后，再不要登我张家的门，也不许再叫我爹。”

艾叶见张禄要和张寿祥断绝父子关系，急得快要哭出来了：“老爷，你这是咋了？你能给鬼子当商务会长，寿祥就不能给鬼子当警察署长了？你也不想想，西村让他当，他不当能行吗？”张禄瞪张寿祥一眼，硬朗朗地一字一句道：“刀架在脖子上，要么屈服，要么死。人都怕死，我也怕。可就算怕死，多多少少也该有那么一点儿骨气吧？我答应西村继续当商务会长，一是要救宝奎、童童和姨父的命，二是怕西村像找借口杀童童他爹一样，说不定哪天也会砍下咱张家人的脑袋。可这个不肖子孙呢，西村既没有强迫他，也没有把刀架在他脖子上，西村让他当，他便爽快地答应了。真不知道他是想做官呢，还是脊梁骨断了？”张寿祥不知心虚还是怕把他爹气死，说道：“爹，不管您咋想，我终归会给您个交代的。我觉得我搬出去住也好，免得爹看见我生气。”张禄往出撵张寿祥，其实也是一句气话，见张寿祥要搬出去，真的来气了，冲着张寿祥吼道：“滚，现在就给老子滚！从此以后，再不要登我的家门。”

西村原本对张寿祥并不十分放心，怀疑张寿祥爽快地答应担任警察署长，是不是另有所图，现在听说张禄因此和张寿祥断绝了父子关系，将张寿祥赶出了家门，猜想张寿祥肯定是因为想做官才答应当警察署长的，心中想：中国人呀！只要给他钱，给他官，他便什么事都做得出来，甚至可以大逆不道、六亲不认，真是个既贪婪又奴性十足的民族。

第二天，西村在马桥街贴出告示，宣布隆盛庄成立警察署，任命张寿祥为警察署署长。

一时间，张寿祥成了隆盛庄最为引人关注的人物，因为他好像要死心塌地地替鬼子卖命，做铁杆汉奸了。

张寿祥上任的第一件事，便是一家一户地去请那些不告而别的团丁。他先去了豆腐坊的唐疤子家。

当年，唐疤子的儿子唐永年随梁念祖当了兵，鬼子攻打阳高时，晋绥军兵败，唐永年被打散跑回隆盛庄，哀求梁龙与张禄在商团当了团丁。因为军人出身，又当过连长，所以，他颇受团丁们敬重。商团暂归汤冠群管辖后，唐永年痛恨鬼子，第一个脱离商团，回家跟他爹磨豆腐了。其他团丁听唐永年讲过鬼子的凶残，也都学唐永年的样子，纷纷不辞而别。张寿祥去找唐永年时，唐永年给了他个冷脸，说如果商团还归商务会管，少给几个饷钱他也没说的，可让他替鬼子卖命，就算给他一座金山，他眼皮子都不抬。可是，张寿祥不知道使了什么魔法，只对唐永年耳语了几句，唐永年便改变了主意，不仅加入警队，还替张寿祥当了教官。

不过三天时间，张寿祥走家串户，说服大部分团丁改编为警察，并制作了统一服装，由唐永年进行训练。西村把商团的枪发还给张寿祥时多了个心眼，每支枪只配备两发子弹。命令警察署担负起把守城门、维护镇内治安的任务。命令汤冠群腾出手，集中兵力对付双台山抗日游击队。

梁龙从被西村免了镇长，内心虽然失落，但也无官一身轻，难得落个逍遥自在。可是，自从西村在西河湾对他说了那句话，他便开始提心吊胆，夜难入寐。他担心突然有那么一天，西村会把他一家五花大绑押到西河湾，像杀段祖贤一样，高高地举起那把锋利的洋刀……

对梁龙而言，未知的命运是痛苦的等待，也是痛苦的煎熬。他不怕死，他怕的是妻儿陪着他一道死。每想到这一天或许很快就要来到的时候，他便心惊肉战，便后悔当初让弓富魁带走了梁念祖，后悔同意梁怀祖跟着他哥当了兵。他唯一欣慰的，同样是梁念祖和梁怀祖当了兵。因为就算西村对梁家起了杀心，也无法将梁家斩尽杀绝、斩草除根。

段祖贤祭日的头一天，段童像他爹当年一样娶了二房。

段童娶二房，隆盛庄没人知道。银花连他三个哥哥都没有告诉。

段童娶的是屠家贾虎的小闺女秀秀。贾虎长得不像虎，像只病猫，却是隆盛庄最有名的屠家。别看他身材不高，人长得精瘦，杀猪宰羊却手法麻利，尤其宰牛，刀法准确、迅速，连回民的阿訇都自叹不如。隆盛庄兴盛的那些年，贾虎每年要宰杀上千头牛羊。人们买牛羊骨架吃，都不愿意买贾虎剔过的，因为贾虎剔过的骨架，只见白不见红，一副骨架二两肉都留不下。

贾虎的老婆是个健妇，圆盘大脸，人高马大，屁股就像一口大锅，一口气给贾虎生了七个儿子两个闺女。秀秀是家里最小的，名字虽然叫秀秀，人却一点儿也不秀气，和她妈一样人高马大，一样长了个大屁股。如果放在鬼子打进隆盛庄之前，贾虎就算烧香磕头，也攀不上段祖贤那样的人家，所以，尽管秀秀是给段童做填房，贾虎夫妇也十分满意。

段童没有鼓乐敲打，没有花轿，就像往家里领了个串门的闺女一样把秀秀娶了回来。第二天是段祖贤被西村杀害一周年的祭日，段童把秀秀带到他爹的坟头，摆上供祭，夫妻双双磕了头。段童对秀秀说："秀秀，你告诉爹，就说你一定给他生个传宗接代的孙子。"秀秀再给段祖贤磕了头，却说道："公公，秀秀一定给您老生一大堆孙子出来。段家绝不了后。"

梁龙听说段童娶了贾虎的闺女秀秀做填房，受到启发，心情豁然开朗了。他和玉凤商量说："玉凤呀，你看咱是不是也给奉祖把瑶瑶娶了呢？"玉凤思量道："段童娶秀秀，是怕段家绝了后。见贾虎的老婆一口气生了七个儿子，也想秀秀能像她妈一样。咱家现在生死不保，你把人家瑶瑶娶回来，将来万一西村对咱家下手，岂不是害了人家闺女吗？"梁龙说："是福不是祸，是祸躲不过。既然已经定了亲，早娶是娶，晚娶也是娶。如果鬼子把中国占个百八十年的，难道奉祖就不娶，瑶瑶也不嫁了？我看还是娶吧，娶过来生娃娃，就算他西村心肠歹毒，也不能把我孙子一辈儿赶尽杀绝吧？"玉凤担忧地说："鬼子的心思不好猜，万一西村怕咱后辈儿孙找他报仇，真的起了灭门之心呢？"梁龙摇头说道："不会吧？西村杀了段祖贤，不是把童童放了吗？他若怕报仇，能放童童一条生路吗？"玉凤想想，说道："你说的也是，那就让媒人和杨老师打个招呼吧。”

媒人去找杨曼，把梁家想娶聂子瑶过门的想法说了。杨曼却支支吾吾地说：“现在时局动乱，过了门便不免要生娃娃，生了娃娃便是拖累，万一有个啥变故，拖儿带女的，躲不好躲，藏不好藏呀！你回去对梁家说，就说再推个一年半载，看看时局的变化再说吧。”媒人把杨曼的原话回了，玉凤点头夸奖说：“还是人家读书人呀！我觉得杨老师说的在理，要不咱再往后推推？”梁龙哼着鼻子说：“你呀，连杨老师的弦外之音都听不出来？人家这不是要往后推，人家这是想悔婚。”玉凤疑惑道：“不会吧？杨老师是有学问的人，知书达理，能做出悔婚的事？”梁龙叹气道：“你真是个猪脑子，就因为杨老师有学问，人家才能看出个所以然来。你想想，论相貌，咱奉祖配得上人家聂子瑶吗？”玉凤瞥梁龙一眼说：“咱奉祖咋了？也没斜眼歪嘴的，丑吗？”梁龙无奈地摇头道：“好，不丑。自己的儿子多会儿都比别人的儿子好。”又继续问，“你再说，咱奉祖有人家聂子瑶的学问没有？”玉凤噘起嘴承认道：“那倒是没有。”梁龙苦笑道：“这不就对了！咱奉祖既配不上人家聂子瑶的相貌，又没有人家聂子瑶的学问，人家凭啥上赶着嫁给咱呢？”玉凤正要插话，梁龙止住说：“你听我把话说完。依我推断，杨老师当初之所以要把聂子瑶许配给奉祖，无外乎这么几个原因：一是咱家现在也算隆盛庄四大老财之一了；二是我好歹算是隆盛庄的镇长；三是咱梁家出了个隆盛庄举世无双的将军；这四呢，是鬼子打进来了，时逢乱世，杨老师怕闺女遇上点儿啥事，想赶快给闺女寻个婆家，要是有个万一，婆家自然会出头做主。”玉凤说：“对呀，我也是这么想的。那杨老师现在咋变卦了？”梁龙无奈地说：“真是光长头发不长脑子，此一时，彼一时呀！你看看现在，我的镇长没了，念祖那将军也成了西村拾掇咱家的把柄，梁家说不准就要大祸临头了。别说杨老师，换了你，你也不愿意闺女嫁到这样风雨飘摇的人家吧？”

玉凤沉默了半晌，问梁龙道：“那你说咱该咋办？”梁龙叹口气道：“咋办？没办法，等着吧。人家啥时候说退婚，咱就痛快地退。人家不说话，咱也别主动提。”

张寿祥就任警察署长后，在短短几天时间内，便将一支警察队伍组建起来。警察还是商团原来的团丁，有五十多个，都是身强力壮的小伙子。张寿祥从广义和布庄买了几匹黑布，找裁缝做了服装。在唐永年的带领下，警察每日操练，也还像模像样。

由于游击队在周边活动频繁，汤冠群隔些日子便要带皇协军出去扫荡一次。

张祯的医院几乎成了鬼子的医院。皇协军出去扫荡，有受了伤的，回来都要送到医院救治。杜文顺看不下眼，跟他爹发牢骚："爹，我看张院长一家都成汉奸了。他大哥是鬼子的商务会长，侄子是鬼子的警察署长，他开这家医院，来治伤的多是皇协军。医院名义是为隆盛庄人开的，却快成鬼子的医院了。"杜金呵斥杜文顺说："文顺，不要胡说。别人不了解张家，爹了解。人各有各的难，张会长如果不是为了救段童，能答应继续给鬼子当商务会长吗？皇协军的伤兵来了，张院长能不让救治吗？如果不让救治，西村还不得杀了他？何况现在是战乱，百姓中了流弹，不是也要抬到医院救治的吗？再退一步说，如果张院长不开医院，皇协军的伤兵抬到咱回春堂去，咱敢不给看吗？"杜文顺嘟囔道："那张寿祥呢？他可是心甘情愿给鬼子当汉奸的。"杜金说："是呀！所以张会长才和他断绝了父子关系。不过，以爹观察，张寿祥当了汉奸后，好像也没有帮着鬼子害过隆盛庄人。不像汤冠群，硬是找碴儿把德胜炉的周掌柜和一干徒弟给逼反了。"杜文顺哼着鼻子说："我当初咋就没学个西医呢，我若学了西医，皇协军的伤兵送来了，胳膊受伤的锯胳膊，腿受伤的锯腿，看狗日的还敢往来送。"杜金连忙道："文顺，这话可不能对外人说，传到西村和汤冠群的耳朵里，你的命就保不住了。"

西村杀害段祖贤，逼迫张禄重新担任商务会长，又任命张寿祥为警察署长后，觉得隆盛庄的百姓已被皇军震慑得服服帖帖了，出来进去比之前更加耀武扬威。他隔三岔五到街上巡视一次，原来是前田和汤冠群带几个皇协军陪着，现在由前田和张寿祥带几个警察陪着。

那天，西村上街巡视，快走到马桥街的时候，看见一个年轻后生朝这边仓皇跑来，后面一个人中年人边追边喊"抓贼，抓贼"。张寿祥回隆盛庄不久，不认识那二人，用询问的眼神看看西村。西村指着那仓皇逃跑的年轻后生命令道："张署长，抓住他，问清楚是怎么回事。"张寿祥朝两个警察挥一下手，两个警察便追上去，将那年轻后生扭住，押到西村面前。张寿祥打量那后生，见他脸色苍白寡淡，精神萎靡，一看便是抽大烟上了瘾的烟鬼。后面的中年人急步追上来，揪住那后生的衣领嚷嚷道："胡有才，你个毛贼，把偷我妈的钱拿出来。"那后生怯生生地望着西村与张寿祥，狡辩道："石南，我啥时候偷你妈的钱了？你可别红口白牙地诬陷人呀！"

自从日本人打进来，世风日下，不学好的年轻人越来越多，赌钱的多了，抽大烟的多了，小偷也多了。张寿祥正要问个究竟，一个头发花白的女人气喘吁吁地跟上来，气愤地指着那后生对中年人说："就是他，石南，就是他偷了妈的钱。"

张寿祥认识那女人，她是三义泉缸房的掌柜梅雪。梅雪上了年纪，也不亲手酿酒了，把从丈夫石茂义那里学来的手艺传给了和石茂义所生的儿子。那个叫石南的中年人，想必便是梅雪的儿子了。梅雪认识张寿祥，朝张寿祥说道：“张二少爷，你得给姥姥做主呀！这毛贼刚才趁姥姥一个不小心，把姥姥的钱偷了。”西村问张寿祥梅雪是什么人。张寿祥介绍说是三义泉缸房的掌柜，按辈分和他爷爷同辈儿。西村笑了，点头道：“神仙醉，隆盛庄唯一的一个女掌柜呀！”梅雪听西村知道自家的神仙醉，怔了一下，赔着笑脸说：“太君说错了，我们隆盛庄两个女掌柜呢，还有一个是怀春院的老鸨袁小香。”西村摇头道：“她不算掌柜，你才是真正的掌柜。神仙醉非常好喝。”

那小偷见西村和张寿祥只顾和梅雪说话，往后退了两步想趁机逃跑，被石南一把揪住拉回来叫道：“咋，偷了钱想跑？没门儿！快把钱还给我妈。”张寿祥对梅雪说：“梅掌柜，还是我来问他吧。”他问那小偷说：“你抽大烟？”小偷耷拉下脑袋不说话。张寿祥又问：“你是村里的还是镇里的？”旁边已经围了不少看热闹的，大家多认识那小偷，说道：“他是冥衣铺胡二毛旦的儿子胡有才，是个赖鬼，肯定是抽大烟没钱了，才偷人家梅掌柜的。”有人补充道：“胡有才也不是头一次偷了，前些天到我爹的铺子里偷了两把铜漏勺，换了几张骆驼票，立马便跑到逍遥堂去了。”

张寿祥不认识胡有才，却知道他爹胡二毛旦。胡二毛旦是开冥衣铺的，以给人看阴阳、糊裱祭奠死人用的纸院子、摇钱树、童男玉女、纸衣、纸裤、纸鞋、纸钱等纸扎为生。胡有才是个赖鬼，馋吃懒做不说，还染上了大烟，胡二毛旦卖纸扎的那点儿钱都让他偷出来抽大烟了。胡二毛旦没办法，只好和老伴儿抽空糊些风车，印些窗花、鞋样子卖。

张寿祥听说胡有才是胡二毛旦的儿子，又是个烟鬼，不好意思也没法儿抓。他向胡有才伸出手道：“胡有才，把偷人家梅掌柜的钱拿出来吧。”胡有才不情愿地撩起衣襟，从怀里摸出个手帕包的小包。张寿祥拿过去递给梅雪问道：“梅掌柜，这是您的吗？您看看钱少了没？”梅雪说：“货见主人会说话，我的手帕，我还能不认识？”打开手帕，见一叠骆驼票没动过，从里面抽出两张递给胡有才，呵斥道：“年纪轻轻的，以后学点儿好，别走到哪偷到哪。你爹我认识，是个好人。快把大烟戒了吧，不然，就你爹做纸扎挣的那点儿钱，能供得起你抽大烟？”

围观的人见梅雪给了胡有才两张骆驼票，有的说梅雪心善；有的说像胡有才这样屡教不改的贼，该拉到警察署好好拾掇上一顿；还有人说应该给他脑门上留个记号，往后人们看见他便知道是小偷，自然会提防。张寿祥说：“算了，小偷小摸的，也算不得大罪。把他抓到警察署，还得管他饭呢。”众人听张寿祥的意思是要将胡有才放了，正待散去，西村说话了：“张署长，这个小偷不能放。治理地方，对付刁民，不能心慈手软。”张寿祥问西村：“指导官，您的意思是把他抓起来？”西村摆手说：“不，张署长说了，把他抓起来还得管他饭呢。不如就听大家的，在他脑门刺上‘小偷’两个字，往后人们看见他就会提高警惕，他便做不成贼了。”

人们见西村真要在胡有才的脑门上刺字，有的说好，有的说刺上字就抹不掉了，这辈子无论走到哪都是贼，想改邪归正都难，这处罚太过严酷。

张寿祥也觉得不妥，正想说服西村改变主意，西村已经下了命令：“张署长，对待刁民，要有特殊的手段。就在这里当着围观的人刺吧，现在就刺。”胡有才见日本人要在他脑门上刺字，吓得双腿一软，“扑通”一下给西村跪了，脑袋把地皮磕得咚咚响：“太君爷爷呀，您把我抓回去打一顿，饿上三天都行。在我脑门上刺了字，以后我咋见人呢？就算浪子回头，也再没人看得起我，没人和我交往了。”西村抬起皮靴，一脚把胡有才踢出两三步远，朝张寿祥命令道：“刺，现在就刺。”

张寿祥无奈，只好让警察到铺子里要两根钢针，把柜上的砚台拿来，一根绳子捆了胡有才，将他掀翻在地。一个警察骑在胡有才身上，摁住他的脑袋，另一个警察不顾胡有才的号叫，在胡有才脑门上刺下“小偷”两个字，然后将砚台里的墨汁往血淋淋的脑门上一泼，用手一抹，胡有才便成个大黑脸了。西村哈哈大笑道：“很好，把他放了吧！张署长，以后不管抓住小偷还是奸夫淫妇，都按这个方法处置。”

警察给胡有才松了绑，胡有才像逃脱的兔子一般撒腿便跑，跑到他爹的冥衣铺，往脸盆里舀两瓢水洗起来，洗一盆倒了，又洗一盆倒了，连着洗了六七盆，拿镜子一照，“小偷”两个字还清晰地留在脑门上。他气得哇哇乱叫，拿头去撞门框。胡二毛旦和老伴儿连连叹息道：“有才呀有才！你这往后还咋见人呢？连爹妈都跟着你没法儿见人了。”

从此，胡有才只要出家门，不管天气冷热，都要戴一顶帽子把脑门挡得严严实实，并且没有一个闺女肯嫁给他。当然，隆盛庄的小偷也一下子销声匿迹了一段时间。有实在手痒的，壮起胆子作案，只要被抓住，脑门上都被刺了字。还有强奸妇女的，脑门上被刺了“淫贼”；有偷汉子的，脑门上被刺了“荡妇”。

西村在西河湾杀害了段祖贤后，人们从内心对西村惧怕起来；西村抓住小偷或者奸夫淫妇、地痞无赖便在他们脑门上刺字，人们又觉得西村治理地方有一套特别的手段，维护了隆盛庄的治安。

张禄重新担任商务会长后，其实就算是给鬼子做了汉奸。人们知道他做汉奸是为了救段童，也体谅他的苦衷，依然对他很敬重。张禄表面上风光依旧，内心却惭愧、汗颜，尤其对西村交代的差事，实在是左右为难。

张禄知道，西村之所以重用他，目的便是要他为鬼子效劳，征收钱粮、物资，养活鬼子打中国人。可是，西村下达的任务，不管他还是杨清，又必须想尽办法完成。不然，西村就会逼他们，就会抢，就会烧，就会杀人。他能做的，只是多向西村告苦情，说百姓已不堪重负，请求西村减轻负担。他当商务会长本属被逼无奈，所以，也不与杨清争权夺利，只要杨清不害人，遇事便得过且过。

杨清是聪明人，看出在西村眼里，自己的分量远不如张禄。他生长在隆盛庄，从记事起，张禄的爹张瑞元便是商务会长，段祖贤之后，张禄又接任会长。商务会是隆盛庄的小朝廷，商务会长便是隆盛庄说一不二的土皇帝，所以，杨清对张禄父子的自卑与敬畏是根深蒂固、与生俱来的。现在，他当了镇长，张禄是商务会长，按职务，他应该排在张禄之上，但他还是畏惧张禄的威严，甚至不敢正视张禄的眼睛。他本以为张禄重新出任商务会长，他这个镇长便要被架空了，因为向各字号摊派费用，历来是商务会的职责。如果钱财不经他的手，他又如何从中捞取好处？不过，他很快便发现张禄对重新担任商务会长心灰意冷，遇到事情总会说："杨镇长，你是镇长，这事儿你看着办。"杨清心中暗喜，向字号和百姓摊派的时候，便悄悄做手脚，暗自加重摊派数额，将多收的钱粮揣进自己腰包。

日寇铁蹄下的隆盛庄，店铺关门，字号倒闭，手艺人远走他乡，已经找不到当年被誉为绥东第一镇时繁荣昌盛的些许痕迹。鬼子加紧掠夺，曾经衣食无忧的小康人家，一日三餐，连顿稠的都不敢吃，除非逢年过节，是吃不上白面的。就连号称隆盛庄第一老财张禄家的饭桌，也不是顿顿有肉了。有钱人家尚且如此，普通人家的日子更是可想而知。人们手里没钱，上三元的干货不好卖，算下账来，多是来五去五。梁龙与马麦一商量，索性把字号盘给了郭姓饼匠。

那天，张祯从外面回来，先进了张禄家，皱着眉头说："大哥，咱得想个办法呀！再这么下去，人们的日子简直没法儿过了。"张禄问怎么了，张祯愁眉苦脸地说："鬼子的摊派太重，许多人家实在是负担不起了。今天，陈春的媳妇便闹了一场虚惊。"张禄奇怪地问陈春的媳妇怎么了。张祯一番话说出来，张禄不由得蹙起了眉头。

陈春是合盛旅店掌柜陈贵明的儿子，陈贵明便是玉凤当年险些嫁给的那个瘸子。陈贵明人精明，却短寿，刚活到五十岁就死了。陈春接手他爹的合盛店后，外地客商稀少，生意一直冷清。鬼子进了隆盛庄，旅店被汤冠群号了，住进了皇协军，陈春连字号也很少去了。陈春娶的是广义和布庄老掌柜徐翔的孙女，小名青青。青青大户人家出身，习惯了大手大脚，过日子不算节俭。陈春的合盛店生意不好，日子拮据，杨清给日本人摊派钱粮，暗中加了自己的好处，本就入不敷出的陈春更是感觉负担沉重。

莜麦和山药是绥东人的主食，囤囤更是家常便饭。贫寒人家的女人，莜面囤囤擀得薄不薄，不是手巧，是会过日子。因为囤囤擀薄了，可以多放山药丝，节约粮食。许多媳妇因为男人下地劳动，为了男人耐饥，故意把囤囤擀厚了，被婆婆发现，会呵斥媳妇不会过日子。昨天，陈春家吃莜面，青青擀了两笼囤囤，因为囤囤擀厚了，陈春嫌青青不会过日子，心里不高兴，但嘴上也没说什么。今天上午，杨清到陈春家催要给日本人摊派的钱粮，陈春觉得杨清给他摊派的多了，和杨清发了一通火。晌午吃饭的时候，青青端上饭来，是昨天剩下的莜面囤囤用胡麻油炒了。陈春便发了火，把青青从头数落到脚，说她嘴馋，不会过光景，是个败家女人。青青不服，则骂陈春没本事，大男人养不了家，老婆吃顿炒莜面囤囤都心疼，莫非天天喝莜面糊糊煮山药就会过日子了？夫妻吵了一架，陈春气得饭也不吃了，溜达到了姑姑家。唐疤子听说陈春没吃饭，连忙让老伴盛一碗刚端下去的蒸莜面拌豆腐渣，陈春没扒拉两口，闺女气喘吁吁地跑来，说她妈喝了耗子药。

前些天，青青说厢房出了一窝耗子，把几条口袋都咬了洞，陈春便买了瓶耗子药，用了半瓶，一晚上把一窝耗子全药死了，剩下的半瓶就放在了墙角。陈春听说青青喝了耗子药，惊得头发炸起，姑姑和姑父往他家跑，他则到医院找大夫。张祯正巧在医院，便拉了唐大夫带了一块肥皂去了陈春家。到了陈春家，见青青躺在炕上直翻白眼儿，唐大夫连忙弄了肥皂水给青青灌。灌了几碗，不见有反应，问青青是不是真喝耗子药了。陈春到厢房翻了半天，说装耗子药的瓶子找不到了，青青肯定是把药喝了。唐大夫奇怪青青没有中毒的状况，问青青喝了多少耗子药。青青说半瓶都喝了。张祯追问装耗子药的瓶子，青青咬着牙关不说，也不喝肥皂水了。

唐大夫怀疑青青压根儿就没喝耗子药，是吓唬陈春呢，便装腔作势地说：“找不到装耗子药的瓶子，青青肯定是把药喝了。陈掌柜，你赶快再弄一大盆胰子水。张院长、康掌柜，你们帮我把青青摁住，今天非得把她的肠胃洗个干干净净。”青青听了，挣扎着喊道：“我不喝了，我肚子胀得喝不下去了。”唐大夫说：“不行，不把你的肠胃洗个干净，可是要出人命的。”张祯也帮腔说：“哎呀，这一大盆胰子水灌下去，怕是能把肚子灌成个皮球，约莫躺上半个月也缓不过来。”青青被吓着了，忽地坐起身连声喊道："我没喝耗子药，我没喝耗子药，我吓唬我男人呢！"唐大夫和张祯对视一眼，偷偷地笑了。陈春不放心，追问道："青青，你说你没喝耗子药，那装耗子药的瓶子呢？"青青跳起来躲到后炕墙角，冲着陈春嚷道："不告诉你，就不告诉你。"张祯见青青不说，撸一把袖子装模作样地喝道："不说？不说就是喝了。唐大夫、陈掌柜，咱们一齐上手把青青摁住，继续灌！"

青青这回不敢了，朝陈春喊道："死鬼，耗子药的瓶子在厢房的房梁上放着呢，胰子水我可是一口也不喝了。"陈春果然从厢房的房梁上找到了装耗子药的瓶子，端详了一下，见瓶子里的药没少，这才放了心。众人虚惊一场，问青青喝药的缘由，青青不说话，眼睛恨恨地盯着陈春。陈春叹着气，把杨清给自家摊派了五块大洋，自己和他争吵了一通，正巧青青不但炒了莜面囤囤，油还没少放，自己心里不痛快，把对杨清的火朝青青发了，青青受了委屈，便演了这么一出戏，让张祯和唐大夫跟着受了一场虚惊。

张禄精明，早发现了杨清所为，以为他小眼薄皮，想弄几个零花钱，不过是本性难改罢了，便没有戳穿。现在听了张祯的话，张禄蹙起眉头说："杨清胆子也太大了，鬼子的摊派是骆驼票，他却向陈春要现大洋，肯定是装进自己腰包里了。"张祯疑惑道："不会吧？杨清把陈春的大洋私吞了，摊派的账目咋记？"张禄说："账目简单，杨清贪的肯定不是一个陈春，把别人的骆驼票给陈春记上，把陈春的大洋揣自己腰包不就行了。"两人正说着话，张福来了，听了张禄与张祯的对话，张福气愤地说："杨清也太贪心了，隆盛庄几千户人家，别说每户人家多摊派一块大洋，就算多摊派半块，也有两三千大洋。放在民国初，两三千大洋也不算多。可现在，掰着指头数数，隆盛庄一年能赚五百大洋的字号有几家？两三千大洋，那就是上千人一年的生活呀！"张禄纠正说："福奎，账不能这么算，摊派多的，都是店铺和字号，若是普通百姓一样的摊派，隆盛庄九成人家怕是砸锅卖铁也凑不上数。依我看，杨清一年最多也就捞上三五百大洋。"张福哼着鼻子说："三五百大洋也不少了，自从鬼子打进来，我永盛源一年的进项折下来也不过三五百大洋。狗日的杨清，动动嘴皮子，就贪我一年的进项呀！"张禄点头说："杨清的确太贪了，如今的隆盛庄水深火热，许多百姓肚子都填不饱了，任由他如此下去，穷人便是雪上加霜了。"张祯着急道："大哥，你是不是提醒杨清一声，让他收敛些。"张禄摇头说："我提醒过他，可那个财迷依然我行我素。"张福眼珠一转，问张禄这事西村知道不。张禄说应该不知道。张福便恨恨地说："哥，那你就把这件事告诉西村，他借鬼子的名鱼肉乡里，我就不信西村会无动于衷。"张祯提醒说："二哥，西村心狠手辣，翻脸无情，若是知道了杨清的所为，怕是轻饶不了他。”张禄也说：“宝奎说的是，杨清不过是贪心重了些，若是捅到西村那里，万一西村砍了他的脑袋，咱不是害了一条人命吗？何况他是香如大娘的外甥，叫龙龙姨哥呢。”张福跺着脚说：“你们呀，真是菩萨心肠，不管他跟谁沾亲带故，他现在是汉奸，咱顾忌那么多做甚？”说罢，想起张禄父子也都在为日本人做事，张福又补充了一句：“他是害人的汉奸。他带汤冠群去烧龙龙哥家房子的时候，念过龙龙哥是他姨哥了吗？”张禄依旧为难地说：“可是，花子也是他姨姐呀。”张福轻蔑地哼一声：“狗屁的姨姐，花子一直看不起他，从来不和他家打交道。唉！算了，我是看他鱼肉乡里，气愤不过才这样说的。反正，他当一天镇长，就要算计人一天，你们看着办吧。”说罢，背抄着手，迈着八字步走了。

张禄和张祯商量一番，觉得张福的话的确在理，杨清多当一天镇长，隆盛庄就得有几十号人饿一天肚子，他们不能糊涂得大头小眼都分不清吧？隔了月余，西村把张禄和杨清喊去，向他们询问征收钱粮、物资的进度。张禄也不明说，只说许多字号和百姓向他诉苦，说皇军的摊派太重了，如此下去，许多人怕是要背井离乡，离开隆盛庄另谋生路了。他觉得奇怪，查了账目，发现人们所说的摊派数字和账目不符。

西村和汤冠群都是明白人，尤其汤冠群，立刻听出了张禄话里的意思，便问杨清是怎么回事。杨清不承认，说他是老实人，就算借他一百个胆子，也不敢欺瞒皇军。杨清本和汤冠群商量好合伙贩大烟的，可自从他给日本人当了镇长后，便成了过街老鼠，烟农也不肯把大烟卖给他了，所以，和汤冠群的生意没做成，汤冠群自然不会保他，冷笑着说：“杨清，你是老实人？除了担着大粪不偷吃，还有你算计不到的？我看你就别背着牛头不认账了。”杨清还要狡辩，西村左右开弓，啪啪几个耳光子，打得杨清头晕目眩，口鼻流血，乖乖地招了。西村大怒，命令汤冠群立刻把杨清拉到西河湾砍了脑袋。杨清吓得魂飞魄散，苦苦求饶，张禄也不想因此害他丢了脑袋，也在一旁替他求情。也算西村给张禄面子，饶了杨清的死罪，命令汤冠群抄了杨清的家。

第五十七章

汤冠群巧夺赌坊

隆盛庄人能体谅张禄给鬼子当商务会长的苦衷，但张寿祥给鬼子当警察署长，便是让人鄙夷与憎恨的汉奸行为了。张禄也为家里出了两个汉奸而感到脸上臊得慌，无事不出门，无事不上街，闲来无事，便拿一把小锄，刨弄墙根儿下的两小畦子菜地，在那片巴掌大的地里种了韭菜、芫荽、豆角、黄瓜。

那天下午，张禄睡醒午觉，又拿起小锄去锄地，正锄着，听得院门那边有脚步声，扭头看看，是梁龙来了。

自从鬼子进了隆盛庄，梁龙与张禄的关系缓和了许多，尤其梁龙被西村免去镇长后，便又经常到张禄家串门了。

张禄就当没看见梁龙一样，不打招呼，继续挥舞锄头。梁龙也不说话，站在张禄身后看了一会儿，上手摘下一根顶花带刺的嫩黄瓜。张禄皱着眉头说："你这是做甚呢，还没长成就给摘了。"梁龙鼻子哼哼，用手捋一下，一口将嫩黄瓜咬下小半截，边吃边说："还大老财呢，吃你根小黄瓜就心疼了？跟你说吧，吃你的是给你面子了。"张禄停下手说："你那点儿面子值钱吗？你把面子留给别人吧，我不稀罕。"梁龙噘一下嘴道："我的面子不值钱，谁的面子值钱？西村的面子值钱吗？汤冠群的面子值钱吗？"张禄把小锄扔到一旁，缓缓站起来，捶捶后背，掸掸袖子说："行了，别拿那两个东西恶心我了。咋？有事？"梁龙鼻子又哼一声："玉奎，你现在是越来越没人情味儿了，到你家串个门儿，脸拉得比汤冠群那张驴脸还长。吃你根嫩黄瓜，就像抽了你的筋一样。亏了也不求你，若是有事求你，怕是屁股能撅到天上去。”张禄边往屋里走边说：“算了吧，你那点儿花花肠子我还不知道？你这是串门来了，是肚子里的酒虫痒痒了吧？”梁龙跟在后面说：“不是酒虫痒痒，是憋了一肚子窝囊气，总得喝两口借酒消愁吧。”张禄嘿嘿一笑，回头道：“想喝就说想喝，找那么多由头做甚？高兴了说喝酒庆贺，生气了说借酒浇愁，里外都是你的理。今天咋了，谁惹你生气了？”梁龙张张嘴，欲言又止：“算了，一会儿喝酒的时候再和你细说。赶快洗手，去庆春楼，今天我请你。”张禄说：“生气了还庆春楼呀？不去！”梁龙问：“咋了？怕见人呀？”张禄点头说：“自从寿祥那个没骨气的东西给鬼子当了警察署长，我还真的有点儿怕见人。我现在是啥东西？人们背后不知道咋骂我们父子呢。”

舒兰正在伙房，听见张禄和梁龙的说话声，出来和梁龙打了招呼。张禄说：“舒兰，龙龙想喝酒了。伙房不是有我刚摘下的黄瓜吗，拌两根黄瓜，割把韭菜炒个鸡蛋，再切盘咸菜，吃烙油饼吧。”梁龙眨巴着眼睛说：“都是素菜？玉奎，你好歹是降盛庄第一老财，不嫌寒碜呀？”张禄哼哼鼻子说：“寒碜啥，还当那些年呀？你出去到街上转一圈，推开家家的门看看，现在有几家能吃上烙油饼、炒鸡蛋的！知点儿足吧。”又对闻声出来的艾叶说，“让舒兰做饭，你去买一斤猪头肉，免得龙龙嫌都是素菜，一会儿喝多了发酒疯。”梁龙笑了，却是苦笑：“是呀！自从鬼子打进来，吃猪头肉都是奢侈了。”

两人进了屋，张禄洗了手，舒兰沏上茶来，梁龙点一袋烟，悠然地吧嗒着问：“真戒了？看我抽烟不香？要不来上一袋？”张禄眼皮都不抬地说：“我说话算数，说戒就肯定戒了。”又说，“倒你的苦水吧，哪个胆大包天的惹你生气了？”梁龙说道：“先不说谁惹我生气了，这事儿你听了肯定高兴。”张禄立刻来了精神，往起直直腰说：“是吗？只要是我高兴的事儿，肯定是好事。”梁龙长长地叹息一声：“玉奎，记得因为开赌坊和烟馆，你差点儿和我割袍断义。现在好了，用不着那么绝情了，赌坊和烟馆都不姓梁了。”张禄惊异地望着梁龙问道：“咋？钱赚够了？要放下屠刀，立地成佛？”梁龙眉头拧了个疙瘩，烦躁地说：“你别拿我寻开心了行不？我真有那么十恶不赦吗？实话跟你说吧，赌坊和烟馆现在都姓汤了，归了汤冠群那个驴头。”张禄乐呵呵地笑了：“咋，你把赌坊和烟馆盘给汤冠群了？龙龙，你别骂汤冠群那个驴头了，依我看呀，他是在救你，以后他要替你背恶名了。”梁龙咬牙切齿道：“他那是救我？他是硬生生地从我手里把两处买卖抢走了。”

梁龙将汤冠群夺走和顺赌坊和逍遥堂烟馆的过程向张禄讲述了一遍。

自从鬼子的通信兵被游击队打了伏击，土耗子般只留下一条裤衩灰溜溜地跑回来，西村震怒，起用曾在大同警察局当过警长的张寿祥，成立警察署防守隆盛庄。命令汤冠群集中兵力下乡扫荡，消灭双台山游击队。

汤冠群虽然甘心做汉奸，却也不是傻瓜。他也想消灭双台山游击队，活捉巴山、周通和蓝虎头，在西村面前表现一下自己，立功受赏，但他更怕死，尤其怕中了游击队的埋伏落在周通手里，那就死定了。所以，汤冠群每次下乡扫荡，绝不敢离开隆盛庄十五里地。汤冠群每到一个村庄都要抢掠一番，附近的村庄几乎被他抢遍了，可惜时逢乱世，村里百姓穷，抢不上什么值钱的东西，偶尔抢个金镏子，已经是最大的收获了。

汤冠群打和顺赌坊与逍遥堂烟馆的主意，已经不是三天两日了。

汤冠群闯荡江湖多年，前后娶过四个老婆，第一个老婆是他爹在丰镇老家给他定下的娃娃亲，那个女人比他大两岁，家境贫寒，长得粗手笨脚，除了做营生有力气，没一样他中意的。也就因为这，娶媳妇后的第二年，他便扔下老婆到外面闯荡去了。后来到了大同，逛窑子时和一个窑姐好上了，两人情投意合，汤冠群花光了身上所有的钱，把那窑姐赎出来，娶她做了二房。之后，汤冠群浪迹天涯，以摆设赌摊为生。摆赌摊也有讲究，一般而言，须得跟着一家戏班子，戏班子唱到哪，摆赌摊的便跟到哪。戏班子搭台唱戏，招来看戏的，摆赌摊的便在戏台子附近摆摊开赌，由于玩的多是出千骗人的把戏，除非遇上行家，几乎没有输的时候。一次，汤冠群跟随的戏班子到天镇唱戏，班主得罪了当地一个混混，那混混把班主打残了，若不是汤冠群出手相救，班主的命便没了。班主的闺女跟着戏班子做饭，说是要报恩，非要嫁给他，他便娶了第三房。再往后，他流落到后草地，混迹于德王府，和当地一个蒙古姑娘相好，还让那姑娘怀了娃娃，那姑娘的阿爸逼他娶了女儿，他又娶了第四房。

汤冠群娶老婆就像狗熊掰棒子，娶一个，丢一个，有时候想起来，自己也觉得对不住那几个女人。自从投靠了日本人，被西村重用，调到隆盛庄当了皇协军团长，汤冠群觉得自己终于修成正果了，想着等站稳脚跟后，在隆盛庄弄一处院子，把四个老婆都接过来，让她们跟着自己这个一直四海为家的浪荡男人过几天安稳日子，享几天福。

可是，自从那次在庆春楼见过聂子瑶，汤冠群又有了新的奢望。那个人称“小白仙”的女人容貌艳丽，妩媚妖娆，尤其火辣的性格，就像一匹没戴过笼头的野马，让他不由得产生一种想要征服的欲望。

汤冠群本就敢想敢做，何况他现在是隆盛庄一人之下万人之上的人物。打听过后却有些失望，因为聂子瑶已经许配了梁龙的三儿子梁奉祖。汤冠群心有不甘，像聂子瑶那样平生少见的女人，如果不能娶回自己屋里，实在是件憾事。权衡一番，觉得杨曼之所以把聂子瑶许配给梁龙，大概率是因为杨曼看中了梁龙是隆盛庄四大老财之一。汤冠群对梁龙的赌坊和烟馆极是眼热，隆盛庄现在生意萧条，最红火、最赚钱的，莫过于赌坊、烟馆和窑子这三家买卖了，而这三家买卖，梁龙便独霸了两家。汤冠群心里盘算着，应该先把梁龙的赌坊和烟馆弄到手，然后再琢磨聂子瑶，因为像聂子瑶那样千娇百媚的女人，是需要白花花的大洋养活的。

汤冠群细细琢磨如何才能一文不花便把梁龙的两处买卖弄到手。他觉得最简单、最拿手的办法便是空手套白狼，把这两处买卖赢过来。

和顺赌坊有两个看场子的荷官，两人最早是汤冠群开来运赌坊时从丰镇请回来的。汤冠群随他哥去代县之前关了赌坊，把院子卖给了朱奉祺，朱奉祺在那处院子改开了染坊。朱奉祺死后，朱进和朱涌弟兄闹分家，染坊分给了朱涌。朱涌听从梁龙的主意把染坊搬到别处，在那处院子里开了和顺赌坊。梁龙到丰镇打听，又把当年给汤冠群看场子的两个荷官出大价钱请了回来。

和顺赌坊通常下午开业，一直到深夜。前几天的一天晌午，汤冠群派人到和顺赌坊把两个荷官喊出来，说要请他们到庆春楼吃饭。两个荷官一个姓钱，一个姓盛，汤冠群原本就是两人的老掌柜，现在又是皇协军团长、日本人眼前的红人，两人不敢怠慢，连忙去了。酒过三巡，菜过五味，汤冠群给两个荷官每人面前放了二十块大洋，两人齐齐吓了一跳，说道："老掌柜有事吩咐就是，我们可不敢拿您老的钱。"汤冠群不动声色地说："咋，嫌少呀？"姓钱的荷官乖巧地说："瞧老掌柜说的，我们哪敢嫌少？我们是觉得老掌柜现在不做生意了，挣几个饷钱不容易，不忍心花老掌柜的。"汤冠群面色冷峻道："啥容不容易的，既然给你们，你们就拿着。"两人知道推辞不得，便互相看一眼，把钱拿了，说道："老掌柜有何吩咐尽管讲，我们一定照办。"汤冠群压低声音对两人耳语一番，两人先是一愣，随后连连点头道："老掌柜放心，我们一定照办，一定照办。"

这天上午，汤冠群带着皇协军出去扫荡，没往远处走，就在四美庄一带兜了一圈，给西村抢了几只鸡便回来了。吃完饭歇了一会儿，便带马六和一个士兵到了和顺赌坊。

朱涌看见汤冠群便怵头，汤冠群本就是耍钱鬼出身，又开过赌坊，到和顺赌坊玩过几次，每次都是只赢不输。为此，梁龙曾安顿过朱涌，说汤冠群现在得势，得罪不得，赢就让他赢些吧。但汤冠群十赌十赢，朱涌便有些受不了了，开赌坊的输钱，那还开什么赌坊呀？

赌客们见汤冠群来了，怕惹出是非，一个个泥鳅一样溜了。朱涌赔着笑脸给汤冠群上了茶，汤冠群故意四下瞅瞅，问梁龙在不。朱涌笑呵呵地说："我妻哥平日不过来，咋，汤团长找他有事？"汤冠群说："今天有人孝敬了几个钱，想和梁掌柜耍两把。你打发人把他喊来吧。"说罢招一下手，跟在身后的马六便把一个沉甸甸的钱袋子扔在桌子上。汤冠群掏出烟点上一支，烟盒往桌子上一拍，朝马六说道："马六，还有票子呢，拿出来呀！耍钱耍的是骨头，要么赢个大满贯，要么输个穷光蛋。像你这样哆哆嗦嗦的，这辈子也别想发财。"马六嘿嘿一笑，把一捆骆驼票也扔在了桌上。

朱涌见汤冠群带着杀气而来，打个寒噤，连忙打发人去喊梁龙。

梁龙瞅着桌子上的一堆钱，脊背上也直冒冷汗。他叫朱涌取一百块大洋放在汤冠群面前，笑呵呵地说："汤团长，您是高手，我这二把刀哪敢和您耍？您看……"汤冠群鼻子一哼，将大洋推还给梁龙说："梁掌柜，你这是啥意思？是不是以为我汤某穷得揭不开锅了，仗势欺人到赌坊来敲诈你？"梁龙人在屋檐下，不得不低头，依旧赔着笑脸道："汤团长误会了，我是说汤团长赌技超群，梁龙不敢和您过手。有道是钱越耍越薄，酒越喝越厚，不如我陪汤团长到庆春楼喝上几杯，您看……"汤冠群冷笑着打断梁龙的话，说道："汤某今天就是来耍钱过赌瘾的，酒咱们哪天再喝，我请客。"

梁龙没了退路，他知道汤冠群不但精于赌博，出千的手法也十分高明，这一场赌下来，自己必定是有输无赢，便提前打招呼说："汤团长既然想耍，那我就陪汤团长耍几把吧。不过，咱有话在先，梁龙家底儿薄，只是陪汤团长开开心而已，不敢豪赌，还望汤团长体谅。"汤冠群有所为而来，问梁龙道："梁掌柜，赌坊好像没有限注的规矩吧？"梁龙听汤冠群如此问，料想汤冠群今天是不会放过他了。他额头不禁浸出冷汗，说道："那倒是没有。"汤冠群搓搓手，迫不及待地说："没有就好。梁掌柜，那咱们开始吧。"梁龙决定豁出去一千大洋了，问汤冠群想怎么玩。汤冠群说："我一会儿还有军务，咱们爽快点儿，掏宝吧。"梁龙应道："也好，还请汤团长手下留情呀！"汤冠群呵呵一笑，说道："赌场无父子，愿赌服输，咱谁也别给谁留情。"

钱姓荷官把宝盒端上来，汤冠群眼睛盯着梁龙道："梁掌柜坐庄，我下注。"梁龙知道自己不是汤冠群的对手，问汤冠群道："汤团长，我只是个掌柜，不通赌技，可否由荷官上手？"汤冠群诡秘地瞟两个荷官一眼，微笑道："可以呀！赌场的规矩不能坏，不然，雇荷官做甚？”梁龙察觉到了，忽地想起两个荷官原本是汤冠群的人，心中一凛：荷官若是出千，自己就算有百八十万大洋，怕是也不够输的。

姓盛的荷官端着宝盒进了里间，定好点数，由姓钱的荷官将宝盒传出来，朱涌则在旁边坐宝监督。梁龙紧张地屏住呼吸看着宝盒，汤冠群轻松一笑，把面前的大洋和骆驼票往前一推，说道：“独红，押二。”说罢便要伸手开盒。梁龙脑子一个激灵，失声道：“汤团长，等等！”

“独红”便是押一翻三，只要押中了，庄家就得赔三倍。有人算过，以一块大洋的本钱，如果连着押中十次，可达百万大洋之巨。照汤冠群的押法，若是荷官暗中配合，别说梁龙那点儿家业，就算是皇帝的江山，怕是也要输去大半儿。

汤冠群见梁龙喊了停，狞笑着问：“梁掌柜，后悔了还是害怕了？”梁龙试探着问道：“害怕了，真的害怕了。汤团长，我只和您押这一把可以吗？”汤冠群嘿嘿一笑，说道：“下注的可以只下一注，庄家要一把就不要了，赌坊有这规矩吗？”梁龙实话实说道：“不瞒您汤团长，照您这样的要法儿，我就算把老婆娃娃卖了都赔不起。”汤冠群又是嘿嘿一笑：“不会吧？你大儿子给阎锡山当师长，会在乎这几个小钱？多克扣点儿军饷啥都有了，用得着你卖老婆、卖娃娃？”梁龙不敢与汤冠群揪扯梁念祖的事，苦笑一下道：“看来汤团长是有为而来呀！汤团长不妨明说，您到底是咋个意思？”汤冠群鼻子轻蔑地哼一声：“没啥意思，就是想和梁掌柜要几把。梁掌柜一向骨头硬，今天咋有点儿怂了？”

“哥，汤团长他……”朱涌早就看出汤冠群不怀好意了，正要说下去，梁龙伸手止住，脸色冷峻地朝两个荷官看一眼，站起身来向汤冠群抱拳道：“汤团长，我梁龙的骨头啥时候硬过？就算硬，还硬得过您汤团长的枪子儿？我知道汤团长今天是有为而来。您也不必遮遮掩掩，就算想取梁龙的性命，也该让梁龙死个明白吧？”汤冠群怔了怔，猛然哈哈大笑起来：“好，痛快！痛快！既然梁掌柜如此说，咱们不如改玩掷骰子，一把定输赢，梁掌柜看如何？”梁龙见汤冠群要图穷匕见了，沉住气问道：“汤团长想如何要？”汤冠群拔出驳壳枪，往桌子上一放、一推，驳壳枪便滑到了梁龙面前：“梁掌柜，桌子上的钱，还有我汤冠群的这颗脑袋，如果输了，全都给你。”

梁龙见汤冠群要和他赌命，心“咯噔”一下，惊得脸色苍白。他盯着汤冠群看了好一会儿，声音中带着苍凉说道：“汤团长若是想杀我，直接把我拉到西河湾便是，何必变着花样折腾我呢？”汤冠群微微一笑道：“我只想和梁掌柜痛快地赌一把，杀你做甚。”梁龙不解地指着面前的驳壳枪问道：“那……汤团长，这是啥意思？”汤冠群看一眼桌子上的大洋和骆驼票，依旧微笑着说：“我赌本不够，只好添上这颗脑袋了。”梁龙明白了，心一横，沉声问道：“汤团长，如若我输了呢？”汤冠群眼睛鹰隼般盯着梁龙道：“你这和顺赌坊，还有逍遥堂。”

梁龙听汤冠群只是想强夺他的赌坊和烟馆，长长地吁一口气，把桌子上的驳壳枪给汤冠群推过去，说道：“不赌了，汤团长，这和顺赌坊和逍遥堂现在就是您的了。”又扭头对呆若木鸡的朱涌说道，“朱涌，我们走。”没承想，汤冠群抓起驳壳枪，朝天便是一枪，笑道：“梁掌柜，我汤冠群不是土匪，也不是强盗，你这样走了，岂不是让隆盛庄人笑话我汤冠群强取豪夺吗？我可不想背那恶名。所以，咱这一局是赌定了。我要赢个堂堂正正、光明正大。”梁龙心里骂一句卑鄙小人，嘴上却笑呵呵地说：“既然汤团长怕人说闲话，那咱就走个过场吧。”汤冠群满意地点头道：“这就对了嘛！梁掌柜，你我虽然都是开赌坊出身，但论赌技，你梁掌柜与我相比怕是要差下许多。所以，我赢了你也不算十分光彩。咱不如这样，让两个荷官代咱赌上一把如何？”梁龙知道，不管这场赌博谁输谁赢，最后的结局都是一样的。算下来，赌坊和烟馆也就两处院子的价钱，只要汤冠群不找借口要他的性命，已经算是烧高香了。于是，梁龙说道：“那就依汤团长了，汤团长请。”

朱涌也看出汤冠群是胸有成竹，志在必得，忍不住悄声嘀咕：“抢就是抢，还来这一手？这才是脱了裤子放屁，多费一道手续。”汤冠群听见了，瞪朱涌一眼喝道：“朱掌柜咋说话呢？”梁龙连忙给朱涌使个眼色道：“汤团长已经很给咱面子了，你不要胡说。”汤冠群鼻子哼一声，朝两个荷官努努嘴，对梁龙道：“梁掌柜，你挑人吧。”梁龙现在只想赶快走人，哪还想什么输赢，便随便朝姓盛的荷官点一下头：“就你吧。”姓盛的荷官望汤冠群一眼，抓起三粒骰子在手里一掂，向大海碗中掷去。只见三粒骰子滴溜溜地在海碗中转了几圈停下，是四五六。汤冠群微微一笑，朝姓钱的荷官道：“我老汤这条命现在在你手里攥着，看你的了。”姓钱的荷官点一下头，同样抓起三粒骰子在手里一掂，同样向大海碗中掷去。三粒骰子同样滴溜溜在海碗中转了几圈停下，是三个一。汤冠群抱拳含笑向梁龙道：“险胜！险胜！梁掌柜承让了。”梁龙抱拳回敬道：“恭喜汤团长了！”拉一把朱涌道，“咱们走！”汤冠群朝着梁龙和朱涌的背影朗声道：“梁掌柜、朱掌柜，闲来无事时，过来捧场呀！”

张禄听说汤冠群一个子儿没花便强夺了梁龙的赌坊和烟馆，先是脸色铁青，而后便乐呵呵地笑了。

梁龙见张禄没有骂汤冠群，也没有一句同情他的话，哼着鼻子说：“玉奎，我咋看你有点儿幸灾乐祸的意思。”张禄也哼哼鼻子：“我幸灾乐祸？你愿赌服输，关我屁事。”梁龙愤愤道：“我那叫愿赌服输？我是被那个驴头刀搁在脖子上逼的。赌坊和烟馆不开也就算了，只是可惜了那两处院子，太便宜狗日的汤驴头了。”又叹着气说，“唉！真是端谁的碗替谁说话，拿谁的钱替谁打架。你给鬼子当商务会长，便要偏着汤冠群了。明天若是西村要杀我，你或许还会亲自操刀呢！”张禄瞥梁龙一眼道：“龙龙，你不能在汤冠群身上吃了亏，来找我撒气吧。叫我说呀，两处院子算不了啥，只要你不开赌坊和烟馆了，就比啥都好。”梁龙朝张禄撇下嘴说：“说来说去，你还是幸灾乐祸。”张禄问：“我幸灾乐祸个初一还是十五？你咋不说你那买卖都不是正经行当。”

梁龙把一肚子的窝囊气吐出来，有了一种如释重负的感觉，哈哈大笑道：“你幸灾乐祸，是因为嫉妒我。玉奎，你实话实说，那几年，我的赌坊和烟馆日进斗金，你眼热过没有？”张禄面无表情道：“眼热？我会眼热昧良心钱？”梁龙语气中带着得意道：“玉奎，咱先不说啥是昧良心钱。说真的，如果不是开赌坊和烟馆，我梁家这辈子也不能和你张家齐名，成为隆盛庄四大老财之一了。”张禄嗤之以鼻道：“算了吧，你那钱来得不地道，就算你是隆盛庄四大老财之一，又有几人因为你有钱敬重你，羡慕你的？你那拆散人家的缺德生意造了多少孽呀？亏了汤冠群今后要替你担恶名，不然，将来你死了，阴曹地府少不了向你索命讨债的。你还是谢谢那个驴头吧。”梁龙苦笑道：“是呀！当初你数落我，我还不高兴。现在回想起来，你说得对，那赌坊和烟馆的确都是拆散人家的缺德生意。只是太便宜汤冠群那驴头了，一个大子儿没花，两处院子眨眼间就成他的了。早知如此，还不如一把火烧它个干净呢。好了，现在钱没得赚了，人也消闲了，罪孽和恶名也由那驴头替我担着了。所以呢，便想和你喝上二两，既算庆贺，也算借酒浇愁吧。”

两人说话间，舒兰把酒菜端上来。梁龙主动拿起酒壶，一边斟酒一边说：“说过了我，再说说你家吧。玉奎，自从寿祥给鬼子当了警察署长，你真的没让他再登过家门？”张禄冷冷地说：“回来过两次，都被我撵出去了。”梁龙摇着头说：“玉奎呀，你也太绝情了。你能伺候鬼子，寿祥就不能伺候鬼子了？何况，寿祥从当警察署长以来，也没做过啥坏事。警察署的警察都是咱商团的老班底，所做不过是看守城门维护镇里的治安而已，这些事总得有人做。他做了，总比汤冠群那个驴头做好吧？”张禄叹着气说：“我不是因为他给鬼子当汉奸，鬼子要他干，他不干也不行。我是看不惯他在西村面前那副下贱样儿，连条好狗都不如。好了，喝酒吧，咱不说他了，提起他我心里就来气。”

梁龙在张禄家喝了一顿酒，胸中的恶气也发泄出去了，晕晕乎乎地回到家里时，段童正在家里等着他。

段祖贤祭日的前一天，段童娶了屠户贾虎的小闺女秀秀，想让秀秀给他生个儿子，给段家留个后。秀秀也争气，当年便怀上了。她人高马大，屁股像口大锅，现在肚子腆起来，比屁股更大。玉莲、玉兰和银花高兴得不得了，注意观察，发现秀秀喜欢吃辣的，人常说酸儿辣女，看来秀秀怀的是闺女，再看她那大肚子，娃娃长大后，怕是比她妈还要健壮，众人失望，对这一胎便也不抱希望了，好在秀秀能生养，看下一胎吧。

没承想，怀胎十月，秀秀生了，生出的不但是儿子，还是一对。一家人喜极而泣，竟然抱住头“呜呜”地哭起来。段童灌一瓶子酒，煮一个猪头带到他爹的坟头，把猪头摆在那儿，把酒斟上，自己喝一杯，给他爹坟上洒一杯；自己吃一刀肉，给他爹坟上扔一刀肉，边喝边吃，边自言自语地叨叨。

梁龙猜想段童找他肯定有事，因为自从金柱被日本人的飞机打死，段祖贤在西河湾被前田砍了头后，段童受了刺激，平时足不出户，偶尔出来，见人也是沉默寡语。

梁龙给段童的茶碗续了茶，问他：“童童呀，有些日子没见你了。听说秀秀生了，还生了一对双胞胎小子？”段童神情忧郁地点点头：“是呀！我爹的夙愿，我总算是替他完成了，不然，他老人家在阴间闭不上眼睛。”玉凤也顺着说：“嗯，这回你段家后继有人了，你爹也可以放心地去了。还别说，那秀秀还真像她妈，头一胎便开门红，不但生了小子，还是双胞胎。依我看呀，她或许真能像她妈一样，一口气给你段家生上七个儿子。那时候，你爹在阴间怕是要偷着咧嘴乐了。”段童忧郁的神情现出些许笑意：“玉凤嫂子，说句良心话，秀秀虽然给我段家立了大功，但我段家最应该感谢的还是银花。”梁龙和玉凤不解，问为什么。段童说：“我爹死在鬼子手里后，我本没有再娶的意思，是银花再三劝我，秀秀也是她替我踅摸的。”梁龙和玉凤恍然大悟。

闲聊了几句，段童看看玉凤，站起来对梁龙说道：“龙龙哥，咱到院子里去吧，我有事和你商量。”玉凤见段童避讳自己，连忙说道：“童童，你看嫂子，一点儿眼色都不识。嫂子出去，你们有话在屋里说。”说罢，起身出屋去了。梁龙见段童果然有事，便问是不是家里出事了。段童说没有，又压低声音说：“龙龙哥，我想和你买样东西。”梁龙思索道：“你向我买东西，我家还有你家没有的东西？啥呀？”段童伸出拇指和食指比画了一下：“龙龙哥，我想把你那支短枪买了。你说个价，多少钱都成。”梁龙脑子闪了一下，明白段童想干什么了：“童童，你想杀鬼子替你爹报仇？”段童的眼睛发红了，咬牙切齿道：“鬼子杀了生我的、我生的。这仇不报，我还叫个男人吗？”

梁龙惊异地望着段童，段童的形象突然间高大起来，高大得令他仰视，令他仰慕。想起汤冠群强夺了自己的赌坊和烟馆，自己连个硬邦邦的响屁都不敢放，顿时羞愧不已。段童见梁龙望着自己不说话，解释说：“龙龙哥，我家的枪让汤冠群搜走了，长枪倒是也不难弄，但用起来不方便，所以，我便想起你的短枪了。西村和前田成天在街上溜达，只要瞅准了机会，不愁杀不了他们。”梁龙沉吟道：“童童，你想过吗？你杀了西村或者前田，你还能活？”段童淡淡一笑，凛然道：“我既然要报仇，就没想过活。秀秀给我生了两个儿子，我段家后继有人，我已经了无牵挂了。”梁龙沉思不语。段童有些着急，问道：“龙龙哥，你是不是舍不得？我不是说了吗，你出个价，多少钱都行。”梁龙摇头道：“童童，这不是钱的事儿。实话对你说吧，那支短枪已经不在我手里了。”段童一怔：“不在了？哪去了？”段童见梁龙欲言又止，冷笑一声，站起来不满地说：“龙龙哥，看来你还是舍不得呀！算了，就算长枪不方便，只要我用心，一样杀得了鬼子。”梁龙见段童不高兴了，连忙站起来，拍拍段童的肩膀说：“童童，你看你，龙龙哥是那种小家子气的人吗？如果那支短枪在，哥就送你了。何况你是要杀鬼子呢！你也不是外人，哥实话对你说吧，那支枪被周通要走了。”段童愣了一下：“周通？”梁龙解释说：“你也知道，周通和我是连襟，他反出隆盛庄后，与蓝虎头合兵一处，成立了抗日游击队。前些天，他派人来找我，说游击队缺乏武器弹药。我不好回绝，便把家里的一支长枪和那支短枪都给了他。”

段童明白了，对梁龙说：“龙龙哥，我错怪你了。游击队也是打鬼子的，枪在他们手里，比在我手里有用。”梁龙再次叮嘱段童：“童童呀，你想杀鬼子给你爹报仇，哥理解你的心情。不过，这事你最好先和玉奎商量一下。我俩也说起过，杀西村和前田不难，怕的是西村和前田死在了隆盛庄，鬼子的大队人马会来报复。咱不能因为鬼子的两条狗命，害了隆盛庄上万老老少少呀！”段童微微一笑：“哥放心，我若能杀了西村或者前田，便一人做事一人当，拿我的命顶他们的命，谅鬼子也不会迁怒整个隆盛庄。”

段童最终暂时放弃了刺杀西村和前田的计划，他想等两个儿子大上几岁后再动手。

梁龙不知道，周通不但派人要走了他家的枪，也找过张福。张福还记得当年资助小状元的事，这回不敢莽撞，便和张禄商量。张禄听说游击队缺武器，除了留下一支枪以防不测外，把藏在顶棚里的几支长枪和子弹都送了周通，并且，枪是藏在张禄毡房的货车里运出隆盛庄的。张福把长枪卷在羊毛大毡里，把子弹藏进毡靴里。车出城门的时候，守门的警察要检查，正好唐永年当班，不知道他看出破绽没有，反正他检查过，把车放出了城门。

第五十八章

张禄包头留退路

梁龙开赌坊，开烟馆，钱没少赚，终于跻身隆盛庄四大老财之列。但是，玉凤也没少听到人们背后的风言风语，指桑骂槐，就连妹妹喜凤、宝凤也和她少了来往，更别说张禄和周通了。现在听梁龙说汤冠群把赌坊和烟馆抢走了，她劝梁龙别生气，这些年钱赚了不少，赌坊和烟馆终究不是正经行道，没就没吧，也算去了一块心病。梁龙本来怕玉凤因为白白丢了两处院子心疼，见玉凤比自己还想得开，也就释然了。

梁奉祖是杨曼的学生，读书时便对杨曼充满敬仰。聂子瑶刚到隆盛庄时，他便注意到了，惊叹聂子瑶比她妈年轻时一点儿不差，比她妈还会打扮。他虽然因为他家位列隆盛庄四大老财之一，大哥是将军而心高气傲，在聂子瑶面前却很是谦恭。聂子瑶的美丽让他自卑，让他不敢直视，让他不敢接近。他看不上隆盛庄普通人家的闺女，却对聂子瑶充满了爱慕。梁奉祖没有想到，老师竟然请媒人上门提亲，主动把聂子瑶许配给他，想到那个千娇百媚的漂亮女人将成为自己的老婆，梁奉祖高兴得做梦都在笑。后来，听他爹说杨老师有了悔婚的意思，梁奉祖心中十分焦虑。聂子瑶经常上街，从永盛源门口路过。之前，聂子瑶看见他时，时常朝他莞尔一笑，可自从定了亲，聂子瑶再看见他时，态度大变，要么视若无睹，瞟都不瞟他一眼；要么瞟他一眼，露出轻蔑的冷笑。梁奉祖心里明白，人家聂子瑶压根儿就看不起他。

梁奉祖有骨气，回家对他妈说了。玉凤舍不得聂子瑶的美貌，劝他说：“奉祖呀，你管她咋看你，只要过了门，一条炕上睡了，她就是你的老婆，无论看起看不起，她都得和你过一辈子。再说了，当初是杨老师主动托媒人找到咱家的，咱也没上赶她家呀！”梁奉祖有自知之明，说道：“妈，杨老师看中咱家，那是看中了我爹是镇长，看中了咱家有钱，还看中了我大哥是将军。您以为人家看中我了？不然，聂子瑶看见我时，咋一副不屑一顾的样子。”玉凤说：“有看中的地方就行，一码一码地排在那儿比比，她除了模样俊俏，识字比你多外，还有哪样能比得上咱家。行了，你别自卑，也别胡思乱想了，能娶那么个俊俏媳妇，也是咱梁家的门面呀！”

可是，日本人说来就来了，来了就把梁龙的镇长免了。玉凤再催媒人时，杨曼已经含糊其辞，有悔婚的意思了。现在，汤冠群又把梁家最赚钱的两处买卖抢走了，梁龙也沉不住气了，对玉凤说：“玉凤呀，今非昔比，咱不能让杨老师这么不上不下地吊着了。你看是不是再让媒人找杨老师问个准话，如果那婚约还算，过年的时候咱就把聂子瑶娶了；如果杨老师还是吞吞吐吐，那就是人家真想悔婚，那就算了。奉祖也老大不小了，咱们等不起。”玉凤不想放弃，说道：“看把你急得，咱是儿子，不怕等。她是闺女，再等两年就成老太婆了。她不急，咱急的啥呀？咱就和她耗着，看谁先沉不住气。”梁奉祖啧啧道：“妈，我看您就按我爹说的办吧！强扭的瓜不甜，我也不是斜眼儿歪嘴，缺胳膊少腿儿的，凭啥那么下贱地上赶她？长得俊俏咋了，能当饭吃吗？我宁可娶个丑八怪，让她供着我，也不娶那花瓶一般，我供着她的。您不是对我说过艾叶婶子当年在张家的威风吗，莫非您也想娶个那样的媳妇，骑在您脖子上拉屎放屁吗？”梁龙笑了，对玉凤说道：“听见了吧，这才像我梁龙的儿子。”

玉凤觉得梁龙和梁奉祖的话也有道理，便让媒人找杨曼要个准话。杨曼有心退婚，又怕外人说她落井下石，言而无信，依旧吞吞吐吐，支支吾吾。媒人回来说了，梁龙摇着头说：“和读书人打交道真难，杨老师这是烤包子呢，既要馅熟了，又不要皮糊了。算了，咱不和她猜心思了。退婚，她若是爽快地退了，那就是人家另有打算了；如果不退，咱就再等等。”

媒人又去找杨曼，杨曼这回想出借口了，说聂子瑶不愿意嫁到隆盛庄，准备过年辞了学校的老师回丰镇去。还说了许多抱歉的话，让媒人转达给梁家，请梁家多多体谅。于是，这桩婚事就算退了。

这年的秋天，是鬼子进驻隆盛庄后张禄最忙的一年。

自从鬼子占领隆盛庄，西村奉行日军以战养战的战略，每年秋天都要为日军前线部队征收粮食。头一年不过两万斤，第二年五万斤，到了今年，突然追加到了八万斤。之前杨清当镇长，征粮任务都是杨清具体操办的，自从杨清私自加重摊派，被西村发现免职并抄家后，征粮的任务便由商务会执行了。张禄重新担任会长，实属被逼无奈，当然不会真心为鬼子出力。他向西村告苦情，说今年雨水不好，粮食歉收，后山到现在不见一辆卖粮的车过来，八万斤粮食不是个小数目，叫他到哪里去征。

西村知道张禄说的大半是实情，后山之所以没有粮食可卖，其实也是被皇军就地征收了。但是，军部的命令不可违抗，皇军不能饿着肚子和中国军队作战，西村便对张禄说："张会长，为了中日亲善，共同建立大东亚共荣圈，你就多辛苦吧。"张禄无奈地摊开双手说："指导官，粮食不像做营生，多卖点儿力气，手往紧赶赶就能出活儿。粮食是地里长出来的，老天爷发善心，多下几场透雨，收成就好；老天爷无情，雨水只湿个地皮，粮食便长不出来。现在的隆盛庄，大半人家连稀的都快吃不上了，我就算辛苦又有何用？"西村拍拍张禄的肩膀说："张会长，你的瑞盛店可是隆盛庄最大的粮店，你家土地又多，每年要收不少租子吧？我相信你一定会有办法的。"张禄苦笑着说："指导官，有道是不当家不知柴米贵。瑞盛店是隆盛庄最大的粮店不假，可那都是过去的事了。如今的瑞盛店无粮可买，无粮可卖，都要关门歇业了。至于我家的地，因为年景不好，我已经减了租子，今年收回来的粮食寥寥无几呀！"西村不高兴了，拉下脸，一拍桌子，厉声喝道："张禄，你身为商务会长，应该尽心尽力地为皇军效力才是。可你百般推诿，这让皇军如何信任你？"张禄苦着脸说道："指导官，张禄哪敢推诿，实在是巧妇难为无米之炊！"西村鼻子哼一声，拉开抽屉，取一张纸推到张禄面前，说道："张会长，你不要再找借口了。这是隆盛庄各家大地主名单，你马上召集这些人开会，八万斤粮食少一粒都不行。你若是征不上来，皇军就要在镇里和周边村庄挨家挨户地搜了，到时候，别怪皇军不给你们隆盛庄人留一粒粮食。"张禄拿起名单看看，自己的名字赫然写在最前面。不待他说话，西村站起来，握着洋刀的刀柄，阴森森地说道："这是军部的命令，这些人凡有违抗者，一律抓起来，什么时候把粮食交齐了，什么时候放人。"

张禄无奈，只好把名单上的人请到商务会。众人见隆盛庄凡是有地的老财全部在列，讥讽张禄说："难怪日本人要张会长重新出山呢，张会长真是好记性呀！"张禄苦笑着解释说："你们以为这份名单是我拟出来的？如果是我拟出来的，我会把自己的名字写在第一位？还要写上我两个弟弟和妹夫的名字吗？"有人疑惑道："名单既然不是张会长拟的，那会是谁呢？你们看看，人头列得多细呀，凡是有上百亩地的，一个没漏下。"有人猜测道："肯定是汤冠群那狗日的拟的，要不就是……唉！算了，不说了。"

众人心知肚明，那人指的是张禄的儿子张寿祥。

众人吵吵了一会儿，问张禄该怎么办。张禄拖长音调说："我能说个啥？我现在是日本人的商务会长，在诸位眼里，那就是汉奸了。如何办你们自己看，这是西村的命令，话说得明白，谁要违抗，那就准备坐日本人的牢房吧。"富云涛见张禄心情不好，连忙说道："亲家别这样说，隆盛庄人都知道，你之所以重新给日本人当商务会长，是为了救段童和他爹。从日本人打进来，你哪件事不是左右周旋，为咱隆盛庄人着想的？我们众人都能体谅你的苦衷。"众人也都说："是呀，张会长，我们都知道你的难处。因为寿祥给日本人当了警察署长，你和亲亲儿的儿子也断绝了父子关系。可见，你的心还是系在咱隆盛庄的。"张禄这才吁一口气，苦笑道："你们众人能理解我的苦衷，我也就心安了。说实话，若不是一家老小，我死的心都有了。伺候日本人，啥时候是个头呀！"张福也不管这是公开场合，直接骂日本人了："狗日的小鬼子，向中国人征上粮，把肚子吃饱了，再去打中国人。真他妈的无耻。"张祯给张福使个眼色说："二哥，你别骂了，除了解解气，没一点儿用处，还是商量商量咋应付西村吧。大哥，既然众人都信任你，你有啥好主意没？给大伙说说。"众人都用期望的目光望着张禄说："是呀，张会长，还是听听你的主意吧。"

张禄摇摇头，声音悲凉地说道："你们众人太高看我了，我能有啥好主意。唉！从日本人打进来，日本人的军队也路过隆盛庄几次，可长住隆盛庄的，只有西村和前田两个日本人，再就是汤冠群的皇协军了。两个日本人统治着近两万人的隆盛庄，是咱隆盛庄人窝囊吗？不是。是咱隆盛庄人没血性吗？也不是。是咱隆盛庄人怕死吗？还不是。西村的洋刀虽然锋利，他又能杀得了几个人？至于汤冠群的皇协军，也没啥可怕的。王金虎二百多人的独立队，打了隆盛庄三次都没打下来，他汤冠群的百十号人马又算个啥。那些蒙古军，奸淫抢掠都是好手，打起仗来却都是脓包。咱们怕的不是西村，不是汤冠群，不是蒙古军，是日本人的军队。是怕西村把日本人的军队招来，杀隆盛庄个鸡犬不留。所以，咱们便只有忍着、忍着、再忍着。"有人听出张禄话里的意思了，问道："张会长，听你的意思，这粮得给日本人交？"张禄点头说："怕是得交呀！"张福又愤愤道："那也太便宜鬼子了。"张祯说："二哥，你有不便宜日本人的主意吗？我觉得大哥说得对，咱交了粮，就能保住命；咱不交粮，就得坐日本人的牢房，日本人就要像抄杨清的家一样抄咱的家。到时候，人没了，粮也没了。西村的手段大家都知道，如果不想让西村绑到杀人湾，那就得忍着，留得青山在，总有和日本人算账的那一天。”

张祯所说的杀人湾便是西河湾。自从西村在西河湾砍了段祖贤的脑袋，西河湾便成了西村的刑场。这几年，西村已经在西河湾杀了六七个游击队员和抗日分子了，所以，人们便把西河湾叫成了杀人湾。

众人依然对举人老爷有着由衷的景仰，听张祯说总有和鬼子算账的那一天，心中升起了希望，问道：“听举人老爷的话，西村在隆盛庄待不了一辈子？”张祯微笑道：“不是西村在隆盛庄待不了一辈子，而是日本人在中国待不了一辈子。当年，蒙古铁骑打过来，建立了元朝，后来，元朝被朱元璋推翻了；满人打过来，建立了清朝，后来，清朝被孙中山推翻了。日本本是个弹丸之国，地少人寡，不然，这么大个隆盛庄，他们咋只放了西村和前田两个人？我看呀，日本人打着打着就没人了。”众人失望道：“那得多少年之后呀？”

张禄开了半天会，众人吵吵了半天，虽然都不愿意出粮，但害怕西村的杀戮，最后还是按各自土地的多少，将八万斤粮食的大头分担了。西村见任务完成，将张禄赞赏一番，把粮食集中起来，准备择日运往丰镇。

张禄为日军征完粮食后，便托病在家，闭门不出。西村知道张禄又是装病，但征收粮食的任务已完成，暂时没有用得着张禄的地方，假惺惺地来看望过张禄，让他安心养病。张禄难得心静几天，心情好了许多。

那天，张禄正在吃饭，段童和银花来了。段童苦着脸说：“大哥，看来鬼子是放不过我家了。”张禄一怔，放下筷子问又怎么了。银花抹着眼泪说：“汤冠群刚才去我家了，说西村要征用我家和我婆婆家的院子，限我们三天之内搬出去，还让把家具都留下。”张禄拧着眉头说：“西村？哼，我看又是汤冠群那驴头的主意吧？这哪是征用，分明就是抢呀！”段童倒是挺平静，说道：“鬼子无论到了哪里，都是一样的做法。当年大哥提醒我留条后路，我爹带我在丰镇买下几处院子。那处最好的院子去年就被鬼子征用了，住进一个和西村一样的鬼子，那鬼子还带着老婆娃娃呢。”银花说：“依我的意思，干脆全家搬回丰镇住算了，可童童不知道哪根筋抽住了，偏要留在隆盛庄。”段童说：“秀秀不是又怀上了吗？等把这个生出来，咱再往丰镇搬。”银花说：“大哥，你听见了吗？秀秀生娃娃，回丰镇就不能生了？你给他拿个主意吧。”张禄鼻子哼一声，缓缓说道：“拿啥主意？西村要你腾房子，你不腾成吗？就算西村要征用大哥的院子，大哥也得给狗日的腾呀！”

银花眨巴着眼睛说："童童犟着不往丰镇搬，我们腾出了院子，到哪住呢？"张禄思量道："爹妈过世后，院子我们兄弟三个分了。我分了正房，福奎分了东厢房，宝奎分了西厢房。骏祥包头没走成，他两口子把正房占了。这样吧，我让骏祥搬回来，再和福奎、宝奎打个招呼，你们暂且搬到爹那老院子住吧。"段童说："大哥，我们临时有个住处就行。骏祥还在正房住着，厢房就够我们住了。"张禄说："童童，你就听大哥的安排吧。你们住惯了大院子，加上你两个妈、银花、秀秀和娃娃们，人多，一处院子住两户人家憋屈，也不方便。再说了，骏祥搬回来也住不了几天，我正琢磨着想让他和玉屏到北平去呢。"段童听了，不再谦让，说道："那就谢谢大哥了。"张禄摆手说："谢啥呀，这不都是让鬼子给逼的吗。这些是小事儿，人安然无恙就好。明天让侄儿们都去帮你们搬家。记着，汤冠群不让搬的东西，都给他留着。"银花不服气道："凭啥？院子给鬼子腾了，东西也给他们留下呀？"张禄叹息道："占了院子就要住人，住人就得有家具，有使唤的东西。不要因为几件坛坛罐罐和鬼子翻脸，翻了脸，吃亏的是咱。胳膊拧不过大腿，咱现在就记住一个字：忍！"

第二天，张家三兄弟的儿子们全部出动，帮姑姑把家搬到了爷爷的老院子。之后，西村住进了段童的院子，段祖贤的院子则住了汤冠群和一个排的皇协军，既算西村的警卫部队，也可以供西村随时调遣。

征用段家的院子，的确是汤冠群的主意。

驻扎隆盛庄的皇协军，属德王的蒙古军。德王的伪蒙古军政府虽然与汪精卫的伪政府签署了"协定书"，确定了双边关系，却始终不承认汪精卫伪政府的"中央"地位，日军也不允许汪精卫过问"蒙疆"事务。所以，伪蒙军比其他伪军部队更为骄纵，军纪更为败坏。

汤冠群知道隆盛庄民风剽悍，多出匪盗，小北街的回民皆为当年"陕甘回变"战败、被清廷发配过来的义军后代，天性凶悍，故进驻隆盛庄后，规定士兵遵守军纪，不得擅自单独外出。那些士兵初时还算规矩，渐渐便放纵了。调戏、猥亵民女，进店铺抢东西，吃霸王餐，逛怀春院，抽大烟不给钱，赌坊输了钱闹事等时有发生。汤冠群见没有引起太大的反响与骚动，也就睁一只眼闭一只眼了。

可是，从去年夏末起，事态开始恶化，不到半年时间，先后有五名士兵天黑后独自外出，在巷口挨了闷棍，有一个士兵昏迷了半个月不醒，西村命令汤冠群悄悄地拉出隆盛庄，射杀后埋了。汤冠群和西村几次催促张寿祥破案，张寿祥说隆盛庄的棒手人数未知，神出鬼没，袭击皇协军的地点变幻莫测，破案有相当难处，容他慢慢追查。汤冠群知道隆盛庄还有藏匿的枪支，心说有棒手能打皇协军士兵的闷棍，就会有枪手打自己与西村的黑枪。又想，丰镇的日军指导官纷纷占了大老财的院子，把家眷接来，自己何不也弄两处好院子，劝说西村把老婆孩子接到隆盛庄。这样，既巴结了西村，也为自己日后接四个老婆到隆盛庄打下了伏笔。他把隆盛庄各大老财的院子踅摸了一遍，觉得四老财巷张家的院子和段祖贤父子的院子最为合适。张禄是商务会长，他儿子张寿祥是警察署长，张祯是隆盛庄人人敬重的举人老爷，他不能动，西村也不会让他动。所以，只有征段家的院子了。

前面说过，西村的父母很早之前随"满洲开拓团"移民中国，他是在中国长大的。"九一八事变"前，西村刚结婚便被日本特务机关招募，训练后派遣至日本驻蒙古军政府特务机关工作。

西村听说东北抗联活动猖獗，一直担忧妻儿的安全。之前，见丰镇的同僚有把家眷接来的，也动过此念头。现在听了汤冠群的劝说，觉得隆盛庄已经在他的掌控之中，把妻儿接来也好。汤冠群又给他出主意，说瑞盛钱铺是字号，不如住户的院子方便。段祖贤与段童的院子紧挨着，巷口又有巷门，不如把两处院子征用了，段童的院子靠里，住西村和妻儿，段祖贤的院子靠外，住皇协军，这样，皇协军既可以随时听从西村的调遣，也可以保护西村妻儿的安全。西村觉得这个主意挺好，便点头同意了。

西村对汤冠群的安排十分满意，搬进段家大院的那天晚上，他夜难成寐，回味人生。当初，他接到丰镇宪兵司令部的命令，只身一人到隆盛庄赴任的时候，心中有过恐惧，担心以一己之力统治不了隆盛庄，担心自己的性命会丢在隆盛庄，担心他不能圆满地完成天皇陛下的任务。隆盛庄人也的确厉害，他到任的那天，屁股还没沾着椅子，张占海便给了他个下马威，当街杀死还未曾上任的镇长汤冠丰。当时，他表面镇定，内心却惶恐，生怕用不了几天，也会像汤冠丰一样横尸街头。不过，这种担忧很快便烟消云散了。他发现隆盛庄人并非汤冠群介绍的那般剽悍和桀骜不驯，并非人人都是张占海。他突然明白各国列强为什么都把中国当作一只羔羊，天皇陛下为什么要对中国发动战争。因为中国人的奴性是天生的，比他之前所了解的更甚。他之所以要在西河湾杀段祖贤，其实也是一种试探。他想看看隆盛庄人能够承受的底线。段祖贤是清朝秀才，是隆盛庄四大老财之一，在隆盛庄受人敬重的程度仅次于举人出身、给隆盛庄办了诸多好事的张祯。杀段祖贤，要么会引起骚乱，他已经准备好弹压了；要么会默默承受。如果那样，就表明隆盛庄人对大日本皇军惧怕，也就是说，他们的精神支柱彻底崩溃了。从此，他就可以真正地做到以一己之力统治隆盛庄。局势也正朝着西村期盼的方向发展着，除了张家兄弟外，没有人敢站出来为段祖贤求情，也没有人敢有反抗的举动。于是，西村心里偷偷地笑了。

西村杀人立威取得了效果，给小偷脑门上刺字博得了一些人的赞赏，同时也维护了隆盛庄的治安。他并不甘心只杀段祖贤一个人，他要经常杀人，时刻给隆盛庄人提个醒：凡是与大日本皇军作对的，结果只有一个，那就是死。所以，只要抓捕到游击队员和抗日分子，他都要在西河湾公开处决。而前田杀过段祖贤后，再杀中国人时，已经变得气定神闲，手不抖，腿不软了。

那天，曹宝珠的儿子曹满从包头回来，给张禄带回了他爹的信。曹宝珠在信中说，包头虽然也进了日本人，但皮毛生意并未受到太大影响。说他已经安排好了，宝凤和孩子们可以随时到包头去。

因为包头的字号里也有张福和梁龙的股份，晚上，张禄把张福、张祯及梁龙都叫过来，拿出曹宝珠的信给大家看了，让曹满介绍了包头那边的情况，问大家该怎么办。张福一直以张禄马首是瞻，问张禄准备怎么办。张禄说：“我的钱铺被皇协军征用了，马店从日本人打进来便上了门板，粮店一天也就卖个几百斤米面，算是勉强维持。曹满留在隆盛庄也没事可干，我准备让他和舒兰、宝凤带着娃娃们到包头去。让娃娃们给宝珠哥打个下手，学学做生意。”梁龙问：“你不是准备让骏祥和玉屏也去包头吗？咋，他们不去了？”张禄说：“我改变主意了。裕祥去美国留学之前，我让他在北平置了些铺面和房产，地契都在亚男她爹手里。骏祥媳妇娶过了，去包头只能学做生意，没有大前途。所以，我想让他和玉屏到北平找亚男她爹，一则照看一下北平的家业；二则如果能深造，就请亚男她爹帮忙，再念几年书，然后到美国找裕祥去吧。我也看了，鬼子三五年走不了，天下是日本人的，还让他留在中国做甚？”

众人默默点头，都觉得张禄的安排挺周全，也挺长远。张福问：“哥，那你找我们商量是啥意思？”张禄说：“咱们亲亲儿的兄弟，包头的字号里也有你和龙龙的股份，我不能只顾自己呀！你们若是放心，可以让宝凤把你们各家的娃娃一道带到包头去。隆盛庄没前途了，让娃娃们留下，将来不会有出息。”张祯先表态道：“大哥说得有理，我回去和冬梅商量一下，把我那两个小的带走吧。”张福说：“我也和花子商量一下，只是花子溺爱孩子，不知道舍不舍得。”梁龙说：“有啥舍不得的？当年你爹和我爹走西口，没火车，没牛车，连头毛驴都没得骑，不也过来了吗？娃娃们，让他们出去锤炼锤炼也好。玉奎，虽然我在包头的字号入了股，但终归不是你们张家的人。你若不嫌弃，让奉祖也一道去吧。”张禄瞥梁龙一眼说：“我若把你当外人，能把你叫来商量吗？”

众人商量好，都回去准备了。舒兰听张禄让她也去包头，心动了一下。自从顺祥去了包头，便再没回来过，现在顺祥已经娶妻生子，她也真想去包头看看儿子、媳妇、孙子，但又一想，自己若是走了，这辈子还能再回隆盛庄吗？艾叶也上了岁数，能伺候好老爷吗？权衡一下，决定还是留在隆盛庄，和艾叶一道服侍张禄到老吧。艾叶见张禄要让骏祥两口子到北平，将来万一去了美国，兄弟俩不知道啥时候才能再见上面，去警察署找张寿祥，把他爹的安排讲了。张寿祥听后沉吟半晌，说道：“妈，我随您回趟家吧，有几句话要安顿我爹。”艾叶说：“回家？你回去过两次，都被你爹撵出了大门。你不怕他再你撵出来？”张寿祥笑着说：“不怕。”

张寿祥随艾叶回来，张禄这次没有撵他，但也没有搭理他。张寿祥不敢坐，站着说道：“爹，我妈把您的安排对我讲了，我觉得挺周全的。我回来是想提醒您两句，说完就走。”张禄咳嗽了一声，哼出一个字：“讲！”张寿祥说：“爹，现在您和我虽然都在为鬼子做事，但西村始终提防着咱爷儿俩。小妈要带弟妹们走，西村若是起了疑心，怕是走不出去的。”张禄眼睛看看张寿祥，让他继续往下说。张寿祥说：“您掂量一下，是不是分成两拨走？让曹满和奉祖先带几个从南门走丰镇，坐火车到集宁后住下。再让小妈和其余的走北门，就说到乌拉哈看大姑去，出北门后直接到集宁和曹满、奉祖会合，一道再往包头。”张禄对张寿祥有些刮目相看了，点头说知道了。张寿祥说：“爹，那我走了啊！”张禄说：“你小妈和弟妹们就要走了，你留下和他们一道吃顿饭吧。”张寿祥开心地笑了，连忙说道：“好啊！”

在家里吃完饭，张寿祥又去了梁龙家。梁龙正和梁奉祖怄气呢，张寿祥问怎么回事，玉凤解释说：“寿祥呀，你爹不是让奉祖和你小妈他们一道到包头去吗？可奉祖说啥也不走。”梁奉祖接过话说：“寿祥哥，你也是当儿子的，你说说，我大哥、二哥都在军队，我爹妈又都上了岁数，家里只剩下我一个儿子，我能拍拍屁股走人，把我爹妈丢在隆盛庄不管吗？”梁龙黑着脸说：“你留下又管啥用？你爹让你离开隆盛庄，是怕鬼子哪天对你爹下手，到时候把你一并祸害了。你不知道你爹的心思吗？”梁奉祖正要再和他爹争执，张寿祥对梁龙说道：“梁大爷，您别急，我劝劝奉祖吧！”说罢，拉着梁奉祖的手说：“奉祖，咱到你屋里去，我有话对你说。”梁奉祖对张寿祥给鬼子当警察署长有成见，不冷不热道：“寿祥哥，有话就当着我爹妈的面说吧。”张寿祥看出了梁奉祖对他的冷淡，在梁奉祖肩上拍一把说：“咋，单独和你说句话这么难呀？你知道我要对你说啥吗？”梁奉祖翻张寿祥一眼：

“还不是劝我到包头去？”张寿祥微微一笑，说道：“还真不是。”

梁奉祖十分不情愿地把张寿祥带到他住的西耳房，拿起炕头上的烟袋，装一袋烟点着，不看张寿祥，也不叫“寿祥哥”了，低着头说：“有话说吧。”张寿祥挨着梁奉祖在炕沿上坐下，说道：“奉祖呀，你胆子可真不小，敢打皇协军的闷棍。”梁奉祖吃惊地抬起头，望着张寿祥脱口说道：“你咋知道的？”张寿祥笑笑说：“你忘记我是啥出身了，我在大同的时候就是警长呀！”梁奉祖警觉起来，矢口否认道：“啥警长呀！我看你那是胡猜。我啥时候打过皇协军的闷棍？”张寿祥依然微笑着说：“别嘴硬了，这事儿瞒得了别人，却瞒不了我。打皇协军的闷棍，是你一个人所为，一共打了五个，对不对呀？”梁奉祖嘿嘿一声冷笑：“狗日的，你比我还记得清楚呀？咋，是来替鬼子抓我的？”张寿祥挑一下眉头，说道：“我替鬼子抓你？我要想抓你，早把你抓起来了。”梁奉祖磕磕烟袋，跳下地，站在张寿祥面前，盯着张寿祥的眼睛问道：“既然不是替鬼子来抓我的，那你找我有啥事？”张寿祥也站起来，正色道：“劝你到包头去！”梁奉祖正要说什么，张寿祥继续说道：“奉祖，你别插话，听哥把话说完。哥知道你的脾气，你打皇协军的闷棍，不会就此罢手的。如此下去，总有失手的时候，到时候被西村或汤冠群抓住，不但你性命难保，你爹也要跟着你受牵连。所以，你还是到包头去吧。”梁奉祖昂起头说：“既然你知道了，我也不瞒你了。汤冠群要烧我家的房子，要抓我，我得寻个机会打狗日的一闷棍，出了心头这口恶气。”张寿祥哼一声鼻子说：“你出了心头的恶气，让你爹跟着你一块儿掉脑袋？”梁奉祖眨巴眨巴眼睛，问道：“张寿祥，你既然知道是我打皇协军的闷棍，却又不抓我，你到底是啥人？莫非你还记着咱们两家的情谊？汉奸也有良心呀？”张寿祥白梁奉祖一眼说：“奉祖，我这汉奸是你叫的吗？你别管我是啥人，也别问我为啥不抓你，我只告诉你一句，你必须得走。包头离河套不远，你要想和鬼子作对，就去河套找你二哥去。找到傅作义的队伍，说出你二哥的名字，就能找到你二哥了。”梁奉祖听得大吃一惊，问道：“寿祥哥，你咋知道我二哥在河套的？”张寿祥听梁奉祖又喊他“寿祥哥”了，笑笑说：“我咋知道的你就别打听了，去不去包头，你自己拿主意。哥只提醒你一句，你留在隆盛庄，就是个打皇协军闷棍的棒手；找到你二哥，你就成了逃脱牢笼的猛虎。至于你爹妈，你放心，隆盛庄还有我和我爹呢。”梁奉祖听了张寿祥一番话，惊喜地抱住张寿祥的手说：“寿祥哥，我听你的。我爹妈就交给你照应了。”

过了几天，几家人家都安顿好了，按照张寿祥的提议，曹满和梁奉祖一路先出南门走大路去了丰镇，隔了两天，张福亲自送宝凤一路出北门去了集宁。因为走的都是女人娃娃，把守城门的警察又都是自己人，西村一直没有察觉。等到过了十几天知道了，宝凤一行早已到了包头。

张骏祥和玉屏也准备好了，等这个学期放假，夫妻俩便要到北平投奔亚男的爹去。

第五十九章

张骏祥移花接木

汤冠群听说了梁家退婚的事，心中暗暗高兴。

人在得意时，往往变得认不清自己了。这便叫得意忘形。汤冠群对娶聂子瑶有八成把握，以他的判断，杨曼之所以不愿意聂子瑶嫁到梁家，说白了，就是因为梁龙不是镇长了，梁家现在败落了。杨曼既然见梁家败落而悔婚，那么，她不是嫌贫爱富，便是追逐权势，而这两样，自己现在都有，论钱，自己有从梁龙手里赢来的两处买卖，这两处买卖可是隆盛庄现在最红火的买卖了；论势，自己在隆盛庄是一人之下，万人之上，杀个人不过像捻死只臭虫，就算想杀李风翔、杨曼，也不难给他们罗列个罪名。这一条，隆盛庄哪个人不怕？

汤冠群顾不得把狗熊掰棒子一般丢在外面的四个老婆接到隆盛庄，先迫不及待地找媒人去向杨曼提亲了。可是，媒人的回话让他十分恼火。杨曼还是与梁家退婚时的借口一样，说聂子瑶不准备在隆盛庄教书了，这个学期结束就要回丰镇老家，所以，不愿意在隆盛庄嫁人。

汤冠群猜想，杨曼不是嫌自己岁数大，就是嫌自己是汉奸。

杨曼那边，不但心急如焚，更是胆战心惊。与梁家退婚后，她也琢磨过，隆盛庄再没有能配得上女儿的后生了，所以，她真的准备这个学期结束后便送聂子瑶回丰镇去。但是，她没想到汤冠群看上了聂子瑶。汤家兄弟在隆盛庄的名声臭不可闻，当年，汤冠丰帮聂志贤在隆盛庄杀人，已经令隆盛庄人反感、憎恶；现在，汤冠群为虎作伥，帮着鬼子杀害中国人，人们更骂他是汉奸。她怎么能让女儿嫁个人人唾骂的汉奸，并且那汉奸比自己岁数还大呢。可是，汤冠群现在是日本人面前的红人，隆盛庄除了西村，便是他说了算。正如汤冠群自己说的那样，他想要杀谁，不过是一句话的事。杨曼害怕了，如果汤冠群因此报复聂子瑶，聂子瑶又如何能逃脱汤冠群的魔掌？她和李凤翔商量，李凤翔却干着急拿不出主意，倒是秀珍提醒她说："杨老师，我看也别等这个学期结束了，让瑶瑶尽快回丰镇吧！走得晚了，小心汤冠群使坏把瑶瑶给毁了。"杨曼说："姐姐说的是，但学校的老师一个萝卜一个坑，我先和校长三叔打个招呼吧。"

杨曼把汤冠群想娶聂子瑶被她拒绝，害怕汤冠群报复，想让聂子瑶回丰镇的事向张祯讲了，张祯气愤地骂道："汤冠群那个畜生，也不找面镜子照照自己那张驴脸，癞蛤蟆想吃天鹅肉，啥心思都有！杨老师，聂老师的事耽搁不得，学校这边你不要管了，赶快拾掇拾掇，安顿聂老师回丰镇去。哪天走告诉我一声，我用轿车送她。"杨曼高兴地说："谢谢校长三叔了，她有些东西在我家放着，我先和瑶瑶打个招呼，然后回家给她拾掇拾掇，明天一早就让她走，免得夜长梦多。"

聂子瑶听她妈讲了原委，也不敢继续在隆盛庄待了，给学生上完最后一节课，便回办公室收拾东西。赵老师和张骏祥在备课，李凤翔和王老师在给学生判作业，张骏祥不解地问："聂老师，你昨天不是说这个学期结束才走吗？这就收拾东西了？"聂子瑶头也不抬地说："等不及了，我明天早晨就走。"赵老师不解地问聂子瑶怎么突然改主意了。聂子瑶苦笑着说："不是我改主意了，是有人逼着我改主意。"老师们都已知道了汤冠群想娶聂子瑶的事，也都觉得汤冠群什么事都做得出来，聂子瑶走得越早越好。

张骏祥虽然娶了玉屏，但对聂子瑶的感情依然埋藏于心底。听说聂子瑶明天早晨就要回丰镇，自己也将在这个学期结束后带着玉屏到北平。明天之后，自己与聂子瑶或许此生再难相见，心中泛起一股酸楚的滋味。他沉默了半晌，说道："聂老师，不在乎这一两天吧？晚走几天不成？"聂子瑶抬头看张骏祥一眼，眼神里流露出一丝哀怨："早走晚走，迟早都要走。其实，我也挺留恋隆盛庄的。"张骏祥忍不住骂道："汤冠群那个狗汉奸，老毛驴的岁数了，啥不要脸的事都能做得出来。"聂子瑶鼻子哼一声，说道："他想得到美，姑奶奶就算臭在家里，也不会嫁给他那个驴头。"张骏祥问："你既然决定明天走，我和我爹说说，用我家的轿车送你吧。"聂子瑶说："不劳驾了，你三叔说了，用他的轿车送我。"张骏祥想想，又说："聂老师，你这一走，咱们不知道啥时候才能再见面。要么这样吧，晚上我把三叔叫上，请老师们一块儿吃顿饭，也算给你送行吧。"

不待聂子瑶回答，赵老师指着窗外惊慌地说："不好了，汤冠群来了。"老师们都怔住了，李凤翔惊得面色苍白。聂子瑶站起来朝窗外看看，见汤冠群果然背抄着手，不紧不慢地向办公室走来，皱起眉头自言自语道："他来作甚？莫非还想逼婚不成？"王老师提醒聂子瑶说："聂老师，别收拾东西了，小心汤冠群知道你要走狗急跳墙。"张骏祥也说："聂老师，王老师说得对，千万别让汤冠群知道你要走。不然，他不放你出城，你可就走不成了。"李凤翔连连点头："就是，就是。"聂子瑶停住手在椅子上坐下，愤然道："狗日的，我倒要看看他究竟想咋样。"

说话间，汤冠群来了，还算有礼貌，先在外面敲了敲门，见办公室内没人回应，"咣当"一脚把门踢开，站在办公室门口朝里面扫一眼，哼着鼻子说："这不是有人嘛，咋没个出声的？是不是不欢迎本团长呀？"王老师站起来，赔着笑脸说道："哦，老师们都忙着备课，没听见汤团长敲门。"汤冠群进来，朝办公室里打量打量，问杨老师在哪，众人没有回答。汤冠群冷笑一声："哼，都装聋作哑呢？"李凤翔害怕了，站起来低着头便往外走。汤冠群伸手拦住，问他这是要去哪，李凤翔惶惶道："我内急，方便方便。"汤冠群轻蔑地一笑，放过李凤翔，对聂子瑶道："聂老师，能不能出来一下，我有几句话想要问你。"聂子瑶表面镇定，内心也很惶恐。她一边装模作样地看作业，一边冷冰冰地说："汤团长有事就在这儿说吧。"

汤冠群朝张骏祥、王老师和赵老师看看。按照礼节，汤冠群找聂子瑶有事，老师们应该回避才好。可大家都怕汤冠群对聂子瑶不轨，假装没听见，依旧头也不抬地做着各自的工作。汤冠群看出老师们是故意不离开的，朝聂子瑶嘿嘿一笑说："聂老师，这里不方便，还是到外面说吧。"聂子瑶抬头瞟汤冠群一眼，冷冷地说道："汤团长不会是有啥见不得人的事吧？如果没有，就在这儿说吧。"汤冠群想想，把李凤翔刚才坐过的椅子拉过来，在聂子瑶对面坐下，再朝众人看一眼，见没人理睬他，尴尬地笑笑，对聂子瑶道："聂老师，那我就在这儿说了。"聂子瑶没吭声，也没看汤冠群。汤冠群咳嗽一声，清清嗓子说道："我来找聂老师，是想问聂老师句话。"聂子瑶依旧没抬头："汤团长请讲。"汤冠群眼睛盯着聂子瑶问："想必聂老师已经知道我托媒人向你妈提亲的事了吧？我就是想问问，是你妈不愿意呢还是你不愿意？"聂子瑶努力抑制住内心的惶恐，答道："我不愿意。"汤冠群的表情并无诧异，只是显得有些冷峻："为啥呀？看不上我？"聂子瑶答道："没啥看上看不上的，我准备回丰镇了，没有在隆盛庄嫁人的打算。"汤冠群笑了一下，笑容有些得意："回丰镇？可以呀！我在丰镇买处院子，咱把家安在丰镇不就成了。"

聂子瑶没说话，她不知道该如何回答。

汤冠群等了片刻，见聂子瑶不说话，猛地一拍办公桌，把聂子瑶吓得打了个哆嗦。汤冠群瞪起眼睛说道：“聂子瑶，实话对你说吧，本团长是相中你了。你大概还不知道，本团长有个毛病，只要本团长想办的事，必须办成，哪怕是不择手段。今天你给本团长个准话，到底嫁不嫁本团长？”聂子瑶见汤冠群图穷匕见了，也相信汤冠群什么事都做得出来，正想豁出去回绝了汤冠群，张骏祥眼珠一转，突然插嘴道：“汤团长，其实您多心了。您在隆盛庄的权势哪个不知，哪个不晓？聂老师若是能嫁给您，那是她的福分呀！”聂子瑶吃惊地望着张骏祥，汤冠群也有些惊异，眨巴了两下眼睛，哈哈大笑起来：“张老师不愧是大户人家的公子，说得有理。聂老师，你放心，只要你答应嫁给本团长，无论你提出啥样的要求和条件，本团长都答应你。”聂子瑶就像没听见汤冠群的话一样，眼睛依然盯着张骏祥，但那眼神不是吃惊，而是愤怒了。王老师和赵老师也都抬起了头，张口结舌地望着张骏祥。张骏祥却不紧不慢，继续含笑说道：“汤团长，既然您把话说到这个分儿上了，我也实话对您说吧。聂老师不是不想嫁给您，是她已经心有所属了。”汤冠群惊愕地瞪大了眼睛。聂子瑶和王老师、赵老师也都惊愕地瞪大了眼睛。

汤冠群突然目露凶光，朝张骏祥冷笑道：“张骏祥，你人不大鬼大，这是糊弄鬼呢吧？聂子瑶刚才还说她要回丰镇，不在隆盛庄嫁人，你又编出这么一出，是不是拿本团长当猴耍呢？”张骏祥站起来，朝汤冠群赔着笑脸道：“汤团长误会了，我张骏祥就算有一百个胆子也不敢戏弄您汤团长呀。我说的是真话。汤团长如若不信，可以问问聂老师。”汤冠群目光犀利地盯着聂子瑶，杀机毕露道：“聂子瑶，你自己说，你看上谁了？是不是抗日分子？如果是，本团长立马把他拉到西河湾崩了。”聂子瑶脸色苍白，不知所措：“我……”张骏祥不慌不忙道：“汤团长，聂老师脸皮薄，不好意思说，我替她说吧，其实，聂老师是看上了我二哥。”

张骏祥此话一出，屋里所有人都愣住了。汤冠群跳起来，气急败坏道：“聂子瑶，你看上了张寿祥？不可能！绝对不可能！我咋连个风儿都没听说过？”聂子瑶紧张的心情突然恢复了平静，脸色也缓和了过来，淡淡一笑道：“我看上了张寿祥，连我妈都没告诉，难道还要告诉汤团长吗？”王老师和赵老师都长吁了一口气，王老师接过话说：“汤团长，张老师说的是真的，这事儿我也知道。”汤冠群狠狠地瞪王老师一眼，手情不自禁地往腰间的枪柄摸去：“妈的，你也顺杆儿爬，想找死不是？”王老师见汤冠群要掏枪，连忙站起来抱拳道：“汤团长息怒，我不过是实话实说而已，您就当我啥也没说算了。”汤冠群也觉得因为一个女人大动干戈有失身份，手抬起来，手指点着聂子瑶的鼻尖，脖子青筋暴起道：“聂子瑶呀聂子瑶，我汤冠群看得起你是给你面子。我这就问张寿祥去，你若敢戏弄我，有你好看的。”说罢，脸色灰白地愤然而去。

众人都长舒了一口气，赵老师称赞张骏祥道：“张老师，你心眼蛮活的嘛！今天若不是你，聂老师便要被汤冠群逼到墙角了，该咋推辞呢？”王老师则拧着眉头思量道：“看来，汤冠群对聂老师是志在必得。”汤冠群一走，聂子瑶又有了底气：“志在必得？哼，我大不了死给他看。”说罢，面带感激地问张骏祥道，“张老师，你是咋想起来把我和你二哥连到一起的？”张骏祥得意地说：“这就叫灵机一动，移花接木。汤冠群是皇协军团长，我二哥是警察署长，我想，只有说你和我二哥好上了，或许能让汤冠群知难而退。没承想，这招还挺管用的。”王老师忧虑地说道：“眼下是管用了，可汤冠群说了，他要去问你二哥，如果你二哥否认了，麻烦怕是更大。”众人都怔住了，张骏祥挠头道：“是呀，我咋没想到汤冠群会去问我二哥呢，他若真的问我二哥，我二哥肯定否认，到时候可就露馅儿了。不行，我得赶快到警察署一趟，给我二哥提个醒。”说罢，慌忙去了。

聂子瑶不知道汤冠群会不会立刻去找张寿祥，张寿祥如果否认，汤冠群又会使出什么手段，坐在那儿手托下巴，双目痴呆地胡思乱想着。王老师过来，小心地问聂子瑶道：“聂老师，有句话我不知道当讲不当讲。”聂子瑶像打了个瞌睡突然醒来，连忙道：“王老师请讲。”王老师说：“聂老师，我觉得你暂时还是不要离开隆盛庄为好。”聂子瑶不解地问为什么。王老师解释说：“你不看汤冠群对你是志在必得吗？就算明天你离开了隆盛庄，你又能走多快，走多远？汤冠群快马追上去，到时候荒郊野外的，万一……”王老师不说了，聂子瑶猜出王老师想说什么了，叹口气道：“唉！看来我是在劫难逃了。王老师，您有啥好主意没有？”王老师说：“我突发奇想，其实，张寿祥那后生也不错，你不如索性……”

这时，李凤翔回家喊杨曼回来了，杨曼进门便惊慌地问道：“瑶瑶，你没事吧？”

张骏祥急匆匆地跑到警察署，在门口遇到了唐永年，问唐永年汤冠群来过没有。唐永年说汤冠群刚刚进去找他哥了。张骏祥不敢耽搁，急忙去了张寿祥的办公室。

汤冠群不相信张骏祥的话，果然来找张寿祥。他双手抱拳，乐呵呵地说道：“张署长，恭喜！恭喜呀！”张寿祥莫名其妙，眨巴着眼睛问道：“喜？喜从何来？”汤冠群大喇喇地在椅子上坐下，掏出烟给张寿祥扔一支。张寿祥记着他爹定下的规矩，把烟给汤冠群推回来说：“谢谢汤团长，我早戒了。”汤冠群把烟点着，眼睛盯着张寿祥说道：“张署长的嘴可真严实，娶媳妇也不告诉我一声，我总得提前给张署长备一份贺礼吧。”张寿祥不明白汤冠群是什么意思，脑子飞快地转着圈儿，含糊其辞道：“娶媳妇？如今这世道，兵荒马乱的，成了家便是累赘，不急，不急。”汤冠群步步紧逼，说道：“张署长不急，就不怕有人急吗？”张寿祥敷衍道：“我爹妈是急，可他们急也不管用呀！”汤冠群嘿嘿一笑：“张署长，我不是说你爹妈急，我是说你没过门的媳妇呢。”

张寿祥不明白汤冠群话里的意思，却肯定汤冠群专门来找他，向他提什么成家呀、娶媳妇呀是有目的的。他担心落入汤冠群的圈套，也不管自己还没定亲，笑呵呵地应付道：“我不急她急个啥？”汤冠群再逼问道：“不知道张署长没过门的媳妇是哪位呀？”张寿祥实在答不上来，反问汤冠群道：“汤团长今天咋关心起我的事了？啥意思？是不是汤团长也看上我那没过门的媳妇了？”现在轮到汤冠群不好回答了，挠挠头说：“张署长多心了，我哪敢打张署长媳妇的主意，不过是想找张署长核实一下，看咱两个是不是……”不等汤冠群把话说完，张寿祥已听出些眉目了，但他没想到汤冠群指的是聂子瑶，正要往深了探探汤冠群的心思，张骏祥已经闯进门来，说道：“二哥，你咋还不回家？大妈没告诉你，让你今天回家吃饭吗？”张骏祥一露面，汤冠群便知道没法从张寿祥嘴里往出套实话了，狠狠地瞪张骏祥一眼，问张寿祥道：“张署长不是和张会长断绝父子关系了吗？咋，父子俩和好了？”不等张寿祥说话，张骏祥抢先说道：“麻绳草绳割得断，肉绳割不断。今天是我大妈生日，就算我爹和我二哥闹别扭，也得给我大妈个脸吧？汤团长说是不是？”汤冠群知道再待下去也没多大意思，站起来说道：“张署长，那聂子瑶的确是隆盛庄第一美人。我可把话说在前头，张署长若不赶快娶她过门，我可就要不顾朋友的情分横刀夺爱了。告辞！”

张骏祥见汤冠群气呼呼地走了，急忙问张寿祥汤冠群都和他说什么了。张寿祥说：“莫名其妙的，我也不知道他想说啥。”张骏祥又问汤冠群是怎么和他提起聂子瑶的。张寿祥说：“没提起过呀！我们正说着话，你便闯进来了。骏祥，妈不是上个月才过的生日吗，咋又要过生日？”张骏祥说：“我是糊弄那个驴头的。”

张骏祥把汤冠群找到学校向聂子瑶逼婚的事，以及自己急中生智，移花接木的过程讲了。张寿祥恍然大悟：“难怪汤冠群旁敲侧击，闪烁其词呢，原来是这么回事。幸亏我多了个心眼，和他兜了几个圈子，只要一个不小心，肯定要说漏嘴了。骏祥，你也是的，咱本来和人家聂老师没一点儿瓜葛，现在弄成啥事了？汤冠群若是知道了实情，不但会继续纠缠聂子瑶，恐怕也要和我反目成仇了。”张骏祥笑嘻嘻地说："管他呢，挨过一会儿算一会儿，等聂子瑶回了丰镇，汤冠群知道也晚了。"张寿祥鼻子哼一声道："骏祥，你想得太简单了。丰镇现在也是日本人的天下，汤冠群打定主意要娶聂子瑶，聂子瑶就算回了丰镇，也一样逃不出汤冠群的手心。"张骏祥听张寿祥如此说，担忧道："二哥，那咋办呢？总不能眼睁睁地看着聂子瑶毁在那个驴头手里吧？"张寿祥摇头说："没办法，除非聂子瑶嫁一个比汤冠群更有权势的。不过，当今世道，能比汤冠群更有权势的，肯定是个比汤冠群更大的汉奸。好了，这件事暂时算过去了，你快回家吧。"

张寿祥没想到，张骏祥走了没一会儿又回来了，说爹让他回家一趟。张寿祥问爹找他什么事。张骏祥说他也不大清楚，他刚进家门，大妈就打发他来喊二哥了。张寿祥和张骏祥一道回了家，却见杨曼和三叔都在家里。

原来，杨曼见汤冠群亲自追到学校找聂子瑶逼婚，被张骏祥编了谎话骗走后，害怕汤冠群日后报复，心中十分惶恐。王老师给她出主意说："杨老师，聂老师这次怕是躲不过去了。依我看，不如索性让聂老师嫁给张寿祥吧。"不等杨曼说话，聂子瑶先摇头了："王老师，您出的啥主意，刚骗走一个汉奸，您让我再嫁一个汉奸？"王老师没理会聂子瑶，问杨曼道："杨老师，我问你一句，咱抛开'汉奸'二字，你说张寿祥配不配得上聂老师？"杨曼想了想，说道："如果抛开'汉奸'二字，不是张寿祥配不配得上瑶瑶，而是咱瑶瑶高攀人家张家了。"王老师又问聂子瑶："聂老师，你觉得呢？"聂子瑶鼻子一哼："就算他张寿祥再好，只汉奸一条，我便宁肯嫁个叫花子，也不会嫁给他。"王老师微微一笑，说道："那你们觉得张寿祥是不是真的是个汉奸呢？"聂子瑶抢先说道："张寿祥给鬼子当警察署长，他就是汉奸。"王老师摇头笑道："聂老师，你这话有偏颇呀！看人要看心，有的人里外都是黑的，如汤冠群；有的人外面看是黑的，心却是红的。我觉得张寿祥就是这样的。"

李凤翔在旁边接过话道："杨曼，我觉得王老师说得有理。咱俩都教过张寿祥，那孩子不会像汤冠群一样铁了心的为鬼子卖命。我看他也是在应付鬼子。咱掰着手指头数数，隆盛庄能罩住瑶瑶的，目前怕是只有张寿祥了。"杨曼道："我也是这么想的。瑶瑶，你觉得呢？如果张寿祥不是真心做汉奸，你愿不愿意嫁给他？"聂子瑶无奈地嘿嘿一声："妈，听你们的意思，我如果不嫁张寿祥，就只有嫁给汤冠群了？罢了，我宁可便宜了张家的人，也不能便宜了汤冠群那个驴头。"王老师呵呵一笑，说道："聂老师，现在不是你便宜谁，而是张家答不答应这门亲事。你想想，张家在隆盛庄是啥样的人家，张寿祥的模样在男人里也是出类拔萃的。人家还在大同当过警长，见多识广，如果他能娶你，两人举案齐眉，也是你的福气。”

杨曼是个痛快女人，何况，现在把聂子瑶嫁出去已经刻不容缓，便不再多想，斩钉截铁道：“瑶瑶，这个主妈替你做了，就嫁张寿祥吧。本来咱该找个媒人去张家提亲的，可现在汤冠群步步紧逼，也不知道张寿祥那边是咋应对的。妈也不拿捏了，我现在亲自去张家，就算求张会长，也要让他把我闺女救了。”李凤翔见杨曼这就要去张禄家，犹豫道：“杨曼，你亲自去张家，是不是太掉身份，也太莽撞了？要不，咱先回家和秀珍商量商量？”杨曼瞥李凤翔一眼说：“我不过是个教书的，有啥身份？现在都火烧眉毛了，还商量啥呀？我就没见过你这样婆婆妈妈、没有主见的男人。”李凤翔头一耷拉，不说话了。

杨曼风风火火地去了张禄家，开门见山地把来意讲了。张禄听了原委，先骂了汤冠群几句，又皱着眉头埋怨张骏祥不该把他二哥牵扯进来。杨曼听出张禄的意思了，张禄好像对这门亲事并不感兴趣，便心急得如热锅上的蚂蚁一般。

张禄的确犹豫不定。如果仅论相貌和学识，聂子瑶一点儿瑕疵都挑不出来，可是，张禄不喜欢聂子瑶的衣着打扮与张扬，而更让张禄不满的，是杨曼和梁家退婚的事。梁龙当镇长的时候，是杨曼主动请媒人到梁家提的亲，梁龙的镇长被西村免了，梁龙的赌坊和烟馆被汤冠群霸占了，杨曼便要悔婚，这岂不是太势利了。不过，张禄也实在不愿意看到风姿绰约的聂子瑶被汤冠群毁了。他说：“杨老师，现在不是父母之命、媒妁之言的年代了。我家裕祥娶媳妇，便是自己做的主。寿祥愿不愿意娶您闺女，还要他自己拿主意。这样吧，我打发他妈去趟警察署把他叫回来，听听他的意思。杨老师看这样如何？”

杨曼原以为凭聂子瑶的相貌与学识，任何一个男人都不会拒绝的。可是，到了张禄这里不灵验了，不知道张禄是故作清高呢，还是真没看上她家闺女。

艾叶对聂子瑶倒是十分满意，正要去警察署喊张寿祥回来，张骏祥却先回来了，便让张骏祥去喊张寿祥。张禄又让艾叶把张祯也喊来。

张祯前脚进门，张寿祥和张骏祥后脚跟着回来了。张禄也不藏着掖着，当着杨曼的面儿把她来给闺女提亲，想把聂子瑶许配给张寿祥的事说了，问张祯和张寿祥怎么看。张祯不表态，问张寿祥是如何想的。张寿祥狠狠地瞪张骏祥一眼，慢吞吞地说：“杨老师，这事来得太突然，能不能容我想想？”张骏祥心里虽然装着聂子瑶，但也知道自己与聂子瑶无缘，何况这学期结束，他就要带着玉屏到北平去了，以后怕是想见聂子瑶一面都不容易，心想自己爱过聂子瑶，两人纵然不能结成夫妻，聂子瑶若是能做他的二嫂，这结局倒也算圆满，便给张寿祥使个眼色说：“二哥，杨老师亲自来提亲了，你还拿捏个啥呀，快应了吧。”张禄瞪张骏祥一眼说：“这里没你的事，出去吧。”张骏祥朝张寿祥吐一下舌头，乖乖地出去了。

杨曼猜不透张禄的心思，但铁了心不让聂子瑶嫁给汤冠群，把闺女往火坑里推。以她的性格，张禄既然不痛快，必然起身走了。但现在火烧眉毛，她也顾不得身份与矜持了，用求助的目光望着张祯哀声道：“校长三叔，您也知道我的性情，若不是汤冠群咄咄逼人，我是不会这么低声下气地来求张会长的。瑶瑶那闺女您也知道，若张会长不肯救她，以她的脾气，就算寻了短见，怕是也不肯嫁给汤冠群。”张祯拧着眉头说：“杨老师，这我知道。可是，唉！这事真的不知道该如何办才好。”

杨曼知道张祯宽容大度，救人于危难，不然，当年也不会同意李凤翔娶她，并且冒着风险从奉军手里救她了。现在见张祯眉头紧蹙，似乎也不大同意张寿祥娶聂子瑶，杨曼不由得着了急：“校长三叔，您……”张祯缓缓道：“寿祥与瑶瑶两个娃娃我倒是没啥说的，只是杨老师与秀珍姐妹相称，寿祥与秀珍姐弟相称，而杨老师与瑶瑶则是母女，寿祥如果娶了瑶瑶，岂不是乱了辈分？”杨曼听张祯把张寿祥与聂子瑶往辈分上套，心里一凉，苦笑一下，悲凉地说：“校长三叔，寿祥和瑶瑶没有丝毫的血缘关系，咋就能乱了辈分？您若硬要往辈分上靠，那我真是无语了。”张祯尴尬地笑笑：“杨老师别多心，我也就是这么随口一说，这事究竟成与不成，还得看我大哥。”又问张禄道，“大哥，你到底是啥意思？给人家杨老师个话呀。”张禄不紧不慢地说：“宝奎，我把你叫过来，就是想听听你的意思。你真觉得他们俩在一起是乱了辈分吗？”张祯说：“辈分的事，我也就是随口出溜出来的。杨老师也说了，寿祥与瑶瑶没有丝毫的血缘关系，既然没有血缘关系，那还老古板一样穷讲究个啥呀？再说了，现在不是讲寿祥与瑶瑶是否相配，而是寿祥如果不娶瑶瑶，瑶瑶就要被汤冠群毁了。所以，我觉得这事成与不成，还得看寿祥的。”

张禄听张祯如此说，目光便转向了张寿祥：“辈分的事，我觉得也不是个事儿。寿祥，你是咋个想法？”张寿祥不敢轻易表态，问张禄道：“爹，您看呢？”张禄皱起眉头说：“这是给你说媳妇，啥叫我看？我只提醒你一句，如果你娶了聂老师，怕是就要和汤冠群结仇了。汤家兄弟我了解，都不是省油的灯。何况汤冠群现在是西村面前的红人，他若因为这件事在背后捅你的刀子，你应付得了吗？下棋要看三步，聂老师应该救，关键是你救了她之后，能不能保护得了她，会不会把自己也搭进去？”众人明白张禄的顾虑了，都用期盼的眼神望着张寿祥。艾叶也忧心忡忡道：“寿祥，你爹说得对，鬼子杀人不眨眼，汤冠群若是真因为这件事记恨你，明枪易躲，暗箭难防呀！”杨曼见张禄夫妇都忌惮汤冠群报复，长叹一声说：“寿祥，你是我教出来的学生，打心眼里说，就算没有这件事，我也希望瑶瑶能嫁你为妻。可现在，瑶瑶成了烫手的山芋，若不是王老师竭力撮合，说隆盛庄现在只有你能救得了瑶瑶，老师也不会这么委曲求全地来求你爹妈。你就直说吧，如果不愿意，老师决不强求。有道是人的命天注定，或许瑶瑶命中注定有此一劫呢。”张寿祥沉思片刻，毅然说道：“杨老师，您放心，我不会让汤冠群毁了瑶瑶的。如果我爹妈和三叔都没意见，我给您做女婿。”然后把目光转向张禄、艾叶和张祯，“爹、妈、三叔，你们觉得呢？”

艾叶和张祯不敢贸然表态，又都把目光望着张禄。张禄脸上虽然毫无表情，却沉着地说道：“寿祥，既然你敢担当，爹也没啥说的了。咱答应了人家杨老师，就要对得起人家，不能因为是杨老师主动找上门来的，以后对聂老师有一丁点儿的不好。”又转向杨曼说，“杨老师，我也把丑话说在前面。我张家虽然不是名门望族，但在这隆盛庄，也还是有头有脸的人家。婚姻大事，不是儿戏。杨老师切不可今天有难了，来求张家，明天境遇变了，又要悔婚。”杨曼听出张禄指的是自己和梁家悔婚的事，脸色羞红道：“张会长放心，不会的，不会的。”张禄点点头，又对张寿祥说道：“寿祥，爹别的忙帮不了你，明天晚上在庆春楼摆两桌酒给你订婚。爹要把西村和汤冠群都请了，把这事儿挑明了，万一汤冠群日后在西村面前说你的坏话，西村也知道个所以然。”

杨曼听张禄答应了，并且安排得有条有理，高兴得满眼热泪。双方又商量了一会儿，决定一切从简，定在腊月迎娶聂子瑶，给二人完婚。

第二天晚上，张禄在庆春楼摆了两桌酒，给张寿祥和聂子瑶订婚。西村和汤冠群都应邀到了，西村笑逐颜开，高兴地端起酒杯向张寿祥贺喜，汤冠群则黑着张驴脸不说话。

就在张禄给张寿祥、聂子瑶订婚的第二天黄昏，西村突然下令全镇戒严，派皇协军与警察共同把守城门，任何人不得出入，无论大人孩子，不许在街上走动。人们见皇协军与警察荷枪实弹，不知道要发生什么事情，都惶恐起来。

艾叶和舒兰问张禄鬼子戒严想要干什么。张禄没这事一般，不紧不慢地说鬼子想要干什么，他哪里知道。舒兰念叨着说：“老爷，您好歹是商务会长，西村做甚也不和您打个招呼？”张禄自嘲道：“你们还真把我当商务会长看了？我这个商务会长，说破了，其实就是鬼子的一条不会咬人只会干活的老狗。西村饿了，我得给他去找吃的，西村渴了，我得去给他找喝的。你们说，西村心里想啥，西村想做甚，能告诉我这条老狗吗？”艾叶撇着嘴道：“照我看呀，老爷还不如条狗呢！谁家养狗，饿了总得给扔块干骨头啃吧，老爷您这狗当的，别说干骨头了，连碗泔水都喝不上。”张禄苦笑一下：“你这话说的，能怨人家西村吗？谁让我这条狗不忠心呢，我要是像汤冠群那个驴头一样，龇牙咧嘴地替西村咬人，别说骨头，西村肉都会给我吃。唉，当狗不容易呀！”

三人正说着话，张福和张祯来了，也是来打听西村为什么突然戒严，晚上睡觉是不是警觉些，以防有什么变故。张禄胸有成竹地说：“你们都放心地睡，出不了事，明天上午，戒严肯定取消了。”张祯问张禄是不是知道点儿什么。张禄说：“我刚才还和你们两个嫂子说呢，我现在就是西村的一条不会咬人只会干活的老狗。西村想做甚，会告诉我？”张福说：“那哥还让我们放心地睡？”张禄思索着说：“我猜呀，西村这是要往丰镇运粮了。他怕消息传出去，游击队打粮车的伏击，”张祯想想，点头说张禄分析得有道理。张福疑惑地问张禄是如何猜出来的，张禄笑着说他好歹是商务会长呀！见张福与张祯不解，张禄又解释说：“这都几年了，莫非你们没注意过？每年秋天征完粮，西村都不急着把粮食运走，要么等到有鬼子军队路过的时候，让鬼子军队押着粮车走；要么等人们对这件事不注意了，突然半夜把粮食装车，天蒙蒙亮的时候往丰镇运。今年征完粮后，鬼子的军队一直没路过的，不信你们听着，半夜街上肯定有牛板车的轱辘声。”两人琢磨着说：“大哥说得对，西村好像每年都是这样把粮食运走的。”

张福和张祯记着张禄的话，晚上睡觉警觉了些。果然，五更的时候，外面响了好一阵儿车轱辘在石子路上“咯噔、咯噔”地行走及车轴吱吱扭扭的声音。第二天早晨起来，车行里的人传出消息，说西村昨天晚上征了五六十辆牛板车，皇协军和警察装了半夜粮，天刚刚露出一点儿鱼肚白，汤冠群便押着粮车往丰镇去了。张福和张祯听说了，都惊叹张禄猜得准。可是，谁也没有料到，快到晌午的时候，汤冠群带着一群皇协军狼狈不堪地跑回来，说运粮的车队在永善庄一带被游击队打了埋伏，两个排的皇协军被打死打伤十几个，粮车被游击队劫走了。

人们一直觉得游击队虽然打着抗日的旗号，却从不敢面对面地和鬼子、皇协军干一场，看见鬼子和皇协军便往山里跑，估计他们也成不了大事。现在听说游击队竟然打了汤冠群的伏击，把鬼子的运粮车劫走了，都高兴地奔走相告，说周通和蓝虎头真是好样的。

张禄也十分高兴，背抄着手在院子里来回走了好几圈，停住脚吩咐舒兰：“舒兰，你到庆春楼端几个菜，我晌午要喝几杯。”自从张禄重新给鬼子当了商务会长，舒兰难得见他如此开心，答应一声正要走，玉屏说："二妈，我去吧。"张禄知道玉屏的意思，对舒兰说："还是你去吧，玉屏去了，富掌柜能要闺女的钱？"正在推让间，艾叶提着食盒回来了。舒兰认出那是庆春楼的食盒，奉承道："还是姐姐懂老爷，提前知道老爷想啥了。"艾叶愣怔了一下，问道："咋，老爷真的想喝酒了？"舒兰说："姐姐不知道呀？那姐姐做甚到庆春楼端菜了？"艾叶解释说："我去玉凤家拓绣花鞋的样子，回来路过庆春楼，见不少人都在端菜，跟着起哄，便也要了几个。没想到歪打正着，老爷还真的想喝酒了。"张禄脸上露出笑意，自言自语道："看来，隆盛庄今天想过年的人还真不少啊！"自从宝凤去了包头，艾叶心情一直挺好，朝张禄挤下眼睛说："老爷，其实我已经猜出你今天一定会高兴的。快回屋吧，趁菜热着，我和舒兰陪你喝两杯。"

回到屋里，摆上菜，斟满酒，舒兰笑眯眯地说："哎呀！没想到周通还真是条汉子，鬼子的粮车也敢劫。"舒兰的话提醒了张禄，酒杯端在手里却不喝，蹙着眉头思索道："这事有点儿蹊跷，西村昨天黄昏就戒严了，半夜才装的粮，周通是咋提前知道的？"舒兰胆子小，听张禄如此说，担忧道："老爷，西村不会找您的麻烦吧？"张禄鼻子一哼："他找我的麻烦做甚？他让我征粮，我给他征了，丢了粮是汤冠群那个驴头没本事，他找也该找汤冠群算账才是。"艾叶也说："对，粮食是在汤冠群手里丢的，和老爷有啥干系？反正粮食没落到鬼子手里就是喜事。来，喝一杯，咱也庆贺庆贺。"张禄叮嘱道："你们这些话只能在家里说，出去可一句都提不得。咱家关系复杂，不能让西村抓住一点儿把柄。"

两个女人正围着一个男人高兴地喝酒，张福突然急匆匆地来了，进门便惊慌地说："哥，不好了……"众人眼睛都盯着张福问出什么事了。张福紧张地说："西村怀疑寿祥是游击队的内线，把寿祥抓起来了。"张禄和艾叶、舒兰都惊得瞪大了眼睛，艾叶手里的筷子掉在了桌子上。张禄惊异地望着张福问："啥？寿祥？西村怀疑是寿祥给游击队报的信儿？这咋可能呢？"张福说："我也是听警察说的，是不是真的还不清楚。哥，你是不是赶快去找西村打听一下？"艾叶心里着急，催促道："老爷，你快去吧。"张禄拧着眉头想想，摇头说道："不会吧，寿祥给鬼子当警察署长，咋能和游击队有干系？"张福说："那可说不准，他若是身在曹营心在汉呢？"张禄摇着头说："我看这事儿没那么简单。西村如果真怀疑是寿祥给游击队报的信儿，谁去了都无济于事。还是先等等，让我想想再说。"

第六十章

贪钱财常皋告密

张寿祥的确被西村关了禁闭。

汤冠群奉西村之命，带两个排的皇协军押运粮车到丰镇。牛板车队走到永善庄一带的山里时，中了游击队的伏击。游击队的子弹从四面八方打过来，说话间便有四五个皇协军落了马。汤冠群仓皇应战，可游击队躲在石头后面和壕沟里，不知道有多少人，加上地形复杂，汤冠群无法判断该从哪个方向向游击队发起冲锋，抵挡了一阵儿，又死伤了八九个人。汤冠群怕被游击队逐个消灭，只好扔下粮车逃了回来。

西村见汤冠群把粮食丢了，气得暴跳如雷地骂道："汤团长，你真是个废物，怕死鬼！丢了粮食不说，连游击队有多少人都不知道便败了回来，还像个军人吗？太给皇军丢脸了。"汤冠群苦着脸解释说："指导官，您是没亲眼看见，那游击队打仗一点儿章法都没有，像鬼魂一般躲在石头后面和壕沟里，既不冲锋也不露头，子弹都不知道是从哪飞出来的。我如果不撤，弟兄们怕是一个也回不来。"

西村心里明白，不是皇协军打不过游击队，而是皇协军怕死，不肯卖力。他们当兵都是为了吃粮，为了军饷，为了抢掠，让他们像皇军的士兵一样勇敢无畏，想都别想。西村气得嘴唇哆嗦，伸手给了汤冠群两记耳光，骂道："你堂堂的皇协军，马是好马，枪是好枪，肚子吃得圆滚滚的，却连几个土八路都对付不了，还有脸狡辩。"汤冠群知道西村正在火头上，不敢辩解，直挺挺地站在那儿，等西村发完了火，这才揉揉脸道："指导官，我丢了粮食，愿意接受皇军的惩罚。可是，游击队是咋知道粮食今天要运往丰镇的？”西村盯着汤冠群的眼睛问：“你是说镇里有游击队的内线？”汤冠群皱着眉头说：“镇里有没有游击队的内线我不敢肯定，可是，指导官想想，昨天黄昏的时候城门就关了，外面的人进不来，里面的人出不去，镇里又戒了严，人们都关门闭户待在家里。直到五更天粮队出发，我的士兵路上没有一个离开，游击队是咋得到消息的？”西村听着，点头道：“嗯，汤团长，你分析得有道理。如此说来，隆盛庄一定有游击队的内线。可是，谁是游击队的内线呢？你有什么想法没有？”汤冠群小心地说：“想法倒是有，只是……”西村催促道：“汤团长，有想法你尽管直说，不要吞吞吐吐的。”汤冠群道：“皇协军肯定没有问题，警察署嘛……”

西村眼睛依然盯着汤冠群，没有丝毫的意外。前天晚上在庆春楼参加张寿祥和聂子瑶的订婚酒宴，张禄有些过量，含蓄地向他提起，说汤冠群也相中了聂子瑶，曾到学校向聂子瑶逼婚。所以，西村知道汤冠群因为争风吃醋，必定会对张寿祥心有芥蒂。他不动声色地说：“你是说张寿祥？汤团长，你继续往下说。”汤冠群也不吞吞吐吐了，“指导官，我知道您很欣赏张寿祥，但张寿祥身上的确有许多疑点。就说张家吧，皇军的飞机打死了段童的儿子金柱，那金柱是谁？是张禄的外甥，是张寿祥的表弟。指导官砍了段祖贤的脑袋，那段祖贤是谁？是张禄妹妹的公公，张禄的妹妹又是张寿祥的二姑。张禄为啥答应给皇军当商务会长？是为了救段祖贤和段童的命呀！如此说下来，张寿祥应该是憎恨皇军的，可他为啥还要答应给皇军当警察署长呢？尤其令人怀疑的是，张禄为皇军做的所有事情，没有一件是他心甘情愿的，都是在皇军的强迫下所为；而张寿祥自从担任警察署长，除了维护地方治安，几乎没有一点儿功绩。我的士兵接连不断被棒手打闷棍，他至今没有破案。”

西村虽然知道汤冠群因为聂子瑶与张寿祥产生了隔阂，但也觉得汤冠群的判断有些道理。他拍拍汤冠群的肩说：“汤团长，你知道吗？在隆盛庄，除了你汤团长之外，皇军没有信任过任何人，包括张禄和张寿祥。有些事情你本不该知道，但我们是朋友，我可以告诉你。大日本帝国虽然强盛，却是一个缺乏土地、资源贫乏的岛国，这也是我的父母和许多日本人参加‘满洲开拓团’移民中国的原因。现在，帝国与中国交战，皇军势如破竹，所向无敌，需要大批粮食和物资，但是，帝国本土没有足够的粮食和物资，这就需要从中国的统治区就地获取。从战略上讲，这叫作‘以战养战’。八万斤粮食，可以为八万皇军士兵提供一天的口粮。而在一天的时间里，皇军又可以攻占几座像丰镇、集宁那样的县城？消灭多少中国军队？现在，你应该明白那批粮食对皇军的重要性了吧？”

汤冠群知道粮食对日本人的重要性，也知道西村刚才抽他那两记耳光，已经是最轻的惩罚了。他张张嘴正要说话，西村挥手止住，继续道：“汤团长，我刚才对你讲的只是其一。皇军的士兵虽然英勇无畏，但中国的土地实在是太辽阔了，如果皇军每攻占一城一地，都留下足够的军队驻扎，皇军就成了一盘散沙，是无法同中国军队进行作战的。所以，许多乡镇就像隆盛庄一样，只有一两个皇军主持地方。你心里也明白，单凭一两个皇军，是无法统治隆盛庄这样的乡镇的，这就需要你这样对皇军忠心耿耿的朋友协助皇军共同治理地方。但是，你一个人的力量有限，你的士兵也不足以协助皇军完成所有的任务，所以，皇军才必须起用像张禄、张寿祥那样的人为皇军效力。用你们中国人的话讲，这叫作‘以夷制夷’。汤团长，你明白我为什么明知道张禄和张寿祥对皇军不忠，却还要使用他们了吗？”汤冠群听得心服口服，连声道：“指导官英明！皇军英明！”西村鼻子一哼，面目狰狞地说道：“飞鸟尽，良弓藏；狡兔死，走狗烹。等到帝国不需要他们的时候，皇军自然会处理掉他们的。但是，不管任何时刻，皇军都不能允许抗日分子的存在，不能允许任何对皇军不利的行为。如果张寿祥私通游击队，那就死啦死啦地！”汤冠群听得连连点头：“指导官，那张寿祥该如何……”西村握住洋刀的刀柄说：“先把他抓起来，等调查清楚了再说。”

西村欲将粮食从游击队手中夺回来，派出快马给丰镇的日军送信，请求援兵。丰镇立刻派日军一个骑兵小队前往增援，并从王金虎部抽调一个排对汤冠群的皇协军加以补充，还给西村带了一条大狼狗。

接连几天，汤冠群带着鬼子到游击队活动频繁的地域进行扫荡，游击队与鬼子发生遭遇战，蓝虎头牺牲，巴山负伤，刚刚发展到一百多人的游击队损失近半。鬼子每到游击队活动过的村庄都要仔细搜查一番，希望能找到丢失的粮食，但始终未能如愿。

鬼子虽然没有找到丢失的粮食，但重创了游击队，抓了几个负伤的游击队员，在西河湾处决了。西村找回了面子，气也消了些，掰着指头算算，张寿祥关禁闭也有八九天了，便让汤冠群把负责看守张寿祥的马六叫来，问他张寿祥这几天都有什么反应，张禄去看过他没有。马六说张寿祥每天吃了睡，睡了吃，要么在禁闭室原地跑步，抡胳膊踢腿儿；要么哼几句东路二人台，唱得有滋有味儿。张禄一直没露面，张骏祥给他哥送去一条狗皮褥子和一床山羊皮被子，张祯带着艾叶去看过几次。杨曼和聂子瑶也去过，被马六拒绝了。再有就是张祯隔个三天两日，便用食盒给张寿祥送些酒菜。西村想了想，问马六张祯给张寿祥送东西，严格检查过没有。

马六说都严格检查了，没有可疑的地方。汤冠群呵斥马六：“马六，你他妈的真仁慈呀！还同意张祯给张寿祥送酒菜？没把聂子瑶也送进禁闭室陪着他？”西村见汤冠群提到了聂子瑶，心里暗笑一声，没有说话。

马六解释说：“汤团长，若是别人来看张寿祥，弟兄们都能拦。唯独这张祯，弟兄们不好意思拦呀！”西村愣了一下，问为什么。马六说：“指导官也知道，弟兄们扫荡游击队，经常有受伤挂彩的，回来都在张祯的医院救治。杜金那个副院长倒是好说话，可唐大夫是个倔巴头，凡是给皇协军的弟兄们做手术，无论大小轻重，都要院长张祯签字。有好几个重伤的弟兄，如果不是张祯签字，怕是早就没命了，所以……”汤冠群也知道唐大夫的脾气，上次自己挂彩，枪顶在唐大夫的脑门上，唐大夫眼睛都不眨一下，说他只是医生，没有院长张祯的签字，就算西村太君来了，他一样不给救治。

西村问过马六，让马六出去，问汤冠群找到张寿祥私通游击队的证据没有。汤冠群挠着头说：“哎呀，这证据到哪找呢？指导官，虽然没有证据，但我总觉得张寿祥有可疑之处。您没听马六说吗，他在禁闭室多悠闲呀，就像那不是关禁闭，而是住店一样。放在普通人身上，不是吓得尿裤子便是喊冤叫屈，有他那么冷静的吗？”西村摇着头说：“汤团长，你忘记张寿祥是什么出身了，他在大同警察局当过警长，对这一套太熟悉了。就算他私通游击队，也不会留下任何证据的。”汤冠群小心地问：“那……指导官准备如何处置张寿祥？”西村说道：“皇军现在正是用人之际，先把他放了吧。”汤冠群叹口气道：“早知道要放，当初还不如不抓呢。”西村说：“敲山震虎，给他个警告也好。”西村问汤冠群觉得马六可靠不，汤冠群毫不犹豫地说可靠，当年马六在他哥手下办事，十分尽心尽力。西村嘿嘿一笑，说道：“好，那就派他到警察署担任副署长，密切监视张寿祥的一举一动。”汤冠群答应一声，道：“如此最好，指导官真是英明！”西村咧嘴笑一下，让汤冠群把张寿祥带来。

张寿祥被带到西村的办公室，给西村立正敬礼，一句话没说。西村也不说话，鹰隼般的目光盯着张寿祥的眼睛看了好一会儿，这才冷笑一声，问道：“张寿祥，皇军往丰镇运送粮食的消息，是你传递给游击队的？”张寿祥摇头道：“没有。我是皇军的警察署长，咋会和游击队有来往？再说了，那天从戒严到运粮的车队出镇，我始终都和指导官、汤团长在一起，就算我想私通游击队，也没那个机会呀。”汤冠群在旁边说道：“张寿祥，听你的话，是指导官冤枉你了？”张寿祥看一眼汤冠群道：“汤团长，冤不冤枉，只有你我两个人心里明白。我没有汤团长在指导官面前受宠，又因为汤团长看上了我没过门的媳妇和汤团长有了隔阂，被冤枉也在所难免。”

汤冠群听张寿祥在西村面前抖了自己的底儿，脸一红，把目光向西村望去，见西村没有任何表示，便再问张寿祥道：“张寿祥，你别拿聂子瑶说事儿，我汤冠群堂堂男子汉，会因为一个女人和你争风吃醋？我只想问你，你是警长出身，依你判断，是何人将皇军运送粮食的消息传递给游击队的？”张寿祥鼻子轻轻一哼：“汤团长，听你这话音，还是怀疑我私通游击队？你有证据吗？没有吧？如果你有证据，我现在便不是站在这里，而是被五花大绑押到西河湾了。”西村嘿嘿一笑，说道：“张寿祥，汤团长问得对。你是警长出身，依你判断，是什么人将皇军运送粮食的消息传递给游击队的？”张寿祥已经见过三叔张祯了，胸有成竹道：“指导官真要我说？”西村点头道：“请讲。”张寿祥微微一笑：“如果让我判断，应该是指导官自己把消息传递给游击队的。”

西村与汤冠群都震惊地瞪大了眼睛，汤冠群上前一步喝道：“张寿祥，你敢……”西村呼地站起来，眼睛盯着张寿祥，向汤冠群挥了下手说：“汤团长，让他说下去。”汤冠群往后退了两步，手却攥住驳壳枪的枪柄。张寿祥平静地问西村道：“指导官，我斗胆问您一句，皇军每次往丰镇运送粮食，是不是都要提前戒严呢？”西村如同醍醐灌顶，恍然大悟，走到张寿祥面前，拍拍张寿祥的肩，露出两颗大门牙笑道：“张署长，你果然聪明。我这是百密一疏呀！好了，这几天委屈你了，晚上在庆春楼给你摆酒压惊。”

马六被西村任命为警察署副署长，肩上的汉阳造换成了斜挎的驳壳枪，心中好不得意，走路都不知道该先迈哪条腿了。隆盛庄的警察由商团改编，许多团丁都与马六相识，见马六一步登天，有羡慕的，也有嫉妒的。人们又提起马六当年跟着汤冠丰为虎作伥的旧事，戏谑说马六天生就是做狗腿子的料，便给他起了个狗马六的绰号。

马六也算运气好，上任警察署副署长不到三天，便立了一件大功。

那天晌午，马六住在四美庄的四舅来找他了。马六的四舅名叫常皋，比马六大不了十岁。常皋端详着马六啧啧道：“六子呀！你可真给你们马家长脸，这才当了几天大头兵，哧溜一下就挎着盒子炮当署长了。”马六纠正说：“四舅，不是署长，是副署长。”常皋笑呵呵地说：“能当副署长就能当署长，早晚的事儿。六子，你小时候四舅就看出来了，长大一定能出人头地。你看，果不其然吧。”马六知道常皋是奉承他，说道：“四舅，您别忽悠我了，我在四美庄种胡萝卜那阵儿，咋没听您说过这话？”常皋替马六整整衣领说：“那叫天机不可泄露。四舅说早了，你怕是连胡萝卜也懒得种了，没吃没喝的，你还能活到现在？”又感叹道，“六子呀！你妈兄弟姊妹养了你们八个，现在看来，数你最有出息。唉！可惜你爹妈死得早，不然，他们就要跟着你享福了。”马六不想听常皋叨叨了，说道：“四舅，您说事儿吧。”常皋撇一下嘴说：“六子，这才当了个副署长，就眼高看不起四舅了，那以后再当个啥大官，四舅见了你是不是还得下跪磕头呀？”马六别常皋一眼说：“四舅，您尽说啥话呢，我这不是忙着呢吗。”

“你忙？哦，那咱就长话短说吧。”常皋将马六往一旁拉拉，小声问道：“六子呀，日本人悬赏抓张占海那告示还算数不？”马六一听张占海三个字，立马来了精神：“四舅，张占海又去您家了？”常皋说：“六子，这你甭管，你只说那告示还算不算数。”马六说：“当然算数。”常皋脸上露出笑意，又问：“一百块大洋？四舅可不要骆驼票。”马六心中一阵惊喜，确认道：“没错，一百块大洋，不给您骆驼票。”常皋朝马六伸开手掌道：“六子，一百块大洋，先给四舅放在手心里。”马六说：“四舅，哪有您这样做事的，您得先说出张占海在啥地方呀！”常皋嘿嘿一笑：“六子，四舅信不过日本人，信不过那个汤团长，也信不过你。只要你把一百块大洋放在四舅的手心，四舅马上告诉你张占海的行踪，不然，咱就当没有这回事儿。”

马六不敢耽搁，立刻带常皋去见汤冠群。汤冠群一直想为他哥报仇，听说有了张占海的消息，二话不说，取一百块大洋给了常皋。常皋把钱揣起来，这才说道：“我老伴儿这几天咳嗽个不停，我到镇上找杜大夫配儿服汤药，不承想，在医院看见了张占海。”汤冠群盯着常皋问道：“医院？这是啥时候的事？”常皋说：“刚才呀！我看见张占海，便找六子报信儿领赏来了。”汤冠群再次问道：“你肯定那是张占海？没有认错人？”常皋嘻嘻笑道：“看您汤团长说的，张占海的妈和我老伴儿那是亲亲儿的姨姊妹，张占海还在我家住过呢，我能认错？说实话，也就是家里日子不好过，不然，我能做这图财害命的缺德事儿？”

汤冠群将常皋带到西村那里，让常皋把发现张占海的经过重新讲了一遍。西村命令汤冠群立刻集合队伍，由常皋带路，包围医院，活捉张占海。

常皋本想悄悄告了密，领了赏，拿着一百块大洋回家过生活，却没想到西村让他带路，心中后悔不迭，跺着脚对马六说道：“六子，你说四舅做的是啥事呀？乡亲们若知道是四舅告的密，四舅还能在四美庄住下去吗？你也认识张占海，你带他们去不行吗？”马六说道：“四舅呀，西村太君的命令，谁敢违抗？有道是要想吃油糕，就别怕沾油手。您既想得那白花花的一百大洋，又想做得神不知，鬼不觉，世上有那样的好事吗？”

常皋无奈，只好带着汤冠群和一队皇协军向医院小跑而去。快到医院门口时，汤冠群下令包围医院，一个陌生人都不能放过。常皋眼尖，指着一个刚从医院出来，毡帽压住眉毛，站在门口左右张望的中年人向汤冠群道：“汤团长，那个就是张占海。”汤冠群立刻朝那人指道：“抓住他。”

皇协军一窝蜂地向张占海扑过去，常皋得意地嘿嘿一笑，捂着装钱的褡裢跑回了四美庄。

张占海进隆盛庄，是给游击队政委巴山买药的。

汤冠群押送运粮车队被游击队打了伏击，西村气急败坏，命令汤冠群配合鬼子的援兵对游击队进行扫荡，消灭游击队，找回粮食。汤冠群一心将功折罪，带着鬼子接连奔袭了几个游击队经常活动的村庄，终于在一个小山村发现了游击队的踪迹。此时，游击队已发展到近二百人，将截获的粮食一部分支援了八路军丰凉支队，一部分救济了周边村庄的穷苦百姓。

蓝虎头自从投奔武斯楞，身上的坏毛病改了不少。周通与一众徒弟反出隆盛庄，回老家双台山落脚，打听到蓝虎头也在双台山一带活动，便想与蓝虎头合兵一处，成立独立队与鬼子周旋。蓝虎头当过国民军，看不起周通，便拒绝了，直到巴山拜山请他，他才答应。

巴山何等人？如何能轻易说服蓝虎头？原来，巴山不是别人，正是张禄的二外甥，武敖明的二儿子巴图。

巴图的性格像他叔叔武斯楞，豪爽仗义，疾恶如仇。军阀混战末期，巴图见群雄四起，便想学叔叔投军从戎，做一番轰轰烈烈的事业。恰巧德王府到乌拉哈招兵，巴图说服阿爸、阿妈当了兵，在军队里结识了一个叫纪松龄的人。纪松龄是距隆盛庄不远的察哈尔左翼正红旗人氏，与巴图算是同乡，两人很快便成为推心置腹的好友。纪松龄参加过冯玉祥的国民军，曾为武斯楞部下，蓝虎头给武斯楞当警卫连长时，纪松龄是营长。后来，经李大钊、赵世炎的引导，纪松龄投身革命，打入绥东四旗剿匪司令达密凌苏隆部任参谋长。纪松龄听说巴图是武斯楞的侄儿，又见巴图的为人与武斯楞颇有相似之处，很快便与其结成好友，说服巴图转投达密凌苏隆部，提拔巴图为连长，并发展他为共产党员。红格尔图战役时，纪松龄带领蒙古骑兵配合晋绥军作战，巴图在战斗中负伤，回乌拉哈休养了半年。卢沟桥事变前夕，巴图伤愈，想办法找到纪松龄，纪松龄介绍他到晋北八路军一二〇师工作。日寇占领绥东后，上级考虑到绥东既无我军主力，也没有国民党军队活动，便派巴图潜回绥东，发展抗日力量。

巴图为了不牵连父母及亲戚，便化名巴山，回到绥中。正巧周通被汤冠群所逼，带一众徒弟反出隆盛庄，在老家双台山一带招兵买马，成立独立队。巴山与周通取得联系，经上级批准，成立双台山抗日游击队，由周通任队长，巴山任政委。巴山得知蓝虎头也在双台山一带活动，便亲自拜山，邀蓝虎头与周通合兵一处。巴山是武斯楞的侄儿，蓝虎头敬仰武斯楞，自然听从巴山的劝说。

游击队被鬼子发现，巴山带领游击队往双台山方向撤退。但是，鬼子的马好，很快便追了上来，游击队只好就地阻击。战斗中，巴山中弹受伤。蓝虎头见鬼子穷追不舍，让周通保护巴山往山里撤，他留下阻击鬼子。周通与蓝虎头争，要自己留下来担任阻击。蓝虎头生气地说："队长，你别婆婆妈妈的了。论打铁，你比我强；论打仗，你不如我。实话对你说，若不是巴政委是我老上司武旅长的侄儿，我会和你个打铁的合兵一处？"周通知道蓝虎头说的是实话，点头道："虎头，你说的是，打仗我的确不如你。等打完这一仗，我和政委说说，队长你来当，我给你当副手。"蓝虎头呵呵一笑说："算了吧，当正当副都是打鬼子，自从武旅长被董怀堂下了黑手，我便对做官心灰意冷了。不过，今天这一仗挺悬的，我蓝虎头这一百多斤若是交代了，你周队长可要记着替我报仇呀！"张占海见周通与蓝虎头争个不停，说道："周队长、蓝队副，你们别争了。你们都撤，我留下担任阻击。"蓝虎头甩手朝逼上来的鬼子打两枪，翘起嘴角说："你？快算了吧，我平生最敬佩的，便是你哥小状元。你哥让汤冠丰害了，你们张家总得留个后吧？不然，我到了阴曹地府，咋向你哥交代？好了，别啰唆了，你们快保护巴政委撤退。"

游击队兵分两路，一路由周通带领，保护巴山向双台山方向撤去；一路由蓝虎头带领，阻击鬼子和皇协军。蓝虎头打得十分顽强，硬是把鬼子顶了近半个时辰，估计周通一路走远了，这才下令撤退。清点一下人马，四十几个战士只剩下了十几人。跨上马跑出不到三五里地，鬼子的一阵弹雨追上来，蓝虎头中弹牺牲，几个战士负伤被俘，只有五名战士奋力摆脱了鬼子的追兵。

游击队伤亡过半，蓝虎头牺牲，巴山痛心疾首，后悔自己没有带好这支抗日武装。周通派人进隆盛庄为巴山买药，张占海仗着自己熟悉镇里的情况，主动请缨。本来，鬼子对西药控制很严，但因为鬼子和皇协军受了伤也要到张祯的医院救治，所以，医院还是有这类药品的。只是唐大夫不好说话，说西药太金贵，得来不易，须得院长张祯签字才能卖。张占海只好去找张祯。

张祯和生意人打交道少，也不喜欢逛街，只觉得张占海面熟，却记不起他是谁。张占海急着用药，便顾不得许多，对张祯说他叫张占海，是周通派来给游击队买药的。张祯愣了一下，二话没说，亲自带张占海取了药。没想到，就耽搁了这么一会儿时间，张占海便被他姨父常皋出卖了。

张占海看见汤冠群一边喊着他的名字，一边指挥皇协军向他包抄过来，抽出掖在后腰的短枪，打倒冲在最前面的一个皇协军，拔腿便往巷子里跑。但是，此番不像上次刺杀汤冠丰了，皇协军在隆盛庄驻扎数年，对每条街、每条巷的熟悉程度不亚于他。张占海连着穿过几条小巷，仍然无法摆脱皇协军的追赶。

张占海正慌不择路地跑着，忽听有人喊道："那不是占海吗？你这是咋了？"张占海顺着声音一看，喊他的是马麦，再定睛一看，旁边是回族的清真寺。原来，他慌不择路地跑到了小北街。张占海答应一声："马麦哥，鬼子在后面追我呢。"正要继续往前跑，马麦跑过来，一把揪住他的袖子说："占海，你这样哪能跑出去，快随我来。"张占海顾不得细想，便被马麦拉进了清真寺。

这天正是回族做礼拜的日子，清真寺的大殿一片念诵经文的声音。马麦藏好张占海，反身想到外面看看情况，刚走到大门口，汤冠群已带着十几个皇协军闯过来了。

马麦张开双臂，挡住汤冠群道："汤团长，你这是做甚？这可是我们回族的清真寺呀！"汤冠群一把拨开马麦说："马麦，你让开，我奉西村指导官之命抓捕张占海。"马麦与张占魁是结拜兄弟，怎能让张占魁的弟弟落入鬼子手中，仍挡在门口道："汤团长，你抓谁我管不着。清真寺是我们回族的圣地，你带着兵闯进来，便是亵渎真主呀！"汤冠群抓人心切，推马麦一把喝道："啥真主不真主的，我抓张占海，和真主有什么关系？马麦，你让开，不然，当心连你一道抓了。"马麦依然挡着门不让，说道："汤团长，你也算隆盛庄的老人了，回族的风俗你不会不知道吧？今天是我们回族做礼拜的日子，外族人不得入内。"汤冠群知道回族团结、心齐，还真不知道回族都有什么样的风俗。他冷笑一声道："啥风俗不风俗的，不就是不吃猪肉吗？马麦，我可告诉你，张占海是西村指导官悬赏捉拿的抗日要犯，你窝藏他，那就是同罪。"马麦生气了，瞪起眼睛吼道："汤团长，无论如何，你今天不能踏进清真寺半步。有啥话咱们外面说。"马麦这一声吼，把做礼拜的回民惊动了，上百回民涌出来，朝着汤冠群举起拳头，齐声吼道："滚出去，滚出去，外族人不许进入清真寺。"

汤冠群知道回民不好惹，朝身后的士兵摆一下手，对马麦说："好，咱们外面说话。马麦，我可是告诉过你，张占海是你藏起来的，今天不交出张占海，拿你顶罪。”汤冠群退后了几步，马麦迈过门槛跟出来。汤冠群正要再让马麦交人，西村带着丰镇增援的鬼子来了，问汤冠群抓住张占海没有。汤冠群指着清真寺说张占海被马麦藏进清真寺了。马麦挺着脖颈，说他压根儿就没见过张占海。马六在旁边说道：“马麦，你说谎都不带眨眼睛的？我亲眼看见你拽着张占海把他拉进了清真寺，还说没见过？”马麦还想争辩，西村朝汤冠群挥一下手：“汤团长，把他抓起来。”汤冠群立刻命令士兵道：“来呀，给我将马麦绑了。”

几个士兵一拥而上，抖开绳子将马麦五花大绑起来。上百回民从清真寺涌出来，义愤填膺地喊道：“你们凭啥抓人？快把马麦放了，不然，今天和你们拼了。”若是放在之前，西村或许会被这群情激昂的场面吓一跳，但今日不同，因为他不但有一个连的皇协军，还有一个小队的皇军做后盾。西村冷笑一声，“唰”地抽出洋刀，朝那上百回民一指：“机枪准备！”鬼子和皇协军的枪口立刻指向黑压压的人群。马麦知道西村杀人不眨眼，连忙朝族人喊道：“你们别管我，赶快散了，都回家去。”上百回民也被鬼子的气势吓住了，都放下了拳头，女人们则拉着孩子往远处躲去。马麦的老婆和儿子马玉龙吼叫着要往前扑，被几个回民拽住扯回了人群。西村见回民被震慑住了，命令马六道：“马署长，你去喊话，告诉张占海，给他一分钟时间，如果他不主动走出来，皇军便一把火烧了清真寺。”马六听命，跑到清真寺门口向里面喊话。西村又命令汤冠群准备火把。回民见鬼子要火烧清真寺，都倒吸了一口冷气，攥紧拳头紧张地朝清真寺的大门盯着。时间一秒一秒地过去，突然，马六手里的驳壳枪指着清真寺的大门，紧张地往后退了几步。跟着，张占海出现了，站在门口朗声大笑道：“西村、汤冠群，你张爷爷来了。”汤冠群命令道：“快，把张占海绑了。”

马麦和回民见清真寺保住了，都长长地吁了口气。

这时，张寿祥带着几个警察赶到，问西村要不要把张占海带到警察署审讯。汤冠群瞥张寿祥一眼，哼着鼻子说：“游击队已经被皇军打垮了，还审啥呀？”西村把洋刀插回鞘中，表情冷酷地说道：“把张占海和马麦押到西河湾就地处决。在城门口和马桥街贴出告示，谁敢反抗皇军，这就是下场。”

第六十一章

张占海宁死不跪

隆盛庄再次响起瘆人的锣声。

这几年，西村在西河湾杀的人多了，人们也都习以为常，看杀人场面的越来越少。可今天不同，因为西村要杀的是小状元张占魁的弟弟张占海、回族首领马占元的儿子马麦，人们都纷纷赶来，尤其小北街的回民，年轻力壮的男人几乎全都来了，有的身上还暗自揣了尖刀。

张禄本不想来，一是不想看那血腥的杀人场面，二是西村今天要杀的是张占海和马麦。马占元和他爹及梁宝元共同创建了上三元，两家关系甚好。马麦辞官从代县返回隆盛庄后，便成了回民的主心骨。张占海则是小状元张占魁的弟弟，张禄原本对他印象不深，可自从张占海杀了汤冠丰，参加了周通的游击队，张禄便对他有了敬仰之心。他不愿亲眼看到马麦和张占海被鬼子残忍地杀害。

但是，张禄不来不行，因为西村让汤冠群亲自到家里请他了。汤冠群说："张会长，西村指导官说了，今天杀的是抗日要犯，让张会长务必到西河湾观摩行刑。"张禄心说：观摩？杀中国人还要中国人观摩？西村分明就是要用血淋淋的人头震慑隆盛庄的人心，震慑自己呀！他本想找个借口推托，汤冠群却又补充了一句："西村指导官还说了，要等张会长到场后才开始行刑。我是把西村指导官的命令传到了，张会长去不去，你自己掂量着办。"说完便走了。

张禄知道，西村既然是命令，他就不得不去。他没想过救张占海和马麦，因为他知道，就算舍弃了自己的性命，也救不下二人。他只是埋怨张占海，游击队待得好好的，你进隆盛庄干什么，丢了自己的性命，还牵扯了马麦。真是的！

张禄正心乱如麻地走着，突然从路旁棺材铺的屋檐下跌跌撞撞跑过来一个衣衫褴褛、面黄肌瘦的叫花子，拽住张禄的袖子乞求道："张会长，张会长，您行行好吧。"张禄停住脚细一端详，那叫花子竟是杨清。杨清被西村抄了家，几十年费尽心机攒下的家业一夜之间化为乌有。因为他抠门，几个媳妇都挑唆儿子不与他来往，他便流落街头成了叫花子。街坊邻居痛恨他当镇长时为虎作伥，鱼肉乡里，没人可怜他，连讨一碗莜面糊糊都难。想到杨清因为一念之差，沦落到今天这可怜可悲的下场，张禄叹息一声，摸出两张骆驼票正要塞给他，从棺材铺里出来一个人，说道："玉奎哥，有道是可怜之人，必有可恨之处。杨清落得今天的下场是他的报应，您可怜他做甚？"说话的人是棺材铺掌柜邓云。邓云是邓国柱的小儿子，打小和他爹学了木匠，他爷爷邓和死后，把长寿店留给了他爹，他爹死后，长寿店又传到了他手里。这些年生意不景气，邓云便把字号的招牌摘了，既做棺材，也揽木匠活儿。他与梁龙是姑舅兄弟，岁数比梁龙小，为了和张禄套近乎，便称呼玉奎哥了。

张禄知道，论亲戚，杨清与梁龙的关系和与邓云的关系一样。他皱一下眉头说："邓掌柜，好像你叫杨清姨哥呢吧？亲戚门上，总要有些情分呀！"说罢，将两张骆驼票塞进杨清手里。杨清抱拳连连作揖，怨恨地瞪一眼邓云，拖着打狗棍走了。邓云尴尬地笑笑说："还是玉奎哥大人大量。可玉奎哥不知道，他给日本人当镇长时，对我这个姨弟还不如个两旁外人。若论情分，他几个儿子不该收留他，让他拎着打狗棍满大街地丢人？"张禄要往西河湾赶，没工夫和邓云家长里短地拉呱，正要走，心念一动，问邓云店里有没有现成的棺材。邓云愣了一下，说现成的棺材倒是有，问张禄要棺材干什么。张禄满脸哀伤地说："哦，给张占海准备的。你给我挑一口最好的。"邓云叹息一声说："好，好，既然是给张占海准备的，我一定挑最好的。"又小心地问，"玉奎哥，不是还有回民马麦吗？"张禄知道邓云的意思，说道："回民有他们的安葬方式，不用咱管。你把棺材直接送到西河湾吧。"

西河湾已经是人头攒动了，梁龙、张福、张祯等都在人群里。鬼子和皇协军荷枪实弹，两挺歪把子机枪和两挺捷克式机枪都已架好，枪口朝着黑压压的人群。西村见张禄来了，皮笑肉不笑道："张会长可是姗姗来迟呀！"张禄不冷不热地答道："人老了，腿脚慢。如果不是西村指导官下了死命令，我还真不想来了。每次看完西村指导官杀人，回家几天都吃不下饭呀！"西村冷笑一声道："是吗？张会长，那是因为皇军杀人太少。以后多多杀人，多多请张会长观摩，见得多了，张会长便习惯了。”张禄叹息一声，用讥讽的口气道：“唉！中国人实在是太多了，像西村指导官这样杀，得杀到啥时候才能杀完呀？”西村脸色变了，铁青着脸对汤冠群道：“汤团长，准备行刑！”

前田现在已经不背三八大盖了，西村报请丰镇宪兵司令部，提拔他当了少尉，他肩上也挎上了王八盒子，腰间挂了洋刀，站在西村身旁，摩拳擦掌。杀段祖贤的时候，前田是第一次杀人，手抖腿颤，现在，他已经练出杀人的胆量，把杀人当作一种乐趣了。只要西村一声令下，他便会毫不犹豫地举起洋刀，就算杀女人和孩子也不会眨一下眼睛。但是，今天轮不到前田杀人了，汤冠群恶狠狠地看着被五花大绑的张占海，向西村请求道：“指导官，张占海杀了我哥，我想借用指导官的战刀，亲手斩下张占海的脑袋，替我哥报仇。请指导官满足我这个心愿。”西村没有犹豫，抽出洋刀递给汤冠群，冷酷地笑道：“好啊！汤团长，我成全你，也见识一下你的刀法，看你能不能一刀斩下张占海的人头。”汤冠群接过洋刀谦虚道：“我可没有指导官刀法精湛，只有试试看了。”

汤冠群拎着洋刀走到张占海面前，面目狰狞道：“张占海，你没想到会有今天吧？”张占海面无惧色，哈哈大笑道：“汤冠群，我杀了你哥那狗汉奸，替我哥报了仇，已经够本了。你也记着，总有一天，游击队也会砍下你的脑袋，到时候可要学着你张爷爷，千万别眨眼睛，别求饶，别尿裤子。哈哈哈！”汤冠群冷笑着说：“张占海，死到临头了，就让你说几句硬朗话吧。”说罢，双手举起洋刀，朝两个皇协军努一下嘴：“把他摁倒，让他跪下。本团长要露一手给西村指导官看看。”两个皇协军上来，将张占海摁倒。可是，张占海又挣扎着站起来，朗声道：“汤冠群，你张爷爷是跪着死的主儿吗？来，就站着砍吧！”

皇协军连着将张占海摁倒几次，张占海都挣扎着站起来，将汤冠群骂个不停。汤冠群气得脸色苍白，拔出枪，朝张占海的膝盖便是两枪，咬牙切齿道：“张占海，看你还能给老子站起来？你站，你站呀！”张占海站不起来了，却往地上一躺，依然哈哈笑道：“汤冠群，张爷爷就算躺在地上死，也不会跪着死。”汤冠群气得嘴唇哆嗦，叫道：“好硬的骨头呀！张占海，老子今天还非得让你跪着死不可。”狞笑着朝两个皇协军喊道：“把他架起来。”

两个皇协军将张占海架起来，汤冠群被张占海宁死不跪的威武征服了，心胆俱寒，连着砍了三刀，才将张占海的头颅砍下来。向西村走去的时候，他的双腿像是灌了铅一般沉重。

马麦本就是条铁骨铮铮的汉子，见张占海死得豪气干云，也把脊梁挺得直直的，双腿微微岔开，犹如磐石一般稳当。

西村朝人群扫视一番，突然对张寿祥道：“张署长，马麦由你亲自执行。”张寿祥愣住了，张禄也愣住了，人们都愣住了，没人想到西村会来这一手。西村见张寿祥没听见似的一动不动，厉声喝道：“张署长，没听到我的命令吗？马麦由你亲自执行。”张寿祥长长地吐一口气，平静地答道：“西村指导官，我不杀隆盛庄人。”西村脸色一变，再次厉声喝道：“张寿祥，你是警察署长，胆敢不执行皇军的命令？”张寿祥仍旧平静地说：“西村指导官，我说过了，我不杀隆盛庄人。”西村拔出王八盒子，枪口对准张禄，哼着鼻子道：“张寿祥，你不杀马麦，我便杀你爹。你选择吧。”不待张寿祥说话，马麦喊道：“寿祥，你朝叔动手吧，叔不怪怨你，隆盛庄的回民也不会怪怨你。鬼子要叔死，叔死在谁手里都是死，还不如死在你手里安心呢。”张福、张祯和梁龙见状，都握紧了拳头，心提到了嗓子眼。

张禄见西村凶相毕露，豁出去了，往前走一步，胸口顶在西村的枪口上冷笑着说道：“西村指导官，你们日本人真是笑里藏刀呀！嘴里口口声声日中亲善，杀人的时候却连眼睛都不眨一下。”说罢，朝人群大声喊道：“邓掌柜呢？邓掌柜来了吗？”邓云已经在人群里了，高声应道：“玉奎哥，我来了。”张禄朗声道：“我定的棺材呢？拉来了没有？”邓云应道：“玉奎哥，拉来了。”张禄脸色冷峻道：“给哥把棺材拉过来，哥一会儿就要用了。”棺材放在牛板车上，牛板车就停在不远处。车倌双腿抖颤着把牛板车赶过来，鞭子往棺材盖上一扔，脸色苍白地扭头便跑。张禄上前拍拍棺材，满意地点头说：“嗯，真是一口好棺材。”又转向西村，拍着胸脯说道，“西村，我知道你早晚放不过我，但没想到这一天来得如此之快。其实，人生百年，早走晚走都是一个样，开枪吧！让隆盛庄人看看你们日本人的真实嘴脸。”

西村心中诧异不已，却故作镇定，不理睬张禄，眼睛盯着张寿祥问道：“张署长，看见了吧，你爹能掐会算，已经把棺材给自己准备好了。现在该你做决定了，你是要马麦死，还是要你爹躺进这口棺材？”马麦急得直跺脚，催促道：“寿祥，你不是三岁的娃娃了，连这个理都不懂吗？你打死叔，死的是叔一个人，你不动手，除了叔的性命，还得搭上你爹呀！拔出你的枪，对准了叔的胸口。”张寿祥没有说话，脸色惨白地一边向马麦缓缓走去，一边缓缓掏出枪来。这时，上百回民突然跪倒一片，齐声哀求道：“西村太君，你不能杀马麦呀！我们回族没有得罪过你们日本人，你们咋能滥杀无辜呢？”西村把顶在张禄胸前的王八盒子收回来，阴森森地举起一只手，鬼子的机枪立刻对准了回民。

西村注视着张寿祥，见张寿祥走到马麦面前，给马麦鞠个躬，然后举起枪，缓缓闭上了眼睛。西村脸上露出一丝得意的微笑，突然朝张寿祥喊道："张署长，命令取消。"

人们再次愣住了，不知道西村葫芦里卖的什么药。

张寿祥收回枪，西村拍拍张寿祥的肩笑道："张署长，你做得很好。作为军人，必须懂得服从命令。"张寿祥见西村是在考验他，松了一口气，立正道："是！"西村又转向张禄，笑眯眯地说："张会长，你受惊了。你对皇军忠心耿耿，皇军怎么会杀你呢？皇军不过是和你开个玩笑罢了，张会长可不要记在心上啊！"张禄吁一口气，朝西村双拳一抱，冷冷地说道："西村指导官，你这个玩笑开得太大了，张某实在经受不起。对不起，张某先行告辞了。"西村却说："张会长，不要生气嘛！马麦不是共产党，不是八路军，不是游击队，不是抗日分子，我为什么要杀他呢？"

张禄恍然大悟，西村是把马麦绑来陪杀场的。

汤冠群惊讶地问："指导官，您不是要将马麦与张占海一并处决吗？"西村神秘地一笑："汤团长，刚才你没看出来吗？马麦是隆盛庄回民的主心骨，杀了马麦，隆盛庄的回民怕是要一心与皇军为敌了。所以，我只是吓唬吓唬他，让他知道大日本皇军的厉害。"汤冠群恍然大悟："哦，明白了，用我们中国人的话说，这叫陪杀场。"

谁知此时马麦突然憋足力气飞起一脚，朝马六的裤裆用力踢去。马六猝不及防，手里的猪头肉飞了出去，双手捂住裤裆，连蹦带跳地号叫起来。马麦双目眦裂，趺趺撞撞地向西村冲过去："西村，马爷爷今天和你拼了。"西村见马麦向自己撞来，闪身躲过。马麦撞了个空，转身再次撞向西村时，前田已经拔出枪，朝着马麦便是一枪，马麦便晃晃悠悠地倒在了血泊之中。

西村本无杀马麦之心，见前田情急之下将马麦打死了，连忙观望回民的反应，准备回民一旦集体反抗，便要大开杀戒。上百回民尽管个个攥紧拳头，恨不得立刻扑上前与鬼子拼个你死我活，但也牢记着马麦的话，知道马麦是为了一族人的性命慷慨赴难的，只有咬牙切齿，把仇恨铭刻心中。

西村见回民虽然个个面带怒色，却不敢挺身向前，满意地点一下头，神情冷峻地对鬼子和皇协军下令道："所有都有，肃立，向张占海、马麦致哀！"说罢，举起王八盒子朝天"砰、砰、砰"连放三枪，带头弯腰朝张占海、马麦的遗体鞠了三个躬。所有人都被西村的举动惊呆了，就连汤冠群也懵懂地跟着西村鞠了三个躬。礼毕，西村走到张禄面前，指着牛板车上的棺材说道："张会长，我现在明白了，你这口棺材不是为自己准备的，是为张占海准备的，对吗？”张禄点头道：“西村指导官猜对了，张占海的哥张占魁是我们隆盛庄的英雄，是我们隆盛庄人的骄傲，我不能让英雄的兄弟暴尸荒野。”众人都听出，张禄的心思没有全说出来，他还想说张占海为兄报仇，刺杀了汉奸汤冠丰。西村表情肃穆地问张禄道：“张会长，你知道我为什么要向张占海和马麦鞠躬致敬吗？不是因为他们是游击队员，是抗日分子，是因为他们是男人，是英雄，是因为他们临死都没有放弃自己的尊严！他们的精神，是值得大日本皇军尊敬和表示敬意的。好了，张会长，这里就交给你善后吧。”

张禄从来没相信过西村的话，但是，这次他相信了。他没有回答西村，望一眼张占海和马麦血泊中的遗体，默默地闭上了眼睛。

西村狞笑一声，朝汤冠群下令道：“撤！”

此后没几天，丰镇来的日军援兵被调回了丰镇。

自从张占海和马麦在西河湾被西村杀害，张禄愈发意识到了西村的残忍与狠毒，知道说不准哪一天，因为一件什么小事，西村真的会向自己举起屠刀。

张禄经常收到包头的来信，宝凤在信里说包头虽然也被鬼子占领了，但包头城大，人多，不像隆盛庄，发生芝麻大的事儿，全镇的人便都知道了。所以，从整体环境看，包头还是比隆盛庄要好些。另外，她也想张禄和两位姐姐了，希望他们能到包头去，哪怕住个一年半载再回来。

艾叶和舒兰见张禄整日深居简出，忧心忡忡，脸上没有一丝笑意，便劝他想开些。说宝凤已经在包头站住了脚，每次来信都盼着他们尽快到包头去，也好一家团圆，要不干脆听宝凤的，举家迁往包头吧。张禄苦笑着说：“你们呀，真是妇道人家。就算这些家业不要了，那几千亩地能带走吗？就算地也不要了，西村会放我离开隆盛庄吗？”

说话的工夫，学校放假了，张禄安排张骏祥带着玉屏尽快到北平去。张骏祥迟疑地说：“爹，马上就进腊月了，要么等二哥成了亲我们再走？”艾叶也说：“是呀，我看也不在乎这么几天。寿祥娶媳妇是大事，按说该把远近亲戚都请来喝喜酒的，可咱这一大家子四分五散，裕祥一家在美国回不来，宝凤和顺祥带着一群小的在包头，也回不来。若是骏祥和玉屏再走了，光留下咱三个老东西，有啥意思呀？”张禄坚定地说：“不行，过了腊月还有正月呢。别推推靠靠了，准备一下，这几天就走。”艾叶唉声叹气道：“你呀，现在越来越不近人情了。娃娃们一个一个地往出推，哪还像个亲爹？”舒兰也帮着艾叶说：“老爷，姐姐说的是，要么让骏祥两口子开了春再走，哪怕寿祥头天娶了媳妇，他们第二天便走呢。”

张骏祥一则想喝二哥的喜酒，二则也想亲眼看见聂子瑶找到了归宿，哀求道：“爹，您看大妈和二妈都说了，您就松个口，二哥头天成亲，我和玉屏第二天走成不？”张禄叹息一声道：“你们呀，咋都不明白我的心思呢？我不是要赶骏祥走，也不是不近人情。现在的隆盛庄，不是之前的隆盛庄了，就算办喜事，也不能大操大办，不能张扬。有些祸端就是张扬惹出来的。”艾叶说：“那咱不张扬不行吗？难道只多了骏祥两口子，就叫张扬了？”张禄又是一声叹息：“你们这是非要逼着我把话说个明白呀？好，那我就说个明白吧。你们想想，杨老师为啥要把瑶瑶许配给寿祥？为啥急着要寿祥赶快娶瑶瑶过门？是因为汤冠群看上了瑶瑶，而杨老师又不愿意瑶瑶嫁给汤冠群。汤冠群是个啥东西咱们都知道，寿祥现在虽然给日本人当警察署长，但在西村那边，远没有汤冠群得势。汤冠群若是贼心不死，万一在寿祥娶瑶瑶的时候使出啥毒招咋办？咱几个都老了，命不值钱。骏祥还年轻，年轻人火气大，一旦出个啥意外，可就连后悔都来不及了。所以，我才让骏祥两口子在寿祥成亲之前走的。”艾叶听得头皮发麻，对张骏祥说：“骏祥，你爹说得有理，就听你爹的，拾掇拾掇，尽早走吧。”张骏祥却说：“既然爹担忧汤冠群找二哥的麻烦，我就更不能走了。哪有五尺高的汉子，不顾爹妈兄长的安危，独自逃生的？”张禄皱起眉头说：“骏祥，爹担心的是万一，也许啥事都不会发生呢。好了，爹让你走，你就走，这个家现在还是爹做主。”张骏祥还想再说什么，张禄一拍桌子，厉声道：“咋，翅膀长硬了，敢不听爹的话了？明天和亲戚朋友道个别，后天上路。”

张骏祥带玉屏去北平那天，张寿祥亲自赶着轿车把他们送到了丰镇。路上，张骏祥再三叮嘱二哥一定要照顾好爹妈。张寿祥说：“骏祥，你放心吧！爹妈交给二哥了，只要二哥活着，谁也别想动爹妈一根汗毛。”张骏祥又提醒张寿祥提防汤冠群的暗算。张寿祥应一声，惭愧地说道：“骏祥，咱家大哥有学问，到美国留了学，顺祥在包头做生意，现在你又要去北平深造，只二哥我背了个汉奸的名声，惹爹生了气，给张家丢了脸，实在是惭愧。”张骏祥安慰张寿祥道：“二哥，你别自责，我知道，你给鬼子当署长不是真心的。等我在北平立住了脚，你劝爹把家业处置了，把地卖了，带着爹妈到北平吧，隆盛庄不是咱待的地方了，咱离它远远的。”张寿祥模棱两可地说：“走一步看一步吧。如果爹妈想走，我会想办法把他们送出去的。”

张骏祥奇怪地望着张寿祥道：“二哥，你还留恋着隆盛庄？是舍不得那个警察署长的位子，真心想做汉奸？还是有啥说不出来的难言之隐？二哥，我这就要走了，你能对兄弟说句真心话吗？”张寿祥好像是怕轿车里的玉屏听见，压低了声音道：“骏祥，有些事你还是不知道为好。二哥只对你说一句，二哥是中国人，二哥所做的一切，是为了早日把鬼子赶出中国，赶出隆盛庄。你放心地去，二哥不会给张家的门楣抹黑。”张骏祥先是一怔，然后便咧嘴笑了：“二哥，你不会和周通姨父的游击队是一路的吧？”张寿祥没有丝毫惊讶，乐呵呵地一笑：“骏祥呀，别瞎猜了，二哥不是说了吗，有些事你还是不知道为好。等你该知道的时候，你会知道的。”顿了顿又说，“还有件事二哥要告诉你，咱大哥现在已经不在美国了。”张骏祥奇怪道：“大哥好久没给家里来过信了，你是咋知道的？”张寿祥笑着拍拍张骏祥的肩，说道：“等你去了北平，见到大嫂的爹就知道了。大哥和大嫂是去年从美国回来的，大哥现在在重庆国民党的兵工厂当工程师呢，国民党和鬼子打仗的武器，很多都是大哥造出来的，你说他能给家里写信吗？如果让鬼子知道了，别说爹妈，咱一家的性命怕是一个也保不住。”张骏祥听得目瞪口呆，抓住张寿祥的手说：“二哥，真的呀？那我到北平做甚？要不我到重庆找大哥去，帮着大哥造武器打鬼子。”张寿祥摇摇头说：“大哥造武器的知识是从美国学回来的，你连枪都没摸过几次，还能给大哥帮上忙？你呀，就听爹的话，乖乖地在北平学知识吧。等你肚子里有了知识，学了本事，有你报效国家的那一天。”张骏祥却说：“我才不管啥报效国家，我只想学了本事回来，把鬼子赶出咱隆盛庄。”

兄弟俩一路说着话，不知不觉到了丰镇。张寿祥把张骏祥夫妇送到火车站，临别的时候，张骏祥终于忍不住，抱紧张寿祥的手说：“二哥，我喝不上你的喜酒了，聂老师人不错，你可要待她好些呀。”不待张寿祥说话，玉屏已经把话接了过去：“你就别操二哥的心了。北平的洋气女人多，到了北平后，你可不能见异思迁，嫌我土气呀！”张骏祥嘻嘻笑道：“我咋能不替二哥操心呢，若不是我那天多了句嘴，移花接木，二哥能娶上人家聂老师吗？”张寿祥在张骏祥的肩上拍一巴掌道：“咋，莫非还要二哥谢你不成？”张骏祥咧嘴笑道：“那是当然。”

第六十二章

聂敬隆盛庄寻女

张骏祥猜得没错，张寿祥的确和游击队是一路人，并且是巴山和周通的上级。

张寿祥随梁念祖参加晋军没多久，便秘密加入了中国共产党。之后，上级通过关系，将他安插到大同警察局担任警长。卢沟桥事变后，日本关东军组建察哈尔派遣兵团，在德王、李守信、王英的伪蒙军配合下，分南北两路对平绥铁路东段的南口、张家口进行夹击，南口、张家口沦陷。继而，日军击破晋绥军第六十一军防守的天镇、阳高防线，轻取大同，攻陷丰镇、集宁、归绥。上级考虑到绥东地区既无国民党军队抵抗，也无我军主力活动，便派张寿祥潜回绥东，成立中共地下党组织，以隆盛庄为中心，建立绥东情报枢纽。

张寿祥回到隆盛庄后不久，周通被汤冠群逼反，带着一众徒弟逃出隆盛庄，拉起独立队。巴图化名巴山，说服蓝虎头与周通合兵一处，成立双台山抗日游击队后，立刻与张寿祥接通了关系。张寿祥筹措了一笔钱交给巴山，巴山便用这笔钱从民间购买散落的武器武装游击队。之后，西村要在隆盛庄成立警察署，考虑到张寿祥曾在大同警察局当过警长，便请张寿祥担任警察署长，将商务会的商团改编为警队。张寿祥不敢错过这个难得的机会，答应了西村，并发展唐疤子的儿子唐永年和学校的王老师加入地下党，建立地下交通站。

张寿祥担任警察署长后，工作进展顺利。加之唐永年的军事训练和暗中串联，一支六十多人的警察队伍已经牢牢掌握在张寿祥手中，除了武器不及皇协军，一支枪只有两发子弹外，已经具备了一定的战斗力，随时都可以拉出去成为一支抗日武装。王老师的工作也很巧妙，利用老师的特殊身份，可以通过四美庄到隆盛庄读书的学生，及时地把各种情报传递到游击队设在四美庄的情报点。那次西村往丰镇运粮，张寿祥得到消息时，学生已经放学回家，只有派王老师亲自到四美庄传递情报。唐永年设法调开汤冠群临时派来的皇协军，偷偷打开城门放王老师出了镇。所以，巴山才及时得到情报，在永善庄一带打了鬼子运粮车队的伏击，夺回了粮食。

送走张骏祥两口子，张禄又舒了口气。他心里盘算着，大儿子裕祥成了亲，老婆娃娃都在美国；三儿子顺祥在包头成了亲，早已有娃娃了；小儿子骏祥也成了亲，两口子到了北平；其余几个小的，由宝凤带到了包头，现在身边只剩下二儿子寿祥了，进了腊月，给寿祥娶过瑶瑶，如果寿祥夫妇能到北平或者包头去，他便一点儿后顾之忧都没有了，就算西村有心杀他，也祸及不到他的儿女后代了。

聂子瑶的性格像她妈。普通人家的闺女许配出去后，只要没过门，就算在街上遇见未来的夫婿，也不敢主动搭话。聂子瑶不同，隔个十天八天，总要找借口到警察署看看张寿祥，要么给他送双鞋垫，要么给他送一大碗饺子，偶尔还约他黄昏到西河湾走走。在她心中，张骏祥的影子已经开始淡漠，从和张寿祥的接触和谈话中，她发现张寿祥是个胸怀大志、心系天下的男人，也是个成熟的、可以依靠的男人。

张寿祥与他爹的关系已经弥合，经常回家看看爹妈，但对自己是共产党员的秘密守口如瓶，从不吐露半点儿。既然两家定下腊月迎娶，张禄便吩咐艾叶张罗着缝制新衣服、新被褥。张寿祥却回来告知，说他和聂子瑶商量过了，腊月迎娶太过匆忙，想把婚期推迟到明年腊月。张禄一听便火了，问张寿祥是不是聂子瑶的主意。张寿祥说不是。张禄不相信，以为杨曼见汤冠群不再纠缠聂子瑶了，想故伎重演，生气地说："不行，定好的日子不能变卦。你今年腊月把瑶瑶娶了，明年夏天离开隆盛庄，或到北平找骏祥，或到包头找你小妈，去哪里任你选。"张寿祥肩负重任，怎能听他爹的话，编了许多理由，都说服不了他爹，哀求说："爹，我知道您的心思，您既不想我当汉奸，又怕西村哪天突然翻脸对我不利。可您想过吗？我哥和顺祥、骏祥都不在您身边，我能丢下您和我妈、二妈逃命去吗？再说了，我就算想走，西村肯放我走吗？当然，我要真想走，也会有办法，可我要是走了，西村迁怒于爹妈和杨老师咋办？迁怒于二叔、三叔和婶婶们咋办？我们走了，隆盛庄留下的不仅有爹妈，还有张家一族许多老辈儿呢。"

张禄说不过张寿祥，也不坚持让他尽快离开隆盛庄了，但还是要求他腊月把聂子瑶娶了。张寿祥又找托词，说先看看形势吧，如果形势没有变化，明年腊月一定把聂子瑶娶了。张禄发怒了，拍着八仙桌吼道：“张家的子孙里，哪个像你一样敢和老辈儿戗着的？你给老子说实话，你是不是看不上瑶瑶？如果看不上，当初为啥要答应人家杨老师？看形势？形势有狗屁的看头！你是想等西村再封你个大官还是咋地？”张寿祥苦笑着说：“爹，您尽往哪想呢？我给鬼子当警察署长也是迫不得已。我当署长以来，帮着鬼子助纣为虐过吗？仗势欺人过吗？鱼肉过咱隆盛庄人吗？我想看看形势，是想看看鬼子啥时候能被打败，啥时候能被打出隆盛庄。”张禄惊异地望着张寿祥，怀疑地问：“寿祥，听你的话音，你不是真心想伺候鬼子？”张寿祥微笑道：“爹，我是中国人，咋能真心伺候鬼子呢？就像您，名义上给鬼子当商务会长，可做的事情不都是为隆盛庄人着想的吗？”张禄若有所思，点点头，叹息一声说：“寿祥，你既然这样说，爹也就安心些了。依爹看，你还是今年把瑶瑶娶了吧，形势是明摆着的，咱中国和日本的这场战争，没有一丝一毫的胜算。”张寿祥见他爹悲观抗日战争的前景，奇怪地问道：“爹，您真这么看？”张禄瞥张寿祥一眼说：“难道不是吗？以爹的眼光看，中国和日本的这场战争，其实更像是中国人和中国人的战争。啥蒙古军、皇协军、靖安军，汉奸比鬼子还多，不是中国人和中国人打吗？这场战争也是一场心战，怕鬼子的飞机坦克，怕鬼子的大炮机枪，怕鬼子的洋刀刺刀，怕鬼子烧杀抢掠，还没和鬼子交手，心先败了，心败了，还敢打仗吗？打仗能胜吗？你算计着保命，他算计着升官发财，你算计着保存实力，他算计着认贼作父，除了不敢算计鬼子，心眼儿都用在算计自己人身上了，你说说，这战争咋个打法儿？打下去有胜算吗？没有胜算的仗，你还看它做甚？咱是百姓，娶妻生子是咱的事，别的轮不到咱操心。”

张寿祥本想给他爹讲讲全国的抗战形势，讲讲国民党和八路军，讲讲梁念祖正在晋南的中条山严阵以待，准备迎击进犯的日军；讲讲梁怀祖在傅作义将军的指挥下，正与鬼子在绥西浴血奋战；讲讲他哥张裕祥早已悄悄回国，在重庆国民党的兵工厂日夜不停地为国军制造枪炮子弹；讲讲让西村寝食不安的双台山抗日游击队政委巴山便是大姑的儿子巴图；讲讲自己不肯离开隆盛庄，答应给鬼子当警察署长，真实身份却是共产党的地下党负责人；讲讲隆盛庄表面上虽然一潭死水，实际却是暗流涌动，遍地英雄，警察署的警察已经成为共产党控制的一支武装力量，一旦时机成熟，立刻会向鬼子射出复仇的子弹。但是，这些他都不能说。他思考着他爹的话，觉得很受触动。以小见大，无论此刻的隆盛庄还是全国，形势的确如他爹形容的一样。

既然张寿祥不肯离开隆盛庄，张禄觉得没必要非逼着张寿祥和聂子瑶在腊月成亲了。也许张寿祥说得对，还是再看看形势的发展吧。

秋末的时候，西村的弟弟西村慎二送西村的老婆和儿子从东北来到隆盛庄。

西村的老婆也是“满洲开拓团”之后，姓田口，名叫惠子，嫁给西村后改了姓，叫西村惠子。西村只有一个儿子，今年六岁，名叫西村大地。

西村见弟弟亲自送妻儿来了，喜出望外，在庆春楼摆一桌酒，请汤冠群、张禄、张寿祥作陪，给弟弟一行接风。张禄借口身体不适，婉言谢绝。西村心里虽然不快，但张寿祥来了，并对弟弟和妻儿十分恭敬，心情渐好。西村慎二和西村惠子、西村大地虽然是日本人，但东北的日本人多，军官、贵族比比皆是，所以，在东北的日子过得也一般，除了白米饭，鸡鸭鱼肉很少见到，现在见一桌子菜肴摆上来，都是平日罕见的，有些尝都没尝过，垂涎欲滴。加之汤冠群与张寿祥不停地给他们夹菜，三个人吃得直打饱嗝。西村大地对他妈说，早知道爸爸这边生活如此好，他们早该来找爸爸了。

西村慎二在东北当老师，原准备把嫂子母子送到隆盛庄小住几日便回去。西村说战争进行到目前的态势，帝国已经在占领区强制推行日语教育政策，以“铲除狭隘之排外思想”，建立“东亚新秩序之始基”“根绝容共思想”“亲仁善邻”等为主要内容，对中国人进行“奴化教育”。现在，丰镇的高等小学、中学都已经增设了日语课程。因为没有日语老师，隆盛庄的学校还没有推行日语授课。他劝西村慎二不要回东北了，就留在隆盛庄当日语老师吧，他可以给弟弟安排个副校长的职位。西村慎二见隆盛庄生活条件好，哥哥又是说一不二的土皇帝，心里自然愿意，但又担忧自己不回东北被军部误会，对东北的亲人不利。西村说这件事弟弟不必担忧，改日他去丰镇开会时，请宪兵司令部出具一个证明就是。于是，西村慎二便留在了隆盛庄，西村宣布慎二为隆盛小学副校长。

西村慎二老师出身，有教养，心地也算善良，与张祯客气一番，提出学校增设日语课程一事。张祯知道丰镇的小学和中学早已增设日语课程，有过思想准备，暗想西村这是要让他弟弟接管学校了，不动声色道：“现在的中国，是皇军的天下，西村校长说增设日语课，那就增设好了。”西村慎二谦恭地给张祯鞠个躬说：“西村不敢，张校长是校长，西村只是协助张校长工作，一切听张校长安排。请张校长多多关照！”如果西村慎二是中国人，张祯必定对他的谦恭大为欣赏，但西村慎二是日本人，日本人正在得势之际，会对中国人谦恭吗？张祯不相信。他不卑不亢道：“西村校长过于谦虚了，皇军现在就算要我的命，我也不敢说半个不字，拿啥关照西村校长呢？”西村慎二不愠不怒，依旧一副谦恭的样子：“张校长称呼错了，我只是一个当老师的日本人，与皇军不沾任何关系。教书育人是我的职责，日语课程如何安排，我听张校长的意见。”张祯谨慎地试探道：“西村校长既然想听我的意见，我觉得学生都是中国人，应该以学习中文为主。西村校长觉得每周安排一节日语课如何？”没想到，西村慎二居然痛快地说：“可以呀！那我就按每周一节备课了。”

西村的儿子西村大地也到隆盛小学读书了，西村回家问儿子，大地便把学校每周只上一节日语课讲了。西村生气地问慎二，慎二解释说：“学生读书要循序渐进。隆盛庄的学生接触外界少，思想僵化，每天学得多了，未必能消化和理解。”西村不容置疑道：“慎二，对中国人进行奴化教育，是帝国的决策，也关系着帝国能否一劳永逸地统治中国。这个学期就这样吧，从下个学期开始，每周的日语课程不得低于中文课程。”

西村将妻儿接到隆盛庄，汤冠群极力巴结。班姥姥的大孙子班喜是个皮毛匠，家里没房没地，在离段家不远的地方租住了两间厢房。汤冠群看中了班喜勤快老实，胆小怕事，答应每年给班喜一百骆驼票，让班喜一家住进西村家的东厢房。班喜白天在张禄的皮坊做工，早晚负责打扫院子，劈柴打炭，冬天生火炉，他媳妇负责买菜做饭。日本人喜欢吃鸡，南房有一间空房，惠子便用那间房养了鸡。汤冠群每次出去扫荡，都要抢些鸡回来送给西村，养鸡的屋子从来没有空闲过。惠子脾气好，人比较和善，因为在东北时生活不好，对每天能吃到鸡非常高兴。班喜胆子小，杀了鸡拾掇好后，不敢自己往西村的伙房送，便让家里四五岁的闺女送过去。惠子心情好时，会拿一只鸡给那小闺女说：“小孩，这只鸡拿回去给你吃。”

西村在西河湾杀害张占海和马麦后，害怕游击队和回民向他讨还血债，日夜提防，紧张了一段时间。之后，见游击队和回民没有动静，增援隆盛庄的日军骑兵小队便返回丰镇了。汤冠群吃过游击队打伏击的亏，虽然丰镇的日军从王金虎团抽调了一个排补充他，游击队也活动锐减，汤冠群还是不敢大意，向西村要求从张寿祥的警察署抽调三十名训练有素的警察补充部队。张寿祥正巴不得派人打入皇协军呢，便毫不犹豫地答应了，又从各字号和附近村庄招募青壮年三十余人，补充进了警察署。

既然张寿祥与聂子瑶定了亲，汤冠群对聂子瑶也不抱希望了，征得西村同意，征用了朱奉祺家的老院子，除了嫌乡下的原配太老太丑，不好见人外，将其余三房老婆陆续接到隆盛庄。汤冠群的三房老婆一个是窑姐出身，一个跟着戏班子走南闯北，见过世面，那蒙古媳妇更是宽容大度，性格开朗。三个老婆都是见过世面、不拘小节的女人，所以，除了争些钱财外，倒也相处和睦，互相容纳，没有丝毫的争风吃醋。

那天，隆盛庄下了入冬以来的第一场大雪，气温骤降。张福早晨出门到永盛源，见离巷门不远的墙角下，大雪掩埋着一堆东西，便好奇地过去用脚踢踢，竟然是个蜷缩成一团的死人。张福吓了一跳，连忙回去取一把铁锹，将那死人翻了个个儿，认出那死人是杨清。杨清裹一件破了有十几个洞的烂皮袄，脚上的棉鞋不但前面开了洞，露出脏兮兮的大拇指，鞋底也磨塌了，脸色灰白，浮着淡淡的笑容，很是安详。张福喊来张禄和张祯，张禄端详着说："已经成硬棍儿了，想必前半夜便冻死了。"张福哼着鼻子说："人不报天报，活该。他活着的时候若积点儿德，有儿有女的，还能落个冻死鬼的下场？"张祯说："人已死了，过去的事就别提了。大哥，尸体不能就扔在这儿不管吧？是不是打发个人通知他儿女一声？"张福说："他那些儿女呀，通知了也未必肯来。"张禄说："应该来的吧？好歹是他爹，活着的时候不管，死了总得打发吧？还是找个人去告诉一声吧。"张福说："我正要到字号去，我打发个伙计告诉他儿子一声吧。"

张福去了永盛源，打发个伙计去通知杨清的儿子。一会儿工夫，伙计回来了，说杨清的儿子听说他爹冻死在四老财巷巷口，有些动容，但媳妇说杨清为日本人当过镇长，那就是汉奸，冻死是死有余辜，不值得可怜，不让管。杨清的儿子怕媳妇，说那他就不管了。正在这时，梁龙溜达到了字号，听说姨弟冻死了，说杨清好歹伺候过自己几年，他去看看吧。

自从西村在西河湾杀害了张占海和马麦，梁龙愈发担忧西村会对自己下手，怕在街上遇见西村或是汤冠群惦记起他，也学段童一样，平日深居简出，不大敢露面了，就连到张禄家，也都是天黑了才敢去。梁龙对张禄把杨清儿子儿媳的态度说了，张禄轻蔑地笑道："这哪是因为杨清给鬼子当过镇长？还是他的儿女们没得过父母的好处，故意找的托词。我现在还给鬼子当商务会长呢，将来我老了，儿女们便把我扔进山里喂了狼？"梁龙悲怆地说："哪能呢，你好歹有寿祥在身边，不会暴尸荒野。我养了三个儿子，都天南地北，连个信儿都见不着，哪天让西村拉到西河湾砍了脑袋，怕是连个收尸的都没有。"张禄笑着说："你别操那闲心，你要死在我前面，我替你收尸；你若死在我后面，我安顿寿祥替你收尸，肯定不会让你喂了狼。行了，还是说杨清吧。他儿女不管，你这当姨哥的莫非也不管？就让他的尸体在我的巷口扔着？要不我发个善心，给他买上副薄皮棺材，让寿祥打发两个警察拉出镇刨个坑埋了？"梁龙说："他儿女不怕人笑话，我这个姨哥还怕人戳脊梁骨呢。

这样吧，我去找邓云，让他雇辆牛板车拉口棺材送过来，让永盛源来两个伙计，把他装棺材里埋他爹的坟下首吧。”张禄点头说：“嗯，这还像个姨哥做的事。总归说来，还是杨清心术不正，不然，算计了一辈子，最后连口棺材都没给自己算计下。”

老天爷大概是故意收杨清的，杨清死后，天气骤然回暖，街上的雪经人踏车碾，很快便融成了泥水。

说话间，又快入春了。天气时好时坏，就像中国大地的格局，有的地方战火硝烟，血肉横飞；有的地方静默无声，暗流涌动。

那天的天气算不得好，天空晴朗，却冷风清冽。从隆盛庄的南面来了一辆轿车，车上坐着个身材中等、相貌猥琐的中年人。棉衣外面罩一件七成新的长衫，戴一顶俗称里外发烧的双面黄狸猫皮帽子，帽帘撩起来拴在后面，鼻梁上架一副圆框墨镜，显得不伦不类。把守城门的警察见是陌生人，拦住盘查。那人说他是从丰镇来的，向警察打听学校的位置。警察放轿车进了镇，轿车直接赶到学校门口，那人跳下车，给车倌付了车钱，掸掸袖子便往里走。看大门的六老汉拄着拐杖从门房里出来，问那人找谁，那人说找聂子瑶聂老师。六老汉指点了办公室，那人说声谢谢便进去了。

自从西村慎二当了副校长，张祯不想见他，平日到学校的时间少，到医院的时间多。老师们都在上课，西村慎二在教室门前随意溜达着。前些天，他哥又向他问起日语课程的事，要他催促张祯把日语课程安排得和中文课程一样多。他对张祯讲了，张祯说学生都是中国人，中国人首先要学好中国话，认好中国字，隆盛庄把西村一家和前田加起来，也不过五个日本人，日语课程安排多了也没用，学会了和谁说话？又有哪个中国人敢和日本人搭话？西村慎二觉得张祯说得有理，回去和他哥说。西村骂慎二糊涂，帝国在中国占领区的学校推行日语教育，目的不是单纯为了让中国人会说日语，而是要逐渐改良中国人，把中国人同化为大日本帝国的子民，以便永久统治中国。西村慎二不想得罪张祯，解释说突然加大日语课程，学生们一下子接受不了，不如暂且将每周一节的日语课加为两节，循序渐进，待下个学期，再根据学生的接受能力增加。西村的心思也没有全部放在学校，想了想，说这个学期就依了慎二，下个学期的日语课，必须和中文课平等。

那人等不及下课，挨着门贼眉鼠眼地往每间教室里瞅。西村慎二见了，过去问他是干什么的，找谁。那人打量打量西村慎二，见西村慎二无论穿着还是神态都不像普通人，便赔着笑脸说他是来找聂子瑶聂老师的。西村慎二说聂老师正在上课，问他找聂子瑶有什么事。不想，那人却说他是聂子瑶的爹。

那人正是聂子瑶的爹聂敬。

聂志贤活着的时候，聂敬仗着他爹的权势，搜罗了一众官宦子弟，在丰镇飞扬跋扈，恃强凌弱，混了个聂老二的名头。当年的丰镇，说聂敬没多少人知道，但提起聂老二，那是如雷贯耳，寻常百姓避之唯恐不及。聂志贤死后，清朝的天变成了民国的天，聂老二的名头也一落千丈，成了落架的凤凰。威风扫地时，自然树倒猢狲散，连街上卖麻秆儿的乡下汉子都对他不屑一顾了。他做不了好勇斗狠的地痞流氓，却做得了讹人的无赖。杨曼向他提出离婚，他不肯撒手，提出要杨家付他三百大洋的赔偿。杨曼的爹又气又笑，本欲不加理睬，无奈杨曼想早日摆脱这桩不幸的婚姻，只好找人说合，讨价还价，最后付了聂敬一百五十块大洋，聂敬才算善罢甘休。

聂敬手不能提，肩不能扛，却写得一手好字，无论行楷草隶魏，在丰镇是出了名的，当年厅署衙门的文书多出自他手。这些年来，他一直靠给人写信、写对联，给字号的牌匾题字勉强为生。他之所以对杨曼不好，一是因为杨曼才貌出众而自卑，产生扭曲心理；二是因为杨曼生了个闺女，他爹妈不待见。虽然他与杨曼离了婚，还是格外关注杨曼的状况。杨曼给李凤翔做了小，杨曼的爹妈觉得不光彩，对街坊邻居闭口不谈。但聂子瑶许配了张寿祥，杨曼的爹妈便觉得荣耀了，与熟人说起来颇为自豪，炫耀外孙女许配了隆盛庄最有钱的老财。话传到聂敬耳朵里，聂敬便打起了主意：杨曼虽然与自己离婚，但聂子瑶是他的骨肉，闺女嫁人，应该是他这个当爹的做主吧？男方既然是隆盛庄最有钱的老财，聘礼肯定少不了，自己现在生活拮据，何不到隆盛庄走一趟，凭他讹人的本事，弄几百块大洋应该不算难事，于是便找个好天气，雇一辆轿车到隆盛庄来了。

西村慎二到隆盛庄时间不久，学校的老师对他敬而远之，没有一句多余的话，所以他只知道杨曼与李凤翔是夫妻，聂子瑶是他们的女儿，其中的曲折和故事并不清楚。他听聂敬说是聂子瑶的爹，大惑不解，正待细问，下课的钟声响了。聂子瑶夹着课本从教室里出来，西村慎二向她招手叫道："聂老师，你过来一下，有人找你。"聂敬有些年没见过聂子瑶了，见聂子瑶出脱得亭亭玉立，美丽大方，比她妈当年更风姿绰约，几乎不敢相信自己的眼睛。聂子瑶看见聂敬便怔住了，小的时候，聂敬没关心疼爱过她，甚至没去姥姥家看望过她，她与聂敬早已疏远得形同陌路，定睛打量了聂敬两眼，才认出是她亲爹。

聂子瑶不知道聂敬到隆盛庄来找她干什么，脑子一片混乱，扭头便走，正好撞在杨曼怀里。杨曼皱皱眉头道："瑶瑶，你这是咋了，丢了魂似的，走路也不看道儿？”聂子瑶不敢回头，朝后努一下嘴，紧张地说：“妈，他来了。”杨曼不解，问道：“谁呀？谁来了？”聂子瑶也不叫聂敬爹，面带惊慌道：“姓聂的，聂敬。”杨曼的表情凝结了，还没等她反应过来，聂敬已经紧走几步，“瑶瑶，瑶瑶”地喊着跟了过来。杨曼的反应也够快，抓住聂子瑶的手往自己身后一拉，挡在前面脸色冷峻地喝问道：“聂敬，咱们已经离婚了，你还想做甚？”聂敬见是杨曼，停住脚皮笑肉不笑地说：“哦，杨曼呀？我不是来找你的，我是来找瑶瑶的。”杨曼怕聂敬对聂子瑶不利，护住聂子瑶问道：“找瑶瑶？你找瑶瑶做甚？”聂敬嘿嘿一笑：“杨曼，你我虽然离了婚，但瑶瑶是我的闺女呀！我来找我闺女不关你啥事吧？”

这时，老师和学生都围了上来，李凤翔挤过来，打量聂敬一眼，疑惑地问杨曼道：“杨曼，这人是谁呀？咋凶巴巴的？”聂敬接过话说：“嗳，你这人咋说话呢？我咋就凶巴巴的了？我找我闺女关你啥事了？你又是谁？”李凤翔立刻反应过来，原来，这个男人便是杨曼的前夫。杨曼没有向李凤翔提起过她的前夫便是在隆盛庄杀过人、被隆盛庄人恨之入骨的前清丰镇西衙典史聂志贤的儿子。李凤翔见聂敬相貌猥琐，自然鄙夷，轻蔑地笑着说：“不管你是谁，这里是学校，不能没有秩序。有事等一会儿放学后，咱们到外面找个地方说。”聂敬也打量一下李凤翔：“咱们？你又是谁？我的家事和你有啥干系？”西村慎二虽然没彻底明白聂敬与杨曼和聂子瑶的关系，但也听出了点儿眉目，上前说道：“李老师说得对，这是学校，不是谈家事的地方。这位先生，这样吧，你先到我办公室喝杯茶，等一会儿放学了，你们再谈家事。”聂敬虽然落魄，却也见过世面，是那种死皮赖脸、软硬不吃的“滚刀肉”。他看西村慎二虽然西装革履，衣着讲究，但也没有惧意，点头说好吧。

张祯憎恨日本人，不想与西村慎二多接触，故意把西村慎二的办公室安排在离他办公室很远。聂敬见门上挂着“副校长”的牌子，惊异地问西村慎二是副校长？西村慎二客气地自我介绍说：“在下西村慎二，请问先生大名？”聂敬听说西村是日本人，脸色骤变，畏惧之心油然而生，有心后退，西村慎二已经推开了门，做个谦让的手势道：“先生请。”聂敬慌得连连摆手，结结巴巴道：“皇军，小人、小人还是不进去了吧？”西村慎二呵呵一笑，说道：“先生不必害怕，我不是军人，我只是个教书的日本人。请吧！”聂敬见西村慎二和颜悦色，也不那么惧怕了，壮起胆子进了屋。

西村慎二的办公室不大，他喜欢中国书法，办公桌上铺着宣纸，摆着笔砚，墙角扔着不少写废的纸团。西村慎二在椅子上坐下，指指靠墙的条凳道：“先生请坐。请问先生大名？先生和杨老师、聂老师是什么关系？”聂敬不敢大意，双手抱拳，诚惶诚恐道："小人聂敬，与杨曼和聂子瑶……唉，这事咋说呢？其实，我是聂子瑶的亲爹。"西村慎二还是不够明白，让聂敬将来龙去脉详细道来。聂敬说过，西村慎二沉吟道："聂先生，你女儿虽然在我的学校当老师，但清官难断家务事，我也不好帮你。何况你女儿许配的是张寿祥，张家在隆盛庄不同寻常，张寿祥的爹是商务会长，他三叔是学校校长，张寿祥本人又是警察署长……"西村慎二话未说完，聂敬心中已经打了退堂鼓。他本想讹张家几百大洋的，现在听了张家在隆盛庄的势力，哪敢再有奢望？失望地摇头说道："既然我闺女许配了如此有钱有势的人家，我还有啥说的。只是自己的亲生闺女，嫁人却由不得亲爹做主，这成啥世道了。算了，不说了，小人不敢叨扰校长大人，告退！告退！"西村慎二不知是可怜聂敬还是想主持公道，站起来说道："聂先生虽然已经与杨老师离婚，但聂老师毕竟是聂先生的亲生女儿。聂先生车马劳顿，专程从丰镇赶到隆盛庄看望女儿，聂老师就算记恨父亲，但也得讲些人情世故，与亲生父亲说上几句话吧？这样吧，聂先生先坐，我去把聂老师喊来。"西村慎二的一番话，说得聂敬心里暖烘烘的，觉得眼前这个日本人非但不可怕，还有些可亲，连忙抱拳感激地说道："多谢西村校长！多谢校长大人！"

杨曼与李凤翔、聂子瑶不知道聂敬来隆盛庄的意图，正在校长办公室与张祯商讨如何应对。张祯亲眼见过聂志贤枯井填人，气愤地说道："那聂敬的狗胆儿还真够大的，他不知道他爹在隆盛庄杀过人，隆盛庄人将他爹恨之入骨吗？杨老师，我请你到隆盛庄教书，因为怕人们对你有成见，从未对人提起过你和聂敬的关系。现在你们已经没有任何瓜葛了，你别怕，他若敢对你起歪心，隆盛庄人能把他吃了。"杨曼说："我倒是不怕他，我只是担心他这次来，打的是瑶瑶的主意。"聂子瑶也担心地说："妈，他别是要把我带回丰镇吧？我可不跟他回去，那个滚刀肉，啥事都能做得出来。"张祯说："瑶瑶，你更不用怕。你现在是张家的人了，他若敢对你不利，张家自会替你出头。"李凤翔却担忧地说："校长三叔，他、他别是来找我麻烦的吧？"杨曼虽然深爱着李凤翔，却也鄙夷李凤翔胆小怕事，没一点儿男子汉的气概，瞥他一眼说："你就别添乱了，啥时候能活得像个拿得起放得下的大男人？"李凤翔也是要脸面的，脸一红，说道："既然没我啥事，我就不跟着掺和了。"李凤翔刚出去，西村慎二来了，责备聂子瑶明知道亲生父亲大老远地来看她，她却躲着父亲，是不是有些绝情。

西村慎二到隆盛庄有一年多时间了，起初，张祯对他保持着高度戒备，后来，觉得西村慎二态度谦恭，待人彬彬有礼，尤其对他格外敬重，与他哥西村初判若两人，便渐渐改变了态度，却也不敢大意，始终与他保持着一定的距离。他不知道聂敬对西村慎二都说了什么，便先探西村慎二的口气。西村慎二说聂敬只说他到隆盛庄是看女儿的，其他话他没有多问。张祯放心了些，缓缓地将杨曼的家庭变故与聂子瑶对聂敬的态度讲了，刻意补充了聂敬的父亲清朝时是丰镇西衙典史，曾在隆盛庄枯井填人；聂敬是丰镇出了名的泼皮无赖，人称“聂老二”；最后说聂敬此番到隆盛庄找聂子瑶，必定没安什么好心，聂子瑶也不愿意见他。西村慎二听罢，点头沉吟道：“原来是这么回事呀！既然聂老师不想见他，那我让他走好了。”

西村慎二回到办公室时，聂敬已经走了，在桌子的信笺上留下一段话，意思是他已经估计到聂子瑶不愿意见他，他的家务事就不敢烦劳校长大人了，谢谢校长大人对他关照与关心。西村慎二对聂敬留言的内容没有在意，却对聂敬的字惊讶不已，因为那简短的两行蝇头小楷，是他所认识的中国人中字写得最好的。

张祯听说聂敬不告而别，只当聂敬畏惧张家在隆盛庄的势力，知难而退，放学回家路过张禄的院子，进去对大哥说了。张禄第一次听说聂子瑶的亲爹是聂志贤的儿子聂敬，当时便蹙起了眉头，埋怨说：“宝奎，这么大的事，你咋不提前和哥打个招呼呢？早知道瑶瑶是聂志贤的孙女，就算她让汤冠群毁了，张家也不能娶个仇人的后人回来。”张祯说：“大哥，你这是世俗偏见。杨老师已经和聂敬离了婚，瑶瑶随了杨老师，和聂家一点儿关系都没有了。”自从张祯中举以来，张禄第一次向举人弟弟瞪起了眼睛：“宝奎，你说的这叫啥话？啥叫一点儿关系都没有了？瑶瑶姓啥？咋还姓聂呢？”张祯憋红了脸，向张禄认错道：“大哥，这事儿是我大意了。我之所以没向大哥讲明瑶瑶是聂志贤的孙女，开始时，是怕咱隆盛庄人知道杨老师是聂志贤的儿媳妇后对杨老师有偏见，那样，杨老师还能留在隆盛庄教书吗？后来，杨老师走投无路，亲自登门提亲，当时火烧眉毛，我一时心急，把这事儿给忘了，待醒悟过来，咱已经答应人家杨老师了。大哥说，泼出去的水能往回收吗？何况，我看瑶瑶与咱寿祥郎才女貌，是一段好姻缘，所以也就将错就错了。谁承想，那聂敬像帖狗皮膏药，厚着脸皮又贴上来了。”张禄听张祯认了错，也不好继续指责，叹口气道：“宝奎呀！大哥景仰了你半辈子，没想到你竟然做了这么一件粑粑事。你说，聂志贤那儿子跑到隆盛庄做甚来了？他若是想往丰镇带闺女，就让他带走吧，咱正好顺水推舟。”张祯说：“我也不知道他来隆盛庄是啥目的，不过，他大概从西村慎二那里听说了咱家在隆盛庄的威望与家境，知难而退，不告而辞了。我看咱……”

张祯话音未落，张福、花子和秀珍急匆匆地来了，张福说聂敬到秀珍家寻事，躺在炕头上耍赖，说杨曼没经他同意便把他闺女卖了，要杨曼把聂子瑶交出来，随他回丰镇嫁人去。杨曼抵挡不了聂敬的胡搅蛮缠，打发秀珍来找他，看大爷有什么主意没有。张祯听了，急得直搓手："那聂敬还真是块儿滚刀肉，如此难缠。大哥，你说这该咋办呢？"张禄鼻子哼一声，不紧不慢地说："能咋办？人家说的有理呀！杨老师不与人家闺女的亲爹商量，便把闺女许配了人家，人家亲爹当然得理不饶人。依我看，咱当初答应杨老师，不过是火烧眉毛的权宜之计，现在主家来领人了，那就让人家把人领走得了。"张福听得眉头一皱，说道："大哥，我知道你对杨老师临时抱佛脚心里不是十分满意，可咱毕竟和人家定了亲，瑶瑶现在就是咱张家的人了，你这做老公公的，能这么说话吗？就不怕隆盛庄人笑话？"艾叶一直对聂子瑶十分满意，听张福指责张禄，这才敢插言道："是呀，他二叔说得对，若不是寿祥一推再推，咱去年腊月已经把瑶瑶娶过门了……"张禄瞪艾叶一眼说："那寿祥为啥一推再推呢？你肯定寿祥真心想娶聂老师吗？你肯定寿祥不是情急之中才答应这门婚事的？别忘了，杨老师是先把闺女许配给龙龙家的怀祖的。"众人这才明白，张禄之所以态度冷淡，除了心里的坎儿一直没迈过去，也怀疑张寿祥是不是真的喜欢聂子瑶。花子却不管那么多，因为聂敬现在正躺在她闺女的炕上耍赖呢。她拉张福一把，对张禄说："大哥，你家的家事我们管不了，但我不能让那个赖皮躺在我闺女的炕上不走。福奎，走，咱去秀珍家，不就一个赖皮吗，看我两铁锹不把他的脑袋劈开。"说罢，拽着张福和秀珍走了。张禄知道花子脾气暴，说得出便做得出，长叹一声，对张祯说："宝奎，咱也去看看吧。你二嫂那脾气咱都知道，聂敬若是赖着不走，她还真啥事都能做得出来。"艾叶说她也一道去看看吧，张禄说："你去做甚？狗日的一个泼皮无赖，还值得咱兴师动众？也太高看他了。"想了想又说："你还是去趟警察署吧，问问寿祥心里到底是咋想的，如果他不愿意娶聂老师，我们就把聂敬轰出去，人家的闺女，爱往哪儿领由人家。"艾叶问："那寿祥若是说他要娶瑶瑶呢？"张禄哼哼鼻子说："那我就对那个聂敬不客气了，他老子在隆盛庄没少杀人，隆盛庄人可都还记着呢。我让寿祥一绳子把那狗日的捆了，扔出南门去。"

张禄和张祯到了秀珍家，李凤翔正在院子的窗台下蹲着，见张禄与张祯来了，连忙站起来叫一声"大爷、三叔"。张禄看不起李凤翔没有一点儿男人的脊梁骨，没有搭理他，推门进屋，花子果然拄着一把铁锹，靠着门框朝聂敬怒目而视；张福坐在太师椅的上首，张寿祥坐在下首，杨曼跨炕沿坐在后炕，秀珍则正给他爹倒茶。聂敬也不敢继续躺在炕头了，在灶头坐着拉风匣的小板凳，低头抽着烟一声不吭。原来，聂子瑶见她爹到隆盛庄来找她，怕他爹把他带回丰镇，急忙去找张寿祥商量。

张寿祥早已从聂子瑶嘴里知道聂子瑶的爷爷是聂志贤了，让聂子瑶别怕，也别露面，他去秀珍家会会聂敬。

张寿祥将聂敬一顿呵斥，说他爹聂志贤在隆盛庄往枯井里填了十几个人，这些人可都是有兄弟姐妹和后辈儿孙的，若是知道聂志贤的儿子来了隆盛庄，怕是能把他的皮扒了。聂敬见张寿祥穿着警察服装，肩上挎着驳壳枪，加之听闻过隆盛庄人的厉害，自然不敢托大，连忙从炕头跳到地上软了下来。

聂敬见张家的人一个个气势汹汹地鱼贯而入，朝他怒目而视，心里不由得发怵，心说这一趟隆盛庄怕是白来了。张寿祥见他爹来了，连忙站起来将太师椅让给他爹，自己站在他爹身旁。张禄坐下，也不说话，眼睛盯着聂敬看了好一阵儿。那聂敬也算见过世面，心里虽然发怵，脸上却是不动声色，一副死猪不怕开水烫的样子。张禄声音冷峻地问道："你是聂志贤的儿子，瑶瑶的爹？"聂敬瞟张禄一眼，答应道："是的，本人聂敬。你又是谁？"张禄已经猜出张寿祥是真的想娶聂子瑶了，鼻子轻轻一哼："我叫张禄，是张寿祥的爹。这屋里的人你都认识吗？"聂敬朝张福、张祯、花子看看，摇头说："有认识的，有不认识的。"张禄说："既然你是聂子瑶的爹，我先给你介绍一下吧。"说罢，将张福、张祯、花子介绍了。聂敬毕竟在清朝的官府待过，连忙站起来抱拳向众人打了招呼，然后向张禄抱拳道："想必您就是瑶瑶未来的公公了吧？难怪亲家能当商务会长呢，果然气度不凡。聂敬这里有礼了。"张禄挥手止住，声音冰冷道："不必了，别亲家、亲家的。你说吧，到我侄女家耍泼放赖是啥意思？"聂敬尴尬地嘿嘿一笑，说道："亲家言过了，聂敬不敢贸然造访亲家，只好使出这么个下三烂的法子，就是想和亲家见上一面。"又向秀珍抱拳道，"大侄女，叔刚才的所作所为多有得罪，不好意思了。"秀珍瞥聂敬一眼，没有理他。张福插言道："寡话少说，你不是说想见我哥吗？现在我哥来了，有话说吧。"聂敬眼珠子转了转，嘿嘿一笑，问道："张会长，我想问一句，杨曼是把我家瑶瑶许配给您儿子了吗？"张禄沉住气回了一句："是又怎样？"聂敬又是嘿嘿一笑："我再问张会长一句，您下聘礼了吗？"坐在后炕的杨曼接过话来，冷漠地说道："下了，聘礼我收了，我准备拿那聘礼替瑶瑶置办嫁妆呢。"说罢，"哦"了一声，恍然大悟道，"我明白了，你到隆盛庄来，是冲着瑶瑶的聘礼来的。"聂敬呵呵一笑，点头说道："杨曼，到底一个枕头上睡过，我的心思你咋就摸得那么准呢？你说咱两个人的闺女，聘礼你一个人拿了，这事儿有点儿说不过去吧？张会长，您说呢？"张禄明白聂敬的来意了，心中的怒气转成了蔑视，他不想和聂敬继续啰唆了，轻蔑地说："看来你是缺钱花了？我张家娶得起媳妇，便出得起聘礼，就算讨吃子路过我家门口，我也会施舍他几碗米的。你好歹是瑶瑶的亲爹，说个数吧。”杨曼已经收过张家的聘礼了，不好意思让张家再出一份，跳下地插嘴道：“聂敬，你别恬不知耻了。我刚才说了，瑶瑶的聘礼我收了，你要多少和我张嘴。”张禄当初给杨曼下聘礼的时候，因为心中有坎儿，也没给多少钱，现在把话说明了，心中的坎儿也就抹平了，朝杨曼挥挥手道：“杨老师，这事听我的吧。张家好歹也算隆盛庄第一大户，不差多出几个聘礼。”说罢，转向聂敬问道：“你想好了吗？”聂敬来的时候便拿好主意了，干笑了两声，伸出两根手指说：“张会长，凭我闺女的学识和相貌，您觉得这个数如何？”张禄见二百大洋便能打发了这个赖皮，也不讨价还价，点头应道：“好，那就说定了。我折成骆驼票给你。”聂敬见目的达到了，不敢继续在秀珍家待下去，便把自己住的旅店告诉张禄，张禄说明天让人把骆驼票给他送过去。聂敬向众人抱拳告辞，众人没有一个理睬他的，尴尬地走到门口，想起了什么，又转身向张禄道：“张会长，我爹在隆盛庄杀过人，我替我爹向隆盛庄人赔罪了。我爹也死在了隆盛庄人手里，咱们算是扯平了吧？希望张会长主持公道，劝说隆盛庄人不要寻仇，不要难为瑶瑶。”众人依然没有一个搭理他的。

第二天，张禄打发人把骆驼票给聂敬送去，本以为聂敬拿了钱便会返回丰镇，不承想，聂敬非但没走，还被西村委任为隆盛庄镇镇长。隆盛庄人惊出一身冷汗，聂志贤是在隆盛庄被梁念祖打死的，聂敬会不会助纣为虐，帮着日本人残害隆盛庄人，为他爹报仇呢？

第六十三章

聂老二鸡犬升天

西村之所以委任聂敬为镇长，与西村慎二和汤冠群有关。

那日，聂敬到学校找聂子瑶，被西村慎二带到办公室，西村慎二得知聂敬是聂子瑶的亲生父亲，便去喊聂子瑶与聂敬相见。聂敬见西村慎二去了多时，猜想肯定是聂子瑶不愿见他，见办公桌上放着笔砚，便给西村慎二留下一纸便笺，不辞而别。西村喜欢中国书法，尤其楷书，端正圆润，中规中矩，闲来无事时，他常在办公桌上铺开宣纸，练上几笔。他见到聂敬的留笺，颇为震惊，觉得聂敬的字简直就是神来之笔，也奇怪中国人常说“字如其人”，那聂敬相貌龌龊，怎能写出如此漂亮的蝇头小楷，真让人难以置信。

西村慎二住在他哥院子的西耳房，吃晚饭的时候，西村又向慎二问起学校增加日语课程的事。慎二说在他的要求下，张祯已经安排每周三节日语课了，只是学生不喜欢，上课时交头接耳，心不在焉，学了快两年，只会一些日常用语。西村问是不是张祯给学生灌输了抗日思想，学生才不肯认真学习的。慎二说张祯为人正直，做事光明磊落，应该不会在背后教唆学生；何况医院那边经常有事，张祯就算到了学校，除了巡视一圈，给老师开会外，平时都在办公室里，极少和学生接触。西村想了想，叮嘱慎二多多观察张祯的言行举止，如有异样，立刻向他报告。慎二记起聂敬的字，顺口提起聂敬，讲了聂敬的来历，夸聂敬写得一手好字，可惜聂敬是丰镇人，如果是隆盛庄人，自己必定拜他为师。

西村到隆盛庄有些年头了，通过汤冠群介绍，对隆盛庄的历史和隆盛庄曾经发生过的故事知道不少，当然也知道中国闹辛亥革命的时候，清朝军队在隆盛庄枯井填人的事，还曾钦佩中国人杀人的花样多。他知道慎二对中国书法着迷，便说既然他欣赏聂敬的书法，不妨留聂敬在隆盛庄多住几天，指点一二。慎二大喜，说他不知道聂敬回丰镇了没有，如若没有，那就挽留聂敬在隆盛庄住些日子，请他指点一番。

第二天到学校，西村慎二问杨曼见过聂敬没有，聂敬找她麻烦了没有。杨曼如释重负地说多谢西村校长关心，事情已经解决了，聂敬保证他拿了钱立刻回丰镇，以后绝不再骚扰聂子瑶了。西村慎二问聂敬昨晚住哪里了，杨曼说不知道。西村慎二听说聂敬没走，自己也不好四处打听，便去找汤冠群。汤冠群不敢怠慢，派皇协军查找，最终在一家小店找到了聂敬。

聂敬刚拿了张禄让人送来的骆驼票，正准备到马桥街雇一辆轿车回丰镇，听皇协军说汤团长找他有事，暗叫一声不好，自己不认识什么汤团长，莫非张家的人找了那汤团长报复自己，便竭力推托。皇协军不知道汤冠群找聂敬有什么事，对他不客气，威胁说他若不乖乖地跟着走，便要将他绑了。聂敬心惊肉跳地跟着皇协军到了合盛店汤冠群的办公室，汤冠群见他吓得面色苍白，连忙请他坐下，递过一支烟，亲自为他点着火，又安抚了一番。聂敬听说西村校长要挽留他，向他讨教书法，方才长长地舒了一口气。闲聊了几句，汤冠群要合盛店掌柜陈春给聂敬开个房间，并说西村校长晚上要在庆春楼宴请他。聂敬听得晕晕乎乎，再三向汤冠群道谢。

汤冠群走后，聂敬头枕双手躺在炕上，眼睛望着屋顶不停地胡思乱想，他没料到，本想到隆盛庄弄几个钱花，谁知道歪打正着，竟然攀上了日本人。又一想，隆盛庄名声在外，是出土匪、棒手的地方，他爹在隆盛庄杀过人，必定树下了不少仇家，此番留在隆盛庄，须得小心行事，千万莫让仇家打了闷棍。

晚上，西村慎二在庆春楼摆了一桌酒，请汤冠群与张寿祥作陪，给聂敬敬了酒，算是拜了师。张寿祥虽然要做聂敬的女婿了，但对聂敬没有一点儿恭敬，自从进了庆春楼便没主动和他说过一句话，勉强陪着喝了三杯，便推说有事，起身告辞了。西村慎二知道张家对聂敬没有好感，也不勉强。

聂敬从小喜欢写字，天赋异禀，仅靠临帖便无师自通。他与西村慎二说起书法，头头是道，让西村慎二景仰不已，连连敬酒。聂敬喝多了，话也多了，把自己的忧虑对西村慎二讲了。汤冠群听说聂敬是聂志贤的儿子，顿时觉得格外亲近，把他哥汤冠丰与聂志贤的关系讲了。聂敬听说汤冠群的哥便是当初要接任他爹西衙典史的人，并且曾经和他爹一道在隆盛庄杀过人，惊异之下，也觉得十分亲近。汤冠群让聂敬不必多虑，既然聂敬是他哥旧日同僚的儿子，他定当尽心竭力保护聂敬的安全，让聂敬安心地教西村校长写字，并且向聂敬透露，梁龙的儿子梁念祖便是取了他爹聂志贤性命的人。

聂敬在隆盛庄住下，每天晚上到西村慎二屋里教他练字。西村初过来看，也觉得聂敬的字的确好看，说他的办公室四壁空荡，让聂敬写两幅字挂在墙上。聂敬问西村写什么字，西村说写一幅“中日亲善”，一幅“武运长久”吧。聂敬遵命写了，西村甚为喜欢，让人拿到丰镇裱好挂在墙上。

聂敬在隆盛庄住了十余日，向西村慎二告辞，说书法一道，不是一蹴而就的，需要天长日久，细心揣摩，他回去后，一定给西村校长捎几本名家字帖过来。西村慎二从聂敬那里学到了不少书法的要领与精髓，十分感谢，拿出一沓骆驼票说是酬谢，聂敬谦让一番便高兴地收下了。他没见过西村初杀人时的凶残，见西村初经常到西村慎二屋里看他写字，对他和颜悦色，便问西村慎二说自己要走了，是不是去和西村指导官打个招呼。西村慎二说好啊，便带聂敬去了西村那屋。不承想，西村听聂敬说要回丰镇，问聂敬能不能在隆盛庄长住下来。聂敬怔了一怔，抱拳说不必了，谦虚地说自己对书法也仅是略通皮毛，能指点西村校长的地方都已经尽力了。西村出乎意料地说道：“聂先生，我挽留你，不是让你继续指导我弟弟书法，而是想请你担任镇长一职，与皇军共同将隆盛庄治理为中日亲善的模范之镇。”

西村怎么会想到让聂敬担任镇长呢？

屈指算来，西村到隆盛庄已经五个年头了。五年时间里，西村成熟了许多，从在西河湾杀了张占海和马麦后，他便再没杀过人。他认真地反思过，自皇军在卢沟桥向中国军队展开大规模进攻以来，大半个中国已经在大日本帝国的掌控之中。战争就是残杀、掠夺、侵略，在战争区域，皇军无论杀多少中国人都无可厚非，因为中国人要抵抗，皇军不消灭抵抗者，抵抗者就要消灭皇军。如果皇军所到之处，都像隆盛庄一样城门大开，清水洒街，门头挂了太阳旗，桌子上摆上月饼，皇军就没必要大开杀戒了。当初到隆盛庄，他忧心忡忡，怀疑自己能不能在汤冠群的协助下，以一人之力统治隆盛庄，因为汤冠群曾向他介绍说隆盛庄风水硬，民风剽悍，自古以来便是匪盗出没之地。现在看来，隆盛庄人也不过如此，对他的杀戮敢怒而不敢言，对他的统治服服帖帖。当然，他也知道这是表象，自己是侵略者，世上任何一个民族都不会从骨子里臣服于侵略者的。隆盛庄是一座表面平静、内部涌动的火山，这座火山一旦爆发，便会在一瞬间吞没他，所以，他要改变策略。隆盛庄以外，是抗日游击队的游击区，他要想办法控制游击队的活动，寻找时机将其彻底消灭。不过，游击队太狡猾了，隐蔽于乡村，混杂于百姓，声东击西，神出鬼没，以自己手中的兵力，要想将其彻底消灭，绝无可能。丰镇日军宪兵司令部给他的任务是利用隆盛庄商贸重镇的自然优势，为作战部队筹集粮食与物资，相机消灭周边地区的抗日武装。现在看来，要想顺利地完成任务很难。尤其八路军在华北发动百团大战之后，巴山与周通领导的双台山抗日游击队迅速壮大，继续派汤冠群出镇扫荡，也许是把一块肥肉送进游击队的嘴里。而隆盛庄内，商贸萧条，罕见外地客商来往，商家与百姓温饱不足，自顾不暇，如何为皇军筹措更多的粮食和战略物资？所以，他要在隆盛庄实行“怀柔政策”，化解中国人对日本人的仇视，而少杀人或不杀人，则是收买和笼络人心的手段之一。

那日，西村与汤冠群聊起聂敬，说慎二对聂敬的书法十分欣赏，聂敬在隆盛庄有仇人，要汤冠群一定要保护聂敬的安全。因为聂敬的爹聂志贤当过丰镇西衙典史，聂敬也曾混迹官场，加之汤冠丰与聂志贤一道在隆盛庄杀过人，汤冠群觉得聂敬格外亲近，闲来无事时，请聂敬喝过两次酒，谈谈当下的局势，谈谈隆盛庄的兴衰。聂敬毕竟见多识广，说起来头头是道。汤冠群很是佩服，向西村夸奖聂敬说：“指导官，那聂敬不但字写得好，还有些头脑呢。我和他喝过两次酒，到底在丰镇的官衙做过事，与隆盛庄土财主的见地的确不同。”西村鄙夷聂敬相貌龌龊，不屑道：“以聂敬的相貌，能有何见地？”汤冠群却说：“指导官，我们中国人有句话，叫‘人不可貌相，海水不可斗量’。聂敬从小出入官场，有道是学不会也看会了。我曾向他提起过，说隆盛庄现在有钱的老财没多少了，皇军征收粮草的任务很难完成。他说隆盛庄现在商贸萧条，人们赚不到钱，自然就拿不出钱，如果皇军能够扶持商贸发展，商人有了钱，皇军的那点儿任务算个啥呀？”西村狡黠地一笑，问汤冠群说：“汤团长，看来，你对聂敬十分欣赏啊？”汤冠群脸红了一下，说道：“指导官，我与聂敬非亲非故，谈不上欣赏。我只是突发奇想，如果聂敬能够效忠皇军，一定会协助指导官把隆盛庄建设成中日亲善的模范之镇。”西村身子往前直了直，问道：“汤团长，那你说给聂敬个什么职务好呢？”汤冠群不用细想，张口说道：“隆盛庄不是缺个镇长吗？指导官看挽留他当镇长如何？”西村皱了下眉头，说道：“镇长？他干得了吗？隆盛庄的百姓服他吗？会听他的吗？”汤冠群得意地说：“指导官，精妙处正在于此。指导官想想，给皇军征收粮草物资是商务会的事，张禄虽然受人敬重，但毕竟是土生土长的本地人，有些事他磨不开脸呀！聂敬是外地人，又和隆盛庄人有世仇，他若想收拾隆盛庄人，肯定会铁面无私。更何况，隆盛庄现在除了皇军外，都是张禄父子说了算，皇军重用聂敬，等于在张禄身边钉了个楔子，两人互相监督，互相制约，指导官可以省好多的心呀！”西村眼睛亮了一下，又摇头道：“可是，张寿祥与聂子瑶定了亲，张禄与聂敬便是亲家了。他们两个若是合起伙来糊弄皇军，皇军该怎么办？”汤冠群呵呵笑道：“指导官多虑了，他们不是一路人，合不起伙的。您不看张寿祥的态度，他把聂敬当岳父了吗？”西村满意地点头道：“汤团长，你这个主意很好，就按你说的办吧。”

聂敬虽然泼皮无赖，脑子还是有的，他不想把命留在隆盛庄，推托说容他想想，第二天给西村指导官个回话。第二天一早，聂敬雇一辆轿车，想偷偷溜回丰镇。可是，聂敬没有料到，汤冠群已经等在城门口了，把轿车拦下，嘿嘿地笑着问他：“这大清早的，聂先生是要去哪里呀？”聂敬尴尬地答道：“汤团长，我想到镇子外面随便转转。”汤冠群指着他肩上的褡裢笑道：“出去随便转转，也得把一堆骆驼票带在身上？”聂敬支支吾吾答不上来。汤冠群遗憾道：“聂先生，西村指导官请你担任镇长，你却不识抬举，要不辞而别，你这做的叫啥事情呀？”聂敬见汤冠群明白了自己的意图，苦着脸说：“汤团长，不是我不识抬举。您也知道，我爹在隆盛庄杀过人，树下了仇家，我若是留在隆盛庄，说不定哪天便挨了闷棍。您说我敢留下吗？”汤冠群哼着鼻子道：“有皇军替你做主，哪个吃了豹子胆的敢打你的闷棍？再说了，指导官要你担任镇长，你不干行吗？指导官说了，你如果拒绝皇军的要求，那你这辈子就别想出隆盛庄的城门了，就算你逃回丰镇，皇军照样从丰镇把你抓回来。到时候，怕是镇长当不成，还要掉脑袋了。何况，即便皇军不杀你，你回丰镇拿什么生活？还不是流落街头，以卖字为生？依我看，聂先生还是留在隆盛庄伺候皇军吧！聂先生放心，就凭我哥和你爹的交情，咱也算故人了，我一定会好好照顾你的。”聂敬知道，现在他想走也走不了了，不待他回答，汤冠群已经伸手将他从轿车上拽下来，冷笑道：“聂先生，走吧，指导官在办公室等着你呢。”

聂敬没办法，只好乖乖地跟着汤冠群去见西村。他看到西村冷着脸，目光阴森森的，不用西村问话，双腿便颤抖了，给西村抱拳行礼道：“指导官既然看得起聂敬，聂敬恭敬不如从命，只有留下试试了。如果无法胜任镇长一职，还请指导官多多体谅。”西村听聂敬同意留下来了，脸上才露出一丝笑意。

隆盛庄人听说杨曼的前夫是聂志贤的儿子，都惊讶不已。

张禄猜测西村任命聂敬当镇长的目的是为了制衡或监视自己，便行事谨慎，对聂敬尽量避而远之，不与其发生冲突，就算有事非得商量，也总是一句老话：“聂镇长是西村指导官面前的红人，老朽一切唯聂镇长马首是瞻。聂镇长觉得如何办好，就如何办吧。”聂敬当了镇长，自然用不着泼皮耍赖了，他害怕仇家打他的闷棍，同样行事谨慎，小心翼翼。

聂敬任镇长后，先给西村提出建议，希望西村放宽对商家字号的限制，凡是到外地进货的，都要给他们出具通行证，给予方便；凡是外地到隆盛庄经营的，绝不刁难，约束皇协军士兵买东西要给钱，不得抢掠。他说唯有恢复隆盛庄的商贸繁荣，皇军才可以俘获民心；唯有隆盛庄的商家赚了钱，皇军才可以轻取粮草物资。张禄觉得聂敬的建议虽然是为了日本人能够长久统治隆盛庄，但也给了水深火热中的隆盛庄人一个活命的机会。

西村听取聂敬的建议，对商家放宽了约束，严令皇协军不得抢掠、骚扰商铺和字号。果然，隆盛庄的商业环境逐渐好起来，有外地客商陆续来做生意了。一天，张寿祥带来两个外地人，说是他的旧友，要买一批皮绳线，只是他们暂时没有钱，想赊账。张禄的白皮坊正巧有一批积压的绳线，但张禄买卖人出身，知道和陌生人做生意赊账是大忌，说价格好商量，赊账万万不能。不承想，张寿祥竟然擅作主张，打着他的旗号，悄悄地把那批货拉走了。张禄大发雷霆，将张寿祥臭骂了一通，要张寿祥把货给他追回来。张寿祥没办法，只好悄悄告诉他，说那批货其实是三姨父周通要的，周通说他现在没钱，等有钱了一定会给他。张禄明白了，张寿祥把那批货给了游击队。他有些纳闷儿，张寿祥莫非明着给日本人当警察署长，暗地里却和游击队有来往？既然货给了游击队，那他还说什么。只是抱怨既然是周通要货，张寿祥为什么不和他明说？游击队需要的东西，别说几车绳线，就算再贵重的东西，他也不会吝啬。张寿祥也不详细解释，一笑而过。之后，张寿祥经常以他的名义从毡房和二叔张福的永盛源赊货，张禄猜测那些货多半到了游击队手里，因为但凡生意，都是钱货两清。游击队没钱，自然要赊货了。张禄暗喜张寿祥不是真心给鬼子做汉奸，便装聋作哑，由着张寿祥了。

张禄猜的不假，张寿祥从隆盛庄运出去的物资，不但供应了双台山抗日游击队，还供应了八路军丰凉支队。游击队和丰凉支队的战马缺少鞍具与绳线，许多都是用麻绳替代皮绳线的，麻绳易断，且摩擦战马的皮毛，影响骑兵的战斗力。张寿祥便借西村放宽对隆盛庄商贸限制的机会，给游击队和丰凉支队输送了一批皮绳线和战士们越冬所用的毡靴、皮帽、皮衣、皮手套、皮袖筒等。

说话之间，春回大地，庄稼开始播种，枯草开始萌芽。因为膘肥体壮的骡马都被日伪军抢走当作军马了，百姓家只有一些年老体衰的牛马用以耕种，许多没有牲畜的人家，则人拉着犁耕种。

那天，西村把聂敬和张禄叫到镇公所，说“天长节”马上要到了，要他们商量一下，看举办个什么庆祝活动，以彰显中日亲善的典范。

张禄知道日本人的“天长节”。四月二十九日是日本昭和天皇的生日，日本人把这一天恭称为“天长节”。中国人叫日本人为鬼子，天皇是鬼子的“王”，所以，中国人背地里则把这一天称为“鬼王节”。从日军进驻隆盛庄以来，每年的“鬼王节”，西村都要各家各户在门口悬挂太阳旗，以示庆祝。前不久，隆盛庄被丰镇评为中日亲善之模范乡镇，西村便想着出出风头了。

张禄也不看聂敬，表情漠然道：“隆盛庄之所以被评为皇军治下的模范之镇，聂镇长功不可没，指导官还是请聂镇长斟酌吧。”聂敬听出张禄是在挖苦他，尴尬地笑道：“会长亲家言重了，聂某在隆盛庄人生地不熟，若不是西村指导官再三挽留，聂某怎敢勉力而为？聂某还是以会长亲家马首是瞻，会长亲家画出道道，聂某照着走就是了。”西村看出两人表面谦虚，其实是互相推诿，脸一拉，说道：“聂镇长、张会长，你们不必谦让了。隆盛庄能被评为中日亲善的模范之镇，是隆盛庄的莫大荣光。隆盛庄人不是喜欢办庙会吗？你们看是不是把办庙会的时间改在‘天长节’呢？也算给天皇的寿辰献上一份祝贺。”

自从日本人打进来，六月二十四的庙会办过两次，但都是象征性的。人们既追求对自由的渴望与压抑的宣泄，又害怕由此引来莫名其妙或莫须有的杀身之祸。张禄打小便喜欢热闹，也曾担任过三官社会首，巴不得锣鼓喧天地闹闹红火，畅快地笑上几声，宣泄一下内心的积郁。可是，这不是隆盛庄人人期盼的六月二十四，这是西村要给他统治下的隆盛庄粉饰太平，是鬼子要给他们的“鬼王”过“天长节”，他怎能让鬼子如愿？

张禄心里正想着托词，聂敬说话了：“我觉得指导官这个想法很好。早就听闻隆盛庄六月二十四的庙会热闹非凡，有张飞巡街、脑阁、担阁、抬阁啥的，方圆百里，独此一家，若能亲眼见识见识，再好不过了。”说罢，眼睛朝张禄望着。张禄眼角的余光朝聂敬瞟一下，皱皱眉头道：“指导官有所不知，举办庙会，主要依靠身强体壮的年轻人。隆盛庄鼎盛的那些年，年轻人都集中在各家字号、商铺做伙计，商务会一句话，说来便都来了。如今生意不好做，大部分字号或关门或倒闭，或迁往外地，伙计们也都散了。加之此时正值春播时节，年轻人都忙着种地，怕是一时召集不到人手呀！”一直没说话的汤冠群开口了：“张会长，你这都是些啥子托词？种地重要还是给天皇陛下过‘天长节’重要？警察署的警察不都是伙计出身吗？我们皇协军里也有不少是警察补充过来的，这些人全都算上。还有，四美庄的四脚龙舞，他们如果不出，今年征粮给他们加一倍，我亲自到四美庄，把那条龙给它烧了。还有隆盛庄镇里的，家里凡是有年轻人和小孩的，全部参加活动，有抗拒的，统统抓起来饿上三天。哼！”西村听了，点头道：“嗯，汤团长的主意很好。张会长，你们不是有专门承办庙会的社团吗？通知他们，如果不组织活动，皇军便不客气了，到时候，不但抓他们的人，还要烧他们的房子。”张禄和聂敬都愣了一下，张禄知道“鬼王节”的活动推不过去了，西村和汤冠群如果动硬的，谁敢不从？西村又命令防守城门的任务暂时移交皇协军，警察署的警察全部参加活动，要汤冠群严密盘查进入隆盛庄的可疑行人，以防游击队混入滋事。

迫于西村的威胁，“鬼王节”那天，隆盛庄响起了久违的锣鼓声。开始时，人们的心情处于压抑中，那个“鬼王”指挥着他的小鬼们杀了多少中国人，人们将他恨得咬牙切齿，如何还会庆祝他的寿辰？但是，随着锣鼓声一阵比一阵紧，唢呐声一阵比一阵亮，人们被感染了，忘记了自己所处的环境；忘记了现在的隆盛庄不是隆盛庄人的隆盛庄，而是鬼子统治下的隆盛庄；忘记了这不是小黑龙诞生的阴历六月二十四，而是“鬼王”诞生的阳历四月二十九日；忘记了这不是向龙王祈雨，而是向“鬼王”祝寿。所以，锣鼓敲得很响，唢呐吹得很亮，秧歌扭得很欢，笑脸很是灿烂。所以，黑脸的张飞出来了，五彩的花车出来了，脑阁、担阁、抬阁出来了，四脚龙舞出来了。隆盛庄难得闹一次红火，男人女人出来了，老人娃娃出来了，汤冠群的赌坊、烟馆关了门，就连怀春院老鸨袁小香也带着一溜窑姐出来看热闹了。隆盛庄四门大开，马桥街人山人海。张禄没有露头，他让庆春楼的伙计往家里送了几道菜，和梁龙在家里浅斟慢饮起来。

梁龙现在深居简出，人们几乎快要忘记隆盛庄还有他这么一号曾经叱咤风云的人物了。

梁龙不是腿脚不好，也不是看破了红尘，他是不敢出来，怕有人惦记他，尤其怕西村惦记他。所以，他深居简出，恨不得除了张禄外，整个隆盛庄人都把他遗忘了。

梁龙之所以如此，是因为他得到三个儿子陆续捎来的口信儿。大儿子梁念祖前几年曾派人给他捎过口信，说他已被阎锡山晋升为师长，正率部在中条山一带布置防线，准备迎头痛击进犯之日军；之后不久，二儿子梁怀祖也托人给他捎回了口信儿，说他现在在傅作义部担任上校团长，驻扎在绥西陕坝，弟弟梁奉祖也已经从包头寻到他，现在正在他的部队当兵呢。梁龙三个儿子都在国民党军队，无论做官还是当兵，都在前线与日本鬼子浴血奋战，这要是让西村知道了，他就是抗日分子的家属，砍他的脑袋还用得着借口吗？所以，梁龙深居简出，隐匿身形，就是怕西村看见他，惦记起他。但他又在家里憋不住，便趁着人们都到街上看热闹，悄悄地溜达到张禄家，想和张禄喝上两壶。

张禄知道梁龙三个儿子的底细，所以理解梁龙的苦衷。他好久没有和梁龙喝酒了，本想弟兄俩好好地喝一顿，可两人毕竟上了岁数，加之心情不好，刚喝完一壶便上了头。梁龙抓着张禄的手，混沌的眼神里满是苍凉，说道："玉奎呀！想我梁家，在隆盛庄虽然比不过你张家有钱，可从我爹起，也没人敢小看我梁家。尤其念祖当了将军后，我梁家在隆盛庄也算是出尽了风头。可是，自打鬼子进了隆盛庄，我活得还有个人样吗？成天像只耗子一样钻在洞里，生怕狗日的西村踅摸上我，给我安个抗属的罪名，把我的脑袋砍了。"张禄"唉"一声说："龙龙，不是我说你，你呀，得意的时候太猖狂，失意的时候又太气馁。西村若是想砍你的脑袋，你躲在家里不出来就没事了？说实话，有时候我还挺羡慕你呢，你三个儿子都在前线打鬼子，那是抗日英雄。不像我，家里没出一个当兵的，倒是出了两个汉奸。你害怕看见西村，怕西村看见你惦记起你；我是怕见隆盛庄的老少爷们儿，怕人家看见我戳我的脊梁骨。唉！真是人无远虑，必有近忧，各有各的难呀！来，再喝上一杯吧，今朝有酒今朝醉，管他明天死与活。"梁龙见张禄也是满心悲凉，安慰他说："玉奎呀，你别多心，虽然你和寿祥现在给日本人当差，但我没咋听隆盛庄人对你父子说三道四的。人们都知道你的难处，倒是我，现在越来越觉得心慌了。"张禄问梁龙心慌什么，是不是西村找过他。梁龙说："西村倒是没找过我，可聂小辫的儿子在隆盛庄当镇长了，我总有点儿大祸临头的预兆。"张禄点头道："嗯，你担忧的有道理。聂志贤是死在念祖枪下的，别看那聂敬相貌龌龊，头脑却精明，我看他不是那种不记仇的人，你还是要多多提防呀！"梁龙叹口气道："提防？他若是想给他爹报仇，我防得住吗？防不胜防呀！"张禄皱着眉头想想，说道："龙龙，我觉得你与其这样提心吊胆地待在隆盛庄，还不如带着玉凤到包头躲躲呢。你现在赌坊没了，烟馆没了，永盛源有福奎照看着，老两口拔腿就能走。"梁龙却忧虑道："可是，我留在隆盛庄，孩子们捎来信我能知道，我拔腿走了，万一哪个孩子给捎来信咋办？"张禄瞥他一眼道："你真是老糊涂了，你走了有我呢，他们捎来信，我自会给你转到包头的。"梁龙还是拿不定主意，犹豫道："聂敬留在隆盛庄也有一个多月了，好像也没在意过我。这样吧，我再小心观察观察，如果有不对劲儿的地方，我立刻就走。"

如果放在那几年，老哥俩坐在一起，二两一壶的神仙醉，每人喝三壶不在话下，可现在上了岁数，两壶酒下去便舌头打弯，头脑昏沉了。街上的红火很快便散了，艾叶买回十几个刚出锅的脆皮油炸糕，每人只吃了一个便饱了。梁龙下地说要回家去，张禄见他脚步踉跄，让他睡一觉醒来再走。梁龙就在张禄的炕上躺了，一觉醒来，告辞回家。晚上，玉凤说她想到南庙看戏，问梁龙去不去。梁龙依旧不敢往人多处去，说他不去了。玉凤便熬了一锅稀粥，把昨晚蒸的馒头放在笼里热了，吃过饭，拎着小板凳去了南庙看戏。可是，戏还没看完，她突然急匆匆地跑回来，对已经钻进被窝的梁龙说叶子的丈夫朱涌出事了。

按照六月二十四古庙会的程序，上午闹完红火还要赛马，下午有骡马大会，晚上要在南庙、北庙唱大戏。可自从日本人打进来，日军四处抢掠马匹为战马，隆盛庄的马店早就倒闭得一家不剩，赛马活动自然取消了，也没人敢到后草地贩牛贩马贩骡子了，下午的骡马大会同样开不成。唯有山西的一家小戏班子闻讯赶来，晚上要在南庙唱几出小戏，讨些生活。

上午闹完红火后，汤冠群便把防守城门的职责交还给了警察署。警察署副署长马六带人接防时，悄悄给汤冠群塞了两大把大洋，说是感谢汤冠群在西村指导官面前说了好话，不然，警察署副署长这个位置无论如何都轮不上他。汤冠群也不客气，爽快地把钱收下，问马六是不是还在继续监视张寿祥，张寿祥有没有什么可疑的地方。马六投靠了日本人，西村提拔他为警察署副署长，命令他暗中监视张寿祥的一举一动。马六开始时挺上心，想着能抓住张寿祥的把柄向西村邀功，以取代张寿祥署长的位置，那样，自己就成了隆盛庄西村与汤冠群之下的第三号人物了。后来，马六的四舅常皋为了一百块大洋的赏钱，向鬼子告密，出卖了张占海，还牵连马麦也惨遭杀害。张占海被杀后不过一个月，四舅妈跑到隆盛庄来找他，说周通带着游击队到了她家，说他四舅出卖张占海，是汉奸，一刀把他四舅捅了。四舅妈骂马六六亲不认，把他四舅告密的事传了出去，给他四舅引来杀身之祸。马六辩解说，四舅告密张占海的事他没对任何人讲过，想必是四舅领着汤冠群抓捕张占海的时候，被游击队安插在隆盛庄的眼线看见了。四舅妈连哭带骂，说反正他四舅是死在他手里的，要他给他四舅出二十块大洋的棺材钱。马六无奈，只好把钱掏了。经过这件事，马六想开了，隆盛庄不光有日本人和皇协军，还有游击队的眼线或是共产党的地下党，自己奉命监视张寿祥，如果张寿祥不是共产党的地下党还好，如果是，自己出卖张寿祥，岂不是要和他四舅出卖张占海一样的下场了？他可不想走四舅的那条路，别警察署长的位子还没坐稳，便被游击队拿刀子捅了，或是被共产党的地下党打了闷棍。所以，他也不监视张寿祥了，成天在城门口转悠，敲诈来往行人些钱财，腰包也渐渐地鼓了起来。

马六听汤冠群问他有没有发现张寿祥的可疑之处，笑嘻嘻地让汤冠群放心，说他记着汤团长的吩咐呢。汤冠群提醒马六别只顾弄钱而忘了西村指导官交给他的任务。换防回来，西村说今天的庆祝活动办得很好，游击队也没有出现，没有骚扰，让聂敬记着，以后每年的“天长节”都要举办类似的庆祝活动。

聂敬担任镇长后，起先还提防仇家打他的闷棍，后来见人们非但没有动静，见了他还避而远之，心想隆盛庄人大概是见他傍上了日本人，对他有所畏惧了吧，所以，渐渐放开了胆量。汤冠群对聂敬也很尊敬，说合盛店乱糟糟的，聂敬住在那里不舒服，索性把杨清的老婆赶出去，征了杨清的院子给聂敬住。聂敬也不想和皇协军住在一起，晚上连个安稳觉都睡不成，便同意了。汤冠群又说，要不给聂敬从隆盛庄踅摸一房媳妇吧。聂敬以为西村和汤冠群想让他长久留在隆盛庄，而他的心思是还想回丰镇去，说换住处可以，媳妇就免了吧。

聂敬以为汤冠群之所以对他恭敬，是因为他爹曾和汤冠群的哥是同僚，自己又是西村慎二座上宾，所以也没觉得意外。和汤冠群一道从西村那里出来后，汤冠群亲自把他送到家门口，抱拳告辞说：“聂镇长先回家歇着，晚上我请你到庆春楼吃饭。”聂敬回到家里，喜玲已经把饭做好了，见他回来，把饭端上来，让他吃完饭把碗筷放在锅里，她下午做饭时再洗。聂敬说晚上汤团长请他在庆春楼吃饭，喜玲就不必来了。

第六十四章

打闷棍朱涌失手

喜玲是笼匠赵艾的闺女，模样不错，嫁了唐疤子的二儿子唐永福。唐永福命短，娶过喜玲的第三年得急病死了，喜玲年纪轻轻便做了寡妇，靠给人缝缝补补为生，日子过得十分艰难。聂敬上任镇长，汤冠群把杨清的老婆撵出去，征了杨清的院子给聂敬住。聂敬不会做饭，正巧喜玲住在隔壁，汤冠群见喜玲干净利索，便用骆驼票把喜玲雇了，每天负责给聂敬打扫家，做三顿饭。

聂敬吃完饭睡了一觉，醒来溜达到戏班子租住的地方，安顿了班主一番。回家一看，喜玲已经把锅里的碗筷洗了，屋子也打扫得干干净净。聂敬沏一壶茶刚喝完，汤冠群来了，说他已经在庆春楼订好了包厢，这就走吧，早吃早散，免得耽搁了聂敬看戏。聂敬在丰镇看惯了大戏，对小戏班子没兴趣，问汤冠群是不是还请了慎二校长。汤冠群说没有，就他们俩。聂敬说既然只请他一个，不好意思让汤冠群破费了。汤冠群说几个小钱，算不上破费，他顺便还有事情要对聂敬说。

到了庆春楼，掌柜富云涛点头哈腰地将二人送入包厢，吩咐伙计赶快上菜。酒过三巡，聂敬问汤冠群有什么事对他说。汤冠群便挤眉弄眼地问聂敬道："聂镇长，喜玲的饭菜做得还可口吗？"聂敬说："家常便饭，做得还算不赖，尤其那女人干净利索，真要谢谢汤团长对聂某的关照了。"汤冠群摆手说："聂镇长别客气，你是西村校长的座上客，西村指导官也对你十分器重，何况你孤身一人，我关照你是应该的。"又眯起眼睛问："聂镇长，你对那喜玲感觉如何？"聂敬有些明白汤冠群的意思了，笑着问道："咋，莫非汤团长想给我和喜玲撮合撮合？"汤冠群呵呵一笑道："聂镇长的脑子就是好使，我话还没说出来，聂镇长便先猜到了。喜玲虽然是个寡妇，但要比聂镇长小上二十多岁。咋样？聂镇长若是有意，我给你们撮合撮合？"聂敬眨巴着眼睛问："这是汤团长的意思，还是喜玲的意思？"汤冠群说："当然是我的意思，如果聂镇长愿意，这个媒人我当了。"

按理说，聂敬相貌猥琐，如果能娶个比自己小二十多岁，面相也还可以的女人，应该是满足了。可是，聂敬的前妻是杨曼，杨曼年轻时不但风姿绰约，是丰镇出了名的美人，还才情出众。有过那样才貌双全的前妻，聂敬哪还看得上普通人家的闺女？这也是聂敬一直未曾再娶的原因。聂敬微微一笑，朝汤冠群抱拳道："聂某多谢汤团长好意，喜玲还年轻，嫁给我这么个半大老头子，不是委屈人家了吗？"汤冠群以为聂敬自卑相貌猥琐，担心喜玲不愿意嫁给他，脸一拉，一拍桌子道："委屈啥呀？她又不是黄花闺女，能嫁给你聂镇长，是她上辈子修来的福分。明天我问问她，她若是不同意，以后就别想过好日子了。"聂敬听汤冠群要威逼喜玲，连忙说道："汤团长千万不要问喜玲，我不是怕她不同意，是我现在没有再娶的意思。"汤冠群愣了一下，眼珠转了两圈，恍然大悟道："聂镇长的想法有道理，那喜玲人虽然年轻，但与杨老师比起来，一个是大家闺秀，一个是山野村姑，出身不同呀！唉，那就当我没提起过这事吧！"聂敬再次向汤冠群抱拳道："汤团长，尽管聂某没有再娶的意思，但还是要谢谢汤团长的美意。"汤冠群却说："聂镇长不必客气，如果聂镇长对杨老师改嫁了那个李凤翔耿耿于怀，我瞅个机会给那个小白脸安个抗日分子的罪名，取了他的小命，让聂镇长和杨老师破镜重圆。"聂敬叹息一声，轻轻摇头道："汤团长不必替聂某费心了，收回她的人，收不回她的心，还是由老天爷安排吧。"

既然聂敬没有续弦的意思，汤冠群也不再提喜玲了，端起杯，东一句、西一句地和聂敬边喝边聊。聂敬心细，发现汤冠群心不在焉，好像还有什么话想对他说。他沉得住气，汤冠群不说，他也不问。倒是汤冠群沉不住气了，终于吞吞吐吐道："聂镇长，还有个事儿我想和你说说。"聂敬不动声色道："汤团长请讲。"汤冠群嘿嘿一笑，说道："这件事嘛，咋说呢，我还真不好意思张口。"聂敬笑道："汤团长军人出身，咋像个女人一样扭捏起来了。有话尽管讲，聂某能办到的，一定尽力而为。"汤冠群端起酒杯，仰脖一口干了，挠挠头，眼睛瞅着聂敬道："聂镇长，那我可就说了。"聂敬点头道："汤团长请讲。"汤冠群说一声"好"，站起身双手扶在桌子上，眼神满怀渴望地望着聂敬道："聂镇长，我，我想给你当个女婿，你看如何？”聂敬先是一怔，立刻摆手笑道：“汤团长喝多了？和我开玩笑呢吧？”汤冠群一本正经地说：“聂镇长，我不是开玩笑。说真的，我看上聂镇长的闺女聂子瑶了，希望聂镇长能把她嫁给我。聂镇长放心，如果认了我这个女婿，我汤冠群一定给你养老送终。”聂敬脑子一亮，知道汤冠群为什么处处关照自己，给自己征院子，给自己雇做饭的，还要给自己说媒呢，原来他是看上了自己的闺女，想给自己做女婿呀！

聂敬没有立刻回答汤冠群，他脑子飞快地转着，虽说聂子瑶不认他这个亲爹，虽说自己到隆盛庄有些时日了，聂子瑶一次都没来看过他，但聂子瑶毕竟是自己的亲生女儿，他怎么能让亲生女儿嫁给汤冠群做第五房太太呢，更何况聂子瑶已经许配了张寿祥。

汤冠群见聂敬惊异地望着自己不说话，目光变得凌厉了：“聂镇长，咋，你觉得我给你做女婿不如意？”聂敬从汤冠群凌厉的目光中看出了汤冠群的本性，心说这可是个翻脸不认人的主儿呀！不敢像之前一样喊汤冠群“你”了，赔着笑脸改口道：“汤团长，聂某若是能有您这样一个有权有势的女婿，出来进去也跟着风光呀！可是您也知道，子瑶已经许配了警察署的张署长，不但杨曼拿了张家的聘礼，我这次来也拿了人家一份。您说我能一女许两家吗？”汤冠群坐下，端起酒杯自己喝了一杯，就一口菜说：“聂镇长，这不是一女许两家。你是聂子瑶的亲爹，有道是父母之命，媒妁之言，你让她嫁谁，她就得嫁谁。能订婚就能退婚，当年你娶了杨老师，后来不是还能离婚吗？至于张家的聘礼，无论是杨老师收的那份，还是你收的那份，都由我出了。我另外再给你两千块大洋的聘礼，你看如何？”

聂敬听汤冠群要他和张家退婚，除了替他和杨曼把张家的聘礼退了，还要另给他两千块大洋的聘礼，心说汤冠群为了娶自己的闺女，还真下血本呀！若是自己刚到隆盛庄，不知道张家，不认识张寿祥，不知道汤冠群已经有四房太太了，就凭汤冠群的这份慷慨大方，自己肯定会同意给闺女换个主家。可现在，他知道了张家在隆盛庄的势力，也相中了张寿祥，怎能为了两千块大洋把亲生女儿推进火坑呢？但是，聂敬又不敢回绝汤冠群，只好赔着笑脸说：“汤团长，这事还是容我想想吧。瑶瑶许配给张家，是杨曼做的主。您也知道，瑶瑶和我这亲爹关系不好，亲她妈，我总得和她妈商量商量吧？”汤冠群手朝前扬一下说：“商量个啥呀，只要你聂镇长点头同意了，那我就是名正言顺，其他的事不用你操心。”聂敬嘿嘿一笑：“汤团长，您看我现在已经喝得五迷三道了，婚姻大事，不可草率而为，还是等我酒醒了，咱再细细商量吧。”汤冠群虽然没把聂敬的镇长放在眼里，但还是忌惮聂敬是西村慎二的座上宾，也不好强逼，只好提醒聂敬说："聂镇长，两千块大洋呀！别说隆盛庄了，就算丰镇，现在有几户人家能顿顿吃上稠的？你可要想好了。"

聂敬脑子昏沉沉地回到家里，却无论如何都睡不着。第二天早晨刚出门，他便听说汤冠群昨天晚上被人打了闷棍，差点儿把命丢了。

杨曼将聂子瑶许配张寿祥后，汤冠群一直颇为遗憾。聂敬到隆盛庄寻女，撒泼耍赖，敲诈张家又给他下了一份聘礼，西村慎二偶然间见到聂敬的字，因偏爱中国书法，挽留聂敬在隆盛庄多住几日，加以指点。汤冠群心念一动，向西村建议将聂敬留在隆盛庄，请他担任镇长。之后，他殷勤地为聂敬征房子，雇喜玲给聂敬做饭，还自作多情地给聂敬做媒，这所有的一切，目的只有一个：让聂敬对自己心存感激，向张家提出退婚，把聂子瑶嫁给自己做五太太。

虽然从民国时起，中国就有了婚姻法，但现在是日本人的天下，那所谓的婚姻法也就名存实亡了。汤冠群在隆盛庄是一人之下，万人之上。聂子瑶若是许配了其他人，他都可以毫无顾忌地把聂子瑶强娶回来。但聂子瑶许配的是张寿祥，他忌惮的不是张家有钱，他顾忌张禄是商务会长，张寿祥是警察署长。在西村眼里，张家父子不过是日本人统治隆盛庄的临时工具，远没有对他信任。但是，西村现在的确离不开张家父子，所以，他便无法直接向张家发难。他知道绥东的风俗，婚姻依然是父母之命，媒妁之言。如若聂敬改口向张家退婚，就算杨曼和聂子瑶不同意，他也有理由、有借口把聂子瑶强娶回来。对于女人，汤冠群太了解了，只要一个枕头上睡了，就算她是贞节烈妇，也只有认命。汤冠群从聂敬到隆盛庄讹张家，多要出一份聘礼的事上，看出聂敬贪财好利，便以两千块大洋为诱惑，让聂敬向张家提出退婚，把聂子瑶许配给自己。只要聂敬答应了，聂敬前脚和张家打招呼，自己后脚便把聂子瑶抢回来，给她来个霸王硬上弓。这是名正言顺的事，西村指导官挑不出毛病，张寿祥也是哑巴吃黄连。汤冠群本来计划周到，却没料到聂敬天良尚未泯灭，没有当时便答应自己。不过，汤冠群也没有失望，聂敬虽然没有答应，但也没有一口回绝，等他明天酒醒过来，再软硬兼施。有道是有钱能使鬼推磨，大不了再给他添上两千块大洋，不信他不动心。

从庆春楼出来，汤冠群依旧客气地把聂敬送到院门口，然后往南庙走去，想看看小戏班子唱得如何，有没有跟着戏班子摆摊设赌的，如果有，他就要露上两手，让庄家输个裤子都提不起来。

隆盛庄有几年没来过戏班子了，这次来的戏班子虽然不大，但终归是戏班子，比鼓匠乐器齐全，板也打得准，尽管唱不了全本，但选的都是经典的段子，演员的唱功也还将就。人们都去看戏了，天上流云来去，一弯镰月忽明忽暗，春天的风不冷不热，吹在身上十分惬意。汤冠群酒量大，三壶神仙醉不多不少，恰到好处。夜幕下的隆盛庄街道空荡荡的，巷子里更是没一个人影。汤冠群走着走着，脚步渐渐放慢了，他感觉身后隐约有脚步声，手便本能地放在驳壳枪的枪柄上。突然，汤冠群耳边响起迅疾的风声，他身子一偏，一根大棒子擦着他的肩膀砸下来。汤冠群就地一滚，顺手拔出驳壳枪，反手便是一枪。身后的黑影怔了一下，扔下一根一把粗细三尺多长的木棒拔腿便跑。汤冠群站起来，冷笑一声，举枪瞄准，“砰”的一枪，那袭击他的人踉跄了几步，倒在地上。汤冠群大步上前，皮靴踏在那人的背上，用枪点着那人的脑袋喝道：“大胆，何方贼人，敢打本团长的闷棍？”

……

朱涌心眼小，记仇。当年，为了不让铁路通过隆盛庄，他爹朱奉祺到乡下买地，回来时，拉轿车的骡子受了惊，把他爹甩进洪水冲刷的壕沟里，他爹因此丧了命。朱涌气不过，不等他爹下葬，用斧头打晕大黑骡子，把大黑骡子杀了。之后，兄弟俩闹分家，朱涌怀疑他哥朱进给他分少了，和他哥撕破了脸皮，兄弟俩老死不相往来。再往后，他与大舅哥梁龙合伙开赌坊，当了赌坊掌柜。日本人打进来后，汤冠群看中了赌坊，收买荷官，出老千把赌坊赢走了。为此，朱涌一直怀恨在心，想着哪天找机会打汤冠群一闷棍，能打死他最好，就算打不死，也算解了心头之恨，只是苦于没有机会，迟迟没有动手。

西村强迫张禄、聂敬把六月二十四的古庙会改在日本天皇寿辰“天长节”那天，以示庆贺。晚上，朱涌想喝二两，便让叶子到庆春楼端两个菜，叶子端菜回来，顺口说她看见汤冠群和聂敬到庆春楼吃饭了。朱涌边喝酒边琢磨，今天晚上南庙唱戏，汤冠群会不会也去看戏呢？越想越觉得机会难得，他酒也不喝了，胡乱扒拉两口饭，到厢房取了早已准备好的大木棒，到庆春楼对面的巷子，找个隐秘地方将棒子藏好，进庆春楼问伙计汤团长是不是在楼上吃饭。伙计说是的，问朱涌找汤团长有事，朱涌说没事，顺口问问。朱涌心里有了底，回到巷子寻到棒子，眼睛盯着庆春楼门口。过了好一会儿，见汤冠群和聂敬从庆春楼出来，聂敬喝得摇摇晃晃，汤冠群挽着聂敬的胳膊把他送回去，朱涌便攥紧棒子尾随在后。

汤冠群将聂敬送到家门口，对聂敬说了几句什么，聂敬便开门回家了。汤冠群朝南庙方向侧耳听听，然后不紧不慢地向南庙走去。朱涌见街上空无一人，心中暗喜，把棒子藏在身后，放轻脚步向汤冠群贴过去。到了汤冠群身后，双手举起棒子，用尽全身力气朝汤冠群头顶砸下去，不承想，汤冠群已经有了防备，身子一偏，棒子砸了个空。朱涌举起棒子想再打一次，汤冠群开枪了，子弹擦着他的耳朵飞过去。朱涌见偷袭失手，吓得扔下棒子便跑。可是，他的腿快不过子弹，汤冠群枪法也够准，再打一枪，打中了朱涌的屁股。朱涌应声倒地，汤冠群追上来，一脚踏在他背上，厉声喝道："大胆，何方贼人，敢打本团长的闷棍？"朱涌也算有骨头，一边挣扎着往起爬，一边破口骂道："汤冠群，你个驴头，你朱爷爷今天时运不济，没一棒子打死你个狗汉奸。"汤冠群笑了，揪住朱涌的衣领把他拉起来："原来是朱涌呀，好大的狗胆，敢打本团长的闷棍？说，是谁指使你的？"朱涌怒目而视道："汤驴头，你一个子儿没花霸占了爷的赌坊，爷早就想出这口恶气了，还用人指使吗？"汤冠群明白朱涌为什么要打他的闷棍了，甩开手掌抽了朱涌两记耳光，骂道："不知死活的东西，是不是见西河湾有些日子没过杀人了，找上门来想让老子开刀呀？"

朱涌打汤冠群闷棍失手，被汤冠群抓了起来，消息风一样传遍了隆盛庄。有人说朱涌像条汉子，也有人说朱涌不知死活，打汤冠群的闷棍，那是虎口拔牙呀！朱涌是张祯的媳妇冬梅的二哥，是梁龙的二妹夫，还有许多人与朱家有着错综复杂、或远或近的姻亲关系，所以，隆盛庄许多人为朱涌担忧起来。冬梅和叶子泪眼婆娑地找张禄，想让张禄出头求汤冠群和西村高抬贵手，放过朱涌的性命。梁龙也来找张禄，说他不方便露面，让张禄探探汤冠群的口风，汤冠群准备如何处置朱涌，能不能花点儿钱把朱涌救下。张禄分析一番，觉得这事难办。朱涌之所以打汤冠群的闷棍，起因是汤冠群霸占了他和梁龙合开的赌坊。按说，汤冠群既然没伤着，朱涌应该不犯死罪，可汤冠群记仇，深得西村信任，又手握隆盛庄生杀大权，他会饶了打他闷棍的仇人？尽管如此，张禄还是想救下朱涌的性命，他知道老爷好见娘舅难见的道理，便硬着头皮去见西村，把朱涌打汤冠群闷棍的缘由讲了，说二人不过是私仇，希望西村指导官能秉公行事，劝汤冠群宽宏大量，饶朱涌一次，他敢担保，从今以后，朱涌肯定再也不敢了。可是，西村不但不给张禄面子，反而将他呵斥了一番，说自从皇军进驻隆盛庄，曾经发生过数起棒手袭击皇协军的事件，警察署一直未能将凶手抓捕归案。现在看来，袭击皇协军的棒手就是朱涌。他已命令汤冠群，明天便将朱涌押至西河湾斩首示众。张禄还想再说，西村瞪起眼睛道："张会长，朱涌是抗日分子，如果你为抗日分子求情，便也有抗日的嫌疑了。"

张禄回来后，沮丧地对冬梅和叶子说自己无能为力，救不了朱涌。汤冠群明天要在西河湾杀人，让冬梅和叶子准备棺材，替朱涌收尸吧。话刚说完，朱进来了。

当年因为分家，朱进和朱涌兄弟反目成仇，从此老死不相往来。但兄弟毕竟是兄弟，朱进听说朱涌打汤冠群的闷棍失手被抓，也来找张禄商量救人。听张禄说汤冠群明天要在西河湾砍兄弟的脑袋，脸色苍白，搓着手说：“大哥，虽然我与小涌断绝来往多年，但我们毕竟是兄弟，身上流着同样的血。大哥再想想办法吧，有道是有钱能使鬼推磨，他汤冠群霸占和顺赌坊不就是为了钱吗，只要能买下我兄弟的命，我给他钱，他要多少我给他多少。”张祯摇着头说：“这招怕是不好使。西村说得明白，要拿二哥当抗日分子开刀。如果和抗日扯上了，怕是汤冠群也做不了主。”这时，张福也闻讯过张祯这屋了，沉吟道：“大哥、宝奎，我倒觉得进子的办法可以试试。现在拿定主意要杀小涌的是汤冠群，如果能把汤冠群收买了，他总会有办法糊弄过西村。只是人命关天，汤冠群若是狮子大开口，一下子能筹到那么多钱吗？”朱进咬了咬牙，愧疚地看冬梅和叶子一眼，叹息着说：“不瞒两位哥哥和宝奎，当年我爹过世后，兄弟分家，我的确存了个私心，私吞了我爹留下的两件古董。唉！罢了，还是烦劳大哥去找汤冠群说，如果他能放过小涌，我给他一对乾隆年间官窑的青花瓷。那对瓶子是从宫里流出来的，民国初就值上万两银子了。”众人听得都是一怔，心说难怪朱涌会和朱进反目为仇，朱进果然私吞了他爹的家业。但此时此刻，没人计较朱进当年的行为了，都眼望着张禄。张禄难为地摇着头说：“你们也知道，我和汤冠群一向面和心不和，我去找他，怕是要被他一口回绝了。”张福与张祯心里明白，大哥不单怕汤冠群回绝了，更怕汤冠群一旦回绝了，大哥的脸面没处放。张福便说：“既然大哥觉得不方便，我去吧。我和汤冠群没打过多少交道，也没啥成见，加上我这人脸皮厚，就算他回绝了，也没个啥。”朱进听张福肯出头，喜出望外道：“二哥，这件事就劳驾你了，只要能救小涌的性命，就算倾家荡产，我也在所不惜。”

汤冠群见张福来找他，不用张福开口，已经猜出是为朱涌来的，挥挥手，不客气地说道：“张掌柜，你若是为朱涌来的，啥也别说了，请回吧。”张福笑眯眯地朝汤冠群抱拳道：“汤团长多虑了，张福知道，朱涌敢打汤团长的闷棍，那便是冒了天下之大不韪。张福不敢替他说话，更不敢替他求情。”汤冠群愣了一下，呵呵笑道：“张掌柜既然不是为朱涌来的，那有何指教？”张福再次抱拳道：“指教不敢，张福登门打扰汤团长，是想和汤团长做一笔生意。”汤冠群冷笑一声，摇头道：“生意？张掌柜找错人了吧，本团长身在军中，对生意不感兴趣。”张福也不用汤冠群让座，在椅子上坐下，神秘地对汤冠群小声道：“汤团长，朱涌他哥朱进手里有一对从宫里传出来的青花瓷，据说民国初的时候已经值上万两银子了。汤团长有没有兴趣？”汤冠群惊得眼睛都直了，盯着张福看了好一阵儿，问道：“张掌柜，你说的是真的？宫里传出来的东西？不会是假货吧？”张福呵呵一笑说：“汤团长也知道，朱进的爹在大同时，是做古董生意的，他家的东西应该不会有假货。”汤冠群咧嘴一笑，狡黠地说：“那可说不准，有道是耳听为虚，眼见为实。我没见过那两件东西，怎知真伪。”张福已经和朱进商量过，见汤冠群动了心，说道：“既然汤团长感兴趣，不如这样，我先拿一只瓶子给汤团长看看，汤团长若是中意，这笔生意咱慢慢往下谈好不好？”汤冠群果然贪婪，说道：“好啊，如果是真货，这笔生意本团长和张掌柜做了。”

张福回去对朱进把汤冠群的话讲了，朱进听汤冠群动了心，喜出望外，谢张福是朱家的恩人。他带张福回家取一只瓶子，张福揣着瓶子再去找汤冠群。汤冠群将那瓶子左右端详了好一会儿，满意地点头说道：“张掌柜，这桩生意我和你做了。”张福见汤冠群答应了，高兴得急忙抱拳说道：“张福多谢汤团长了。汤团长啥时候放人？”汤冠群似乎早就想好了，说道：“张掌柜，想必你也知道了，西村指导官已经下令，明天上午在西河湾将朱涌斩首示众。我要放他，得费一番周折。这样吧，你赶快出去买个顶命鬼回来。”

汤冠群所说的顶命鬼隆盛庄人都知道，商务会没成立民团那些年，隆盛庄出过几个地痞流氓，六月二十四举办古庙会，晚上请戏班子唱戏，几个地痞流氓便挤到戏台子前捣乱，把一种叫刺梨的野生果实用食指弹出去，专往女戏子的脸上弹。开始，人们敢怒不敢言，后来，有家里实在穷的，想卖命挣钱，便主动提出当顶命鬼。由商务会付给顶命鬼钱，顶命鬼便守在戏台子旁，遇有地痞流氓闹事的，众人便一拥而上将其打死，官府追究下来，由顶命鬼抵罪偿命。这一招使出来，地痞流氓果然不敢再闹事了。

张福听汤冠群要自己找顶命鬼，明白汤冠群的意思了，挠着头说：“汤团长，这突然之间，您让我去哪找顶命鬼呢？”汤冠群胸有成竹道：“张掌柜，这样吧，顶命鬼我替你找。不过，你对朱进说，还得再加二百块大洋。”张福救人心切，也顾不得许多了，说道：“二百块大洋？好说，我替朱进应下汤团长了。”汤冠群微微一笑道：“好，那咱们这样吧，今天晚上，你把另一只瓶子拿来，我放了朱涌。不过，这件事得瞒着西村指导官。我放了朱涌后，你还得求你侄子张寿祥让他放朱涌出镇。朱涌去哪我不管，但他以后就是个活死人，再不能在隆盛庄露面了。”

张福答应了汤冠群，回去和朱进说了，朱进便把另一只瓶子交给了张福。到了晚上，朱进赶了轿车，和张福一道去找汤冠群，汤冠群接过瓶子和二百块大洋，把被打得遍体鳞伤的朱涌从皇协军的牢房放了。朱涌见他哥出头救他，感动得哽咽失声，后悔当初因为家业和他哥反目成仇。朱进让朱涌不必多说，扶他上了轿车，趁着夜色离开隆盛庄，连夜去了丰镇。从此，朱涌再也没有回来过。

第二天，汤冠群向西村报告，说昨天晚上朱涌在牢里用自己的裤带上吊自杀了。西村也没当回事，说朱涌自杀了也好，省得人们说皇军又在隆盛庄杀人了，破坏了隆盛庄模范之镇的形象。朱涌虽然对汤冠群起过杀心，但不过是想报汤冠群霸占和顺赌坊之仇。汤冠群既未伤着，又把朱涌抓回去毒打了一顿，解了心头之恨，杀不杀朱涌对他没有得失，还白白得了一对价值万两银子的青花瓷瓶倒是意外之喜。他派两个士兵将一具头上蒙了黑布的尸体用牛板车拉出镇埋了，晚上回家，把一对青花瓷瓶摆在八仙桌上仔细欣赏起来。

冥衣铺掌柜胡二毛前年过世后，两个闺女把她妈接去，每家半年轮流养着。胡有才偷梅雪的钱被抓住，西村命令在他脑门上刺了“小偷”二字，从此，字号里当伙计没人用他，当长工、打短工没人用他，便由他爹妈养活着。胡有才抽大烟上了瘾，把家里的东西陆陆续续偷出去，变卖了就去逍遥堂，他爹是被他气死的。两个姐姐也把他当成祸害，将他拒之门外。胡有才把他爹留下的两间房卖了后，再没了生活来源，脑门上又刺着字，小偷也做不成，便拿起讨吃棍沿街乞讨。到了晚上，就在永盛源的大门旁蜷缩着睡了，张福可怜他，给他扔了件旧皮袄晚上御寒。可是，自从出了朱涌那档子事，胡有才便像在人间蒸发了一样，再没有出现过。张福猜想，汤冠群是不是拿胡有才当了顶命鬼？如果真是，自己便是救了一条命，害了一条命。

朱涌事件后没两天，张寿祥把聂子瑶娶回了家。

张寿祥之所以匆匆娶聂子瑶过门，是因为聂敬把汤冠群逼他向张家退婚，要他把聂子瑶嫁给汤冠群的消息透露给了杨曼。

聂敬从庆春楼回来，左思右想，觉得就算得罪了汤冠群，也不能把亲生女儿往火坑里推。但若就这么不声不响的，汤冠群肯定还会纠缠自己。有心通知张家一声，想起张禄对他那副不冷不热的样子，张寿祥见了他就像不认识一般，他还不想放下架子低三下四的呢。杨曼虽然与他离了婚，但毕竟是聂子瑶的亲妈，还是去提醒杨曼一声吧。

聂敬硬着头皮找到秀珍家，杨曼以为聂敬又要出什么幺蛾子，气愤地说自己早已和他离婚，双方再无任何瓜葛。聂子瑶那边，他又收了张家的一份彩礼，聂子瑶说了，他这个爹不像个亲爹，准备改姓杨，从此与聂敬不再相认。聂敬听得满心凄凉，回想自己的所作所为的确愧对女儿。他站在门口说：“杨曼，我对瑶瑶有愧，瑶瑶不认我这个爹，是我的报应。不过，我今天不是来找你麻烦的。汤冠群相中了瑶瑶，逼我向张家退婚，把瑶瑶嫁给他，你……”聂敬话未说完，杨曼已经柳眉倒竖了，气呼呼地说道：“咋，那个驴头对瑶瑶还不死心呀？我看你是穷急了眼，给鬼子当汉奸不说，还要拿亲亲儿的闺女巴结汤冠群？”聂敬无奈地说道：“杨曼，你看你，我就算再不是个东西，也不能把亲生闺女往火坑里推吧。我就是想告诉你一声，汤冠群可是啥龌龊事都做得出来的，你和张家商量一下，既然瑶瑶已经许配了张寿祥，是不是让张家赶快娶瑶瑶过门，免得夜长梦多。”

聂敬走后，杨曼和李凤翔、秀珍商量该如何办。李凤翔拿不出主意，秀珍说她也没主意，还是陪着杨曼去趟大爷家，让大爷拿个主意吧。秀珍陪着杨曼到了张禄家，把聂敬的话向张禄讲了。张禄哼着鼻子说：“汤冠群真是色心不死呀！”让艾叶到警察署把张寿祥叫回来，厉声说他和聂子瑶的婚事拖了再拖，如果他是打心眼里喜欢聂子瑶，这几天就娶聂子瑶过门；如果他还拿不定主意，索性当面锣对面鼓地和杨老师退了婚，聂子瑶再嫁谁，便和张家一点儿关系都没有了。众人眼睛都盯着张寿祥，尤其杨曼，更是心吊到了嗓子眼儿。张寿祥先是黑着脸，而后不紧不慢地朝张禄点头道：“爹，那就娶瑶瑶过门吧。只是时逢乱世，就不要大操大办了。”杨曼听了，终于长长地吁出一口气。她有文化，知道孰轻孰重，也同意婚事从简。

张瑞元过世后，老院子由三个儿子分了。张禄分了正房，张福和张祯分了东西厢房，张骏祥娶过玉屏后，在正房住了一段时间。后来，西村征用段童和他爹的院子，段童一家便暂时住进张瑞元的老院子了。段童见张寿祥要娶媳妇，提出把正房腾出来让给张寿祥，张禄说时间仓促，张寿祥在警察署的时间多，聂子瑶一个人住在那边不方便，还是把新房安排在他院里吧。又找个画匠把东耳房粉刷一遍，让艾叶和舒兰换了窗纸，打扫干净了屋子，给张寿祥做新房了。

艾叶所生的孩子中，唯独张寿祥尚未成亲。她本想排排场场、风风光光地把聂子瑶娶回来，但张寿祥和张禄都说要一切从简。艾叶说：“就算从简，也得用轿子把瑶瑶抬回来吧？也得办七八桌酒席，把乌拉哈娘舅家的人和亲戚们请来吧？”张禄说：“轿子肯定要用，但不能吹吹打打；酒席要办，但亲戚朋友一个不请，只福奎、宝奎、银花咱们一家人坐坐就行了。”舒兰说：“老爷，人这一辈子能娶几回媳妇？就这么不声不响地做贼一样把人家瑶瑶娶回来？杨老师嘴上虽然同意一切从简，但心里能高兴吗？”张禄说：“咱不管杨老师了。寿祥也说了，现在时逢乱世，汤冠群又对瑶瑶色心不死，如果能平平安安地把瑶瑶娶回来，中间不出一点儿意外，就算烧高香了。杨老师那边我和她解释，她有文化，识文断字，能理解我的一片苦心。”

艾叶和舒兰见张禄拿定了主意，便不敢再劝，只感叹这媳妇娶得太冷清、太窝囊、太寒碜了。

第六十五章

梁龙婚宴遇变故

张家这边张罗着要娶亲，聂敬那边又要反悔。

汤冠群李代桃僵，用毛口袋装了胡有才当顶命鬼，放过朱涌一条性命，换了朱进一对宫里传出来的青花瓷瓶。汤冠群爱不释手地欣赏着那对瓶子，脑子里又浮现出聂子瑶如花似玉的美貌，心说这对瓶子再值钱也是死物，远不如那美人活色生香，聂敬迟迟不答复自己，想必是不愿意他闺女嫁给自己。罢了，这对瓶子自己留一个，另一个便宜聂敬吧，以后有机会再想办法弄回来。

汤冠群揣一只瓶子到聂敬家，问聂敬这只瓶子如何，是不是真货。聂敬不知道汤冠群的用意，尽管不识古董，但也看出那只瓶子古色古香，十分精致，问汤冠群是如何得到的。汤冠群说瓶子是从朱进那里弄的。聂敬到隆盛庄时间虽然不长，但也听说过朱进的爹是开古玩店出身，说道："我对古董外行，但既然是朱家的东西，应该是真货。"又奇怪地问，"汤团长，朱进的弟弟朱涌不是死在您手里了吗，他咋还舍得送您这么一件值钱的东西？"汤冠群狡黠地挤挤眼睛说："聂镇长，我咋得到这只瓶子的咱暂且不说，我想问你，你觉得它值多少钱？"聂敬把那只瓶子又端详了一阵儿，故意夸大了说："如果是真货，我估摸咋也该值个万把大洋吧。"汤冠群得意地点头道："聂镇长还挺识货呀！不瞒你说，这只瓶子是从宫里传出来的，民国初便值万两银子了。"聂敬惊得咂舌道："那现在岂不是更值钱了？"汤冠群呵呵一笑："那是当然。"聂敬连忙小心翼翼地把瓶子放在汤冠群面前，说道："如此贵重的东西，汤团长可要收好了。万一在我手里弄碎了，我就算把自己卖了也赔不起呀！”汤冠群却把瓶子又轻轻推到聂敬面前，笑眯眯地说：“聂镇长，这瓶子现在归你了。”聂敬吓得险些跳起来：“汤团长，您这是啥意思？”汤冠群大大咧咧道：“能有啥意思？咱不是说好了吗，你闺女要嫁给我做五姨太，这只瓶子算我孝敬你这老丈人了。”

聂敬恍然大悟，原来汤冠群是要拿这只瓶子换他女儿呀！有道是没有人不喜欢钱的，聂敬想，有了这只瓶子，自己后半辈子便可以高枕无忧了。所以，他用不着斟酌，用不着细想，立刻便对自己当初的决定懊悔不已了。聂敬痴呆了半晌，把瓶子小心地退还给汤冠群说：“汤团长，这只瓶子您先拿着，我还没来得及和张家退婚呢。待我把婚退了，再拿您这只瓶子不迟。”汤冠群听聂敬答应和张家退婚了，高兴得心花怒放，笑脸说道：“聂镇长太客气了，虽然我岁数比你大，但辈分不能乱，以后你就不要‘您、您、您’的，也不要叫我团长，直接喊我冠群就好。至于这只瓶子，反正迟早是你的，就放在你这儿吧。”聂敬不知道能不能顺利地和张家把婚退了，不敢提前收汤冠群的瓶子，坚持说：“汤团长，我家没有您那儿安全，还是先放您那儿吧。您放心，明天我就找张家退婚。”汤冠群对聂敬能不能做得了聂子瑶的主没有十分的把握，也怕瓶子放在聂敬这里真被小偷偷了，说道：“既然聂镇长怕放在你这儿不安全，我就先拿回去替你保管着。另外，我刚才不是说了吗，咱都要成一家人了，以后别这么客气。”

汤冠群带着瓶子前脚出门，聂敬后脚便又去了秀珍家。

从那天聂敬通风报信，说汤冠群对聂子瑶色心不死，要杨曼转告张家赶快将聂子瑶娶过门，断绝了汤冠群的念想后，杨曼对聂敬的看法有了改变，觉得聂敬虽然算不得好男人、好丈夫、好父亲，却也不是那种天良泯灭、十恶不赦的坏人。她不知道聂敬为什么突然改变了态度，要亲手把亲生女儿往火坑里推。不过，她现在已经胸有成竹，因为明天上午，张家就要娶聂子瑶过门了。杨曼也够有主意的，她怕聂敬和汤冠群知道聂子瑶明天就要出嫁，再生出什么坏脓水，便不动声色地说道：“既然你想巴结汤冠群那个驴头，就随你的便吧。明天我先和张家打个招呼，人家同不同意退婚，要看人家的意思。”聂敬本以为要和杨曼起一番争执，没想到杨曼态度虽然冷漠，却也没有拒绝，高兴地说：“杨曼，其实我也是为了咱瑶瑶好。张家虽说是隆盛庄的大老财，张寿祥又在警察署当署长，但我看出来了，他父子在西村指导官的眼里没分量，或许哪天一个不小心，西村指导官就会翻了脸，说轻点儿，啥商务会长、警察署长的头衔就没了；说重点儿，脑袋说不定也会搬了家。汤冠群年龄虽然大了些，但隆盛庄现在是日本人的天下，汤冠群是西村指导官面前的红人，往长远看，瑶瑶嫁给汤冠群……”杨曼打断聂敬，拉长音调奚落说：“嗯，能给皇协军的团长当五姨太，不光是瑶瑶的福气，你也能跟着沾些光呀！”聂敬以为杨曼知道了他和汤冠群的交易，脸红了一下，讪讪道：“看你说的，我是为了瑶瑶好，我能跟着沾啥光？”杨曼冷笑一声：“给一个年龄比你大的男人当老丈人，不是沾了天大的光吗？”聂敬就算脸皮子再厚，也羞得无地自容了，尴尬地拉下脸说：“我的闺女我做主，反正这门亲是退定了。你去和张家说，他们若爽快地退了，你收的那份聘礼你留下，该退的我替你退。他们若是不退婚，我亲自到他家门上，就在他家住了，他啥时候答应退婚，我啥时候往出搬。”杨曼见聂敬又要耍讹人的老把戏了，心里轻蔑地哼一声，嘴上敷衍他说：“丰镇丢人败兴够了，还要在隆盛庄丢人败兴？行了，回去等着吧。三天之内，我给你回话。”

张家娶亲，其实就是张家和汤冠群的一场较量。张禄和张寿祥合计过，这场较量他们不会输。因为日本人现在还离不开他们，所以，西村不会成为汤冠群取胜的砝码。同样，汤冠群也不敢像当年奉军的许营长要强娶杨曼一样拉出他的皇协军助威，因为没有西村的许可，他是不敢对张家动用武力的。

聂子瑶已经深深地爱上了张寿祥。张寿祥虽然没有张骏祥那般书生意气、文质彬彬，却比张骏祥更成熟稳重，更有男人气质。从和张寿祥的交往与言谈中，凭着女人特有的敏锐，她觉得张寿祥绝不是真心给鬼子当汉奸的，或许还有一种其他隐秘的身份。对聂子瑶而言，只要张寿祥不是真心给鬼子当汉奸，她便满足了。

聂子瑶是从王老师家出聘的。王老师和赵老师都有家室，前几年，学校出钱，给两位老师在学校附近租了两间房，赵老师的丈夫搬到了隆盛庄，张祯介绍他在永盛源做了账房，而张寿祥将王老师发展为地下党，为了工作方便，宝凤去了包头后，磨着张禄把宝凤住过的那处小院给王老师住了。王老师把丰镇乡下的媳妇和孩子接来，张祯安排王老师的媳妇给学校的学生做饭。

聂子瑶仍旧住在学校，按秀珍的意思，聂子瑶应该从她家出聘，可聂子瑶觉得李凤翔本就是个上门女婿，她妈又给李凤翔做了小，秀珍又是张寿祥的叔伯姐姐，从秀珍家出聘，算是咋回事呀，坚决不肯。从学校出聘更不行，西村慎二知道了，西村和汤冠群、聂敬便都知道了。王老师提议说他家独门独院，让聂子瑶头天晚上住他家吧，第二天从他家出聘。张家和杨曼都同意。

上午，张家雇一顶小轿，张寿祥仍穿着警察服装，也不敲锣打鼓，也不燃放爆竹，悄无声息地把聂子瑶从王老师家娶了回来。聂子瑶本就生得俊俏，又精心打扮过，穿了大红嫁衣，更显得格外漂亮。艾叶和舒兰叨叨，说如此出众的新媳妇，不能红红火火、敲敲打打地娶回来，实在有些委屈聂子瑶了。聂子瑶倒没觉得委屈，满脸喜气，面若桃花，看上去十分高兴。

富云涛亲自掌勺，烹制出两桌精致菜肴。

新媳妇刚娶回来，梁龙来了，一进院门便大着嗓门喊道："玉奎，亏了你还是隆盛庄最有头脸的老财呢，莫非就不敢光明正大地娶个媳妇？咋偷偷摸摸地像做贼一样，连我都不请，是不是现在揭不开锅了，怕我喝你的酒？"张禄不方便对梁龙说事情的原委，也觉得不好意思，因为聂子瑶最早是定给梁龙的三儿子梁奉祖的。他迎上去问道："龙龙，寿祥娶媳妇我谁都没有通知，你是咋知道的？"梁龙哼着鼻子说："你做贼也做不了个好贼，一顶花轿从街上走过，旁边跟着寿祥，隆盛庄凡是看见的，哪个不知道是寿祥娶媳妇？你请不请别人我不管，不请我就说不过去了吧？是怕我穷得拿不出贺礼？"张禄笑呵呵地把梁龙让进屋，一边倒茶，一边抱歉道："哪里，哪里，你这不是不请自到了吗？既然来了，那就坐吧。唉！龙龙呀，你看这成啥事了。瑶瑶本来是先许配给奉祖的，现在却被寿祥娶回来了，弄得我都不好意思见你了。"梁龙呵呵一笑说："这有啥呀，又不是寿祥从奉祖手里把聂老师夺走的。人家杨老师想把闺女嫁给谁是人家的事儿，和你有啥干系！何况，还是杨老师亲自上门给闺女提的亲呢！玉奎呀，你还别说，读书人就是和我这大老粗不一样，想得周全呀！汤冠群看中了聂老师，聂老师不嫁给寿祥，隆盛庄还有哪家敢娶她？能给她做主？到时候，好端端的闺女，就要毁在汤冠群那个驴头手里了。"说着，从怀里掏出两卷红纸卷的大洋，推到张禄面前说："既然你不想声张，玉凤就不过来了，这是我们随的礼。说吧，我能帮个啥忙？"张禄见梁龙体谅自己的苦衷，也不纠结了，说道："就我们一家子坐坐，有福奎、宝奎、银花他们三家张罗，人手蛮富余了，你就等着吃现成的，喝喜酒吧。"

两人拉呱起来，梁龙说他和玉凤商量了，决定听张禄的劝说，下个月就到包头投奔曹宝珠和宝凤去。张禄声音苍凉地说："龙龙呀，没想到咱俩也有分开的一天。既然你要走了，今天我陪你好好地喝几杯吧。"梁龙哈哈笑道："咱哥儿俩咋能分开呢？等我三个儿子把鬼子打跑了，我还要回隆盛庄呢。到时候，我在庆春楼摆他三天流水席，还要请两班戏唱他三天，让隆盛庄人看看啥是三十年河东，三十年河西。"张禄见梁龙还是改不了争强好胜的性格，呵呵一笑，问道："你是不是还想着把赌坊和烟馆再重新开起来？"梁龙不好意思地挠挠头说："玉奎，你真能找到我的软肋，咋哪壶不开提哪壶呢！"

两人说着说着，话题转到了西村身上。梁龙让张禄时常提醒着张寿祥，说西村翻脸不认人，得多留个心眼，更不要看鬼子得势，便死心塌地地替鬼子做事，要给自己留条后路。张禄虽然不知道张寿祥是八路军的人，但心里也影影绰绰有了点儿谱，便让梁龙放心。梁龙又气愤地说：“玉奎，咱一直不敢杀西村，怕杀了他，鬼子派军队血洗隆盛庄。可是，西村太疯狂了。你掰着指头数数，这些年，他在西河湾杀了多少人！依我看，真该像张占海杀汤冠丰一样，找个机会把狗日的西村也杀了。不然，隆盛庄不知道还会有多少人死在他手里。”张禄沉吟道：“其实，杀西村不难，难的是不能在镇里杀他。我还是那句话，西村如果死在了隆盛庄，鬼子肯定会派军队来报复，那样，隆盛庄会死更多的人。最好是西村出镇去，如果他被周通的游击队打死了，鬼子就没借口报复隆盛庄了。”梁龙叹息道：“唉，狗日的西村比鬼都精，自从到了隆盛庄，便再没有迈出过镇子一步。”突然想起了什么，他压低声音对张禄说：“玉奎，我得告诉你个事儿。那年，鬼子路过隆盛庄打集宁，汤冠群说鬼子还要回来常驻，我多了个心眼儿，把民团的枪挑了十支好的，和两箱子弹一并埋在了镇公所西墙根儿离大门一丈远的地方。后来，周通反出隆盛庄，成立游击队，派人回来让我搞些枪和子弹，我本想把那些枪挖出来给他，可西村白天在那儿住着，晚上有皇协军值岗，我没法儿下手。将来你若是有急用，就挖出来用吧。”张禄心中一喜，高兴地说：“好啊！龙龙，没想到你还留了这么一手，我记下了。”突然想起了什么，他又问梁龙道：“你那支短枪呢？你到包头，路上肯定有鬼子盘查，带着枪不方便，也放在我这儿吧。放心，你啥时候回来，我还给你。”梁龙说：“那支短枪我早送周通了。后来，童童要杀西村给他爹报仇，还找过我想买那支短枪呢。”张禄一怔：“童童想杀西村？”梁龙道：“他是那样说的，不过，一直也没见他动手，想必是想等娃娃们再大些吧。”张禄摇着头说：“西村不是那么好杀的，我得提醒提醒童童，让他切不可轻举妄动。就算杀了西村，他也逃不出隆盛庄，到时候留下一家老小，该如何是好！”

张禄与梁龙这边拉呱，富云涛已经把菜肴准备好了。除了富云涛和梁龙，都是张家的人。可是，酒席刚开始，张禄最担心的事情还是发生了：汤冠群带着几个皇协军闯了进来……

张寿祥从王老师家娶聂子瑶回来，汤冠群很快便知道了，他气得火冒三丈。他不是生气聂子瑶终究成了张家的媳妇，而是生气聂敬耍了他。

汤冠群怒气冲冲地去找聂敬，聂敬不在家，喜玲正在揉面，准备给聂敬蒸花卷。汤冠群问聂敬去哪了，喜玲说到学校了，想必是教西村校长写字去了。汤冠群不敢往学校追，告诉喜玲等聂敬回来，让他立刻到团部去一趟。

汤冠群回到团部，椅子上坐不住，不停地在地上乱走，越想越气。直到快晌午的时候，聂敬屁颠屁颠地跑来，赔着笑脸问道："汤团长找我有事？"汤冠群黑着脸怒视道："聂敬，你他妈的还是不是人？"聂敬莫名其妙，眨巴着眼睛问："汤团长，咋了？我啥地方得罪您了？"没想到，汤冠群甩手便是一记大耳光，打得聂敬眼冒金星，骂道："啥地方得罪老子了？你就装吧！"聂敬揉着脸，瞪大了眼睛叫道："汤团长，你这不分青红皂白的，是吃枪药了？"汤冠群怒喝道："老子真还想吃枪药了！你他妈的一女许两家，拿老子当猴耍呢？"聂敬懵懂道："一女许两家？汤团长，你啥意思？我已经和杨曼说了，她说这就去和张家退婚，三天之内给我个回信。张家若是不同意，我就搬到张家去住，就算耍赖皮，也要和张家把婚退了。"汤冠群冷笑一声，咬牙切齿道："退，退你妈个头呀！张寿祥上午已经把聂子瑶娶回家了，你不知道吗？"聂敬愣了："啥，张家把瑶瑶娶过门了？我咋不知道？这、这到底是咋回事呀？"汤冠群见聂敬真不知道张寿祥已经娶了聂子瑶，火气小了些，但依然怒目圆睁道："咋回事？老子若知道咋回事，还用得着问你吗？"说罢，沮丧地摇头道，"真他妈的人算不如天算，老子虽然费尽心机，下了血本，可那聂子瑶终究成不了我汤家的人。罢了！罢了！便宜张寿祥那小子吧。"聂敬还惦记着那只价值上万两银子的瓶子，不甘心地说："汤团长，您别沮丧。这样吧，我现在就去张家一趟。我就不信了，我的闺女，由不得我做主了？"汤冠群烦躁地摆摆手说："快算了吧！就算你把闺女要回来了，老子还能娶吗？且不说你闺女已经是过了门的人，就张寿祥和他爹张禄，老子现在还不想和他们父子撕破脸皮呢。"聂敬还想再说什么时，西村派人叫汤冠群立刻过去一趟。汤冠群到西村那里没一会儿，便带着一队皇协军先到了梁龙家，然后转扑张禄家而来。

张禄与张寿祥虽然已有心理准备，但还是不相信汤冠群真敢到张家找麻烦。见汤冠群突然来了，心中一惊，不由自主地站起来，朝汤冠群怒目而视。汤冠群却呵呵一笑，向张寿祥抱拳道："张署长，恭喜！恭喜呀！不过，张署长也太小家子气了吧？娶媳妇是人生大事，咋不闹得红火些？就算你看不起我汤冠群，也该请西村指导官喝杯喜酒吧？"众人都紧张起来，张禄豁出去了，鼻子哼一声坐下，冷冷地说道："我们普通百姓娶个媳妇，一家人吃顿便饭，不敢劳动汤团长大驾，更不敢惊扰西村指导官。"汤冠群已经看出屋里的气氛了，哈哈大笑道："哎呀，爹是商务会长，儿子是警察署长，张会长却谦虚地自称是普通百姓？隆盛庄有张会长这样的普通百姓吗？"

张禄正要反驳，张寿祥微微一笑道："汤团长既然来了，那就请入座吧。"汤冠群瞟坐在张禄身旁的梁龙一眼，又看看坐在张寿祥旁边的新媳妇聂子瑶，笑脸上带着锋芒道："看张署长的脸色，也是不大欢迎我呀！张署长，你我同僚一场，莫非我汤冠群很讨厌吗？"众人见汤冠群锋芒毕露了，更是紧张。张寿祥脸上没了笑意，不动声色道："汤团长多心了，你是西村指导官面前的红人，谁敢讨厌你呢？既来之，则安之。汤团长还是请坐吧。"汤冠群脸往下一拉，说道："张署长说的这叫啥话？啥叫不敢讨厌？如果敢的话，就是真的讨厌了？"舒兰识眼色，怕张寿祥与汤冠群争执起来，连忙站起来，眼睛看着神态冷峻的张禄说："我给汤团长搬个凳子去？"不待张禄说话，张寿祥挥手止住："二妈，不必了。"他转向聂子瑶说，"瑶瑶，你先回新房回避一下，就让汤团长挨着我坐吧。"聂子瑶答应一声，站起身要走，汤冠群却拦住说："张署长，我是来讨喜酒的，新媳妇走了，难道我只喝张署长一个人的喜酒呀？"张福忍不住了，攥紧拳头正要往起站，张祯一把将他拽住。张寿祥听汤冠群要聂子瑶给他敬酒，淡淡一笑，对聂子瑶说道："瑶瑶，既然汤团长想喝你敬的喜酒，那就给汤团长敬过再走。"聂子瑶本就胆大，恨汤冠群仗着鬼子为非作歹，现在又有张寿祥给自己做主，并不十分恐惧，端起酒杯，大大方方地说道："汤团长请坐，我连敬汤团长三杯。"汤冠群的话却出乎所有人意料："本团长今天另有公务，就不坐了。"

众人见汤冠群不是故意寻隙闹事，都松了一口气。张寿祥拿起酒壶，给聂子瑶使个眼色说："瑶瑶，既然汤团长另有公务，咱们就一道敬汤团长三杯吧。"汤冠群接过聂子瑶递上的酒杯，眼睛色眯眯地盯着她连干了三杯，抹抹嘴唇，抱拳对张寿祥道："张署长真是好艳福，竟然娶了聂老师这样一位绝世佳人，真让汤某眼热。好了，今天不打扰你们了，告辞！"张寿祥见汤冠群要走，也不挽留，抱拳回礼道："汤团长慢走，改天我在庆春楼专门为汤团长和西村指导官摆一桌，算是赔罪了。"

不承想，汤冠群并没有立刻就走，而是走到梁龙身边，轻轻拍拍梁龙的肩膀说道："梁龙，西村指导官找你有要事相商，请你随我到镇公所走一趟吧。"众人见汤冠群的目标是梁龙，都吃了一惊，替梁龙担忧起来。梁龙也被突如其来的变故惊得脸色苍白，瞪大眼睛惊异道："西村指导官找我？找我有啥事？"汤冠群嘿嘿笑道："放心，西村指导官亲自请你，肯定是好事。"梁龙知道，西村找他，绝无好事，或许自己一直担心的，今天就要应验了。他心慌意乱地站起来，绝望地对张禄说："玉奎，本想和你痛痛快快地喝一顿，可此生怕是不行了，来生吧。"说罢，朝汤冠群冷笑一声道，"汤冠群，梁龙等这一天已经很久了。走吧！"张禄同样感觉到一种不祥之兆，喊道："龙龙，你等等。"他端着酒杯站起来，紧紧地抓住梁龙的手，眼眶里转着泪水说道："龙龙，我的兄弟，来，我再陪你喝一杯。"梁龙颤抖着手端起酒杯，声音伤感中带着坚定说道："好，我们老哥儿俩再喝上一杯！"

梁龙被汤冠群带走了，众人议论纷纷，不知道究竟发生了什么事，一顿喜宴没有吃出滋味儿。张禄苦笑着说："唉！本该一场喜气洋洋、红火热闹的喜宴，却办得像众人聚在一起避难一般。原本担心汤冠群会来闹事，结果他来了，没找寿祥的碴儿，却把龙龙带走了。不知道龙龙啥地方得罪了西村，西村只是叫他去问话呢还是另有所图？不行，一会儿我得出去打听打听。"张祯说："大哥，你别露面了，还是我去打听吧。皇协军里我有几个熟人。"张寿祥站起来说："爹、三叔，这事儿你们别管了，我这就去警察署。"张祯看看聂子瑶，说道："寿祥，今天是你大喜的日子，还是三叔去吧。"聂子瑶识大体，说道："三叔，我知道孰轻孰重，就让寿祥去打听吧，他毕竟穿着这身黑皮。"张禄点点头，愧疚道："瑶瑶，真委屈你了。等啥时候把鬼子赶出了隆盛庄，爹一定排排场场、风风光光地给你们补办一场婚宴。寿祥，你快去快回，爹心里急着呢。"

张寿祥到了警察署，见平日总是贼一样盯着他的马六不在，便让人把唐永年叫来，问马六去哪了。唐永年说马六的贪心越来越大，肯定又到城门口敲诈勒索进出的行人了。张寿祥问道："永年，刚才汤冠群到我家把梁龙抓走了，你知道吗？"唐永年说："我不知道汤冠群是从张署长家把梁龙抓走的，只知道梁龙被汤冠群带到西村那里没一会儿工夫，汤冠群和一个排的皇协军便带着梁龙出东门，往丰镇方向去了。"张寿祥皱起眉头思索着问："梁龙被带走的时候是不是被绑着？"唐永年想了想说："好像没有，他是和汤冠群并肩骑着马出镇的。"

张寿祥一头雾水，回家对他爹讲了。张禄也猜不透汤冠群把梁龙带到丰镇干什么。晚上，汤冠群带着那队皇协军回来了，唐永年找一个曾经做过警察的皇协军问。那皇协军说他们把梁龙送到丰镇日本宪兵司令部就回来了，至于梁龙究竟犯了什么事儿，他们也不知道。

梁龙这一去，便再也没有回来。直到很久之后，张寿祥才通过地下党得知，梁念祖在中条山的战斗中负伤被俘，鬼子想利用梁念祖在晋绥军的名望，委以重任诱其投降，以打击晋绥军的士气。梁念祖大义凛然，宁死不降，日军便让西村把梁念祖的父亲梁龙抓来，经丰镇押往大同，要梁龙劝说梁念祖变节投敌。梁龙与梁念祖父子监狱相见，梁龙非但没有劝说梁念祖投降鬼子，还说做人就要清清白白，就算死，也不能认贼作父，给后人留下骂名。鬼子恼羞成怒，将梁龙父子一道残忍地杀害了。

尽管西村假仁假义，实行怀柔政策，把隆盛庄建设成了日本人所谓的模范之镇，但此时的隆盛庄早已繁华散尽，犹如一潭死水，没有丝毫生机。除了汤冠群的赌坊、烟馆和袁小香的怀春院外，许多店铺连门板都不摘了。人们为了生计勉强支撑着，在提心吊胆中苦苦期待着，除了祈求厄运不要降临在自己头上外，再无其他奢望。

张禄越来越觉得自己里外不是人了，尤其每年秋收后，西村便催他为日军征收粮食，并且任务一年比一年重。自从那年汤冠群押运粮车被游击队打了伏击，西村变得谨慎了，每次运粮，都要等到鬼子的军队调动时，让路经隆盛庄的鬼子顺道把粮食运到丰镇。

一九四二年，日本偷袭珍珠港，太平洋战争爆发。张禄得知美国与日本开战的消息，又替远在美国的大儿子张裕祥担忧起来。

隆盛庄没有邮局，丰镇的邮差有时候半个月，有时候一个月才来一次。北京和包头偶尔有信来，张骏祥来信说玉屏又生了第二胎，依旧是男孩。他已经从大嫂父亲的手里接手了大哥在北平置下的所有房产，并且在大嫂父亲的帮助下考入燕京大学，现在已经快毕业了，催促父亲带着大妈和二妈到北平去。宝凤来信说她那边也算平安，几个孩子跟着顺祥、曹满在字号里学做生意，她擅自做主，和曹宝珠结了叔伯亲，把杏儿嫁给了曹满。艾叶不见张裕祥有信，心中焦虑，隔些日子便催促张禄给裕祥写信，可是，寄往美国的信如石沉大海，没有回音。张禄担心地说："美国和日本开战了，咱裕祥不会被美国人派上战场去打仗吧？"艾叶听张禄如此说，更是忧虑。张寿祥见爹妈整日愁眉不展，便把大哥和大嫂早已从美国回来，大哥现在在重庆兵工厂替中国军队制造武器的消息告诉了张禄。张禄吁一口气，问张寿祥是如何知道的。张寿祥说大哥回国后曾给他来过信。张禄生气了，问张寿祥为什么不早点儿把这个消息告诉他，却让老两口担心了这许多天。张寿祥解释说是大哥在信里不让他告诉爹妈的，因为大哥在国民党政府的兵工厂当工程师，兵工厂造出来的武器是打鬼子的，如果不慎传到西村耳朵里，西村不会放过爹妈和他的。张禄知道张寿祥的担忧有道理，但还是埋怨张寿祥就算不告诉他妈，也该悄悄告诉自己一声。张寿祥说美日没开战之前，爹妈会觉得大哥在美国很安全，不知道大哥回国的消息更好。现在美日开战了，他告诉爹妈大哥早已回国的消息，爹妈便不必担忧大哥的安危了。又叮嘱他爹千万不要把这个消息告诉他妈，女人嘴不严，万一不小心把消息透露出去，张家怕是要有灭门之祸了。张禄听得连连点头，夸奖张寿祥想得长远。

太平洋战争爆发，日军兵力捉襟见肘，调动频繁，经常有队伍路经隆盛庄。鬼子来了就要吃，就要住，花销都要商务会向各家摊派，每次摊派钱粮，人们都纷纷抱怨。说来也奇怪，聂敬是聂志贤的儿子，也是西村器重的镇长，既和隆盛庄人有仇，又给鬼子当汉奸，可他到各家征粮，人们敢怒不敢言，而张禄去征粮，人们不仅翻他的白眼儿，还要对他说几句风凉话。张禄虽然心中委屈，但为了隆盛庄的长远着想，为了鬼子不祸害隆盛庄，只有强作笑颜，背负骂名了。

第二年入秋的一个上午，丰镇方向开来两辆卡车，前面一辆是满满一车荷枪实弹的鬼子兵，驾驶室顶上还架着机枪，后面一辆用苫布蒙得严严实实。鬼子的汽车开进隆盛庄，开到镇公所门前，西村和前田将一个鬼子军官迎进去，车上的鬼子则跳下车，围住蒙着苫布的汽车担任警戒，如临大敌。没一会儿工夫，汤冠群带着一队皇协军一路小跑到了永盛源。张福正在喝茶，见汤冠群气势汹汹地闯了进来，以为汤冠群在他哥和侄儿那儿没讨到便宜，想拿他开刀。他虽然说不上十分害怕，却也提心吊胆，赔着笑脸迎上去，抱拳道："汤团长，您可是稀客。今天咋想起来到我这永盛源坐坐了？我这儿刚沏了一壶好茶，请汤团长一道品品吧！"汤冠群与张福没有过摩擦，但因为张福是张家老二，还是对张福心有芥蒂，不冷不热道："张掌柜，本团长哪有闲工夫陪你品茶！本团长奉西村指导官之命来通知你，你的永盛源被皇军征用了。现在给你半个时辰，你和你的伙计一个不剩地搬出去吧。"

自从鬼子进驻隆盛庄，临时征用字号、民居已是家常便饭，但张福还是觉得不对劲儿，现在的隆盛庄，除了赌坊、烟馆、窑子等，正当生意里最赚钱的，当数张福的永盛源和张禄的皮坊、毡坊了。隆盛庄地处蒙汉交界，土地广袤，草场茂盛，以出产粮食、皮毛为主。加之塞外天寒地冻，无论男女老少，冬天都需要皮毛制品御寒，所以，皮毛制品的生意一直不错。人们手里的羊皮、羊毛要卖给永盛源，而永盛源的皮毛又有大半作为战略物资被日军买走。因为皮毛制品是大路货，张禄的皮坊、毡坊生意也还勉强，皮袄、皮裤、皮袖筒、皮褥子、皮被子，以及羊毛大毡、毡帽、毡靴等产品，无论富人穷人都缺不得，所以，尽管隆盛庄商贸萧条，皮毛行的生意还勉强做得下去。

张福怀疑汤冠群是故伎重演，想借日本人之口霸占他的永盛源，心里着急，却又一时想不出对策，嘴里哼哼哈哈道："汤团长，您这唱的是哪一出呀？皇军要征用我的永盛源，我不敢说不，但也得给我点儿时间，让我找个地方把库房里的货搬出去吧？"汤冠群看上去很着急，皱着眉骂骂咧咧道："张掌柜，别他妈磨蹭，让你现在腾院子你就腾，库房里的货不用动。”张福见汤冠群不但要霸占他的字号，还要将库房里的皮张、货物一并抢了，不禁怒上心头，攥紧拳头盯着汤冠群冷笑道：“汤团长，看样子你是要将我置于死地呀？我永盛源的羊皮、羊毛有一半都是卖给皇军的，莫非西村指导官这回要抢了吗？”汤冠群愣怔了一下，呵呵地笑了：“张掌柜，皇军不过是临时征用一下你的院子，你急啥眼呀？看你的样子，快成惊弓之鸟了。”张福听说西村不过是临时征用永盛源，吁一口气，给自己打圆场说：“汤团长，我不是怕皇军征用永盛源，是担忧皇军若是征用的时间过长，库房里的皮子受了潮，捂出了黄残，我的生意便亏大了。”汤冠群不耐烦了，挥挥手道：“张掌柜，快腾院子吧，皇军要在永盛源放些东西。你放心，多不过十天半月，东西便拉走了，你的皮子坏不了。”张福一颗心落在肚子里，连忙说道：“好的，我这就腾，这就腾。”又顺口问道，“汤团长，皇军要在我这院子里放啥？东西多不多？”汤冠群瞥张福一眼说：“皇军的军事机密，你不要乱打听，赶快把院子腾出来就是。”

鬼子的两辆汽车开到永盛源门口，因为大门低，汽车开不进院里，鬼子便掀开苫布，打开汽车的后厢板，把货物往字号里搬。货物都是绿色木头箱子，有大有小，有轻有重。鬼子把箱子卸到一间大库房里，关好大门，除了门口放两个岗哨，其余的鬼子都住在了院子里面。

第六十六章

犬养奸杀袁小香

永盛源被鬼子征用，张福闲着没事，便到张禄那屋坐，玉凤恰巧也在。从西村把梁龙带到丰镇，梁龙便杳无音讯，玉凤心里着急，三天两头地往张禄家跑，哭哭啼啼，恳求张禄帮她打听梁龙的消息，看梁龙是不是还在人世。张禄也不知道鬼子把梁龙怎样了，劝玉凤耐心等等，说他已经让寿祥打听了，只是暂时还没有回音。玉凤便拍着炕沿哭骂三个儿子，后悔当初让他们当了兵，把鬼子得罪了，鬼子才拿他们的爹出气的。张禄给玉凤说宽心话，说梁念祖弟兄三个都是好样的，在前线打鬼子，都是铁血男儿，没有给隆盛庄人丢脸。玉凤听着来了气，说事情没摊在谁的头上谁不知道。还让张禄别尽说好听的，他好几个儿子，咋不把自己的儿子送到前线打鬼子去。张禄无奈地直摇头，安慰玉凤心急没有用，他再催催寿祥，让寿祥托丰镇的同行多打听打听。

玉凤敢和张禄拉下脸，还是当年两人彼此爱慕过的原因，见张福来了，她和艾叶、舒兰打个招呼回家去了。张福把鬼子征用永盛源的事讲了，张禄蹙起眉头自言自语道："鬼子在永盛源放了啥东西？还大门紧闭，门口上了岗？"张福说："东西用绿木头箱子装着，是鬼子自己卸的车，轻拿轻放，看样子挺金贵。"张禄思索道："鬼子的东西，啥最金贵呢，还用木头箱子装着？"张福眼睛一亮，说道："哥，你说箱子里装的是不是枪呀？咱民团当年也买过枪，装枪的箱子和鬼子的箱子大小、颜色差不了多少。"张禄点头"嗯"一声："福奎，我看你说的差不多。除了枪，鬼子还有啥金贵的东西？可是，汤冠群的皇协军都有枪呀，鬼子又拉来这么多枪，是做甚的？是不是鬼子要在隆盛庄招兵买马了？唉！就汤冠群现在的人马，隆盛庄已经快养不起了，若是再招兵买马，隆盛庄拿啥负担呀？”

晚上，张寿祥回来吃饭，张禄把鬼子征用永盛源的事讲了，张寿祥说他已经知道了。张禄问张寿祥知不知道鬼子在永盛源放了什么东西。张寿祥说不知道，但从箱子的形状、重量和颜色看，应该是军火。张禄把自己的担忧说了，张寿祥让张禄放心，说他没听说汤冠群要招兵买马，鬼子的军火可能是临时存放在隆盛庄的。聂子瑶停下筷子，看着张寿祥插嘴说：“一汽车军火呀！唉！也没人给游击队送个信儿，游击队若是把军火抢了，往后和鬼子打起来，肯定不吃亏了。”

自从艾叶飞扬跋扈过，张禄一直讨厌男人谈话的时候女人插嘴，但碍着聂子瑶是新媳妇，又有文化，只是蹙了下眉头。张寿祥没注意他爹的神情，抬头看着聂子瑶道：“你以为游击队不想抢那车军火？是游击队力量太单薄，攻不下隆盛庄。”聂子瑶不甘心，说道：“游击队咋就攻不下隆盛庄了？城门不是你们警察署把守着吗？你把城门打开，游击队不就进来了。”张禄惊诧地望着聂子瑶，心说这倒是个好主意。张寿祥却不紧不慢地说：“哪有那么容易。西村安排了，这些天皇协军和警察一道守城门。西村是防着我们警察署呀！”聂子瑶正要继续说，见张禄眼睛盯着她，连忙拿起筷子低头吃饭了。

张禄虽然看出张寿祥不是真心给鬼子当汉奸，但也不知道张寿祥的真实身份。他想让聂子瑶和张寿祥继续说下去，自己好从中看出儿子的一些蛛丝马迹，便对聂子瑶说：“瑶瑶，你继续往下说。”聂子瑶聪明，也知道大户人家的规矩，故意问张禄道：“爹，您让我说啥？”张禄见聂子瑶大智若愚，也不逼她了，转向张寿祥道：“寿祥，爹觉得瑶瑶的话有些道理，你若是想帮游击队，想帮你三姨父，总会有办法的。”没想到，张寿祥却说：“爹，我端着鬼子的饭碗，咋能帮游击队呢？再说了，警察署虽然有枪，但西村每支枪只配给两发子弹，还派马六贼一样地盯着我。我就算想帮游击队的忙，拿啥帮？”张寿祥言语模棱两可，让张禄难以揣摩。

鬼子的军火存入永盛源后，张寿祥每天晚上都要在警察署值班。连着两天平安无事，第三天半夜，镇东门枪声骤起，像年三十晚上的爆竹一样响个不停。张家的男女老少都披着衣服出来了，张福问张禄说：“哥，你说是哪路人马吃了豹子胆，敢虎口拔牙？”张祯接过话说：“好像没听说附近有哪路独立队呀！依我看，敢打隆盛庄的，除了周通的游击队，没有别人。”张禄记得张寿祥的话，担忧地说：“周通兵力单薄，武器不好，弹药不足，贸然打隆盛庄，怕是要吃亏呀！好了，咱都回去睡吧，游击队打进来好，打不进来也好。”张福不解地说：“哥，你这话是啥意思？啥叫游击队打进来好，打不进来也好？”张禄微微一笑，说道：“游击队能打进来，西村和汤冠群的寿数便到了。游击队打不进来，周通自然会撤退，不会伤了性命。”张福点头道：“嗯，哥说的有道理。”

东门的枪声时密时疏，响了足足两个多时辰方才停歇。此时，天已蒙蒙亮了。张禄一晚上没睡踏实，想出去打听打听昨晚到底是哪路人马攻打隆盛庄了，结果如何。正要出院子，聂子瑶从外面回来了。张禄问道：“瑶瑶，你这么早出去，做甚去了？”聂子瑶说：“爹，寿祥昨天一晚上没回来，我担心他有个三长两短，去找他了。”张禄连忙问聂子瑶见到张寿祥没有。聂子瑶说见到了，张寿祥安然无恙。张禄又问张寿祥有没有说昨晚是哪路人马打隆盛庄的。聂子瑶压低声音说：“爹，我问寿祥了，寿祥说昨晚是游击队攻打隆盛庄的，皇协军看着就顶不住了，丰镇的鬼子突然派来了援兵，游击队便撤退了。”张禄听说攻打隆盛庄的果然是游击队，又听说张寿祥安然无恙，便放下心，回屋睡回笼觉去了。

鬼子的军火是准备补充后山各据点的，因为隆盛庄地处通往后山之公路要道，鬼子便把军火存放于此，通知四周各据点前来领取。隆盛庄既是绥东公路交通枢纽，也是共产党在绥东地区的情报枢纽，而张寿祥则是共产党绥东地区情报枢纽的负责人，所以，鬼子的军火刚运到隆盛庄，丰镇的情报便传到了张寿祥手中。

张寿祥想帮助游击队夺取这批军火，但他知道游击队的实力。游击队与皇协军人数不相上下，武器装备却落后许多。况且，绥东地委有过指示，非到万不得已，他不能暴露身份。也就是说，如果游击队攻打隆盛庄，警察署不能做内应。按照情报规则，尽管张寿祥认为游击队没有攻打隆盛庄、夺取军火的能力，还是把情报送到了四美庄联络点。

巴山接到张寿祥的情报，心中跃动却又踌躇不定。他也是枪林弹雨中冲杀出来的，知道没有三倍于敌的力量和重武器，打攻坚战绝无胜算，但他又不想放弃，便派出侦察员，看周边有无我军其他部队活动。侦察员四处打听，回来报告，说周边没有我军其他部队活动，但隆盛庄附近突然出现了一支傅作义的骑兵部队，大约有一个营的兵力。巴山奇怪，傅作义的主力一直在绥西一带，怎么会突然出现在隆盛庄附近？想到傅作义为抗日名将，此时又值国共合作期间，何不说服傅作义的部队助一臂之力，打下隆盛庄，夺取鬼子的军火？

巴山亲自前往傅作义部队驻地，双方通报身份，傅作义的长官是一位梁姓团长，梁团长听巴山自我介绍是八路军双台山游击队政委，有些轻蔑。巴山听周通说起过梁龙的儿子梁怀祖在傅作义的队伍，试探地问道：“不知梁团长认识晋绥军的梁怀祖否？”那梁团长惊异道：“我便是梁怀祖，巴政委如何知道我的名字？”巴山见果然是梁怀祖，高兴道：“梁团长，如果细说起来，咱们还有些渊源呢。”梁怀祖听说巴山是金花姑姑的二儿子，三姨父周通则在游击队担任队长，态度大变。

原来，梁怀祖受命护送一位上司到第二战区，返回时，听说鬼子有一汽车军火运往隆盛庄，便尾随而来，想顺手牵羊夺取那批军火，现在听说游击队也盯上了那批军火，正是不谋而合。巴山与梁怀祖分析，两路人马合在一起，有六百余人，兵力虽然远高于隆盛庄日伪守军，但隆盛庄城墙高厚，易守难攻，而我军无重武器，实施强攻，必定伤亡重大，不如摸清鬼子的意图，最好在军火运往后山据点的途中打鬼子的埋伏。巴山立刻派人进隆盛庄与张寿祥取得联系，得知鬼子的军火是要存放在隆盛庄等待后山各据点的鬼子前来领取时，与梁怀祖研究，做出了强攻隆盛庄的决定。

梁怀祖已经从梁奉祖嘴里得知张寿祥回到隆盛庄，给鬼子担任警察署长了，十分诧异，说张寿祥当年脱离晋军，好像投奔共产党了，怎么会回隆盛庄给鬼子当了汉奸呢。出于安全考虑，巴山没有暴露张寿祥的真实身份，只说张寿祥虽然给鬼子当了汉奸，但并没做过坏事。梁怀祖仍旧狐疑不已。部队运动到四美庄隐蔽，那天半夜，突然向隆盛庄东门发起猛攻。梁怀祖早已得知他哥梁念祖在中条山与日军作战时负伤被俘，鬼子抓他爹劝降他哥，他爹与他哥宁死不屈，双双遇难的消息，怒火之下，命令部队发起猛攻。

从鬼子的军火运来，西村便加强了戒备，提防游击队攻打隆盛庄抢夺军火，现在见游击队果然来了，命令汤冠群和张寿祥的队伍全力反击，死守隆盛庄，等待援兵。但是，战斗刚刚打响，他的头上便冒出了冷汗，因为游击队不会有如此兵力，还有如此多的骑兵，更不会有如此猛烈的火力，莫非是八路军的正规部队参战了？西村立刻派前田到永盛源命令看守军火的鬼子火速增援。

因为西村从鬼子的军火中给汤冠群拨了两挺机枪和十几条崭新的三八大盖，皇协军的防守十分顽强。张寿祥带着警察放了两声空枪后，抱着枪坐在隐蔽处，有的抽着烟，有的小声嘀咕着。西村见状，洋刀架在张寿祥的脖子上，怒道：“张寿祥，大敌当前，你却悠闲地躲在这里打瞌睡？难道你私通八路？”张寿祥摊开双手，故作无奈道：“指导官，不是我不打，是我没法儿打呀！”西村问为什么。张寿祥从一个警察手里拿过枪，拉一下枪栓说：“指导官，有枪没子弹，这枪便连根烧火棍都不如了，您让我咋个打法儿？”西村这才记起来，当初为了防备警察对皇军有二心，每支枪只配备了两发子弹。他连忙把汤冠群喊过来，让他给警察每人补充二十发子弹，待打退八路军的进攻，须将剩余子弹和弹壳交回来，不得窝藏一发子弹。警察们领了子弹，这才懒洋洋地站起来，盲目地朝黑暗中射击。

押运军火的鬼子带着电台，枪声初起时，已经向丰镇发报请求增援了，现在见西村告急，留下几个士兵继续看守军火，其余的鬼子带着两挺歪把子机枪赶到东门的城楼上增援。鬼子和皇协军火力凶猛，数挺机枪火力交叉，组成一道严密的火力网，打退了晋绥军和游击队的数次进攻。梁怀祖与巴山正在研究部署，担任警戒的战士飞马来报，说丰镇鬼子的援兵正快速赶来，离隆盛庄不到十里远了。梁怀祖和巴山不敢恋战，各自带队伍撤出战斗。临分手时，梁怀祖和巴山、周通握手道："巴政委、三姨父，此去不知何日才能再见。请你们转告玉奎叔和寿祥，一定要关照好我妈。就说奉祖很好，他现在给傅作义将军当警卫呢，让她老人家放心。唉！下次见面，或许要等到把小鬼子赶出中国之后了。"

巴山与周通和梁怀祖依依道别，他们没有想到，鬼子很快就要完蛋，而下次见面是在解放战争的集宁战役中，他们将化友为敌，兵戎相见。这是后话。

丰镇的鬼子援兵是日军一个骑兵小队、皇协军两个骑兵营。皇协军为王金虎部。王金虎被鬼子任命为皇协军团长，和汤冠群一样，都是官大兵少。汤冠群号称团长，实际只有一个连多一点儿的兵力。王金虎比汤冠群强些，一个团只有一个营的兵力，所以，他的两个营实际上只有两个连的兵力。

为了保护军火，鬼子的援兵暂时留在了隆盛庄。周边据点不断有鬼子来，军火很快便被领走大半。

王金虎还记着袁小香当年救他性命的恩情，经常到怀春院看望袁小香。

自从鬼子进驻隆盛庄，各行各业生意萧条，唯独赌坊、烟馆、窑子生意兴隆。赌坊和烟馆是汤冠群的，自然没人敢去骚扰滋事，怀春院便不同了。日军入侵中国后，为了安抚士兵，在各地建有慰安所，强迫中国妇女充当慰安妇。隆盛庄是小镇，且无日军驻扎，所以没有设立慰安所。但是，日军经常调防路过，怀春院便成了皇协军和日军的泄欲场所。日军来的人多时，就连老鸨袁小香也不得不亲自应付。为了日军不随意奸淫良家妇女，商务会和袁小香有过约定，日军嫖娼，凡不给钱的，由商务会支付，皇协军嫖资不足的，由商务会补足。但是，商务会可以出钱，窑姐们却未必经受得住日军的无情摧残。皮肉钱不好赚，怀春院生意虽好，袁小香和窑姐们也是战战兢兢，生怕哪天命丧禽兽不如的鬼子淫之手。

那天，王金虎约汤冠群到庆春楼吃饭。

前几天，汤冠群与王金虎遇到一起，王金虎拍着他的肩轻蔑道："汤团长，你这当的叫啥团长，百十来号人，充其量也就是个连长吧？"汤冠群没有王金虎的人马多，自然不敢和王金虎争高论低，讪讪道："王团长，你那丰镇是县，我这隆盛庄是镇，镇和县如何比得？守一个小小的隆盛庄，我一个连的兵力足够了。"王金虎点头道："那倒也是。汤团长，隆盛庄可是个好地方，字号多、老财多，肥得流油呀！想当年，我也打过隆盛庄的主意，可隆盛庄城墙高厚，商团也卖命，打了几次，愣是没打下来。"汤冠群叹息道："王团长说的是那些年了，如今的隆盛庄王团长也亲眼见了，店铺、字号大多关了门，四大老财也都空有其名，许多人家熬稀粥都恨不得数数几粒米，哪还有啥油水。"王金虎嘿嘿笑道："汤团长，你这是打马虎眼呢吧？当年我在武斯楞手下当营长的时候，在隆盛庄驻扎过。莫说张瑞元、张禄父子了，那几个有名的大老财，哪家不是家财万贯！如今虽然萧条了，但瘦死的骆驼比马大，汤团长手握隆盛庄生杀大权，他们哪个敢不巴结你？哪个敢不孝敬你？"

汤冠群听出了王金虎话里的意思，以为王金虎借着自己人马多，势力大，隆盛庄又归丰镇管辖，想敲诈他几个。他心里暗骂一声，嘴上却说："王团长，您哪里知道，那几个大老财都贼着呢。不等皇军占领隆盛庄，他们便把钱财转移出去了。就拿张禄说吧，他除了在包头和人合伙开了一家大买卖，还在北平置下不少房产。现在，他三儿子在北平一边收房租一边念燕京大学，他小老婆则带着几个小儿子和闺女跑到了包头，听说包头的生意可红火了。他在隆盛庄的家业，除了地便是那几处已经关了门的字号，就算还有些金银，估计也埋进地下三丈深了，他不往出说，怕是鬼也猜不出他把钱财都藏在了啥地方。"王金虎奸笑道："汤团长的精明我早有耳闻，汤团长走江湖出身，办法多的是，若是想从他们身上榨点儿油水，不过是说句话的事。"汤冠群越发肯定了自己的判断，心说老子伺候皇军的时候，你他妈的还在山里拉独立队、当土匪呢。就仗着人多枪多，到丰镇当了个破团长，便飞扬跋扈，想吃喝老子了？妈的，门儿都没有。隆盛庄是老子的地盘，老子不尿你，你能把老子咋地？找个借口不和王金虎聊了。

王金虎果然打上了隆盛庄的主意。第二天，汤冠群到镇公所，西村对他说："汤团长，看来这隆盛庄真是块肥地方呀！王金虎连丰镇都看不起了，想和你换防，到隆盛庄当团长呢。"汤冠群心说坏了，他的家业是通过赌坊和烟馆赚来的，他昨天能霸占梁龙的赌坊和烟馆，王金虎明天就能把他的赌坊和烟馆抢了去。他连忙问西村道："指导官，王金虎真是这么和您说的？"西村点头道："是呀！王金虎说没有我的引荐，便没有他的今天，所以，想和我一道齐心协力，把隆盛庄治理得更好。"汤冠群哪能让王金虎遂了愿，摇着头挑唆说："指导官，您可别轻信王金虎的话，那老东西后脑勺上长着反骨，稍不称心就会犯上作乱。当年背叛过小状元、背叛过武斯愣、背叛过阎锡山，说不准哪天又要背叛皇军了。让他到隆盛庄来，您就是在身边养了一只翻脸不认人的白眼狼呀！"西村是中国通，又给汤冠群当了多年主子，也知道汤冠群借着皇军的威风霸占了梁龙的赌坊和烟馆，在隆盛庄横征暴敛，没少搜刮钱财。有道是养条狗还得时不时地喂两块骨头，只要汤冠群对皇军忠心耿耿，这些都是小事。西村知道汤冠群的心思与忧虑，狡黠地一笑，说道："汤团长放心，你跟随我多年，我怎么舍得你离开我呢？我已经对王金虎说了，让他安心在丰镇为皇军效劳吧！将来立了功，皇军肯定会提携他的。"

有了西村的话，汤冠群一颗心才落在了肚子里。

那天，北面的七台来了一队日军，是来领取最后一批军火的。王金虎接到命令，明天一早返回丰镇。王金虎约汤冠群在庆春楼吃饭，汤冠群以为王金虎还不甘心，想从他这里打开调防隆盛庄的缺口，本不想赴约，可王金虎死缠硬磨，说这顿酒他非喝不可。汤冠群推辞不过，只好硬着头皮赴约了。

王金虎只请了汤冠群一个人，却点了庆春楼的四道招牌菜。他今天没有一丁点儿的牛气，谦恭地朝汤冠群抱拳致意，说过客套话，举起酒杯。汤冠群心有戒备，不卑不亢地客气道："王团长，您是丰镇的大团长，我是隆盛庄的小团长，何况您又是在我的地盘上，哪能让您破费呢？这样吧，今天的酒记在我头上了。"王金虎脖子一歪，笑呵呵地摆手道："汤团长恭维了，你我虽然一个驻扎丰镇，一个驻扎隆盛庄，但都是一个级别，不分高低，不分高低的！今天这桌酒汤团长不必和我争，实不相瞒，我有件事要烦劳汤团长，还望汤团长多多费心。"汤冠群知道王金虎要说什么，冷冷一笑道："王团长，汤某还真奇怪了，丰镇与隆盛庄比起来，一个是县，一个是镇，那县与镇差的可不是一星半点儿，莫非王团长在丰镇不得志，想到隆盛庄来施展拳脚？"王金虎听得愣怔了一下，而后便哈哈大笑起来："汤团长误会了，我不是在丰镇混不下去了，也不是想到隆盛庄抢汤团长的饭碗，我是有件事想拜托汤团长。"汤冠群也懵懂了，眨巴着眼睛问："王团长手眼通天，还有您办不了的事？王团长说来听听，只要汤某能办到的，绝不推辞。"

王金虎和汤冠群碰一杯酒，缓缓说道："汤团长，这事说出来您可不要笑话。怀春院您知道吧？"汤冠群点头道："王团长说的是那家窑子吧？隆盛庄无人不知。”王金虎又问：“汤团长认识怀春院的袁掌柜吗？”汤冠群奇怪王金虎对人老色衰的袁小香有兴趣，心说袁小香年轻时也是一朵花，莫非王金虎和她有过一腿？嘿嘿笑着问道：“当然认识，咋，莫非王团长与袁掌柜有过交情？”王金虎感慨道：“汤团长有所不知，我们岂止交情，细说起来，那袁掌柜还是我的救命恩人呢。”汤冠群诧异道：“啥？袁掌柜是王团长的救命恩人，咋回事？王团长能说来听听吗？”

王金虎也不瞒藏，将当年李炎带他进隆盛庄，夜宿杨飞燕的怀春院，半夜被聂志贤和汤冠丰带着警察和商团包围，十几个弟兄被打死大半，李炎受伤被俘，第二天李炎和他爹妈一道被填了枯井，唯有他一个人在袁小香的帮助下侥幸逃得性命的旧事讲了一遍。汤冠群也算隆盛庄的老人，早听说过这件事，只是不了解王金虎逃脱的细节。他怕王金虎因为他哥迁怒自己，连忙站起来向王金虎抱拳道：“王团长，没想到我哥当年受聂志贤的蛊惑，还做过这么一出没屁眼儿的事情。我哥已经死在张占海手里了，还望王团长原谅他当年的过失吧。”王金虎大咧咧地说：“汤团长放心，我感激你哥还来不及，哪能计较他呢？若不是你哥和聂志贤杀了李大麻子，我也当不了大掌柜，现在还不知道混成个啥样儿呢。”汤冠群点点头，满眼疑惑道：“那王团长今天找我是……”王金虎说道：“汤团长，您也知道，我这次增援隆盛庄，是为了保护皇军的那批军火。现在，军火都分发给各据点了，我们的任务完成了，明天就要回丰镇。”汤冠群见王金虎找他既不是想和他换防，也和他哥没干系，立刻坦然了，说道：“这我知道。王团长有啥需要汤某的地方请直言，汤某纵然赴汤蹈火，万死不辞。”王金虎站起来抱拳道：“汤团长不愧走江湖出身，够仗义！其实，我也没啥大事。那袁掌柜救过我的命，这份恩情我会记一辈子。原本想和汤团长换防到隆盛庄，好照顾照顾她，现在看来没有这个必要了。汤团长在隆盛庄说一不二，我就把这个心愿托付给汤团长吧。”汤冠群一直觉得王金虎是那种出尔反尔、言而无信的小人，现在见王金虎也懂得报恩，对他有些肃然起敬了，信誓旦旦道：“王团长放心，不是汤某吹牛，隆盛庄除了西村指导官，便是汤某说了算。这件小事，汤某应下了。王团长转告袁掌柜，往后有啥事情让她直接找我，我替她做主。”

王金虎谢过汤冠群，两人没了隔阂，便开怀畅饮起来。两个汉奸惺惺相惜，臭味相投，谈为虎作伥的得意，交流当汉奸的心得，全然忘记了耻辱，忘记了自己是中国人。

王金虎与汤冠群正说得得意，马六撩起门帘探头进来：“咦，我说咋听着像汤团长的声音，果然是汤团长啊！”汤冠群已经面色潮红了，问马六道：“马六，你也来喝酒呀？”马六怕汤冠群呵斥他，解释说：“这些天没明没夜地防守城门，连个囫囵觉都没睡过。好在皇军的军火都拉走了，约了两个弟兄喝几杯，解解乏，晚上睡个好觉。听见这边像是汤团长的声音，便过来看看。汤团长慢慢喝，一会儿把您的账记在我头上。”汤冠群笑道：“马六，看来这几年没少捞油水呀？”马六呵呵笑道：“哪里，哪里，蒙汤团长提携，不过弄了几个烟酒钱而已。”汤冠群朝马六招招手说：“马六，别探头探脑的像个贼一样，进来，陪丰镇的王团长喝两杯。”马六进来，朝王金虎抱拳道：“久闻王团长大名，幸会！幸会！”王金虎不认识马六，朝汤冠群道：“汤团长，这位是……”汤冠群介绍说：“这是警察署的马副署长。”马六接过话，笑眯眯道：“我叫马六，无名之辈！无名之辈！”马六坐下，汤冠群蹙着眉头说：“马六，别只顾着把脑袋钻进钱眼儿里，忘了西村指导官和我交给你的任务。”马六连忙说：“忘不了，忘不了。汤团长放心，我替您盯着他呢。”汤冠群想起王金虎托付的事情，安顿马六说：“马六呀，还有个事儿我要叮嘱你一句，怀春院的袁掌柜是王团长的救命恩人，回去告诉弟兄们，以后绝不能到怀春院找麻烦……”汤冠群话未说完，马六一个蹦子跳起来，瞪大眼睛惊愕道：“啥？怀春院的老鸨袁小香是王团长的救命恩人？”汤冠群拽马六一把，给他使个眼色道：“马六，咋说话呢？啥老鸨不老鸨的，是袁掌柜。”马六结结巴巴道：“可是，袁、袁掌柜她，刚才……”王金虎见马六神色不对，放下手里的筷子盯着马六问：“马署长，袁掌柜刚才咋了？”马六看着汤冠群不说话，汤冠群瞪他一眼说：“有话就说，有屁就放。没听见王团长问你呢？”

马六的话把王金虎惊了个目瞪口呆：“汤团长，袁掌柜刚才……唉！袁掌柜刚才死了……”王金虎呼地站起来，眼睛瞪得牛蛋一般：“死了？不会吧？昨天晚上我还到怀春院看过她呢，咋就突然死了呢？”马六嗫嚅道：“王团长，实不相瞒，七台来领军火的皇军刚才到怀春院寻乐子，不知咋的起了争执，袁掌柜便……”不待马六把话说完，王金虎脸色蜡黄，连招呼都不打，撸一把袖子，怒发冲冠，大步而去。

袁小香之所以惨死鬼子之手，和王金虎到隆盛庄有着极大的关系。

皮肉生意一行，说来是极难做的，尤其乱世，老鸨既要左右逢源，又要八面玲珑；既要笼络有钱的老财，又要应付耍赖的穷汉、蛮不讲理的兵匪。袁小香苦心经营，虽然不敢和曾经风光无限的四大老财相比，万贯家业还是挣下了。

袁小香这些年赚足了钱，也受够了气，直到王金虎带兵增援隆盛庄，到怀春院看她，袁小香突然觉得自己的脊梁骨挺起来了，因为她有了靠山。

王金虎虽然出尔反尔，反复无常，但还是有点儿良心的。袁小香的救命之恩他一直铭记心头，见袁小香虽然浓妆艳抹，却也万分憔悴，又听袁小香向他倒了许多苦水，便萌发了与汤冠群换防，他亲自坐镇隆盛庄，为袁小香撑起一片天地的想法。可惜汤冠群跟随西村多年，西村舍不得他离开，而汤冠群也怕王金虎另有所图，不愿意离开隆盛庄这个发家之地。王金虎便安慰袁小香，说他虽然不能调防隆盛庄，但可以给汤冠群打个招呼，让汤冠群照顾她。以自己皇协军团长的职务和在丰镇的势力，汤冠群应该会给他这个面子的。袁小香知道汤冠群在隆盛庄是一人之下、万人之上的人物，心说有汤冠群罩着，还有谁敢打怀春院的主意？

七台来领取军火的鬼子指导官是个大尉，名叫犬养平一郎。日本人的姓氏多为两个汉字组成，下层百姓的姓氏更是随意，比如住在大桥旁的，便姓大桥；家门口有松树的，便姓松下；有做裁缝的，便姓服部；有开料理的，便姓味美。犬养因祖上养狗，故姓犬养。

犬养是个变态色魔，入侵中国后，奸淫无数，尤其喜欢欣赏部下虐奸妇女。在七台驻扎时，曾搬一把椅子坐在旁边，欣赏一群鬼子兵将一个中国妇女轮奸致死。这次到隆盛庄，见西村军衔比他低，又是出生在中国的“满洲开拓团”后裔，便心生蔑视，趾高气扬地让西村找几个花姑娘给他的士兵玩玩。西村听闻过犬养的嗜好与变态，不想让犬养扰乱隆盛庄的现有秩序，激起隆盛庄人对皇军的仇视与反抗，便对犬养说隆盛庄是皇军的模范之镇，切不可因为玩弄几个女人，破坏皇军中日亲善的建设成果。隆盛庄有窑子，犬养长官如果想玩女人，不妨让前田带他们到怀春院去，嫖资可以记在商务会账上。犬养虽然看不起西村，但隆盛庄毕竟是西村的地盘，所以，尽管心中不快，还是哼着鼻子，带着五六个鬼子随前田到怀春院去了。

虽说已经习惯了过往的鬼子到怀春院嫖娼，袁小香还是看见鬼子便心惊肉跳。不过，这次不同了，因为有了王金虎这座靠山，袁小香比以往从容淡定了些。前田把犬养安顿给袁小香便走了，袁小香赔着笑脸，喊窑姐们出来接客。窑姐们见来的是日本兵，一个个战战兢兢，面如土色。袁小香给窑姐们壮胆儿，说怀春院现在有丰镇皇协军的王团长罩着，让窑姐们不必害怕。

犬养捏着下巴，把窑姐一个个地端详了一遍，最后指着一个身材玲珑、面容姣好的窑姐狞笑道：“花姑娘，你的干活。”那窑姐艺名桃花，袁小香便对桃花说：“桃花呀，太君看上你了，快带太君到你屋里，一定要把太君伺候好哦！”又对其他几个鬼子笑脸说道，“这几位太君，你们也挑一个吧。我们怀春院的姑娘不单长得好，还会体贴人呢。”犬养在中国驻扎年头长了，也会几句中国话，指着其他几个窑姐说：“她们的不要，统统地出去！”袁小香以为只有犬养一个人要嫖妓，其他鬼子都是保护犬养的，便朝窑姐们挥手说："你们都出去吧！桃花，别愣着发呆了，快带大太君到你屋里去呀！"不想，犬养却嘿嘿一笑，一把拽过桃花，往鬼子兵面前一推，在太师椅上坐下，点一支烟，跷起二郎腿，嘴里喷着烟雾，朝鬼子兵叽里呱啦地说了一通日本话。几个鬼子便一拥而上，嬉笑着动手撕扯桃花的衣衫。桃花没见过这种架势，一边挣扎，一边哭叫道："掌柜的救我，掌柜的救我！"袁小香看出不对劲儿了，慌忙朝犬养哀求道："大太君，窑姐也是人，太君逛窑子我们悉心伺候，但不是这么玩耍的。"

桃花脸色惨白，声音尖厉地喊着，求袁小香救她。袁小香自己也做过窑姐，知道做窑姐的难，对窑姐们也还不错，何况窑姐就是她的摇钱树，便再次抱住犬养的胳膊苦苦哀求，请犬养放过桃花。犬养正在兴头上，被袁小香搅得心烦，跳起来"啪"地抽袁小香一记耳光，瞪起眼睛骂道："八嘎！"袁小香被犬养一记耳光抽清醒了，忽地想起了王金虎，双手往腰间一叉，母老虎般发了威，嘴里唾沫星子乱溅道："八个？照你们这般畜生，八十个姑娘也得让你们糟蹋死了。告诉你，没有金刚钻，老娘也不敢开这怀春院。你也不打听打听怀春院的后台是谁？是丰镇城的王团长。老娘是王团长的救命恩人，你知道吗？"犬养被袁小香的泼辣弄得愣了一下，端详端详袁小香，眼珠转了一下，朝几个正要强暴桃花的鬼子挥一下手，哇啦了几句日本话，鬼子便放开了受惊的桃花。桃花见自己死里逃生，衣衫也顾不得穿，尖叫着逃出屋去。

袁小香见犬养把桃花放了，以为自己的威慑起了作用，鬼子真的对王金虎有所忌惮呢，便赔着笑脸，满意地对犬养道："大太君，您给我袁小香面子，就是给王团长面子了。这样吧，一会儿我请您喝酒，让王团长作陪，您……"袁小香突然不往下说了，她的表情凝住了，充满了惊愕和恐惧。她看到了犬养恶毒的狞笑，看到几个鬼子已经把她团团围住。袁小香恐惧得腿软骨酥，往后退了两步，想要逃出屋去，可是，身后的鬼子用力一推，又把她推到犬养面前。袁小香灵巧的嘴结巴了："太君，您、您这是……"犬养发出一声魔鬼般的笑声："你的，代替那个花姑娘的干活！"说罢，将呆若木鸡的袁小香往后面鬼子怀里用力一推，坐回太师椅上。袁小香还没反应过来，几个鬼子已经七手八脚，把她摁倒在被大皮靴踩出许多脚印的被子上，不管她惊惧的号叫，连揪带拽，将她扒得白羊一般。

一群禽兽不如的鬼子，对已经年老色衰的袁小香轮番施暴。袁小香毕竟上了岁数，咒骂与哀号声渐渐微弱，到了最后，只剩下一点儿微弱的气息了。然而，变态的犬养并没有放过袁小香，竟然恶毒地将一把刺刀插入袁小香的下体……

王金虎赶到怀春院时，怀春院的窑姐已四散而逃，没有一个活人了。王金虎抱起血泊中的袁小香没有流泪，咬紧牙关呢喃道：“香香，你安心地去吧！王金虎向你发誓，一定会为你讨还血债的。”说罢，他将那把血淋淋的刺刀从袁小香的下体拔出来，在浸满血迹的被子上抹了两下，然后用被子将袁小香的尸体裹起来，走出屋外，仰望灰蒙蒙的天空，发出一声令人毛骨悚然的长啸。

第六十七章

王金虎怒杀犬养

犬养奸杀袁小香，在侵华日军的兽行中再平常不过，所以，西村也没当回事。但是，当他听汤冠群报告了王金虎与袁小香的关系，便气得拍着桌子乱叫起来，骂犬养无知，因为心理变态杀死袁小香，得罪了王金虎。王金虎没什么了不起的，但他手下有数百人马呀！皇军现在兵力紧缺，无论丰镇还是隆盛庄，皇协军都是皇军的看门狗。狗这东西，喂熟了可以看门护院，惹恼了也会反咬主人一口。何况，王金虎的手下多为他拉独立队时的喽啰。犬养莫非连这个道理都不懂？用中国人的话说，真是头被门挤了，脑袋让驴踢了。

西村没有犬养军阶高，不敢呵斥犬养，便命令汤冠群做好应急准备，请求押运军火的鬼子及鬼子援兵予以配合，以防王金虎反水背叛皇军。安排就绪，西村便带前田和汤冠群到王金虎的营房探听虚实。

王金虎自投奔李炎为匪之后，出尔反尔，反叛之事做得多了，也算经验丰富。他不动声色，微笑着轻描淡写道：“西村指导官来看我，是不是怕我因袁小香之死对皇军产生怨气？请西村指导官放心，袁小香虽然对我有过救命之恩，但这些年我也没少给过她好处，恩情早已报答过了。何况，她不过是窑子里的一个老鸨，皇军却是我的衣食父母，我怎能因为一个老鸨而对皇军生怨气呢？再说了，她死了也好，省得我这笔人情债要还个没完没了。”西村想想，觉得王金虎的话听上去也在理。王金虎现在吃着皇军的，喝着皇军的，拿着皇军的，借着皇军的威风狐假虎威，只要是个聪明人，便不会因为一个年老色衰的下贱女人毁了自己的前程。但是，王金虎为人奸诈，反复无常，听汤冠群介绍，他对袁小香的救命之恩铭记心中，皇军奸杀了他的救命恩人，他会无动于衷？所以，西村给丰镇日本宪兵司令部写了一封密信，说王金虎已经对皇军有了怨恨之气，请丰镇日本宪兵司令部斟酌，是否在王金虎回到丰镇后将其免职，加以处置。可是，西村没料到，就在当天半夜，王金虎集结当年拉独立队时的旧部一百余人，缴了防守城门的警察枪械，反水冲出隆盛庄。

王金虎之所以连夜反水，是因为唐永年按照张寿祥的指示，给王金虎做了工作。

前面曾经提到，唐永年的奶奶是王金虎父亲王岱的表妹，按辈分排下来，唐永年该称王金虎为表叔。当年，王岱娶了丰镇同知的外甥女，傍了靠山，对表妹不屑一顾。唐永年的奶奶也是硬骨头，你不和我来往，我还不认你这门亲呢。所以，两家形同陌路。但亲戚毕竟是亲戚，王金虎知道唐家与自家的关系。

张寿祥曾听他爹讲起过王金虎与唐疤子的关系，听说袁小香被犬养先奸后杀，死得很惨，而袁小香是王金虎的救命恩人后，突发奇想：何不借此策反王金虎，既可以瓦解日伪军，又可以壮大抗日武装。然后他便派唐永年去给王金虎传递口风。唐永年见了王金虎的面，先喊“表叔”，后报了姓氏。王金虎知道隆盛庄的警察是商务会的民团改编的，没有戒心，端详着问唐永年是谁。唐永年把关系说了。王金虎离开隆盛庄时尚在襁褓之中，长大后听他奶奶讲过唐家这门亲，疑惑地望着唐永年问：“我回过几次隆盛庄，也在隆盛庄驻扎过，可从没见你家有人找过我。你爹咋样？是种地呢还是做生意？”唐永年说他爹现在磨豆腐呢。王金虎敷衍说时逢乱世，能有豆腐磨也算不错了。他对这门亲本就没多少印象，对唐永年自然毫无感情，心说唐永年找他，无非是看他现在平步青云，给日本人当了团长，前来攀亲，想得点儿什么好处，或是到他的队伍当兵吧。王金虎态度冷漠地问唐永年找他有什么事。唐永年说：“我也没啥事情，刚听人说怀春院的袁掌柜是表叔的救命恩人，不知道袁掌柜咋得罪了日本人，死得那么惨？”

王金虎有些警惕了，心说从未来往的亲戚，突然找上门和他谈起袁小香的死，唐永年不会是西村派来探他口风的吧？他依然像刚才对西村和前田、汤冠群说的那样，轻描淡写道：“袁掌柜虽然救过我的命，但我已经报答过她了，她和我没干系。永年，要没啥事你就回去吧，表叔的队伍明天要开回丰镇，今天得早点儿歇息。”唐永年见王金虎下了逐客令，直接说道：“表叔，就是因为您明天要回丰镇，我才特意来给您提个醒的。”王金虎愣怔了一下，问唐永年什么意思。唐永年说：“表叔，您也不想想，日本人生性多疑，他们杀了您的救命恩人，不怕您记恨他们？人们可都知道，表叔您是重情重义之人呀！”王金虎心里“咯噔”一下，盯着唐永年的眼睛问：“日本人担心我记恨他们？就算我真的记恨他们，他们又能把我咋样？”

唐永年不敢把话说得太明白，呵呵一笑道：“表叔，我也是看在亲戚分儿上，特意来给您提个醒。表叔成天和日本人打交道，不会不知道日本人的手段。表叔在咱绥东也算英雄豪杰了，若是被日本人打了闷棍，那可就死得太委屈了。”这回，王金虎心里不是“咯噔”一下，而是打了个冷战，一把抓住唐永年的手，神态冷峻道：“永年，你这话是咋说的，啥叫日本人打表叔的闷棍？日本人敢打表叔的闷棍？”唐永年依旧笑呵呵道：“我不是说了吗，表叔成天和日本人打交道，日本人会不会打表叔的闷棍，表叔自己心里应该知道。我就是给表叔提个醒，表叔多多保重吧，我走了。”王金虎想过杀犬养替袁小香报仇，但权衡鬼子和汤冠群的力量，不敢轻易动手，正踌躇间，听唐永年说出这样一番话，哪肯让他走，于是拽住他的手道：“永年，既然你认了我这个表叔，何不把话说明白些。”唐永年沉着道：“表叔仔细想想，日本人杀了表叔的救命恩人，肯定怕表叔记仇。表叔记仇会咋办？肯定不会对日本人死心塌地了。日本人便会处处提防表叔，或者干脆找个借口取了表叔的性命，以绝后患。那时候，表叔就得挨日本人的闷棍。所以，表叔明天回到丰镇，往轻了说，团长的位子怕是坐不住了；往重了说，性命不保也是有可能的……”不待唐永年把话说完，王金虎已经惊愕地瞪大了眼睛：“永年，你、你究竟是啥人？”唐永年微笑道：“叔往哪想呢？我就是在警察署混碗饭吃。”王金虎摇着头说：“不会吧？表叔走南闯北，枪林弹雨、大风大浪见得多了，你这几句话可不是普通人能说得出来的。莫非你是……你这像是要鼓动表叔反了日本人呀！”

唐永年钦佩王金虎的确经验丰富，不过三言两语便怀疑自己了。他呵呵一笑：“表叔都往哪想呢？表叔有所不知，日本人没打进来之前，我在晋绥军当了几年连长，所以，有些事情还是能看出些眉目的。”他做出又要走的样子说，“既然表叔多心，那就当我啥都没说吧。今天晚上我带岗，就不叨扰表叔了。”王金虎虽然对唐永年心存疑惑，但还是想听听唐永年的主意，抓紧他的手，拍着他的肩膀笑吟吟道：“永年呀，哪里是表叔多心，分明是你多心嘛！既然你来和表叔说这些话，说明你心里还是有表叔的。表叔对你说实话，当年若不是怀春院的袁掌柜，表叔就和李大麻子一道被聂志贤填枯井了。所以，袁掌柜的救命之恩，表叔这辈子都忘不了。袁掌柜死得那么惨，表叔要是不为她报仇，表叔还是个男人吗？只是表叔拿不定主意，是该先回丰镇，等以后再寻机会呢，还是今天晚上就动手，宰了犬养那个畜生？有道是当局者迷，旁观者清。你能不能替叔拿个主意？”

唐永年觉得自己在王金虎这里已经待得太久了，万一被西村或是汤冠群发现，免不了要受到怀疑。他也不拿捏了，手指敲着脑门，佯装思索道：“既然表叔想听听我的想法，我不妨说出来，表叔自己斟酌。我觉得表叔不能回丰镇了，回了丰镇，那就是进了牢笼，成了日本人砧板上的肉。也不能今天晚上在隆盛庄动手，镇里现在除了汤冠群的一百多皇协军，还有押送军火和与表叔一道从丰镇来的援兵，加上犬养的小队，日本人总共有三个小队的兵力吧？如果打起来，表叔没有丝毫的胜算。何况，表叔的队伍也未必能全部听从表叔的指挥……”王金虎听得连连点头：“正是！正是！永年，那你说表叔该咋办呢？”唐永年搓搓双手，说道：“表叔，您看这样好不好？今天晚上我带岗，表叔可以在半夜带您的队伍从东门出隆盛庄。”王金虎迫切地问：“然后呢？”唐永年还是谨慎地微笑着说：“然后表叔就龙归大海了呀！想和日本人干，双台山有八路军的抗日游击队，队长也是咱隆盛庄人，之前是老君社会首，名叫周通，表叔可以与他合兵一处。表叔若是不敢和日本人干，那就把队伍拉到山里，重新干您的独立队。”王金虎鼻子一哼：“表叔既然反了日本人，就不怕小鬼子了。就算不投奔周通，也一样打鬼子。”唐永年高兴地竖起拇指说：“嗯，我就知道表叔英雄豪杰，好样的。”王金虎却说：“永年，你别给表叔戴高帽了。表叔看出来了，你不简单，说不准就是八路军的人。是吧？”唐永年不敢耽搁太久，也不回答王金虎的话，抱拳告辞。走了两步，他又返回来提醒王金虎道：“表叔，听说犬养后天要回七台，表叔若是想为袁掌柜报仇，机会难得呀！”

王金虎的两营人马里，有一个营是他拉独立队时的老班底，另一个营是鬼子为他配备的，也算是鬼子对他的监视和防范吧。王金虎不敢带两营人马一起走，只带了他的老班底，在半夜时分开到东城门。看守城门的警察由唐永年带岗，都是张寿祥秘密发展的自己人，唐永年让王金虎把自己和两个警察绑了，并叮嘱王金虎出城后朝天放几枪，然后往双台山方向去。西村闻到枪声，与汤冠群带着皇协军赶来，听唐永年说王金虎抢夺城门，带队伍反叛出城了，后悔没在隆盛庄将王金虎解决，气得骂个不停。

张寿祥将王金虎反水的情报传递给巴山，巴山和周通与王金虎取得联系，说服王金虎加入抗日阵营。王金虎提出条件，如果游击队能帮助他伏击犬养，他可以考虑。第三天上午，根据张寿祥提供的情报，游击队与王金虎一道在犬养返回七台的路上设下埋伏。抗战初，鬼子的一个小队几乎可以纵横中国一县了，但今非昔比，这次是双台山游击队与反戈的王金虎一道打的伏击，我方处于绝对优势。战斗不过进行了半个小时，鬼子便被歼灭。犬养被手榴弹炸断了腿，举枪想要自杀，王金虎抬手一枪，打中犬养的手腕，飞奔上前，一脚将犬养踢了个仰面朝天，皮靴踏在他脖子上，双目眦裂，阴森森地冷笑道：“犬养，你狗日的没想到报应来得这么快吧？老子今天要把你零剐了，替袁小香报仇！”巴山见王金虎要杀犬养，连忙上前制止，说八路军有政策，不杀俘虏。王金虎怒火攻心，哪里听得进巴山的话，哼着鼻子道：“巴政委，我王金虎现在还没正式加入八路军呢，不吃你八路军那一套。我跟你合作，为的就是杀犬养给袁小香报仇，如果不杀犬养，我还和你合作个狗屁呀？”周通听王金虎说过袁小香死得惨，也恨不得杀了禽兽不如的犬养，便把巴山拉到一旁悄声劝道：“巴政委，你不看王金虎眼睛都红了，为了一条鬼子的狗命，和他闹翻脸不值得。何况他说的也对，他现在还没正式加入咱游击队呢，咱不好管他。”巴山知道周通的心思，瞥周通一眼说：“你是队长，也偏着王金虎说话？”周通犟起脖颈道：“善有善报，恶有恶报。犬养是个畜生，他该死！巴政委，咱是游击队，不是主力部队，我看你也别较真了。何况，不让王金虎杀犬养，王金虎便未必肯加入咱游击队，那可是一百多号人呀！”

周通正劝着巴山，猛然听得犬养发出一声惨叫，急忙过去，见王金虎手握一把日本刺刀，手里拎着一个血淋淋的小物件。原来，王金虎竟然将犬养的阳具割了下来，犬养疼得在地上直打滚。巴山急忙喝止，王金虎却不理会，将手中血淋淋的物件随手一扔，扬起刺刀，朝犬养接连捅了下去，在犬养身上捅了十几个血窟窿。巴山见王金虎已经手刃了犬养，无话可说，只好由着王金虎了。王金虎土匪出身，手段够狠，朝巴山冷笑一声，再次挥刀割下犬养的脑袋，脱下身上皇协军的上衣，将犬养的脑袋裹了，翻身上马，对巴山和周通道：“巴政委、周队长，我先去隆盛庄一趟。”周通问道：“王团长，你去隆盛庄做甚？”王金虎道：“我把犬养的狗头给西村送去。”

王金虎将犬养的脑袋扔进城门，唐永年将脑袋送到西村的办公室，西村铁青着脸，当着汤冠群的面骂犬养道：“死得好，死得好，因为一个窑子里的老女人，不仅自己丢了性命，还把刚刚领的军火送了游击队，给大日本皇军丢尽了颜面。这颗脑袋真应该扔出去喂了狗。”

袁小香死后，窑姐们怕迟早像老鸨一样死在日本人手里，不敢继续留在怀春院了，有的随便嫁个男人从了良，有的做了暗娼。隆盛庄唯一的一家窑子就此散了。

王金虎虽然反水投奔了游击队，但反复无常的本性不改。巴山任命他担任副队长，他不服铁匠出身的周通，数月后，带着队伍脱离游击队，重新拉起独立队干了老本行。日本投降后，王金虎先投靠傅作义，后再次反水投奔解放军，之后不久，又反水做了土匪，为害地方，被解放军一举歼灭。这是后话。

没多久，西村接到命令，提拔西村为上尉，赴七台接替犬养的职务，任大日本帝国驻七台指导官；提拔前田为中尉，接任西村的职务，为大日本皇军驻隆盛庄指导官。

前田没真正地上过一天战场，由一个稚嫩胆小的士兵被提拔为中尉，在侵华日军中罕见而幸运。这些年，他跟着西村学了不少东西，尤其学会了说中国话，学会了杀人。现在，西村调离隆盛庄，今后的隆盛庄便是他的天下了，前田禁不住踌躇满志，跃跃欲试，准备大展宏图，做一番事业给西村和上司看看。

西村放心不下前田，提醒他说："前田君，别看隆盛庄地方不大，却是皇军在绥东地区的公路交通枢纽、战略物资的周转与征集基地，你切不可大意，辜负了天皇陛下和军部对你的厚望与重托。"前田心说：西村君多虑了，我到隆盛庄已经七个年头了，用中国人的话说，学不会也看会了。对付中国人，只要心狠手辣，他们便不敢不服。嘴上却说："请西村君放心，前田绝不辱没天皇陛下和军部赋予的使命，一定尽心竭力，完成军部下达的命令。"西村似乎看出了前田的心思，拍着他的肩膀提醒道："前田君，据我观察，隆盛庄看似风平浪静，实际却是暗流涌动。表面看来，百姓对皇军唯唯诺诺，逆来顺受，一个个奴才似的，口口声声称自己是良民。但是，这些人的脑袋后面都长着反骨，就像一堆干柴，只要一个火星溅上去，便会熊熊燃烧起来。周通、王金虎等便是例子，便是隆盛庄人的代表。还有，隆盛庄里一定有共产党的地下组织，不然，皇军的每次行动游击队怎么都会提前得知？"前田听得脑门冒出冷汗，问道："西村君，隆盛庄真有共产党的地下组织？那么，会是谁呢？您能不能给我留下些线索？"西村蹙起眉头思索道："这个我也不敢肯定。我觉得最值得怀疑的是张寿祥，可又抓不住他的把柄。我已经派马六监视他了，如果张寿祥有可疑之处，马六会向你报告的。"前田眉头一挑，问道："西村君，既然您已经怀疑张寿祥了，为何不把他抓起来？"西村摇头道："张家在隆盛庄的势力非同小可，且不说张禄为皇军担任商务会长，张祯德高望重，就连警察署的警察都是商务会民团的老班底。牵一发而动全身呀！我刚才说过，隆盛庄人就像一堆干柴，只要一个火星溅上去，就会燃烧起来。现在的隆盛庄人，只缺一个带头的，有一个人振臂一呼，上万人便会响应，所以，不到万不得已，你不要动张家的人。皇军身陷太平洋战场，没有太多的兵力顾及隆盛庄这样的小城镇。我们应该安抚人心，恩威并施，尽量维持当前的局面。等到皇军腾出手来，再给他张家来个斩尽杀绝。”前田向西村鞠躬致意道：“感谢西村君的教诲！前田定当谨慎行事。”西村又说：“前田君也不必过于谨慎，这些年咱们之所以安然无恙，说明无论隆盛庄人还是张家，对皇军还是十分忌惮的。中国人很聪明，聪明得过了头，他们最大的弱点便是保全自己，保全自己的最好办法就是做顺民、做奴才。这就是无论中国的统治者如何软弱无能，他们的百姓都会逆来顺受、服服帖帖的原因。好了，前田君，你身后是强大的大日本帝国，放手干吧，我相信你会比我做得更好！还有，我这次不能带家眷一起走，惠子和大地，还有慎二就拜托前田君了。”说罢，弯腰给前田鞠了个躬。前田连忙回礼道：“西村君放心，嫂夫人和大地侄子就交给我了，还有慎二校长，我会把他们当作自己的亲人一样照顾的。”

西村要去七台上任，前田想表示一下自己对西村的敬重，命令镇长聂敬与商务会长张禄邀请隆盛庄各界名流、地主老财、行会会首、字号店铺的掌柜，三天后在庆春楼摆下酒宴，欢送西村。

西村从在隆盛庄担任指导官以来，一直春风得意，没人敢打他的主意。可是，就在他要离开隆盛庄之际，居然有人胆大包天，将枪口瞄准了他的脑袋。

段祖贤在西河湾被前田杀害后，在银花的劝说下，段童娶屠夫贾虎的小闺女秀秀做了填房。那秀秀虽然要相貌没相貌，要身段没身段，却完成了段祖贤的遗愿，过门的头一年便怀上了，第二年便给段家生下一对双胞胎儿子。段童念念不忘心中的仇恨，本想等两个儿子长大些，再寻机刺杀西村为他爹报仇，可秀秀很快又有了身孕，段童不得不把复仇计划往后推迟，想等秀秀这一胎生下来再动手。没承想，这一拖又是数年。

汤冠群给西村出主意，征用了段童和段祖贤的院子。说是征用，却和抢没什么两样。段童带着一家老少搬到岳父的老院子后，秀秀生了，依然是儿子。如此，段童便一点儿顾虑都没有了。他担心自己刺杀西村后鬼子报复，盘算着等小儿子长大些，先把秀秀休了，让她回娘家去，这样，鬼子便没有杀他三个儿子的借口了。可是，小儿子才过了两岁，他妈玉兰却病倒了，段童只得把计划再往后推。第二年，玉兰过世，大妈玉莲哀伤段祖贤被鬼子杀害，院子被鬼子霸占，妹妹又先她而去，茶饭不思，也病倒在炕上。玉莲虽然不是段童的亲妈，但比亲妈丝毫不差。段童不敢先大妈而去，到时候没有孝子给大妈送终，只好耐住性子继续等待。

朱涌打汤冠群的闷棍，朱进把他爹留下的一对青花瓷瓶送了汤冠群，汤冠群偷梁换柱，用胡有才当了顶命鬼，饶了朱涌一条性命。段童不知内情，感叹朱涌因为汤冠群霸占了梁龙的赌坊、烟馆便敢打汤冠群的闷棍，而自己背负杀父丧子之仇，却瞻前顾后，犹豫再三，实在算不上个顶天立地的男人，真是愧对先祖！后来，在张寿祥的婚宴上，梁龙被汤冠群带走，从此再没有回来。人们传言梁龙是因为三个儿子都在国民党军队里，日本人在前方吃了败仗，拿梁龙泄愤，梁龙肯定是遇害了。段童更坐不住了，心说西村和前田知道自己与鬼子有仇，别害怕他报仇哪天先向他下手。有道是先下手为强，自己不能再等了。

前几天，玉莲的病情突然有了好转，不但能吃下去饭了，还能自己下地去茅厕了。段童便想提前动手，让大妈亲眼看见自己为爹报了仇，便写下一纸休书，连同家里的上千亩地契一道给了秀秀。

秀秀见段童不明不白地要休了自己，一把鼻涕一把泪地哭着，问段童自己哪做错了，如若嫌她长得不好看，当初娶她做甚。段童只管低着头抽烟，一声不吭。贾虎听说了，怒气冲冲地来给闺女做主，质问段童说："段童呀，我问你，秀秀是馋吃懒做了，还是在外面偷汉子了？"段童说："爹，没有，秀秀是个好闺女。她不但给我段家生了三个儿子，还端屎倒尿，把我大妈也伺候得周到。"贾虎脖子青筋暴起，骂道："放你妈的狗屁，秀秀好你还要休了她？你莫非不知道，被人休了的闺女，往后还有脸见人吗？你当初娶秀秀，莫非就是为了秀秀能给你家生儿子？现在儿子生了三个，你段家有后了，你便要过河拆桥？告诉你段童，今天你若说不出个所以然来，老子拿刀捅了你。"

段童见贾虎动了怒，"扑通"一下给贾虎跪了，磕了三个响头说道："爹，您误会了，我之所以对不住秀秀，是因为有说不出口的苦衷。求爹原谅我，替我照顾好秀秀和三个娃娃。"贾虎更是气恼，骂道："啥？你休了秀秀，还嫌老子不够丢人，还让老子替你养活三个娃娃？你当你是谁呀？"又瞥一眼坐在炕头抽泣的秀秀说，"你哭个啥，嫁了如此无情无义的男人，认命吧！走，回家，这辈子爹养你。"秀秀不哭了，说道："爹，我得把娃娃们都带上。"贾虎想都不想，坚定地说："不行，老子没那闲钱替他段家养活娃娃。"秀秀说："爹，娃娃不用你养，我也不用你养。"说着，把身边的包袱拿过来解开，里面是一大沓地契，说道："爹，他把家里的地都给了我，足有上千亩呢，我们母子三辈子也花不完。"贾虎愣了，仿佛明白了些什么，弯腰把依旧跪在面前的段童扶起来，声音悲凉道："女婿，你这闹的究竟是哪一出呀？"

张禄听说段童把秀秀休了，忽地想起梁龙向他提起过，说段童想买他那支驳壳枪，杀西村为他爹和儿子报仇。张禄知道段童心眼儿小，记仇，曾经问过段童，段童也不瞒藏，咬牙切齿地说：“大哥，鬼子打死了金柱，砍了我爹的头，这血海深仇若是不报，我还叫个男人吗？我知道，我若是杀了西村，自己也活不了。我死了倒是没啥，可段家一脉单传，就我一个儿子，到时候段家绝了后，我爹在阴间也闭不上眼。亏了银花不计较，让我娶了秀秀。秀秀争气，给我段家养了三个儿子，现在我就算死了，我爹也可以瞑目了。其实，我本该早就杀了西村那狗日的，可三个娃娃还小，我大妈又卧床不起，我总得等我大妈好些，把娃娃们再拉扯上两年吧。”张禄听段童暂时不会动手，放心了些，劝他说：“童童呀，西村和前田都该杀，就算杀他们一百回也不为过。可你想过没有，你杀了西村或者前田，能逃出隆盛庄吗？你逃不出隆盛庄，西村便要杀你。你死了，留下银花、秀秀和三个娃娃咋办？何况，你单枪匹马，能肯定杀得了西村和前田？”段童红着眼睛说：“杀了杀不了都要杀，杀了他是我爹在阴间冥冥相助，杀不了是他们死期未到。我就算杀不了他们，也吓狗日的一跳。至于银花、秀秀和三个娃娃，我已经有安排了。我爹留下的家业够他们下半辈子过。银花是大哥的亲妹子，我死后，大哥自会照料她。我把秀秀休了，让她带着三个娃娃回娘家去。我孑然一身，还有啥放不下的？”张禄听段童把后事都安顿好了，心中五味俱全，伤感不已，沉默了好一会儿，说道：“童童呀，你为父报仇，哥不敢拦你。但你该知道，鬼子在西河湾杀的不止你爹一个人，还杀了张占海、马麦和不少游击队的人，所以鬼子欠下的不是你一个人的血债，是咱隆盛庄许多人的血债。你就不能先忍忍，等大哥想个办法和周通联系上，求周通帮个忙，让游击队找机会把西村和前田杀了？”段童是那种只要认准了道儿便一条道走到黑的主儿，摇着头固执地说：“大哥，你别求周通。我爹的仇我要亲手报，西村和前田的命是我的，我没死之前，别人杀不得他。”张禄无法说服段童，但听段童的意思，不是马上就要动手，又听张祯说杜金给玉莲把过脉，玉莲虽然病入膏肓，但半年还挺得过去，心说等玉莲过世后再劝段童吧。

段童休了秀秀，张禄知道段童要动手了，去问银花，段童是不是和她商量过。银花点着头说：“大哥，休秀秀是我给童童出的主意。他要杀西村和前田，我怕鬼子报复杀那几个娃娃，让他先把秀秀休了，秀秀和几个娃娃便和段家没干系了，想必鬼子也不会找秀秀和娃娃们的麻烦。我把家里的地都给了秀秀，他们母子这辈子缺不了吃穿。”张禄听银花说得轻描淡写，连连摇头叹息道：“银花，你咋这么糊涂呀！你以为西村和前田好杀呀？要是好杀，还用得着童童动手，游击队早把他杀了。童童本就一根筋，认准了的理不回头，你该劝他忍着点儿才是，咋还能给他出主意呢？”银花咬着牙关说：“大哥，我这叫糊涂吗？鬼子杀了金柱，砍了我公公的头，这是血海深仇呀！难道童童不该替他儿子报仇？不该替他爹报仇？这事若是放在大哥身上，大哥咋办？假如鬼子杀了大哥家的裕祥，砍了咱爹的头，大哥莫非不杀鬼子替你儿子和爹报仇？”张禄被银花噎得苦笑一下，说道：“仇是要报，可你知道不，且不说童童能不能杀得了西村和前田，只要他去杀，他就没命了。难道你就不怕童童也像你公公一样，在西河湾被鬼子砍了头？”银花冷笑一声：“怕啥，反正现在活着和死了一个样儿，怕死就报不了仇。童童是个男人，他不为他儿子和爹报仇，他就不算个男人。唉！可惜我是个女人，也不会使唤枪，不然，我去杀西村和前田，就算杀不了他们，也吓狗日的一跳。”

张禄听银花的话耳熟，想起段童也曾这样说过，猜想段童之所以迫不及待地要动手，肯定和银花平日的念叨有关，无奈道：“银花，金柱死了有七年了，你还一直这么神神道道的，你这是催着童童去送死呀！”银花却不管不顾地说：“我不管，只要能给金柱和我公公报仇，就算我们两口子都死了也解恨。”张禄知道，银花就生了金柱一个儿子，十分溺爱。金柱的死已经让她迷失了心智，她脑子里成天只想着催促段童杀西村和前田，和她讲其中的利害，那是对牛弹琴。

张禄不想段童涉险，段童死了，留下妹妹孤苦伶仃一个人怎么办，便去问段童。段童却说：“大哥，你别听银花胡说八道，我大妈看着也就半年六个月的事儿了，我总得给他老人家送了终才能办我的事吧，不然，我若死在了前面，她便连个扛大头的孝子都没有了。大哥，这事儿你放心，我知道西村和前田不好杀，动手之前，我会找大哥商量的。”

张禄不知道，段童其实是怕他阻拦，编了谎话骗他的。

第六十八章

报父仇段童行刺

段童知道，凭自己一己之力，无论如何都无法将西村和前田一道刺杀。他爹的头虽然是前田砍的，却是西村下的命令，所以，他决定先刺杀西村。他打小就心细，开始留意西村的活动规律。

其实，西村刚到隆盛庄那几年，防范最为松懈。那时候，西村几乎每天都要到街上巡视一圈，每次出来，身边也就跟着前田、汤冠群和两个皇协军士兵。后来成立了警察署，改成汤冠群的皇协军出镇扫荡游击队，张寿祥的警察维护镇里的治安和保护西村。自从那年游击队伏击了运粮车，西村对张寿祥起了疑心，不敢继续让张寿祥保护他了，加之他已经熟悉了隆盛庄的情况，也用不着每天上街巡视了。

段童盘算过，西村住着他家的院子，院子院墙高厚，巷口有巷门，要想在他家刺杀西村几乎没有成功的可能，所以，他决定在西村从家里到镇公所的路上动手。段童的老宅离镇公所不远，段童观察一番，选中了麋柱家的院子。

麋柱的爹叫赵艾，赵艾是隆盛庄唯一的笼匠，他家迎街的院墙上竖着一根锹把粗的木棍，木棍上捆着一个笼齿残缺的破笼做招牌。那破笼经风吹雨淋，颜色黑灰，已快要散架了。

赵艾三个儿子，一个闺女。大儿子继承了他做笼的手艺，二儿子学了铜匠，挑着担子给人铸铜烟锅，修补铜器，常年在外，一年也回不了几次家。小儿子名叫麋柱，原本在车行当车倌，那年鬼子的飞机扫射，段童的儿子金柱被打死了，麋柱被打断了小腿，抬到张祯的医院，唐大夫说骨头都打碎了，医不了，只有把小腿锯了。闺女喜玲嫁了唐疤子的二儿子唐永福，可惜唐永福命短，喜玲早早做了寡妇。

赵艾两口子前几年先后过世，辛苦了一辈子，没挣下钱，只留下两间老房。两个哥哥见糜柱成了残废，娶不上媳妇，也不和他争，两间老房就归糜柱了。糜柱缺了一条小腿，车倌做不成了，又不会其他手艺，便在家煮了五香大豆，拄着拐杖上街卖。糜柱的五香大豆豆子选得均匀，发芽恰好，调料配得全，吃起来有滋有味儿，加之人们可怜他残废，上街吆喝一圈儿便卖完了。

段童觉得糜柱家的院子既在西村的必经之路，也不引人注目，院门旁的小墙不高不矮，是刺杀西村的理想之地。他去找糜柱，想把糜柱的院子买下来，可糜柱说这是他爹给他留下的念想，说什么也不卖。段童便说既然不卖，那他把院子租下来吧。糜柱不解，说段家是老财，租他这破院子有什么用处？何况，他把院子租出去，自己住哪里，到哪里煮五香大豆呢？段童问糜柱卖五香大豆一天能挣多少钱，糜柱说也就挣个三五毛钱。段童又问糜柱隆盛庄附近有什么亲戚没有，糜柱说二道河有个姨姨。段童便给了糜柱二十块大洋，让糜柱到二道河他姨姨家住上几个月。现在的隆盛庄人都成了穷人，二十块大洋可不是个小数目，精打细算些，够糜柱三五年的生活了，糜柱当即便答应了。段童在一个月黑风高的晚上，带着早已准备好的一支汉阳造到了糜柱家，把枪藏在屋梁之上。

段童要刺杀西村，但玉莲病情加重，看着便要不久于人世。段童想，还是等大妈过世后再动手吧。就在这时，外面人们议论，说西村调任七台当指导官了，不日即将赴任。前田接任隆盛庄指导官，让聂敬与张禄通知隆盛庄各界名流，后天晚上在庆春楼大摆酒宴，欢送西村指导官。段童去向张禄打听，张禄知道玉莲这些日子病情加重，估计段童照顾他大妈要紧，没往段童要刺杀西村上面想。

段童知道，西村这一走，以后再想刺杀他怕是要比登天还难。晚上，他让银花炒几个菜，夫妻俩面对面喝着酒。段童满眼苍凉地安顿银花说："银花，我明个早起就把狗日的西村拾掇了，给咱爹和金柱报仇。房契都给你留下了，埋金银的地方你也知道，我走后，你帮我把大妈送了终。也不用为我守寡，找个好人嫁了吧。"银花"呜呜"地哭起来，哽咽着说："童童呀，你放心地去。我把大妈服侍到送了终，到阴间去找你。咱一家三口在阴间好好地过日子。"段童听银花哭得揪心，把银花紧紧搂在怀里说："银花，你别瞎说，你得活着。秀秀那儿还有咱段家的三条根儿呢，她若是改嫁，你得把那三个娃娃收留回来，不能让娃娃们受了苦。"

夫妻生离死别，喝一杯酒哭一通。段童看天色不早了，站起来要走。银花突然改变了主意，抱紧段童的胳膊说："金柱和爹已经走了多年，要不这事儿就这么算了吧？”段童盯着银花问：“不杀西村了？不给金柱和咱爹报仇了？”银花抽泣道：“不了，不了，我不能让你去送命。已经死了两个了，不能让你再把命搭上呀！”段童摇着头坚定地说：“不行，我等这一天等了几年，绝不能让西村活着离开隆盛庄。银花，你别哭，小心惊动了大妈和隔壁大哥家，那样，西村就杀不成了。”银花也够刚强，立刻止住了哭声，抱住段童的脖子，盯着他的眼睛问道：“童童，你拿定主意了？”段童咬着牙关点头说：“从金柱被打死的那天起，我就拿定主意了。”银花在段童的脸上狠狠地亲了一口，面色凝重地说道：“好，既然拿定了主意，你就去吧。你若能活着逃出来，就到乌拉哈我姐家躲着。你若是死了，我替你收尸。”

段童也在银花脸上狠狠亲了一口，走到玉莲的房门口，也不进屋，在外面跪下，隔着门连磕了三个响头，站起来头也不回地消失在了夜幕中。

段童摸黑到了糜柱家，插好院门，把枪从房梁上取下，在油灯下用布擦了又擦，边擦边自言自语地念叨着：“伙计，明天可就全指望你了，你得给我争气呀！”

段童抱着枪睡了个囫囵觉，第二天早早醒来，先往西墙上架了梯子，然后踩上早已放置好的石头，把枪架在院门旁的矮墙上试试。见高低和位置正好，他便压上子弹，背靠墙头坐在石头上耐心地等待着。

太阳升起来了，先是像个大火轮，渐渐地越升越高，越变越小，红色褪去，变得炽白炽白，白得耀眼。段童按照之前的观察，觉得西村该从家里出来到镇公所了，便把枪架好，探出半个头，冷静地注视着自家老院子的方向。

终于，西村来了，腰里挎着洋刀，手里牵着大狼狗，身后跟着两个肩上挎着枪的皇协军。段童手指扣在扳机上，屏住呼吸朝西村瞄准，“咚咚”的心跳声连他自己都听得到。自从那年王金虎打隆盛庄后，他再没用过枪，这都十多年了，他不知道自己能不能一击而中。

西村越走越近，段童的呼吸也越来越急促，脑门上浸出汗，扣在扳机上的手指也微微地发抖。他本想等西村走近些再开枪，可是，那条大狼狗像发现了他似的，“汪汪汪”地朝着他狂吠起来。段童见西村警惕地停住脚，目光向这边搜寻过来，不敢犹豫了，急忙扣下扳机。只听得“砰”的一声枪响，段童不由自主地眨了下眼睛，细看时，见西村并没有倒下，而是松开手里的大狼狗，弓起腰朝腰间的王八盒子摸去。

段童一枪未中，连忙再推上一颗子弹。可是，不等他再瞄准，西村已经掏出王八盒子“砰砰”地朝他打过来。两个皇协军也摘下肩上的枪，往枪膛里推子弹了。

那条大狼狗则龇着牙，狂吠着朝这边冲来。段童心慌意乱，顾不得瞄准，朝着西村又是一枪，这一枪依然落了空。

西村见有人行刺，又惊又气，朝两个皇协军命令道：“快，冲上去，抓活的。”两个皇协军边射击边冲过来，大狼狗在墙头下龇牙咧嘴地朝段童咆哮着，段童心一慌，扔下枪便往西墙根儿跑。麋柱家的院子是老院子，院门不结实，一个大个子皇协军连着撞了两下，便把院门撞开了。这时，段童已经爬上一半梯子，手摸到墙头了。可是，那条大狼狗箭一般扑上来，双爪往梯子上一搭，奋身跃起，一口咬住了段童的脚后跟。段童蹬了两下没蹬开，想再蹬时，两个皇协军和西村已经冲进了院子。

两个皇协军扭住段童的胳膊，将他押到西村面前。西村认出了段童，暴跳如雷，“八嘎、八嘎”地叫着，连抽了段童几记耳光。

段童被押到镇公所，前田见段童敢刺杀西村，大怒，命令皇协军将段童捆在拴马石桩上。汤冠群正在家里吃早饭，听见枪声，武装带都顾不得系，抓起枪便赶了过来。见刺杀西村的是段童，也给了段童两记耳光，骂道：“段童，你还真有胆量，想刺杀西村指导官为你爹报仇？你呀，太天真了。就凭你这点儿本事，怕是连只鸡都杀不了，还敢向西村指导官下手？”段童也不说话，狠狠地瞪着汤冠群，朝他啐了一口。汤冠群抹一把脸上的唾沫星子，又给了段童一记耳光，骂道：“日你祖宗的，死到临头了，还要财主家大少爷的臭脾气呀？”

西村受了一场虚惊，气得脸色寡白。前田脸色冷峻，轻轻地擦抹着亮得瘆人的洋刀，准备再开杀戒了。汤冠群进来，先骂段童吃了豹子胆，又问西村有没有伤着。西村瞪汤冠群一眼，汤冠群识趣地往后退了两步，小心地问道：“指导官，咋处置段童？是不是把他拉到西河湾砍头？”前田虽然已经接任西村的职务，但西村是他的老上司，西村没有离开隆盛庄之前，他还不敢越过西村发号施令。所以，他也不说话，将擦得铮亮的洋刀往鞘里一推，眼睛望着西村。

西村端起茶碗喝口茶，想了想说：“汤团长，命令你的士兵守住大门，一个人也不许放进来。”因为聂子瑶的事，汤冠群仍旧惦记着张寿祥，故意问道：“如果张禄父子来了呢？”西村不用细想，答道：“我说过了，一个都不许放进来。”汤冠群知道西村对张禄父子不信任，挑唆道：“指导官是怕张禄和张寿祥造反？指导官放心，张禄和张寿祥敢有丝毫不轨，我立马让他父子人头落地。尤其张寿祥，那小子不地道，迟早对皇军不利。”西村看看前田，一语双关道：“汤团长，我知道你心里在想什么。张寿祥的老婆长得确实漂亮，你放心，等马六掌握了警察署，张寿祥对皇军没有用处的时候，前田指导官会让你如意的。”汤冠群见西村猜中了他的心思，并当着前田的面给了他承诺，尴尬地笑笑说：“多谢西村指导官，多谢前田指导官。”又问：“皇军既然不怕张禄和张寿祥造反，为何不让他们亲眼看看段童是如何被砍头的？段童是张禄的妹夫、张寿祥的姑父……”西村打断汤冠群的话道：“汤团长，你的不懂。就因为段童是张禄的妹夫、张寿祥的姑父，我才怕他们向我求情。”汤冠群眉毛一竖道：“求情？他们敢吗？段童刺杀指导官，犯的可是死罪呀！他们敢求情，连他们一道砍了脑袋。”西村瞪汤冠群一眼说：“汤团长，杀了张禄，你替皇军征粮吗？杀了张寿祥，谁替皇军防守隆盛庄？”

汤冠群明白西村的意思了，张禄和张寿祥现在对日本人还有用处。

按照西村的命令，汤冠群关了镇公所的大门，派一队荷枪实弹的皇协军守在外面。隆盛庄没人敢来看热闹，张禄和张祯来过，见大门紧闭，守在门外的皇协军如临大敌，知道西村不是怕张寿祥抢人，便是怕他求情，也知道求情没有用，站了一会儿便走了。张福不知道西村会如何处置段童，脸色灰暗，陪着蓬头乱发、双目痴呆的银花蹲在大门对面的墙根儿下等着。

西村见外面没有动静，问汤冠群张家人来过没有。汤冠群说张禄和张祯来过，见大门关着，没近前便走了。张寿祥没有露过面，张福和段童的老婆现在正蹲在外面的墙根儿下等着。西村冷笑一声道：“哼，张禄倒也识趣。汤团长，把段童拉到南墙根儿下处决吧。”汤冠群听西村要在镇公所的院子里枪毙段童，觉得不解恨，问西村道：“指导官，不去西河湾砍脑袋了？”西村嘿嘿一笑说：“给张禄和张寿祥点儿面子，就在这里执行吧。”

汤冠群命令两个士兵从拴马石桩上解开段童，将他拉到南墙根儿下枪决。

段童刺杀西村失手，已无生念，也不挣扎，顺从地走到了南墙根儿。皇协军士兵按着段童跪下，手一离开，段童便站了起来，面色凛然道：“我要站着死。”汤冠群看看西村和前田，西村鼻子哼一声说：“就让他站着吧。”皇协军士兵又让段童转过身去，段童冷笑着说道：“爷爷的后脑勺金贵，你们就打爷的脑门吧！爷要看着子弹是咋飞过来的。”汤冠群骂道：“段童，你妈的啥臭毛病，还要挑个死法儿？你以为这样就能转生了？”段童哈哈大笑道：“汤冠群，你个舔鬼子下巴的狗汉奸，爷虽然没能杀了西村，但也要让西村看看爷的骨气。”又对西村喊道：“西村，你别得意，爷杀不了你小日本，总有中国人会杀你的。向爷学着点儿，你死到临头的时候，不要皱眉头，也把眼睛盯着枪口。还有，爷没杀得了你，你就亲自动手杀爷吧！哈哈！哈哈哈！”西村被段童苍凉的冷静和无畏的气势震撼了，也被激怒了，狞笑一声，恶狠狠地拔出王八盒子，前田却上前一步，冷酷地说道：“西村君，不劳您动手，还是由我执行吧！”

一声枪响，划破了秋末冷寂的天空……

张瑞元的老院子里，摆着一口没有糊裱的白皮棺材。贾虎闻讯，与老婆带着秀秀，带着段童日后将要长成三个铁塔般后生的儿子来了。三个娃娃不知道那口白皮棺材里躺的是他们的爹，还咧着嘴笑呢。

张瑞元的老院子里，并排摆着两口没有糊裱的白皮棺材。昨天夜里，玉莲也闭上了眼睛。院子里鸦雀无声，没有人痛哭，没有人号啕。凡是走进这个院子的人，眼睛里都潜伏着沉默的仇恨。

张寿祥和聂子瑶去给姑父烧纸了。张禄坐在上首的太师椅上，脸色像一块坚硬的冰；张福坐在下手的太师椅上，张祯坐在凳子上；艾叶在隔扇里的炕上坐着，舒兰给众人的碗里倒上茶，跨着炕沿坐下。

张福打破了屋子里死一般的沉寂：“大哥，拿个主意吧！如此下去，鬼子的洋刀迟早要架在咱的脖子上。”张禄望张福一眼：“你让我拿啥主意？”张福咬牙切齿道：“杀了狗日的西村和前田！这两个鬼子不除，隆盛庄不知道还得死多少人。”张禄苦笑一下：“我也想杀西村，我也想杀前田，我也知道这两个鬼子不死，隆盛庄还得死许多人，并且，说不准很快就到咱兄弟了。可是，鬼子杀得了吗？童童去杀西村了，下场呢？还不是赔了一条性命。”张福不服气地哼着鼻子说：“童童是单枪匹马，咱多找几个人，多带几支枪，不就两个鬼子，我就不信狗日的是不死之身。”

张禄没有接张福的话，皱着眉头朝张祯看看。张祯便不紧不慢地说道：“二哥，你说得对，咱家里有枪，也不愁花大价钱雇几个胆大的伙计。可这些年为啥没有杀西村呢？大哥说过，杀了西村，鬼子报复咋办？就算不把隆盛庄人杀绝，怕是也要杀个血流成河。再说了，杀了西村和前田，鬼子再往隆盛庄派个东村、北村，左田、右田的咋办？鬼子个个都是吃人的恶魔，再来个像犬养一样的指导官，比西村和前田还要心狠手辣呢？”张福争辩道：“既然怕鬼子报复，那就不要和鬼子作对了，乖乖地当奴才，鬼子叫你做甚你就做甚，鬼子要杀你，你就把脖子伸长了，放在鬼子的刀口下等着。中国人要都这样了，那就成了鬼子养的牲口，能做营生的时候给鬼子做营生，做不了营生了，让鬼子杀了喝血吃肉。”张祯从没被张福这样噎过，憋红了脸说：“二哥，你以为我想当亡国奴呀？别忘了咱是百姓，自古以来，百姓就是任人宰割的。你不想任人宰割，那就得像小状元一样造反。可是，咱都是啥岁数的人了？孙子都有了，不忍着点儿能行吗？”张福站起来说：“要忍你们忍吧，我是忍不下去了，我宁可像童童那样壮烈地死，也不愿意像现在这样窝囊地活着。”张祯摇着头道：“二哥呀，你照照镜子看看，头发都白一半了，还当自己是二十郎当的后生呀？你……”

张禄第一次偏着张福说话了：“宝奎，我觉得你二哥说的有道理。日本人的一句威胁就让隆盛庄人吓破了胆，生生地让两个日本人统治了隆盛庄七年。咱隆盛庄人是太精明了还是太怕死了？咱不能继续这么前怕狼后怕虎的了。”他使劲一拍桌子，坚定地说道，“管他鬼子报复不报复，也不管他再来个啥东村、北村，左田、右田的，我忍气吞声地给鬼子当了这么些年商务会长，都快憋屈死了。”张福见张禄下了决心，高兴地挑起眉毛道：“哥，西村后天就要到七台上任，怕是来不及了。我踅摸人手先杀前田，再找机会把汤冠群那个驴头也杀了。”张祯插嘴道：“想杀西村也不难，听西村慎二说，西村这次走得匆忙，不带家眷。他老婆娃娃留在隆盛庄，迟早会回来接家眷的。”张福高兴道：“那就让狗日的多活几天，等他回来接老婆娃娃时，再要他的狗命。”张禄却摇头说：“福奎，你没明白我的意思。我不是要咱们杀西村，而是想亲自到双台山走一趟。周通和我是连襟，又在老君社当过会首，我请他带游击队打进隆盛庄，连前田带汤冠群一锅端了。”张祯担忧道：“大哥的主意是好，可是，前些天游击队不是打过隆盛庄吗，打了半夜，最后还是退了。唉！当年若是不修城墙就好了。”张福提醒张祯说：“宝奎呀，说你是个书呆子，你还真是个书呆子。游击队前些天之所以没打进来，是因为寿祥没有配合。如果大哥能让寿祥把城门打开，周通拍马就进来了。”张禄笑了，点头说道：“福奎，我正是这么想的。”张祯依然担忧道：“可是，寿祥会放游击队进镇吗？就算他想放，警察署还有马六盯着呢。大哥莫非没看出来？西村派马六当副署长，十有八九是监视寿祥的。”张禄也是拿得起放得下的人，既然铁了心要杀鬼子，便比往日更威严，沉声道：“人挡杀人，佛挡杀佛。那马六也不是啥好东西，连狗日的一道宰了。大不了房子不要了，地不要了，也要出了这口恶气。”张福也激昂道：“大哥说得对，哪的黄土不埋人，何况大哥早把退路安排好了，隆盛庄容不下咱，咱往北平去，往包头去。”

艾叶与舒兰见兄弟三个商量着要把前田、汤冠群和马六杀了，禁不住为他们捏了把冷汗。

没一会儿工夫，张寿祥与聂子瑶给段童烧过纸回来了，两人都是一脸哀伤。张寿祥对张福和张祯道：“二叔、三叔，你们和我爹坐着，我和瑶瑶回屋去了。”张禄沉声道：“寿祥，你别走，我有话要问你。”又对艾叶和舒兰说，“你们两个到舒兰那屋去坐吧，我们和寿祥有事商量。”艾叶和舒兰去了，聂子瑶却站着没走。张禄皱了下眉头说：“瑶瑶，你也去吧。”聂子瑶看看张寿祥，不情愿地去了。

张寿祥搬个凳子过来，正要坐下，张禄脸色冰冷地说道：“寿祥，你别坐，就站着。”张寿祥见他爹冷若冰霜，二叔三叔也都一脸肃穆，连忙挺直腰说：“是，我站着。”张禄朝张寿祥腰间的驳壳枪指指，问道：“寿祥，你腰间挎的是啥东西？”张寿祥不明白他爹话里的意思，苦笑一下说：“爹，您这是咋了？枪呗！”张禄逼视着张寿祥的眼睛问道：“我知道这是枪，我问你，你这枪是准备打谁用的？”张寿祥猜出他爹的意思了，答道：“爹，您要让我说实话，那我就实话告诉您，这把枪是准备打鬼子的。”

张禄与张福、张祯面面相觑，目光惊异。张禄再问一句：“寿祥，你说的是真话？”张寿祥点头道：“难道我还敢骗爹和二叔、三叔不成？”张禄冰冷的面孔突然间消融了，指指凳子说：“寿祥，既然你说的是真话，那坐下说吧。”张寿祥在凳子上坐下，问道：“爹，您和我二叔、三叔刚才商量啥了？”不等张禄说话，张福抢先道：“寿祥，你也知道，自从西村到了隆盛庄，杀人成了家常便饭。这不，今天早晨又把你二姑父杀了。二叔和你爹、你三叔商量，现在已经到了忍无可忍的地步，咱不能再忍下去了。”张寿祥对张福的话没有丝毫惊讶，倒一碗茶喝了，问张禄说：“爹，你们是咋商量的？”张禄见张寿祥没有反对的意思，脸上掠过一丝笑意，但立刻又面色凝重了：“寿祥呀！西村和前田现在疯了一样，穷凶极恶，加上汤冠群那个驴头在后面给他们出主意，爹担心用不了多久，鬼子的洋刀也会架在咱家人的脖子上。现在已是忍无可忍了，可爹和你二叔、三叔都上了岁数，没杀鬼子的本事了。所以，爹想亲自去趟双台山找你周通叔，请他带游击队下山，进隆盛庄把前田和汤冠群、马六一并宰了。可是，隆盛庄城墙高厚，周通未必能攻进来。城门现在是你的警察守着，你若是张家的子孙，周通攻城的时候，你打开城门放游击队进来。”张禄说罢，与张福、张祯都眼望着张寿祥，等着他回答。

张寿祥微微一笑，说道：“爹，您想请游击队打隆盛庄，杀鬼子和汤冠群、马六不难。用不着爹亲自去双台山，我给巴图和周通叔捎个信，游击队马上便下山了。城门更不是问题，警察署是商务会的商团改编的，都是咱隆盛庄人的子弟，现在都听我的，只要我一句话，立刻城门大开。”张禄听得怔了怔：“巴图是谁？他和你大姑家的巴图一个名字？”张寿祥呵呵笑道：“现在形势已变，咱又是自家人，我也不必瞒爹和二叔、三叔了。其实，游击队的政委巴山就是大姑的儿子巴图。他之所以改名巴山，是怕鬼子报复大姑一家和咱们。”张禄三兄弟喜出望外，张福情绪高涨地说："寿祥，二叔一直误会你给鬼子当汉奸呢！现在看来，你真是咱张家的好子孙。我看这件事就这么定了吧，你赶快联系巴图和周通，让他们带游击队下山。"

兄弟三人都以为张寿祥这就算答应了，就连一向行事谨慎的张祯也忍不住撸一把袖子，跃跃欲试。张寿祥却说："爹、两位叔叔，鬼子占领隆盛庄已经七年多了，咱忍了这么些年，难道就不能再忍个一年半载吗？"三个人瞠目结舌，尤其张禄，瞪起眼睛道："寿祥，你啥意思？是不是怕鬼子了？"张福也急了眼，哼着鼻子说："寿祥，你二姑父都让前田给杀了，还忍呀？你怕死你忍着，二叔是忍无可忍了。"张祯沉着，连忙说："大哥、二哥，你们急啥，让寿祥把话说完嘛！寿祥，你说说，你是咋想的？"张寿祥说道："不是我咋想的，依我的想法，早就杀了西村和前田，把警队拉出去和游击队合兵一处，痛痛快快地打鬼子了。可是，我得执行上级的命令呀！"弟兄三人都愣住了，盯着张寿祥问："命令？谁的命令？你还有上级？寿祥，你究竟是啥人？莫非你是……"张寿祥笑了："爹、二叔、三叔，不瞒你们说，我是八路军的人。"

张寿祥的话让张禄弟兄三人震惊不已。张禄原本也想不通，自己是隆盛庄首屈一指的大老财，家里要吃有吃，要喝有喝，张寿祥为什么不顾邻里的白眼与唾骂，甘心给鬼子当汉奸呢，现在他明白了，张寿祥给鬼子当警察署长，就像孙子兵法里的反间计一样，是八路军让他打进鬼子内部的。张禄信任八路军，贺龙的队伍就是八路军，巴山和周通的游击队也是八路军领导的。他立刻把儿子当成了主心骨，说道："寿祥，你早对爹说你是八路军，爹还用得着和你二叔、三叔急火攻心，乱想主意吗？快说说，你们八路军是咋想的，这都多少年了，眼看着西村今天杀一个，明天杀一个，你们咋一点儿动静都没有？"张福和张祯也觉得张寿祥突然间高大了许多，让人仰视。张祯笑眯眯地说："寿祥，三叔早就觉得不对劲儿了，你挺有骨气个人，咋会给鬼子当汉奸呢！"

张寿祥见他爹刚才还对他声色俱厉，听说自己是八路军的人，态度马上改变了，连二叔、三叔的目光也充满了亲切，挠着头说："爹，这是八路军的机密，我哪能对您讲呢，若不是您和二叔、三叔逼我，我今天也不会告诉你们的。"顿了顿，接着说道："八路军之所以一直没有除掉西村和前田，是因为绥东属敌占区，既没有国民党的军队，也没有八路军主力，只有丰凉支队和双台山游击队。而这两支抗日武装，无论武器装备还是人数，都处于劣势，只能隐蔽活动，不能和鬼子正面作战。爹的顾虑，也是八路军一直顾虑的。除掉西村和前田不难，可除掉西村和前田后，鬼子报复咋办？鬼子是没有人性的畜生，为了保护隆盛庄上万百姓的生命，我们只能暂时让西村和前田嚣张几天了。”张福听得失望，不满地说道：“说来说去，我看八路军也是怕鬼子。连八路军都不敢杀鬼子，我们几个老东西还瞎盘算个啥呀！唉！游击队肯定是请不来了……”张祯瞥张福一眼，打断他的话说：“二哥，你都这把岁数了，性子咋还这么急，等寿祥把话说完嘛！”张寿祥继续说道：“爹、两位叔叔，我们再忍忍吧。现在形势已经改变，国民党和八路军在全国各大战场对鬼子展开了全面反攻，鬼子已经开始走下坡路了。估计用不了一两年，八路军的主力就会打过来，到时候，我们不但要杀西村、杀前田、杀汤冠群和马六，还要彻底解放隆盛庄，解放丰镇，解放整个绥东。这是一盘大棋。”

张禄三人似懂非懂地点着头，但还是心有不甘。张福逼问张寿祥道：“寿祥，你说的这些都是模棱两可，画饼充饥。你能不能有个准话，八路军的主力到底啥时候能打过来？”张寿祥说道：“这要看时局的变化。二叔，我理解您的心情，可您不能急。没有主力部队的配合，游击队打进隆盛庄，也只能除去西村和前田出出气，马上又得撤出去。鬼子困兽犹斗，上级如此考虑，也是为了隆盛庄的百姓少流血，减少无谓的牺牲。”张祯突然想起了什么，问张寿祥道：“寿祥，三叔见你经常和王老师有来往，他是不是也是你们八路军的人？”张寿祥嘿嘿一笑说：“三叔，您以后会知道的。”张禄长长地吁一口气，说道：“游击队不打隆盛庄就不打吧，可是西村马上就要到七台赴任了，游击队能不能像上次打犬养的伏击一样，半路把西村截下，免得他又到七台杀人？”张寿祥说：“爹，我们有这个计划，但是，要看护送西村的鬼子有多少，如果鬼子人马太多，游击队的力量怕是不足。”张福提醒说：“寿祥，听说王金虎投奔游击队了，两股人马加起来也有二三百号人了吧？”张寿祥叹息一声，摇头道：“二叔有所不知，那王金虎的确反复无常，投奔游击队没几天，嫌副队长的官小，嫌生活艰苦，又把队伍拉走了。”张禄哼一声鼻子，鄙夷地说：“难怪人们都说他出尔反尔，言而无信呢，真是个见风使舵的奸诈小人。”他忽地想起梁龙那天对他说的话，把梁龙在镇公所院里埋了枪支子弹的事情告诉了张寿祥，张寿祥大喜。

第六十九章

马玉龙盗枪失手

西村遇刺杀，虽然无恙，却也吓了一跳，知道隆盛庄人不是不敢杀他，而是找不到机会罢了。他在隆盛庄做了七年多的土皇帝，本想在临走时再风光一场，又怕被人刺杀，便让前田取消了欢送酒宴。隔了一天，七台开来一汽车鬼子，西村已经成了惊弓之鸟，担心步犬养的后尘，要前田派汤冠群的皇协军把他送到七台境内。

西村临走时，拍着前田的肩膀说："前田君，我就要走了，临走前再叮嘱你几句，中国人所关心和重视的，是自己与他们亲人的生命和福祉，就算张禄和人人敬仰的举人老爷张祯，他们的眼光也远不出隆盛庄。对于国家的荣辱与未来，对于民族的感情，他们是淡漠的。他们心中，已经习惯了被人奴役，习惯了做顺民。蒙古人统治过他们，满人统治过他们，所以，我们大日本帝国统治他们，他们觉得是天命。蒙古人、满人和日本人没有区别。只要你不威胁到他们以及他们家族的生命和利益，他们就会对你俯首称臣，甚至依附你，狐假虎威，欺压和出卖自己的同胞。前田君，你明白我的意思吗？"前田也算有些脑子，鞠躬道："西村君，您是说中国人只记私仇，不记国仇？比如段童刺杀您，并不是因为他做了亡国奴，而是因为皇军杀了他父亲。"西村满意地点头道："也可以这样说。皇军现在圣战不利，你不要鲁莽，给军部惹麻烦。只要保证隆盛庄这条连接后山地区的公路要道掌握在皇军手里，保证可以从隆盛庄征到圣战所需的粮食、物资就可以了。皇军在隆盛庄的隐患，外面是巴山、周通领导的双台山游击队，镇里是以张禄为首的张家一族。对于游击队，你只要防守好隆盛庄，暂时可以不去理会他们。对于张家一族，皇军的粮食还要商务会征集，皇军需要的羊皮还要永盛源供给，隆盛庄的城门还要靠张寿祥把守。所以，皇军现在还离不开张家，你要尽量拉拢、收买他们，只要你不动他张家的利益，他便不敢也不会明目张胆地与皇军为敌。”前田又给西村鞠个躬，问道：“可是，如果张家有人要与皇军为敌呢？”西村冷笑一声：“如果张家有人与皇军为敌，你便要毫不犹豫、毫不留情地将他一族斩草除根，不留后患。”前田立正敬礼：“嗨，前田定当牢记西村君的叮嘱。”西村又提醒道：“前田君，对付中国人，要审时度势，不能一味使用武力。遇到事情多征求汤团长的意见，他是个老江湖，是最懂得如何自保的。”

西村抱抱儿子大地，拍拍弟弟慎二的肩，满目深情地凝视了妻子惠子好一会儿。他心情复杂，远没有当年初到隆盛庄时的雄心勃勃和不可一世。因为他知道，今天的皇军已不似当年那般所向披靡，皇军在各个战场频频失利，圣战已经到了生死存亡的紧要关头。所以，此一去，前途渺茫，生死无知啊！

西村走了，汤冠群率领皇协军紧跟在西村的汽车后面，一直将他送到七台境内。

前田升任中尉，第一次独当一面，虽然西村临走时对他再三叮嘱，但他还是立功心切，秋收过后，他给聂敬和张禄派发了征粮任务，竟然要在隆盛庄征收十五万斤粮食。

前田下达的征粮任务，是鬼子占领隆盛庄以来最多的一次。张禄算了一下，如果把这些粮食全部征收上来，隆盛庄的百姓怕是有大半人家要断粮了。如果放在往年，他会愁得睡不着觉，可今年不同，他现在有了主心骨。

张禄问张寿祥该如何应对。张寿祥说：“前田毕竟年轻，不知道十五万斤粮食对于隆盛庄来讲，是无法承受之重。他之所以这么做，一是好大喜功，表现给他的上司看的；二是知道鬼子日暮途穷了，在做最后的疯狂挣扎。这个时候咱不能拒绝他，不然，他就要图穷匕见了。”张禄蹙着眉头说道：“可是，如果把十五万斤粮食给鬼子征齐了，咱隆盛庄怕是有大半人家要揭不开锅了。”张寿祥想想说：“爹，您先答应下前田，想方设法拖着他。粮食嘛，能征多少算多少，但不管征多少，最后绝不能让鬼子把粮食运出隆盛庄。我请示一下上级，如果万不得已，是不是可以配合游击队打下隆盛庄，再把粮食给乡亲们分回去。”张禄提醒道：“寿祥，你不是担心打下隆盛庄后，鬼子会派军队报复吗？”张寿祥道：“鬼子现在兵力紧张，未必顾得上隆盛庄。就算报复，他们也只能扫荡游击队。只是如此一来，我和警察署便暴露了，到时候，只能和游击队合兵一处，在山里与鬼子周旋了。不过，为了保护粮食，暴露了也值得。”

张禄有张寿祥做主心骨，心情坦然。聂敬却不同。

聂敬当镇长，是汤冠群向西村举荐的，而汤冠群之所以举荐他，乃是醉翁之意不在酒，目的是聂子瑶。聂子瑶嫁入张家，聂敬在汤冠群眼里便屁也不是了。西村慎二向聂敬学习书法，尊其为师，西村看在慎二的面子上，对聂敬也还算好。现在，西村到七台赴任，前田虽然答应帮助西村照顾妻小和慎二，但不会给聂敬面子。张禄向前田诉苦，说今年年景不好，皇军征粮的数量太大，自己年老体衰，恐难胜任，只有尽力而为。汤冠群也知道张禄腿脚不便，虽然担任商务会长，要他一个人征收十五万斤粮食，的确吃力。他给前田出主意，凡归商务会管辖的商家，由商务会负责征收，商家之外的地主和普通百姓，由聂敬负责征收。前田知道，汤冠群现在就是自己的护身符，没有汤冠群的辅佐，别说为皇军征收粮食和物资，就是自己的性命怕是也保不住，所以，对汤冠群自然言听计从。汤冠群便给聂敬派了两个皇协军，协助聂敬收粮。

地里的庄稼收割完了，天气已经入冬。人们都知道鬼子今年征的粮多，场面上的营生做得慢吞吞的，等到快过年的时候，许多人家的麦子和莜麦才碾了一半。前田见快过年了，只征收了不到三万斤粮食，便催促聂敬和张禄。聂敬虽然无赖，却也不想真心伺候鬼子，推说今年冬天天冷，百姓家里少有牲畜，都是人拉碌碡，场面上的营生自然做得慢。张禄则说今年收成不好，许多佃户交不上租子，有地的商家也没有办法。前田生气了，瞪着眼睛，拍着桌子说道：“我看你们都是在糊弄皇军。汤团长，把那些不能如数上交粮食的人统统抓起来，什么时候把粮食交齐了，什么时候放人。”

汤冠群也知道聂敬和张禄是在糊弄日本人，冷笑着说：“聂镇长、张会长，你们当我不懂种地呀？啥场面上的营生做得慢？啥收成不好？明天把你们一个个地抓起来，捆在拴马桩上冻上一夜，你们便啥毛病都没有了。”聂敬赔着笑脸道：“汤团长，您别生气，我说的是实话呀。您若不信，可以亲自到场面上看看。或者我干脆把麦个子和莜麦个子给您拉回来，让您的皇协军碾如何？”岂知，汤冠群竟然挥手扇了他一记耳光，骂道：“聂敬，当初西村指导官器重你，委任你当了镇长，可你真心实意地替皇军办过一件事吗？把麦个子和莜麦个子拉回来让老子碾，你也真能想得出来。隆盛庄人一个比一个刁猾，把麦穗和莜麦头都偷偷地掐了，给老子拉回一堆麦秸呀？”聂敬知道，汤冠群的这一记耳光不是因为他糊弄了日本人，也不是他奚落了汤冠群，而是汤冠群还记着他没有及时给聂子瑶退婚的仇。聂敬揉着脸，望着前田说道："指导官，这……汤团长他也太……"前田却鼻子一哼，冷酷道："聂镇长，一记耳光是轻的，完不成皇军的征粮任务，死啦死啦地！"

张禄心里打了个哆嗦，他从前田的狰狞面目中看得出，这个曾经乳臭味干的小鬼子，就像一只小狼崽，在西村那只老狼的调教下，已经磨出了尖牙利齿，比西村更凶狠，更杀人不眨眼。他看看身旁的聂敬，聂敬脸色蜡黄，嘴唇颤抖着，眼神中隐约潜伏着一丝恨意。突然，前田的声音吓了张禄一跳，那声音虽然不大，却阴森森的："张会长，你的任务完成得好像也不够好啊！"张禄不想自己的老脸也挨一记耳光，拄着拐杖的手往起抬抬，抱一下拳道："为皇军效力，老朽不敢有丝毫懈怠。只是眼看要过年了，指导官能不能容我和众商家商量一下，让大家先过个年，如果过完年后粮食还征不齐，我就算一家一家地去要，也一定把粮食给皇军凑齐。如果凑不齐，指导官可以拿我治罪。"不等前田表态，汤冠群插嘴道："张会长，这军令状可是你自己立下的，到时候任务完不成，可别怪前田指导官翻脸无情啊！"张禄现在只记着张寿祥的那个"拖"字，点头道："那是，那是！"前田对张禄倒是很客气，换上一副笑脸，亲切地拍拍张禄的肩说："张会长，皇军知道你年老体迈，辛苦你了。皇军不会忘记你为大日本帝国立下的功劳。"

聂敬挨了汤冠群一记耳光，回家后越想越气，心说这趟浑水蹚的，偷鸡不成蚀了米，便宜没捞多少，却深陷泥潭，脱不了身了。听上去是个镇长，名头挺响；看上去每天屁股后面跟着两个背枪的皇协军，也够威风，可有谁知道，在日本人和汤冠群面前，自己就是一个孙子。这些天为日本人征集粮食，无论走到哪家，不是遭白眼便是被冷嘲热讽。有在院门口晒太阳的，看见他便喊着往家里跑："不好了，日本人拴狗的链子松了，狗跑出来了。"有些人的话更难听，说什么："聂小辫从坟里爬出来了，又要在隆盛庄杀人了。"有个年轻人火气大，攥紧拳头怒视着他，明明白白地威胁说："聂镇长，你说你一个丰镇人，祸害丰镇也就够了，咋又跑来祸害隆盛庄了？你不知道你爹是咋死在隆盛庄的吗？我看呀，你脑子真是糊涂了，该挨上两闷棍清醒一下。"以聂敬之前的脾气，遇上说这种话的，早就让皇协军将他绑了，押回去交由汤冠群处置。可现在，他对汤冠群也无好感，当然，更怕隆盛庄人真的在背后打他的闷棍。

聂敬思来想去，觉得解铃还须系铃人，当初是西村慎二把他留下的，还是去找西村慎二，请他向前田求情，放自己回丰镇吧。

下午睡醒一觉，聂敬约莫学校快放学了，便出门去找西村慎二。他刚出院门，碰上喜玲来给他做晚饭了，问他说："聂镇长要出去？"聂敬与喜玲相处的时间长了，对喜玲产生了好感。有些女人话多，好搭讪，初时觉得新鲜，时间久了，便让男人讨厌。喜玲话不多，但干净勤快，汤冠群当初雇喜玲的时候，说好喜玲只管给聂敬做饭、打扫屋子，可是，喜玲每隔两个月，都要替聂敬拆洗一次被褥。聂敬曾经想过，杨曼再有文化，再有气质，现在也是他人之妇，自己后半辈子还长着呢，不能打一辈子光棍吧？对着镜子照照脸，那副猥琐相自己都看不下去，哪个好女人会看上他，何况自己现在是落架的凤凰，连只鸡都不如了。若不是怕杨曼笑话他，若不是隆盛庄人都知道风姿绰约的杨曼老师是他的前妻，他倒真想把喜玲娶了。

聂敬声音和蔼地说："喜玲来了？我到学校找西村校长有点儿事。"喜玲问道："聂镇长晚上想吃啥？我这就做饭呀。"聂敬想想说："你看吧，啥省事儿就做啥。笼里不是有中午蒸的馒头吗？要不熬点儿稀粥吃馒头吧。"喜玲说："中午吃的馒头，晚上还吃馒头呀？要不我给聂镇长擀面条吧？"聂敬说："行，那就吃面条。"喜玲答应一声，正要进院，忽听得不远处传来两声枪响，跟着，一个十七八岁的后生惊慌失措地由南向北跑来。聂敬到隆盛庄虽然有些时日了，但没见过那后生，一把将那后生拽住，问道："你是做甚的？看你这副失魂落魄的样子，是不是偷人了？"那后生急慌慌地摆着手说："没，我没偷人。"聂敬道："没偷人你跑个啥呀？"不待那后生答话，喜玲在旁边惊讶道："你不是马麦大叔家的玉龙吗？"聂敬听说过回民马麦被前田打死的事，正待细问，见远处有两个皇协军喊叫着往这边追来，顾不得多想，对喜玲说："喜玲，快把他带进咱院里藏好。"喜玲便揪着那后生的手把他拽进了院里。

两个皇协军说话间追便到跟前了，看见聂敬正背抄着手走，问道："聂镇长，刚才从这儿跑过去一个后生，你看见了吗？"聂敬停住脚说："是个十七八岁的后生吧？"皇协军说："是的，聂镇长看见他了？"聂敬说："看见了，是不是小偷？我看他慌慌张张的，想抓住他，没想到那小子力气挺大，挣脱后往北面跑了。真是个贼呀？偷人家啥东西了？"一个皇协军说："哪是偷东西，那小子想偷前田指导官的枪。"聂敬故意一怔，问道："啥人如此大胆，竟敢偷前田指导官的枪？"另一个皇协军说："谁家的儿子不知道，但很眼熟，我好像在回民的小北街见过他。"聂敬故意道："那你们还慢腾腾地，赶快往小北街追吧。"皇协军说："鬼影儿都见不到了，还追个啥呀。算了，回去向前田指导官报告吧。那小子肯定是个回民，跑了和尚跑不了庙，说不定哪天就在小北街遇上了。"看着两个皇协军悻悻而去，聂敬也不去学校找西村慎二了，反身回到家里。

被皇协军追赶的正是马麦的儿子马玉龙。

马麦因为窝藏张占海，被西村抓到西河湾陪杀场，马麦与西村拼命，被前田开枪打死。马玉龙在心中种下仇恨的种子，朝思暮想，要杀鬼子为他爹报仇，却苦于没有武器，迟迟不能动手。马玉龙年少好动，没事便在街上溜达，刚才从家里出来，想到马桥街转转，路过镇公所的时候，远远地看见前田在两个皇协军保护下，从镇公所出来往南去了。马玉龙心念一动，便尾随在了后面。

前田是看着要过年了，去张祯的澡堂子洗澡的。自从张祯盖了澡堂子，隆盛庄的老财们有了好去处，尤其要过年了，到澡堂子洗澡的人很多。不过，洗一次澡一块骆驼票的价钱，也不是普通人舍得花的，不然，这小小的澡堂子怕是要被人挤爆了。

前田进里间一看，热水池子里泡着八九个人，皱了下眉头。两个皇协军狐假虎威，霸道地吆喝着："你们几个，没看见前田指导官要洗澡吗，赶快出去。"洗澡的人闻声色变，不敢怠慢，慌忙爬出热气腾腾的水池子，连身上的水珠都顾不得擦，跑到外屋穿衣服去了。

马玉龙跟进澡堂子，见外间的人都慌慌张张地穿衣服，便撩开门帘朝里面张望。两个皇协军见了，呵斥道："贼眉鼠眼的，瞎瞅啥呢？咋，莫非想和皇军一个池子里泡吗？"马玉龙赔着笑脸道："不敢，不敢。"马玉龙退出来，听一个皇协军说道："刚才那小子我好像在小北街见过，应该是回民。"另一个皇协军接过话说："回民在清真寺有沐浴室，跑到汉人的澡堂子做甚来了？"马玉龙怕皇协军起疑心，不敢再听了，连忙从澡堂子里出来。

马玉龙绕着澡堂子转了一圈，发现水池子的那间屋子左右各有两个高高的小窗户，他身体灵巧，蹦起来攀住窗台，眯起眼睛朝里面细瞅，蒸汽将玻璃打得朦朦胧胧，不时有一道道水线滑下，却也隐约能看见里面。见前田正惬意地泡在水池子里，王八盒子挂在他背后的墙上，挂王八盒子的钉子就在另一扇窗户下面，不过半尺左右。马玉龙松手跳下窗台，到另一扇窗户下端详了一番。那扇窗台是通风用的，没关严实，蒸汽从缝隙出来，窗台上面是霜，下面是冰。马玉龙心说这可是个机会，如果能把鬼子的枪偷出来，以后报仇就容易多了。年轻人敢想敢干，马玉龙拿定主意，到隔壁的铺子借了一条长凳，踏着长凳，蹑手蹑脚地去推那扇窗户，推了两下，将窗户推开一道缝，勉强将手伸进去往下探着摸索，摸到了那颗挂枪的钉子，再一摸，摸到了枪套的皮带。马玉龙心中暗喜，屏住呼吸，用食指将皮带往下挑，却没料到袖子将窗台上的一块冰柱带了下去，那块冰柱恰巧掉在前田的肩膀上。前田仰起脖子一看，一只手从头顶的窗户伸进来，手指正挑着枪套的皮带。

前田慌忙跳起来，一把抓住枪套，将王八盒子夺回来，暴跳如雷地大喊一声："八嘎！"马玉龙见偷枪失手，忙从凳子上跳下来，拔腿便跑。在外间围着火炉抽烟的两个皇协军听见前田的叫骂，连忙撩开门帘探头问道："指导官，有事吗？是不是喊我们替您搓背？"前田指着头顶通风的小窗户骂道："有人偷枪，快去抓住他。"

两个皇协军急忙回身，抓起枪往外追去。一个说："啥人吃了豹子胆，敢偷前田指导官的枪？一会儿把他抓回来，肯定押西河湾了。"另一个猜测说："一准儿是刚才那个贼眉鼠眼的小子，不然，他一个回民，到汉人的澡堂子转悠啥？刚才那是踩盘子呢。"那个说："那咱就往小北街方向追。"追了十几步，果然看见一个背影往小北街仓皇而去，便朝那背影打了两枪，那人跑得更快了。两个皇协军再往前追，人没影儿了，却遇上了聂敬。

聂敬回到院里，插上院门。喜玲正心惊肉跳地躲在门后，从门缝里向外张望，脸色蜡黄地问聂敬："聂镇长，没事了？"聂敬得意道："没事了，两只鸡崽子，能斗过我这只老公鸡？"喜玲捂着心口说："真吓死我了，玉龙若是被他们抓住，脑门上肯定得被刺上'小偷'两个字，年纪轻轻的，以后咋见人呢？"聂敬哼哼鼻子："脑门刺字，你说得轻巧，马麦那儿子若是被抓住了，西河湾怕是又要多一个鬼魂了。"喜玲惊愕道："不会吧，就偷点儿东西，还能犯了死罪？"聂敬又哼哼鼻子说："偷点儿东西？你知道他偷的是啥吗？他要偷前田指导官的枪。你说是不是死罪呀？好了，别说事了，他人呢？"喜玲蜡黄的脸色变白了，说道："啥，他偷日本人的枪了？哦，我把他藏柴房里了，我去喊他。"

喜玲把马玉龙带到屋里，马玉龙手放胸前，给聂敬行了回族礼，疑惑地眨巴着眼睛说："聂镇长，您真的要救我？"聂敬说："我这不是已经救了你吗？咋，你不信？"马玉龙依旧眨巴着眼睛："可是，您不是给鬼子当镇长吗？咋会救我呢？"聂敬叹口气，说道："我虽然给日本人当镇长，但我也是中国人呀！何况，我这镇长不是心甘情愿当的。"马玉龙想了想，再次给聂敬行个礼说："那我谢谢聂镇长了，我这就走了啊！"聂敬拦住说："你叫马玉龙吧？你现在还不能走。"马玉龙脸色一变，说道："聂镇长，您不会是……"聂敬听出来了，马玉龙以为是要把他稳在这儿，通知前田亲自来抓他呢。解释说："你别误会，那两个皇协军已经认出你是回民了，说不定这会儿正在小北街呢。你就在这儿待着，等天黑了再回去。"马玉龙明白聂敬是好意了，再次谢过聂敬。

喜玲做饭，聂敬与马玉龙拉呱起来。聂敬问马玉龙为什么要偷前田的枪，马玉龙咬牙切齿地从齿缝里挤出两个字："报仇！"聂敬摇摇头，叹息道："你胆子也太大了，就凭你，就算把前田的枪偷了，也未必能打死前田。段童还想为他爹报仇呢，手里也有枪，可最后的结果呢？”马玉龙没接聂敬的话茬儿，歪起头问道：“聂镇长，你救我，只因为你是中国人吗？”聂敬答道：“我这辈子虽然没做过啥好事，但黑白还是能分得清的。我给日本人当镇长，汤冠群能扇我的耳光，前田能说如果我完不成日本人下达的征粮任务，便要死啦死啦地杀我。我若还昧着良心给日本人当汉奸，岂不成个二愣子了吗？”马玉龙诧异道：“聂镇长，你不是真心伺候日本人？”聂敬笑一下说：“我若是真心伺候日本人，还会救你？”马玉龙若有所悟地点点头，忽然想起了什么，往近凑凑对聂敬说道：“聂镇长，既然你不是真心伺候日本人，我告诉你个秘密，你还是赶快离开隆盛庄吧，我们回民有人想打你的闷棍呢！”聂敬脸色骤变，问道：“打我的闷棍？我好像没得罪过你们回民吧，为啥呀？”马玉龙说：“我们回民是从陕甘迁徙过来的，家里没有土地，全凭勤劳做些小本生意勉强为生。可是，聂镇长要我们替日本人出粮，我们没粮，便要我们以钱抵粮，这不是要把我们往死里逼吗？”聂敬恍然大悟，他知道，商务会管的是字号和商铺那些大买卖，不管沿街叫卖、摆摊的小摊贩，所以，小北街的回民，除了有铺面的由商务会征粮外，其余的都由他负责。而那些小摊贩，多生活贫寒，为了完成日本人下达的任务，他往往会采取些非常手段，如此一来，便得罪了许多人。

喜玲做好饭端上来，马玉龙是回民，不沾汉人的碗筷，喜玲便说她到回民的干货铺给马玉龙买两个焙子，顺便看看小北街有没有皇协军。没一会儿喜玲回来了，说汤冠群下午带皇协军到小北街搜过，还特意去过马玉龙家，看样子，汤冠群已经怀疑到他了。马玉龙毕竟年轻，没有主意，皱着眉头不知该怎么办。喜玲看一眼聂敬，一语双关道：“玉龙，看来你是不能回家了。可惜大姐是个寡妇，不然，你到大姐家凑合上一晚，明天咱再想办法。”聂敬是聪明人，哪能听不出喜玲话里的含义，说道：“我这辈子也难得做一次好人，罢了，好人做到底，你今天就和我凑合上一晚吧！不过，过了今晚呢？你不是说那两个皇协军和你打过照面吗？明天回家，皇协军找上门，一眼就能认出你吧？”马玉龙这回没有犹豫，坚定地说：“如果不能回家，我就投奔游击队去。”聂敬和喜玲都愣怔了一下，聂敬心想，自己救马玉龙，本是因为汤冠群打了自己耳光，前田又说出那句要命的话，才起了一时之念，如果前田知道是自己救了马玉龙，自己便犯了杀头之罪。所以，现在最好的办法是不让马玉龙落入日本人手里，不然，自己也会跟着丢了性命。他便点头说：“嗯，这倒也是一条出路。只是汤冠群既然已经怀疑到了你，必定会通知看守城门的警察，你要想出镇，怕是不容易。”喜玲眼睛突然一亮，说道：“玉龙，你如果想出镇，我有办法。”聂敬与马玉龙几乎异口同声地问道：“你有办法？啥办法？”喜玲不好意思地说：“警察署的唐永年是我大伯子，我找他求求情，他会给我个面子的。”聂敬记起来了，汤冠群雇喜玲给他做饭时曾对他提起过，喜玲的亡夫是豆腐坊唐疤子的二儿子唐永福，也就是警察署唐永年的弟弟。他高兴地说：“如果唐永年肯帮忙，玉龙一定能出去。喜玲，锅我自己洗吧，你这就去找唐永年。”

喜玲去找唐永年，唐永年已经听说有人在澡堂子偷前田的枪，汤冠群怀疑到马玉龙头上的事了。他现在是共产党的人，马玉龙要投奔游击队，这个忙他肯定会帮。不过，自从游击队为了那批军火攻打隆盛庄之后，西村对警察署更不放心了，每班岗都要派一个皇协军跟班盯着，马六那双贼眼更是瞪得圆溜溜的，总想发现张寿祥点儿什么秘密。所以，唐永年还是谨慎的，他让喜玲转告聂敬和马玉龙要沉住气，他再想想办法。

唐永年向张寿祥把情况汇报了，张寿祥听说是聂敬救了马玉龙，颇觉意外，沉吟道：“人这东西，真是太难琢磨了！像聂敬那样的赖皮，为了钱，差点儿把闺女都给卖了，可到了关键时刻，还是有些中国人的良心的。”唐永年说：“或许是汤冠群的一记耳光打醒了他吧？”张寿祥说：“不管啥原因，他毕竟救了马玉龙。马玉龙是马麦叔的儿子，马麦叔死在了鬼子手里，咱一定要安全地把他送到游击队。”

第二天一早，张寿祥带着唐永年照例到各城门检查了一遍，东门面对双台山，最容易受游击队袭击，汤冠群派了他的亲信在东门监督；南门来往行人最多，油水也最大，马六有事没事总在那儿转悠；北门的皇协军也不可靠，唯有西门值岗的皇协军是当初从警察署补充过去的，便是班姥姥的小孙子班扣，比较可靠。唐永年通知了喜玲，喜玲从家里找出前夫穿过的一件破皮袄、一顶旧狗皮帽子给马玉龙换上，马玉龙缩着脖子，佝偻着腰，穿小巷到了西门。唐永年借口找班扣说话，把他叫到一旁，把守西门的警察装模作样地盘查马玉龙几句，便放马玉龙出了镇。马玉龙绕道直奔双台山找到周通，参加了游击队。

再说聂敬。

马玉龙安全离开隆盛庄后，聂敬暗自思量，觉得绝不能继续给鬼子当镇长了，征粮任务完不成，前田会要他的命，继续为鬼子征粮，回民要打他的闷棍，说来说去，只要留在隆盛庄，他便时刻有性命之虞。他本想求西村慎二为自己说情，求前田放他回丰镇，现在他改变主意了，既然唐永年能帮马玉龙出镇，便也能帮他离开隆盛庄。聂敬对喜玲已经有了好感，他想，隆盛庄是小地方，人们又都敬仰杨曼，自己在隆盛庄娶喜玲会丢人；但丰镇是县城，真正认识自己的也没多少人，如果能把喜玲带到丰镇娶她，倒是一件美事。对于喜玲，聂敬很有自信，男人相貌不重要，就凭自己的一笔好字和褡裢里的骆驼票，十年八年的生活应该不成问题。喜玲虽然年轻，相貌不错，但毕竟是个寡妇，又目不识丁，她还会嫌弃自己吗?

聂敬本就脸皮厚，拿定了主意，也不用请媒人撮合，喜玲给他做饭的时候，脸不红不白地把自己的想法对喜玲说了。喜玲听后先是一怔，脸上立刻浮起两片害羞的红晕，说道："聂镇长高看喜玲了，喜玲暂时没有嫁人的想法，对不住聂镇长了。"聂敬大失所望，惊诧道："咋，你看不起我？"喜玲连连摆手道："聂镇长千万不要误会，喜玲一个寡妇，又大字识不了一箩筐，哪敢看不起聂镇长呢。"聂敬摇头道："不对，你肯定是看不起我。不然，你说个理由给我听听。"喜玲为难道："日本人的校长都把聂镇长敬为上宾，我一个寡妇，自己都看不起自己了，哪还敢看不起聂镇长，更没啥理由不理由的。我只是暂时不想嫁人，更不想离开隆盛庄。"

其实，喜玲不是看不起聂敬，也不是不想嫁人。前些年，她丈夫唐永福过世，她一个人过得很艰难，亏了公婆接济，才勉强把日子过下去。她也曾动过改嫁的念头，但一直没有合适的男人。前两年，四美庄有个男人死了老婆，那男人比他大六七岁，挺合适的，媒人到门上一说，她便动了心。婆婆听说后，过来找她，说与其嫁给外人，还不如嫁给大伯子唐永年。唐永年早年跟着梁念祖当兵，一直未娶，开小差回到隆盛庄后，岁数也老大不小了，好人家的黄花闺女娶不上，邋遢的和不顺眼的他还不想娶，便一直耽搁着。之后，张寿祥发展他加入地下党，他心无旁骛，一直没有考虑成家的事。后来，他爹妈成天在他耳边念叨，说喜玲无论性格还是相貌都挺好，何况肥水不流外人田，劝他把喜玲娶了吧。唐永年也觉得喜玲不错，但毕竟是兄弟媳妇，有些磨不开脸。加之他现在是共产党的人，说不定哪天暴露了，遭了鬼子的毒手，让喜玲再做一次寡妇，不是害人家吗?他妈知道唐永年和张寿祥走得近，又是唐永年的长官，便去找张寿祥，让张寿祥劝劝他。张寿祥也觉得这门亲事特别合适，将唐永年劝说一番。唐永年听张寿祥也说合适，便答应了。原本说好年前娶喜玲重回唐家的，可形势突然发生变化，鬼子开始走下坡路了，唐永年便和喜玲商量，说再往后推推，看看形势，最晚明年秋天一定娶她。喜玲也觉得大伯子是个有担当的男人，心里满意，当然听从唐永年的安排。

聂敬不明就里，见喜玲不愿意嫁给他，很是失落，想了想说："喜玲呀，既然你不愿意嫁给我，我也不勉强。不过，有件事你无论如何得帮我个忙。"喜玲奇怪道："聂镇长还有需要我帮忙的地方？"聂敬道："我的这个忙，还只有你喜玲能帮上。”喜玲大惑不解，说道：“聂镇长说来看看。”聂敬也不瞒藏，直接说道：“喜玲，我想离开隆盛庄，回丰镇去。”喜玲误会了聂敬的意思，说道：“聂镇长若是嫌我做的饭不好吃，没关系，我到别家再寻点儿营生。”聂敬尴尬地笑笑说：“喜玲，你误会我的意思了，你做的饭很好吃，真的。不过，我必须离开隆盛庄了。我若不走，这条命怕是迟早要留在隆盛庄。”喜玲不解道：“聂镇长，您是日本人的镇长，谁敢对您有一丝不敬？更没有吃了豹子胆的，敢暗算您。”聂敬叹息一声，如实说道：“喜玲，你哪里知道我这个镇长的苦衷。我替日本人征粮，完不成任务，前田就要杀我。我若尽心尽力，马玉龙的话你也听见了，回民要打我的闷棍。前天我救了马玉龙，你说这事万一让前田知道了，我的脑袋还保得住吗？所以，我真的不能留在隆盛庄了。原本想带你回丰镇，娶了你，可是，你既不想离开隆盛庄，又不愿意嫁给我，我只能自己走了。我猜想，就算我找西村校长说情，前田也未必会放我走，所以想求你帮个忙，再去找你大伯子唐永年，像放马玉龙出镇一样放我回丰镇。”喜玲明白聂敬的意思了，犹豫道：“这……我刚求过人家，咋好意思再张嘴呢？”聂敬见喜玲不敢答应，又拿出了无赖的本事，脸一拉，说道：“喜玲，你去找唐永年吧，告诉他，这个忙他帮也得帮，不帮也得帮。他能帮马玉龙，就不能帮我？我若是把他帮马玉龙的事捅出去，前田那边他怕是不好交代吧？”喜玲听聂敬用马玉龙的事威胁她，只好暂且答应下来，去找唐永年商量。

唐永年向张寿祥汇报，骂聂敬要无赖，以马玉龙之事要挟他，问张寿祥该怎么办。张寿祥笑道：“别听他吓唬人，马玉龙是他救的，他敢向前田告发？不过，从他救马玉龙的事上可以看出，他还是有一点儿中国人的良心的，何况他回丰镇，是不想伺候鬼子了，所以，咱得帮他。”唐永年问道：“那我安排聂敬出镇？”张寿祥思量道：“聂敬和马玉龙不同，他一旦被抓回来，你放马玉龙出镇的事便暴露了，到时候，前田必然会怀疑你的真实身份。所以，这件事需要从长计议。”

张寿祥没有让喜玲转告聂敬，也没有让唐永年露面，而是让聂子瑶去见聂敬。

聂敬对聂子瑶能来看他是又惊又喜。从他来到隆盛庄，聂子瑶每次看见他，都是仇视的眼神，像是与他有着不共戴天之仇似的。他惊异地望着聂子瑶，嘴唇抖动却说不上话来：“瑶瑶，你……”聂子瑶脸色冷若冰霜，也不往屋里走，站在门口冷冷地问道：“听说你要回丰镇？”聂敬惊愕道：“你是咋知道的？”聂子瑶说：“你别管我是咋知道的，就说是不是吧？”聂敬点头道：“是的，我是打算回丰镇。瑶瑶，不管咋样，我终归是你爹。你别用这样的眼神看爹好不？”聂子瑶犀利的目光收敛了些，说道：“嗯，你是该走了，不然，你的命迟早得丢在隆盛庄。”聂敬吃惊道："你也这么认为？"聂子瑶没有回答聂敬的话，而是说道："我今天来，是要提醒你一句，你离开隆盛庄是对的，但你不能回丰镇。"聂敬不解道："为啥呀？"聂子瑶说："你若离开隆盛庄，前田肯定知道你跑回丰镇了。以你对鬼子的重要性，前田未必会抓你。但你让前田丢了面子，前田也未必会放过你。一是不等你跑回丰镇，汤冠群便快马把你抓回来；二是即便你跑回了丰镇，前田给丰镇的鬼子写封信，丰镇的鬼子也会把你抓了。"聂敬惊讶聂子瑶会分析得如此细致，先是欣慰地一笑，继而皱起眉头道："瑶瑶，爹看出来了，你是来救爹的。你说说，爹既然不能回丰镇，又该往何处去呢？"聂子瑶："明天便是大年三十了，前田和汤冠群肯定不会注意你。你明天早晨从西门出镇，出镇后不要往丰镇去，到红砂坝火车站坐火车，或到集宁，或往归绥都可以。"说罢，掏出十几块大洋放在炕沿上说："这是给你的盘缠，记着，明天早晨，西门。"聂敬双眼突然泪水充盈，情绪激动道："瑶瑶，麻绳草绳割得断，肉绳割不断。你终究是我闺女呀！"聂子瑶却无动于衷，冷漠道："别说多余的话，以后不管去了哪里，都别再做坏事，别让人恶心你。好了，我走了。"聂敬眼眶里的泪水流出来，紧走两步，一把拽住聂子瑶道："瑶瑶，你别急着走，让爹再看你一眼。"聂子瑶用力甩开聂敬的手，冷漠道："别看了，早知今日，何必当初？以后多自重吧！"聂敬羞得满脸通红，看着聂子瑶头也不回地走出屋门，突然若有所悟，追出去问道："瑶瑶，是不是张寿祥让你来的？"

聂敬走了，走得悄无声息。直到过了初三，汤冠群见聂敬没来给他和前田拜年，派人去喊聂敬，方知聂敬早已跑了。前田喊来张寿祥和马六问，两人都说不知道。前田勃然大怒，立刻给丰镇日军宪兵司令部写信，要丰镇日军宪兵司令部以抗日分子的罪名将聂敬抓捕，押回隆盛庄杀一儆百，但聂敬压根儿没回丰镇，丰镇的鬼子如何能抓得住他呢？

这是一九四五年。过完年后，前田再次催促张禄，要他尽快完成征粮任务。

张禄现在只要遇到和鬼子有关的事情，都要征求张寿祥的意见。张寿祥说他已接到上级指示，全国的抗日战争已经进入大反攻阶段，国民党军队先后组织了浙赣会战、鄂西会战、常德会战等大会战，八路军各部队也频繁出击，收复了许多被日军占领的县镇。日军在全国各战场节节败退，兵力捉襟见肘，战略物资紧缺，士气低落，陷入内外交困的局面。绥东地区的鬼子因局势紧张，将不少部队调往前线，目前兵力空虚，以防为主，不会再有大规模的行动。双台山游击队已经发展到了四五百人，活动范围也扩大到隆盛庄周边，汤冠群的皇协军已无力与游击队作战，现在连城门都不敢出了。前田几次向丰镇日军宪兵司令部请求援兵，一则尽快消灭双台山游击队，二则把已经征好的粮食运走，但是丰镇的日军无兵可派。所以，就算前田把粮食征齐了，粮食也运不到丰镇，让张禄继续拖着。张禄便今天一百斤、明天二百斤，既不歇着，也不多征，到了入夏，只征了不到六万斤粮食。前田催促他时，他便诉苦说："指导官，难道您不知道我的苦衷吗？我七十多岁的人了，黄土埋到了脖子根儿，原来还有聂镇长替我分担，现在聂镇长跑得鬼影儿没了，我一个半死不活的老汉，能替皇军担得起这千斤重担吗？"

看着张禄佝偻的腰肢和花白的胡子，前田也觉得无奈，哼着鼻子说道："张会长，我知道你年老体迈，可你们商务会不是还有办事跑腿的吗？"张禄摇着头说："指导官，聂镇长在的时候，屁股后面还跟着汤团长派的两个兵呢，管用吗？再说了，中国有句话，叫'小河有水，大河不干'，说来说去，还是百姓穷呀！吃糠咽菜都填不饱肚子了，到哪找那么多的粮食？"汤冠群先是一声不吭地听着，继而冷笑起来，说道："张会长，你别诉苦了，每年征粮都是这一套，你就不能换个托词吗？"张禄看汤冠群一眼，不紧不慢地说："换个托词？好呀！那我就换个托词。"目光转向前田说道，"指导官，老朽这身子骨您也看见了，不是老朽推托，是老朽实在无力承担肩上的担子了。待老朽完成了皇军这次交代的差事，还是请皇军另选一个年富力强的人接替商务会长吧。"前田也算给张禄面子，答应道："张会长，等你完成这次征粮任务，我会考虑你的请求。"

张禄走后，前田皱着眉头说："汤团长，我看张禄的确是个棺材瓤子了，他走路腿都打颤，能替皇军完成征粮任务吗？"汤冠群呵呵笑道："指导官，我说句您也许不爱听的话，我觉得西村指导官太依赖张家了，迟早养虎为患。"前田瞅着汤冠群咧嘴笑了，说道："汤团长，其实，我也早有此想法，只是摸不透西村君重用张家的心思。你有什么好主意吗？"汤冠群听前田如此说，便直言不讳了："这天下不管离了谁，照样白天是白天，黑夜是黑夜。张禄为皇军尽不了力，指导官可以换个人当会长嘛！还有警察署长、学校校长，只要指导官不信任的，都可以换人。"前田赞同道："汤团长，你这个想法很好，你心里是不是已经有合适的人选了？"汤冠群把嘴贴近前田的耳朵说了几句话，前田听得连连点头。

第七十章

李凤翔惨遭凌辱

盛夏的时候，玉凤过世了。

过年之后，张禄就看出玉凤熬不过今年了。自从梁龙被抓走后，玉凤急火攻心，如热锅上的蚂蚁。她有三个儿子，个个生龙活虎，原以为这辈子可以无忧无虑了，没承想，儿子虽然多，虽然出息，却没有一个能留在身边为她养老送终的。

对于梁龙家三个儿子的情况，张寿祥最为清楚。梁念祖不必细说，梁怀祖投奔傅作义他知道。当初，梁念祖说阎锡山容不得外乡人，他们留在阎锡山身边不会有大前途，要他和梁怀祖一道去傅作义的队伍，但上级安排他到大同当了警长。那次，梁怀祖帮巴山和周通打隆盛庄，把梁奉祖给傅作义当警卫的事也说了。巴山为了张寿祥的安全，没有说出张寿祥的真实身份，但把梁怀祖的话向张寿祥转达了。其实，即便梁怀祖没有委托张禄和张寿祥照顾他妈，张禄也不会不管玉凤的。玉凤有张禄照应，张寿祥便不必出头露面了。

梁龙与梁念祖遇害，只有张寿祥和张禄知道，但他们都不敢把真相告诉玉凤。玉凤便以为梁龙不过是被日本人关在什么地方了，梁龙也不是什么大人物，就算砍头，拉到西河湾就砍了，值得兴师动众地押往丰镇？开始一段时间，玉凤还隔三岔五地往张禄家跑，一把鼻涕一把泪地哀求张禄打探梁龙的去向，后来见没有回音，几乎要和张禄翻脸，说父一辈子一辈，两人又是结拜兄弟，梁龙落了难，他就算帮不了救人的忙，也该千方百计地帮着打探打探梁龙的下落吧？张禄被玉凤数落过，便去数落张寿祥，张寿祥敷衍了几次，见敷衍不过去了，只好把真相告诉了他爹。

张禄听说梁龙和梁念祖被鬼子杀害了，倒在炕上躺了两天，两天没说一句话，没吃一口饭，把艾叶和舒兰吓个半死。两天后，张禄对张寿祥说：“寿祥呀，你龙龙大爷和念祖哥为国尽忠，死得其所，放在古人身上，是你玉凤大娘的荣耀啊！但是，这丧夫之痛和丧子之痛，搁在谁身上都无法承受，更何况她身边一个亲人都没有呢。”张寿祥说：“爹说的是，所以，我才一直没敢说出真相，就是怕玉凤大娘经受不住打击。现在爹知道了，您说该咋对玉凤大娘讲呢？”张禄叹着气说：“咋讲都行，就是不能让她没了希望。”张寿祥想想，说道：“要不就说我打听到了，龙龙大爷还活着，被鬼子关在大同的监狱呢。至于鬼子为啥把龙龙大爷关起来，咱就说还没打听清楚。”张禄点头道：“不管你玉凤大娘信与不信，也只有这样编排了，瞒一天算一天吧。”

玉凤听说梁龙被鬼子关在了大同的监狱，比之前更为着急，说梁龙七十出头的人了，能受得了牢狱之苦？说不准早就被鬼子折磨死了。从此，神志恍惚，说话颠三倒四。张禄怕她出意外，雇了两个上了些岁数的女人，昼夜不离地伺候她。去年入秋的时候，玉凤倒在了炕上，连屎尿都不能自己往出送了。张禄隔三岔五地过去看她，给那两个女人加了工钱，吩咐她们勤给玉凤擦洗身子，千万别起了褥疮，别让她受罪。腊月二十九，张禄给玉凤送去些吃食，玉凤已经眼窝深陷，形容枯槁，连他都快不认识了。张禄知道玉凤将不久于人世，去得更勤了些，直到前两天，玉凤终于油尽灯枯，撒手人寰。

且不说张禄与梁龙的关系，玉凤既是张禄的初恋，又是宝凤的二姐，所以，张禄想把玉凤的丧事办得隆重些。可时逢乱世，人心惶惶，就算隆重，又能隆重到何种程度？不过是把灵柩停放七天，雇两班鼓匠而已。可是，就在鼓匠安鼓的那天，出了意外。

西村大地随他妈从东北来到隆盛庄后，一直在隆盛小学读书。西村大地原本很老实，但隆盛庄是日本人的天下，他爹西村初是隆盛庄的土皇帝，那么，西村大地也就是隆盛庄的小皇帝了，何况他叔叔西村慎二还是副校长。西村大地渐渐变得飞扬跋扈，同学们惧怕他是日本人，都对他避而远之。

西村大地没有一个要好的同学，十分孤独，便经常带些花生、糖块到学校，讨好那些年龄比他大的同学，想和人家交朋友，让人家带着他玩。胆子小的同学，不敢接受他的食物；有胆子大的，吃了他的东西，却不陪他玩。

这天下午放学，同学们一窝蜂地说要听鼓匠去。西村大地拽住一个同学的袖子问谁家死人了，那同学说是隆盛庄老镇长梁龙的老伴。小孩子童心重，喜欢热闹，西村大地便跟着同学们到了梁龙家。玉凤的灵柩停在院子里，两班鼓匠安在了院门口。自从鬼子占领了隆盛庄，人们度日艰难，谁家有了丧事，很少有雇请鼓匠的，能同时雇请两班鼓匠的更是少，所以围观的人很多。

西村大地往人群里挤，挤不进去便往开扒拉挡他的人。有人正要低头呵斥，见是西村大地，连忙闭上嘴，给他让开道儿。西村大地挤到前面，学那些孩子手托下巴蹲在地上，听鼓匠吹拉弹唱，看吹唢呐的变着法儿地边吹边玩花样儿。西村大地正聚精会神地看着，身后又挤过来两个孩子，是李凤翔的两个儿子。

前面说过，李凤翔先与杨曼相恋，因杨曼当时是有夫之妇，无奈之下娶了张福的闺女秀珍。婚后，李凤翔与杨曼藕断丝连，暗结珠胎，杨曼羞于见人，欲寻短见，被同宿舍的赵老师救下。张福为了秀珍的幸福，也为了维护张家的脸面，同意李凤翔纳杨曼为小。李凤翔先与秀珍生一子，取名李皓，杨曼肚子里又带过来一个，也是儿子，取名李勋。李皓与李勋是同父异母的兄弟，这在有妻有妾的人家是最为常见的。因为秀珍和杨曼相处融洽，所以，李皓和李勋也关系极好，出来进去，形影不离。

李皓与李勋比西村大地大几岁，也在学校读书，年前刚毕业。两人只顾着挤到前面看鼓匠吹打，没注意旁边蹲着西村大地，李皓一个不小心，在西村大地的皮鞋上踩了一脚。西村大地喜欢干净，皮鞋总是擦得锃亮，他低头一看，皮鞋上一个大脚印子，立刻动了怒，骂一声“八嘎”，跳起来揪住李皓的衣领便是一记耳光。李皓莫名其妙地挨了打，正要还手，见是西村大地，目光惊愕，拳头停在了半空。西村大地对李皓兄弟本就没有好感，在学校时，因为他们的爹妈都是老师，且受师生尊敬，他兄弟学习又是拔尖的，便也有些高傲，西村大地几次讨好他们，都被兄弟俩不软不硬地回绝了，所以西村大地对他兄弟一直怀恨在心。

西村大地打了李皓的耳光，李皓自然不敢还手。西村大地却不依不饶，照着李皓的裤裆便是一脚，踢到了李皓的命根儿处，李皓便手捂裤裆蹲在地上，疼得直叫。看鼓匠吹打的人们见打架的是西村大地，都不敢劝架，人群纷纷退后。西村大地依然不肯罢休，冲上前去，一边骂骂咧咧，一边继续用脚踹李皓。李勋见了，怒从心头起，也不计后果了，扑上前揪住西村大地，照着他的脸便是一拳，将西村大地的鼻子打出了血。西村大地用手背一抹，见满手背都是血，“哇”的一声哭了，捂着鼻子便往家里跑。众人见李皓兄弟惹祸了，有的让兄弟俩赶快回家告诉他爹妈，看怎么给西村大地赔罪，有的则进了梁龙家的院子，把事情的经过告诉了正在安排丧事的张禄和张福。

张禄和张福听说西村大地被李凤翔的两个儿子打了，知道李皓兄弟惹下了塌天大祸。张福更是着急，因为李皓兄弟是他的外孙，问张禄该如何是好。张禄自从知道张寿祥是共产党，也不敢轻易拿主意了，说还是问问寿祥吧。两人便急忙去了警察署。张寿祥听了事情的经过，沉吟半晌，说道："爹，现在是非常时期，鬼子已经走下坡路了，正在做最后的垂死挣扎，前田没有西村狡猾，但比西村心狠手辣，咱们要提防他狗急跳墙。依我看，还是爹陪二叔去找西村的老婆，给她赔个礼，道个歉。西村的老婆虽然是日本人，但说话和善，还是比较善良的。"张禄点头说："好，福奎，走，我陪你去找西村的老婆。"

两人急匆匆地到了西村家，开门的是班喜，听张禄说要找西村惠子，压低声音说："张会长，西村太太去镇公所了。"张禄听说西村惠子去了镇公所，暗叫一声不好，问班喜道："班喜，西村的老婆是不是向前田告状去了？"班喜说："不是。刚才西村大地回来，鼻子流血了，说是让李老师的两个儿子打了。西村太太给他洗了脸问是咋回事，西村大地把缘由讲了，西村太太说小孩子打架，不过鼻子出了点儿血，过去就算过去了。可西村大地说不行，中国人凭啥打日本人，说要去告诉前田叔叔，不顾他妈的拉拽跑了。西村太太便跟着追了出去。"张禄和张福不敢怠慢，连忙返回警察署找张寿祥商量对策。张寿祥正在思量之间，聂子瑶挽着杨曼的胳膊急匆匆地跑来，说汤冠群到学校把李凤翔抓走了。

原来，西村大地跑到镇公所向前田告状，说李皓兄弟把他打了，要前田把李皓兄弟抓起来。前田皱起眉头，问西村大地李皓兄弟是谁家的孩子。西村大地说是李老师的儿子，旁边的汤冠群便知道是谁了。这时，西村惠子赶来，把西村大地与李皓兄弟打架的缘由说了，对前田说："前田君，小孩子一起玩耍，打架也是难免的。大地不过是鼻子破了，流了点儿血，没什么大事。这事就不劳驾前田君了。"前田却冷笑一声，抚着西村大地的后脑勺说："大地，你是日本人，日本人怎么能挨中国人的打呢？先随你妈回家去，前田叔叔把那两个胆大妄为的孩子抓回来，为你做主。"西村惠子听前田要抓李皓兄弟，劝说道："前田君莫要生气，我不是说了吗，小孩子打架……"前田挥手止住，不容置疑道："夫人，您带大地回去吧，这件事交由我处理。"西村惠子见前田脸色冷峻，不敢多言，连忙带西村大地告退。

自从西村调离，前田接任指导官以来，汤冠群看得出，之前一直以执行命令为本的前田，虽然残忍比西村更甚，却远没有西村的城府。尤其他初次担当重任，踌躇满志，目光短浅，以为皇军还是刚入侵中国时的虎狼之师，全然不看眼前的形势。以他的心愿，恨不得前田大开杀戒，将张家的人斩草除根，自己也好把聂子瑶揽入怀中。但是，他知道自己手中的力量，不想偷鸡不成反蚀把米，把自己贴进去。于是，汤冠群上前一步道："指导官，有句话我不知当讲不当讲。"前田记起西村临走时的叮嘱，说道："汤团长不必客气，有话请讲。"汤冠群便提醒前田道："指导官可知道，李凤翔娶的是张福的闺女，他的两个儿子便是张福的外孙，指导官如果把那两个孩子抓了，就得罪了张福。得罪了张福，就等于得罪了张家。且不说张禄正在为皇军征粮，就张寿祥手里的警察，一旦反了，怕是也不好收拾。所以，指导官要抓那两个孩子，得先有个万全之策。"前田愣怔了一下，皱起眉头道："嗯，汤团长提醒得对。可是，我答应过西村君，一定照顾好西村夫人和大地，现在大地让中国人欺负了，我若是不尽到保护的责任，还是帝国军人吗？"汤冠群眼珠转转，出主意说："有道是子不教，父之过。李凤翔的两个儿子敢欺辱西村公子，是李凤翔没有教育好儿子。李凤翔虽然是张福的女婿，但和张家没有血缘关系，指导官何不将李凤翔抓起来，让他父代子过。"前田眨巴着眼睛问："把李凤翔抓起来？然后呢？把他杀了？"汤冠群摇头道："李凤翔不过是个手无缚鸡之力的老师，杀他没用。"前田不解地问："既然不杀他，又何必抓他？"汤冠群嘿嘿一笑说："他儿子打了西村公子，如果不加以惩戒，皇军便失了颜面。不如将他抓起来，用铁链子拴在马桥街示众三天。如此，既为西村公子出了气，又惩罚了李凤翔，还让隆盛庄的百姓知道了皇军的威严，可谓一箭三雕。"前田听得连连点头："汤团长这个主意出得好，那就辛苦汤团长跑一趟，把李凤翔抓回来，不但示众三天，还要饿他三天。另外，汤团长也要做好应变的准备，张寿祥一旦有异动，立刻解除警察的武装，如遇反抗，格杀勿论。"

汤冠群点一排人马，杀气腾腾地到了学校。李皓与李勋和西村大地打架后，知道自己闯了大祸，不敢到学校告诉他爹，而是先回家告诉了他妈。秀珍吓得脸色苍白，数落了李皓和李勋几句，急忙跑到学校去找李凤翔和杨曼。李凤翔和杨曼同样吓得够呛，尤其李凤翔，双腿打颤，嘴唇哆嗦，快要瘫倒了。杨曼知道李凤翔拿不起、放不下，和他商量不出个结果，无奈地瞥他一眼，疾步往校长室去找张祯。杨曼刚把事情的经过对张祯讲了，聂子瑶惊慌失措地推开门道："三叔、妈，不好了，汤冠群带着皇协军来抓李老师了。"两人顾不得继续说话，急忙跑出去，见李凤翔正被几个皇协军五花大绑着从办公室架出来。李凤翔腿都直不起来了，一眼看见张祯和杨曼，声嘶力竭地喊道："校长三叔、杨曼，快来救我呀！"张祯和杨曼急步跑过去，张祯愤怒地质问手拎马鞭得意地站着一旁的汤冠群道："汤团长，李老师犯了啥罪，你凭啥抓他？"杨曼也柳眉倒竖，咆哮道："是呀，我丈夫犯啥罪了，你凭啥抓人？”汤冠群嘿嘿一笑，不紧不慢地说道：“张校长、杨老师，你们急个啥呀。我既然来抓人，自有抓人的缘由。我问你们一声，李老师的两个儿子打了西村公子，这件事你们知道吗？”张祯听汤冠群提到李皓兄弟与西村大地打架的事，便知道汤冠群抓李凤翔的缘由了，口气缓和了些说：“汤团长，小孩子打架，值得拿大人问罪吗？再说了，事情总有个缘由吧，平白无故的，李皓和李勋敢打西村公子？这搁谁都不信呀！”汤冠群哼哼鼻子说：“啥缘由不缘由的，现在的中国是皇军的天下，皇军杀人那是天经地义，两个小龟孙打西村公子，那就是在太岁头上动土，老虎嘴里拔牙。还用问缘由吗？好了，咱这么说吧，依前田指导官的意思，是要抓那两个小龟孙的，是我劝了，养不教，父之过。两个娃娃不懂事，让他爹父代子过吧。张校长、李老师，你们如果觉得不合适，我现在就把李老师放了，把他两个儿子抓起来交给前田指导官。”任是李凤翔胆小，听说要抓他两个儿子，也不怯懦了，双腿陡然有了力量，挺直了腰叫道：“别抓我儿子，我顶罪，就算杀头，也杀我的头。”汤冠群阴冷地笑道：“李老师，你也别害怕，前田指导官说了，你犯的不是死罪，不过示众三天，就把你放了。”

张祯听前田没有杀李凤翔的意思，松了口气，正待问汤冠群要如何将李凤翔示众，西村慎二闻讯赶来，问汤冠群道：“汤团长，这是怎么回事呀？”汤冠群看见西村慎二，立刻改变了态度，恭恭敬敬道：“报告西村校长，李老师的两个儿子打了西村公子，我奉前田指导官之命，抓李老师回去。”西村慎二听说侄儿被人打了，急忙问道：“是吗？大地伤着了没有？”汤冠群说：“还好，只是鼻子出了点儿血。”西村慎二“哦”一声，说道：“想必李老师的两个儿子也不是故意的，既然大地伤得不重，那就把李老师放了吧。李老师，回去可要严厉责罚你那两个儿子，让他们以后少在外面惹祸。”张祯正要代李凤翔谢西村慎二，不承想，汤冠群却说：“西村校长，前田指导官的命令我不敢违抗。您要放人可以，但您得亲自对前田指导官说。我的任务是把人抓回去。”西村慎二也猜出汤冠群做不了前田的主，对张祯说道：“张校长，我随汤团长走一趟吧。”张祯眼神信任地点一下头：“那就多谢西村校长了！”

张禄、张福与张寿祥听杨曼和聂子瑶说汤冠群抓了李凤翔，先吓了一跳，又听说西村慎二跟着汤冠群向前田求情去了，都松了口气，认为不过是小孩子打架，既然有西村慎二说情，前田应该将李凤翔放了。岂知，事情并没有那么简单，前田没有给西村慎二面子，不但没有放李凤翔，还把张祯的校长给免了。

西村慎二虚心好学，爱惜才华，不然，当初也不会为了学习书法，拜聂敬为师了。李凤翔是学校的才子，杨曼是学校的才女，西村慎二平时便对他们另眼相看，所以，尽管李凤翔的儿子打了他侄儿，他还是要为李凤翔求情。前田颇为诧异，眼神疑惑地望着西村慎二问道：“西村校长，李凤翔的儿子打了您侄儿，您还要为他们求情？”西村慎二道：“前田君，小孩子打架，大地也没伤着，李凤翔老师在学校很受学生尊敬，您看是不是……”西村慎二话未说完，前田已经拉下了脸：“西村校长，您这是为谁说话呢？是不是受张祯蛊惑太多，已经忘记自己是天皇陛下的子民了？什么叫小孩子打架？那是中国人打日本人，我没有杀李凤翔，已经很给他面子了，您还好意思替他求情？”西村慎二被前田呵斥得脸红一阵儿白一阵儿，一脸尴尬。他知道，也就因为自己是西村初的弟弟，前田仅仅呵斥了他，不然，自己怕是要挨前田的耳光了。前田见西村慎二不说话了，脸色愈发阴沉，顿了顿又说：“西村校长，不是我不给您面子，是您对中国人太仁慈了。我问您，现在学校每周安排几节日语课？”没有哥哥在身边，西村慎二也没有底气了，嗫嚅道：“三节。”前田鼻子哼一声：“记得西村君在的时候，曾多次提醒过您，每天都要安排一节日语课，可是，您总是支支吾吾，真是太让人失望了。”西村慎二皱起眉头解释说：“前田君息怒，我毕竟是副校长，课程如何安排，我只能提个建议，最终还是要听张校长的。”前田一拍桌子，厉声道：“什么张校长、张校长的？隆盛庄是皇军说了算。从现在起，由您担任校长，让张祯回家享清福去吧。”就这样，西村慎二接任了张祯校长的职务。

张禄和张福见前田连西村慎二的求情都拒绝了，知道再去求前田也是碰钉子，好在前田没有杀李凤翔的意思，只有让李凤翔委屈几天了。

李凤翔被抓后，汤冠群把他关在了黑房子里。第二天上午，找一根拴狗的铁链子套在李凤翔的脖子上，将他牵到马桥街，用锁子锁在街中央竖着的一根拴马石桩上，派两个皇协军士兵在旁边看守，任何人不得近前。到了晌午，秀珍和杨曼给李凤翔送来饭，见李凤翔像一只可怜的狗一般蹲在石桩下，秀珍哭着扑上前去，被两个皇协军用枪拦住。秀珍哀求道：“两位老总，你们行行好，让我男人吃口饭吧。”两个皇协军士兵在隆盛庄驻扎年头久了，也认识秀珍和杨曼，为难地说：“不是我们不讲情面，汤团长吩咐了，只许他喝水，不许他吃饭，如果我们让他吃饭，就要把我们和他一样拴在这里，同样饿上三天。”杨曼红着眼睛说：“老总，那我喂他点儿水喝吧？”那士兵点头说：“水可以喝，不过，喝过水后，你们得马上离开。”

秀珍和杨曼急步上前，扶起李凤翔眼泪涟涟道：“凤翔，你受苦了。”李凤翔喉头哽咽，禁不住呜咽起来：“那两个小兔崽子，可真把我给害苦了。我后悔呀！

天下那么大，我咋就偏偏到了隆盛庄呢？等我熬过这三天，我走呀，死也不在这隆盛庄了。”杨曼替李凤翔抹抹泪，安慰他道：“凤翔，你别乱想，鬼子的日子长不了了，咱有报仇的一天。”没想到，李凤翔苦笑一下，竟然说道：“报仇？报啥仇？两个小兔崽子打了人家日本人，犯的就是死罪，日本人没有砍我的脑袋，就算格外开恩了。”杨曼听得一怔，手里的水碗掉在地上，惊诧道：“凤翔，照你这么说，还得谢谢鬼子了？”李凤翔无精打采道：“我谢日本人，日本人肯放我回家吗？日本人若肯放我回家，我给他们磕两个头都成。”杨曼脸色变了，站起身厉声道：“李凤翔，我杨曼算是瞎了眼，这辈子咋就嫁了你这么个没骨气的男人！”李凤翔抬起头，不服气地说道：“我没骨气？啥是骨气？把你狗一样地拴在这儿饿上三天试试？这才头一天，我就连死的心都有了。”杨曼的眼睛里充满了失望，长长地叹息一声说：“李凤翔呀李凤翔，三天饿不死人，你挺着吧。三天过后，我好好地给你做顿饭，然后，不是你离开隆盛庄，便是我离开隆盛庄。”说罢，捂着脸，呜咽着踉跄而去。之后，她再没到马桥街看过李凤翔。

李凤翔饿了一天，第二天，又被狗一样用铁链子牵到马桥街时，已经没多少力气了，脸色灰白，眼皮耷拉，哪还有一点儿当年玉树临风的风采。到了晌午，火辣辣的太阳晒得他头晕目眩，他不再蹲着了，而是像一条被打断脊梁的狗一样蜷缩在石桩下一动不动，亏了秀珍提一铜壶凉开水在旁边等着，隔一会儿给他喂一碗水。李凤翔不见杨曼，有气无力地问秀珍，秀珍抹着眼泪说：“你昨天说啥话了，伤了杨老师的心，她回去便哭，哭了一晚上呢。”李凤翔也不去想自己昨天的哪句话说错了，抱住秀珍的手涕泣道：“秀珍，还是你心疼我呀！”

夫妻二人正抱头痛哭的时候，张禄来看李凤翔了。

昨天，前田宣布免去张祯的校长职务，由西村慎二接任校长，张祯当时便气得肺都要炸了。想当初，自己建学校，是为了培养栋梁之材，为国效力的，为此，他耗费了无数心血。现在，学校被日本人接管，日本人还要增加日语课程，日本人这是要干什么！不就是要让中国人学会说日本话，将中国人慢慢地同化为日本人吗？张祯回家便倒在了炕上，亏了张寿祥晚上回来，听说三叔被气病了，过来安慰他，把目前的时局给他讲了一遍，说鬼子的末日就要到了，让他们再最后蹦跶几天吧。张祯这才长舒了几口气，从炕头上坐起来。

张祯被免了校长，也不用到学校了，到张禄这屋和大哥聊天，叹着气说如果鬼子把隆盛庄再统治上三五年，隆盛庄怕是要彻底被毁了。兄弟俩正说着话，商务会的办事员来了，说前田派人到商务会通知张会长，要张会长立刻到前田的办公室去一趟。张禄猜想前田找他，肯定又是催促征粮的事，磨蹭了一会儿，正要出去，忽地想起李凤翔，让舒兰取一个馒头揣进衣兜，想顺便去看李凤翔一眼，能不能把馒头偷偷地塞给他。

李凤翔见张禄来看他了，就像见到了亲人，抱住张禄的手，涕泗横流道："张会长，我委屈呀！"张禄长长地叹口气道："唉！我们是亡国奴呀！亡国奴会有尊严地活着吗？"回头瞅瞅那两个看守的皇协军，见皇协军没注意，从衣兜里掏出馒头便往李凤翔嘴里塞。李凤翔眼睛亮了一下，张开嘴，一口将馒头咬下小半个。嚼了两下便往肚子里咽，却被噎住了，秀珍连忙喂了他口水，方才咽了下去。张禄正待再喂李凤翔一口，看见汤冠群带着两个士兵从远处过来，急忙把剩下的大半个馒头塞进李凤翔怀里。

汤冠群过来，见张禄在，朝张禄抱一下拳，呵呵笑道："张会长来看李老师了？"张禄站起来，面无表情道："李老师在学校受人尊敬，现在却像条狗一样被拴在这里，真是覆巢之下，焉有完卵啊！"汤冠群呵呵一笑，又故意叹息一声说："张会长，这就是得罪皇军的下场呀！唉！辛苦李老师再扛上一天吧，前田指导官说了，明天天黑之前，就把李老师放了。"张禄鼻子哼一声道："是吗？看来，李老师还要谢谢皇军的恩德了。"汤冠群自然听得出张禄话里的意思，不过，他也没有计较，而是说道："张会长，咱不谈李老师的事了，前田指导官刚才不是派人请您了吗？您不知道？"张禄故作不知，说道："是吗？前田指导官找我啥事？"汤冠群狡黠地一笑："前田指导官当然是有事要和张会长商量了。"张禄鼻子又是一哼："前田指导官也太高看我张禄了，他的话在隆盛庄就是圣旨，和我商量？我还算是人吗？"汤冠群依旧笑道："张会长咋想无所谓，不过，前田指导官要见张会长，张会长总得过去一趟吧？"

张禄随汤冠群一道到了前田的办公室，进门一看，朱进也在，正怯生生地垂手立在门边。前田见张禄来了，阴着脸道："看来，张会长的确是行将就木了，慢腾腾地现在才来。"张禄抱拳道："前田指导官说的是，张某的确是行将就木，就算想伺候皇军，也是心有余而力不足了。"前田点头道："嗯，既然张会长不能身体力行，那就安心地回家养老吧。从现在起，由朱进接替你为商务会长。"张禄和朱进都愣住了，尤其朱进，诚惶诚恐，连连摆手道："指导官，朱进不敢！朱进不敢！"旁边，汤冠群接过话说："朱进，有啥敢不敢的？指导官让你干，你就爽快地干；指导官不让你干，你想干也不成。每个人的屁股下面都有屎，要是晒出来，那屎有时候也会熏死人的。"朱进听出来了，汤冠群所说的屎，指的是朱涌的事儿。那事儿虽然是汤冠群操作的，但汤冠群如果编个什么鬼话在前田耳边吹吹风，倒霉的还是自己。但他又不想得罪张禄，朝张禄抱拳道："大哥，您看这……"张禄知道朱进不算坏人，何况他又是冬梅的大哥，心说如果朱进接任商务会长，想必也不会真心替鬼子办事的，便说："进子，你比大哥年轻，腿脚也比大哥利索，你就接下皇军的这份差事吧！"又转向前田抱拳道："指导官，谢谢您让老朽卸下了这副千斤重担，老朽这就告退，告退！"

第三天上午，李凤翔依然被拉出来示众，他已经饿得连走路的力气都没有了，是两个皇协军把他架到马桥街的。李凤翔半躺半卧在石桩下，如同死人一般。路过的行人看见他那副悲惨的样子，纷纷发出无奈的叹息。昨天，张禄把大半个馒头塞进李凤翔怀里，李凤翔偷吃的时候，被恰巧路过的马六看见，马六报告了汤冠群，汤冠群便罚两个皇协军晚上不许吃饭。所以，今天秀珍来送水的时候，两个皇协军先搜了秀珍的身，从秀珍身上搜出一根麻花，将秀珍数落了一番，说秀珍是在害他们，连水都不让秀珍给李凤翔喂了。幸亏张祯到医院路过，替秀珍向那两个皇协军求情，两个皇协军都在张祯的医院治过伤，不好驳张祯的面子，勉强同意了。

秀珍扶起李凤翔，李凤翔连睁大眼睛的力气都没有了，声音软绵绵地喃喃道："秀珍，我饿，我饿！"秀珍心疼地抱紧李凤翔，呜咽着说："你忍忍，再忍忍，鬼子说了，今天下午太阳落山的时候就放你，我从庆春楼给你端一大碗红烧肉，咱饱饱地吃。"李凤翔听见"肉"字，眼睛亮了一下，惨笑着说："秀珍，我不吃红烧肉，我要吃扒肉条，还要吃清蒸羊……"秀珍的眼泪就像断了线的珠子往下落，连连点头道："好，好，咱不吃红烧肉，咱吃扒肉条、清蒸羊。凡是你想吃的，我都给你端回来，咱摆它满满一桌子。"

秀珍走的时候，眼睛肿得像是桃子。

盛夏的中午，风静云静，天气炙热，李凤翔被晒得昏头涨脑，连动一下的力气都没有了，像条死狗一般瘫在那儿。忽然，他听见耳边有窸窸窣窣的声音，打起精神睁开眼，先看见了一双锃亮的黑皮鞋。李凤翔对这双皮鞋再熟悉不过了，眼睛往上抬抬，在刺眼的阳光下，现出一个小孩子的轮廓，果然是西村大地。西村大地一边剥着花生吃，一边用轻蔑的眼神看着蓬头乱发像个垂死的乞丐一般的李凤翔。李凤翔的目光没有在西村大地身上停留，因为他看见了掉在眼前的花生皮。李凤翔实在是饿急了，支撑着爬起来，脏兮兮的手颤抖着，捡起地上的花生皮便往嘴里塞，捡完了大片的，又去捡碎屑。

西村大地突然不吃花生了，蹲下来，惊异地问道："你是李老师？"李凤翔没理睬他，闭上眼睛靠在了石桩上，嘴里继续津津有味地咀嚼着，好像那不是花生皮，而是什么山珍海味一样。这时，西村惠子来找西村大地了，过来拉起西村大地正要走，又反身回来，眼神怜悯地望着李凤翔，鞠个躬致歉道："李老师，实在对不起，大地不懂事，把您害成了这样。"李凤翔没有回答，更没有睁开眼睛看一下。西村惠子叹息着摇摇头，拉着西村大地走了。

且不说李凤翔是如何撑过最后一个下午的。昨天，前田免去张禄商务会长的职务，改任朱进为商务会长。张禄前脚回家，朱进后脚便跟来了。朱进解释说自己当商务会长是前田和汤冠群逼的，不然，谁肯临进棺材了，再背个汉奸的恶名。张禄知道朱进说的是实话，安慰他道："进子，你多心了。其实，大哥早就不想干这个遭万人恨的会长了，你这是帮我解脱了，我该谢谢你才是。"朱进为难地说："大哥，我比你也小不了几岁，腿脚也不利索了。你说鬼子总是让咱这些快入土的人替他们做得罪人的事，到底是啥意思呀？"张禄心里已经有主心骨了，说道："管狗日的咋想的呢，反正狗日的也蹦跶不了几天了，你就连哄带应付吧。只是有一条要记着：咱是隆盛庄人，绝不能祸害隆盛庄的乡亲。"朱进似懂非懂地点头说道："嗯，大哥，我听你的。商务会你是前辈，比我有经验，遇到事情我就来向你讨教，到时候大哥可得给我出主意呀！"张禄答应道："那是！"

晚上，张寿祥回来，父子俩说起前田替换商务会长的事，张禄问张寿祥道："寿祥，前田昨天免了你三叔的校长，今天又免了爹的商务会长，你看他是不是要拿咱张家开刀了呀？"张寿祥说："爹，我也这样想过，前田不会是要狗急跳墙了吧？所以，我决定找个机会把龙龙大爷埋在镇公所的枪支和子弹挖出来，以防万一。"张禄皱起眉头说："嗯，你想得对，咱得提前有个准备。不过，镇公所白天前田在，晚上有两个皇协军值岗，你可千万要小心，别让前田和汤冠群发现了。"张寿祥说："爹放心，我已经有安排了。"

张禄的猜想果然不错。第二天，也就是李凤翔被拴在马桥街示众的第三天下午，前田在汤冠群的陪同下，突然来到警察署，宣布由马六接任警察署长，张寿祥担任副署长。

隆盛庄人哗然了，李凤翔的儿子因为踩了西村大地的皮鞋，李凤翔代子受过，被铁链子锁住脖子，狗一样拴在马桥街的拴马石桩上示众了三天。第一天，张祯的学校校长被免了；第二天，张禄的商务会长被免了；第三天，张寿祥的警察署长被降职为副署长。日本人这是要干什么？是张家得罪前田了？是汤冠群在背后给张家使坏了？还是张家对日本人没用了？前田的下一步行动会是什么？索性将张寿祥警察署副署长的职务也免了？如果真是那样，张家的人怕是得排着队被押往西河湾砍头了。于是，人们密切关注着张家的一切变化，包括他们每个人的面部表情和眼神。

其实，张寿祥对前田把他降为副署长并不在意，他刚刚接到上级通报，美国在日本的广岛和长崎分别投下两颗原子弹，苏联也宣布向日本宣战，抗日战争胜利的日子马上就要到来。上级要求张寿祥做好准备，一旦时机成熟，便配合游击队夺取隆盛庄，彻底消灭驻扎在隆盛庄的日伪军。张寿祥心中欢腾不已，受了八年的气，做了八年的亡国奴，终于可以向鬼子讨还血债，一洗耻辱了。

张寿祥和唐永年分析敌我形势，警察署的警察基本掌握在我方手里，皇协军有一个排的兵力是当年从警察署补充过去的，大半也在他的掌握之中，唯一的忧虑是警察署的警察每支枪只有两发子弹，一旦打起来，于我方不利，所以需要立刻把梁龙当年埋在镇公所的枪支和子弹挖出来武装队伍。他们找安插在皇协军的内线打听，得知晚上在镇公所值班站岗的是班姥姥的小孙子班扣，大喜。因为班姥姥是被鬼子的飞机打死的，张占海的妈是班姥姥的外甥女，班扣和张占海也沾些远亲，张占海死在了汤冠群手里，班扣对鬼子应该也是有仇的。就因为这，汤冠群从警察署抽调警察补充皇协军时，张寿祥刻意安排班扣补充到了皇协军。后来，汤冠群让班扣的哥班喜住进西村家当用人，皇协军的士兵忌惮班扣的哥能和西村扯上关系，对班扣也算不错。

唐永年按照张寿祥的计划把班扣约出来，对他把目前的形势讲了。班扣听说鬼子就要灭亡，自然愿意帮忙。晚上上岗，班扣揣了两个卤猪耳朵和一瓶酒，请和他一道值岗的皇协军士兵喝。那士兵奇怪地问："老班，你平日喝凉水都嫌肚子大，今天咋突然变大方了，是不是得了啥不义之财？"班扣笑呵呵地说："下午闲着没事，到汤团长的赌坊耍了几把，手气挺顺的，赢了几个。有道是赢来的钱算不得钱，便想着解解馋了。"那皇协军也喜欢喝两口，眼睛贪婪地盯着酒瓶说："老班呀，难得你大方一回，只是汤团长有令，值岗期间不得喝酒，万一汤团长过来查岗被抓住，这个月的饷钱可就打水漂了。"班扣端起猪耳朵放在鼻子前闻闻，说道："好香呀！兄弟，你不是怕汤团长来查岗吗，咱等到夜深人静了再喝。你啥时候见汤团长半夜来查过岗？"那皇协军倒也爽快，点头道："好，老班，听你的。"

还没到半夜，那皇协军便忍不住了，说道："老班，我看汤团长今天不会来查岗了，要不咱开喝吧？"班扣见和唐永年约好的时间快到了，正巴不得呢，说道："我再去检查检查，看院门插好了没有，回来咱便喝。"班扣出去检查了一遍，回来把猪耳朵放在小炕桌上，取两只碗把酒倒上，推说自己酒量不佳，让那皇协军多喝些。那皇协军说喝多了怕打瞌睡，班扣便说：“没关系，瞌睡了你就睡，前半夜我盯着，后半夜我叫你，你起来换我。”那皇协军高兴地说：“老班呀，你真是个好人。我这个月的饷钱已经花光了，这样吧，下个月发饷钱，我请你。”班扣笑呵呵地说：“兄弟，这你就见外了，咱兄弟俩还分啥彼此呀！”

不到半个时辰的工夫，一瓶酒便见了底儿，两个猪耳朵也连渣儿都没剩下。那皇协军喝了有大半，放下酒碗眼睛便迷糊了，按照和班扣商量好的，搂着枪，靠着行李卷打起了瞌睡。班扣见那皇协军睡踏实了，从值岗住的西耳房出来，放轻脚步打开院门。唐永年和几个警察已经带着铁锹在门外等着了。唐永年让班扣回值班室盯着那皇协军，自己则按照张寿祥提供的方位勘察一番，几个人便轻手轻脚地挖起来。梁龙当年埋枪和子弹的时候，坑挖得不算深，没一会儿工夫，捆枪的麦秸和子弹箱便露了出来，唐永年指挥警察把枪支和子弹箱取出来，坑里加了几箩筐提前准备好的沙土，又把挖过的地方恢复了原状，和班扣打个招呼，扛着枪支和子弹箱消失在了夜幕中。

第七十一章

两兄弟绑架大地

李凤翔被前田在马桥街示众三天，回家后的第三天，投井自尽了。

李凤翔之死，在隆盛庄引起一场风波，导致日本鬼子提前结束了对隆盛庄的统治，前田也落得个侵略者死无葬身之地的可耻下场。

那天，夕阳西沉的时候，秀珍带着李皓和李勋，把连走路的力气都没有了的李凤翔接回家。李凤翔进门便喊饿，见杨曼端上来的是一红瓦盆稀粥，一把将瓦盆拨到地上，憋足了力气朝杨曼吼叫道："我饿了三天，你却给我熬了一锅稀粥端上来，你安的是啥心呀？是不是盼着我早点儿死呢？"杨曼没有笑脸，目光尖锐地瞪着李凤翔沉声道："我安的啥心，你说我安的啥心？在鬼子面前，你就像一条断了脊梁骨的狗，回到家里，你威风得就像是皇帝，你还叫个男人吗？"李凤翔愣怔了一下，扭头对秀珍厉声道："秀珍，我不喝稀粥，我要吃肉。你现在就到庆春楼给我端菜去，扒肉条、清蒸羊，我今天要好好地吃它一顿。"秀珍为难地看看杨曼，杨曼鼻子哼一声，二话不说，扭头回她住的西耳房去了。李凤翔见秀珍没反应，再次喝道："秀珍，你没听见我的话吗？杨曼欺负我，你也欺负我？"秀珍叹息一声说："你呀，咋说话呢？杨老师哪是欺负你，她是为了你好。下午三叔过来专门安顿过我们，说你饿了三天，头一顿饭不能多吃，要喝稀的，不然，人就要胀死了。今天你就将就点儿，喝几碗稀粥吧。我和杨老师商量了，明天给你吃好的，你想吃啥，我到庆春楼给你端啥。"李凤翔也听过老人们的这种说法，知道自己错怪了杨曼，有气无力地对秀珍尴尬道："那你还是给我盛稀粥吧。"锅里也就剩下三碗稀粥了，李凤翔也不管别人吃过饭没有，呼噜呼噜地将三碗稀粥都喝了。他有心到西耳房向杨曼道个歉，又磨不下面子，洗漱过后，在炕头上躺下，头刚挨着枕头，便呼呼地睡了。

第二天早上，杨曼连招呼都没和李凤翔打便去了学校。秀珍依然深爱着李凤翔，喊来剃头匠给李凤翔理了发，刮了胡子，给他换了新衣服，说旧衣服不穿了，洗洗打衬子做鞋底儿吧，然后便蒸糕、炸糕，到庆春楼端菜。中午，杨曼放学回来，秀珍已经摆了一炕桌。李皓和李勋知道是自己惹的祸，不敢上炕吃，扒拉些菜，端一碗糕，到外面蹲在窗台下吃了，其余的孩子也不敢上桌，和杨曼一道在八仙桌上吃了。杨曼从回来便阴着脸，没和李凤翔说一句话，吃晚饭的时候，依然如此。李凤翔毕竟爱着杨曼，掌灯的时候到了西耳房，见杨曼坐在炕沿看书，眼皮子也没抬，就像没看见他一样，讪讪地说道："曼姐，今天晚上我在你这屋睡吧！"说着便要脱鞋上炕。没承想，杨曼把书往旁边一放，阴冷着脸说："咱们情分已尽，你还是回那屋去睡吧。"李凤翔惊愕道："曼姐，莫非你要和我一刀两断？"杨曼的眼睛里滚出两行泪水，叹息一声，痛心疾首道："是的，我不想留在隆盛庄了，这几天就回丰镇去。你就当这辈子没遇见过我杨曼这么个人吧！"李凤翔张口结舌了好一阵子，猛然抱住杨曼，声音凄凉道："曼姐，你这唱的是哪一出呀？我到底哪里得罪了你，让你不顾多年的夫妻恩爱，舍我而去？"杨曼雕塑一般一动不动，眼泪仍旧断了线的珠儿一般涌出，声音悲凉地说道："唉！李凤翔，你知道吗？这辈子嫁给你，是我人生最大的悲哀！我的后半生还长着呢，我不能守着一个没有骨气的窝囊男人过一辈子吧？"李凤翔松开了杨曼，目光可怜地望了杨曼好一阵儿，突然双膝一软，跪在了杨曼面前，泪流满面道："曼姐，这都多少年了，莫非你还不了解我？我知道我胆小、懦弱，没有主见，可是，我妈把我生出来我就是这样的，人的性格能改吗？"杨曼冷笑一声，声音变得绝望了："李凤翔，我不恨你胆小、懦弱，没有主见，我是恨你没有骨气！人要是没有了骨气，那就真连条狗都不如了。好了，多余的话我也不说了，往后咱们就当形同陌路吧！"杨曼说罢，将头扭向后墙，再没看李凤翔一眼。

第二天一天，李凤翔抱着脑袋坐在窗台下，一声不吭。晌午吃饭的时候，秀珍喊他，他一动不动；秀珍把饭给他端出来，他看也不看。下午，秀珍在伙房做饭，从伙房出来，窗台下不见了李凤翔，以为李凤翔回屋去了，也没在意，只是眼泪不断地叹息。突然，有人跑来报信，说李老师跳井了。秀珍如同晴天霹雳，疯了一般往井台上跑去，到了井台，李凤翔已经被人从井里捞出来了，气息全无。秀珍抱住李凤翔的尸体，号啕大哭。众人帮忙，刚把李凤翔的尸体抬回家，杨曼从学校回来了，坐在李凤翔的尸体前，抚着李凤翔苍白的脸庞，泪流满面，嘴里喃喃道：“凤翔，你咋尽做些没骨气的事呢？就算死，也该去参加游击队，死在打鬼子的战场上呀！”秀珍从屋里出来，眼睛哭得像两只红桃，也不说话，把一张纸送到杨曼面前。杨曼接过纸，上面有一行她再熟悉不过的字迹：“曼姐，我去了，你别伤心，下辈子我一定做个顶天立地的男人，还要娶你。”

秀珍守着李凤翔的尸体又是一阵撕心裂肺的恸哭，众人劝她，她站起来，满眼恨意地看看跪在地上的李皓和李勋，抹一把泪，抽泣着回屋取了鸡毛掸子，奔出来劈头盖脸地往李皓和李勋身上抽去，边抽边咬牙切齿地咆哮道：“你们两个祸根儿，你爹就是死在你们手里的……”李皓和李勋不敢动弹，任由他妈抽打，一边给他爹磕着头，一边声音凄厉道：“爹、爹，是我们害死了你呀！”

李凤翔投井自尽的第三天，西村大地失踪了。

西村大地是在下午放学之后失踪的。因为刚发生了李凤翔事件，西村惠子便有了不祥之兆，立刻和西村慎二去找前田。前田不用细想，估计西村大地不是被人绑架了，便是被人暗算了，并且肯定与李凤翔事件有关。他命令汤冠群和马六，以与李家有亲属、血缘关系的人家为重点，立刻在全镇展开逐户搜查，生要见人，死要见尸。汤冠群和马六同时想到了张家，说道：“指导官，李凤翔的大老婆是张福的闺女，也是张禄、张祯的侄女，还是张副署长的叔伯姐姐。若是搜到张家，搜还是不搜？”前田在桌子上重重地一拍，阴森森的目光中带着杀机，嘴角抽搐一下，厉声道：“搜！不管他是谁，一个都不放过。西村君到七台上任前，把妻儿托付给我，我就要保证他们的安全。如果大地遭遇不测，我必将凶手满门处决，为大地报仇！”汤冠群与马六齐声答道：“是！”前田手握刀柄，又补充道：“汤团长、马署长，命令你们的人做好准备，如果有人敢与皇军作对，格杀勿论！还有你，马署长，更要密切注视张寿祥的一举一动，一旦发现他有异心，即刻抓捕。”

汤冠群与马六奉前田之命，立刻在全镇挨街逐户，进行拉网式搜查。马六为了便于监视张寿祥，让张寿祥随他一道行动。搜查到四老财巷的时候，马六歪起脖子，盯着张寿祥的眼睛问：“张副署长，这四老财巷住的可都是你张家的人，你说咱搜还是不搜呢？”张寿祥淡淡一笑，反问道：“马署长，你敢违抗前田指导官的命令吗？”马六狡黠地笑道：“当然不敢，如若不是前田指导官器重，我此时还是张副署长的跟班呢。前田指导官的提携之恩，马六没齿难忘，所以，还望张副署长体谅。”说罢，朝警察们厉声喝道：“我知道你们和张副署长交情不浅，但前田指导官有令，谁敢阳奉阴违，糊弄皇军，就地正法。搜！尤其张福家，他闺女是李凤翔的大老婆，你们更要搜得仔细，不得漏过任何可以藏身的地方。”警察们大多已是张寿祥的人，一个个懒洋洋地答道：“是！”

马六监督警察们将张家的四处院子逐一搜过，自然没有发现。这一夜，皇协军和警察灯笼火把，把隆盛庄像用篦梳篦了一遍，除了在两家老财屋里搜出两条长枪，并没有发现西村大地的任何蛛丝马迹。第二天早上，疲惫不堪的汤冠群和马六垂头丧气地向前田报告，前田大怒，咆哮道：“你们两个废物，怎么会搜不出来呢？找不到大地，我如何向西村君交代？”汤冠群和马六面面相觑，马六小心翼翼道：“指导官，我总觉得这件事和李凤翔家有关，可李凤翔家也搜了，没有一点大地小太君的痕迹，您看……”汤冠群接过话说：“既然这件事和李凤翔家有关，干脆把李凤翔的两个老婆和两个儿子抓回来，兴许能问出点儿眉目。”前田立刻点头道：“汤团长，你说得有理，你现在就去把他们全部抓回来，严刑拷打，如果他们说不出大地的下落，统统死啦死啦地。”

汤冠群立刻行动，到了李凤翔家，但李皓和李勋不在，便将秀珍和杨曼抓到镇公所，捆在院子里拴马的石桩上，用马鞭将二人抽得遍体血痕。秀珍一边惨叫，一边喊冤枉；杨曼则怒视着前田与汤冠群，不屈地骂道：“小鬼子，可惜我是个女儿身，不然，拿起枪参加游击队，消灭你们这些禽兽不如的畜生！”张福与花子闻讯赶来，花子见秀珍被打得惨不忍睹，号啕着要扑上前去。张福知道，今天的张家已经不是从前，前田不但不会给张家面子，或许还会以此为借口，对张家大开杀戒。他急忙将花子拉住，硬是拖回家去了。

前田见秀珍和杨曼被打得死去活来，气息奄奄，却没有吐露关于西村大地的一个字，又见李凤翔的两个儿子不知去向，判断西村大地肯定是被李皓和李勋绑架或是杀了，命令汤冠群和马六再次搜捕李皓和李勋。马六想邀功，答应一声正要出去，汤冠群却笑呵呵道：“指导官不必动怒，指导官只要贴出告示，如果今天傍晚之前没有大地小太君的消息，明天一早就将李凤翔的两个老婆押往西河湾砍头。听说李凤翔的两个儿子都是孝子，如果真是他们绑架了大地小太君，为了救他们妈的命，他们肯定会把大地小太君主动送回来的。”前田疑惑地问：“汤团长，会吗？”汤冠群点头道：“应该会的。”

前田便让人写了告示，贴在马桥街。果然，下午的时候，西村大地狼狈地回来了，说是李皓和李勋打晕了他，将他捆了手脚，嘴里堵了东西，扔在学校的一个大山药窖里，要饿死他为他们的爹报仇。他正在绝望之际，那兄弟俩又莫名其妙地把他放了。

原来，秀珍对李凤翔之死悲伤过度，虽然心知李凤翔是因为杨曼指责他没有骨气，要和他分道扬镳，因而羞愧难当才投井自尽的，秀珍在心中对杨曼却是无比的敬仰，她不敢也不忍心责备杨曼，便拿两个儿子出气，骂他们因为招惹了西村大地，害死了他们的亲爹。李皓和李勋没有他爹那般懦弱，兄弟俩觉得此仇不报，枉为人子。既然西村大地为始作俑者，那么干脆杀了西村大地，为他们的爹报仇雪恨。两人商量一番，记起学校有一个大山药窖，同学们玩捉迷藏时，他们曾在山药窖里躲藏过，便决定把西村大地骗到山药窖旁，两人一起动手，打死西村大地，把他推入山药窖中。两人都还是孩子，觉得这计划简直就是天衣无缝，立刻到了学校，躲在远处等着西村大地放学。可是，西村大地放学后，并没有随其他学生一道回家，而是到校长办公室找他叔叔西村慎二去了。两个人虽然有些沮丧，但还是耐心等着，看能不能找到机会。

自从李凤翔因为李皓兄弟打了西村大地，父代子过，被前田狗一样拴在马桥街的石桩上示众以来，西村慎二也担心李凤翔的亲友会对西村大地不利，所以，让西村大地每天放学后到办公室等他，随他一道回家。西村大地在叔叔的办公室等了一会儿，见叔叔忙着备课，不耐烦了，对叔叔说他到操场上玩一会儿。西村慎二没在意，叮嘱他不要出学校大门，他备完课到操场找他，叔侄一道回家。

李皓兄弟见西村大地从校长办公室出来了，盯着西村大地看他去哪。见西村大地到操场玩起了单杠，两人便向西村大地走去。西村大地看见李皓兄弟，不玩单杠了，警惕地盯着二人问道："你们想干什么？"李皓兄弟按照事先计划好的，用上日语课时学的日本礼节给西村大地鞠个躬，说道："西村同学，我们是来给你赔礼道歉的。你是日本的小太君，我们不该得罪你，以后你就是我们的主子，你让我们往东，我们不敢往西；你让我们跪着，我们不敢站起来。你能原谅我们吗？"西村大地自从来到隆盛庄，除了他西村家的人外，他就是隆盛庄的小皇帝，就连人见人怕的汤团长见了他也是毕恭毕敬。不过，西村大地也有不开心的地方，他在学校没有要好的同学，没有玩伴，极为孤独。小孩子本就幼稚，西村大地见李皓兄弟主动找他赔礼道歉，以后还要奉他为主子，心里一高兴，便忘记了李皓兄弟和他有杀父之仇，得意地说："你们说的都是真的？以后你们肯陪我玩了？"李皓兄弟对视一眼，连声说道："当然，当然，我们现在就陪你玩。"西村大地高兴了，眨巴着眼睛边想边说："那咱们玩什么呢？要不我去我叔叔的办公室把足球取来，咱们踢球吧？"李皓说道："踢球有啥意思，嗳，那边有个山药窖，山药窖里的好东西可多了，都是小太君没见过的。咱们去那边玩，小太君肯定喜欢。”西村大地高兴道：“真的？你们现在就带我去，明天上学的时候，我带糖和花生给你们吃。”

李皓带着西村大地在前面走，李勋跟在后面，将一块从西河湾捡的拳头大小的鹅卵石紧紧地攥在手中。三人到了窖口，因为窖里的山药已经吃完了，为了去除窖里的潮气，窖口没有盖。西村大地见窖里黑咕隆咚的，不敢下去，颐指气使地对李皓说：“李皓，你下去，把窖里的好东西给我拿上来。”不等李皓答话，李勋已经将手里的鹅卵石狠狠地朝西村大地的头上砸了下去，西村大地连哼都没哼一声，便倒在了窖口旁。

兄弟俩虽然是报父仇，但毕竟是第一次打死人，都吓得脸色惨白，不知所措。李皓结结巴巴地说：“快看看狗日的死了没有？”李勋胆子大些，手靠近西村大地的鼻子前试试，惊讶道：“哥，狗日的还有气儿呢，我再给狗日的一下。”扬起手里的鹅卵石正要往下砸，却见一个人跑过来，喊道：“勋勋，你们这是做甚呢？”兄弟俩吃了一惊，回头一看，来人竟是聂子瑶。

聂子瑶刚备完课出来，正要回家，看见李皓兄弟带着一个学生往学校后墙的墙角走去，看那学生穿着西服，便知道是西村大地了。因为杨曼嫁给李凤翔做了小老婆，她便对李凤翔比较冷漠，但李勋与她毕竟是异父同母的兄弟，所以，她对李勋颇有好感。聂子瑶心中纳闷儿，李凤翔尚未下葬，这兄弟俩怎么就和不共戴天的仇人玩上了？她想看看李皓和李勋究竟想干什么，便远远地跟在后面。她见李皓和李勋带着西村大地往伙房的山药窖那边走去，心中一惊，暗自猜想：莫非这弟兄俩想杀西村大地，为李凤翔报仇？聂子瑶没有阻拦李皓和李勋的想法，西村大地虽然对她也算尊敬，但他毕竟是西村初的儿子，是鬼子的种儿，杀他是应该的。

果然，聂子瑶看见李勋在西村大地身后扬起了胳膊，用什么东西朝西村大地的后脑勺砸下去，跟着，西村大地便倒下了。聂子瑶知道西村慎二还在办公室备课，怕西村慎二出来看见，急忙小跑过去，说道：“你们两个胆子也太大了，西村慎二还在办公室，不怕他出来看见？他若看见了，你们两个还有命吗？”李皓不敢说话，李勋惊慌地问道：“姐，人已经打了，你说该咋办？”聂子瑶没有细想，说道：“赶快把他扔进窖里，你们俩也藏在窖里别出来。我先去看看，等西村慎二走了之后，我再过来和你们商量。”说着，上手帮忙，与李皓哥俩一道把西村大地推进窖里，又催促李皓和李勋也赶快跳下窖去。

聂子瑶虽然像了她妈，也是女人中的男人，但还是吓得心“咚咚”地乱跳，抚着胸口疾步往回走。快走到学校门口时，西村慎二从办公室出来了，看见聂子瑶，招呼道："聂老师，还没有回家呢？"聂子瑶长吁一口气，故作镇定道："西村校长，我刚才去了趟茅厕，这就回家呀！"西村慎二"哦"一声，急走几步，朝后操场张望一番，喊住正要佯出校门的聂子瑶问道："聂老师，你刚才看见大地没有？我让他等着我一道回家，怎么不见人影？"聂子瑶正要回答说没看见，转念一想，西村慎二不见了西村大地，别在学校里乱找，误打误撞找到山药窖那边吧，便扯个谎说："西村校长找大地呀？我见他刚才出校门了。"西村慎二不满地哼一声鼻子，自言自语道："这孩子，现在是越来越不听话了。"说着，出校门走了。

聂子瑶目视西村慎二的身影消失在街道那端，才转身往山药窖那边过去，边走边想这件事该怎么办。她是个有主见的女人，走到山药窖旁时，已经有了主意。她蹲在窖口喊李勋，李勋从窖里爬上来，正要露头，聂子瑶说道："李勋，你不要出来，听姐对你说。"李勋点头问道："姐，西村慎二走了？"聂子瑶说："走了。姐问你，西村大地死了没有？"李勋说："没死，刚才醒过来了，我又给了他一石头，把他打晕过去了。正想问姐呢，是不是把他掐死？"聂子瑶听说西村大地没死，又皱起了眉头，想了想说："姐也拿不定主意，不过西村大地失踪，他妈和他叔肯定要四处寻找，也肯定要报告前田。前田咋想姐不知道，但汤冠群贼着呢，他肯定会往你们身上想。所以，你们回不了家了，只要回去，鬼子肯定把你们抓了。"李勋吓得张口结舌，惊恐地问道："姐，那我们该咋办？"聂子瑶说："姐的脑子现在也乱成了一锅粥，得等你姐夫晚上回去，听听他的主意。反正事情已经做了，后悔也晚了，你们哥俩就在窖里藏着吧，一会儿姐想办法给你们往窖里送点儿吃的，然后你们等着姐的信儿，姐不来喊你们，你们千万别露头，也别出声。姐怕有人看见，这就走呀。记住姐的话，姐不喊你们，你们千万别露头。"李勋答应道："姐，你放心，我记住了。"

聂子瑶走了，李勋下到窖里，对李皓把聂子瑶的话说了，李皓担忧道："姐没说西村大地咋办吗？狗日的还喘着气儿呢，万一一会儿醒过来喊叫咋办？"李勋说："姐说等晚上姐夫回去，和姐夫商量商量再告诉咱们咋办。这样吧，咱先把狗日的手脚用裤带捆紧了，嘴里塞上东西。姐说了，一会儿想办法给咱送点儿吃的过来，还说她不喊咱们，让咱们千万别出去。"西村大地系的是皮裤带，不好捆绑，李皓便解下自己的红腰带，一头捆了西村大地的双手，一头捆了双脚，李勋捡一个蔫了的山药蛋，塞进西村大地的嘴里。没一会儿工夫，西村大地醒过来了，乞怜地望着李皓和李勋，鼻子不停地"嗯嗯"着。李勋听得心烦，举起手里的鹅卵石说："哥，要不打死狗日的算了。"李皓却说："别，那样太便宜狗日的了。咱爹被鬼子饿了三天，咱饿死狗日的，也算一报还一报了。”李勋高兴地说：“对，饿死狗日的，给咱爹报仇。”

黄昏的时候，聂子瑶来了，给李皓和李勋送来了水和几个馒头，说皇协军和警察正沿街逐户搜查西村大地呢，她没有机会和张寿祥商量，让李皓和李勋就在山药窖里躲着，等她找机会和张寿祥商量过后，再想办法。李皓兄弟在山药窖里躲了一夜，第二天上午，聂子瑶怕人看见，没敢过来，到了中午，学校放学没人了，又给李皓兄弟送来食物和水，说张寿祥昨天一夜没回家，所以，事情没有商量成，让李皓兄弟俩耐心等着。因为怕李皓兄弟按捺不住，聂子瑶没敢提秀珍和杨曼被鬼子抓起来的事。

聂子瑶担心她妈的安危，到镇公所去看她妈，半路遇上了张寿祥，对张寿祥把李皓兄弟绑架了西村大地，藏在学校山药窖里的事说了。张寿祥大吃一惊，说道：“真是他们绑架了西村大地呀？这两个小东西也太大胆了！你告诉他们千万不要露头，如果被前田抓住，他们肯定没命了。我想想办法，看能不能在晚上把他们送出隆盛庄。”聂子瑶着急地问：“那我妈她们呢？就让鬼子捆在那儿毒打？”张寿祥说：“我正在想办法，看如何才能救她们。你别去镇公所了，不然，看着你妈她们受罪，心里会难受的。再说了，你去了也救不了她们。”聂子瑶说：“那我回家问问爹，看爹有啥好主意没有。”张寿祥摇头说：“别问了，爹上了岁数，又被前田免了商务会长，让爹出面求前田，爹不会，前田也不会给爹面子的。”

到了下午，鬼子在马桥街贴出告示的消息在隆盛庄传开，聂子瑶急忙跑去看了，见告示上写着傍晚之前如果还没有西村大地的消息，日本人明天一早便要将秀珍和杨曼押往西河湾砍头示众。聂子瑶惊得六神无主，急忙到警察署去找张寿祥。马六小人得志，正在院子里给警察训话，猜出聂子瑶的来意，瞥一眼张寿祥，奸笑着说：“聂老师是来找张副署长商量如何救你妈的吧？别商量了，这件事人命关天，西村大地小太君不活着回来，就算天王老子来了，也救不了你妈。”张寿祥不动声色道：“瑶瑶，马署长说得对，这件事咱们无能为力，你还是回去吧。”

聂子瑶从警察署出来，一路头脑懵懂。她思来想去，觉得唯有劝李皓兄弟将西村大地放了，才能救出她妈，便跑到学校，把鬼子告示的内容对李皓兄弟讲了。李皓兄弟听说鬼子如果找不到西村大地，明天上午就要在西河湾砍他们两个妈的头，立刻慌了神儿，没有细想便同意马上把西村大地放了。

西村大地被捆在山药窖里饿了一天一夜，已是狼狈不堪，看见他妈和叔叔，抱住便哭。前田问清楚西村大地被绑架的经过，命令汤冠群立刻将李皓兄弟抓回来，明天上午与秀珍、杨曼一道在西河湾砍头示众。西村慎二听得一愣，说道：“前田君，你不是说过，只要大地安然无恙地回来，便放了秀珍和杨老师吗？”前田冷笑道：“西村校长，对于中国人，不能有丝毫的仁慈。他们敢绑架日本人，犯的就是死罪。”西村惠子也吓了一跳，替秀珍和杨曼求情道：“前田君，您已经惩罚过她们了，大地也没伤着，这件事算是扯平了，我觉得您还是饶了她们吧！四条人命呀！”前田冷笑一声道：“我为什么要饶他们的性命呢？如果不杀一儆百，明天就会有人像刺杀西村君一样，刺杀我和西村校长，绑架西村夫人和您的儿子，你们愿意看到这样的事情再次发生吗？”西村慎二犹豫道：“可是，前田君不能让中国人说我们日本人言而无信吧？我觉得还是饶过他们的性命吧！”前田嘴角抽搐了一下，目光轻蔑地看看西村慎二和西村惠子，手果断地挥一下说：“好了，你们都不要再多说了，你们不是军人，不懂军人处理事情的方式，快带着大地回去吧。我要让中国人知道，谁敢冒犯咱们日本人，是要付出血的代价的。”西村慎二和西村惠子见前田已经拿定了杀人的主意，知道继续劝说也无济于事，只好带着西村大地回家了。

隆盛庄人不知道外面的形势已经发生了根本的转变，鬼子的末日就要来到了。但是，人们知道鬼子的大部队已经很久没有路经隆盛庄了，征好的粮食运不出去，前田也不催促朱进加紧征粮了，汤冠群更不敢带皇协军出镇扫荡游击队了，所以估计鬼子的日子也不是很好过。就在这时，先后发生了李凤翔事件和李皓兄弟绑架西村大地事件，隆盛庄又沸腾起来了，人们纷纷猜测：如果放在之前，或许只有张家的人出面，才能救秀珍一家四口的性命。可张家已经今非昔比，自身难保了，张禄被免了商务会长的职，张祯被免了校长的职，张寿祥被降为副署长。明眼人都看得出来，张寿祥那副署长不过是个虚职，他在日本人眼里已经一文不值，说不定哪天，那个副署长的名头也要被前田免了。

从秀珍和杨曼被前田抓起来，张寿祥一直犹豫着，他不想看到鬼子在即将灭亡的时候还要继续在隆盛庄行凶杀人，但是，以他担当的职务和所处的环境，以及前田对他的猜疑，他只能勉强自保，要想说服前田释放秀珍与杨曼，是不可能的事情，唯一能救秀珍和杨曼的办法，便是提前行动，联络巴山，和游击队里应外合，彻底消灭鬼子和皇协军，解放隆盛庄。但是，秀珍是自己的叔伯姐姐，杨曼是自己的岳母，制定这样的行动方案，上级会不会有想法？会同意他的方案吗？

张寿祥很快便下了决心，无论如何都不能让鬼子继续在隆盛庄杀人了，因为前田要杀的不仅是他的叔伯姐姐和岳母，还有李皓兄弟，这可是四条人命啊！

吃过晚饭，张寿祥装作闲逛，往王老师家走去。

宝凤到包头后，张寿祥为了方便和王老师联络，磨缠他爹把宝凤住过的那处院子让给王老师住了。王老师的媳妇是丰镇人，前些天，她爹去世，她带着娃娃们回丰镇奔丧去了，家里只有王老师一人。

张寿祥心里明白，西村当初提拔马六为警察署副署长，是让马六监视自己的。现在，前田又降了自己的职，任命马六为署长，说明前田对自己已经有了怀疑。张寿祥平时言行谨慎，生怕被马六发现什么破绽，抓住什么把柄，但今天他心里很乱，便大意了，没有发现一个鬼魅般的人影悄悄地跟在他身后。到了王老师家门口，张寿祥朝四周观察一番，见巷子里空荡荡的没有一个人，便叩响王老师的家门。王老师已经在等他了，开门把他迎进院里。

跟踪张寿祥的正是马六。

马六向汤冠群告密张占海后没几天，被西村提拔为班长。鬼子的运粮车队被游击队伏击，西村对张寿祥的身份产生了怀疑，又提拔马六为警察署副署长，要马六密切监视张寿祥的一举一动。过了一段时间，马六没有发现张寿祥的破绽，加之惹不起张家，便放松了对张寿祥的监视，一心一意敲诈勒索，捞取外快了。直到前两天，前田突然提拔他为警察署署长，再次命令他严密监视张寿祥。马六受宠若惊，不敢敷衍了，就像附骨之疽，眼睛牢牢地盯着张寿祥不放，心说如果发现张寿祥是游击队的内线，他便可以报答前田和汤冠群的提携之恩了。

西村大地活着回来，李皓兄弟被抓，与秀珍和杨曼一道被关进汤冠群的牢房。马六忙碌了一天一夜，终于舒了口气，派人到庆春楼端了两个菜，喝了一壶酒，从警察署出来，趾高气扬地在街上溜达着。马六走着走着，看见前面有个人影儿，朦朦胧胧地像是张寿祥的身形。心说天都黑了，张寿祥这是要到哪去，如果是到警察署，方向不对呀？心念一动，他便远远地跟在了张寿祥后面。

马六看见张寿祥进了王老师家里，跟过去推推院门，院门从里插着。马六便找一块石头，搬过来垫在墙角下，踏上去踮起脚尖，扒在墙头上朝院里张望。没承想，螳螂捕蝉，黄雀在后。马六还没看清楚院里是什么情况，背后突然伸过一只手抓住了他的肩膀。马六吓了一跳，正要回头，只觉得后腰一凉，一阵剧痛传来，眼睛便是一黑。

马六被人从后面捅了刀子，神志却还清醒，他怕暗算他的人发现他没死，再给他补上一刀，强忍疼痛不敢出声，假装死了。暗算他的人将他扛起，快速走到另一条巷子，往一处黑咕隆咚的坑里一扔，扭头走了。马六心说：自己跟踪张寿祥，便有人在背后捅自己的刀子，张寿祥肯定有问题，或许就是西村指导官在时一直寻找的游击队内线。这可是个立功的好机会呀！他支撑着爬起来，踉踉跄跄地向汤冠群家跑去。刀伤虽不致命，却也伤得不轻，马六跑了几步便觉得体力不支了，看见前面有一家小饭馆亮着灯，支撑着挪过去，扶着门框推开门叫道："救命！救命！"饭馆里正好有几个皇协军聚在一起喝酒，听见声音，认出是马六，急忙问他："咦，这不是马署长吗。您这是咋了？"马六把捂着后腰的手举起来，手上满是鲜血，声音微弱道："快，快扶扶我。"几个皇协军连忙扶着马六坐下，惊诧地问是什么人在背后捅了马署长？马六也不回答，说道："你们别、别喝了，快、快去报告汤团长，抓张、张寿祥。"几个皇协军答应着，拿起枪便走。马六又喊住他们说："等等，留下两个人，送我去医院。"

皇协军分成两路，一路去向汤冠群报告，一路架着马六往医院送，到了医院，喊唐大夫赶快救人。唐大夫家就住在医院后院，听见有了病人，连忙赶过来，见是警察署署长马六，不慌不忙地让皇协军把马六扶上手术台，说道："你们别在这儿守着了，我抢救病人，你们去请张院长过来签字。"两个皇协军答应一声退出去，唐大夫一边检查伤口，一边问马六道："马署长，咋回事呀？谁吃了豹子胆，敢在背后捅你马署长的刀子？"马六失血过多，快晕过去了，咬紧牙关喃喃道："肯定、肯定是张寿祥、张寿祥的人干的。唐大夫，救我、救我！"唐大夫一边准备手术器械，一边再问："张署长？你和张署长一正一副，张署长咋会在背后捅你的刀子呢？"马六神志已有些模糊了，声音微弱道："张寿祥、张寿祥肯定是、肯定是、游击队的内线，内线。"唐大夫怔住了，停下手开门朝外面看看，见外面没人，反身将门关好，走到手术台前犹豫了片刻，猛地扑上去，双手死死地掐住马六的脖子……

第七十二章

南碧河西村投降

张寿祥找王老师，是要王老师立刻出镇，与游击队取得联系，征求巴山的意见，是否营救秀珍、杨曼母子话刚说了一半，听得有人敲门，急忙出来。张寿祥握着枪躲在院门后面，王老师则问道："这么晚了，谁呀？"外面的人压低声音道："王老师，我是唐永年。"张寿祥松一口气，收起枪朝王老师点一下头，王老师便开门把唐永年放进来。三个人回到屋里，张寿祥问唐永年怎么来了。张寿祥在地下党担任书记，唐永年便说："张书记，你被马六跟踪了。"张寿祥吃了一惊，问道："马六呢？"唐永年高兴地笑着说："狗日的被我从后面捅了一刀，扔到前面巷子的坑里了。"王老师奇怪地问："永年，你咋知道马六跟踪寿祥的？"唐永年说："从马六被西村安插到警察署，张书记便怀疑狗日的是西村和汤冠群派来监视他的，所以，我们一直很警惕。今天我值班，见马六吃完饭出来溜达，便也跟了出来。没想到，狗日的竟然盯上了张书记，踩着石头趴在墙上，朝王老师的院子里张望，我猜想狗日的一定是发现了什么，便从背后捅了他一刀。"

张寿祥听罢，沉思道："其实，就算马六发现我到王老师家来也没什么，王老师是我的老师，我总能找个借口搪塞过去。可马六一死，事情怕是要麻烦了，前田和汤冠群第一个怀疑的，肯定是我。永年，事不宜迟，我马上带王老师到东门，放王老师出镇。王老师，您出镇后立刻与巴政委接通联系，把前田明天上午要在西河湾杀人的情况以及我的意见转告他，如果他同意我的计划，就让他率领游击队连夜赶往四美庄隐蔽，明天上午趁前田和汤冠群在西河湾杀人，由永年放游击队进镇，配合警察署的弟兄夺取隆盛庄。如果巴政委不同意我的计划，你便连夜返回，我看看能不能再想其他的办法。”唐永年在旁边问道：“张书记，我的任务呢？”张寿祥命令道：“永年，你立刻把从镇公所挖出的枪支和子弹分配给咱们秘密发展的弟兄们，准备迎接明天的战斗！”唐永年见这一天终于要来到了，高兴地敬礼道：“是！”

张寿祥亲自带王老师到东门，看守东门的警察都是张寿祥秘密发展的弟兄，立刻放王老师出镇。张寿祥站在城楼上，目送王老师的身影消失在夜幕中。他本想看看唐永年安排得如何了，又一想，他爹和二叔、三叔肯定正在家里急得团团转，等他拿主意呢。尤其二叔，二叔最亲秀珍，又脾气暴躁，沉不住气，千万别心急之下，做出莽撞的事，打乱了他的计划。还是先回家一趟，然后再去找唐永年吧。

张寿祥急步往家里走，还有一段路的时候，听得不远处连着传来几声枪响，正是他家的方向。张寿祥心里一紧，连忙拔出驳壳枪推上子弹，小跑着往家里奔去。到了巷口，静悄悄地没一个人，也没有一点儿声响。推推巷门，巷门虚掩着，张寿祥握紧枪，支起耳朵贴紧巷门，想听听院子里是否有异样。可是，巷门突然大开，汤冠群带着几个皇协军如狼似虎一般扑出来，数支黑洞洞的枪口逼在他胸前。

西村大地毫发无损地回来，李皓兄弟要救他们妈，主动送上门来，被关进皇协军的牢房。汤冠群怕出意外，在牢房外安排了一个班的岗哨。觉得万无一失了，他长长地舒一口气，才感觉浑身疲惫，感叹到底上了岁数，比不得年轻时奔走江湖时的精力充沛，意气风发。三房太太大概也知道他辛苦了，从庆春楼用食盒提回几道菜，烫好了酒，说让他喝几杯解解乏。吃过饭，汤冠群坐在太师椅上一边闭目养神，一边想象着明天在西河湾处决杨曼母子时，张寿祥和聂子瑶会是一种什么样的心情。三房太太也不闲着，一个伺候着给他斟茶，一个站在身后替他揉肩，一个坐一只小板凳，轻轻地给他捶腿。

汤冠群正惬意地享受着，屋外的警卫喊“报告”。汤冠群睁开眼，喊一声“进来”，警卫便带着救马六的皇协军进来。皇协军向汤冠群报告，说马署长被人从背后捅了刀子，让他们报告汤团长，要汤团长立刻抓捕张寿祥。汤冠群惊了一般跳起来，诧异道：“啥，马六被人捅了刀子？他人呢？”皇协军报告说马署长已经被送到医院了。汤冠群不用细想，心里明白了，马六一定是发现了张寿祥私通游击队的证据，张寿祥的同伙便在背后捅了马六刀子。他一边命令皇协军集合队伍，一边急忙向前田报告。

前田对汤冠群的报告十分惊讶，他脑子飞快地思考着：是汤冠群想嫁祸张寿祥，还是张寿祥真是游击队的内线？决定立刻赶往医院，向马六核实究竟发现了张寿祥的什么秘密。可是，前田赶到医院时，马六早已一命呜呼了。前田相信了汤冠群的话，他记起西村临走时的叮嘱，向汤冠群命令道："汤团长，立刻集合队伍。"汤冠群答道："报告指导官，队伍已经集合完毕，只等指导官下命令了。"前田满意地点点头，握紧洋刀的刀柄，命令道："汤团长，你立刻到四老财巷，将张家的男人统统抓捕。"汤冠群愣怔了一下，然后便像打了鸡血一样兴奋了，核实道："指导官，张禄和他两个弟弟都抓吗？"前田杀机毕露道："汤团长，你不记得西村君赴七台前说过吗，张家的人要么不动，要动便一个不留。所以，皇军要斩草除根，将张家所有的男人统统处决。"

汤冠群一想到张寿祥，眼前便浮现出聂子瑶惊艳的容貌，现在，自己很快就要如愿以偿了，高兴地带着队伍直扑四老财巷。

张寿祥家里，张禄、张福和张祯的确如热锅上的蚂蚁，不过张禄和张祯心里急，表面上还沉得住气，张福则坐立不安，快要急疯了，在地上来回转着圈儿说："寿祥咋到现在还不回来？明天鬼子就要杀人了，他到底有救人的主意没有？"张禄心情不好，拐杖在地上重重地敲了两下，皱着眉头说道："福奎呀，你别在地上来回地转了行不行？你不停地转，我的脑子都被你转晕了。"张福停住脚，拉下脸说："哥，我这不是心里急嘛！秀珍是我闺女，人命关天呀！"张祯听出了张福的意思，也皱起眉头，瞥张福一眼说："二哥，这都啥时候了，还分你的闺女、我的闺女？咱们这不是都在等寿祥回来拿主意呢吗。"张福没好气地说："寿祥也是的，秀珍不是他亲姐，若是他亲姐，他能躲着连个人影都不露吗？"这回，张禄真的生气了，呼地站起来，抖着嘴唇骂张福道："福奎，你这是放的啥狗屁？寿祥不露头，肯定有他的缘故。你放心，如果寿祥拿不出主意，我和宝奎拼了两条老命，明天和你一道劫法场去。横竖死个死，死得轰轰烈烈，总比窝窝囊囊地死强些吧？"张福见张禄生气，不敢再说了。张祯劝他说："二哥，你着急也没用，寿祥晚上一定会回来，有没有办法救秀珍他们，肯定会有个回话的。你别在大哥家等着了，二嫂在家里指不定咋着急呢。你先回家陪着二嫂，寿祥如果回来了，我马上过去告诉你。"张福看看黑着脸的张禄，点头说道："哦，宝奎，那我先回去了。"

张福回到家里，艾叶等一众女人都在他家，围着抽泣不停的花子劝呢，见张福回来了，聂子瑶问："二叔，寿祥还没有回来？"张福垂头丧气地说："没有，你们都回去吧。宝奎在大哥家，寿祥如果回来，他会过来喊我的。"一众女人听张福如此说，连忙告辞各回各家了。花子扑到张福怀里，抱紧了张福号啕道："福奎，如若寿祥救不了秀珍，咱该咋办呀？”张福也老泪纵横，搂紧了花子哽咽道：“花子，你放心，如若寿祥救不了秀珍，还有我呢。我去劫法场，就算死，也要和闺女死在一起。”花子抬起头，泪眼望着张福说：“你去劫法场？就你这岁数，劫得了法场吗？那是去送死呀！”张福学着张禄的话说：“横竖死个死，死得轰轰烈烈，总比窝窝囊囊地死强些吧？好了，你先躺着歇歇吧，这都两天一夜没合眼了。”

张福安慰了花子几句，到厢房从房梁上取下鬼子打进隆盛庄时藏起来的步枪，回屋用油麻团细细地擦起来。花子吃惊地瞪大眼睛问：“咋，你明天真的要劫法场？”张福头也不抬地说：“当然。”花子跳下地，从风匣上面抽出菜刀，咬牙切齿地说：“好，明天我和你一道劫法场，要死咱死在一起。”张福抬头瞥花子一眼说：“你就别添乱了，你得活着，给我和秀珍收尸呀！”花子正要再说什么，忽听得院子外面一阵嘈杂，张福愣怔了一下，提着枪便往外走，一出家门，便听见隔壁张禄的院子里传来艾叶、舒兰和聂子瑶含混不清的叫骂声。张福心头一紧，将子弹推上膛。花子跟出来，惊慌地问道：“福奎，咋了，大哥家那边出啥事了？”张福一把将花子推回屋去，厉声说道：“你别出来，我看看去。”下了台阶没走两步，虚掩的院门突然被推开了，几个皇协军挺着枪冲了进来。张福明白了，鬼子这是要把张家斩草除根呀！他也不问缘由，端起枪，朝着最前面的皇协军便是一枪。鬼子打进来之前，张福经常练枪，枪法不错，一枪便击中了那皇协军的胸膛。可是，不等他再推上子弹，皇协军已经开了枪，张福身中数弹，倒在了血泊中。

汤冠群打死张福，将张家的男女老少一个不剩地抓了，全部关入张祯院子的厢房，然后设下埋伏。待张寿祥回来，躲在巷门后面的皇协军一拥而上，下了张寿祥的枪。然后将张寿祥五花大绑，与张禄、张祯一道押往皇协军的牢房。

漫长的一夜终于过去，黎明的曙光虽然姗姗来迟，但终归还是把灿烂的朝霞洒满了大地。

第二天上午，前田召来唐永年，当着汤冠群的面，任命唐永年为隆盛庄警察署署长。汤冠群主动和唐永年握手说：“唐署长，恭喜，恭喜，今后我们将要携手合作，为大日本皇军效力了。”唐永年谦恭地答道：“永年诚惶诚恐，谢谢指导官提携，以后还请汤团长多多关照。”汤冠群含笑道：“好说，好说！”前田拍拍唐永年的肩，命令道：“唐署长，你立刻派人鸣锣告示，今天中午，皇军要在西河湾处决游击队奸细张寿祥，以及抗日分子张禄和张祯，还有胆敢绑架西村大地的杨曼一家四口。”唐永年立正敬礼，答道：“是！”前田又看着汤冠群，一语双关地命令道：“汤团长，从你的队伍抽调一个班的兵力，协助唐署长的警队防守城门。从现在起，除西门外，其余城门全部关闭，以防游击队借机攻打隆盛庄。你的任务是在西河湾警戒，有图谋不轨和反抗者，一律格杀勿论！”汤冠群同样立正敬礼：“是！”

这是普通的一天，微风徐徐，风动云动，锣声阵阵，人心惶恐。这也是隆盛庄有史以来最令人恐怖、令人震撼的一天，因为这一天，将是日本鬼子占领隆盛庄以来杀人最多的一天，并且，几乎没有人相信，他们曾经在背后唾骂过的汉奸张寿祥，竟然是游击队的内线；他们曾经敬重，但为了救段童而给鬼子当商务会长，天天逼着百姓给鬼子交粮纳税的张禄，竟然和共产党有瓜葛；而最让他们不能相信的，是在隆盛庄办学校、建医院、修功德桥，受万人敬仰的举人老爷，居然也是抗日分子。隆盛庄人曾经对张家的成见一笔勾销了，因为他们知道，共产党和共产党领导的游击队是打鬼子的。他们受够了鬼子的欺压和蹂躏，所以，他们心中最敬仰的便是打鬼子的人，包括周通、张占海、马麦、段童……

西河湾站满了黑压压的人群，有老有少，有小北街的回民。人们不是来看杀人、不是来看砍头、不是来看热闹的，他们的心就像一座将要爆发的火山一样翻滚着，他们的眼睛里喷射着无法抑制的怒火。

前田不担忧处决张寿祥会激起民愤，因为在隆盛庄人眼里，张寿祥一直就是汉奸；前田也不担忧处决张禄会引起骚乱，因为张禄给皇军当商务会长，这几年为皇军征粮收税，曾经埋下许多民怨。但是，前田担忧处决张祯和杨曼会激起民变，会引发暴乱，因为张祯是隆盛庄最受人敬仰的举人老爷，杨曼是隆盛庄最受学生尊敬的老师。而他的手里，除了汤冠群的皇协军外，没有一个皇军的士兵。他把希望全寄托在了汤冠群身上，希望汤冠群能够牢牢地掌控局面。同时，他也充满了信心，他要在隆盛庄进行一次从未有过的杀戮，彻底征服隆盛庄人；他要用中国人的鲜血，为在战场上接连失利、斗志丧失的大日本皇军鼓舞斗志。

风渐渐静了，奔走的流云缓慢了脚步，太阳却像挣脱了线绳束缚的气球，迅速地爬向天空的中央。

张寿祥和张禄、张祯，以及杨曼一家被五花大绑押来了，秀珍和李皓兄弟面带恐惧，张家的三个男人和杨曼则昂着头，就像不是要赴难，而是要重生一样。艾叶、舒兰、花子、冬梅、叶子和聂子瑶也在人群里，舒兰腿软得已经站不住了，花子却比之前更坚强了，与叶子一左一右搀扶着舒兰，告诉舒兰说：“二嫂，站起来，别让鬼子小看了咱。”前田的洋刀拔出来了，双手拄着刀柄，刀尖插在地上，一脸冷酷地扫视着人群；汤冠群和唐永年的驳壳枪也拔出来了，拎在手里，随时准备射击；除了防守城门的皇协军和警察，现场的皇协军和警察都把枪端起来，子弹上了膛；皇协军的两挺轻机枪也架起来了，枪口对准了黑压压的人群。

突然，聂子瑶从人群中稳步走出来，在无数目光的注视下走到汤冠群面前，愤怒的目光盯着汤冠群一言不发。汤冠群尴尬地笑一下：“聂老师。”聂子瑶声音不高，却带着不可抗拒的语气：“汤冠群，你把人放了，我改嫁给你。”汤冠群嘿嘿一笑，朝前田努下嘴说：“放人？那要前田指导官放话才行。不过，你若肯嫁给我，我倒是可以向前田指导官求个情，把你妈放了。”聂子瑶冷笑一声，趁汤冠群不备，猛地扬起手掌，脆生生地给了汤冠群一记响亮的耳光。跟着，她走到张寿祥和杨曼身边，一手挽住杨曼的腰，一手挽住张寿祥的腰，朝汤冠群说道：“汤冠群，你把我和我妈、我丈夫一道打死吧。”杨曼扭头望着聂子瑶，赞许地点头道：“瑶瑶，有骨气，像妈的闺女。”张寿祥看唐永年一眼，唐永年不动声色，只是微微点了下头。张寿祥便微笑着对聂子瑶说：“瑶瑶，你放心，今天要死的不是咱们，是前田和汤冠群。”

汤冠群挨了聂子瑶的耳光，恼羞成怒，用枪指着聂子瑶吼叫道：“聂子瑶，这可是你自找的，别怪我汤某人不客气了。一会儿最后杀你，让你看看你妈和张寿祥是如何人头落地的。”突然，人群中有人喊道：“放了张会长，放了举人老爷，不然，今天和你们拼了。”汤冠群放下枪，眼睛朝人群搜索过去，叫道：“谁喊的？有胆量站出来。”只见人群中一阵骚动，富云涛、朱进、杜金父子等许多人挺身而出，举着拳头怒吼道：“不许杀人！不许杀人！”后面无数的百姓也如火山爆发一般轰鸣起来：“不许杀人，小鬼子滚出去！”那边的回民虽然没有喊口号，却蠢蠢欲动，都攥紧拳头往前走了两步。前田把西河湾当成了杀人场，每次杀人，他看到最多的是人们恐惧的眼神。可是，今天他领略了隆盛庄人传说中的团结与血性，内心禁不住打了个寒噤。汤冠群见状，嘴凑在前田耳边说道：“指导官，别听他们瞎咋呼，隆盛庄人我知道，只要看见人头落地，他们便马上退后了。”前田点一下头，缓缓举起洋刀命令道：“机枪准备！”千钧一发之际，只见唐大夫从人群中走出来，伸开双臂挡住众人，高声说道：“皇协军的弟兄们，警察弟兄们，你们都是中国人，这八年来，你们喝的是隆盛庄的水，吃的是隆盛庄的粮，隆盛庄人就像你们的衣食父母一样，你们还有脸把枪口对着隆盛庄人？你们就那么心甘情愿地替鬼子卖命吗？”皇协军的许多士兵都找唐大夫疗过伤，有些士兵的性命还是唐大夫从阎王殿里拉回来的。听了唐大夫的话，一些士兵把枪口放低了，警察却没有一个放低枪口的。

汤冠群看出情况不妙，连忙对前田说：“指导官，赶快执行吧，免得夜长梦多。”汤冠群话音刚落，突然听得耳边“砰”的一声枪响，顺声望去，只见唐永年一只手拽着前田的后衣领，另一只手里的驳壳枪顶在前田的太阳穴上。汤冠群惊愕地瞪大了眼睛，喝道：“唐永年，你、你，你想干什么？”唐永年冷笑一声，说道：“汤冠群，马上把人放了，不然，我打死前田。”所有人都惊愕了，唯有张寿祥微笑着。汤冠群惶恐地望着前田问道：“指导官？”前田没了昔日的威风，洋刀掉在地上，眼神惊恐，张口结舌。唐永年再次喝道：“汤冠群，你是不是想让我现在就打死前田？”汤冠群心一横，豁出去了，嘿嘿笑道：“唐永年，你若敢对前田指导官开枪，老子灭了你全家。来人！来人！”汤冠群喊了两声不见动静，扭头一看，他的皇协军士兵有的已经站在警察一边，掉转枪口，与他的士兵对峙着。汤冠群还没醒过神儿来，听得城墙上和四面八方到处都是“举起手来，缴枪不杀”的呐喊声。抬头往西门的城楼上一看，城楼已经被游击队员占领了，王老师带着巴山、周通和数不清的游击队员从城门涌出来，杀声震天，而那些与警察对峙的皇协军，见状纷纷缴枪投降。

汤冠群明白了，警察署的警察都是张寿祥的人，他从警队里补充的皇协军士兵也都一直被张寿祥控制着，游击队也是看守城门的警察放进来的。现在，已经没有一兵一卒为他卖命，他只有束手就擒了。但是，汤冠群不肯束手就擒。因为这些年他助纣为虐，是日本人的忠实走狗、铁杆汉奸，周通不会放过他，张寿祥不会放过他，隆盛庄的百姓也不会放过他。汤冠群也够狠，枪口对准张寿祥，恶狠狠地朝唐永年叫道：“唐永年，你敢反叛皇军？赶快放了前田指导官，否则，我先打死张……”汤冠群话音未落，已经冲到近前的巴山先朝汤冠群开了枪，只是距离稍远，没有击中汤冠群的要害。不过，唐永年眼疾手快，不等汤冠群再举起枪，已经在他的胸膛上连补了两枪……

游击队在警察署的配合下攻占隆盛庄，打死汤冠群，活捉前田，缴了皇协军的械，救出张寿祥父子等人，解放了隆盛庄。张家的男女见游击队政委巴山竟是金花的二儿子巴图，更是惊喜异常。

隆盛庄的百姓终于熬出了头，欢欣鼓舞，要求游击队就在西河湾砍了前田的脑袋，为死去的隆盛庄人报仇雪恨。曾经不可一世的前田外强中干，在如雷的怒吼声中吓破了胆，脸色灰败，双腿打战，若不是周通拎着他的后衣领，他怕是要像堆稀泥瘫倒在地上了。巴山给百姓们解释，说共产党有政策，优待俘虏，要把前田交给上级处理。

张家的一众女人本是来给亲人收尸的，岂料游击队突然出现，她们的悲伤化作了喜悦，花子紧跑几步，上前一把将前田掉在地上的洋刀抢在手中，听巴山说共产党要优待俘虏，上前两步，双手握住洋刀，眼睛圆溜溜地朝周通瞪着。周通已经知道了张福遭遇不幸的消息，也明白花子的心思，但也不敢违反政策，朝花子点了下头，将前田使劲儿往前一推，前田便一个狗吃屎摔倒在地。花子红着眼睛扑上去，一声尖叫："前田，你偿还我家福奎的命吧！"张寿祥闻声回头，想要阻止却已经晚了，花子状若疯狂，洋刀朝着前田劈下去，一刀、一刀、又一刀，恨不得把前田剁成肉泥，直到双臂累得抬不起来了，才把洋刀往地上一扔，坐在地上放声大哭起来："福奎，你看见了吗？花子亲手为你报仇了！花子亲手为你报仇了！"张寿祥见前田已经被砍成个血人，往起搀扶花子说："二婶，您别太悲痛，您为二叔报了仇，二叔的在天之灵可以瞑目了。"

游击队将前田未及运走的粮食大部分发给穷苦百姓，以解青黄不接之急，部分运往双台山驻地存放，准备支援八路军丰凉支队。队伍则押着俘虏的皇协军在四美庄休整，准备丰镇的鬼子一旦报复，可以就近支援。警察署的警察则脱下黑皮，恢复了商团，在没有得到上级的明确指示之前，仍由张寿祥指挥。

丰镇的日军自顾不暇，一直没有出兵。之后没几天，振奋人心的消息传来：一百五十多万苏联红军从东、北、西三个方向，在四千余公里的战线上越过中苏、中蒙边境，向日本关东军发起进攻。八月十五日中午十二时，日本天皇发布投降诏书。蹂躏了中国整整八年的日本鬼子终于投降了。

双台山游击队接到上级命令，向丰镇方向运动，准备配合主力部队收复丰镇。

那天，天色阴沉，乌云密布。张皋的地下党快马送来情报，说西村带着三十多个鬼子，分乘两辆汽车，要经隆盛庄撤往丰镇，已经从张皋出发了。张寿祥和王老师、唐永年开会研究，绝不能让西村逃往丰镇。分析敌我，隆盛庄附近虽然没有我军其他部队活动，但商团的团丁加上当初补充皇协军、现在回归商团的三十多人，也有八九十人了。消灭汤冠群后，武器弹药充足，完全有能力将鬼子拦截，加以消灭。

张寿祥分析说，如果利用城墙阻击鬼子，鬼子或许便绕过隆盛庄逃脱了，所以最好的办法是把鬼子阻击在南碧河以北加以消灭。唐永年担忧道："张书记，鬼子坐的是汽车，功德桥跨度不大，一脚油门便冲过来了。"张寿祥说："那就烧掉功德桥，截住鬼子的汽车。"王老师提醒说："寿祥呀，功德桥是你三叔出钱建的，现在烧了，你三叔会同意吗？"张寿祥说："三叔那边我去说，三叔是深明大义的人，只要能消灭鬼子，他一定会同意的。"

张寿祥立刻去找张祯。张祯上了一次法场，性情大变，听说烧功德桥是为了截住逃跑的鬼子，爽快地说："烧、烧，只要是杀鬼子，别说一座桥，就算烧了三叔的房子，三叔也愿意。"张禄也说："烧吧，烧了旧桥，咱再建新桥。这回爹出钱。"张祯出去了一会儿，提着一支枪回来，说道："寿祥，走，三叔帮你放火烧桥去，也顺便杀几个鬼子，为你二叔报仇。"聂子瑶在旁边说："三叔，二婶已经亲手砍了前田，为二叔报了仇。您这么大岁数了，就不要去了。"张祯一改平日老学究的儒雅，瞪起眼睛说："瑶瑶，鬼子杀了多少隆盛庄人？咱才杀了一个前田，鬼子欠的债远没还完呢。"张禄无奈地摇摇头，笑着说："宝奎呀！真没想到，你这文弱书生也敢杀人？你也不看看自己的岁数，逞啥能呀？"张祯精神抖擞道："大哥，我岁数咋了？比你小好几岁呢！你忘了，咱哥俩还准备和二哥一道劫法场，救秀珍一家子呢。"张禄说："此一时，彼一时，那时候是不知道寿祥有没有救人的办法。早知道寿祥已经和游击队联系了，还用得着咱这几个棺材瓤子出马？"张祯说："就算上不了战场，我也得跟着寿祥到南碧河去。功德桥是我建的，我要亲手把它烧了，截住鬼子。"

张禄见张祯非要去，也不阻拦了，对张寿祥说道："寿祥，你三叔要去就让他去吧。不过，枪就别让他带了，把桥点着后，派人把他送回来。爹要和你三叔站在北门的城楼上给你们擂鼓助威，看你们杀鬼子。"张寿祥答应道："爹，您放心，桥点着后，我马上派人把三叔送回来。"聂子瑶的内心也蠢蠢欲动，说道："寿祥，我陪三叔去吧，一会儿再陪三叔回来。"张寿祥点头说："这样也好。三叔，您上了岁数，腿脚慢，赶着轿车去吧。"

张禄喊车倌去套轿车，张寿祥则赶到商务会。唐永年已经把商团集合好了，张寿祥一声令下，团丁们全副武装，背着几捆干柴向北门跑步而去。到了功德桥，刚把干柴堆在桥下，张祯和聂子瑶就坐着轿车来了。张寿祥点着火把，递给张祯，张祯手握火把，望着功德桥感叹道："功德桥呀功德桥，今天烧你，是让你立大功帮着杀鬼子的。等消灭了鬼子，我自会再建一座更好的新桥。"张祯话音刚落，远方隐约传来一声闷雷。张寿祥抬头看看，见天空乌云翻滚，空气中弥漫着一股潮湿的味道，对张祯说："三叔，怕是要下雨了，您赶快点火吧。"张祯点头应一声说："寿祥、瑶瑶，三叔腿脚不好，你们扶着三叔点。"张寿祥和聂子瑶扶着张祯下了桥头，张祯抖着手将火把扔在干柴上，再由张寿祥和聂子瑶搀扶着爬上来，望着干柴在浓烟中熊熊燃烧起来，自言自语地念叨着："烧吧，烧吧，功德桥，你帮着寿祥杀鬼子，才是真正的功德。"

岂知，桥下的干柴尚未将桥点燃，班扣突然指着远方叫道："来了，来了，鬼子的汽车来了。"张寿祥搭手望去，只见北面的道路上，隐约出现了鬼子的汽车，果然是两辆。张寿祥根据桥下的火势计算一下，鬼子的汽车赶到时，正是功德桥火势正旺的时候。对聂子瑶说："瑶瑶，你赶快和三叔回镇里去吧。"聂子瑶却说："我也学会打枪了，让我留下吧，和你一道打鬼子，杀西村。"张寿祥皱了下眉头，厉声道："瞎胡闹，打仗是男人的事。快走！"聂子瑶见张寿祥口气严厉，只好搀着张祯往轿车那边走。张祯走了几步，停下脚叮嘱张寿祥："寿祥，替三叔多杀几个鬼子，三叔给你二叔上坟的时候，好给他有个交代。"张寿祥道："三叔，您放心，我轻饶不了鬼子。"

张祯和聂子瑶坐着轿车走了，张寿祥对唐永年下令道："永年，准备战斗！"团丁们立刻进入阵地，机枪架好，子弹上膛，准备迎击鬼子了。可是，谁也没料到，眼看鬼子的汽车越来越近时，老天爷突然雷声大作，下起雨来。唐永年担忧道："张书记，这雨若是下大了，别把火给浇灭了。"班扣在旁边说道："要不我带几个人回镇里，再找些干柴和煤油回来。"张寿祥看看鬼子的汽车，摇头道："怕是来不及了。永年，集中火力把桥封锁住，绝不能让鬼子的汽车冲过桥。"

眼看着雨点越来越大，功德桥的火势开始减弱。突然，三义泉的新掌柜石南赶着一辆毛驴车来了，远远地喊张寿祥道："张二少爷，张二少爷。"张寿祥皱起眉头喊道："石南，要打仗了，你这是做甚去？"石南将毛驴车赶到近前，指着车上的八九个大酒坛子说："张二少爷，我妈让我给你送酒来了。"唐永年以为梅雪送酒是为了给商团鼓舞士气，皱着眉头说道："鬼子马上就要到了，哪还顾得上喝酒？快拉回去，拉回去。"没想到，石南却说："我妈说了，这酒不是给你们喝的，是帮你们烧桥用的。"张寿祥眼睛一亮："烧桥用的？"石南道："是呀！这可都是辣嗓子的好酒，见火就着。"张寿祥高兴了，说道："石南，这可是雪中送炭呀！谢谢你妈，谢谢你妈了。永年，快带人把酒坛子扔到桥头上去。"

唐永年一挥手，带着团丁抱起酒坛子便往桥头冲去。三义泉的神仙醉果然是好酒，见火就着，只见桥头的火焰轰地一下冒起来，功德桥说话间便成了一条火龙。张寿祥高兴地拍着石南的肩膀问："石南，你妈是咋想起来送酒烧桥的？"石南说："我妈看天阴得厉害，怕下雨，便让我给你们送几坛子酒过来助助火势，没承想，老天爷还真的下雨了。"张寿祥说："好了，鬼子就要到了，你快回去吧，告诉你妈一声，就说隆盛庄人谢谢她，没有她这几坛子酒，怕是不好挡鬼子的汽车哩！"

鬼子的汽车开过来，在功德桥北停下。西村从驾驶室里跳下来，望着雨中的功德桥气急败坏，手足无措。桥上的火焰吐着浓烟翻滚跳跃，就像一条张牙舞爪的火龙，带着愤怒和嘲笑向束手无策的西村发起挑战。唐永年指着西村对张寿祥道：“张书记，那个鬼子官就是西村吧？看把狗日的急得，一个劲儿地蹦高高呢。要不打狗日的一排子枪？”张寿祥说：“我也看不清那是不是西村，不过，根据情报看，应该是西村。咱先等等，看看西村打的是啥主意。”

雨越下越大，燃烧的功德桥桥身焦黑，在雨中发出“噼啪，噼啪”的爆裂声。很快，大火被倾盆暴雨浇得奄奄一息了。西村见桥上的火被暴雨浇灭，喜出望外，命令鬼子立刻冲过桥去。但是，第一辆汽车开上桥不过两三米，桥身便开始摇晃了，鬼子的驾驶员见势不妙，想把汽车倒回去时已经晚了，只听“轰隆”一声，功德桥塌了。鬼子的汽车一头栽进河道，车上的鬼子被甩在小腿深的河中，一个个落汤鸡一般，捡起枪往北岸逃去。

西村早已发现了埋伏在南岸的商团，他急于逃命，见商团不开枪射击，也没有下令开火。他朝河道观察一番，见河水不深，挥一下手，便有几个鬼子从汽车上取下铁锹和镐头，想在北岸开出一道斜坡。张寿祥看出了西村的目的，命令道：“瞄准拿铁锹和镐头的鬼子，打！”

此时的商团，经过张寿祥和唐永年的训练，已不再是一群乌合之众，懂得了服从命令，也具备一定的战斗力。一个排子枪放过去，便打倒了两个作业的鬼子。西村见商团开火了，下令还击。鬼子的歪把子机枪“嘎嘎”地叫着，子弹如蝗虫般飞过来，打得商团抬不起头来。鬼子在火力掩护下，捡起铁锹、镐头，冒着子弹继续作业。

双方一阵对射，西村在付出了几具尸体的代价后，终于完成作业，在河堤上开出一道汽车可以通过的斜坡。岂料，就在这时，上游数条河沟的洪水奔涌下来，汇入南碧河中，河水眨眼间便涨了近一尺。西村在隆盛庄驻扎过，知道南山的洪水如果汇集在一起，别说人了，汽车也能被冲走，他不敢怠慢，命令立刻发起冲锋。鬼子的汽车便从河岸低头冲向湍急的河水。张寿祥见状，边射击边大喊道：“弟兄们，老天爷帮咱们了，打！绝不能让鬼子上岸！”唐永年也喊道：“弟兄们，咱都是隆盛庄人，隆盛庄刚从鬼子手里解放没几天，绝不能让鬼子再进隆盛庄祸害乡亲们了。打，狠狠地打！”

此时，雨下得更急了，哗哗的暴雨声、爆豆般的枪声、远处轰鸣而来的洪水吼叫声掺杂在一起，震耳欲聋。瓢泼大雨模糊了双方的视线，无论商团还是鬼子，枪都打得不那么准了，虽然枪声激烈，命中率却不高。

说话间，鬼子的汽车在湍急的河水中歪歪扭扭地穿过河道中央，向南岸冲来。张寿祥有些着急，从班扣手里要过步枪，瞄准驾驶室接连射击，终于击毙了鬼子的驾驶员。待鬼子副驾驶将驾驶员的尸体推出去，再发动汽车的时候，奔腾的洪水已经像脱缰的野马一般咆哮着奔涌而来，淹没了鬼子汽车的排气筒，鬼子的汽车便成了趴了窝的铁疙瘩。张寿祥抹一把脸上的雨水，高兴地喊道："鬼子的汽车动不了了，打，狠狠地打！"

此刻的西村，已经快要急疯了。以他的判断，自己统治了隆盛庄七年，残酷暴虐，隆盛庄人绝不会放过自己的妻儿，惠子和大地肯定已经被隆盛庄人生吞活剥了，现在唯有拼死一战，用生命效忠天皇了。他命令车上的鬼子跳下汽车，进行自杀式冲锋。但是，河水湍急，跳下河的鬼子根本站不住脚，更别说前进一步了，只好重新爬上汽车。西村绝望了，"哇哇"号叫着，命令士兵顽强抵抗，直至全体牺牲。但是，鬼子集中在一辆汽车上，目标集中，说话间，纷纷中弹，西村也受了伤，三十几个鬼子只剩下四五个。西村疯了，扔掉王八盒子，抽出洋刀，正要带头跳下汽车，迎着游击队的弹雨杀身成仁，却隐约听到南岸传来熟悉的声音："哥，不要抵抗了，游击队优待俘虏，快投降吧！"西村听出来了，那是西村慎二的声音。

游击队夺取隆盛庄后，有人提议把西村慎二和惠子、西村大地处决了。张寿祥说共产党有政策，俘虏尚且不杀，何况他们的家眷。至于如何处置他们，待他向上级请示过再做处理。张祯也为西村慎二说情，说自西村慎二来到隆盛庄，担任隆盛小学校长以来，谦恭温和，没有给隆盛庄人造成过伤害，算是个有良心的日本人。至于西村惠子和西村大地，一个女人，一个孩子，并无罪过，还是放他们一条生路吧。所以，西村慎二仍暂时留在学校，惠子母子也未受到刁难。刚才，西村慎二听北面响起枪声，找人打听，知道是商团在阻击从北面向丰镇撤退的日军，又打听到日军的指挥官便是哥哥西村初，便向王老师提出请求，让他带惠子母子赶往功德桥，劝说哥哥放下武器，缴械投降。于是，王老师便带着西村慎二和惠子母子来了。

西村听到西村慎二劝降的声音，不敢相信弟弟还活着，命令鬼子停止射击，瞪大眼睛，支起耳朵，一边向南岸张望，一边侧耳细听。西村的位置离商团的阵地不过五六十米远近，他不但看到了站在南岸的西村慎二，还看见了雨中的惠子和大地。惠子尖着声音朝他喊道："西村君，听慎二的，投降吧，游击队没有难为我和大地，也一定会放你一条生路的。"西村大地则"哇哇"地哭喊着："爸爸！爸爸！”疯狂的西村终于恢复了理智，长叹一声，扔掉了手里的洋刀……

暴雨停歇了，西村和残余的四个鬼子放下武器，在商团团丁的接应下，湿漉漉的落汤鸡一般，挣扎着爬上南岸，成了俘虏。雨虽然停了，上游的洪水却更凶猛了，轰鸣着、咆哮着，像野马一般奔腾而来，卷走了鬼子的尸体，也卷走了鬼子那辆弹痕累累的汽车。垂头丧气的西村回首望去，疲惫的眼神充满了苍凉和绝望……

张禄和张祯一直冒着暴雨，在北门的城楼上观望、等待着，站在他们身旁的，是杨曼母女。看着雨停了，乌云开始散去，商团押着被俘的西村和鬼子渐渐走近，他们的脸上浮现出胜利的喜悦。

张祯抹一把脸上的雨水，长长地吁一口气说："大哥，鬼子完蛋了，终于完蛋了，彻底完蛋了！"张禄却心事重重道："可是，隆盛庄的字号也没剩几家了。没想到，真是没想到呀！一个曾经如明珠般璀璨的塞外古镇，转瞬间便繁华落尽，满目疮痍。宝奎，你说后人若是问起来，咱该咋向他们描绘这片土地曾经的繁荣，和它经历过的风风雨雨呢？"张祯转向杨曼说："杨老师，你有文采，如果有兴趣，你写写吧。"杨曼微笑道："校长三叔，我太了解隆盛庄人了，只要有一点儿机会，你们总会创造出奇迹的。"张祯看一眼杨曼，问道："杨老师，莫非你现在还不算隆盛庄人吗？"聂子瑶接过话说："当然算，不但我妈是隆盛庄人，我也是隆盛庄人。"张禄满怀信心地说道："宝奎，你放心吧。字号没了还有土地。杨老师说得对，咱隆盛庄人总会创造出奇迹的。"张祯呵呵一笑，说道："大哥对隆盛庄总是充满信心，可是，谁知道打跑了鬼子，隆盛庄又会遇到啥变故。今天字号没了，明天如果土地也没了呢？"张禄放声大笑道："宝奎呀，你真是个天真的书呆子，说话咋像个娃娃？土地咋会没了呢？就算没了土地，咱还有人。只要有人在，就有希望在。放心吧，后辈儿孙肯定比咱们强，如果你能活到一百岁，一定会看到一个比你经见过的隆盛庄更加繁荣的隆盛庄。"

张祯不说话了，他知道自己活不到一百岁，更没有奢望看到百年之后的隆盛庄。他只知道隆盛庄那曾经的繁荣，已经成为一幅残破的历史画卷。只有那些残存的斑驳痕迹，才会给后辈留下对往事无限的遐想与沉思。

哦！百年荣辱的隆盛庄，遥远的隆盛庄！

图书在版编目（CIP）数据

隆盛庄 / 乔奕斐著. -- 北京 : 华龄出版社, 2022.10

ISBN 978-7-5169-2386-3

Ⅰ. ①隆… Ⅱ. ①乔… Ⅲ. ①长篇小说-中国-当代 Ⅳ. ①I247.5

中国版本图书馆 CIP 数据核字 (2022) 第 178926号

出版人	周　宏	责任印制	李未圻
责任编辑	冀　晖	内文制作	刘龄蔓

书　名	隆盛庄	作　者	乔奕斐
出　版 发　行	华龄出版社 HUALING PRESS		
社　址	北京市东城区安定门外大街甲 57 号	邮　编	100011
发　行	（010）58122255	传　真	（010）84049572
承　印	定州启航印刷有限公司		
版　次	2022 年 12 月第 1 版	印　次	2022 年 12 月第 1 次印刷
规　格	787mm × 1092mm	开　本	1/16
印　张	52.75	字　数	950 千字
书　号	ISBN 978-7-5169-2386-3		
定　价	128.00 元（全两册）		